（上册）

第二版

中国现当代文学作品选

高玉 主编

浙江大学出版社

ZHEJIANG UNIVERSITY PRESS

编选说明（第二版）

摆在我们面前的这套作品选，是与《中国现当代文学史》（第二版，高玉主编，2010 年度浙江省高校自选主题重点教材建设项目）配套使用的教材。关于选目，作说明如下：

一、经典性标准

我们在选择作品的时候本着经典性的原则。关于经典性，我们是这样理解的：第一，文学史经典。有些作品发表当时影响很大，如今虽无多大嚼头，但在文学史中有其不可磨灭的地位和价值，比如刘心武的《班主任》、蒋子龙的《乔厂长上任记》等等，对于这一类作品我们有计划地选取其中的部分。第二，文学经典。在文学史上还有一些作品，其发表之时，虽影响不大，但文学性较强，至今读来仍具有持久的魅力，对这类作品，也是我们编选时的主要对象。

应该说，对于这两类经典的区别，往往只具有相对的意义。有些时候，很多作品当时影响既大，又具有文学性。这一类作品，理应是我们的首选。

二、篇幅体例

作为配套性作品选，我们既要照顾那些有代表性的长篇作品（包括小说、诗歌和戏剧），也要留意那些有影响的中短篇作品。本着这样一个原则，我们在编选时，采取全选和节选相结合的办法。具言之，对各种文学选本共有的，有代表性的短篇小说，全选；中长篇小说和戏剧，有选择性地节选；诗歌和散文中篇幅较短的，尽量全选。

三、分段编选

这是这套文学作品选的特色所在。这套作品选与以往同类选本不同的地方是，我们采取分段编选，而非传统体裁划分的方法。依据这一划分，我们这套作品选依次划分为十个时段，每个时段再按照体裁予以区分。这样编选的好处是，撇开文学史，仅通读作品选，就可以对中国现当代文学的走向有一个直观的认识。

选入这套作品选中的作品只是中国现当代文学史上的很小很小的一部分，很多作品虽然我们非常喜爱，但因为篇幅所限，只能割爱，或选取其中的一段。这套作品选远不能囊括中国现当代文学史上有代表性的全部作品，这是我们的遗憾。欢迎专家读者批评指正！

具体分工如下：

主编：高玉

清末民初文学部分：付建舟

五四文学部分：潘正文

20 世纪 30 年代文学部分：吴述桥　马俊江

20 世纪 40 年代文学部分：吴翔宇

"十七年"文学部分：李蓉　首作帝

"文革"文学部分：高玉

新时期文学部分：王冰冰

20 世纪 80 年代文学部分：俞敏华

20 世纪 90 年代文学部分：刘江凯　黄江苏　王冰冰

新世纪文学部分：常立　徐勇

儿童文学部分：胡丽娜

统稿：徐勇

主编

2018 年 1 月 10 日

序

高　玉

　　自中国现代文学设立为学科以来，已经产生了很多中国现代文学史著作，先是现代文学史，进而延伸到当代，产生了很多当代文学史，或者把两者结合起来的笼统的中国现代文学史或者中国现当代文学史。这里出版的《中国现当代文学史》不过是在这诸多文学史中增加一种而已。由于历史事实本身的客观性，还有学科的积累、教学的规定等原因，我们不可能弄出一个全新的东西，"沿袭"是我们的主体，但同时我们也有很多新的因素，不论是在观念上，还是在体例上，我们都期望中国现当代文学史编纂应该有所发展。

　　中国现当代文学在名称上有一个发展的过程，最初被称为"新文学"，与"旧文学"相对，所以有《中国新文学研究纲要》（朱自清）、《中国新文学源流》（周作人）、《中国新文学运动史》（王哲甫）等，1950年教育部颁布的中国现代文学课程也叫"中国新文学史"，所以王瑶先生的学科奠基之作就叫《中国新文学史稿》。同时，20世纪40年代就有"现代文学"，比如任访秋的《中国现代文学史》，但这里的"现代"包括后来说的"近代"。在20世纪60年代以前，"新文学"也好，"现代文学"也好，主要是指1917年至1949年这一段时间范围内的白话文学，"新"和"现代"主要是性质概念，和"旧"与"古代"相对应。但20世纪50年代末到60年代初，逐渐有了"当代文学"的概念，并出现了《中国当代文学史稿》（华中师范学院编）、《中国当代文学史》（山东大学编）等教材。这时，一方面"新文学"和"现代文学"继续保持它们的性质概念，从而在内容范围上向1949年以后延伸，包括"当代文学"，一直到当今，很多人都是在"性质"的层面上使用"新文学"和"现代文学"，也就是说，五四之后的文学都是"新文学"或者"现代文学"，这可以说是泛"新文学"或者泛"现代文学"，也可以说是广义"新文学"或者广义"现代文学"。但另一方面，"新文学"和"现代文学"也被"历史"化，从而变成时间概念，很多人所说的"新文学"和"现代文学"都是专指1917年至1949年之间的白话文学，此时，"新文学"是一个历史概念，即把现代时期和现代文学作为学科确立时的"新文学"内涵固定下来，"现代"是一个时间概念，前与"近代"相对应，后与"当代"相对应，这可以说是狭义"新文学"或者狭义"现代文学"。在性质上，现代文学与当代文学具有一体性，从而也可以称之为"中国现当代文学"，而近代文学与古代文学具有一体性，统称为"中国古代文学"，这样，"中国现当代文学"就与"中国古代文学"构成对应关系。

还有一些其他称谓，比如"现代文学三十年""民国文学""共和国文学""现代汉语文学"等，指称不同的对象。这些复杂的称谓，我认为没有对错之分，关键是使用者在使用这些概念时要对它的内涵和外延加以限定和说明。我们笼统地称之为"中国现当代文学"，一是从众，二是希望最大限度地减少歧义。但需要说明的是，在地域上，中国现当代文学还包括港台文学，在文体上还包括旧体文学、儿童文学、民间文学、通俗文学等，由于篇幅限制，再加上约定俗成以及教学的需要，我们这里的中国现当代文学史主要是中国现当代纯文学史，且限于中国大陆。

关于现代文学的起始时间，学界有不同的观点，我们认为还是应该以五四新文化运动为起点，具体地说应该还是从 1917 年开始，但同时我们也觉得，中国现代文学的产生有一个过程，中国现代文学教学开头就是五四，这太突然，还应该讲新文学是如何发生的，也即应该讲新文学的背景，从而让学生更深刻地理解中国现代文学，所以我们特别增加了"清末民初文学"这一部分，时间最早追溯到1895 年，这也算是我们的一个新尝试。

1949 年是中国文学发展的一个重要转折点，这是毫无争议的，中国文学的格局以及思想主体在新中国成立之后发生了翻天覆地的变化，所以它构成了中国当代文学的起始时间，特别是 20 世纪 80 年代"当代文学"作为学科阶段独立于"现代阶段"，此时的"现代阶段"与"当代阶段"各大约 30 年，这具有合理性，也大致是平衡的。但是随着当代文学在时间上的不断延伸，"现代"与"当代"的划分越来越不合理，也越来越不平衡，如果这种划分不改变，这种不平衡将会越来越明显。不论是"现代文学"还是"当代文学"，都主要是学术概念，而从学术的角度来说，"现代文学"研究更重要的是历史研究，它对当下文学的影响是阐释和借鉴性的，而"当代文学"研究更重要的是文学批评，作为批评，它直接参与当下文学的进程，也就是说，它对当代作家以及文学创作都有影响。事实上，"十七年"文学、"文革"文学甚至新时期文学已经越来越历史化，很多当时活跃的作家都已经不在人世，即使活着，也已经不再从事文学创作活动，文学批评对他们已经没有任何意义。所以，"十七年"文学、"文革"文学甚至新时期文学越来越不具有"当代"性，所以有人建议更改中国文学的"当代"起始时间，比如以 1976 年为起始，或者 20 世纪 90 年代初为起始，但我觉得这没有太大的意义，这种不断移动"当代"时间点的办法并不是一个好的办法，最好的办法是不再寻找这个时间点，而是换一种方式，按时间段来划分。我认为，中国现当代文学从五四开始，迄今共经历了9个阶段，分别是：

第一个10年，从1917年到1927年。

第二个10年，从1927年到1937年。

第三个10年，从1937年到1949年。

"十七年"文学，从1949年到1966年。

"文革"文学，从1966年到1976年。

新时期文学，从1976年到1981年。

20世纪80年代文学。

20世纪90年代文学。

新世纪文学。

其中，"新世纪文学"在命名上具有暂时性，在时间上目前还没有下限，只有随着时间的推移，中国文学发展出现大的变化之后，它的阶段性特征才会显示出来。

本书打破传统的文体或者思潮模式，而按照阶段性划分来进行编写。在时间上，上册从1895年到1949年，下册从1949年到2012年。

关于本书的编写，我们已经思考多年，从2008年起，我们学科就着手撰写中国现当代文学分段史，共10册，成员全部来自本学科。经过两年多的时间撰写，感觉比较顺利，于是我们申请浙江省高校自选主题重点教材建设项目"中国现当代文学史（上下）"，并获得通过，到2011年年底，集体合作的10册中国现当代文学分段史基本完稿，在这个基础上，我们又用了一年的时间来编写这部教材，每个撰写相对应的部分，以更好地表达内容为原则，而不追求人格分裂上的统一。现在终于完稿，虽然肯定仍然存在这样或那样的问题，但我们尽力了。

目前中国现当代文学史教材很多，我感觉很多教材都是陈陈相因。很多编纂者都缺乏对他们书写内容的深入研究，因而多是人云亦云甚至以讹传讹。我们最大的努力就是把教材编写建立在研究的基础上，希望能够提供一些新鲜的东西，不仅在教材内容上有所突破，在体例上也有所突破，也希望对中国现当代文学教学改革有所推进。

2013年4月9日于浙江师范大学

目　录

五四文学

小　说

20 世纪 30 年代文学

20 世纪 40 年代文学

清末民初文学

小　说

新中国未来记（节选）

梁启超

第一回　楔子

话表孔子降生后二千五百一十三年（今年二千四百五十三年），即西历二千零六十二年（今年二千零二年），岁次壬寅，正月初一日，正系我中国全国人民，举行维新五十年，大祝典之日，其时正值万国太平会议新成，各国全权大臣在南京，已经将太平条约画押。因尚有万国协盟专件，由我国政府及各国代表人提出者凡数十桩，皆未议妥，因此各全权尚驻节中国，恰好遇着我国举行祝典，诸友邦皆特派兵舰来庆贺。英国皇帝皇后，日本皇帝皇后，俄国大统领及夫人，菲律宾大统领及夫人，匈加利大统领及夫人，皆亲临致祝。其余列强皆有头等钦差代一国表贺意，都齐集南京。好不匆忙，好不热闹。那时我国民决议在上海地方开设大博览会。这博览会却不同寻常，不特陈设商务工艺诸物品而已，乃至各种学问宗教皆以此时开联合大会，各国专门名家大博士来集者不下数千人，各国大学学生来集者不下数万人。处处有演说坛，日日开讲论会，竟把偌大一个上海，连江北、连吴淞口、连崇明县，都变作博览会场了。这也不能尽表，单表内中一个团体，却是我国京师大学校文学科内之史学部，因欲将我中国历史的特质发表出来，一则激励本国人民的爱国心，一则令外国人都知道我黄帝子孙变迁发达之迹，因此在博览会场中央占了一个大大讲座，公举博士三十余人分类讲演。也有讲中国政治史的，也有讲中国哲学史、宗教史、生计史、财政史、风俗史、文学史的，亦不能尽表。单表内中一科，却是现任全国教育会会长、文学大博士孔老先生所讲。这位孔老先生名弘道，字觉民，山东曲阜县人，乃孔夫子旁支裔孙，学者称为曲阜先生。今年已经七十六岁，从小自备资斧，游学日本、美、英、德、法诸国，当维新时代，曾与民间各志士奔走国事，下狱两次。新政府立，任国宪局起草委员，转学部次官，后以病辞职，专尽力于民间教育事业，因此公举为教育会长……言归正传，却说这位老博士，今回所讲的甚么史呢？非是他书，乃系我们所最喜欢听的，叫做《中国近六十年史》。就从光绪二十八年壬寅讲起，讲到今年壬寅，可不是刚足六十年吗？这六十年中，算是中国存亡绝续的大关头，龙拿虎掷的大活剧，其中可惊可愕可悲可喜之事，不知多少，就是官局私家各著述，零零碎碎，也讲得不少，却未曾有一部真正详细圆满的好书出来。这位孔老先生学问文章，既已冠绝一时，况且又事事皆曾亲历，讲来一定越发亲切有味，不消说了。那时京师大学校及全国教育会出名登告白，请博士在博览场内史学会讲坛开讲，择定每来复一、来复三、来复五日下午一点钟至四点钟为讲期。二月初一日正是第一次讲义，那日听众男男女女买定入场券来听者足有二万人。内中却有一千多系外国人，英、美、德、法、俄、日、菲律宾、印度各国人都有。……看官，这位孔老先生在中国讲中国史，一定系用中国话了，外国人如何会听呢？原来，自我国维新以后，各种学术，进步甚速，欧美各国皆纷纷派学生来游学。据旧年统计表，全国学校共有外国学生三万余名，卒业归去者已经一千二百余名。这些人，自然都懂得中国话了。因闻得我国第一硕儒演说，如何不来敬听。……闲话休题，却说自从那日起，孔老先生登坛开讲，便有史学会干事员派定速记生从旁执笔，将这《中国近六十年史讲义》，从头至尾录出，一字不遗。一面速记，一面逐字打电报交与横滨《新小说》报社登刊。诸君欲知孔老先生所讲如何，请看下回分解。

（节选自《饮冰室合集·专集八十九》，中华书局 1987 年版）

官场现形记（节选）

李伯元

第十八回　颂德政大令挖腰包　查参案随员卖关节（节选）

却说胡统领自从到了严州，本地地方官备了行辕，屡次请他上岸去住，无奈他迷恋龙珠，为色所困，难舍难分，所以一直就在船上打了"水公馆"。后来接到上宪来文，叫他回省，他便把经手未完事件赶办清楚，定期动身。此番出省剿匪，共计浮开报销三十八万之谱：有些已经开支，有的尚待回省补领。胡统领心满意足。自己想想，总觉有点过意不去，便于其中提出二万：一万派给众位文武随员，以及老夫子、家人等众，一来叫他们感激，二来也好堵堵他们的嘴。周老爷虽非统领所喜，因为一切事情都是他经手，特地分给他三千。下余的一千、八百，三百、五百，大小不等。赵不了顶没用，也分到一百五十两银子，比起统领顶得意的门上曹二爷虽觉不如，在他已经乐的不可收拾了。

尚有一万，由统领交托周老爷，说道："本地绅士魏竹冈，他要敲兄弟三万，他的心未免太狠，我一时那里来得及。现在把这一万银子，托老兄替兄弟去安排安排，免得他们说话，大家不干净。倘若不够，只得请老兄替兄弟代挪数千金补上；再要多，我可没有了。"周老爷听了，心下寻思道："我的妈！你这钱若肯早拿几天，我也不至于托姓魏的写信到京里去了。现在事已如此，再出多些也无益，我乐得自己上腰，也犯不着再给姓魏的。我有了这个钱，回省之后另打主意，或者仍往山东一跑；将来就是他们参了出来，弄到放钦差查办，也与我不相干涉。"主意打定，仍旧恭而且敬的回答统领道："大人委办的事，卑职没有不尽心的。齐巧这两天他们那边也松了卜来，大约一万就可了事。"胡统领道："可见这些人是贱的。你不理他，一万也就好了；你若是依着他，只怕三万也不会了事。"周老爷心里好笑，嘴里不作声。

胡统领道："现在钱也出了，我的万民伞呢？这点虚面子，他们总不好少我的罢？"周老爷道："这个自然。"胡统领道："一万银子买几把布伞，我还是不要的好。"周老爷道："叫他们送缎子的。城里一把，四乡四把，至少也得五把。"胡统领道："我不是稀罕这个，为的是面子。被上司晓得，还说我替地方上出了怎么大一把力，连把万民伞还没有，面子上说不下去。"周老爷答应着。见话说完，退了下去。一头走，一头想，心想："这送万民伞的事情须得同本地绅士商量。现在这些人一齐把统领恨如切骨，说上去非但不听，而且还要受他们的句子。不如且到县里同庄某人斟酌斟酌再说。"

第三十回　认娘舅当场露马脚　饰娇女背地结鸳盟（节选）

　　齐巧这一天冒得官在统领前碰了钉子回家,心上没好气,开口就是骂人,一天到夜坐卧不定,茶饭无心,一个人走出走进,不是长吁,就是短叹,好像满肚皮心事似的。二婚头问他亦不响,一时摸不着头脑。后来问跟去的人,才晓得他同朱得贵的前后一本账。二婚头眉头一皱,计上心来。进得房中,先借别事开端,拿他软语温存了一番;然后慢慢的讲:"今日之事,虽说是上头制台的意思,然而统领实在亦是想拿我们的岔儿。这桩事情权柄还在统领手里,总得想个法儿修全修全才好。"冒得官道:"我的意思何尝不是如此。但是我们初到差,那里来的钱去交结他呢?"二婚头鼻子里嗤的一笑,道:"你们只晓得巴结上司非钱不行!"冒得官忙接嘴道:"除了钱,你还有甚么法子?"二婚头道:"法子是有,只怕你未见得能够做得到。于你的事无济,我反多添一层冤家,我想想不上算,还是不说罢。"冒得官道:"我此时是一点点主意都没有了。你有主意,你说出来,我们大家商量。倘若事情弄好了,也是大家好。"二婚头道:"你别忙,待我讲给你听。你不是说的统领专在女人身上用工夫吗?"冒得官道:"不错,他在女人身上用工夫。你总不能够去陪他,好替我当面求情?"二婚头把嘴一披道:"我不是那种混账女人!一个女人,好嫁几个男人的!"冒得官道:"你是再要清节没有,生平只嫁我一个!——现在这些闲话都不要讲,我们谈正经要紧。"二婚头把脸一板道:"倒亦不是这样讲。只要于你老爷事情有益,就苦着我的身体去干也不打紧。我听见你常提起,后营里周总爷不是先把他太太孝敬了统领才得的差使吗?只要于你老爷事情有益,这亦算不了甚么大事。人家好做,我亦办得到。只可惜我是四十岁的人了,统领见了不欢喜,不如年轻的好。"

　　冒得官道:"这个人那里去找呢?"二婚头道:"人是现成的,只要你拼得;光你拼得也没用,还要一个人拼得;最好亦要他本人愿意。"冒得官道:"你越说我越糊涂了。到底你说的是谁?"二婚头又故作沉吟道:"究竟权柄还在你手里。你是一家之主,说出来的话,要行就行,谁能驳回你去。"冒得官道:"你老实说罢,可急死我了!"二婚头又踌躇一回,道:"其实事情是大家之事,又不是我一人之事。我说了出来也为的是众人,并不是老爷得了好处我一个人享福。"冒得官接着又顶住他问:"所说的到底是那一个?"二婚头至此方说道:"这件事不要来问我,你去同你令爱小姐商量。"

　　冒得官听了,顿口无言。二婚头道:"男大须婚,女大须嫁。人家养了姑娘,早晚总得出阁的。出阁就成了人家的人,总不能拿他当儿子看待,留在家里一辈子。既然终须出阁,做大亦是做,做小亦是做。与其配了个中等人家做大,我看不如送给一个阔人做小。他自己丰衣足食,乐得受用;就是家里的人,也好跟着沾点光。为人在世，须图实在，为这虚名上也不知误了多少人，我的眼睛里着实见过不少了。"

冒得官听了，摇头道："我如今总算是三品的职分，官也不算小了，我们这种人家也不算低微了，怎么好拿女儿送给人家做小老婆呢？这句话非但太太不答应，小姐不愿意，就是我也不以为然！"二婚头见他不允，又鼻子里嗤的一笑，道："我早晓得我这话是白说的，果不出我之所料。大家落拓大家穷，并不是我一人之事。从今以后，你们好歹都与我不相干涉，你们不必来问我，我也不来管你们的闲事！"说完，便自赌气先去睡觉去了。

冒得官也不言语，独自盘算了一夜，始终想不出一条修全的法子。慢慢的回想到二婚头的话，毕竟不错，除此之外，并没有第二条计策。于是又从床上把二婚头唤醒，称赞他的主意不错，同他商量怎样办法。此时二婚头惟恐不能报仇，一见冒得官从他之计，便亦欣然乐从，把嘴附在冒得官的耳朵上，如此如此，这般这般，传授了一个极好的办法。冒得官连连点头称"是"。

第三十六回　骗中骗又逢鬼魅　强中强巧遇机缘（节选）

单说此时做湖广总督的乃是一位旗人，名字叫做湍多欢。这人内宠极多，原有十个姨太太，湖北有名的叫做"制台衙门十美图"。上年有个属员，因想他一个什么差使，又特地在上海买了两个绝色女子送他。湍制台一见大喜，立刻赏收；从此便成了十二位姨太太。湖北人又改称他为"十二金钗"，不说"十美图"了。

……

合当他色运亨通，这几天止衙门不见客，他为一省之主，一举一动，做属员的都刻刻留心，便有一位候补知县，姓过名翘，打听得制台所以止辕之故，原来为此。这人本是有家，到省虽不多年，却是善于钻营，为此中第一能手。他既得此消息，并不通知别人，亦不合人商量。从汉口到上海只有三天多路，一水可通。他便请了一个月的假，带了一万多银子，面子上说到上海消遣，其实是暗中物色人材。一要要了二十来天，并无所遇。看看限期将满，遂打电报叫湖北公馆替他又续了二十天的假。四处托人，才化了八百洋钱从苏州买到一个女人带回上海。过老爷意思说："孝敬上司，至少一对起码。"然而上海堂子里看来看去都不中意。后首有人荐了一个局，跟局的是个大姐，名字叫迷齐眼小脚阿毛，面孔虽然生得肥胖，却是眉眼传情，异常流动。过老爷一见大喜，着实在他家报效，同这迷齐眼小脚阿毛订了相知。有天阿毛到过老爷栈房里玩耍，看见了苏州买的女人，阿毛还当是过老爷的家眷。后首说来说去，才说明是替湖北制台讨的姨太太。这话传到阿毛娘的耳朵里，着实羡慕，说："别人家勿晓得阿是前世修来格！"过老爷道："只要你愿意，我就把你们毛官讨了去，也送给制台做姨太太，可好？"阿毛的娘还未开口，过老爷已被阿毛一把拉住辫子，狠狠的打了两下嘴巴，说道："倪是要搭耐轧姘头格，倪勿做啥制台格小老妈！"又过了两天，倒是阿毛的娘做媒，把他外甥女——也是做大姐，名字叫阿土的——说给了过老爷。过老爷看过，甚是对眼。阿毛的娘说道："倪外甥男鱼才好格，不过脚大点。"过老爷也打着强苏白说道："不要紧格。制台是旗人，大脚是看惯格。"就问要多少钱。阿毛的娘说："俚有男人格，现在搭俚男人了断，连一应使费才勒海，一共要耐一千二百块洋钱。"过老爷一口应允。次日人钱两交。又过了几天。过老爷见事办妥，所费不多，甚是欢喜。又化了几千银子制办衣饰，把他二人打扮得焕然一新；又买了些别的礼物。诸事停当，方写了江裕轮船的官舱，径回湖北。

……

且说过老爷带了两个女人先回到自己家中，把他太太住的正屋腾了出来让两位候补姨太太居住。制台跟前文巡捕，有个是他拜把子的，靠他做了内线，又重重的送了一分上海礼物，托他趁空把这话回了制台。这两月湍制台正因身旁没有一个随心的人，心上颇不高兴；一听这话，岂有不乐之理。忙说："多少身价？由我这里还他。"巡捕回道："这是过令竭诚报效的，非但身价不敢领，就是衣服首饰，统通由过令制办齐全，送了进来。"湍制台听了，皱着眉头道："他化的钱不少罢？"巡捕道："两三万银子过令还报效得起。他在大帅手下当差，大帅要栽培他，那里不栽培他。他就再报效些，算得甚么。只要大帅肯赏收，他就快活死了！就请大帅吩咐个吉日好接进来。"湍制台道："看什么日子！今儿晚上抬进来就是了。"从前湍制台娶第十位姨太太的时候，九姨太正在红头上，寻死觅活，着实闹了一大阵，有半年多没有平复。这回的事情原是他自己不好，湍制台因此也就公然无忌，倏地一添就添了两位。九姨太竟其无可如何，有气瘪在肚里，只好骂自己用的丫头、老妈出气。湍制台亦不理他。

（节选自《官场现形记》，人民文学出版社 1957 年版）

二十年目睹之怪现状（节选）

吴趼人

第二回　守常经不使疏逾戚　睹怪状几疑贼是官（节选）

　　我是好好的一个人，生平并未遭过大风波、大险阻，又没有人出十万两银子的赏格来捉我，何以将自己好好的姓名来隐了，另外叫个什么九死一生呢？只因我出来应世的二十年中，回头想来，所遇见的只有三种东西：第一种是蛇虫鼠蚁；第二种是豺狼虎豹；第三种是魑魅魍魉。二十年之久，在此中过来，未曾被第一种所蚀，未曾被第二种所啖，未曾被第三种所攫，居然被我都避了过去，还不算是九死一生么？所以我这个名字，也是我自家的纪念。

　　记得我十五岁那年，我父亲从杭州商号里寄信回来，说是身上有病，叫我到杭州去。我母亲见我年纪小，不肯放心叫我出门，我的心中，是急的了不得。迨后又连接了三封信，说病重了，我就在我母亲跟前，再四央求，一定要到杭州去看看父亲。我母亲也是记挂着，然而究竟放心不下。忽然想起一个人来，这个人姓尤，表字云岫，本是我父亲在家时最知己的朋友，我父亲很帮过他忙的。想着托他伴我出门，一定是千稳万当。于是叫我亲身去拜访云岫，请他到家，当面商量。承他盛情，一口应允了。收拾好行李，别过了母亲，上了轮船，先到上海。那时，还没有内河小火轮呢，就趁了航船，足足走了三天，方到杭州。

　　两人一路问到我父亲的店里，那知我父亲已经先一个时辰咽了气了。一场痛苦，自不必言。那时店中有一位当手，姓张，表字鼎臣。他待我哭过一场，然后拉我到一间房内，问我道："你父亲已是没了，你胸中有什么主意呢？"我说："世伯，我是小孩子，没有主意；况且遭了这场大事，方寸已乱了，如何还有主意呢？"张道："同你来的那位尤公，是世好么？"我说："是，我父亲同他是相好。"张道："如今你父亲是没了，这件后事，我一个人担负不起，总要有个人商量方好。你年纪又轻，那姓尤的，我恐怕他靠不住。"我说："世伯何以知道他靠不住呢？"张道："我虽不懂得风鉴，却是阅历多了，有点看得出来。你想还有什么人可靠的呢？"我说："有一位家伯，他在南京候补，可以打个电报请他来一趟。"张摇头道："不妙，不妙！你父亲在时最怕他，他来了就罗唆的了不得。虽是你们骨肉至亲，我却不敢与他共事。"我心中此时暗暗打主意：这张鼎臣虽是父亲的相好，究竟我从前未曾见过他，未知他平日为人如何？想来伯父总是自己人，岂有办大事不请自家人，反靠外人之理？想罢，便道："请世伯一定打个电报给家伯罢。"张道："既如此，我就照办就是了。然而有一句话，不能不对你说明白：你父亲临终时，交代我说，如果你赶不来，抑或你母亲不放心，不叫你来，便叫我将后事料理停当，搬他回去，并不曾提到你伯父呢。"我说："此时只怕是我父亲病中偶然忘了，故未说起，也未可知。"张叹了一口气，便起身出来了。

到了晚间，我在灵床旁边守着。夜深人静的时候，那尤云岫走来，悄悄问道："今日张鼎臣同你说些什么？"我说："并未说什么。他问我讨主意，我说没有主意。"尤顿足道："你叫他同我商量呀！他是个素不相识的人，你父亲没了，又没有见着面，说着一句半句话儿，知道他靠得住不呢！好歹我来监督着他。以后他再问你，你必要叫他同我商量。"说着，去了。

过了两日，大殓过后，我在父亲房内，找出一个小小皮箱。打开看时，里面有百十来块洋钱，想来这是自家零用，不在店账内的。母亲在家寒苦，何不先将这笔钱，先寄回去母亲使用呢？而且家中也要设灵挂孝，在在都是要用钱的。想罢，便出来与云岫商量。云岫道："正该如此。这里信局不便，你交给我，等我同你带到上海，托人带回去罢！上海来往人多呢。"我问道："应该寄多少呢？"尤道："自然是愈多愈好呀。"我入房点了一点，统共一百三十二元，便拿出来交给他。他即日就动身到上海，与我寄银子去了。可是这一去，他便在上海耽搁住，再也不回杭州。

又过了十多天，我的伯父来了，哭了一场。我上前见过。他便叫带来的底下人，取出烟具吸鸦片烟。张鼎臣又拉我到他房里问道："你父亲是没了，这一家店，想来也不能再开了。若把一切货物盘顶与别人，连收回各种账目，除去此次开销，大约还有万金之谱。可要告诉你伯父吗？"我说："自然要告诉的，难道好瞒伯父吗？"张又叹口气，走了出来，同我伯父说些闲话。

那时我因为刻讣帖的人来了，就同那刻字人说话。我伯父看见了，便立起来问道："这讣帖底稿是那个起的呢？"我说道："就是侄儿起的。"我的伯父拿起来一看，对着张鼎臣说道："这才是吾家千里驹呢！这讣闻居然是大大方方的，期、功、缌麻，一点也没有弄错。"鼎臣看着我，笑了一笑，并不回言。伯父又指着讣帖当中一句问我道："你父亲今年四十五岁，自然应该作'享寿四十五岁'，为甚你却写做'春秋四十五岁'呢？"我说道："四十五岁，只怕不便写作'享寿'。有人用的是'享年'两个字。侄儿想去，年是说不着享的，若说那'得年'、'存年'这又是长辈出面的口气。侄儿从前看见古时的墓志碑铭，多有用'春秋'两个字的，所以借来用用，倒觉得拢统些，又大方。"伯父回过脸来，对鼎臣道："这小小年纪，难得他这等留心呢。"说着，又躺下去吃烟。

鼎臣便说起盘店的话。我伯父把烟枪一丢，说道："着，着！盘出些现银来交给我代他带回去，好歹在家乡也可以创个事业呀。"商量停当，次日张鼎臣便将这话传将出来，就有人来问。一面张罗开吊。

　　过了一个多月，事情都停妥了，便扶了灵柩，先到上海。只有张鼎臣因为盘店的事未曾结算清楚，还留在杭州，约定在上海等他。我们到了上海，住在长发栈。寻着了云岫。等了几天，鼎臣来了，把账目、银钱都交代出来，总共有八千两银子，还有十条十两重的赤金。我一总接过来，交与伯父。伯父收过了，谢了鼎臣一百两银子。过了两天，鼎臣去了。临去时，执着我的手，嘱咐我回去好好的守制读礼，一切事情不可轻易信人。我唯唯的应了。

　　此时我急着要回去。怎奈伯父说在上海有事，今天有人请吃酒，明天有人请看戏，连云岫也同在一处，足足耽搁了四个月。到了年底，方才扶着灵柩，趁了轮船回家乡去，即时择日安葬。过了残冬，新年初四五日，我伯父便动身回南京去了。

　　我母子二人，在家中过了半年。原来我母亲将银子一齐都交给伯父带到上海，存放在妥当钱庄里生息去了，我一向未知；到了此时，我母亲方才告诉我，叫我写信去支取利息。写了好几封信，却只没有回音。我又问起托云岫寄回来的钱，原来一文也未曾接到。此事怪我不好，回来时未曾先问个明白，如今过了半年，方才说起，大是误事。急急走去寻着云岫，问他原故。他涨红了脸说道："那时我一到上海，就交给信局寄来的，不信，还有信局收条为凭呢！"说罢，就在账箱里、护书里乱翻一阵，却翻不出来。又对我说道："怎么你去年回来时不查一查呢？只怕是你母亲收到了用完了，忘记了罢！"我道："家母年纪又不很大，那里会善忘到这么着？"云岫道："那么我不晓得了。这件事幸而碰着我，如果碰到别人，还要骂你撒赖呢！"我想想这件事本来没有凭据，不便多说，只得回来告诉了母亲，把这事搁起。

　　（节选自《二十年目睹之怪现状》，百花州文艺出版社 1988 年版）

老残游记（节选）

刘 鹗

卷二 历山山下古帝遗踪 明湖湖边美人绝调（节选）

到了十二点半钟，看那台上，从后台帘子里面，出来一个男人，穿了一件蓝布长衫，长长的脸儿，一脸疙瘩，仿佛风干福橘皮似的，甚为丑陋。但觉得那人气味到还沉静，出得台来，并无一语，就往半桌后面左手一张椅子上坐下，慢慢的将三弦子取来，随便和了和弦，弹了一两个小调，人也不甚留神去听。后来弹了一枝大调，也不知道叫什么牌子；只是到后来，全用轮指，那抑扬顿挫，入耳动心，恍若有几十根弦，几百个指头，在那里弹似的。这时台下叫好的声音不绝于耳，却也压不下那弦子去。这曲弹罢，就歇了手，旁边有人送上茶来。

停了数分钟时，帘子里面出来一个姑娘，约有十六七岁，长长鸭蛋脸儿，梳了一个抓髻，戴了一副银耳环，穿了一件蓝布外褂儿，一条蓝布裤子，都是黑布镶滚的。虽是粗布衣裳，到十分洁净。来到半桌后面右手椅子上坐下。那弹弦子的便取了弦子，铮铮鏦鏦弹起。这姑娘便立起身来，左手取了梨花简，夹在指头缝里，便丁丁当当的敲，与那弦子声音相应；右手持了鼓捶子，凝神听那弦子的节奏。忽羯鼓一声，歌喉遽发，字字清脆，声声宛转，如新莺出谷，乳燕归巢。每句七字，每段数十句，或缓或急，忽高忽低；其中转腔换调之处，百变不穷，觉一切歌曲腔调俱出其下，以为观止矣。

旁坐有两人，其一人低声问那人道："此想必是白妞了罢？"其一人道："不是。这人叫黑妞，是白妞的妹子。他的调门儿都是白妞教的，若比白妞，还不晓得差多远呢！他的好处人说得出，白妞的好处人说不出。他的好处人学的到，白妞的好处人学不到。你想，这几年来，好顽耍的谁不学他们的调儿呢？就是窑子里的姑娘，也人人都学，只是顶多有一两句到黑妞的地步，若白妞的好处，从没有一个人能及他十分里的一分的。"说着的时候，黑妞早唱完，后面去了。这时满园子里的人，谈心的谈心，说笑的说笑。卖瓜子、落花生、山里红、核桃仁的，高声喊叫着卖，满园子里听来都是人声。

正在热闹哄哄的时节，只见那后台里，又出来了一位姑娘，年纪约十八九岁，装束与前一个毫无分别，瓜子脸儿，白净面皮，相貌不过中人以上之姿，只觉得秀而不媚，清而不寒，半低着头出来，立在半桌后面，把梨花简丁当了几声，煞是奇怪：只是两片顽铁，到他手里，便有了五音十二律似的。又将鼓捶子轻轻的点了两下，方抬起头来，向台下一盼。那双眼睛，如秋水，如寒星，如宝珠，如白水银里头养着两丸黑水银，左右一顾一看，连那坐在远远墙角子里的人，都觉得王小玉看见我了；那坐得近的，更不必说。就这一眼，满园子里便鸦雀无声，比皇帝出来还要静悄得多呢，连一根针吊在地下都听得见响！

王小玉便启朱唇，发皓齿，唱了几句书儿。声音初不甚大，只觉入耳有说不出来的妙境：五脏六腑里，像熨斗熨过，无一处不伏贴；三万六千个毛孔，像吃了人参果，无一个毛孔不畅快。唱了十数句之后，渐渐的越唱越高，忽然拨了一个尖儿，像一线钢丝抛入天际，不禁暗暗叫绝。那知他于那极高的地方，尚能回环转折，几啭之后，又高一层，接连有三四叠，节节高起。恍如由傲来峰西面，攀登泰山的景象：初看傲来峰削壁千仞，以为上与天通；及至翻到傲来峰顶，才见扇子崖更在傲来峰上；及至翻到扇子崖，又见南天门更在扇子崖上：愈翻愈险，愈险愈奇。

那王小玉唱到极高的三四叠后，陡然一落，又极力骋其千回百折的精神，如一条飞蛇在黄山三十六峰半中腰里盘旋穿插，顷刻之间，周匝数遍。从此以后，愈唱愈低，愈低愈细，那声音渐渐的就听不见了。满园子的人都屏气凝神，不敢少动。约有两三分钟之久，仿佛有一点声音从地底下发出。这一出之后，忽又扬起，像放那东洋烟火，一个弹子上天，随化作千百道五色火光，纵横散乱。这一声飞起，即有无限声音俱来并发。那弹弦子的亦全用轮指，忽大忽小，同他那声音相和相合，有如花坞春晓，好鸟乱鸣。耳朵忙不过来，不晓得听那一声的为是。正在撩乱之际，忽听霍然一声，人弦俱寂。这时台下叫好之声，轰然雷动。

卷五　烈妇有心殉节　乡人无意逢殃（节选）

话说老董说到此处，老残问道："那不仍就把这人家爷儿三个都站死了吗？"老董道："可不是呢！那吴举人到府衙门请见的时候，他女儿——于学礼的媳妇——也跟到衙门口，借了延生堂生药铺里坐下，打听消息。听说府里大人不见他父亲，已到衙门里头求师爷去了，吴氏便知事体不好，立刻叫人把三班头儿请来。

"那头儿姓陈，名仁美，是曹州府著名的能吏。吴氏将他请来，把被屈的情形告诉了一遍，央他从中设法。陈仁美听了，把头连摇几摇，说：'这是强盗报仇，做的圈套。你们家又有上夜的，又有保家的，怎么就让强盗把赃物送到家中屋子里还不知道？也算得个特等马糊了！'吴氏就从手上抹下一副金镯子，递给陈头，说：'无论怎样，总要头儿费心！但能救得三人性命，无论花多少钱都愿意！不怕将田地房产卖尽，咱一家子要饭吃去都使得！'

"陈头儿道：'我去替少奶奶设法，做得成也别欢喜，做不成也别埋怨，俺有多少力量用多少力量就是了。这早晚，他爷儿三个恐怕要到了，大人已是坐在堂上等着呢。我赶快替少奶奶打点去。'说罢告辞。回到班房，把金镯子望堂中桌上一搁，开口道：'诸位兄弟叔伯们，今儿于家这案明是冤枉，诸位有什么法子，大家帮凑想想。如能救得他们三人性命，一则是件好事，二则大家也可沾润几两银子。谁能想出妙计，这副镯就是谁的。'大家答道：'那有一准的法子呢！只好相机行事，做到那里说那里话罢。'说过，各人先去通知已站在堂上的伙计们留神方便。

"这时于家父子三个已到堂上。玉大人叫把他们站起来。就有几个差人横拖倒拽，将他三人拉下堂去。这边值日头儿就走到公案面前，跪了一条腿，回道：'禀大人的话：今日站笼没有空子，请大人示下。'那玉大人一听，怒道：'胡说！我这两天记得没有站什么人，怎会没有空子呢？'值日差回道：'只有十二架站笼，三天已满。请大人查簿子看。'

"大人一查簿子，用手在簿子上点着说：'一，二，三：昨儿是三个。一，二，三，四，五：前儿是五个。一，二，三，四：大前儿是四个。没有空，到也不错的。'差人又回道：'今儿可否将他们先行收监？明天定有几个死的，等站笼出了缺，将他们补上好不好？请大人示下。'

"玉大人凝了一凝神，说道：'我最恨这些东西！若要将他们收监，岂不是又被他多活了一天去了吗？断乎不行！你们去把大前天站的四个放下，拉来我看。'差人去将那四人放下，拉上堂去。大人亲自下案，用手摸着四人鼻子，说道：'是还有点游气。'复行坐上堂去说：'每人打二千板子，看他死不死！'那知每人不消得几十板子，那四个人就都死了。

"众人没法，只好将于家父子站起，却在脚下选了三块厚砖，让他可以三四天不死，赶忙想法。谁知什么法子都想到，仍是不济。

"这吴氏真是好个贤惠妇人。他天天到站笼前来灌点参汤，灌了回去就哭，哭了就去求人，响头不知磕了几千，总没有人挽回得动这玉大人的牛性。于朝栋究竟上了几岁年纪，第三天就死了。于学诗到第四天也就差不多了。吴氏将于朝栋尸首领回，亲视含殓，换了孝服，将他大伯、丈夫后事嘱托了他父亲，自己跪到府衙门口，对着于学礼哭了个死去活来。末后向他丈夫说道：'你慢慢的走，我替你先到地下收拾房子去！'说罢，袖中掏出一把飞利的小刀，向脖子上只一抹，就没有了气了。

"这里三班头脑陈仁美看见，说：'诸位，这吴少奶奶的节烈，可以请得旌表的。我看，倘若这时把于学礼放下来，还可以活。我们不如借这个题目上去替他求一求罢。'众人都说：'有理。'陈头立刻进去找了稿案门上，把那吴氏怎样节烈说了一遍，又说：'民间的意思说：这节妇为夫自尽，情实可悯，可否求大人将他丈夫放下，以慰烈妇幽魂？'稿案说：'这话很有理，我就替你回去。'抓了一顶大帽子戴上，走到签押房，见了大人，把吴氏怎样节烈，众人怎样乞恩，说了一遍。

"玉大人笑道：'你们到好，忽然的慈悲起来了！你会慈悲于学礼，你就不会慈悲你主人吗？这人无论冤枉不冤枉，若放下他，一定不能甘心，将来连我前程都保不住。俗语说的好，"斩草要除根"，就是这个道理。况这吴氏尤其可恨，他一肚子觉得我冤枉了他一家子。若不是个女人，他虽死了，我还要打他二千板子出出气呢！你传话出去：谁要再来替于家求情，就是得贿的凭据，不用上来回，就把这求情的人也用站笼站起来就完了！'稿案下来，一五一十将话告知了陈仁美。大家叹口气就散了。

"那里吴家业已备了棺木前来收殓。到晚，于学诗、于学礼先后死了。一家四口棺木，都停在西门外观音寺里，我春间进城还去看了看呢。"

老残道："于家后来怎么样呢，就不想报仇吗？"老董说道："那有什么法子呢！民家被官家害了，除却忍受，更有什么法子？倘若是上控，照例仍旧发回来审问，再落在他手里，还不是又饶上一个吗？"

（节选自《老残游记》，人民文学出版社 1957 年版）

孽海花（节选）

曾　朴

第二十四回　愤舆论学士修文　救藩邦名流主战（节选）

那当儿，彩云恰从城外湖南会馆看了堂会戏回来，卸了浓妆，脱了艳服，正在梳妆台上，支起了金粉镜，重添眉翠，再整鬓云，听见雯青掀帘跨进房来，手里只管调匀脂粉，要往脸上扑，嘴里说道："今儿回来多早呀！别有什么不？"说到这里，才回过头来。忽见雯青已撞到了上回并枕谈心的那张如意软云榻边，却是气色青白，神情恍惚，睁着眼愣愣的直盯在自己身上，顿了半晌，才说道："你好！你骗得我好呀！"彩云摸不着头脑，心里一跳，脸上一红，倒也愣住了。正想听雯青的下文，打算支架的话，忽见雯青说罢这两句话，身体一晃，两手一撒，便要往前磕来。彩云是吃过吓来的人，见势不好，说声："怎么了，老爷？"抢步过来，拦腰一抱，脱了官帽，禁不住雯青体重，骨碌碌倒金山摧玉柱的两个人一齐滚在榻上。等到那班跟进来的家人从外套房赶来，雯青早已直挺挺躺好在榻上。彩云喘吁吁腾出身来，在那里老爷老爷的推叫。谁知雯青此时索性闭了眼，呼呼的鼾声大作起来。彩云轻轻摸着雯青头上，原来火辣辣热得烫手，倒也急得哭起来，问着家人们道："这是怎么说的？早起好好儿出去，这会儿到底儿打哪儿回来？成了这个样儿呢？"家人们笑着道："老爷今儿的病，多管有些古怪，在衙门里给庄大人谈公事，还是有说有笑的，就从衙内出来，不晓得半路上，听了些什么话，顿时变了，叫奴才们哪儿知道呢！"正说着，只见张夫人也皱着眉，颤巍巍的走进来，问着彩云道："老爷呢？怎么又病了！我真不懂你们是怎么样的了！"彩云低头不语，只好跟着张夫人走到雯青身边，低低道："老爷发烧哩！"随口又把刚才进房的情形，说了几句。张夫人就坐在榻边儿上，把雯青推了几推，叫了两声，只是不应。张夫人道："看样儿，来势不轻呢！难道由着病人睡在榻上不成！总得想法儿挪到床上去才对！"彩云道："太太说得是。可是老爷总喊不醒，怎么好呢！"

正为难间，忽听雯青嗽了一声，一翻身就硬挣着要抬起头来，睁开眼，一见彩云，就目不转睛的看她，看得彩云吃吓，不免倒退了几步。忽见雯青手指着墙上挂的一幅德将毛奇的画像道："哪，哪，哪，你们看一个雄赳赳的外国人，头顶铜兜，身挂勋章，他多管是来抢我彩云的呀！"张夫人忙上前扶了雯青的头，凑着雯青道："老爷醒醒，我扶你上床去，睡在家里，那儿有外国人！"雯青点点头道："好了，太太来了！我把彩云托给你，你给我好好收管住了，别给那些贼人拐了去!"张夫人一面吮吮的答应,一面就趁势托了雯青颈脖,坐了起来,忙给彩云招手道:"你来,你先把老爷的腿挪下榻来,然后我抱着左臂,你扶着右臂,好夕弄到床上去。"彩云正听着雯青的话,有些胆怯,忽听张夫人又叫她,磨蹭了一会,没奈何,只得硬着头皮走上来,帮着张夫人半拖半抱,把雯青扶下地来,站直了,卸去袍褂,慢慢地一步晃一步的,迈到了床边儿上。此时雯青并不直视彩云,倒伸着头东张西望,好像要找一件东西似的。一时间眼光溜到床前镜台上,摆设的一只八音琴,就看往了。原来这八音琴,与寻常不同,是雯青从德国带回来的,外面看着,是一只火轮船的雏型,里面机括,却包含着无数音谱,开了机关,放在水面上,就会一面启轮,一面奏乐的。不想雯青楞了一会,喊道:"啊呀,不好了! 萨克森船上的质克,驾着大火轮,又要来给彩云寄什么信了! 太太,这个外国人贼头鬼脑,我总疑着他。我告你,防着点儿,别叫他上我门!"雯青这句话,把张夫人倒蒙住了,顺口道:"你放心,有我呢,谁敢来!"彩云却一阵心慌,一松手,几乎把雯青放了一跤。张夫人看了彩云一眼道:"你怎么的?"于是妻妾两人,轻轻的把雯青放平在床上,垫平了枕,盖严了被,张夫人已经累得面红气促,斜靠在床栏上。彩云刚刚跨下床来,忽见雯青脸色一红,双眉直竖,满面怒容,两只手只管望空乱抓。张夫人倒吃一吓道:"老爷要拿什么?"雯青睁着眼道:"阿福这狗才,今儿我抓住了,一定要打死他!"张夫人道:"你怎么忘了? 阿福早给你赶出去了!"雯青道:"我明明看见他笑嘻嘻手里还拿了彩云的一支钻石莲蓬簪,一闪就闪到床背后去了。"张夫人道:"没有的事,那簪儿好好儿插在彩云头上呢!"雯青道:"太太你哪里知道? 那簪儿是一对儿呢,花了五千马克,在德国买来的。你不见如今只剩了一支吗? 这一支,保不定明儿还要落到戏子手里去呢!"说罢,嗐了一声。张夫人听到这些话,无言可答,就揭起了半角帐儿,望着彩云。只见彩云倒躲在墙边一张躺椅上,低头弄着手帕儿。张夫人不免有气,就喊道:"彩云! 你听老爷尽说胡话,我又搅不清你们那些故事儿,还是你来对答两句,倒怕要清醒些哩!"彩云半抬身挪步前行,说道:"老爷今天七搭八搭,不知道说些什么,别说太太不懂,连我也不明白,倒怪怕的。"说时已到床前,钻进帐来,刚与雯青打个照面。谁知这个照面不打,倒也罢了,这一照面,顿时雯青鼻搐唇动,一手颤索索拉了张夫人的袖,一手指着彩云道:"这是谁?"张夫人道:"是彩云呀! 怎么也不认得了?"雯青咽着嗓子道:"你别冤我,哪里是彩云? 这个人明明是赠我盘费进京赶考的那个烟台妓女梁新燕。我不该中了状元,就背了旧约,送她五百银子,赶走她的。"说到此,咽住了,倒只管紧靠了张夫人道:"你救我呀! 我当时只为了怕人耻笑,想不到她竟会吊死,她是来报仇!"一言未了,眼睛往上一翻,两脚往上一伸,一口气接不上,就厥了过去。张夫人和彩云一见这光景,顿时吓做一团。

满房的老妈丫头,也都鸟飞鹊乱起来,喊的喊,拍的拍,握头发的,掐人中的,闹了一个时辰,才算回了过来。寒热越发重了,神智越发昏了,直到天黑,也没有清楚一刻。张夫人知道这病厉害,忙叫金升拿片子去请陆大人来看脉。

(节选自《孽海花》,人民文学出版社 1959 年版)

狮子吼（节选）

陈天华

楔子

　　小子把那寄来的书，细心一看，说距今四千五百年之前，有一混沌国，周围有了七万里，人口四万万，他的祖先，也曾轰轰烈烈做过来，四傍各国都称他是天朝。只有一件大大的不好处：自古传下什么忠君邪说，不问本族外族，只要屁股坐了金杌，遂尊他是皇帝。本族之中，有想恢复的，他遂自己杀起自己来，全不要外族费力。所以这一偌大的文明种族，被那傍边的小小野蛮种族侵制，也非一朝一次。最末之一朝，就是混沌国东北方一种野蛮人，人口只有五百万，倒杀了混沌人十分之九，占领混沌国二百多年。末年又来了什么蚕食国、鲸吞国、狐媚国，都比这种野蛮又强得远，把混沌国一块一块的割送他们。混沌人也不知不觉，随他送情。谁知这些国狠恶无比，或用强硬手段，杀人如麻；或用软和手段，全不杀人，只将混沌人的生计，一概夺尽。混沌人不能婚娶，遂渐渐的死亡尽了。兼之各国自己的教育是狠好的，惟对待混沌人全不施点教育，由半文半野降为全野蛮，由全野蛮降为无知觉的下等动物。各国和人家开起战来，把来挡枪炮，有工程做，把来当牛马。不上三百年，这种人遂全归乌有了。全书共有一百余页，读了一遍，又触动了小子以前的毛病，不觉得悲从中来。想道：这混沌国，不知在今那一块，何当日的事迹，和今日的情形一一吻合也。稀奇得狠，想了一回，援笔于后写了几句：

> 恨事有何尽，悠悠成古今。
>
> 优存劣败理，仔细去推寻。

　　又吟咏了数次，精神已倦，遂在杌上睡去了。忽见盟友华人梦，慌忙走进来说道："俄罗斯重占东三省，英国乘机派了长江总督，兵舰三十只，已入吴淞口，不日就抵江宁。"余一惊不小，同华人梦走出大门，街上异常慌张。忽有数人翎顶军衣，手持高脚牌，上写："两江总督部堂谕示：大英督宪不日下车，此系钦奉谕旨允准，且只管理通商事宜，并非有碍大清主权。凡尔军民，切勿妄造谣言，致取咎戾。切切特示！"又有人说："南汇、江阴已经起事，省城已派大兵去了。"余向华人梦说道："事已至此，只得向南汇、江阴走一遭，与我亲爱的同胞同死在一处，免在这里同着他们当奴才。"人梦也以为然，即骑了马，跑到江阴。只见洋兵和官兵共在一块，无数万的男女都被赶下江去。有一小队之义勇尚在那方撕杀。正想上前帮助,义勇队已大败特败,四处奔散。一队马兵冲过来,华人梦已不知去向了。只有小子一人,跌在深沟之内得保性命。及闻人声渐远,才敢爬上来。乃是一个深山,虎狼无数。小子比时,魂飞天外,恰要走时,已被他们望见,飞奔前来。起头想空手拦挡,不料已被抓倒在地,右臂已嚼上一口,痛入骨髓,长号一声。

原来此山有一只大狮,睡了多年,因此虎狼横行,被我这一号,遂号醒来了,翻身起来大吼一声。那些虎狼,不要命的走了。山风忽起,那狮追风逐电似的追那些虎狼去了。小子正吓的了不得,忽又半空之中一派音乐,云端坐一神人,穿着上古衣冠,两旁侍者无数。小子素来不信那小说上仙佛之事,到此将信将疑,不觉倒身下拜。只见那位神人言道:"吾乃汉人始祖轩辕黄帝是也。吾子孙不幸为逆胡所制,今逆胡之数已终,光复之日期不远,汝命本当死于野兽之口,今特赐汝还阳,重睹光复盛事。"言罢,把拂一挥,遂不见了。转眼又不是山中,乃是一个极大都会,街广十丈,都是白石,洁净无尘,屋宇皆七层,十二分的华美,街上的电气车,往来如织;半空中修着铁桥在上行走火车;底下穿着地洞,也有火车行走。讲不尽富贵繁华,说不尽奇丽巧妙。心中想道:这是什么地方?恐怕伦敦、巴黎也没有这样。又到一个大会场,大书"光复五十年纪念会"。那会场足足有了七八里,一个大门,高耸云表,扁额上写"日月光华"四字,用珍珠嵌就,又有一副对联:

> 相待何年?修种族战史;
> 不图今日,见汉官威仪。

门前两根铁旗杆,扯两面大国旗,黄缎为地,中绣一只大狮,足有二丈长,一丈六尺宽。其余各国的国旗,悬挂四面。进了大门,那熙来攘往的人民,和那高大可喜的房屋,真是天上有人间无了。左厢当中,有一座大戏台,共分三层,处处雕琢玲珑,金碧辉耀,眼都开不得了。台上的电灯,约有数百盏,又用瓦斯装成一个横扁,一副对联。扁上所写的是"我武维扬",对联云:

> 扫三百年狼穴,扬九万里狮旗,知费几许男儿血购来,到今日才称快快;
> 翻二十纪舞台,光五千秋种界,全从一部黄帝魂演出,愿同胞各自思思。

乐声忽动,帘幕揭开,无数的优伶,正在那里演戏。

……

只觉音韵悠扬,饶有别致,非同尘世的词曲。又到那右厢,大书"共和国图书馆",那书册不知有几十万册,多是生平所没见过的。有一巨册,金字标题"共和国岁计统计",内称:全国大小学堂三十余万所,男女学生六千余万。陆军常备军二百万,预备兵及后备兵八百万。海军将校士卒共一十二万,军舰总共七百余只，又有水中潜航艇及空中战艇数十只。铁路三十万里，电车铁路十万里，邮政局四万余所，轮船帆船二千万顿。各项税银每年二十八万万圆，岁出亦相等。又一大册，用黄绢包裹，表面画一狮子张口大吼之状，题曰"光复纪事本末"，共分前后两编，总计约有三十万言。前编是言光复的事，后编是言收复国权完全独立的事。稍为翻阅，书中的大旨，已知道大半。只是为书太多，一时不能看完，又不忍舍。恰好此书有正副二册，遂将副册私藏袖中，匆匆出馆，背后忽有一人追赶出来，大呼："速拿此偷书贼，送警察局！"前面已有警吏二人，把小子一把扭住。小子惊吓欲死，大叫"吾命休矣"！醒来原来是南柯一梦。急向袖中去摸，那书依然尚在。仔细读了几遍，觉得有些味道。遂因闲时，把此书用白话演出，中间情节，只字不敢妄参。原书是篇中分章，章中分节，全是正史体裁。今既改为演义，变做章回体，以符小说定制。因表面上的是狮子，所以取名《狮子吼》。

（节选自《中国近代文学大系·小说集6》，上海书店1991年版）

断鸿零雁记(节选)

苏曼殊

第十九章

天将破晓,余忧思顿释,自谓觅得安心立命之所矣。盥漱既讫,于是就案搦管构思,怃然少间,力疾书数语于笺素云:

静姊妆次:

呜呼! 吾与吾姊终古永诀矣! 余实三戒俱足之僧,永不容与女子共住者也。吾姊盛情殷渥,高义干云,吾非木石,云胡不感? 然余固是水曜离胎,遭世有难言之恫,又胡忍以飘摇危苦之躯,扰吾姊此生哀乐耶? 今兹手持寒锡,作远头陀矣。尘尘刹刹,会面无因;伏维吾姊,贷我残生,夫复何云? 倏忽离家,未克另禀阿姨、阿母,幸吾姊慈悲哀愍,代白此心;并婉劝二老,切勿悲念顽儿身世,以时强饭加衣,即所以怜儿也。幼弟三郎含泪顶礼。

书毕,即易急装,将笺暗纳于芒骨细盒之内。盒为静子前日盛果賸余,余意行后,静子必能检盒得笺也。屏当既毕,举目见壁上铜钟,锵锵七奏,一若催余就道者。此时阿母、阿姨,咸在寝室,为余妹理衣饰。静子与厨娘女侍,则在厨下,都弗余觉。余竟自辟栅潜行。行数武,余回顾,忽见静子亦匆匆踵至;绿鬓垂于耳际,知其还未栉掠,但仓皇呼曰:"三郎,侵晨安适? 夜来积雪未消,不宜出行。且晨餐将备,曷稍待乎?"

余心为赫然,即脱冠致敬,恭谨以答曰:"近日疏慵特甚,忘却为阿姊道晨安,幸阿姊恕之。吾今日欲观白泷不动尊神,须趁雪未溶时往耳。敬乞阿姊勿以稚弟为念。"

静子趣近余前,愕然作声问曰:"三郎颜色奚为乍变? 得毋感冒?"言毕,出其腻洁之手,按余额角,复执余掌,言曰:"果热度腾涌。三郎,此行可止,请速归家,就榻安歇,待吾禀报阿母。"言时声颤欲嘶。

余即陈谢曰:"阿姊太过细心,余惟觉头部微晕,正思外出,吸取清气耳。望吾姊勿尼吾行。二小时后,余即宁家,可乎?"

静子以指掠其鬓丝,微叹不余答;久乃娇声言曰:"然则,吾请侍三郎行耳。"

余急曰:"何敢重烦玉趾,余一人行道上,固无他虑。"

静子似弗释,含泪盼余,喟然答曰:"否! 粉身碎骨,以卫三郎,亦所不惜;况区区一行耶? 望三郎莫累累见却,即幸甚矣。"

余更无词固拒，权伴静子逡巡而行。道中积雪照眼，余略顾静子芙蓉之靥，衬以雪光，庄艳绝伦，吾魂又为之蘧然而摇也。静子频频出素手，谨炙余掌，或扪余额，以觇热度有无增减。俄而行经海角沙滩之上，时值海潮初退，静子下其眉睫，似有所思。余瞩静子清癯已极，且有泪容，心滋恻怅，遂扶静子腰围，央其稍歇。静子脉脉弗语，依余息于细软干砂之上。

此时余神志为爽，心亦镇定，两鬓热度尽退，一如常时，但静默不发一言。静子似渐释其悲梗，尚复含愁注视海上波光；久久，忽尔扶余肩，愀然问曰："三郎，何思之深也？三郎或勿讶吾言唐突耶？前接香港邮筒，中附褪红小简，作英吉利书，下署'罗弼氏'者，究属谁家扫眉才子？可得闻乎？吾观其书法妩媚动人，宁让簪花格体？奈何以此蟹行乌丝，惑吾三郎，怏怏至此田地？余以私心决之，三郎意似怜其薄命如樱花然者。三郎今兹肯为我倾吐其详否耶？"

余无端闻其细腻酸咽之词，以余初不宿备，故噤不能声。静子续其声韵曰："三郎，胡为缄口如金人？固弗容吾一闻芳讯耶？"

余遂径报曰："彼马德利产，其父即吾恩师也。"

静子闻言，目动神慌，似极惨悸，故迟迟言曰："然则，彼人殆绝代丽姝，三郎因岂能忘怀者？"

言毕，哆其唇樱，回波注睇吾面，似细察吾方寸作何向背。余略引目视静子，玉容瘦损，忽而慧眼含红欲滴；余心知此子固天怀活泼，其此时情波万叠而中沸矣。余情况至窘，不审将何词以答。少选，遽作庄容而语之曰："阿姊当谅吾心，絮问何为？余实非有所恋恋于怀。顾余素怏怏不自聊者，又非如阿姊所料。余周历人间至苦，今已绝意人世，特阿姊未之知耳。"

余言毕，静子挥其长袖，掩面悲咽曰："宜乎三郎视我漠若路人，余固乌知者？"已而复曰："嗟乎，三郎！尔意究安属？心向丽人则亦已耳，宁遂忍然弗为二老计耶？"

余聆其言，良不自适，更不忍伤其情款。所谓藕断丝连，不其然欤？余遂自绾愁丝，阳慰之曰："稚弟胡敢者？适戏言耳！阿姊何当介蒂于中，令稚弟惶恐无地。实则余心绪不宁，言乃无检。阿姊爱我既深，尚冀阿姊今以恕道加我，感且无任耳！阿姊其见宥耶？"

静子闻余言，若喜若忧，垂额至余肩际，方含意欲申；余即抚之曰："悲乃不伦，不如归也。"

静子愁悰略释，盈盈起立，捧余手重复亲之，言曰："三郎，记取后此无论何适，须约我偕行，寸心释矣。若今晨匆匆自去，将毋令人悬念耶？"

余即答曰："敬闻命矣。"

静子此时俯身，拾得虹纹贝壳，执玩反复，旋复置诸砂面，为状似甚乐也。已而骈行，天忽阴晦，欲雪不雪，路无行人。静子且行且喟。余栗栗惴惧不已，乃问之曰："阿姊奚叹？"

静子答曰："三郎有所不适，吾心至慊。"

余曰："但愿阿姊宽怀。"

此时已近山脚孤亭之侧，离吾家只数十武，余停履谓曰："请阿姊先归，以慰二老。小弟至板桥之下拾螺蛤数枚，归贻妹氏，容缓二十分钟宁家。第恐有劳垂盼。阿姊愿耶？否耶？"

静子曰："甚善。余先归为三郎传朝食。"言毕，握余手，略鞠躬言曰："三郎，早归。吾偕令妹伫伺三郎，同御晨餐。今夕且看明月照积雪也。"

余垂目细瞻其雪白冰清之手，微现蔚蓝脉线，良不忍遽释，惘然久之，因曰："敬谢阿姊礼我。"

（节选自《苏曼殊小说集》，浙江人民出版社 1981 年版）

玉梨魂（节选）

徐枕亚

第四章　诗媒

推扉而入，阒其无人，连呼馆僮，迄无应者。平日梦霞所居，每出必扃。由馆僮司钥，今日乃双扉洞辟，何哉？逡巡入室，则室中所见，有突触于梦霞之眼，而足令生其惊讶者，盖案上图书，已稍稍变易其位置。怪而检点之，则他无所失，惟前所著《石头记影事诗》之稿本，已不翼而飞，遍觅而不可得矣。偶一俯首，拾得荼䕷一朵，犹有余香，把玩之余，见花蒂已洞一穴，定是簪痕。梦霞乃恍然曰："入此室者，殆梨娘矣。"梨娘解诗，故今日携我诗稿去也。其遗此花也，有意耶？抑无意耶？梦霞此时，一半惊喜，一半猜疑，于是心血生潮，又厚一层情障矣。

窗衣渐黑，灯豆初红。梦霞方手捻残花，凝神冥想，而馆僮适至。梦霞问之曰："汝不在此，往何处去耶？舍门未掩，前后无人，设有行窃者来试肱箧术，室中物将无一存在矣。且我扃门而出，以钥交汝，谁启此锁者，汝知之乎？"馆僮答曰："今日午后，主人遣我入城购物，以钥交于秋儿，行时经过此门，铁将军固狰然当关也。后此非我所知矣。"梦霞又问曰："秋儿何人？"僮曰："梨夫人之侍儿也。"梦霞不语，挥僮使去，旋又呼之使返。嘱之曰："去便去，勿向秋儿饶舌。"僮佯诺之。既出，于廊下遇秋儿，即诘以钥所在。启锁者何人。秋儿曰："钥为夫人取去，谁入此室，我亦不知，或即夫人乎？"僮乃以梦霞嘱语告秋儿，并嘱其勿语夫人。秋儿颇慧黠，闻僮言亦佯诺之，旋即尽诉之于梨娘。时梨娘方独坐纱窗，灯下出梦霞诗稿，曼声娇哦，骤聆此语，不觉失惊。盖梨娘知梦霞失稿，必将穷诘馆僮，故遗花于地，俾知取者为我，必默而息矣。初不料其仍与僮哓哓也。但未知其曾以失稿事语之否。若僮知此事，以告秋儿，尚无妨也，脱泄之于阿翁者，将奈之何！我误矣，我误矣！我固以彼为解人也。今若此，梨娘因爱生恼，因恼生悔，因悔生惧，一刹那间，脑海思潮，起落不定。寸肠辗转，如悬线然。掩卷沉吟，背檠暗忖。良久忽转一念曰："此我之过虑也，梦霞而果多情者，则必拾花而会意，决不与僮多言也。"乃徐问秋儿曰："僮尚有他语否？"曰："无。"梨娘惊魂乍定，恼意全消。亦如梦霞之嘱僮者嘱秋儿曰："汝此后勿再与僮喋喋，如违吾言，将重责汝，不汝宥也。"秋儿唯唯。

苦茗一瓯，残香半炉，夜馆生涯，如此而已。时则新月上窗，微风拂户，梦霞挑灯以待。鹏郎捧书而来，课毕后，梦霞出一函授鹏郎。谓之曰："持此付若母，更寄语若母，石头遗恨，须要偿也。"鹏郎不知其意，谨记先生语，持函往告诸梨娘。梨娘手接一封书，欣生意外，耳听两面语，神会个中。于是拔簪启缄，移檠展幅诵其书曰：

> 梦霞不幸，十年寒命。三月离家，晓风残月。遽停茂苑之樽，春水绿波，独泛蓉湖之棹。乃荷长者垂怜，不以庸材见弃。石麟有种，托以六尺之孤；幕燕无依，得此一枝之借。主宾酬酢，已越两旬，夙夜图维，未得一报。而连日待客之诚，有加无已，遂令我穷途之感，到死难忘。继闻侍婢传言，殊佩夫人贤德，风吹柳絮，已知道韫才高，雨溅梨花，更惜文君命薄。只缘爱子情深，殷殷致意，为念羁人状苦，处处关心。白屋多才，偏容下士。青衫有泪，又湿今宵。凄凉闺里月，早占破镜之凶；惆怅镜中人，空作赠珠之想。蓬窗吊影，同深寥落之悲；沧海扬尘，不了飘零之债。明月有心，照来清梦，落花无语，扪遍空枝。蓬山咫尺，尚悭一面之缘；魔劫千重，讵觅三生之果。嗟嗟，哭花心事，两人一样痴情。恨石因缘，再世重圆好梦。仆本恨人，又逢恨事，卿真怨女，应动怨思。前宵寂寂空庭，曾见梨容带泪，今日凄凉孤馆，何来莲步生春。卷中残梦留痕，卿竟携愁而去；地上遗花剩馥，我真睹物相思。个中消息，一线牵连，就里机关，十分参透。此后临风雪涕，闲愁同戴一天；当前对月怀人，照恨不分两地。心香一寸，甘心低拜婵娟；墨泪三升，还泪好偿冤孽。莫道老姬聪明，解人易索；须念美人迟暮，知己难逢。仆也不才，窃动怜才之念；卿乎无命，定多悲命之诗。流水汤汤，淘不尽词人旧恨；彩云朵朵，愿常颂幼妇新辞。倘荷泥封有信，传来玉女之言；谨当什袭而藏，缄住金人之口。自愧文成马上，固难方李白之万言；若教酒到愁边，尚足应丁娘之十索。此日先传心事，桃笺飞上妆台；他时可许面谈，絮语扑开绣阁。

梨娘读毕，且惊且喜，情语融心，略含微恼；约潮晕颊，半带娇羞。始则执书而痴想，继则掷书而长叹，终则对书而下泪。九转柔肠，四飞热血，心灰寸寸，死尽复燃。情幕重重，揭开旋障。既而重剔兰镫，独开菱镜，对影而泣曰："镜中人乎，镜中非梨娘之影乎？此中是影，怎不双双？既未尝昏黑无光，胡不放团圞成彩，而惟剩有一个愁颜，独对于画眉窗下乎？呜呼，梨娘，尔有貌，天不假尔以命；尔有才，天则偿尔以恨。貌丽于花，命轻若絮。才清比水，恨重如山。此后寂寂窗纱，已少展眉之日，悠悠岁月，长为饮泣之年矣。尔自误不足，而欲误人乎？尔自累不足，而欲累人乎？已矣已矣，尔亦知情丝缕缕，一缚而不可解乎？尔亦知情海茫茫，一沉而不能起乎？弱絮余生，业已堕落，何必再惹游丝，凭藉其力，强起作冲霄之想。不幸罡风势恶，孽雨阵狂，极力掀腾，尽情颠播，恐不及半天，便已不能自主。一阵望空乱飐，悠悠荡荡，靡所底止。此时飘堕情形，更何堪设想乎？"言念及斯，心灰意冷，固不如早息此一星情火，速断此一点情根，力求解脱，劈开愁恨关头;独受凄凉,料理飘零生活。悬崖知勒马,原为绝大聪明;隔水问牵牛,毋乃自寻苦恼。今生休矣,造化小儿,弄人已甚,自弄又奚为哉!岂不知缘愈好而天愈忌,情愈深而劫愈重耶?梨娘辗转思量芳心撩乱,至此乃眉黛销愁,眼波干泪,掩镜而长叹一声,背镫而低头半晌。心如止水,风静浪平,已无复有梦霞二字存于脑之内府。梨娘之心如此,则两人将从此撒手乎?而作此玉梨魂者,亦将从此搁笔乎?然而未也。梨娘此时,虽万念皆消,一尘不染,未几而微波倏起于心田,惊浪旋翻于脑海,渐渐掀腾颠播,不能自持,恼乱情怀,有更甚于初得书时者。是何也?此心不堕沉迷,万情皆可抛撇,惟此怜才之一念,时时触动于中,终不能销灭净尽也。于是一吟怨句,百年恨事兜心;再展蛮笺,半纸泪痕透背。旋死旋生,忽收忽放,瞬息之间,变幻万千,在梨娘亦不自知也。鸣呼孽矣!

(节选自《中国近代文学大系·小说集 6》,上海书店 1991 年版)

黄金世界（节选）

碧荷馆主人

第二回　谋食舟中初犯禁　酿金道上又当灾（节选）

　　阿金不招呼，随众进了大舱，左右正中上下四层，三排统长的吊铺，先有三四百人，七横八竖，在底下两层打睡。阿金夫妇，便在第三层。紧靠后壁，摊下行李，刚要睡下，见茀仁左手抱狗，右手扶定栏干，从梯而下。倪阿四同三人赶过去，陪定茀仁，逐层查看，大约是点人数。点到后壁，阿金陪笑问好，茀仁板了脸，咕噜了几句道："怪模怪样，挤在一处，算是你们有夫妻。"阿金回视其妻，双颊飞红，重眉锁翠，眼汪汪早似泪人，吓得不敢则声，赶紧缩脚上床，一个不留神，后脑在四层板上一碰，直扑下地。茀仁骂声："不中用的东西！"阿金还没扒起，一脚飞过，踢在背上，又直挫下去。陈氏喊道："平白地欺人则甚？还了你们工钱，我们夫妇好上岸的。"倪阿四一双乌珠红肉半暴半凸的眼睛，睁有桂圆大小，大声问道："工钱便还了，二百余元的欠账怎样？"茀仁却拦道："大嫂说顽话罢哩，阿四不要认真。"

　　正闹时，有人喊道："老贝快抱狗去，密司戎在寻哩。"

　　茀仁忙道："来了！来了！人数还没点清呢。"那人道："你又强，想是背上痛定了。"茀仁把眼一斜道："你又胡说了。"抱定那只哈吧，跟了那人便走。

　　阿金才从地上扒起，两手撑定床板，先探进头，横身踏脚，平睡定了，慢慢挪动，翻身侧卧，同其妻唧唧哝哝，做牛衣对泣的班本。四边见的人，窃笑指目，都道："这模样儿真是冤人，怪不得要招老贝说话。"阿金夫妇，付之不闻不见，一概不睬。

　　……

　　第七天下午，忽见四个工头，同了二三百人进舱，贝茀仁、钱小鬼都在里面，转眼间不知何往。只听梯面上嘣然作响，响过后，骤然如在黑夜，伸手不能见指，对面只可听声。舱中四处同时发作道："我们是来玩的，怎也关在舱内？老钱，你同船上既是相熟，还带我们去罢！"闹了半天，不听老钱答应，便又喊道："老贝！老戎！在那里？狄老二！万老三！在那里？呵呀呀！倪老四！还是你心善些，不要给我们吃苦！"任你喊破喉咙，只是叫天不应。汽管三鸣，轮声四沸，倒听得开船声息。一霎时，有倒地声，有撞壁声，有哭声，有劝声，大约舱面诸人，都被闹得一夜不曾合眼。

　　东方既白，勃来格带一个总工头，四个大工头，十几个黄黑水手，揭开舱板，同下大舱。那些人饥肠倦眼，正在朦胧，一闻响声，人人惊醒，忘命奔上，把工头揪住，拳脚交下，却吃饿的若，狂风大浪，船体偏斜，都觉立脚不稳。勃来格不问是非，在众中指出四十个小工头，同着水手，在梯半边小房内，搬出无数铁链，见两人锁一双，顷刻间全数锁住。看贝弗仁时，倒地乱哼，戎阿大、万阿三脸似金纸，鲜血直冒，狄阿二、倪阿四模模糊糊，伤势都不轻，先令侍者送到医生处养伤，才带小工头逐层点名。

此时各层，我挨你挤，但见人头攒动，人声嘈杂，实在无处查点。勃来格想了一法，吩咐一张铺坐四人，等大众坐定，看还有无铺可坐的，又令着地靠边，顺着铺形，也是四人一排，坐在板上。分拨清楚，才见阿金那边三男夹着一女，此外有三女一男的，有两男两女的，乱嘈嘈的和哄，便把小工头一人一鞭，喝令挪开。阿金略一俄延，鞭影横飞，又梢带着其妻头上。陈氏一肚郁闷，借此捶墙撞壁，狂哭不休。勃来格气极了，才待打下，忽又缩手，说："你想嫌这里不舒服，搬到房舱去住好不好？"陈氏停哭不语。勃来格笑嘻嘻道："我扶你下来罢！"丢了鞭子，双手伸过，陈氏也把双手搭定。阿金眼睁睁干号狂急，无可奈何。忽见其妻银牙一挫，俯身低头，把勃来格一手一口，两面两掌。勃来格顿时手上、脸上，一条条都是鸟道鸿沟，霞飞月满。那班小工头，因他调笑得热闹，远远避开。勃来格双足乱跳，无人来助，待拾铁鞭，偏偏手背上胀痛彻心，不能平举。恰巧水手送过弗仁等五人，回身进舱，见勃来格模样希奇，暗暗失笑。勃来格却咆哮乱指道："把这女人衣服剥去，绑在柱上，先打几百鞭子，丢下海去！"水手不辨何人，横扯横拽，许多女人急得乱叫乱躲道："不关我事呵！不关我事呵！"勃来格才明白指道："是这个女人！是这个女人！"水手便拥到陈氏铺边。

阿金在其妻口咬手抓时，神魂已失，到此际，不知不觉直跳下床，飞奔过来，勃来格抢不及，急喊拿人。不想左右中三行上下四层所有工人，一齐发作。也不知陈氏凭何魔力，能使众人齐心合意，推的推，搡的搡，把勃来格撺到梯边。管舱人带了无数黑奴闻声赶到，擎枪吓禁，也被众人夺下。勃来格见事不妙，拔步飞逃。背后有人追上，只差两级，扑通一声，舱板盖下，接一连二的纷纷倒下舱来，扒起跌落，嚷做一团。三四分钟，还不曾停。

勃来格才同大副、二副，又跟着一群水手、侍者进舱检点。死了九个工人，三个水手，又有一名女工，有些已头开额裂，腹破肠流。带伤三十四人，却水手多于工人。勃来格令将死尸尽数搬到舱面，望海中抛下，伤的水手带去医调，小工依旧喝令归铺。然后来查，陈氏已不在床，再点别个女工，一人不少，才知也在死数，便把众人喝骂一回，自去歇息。

过了十数天，船到一处商埠，正是古巴会城。先在北岸靠定码头，就有关员上船，勃来格报明人数，并告知明日登岸。关员约略一查，并无漏税物件，也不深问。

这时大舱中因伤因病，先后又死一百余人，共存一千四百七十三人。

（节选自《中国近代文学大系·小说集4》，上海书店1992年版）

戏　剧

黑奴吁天录（本事）

曾孝谷　李叔同

第一幕　解而培之邸宅

美洲绅士解而培，有女奴曰意里赛，数年前妻哲而治，生子一，名小海雷。哲为韩德根家奴，性刚烈，有才识，执役威立森工厂有年，勤敏逾常人，威以是敬爱之。解又有奴曰汤姆，忠正厚实，解遇之尤厚焉。是日有贩奴者海留来，解故负海多金，逾期久未偿，海恶其迟滞，促之甚。解不得已，允以汤姆为抵，海意犹未足，更益请焉。

第二幕　工厂纪念会

跳舞蹲蹲，音乐锵锵。威立森工厂特开大纪念会。来宾纷至，解而培夫妇韩德根辈皆与焉。献技竟，威立森授哲而治赏牌，韩德根怒阻之，来宾为之愕然。

第三幕　生离欤死别欤

解而培鬻汤姆、小海雷二奴于海留。既署券矣，意里赛知其事，泣述于解夫人爱米柳前，爱亦为之涕下。旋哲而治来，谓自工厂辞职归，韩遇之益虐，将远飏以避之。意里赛更述鬻儿之事，夫妇相持哭之恸。

第四幕　汤姆门前之月色

狂歌有醉汉，迷途有少女。夜色深矣。意里赛孑身携儿出逃，便诣汤姆家，诉诉以近事。汤姆夫妇大愕，亦相持哭之恸。

第五幕　雪崖之抗斗

哲而治既出奔，韩德根辈率健者追捕。哲走深山以避之。时天寒大雪，困苦万状，忽见意里赛携儿来，悲喜交集。未几健者侦至，哲奋死力斗之，卒获免于难。

（选自《中国话剧史料集》第1辑，文化艺术出版社1987年版）

热泪（剧情）

陆镜若

第一幕

画师露兰与罗马女优杜斯卡相爱,遂结婚。露兰素愤罗马贵族专横,因与革命党友善。党人亨利,被捕论死。其姐爱米里亚,赂狱卒,私纵之出,约会于野外古庙中。爱米里亚先至,恰值露兰在庙外图写郊景,露兰夙钦爱米里亚美,遂图其像为自由神。亨利复至,露兰助之易装,而杜斯卡适来,见绘像,以为露兰有二心。露兰力辩,杜斯卡终怏怏而去,露兰遂携亨利归家。而警察总监保罗(亦爱恋杜斯卡者,与露兰为情敌)率人来追捕,拾得爱米里亚扇及露兰画具,遂知亨利与露兰,必有关系。

第二幕

亨利谋去罗马,爱米里亚来,与之为别,且告以事急,速之行。爱米里亚遂归,露兰送之门外,而杜斯卡来见之,诘问甚苦,且出爱米里亚所遗扇,以证其有二心。(扇盖保罗所交与杜斯卡者,盖将借杜斯卡之妒意,以侦知亨利之所在也。)露兰无辞以自明,杜斯卡大愤,欲与之离异。亨利乃出而解纷(时亨利避复壁中),杜斯卡乃愧悔请罪,且述保罗离间渠夫妇之言未毕,而保罗来捕亨利。露兰藏亨利于井中,保罗搜之不得,严刑露兰,死而复苏者再。杜斯卡不忍视,遂言亨利所隐处,保罗均捕之去。

第三幕

杜斯卡欲倾家赎露兰,保罗不允,且嘲谑之。又命系露兰来,击以空枪,以胁杜斯卡之从己也。杜斯卡知其诈伪,遂乘间刺杀保罗而逃。

第四幕

杜斯卡觅至刑场,将伪传保罗命,释露兰与亨利。至则二人已先毙命,杜斯卡大哭呼天,自投崖下以死。

（选自《中国话剧史料集》第 1 辑,文化艺术出版社 1987 年版）

家庭恩怨记（节选）

佚　名

第五幕

时　间　当天晚上。

布　景　书房。（同二幕）

人　物　王伯良

　　　　王重申

　　　　梅仙

　　　　奶妈

　　　　王胜

　　　　王利

　　　　小桃红

〔幕启，空场。王伯良由护士及王胜、王利二人扶挽而上。

王伯良　（已大醉，一路唱着不成腔的京戏）金乌坠，玉兔升，黄昏时候……

〔王胜、王利将王伯良安置在沙发上。

王伯良　（摸出手枪作射击状。向前斜了眼）唔唔唔……（忽厉声喊口令）准备！前面敌人八百米，快放！……

〔王胜、王利二人均伏地避之，王伯良随后倒卧于沙发中。

王　胜
王　利　（急呼喊）老爷！老爷！……您睡好点儿。

〔王伯良又作一阵呓语，王胜、王利上前将王伯良眠于沙发上，并把王伯良手中手枪拿下放桌上，蹑足轻步而下。

王重申　（头发蓬松，神色颓唐，行而上。至王伯良沙发前）爸爸，爸爸！（知王伯良睡熟，把衣服脱下与王伯良盖之，转身走至生母照前，凝视数分钟）母亲，母亲！（泪落如雨后退至桌边坐下，左手搁置桌上，碰到手枪，若有所悟，乃执枪再回至照前）母亲！母亲！你知不知道儿子的苦啊！（闻梅仙内叫喊声，急以手拭泪，并把手枪藏过）

梅　仙　（由内直叫而上）哥哥，哥哥，哪里我都找过了，不见你的人，没想到你竟在这儿呢。（注视王重申容颜大异往昔）噫，哥哥，哥哥！你眼睛那么红，不是你哭着来的么？

王重申　妹妹，我并没有哭呀，只因为少睡了觉，故而眼睛发涩罢哩。

31

梅　仙　唔,我不信,明明你哭过的。你不用瞒我,我知道。你因为给爸爸责骂了,故而哭的,对么?(王重申忽又流泪)爸爸是醉了,他才骂你的,待他醒了以后,一定会明白的,是么?给我猜到了,喏喏喏,你看你的眼泪又流下来了。(急以手帕为之拭着)

王重申　(背转脸去)妹妹,你快别跟我闹吧,你快些回房去吧,让我在这里静静地歇息一会儿吧。

梅　仙　咦,我好容易找着了你,为什么这样地讨厌我,要把我赶走呢?

王重申　(望王伯良一眼,想了想)妹妹,你怎么说我讨厌你呢,(向沙发努努嘴)你不要再多说话了,回头莫把爸爸惊醒了,我要在这里陪着他老人家呢。

梅　仙　好的,好的。你陪爸爸,我就陪着你吧,我们两人不是一样的?

王重申　妹妹……(叹了一口气)回头又得……

梅　仙　哥哥你说呀,快说呀!

王重申　(摇摇头)咦咦咦,我也没有什么说了,你还是回房吧。

梅　仙　哥哥,我瞧你的神气是要对我说话的,为什么一会儿又不说了呢,不行不行,我一定要你说,非说给我知道不可!

王重申　唉!妹妹,你的岁数亦不好说小哩,怎么你与小孩子一样呀!

梅　仙　谁说我是大人,我本来就是小孩子,给爸爸骂几声,又有什么难为情呢!等明天他老人家酒醒了,你不要说,待我来说就可以把事由儿弄个明白,你可不用哭着来呢!

王重申　我本来不哭,你尽在那里说我哭呢,哭呢,不过我总替你担忧,你若小孩子脾气不改的话,一定要吃亏的。

梅　仙　哥哥,你一向说话我都懂得,为什么今天你说的话真叫我有些儿听不明白,莫不是你嫌我的脾气不好,不然为什么会显得这样地讨厌我呢?

王重申　我的好妹妹呀,我怎么会讨厌你呢,不过……

梅　仙　不过什么呀,快说下去!

王重申　我若在你的身旁总会照顾你的,假若我要不在的话,恐怕别人就不会那样来照顾你了。

梅　仙　哥哥,你现在这个说法不是又叫我不容易懂了,你不在这儿,那么你打算到哪儿去呢?

王重申　这是我比方的话,我是一个男子,决不能说一辈子老呆在家里,总会有出门离家的时候,到那时候不就会不能照顾你了么?好了,不要把爸爸吵醒了,有话我们明天再讲吧,你快去吧,不然又得招姨妈的骂了。

梅　仙　那么我去了。

王重申　（点点头又落泪）妹妹，你当心吧！

梅　仙　（转身见王重申又落泪）哥哥，哥哥，你今天到底怎么一回事呀！

王重申　妹妹，你快去休息吧，没有什么，不过叫你仔细点儿，做一个人总是当心点儿的好。

梅　仙　哥哥，哥哥，那不行！（也哭出来了）为什么你要说这样儿的话，我不去了！不去了……

王重申　唉！妹妹，你不听哥哥的话，我就真不喜欢你了，好妹妹，你得听我的话，快去吧。

梅　仙　（再端详王重申面容）我去我去，哥哥，我听你的话了。（重又把王重申眼泪拭去）那么你也要听妹妹的话，我去了，你不许再哭了。

王重申　谁再哭，我不会哭的。（边说边流泪，急将脸转背）

梅　仙　（复回身）哥哥，你怎么又哭了呢？

王重申　我没有哭，几时哭来着？

梅　仙　（近前一步注视王重申）你还抵赖呀。你的眼泪还没有擦掉哩！

王重申　妹妹，我不是刚才说过，只为昨儿没好好儿睡，故而眼睛发涩，若再不听我的话，我就真的生气了。

梅　仙　好的，那么你跟我笑一笑我就去。

王重申　（强笑）嘿嘿嘿……

梅　仙　你这样笑是勉强的，不是真笑。

王重申　喏喏喏，妹妹，你看着，（干笑）哈哈哈哈哈，这我不是笑了么？那你该去了。（连着干咳了几声）

梅　仙　哥哥，你怎么咳嗽了，口渴了么？我给你倒茶去。

王重申　嗳嗳，我不渴，好妹妹，你去好了，我渴了自己会喝的。（又咳了一声）

梅　仙　哥哥，你一定冻了，我去拿衣服给你吧！

王重申　唔，谢谢你，我不冷。你去吧，仔细走好了。

〔梅仙下。

王重申　（至王伯良前）爸爸，儿子我不能再在您膝前尽孝了。（至照前叫）母亲，母亲，请您等等，您苦命的儿子就来了。（以枪击脑砰然一声便摔倒而死）

〔梅仙一手执茶壶，一手挟衣，闻枪声奔上，见王重申倒卧于地，手中之物丢掉，直扑王重申尸，放声大哭。这时全家赶上，慌乱异常，各有主张，争论不决。

小桃红　（挟了毯子很镇静地上）有什么事，值得这样大惊小怪的。

王　胜　 回姨太太，少爷自杀了。
王　利

奶　妈　姨太太,姨太太,快快叫医生来呀,救活少爷要紧。

小桃红　王胜,你看看少爷怎么样了?

王　胜
　　　　回姨太太,少爷的脑壳儿击破了,早没有气了,快快叫醒老爷,请医生或
王　利
　　　　是把少爷送医院去。

小桃红　既然没有气了,请医生送医院又有什么用呢,叫老爷更没有用啊!

王　胜
　　　　姨太太,少爷身体是要紧的。
王　利

小桃红　那么老爷身体就不要紧了么?

奶　妈　还是把老爷喊醒的好,让他做主呀!

小桃红　放屁!我们家里只有老爷是你们的主儿了?难道我不能做主,不是主
　　　　儿么?

王　胜
　　　　老爷醒来责问,该怎么办呢?
王　利

小桃红　老爷身体要紧,这事儿可不能让他知道。王胜、王利快些把少爷尸体抬
　　　　到后面花园,买棺成殓,老爷醒来问时,有我担待,用不着你们多啰嗦。

奶　妈　姨太太,小姐为了少爷死得惨,她的神志悲伤得昏晕去了。

小桃红　你这个东西真可恶,连这一点儿都不懂,快些把她扶下去,回房去息息
　　　　自会好的,免得惊动了老爷,谁不听我的吩咐,立即与我滚蛋!

（节选自《中国话剧百年剧作选》第 1 卷,中国对外翻译出版公司 2007 年版）

爱海波(剧情)

陆镜若　王钟声

第一幕

三郎寄养于农家已经成年,聪慧有大志,决定赴菲律宾创业,并访前母兄之踪迹。农家老夫妇颇嘉其英发,欲以女丽娟许之。三郎本慕丽娟之美且贤,遂订盟。行前,三郎谓丽娟,此行恐难即归,若真我爱,请待三年,不来而后嫁。三郎去后,一水兵忽推门而入,浑身沾濡,攫物乱食,自陈名憨二,本菲产,觅三郎杀而报仇。丽娟窘迫,适警察追捕而至,丽娟藏憨二于橱中,佯不知,警察无奈而去。憨二深感丽娟拯救之恩,丽娟留憨二暂住,憨二不复言杀三郎。

第二幕

三年了,三郎杳无音讯。一日,丽娟对憨二说,自你来,我家农事倍进,将何以为报?夫人正呼丽娟,要她与憨二换衣参加当日的社中神赛。夫人十分感谢憨二的帮助,欲让丽娟嫁之,憨二大喜过望。而丽娟父则不然,老夫妇争执不下,遂让丽娟自己决定。丽娟并不反对,此事遂定。既出,三郎书至,言西班牙人虐待华工与菲律宾土著,遂起抗议,逐旧总督,三郎被公举为新总督。丽娟赴赛会归,得知三郎音讯而深悔。夫人遂决命丽娟赴菲律宾,憨二闻之怒且恨,但无可奈何。

第三幕

丽娟赴菲与总督三郎结婚,伉俪情深。怀恨在心的憨二贿赂某翻译官,被荐入总督府任仆役。一日,有老牧师求见,醉醺醺的牧师大骂三郎不重民事,三郎不与之计较,善慰而遣之,并使之作硫磺山宣化师,牧师大谢而去。三郎因公外出,行刺的憨二乘虚而入,丽娟招卫兵缚之。三郎适归,怒曰:何物此奴,乃敢行刺我耶!喝以佩硫磺山充死因数矣。法令矣,丽娟不觉失声慨叹憨二之可怜,三郎警觉,后得知丽娟许憨二事,叹曰憨二吾兄,何有于我哉!正纷扰间,一群西班牙士兵随旧总督持刀而入,执三郎而去。

第四幕

西班牙人执三郎为硫磺山作苦役,屡为人侮,憨二辄助之。后硫磺山炸裂,二人皆逃出。三郎双目失明，憨二爱护备至，赴老牧师之教堂暂住。翻译官见状，怒谓憨二曰，母仇不报何以为人？憨二见三郎为人贞义，忽触天伦之感，相抱大哭。

第五幕

三郎儿女情长，英雄气短，事业渺茫，爱情跌宕。老牧师的安慰聊作福音。丽娟探得三郎踪迹，赶到教堂。憨二闻讯，旧总督欲杀掉三郎以绝后患，乃助三郎秘返中国，途中由丽娟相伴，并愿他们终生相依。三郎去而旧总督率兵而至，入教堂遍搜三郎不得，憨二怒目而坐，怒视旧总督。旧总督欲杀之，老牧师曰：总督，此公之甥也，何杀为？总督愕然不解，牧师为之释。总督信之，乃携憨二归。

（选自《清末民初新潮演剧研究》，广东人民出版社 2011 年版）

共和万岁（节选）

任天知

第二幕　调兵

〔开幕：外。张勋调兵进城，队官和小马路遇。

〔亲兵队十人包头执枪。

〔队官白顶蓝翎，见小马侧立。

小　马　（美少年，衣服华丽）你们上哪去？

队　官　（请安介）马爷，军门有令，调全队分势紫金山。

小　马　几时下令的，我怎么没有知道。

队　官　马爷，昨晚在下关没有回营，军门的大帅电话进城，很秘密的。

小　马　外头事怎么样了？

队　官　风声很紧。

小　马　我看南京八卜也保不住，不如早些挂白旗。

队　官　昨天院上谘议局为这件事，很起冲突，大帅意思无可无不可。就是铁将
　　　　军和军门老不愿意。

小　马　他们还在做梦呢！既是军门有令，你去干你的正经，我要回公馆。（下）

〔队官发令。奏军乐。

〔步兵队、炮队（不拘人数）配用鲜明旗帜，一队一队过场。

徐固卿　（垂头丧气介）唉！实在可恶，发些个子弹，怎么全不合筒，不是大了，便
　　　　是小了，一颗也安不上膛口，又上了他们的当。（叹气介）

新　军　（不拘人数，捎枪）统制我们不能再耐了。

徐固卿　时机快要熟了，忍耐一时，切不要误了大事。（环视介）

〔奏乐，下。

——闭幕

第十二幕　共和万岁

〔开幕：合众大公园。上挂共和万岁横幅。

〔孙文铜像端立。

〔张勋红顶花翎的黄马褂，仰头匍匐地下，手足撑开，铜像立背上。（此
铜像本可以人代，惟此幕点缀升平，时刻甚久，不能以人代，仍以纸模型

为宜)

〔铜像中立,四周短花,上悬各国旗帜,下水池中安龙头,喷水为雨。

〔汉人新式衣冠。

〔满人红顶花翎,蟒袍外褂,朝珠,垂辫。

〔蒙人垂小辫在后,红顶花翎,蟒袍,挂珠,不着外褂,面油紫。

〔回人高白毡,大袖马褂,长袍。(尖鼻面粉红)

〔藏人披发垂肩,着翻面大袖羊皮衣,露胸在外,赤腿足,顶上挂铜圈,面黑。 五族各小国旗。仰瞻铜像,各有喜色。

〔社会党文明衣冠,双手各执:"社会党祝共和万岁!!!"花圈,绕场,挂"天下太平"四字下。

〔自由党八人文明衣冠,双手各执:"自由党祝共和万岁!!!"花圈,绕场,排"千秋万年"四字下。

〔军队十人奏军乐,绕像一周下。

〔小学生十人各提花灯上绕下。

〔小热昏二唱滩簧。

〔老、幼、男、妇上场观览不拘人数。

〔英、德、美、俄、法五国领事,瞻仰铜像,喜笑下。

〔商界各执灯彩一银元宝。

〔工界扮演狮子,上舞,作睡醒,振奋各状。

〔缥缈楼、梁静珠、胡裴云上。

〔女学生四上按风琴。

〔女学生四西装跳舞、放黄色电光。

——闭幕

(节选自《中国早期话剧选》,中国戏剧出版社 1989 年版)

诗　歌

梁启超诗

壮别二十六首（选四首）

首涂前五日，柏原东亩饯之于箱根之环翠楼。酒次，出缣纸索书，为书"壮哉此别"四字，且系以小诗一首。即此篇第一章是也。舟中十日，了无一事，忽发异兴，累累成数十章。因最录其同体者，题曰《壮别》，得若干首。

丈夫有壮别，不作儿女颜。风尘孤剑在，湖海一身单。天下正多事，年华殊未阑。高楼一挥手，来去我何难？

丈夫有壮别，无如远从军。手激天河水，清夷五浊尘。蛰灵待雷雨，身世入风云。今我胡为者？虫鱼注古文。

丈夫有壮别，仗剑行复仇。一卮酹易水，如闻风萧萧。今我其蹉跎，墓草宿已凋。中夜栗然起，胥江号怒潮。

丈夫有壮别，无如汗漫游。天骄长政国，蛮长阁龙洲。文物供新眼，共和感远猷。横行天地阔，且莫赋登楼。

志未酬

志未酬，志未酬，问君之志几时酬？志亦无尽量，酬亦无尽时。世界进步靡有止期，吾之希望亦靡有止期。众生苦恼不断如乱丝，吾之悲悯亦不断如乱丝。登高山复有高山，出瀛海更有瀛海。任龙腾虎跃以度此百年兮，所成就其能几许！虽成少许，不敢自轻。不有少许兮，多许奚自生？但望前途之宏廓而寥远兮，其孰能无感于余情？吁嗟乎，男儿志兮天下事，但有进兮不有止，言志已酬便无志。

二十世纪太平洋歌

亚洲大陆有一士，自名任公其姓梁，尽瘁国情不得志，断发胡服走扶桑。扶桑之居读书尚友既一载，耳目神气颇发皇。少年悬弧四方志，未敢久恋蓬莱乡，逝将适彼世界共和政体之祖国，问政求学观其光。乃于西历一千八百九十九年腊月晦日之夜半,扁舟横渡太平洋。其时人静月黑夜悄悄,怒波碎打寒星芒,海底蛟龙睡初起,欲嘘未嘘欲舞未舞深潜藏。其时彼土兀然坐,澄心摄虑游窅茫,正住华严法界第三观,帝网深处无数镜影涵其旁。蓦然忽想今夕何夕地何地(乃在新旧二世纪之界线),东西两半球之中央。不自我先不我后,置身世界第一关键之津梁。胸中万千块垒突兀起,斗酒倾尽荡气回中肠,独饮独语苦无赖,曼声浩歌歌我二十世纪太平洋。

巨灵擘地铓鸿荒,飞鼍碎影神螺僵,上有抟土顽苍苍,下有积水横泱泱,抟土为六积水五,位置错落如参商。尔来千劫千纪又千岁,倮虫缘虮为其乡。此虫他虫相阋天演界中复几劫,优胜劣败吾莫强。主宰造物役物物,庄严地土无尽藏。

初为据乱次小康,四土先达爰滥觞:支那印度邈以隔,埃及安息(侯官严氏考定小亚细亚即汉之安息,今从之)邻相望(地球上古文明祖国有四:中国、印度、埃及、小亚细亚是也)。厥名河流时代第一纪,始脱行国成建邦。衣食衍衍郑白沃,贸迁仆仆浮茶粮,恒河郁壮殑迦长,扬子水碧黄河黄,尼罗(埃及河名)一岁一泛滥,姚台(姚弗里士河、台格里士河皆安息大河名)蜿蜒双龙翔。水哉水哉厥利乃尔溥,浸濯暗黑扬晶光。

此后四千数百载,群族内力逾扩张,乘风每驾一苇渡,搏浪乃持三岁粮。就中北辰星拱地中海,葱葱郁郁腾光芒,岸环大小都会数百计,积气森森盘中央。自余各土亦尔尔,海若凯奏河伯降。波罗的与阿剌伯(二海名),西域两极遥相望;亚东黄渤(谓黄海、渤海)壮以阔;亚西尾闾身毒洋(谓印度洋)。斯名内海文明时代第二纪,五洲寥邈殊中央。

蛰雷一声百灵忙,翼轮降空神鸟翔(哥仑布初到美洲,土人以为天神,见其船之帆谓为翼也)。咄哉世界之外复有新世界,造化乃尔神秘藏。阁龙(日本译哥仑布以此二字)归去举国狂,帝者挟帜民赢粮(谈瀛海客多于鲫),莽土倏变华严场。揭来大洋文明时代始萌蘖,亘五世纪堂哉皇(其时西洋谓大西洋权力渐夺西海谓地中海席),两岸新市星罗棋布气焰长虹长。世界风潮至此忽大变,天地异色神鬼瞠;轮船铁路电线瞬千里,缩地疑有鸿秘方。四大自由(谓思想自由、言论自由、行为自由、出版自由)塞宙合,奴性销为日月光;悬崖转石欲止不得止,愈竞愈剧愈接愈厉,卒使五洲同一堂。流血我敬侉顿曲(觅得檀香山、澳大利亚洲者,后为檀岛土民所杀),冲锋我爱麦寨郎(一千五百十九年始绕地球一周者)。鼎鼎数子只手挈大地,电光一掣剑气磅礴太平洋。

太平洋! 太平洋! 大风泱泱,大潮滂滂。张肺歙地地出没,喷沫冲天天低昂,气吞欧墨者八九,况乃区区列国谁界疆。异哉! 似此大物隐匿万千载,禹经亥步无能详,毋乃吾曹躯壳太小君太大,弃我不屑齐较量。君兮今落我族手,游刃当尽君所长。吁嗟乎! 今日民族帝国主义正跋扈,俎肉者弱食者强,英狮俄鹫东西帝，两虎不斗群兽殃；后起人种日耳曼，国有余口无余粮，欲求尾闾今未得，拼命大索殊皇皇；亦有门罗主义北美合众国，潜龙起蛰神采扬，西县古巴东菲岛，中有夏威八点烟微茫，太平洋变里湖水，遂取武库廉奚伤；蕞尔日本亦出定，座容卿否容商量。我寻风潮所自起，有主之者吾弗详，物竞天择势必至，不优则劣兮不兴则亡。水银钻地孔乃入，物不自腐虫焉藏。尔来环球九万里，一砂一草皆有主，旗鼓相匹强权强，惟余东亚老大帝国一块肉，可取不取毋乃殃。五更肃肃天雨霜，鼾声如雷卧榻旁，诗灵罢歌鬼罢哭，问天不语徒苍苍。

噫嚱吁！太平洋！太平洋！君之面兮锦绣壤，君之背兮修罗场，海电兮既设，舰队兮愈张，西伯利亚兮铁道卒业，巴拿马峡兮运河通航。尔时太平洋中二十世纪之天地，悲剧喜剧壮剧惨剧齐鞈鞺。吾曹生此岂非福，饱看世界一度两度为沧桑。沧桑兮沧桑，转绿兮回黄，我有同胞兮四万万五千万，岂其束手兮待僵。招国魂兮何方，大风泱泱兮大潮滂滂。吾闻海国民族思想高尚以活泼，吾欲我同胞兮御风以翔，吾欲我同胞兮破浪以飏。

海云极目何茫茫，涛声彻耳逾激昂，鼍腥龙血玄以黄，天黑水黑长夜长，满船沉睡我徬徨，浊酒一斗神飞扬，渔阳三叠魂憯伤，欲语不语怀故乡。纬度东指天尽处，一线微红出扶桑，酒罢诗罢，但见寥天一鸟鸣朝阳。

爱国歌四章

泱泱哉！吾中华。最大洲中最大国，廿二行省为一家。物产腴沃甲大地，天府雄国言非夸。君不见，英日区区三岛尚崛起，况乃堂矞吾中华。结我团体，振我精神，二十世纪新世界，雄飞宇内畴与伦。可爱哉！吾国民。可爱哉！吾国民。

芸芸哉！吾种族。黄帝之胄尽神明，浸昌浸炽遍大陆。纵横万里皆兄弟，一脉同胞古相属。君不见，地球万国户口谁最多？四百兆众吾种族。结我团体，振我精神，二十世纪新世界，雄飞宇内畴与伦。可爱哉！我国民。可爱哉！我国民。

彬彬哉！吾文明。五千余岁历史古，光焰相续何绳绳。圣作贤述代继起，浸濯沈黑扬光晶。君不见，朅来欧北天骄骤进化，宁容久扃吾文明。结我团体，振我精神，二十世纪新世界，雄飞宇内畴与伦。可爱哉！我国民。可爱哉！我国民。

轰轰哉！我英雄。汉唐凿孔县西域，欧亚抟陆地天通。每谈黄祸詟且栗，百年噩梦骇西戎。君不见，博望定远芳踪已千古，时哉后起我英雄。结我团体，振我精神，二十世纪新世界，雄飞宇内畴与伦。可爱哉！我国民。可爱哉！我国民。

梁
启
超
诗

闻英寇云南俄寇伊犁感愤成作

涕泪已消残腊尽,入春所得是惊心。天倾已压将非梦,雅废夷侵不自今。安息葡萄柯叶悴,夜郎蒟酱信音沈。好风不度关山路,奈此中原万里阴。

（节选自《梁启超全集》第十八卷,北京出版社 1999 年版）

黄遵宪诗

杂感（五首之一）

大块凿混沌，浑浑旋大圜，隶首不能算，知有几万年？羲轩造书契，今始岁五千。以我视后人，若居三代先。俗儒好尊古，日日故纸研，六经字所无，不敢入诗篇，古人弃糟粕，见之口流涎。沿习甘剽盗，妄造丛罪愆。黄土同抟人，今古何愚贤？即今忽已古，断自何代前？明窗敞流离，高炉蒸香烟。左陈端溪砚，右列薛涛笺。我手写我口，古岂能拘牵。即今流俗语，我若登简编，五千年后人，惊为古斓斑。

流求歌

白头老臣倚墙哭，颓鬓斜簪衣惨绿，自嗟流荡作波臣，细诉兴亡溯天蹴。天孙传世到舜天，海上蜿蜒一脉延。弹丸虽号蕞尔国，问鼎犹传七百年。大明天子云端里，自天草诏飞黄纸，印绶遥从赤土颁，衣冠幸不珠崖弃。使星如月照九州，王号中山国小球，英荡双持龙虎节，绣衣直指凤麟洲。从此苞茅勤入贡，艳说扶桑茧如瓮。酋豪入学还请经，天王赐袭仍归赗。

尔时国势正称强，日本犹对异姓王，只戴上枝归一日，更无尺诏问东皇。黑面小猴投袂起，谓是区区应余畀，数典横征贡百牢，兼弱忽然加一矢。鲸鲵横肆气吞舟，早见降幡出石头，大夫拔舍君含璧，昨日蛮王今楚囚。畏首畏尾身有几，笼鸟惟求宽一死，但乞头颅万里归，妄将口血群臣誓。归来割地献商於，索米仍输岁岁租，归化虽编归汉里，畏威终奉吓蛮书。一国从兹臣二主，两姑未觉难为妇，称臣称侄日为兄，依汉依天使如父。

一旦维新时事异，二百余藩齐改制，覆巢岂有完卵心，顾器略存投鼠忌。公堂才锡藩臣宴，锋车竞走降王传，刚闻守约比交邻，忽尔废藩夷九县。吁嗟君长槛车去，举族北辕谁控诉？鬼界明知不若人，虎性而今化为鼠。御沟一带水溶溶，流出花枝胡蝶红。尚有丹书珠殿挂，空将金印紫泥封。迎恩亭下蕉阴覆，相逢野老吞声哭，旌麾莫睹汉官仪，簪缨未改秦衣服。东川西川吊杜鹃，稠父宋父泣鹳鹎。兴灭曾无翼九宗，赐姓空存殷七族。几人脱险作遁逃？几次流离呼伯叔？北辰太远天不闻，东海虽枯国难复。毡裘太长来调处，空言无施究何补？只有琉球恤难民，年年上疏劳疆臣。

度辽将军歌

闻鸡夜半投袂起,檄告东人我来矣。此行领取万户侯,岂谓区区不余畀。将军慷慨来度辽,挥鞭跃马夸人豪。平时搜集得汉印,今作将印悬在腰。将军乡者曾乘传,高下句骊踪迹遍,铜柱铭功白马盟,邻国传闻犹胆颤。

自从弤节驻鸡林,所部精兵皆百炼,人言骨相应封侯,恨不遇时逢一战。雄关巍峨高插天,雪花如掌春风颠。岁朝大会召诸将,铜炉银烛围红毡。酒酣举白再行酒,拔刀亲割生羱肩。自言平生习枪法,炼目炼臂十五年。目光紫电闪不动,袒臂示客如铁坚。淮河将帅巾帼耳,萧娘吕姥殊可怜。看余上马快杀贼,左盘右辟谁当前?鸭绿之江碧蹄馆,坐令万里销烽烟。坐中黄曾大手笔,为我勒碑铭燕然。

么麼鼠子乃敢尔,是何鸡狗何虫豸?会逢天幸遽贪功,它它籍籍来赴死,能降免死跪此牌,敢抗颜行聊一试。待彼三战三北余,试我七纵七擒计。两军相接战甫交,纷纷鸟散空营逃。弃冠脱剑无人惜,只幸腰间印未失。

将军终是察吏才,湘中一官复归来,八千子弟半摧折,白衣迎拜悲风哀。幕僚步卒皆云散,将军归来犹善饭。平章古玉图鼎钟,搜箧价犹值千万。闻道铜山东向倾,愿以区区当芹献,藉充岁币少补偿,毁家报国臣所愿。燕云北望忧愤多,时出汉印三摩挲,忽忆《辽东浪死歌》,印兮印兮奈尔何!

出军歌(八首)

四千余岁古国古,是我完全土。二十世纪谁为主?是我神明胄。君看黄龙万旗舞,鼓鼓鼓!

一轮红日东方涌,约我黄人捧。感生帝降天神种,今有亿万众。地球蹴踏六种动,勇勇勇!

南蛮北狄复西戎,泱泱大国风。蜿蜒海水环其东,拱护中央中。称天可汗万国雄,同同同!

绵绵翼翼万里城,中有五岳撑。黄河浩浩流水声,能令海若惊。东西禹步横庚庚,行行行!

怒搅海翻喜山撼,万鬼同一胆。弱肉磨牙争欲啖,四邻虎眈眈。今日死生求出险,敢敢敢!

剖我心肝挖我眼,勒我供贡献。计口缗钱四万万,民实何仇怨!国势衰微人种贱,战战战!

国轨海王权尽失,无地画禹迹。病夫睡汉不成国,却要供奴役。雪耻报仇在今日,必必必!

一战再战曳兵遁，三战无余烬。八国旗飏箾鼓竞，张拳空冒刃。打破天荒决人胜，胜胜胜！

（选自《黄遵宪集》，天津人民出版社 2003 年版）

蒋智由诗

己亥秋别天津有感寄怀严蒋陈诸故人（四首录其一）

暮雨掩柴门，秋声满庭树。瑟瑟纸屏间，一灯静如鹭。仿佛少年时，读书未驰骛。即此感生平，流转亡吾故。乙未在武昌，始与吴生遇，丙申在密云，闭户互朝暮。丁酉在京师，张赵日相晤。新机始萌芽，祷祀润雨露。戊戌在天津，大梦正惊寤。素筝载浊酒，慷慨登楼赋。今年在乡间，过此将焉驻？人生几中秋，何者为我素？问天天不闻，听雨雨不住。

挽黄公度京卿

公才不世出，潦倒以诗名。往往作奇语，孤海斩长鲸。寂寥风骚国，陡令时人惊。公志岂在此？未足尽神明。屈原思张楚，不幸以《骚》鸣。使公宰一国，小鲜真可烹。才大世不用，此意谁能平？而公独萧散，心与泉石清。惟于歌啸间，志未忘苍生。与公未识面，烟波隔沧瀛。公云有书至，竟未遗瑶琼。俄闻《鹏鸟赋》，悲沮满衿缨。正为天下痛，非关交际情。

（选自《居东集》，上海文明书局 1910 年版）

夏曾佑诗

超山

超山我故人,十载心相识。愧我作劳薪,与山失交臂。行将入京华,立愿穷幽异。孤帆落栖溪,招邀有昆季。更约一二人,刺舟响菱芰。遵渚泝回波,压篷满空翠。人望意中山,山有迎人意。弃舟入松篁,芒鞋快新试。萝磴转千盘,树杳琳宫阒。石壁傍寺门,青苔拭题字。小憩款禅扉,烹泉展茶具。寺后倚巉岩,仄径通幽邃。崩崖络藤萝,荒榛切冠屐。誓与山相穷,志决力亦鸷。俯首而蛇行,直上猿猱避。一瞥天地开,大快生平志。纹波上下河,罗带萦回腻。叶叶过风帆,绝似凫鹥戏。遥望钱塘江,东去何雄肆。浑茫接海门,应有鱼龙蛰。江右置州城,峰峦相覆被。西湖与南屏,落日苍烟里。中有倚闾人,会当念征辔。回首望吴兴,群山列如帜。其古秀州城,风烟隔明媚。高鸟入寒云,平芜没孤骑。微茫烟雨楼,缥缈茶禅寺。明日泊孤帆,极目知何地。莽莽目中山,历历心头事。宏识与孤怀,对此将谁寄。凉蟾欲东升,竣乌渐西坠。四山横暮烟,万籁交寒吹。愀焉不可留,心魂为之悸。挥手谢山灵,归觅垆头醉。

送汪毅白

落拓长安酒半醺,烽烟如此况离群。马头风雨连红树,笛里关山望白云。千古心期凭寸简,九州容易入斜曛。江湖断梗藩笼翼,一样生平负典坟。

钧天帝醉谁从问,红烛光寒各自愁。缱绻骊歌凭夕照,沈吟龙战老扁舟。观河岁月皆青史,吓鼠功名惜黑头。用舍皆非惟我尔,片帆开已愧沙鸥。

答叶浩吾

亦知非远别,云树黯销魂。心逐孤帆远,人归暮雨昏。到家知客乐,多难悔身存。岁晚如相见,应添雪鬓痕。

愁边天地窄,寒雨复沈沈。竟夕真无寐,披衣独苦吟。壮怀残月落,交谊暮涛深。便有中旗在,无为便爨琴。

春雨

频年饮饯短长亭,暮霭沈沈一火荧。已觉平芜千里碧,不堪回首数峰青。楼台几处曾登眺,身世无端入杳冥。柔舻古来多事物,几人元鬓为伊星。

丙申三月将改官出都和青来前辈

连天芳草送征轮，未免低徊去国身。八百余年王会地，垂杨无语为谁春。

（选自《晚晴簃诗汇》第 4 册，中国书社 1988 年版）

秋瑾诗

梅 十章（录三章）

本是瑶台第一枝，谪来尘世具芳姿。如何不遇林和靖？飘泊天涯更水涯。

冰姿不怕雪霜侵，羞傍琼楼傍古岑。标格原因独立好，肯教福贵负初心。

举世竞言红紫好，缟衣素袂岂相宜？天涯沦落无人惜，憔悴欺霜傲雪姿。

红莲

洛妃乘醉下瑶台，手把红衣次第裁。应是绛云天上幻，莫疑玫瑰水中开。
仙人游戏曾栽火，处士豪情欲忆梅。夺得胭脂山一座，江南儿女棹歌来。

满江红·小住京华

小住京华，早又是、中秋佳节。为篱下黄花开遍，秋容如拭。四面歌残终破楚，八年风味徒思浙。苦将侬、强派作蛾眉，殊未屑！

身不得，男儿列；心却比，男儿烈。算平生肝胆，不因人热。俗子胸襟谁识我？英雄末路当磨折。莽红尘、何处觅知音？青衫湿！

感怀

漂泊天涯无限感，有生如此复何欢。伤心铁铸九州错，棘手棋争一着难。大好江山供醉梦，催人岁月易温寒。陆沉危局凭谁挽，莫向东风倚断栏。

鹧鸪天

祖国沉沦感不禁，闲来海外觅知音。金瓯已缺总须补，为国牺牲敢惜身。嗟险阻，叹飘零，关山万里作雄行。休言女子非英物，夜夜龙泉壁上鸣！

黄海舟中日人索句并见日俄战争地图

万里乘风去复来，只身东海挟春雷。忍看图画移颜色，肯使江山付劫灰！浊酒不销忧国泪，救时应仗出群才。拼将十万头颅血，须把乾坤力挽回。

勉女权歌

吾辈爱自由，勉励自由一杯酒。男女平权天赋就，岂甘居牛后？愿奋然自拔，一洗从前羞耻垢。若安作同俦，恢复江山劳素手。

旧习最堪羞，女子竟同牛马偶。曙光新放文明候，独立占头筹。愿奴隶根除，智识学问历练就。责任上肩头，国民女杰期无负。

满江红·肮脏尘寰

肮脏尘寰，问几个男儿英哲？算只有蛾眉队里，时闻杰出。良玉勋名襟上泪，云英事业心头血。醉摩挲长剑作《龙吟》，声悲咽。

自由香，常思爇。家国恨，何时泄？劝吾侪今日，各宜努力。振拔须思安种类，繁华莫但夸衣玦。算弓鞋三寸太无为，宜改革。

（选自《秋瑾全集笺注》，吉林文史出版社 2003 年版）

徐自华诗

女伴中以香奁诗见示戏和四首——缠足（之一）

消魂浪说在双钩，花好金莲步步留。恨煞南唐李后主，一朝作俑祸千秋。

赠秋璇卿女士（二章）

每疑仙子隔云端，何幸相逢握手欢。其志须眉咸莫及，此才巾帼见尤难。扶持祖国征同爱，遍历东瀛壮大观。多少蛾眉雌伏久，仗君收复自由权。

萍踪吹聚忽逢君，所见居然胜所闻。崇嘏奇才原易服，木兰壮志可从军。光明女界开生面，组织平权好合群。笑我强颜思附骥，国民义务与平分。

哭鉴湖女侠（原十二章，录其三章）

噩耗惊闻党祸诬，填胸冤愤只天呼。不求明证忘公论，偏听流言竟屈诛。昭雪纵然他日有，相逢争奈此生无。如何立宪文明候，妄逞淫威任独夫。（之一）

慷慨雄谈意气高，拼流热血为同胞。忽遭谗谤无天日，竟作牺牲斩市曹。羞煞衣冠成败类，请看巾帼有英豪。冤魂岂肯甘心灭，飞入钱塘化怒涛。（之三）

秋风秋雨逼人愁，激作风潮呜咽流。罗织党人张恶焰，株连学界肆苛求。不循平治法三尺，未葬遗骸土一邱。待仿西湖岳王墓，鉴湖从此亦千秋！（之十二）

（选自《徐自华诗文集》，中华书局 1990 年版）

柳亚子诗

岁暮述怀

思想界中初革命，欲凭文字播风潮。共和民政标新谛，专制君威扫旧骄。误国千年仇吕政，传薪一脉拜卢骚。

放歌

天地太无情，日月何无光？浮云西北来，随风作低昂。我生胡不辰，丁斯老大邦。仰面出门去，泪下何淋浪！听我前致辞，血气同感伤：

上言专制酷，罗网重重强。人权既蹂躏，《天演》终沦亡。众生尚酣睡，民气苦不扬。豺狼方当道，燕雀犹处堂。天骄闯然入，踞我卧榻旁。瓜分与豆剖，横议声洋洋。世界大风潮，鬼泣神亦瞠。盘涡日以急，欲渡河无梁。沉沉四百州，尸冢遥相望。他人殖民地，何处为故乡？

下言女贼盛，兰蕙黯不芳。女权痛零落，女界遭厄殃。邪说起何人？扶抑分阴阳。无才便是德，忍令群雌盲。服从供玩好，谬种流无疆。明明平等权，剥削无尽藏。会稽首刻石，罪魁仇秦皇。变本复加厉，蠢尔南朝唐。刖刑施无辜，岸狱盈闺房。同胞二百兆，心死热血凉。钗愁与鬟病，漫漫长夜长。

我思欧人种，贤哲用斗量。私心窃景仰，二圣难颉颃。卢梭第一人，铜像巍天闾。《民约》创鸿著，大义君民昌。胚胎革命军，一扫秕与糠。百年来欧陆，幸福日恢张。继者斯宾塞，女界赖一匡。平权富想象，公理方翔翔。谬种辟前人，妄诩解剖详。智慧用益出，大哉言煌煌。

独笑支那士，论理魔为障。乡愿倡瞽言，毒人纲与常。横流今泛滥，洪祸谁能当？安得有豪杰，重使此理彰！仰天苦无言，长歌一引吭。

哭威丹烈士

白虹贯日英雄死，如此河山失霸才。不唱铙歌唱薤露，胡儿歌舞汉儿哀！哭君恶耗泪成血，赠我遗书墨未尘。私怨公仇两愁绝，几时王气划珠申？

题《太平天国战史》（六首选五）

帝子雄图浑梦幻，中原文献已无征。我来重读太平史，十丈银钲焰影沈。

旗翻光复照神州，虎踞龙蟠拥石头。但使江东王气在，共和民政自千秋。

楚歌声里霸图空，血染胡天烂漫红。煮豆燃萁谁管得，莫将成败论英雄。

白头宫女谈天宝，名士新亭有泪痕。一样兴亡千样感，南东事业倍销魂。

成王败寇漫相呼，直笔何人继董狐？鸿宝一编珍贮袭，他年同调岂终孤。

有悼二首，为徐伯荪烈士作（选一）

胡尘遍中原，侠风久不作。史公起东粤，手揭荆、高幕。王万更延陵，连翩踵芳躅。惜哉剑术疏，遗恨终寥廓。桓桓东海君，祖烈中山族。投身入穹庐，缨笠不辞辱。得当竟报汉，一击天地复！副车中非误，环柱走已蹙。大憝既伏诛，群胡争骇愕。遂令旃裘长，天半惊魂落。成败非敢论，此功良不薄！

吊鉴湖秋女士

恶耗惊传痛哭来，吴山越水两堪哀！未歼朱果留遗恨，谁信红颜是党魁。缺陷应弥流血史，精魂还傍断头台。他年记取黄龙饮，要向轩亭酹一杯。

黄金意气铁肝肠，革命运中最擅场。天壤因缘悲道韫，中原旗鼓走平阳。飘零锦瑟无家别，慷慨欧刀有国殇。一笑人间痴女子，如君端不愧娲皇。

饮刃匆匆别鉴湖，秋风秋雨血模糊。填平沧海怜精卫，啼断空山泣鹧鸪。马革裹尸原不负，蛾眉短命竟如何！凭君莫把沉冤说，十日扬州抵得无？

漫说天飞六月霜，珠沉玉碎不须伤。已拼侠骨成孤注，赢得英名震万方。碧血摧残酬祖国，怒潮呜咽怨钱塘，于祠岳庙中间路，留取荒坟葬女郎。

（选自《柳亚子文集·磨剑室诗词集》，上海人民出版社 1985 年版）

陈去病诗

将游东瀛，赋以自策

长此笼樊亦可怜，誓将努力上青天。梦魂早落扶桑国，徒侣争从侠少年。宁惜毛锥判一掷，好携剑佩历三边。由来弧矢男儿事，莫负灵鳌去着鞭。

题明孝陵图

燕云一夕悲笳多，匹夫濠上挥金戈。怒捉胡儿大声唾，咄尔胡兮久居汉土将云何？尔胡自有尔腥羶之旧俗，尔胡自有尔氍毹之行窝。尔独舍此而南下，久居汉土将云何？尔何不闻我汉自有轩羲之种族，蔓延纠结如藤萝。尔胡不闻我疆我理自有完全之制度，秩如棋布如星罗。以我汉兮治汉土，其成团体如盘涡。初非劳尔为我而操柯，初非赖尔为我而梳爬。尔独舍尔之沙漠，久居汉土将云何？尔时胡儿嗫不语，抱头鼠窜奔如梭。一朝大地削蹄迹，光复旧物还淳和。扫荡胡尘归朔汉，独完民族奠风波。建都金陵势雄壮，跨越江海鞭蛟鼍。功成撒手竟长谢，崇封营此钟山阿。迄今阅世历五百，佳城郁郁何嵯峨！所怜王气已销歇，蒙茸荆棘埋铜驼。即今展卷忆前事，令人涕泪挥滂沱！吁嗟乎！玄武湖中生白荷，故宫魑魅逼人过。凄凉尽属悲秋况，凭吊空怜壮志磨。消磨壮志奈何许，起舞横刀发浩歌。西望墓门三叹息，几时还我旧山河！

《扬州十日记绘图》题词

板荡芜城剧可哀，蒸黎百万尺成灰。奇冤十日休嫌惨，九世于今絷割来。

《嘉定屠城纪略》题词

一屠未逞再三屠，血肉模糊死复苏。最是伤心淫酷处，只堪挥泪不堪图。

象山港即事

浙东多海湾，湾湾尽开坼。最奇为象山，中闳亦外窄。既可资保障，夏足容深舶。所以筹国防，兹焉动规划。悠忽复经年，任付鱼龙宅。德也既未孚，险弃徒堪惜。居安竟忘危，临危问何益。伟哉香山公，雄图托游迹。既探禹穴奇，复不惮远役。万顷览苍茫，一泓泛澄碧。舢板溢如蟊，几不容片席。宾从都折还，公独穷幽僻。爰知弘毅士，抱负自雄硕。宁同山泽癯，忘情任所适。凉飔送远空，清辉淡秋夕。公也竟归来，欢呼一浮白。

（选自《陈去病诗文集》，社会科学文献出版社 2009 年版）

高旭诗

读《谭壮飞先生传》感赋

斫头便斫头,男儿保国休。无魂人尽死,有血我须流。伟略华盛顿,通谭黄梨州。春秋在邻境,名姓丽千秋!

缚虎何太急,公心哪得平!斩奸惜短剑,笑尔坏长城。谬种恨锄民,鸿图梗帝诚。一编《仁学》在,精气尚如生!

女子唱歌

勤操练,强体力;勤学问,明公德。我虽女子亦衣食,同为国民宜爱国。当兵是天职,辞之不得。

批茶女,玛利侬。彼何人?竖奇功。女界黑暗昏蒙蒙,妖云怪雾来无穷。谁为女英雄?我泪欲红!

缠足苦,苦无比。伤我妹,伤我姊。强种端自放脚起,龙母他年产龙子。女学大可恃,请从今始。

妻待妾,意莫逞;姑遇媳,理宜并。脱离魔界入佛境,压力千钧一朝屏。尔我原平等,大家修省。

人不学,大马侪。闭闺中,无所求。放弃责任被幽囚,好将参政权全收。毋为历史羞,复我自由。

爱祖国歌

今日何日兮,汝其返老还童之时。汝之疾果谁可救药兮,而我曷敢辞。汝虽不谅我脑珠费换兮,我终渺渺其怀思!

我日祝汝之壮健兮,我夜祝汝之康强。汝既占有四千年历史兮,发出无量数贤豪之古光。汝殆为天之骄儿兮,何不竞争于廿纪之战场!

江山惨淡其寡欢兮,浮云黯黯而无色。噫!嗟汝之存亡兮,何无一人之负责。汝之魂惝恍而来归兮,我将上下以求索!

演万头颅之活剧兮,汝其飞跃以步佛米。汝苟能至平等之乐园兮。斯皆尧兄而舜弟。汝之前途当腾一异采兮,汝之福命仿如得饮甘醴。安能长此以终古兮,我思汝而流涕!

汝亦世界上无价之产物兮,汝岂不足以骄夸。我愿为祥风兮,姿披拂扫荡而莫我遮。以激起汝自由之锦潮兮,以吹开汝文明之鲜花!

我以汝为友兮，我以汝为车。我与汝有密切之关系兮，永期勿失此令誉。爱根盘结而不可解兮，矜他人之莫我如。纵天荒而地老兮，我情终不远汝以离疏。

（黄曰：发扬蹈厉，唤起国魂。灵均复生，恐尚无此魄力）

光复歌

索虏入关猛于虎，嘉定屠，扬州破，血染神州土。掠取子女财帛无可数，更有万端宰割惨难语。最伤心，犬羊来做中华主！

奴隶生，不若自由死。汉族二万万，其中岂无一个伟男子！父兄之仇最切齿，为语同胞快斩鞑靼祀。恢复旧山河，一洗弥天耻。

（选自《高旭集》，社会科学文献出版社 2003 年版）

散　文

上清帝第二书（节选）

康有为

窃以为今之为治，当以开创之势治天下，不当以守成之势治天下；当以列国并立之势治天下，不当以一统垂裳之势治天下。盖开创则更新百度，守成则率由旧章；列国并立则争雄角智，一统垂裳则拱手无为。言率由而外变相迫，必至不守不成；言无为而诸夷交争，必至四分五裂。……不变法而割祖宗之疆土，驯至于亡，与变法而光宗庙之威灵，可以大强，孰轻孰重，孰得孰失，必能辨之者。不揣狂愚，窃为皇上筹自强之策，计万世之安，非变通旧法，无以为治。变之之法，富国为先……

夫富国之法有六：曰钞法，曰铁路，曰机器轮舟，曰开矿，曰铸银，曰邮政。

……

中国生齿，自道光时已四万万，今经数十年休养生息，不止此数。而工商不兴，生计困蹙，或散之他国为人奴隶，或啸聚草泽蠹害乡邑，虽无外患，内忧已亟。夫国以民为本，不思养之，是自拔其本也。

养民之法：一曰务农，二曰劝工，三曰惠商，四曰恤穷。

……

（节选自《康有为政论集》上册，中华书局 1998 年版）

论世变之亟（节选）

严　复

　　呜呼！观今日之世变，盖自秦以来未有若斯之亟也。夫世之变也，莫知其所由然，强而名之曰运会。运会既成，虽圣人无所为力，盖圣人亦运会中之一物。既为其中之一物，谓能取运会而转移之，无是理也。彼圣人者，特知运会之所由趋，而逆睹其流极。唯知其所由趋，故后天而奉天时；唯逆睹其流极，故先天而天不违。于是裁成辅相，而置天下于至安。后之人从而观其成功，遂若圣人真能转移运会也者，而不知圣人之初无有事也。即如今日中倭之搆难，究所由来，夫岂一朝一夕之故也哉！

　　尝谓中西事理，其最不同而断乎不可合者，莫大于中之人好古而忽今，西之人力今以胜古；中之人以一治一乱、一盛一衰为天行人事之自然，西之人以日进无疆，既盛不可复衰，既治不可复乱，为学术政化之极则。盖我中国圣人之意，以为吾非不知宇宙之为无尽藏，而人心之灵，苟日开瀹焉，其机巧智能，可以驯致于不测也。而吾独置之而不以为务者，盖生民之道，期于相安相养而已。夫天地之物产有限，而生民之嗜欲无穷，孳乳寖多，镪锋日广，此终不足之势也。物不足则必争，而争者人道之大患也。故宁以止足为教，使各安于朴鄙颛蒙，耕凿焉以事其长上，是故春秋大一统。一统者，平争之大局也。秦之销兵焚书，其作用盖亦犹是。降而至于宋以来之制科，其防争尤为深且远。取人人尊信之书，使其反复沈潜，而其道常在若远若近、有用无用之际。悬格为招矣，而上智有不必得之忧，下愚有或可得之庆，于是举天下之圣智豪杰，至凡有思虑之伦，吾顿八纮之网以收之，即或漏吞舟之鱼，而已暴鰓断鳍，颓然老矣，尚何能为推波助澜之事也哉！嗟乎！此真圣人牢笼天下，平争泯乱之至术，而民智因之以日窳，民力因之以日衰。其究也，至不能与外国争一旦之命，则圣人计虑之所不及者也。虽然，使至于今，吾为吾治，而跨海之汽舟不来，缩地之飞车不至，则神州之众，老死不与异族相往来。富者常享其富，贫者常安其贫。明天泽之义，则冠履之分严；崇柔让之教，则嚣凌之氛泯。偏灾虽繁，有补苴之术；蓷苻虽夥，有剿绝之方。此纵难言郅治乎，亦用相安而已。而孰意患常出于所虑之外，乃有何物泰西其人者，盖自高颡深目之伦，杂处此结袵编发之中，则我四千年文物声明，已涣然有不终日之虑。逮今日而始知其危，何异齐桓公以见痛之日，为受病之始也哉！

　　（节选自《严复集》第一册，中华书局1986年版）

原强（修订稿，节选）

严　复

今之扼腕奋肸，讲西学、谈洋务者，亦知近五十年来，西人所孜孜勤求，近之可以保身治生，远之可以经国利民之一大事乎？

达尔文者，英之讲动植之学者也。承其家学，少之时，周历寰瀛。凡殊品诡质之草木禽鱼，裒集甚富。穷精眇虑，垂数十年，而著一书，曰《物种探原》。自其书出，欧美二洲几于家有其书，而泰西之学术政教，一时斐变。论者谓达氏之学，其一新耳目，更革心思，甚于奈端氏之格致天算，殆非虚言。其书谓：物类繁殊，始惟一本。其降而日异者，大抵以牵天系地之不同，与夫生理之常趋于微异；洎源远流分，遂阔绝相悬，不可复一。然而此皆后天之事，因夫自然，训致如是，而非太始生理之本然也。其书之二篇为尤著，西洋缀闻之士，皆能言之，谈理之家，掇为口实，其一篇曰物竞，又其一曰天择。物竞者，物争自存也；天择者，存其宜种也。意谓民物于世，樊然并生，同食天地自然之利矣。然与接为构，民民物物，各争有以自存。其始也，种与种争，群与群争，弱者常为强肉，愚者常为智役。及其有以自存而遗种也，则必强忍魁桀，趫捷巧慧，而与其一时之天时地利人事最其相宜者也。此其为争也，不必爪牙用而杀伐行也。习于安者，使之为劳，狃于山者，使之居泽，以是以与其习于劳、狃于泽者争，将不数传而其种尽矣。物竞之事，如是而已。是故每有太古最繁之种，风气渐革，越数百年数千年，消磨歇绝，至于靡有孑遗，如矿学家所见之古兽古禽是已。动植如此，民人亦然。民人者，固动物之类也，达氏总有生之物，标其宗旨，论其大凡如此。至其证阐明确，犁然有当于人心，则非亲见其书者莫能信也。此所谓以天演之学言生物之道者也。

斯宾塞尔者，亦英产也，与达氏同时。其书于达氏之《物种探原》为早出，则宗天演之术，以大阐人伦治化之事。号其学曰"群学"，犹荀卿言人之贵于禽兽者，以其能群也，故曰"群学"。夫民相生相养，易事通功，推以至于刑政礼乐之大，皆自能群之性以生。又用近今格致之理术，以发挥修齐治平之事，精深微眇，繁富奥殚。其论一事，持一说，必根据理极，引其端于至真之原，究其极于不遁之效。于五洲殊种，由狉榛蛮夷，以至著号开明之国，挥斥旁推，什九罄尽。而于一国盛衰强弱之故，民德醇漓合散之由，则尤三致意焉。殚毕生之精力，五十年而著述之事始蒇。其宗旨尽于第一书，名曰《第一义谛》，通天地人禽兽昆虫草木以为言，以求其会通之理，始于一气，演成万物。继乃论生学、心学之理，而要其归于群学焉。夫亦可谓美备也已。

夫如是，则一种之所以强，一群之所以立，本斯而谈，断可识矣。盖生民之大要三，而强弱存亡莫不视此：一曰血气体力之强，二曰聪明智虑之强，三曰德行仁义之强。是以西洋观化言治之家，莫不以民力、民智、民德三者断民种之高下，未有三者备而民生不优，亦未有三者备而国威不奋者也。反是而观，夫苟其民契需恂愁，各奋其私，则其群将涣。以将涣之群，而与鸷悍多智、爱国保种之民遇，小则虏辱，大则灭亡。此不必干戈用而杀伐行也，磨灭溃败，出于自然，载籍所传，已不知凡几，而未有文字之先，则更不知凡几者也。是故西人之言教化政法也，以有生之物各保其生为第一大法，保种次之。而至生与种较，则又当舍生以存种，践是道者，谓之义士，谓之大人。至于发政施令之间，要其所归，皆以其民之力、智、德三者为准的。凡可以进是三者，皆所力行；凡可以退是三者，皆所宜废；而又盈虚酌剂，使三者毋或致偏焉。西洋政教，若自其大者观之，不过如是而已。

由是而观吾中国今日之民，其力、智、德三者，固何如乎？往者日本以寥寥数舰之舟师，区区数万人之众，一战而剪我最亲之藩属，再战而陪都动摇，三战而夺我最坚之海口，四战而威海之海军熸矣。使曩者款议不成，则畿辅戒严，亦意中事耳。当此之时，天子非不赫然震怒也。思改弦而更张之，乃内之则殿阁枢府以至六部九卿，外之则洎廿四行省之疆吏，旁皇咨求，卒无一人焉足以胜御侮折冲之任者。"猛虎深山"，徒虚论耳。兵连不及周年，公私扫地赤立，洋债而外，尚不能无扰间阎，其财之匮也又如此。夫一国犹之一身也，脉络贯通，官体相救，故击其头则四支皆应，刺其腹则举体知亡。而南北虽属一君，彼是居然两戒；首善震矣，四海晏然，视邦国之颠危，犹秦越之肥瘠。合肥谓"以北洋一隅之力御倭人全国之师"，非过语也。此君臣势散而相爱相保之情薄也。将不素学，士不素练，器不素储。一旦有急，则蚁附蜂屯，授之以扦格不操之利器，曳兵而走，转以奉敌。其一时告奋将弁，半皆无赖小人，觊觎所支饷项而已。至于临事，且不知有哨探之用，遮革之方。甚且不识方员古陈大不宜于今日之火器，更无论部勒之精详，与夫开阖之要眇者矣。即当日之怪谬，苟记载其事而传之，将皆为千载笑端，而吾民靦然固未尝以之为愧也。

夫阃外之事既如此矣，而阃内之事则又何如？法弊之极，人各顾私，是以谋谟庙堂，佐上出令者，往往翘巧伪汙浊之行以为四方则效。其间稍有意者，亦不过如息夫躬所云"以狗马齿保目所见"，而孰谓是区区者之终不吾畀也！至于顾问献替之臣，则不独于时事大势曹未有知，乃至本国本朝之事，其职分所应知者，亦未尝少纡其神虑。是故有时发愤论列，率皆唵〔唵〕嗼童駭，徒招侮虐，功罪得失，毁誉混淆。其有趋时者流，自诩豪杰，则徒剽窃外洋之疑似，以荧惑主上之聪明。其尤不肖者，且窃幸事之纠纷，得以因缘为利，求才亟，则可侥幸而骤迁，兴作多，则可居间而自润。嗟乎！此真天下士大夫之所亲见。仆之为论，当不然哉？

夫人才者，民力、民智、民德三者之征验也，求之有位之中，既如此矣。意或者沉伏摧废，高举远引而不可接欤？乃吾转而求之草野间巷之间，则又消乏雕亡，存一二于千万之中，竟谓同无，何莫不可？然则神州九万里地，四十京之民，此廓廓者徒土荒耳，是蚩蚩者徒人满耳。尚自诩冠带之民，灵秀之种，周孔所教，礼义所治，诸君聊用自娱则可耳，何关人事也耶！且事之可忧可畏者，存乎其真，而一战之胜败，不足计也。使中国而为如是之中国，则当日中东之事，微论败也，就令边衅不开，开而幸胜，然而自有识之士观之，其为忧乃愈剧。何则？民力已茶，民智已卑，民德已薄故也，一战之败，何足云乎！今虽有圣神用事，非数十百年薄海知亡，君臣同德，痛锄治而鼓舞之，将不足以自立。而岁月悠悠，四邻眈眈，恐未及有为，已先作印度、波兰之续，将斯宾塞尔之术未施，而达尔文之理先信。矧自甲午迄今者几何时，天下所振兴者几何事，固诸君所共闻共见者耶！呜呼！吾辈一身无足惜，如吾子孙与四百兆之人种何！天地父母，山川神灵，尚相兹下土民以克诱其衷，咸俾知奋！

……

盖一国之事，同于人身。今夫人身，逸则弱，劳则强者，固常理也。然使病夫焉，日从事于超距赢越之间，以是求强，则有速其死而已矣。今之中国，非犹是病夫也耶？且夫中国知西法之当师，不自甲午东事败衄之后始也。海禁大开以还，所兴发者亦不少矣：译署，一也；同文馆，二也；船政，三也；出洋肄业局，四也；轮船招商，五也；制造，六也；海军，七也；海署，八也；洋操，九也；学堂，十也；出使，十一也；矿务，十二也；电邮，十三也；铁路，十四也。拉杂数之，盖不止一二十事。此中大半，皆西洋以富以强之基，而自吾人行之，则淮橘为枳，若存若亡，不能实收其效者，则又何也？苏子瞻曰："天下之祸，莫大于上作而下不应。上作而下不应，则上亦将穷而自止。"斯宾塞尔曰："富强不可为也，政不足与治也。相其宜，动其机，培其本根，卫其成长，则其效乃不期而自立。"是故苟民力已茶，民智已卑，民德已薄，虽有富强之政，莫之能行。盖政如草木焉，置之其地而发生滋大者，必其地之肥硗燥湿寒暑与其种性最宜者而后可。否则，萎矬而已，再甚则僵槁而已。往者，王介甫之变法也，法非不良，意非不美也，而其效浸淫至于亡宋，此其故可深长思也。管、商变法而行，介甫变法而敝，在其时之风俗人心与其法之宜不宜而已矣。达尔文曰："物各竞存，最宜者立。"动植如是，政教亦如是也。

夫如是，则中国今日之所宜为，大可见矣。夫所谓富强云者，质而言之，不外利民云尔。然政欲利民，必自民各能自利始；民各能自利，又必自皆得自由始；欲听其皆得自由，尤必自其各能自治始；反是且乱。顾彼民之能自治而自由者，皆其力、其智、其德诚优者也。是以今日要政，统于三端：一曰鼓民力，二曰开民智，三曰新民德。夫为一弱于群强之间，政之所施，固常有标本缓急之可论。唯是使三者诚进，则其治标而标立；三者不进，则其标虽治，终亦无功；此舍本言标者之所以为无当也。虽然，其事至难言矣。夫中国今日之民，其力、智、德三者，苟通而言之，则经数千年之层递积累，本之乎山川风土之攸殊，导之乎刑政教俗之屡变，陶钧炉锤而成此最后之一境。今日欲以旦暮之为，谓有能淘洗改革，求以合于当前之世变，以自存于俋儴烦扰之中，此其胜负通窒之数，殆可不待再计而知矣。然而自微积之理而观之，则曲之为变，固有疾徐；自力学之理而明之，则物动有由，皆资外力。今者外力逼迫，为我权借，变率至疾，方在此时。智者慎守力权，勿任旁守，则天下事正于此乎而大可为也。即彼西洋之克有今日者，其变动之速，远之亦不过二百年，近之亦不过五十年已耳，则我何为而不奋发也耶！

（节选自《严复集》第一册，中华书局 1986 年版）

救亡决论（节选）

严　复

天下理之最明而势所必至者，如今日中国不变法则必亡是已。然则变将何先？曰：莫亟于废八股。夫八股非自能害国也，害在使天下无人才。其使天下无人才奈何？曰：有大害三。

其一害曰：锢智慧。今夫生人之计虑智识，其开也，必由粗以入精，由显以至奥，层累阶级，脚踏实地，而后能机虑通达，审辨是非。方其为学也，必无谬悠影响之谈，而后其应事也，始无颠倒支离之患。何则？其所素习者然也。而八股之学大异是。垂髫童子，目未知菽粟之分，其入学也，必先课之以《学》《庸》《语》《孟》，开宗明义，明德新民，讲之既不能通，诵之乃徒强记。如是数年之后，行将执简操觚，学为经义，先生教之以擒挽之死法，弟子资之于剽窃以成章。一文之成，自问不知何语。迨夫观风使至，群然挟兔册，裹饼饵，逐队唱名，俯首就案，不违功令，皆足求售，谬种流传，羌无一是。如是而博一衿矣，则其荣可以夸乡里；又如是而领乡荐矣，则其效可以觑民社。至于成贡士，入词林，则其号愈荣，而自视也亦愈大。出宰百里，入主曹司，珥笔登朝，公卿跬步，以为通天地人之谓儒。经朝廷之宾兴，蒙皇上之亲策，是朝廷固命我为儒也。千万旅进，人皆铩羽，我独成龙，是冥冥中之鬼神，又许我为儒也。夫朝廷鬼神皆以我为儒，是吾真为儒，且真为通天地人之儒。从此天下事来，吾以半部《论语》治之足矣，又何疑哉！又何难哉！做秀才时无不能做之题，做宰相时自无不能做之事，此亦其所素习者然也。谬妄糊涂，其曷足怪？

其二害曰：坏心术。揆皇始创为经义之意，其主于愚民与否，吾不敢知。而天下后世所以乐被其愚者，岂不以圣经贤传，无语非祥，八股法行，将以"忠信廉耻"之说渐摩天下，使之胥出一途，而风俗亦将因之以厚乎？而孰知今日之科举，其事效反于所期，有断非前人所及料者。今姑无论试场大弊，如关节、顶替、倩枪、联号，诸寡廉鲜耻之尤，有力之家，每每为之，而未尝稍以为愧也。请第试言其无弊者，则孔子有言："知之为知之，不知为不知，是知也。"故言止于所不知，固学者之大戒也。而今日八股之士，乃真无所不知。夫无所不知，非人之所能也。顾上既如是求之，下自当以是应之。应之奈何？剿说是已。夫取他人之文词，腼然自命为己出，此其人耻心所存，固已寡矣。苟缘是而侥幸，则他日掠美作伪之事愈忍为之，而不自知其为可耻。然此犹其临场然耳。至其平日用功之顷，则人手一编，号曰揣摩风气。即有一二聪颖子弟，明知时尚之日非，然去取所关，苟欲求售，势必俯就而后可。夫所贵于为士，与国家养士之深心，岂不以矫然自守，各具特立不诡随之风，而后他日登朝，乃有不苟得不苟免之概耶！乃今者，当其做秀才之日，务必使之习为剿窃诡随之事，致令羞恶是非之心，且暮梏亡，所存濯濯。又何怪委贽通籍之后，以巧宦为宗风，以趋时为秘诀。否塞晦盲，真若一丘之貉。苟利一身而已矣，遑恤民生国计也哉！且其害不止此。每逢春秋两闱，其闱内外所张文告，使不习之观之，未有不欲股弁者。逮亲见其实事，乃不徒大谬不然，抑且变本加厉。此奚翅当士子出身之日，先教以赫赫王言，实等诸济窍飘风，不关人事，又何怪他日者身为官吏，刑在前而不慄，议在后而不惊。何则？凡此又皆所素习者然也。是故今日科举之事，其害不止于锢智慧，坏心术，其势且使国宪王章渐同粪土，而知其害者，果谁也哉？

其三害曰：滋游手。扬子云有言："言，心声也；书，心画也。"故知言语文字二事，系生人必具之能。人不知书，其去禽兽也，仅及半耳。中国以文字一门专属之士，而西国与东洋则所谓四民之众，降而至于妇女走卒之伦，原无不识字知书之人类。且四民并重，从未尝以士为独尊，独我华人，始翘然以知书自异耳。至于西洋理财之家，且谓农工商贾皆能开天地自然之利，自养之外，有以养人，独士枵然，开口待哺。是故士者，固民之蠹也。唯其蠹民，故其选士也，必务精，而最忌广；广则无所事事，而为游手之民，其弊也，为乱为贫为弱。而中国则后车十乘，从者百人，孟子已肇厉阶。至于今日之士，则尚志不闻，素餐等消。十年之间，正恩累举，朝廷既无以相待，士子且无以自存。椷朴丛生，人文盛极。然若以孙文台杀荆州太守坐无所知者例之，则与当涂公卿，皆不容于尧舜之世者也。况夫益之以保举，加之以捐班，决疣溃痈，靡知所届。中国一大豕也，群虱总总，处其奎蹄曲隈，必有一日焉，屠人操刀，具汤沐以相待，至是而始相吊焉，固已晚矣。悲夫！

夫数八股之三害，有一于此，则其国鲜不弱而亡，况夫兼之者耶！今论者将谓八股取士，固未尝诚负于国家，彼自明以来用之矣，其所收之贤哲钜公，指不胜屈，宋苏轼尝论之矣。果循名责实之道行，则八股亦何负于天下？此说固也，然不知利禄之格既悬，则无论操何道以求人，将皆有聪明才智之徒入其彀。设国家以饭牛取士，亦将得宁戚、百里大夫；以牧豕取士，亦将得卜式、公孙丞相。假当日见其得人，遂以此为科举之恒法，则诸公以为何如？夫科举之事，为国求才也，劝人为学也。求才为学二者，皆必以有用为宗。而有用之效，征之富强；富强之基，本诸格致。不本格致，将无所往而不荒虚，所谓"蒸砂千载，成饭无期"者矣。彼苏氏之论，取快一时，盖方与温公、介甫立异抵巇，又何可视为笃论耶！总之，八股取士，使天下消磨岁月于无用之地，堕坏志节于冥昧之中，长人虚骄，昏人神智，上不足以辅国家，下不足以资事畜。破坏人才，国随贫弱。此之不除，徒补苴罅漏，张皇幽渺，无益也，虽练军实、讲通商，亦无益也。何则？无人才，则之数事者，虽举亦废故也。舐糠及米，终致危亡而已。然则救之之道当何如？曰：痛除八股而大讲西学，则庶乎其有瘳耳。东海可以回流，吾言必不可易也。

（节选自《严复集》第一册，中华书局 1986 年版）

天演论(上，节选)

严 复

导言一 察变

赫胥黎独处一室之中，在英伦之南，背山而面野，槛外诸境，历历如在几下。乃悬想二千年前，当罗马大将恺彻未到时，此间有何景物。计惟有天造草昧，人功未施，其借征人境者，不过几处荒坟，散见坡陀起伏间，而灌木丛林，蒙茸山麓，未经删治如今日者，则无疑也。怒生之草，交加之藤，势如争长相雄。各据一抔壤土，夏与畏日争，冬与严霜争，四时之内，飘风怒吹，或西发西洋，或东起北海，旁午交扇，无时而息。上有鸟兽之践啄，下有蚁蝝之啮伤，憔悴孤虚，旋生旋灭，菀枯顷刻，莫可究详。是离离者亦各尽天能，以自存种族而已。数亩之内，战事炽然。强者后亡，弱者先绝。年年岁岁，偏有留遗。未知始自何年，更不知止于何代。苟人事不施于其间，则莽莽榛榛，长此互相吞并，混逐蔓延而已，而诘之者谁耶？

(节选自《严复集》第五册，中华书局 1986 年版)

仁学·自叙（节选）

谭嗣同

　　墨有两派：一曰"任侠"，吾所谓仁也，在汉有党锢，在宋有永嘉，略得其一体；一曰"格致"，吾所谓学也，在秦有《吕览》，在汉有《淮南》，各识其偏端。仁而学，学而仁，今之士其勿为高远哉！盖即墨之两派，以近合孔、耶，远探佛法，亦云汰矣。吾自少至壮，遍遭纲伦之厄，涵泳其苦，殆非生人所能任受，濒死累矣，而卒不死。由是益轻其生命，以为块然躯壳，除利人之外，复何足惜。深念高望，私怀墨子摩顶放踵之志矣。二三豪俊，亦时切亡教之忧，吾则窃不谓然。何者？教无可亡也。教而亡，必其教之本不足存，亡亦何恨？教之至者，极其量不过亡其名耳，其实固莫能亡矣。名非圣人之所争。圣人亦名也，圣人之名若性皆名也。即吾之言仁言学，皆名也。名则无与于存亡。呼马，马应之可也；呼牛，牛应之可也；道在屎溺，佛法是干屎橛，无不可也。何者？皆名也，其实固莫能亡矣。惟有其实而不克传其实，使人反瞀于名实之为苦。以吾之遭，置之婆娑世界中，犹海之一涓滴耳，其苦何可胜道。窃揣历劫之下，度尽诸苦厄，或更语以今日此土之愚之弱之贫之一切苦，将笑为诳语而不复信，则何可不千一述之，为流涕哀号，强聒不舍，以速其冲决网罗，留作券剂耶？网罗重重，与虚空而无极。初当冲决利禄之网罗，次冲决俗学若考据、若词章之网罗，次冲决全球群学之网罗，次冲决君主之网罗，次冲决伦常之网罗，次冲决天之网罗，次冲决全球群教之网罗，终将冲决佛法之网罗。然其能冲决，亦自无网罗；真无网罗，乃可言冲决。故冲决网罗者，即是未尝冲决网罗。循环无端，道通为一，凡诵吾书，皆可于斯二语领之矣。

　　（节选自《仁学》，中华书局 1958 年版）

新民说·论新民为今日中国第一急务

梁启超

吾今欲极言新民为当务之急,其立论之根柢有二:一曰关于内治者,二曰关于外交者。

所谓关于内治者何也?天下之论政术者多矣,动曰:某甲误国,某乙殃民,某之事件政府之失机,某之制度官吏之溺职……若是者,吾固不敢谓为非然也。虽然,政府何自成?官吏何自出?斯岂非来自民间者耶?某甲、某乙者,非国民之一体耶?久矣夫,聚群盲不能成一离娄,聚群聋不能成一师旷,聚群怯不能成一乌获。以若是之民,得若是之政府官吏,正所谓种瓜得瓜,种豆得豆,其又奚尤?西哲常言:"政府之与人民,犹寒暑表之与空气也。"室中之气候与针里之水银,其度必相均,而丝毫不容假借。国民之文明程度低者,虽得明主贤相以代治之,及其人亡则其政息焉,譬犹严冬之际置表于沸水中,虽其度骤升,水一冷而坠如故矣。国民之文明程度高者,虽偶有暴君污吏虔刘一时,而其民力自能补救之而整顿之。譬犹溽暑之时置表于冰块上,虽其度忽落,不俄顷则冰消而涨如故矣。然则苟有新民,何患无新制度?无新政府?无新国家?非尔者,则虽今日变一法,明日易一人,东涂西抹,学步效颦,吾未见其能济也。夫吾国言新法数十年而效不睹者,何也?则于新民之道未有留意焉者也。

……

所谓关于外交者何也?自十六世纪以来(约三百年前),欧洲所以发达,世界所以进步,皆由民族主义(Nationalism)所磅礴冲激而成。民族主义者何?各地同种族同言语同宗教同习俗之人,相视如同胞,务独立自治,组织完备之政府,以谋公益而御他族是也。此主义发达既极,驯至十九世纪之末(近二三十年),乃更进而为民族帝国主义(National Imperialism)。民族帝国主义者何?其国民之实力,充于内而不得不溢于外,于是汲汲焉求扩张权力于他地,以为我尾闾。其下手也,或以兵力,或以商务,或以工业,或以教会,而一用政策以指挥调护之是也。近者如俄国之经略西伯利亚、土耳其,德国之经略小亚细亚、阿非利加,英国之用兵于波亚,美国之县夏威、掠古巴、攘菲律宾,皆此新主义之潮流,迫之不得不然也。而今也于东方大陆,有最大之国,最腴之壤,最腐败之政府,最散弱之国民,彼族一旦窥破内情,于是移其所谓民族帝国主义者,如群蚁之附膻,如万矢之向的,离然而集注于此一隅。彼俄人之于满洲,德人之于山东,英人之于扬子江流域,法人之于两广,日人之于福建,亦皆此新主义之潮流,迫之不得不然也。

　　夫所谓民族帝国主义者,与古代之帝国主义迥异。昔者有若亚历山大,有若查理曼,有若成吉思汗,有若拿破仑,皆尝抱雄图,务远略,欲蹂躏大地,吞并弱国。虽然,彼则由于一人之雄心,此则由于民族之涨力;彼则为权威之所役,此则为时势之所趋。故彼之侵略,不过一时,所谓暴风疾雨,不崇朝而息矣;此之进取,则在久远,日扩而日大,日入而日深。吾中国不幸而适当此盘涡之中心点,其将何以待之?曰:彼为一二人之功名心而来者,吾可以恃一二之英雄以相敌;彼以民族不得已之势而来者,非合吾民族全体之能力,必无从抵制也。彼以一时之气焰骤进者,吾可以鼓一时之血勇以相防;彼以久远之政策渐进者,非立百年宏毅之远猷,必无从幸存也。不见乎瓶水乎?水仅半器,他水即从而入之;若内力能自充塞本器,而无一隙之可乘,他水未有能入者也。故今日欲抵挡列强之民族帝国主义,以挽浩劫而拯生灵,惟有我行我民族主义之一策,而欲实行民族主义于中国,舍新民末由。

　　　　　　　　(选自《新民说》,中州古籍出版社1998年版)

少年中国说（节选）

梁启超

日本人之称我中国也，一则曰老大帝国，再则曰老大帝国。是语也，盖袭译欧西人之言也。呜呼！我中国其果老大矣乎？梁启超曰：恶是何言！是何言！吾心目中有一少年中国在。

欲言国之老少，请先言人之老少。老年人常思既往，少年人常思将来。惟思既往也，故生留恋心；惟思将来也，故生希望心。惟留恋也，故保守；惟希望也，故进取。惟保守也，故永旧；惟进取也，故日新。惟思既往也，事事皆其所已经者，故惟知照例；惟思将来也，事事皆其所未经者，故常敢破格。老年人常多忧虑，少年人常好行乐。惟多忧也，故灰心；惟行乐也，故盛气。惟灰心也，故怯懦；惟盛气也，故豪壮。惟怯懦也，故苟且；惟豪壮也，故冒险。惟苟且也，故能灭世界；惟冒险也，故能造世界。老年人常厌事，少年人常喜事。惟厌事也，故常觉一切事无可为者；惟好事也，故常觉一切事无不可为者。老年人如夕照，少年人如朝阳。老年人如瘠牛，少年人如乳虎。老年人如僧，少年人如侠。老年人如字典，少年人如戏文。老年人如鸦片烟，少年人如泼兰地酒。老年人如别行星之陨石，少年人如大洋海之珊瑚岛。老年人如埃及沙漠之金字塔，少年人如西伯利亚之铁路。老年人如秋后之柳，少年人如春前之草。老年人如死海之潴为泽，少年人如长江之初发源。此老年与少年性格不同之大略也。梁启超曰：人固有之，国亦宜然。

……

梁启超曰：造成今日之老大中国者，则中国老朽之冤业也。制出将来之少年中国者，则中国少年之责任也。彼老朽者何足道，彼与此世界作别之日不远矣，而我少年乃新来而与世界为缘。如僦屋者然，彼明日将迁居他方，而我今日始入此室处。将迁居者，不爱护其窗栊，不洁治其庭庑，俗人恒情，亦何足怪！若我少年者，前程浩浩，后顾茫茫。中国而为牛为马为奴隶，则烹脔鞭棰之惨酷，惟我少年当之。中国如称霸宇内，主盟地球，则指挥顾盼之尊荣，惟我少年享之。于彼气息奄奄与鬼为邻者何与焉？彼而漠然置之，犹可言也。我而漠然置之，不可言也。使举国之少年而果为少年也，则吾中国为未来之国，其进步未可量也。使举国之少年而亦为老大也，则吾中国为过去之国，其渐亡可翘足而待也。故今日之责任，不在他人，而全在我少年。少年智则国智，少年富则国富；少年强则国强，少年独立则国独立；少年自由则国自由，少年进步则国进步；少年胜于欧洲则国胜于欧洲，少年雄于地球则国雄于地球。红日初升，其道大光。河出伏流，一泻汪洋。潜龙腾渊,鳞爪飞扬。乳虎啸谷,百兽震惶。鹰隼试翼,风尘翕张。奇花初胎,矞矞皇皇。干将发硎,有作其芒。天戴其苍,地履其黄。纵有千古,横有八荒。前途似海,来日方长。美哉我少年中国,与天不老! 壮哉我中国少年,与国无疆!

(节选自《饮冰室合集·文集之五》,中华书局 1989 年版)

近世第一女杰罗兰夫人传（节选）

梁启超

"呜呼！自由自由，天下古今几多之罪恶，假汝之名以行。"此法国第一女杰罗兰夫人临终之言也。

罗兰夫人何人也？彼生于自由，死于自由；罗兰夫人何人也？自由由彼而生，彼由自由而死；罗兰夫人何人也？彼拿破仑之母也，彼梅特涅之母也，彼玛志尼、噶苏士、俾士麦、加富尔之母也。质而言之，则十九世纪欧洲大陆一切之人物，不可不母罗兰夫人。十九世纪欧洲大陆一切之文明，不可不母罗兰夫人。何以故？法国大革命为欧洲十九世纪之母故，罗兰夫人为法国大革命之母故。

（节选自《饮冰室合集·专集之十二》，中华书局 1989 年版）

《革命军》序

章太炎

蜀邹容为《革命军》方二万言，示余曰：欲以立懦夫，定民志，故辞多恣肆，无所回避，然得无恶其不文耶？余曰：凡事之败，在有其唱者而莫与为和，其攻击者且千百辈，故仇敌之空言，足以堕吾实事。

夫中国吞噬于逆胡，已二百六十年矣。宰割之酷，诈暴之工，人人所身受，当无不昌言革命。然自乾隆以往，尚有吕留良、曾静、齐周华等持正义以振聋俗，自尔遂寂泊无所闻。吾观洪氏之举义师，起而与为敌者，曾、李则柔煦小人，左宗棠喜功名、乐战事，徒欲为人策使，顾勿问其罪非枉直，斯固无足论者。乃如罗、彭、邵、刘之伦，皆笃行有道士也，其所操持，不洛、闽而金溪、余姚，衡阳之《黄书》，日在几阁，孝弟之行，华戎之辨，仇国之痛，作乱犯上之戒，宜一切习闻之。卒其行事，乃相缪戾如彼！材者张其角牙以覆宗国，其次即以身家殉满洲，乐文采者则相与鼓吹之。无他，悖德逆伦，并为一谈，牢不可破。故虽有衡阳之书，而视之若无见也。然则洪氏之败，不尽由计画失所，正以空言足与为难耳！

今者风俗臭味少变更矣，然其痛心疾首，恳恳必以逐满为职志者，虑不数人。数人者，文墨议论，又往往务为温藉，不欲以跳踉搏跃言之，虽余亦不免是也。

嗟夫！世皆嚚昧而不知话言，主文讽切，勿为动容。不震以雷霆之声，其能化者几何？异时义师再举，其必堕于众口之不俚，既可知矣。今容为是书，一以叫咷恣言，发其惭恚，虽嚚昧若罗、彭诸子，诵之犹当流汗祇悔。以是为义师先声，庶几民无异志，而材士亦知所返乎？若夫屠沽负贩之徒，利其径直易知而能恢发智识，则其所化远矣。藉非不文，何以致是也！抑吾闻之，同族相代，谓之革命；异族攘窃，谓之灭亡；改制同族，谓之革命；驱除异族，谓之光复。今中国既灭亡于逆胡，所当谋者光复也，非革命云尔。容之署斯名，何哉？谅以其所规画，不仅驱除异族而已，虽政教学术、礼俗材性，犹有当革者焉，故大言之曰革命也。

共和二千七百四十四年四月，余杭章炳麟序。

（选自《章太炎政论选集》上册，中华书局1977年版）

驳康有为论革命书（节选）

章太炎

长素足下：读《与南北美洲诸华商书》，谓中国只可立宪，不能革命，援引今古，洒洒万言。呜呼长素，何乐而为是耶？热中于复辟以后之赐环，而先为是龃龉不了之语，以耸东胡群兽之听，冀万一可以解免，非致书商人，致书于满人也。夫以一时之富贵，冒万亿不韪而不辞，舞词弄札，眩惑天下，使贱儒元恶为之则已矣；尊称圣人，自谓教主，而犹为是妄言，在己则脂韦突梯以佞满人已耳，而天下之受其蛊惑者，乃较诸出于贱儒元恶之口为尤甚。吾可无一言以是正之乎？

……

夫长素所以不认奴隶，力主立宪以摧革命之萌芽者，彼固终日屈心忍志以处奴隶之地者尔。欲言立宪，不得不以皇帝为圣明，举其诏旨，有云"一夫失职，自以为罪"者，而谓亟亟欲开议院，使国民咸操选举之权以公天下，其仁如天，至公如地，视天位如敝屣，然后可以言皇帝复辟而宪政必无不行之虑。则吾向者为《正仇满论》，既驳之矣。盖自乙未以后，彼圣主所长虑却顾，坐席不暖者，独太后之废置我耳。殷忧内结，智计外发，知非变法，无以交通外人得其欢心；非交通外人得其欢心，无以挟持重势，而排沮太后之权力。载湉小丑，未辨菽麦，铤而走险，固不为满洲全部计。长素乘之，投间抵隙，其言获用。故戊戌百日之政，足以书于盘盂，勒于钟鼎，其迹则公，而其心则只以保吾权位也。曩令制度未定，太后夭殂，南面听治，知天下之莫予毒，则所谓新政者，亦任其迁延堕坏而已。非直堕坏，长素所谓拿破仑第三新为民主，力行利民，已而夜晏伏兵，擒议员百数及知名士千数尽置于狱者，又将见诸今日。何也？满、汉两族，固莫能两大也。

今以满洲五百万人，临制汉族四万万人而有余者，独以腐败之成法愚弄之、锢塞之耳！使汉人一日开通，则满人固不能晏处于域内，如奥之抚匈牙利、土之御东罗马也。人情谁不爱其种类而怀其利禄，夫所谓圣明之主者，亦非远于人情者也，果能敝屣其黄屋而弃捐所有以利汉人耶？籍曰其出于至公，非有满、汉畛域之见，然而新法犹不能行也。何者？满人虽顽钝无计，而其怵惕于汉人，知不可以重器假之，亦人人有是心矣。顽钝愈甚，团体愈结，五百万人同德戮力，如生番之有社寮。是故汉人无民权，而满洲有民权，且有贵族之权者也。虽无太后，而掣肘者什伯于太后；虽无荣禄，而掣肘者什伯于荣禄。今夫建立一政，登用一人，而肺腑昵近之地，群相欢诪，朋疑众难，杂沓而至，自非雄杰独断如俄之大彼得者，固弗能胜是也。共、驩四子，于尧皆葭莩姻娅也，靖言庸回，而尧亦不得不任用之。今其所谓圣明之主者，其聪明文思，果有以愈于尧耶？其雄杰独断，果有以侪于俄之大彼得者耶？往者戊戌变政，去五寺三巡抚如拉枯，独驻防则不敢撤。彼圣主之力与满洲全部之力，果孰优孰绌也？由是言之，彼其为私，则不欲变法矣；彼其为公，则亦不能变法矣。长素徒以诏旨美谈视为实事，以此诳耀天下。独不读刘知几《载文》之篇乎？谓魏、晋以后，诏敕皆责成群下，藻饰既工，事无不可，故观其政令，则辛、癸不如；读其诏诰，则勋、华再出。此足以知戊戌行事之虚实矣。

且所谓立宪者，固将有上下两院，而下院议定之案，上院犹得以可否之。今上院之法定议员，谁为之耶？其曰皇族，则亲王、贝子是已；其曰贵族，则八家与内外蒙古是已；其曰高僧，则卫藏之达赖、班禅是已。是数者，皆汉族之所无而异种之所特有，是议权仍不在汉人也。所谓满、汉平等者，必如奥、匈二国并建政府而统治于一皇，为双立君主制而后可。使东三省尚在，而满洲大长得以兼统汉人，吾民犹勉自抑制以事之。今者满洲故土既攘夺于俄人，失地当诛，并不认为满洲君主，而何双立君主之有？夫戴此失地之天囚以为汉族之元首，是何异取罪人于囹圄而奉之为大君也！乃曰：朋友之交犹贵久要不忘，安有君臣之际，受人之知遇，因人之危难，中道变弃，乃反戈倒攻者！

……

夫以种族异同，明白如此，情伪得失，彰较如彼，而长素犹偷言立宪而力排革命者，宁智不足、识不逮耶？吾观长素二十年中，变易多矣。始孙文倡义于广州，长素尝遣陈千秋、林奎往，密与通情。及建设保国会，亦言保中国、不保大清，斯固志在革命者。未几，瞑眩于富贵利禄，而欲与素志调和，于是戊戌柄政，始有变法之议。事败亡命，作衣带诏，立保皇会，以结人心。然庚子汉口之役，犹以借遵皇权，密约唐才常等，卒为张之洞所发。当是时，素志尚在，未尽澌灭也。唐氏既亡，保皇会亦渐溃散。长素自知革命之不成，则又瞑眩于富贵利禄，而今之得此，非若畴昔之易，于是宣布是书，其志岂果在保皇立宪耶？亦使满人闻之，而曰长素固忠贞不贰，竭力致死以保我满洲者，而向之所传，借遵皇权保中国不保大清诸语，是皆人之所以诬长素者，而非长素故有是言也。荣禄既死，那拉亦耄，载湉春秋方壮，他日复辟，必有其期，而满洲之新起柄政者，其势力权借或不如荣禄诸奸，则工部主事可以起复，虽内阁军机之位，亦可以觊觎矣。长素固云：穷达一节，不变塞焉。盖有之矣，我未之见也。

（节选自《章太炎政论选集》上册，中华书局 1977 年版）

读《革命军》

章士钊

今日之有心人,虑无不言教育普及。教育普及诚善矣,虽然,吾不知其所欲普及之教育,其内容果奚若?将曰求知识耶?练技能耶?非普通之人所不可缺者耶?顾其不可缺也,犹之目之视,耳之听,口之言,手之执,为器械之运动,受动者而非主动者也。主动之权,在乎其脑。其脑而野蛮与,其耳目手口与之为野蛮之举动;其脑而文明与,其耳目手口亦与之为文明之举动。知识技能之于主义也亦然。奴隶主义者,以其知识技能尽奴隶之职;国民主义者,以其知识技能尽国民之职。夫以奴隶主义之人,而增其知识,练其技能,则适足以保守其奴隶之范围,完全其奴隶之伎俩,将使奴隶根性,永不可拔。是其非教育界之罪人,而我国民之公敌哉!居今日我国而言教育普及,惟在导之脱奴隶就国民。脱奴隶就国民如何?曰革命。

虽然,革命者,欧洲前世纪之产物,而近十年来,始稍稍输灌其思想于我国者也。求之我国历史,自汤武以来,一切惨剧,或成或败,无不始于盗贼之计,持以噢咻之术,要以奴隶人为目的,无一足以当今之所谓革命者。以此奴隶根性深固之人,而骤更其地位,如戒鸦片,如劝不缠足,殆无不扞格。呜呼!此其所以待教育也。

教育之术,在因其所以知,而进以所未知;因其潜势力,而导之以发达。吾国乡曲之间,妇孺之口,莫不有"男降女不降"、"老降少不降"、"生降死不降"之谚。而见满人者,无不呼为"鞑子",与呼西洋人为"鬼子"者同。是仇满之见,固普通之人所知也。而今日世袭君主者,满人;占贵族之特权者,满人;驻防各省以压制奴隶者,满人。夫革命之事,亦岂有外乎去世袭君主、排贵族特权、复一切压制之策者乎?是以排满之见,实足为革命之潜势力,而今日革命者,所以不能不经之一途也。居今日而言教育普及,又孰有外于导普通仇满之思想者乎?然使仅仅以仇满为目的,而不灌输以国民主义,则风潮所及,将使人人有自命秦政、朱元璋之志,而侥幸集事,自相奴畜,非酿成第二革命不止。又使艰深其文,微隐其旨,以供成学治国闻者之循玩,则亦与普及之义相背驰矣。

卓哉,邹氏之《革命军》也!以国民主义为干,以仇满为用,捋扯往事,根极公理,驱以犀利之笔,达以浅直之词。虽顽懦之夫,目睹其事,耳闻其语,则罔不面赤耳热心跳肺张,作拔剑砍地奋身入海之状。呜呼!此诚今日国民教育之一教科书也。李商隐于韩碑,愿书万本诵万遍,吾于此书亦云。

(选自《章士钊文选》,上海远东出版社 1996 年版)

《大革命家孙逸仙》自序

章士钊

孙逸仙，近今谈革命者之初祖，实行革命者之北辰，此有耳目之所同认。吾今著录此书，标之曰《孙逸仙》，岂不尚哉？而不然。孙逸仙者，非一氏之新私号，乃新中国新发露之名词也。有孙逸仙而中国始可为，则孙逸仙者，实中国过渡虚悬无薄之隐针。天相中国，则孙逸仙之一怪物，不可以不出世，即无今之孙逸仙，吾知今之孙逸仙之景与魍魉，亦必照此幽幽之鬼域也。世有疑吾言乎？则请验孙逸仙之原质为何物，以孙逸仙之原质而制作之又为何物。此二物者，非孙逸仙之所独有，不过吾取孙逸仙而名吾物，则适成为孙逸仙而已。既知此义，谈兴中国者，不可脱离孙逸仙三字，非孙逸仙而能兴中国也，所以为孙逸仙者而能兴中国也。然则孙逸仙与中国之关系，当视为克虏伯炮弹成一联属词，而后不悖此书本旨。吾，黄帝之子孙也。有能循吾黄帝之业者，则视为性命所在，且为此广义，正告天下，以视世之私谊相标榜，主张伪说、迷惑天下者，读此书当能辨之矣。共和四千六百一十四年八月二十日。

（选自《现代中国文学史》，岳麓书社 1986 年版）

苍霞精舍后轩记

林　纾

建溪之水，直趋南港，始分二支，其一下洪山，而中洲适当水冲，洲上下联二桥，水穿桥抱洲而过，始汇于马江。苍霞洲在江南桥右偏，江水之所经也。

洲上居民百家，咸面江而门。余家洲之北，潝溢苦水，乃谋适爽垲，即今所谓苍霞精舍者。屋五楹，前轩种竹数十竿，微飔略振，秋气满于窗户，母宜人生时之所常过也；后轩则余与宜人联楹而居，其下为治庖之所。宜人病，常思珍味，得则余自治之。亡妻纳薪于灶，满则苦烈，抽之又莫适于火候，亡妻笑。母宜人谓曰："尔夫妇呶呶何为也？我食能几，何事求精，尔烹饪岂亦有古法耶？"一家相传以为笑。

宜人既逝，余始通二轩为一。每从夜归，妻疲不能起。余即灯下教女雪诵杜诗，尽七八首始寝。亡妻病革，屋适易主，乃命舆至轩下，藉鞲舆中，扶掖以去。至新居，十日卒。

孙幼谷太守、力香雨孝廉即余旧居为苍霞精舍，聚生徒课西学，延余讲《毛诗》《史记》，授诸生古文，间五日一至。栏楯楼轩，一一如旧，斜阳满窗，帘幙四垂，乌雀下集，庭墀阒无人声。余微步廊庑，犹谓太宜人昼寝于轩中也。轩后严密之处，双扉阖焉。残针一，已锈矣，和线犹注扉上，则亡妻之所遗也。

呜呼！前后二年，此轩景物已再变矣。余非木石人，宁能不悲！归而作后轩记。

（选自《民国丛书》第四编94《畏庐文集》，商务印书馆1916年版）

徐景颜传

林　纾

　　徐景颜,江南苏州人。早岁习欧西文字,肄业水师学堂。每曹试,必第上上。筝琶箫笛之属,一闻辄会。其节奏,且能以意为新声。治《汉书》绝熟,论汉事。虽纯史之家。无能折者。年二十五,以参将副水师提督丁公为兵官。

　　壬辰,东事萌芽。时景颜归,辄对妻涕泣,意不忍其母。母知书明义,方以景颜为怯弱,趣之行。景颜晨起,就母寝拜别,持箫入卧内,据枕吹之,初为徵声,若泣若诉,越炊许,乃斗变为惨厉悲健之音,哀动四邻。掷箫索剑,上马出城。是岁遂死于大东沟之难。

　　论曰:余戚林少谷都督。于大东沟之战,所领兵舰,碎于敌炮,都督浮沉海中,他舟曳长绳援之,都督出半身,推绳就水上拱揖,俾勿援,如是三四,终不就援以死。又杨雨亭镇军,军覆威海时,以手枪内向龈腭之间,弹发入脑,白浆溃出。鼻窍下垂。径尺许,端坐不仆,日人惊以为神。二公皆闽人,与景颜均从容就义者也。恒人论说,以威海之役,诋全军无完人,至三公之死节,亦不之数矣。呜呼!忠义之士,又胡以自奋也耶?

(选自《民国丛书》第四编 94《畏庐文集》,商务印书馆 1916 年版)

游西溪记

林　纾

西溪之胜，水行沿秦亭山十余里，至留下，光景始异。溪上之山，多幽蒨，而秦亭特高峙，为西溪之镇山。溪行数转，犹见秦亭也。溪水潺然而清深，窄者不能容舟。野柳无次，被丽水上，或突起溪心，停篙攀条，船侧转乃过。石桥十数，柿叶蓊荟，秋气洒然。桥门印水，幻圆影如月，舟行入月中矣。

交芦庵绝胜。近庵里许，回望溪路，为野竹所合，截然如断，隐隐见水阁飞檐，斜出梅林之表。其下砌石，可八九级。老柳垂条，拂扫水石，如缚帚焉。大石桥北趣入乌桕中，渐见红叶。登阁拜厉太鸿栗主，饭于僧房。易小艭绕出庵后。一色秋林，水净如拭。西风排竹，人家隐约可辨。溪身渐广，弥望一白，近涡水矣。

涡水一名南漳湖，苇荡也。荡析水为九道，芦花间之。隔芦望邻船人，但见半身；带以下，芦花也。溪色愈明净，老桧成行可万株，秋山亭亭出其上。尽桧乃趣余杭道，遂棹船归。不半里，复见芦庵，来时遵他道纡，归以捷径耳。

是行访高江村竹窗故址，舟人莫识。同游者为林迪臣先生，高啸桐，陈吉士父子，郭海容及余也。己亥九日。

（选自《民国丛书》第四编 94《畏庐文集》，商务印书馆 1916 年版）

五四文学

小　说

狂人日记[①]

鲁　迅

　　某君昆仲,今隐其名,皆余昔日在中学校时良友;分隔多年,消息渐阙。日前偶闻其一大病;适归故乡,迂道往访,则仅晤一人,言病者其弟也。劳君远道来视,然已早愈,赴某地候补[②]矣。因大笑,出示日记二册,谓可见当日病状,不妨献诸旧友。持归阅一过,知所患盖"迫害狂"之类。语颇错杂无伦次,又多荒唐之言;亦不著月日,惟墨色字体不一,知非一时所书。间亦有略具联络者,今撮录一篇,以供医家研究。记中语误,一字不易;惟人名虽皆村人,不为世间所知,无关大体,然亦悉易去。至于书名,则本人愈后所题,不复改也。七年四月二日识。

一

　　今天晚上,很好的月光。

　　我不见他,已是三十多年;今天见了,精神分外爽快。才知道以前的三十多年,全是发昏;然而须十分小心。不然,那赵家的狗,何以看我两眼呢?

　　我怕得有理。

---

　　① 本篇最初发表于 1918 年 5 月《新青年》第四卷第五号。作者首次采用"鲁迅"这一笔名。它是我国现代文学史上第一篇猛烈抨击"吃人"的封建礼教的小说。作者除在本书(《呐喊》《自序》)中提及它产生的缘由外,又在《〈中国新文学大系〉小说二集序》中指出它"意在暴露家族制度和礼教的弊害",可以参看。

　　② 候补:清代官制,通过科举或捐纳等途径取得官衔,但还没有实际职务的中下级官员,由吏部抽签分发到某部或某省,听候委用,称为候补。

二

今天全没月光，我知道不妙。早上小心出门，赵贵翁的眼色便怪：似乎怕我，似乎想害我。还有七八个人，交头接耳的议论我，又怕我看见。一路上的人，都是如此。其中最凶的一个人，张着嘴，对我笑了一笑；我便从头直冷到脚跟，晓得他们布置，都已妥当了。

我可不怕，仍旧走我的路。前面一伙小孩子，也在那里议论我；眼色也同赵贵翁一样，脸色也都铁青。我想我同小孩子有什么仇，他也这样。忍不住大声说，"你告诉我！"他们可就跑了。

我想：我同赵贵翁有什么仇，同路上的人又有什么仇；只有廿年以前，把古久先生的陈年流水簿子①，踹了一脚，古久先生很不高兴。赵贵翁虽然不认识他，一定也听到风声，代抱不平；约定路上的人，同我作冤对。但是小孩子呢？那时候，他们还没有出世，何以今天也睁着怪眼睛，似乎怕我，似乎想害我。这真教我怕，教我纳罕而且伤心。

我明白了。这是他们娘老子教的！

三

晚上总是睡不着。凡事须得研究，才会明白。

他们——也有给知县打枷过的，也有给绅士掌过嘴的，也有衙役占了他妻子的，也有老子娘被债主逼死的；他们那时候的脸色，全没有昨天这么怕，也没有这么凶。

最奇怪的是昨天街上的那个女人，打他儿子，嘴里说道，"老子呀！我要咬你几口才出气！"他眼睛却看着我。我出了一惊，遮掩不住；那青面獠牙的一伙人，便都哄笑起来。陈老五赶上前，硬把我拖回家中了。

拖我回家，家里的人都装作不认识我；他们的脸色，也全同别人一样。进了书房，便反扣上门，宛然是关了一只鸡鸭。这一件事，越教我猜不出底细。

前几天，狼子村的佃户来告荒，对我大哥说，他们村里的一个大恶人，给大家打死了；几个人便挖出他的心肝来，用油煎炒了吃，可以壮壮胆子。我插了一句嘴，佃户和大哥便都看我几眼。今天才晓得他们的眼光，全同外面的那伙人一模一样。

想起来，我从顶上直冷到脚跟。

他们会吃人，就未必不会吃我。

你看那女人"咬你几口"的话，和一伙青面獠牙人的笑，和前天佃户的话，明

---

① 古久先生的陈年流水簿子：这里比喻我国封建主义统治的长久历史。

明是暗号。我看出他话中全是毒，笑中全是刀。他们的牙齿，全是白厉厉的排着，这就是吃人的家伙。

照我自己想，虽然不是恶人，自从踹了古家的簿子，可就难说了。他们似乎别有心思，我全猜不出。况且他们一翻脸，便说人是恶人。我还记得大哥教我做论，无论怎样好人，翻他几句，他便打上几个圈；原谅坏人几句，他便说"翻天妙手，与众不同"。我那里猜得到他们的心思，究竟怎样；况且是要吃的时候。

凡事总须研究，才会明白。古来时常吃人，我也还记得，可是不甚清楚。我翻开历史一查，这历史没有年代，歪歪斜斜的每叶上都写着"仁义道德"几个字。我横竖睡不着，仔细看了半夜，才从字缝里看出字来，满本都写着两个字是"吃人"！

书上写着这许多字，佃户说了这许多话，却都笑吟吟的睁着怪眼睛看我。

我也是人，他们想要吃我了！

四

早上，我静坐了一会。陈老五送进饭来，一碗菜，一碗蒸鱼；这鱼的眼睛，白而且硬，张着嘴，同那一伙想吃人的人一样。吃了几筷，滑溜溜的不知是鱼是人，便把他兜肚连肠的吐出。

我说："老五，对大哥说，我闷得慌，想到园里走走。"老五不答应，走了；停一会，可就来开了门。

我也不动，研究他们如何摆布我；知道他们一定不肯放松。果然！我大哥引了一个老头子，慢慢走来；他满眼凶光，怕我看出，只是低头向着地，从眼镜横边暗暗看我。大哥说，"今天你仿佛很好。"我说"是的。"大哥说，"今天请何先生来，给你诊一诊。"我说"可以！"其实我岂不知道这老头子是刽子手扮的！无非借了看脉这名目，揣一揣肥瘠：因这功劳，也分一片肉吃。我也不怕；虽然不吃人，胆子却比他们还壮。伸出两个拳头，看他如何下手。老头子坐着，闭了眼睛，摸了好一会，呆了好一会；便张开他鬼眼睛说，"不要乱想。静静的养几天，就好了。"

不要乱想，静静的养！养肥了，他们是自然可以多吃；我有什么好处，怎么会"好了"？他们这群人，又想吃人，又是鬼鬼祟祟，想法子遮掩，不敢直截下手，真要令我笑死。我忍不住，便放声大笑起来，十分快活。自己晓得这笑声里面，有的是义勇和正气。老头子和大哥，都失了色，被我这勇气正气镇压住了。

但是我有勇气，他们便越想吃我，沾光一点这勇气。老头子跨出门，走不多远，便低声对大哥说道，"赶紧吃罢！"大哥点点头。原来也有你！这一件大发见，虽似意外，也在意中：合伙吃我的人，便是我的哥哥！

吃人的是我哥哥！

我是吃人的人的兄弟！

我自己被人吃了,可仍然是吃人的人的兄弟!

五

这几天是退一步想:假使那老头子不是刽子手扮的,真是医生,也仍然是吃人的人。他们的祖师李时珍做的"本草什么"①上,明明写着人肉可以煎吃;他还能说自己不吃人么?

至于我家大哥,也毫不冤枉他。他对我讲书的时候,亲口说过可以"易子而食"②;又一回偶然议论起一个不好的人,他便说不但该杀,还当"食肉寝皮"③。我那时年纪还小,心跳了好半天。前天狼子村佃户来说吃心肝的事,他也毫不奇怪,不住的点头。可见心思是同从前一样狠。既然可以"易子而食",便什么都易得,什么人都吃得。我从前单听他讲道理,也胡涂过去;现在晓得他讲道理的时候,不但唇边还抹着人油,而且心里满装着吃人的意思。

六

黑漆漆的,不知是日是夜。赵家的狗又叫起来了。

狮子似的凶心,兔子的怯弱,狐狸的狡猾,……

七

我晓得他们的方法,直捷杀了,是不肯的,而且也不敢,怕有祸祟。所以他们大家连络,布满了罗网,逼我自戕。试看前几天街上男女的样子,和这几天我大哥的作为,便足可悟出八九分了。最好是解下腰带,挂在梁上,自己紧紧勒死;他们没有杀人的罪名,又偿了心愿,自然都欢天喜地的发出一种呜呜咽咽的笑声。否则惊吓忧愁死了,虽则略瘦,也还可以首肯几下。

他们是只会吃死肉的!——记得什么书上说,有一种东西,叫"海乙那"④的,眼光和样子都很难看;时常吃死肉,连极大的骨头,都细细嚼烂,咽下肚子去,想起来也教人害怕。"海乙那"是狼的亲眷,狼是狗的本家。前天赵家的狗,看我

---

① "本草什么":指《本草纲目》,明代医学家李时珍(1518—1593)的药物学著作,共五十二卷。该书曾经提到唐代陈藏器《本草拾遗》中以人肉医治痨病的记载,并表示了异议。这里说李时珍的书"明明写着人肉可以煎吃",当是"狂人"的"记中语误"。

② "易子而食":语见《左传》宣公十五年,是宋将华元对楚将子反叙说宋国都城被楚军围困时的惨状:"敝邑易子而食,析骸而爨。"

③ "食肉寝皮":语出《左传》襄公二十一年,晋国州绰对齐庄公说:"然二子者,譬于禽兽,臣食其肉而寝处其皮矣。"(按:"二子"指齐国的殖绰和郭最,他们曾被州绰俘虏过。)

④ "海乙那":英语 hyena 的音译,即鬣狗(又名土狼),一种食肉兽,常跟在狮虎等猛兽之后,以它们吃剩的兽类的残尸为食。

几眼，可见他也同谋，早已接洽。老头子眼看着地，岂能瞒得我过。

最可怜的是我的大哥，他也是人，何以毫不害怕；而且合伙吃我呢？还是历来惯了，不以为非呢？还是丧了良心，明知故犯呢？

我诅咒吃人的人，先从他起头；要劝转吃人的人，也先从他下手。

八

其实这种道理，到了现在，他们也该早已懂得，……

忽然来了一个人；年纪不过二十左右，相貌是不很看得清楚，满面笑容，对了我点头，他的笑也不像真笑。我便问他，"吃人的事，对么？"他仍然笑着说，"不是荒年，怎么会吃人。"我立刻就晓得，他也是一伙，喜欢吃人的；便自勇气百倍，偏要问他。

"对么？"

"这等事问他什么。你真会……说笑话。……今天天气很好。"

天气是好，月色也很亮了。可是我要问你，"对么？"

他不以为然了。含含胡胡的答道，"不……"

"不对？ 他们何以竟吃？！"

"没有的事……"

"没有的事？ 狼子村现吃；还有书上都写着，通红斩新！"

他便变了脸，铁一般青。睁着眼说，"有许有的，这是从来如此……"

"从来如此，便对么？"

"我不同你讲这些道理；总之你不该说，你说便是你错！"

我直跳起来，张开眼，这人便不见了。全身出了一大片汗。他的年纪，比我大哥小得远，居然也是一伙；这一定是他娘老子先教的。还怕已经教给他儿子了；所以连小孩子，也都恶狠狠的看我。

九

自己想吃人，又怕被别人吃了，都用着疑心极深的眼光，面面相觑。……

去了这心思，放心做事走路吃饭睡觉，何等舒服。这只是一条门槛，一个关头。他们可是父子兄弟夫妇朋友师生仇敌和各不相识的人，都结成一伙，互相劝勉，互相牵掣，死也不肯跨过这一步。

十

大清早，去寻我大哥；他立在堂门外看天，我便走到他背后，拦住门，格外沉静，格外和气的对他说，

"大哥，我有话告诉你。"

"你说就是,"他赶紧回过脸来,点点头。

"我只有几句话,可是说不出来。大哥,大约当初野蛮的人,都吃过一点人。后来因为心思不同,有的不吃人了,一味要好,便变了人,变了真的人。有的却还吃,——也同虫子一样,有的变了鱼鸟猴子,一直变到人。有的不要好,至今还是虫子。这吃人的人比不吃人的人,何等惭愧。怕比虫子的惭愧猴子,还差得很远很远。

"易牙①蒸了他儿子,给桀纣吃,还是一直从前的事。谁晓得从盘古开辟天地以后,一直吃到易牙的儿子;从易牙的儿子,一直吃到徐锡林②;从徐锡林,又一直吃到狼子村捉住的人。去年城里杀了犯人,还有一个生痨病的人,用馒头蘸血舐。

"他们要吃我,你一个人,原也无法可想;然而又何必去入伙。吃人的人,什么事做不出;他们会吃我,也会吃你,一伙里面,也会自吃。但只要转一步,只要立刻改了,也就是人人太平。虽然从来如此,我们今天也可以格外要好,说是不能!大哥,我相信你能说,前天佃户要减租,你说过不能。"

当初,他还只是冷笑,随后眼光便凶狠起来,一到说破他们的隐情,那就满脸都变成青色了。大门外立着一伙人,赵贵翁和他的狗,也在里面,都探头探脑的挨进来。有的是看不出面貌,似乎用布蒙着;有的是仍旧青面獠牙,抿着嘴笑。我认识他们是一伙,都是吃人的人。可是也晓得他们心思很不一样,一种是以为从来如此,应该吃的;一种是知道不该吃,可是仍然要吃,又怕别人说破他,所以听了我的话,越发气愤不过,可是抿着嘴冷笑。

这时候,大哥也忽然显出凶相,高声喝道,

"都出去! 疯子有什么好看!"

这时候,我又懂得一件他们的巧妙了。他们岂但不肯改,而且早已布置;预备下一个疯子的名目罩上我。将来吃了,不但太平无事,怕还会有人见情。佃户说的大家吃了一个恶人,正是这方法。这是他们的老谱!

陈老五也气愤愤的直走进来。如何按得住我的口,我偏要对这伙人说,

"你们可以改了,从真心改起! 要晓得将来容不得吃人的人,活在世上。

"你们要不改,自己也会吃尽。即使生得多,也会给真的人除灭了,同猎人打完狼子一样! ——同虫子一样!"

---

①　易牙:春秋时齐国人,善于调味。据《管子·小称》:"夫易牙以调和事公(按:指齐桓公),公曰'惟蒸婴儿之未尝',于是蒸其首子而献之公。"桀、纣各为我国夏朝和商朝的最后一代君主,易牙和他们不是同时代人。这里说的"易牙蒸了他儿子,给桀纣吃",也是"狂人""语颇错杂无伦次"的表现。

②　徐锡林:隐指徐锡麟(1873—1907),字伯荪,浙江绍兴人,清末革命团体光复会的重要成员。1907年与秋瑾准备在浙、皖两省同时起义。七月六日,他以安徽巡警处会办兼巡警学堂监督身份为掩护,乘学堂举行毕业典礼之机刺死安徽巡抚恩铭,率领学生攻占军械局,弹尽被捕,当日惨遭杀害,心肝被恩铭的卫队挖出炒食。

那一伙人，都被陈老五赶走了。大哥也不知那里去了。陈老五劝我回屋子里去。屋里面全是黑沉沉的。横梁和椽子都在头上发抖；抖了一会，就大起来，堆在我身上。

万分沉重，动弹不得；他的意思是要我死。我晓得他的沉重是假的，便挣扎出来，出了一身汗。可是偏要说，

"你们立刻改了，从真心改起！你们要晓得将来是容不得吃人的人，……"

十一

太阳也不出，门也不开，日日是两顿饭。

我捏起筷子，便想起我大哥；晓得妹子死掉的缘故，也全在他。那时我妹子才五岁，可爱可怜的样子，还在眼前。母亲哭个不住，他却劝母亲不要哭；大约因为自己吃了，哭起来不免有点过意不去。如果还能过意不去，……

妹子是被大哥吃了，母亲知道没有，我可不得而知。

母亲想也知道；不过哭的时候，却并没有说明，大约也以为应当的了。记得我四五岁时，坐在堂前乘凉，大哥说爷娘生病，做儿子的须割下一片肉来，煮熟了请他吃，①才算好人；母亲也没有说不行。一片吃得，整个的自然也吃得。但是那天的哭法，现在想起来，实在还教人伤心，这真是奇极的事！

十二

不能想了。

四千年来时时吃人的地方，今天才明白，我也在其中混了多年；大哥正管着家务，妹子恰恰死了，他未必不和在饭菜里，暗暗给我们吃。

我未必无意之中，不吃了我妹子的几片肉，现在也轮到我自己，……

有了四千年吃人履历的我，当初虽然不知道，现在明白，难见真的人！

十三

没有吃过人的孩子，或者还有？

救救孩子……

一九一八年四月

（选自《鲁迅全集》第1卷，人民文学出版社2005年版）

---

① 指"割股疗亲"，即割取自己的股肉煎药，以医治父母的重病。这是封建社会的一种愚孝行为。《宋史·选举志一》："上以孝取人，则勇者割股，怯者庐墓。"

阿 Q 正传（存目）

鲁　迅

　　《阿 Q 正传》是鲁迅小说中最著名的一篇，写于一九二一年十二月至一九二二年二月之间，最初分章刊登于北京《晨报副刊》。[①]

　　《阿 Q 正传》以辛亥革命前后闭塞落后的农村小镇未庄为背景，塑造了一个从物质到精神都受到严重戕害的农民的典型。阿 Q 是上无片瓦、下无寸土的赤贫者，他没有家，住在土谷祠里；也没有固定的职业，"割麦便割麦，春米便春米，撑船便撑船"。从生活地位看，阿 Q 受到惨重的剥削，他失掉了土地以及独立生活的依凭，甚至也失掉了自己的姓。当他有一次喝罢两杯黄酒，说自己原是赵太爷本家的时候，赵太爷便差地保把他叫了去，给了他一个嘴巴，不许他姓赵。阿 Q 的现实处境是十分悲惨的，但他在精神上却"常处优胜"。小说的两章"优胜记略"，集中地描绘了阿 Q 这种性格的特点。他常常夸耀过去："我们先前——比你阔的多啦！你算是什么东西！"其实他连自己姓什么也有点茫然；又常常比附将来："我的儿子会阔的多啦！"其实他连老婆都还没有；他忌讳自己头上的癞疮疤，又认为别人"还不配"；被别人打败了，心里想："我总算被儿子打了，现在的世界真不象样……"于是他胜利了；当别人要他承认是"人打畜生"时，他就自轻自贱地承认："打虫豸，好不好？"但他立刻又想，他是第一个能够自轻自贱的人，除了"自轻自贱"不算外，剩下的就是"第一个"，"状元不也是'第一个'么？"于是他又胜利了。遇到各种"精神胜利法"都应用不上的时候，他就用力在自己脸上打两个嘴巴，打完之后，便觉得打的是自己，被打的是别一个，于是他又得胜地满足了。他有时也去欺侮处于无告地位的人，譬如被假洋鬼子打了之后，就去摸小尼姑的头皮，以此作为自己的一桩"勋业"，飘飘然陶醉在旁人的赏识和哄笑中。但是这种偶然的"勋业"仍然不过是精神的胜利，和他的自轻自贱、自譬自解一样是令人悲痛的行动。阿 Q 的"精神胜利法"实际上只是一种自我麻醉的手段，使他不能够正视自己被压迫的悲惨地位。他的"优胜记略"不过是充满了血泪和耻辱的奴隶生活的记录。

　　作品突出地描绘了阿 Q 的"精神胜利法"，同时又表现了他的性格里其他许

　　[①]《阿 Q 正传》第一章发表于 1921 年 12 月 4 日《晨报副刊》的"开心话"栏，开头讽刺考证家的那些近似滑稽的写法，就是为了切合这一栏的题旨。但鲁迅"实不以滑稽或哀怜为目的"，所以越写越认真起来，第二章起便移载"新文艺"栏。至 1922 年 2 月 12 日登毕，以后收入小说集《呐喊》。

多复杂的因素。阿Q的性格是充满着矛盾的。鲁迅后来曾经说过：阿Q"有农民式的质朴，愚蠢，但也很沾了些游手之徒的狡猾"[①]。一方面，他是一个被剥削的劳动很好的农民，质朴，愚蠢，长期以来受到封建主义的影响和毒害，保持着一些合乎"圣经贤传"的思想，也没改变小生产者狭隘守旧的特点：他维护"男女之大防"，认为革命便是造反；很鄙薄城里人，因为他们把"长凳"叫作"条凳"，在煎鱼上加切细的葱丝，凡是不合于未庄生活习惯的，在他看来都是"异端"。另一方面，阿Q又是一个失掉了土地的破产农民，到处流荡，被迫做过小偷，沾染了一些游手之徒的狡猾：他并不佩服赵太爷、钱太爷，敢于对假洋鬼子采取"怒目主义"；还觉得未庄的乡下人很可笑，没有见过城里的煎鱼，没有见过杀头。阿Q性格的某些特征是中国一般封建农村里普通农民所没有的。既瞧不起城里人，又瞧不起乡下人；从自尊自大到自轻自贱，又从自轻自贱到自尊自大，这是半殖民地半封建社会这样典型环境里典型的性格。出现在阿Q身上的"精神胜利法"，一方面是外国资本主义势力侵入后近代中国农村错综复杂的社会矛盾的表现，另一方面也为阿Q本身的具体经历所决定。鲁迅从雇农阿Q的生活道路和个性特点出发，按照自己艺术创造上的习惯——"模特儿不用一个一定的人"[②]，遵循主体的需要进行了高度的概括。在思想熔铸的时候，又突出了人物复杂性格中的某一点，使其具有鲜明的精神特征，从而塑造了阿Q这样一个意义深刻而又栩栩如生的典型。

---

① 《且介亭杂文·寄〈戏〉周刊编者信》。

② 《二心集·答北斗杂志社问》。

风
波
（存
目）

风 波（存目）

鲁 迅

　　《风波》是 1920 年鲁迅创作的小说，收录于鲁迅的《呐喊》中。小说描写 1917 年张勋复辟事件在江南某水乡所引起的一场关于辫子的风波，以小见大，展示了辛亥革命后中国农村的封闭、愚昧、保守的沉重氛围。辫子，曾是清王朝统治建立和消亡的标志之一；在鲁迅眼里，又是传统文化和国民精神枷锁的一种象征，是国民危机的一种征兆。这篇小说通过对江南水乡中一场辫子风波的描述，展示了辛亥革命后中国农村的真实面貌，揭示了缺乏精神信仰和追求的"无特操"的国民性弱点。风波是由"皇帝坐了龙庭了"，"皇帝要辫子"，可七斤没有辫子引起的。赵七爷的出场使风波骤然强化。赵七爷盘在头顶上像道士一般的辫子放下来了，且幸灾乐祸地质问七斤的辫子哪里去了，使七斤、七斤嫂感到如同受了死刑似的，引起一系列的矛盾冲突，事件骤变、发展。最后又以赵七爷的辫子又盘在顶上，"皇帝没有坐龙庭"而矛盾消解。主人公七斤，是当地著名的见过世面的"出场人物"，甚至于受到众人尊敬，有"相当的待遇"的。然而他听到皇帝坐龙庭的消息后的垂头丧气，对妻子责骂时的隐忍，迁怒于女儿时的内心郁闷，实际上却显示着他是一个麻木胆怯、愚昧鄙俗、毫无觉悟的落后农民的典型。作品通过一场乡间的"风波"，展示出民众未经启蒙洗礼的中华民国，只是空有一块招牌，统治着中国百姓的思想意识的，仍然是封建主义。

伤　逝

——涓生的手记

鲁　迅

如果我能够，我要写下我的悔恨和悲哀，为子君，为自己。

会馆里的被遗忘在偏僻里的破屋是这样地寂静和空虚。时光过得真快，我爱子君，仗着她逃出这寂静和空虚，已经满一年了。事情又这么不凑巧，我重来时，偏偏空着的又只有这一间屋。依然是这样的破窗，这样的窗外的半枯的槐树和老紫藤，这样的窗前的方桌，这样的败壁，这样的靠壁的板床。深夜中独自躺在床上，就如我未曾和子君同居以前一般，过去一年中的时光全被消灭，全未有过，我并没有曾经从这破屋子搬出，在吉兆胡同创立了满怀希望的小小的家庭。

不但如此。在一年之前，这寂静和空虚是并不这样的，常常含着期待；期待子君的到来。在久待的焦躁中，一听到皮鞋的高底尖触着砖路的清响，是怎样地使我骤然生动起来呵！于是就看见带着笑涡的苍白的圆脸，苍白的瘦的臂膊，布的有条纹的衫子，玄色的裙。她又带了窗外的半枯的槐树的新叶来，使我看见，还有挂在铁似的老干上的一房一房的紫白的藤花。

然而现在呢，只有寂静和空虚依旧，子君却决不再来了，而且永远，永远地！……

子君不在我这破屋里时，我什么也看不见。在百无聊赖中，顺手抓过一本书来，科学也好，文学也好，横竖什么都一样；看下去，看下去，忽而自己觉得，已经翻了十多页了，但是毫不记得书上所说的事。只是耳朵却分外地灵，仿佛听到大门外一切往来的履声，从中便有子君的，而且橐橐地逐渐临近，——但是，往往又逐渐渺茫，终于消失在别的步声的杂沓中了。我憎恶那不像子君鞋声的穿布底鞋的长班的儿子，我憎恶那太像子君鞋声的常常穿着新皮鞋的邻院的搽雪花膏的小东西！

莫非她翻了车么？莫非她被电车撞伤了么？……

我便要取了帽子去看她，然而她的胞叔就曾经当面骂过我。

蓦然，她的鞋声近来了，一步响于一步，迎出去时，却已经走过紫藤棚下，脸上带着微笑的酒窝。她在她叔子的家里大约并未受气；我的心宁帖了，默默地相视片时之后，破屋里便渐渐充满了我的语声，谈家庭专制，谈打破旧习惯，谈男女平等，谈伊孛生，谈泰戈尔，谈雪莱……。她总是微笑点头，两眼里弥漫着稚气的好奇的光泽。壁上就钉着一张铜板的雪莱半身像，是从杂志上裁下来的，是他的最美的一张像。当我指给她看时，她却只草草一看，便低了头，似乎不好意思了。这些地方，子君就大概还未脱尽旧思想的束缚，——我后来也想，倒不如换一张雪莱淹死在海里的纪念像或是伊孛生的罢；但也终于没有换，现在是连这一张也不知那里去了。

"我是我自己的，他们谁也没有干涉我的权利！"

这是我们交际了半年，又谈起她在这里的胞叔和在家的父亲时，她默想了一会之后，分明地，坚决地，沉静地说了出来的话。其时是我已经说尽了我的意见，我的身世，我的缺点，很少隐瞒；她也完全了解的了。这几句话很震动了我的灵魂，此后许多天还在耳中发响，而且说不出的狂喜，知道中国女性，并不如厌世家所说那样的无法可施，在不远的将来，便要看见辉煌的曙色的。

送她出门，照例是相离十多步远；照例是那鲇鱼须的老东西的脸又紧帖在脏的窗玻璃上了，连鼻尖都挤成一个小平面；到外院，照例又是明晃晃的玻璃窗里的那小东西的脸，加厚的雪花膏。她目不邪视地骄傲地走了，没有看见；我骄傲地回来。

"我是我自己的，他们谁也没有干涉我的权利！"这彻底的思想就在她的脑里，比我还透澈，坚强得多。半瓶雪花膏和鼻尖的小平面，于她能算什么东西呢？

我已经记不清那时怎样地将我的纯真热烈的爱表示给她。岂但现在，那时的事后便已模胡，夜间回想，早只剩了一些断片了；同居以后一两月，便连这些断片也化作无可追踪的梦影。我只记得那时以前的十几天，曾经很仔细地研究过表示的态度，排列过措辞的先后，以及倘或遭了拒绝以后的情形。可是临时似乎都无用，在慌张中，身不由己地竟用了在电影上见过的方法了。后来一想到，就使我很愧恧，但在记忆上却偏只有这一点永远留遗，至今还如暗室的孤灯一般，照见我含泪握着她的手，一条腿跪了下去……

不但我自己的，便是子君的言语举动，我那时就没有看得分明；仅知道她已经允许我了。但也还仿佛记得她脸色变成青白，后来又渐渐转作绯红，——没有见过，也没有再见的绯红；孩子似的眼里射出悲喜，但是夹着惊疑的光，虽然力避我的视线，张皇地似乎要破窗飞去。然而我知道她已经允许我了，没有知道她怎样说或是没有说。

她却是什么都记得：我的言辞，竟至于读熟了的一般，能够滔滔背诵；我的举动，就如有一张我所看不见的影片挂在眼下，叙述得如生，很细微，自然连那使我不愿再想的浅薄的电影的一闪。夜阑人静，是相对温习的时候了，我常是被质问，被考验，并且被命复述当时的言语，然而常须由她补足，由她纠正，像一个丁等的学生。

这温习后来也渐渐稀疏起来。但我只要看见她两眼注视空中，出神似的凝想着，于是神色越加柔和，笑窝也深下去，便知道她又在自修旧课了，只是我很怕她看到我那可笑的电影的一闪。但我又知道，她一定要看见，而且也非看不可的。

然而她并不觉得可笑。即使我自己以为可笑，甚而至于可鄙的，她也毫不以为可笑。这事我知道得很清楚，因为她爱我，是这样地热烈，这样地纯真。

去年的暮春是最为幸福，也是最为忙碌的时光。我的心平静下去了，但又有别一部分和身体一同忙碌起来。我们这时才在路上同行，也到过几回公园，最多的是寻住所。我觉得在路上时时遇到探索，讥笑，猥亵和轻蔑的眼光，一不小心，便使我的全身有些瑟缩，只得即刻提起我的骄傲和反抗来支持。她却是大无畏的，对于这些全不关心，只是镇静地缓缓前行，坦然如入无人之境。

寻住所实在不是容易事，大半是被托辞拒绝，小半是我们以为不相宜。起先我们选择得很苛酷，——也非苛酷，因为看去大抵不像是我们的安身之所；后来，便只要他们能相容了。看了二十多处，这才得到可以暂且敷衍的处所，是吉兆胡同一所小屋里的两间南屋；主人是一个小官，然而倒是明白人，自住着正屋和厢房。他只有夫人和一个不到周岁的女孩子，雇一个乡下的女工，只要孩子不啼哭，是极其安闲幽静的。

我们的家具很简单，但已经用去了我的筹来的款子的大半；子君还卖掉了她唯一的金戒指和耳环。我拦阻她，还是定要卖，我也就不再坚持下去了；我知道不给她加入一点股分去，她是住不舒服的。

和她的叔子，她早经闹开，至于使他气愤到不再认她做侄女；我也陆续和几个自以为忠告，其实是替我胆怯，或者竟是嫉妒的朋友绝了交。然而这倒很清静。每日办公散后，虽然已近黄昏，车夫又一定走得这样慢，但究竟还有二人相对的时候。我们先是沉默的相视，接着是放怀而亲密的交谈，后来又是沉默。大家低头沉思着，却并未想着什么事。我也渐渐清醒地读遍了她的身体，她的灵魂，不过三星期，我似乎于她已经更加了解，揭去许多先前以为了解而现在看来却是隔膜，即所谓真的隔膜了。

子君也逐日活泼起来。但她并不爱花，我在庙会时买来的两盆小草花，四天不浇，枯死在壁角了，我又没有照顾一切的闲暇。然而她爱动物，也许是从官太太那里传染的罢，不一月，我们的眷属便骤然加得很多，四只小油鸡，在小院子里和房主人的十多只在一同走。但她们却认识鸡的相貌，各知道那一只是自家的。

还有一只花白的叭儿狗,从庙会买来,记得似乎原有名字,子君却给它另起了一个,叫作阿随。我就叫它阿随,但我不喜欢这名字。

这是真的,爱情必须时时更新,生长,创造。我和子君说起这,她也领会地点点头。

唉唉,那是怎样的宁静而幸福的夜呵!

安宁和幸福是要凝固的,永久是这样的安宁和幸福。我们在会馆里时,还偶有议论的冲突和意思的误会,自从到吉兆胡同以来,连这一点也没有了;我们只在灯下对坐的怀旧谭中,回味那时冲突以后的和解的重生一般的乐趣。

子君竟胖了起来,脸色也红活了;可惜的是忙。管了家务便连谈天的工夫也没有,何况读书和散步。我们常说,我们总还得雇一个女工。

这就使我也一样地不快活,傍晚回来,常见她包藏着不快活的颜色,尤其使我不乐的是她要装作勉强的笑容。幸而探听出来了,也还是和那小官太太的暗斗,导火线便是两家的小油鸡。但又何必硬不告诉我呢?人总该有一个独立的家庭。这样的处所,是不能居住的。

我的路也铸定了,每星期中的六天,是由家到局,又由局到家。在局里便坐在办公桌前钞,钞,钞些公文和信件;在家里是和她相对或帮她生白炉子,煮饭,蒸馒头。我学会了煮饭,就在这时候。

但我的食品却比在会馆里时好得多了。做菜虽不是子君的特长,然而她于此却倾注着全力;对于她的日夜的操心,使我也不能不一同操心,来算作分甘共苦。况且她又这样地终日汗流满面,短发都粘在脑额上;两只手又只是这样地粗糙起来。

况且还要饲阿随,饲油鸡,……都是非她不可的工作。

我曾经忠告她:我不吃,倒也罢了;却万不可这样地操劳。她只看了我一眼,不开口,神色却似乎有点凄然;我也只好不开口。然而她还是这样地操劳。

我所豫期的打击果然到来。双十节的前一晚,我呆坐着,她在洗碗。听到打门声,我去开门时,是局里的信差,交给我一张油印的纸条。我就有些料到了,到灯下去一看,果然,印着的就是:

　　奉

局长谕史涓生着毋庸到局办事

　　　秘书处启　十月九号

这在会馆里时,我就早已料到了;那雪花膏便是局长的儿子的赌友,一定要去添些谣言,设法报告的。到现在才发生效验,已经要算是很晚的了。其实这在我不能算是一个打击，因为我早就决定，可以给别人去钞写，或者教读，或者虽然费力，也还可以译点书，况且《自由之友》的总编辑便是见过几次的熟人，两月前还通过信。但我的心却跳跃着。那么一个无畏的子君也变了色，尤其使我痛心；她近来似乎也较为怯弱了。

"那算什么。哼，我们干新的。我们……。"她说。

她的话没有说完；不知怎地，那声音在我听去却只是浮浮的；灯光也觉得格外黯淡。人们真是可笑的动物，一点极微末的小事情，便会受着很深的影响。我们先是默默地相视，逐渐商量起来，终于决定将现有的钱竭力节省，一面登"小广告"去寻求钞写和教读，一面写信给《自由之友》的总编辑，说明我目下的遭遇，请他收用我的译本，给我帮一点艰辛时候的忙。

"说做，就做罢！来开一条新的路！"

我立刻转身向了书案，推开盛香油的瓶子和醋碟，子君便送过那黯淡的灯来。我先拟广告；其次是选定可译的书，迁移以来未曾翻阅过，每本的头上都满漫着灰尘了；最后才写信。

我很费踌躇，不知道怎样措辞好，当停笔凝思的时候，转眼去一瞥她的脸，在昏暗的灯光下，又很见得凄然。我真不料这样微细的小事情，竟会给坚决的，无畏的子君以这么显著的变化。她近来实在变得很怯弱了，但也并不是今夜才开始的。我的心因此更缭乱，忽然有安宁的生活的影像——会馆里的破屋的寂静，在眼前一闪，刚刚想定晴凝视，却又看见了昏暗的灯光。

许久之后，信也写成了，是一封颇长的信；很觉得疲劳，仿佛近来自己也较为怯弱了。于是我们决定，广告和发信，就在明日一同实行。大家不约而同地伸直了腰肢，在无言中，似乎又都感到彼此的坚忍崛强的精神，还看见从新萌芽起来的将来的希望。

外来的打击其实倒是振作了我们的新精神。局里的生活，原如鸟贩子手里的禽鸟一般，仅有一点小米维系残生，决不会肥胖；日子一久，只落得麻痹了翅子，即使放出笼外，早已不能奋飞。现在总算脱出这牢笼了，我从此要在新的开阔的天空中翱翔，趁我还未忘却了我的翅子的扇动。

小广告是一时自然不会发生效力的；但译书也不是容易事，先前看过，以为已经懂得的，一动手，却疑难百出了，进行得很慢。然而我决计努力地做，一本半新的字典，不到半月，边上便有了一大片乌黑的指痕，这就证明着我的工作的切实。《自由之友》的总编辑曾经说过，他的刊物是决不会埋没好稿子的。

可惜的是我没有一间静室，子君又没有先前那么幽静，善于体帖了，屋子里总是散乱着碗碟，弥漫着煤烟，使人不能安心做事，但是这自然还只能怨我自己无力置一间书斋。然而又加以阿随，加以油鸡们。加以油鸡们又大起来了，更容易成为两家争吵的引线。

加以每日的"川流不息"的吃饭；子君的功业，仿佛就完全建立在这吃饭中。吃了筹钱，筹来吃饭，还要喂阿随，饲油鸡；她似乎将先前所知道的全都忘掉了，也不想到我的构思就常常为了这催促吃饭而打断。即使在坐中给看一点怒色，她总是不改变，仍然毫无感触似的大嚼起来。

使她明白了我的作工不能受规定的吃饭的束缚，就费去五星期。她明白之后，大约很不高兴罢，可是没有说。我的工作果然从此较为迅速地进行，不久就共译了五万言，只要润色一回，便可以和做好的两篇小品，一同寄给《自由之友》去。只是吃饭却依然给我苦恼。菜冷，是无妨的，然而竟不够；有时连饭也不够，虽然我因为终日坐在家里用脑，饭量已经比先前要减少得多。这是先去喂了阿随了，有时还并那近来连自己也轻易不吃的羊肉。她说，阿随实在瘦得太可怜，房东太太还因此嗤笑我们了，她受不住这样的奚落。

于是吃我残饭的便只有油鸡们。这是我积久才看出来的，但同时也如赫胥黎的论定"人类在宇宙间的位置"一般，自觉了我在这里的位置：不过是叭儿狗和油鸡之间。

后来，经多次的抗争和催逼，油鸡们也逐渐成为肴馔，我们和阿随都享用了十多日的鲜肥；可是其实都很瘦，因为它们早已每日只能得到几粒高粱了。从此便清静得多。只有子君很颓唐，似乎常觉得凄苦和无聊，至于不大愿意开口。我想，人是多么容易改变呵！

但是阿随也将留不住了。我们已经不能再希望从什么地方会有来信，子君也早没有一点食物可以引它打拱或直立起来。冬季又逼近得这么快，火炉就要成为很大的问题；它的食量，在我们其实早是一个极易觉得的很重的负担。于是连它也留不住了。

倘使插了草标到庙市去出卖，也许能得几文钱罢，然而我们都不能，也不愿这样做。终于是用包袱蒙着头，由我带到西郊去放掉了，还要追上来，便推在一个并不很深的土坑里。

我一回寓，觉得又清静得多多了；但子君的凄惨的神色，却使我很吃惊。那是没有见过的神色，自然是为阿随。但又何至于此呢？我还没有说起推在土坑里的事。

到夜间，在她的凄惨的神色中，加上冰冷的分子了。

"奇怪。——子君，你怎么今天这样儿了？"我忍不住问。

"什么？"她连看也不看我。

"你的脸色……"

"没有什么，——什么也没有。"

我终于从她言动上看出，她大概已经认定我是一个忍心的人。其实，我一个人，是容易生活的，虽然因为骄傲，向来不与世交来往，迁居以后，也疏远了所有旧识的人，然而只要能远走高飞，生路还宽广得很。现在忍受着这生活压迫的苦痛，大半倒是为她，便是放掉阿随，也何尝不如此。但子君的识见却似乎只是浅薄起来，竟至于连这一点也想不到了。

我拣了一个机会，将这些道理暗示她；她领会似的点头。然而看她后来的情形，她是没有懂，或者是并不相信的。

天气的冷和神情的冷，逼迫我不能在家庭中安身。但是，往那里去呢？大道上，公园里，虽然没有冰冷的神情，冷风究竟也刺得人皮肤欲裂。我终于在通俗图书馆里觅得了我的天堂。

那里无须买票；阅书室里又装着两个铁火炉。纵使不过是烧着不死不活的煤的火炉，但单是看见装着它，精神上也就总觉得有些温暖。书却无可看：旧的陈腐，新的是几乎没有的。

好在我到那里去也并非为看书。另外时常还有几个人，多则十余人，都是单薄衣裳，正如我，各人看各人的书，作为取暖的口实。这于我尤为合式。道路上容易遇见熟人，得到轻蔑的一瞥，但此地却决无那样的横祸，因为他们是永远围在别的铁炉旁，或者靠在自家的白炉边的。

那里虽然没有书给我看，却还有安闲容得我想。待到孤身枯坐，回忆从前，这才觉得大半年来，只为了爱，——盲目的爱，——而将别的人生的要义全盘疏忽了。第一，便是生活。人必生活着，爱才有所附丽。世界上并非没有为了奋斗者而开的活路；我也还未忘却翅子的扇动，虽然比先前已经颓唐得多……

屋子和读者渐渐消失了，我看见怒涛中的渔夫，战壕中的兵士，摩托车中的贵人，洋场上的投机家，深山密林中的豪杰，讲台上的教授，昏夜的运动者和深夜的偷儿……。子君，——不在近旁。她的勇气都失掉了，只为着阿随悲愤，为着做饭出神；然而奇怪的是倒也并不怎样瘦损……

冷了起来，火炉里的不死不活的几片硬煤，也终于烧尽了，已是闭馆的时候。又须回到吉兆胡同，领略冰冷的颜色去了。近来也间或遇到温暖的神情，但这却反而增加我的苦痛。记得有一夜，子君的眼里忽而又发出久已不见的稚气的光来，笑着和我谈到还在会馆时候的情形，时时又很带些恐怖的神色。我知道我近来的超过她的冷漠，已经引起她的忧疑来，只得也勉力谈笑，想给她一点慰藉。

然而我的笑貌一上脸，我的话一出口，却即刻变为空虚，这空虚又即刻发生反响，回向我的耳目里，给我一个难堪的恶毒的冷嘲。

子君似乎也觉得的，从此便失掉了她往常的麻木似的镇静，虽然竭力掩饰，总还是时时露出忧疑的神色来，但对我却温和得多了。

我要明告她，但我还没有敢，当决心要说的时候，看见她孩子一般的眼色，就使我只得暂且改作勉强的欢容。但是这又即刻来冷嘲我，并使我失却那冷漠的镇静。

她从此又开始了往事的温习和新的考验，逼我做出许多虚伪的温存的答案来，将温存示给她，虚伪的草稿便写在自己的心上。我的心渐被这些草稿填满了，常觉得难于呼吸。我在苦恼中常常想，说真实自然须有极大的勇气；假如没有这勇气，而苟安于虚伪，那也便是不能开辟新的生路的人。不独不是这个，连这人也未尝有！

子君有怨色，在早晨，极冷的早晨，这是从未见过的，但也许是从我看来的怨色。我那时冷冷地气愤和暗笑了；她所磨练的思想和豁达无畏的言论，到底也还是一个空虚，而对于这空虚却并未自觉。她早已什么书也不看，已不知道人的生活的第一着是求生，向着这求生的道路，是必须携手同行，或奋身孤往的了，倘使只知道捶着一个人的衣角，那便是虽战士也难于战斗，只得一同灭亡。

我觉得新的希望就只在我们的分离；她应该决然舍去，——我也突然想到她的死，然而立刻自责，忏悔了。幸而是早晨，时间正多，我可以说我的真实。我们的新的道路的开辟，便在这一遭。

我和她闲谈，故意地引起我们的往事，提到文艺，于是涉及外国的文人，文人的作品：《诺拉》，《海的女人》。称扬诺拉的果决……。也还是去年在会馆的破屋里讲过的那些话，但现在已经变成空虚，从我的嘴传入自己的耳中，时时疑心有一个隐形的坏孩子，在背后恶意地刻毒地学舌。

她还是点头答应着倾听，后来沉默了。我也就断续地说完了我的话，连余音都消失在虚空中了。

"是的。"她又沉默了一会，说，"但是，……涓生，我觉得你近来很两样了。可是的？你，——你老实告诉我。"

我觉得这似乎给了我当头一击，但我立即定了神，说出我的意见和主张来：新的路的开辟，新的生活的再造，为的是免得一同灭亡。

临末，我用了十分的决心，加上这几句话：

"……况且你已经可以无须顾虑，勇往直前了。你要我老实说；是的，人是不该虚伪的。我老实说罢：因为，因为我已经不爱你了！但这于你倒好得多，因为你更可以毫无挂念地做事⋯⋯"

我同时豫期着大的变故的到来，然而只有沉默。她脸色陡然变成灰黄，死了似的；瞬间便又苏生，眼里也发了稚气的闪闪的光泽。这眼光射向四处，正如孩子在饥渴中寻求着慈爱的母亲，但只在空中寻求，恐怖地回避着我的眼。

我不能看下去了，幸而是早晨，我冒着寒风径奔通俗图书馆。

在那里看见《自由之友》，我的小品文都登出了。这使我一惊，仿佛得了一点生气。我想，生活的路还很多，——但是，现在这样也还是不行的。

我开始去访问久已不相闻问的熟人，但这也不过一两次；他们的屋子自然是暖和的，我在骨髓中却觉得寒冽。夜间，便蜷伏在比冰还冷的冷屋中。

冰的针刺着我的灵魂，使我永远苦于麻木的疼痛。生活的路还很多，我也还没有忘却翅子的扇动，我想。——我突然想到她的死，然而立刻自责，忏悔了。

在通俗图书馆里往往瞥见一闪的光明，新的生路横在前面。她勇猛地觉悟了，毅然走出这冰冷的家，而且，——毫无怨恨的神色。我便轻如行云，漂浮空际，上有蔚蓝的天，下是深山大海，广厦高楼，战场，摩托车，洋场，公馆，晴明的闹市，黑暗的夜⋯⋯

而且，真的，我豫感得这新生面便要来到了。

我们总算度过了极难忍受的冬天，这北京的冬天；就如蜻蜓落在恶作剧的坏孩子的手里一般，被系着细线，尽情玩弄，虐待，虽然幸而没有送掉性命，结果也还是躺在地上，只争着一个迟早之间。

写给《自由之友》的总编辑已经有三封信，这才得到回信，信封里只有两张书券：两角的和三角的。我却单是催，就用了九分的邮票，一天的饥饿，又都白挨给于己一无所得的空虚了。

然而觉得要来的事，却终于来到了。

这是冬春之交的事，风已没有这么冷，我也更久地在外面徘徊；待到回家，大概已经昏黑。就在这样一个昏黑的晚上，我照常没精打采地回来，一看见寓所的门，也照常更加丧气，使脚步放得更缓。但终于走进自己的屋子里了，没有灯火；摸火柴点起来时，是异样的寂寞和空虚！

正在错愕中，官太太便到窗外来叫我出去。

"今天子君的父亲来到这里，将她接回去了。"她很简单地说。

这似乎又不是意料中的事，我便如脑后受了一击，无言地站着。

"她去了么？"过了些时，我只问出这样一句话。

"她去了。"

"她，——她可说什么？"

"没说什么。单是托我见你回来时告诉你，说她去了。"

我不信；但是屋子里是异样的寂寞和空虚。我遍看各处，寻觅子君；只见几件破旧而黯淡的家具，都显得极其清疏，在证明着它们毫无隐匿一人一物的能力。我转念寻信或她留下的字迹，也没有；只是盐和干辣椒，面粉，半株白菜，却聚集在一处了，旁边还有几十枚铜元。这是我们两人生活材料的全副，现在她就郑重地将这留给我一个人，在不言中，教我借此去维持较久的生活。

我似乎被周围所排挤，奔到院子中间，有昏黑在我的周围；正屋的纸窗上映出明亮的灯光，他们正在逗着孩子推笑。我的心也沉静下来，觉得在沉重的迫压中，渐渐隐约地现出脱走的路径：深山大泽，洋场，电灯下的盛筵；壕沟，最黑最黑的深夜，利刃的一击，毫无声响的脚步……

心地有些轻松，舒展了，想到旅费，并且嘘一口气。

躺着，在合着的眼前经过的豫想的前途，不到半夜已经现尽；暗中忽然仿佛看见一堆食物，这之后，便浮出一个子君的灰黄的脸来，睁了孩子气的眼睛，恳托似的看着我。我一定神，什么也没有了。

但我的心却又觉得沉重。我为什么偏不忍耐几天，要这样急急地告诉她真话的呢？现在她知道，她以后所有的只是她父亲——儿女的债主——的烈日一般的严威和旁人的赛过冰霜的冷眼。此外便是虚空。负着虚空的重担，在严威和冷眼中走着所谓人生的路，这是怎么可怕的事呵！而况这路的尽头，又不过是——连墓碑也没有的坟墓。

我不应该将真实说给子君，我们相爱过，我应该永久奉献她我的说谎。如果真实可以宝贵，这在子君就不该是一个沉重的空虚。谎语当然也是一个空虚，然而临末，至多也不过这样地沉重。

我以为将真实说给子君，她便可以毫无顾虑，坚决地毅然前行，一如我们将要同居时那样。但这恐怕是我错误了。她当时的勇敢和无畏是因为爱。

我没有负着虚伪的重担的勇气，却将真实的重担卸给她了。她爱我之后，就要负了这重担，在严威和冷眼中走着所谓人生的路。

我想到她的死……。我看见我是一个卑怯者，应该被摈于强有力的人们，无论是真实者，虚伪者。然而她却自始至终，还希望我维持较久的生活……

我要离开吉兆胡同，在这里是异样的空虚和寂寞。我想，只要离开这里，子君便如还在我的身边；至少，也如还在城中，有一天，将要出乎意表地访我，像住在会馆时候似的。

然而一切请托和书信,都是一无反响;我不得已,只好访问一个久不问候的世交去了。他是我伯父的幼年的同窗,以正经出名的拔贡,寓京很久,交游也广阔的。

大概因为衣服的破旧罢,一登门便很遭门房的白眼。好容易才相见,也还相识,但是很冷落。我们的往事,他全都知道了。

"自然,你也不能在这里了,"他听了我托他在别处觅事之后,冷冷地说,"但那里去呢? 很难。——你那,什么呢,你的朋友罢,子君,你可知道,她死了。"

我惊得没有话。

"真的?"我终于不自觉地问。

"哈哈。自然真的。我家的王升的家,就和她家同村。"

"但是,——不知道是怎么死的?"

"谁知道呢。总之是死了就是了。"

我已经忘却了怎样辞别他,回到自己的寓所。我知道他是不说谎话的;子君总不会再来的了,像去年那样。她虽是想在严威和冷眼中负着虚空的重担来走所谓人生的路,也已经不能。她的命运,已经决定她在我所给与的真实——无爱的人间死灭了!

自然,我不能在这里了;但是,"那里去呢?"

四围是广大的空虚,还有死的寂静。死于无爱的人们的眼前的黑暗,我仿佛一一看见,还听得一切苦闷和绝望的挣扎的声音。

我还期待着新的东西到来,无名的,意外的。但一天一天,无非是死的寂静。

我比先前已经不大出门,只坐卧在广大的空虚里,一任这死的寂静侵蚀着我的灵魂。死的寂静有时也自己战栗,自己退藏,于是在这绝续之交,便闪出无名的,意外的,新的期待。

一天是阴沉的上午,太阳还不能从云里面挣扎出来,连空气都疲乏着。耳中听到细碎的步声和咻咻的鼻息,使我睁开眼。大致一看,屋子里还是空虚;但偶然看到地面,却盘旋着一匹小小的动物,瘦弱的,半死的,满身灰土的……

我一细看,我的心就一停,接着便直跳起来。

那是阿随。它回来了。

我离开吉兆胡同,也不单是为了房主人们和他家女工的冷眼,大半就为着这阿随。但是,"那里去呢?"新的生路自然还很多,我约略知道,也间或依稀看见,觉得就在我面前,然而我还没有知道跨进那里去的第一步的方法。

经过许多回的思量和比较，也还只有会馆是还能相容的地方。依然是这样的破屋，这样的板床，这样的半枯的槐树和紫藤，但那时使我希望，欢欣，爱，生活的，却全都逝去了，只有一个虚空，我用真实去换来的虚空存在。

新的生路还很多，我必须跨进去，因为我还活着。但我还不知道怎样跨出那第一步。有时，仿佛看见那生路就像一条灰白的长蛇，自己蜿蜒地向我奔来，我等着，等着，看看临近，但忽然便消失在黑暗里了。

初春的夜，还是那么长。长久的枯坐中记起上午在街头所见的葬式，前面是纸人纸马，后面是唱歌一般的哭声。我现在已经知道他们的聪明了，这是多么轻松简截的事。

然而子君的葬式却又在我的眼前，是独自负着虚空的重担，在灰白的长路上前行，而又即刻消失在周围的严威和冷眼里了。

我愿意真有所谓鬼魂，真有所谓地狱，那么，即使在孽风怒吼之中，我也将寻觅子君，当面说出我的悔恨和悲哀，祈求她的饶恕；否则，地狱的毒焰将围绕我，猛烈地烧尽我的悔恨和悲哀。

我将在孽风和毒焰中拥抱子君，乞她宽容，或者使她快意……

但是，这却更虚空于新的生路；现在所有的只是初春的夜，竟还是那么长。我活着，我总得向着新的生路跨出去，那第一步，——却不过是写下我的悔恨和悲哀，为子君，为自己。

我仍然只有唱歌一般的哭声，给子君送葬，葬在遗忘中。

我要遗忘；我为自己，并且要不再想到这用了遗忘给子君送葬。

我要向着新的生路跨进第一步去，我要将真实深深地藏在心的创伤中，默默地前行，用遗忘和说谎做我的前导……

一九二五年十月二十一日

（选自《鲁迅全集》第 2 卷，人民文学出版社 2005 年版）

示　众

鲁　迅

首善之区的西城的一条马路上，这时候什么扰攘也没有。火焰焰的太阳虽然还未直照，但路上的沙土仿佛已是闪烁地生光；酷热满和在空气里面，到处发挥着盛夏的威力。许多狗都拖出舌头来，连树上的乌老鸦也张着嘴喘气，——但是，自然也有例外的。远处隐隐有两个铜盏相击的声音，使人忆起酸梅汤，依稀感到凉意，可是那懒懒的单调的金属音的间作，却使那寂静更其深远了。

只有脚步声，车夫默默地前奔，似乎想赶紧逃出头上的烈日。

"热的包子咧！刚出屉的……"

十一二岁的胖孩子，细着眼睛，歪了嘴在路旁的店门前叫喊。声音已经嘶嘎了，还带些睡意，如给夏天的长日催眠。他旁边的破旧桌子上，就有二三十个馒头包子，毫无热气，冷冷地坐着。

"荷阿！馒头包子咧，热的……"

像用力掷在墙上而反拨过来的皮球一般，他忽然飞在马路的那边了。在电杆旁，和他对面，正向着马路，其时也站定了两个人：一个是淡黄制服的挂刀的面黄肌瘦的巡警，手里牵着绳头，绳的那头就拴在别一个穿蓝布大衫上罩白背心的男人的臂膊上。这男人戴一顶新草帽，帽檐四面下垂，遮住了眼睛的一带。但胖孩子身体矮，仰起脸来看时，却正撞见这人的眼睛了。那眼睛也似乎正在看他的脑壳。他连忙顺下眼，去看白背心，只见背心上一行一行地写着些大大小小的什么字。

刹时间，也就围满了大半圈的看客。待到增加了秃头的老头子之后，空缺已经不多，而立刻又被一个赤膊的红鼻子胖大汉补满了。这胖子过于横阔，占了两人的地位，所以续到的便只能屈在第二层，从前面的两个脖子之间伸进脑袋去。

秃头站在白背心的略略正对面，弯了腰，去研究背心上的文字，终于读起来：

"嗡，都，哼，八，而，……"

胖孩子却看见那白背心正研究着这发亮的秃头，他也便跟着去研究，就只见满头光油油的，耳朵左近还有一片灰白色的头发，此外也不见得有怎样新奇。但是后面的一个抱着孩子的老妈子却想乘机挤进来了；秃头怕失了位置，连忙站直，文字虽然还未读完，然而无可奈何，只得另看白背心的脸：草帽檐下半个鼻子，一张嘴，尖下巴。

又像用了力掷在墙上而反拨过来的皮球一般，一个小学生飞奔上来，一手按住了自己头上的雪白的小布帽，向人丛中直钻进去。但他钻到第三——也许是第四——层，竟遇见一件不可动摇的伟大的东西了，抬头看时，蓝裤腰上面有一座赤条条的很阔的背脊，背脊上还有汗正在流下来。他知道无可措手，只得顺着裤腰右行，幸而在尽头发见了一条空处，透着光明。他刚刚低头要钻的时候，只听得一声"什么"，那裤腰以下的屁股向右一歪，空处立刻闭塞，光明也同时不见了。

但不多久，小学生却从巡警的刀旁边钻出来了。他诧异地四顾：外面围着一圈人，上首是穿白背心的，那对面是一个赤膊的胖小孩，胖小孩后面是一个赤膊的红鼻子胖大汉。他这时隐约悟出先前的伟大的障碍物的本体了，便惊奇而且佩服似的只望着红鼻子。胖小孩本是注视着小学生的脸的，于是也不禁依了他的眼光，回转头去了，在那里是一个很胖的奶子，奶头四近有几枝很长的毫毛。

"他，犯了什么事啦？……"

大家都愕然看时，是一个工人似的粗人，正在低声下气地请教那秃头老头子。

秃头不作声，单是睁起了眼睛看定他。他被看得顺下眼光去，过一会再看时，秃头还是睁起了眼睛看定他，而且别的人也似乎都睁了眼睛看定他。他于是仿佛自己就犯了罪似的局促起来，终至于慢慢退后，溜出去了。一个挟洋伞的长子就来补了缺；秃头也旋转脸去再看白背心。

长子弯了腰，要从垂下的草帽檐下去赏识白背心的脸，但不知道为什么忽又站直了。于是他背后的人们又须竭力伸长了脖子；有一个瘦子竟至于连嘴都张得很大，像一条死鲈鱼。

巡警，突然间，将脚一提，大家又愕然，赶紧都看他的脚；然而他又放稳了，于是又看白背心。长子忽又弯了腰，还要从垂下的草帽檐下去窥测，但即刻也就立直，擎起一只手来拼命搔头皮。

秃头不高兴了，因为他先觉得背后有些不太平，接着耳朵边就有唧咕唧咕的声响。他双眉一锁，回头看时，紧挨他右边，有一只黑手拿着半个大馒头正在塞进一个猫脸的人的嘴里去。他也就不说什么，自去看白背心的新草帽了。

忽然，就有暴雷似的一击，连横阔的胖大汉也不免向前一跄踉。同时，从他肩膊上伸出一只胖得不相上下的臂膊来，展开五指，拍的一声正打在胖孩子的脸颊上。

"好快活！你妈的……"同时，胖大汉后面就有一个弥勒佛似的更圆的胖脸这么说。

胖孩子也跄踉了四五步，但是没有倒，一手按着脸颊，旋转身，就想从胖大汉的腿旁的空隙间钻出去。胖大汉赶忙站稳，并且将屁股一歪，塞住了空隙，恨恨地问道：

"什么？"

胖孩子就像小鼠子落在捕机里似的，仓皇了一会，忽然向小学生那一面奔去，推开他，冲出去了。小学生也返身跟出去了。

"吓，这孩子……。"总有五六个人都这样说。

待到重归平静，胖大汉再看白背心的脸的时候，却见白背心正在仰面看他的胸脯；他慌忙低头也看自己的胸脯时，只见两乳之间的洼下的坑里有一片汗，他于是用手掌拂去了这些汗。

然而形势似乎总不甚太平了。抱着小孩的老妈子因为在骚扰时四顾，没有留意，头上梳着的喜鹊尾巴似的"苏州俏"便碰了站在旁边的车夫的鼻梁。车夫一推，却正推在孩子上；孩子就扭转身去，向着圈外，嚷着要回去了。老妈子先也略略一踉跄，但便即站定，旋转孩子来使他正对白背心，一手指点着，说道：

"阿，阿，看呀！多么好看哪！……"

空隙间忽而探进一个戴硬草帽的学生模样的头来，将一粒瓜子之类似的东西放在嘴里，下颚向上一磕，咬开，退出去了。这地方就补上了一个满头油汗而粘着灰土的椭圆脸。

挟洋伞的长子也已经生气，斜下了一边的肩膊，皱眉疾视着肩后的死鲈鱼。大约从这么大的大嘴里呼出来的热气，原也不易招架的，而况又在盛夏。秃头正仰视那电杆上钉着的红牌上的四个白字，仿佛很觉得有趣。胖大汉和巡警都斜了眼研究着老妈子的钩刀般的鞋尖。

"好！"

什么地方忽有几个人同声喝采。都知道该有什么事情起来了，一切头便全数回转去。连巡警和他牵着的犯人也都有些摇动了。

"刚出屉的包子咧！荷阿，热的……"

路对面是胖孩子歪着头，瞌睡似的长呼；路上是车夫们默默地前奔，似乎想赶紧逃出头上的烈日。大家都几乎失望了，幸而放出眼光去四处搜索，终于在相距十多家的路上，发见了一辆洋车停放着，一个车夫正在爬起来。

圆阵立刻散开，都错错落落地走过去。胖大汉走不到一半，就歇在路边的槐树下；长子比秃头和椭圆脸走得快，接近了。车上的坐客依然坐着，车夫已经完全爬起，但还在摩自己的膝髁。周围有五六个人笑嘻嘻地看他们。

"成么？"车夫要来拉车时，坐客便问。

他只点点头，拉了车就走；大家就惘惘然目送他。起先还知道那一辆是曾经跌倒的车，后来被别的车一混，知不清了。

马路上就很清闲，有几只狗伸出了舌头喘气；胖大汉就在槐阴下看那很快地一起一落的狗肚皮。

老妈子抱了孩子从屋檐阴下蹩过去了。胖孩子歪着头，挤细了眼睛，拖长声音，瞌睡地叫喊——

"热的包子咧！荷阿！……刚出屉的……"

一九二五年三月一八日

（选自《鲁迅全集》第 2 卷，人民文学出版社 2005 年版）

残　春

郭沫若

一

壁上的时钟敲打着四下了。

博多湾水映在太阳光下，就好象一面极大的分光图，划分出无限层彩色。几只雪白的帆船徐徐地在水上移徙。我对着这种风光，每每想到古人扁舟载酒的遗事，恨不得携酒两瓶，坐在那明帆之下尽量倾饮了。

正在我凝视海景的时候，楼下有人扣门，不多一刻，晓芙走上楼来，说是有位从大阪来的朋友来访问我。我想我倒有两位同学在那儿的高等工业学校读书。一位姓黎的已经回了国，还有一位姓贺的我们素常没通过往来，怕是他来访问我来了。不然，便会是日本人。

我随同晓芙下楼，远远瞥见来人的面孔，他才不是贺君，但是他那粉白色的皮肤，平滑无表情的相貌，好象是我们祖先传来的一种烙印一样，早使我知道他是我们黄帝子孙了。并且他的颜面细长，他的隆准占据中央三分天下有其二的疆域。他洋服的高领上又还露出一半自由无领的蜷蜷，所以他给我的第一印象，就好象一只白色的山羊。待我走到门前，他递一张名片给我。我拿到手里一看，恰巧才是"白羊"两字，倒使我几乎失声而笑了。

白羊君和我相见后，他立在门次便向我说道：

——"你我虽是不曾见过面，但是我是久已认得你的人。我的同学黎君，是你从前在国内的同学，他常常谈及你。"

几年来不曾听见过四川人谈话了，听着白羊君的声音，不免隐隐起了一种恋乡的情趣。他又接着说道：

——"我是今年才毕业的，我和一位同学贺君，他也是你从前在国内的同学，同路回国。"

——"贺君也毕了业吗？"

——"他还没有毕业，他因为死了父亲，要回去奔丧。他素来就有些神经病，最近听得他父亲死耗，他更好象疯了的一般，见到人就磕头，就痛哭流涕，我们真是把他没法。此次我和他同船回国，他坐三等，我坐二等，我时常走去看顾他。我们到了门司，我因为要买些东西，上岸去了，留他一个人在船上。等我回船的时候，我才晓得他跳了水。"

——"甚么？跳了水？"我吃惊地反问了一声。

白羊君接着说道:"倒幸好有几位水手救起了他,用捞钩把他钩出了水来。我回船的时候,正看见他们在岸上行人工呼吸,使他吐水,他倒渐渐地苏醒转来了。水手们向我说,他跳水的时候,脱了头上的帽子,高举在空中画圈,口中叫了三声万岁,便扑通一声跳下海里去了。"白羊君说到他跳水的光景还用同样的手法身势来形容,就好象逼真地亲眼见过的一样。

——"但是船医来检验时,说是他热度甚高,神经非常兴奋,不能再继续航海,在路上恐不免更有意外之虞。因此我才决计把他抬进就近的一家小病院里去。我的行李通同放在船上,我也没有工夫去取,便同他一齐进了病院了。入院已经三天,他总是高烧不退,每天总在摄氏四十度上下,说是尿里又有蛋白质,怕是肺炎、胃脏炎,群炎并发了。所以他是命在垂危。我在门司又不熟,很想找几位朋友来帮忙。明治专门学校的季君我认得他,我不久要写信去。他昨天晚上又说起来,说是'能得见你一面,便死也甘心',所以我今天才特地跑来找你。"

白羊君好容易才把来意说明了,我便请他同我上楼去坐。因为往门司的火车要六点多钟才有,我们更留着白羊君吃了晚饭再同去,晓芙便往灶下去弄饭去了。

好象下了一阵骤雨,突然晴明了的夏空一样,白羊君一上楼把他刚才的焦灼,忘在脑后去了。他走到窗边去看望海景,极口赞美我的楼房。他又踱去踱来,看我房中的壁画,看我壁次的图书。

他问我:"听说你还有两位儿子,怎么不见呢?"

我答道:"邻家的妈妈把他们引到海上去玩耍去了。"

我问他:"何以竟能找得到我的住所?"

他答道:"是你的一位同学告诉我的。我从博多驿下车的时候,听说这儿在开工业博览会,我是学工的人,我便先去看博览会来,在第二会场门首无意之间才遇着你一位同学,我和他同过船,所以认得。是他告诉了我,我照着他画的路图找了来。你这房子不是南北向吗?你那门前正有一眼水井,一座神社,并且我看见你楼上的桌椅,我就晓得是我们中国人的住所了。[①] 不是你同学告诉我的时候,我还会到你学校去问呢。"

同他打了一阵闲话,我告了失陪,也往楼下去帮晓芙弄饭去了。

二

六点半钟的火车已到,晓芙携着一个儿子,抱着一个儿子,在车站上送行。车开时,大的一个儿子,要想跟我同去,便号哭起来,两只脚儿在月台上蹴着如象

---

① 作者原注:日本人一般不用桌椅。

踏水车一般。我便跳下车去，抱着他接吻了一回，又跳上车去。车已经开远了，母子三人的身影还伫立在月台上不动。我向着他们不知道挥了多少回数的手，等到火车转了一个大弯，他们的影子才看不见了。火车已飞到海岸上来，太阳已西下，一天都是鲜红的霞血，一海都是赤色的葡萄之泪。我回头过来，看见白羊君脱帽在手，还在向车站方面挥举，我禁不住想起贺君跳海的光景来。

——可怜的是贺君了！我不知道他为甚么要跳海，跳海的时候，为甚么又要脱帽三呼万岁。那好象在这现实之外有甚么眼不能见的"存在"在诱引他，他好象 Odysseus 听着 Siren 的歌声一样。

——我和我的女人，今宵的分离，要算是破题儿第一夜了。我的儿子们今晚睡的时候，看见我没有回家，明朝醒来的时候，又看见我不在屋里，怕会疑我是被甚么怪物捉了去呢。

——万一他是死了的时候，那他真是可怜！远远来到海外，最终只是求得一死！……

——但是死又有甚么要紧呢？死在国内，死在国外，死在爱人的怀中，死在荒天旷野里，同是闭着眼睛，走到一个未知的世界里去，那又有甚么可怜不可怜呢？我将来是想死的时候，我想跳进火山口里去，怕是最痛快的一个死法。

——他那悲壮的态度，他那凯旋将军的态度！不知道他愿不愿意火葬？我觉得火葬法是最单纯，最简便，最干净的了。

——儿子们怕已经回家了，他们回去，看见一楼空洞，他们会是何等地寂寞呢？……

默默地坐在火车中，种种想念杂然而来。白羊君坐在我面前痉挛着嘴唇微笑，他看见我在看他，便向我打起话来。

他说："贺君真是有趣的人，他说过他自己是'龙王'呢！"

——"是怎么一回事？"

——"那是去年暑假的时候了，我们都是住在海岸上的。贺君有一天早晨在海边上捉了一个小鱼回来，养在一个大碗里面。他养了不多一刻，又拿到海里去放了。他跑来向我们指天画地地说，说他自己是龙王，他放了的那匹小鱼，原来是条龙子。他把他这条龙子一放下了海去，四海的鱼都来朝贺来了。我们听了好笑。"

——"恐怕他在说笑话罢？"

——"不，他诸如此类疯癫识倒的事情还很多。他是有名的吝啬家，但是他却肯出不少钱去买许多幅画，装饰得一房间都是。他又每每任意停一两礼拜的课，我们以为他病了，走去看他时，他才在关着门画画。"

——"他这很象是位天才的行径呢！"我惊异地说了，又问道："他画的画究竟怎么样？"

白羊君说道："我也不晓得他的好歹，不过他总也有些特长，他无论走到甚么名胜地方去，他便要捡些石子和蚌壳回来，在书案上摆出那地方的形势来做装饰。"

白羊君愈是谈出贺君的逸事来，我愈觉得他好象是一位值得惊异的人。我们从前在中国同学的时候，他在下面的几班，我们不幸也把他当着弱小的低能儿看了。我们这些只晓得穿衣吃饭的自动木偶！为甚么偏会把异于常人的天才，当成狂人、低能儿、怪物呢？世间上为甚么不多多产出一些狂人怪物来哟？

火车已经停过好几站了。电灯已经发了光。车中人不甚多，上下车的人也很少，但是纸烟的烟雾，却是充满了四隅。乘车的人都好象蒙了一层油糊，有的一人占着两人的座位，侧身一倒便横卧起来；有的点着头儿如象在滚西瓜一样。车外的赤色的世界已渐渐转入虚无里去了。

三

"Moji！Moji！"①

门司到了，月台上叫站的声音分外雄势。

门司在九州北端，是九州诸铁道的终点。若把九州比成一片网脉叶，南北纵走诸铁道就譬如是叶脉，门司便是叶柄的结托处，便是诸叶脉的总汇处。坐车北上的人到此都要下车，要往日本本岛的，或往朝鲜的，都要再由海路向下关或釜山出发。

木履的交响曲！这要算是日本停车场下车时特有的现象了。坚硬的木履踏在水门汀的月台上，汇成一片杂乱的噪音，就好象有许多马蹄的声响。八年前我初到日本的时候，每到一处停车场都要听得这种声响，我当时以为日本帝国真不愧是军国主义的楷模，各地停车场竟都有若干马队驻扎。

我同白羊君下了车，被这一片音涛，把我们冲到改札口②去。驿壁上的挂钟，长短两针恰好在第四象限上形成一个正九十度的直角了。

出了驿站，白羊君引我走了许多大街和侧巷，彼此都没有话说。最后走到一处人家门首，白羊君停了步，说是到了；我注意一看，是家上下两层的木造街房，与其说是病院，宁可说是下宿③。只有门外挂着的一道辉煌的长铜牌，上面有黑漆的"养生医院"四个字。

---

① 作者原注："门司！门司！"

② 日语车票谓之"札"，改札口即车站的检票口。

③ 作者原注：日本的普通客栈。

贺君的病室就在靠街的楼下,是间六铺席子的房间①,正中挂着一盏电灯,灯上罩着一张紫铜色包单,映射得室中光景异常惨淡。一种病室特有的奇臭,热气、石炭酸气、酒精气、汗气、油纸气……种种奇气的混淆。病人睡在靠街的窗下。看护妇一人跪在枕畔,好象在替他省脉。我们进去时,她点头行了一礼,请我们往邻接的侧室里去。

侧室是三铺席子的长条房间,正中也有一盏电灯,靠街窗下有张小小的矮桌,上面陈设有镜匣和其他杯瓶之类。房中有脂粉的浓香。我们屏息一会,看护妇走过来了。她是中等身材,纤巧的面庞。

——"这是 S 姑娘。"

——"这是我的朋友爱牟君。"

白羊君替我们介绍了,随着便问贺君的病状。她跪在席上,把两手叠在膝头,低声地说:

——"今天好得多了。体温渐渐平复了。刚才检查过一次,只不过七度二分②,今早是三十八度,以后怕只有一天好似一天的了。只是精神还有些兴奋。刚才才用了催眠药,睡下去了。"

她说话的时候,爱把她的头偏在一边,又时时爱把她的眉头皱成"八"字。她的眼睛很灵活,晕着粉红的两颊,表示出一段处子的夸耀。

我说道:"那真托福极了! 我深怕他是肺炎,或者是其他的急性传染病,那就不容易望好呢。"

——"真的呢。——倒是对不住你先生,你先生特地远来,他才服了睡药。"

——"病人总得要保持安静才好。……"

白羊君插口说道:"S 姑娘! 你不晓得,我这位朋友,他是未来的 doctor③,他是医科大学生呢!"

——"哦,爱牟先生!"她那黑耀石般的眼仁,好象分外放出了一段光彩。"我真喜欢学医的人。你们学医的人真好!"

我说:"没有甚么好处,只是杀人不偿命罢了。"

——"啊啦!"她好象注意到她的声音高了一些,急忙用右手把口掩了一下。"那有……那有那样的事情呢。"

四

辞出医院,走到白羊君寓所的时候,已经是十一点过了。上楼,通过一条长

---

① 作者原注:日本住房以席面计算,普通有四席半、六席、八席等。
② 作者原注:摄氏三十七度二分之简略语。
③ 作者原注:医生。

长的暗道，才走进了白羊的寝室。扭开电灯时，一间四铺半的小房现出。两人都有些倦意，白羊君便命旅馆的女仆开了两床铺陈，房间太窄，几乎不能容下。

我们睡下了。白羊君更和我谈了些贺君的往事，随后他的话头渐渐转到 S 姑娘身上去了。他说他喜欢 S 姑娘，说她本色；说她是没有父母兄弟的孤人；说她是生在美国，她的父母都是死在美国的；说她是由日本领事馆派人送回国的，回日本时才三岁，由她叔母养大，从十五岁起便学做看护妇，已经做了三年了；说她常常说是肺尖不好，怕会得痨症而死。……他说了许多话，听到后来我渐渐模糊，渐渐不能辨别了。

门司市北有座尖锐的高峰，名叫笔立山，一轮明月，正高高现在山头，如象向着天空倒打一个惊叹的符号(!)一样。我和 S 姑娘徐徐步上山去，俯瞰门司全市，鱼鳞般的屋瓦，反射着银灰色的光辉。赤间关海峡与昼间繁凑的景象迥然改观，几只无烟的船舶，如象梦中的鸥鹜一般，浮在水上。灯火明迷的彦岛与下关海市也隐隐可见。山东北露出一片明镜般的海面来，那便是濑户内海的西端了。山头有森森的古木，有好事者树立的一道木牌，横写着"天下奇观在此"数字。有茶亭酒店供游人休息之所。

我和 S 姑娘登上山顶，在山后向着濑户内海的一座茶亭内，对面坐下。卖茶的妈妈已经就了寝，山上一个人也没有。除去四山林木萧萧之声，甚么声息也没有。S 姑娘的面庞不知道是甚么缘故，分外现出一种苍白的颜色，从山下登上山顶时，彼此始终无言，便是坐在茶亭之中，也是相对默默。

最后她终于耐不过岑寂，把她花蕾般的嘴唇破了："爱牟先生，你是学医的人，医治肺结核病，到底有甚么好的方法没有？"她说时声音微微有些震颤。

——"你未必便有那种病症，你还要宽心些才好呢。"

——"我一定是有的。我夜来每肯出盗汗，我身体渐渐消瘦，我时常无端地感觉倦怠，食欲又不进。并且每月的……"说到此处她忍着不说了。我揣想她必定是想说月经不调，但是我也不便追问。我听了她说的这些症候，都是肺结核初期所必有的，更加以她那腺病质的体格，她是得了这种难治的病症断然无疑。但是我也不忍断言，使她失望，只得说道：

——"怕是神经衰弱罢，你还该求个高明的医生替你诊察。"

——"我的父母听说都是得的这种病症死的，是死在桑佛朗西司戈。我父母死时，我才满三岁，父母的样子我不记得了。我只记得一些影子，记得我那时候住过的房屋，比日本的要宏壮得许多。这种病症的体质，听说是有遗传性的。我自然不埋怨我的父母，我就得……早死，我也好……少受些这人世的风波。"她说着说着，便掩泣起来，我也有些伤感，无法安慰她的哀愁。沉默了半晌她又说道：

——"我们这些人，真是有些难解，譬如佛家说：'三界无安，犹如火宅。'这个我们明明知道，但是我们对于生的执念，却是日深一日。就譬如我们喝葡萄酒一样，明明知道醉后的苦楚，但是总不想停杯！……爱牟先生！你直说罢！你说，象我这样的废人，到底还有生存的价值没有呢？……"

——"好姑娘，你不要过于感伤了。我不是对着你奉承，象你这样从幼小而来便能自食其力的，我们对于你，倒是惭愧无地呢！你就使有甚么病症，总该请位高明的医生诊察的好，不要空自担忧，反转有害身体呢。"

——"那么，爱牟先生，你就替我诊察一下怎么样？"

——"我还是未成林的笋子①呢！"

——"啊啦，你不要客气了！"说着便缓缓地袒出她的上半身来，走到我的身畔。她的肉体就好象大理石的雕像，她蝉着的两肩，就好象一颗剥了壳的荔枝，胸上的两个乳房微微向上，就好象两朵未开苞的蔷薇花蕾。我忙立起身来让她坐，她坐下把她一对双子星，圆睁着望着我。我擦暖我的两手，正要去诊打她的肺尖，白羊君气喘吁吁地跑来，向我叫道：

——"不好了！不好了！爱牟！爱牟！你还在这儿逗留！你的夫人把你两个孩儿杀了！"

我听了魂不附体地一溜烟便跑回我博多湾上的住家。我才跑到门首，一地都是幽静的月光，我看见门下倒睡着我的大儿，身上没有衣裳，全胸部都是鲜血。我浑身战栗着把他抱了起来。我又回头看见门前井边，倒睡着我第二的一个小儿，身上也是没有衣裳，全胸部也都是血液，只是四肢还微微有些蠕动，我又战栗着把他抱了起来。我抱着两个死儿，在月光之下，四处窜走。

——"啊啊！啊啊！我纵使有罪，你杀我就是了！为甚么要杀我这两个无辜的儿子？啊啊！啊啊！这种惨剧是人所能经受的吗？我为甚么不疯了去！死了去哟！"

我一面跑，一面乱叫，最后我看见我的女人散着头发，披着白色寝衣，跨在楼头的扶栏上，向我骂道：

——"你这等于零的人！你这零小数点以下的人！你把我们母子丢了，你把我们的两个儿子杀了，你还在假惺惺地作出慈悲的样子吗？你想死，你就死罢！上天叫我来诛除你这无赖之徒！"

说着，她便把手中血淋淋的短刀向我投来，我抱着我的两个儿子，一齐倒在地上。——

惊醒转来，我依然还在抽气，我浑身都是汗水，白羊君的鼾声，邻室人的鼾

---

① 作者原注：日本称庸医为"竹薮"。

声,远远有汽笛和车轮的声响。我拿白羊君枕畔的表来看时,已经四点三十分钟了。我睡着清理我的梦境,依然是明明显显地没有些儿模糊。啊！这简直是Medea 的悲剧了！我再也不能久留,我明朝定要回去！定要回去！

五

旅舍门前横着一道与海相通的深广的石濠,濠水作深青色。几乎要与两岸齐平了。濠中有木船数艘,满载石炭,徐徐在水上来往。清冷的朝气还在市中荡漾;我和白羊君用了早膳之后,要往病院里走去。病院在濠的彼岸,我们沿着石濠走,渡过濠上石桥时,遇着几位卖花的老妈妈,我便买了几枝白色的花菖蒲和红蔷薇,白羊君买了一束剪春罗。

走进病室的时候贺君便向我致谢,从被中伸出一只手来,求我握手。他说,他早听见 S 在讲,知道我昨晚来了。很说了些对不起的话,我把白菖蒲交给他,他接着把玩了一阵,叫我把来插在一个玻璃药瓶内。白羊君把蔷薇和剪春罗,拿到邻室里去了。

我问贺君的病状,他说已经完全脱体,只是四肢无力,再也不能起床。我看他的神气也很安闲,再不象有什么危险的症状了。

白羊君走过侧室去的时候,只听得 S 姑娘的声音说道:

——"哦,送来那么多的好花！等我摘朵蔷薇来簪在髻上罢!"

她不摘剪春罗,偏要摘取蔷薇,我心中隐隐感受着一种胜利的愉快。

他们都走过来了。S 姑娘好象才梳好了头,她的髻上,果然簪着一朵红蔷薇。她向我道了早安,把三种花分插在两个玻璃瓶内,呈出种非常愉快的脸色。Medea 的悲剧却始终在我心中来往,我不知道她昨晚上做的是甚么梦。我看见贺君已经复元,此处已用不着我久于勾留。我也不敢久于勾留了。我便向白羊君说,我要乘十点钟的火车回去。他们听了都好象出乎意外。

白羊君说:"你可多住一两天不妨罢?"

S 姑娘说:"怎么才来就要走呢?"

我推诿着学校有课,并且在六月底有试验,所以不能久留。他们总苦苦劝我再住一两天,倒是贺君替我解围,我终得脱身走了。

午前十点钟,白羊君送我上了火车,彼此诀别了。我感觉得遗留了甚么东西在门司的一样,心里总有些依依难舍。但是我一心又早想回去看我的妻儿。火车行动中,我时时把手伸出窗外,在空气中作舟楫的运动,想替火车加些速度。好容易火车到了,我便飞也似地跑回家去,但是我的女人和两个儿子,都是安然无恙。我把昨夜的梦境告诉我女人听时,她笑着,说是我自己虚了心。她这个批评连我自己也不能否定。

回家后第三天上,白羊君写了一封信来,信里面还装着三片蔷薇花瓣。他说,自我走后,蔷薇花儿渐渐谢了,白菖蒲花也渐渐枯了,蔷薇花瓣,一片一片地落了下来,S姑娘教他送几片来替我作最后的诀别。他又说,贺君已能行步,再隔一两日便要起身回国了,我们只好回国后再见。我读了白羊君的来信,不觉起了一种伤感的情趣。我把蔷薇花片夹在我爱读的 Shelley 诗集中,我随手写了一张简单的明信片寄往门司去:

谢了的蔷薇花儿,

一片两片三片,

我们别来才不过三两天,

你怎么便这般憔悴?

啊,我愿那如花的人儿,

不也要这般的憔悴!

1922 年 4 月 1 日脱稿

(选自《郭沫若全集·文学编》第九卷,人民出版社 1985 年版)

沉　沦（存目）

郁达夫

　　《沉沦》是郁达夫早期的代表作之一,写于作者在日本留学期间,收录在同名小说集《沉沦》里。小说讲述了一个中国留学生在日本的遭遇,通过"一个病的青年忧郁症的解剖"(郁达夫《〈沉沦〉自序》),揭示主人公内心灵与肉、伦理与情感、本我(Id)与超我(Super ego)矛盾冲突。与郁达夫其他的小说作品一样,《沉沦》是一篇"注重内心纷争苦闷"的现代抒情小说(也叫"自我小说"),带有"自叙传"的色彩。因此,小说大胆而深刻地揭示任务复杂而丰富的心理活动。若要赏析这篇小说,就必须探究人物内心的矛盾心理以及造成这种心理的自身与社会原因。

　　《沉沦》的主人公"他"出生在一个典型的中国传统家庭,在"他"四处求学中接受的则是较为开放的进步思想。在中西文化交融的环境下长大的主人公既有中国文人某种气质,同时又有一些自由与叛逆的思想。但在中国传统文化仍占统治地位的社会环境下,他的自由思想被压抑。当他离开 W 学校"打算不再进别的学校去",他选择了蛰居在小小的书斋里。他的内心里也因此而压抑,产生了"忧郁症的根苗"。此后的留学生涯他的忧郁症就更加严重起来。在异国他乡,饱受"性的苦闷"与"外族冷漠歧视"的"他"渴望真挚的爱情,并愿为此抛弃一切。然而这种渴望在现实中难以实现,他的内心逐渐失去理智的控制,他开始自渎、窥视浴女,甚至到妓院寻欢,只为了寻求自己感官上的一时愉悦与满足,最终深陷在邪恶的沼泽里不能自拔。那饮鸩止渴的行为显然让"他"更加苦闷,愉悦过后是更大的空虚,欲望越来越大,他开始寻求更大的刺激,而他的经济状况却穷困潦倒,这就形成了一个恶性循环。最终"他"只有投海自尽来结束这个恶性循环。

茫茫夜

郁达夫

一

　　一天星光灿烂的秋天的晚上，大约时间总在十二点钟以后了，静寂的黄浦滩上，一个行人也没有。街灯的灰白的光线，散射在苍茫的夜色里，烘出了几处电杆和建筑物的黑影来。道旁尚有二三乘人力车停在那里，但是车夫好像已经睡着了，所以并没有什么动静。黄浦江中停着的船上，时有一声船板和货物相击的声音传来，和远远不知从何处来的汽车车轮声合在一处，更加形容得这初秋深夜的黄浦滩上的寂寞。在这沉默的夜色中，南京路口滩上忽然闪出了几个纤长的黑影来，他们好象是自家恐惧自家的脚步声的样子，走路走得很慢。他们的话声亦不很高，但是在这沉寂的空气中，他们的足音和话声，已经觉得很响了。

　　"于君，你现在觉得怎么样？你的酒完全醒了么？我只怕你上船之后，又要吐起来。"

　　讲这一句话的，是一个十九岁前后的纤弱的青年，他的面貌清秀得很。他那柔美的眼睛，和他那不大不小的嘴唇，有使人不得不爱他的魔力。他的身体好像是不十分强，所以在微笑的时候，他的苍白的脸上，也脱不了一味悲寂的形容。他讲的虽然是北方的普通话，但是他那幽徐的喉音，和宛转的声调，竟使听话的人，辨不出南音北音来。被他叫作"于君"的，是一个二十五六岁的青年，大约是因为酒喝多了，颊上有一层红潮，同蔷薇似的罩在那里。眼睛里红红浮着的，不知是眼泪呢还是醉意，总之他的眉间，仔细看起来，却有些隐忧含着，他的勉强装出来的欢笑，正是在那里形容他的愁苦。他比刚才讲话的那青年，身材更高，穿着一套藤青的哔叽洋服，与刚才讲话的那青年的鱼白大衫，却成了一个巧妙的对称。他的面貌无俗气，但亦无特别可取的地方。在一副平正的面上，加上一双比较细小的眼睛，和一个粗大的鼻子，就是他的肖像了。由他那二寸宽的旧式的硬领和红格的领结看来，我们可以知道他是一个富有趣味的人。他听了青年的话，就把头向右转了一半，朝着了那青年，一边伸出右手来把青年的左手捏住，一边笑着回答说：

　　"谢谢，迟生，我酒已经醒了。今晚真对你们不起，要你们到了这深夜来送我上船。"讲到这里，他就回转头来看跟在背后的两个年纪大约二十七八的青年，从这两个青年的洋服年龄面貌推想起来，他们定是姓于的青年修学时代的同学。两个中的一个年长一点的人听了姓于的青年的话，就抢上一步说：

"质夫,客气话可以不必说了。可是有一件要紧的事情,我还没有问你,你的钱够用了么?"

姓于的青年听了,就放了捏着的迟生的手,用右手指着迟生回答说:

"吴君借给我的二十元,还没有动着,大约总够用了,谢谢你。"

他们四个人——于质夫吴迟生在前,后面跟着二个于质夫的同学,是刚从于质夫的寓里出来,上长江轮船去的。

横过了电车路,沿了滩外的冷清的步道走了二十分钟,他们已经走到招商局的轮船码头了。江里停着的几只轮船,前后都有几点黄黄的电灯点在那里。从黑暗的堆栈外的码头走上了船,招了一个在那里假睡的茶房,开了舱里的房门,在第四号官舱里坐了一会,于质夫就对吴迟生和另外的两个同学说:

"夜深了,你们可先请回去,诸君送我的好意,我已经谢不胜谢了。"

吴迟生也对另外的两个人说:

"那么你们请先回去,我就替你们做代表吧。"

于质夫又拍了迟生的肩说:

"你也请同去了吧。使你一个人回去,我更放心不下。"

迟生笑着回答说:

"我有什么要紧,只是他们两位,明天还要上公司去的,不可太睡迟了。"

质夫也接着对他的两位同学说:

"那么请你们两位先回去,我就留吴君在这儿谈吧。"

送他的两个同学上岸之后,于质夫就拉了迟生的手回到舱里来。原来今晚开的这只轮船,已经旧了,并且船身太大,所以航行颇慢。因此乘此船的乘客少得很。于质夫的第四号官舱,虽有两个舱位,单只住了他一个人。他拉了吴迟生的手进到舱里,把房门关上之后,忽觉得有一种神秘的感觉,同电流似的,在他的脑里经过了。在电灯下他的肩下坐定的迟生,也觉得有一种不可思议的感情发生,尽俯着首默默地坐在那里。质夫看着迟生的同蜡人似的脸色,感情竟压止不住了,就站起来紧紧的捏住了他的两手,面对面的对他幽幽的说:

"迟生,你同我去吧,你同我上 A 地去吧。"

这话还没有说出之先,质夫正在那里想:

"二十一岁的青年诗人兰勃(Arthur Rimbaud)。一八七二年的佛尔兰(Paul Verlaine)。白儿其国的田园风景。两个人的纯洁的爱。……"

这些不近人情的空想,竟变了一句话,表现了出来。质夫的心里实在想邀迟生和他同到 A 地去住几时,一则可以安慰他自家的寂寞,一则可以看守迟生的病体。迟生听了质夫的话,呆呆的对质夫看了一忽,好像心里有两个主意,在那里战争,一霎时解决不下的样子。质夫看了他这一副形容,更加觉得有一种热

情,涌上他的心来,便不知不觉的逼进一步说:

"迟生你不必细想了,就答应了我罢。我们就同乘了这一只船去。"

听了这话,迟生反恢复了平时的态度,便含着了他固有的微笑说:

"质夫,我们后会的日期正长得很,何必如此呢?我希望你到了 A 地之后,能把你日常的生活,和心里的变化,详详细细的写信来通报我,我也可以一样的写信给你,这岂不和同住在一块一样么?"

"话原是这样说,但是我只怕两人不见面的时候,感情就要疏冷下去。到了那时候我对你和你对我的目下的热情,就不得不被第三者夺去了。"

"要是这样,我们两个便算不得真朋友。人之相知,贵相知心,你难道还不能了解我的心么?"

听了这话,看看他那一双水盈盈的瞳人,质夫忽然觉得感情激动起来,便把头低下去,搁在他的肩上说:

"你说什么话,要是我不能了解你,那我就不劝你同我去了。"

讲到这里,他的语声同小孩悲咽时候似的发起颤来了。他就停着不再说下去,一边却把他的眼睛,伏在迟生的肩上。迟生觉得有两道同热水似的热气浸透了他的鱼白大衫和蓝绸夹袄,传到他的肩上去。迟生也觉得忍不住了,轻轻的举起手来,在面上揩了一下,只呆呆的坐在那里看那十烛光的电灯。这夜里的空气,觉得沉静得同在坟墓里一样。舱外舷上忽有几声水手呼唤声和起重机滚船索的声音传来,质夫知道船快开了,他想马上站起来送迟生上船,但是心里又觉得这悲哀的甘味是不可多得的,无论如何总想多尝一忽。照原样的头靠在迟生的肩上,一动也不动的坐了几分钟,质夫听见房门外有人在那里敲门。他抬起头来问了一声是谁,门外的人便应声说:

"船快开了。送客的先生请上岸去吧。"

迟生听了,就慢慢的站了起来,质夫也默默的不作一声跟在迟生的后面,同他走上岸去。在灰黑的电灯光下同游水似的走到船侧的跳板上的时候,迟生忽然站住了。质夫抢上了一步,又把迟生的手紧紧的捏住,迟生脸上起了两处红晕,幽幽扬扬的说:

"质夫,我终究觉得对你不起,不能陪你在船上安慰你的长途的寂寞,……"

"你不要替我担心思了,请你自家保重些。在上北京去的时候,千万请你写信来通知我。"

质夫一定要上岸来送迟生到码头外的路上。迟生怎么也不肯,质夫只能站在船侧,张大了两眼,看迟生回去。迟生转过了码头的堆栈,影子就小了下去,成了一点白点,向北在街灯光里出没了几次。那白点渐渐远了,更小了下去,过了六七分钟,站在船舷上的质夫就看不见迟生了。

质夫呆呆的在船舷上站了一会,深深的呼了一口空气,仰起头来看见了几颗明星在深蓝的天空里摇动,胸中忽然觉得悲哀起来。这种悲哀的感觉,就是质夫自身也不能解说,他自幼在日本留学,习惯了飘泊的生活,生离死别的情景,不知身尝了几多,照理论来,这一次与相交未久的吴迟生的离别,当然是没有什么悲伤的,但是他看看黄浦江上的夜景,看看一点一点小下去的吴迟生的瘦弱的影子,觉得将亡未亡的中国,将灭未灭的人类,茫茫的长夜,耿耿的秋星,都是伤心的种子。在这茫然不可捉摸的思想中间,他觉得他自家的黑暗的前程和吴迟生的纤弱的病体,更有使他泪落的地方。在船舷的灰色的空气中站了一会,他就慢慢的走到舱里去了。

二

长江轮船里的生活,虽然没有同海洋中间那么单调,然而与陆地隔绝后的心境,到底比平时平静。况且开船的第二天,天又降下了一天黄雾,长江两岸的风景,如烟如梦的带起伤惨的颜色来。在这悲哀的背景里,质夫把他过去几个月的生活,同手卷中的画幅一般回想出来了。

三月前头住在东京病院里的光景,出病院后和那少妇的关系,同污泥一样的他的性欲生活,向善的焦躁与贪恶的苦闷,逃往盐原温泉前后的心境,归国的决心。想到最后这一幕,他的忧郁的面上,忽然露出一痕微笑来,眼看着了江上午后的风景,背靠着了甲板上的栏杆,他便自言自语的说:

"泡影呀,昙花呀,我的新生活呀! 唉! 唉!"

这也是质夫的一种迷信,当他决计想把从来的腐败生活改善的时候,必要搬一次家,买几本新书或是旅行一次。半月前头,他动身回国的时候,也下了一次绝大的决心。他心里想:

"我这一次回国之后,必要把旧时的恶习,改革得干干净净。戒烟戒酒戒女色。自家的品性上,也要加一段锻炼,使我的朋友全要惊异说我是与前相反了。……"

到了上海之后,他的生活仍旧是与从前一样,烟酒非但不戒下,并且更加加深了。女色虽然还没有去接近,但是他的性欲,不过变了一个方向,依旧在那里伸张。想到了这一个结果,他就觉得从前的决心,反成了一段讽刺,所以不觉叹气微笑起来。叹声还没有发完,他忽听见人在他的左肩下问他说:

"Was Seufzen Sie, Monsieur?"(你为什么要发叹声?)

转过头来一看,原来这船的船长含了微笑,站在他的边上好久了,他因为尽在那里想过去的事情,所以没有觉得。这船长本来是丹麦人,在德国的留背克住过几年,所以德文讲得很好。质夫今天早晨在甲板上已经同他讲过话,因此这身材矮小的船长也把质夫当作了朋友。他们两人讲了些闲话，质夫就回到自己的舱里来了。

吃过了晚饭，在官舱的起坐室里看了一回书，他的思想又回到过去的生活上去，这一回的回想，却集中在吴迟生一个人的身上。原来质夫这一次回国来，本来是为转换生活状态而来，但是他正想动身的时候，接着了一封他的同学邝海如的信说：

"我住在上海觉得苦得很。中国的空气是同癫病院的空气一样，渐渐的使人腐烂下去。我不能再住在中国了。你若要回来，就请你来替了我的职，到此地来暂且当几个月编辑罢。万一你不愿意住在上海，那么 A 省的法政专门学校要聘你去做教员去。"

所以他一到上海，就住在他同学在那里当编辑的 T 书局的编辑所里。有一天晚上，他同邝海如在外边吃了晚饭回来的时候，在编辑所里遇着了一个瘦弱的青年，他听了这青年的同音乐似的话声，就觉得被他迷住了。这青年就是吴迟生呀！过了几天，他的同学邝海如要回到日本去，他和吴迟生及另外几个人在汇山码头送邝海如的行，船开之后，他同吴迟生就同坐了电车，回到编辑所来，他看看吴迟生的苍白的脸色和他的纤弱的身体，便问他说：

"吴君，你身体好不好？"

吴迟生不动神色的回答说：

"我是有病的，我害的是肺病。"

质夫听了这话，就不觉张大了眼睛惊异起来。因为有肺病的人，大概都不肯说自家的病的，但是吴迟生对了才遇见过两次的新友，竟如旧交一般的把自家的秘密病都讲了。质夫看了迟生的这种态度，心里就非常爱他，所以就劝他说：

"你若害这病，那么我劝你跟我上日本去养病去。"

他讲到这里，就把乔其慕亚的一篇诗想了出来，他的幻想一霎时的发展开来了。

"日本的郊外杂树丛生的地方，离东京不远，坐高架电车不过四五十分钟可达的地方，我愿和你两个人去租一间草舍儿来住。草舍的前后，要有青青的草地，草地的周围，要有一条小小的清溪。清溪里要有几尾游鱼。晚春时节，我好和你拿了锄耜，把花儿向草地里去种。在蔚蓝的天盖下，在和暖的熏风里，我与你躺在柔软的草上，好把那西洋的小曲儿来朗诵。初秋晚夏的时候，在将落未落的夕照中间，我好和你缓步逍遥，把落叶儿来数。冬天的早晨你未起来，我便替你做早饭，我不起来，你也好把早饭先做。我礼拜六的午后从学校里回来，你好到冷静的小车站上来候我。我和你去买些牛豚香片，便可作一夜的清谈，谈到礼拜的日中。书店里若有外国的新书到来，我和你省几日油盐，可去买一本新书来消那无聊的夜永……"

质夫坐在电车上一边作这些空想，一边便不知不觉的把迟生的手捏住了。他捏捏迟生的柔软的小手，心里又起了一种别样的幻想。面上红了一红，把头摇了一摇，他就对迟生问起无关紧要的话来：

"你的故乡是在什么地方？"

"我的故乡是直隶乡下，但是现在住在苏州了。"

"你还有兄弟姊妹没有？"

"有是有的，但是全死了。"

"你住在上海干什么？"

"我因为北京天气太冷，所以休了学，打算在上海过冬。并且这里朋友比较得多一点，所以觉得住在上海比北京更好些。"

这样的问答了几句，电车已经到了大马路外滩了。换了静安寺路的电车在跑马厅尽头处下车之后，质夫就邀迟生到编辑所里来闲谈。从此以后，他们两人的交际，便渐渐儿的亲密起来了。

质夫的意思以为天地间的情爱，除了男女的真真的恋爱外，以友情为最美。他在日本飘流了十来年，从未曾得着一次满足的恋爱，所以这一次遇见了吴迟生，觉得他的一腔不可发泄的热情，得了一个可以自由灌注的目标，说起来虽是他平生的一大快事，但是亦是他半生沦落未曾遇着一个真心女人的哀史的证明。有一天晴朗的晚上，迟生到编辑所来和他谈到夜半，质夫忽然想去洗澡去。邀了迟生和另外的两个朋友出编辑所走到马路上的时候，质夫觉得空气冷凉得很，他便问迟生说：

"你冷么？ 你若是怕冷，就钻到我的外套里来。"

迟生听了，在苍白的街灯光里，对质夫看了一眼，就把他那纤弱的身体倒在质夫的怀里。质夫觉得有一种不可名状的快感，从迟生的肉体传到他的身上去。

他们出浴堂已经是十二点钟了。走到三叉路口，要和迟生分手的时候，质夫觉得怎么也不能放迟生一个人回去，所以他就把迟生的手捏住说：

"你不要回去了，今天同我们上编辑所去睡吧。"

迟生也像有迟疑不忍回去的样子，质夫就用了强力把他拖来了。那一天晚上他们谈到午前五点钟才睡着。过了两天，A 地就有电报来催，要质夫上 A 地的法政专门学校去当教员。

三

质夫登船后第三天的午前三点钟的时候，船到了 A 地。在昏黑的轮船码头上，质夫辨不出方向来，但看见有几颗淡淡的明星印在清冷的长江波影里。离开了码头上的嘈杂的群众，跟了一个法政专门学校里托好在那里招待他的人上岸之后，他觉得晚秋的凉气，已经到了这长江北岸的省城了。在码头近旁一家同十八世纪的英国乡下的旅舍似的旅馆里住下之后，他心里觉得孤寂得很。他本来是在大都会里生活惯的人，在这夜静更深的时候，到了这一处不闹热的客舍内，从微明的洋灯影里，看看这客室里的粗略的陈设，心里当然是要惊惶的。一个招待他的酣睡未醒的人，对他说了几句话，从他的房里出去之后，他真觉得是闯入了龙王的水牢里的样子，他的脸上不觉有两颗珠泪滚下来了。

"要是迟生在这里，那我就不会这样的寂寞了。啊，迟生，这时候怕你正在电灯底下微微的笑着，在那里做好梦呢！"

在床上横靠了一忽，质夫看见格子窗一格一格的亮了起来，远远的鸡鸣声也听得见了。过了一会，一部运载货物的单轮车，从窗外推过了，这车轮的仆独仆独的响声，好像是在那里报告天晴的样子。

侵旦旅馆里有些动静的时候，从学校里差来接他的人也来了。把行李交给了他，质夫就坐了一乘人力车上学校里去。沿了长江，过了一条店家还未起来的冷清的小街，质夫的人力车就折向北去。车并着了一道城外的沟渠，在一条长堤上慢慢前进的时候，他就觉得元气恢复起来了。看看东边，以浓蓝的天空作了背景的一座白色的宝塔，把半规初出的太阳遮在那里。西边是一道古城，城外环绕着长沟，远近只有些起伏重叠的低岗和几排鹅黄疏淡的杨柳点缀在那里。他抬起头来远远见了几家如装在盆景假山上似的草舍。看看城墙上孤立在那里的一排电杆和电线，又看看远处的地平线和一湾苍茫无际的碧落，觉得在这自然的怀抱里，他的将来的成就定然是不少的。不晓是什么原因，不知不觉他竟起了一种感谢的心情。过了一忽，他忽然自言自语地说：

"这谦虚的情！这谦虚的情！就是宗教的起源呀！淮尔特（Wilde）呀，佛尔兰（Verlaine）呀！你们从狱里叫出来的'要谦虚'（Be humble）的意思我能了解了。"

车到了学校里，他就通名刺进去。跟了门房，转了几个弯，到了一处门上挂着"教务长"牌的房前的时候，他心里觉得不安得很。进了这房他看见一位三十上下的清瘦的教务长迎了出来。这教务长带着一副不深的老式近视眼镜，口角上有两丛微微的胡须黑影，讲一句话，眼睛必开闭几次。质夫因为是初次见面，所以应对非常留意，格外的拘谨。讲了几句寻常套话之后，他就领质夫上正厅上去吃早饭。在早膳席上，他为质夫介绍了一番。质夫对了这些新见的同事，胸中感得一种异常的压迫，他一个人心里想：

"新媳妇初见姑嫂的时候，她的心理应该同我一样的。唉，在山泉水清，出山泉水浊，我还不如什么事也不干，一个人回到家里去贪懒的好。"

吃了早膳,把行李房屋整顿了一下,姓倪的那教务长就把功课时间表拿了过来。恰好那一天是礼拜,质夫就预备第二日去上课。倪教务长把编讲义上课的情形讲了一遍之后,便轻轻的对质夫说:

"现在我们校里正是五风十雨的时候,上课时候的讲义,请你用全副精神来对付。礼拜三用的讲义,是要今天发才赶得及,请你快些预备吧。"

他出去停了两个钟头,又跑上质夫那边来,那时候质夫已有一页讲义编好了。倪教务长拿起这页讲义来看的时候,神经过敏而且又是自尊心颇强的质夫,觉得被他侮辱了。但是一边心里又在那里恐惧,这种复杂的心理状态,怕没有就过事的人是不能了解的。他看了讲义之后,也不说好,也不说不好,但是质夫的纤细的神经却告诉质夫说:

"可以了,可以了,他已经满足了。"

恐惧的心思去了之后,质夫的自尊心又长了一倍,被侮辱的心思比从前也加一倍抬起头来,但是一种自然的势力,把这自尊心压了下去,教他忍受了。这教他忍受的心思,大约就是卑鄙的行为的原动力,若再长进几级,就不得不变成奴隶性质。现在社会上的许多成功者,多因为有这奴隶性质,才能成功,质夫初次的小成功,大约也是靠他这时候的这点奴隶性质而来的。

这一天晚上质夫上床的时候,却有两种矛盾的思想,在他的胸中来往。一种是恐惧的心思,就是怕学生不能赞成他。一种是喜悦的心思,就是觉得自家是专门学校的教授了。正在那里想的时候,他觉得有一个人钻进他的被来。他闭着眼睛,伸手去一摸,却是吴迟生。他和吴迟生颠颠倒倒的讲了许多话,到第二天的早晨,斋夫进房来替他倒洗面水,他被斋夫惊醒的时候,才知道是一场好梦,他醒来的时候,两只手还紧紧的抱住在那里。

第二次上课钟打后,质夫跟了倪教务长去上课时。倪教务长先替他向学生介绍了几句,出课堂门去了,质夫就踏上讲坛去讲。这一天因为没有讲义稿子,所以他只空说了两点钟。正在那里讲的时候,质夫觉得有一种想博人欢心的虚伪的态度和言语,从他的面上口里流露出来。他心里一边在那里鄙笑自家,一边却怎么也禁不住这一种态度和这一种言语。大约这一种心理和前节所说的忍受的心理就是构成奴隶性质的基础吧?

好容易破题儿的第一天过去了。到了晚上九点钟的时候,倪教务长的苍黄的脸上浮着了一脸微笑,跑上质夫房里来。质夫匆忙站起来让他坐下之后,倪教务长便用了日本话,笑嘻嘻的对质夫说:

"你成功了。你今天大成功。你所教的几班,都来要求加钟点了。"

质夫心里虽然非常喜欢,但是面上却只装着一种漠不相关的样子。倪教务长到了这时候,也没有什么隐瞒了,便把学校里的内情全讲了出来。

"我们学校里，因为陆校长今年夏天同军阀李星狼麦连邑打了一架，并反对违法议员和驱逐李麦的走狗韩省长的原因，没有一天不被军阀所仇视。现在李麦和那些议员出了三千元钱，买收了几个学生，想在学校里捣乱。所以你没有到的几天，我们是一夕数惊，在这里防备的。今年下半年新聘了几个先生，又是招怪，都不能得学生的好感。所以要是你再受他们学生的攻击，那我们在教课上就站不住了。一个学校中，若聘的教员，不能得学生的好感，教课上不能铜墙铁壁的站住，风潮起来的时候，那你还有什么法子？现在好了，你总站得住了，我也大可以放心了。呵呵呵呵（底下又用了一句日本话）你成功了呀！"

质夫听了这些话，因为不晓得这Ａ省的情形，所以也不十分明了，但是倪教务长对质夫是很满足的一件事情，质夫明明在他的言语态度上可以看得出来。从此质夫当初所怀着的那一种对学生对教务长的恐惧心，便一天一天的减少下去了。

四

学校内外浮荡着的暗云，一层一层的紧迫起来。本来是神经质的倪教务长和态度从容的陆校长常常在那里作密谈。质夫因为不谙那学校的情形，所以也没有什么惧怕，尽在那里干他自家一个人的事。

初到学校后二三天的紧张的精神，渐渐的弛缓下去的时候，质夫的许久不抬头的性欲，又露起头角来了。因为时间与空间的关系，吴迟生的印象一天一天在他的脑海里消失下去。于是代此而兴，支配他的全体精神的欲情，便分成了二个方向起起作用来。一种是纯一的爱情，集中在他的一个年轻的学生身上。一种是间断偶发的冲动。这种冲动发作的时候，他竟完全成了无理性的野兽，非要到城里街上，和学校附近的乡间的贫民窟里去乱跑乱跳走一次，偷看几个女性，不能把他的性欲的冲动压制下去。有一天晚上，正是这冲动发作的时候，倪教务长不声不响的走进他的房里来忠告他说：

"质夫，你今天晚上不要跑出去。我们得着了一个消息，说是几个被李麦买取了的学生，预备今晚起事，我们教职员还是住在一处，不要出去的好。"

质夫在房里电灯下坐着，守了一个钟头，觉得苦极了。他对学校的风潮，还未曾经验过，所以并没有什么害怕，并且因为他到这学校不久，缠绕在这学校周围的空气，不能明白，所以更无危惧的心思。他听了倪教务长的话之后，只觉得有一种看热闹的好奇心起来，并没有别的观念。同西洋小孩在圣诞节的晚上盼望圣诞老人到来的样子，他反而一刻一刻的盼望这捣乱事件快些出现。等了一个钟头，学校里仍没有什么动静，他的好奇心，竟被他原有的冲动的发作压倒了。他从座位里站了起来，在房里走了几圈，又坐了一忽，又站起来走了几圈，觉得他的兽性,终究压不下去。换了一套中国衣服,他便悄悄的从大门走了出去。浓蓝的天影里,有几颗游星,在那里开闭。学校附近的郊外的路上黑得可怕。幸亏这一条路是沿着城墙沟渠的,所以黑暗中的城墙的轮廓和黑沉沉的城池的影子,还当作了他的行路的目标。他同瞎子似的在不平的路上跌了几脚,踏了几次空,走到北门城门外的时候,忽然想起城门是快要闭了。若或进城去,他在城里又无熟人,又没有法子弄得到一张出城券,事情是不容易解决的。所以在城门外迟疑了一会,他就回转了脚,一直沿了向北的那一条乡下的官道跑去。跑了一段,他跑到一处狭的街上了。他以为这样的城外市镇里,必有那些奇形怪状的最下流的妇人住着,他的冲动的目的物,正是这一流妇人。但是他在黄昏的小市上,跑来跑去跑了许多时候,终究寻不出一个妇人来。有时候虽有一二个蓬头的女子走过,却是人家的未成年的使婢。他在街上走了一会,又穿到漆黑的侧巷里去走了一会,终究不能达到他的目的。在一条无人通过的漆黑的侧巷里站着,他仰起头来看看幽远的天空,便轻轻的叹着说:

"我在外国苦了这许多年数,如今到中国来还要吃这样的苦。唉! 我何苦呢,可怜我一生还未曾得着女人的爱惜过。啊,恋爱呀,你若可以学识来换的,我情愿将我所有的知识,完全交出来,与你换一个有血有泪的拥抱。啊! 恋爱呀,我恨你是不能糊涂了事的。我恨你是不能以资格地位名誉来换的。我要灭这一层烦恼,我只有自杀……"

讲到了这里,他的面上忽然滚下了两粒粗泪来。他觉得站在这里,终究不是长久之计,就又同饿犬似的走上街来了。垂头丧气的正想回到校里来的时候,他忽然看见一家小小的卖香烟洋货的店里,有一个二十五六的女人坐在灰黄的电灯下,对了账簿算盘在那里结账。他远远的站在街上看了一忽,走来走去的走了几次,便不声不响的踱进了店去。那女人见他进去,就丢下了账目来问他:

"要买什么东西?"

先买了几封香烟,他便对那女人呆呆的看了一眼。由他这时候的眼光看来,这女人的容貌却是商家所罕有的。其实她也只是一个平常的女人,不过身材生得小,所以俏得很,衣服穿得还时髦,所以觉得有些动人的地方。他如饿犬似的贪看了一二分钟,便问她说:

"你有针卖没有?"

"是缝衣服的针么?"

"是的,但是我要一个用熟的针,最好请你卖一个新针给我之后,将拿新针与你用熟的针交换一下。"

那妇人便笑着回答说:

"你是拿去煮在药里的么?"

他便含糊地答应说：

"是的是的，你怎么知道？"

"我们乡下的仙方里，老有这些玩意儿的。"

"不错不错，这针倒还容易办得到，还有一件物事，可真是难办。"

"是什么呢？"

"是妇人们用的旧手帕，我一个人住在这里，又无朋友，所以这物事是怎么也求不到的，我已经决定不再去求了。"

"这样的也可以的么？"

一边说，一边那妇人从她的口袋里拿了一块洋布的旧手帕出来。质夫一见，觉得胸前就乱跳起来，便涨红了脸说：

"你若肯让给我，我情愿买一块顶好的手帕来和你换。"

"那请你拿去就对了，何必换呢。"

"谢谢，谢谢，真真是感激不尽了。"

质夫得了她的用旧的针和手帕，就跌来碰去的奔跑回家。路上有一阵凉冷的西风，吹上他的微红的脸来，那时候他觉得爽快极了。

回到了校内，他看看还是未曾熄灯。幽幽的回到房里，闩上了房门，他马上把骗来的那用旧的针和手帕从怀中取了出来。在桌前椅子上坐下，他就把那两件宝物掩在自家的口鼻上，深深地闻了一回香气。他又忽然注意到了桌上立在那里的那一面镜子，心里就马上想把现在的他的动作一一的照到镜子里去。取了镜子，把他自家的痴态看了一忽，他觉得这用旧的针子，还没有用得适当。呆呆的对镜子看了一二分钟，他就狠命的把针子向颊上刺了一针。本来为了兴奋的原故，变得一块红一块白的面上，忽然滚出了一滴同玛瑙珠似的血来。他用那手帕揩了之后，看见镜子里的面上又滚了一颗圆润的血珠出来。对着了镜子里的面上的血珠，看看手帕上的猩红的血迹，闻闻那旧手帕和针子的香味，想想那手帕的主人公的态度，他觉得一种快感，把他的全身都浸遍了。

不多一忽，电灯熄了，他因为怕他现在所享受的快感，要被打断，所以动也不动的坐在黑暗的房里，还在那里贪尝那变态的快味。打更的人打到他的窗下的时候，他才同从梦里头醒来的人一样，抱着了那针子和手帕摸上他的床上去就寝。

五

清秋的好天气一天一天的连续过去，A 地的自然景物，与质夫生起情感来了。学生对质夫的感情，也一天一天的浓厚起来，吃过晚饭之后，在学校近旁的菱湖公园里，与一群他所爱的青年学生，看看夕阳返照在残荷枝上的暮景，谈谈异国的流风遗韵,确是平生的一大快事。质夫觉得这一般知识欲很旺的青年,都成了他的亲爱的兄弟了。

有一天也是秋高气爽的晴朗的早晨,质夫与雀鸟同时起了床,盥洗之后,便含了一枝伽利克,缓缓的走到菱湖公园去散步去。东天角上,太阳刚才起程,银红的天色渐渐的向西薄了下去,成了一种淡青的颜色。远近的泥田里,还有许多荷花的枯干同鱼栅似的立在那里。远远的山坡上,有几只白色的山羊同神话里的风景似的在那里吃枯草。他从学校近旁的山坡上,一直沿了一条向北的田塍细路走了过去,看看四围的田园清景,想想他目下所处的境遇,质夫觉得从前在东京的海岸酒楼上,对着夕阳发的那些牢骚,不知消失到什么地方去了。

"我也可以满足了,照目下的状态能够持续得一二十年,那我的精神,怕更要发达呢。"

穿过了一条红桥,在一个空亭里立了一会,他就走到公园中心的那条柳荫路上去。回到学校之后,他又接着了一封从上海来的信,说他著的一部小说集已经快出版了。

这一天午后他觉得精神非常爽快,所以上课的时候竟多讲了十分钟,他看看学生的面色,也都好像是很满足的样子。正要下课堂的时候,他忽听见前面寄宿舍和事务室的中间的通路上,有一阵摇铃的声音和学生喧闹的声音传了过来。他下了课堂,拿了书本跑过去一看,只见一群学生围着了一个青脸的学生在那里吵闹。那青脸的学生,面上带着一味杀气,他的颊下的一条刀伤痕更形容得他的狞恶。一群围住他的学生都摩拳擦掌的要打他。质夫看了一会,不晓得是怎么一回事,正在疑惑的时候,看见他的同乡教体操的王先生,从包围在那里的学生丛中,辟开了一条路,挤到那被包围的青脸学生面前,不问皂白,把那学生一把拖了到教员的议事厅上去。一边质夫又看见他的同事的监学唐伯名温温和和的对一群激愤的学生说:

"你们不必动气,好好儿的回到自修室去吧,对于江杰的捣乱,我们自有办法在这里。"

一半学生回自修室去了,一半学生跟在那青脸的学生后面叫着说:

"打！打!"

"打！打死他。不要脸的。受了李麦的金钱,你难道想卖同学么?"

质夫跟了这一群学生,跑到议事厅上,见他的同事都立在那里。同事中的最年长者,戴着一副墨眼镜、头上有一块秃的许明先,见了那青脸的学生,就对他说:

"你是一个好好的人,家里又还可以,何苦要干这些事呢？开除你的是学校的规则,并不是校长。钱是用得完的,你们年轻的人还是名誉要紧。李麦能利用你来捣乱学校,也定能利用别人来杀你的,你何苦去干这些事呢?"

许明先还没有说完,门外站着的学生都叫着说:

"打!"

"李麦的走狗!"

"不要脸的,摇一摇铃三十块钱,你这买卖真好啊。"

"打打!"

许明先听了门外学生的叫唤,便出来对学生说:

"你们看我面上,不要打他,只要他能悔过就对了。"

许明先一说一边就招那青脸的学生——名叫江杰——出来。对众谢罪。谢罪之后,许明先就护送他出门外,命令他以后不准再来,江杰就垂头丧气的走了。

江杰走后,质夫从学生和同事的口头听来,才知道这江杰本来也是校内的学生,因为闹事的缘故,在去年开除的。现在他得了李麦的钱,以要求复校为名,想来捣乱,与校内八九个得钱的学生约好,用摇铃作记号,预备一齐闹起来的。质夫听了心里反觉得好笑,以为像这样的闹事,便闹死也没有什么。

过了三四天,也是一天晴朗的早晨十点钟的时候,质夫正在预备上课,忽然听见几个学生大声哄号起来。质夫出来一看,见议事厅上有八九个长大的学生,吃得酒醉醺醺,头向了天,带着了笑容,在那里哄号。不过一二分钟,教职员全体和许多学生都跑向议事厅来。那八九个学生中间的一个最长的人便高声的对众人说:

"我们几个人是来搬校长的行李的。他是一个过激党,我们不愿意受过激党的教育。"

八九个中的一个矮小的人也对众人说:

"我们既然做了这事,就是不怕死的。若有人米拦阻我们,那要对他不起。"

说到这里,他在马褂袖里,拿了一把八寸长的刀出来。质夫看着门外站在那里的学生,起初同蜂巢里的雄蜂一样,还有些喃喃呐呐的声音,后来看了那矮小的人的小刀,大家就静了下去。质夫心里有点不平,想出来讲几句话,但是被他的同乡教体操的王先生拖住了。王先生对他说:

"事情到了这样,我与你立出去也压不下来了。我们都是外省人,何苦去与他们为难呢? 他们本省的学生,尚且在那里旁观。"

那八九个学生一霎时就打到议事厅间壁的校长房里去,恰好这时候校长还不在家,他们就把校长的铺盖捆好了。因为那一个拿刀的人在门口守看,所以另外的人一个人也不敢进到校长房里去拦阻他们。那八九个学生同做新戏似的笑了一声,最后跟着了那个拿刀的矮子,抬了校长的被褥,就慢慢的走出门去了。

等他们走了之后，倪教务长和几个教员都指挥其余的学生，不要紊乱秩序，依旧去上课去。上了两个钟头课，吃午膳的时候，教职员全体主张停课一二天以观大势，午后质夫得了这闲空时间，倒落得自在，便跑上西门外的大观亭去玩去了。

大观亭的前面是汪洋的江水。江中靠右的地方，有几个沙渚浮在那里。阳光射在江水的微波上，映出了几条反射的光线来。洲渚上的苇草，也有头白了的，也有作青黄色的，远远望去，同一片平沙一样。后面有一方湖水，映着了青天，静静的躺在太阳的光里。沿着湖水有几处小山，有几处黄墙的寺院。看了这后面的风景，质夫忽然想起在洋画上看见过的瑞士四林湖的山水来了。一个人逛到傍晚的时候，看了西天日落的景色，他就回到学校里来。一进校门，遇着了几个从里面出来的学生，质夫觉得那几个学生的微笑的目光，都好像在那里哀怜他的样子。他胸里感着一种不快的情怀，觉得是回到了不该回的地方来了。

吃过了晚饭，他的同事都锁着了眉头，议论起那八九个学生搬校长铺盖时候的情形和解决的方法来。质夫脱离了这议论的团体，私下约了他的同乡教体操的王亦安，到菱湖公园去散步去。太阳刚才下山，西天还有半天金赤的余霞留在那里。天盖的四周，也染了这余霞的返照，映出一种紫红的颜色来。天心里有大半规月亮白洋洋地挂着，还没有放光。田塍路的角里和枯荷枝的脚上，都有些薄暮的影子看得出来了。质夫和亦安一边走一边谈，亦安把这次风潮的原因细细的讲给了质夫听：

"这一次风潮的历史，说起来也长得很。但是他的原因，却伏在今年六月里，当李星狼麦连邑杀学生蒋可奇的时候。那时候陆校长讲的几句话是的确厉害的。因为议员和军阀杀了蒋可奇，所以学生联合会有澄清选举反对非法议员的举动。因为有了这举动，所以不得不驱逐李麦的走狗想来召集议员的省长韩上成。因这几次政治运动的结果，军阀和议员的怨恨，都结在陆校长一人的身上。这一次议员和军阀想趁新省长来的时候，再开始活动，所以首先不得不去他们的劲敌陆校长。我听见说这几个学生从议员处得了二百元钱一个人。其余守中立的学生，也有得着十元十五元的。他们军阀和议员，连警察厅都买通了的，我听见说，今天北门站岗的巡警一个人还得着二元贿赂呢。此外还有想夺这校长做的一派人，和同陆校长倪教务长有反感的一派人也加在内，你说这风潮的原因复杂不复杂？"

穿过了公园西北面的空亭，走上园中大路的时候，质夫邀亦安上东面水田里的纯阳阁里去。

夜阴一刻一刻的深了起来，月亮也渐渐的放起光来了。天空里从银红到紫蓝，从紫蓝到淡青的变了好几次颜色。他们进纯阳阁的时候，屋内已经漆黑了。从黑暗中摸上了楼。他们看见有一盏菜油灯点在上首的桌上。从这一粒微光中

照出来的红漆的佛座,和桌上的供物,及两壁的幡对之类,都带着些神秘的形容。亦安向四周看了一看,对质夫说:

"纯阳祖师的签是非常灵的,我们各人求一张吧。"

质夫同意了,得了一张三十八签中吉。

他们下楼走到公园中间那条大路的时候,星月的光辉,已经把道旁的杨柳影子印在地上了。

闹事之后,学校里停了两天课。到了礼拜六的下午,教职员又开了一次大会,决定下礼拜一暂且开始上课一礼拜,若说官厅没有适当的处置,再行停课。正是这一天的晚上八点钟的时候,质夫刚在房里看他的从外国寄来的报,忽听见议事厅前后,又有哄号的声音传了过来。他跑出去一看,只见有五六个穿农夫衣服,相貌狰恶的人,跟了前次的八九个学生,在那里乱跳乱叫。当质夫跑近他们身边的时候,八九个人中最长的那学生就对质夫拱拱手说:

"对不起,对不起,请老师不要惊慌,我们此次来,不过是为搬教务长和监学的行李来的。"

质夫也着了急,问他们说:

"你们何必这样呢?"

"实在是对老师不起!"

那一个最长的学生还没有说完,质夫看见有一个农夫似的人跑到那学生身边说:

"先生,两个行李已经搬出去了,另外还有没有?"

那学生却回答说:

"没有了,你们去吧。"

这样的下了一个命令,他又回转来对质夫拱了一拱手说:

"我们实在也是出于不得已,只有请老师原谅原谅。"

又拱了拱手,他就走出去了。

这一天晚上行李被他们搬去的倪教务长和唐监学二人都不在校内。闹了这一场之后,校内同暴风过后的海上一样,反而静了下去。王亦安和质夫同几个同病相怜的教员,合在一处谈议此后的处置。质夫主张马上就把行李搬出校外,以后绝对的不再来了。王亦安光着眼睛对质夫说:

"不能不能,你和希圣怎么也不能现在搬出去。他们学生对希圣和你的感情最好。现在他们中立的多数学生,正在那里开会,决计留你们几个在校内,仍复继续替他们上课。并且有人在大门口守着,不准你们出去。"

中立的多数学生果真是像在那里开会似的,学校内弥漫着一种紧迫沉默的空气,同重病人的房里沉默着的空气一样。几个教职员大家合议的结果,议决方希圣和于质夫二人,于晚上十二点钟乘学生全睡着的时候出校,其余的人一律于明天早晨搬出去。

天潇潇的下起雨来了。质夫回到房里,把行李物件收拾了一下,便坐在电灯下连连续续的吸起烟来。等了好久,王亦安轻轻的来说:

"现在可以出去了。我陪你们两个人出去,希圣立在桂花树底下等你。"

他们三人轻轻的走到门口的时候,门房里忽然走出了一个学生来问说:

"三位老师难道要出去么? 我是代表多数同学来求三位老师不要出去的。我们总不能使他们几个学生来破坏我们的学校,到了明朝,我们总要想个法子,要求省长来解决他们。"

讲到这里,那学生的眼睛已有一圈红了。王亦安对他作了一揖说:

"你要是爱我们的,请你放我们走吧,住在这里怕有危险。"

那学生忽然落了一颗眼泪,咬了一咬牙齿说:

"既然这样,请三位老师等一等,我去寻几位同学来陪三位老师进城,夜深了,怕路上不便。"

那学生跑进去之后,他们三人马上叫门房开了门,在黑暗中冒着雨就走了。走了三五分钟,他们忽听见后面有脚步声在那里追逐,他们就放大了脚步赶快走来,同时后面的人却叫着说:

"我们不是坏人,请三位老师不要怕,我们是来陪老师们进城的。"

听了这话,他们的脚步便放小来。质夫回头来一看,见有四个学生拿了一盏洋油行灯,跟在他们的后面。其中有二个学生,却是质夫教的一班里的。

六

第二天的午后,从学校里搬出来的教职员全体,就上省长公署去见新到任的省长。那省长本来是质夫的胞兄的朋友,质夫与他亦曾在西湖上会过的。历任过交通司法总长的这省长,讲了许多安慰教职员的话之后,却作了一个"总有办法"的回答。

质夫和另外的几个教职员,自从学校里搬出来之后,便同丧家之犬一样,陷到了去又去不得留又不能留的地位。因为连续的下了几天雨,所以质夫只能蛰居在一家小客栈里,不能出去闲逛。他就把他自己与另外的几个同事的这几日的生活,比作了未决囚的生活。每自嘲自慰的对人说:

"文明进步了,目下教员都要蒙尘了。"

性欲比人一倍强盛的质夫,处了这样的逆境,当然是不能安分的。他竟瞒着了同住的几个同事,到娼家去进出起来了。

从学校里搬出来之后,约有一礼拜的光景。他恨省长不能速行解决闹事的学生，所以那一天晚上吃晚饭的时候就多喝了几杯酒。这兴奋剂一下喉，他的兽性又起作用来，就独自一个走上一位带有家眷的他的同事家里去。那一位同事本来是质夫在 A 地短时日中所得的最好的朋友。质夫上他家去，本来是有一种漠然的预感和希望怀着，坐谈了一会，他竟把他的本性显露了出来，那同事便用了英文对他说：

"你既然这样的无聊，我就带你上班子里逛去。"

穿过了几条街巷，从一条狭而又黑的巷口走进去的时候，质夫的胸前又跳跃起来，因为他虽在日本经过这种生活，但是在他的故国，却从没有进过这些地方。走到门前有一处卖香烟橘子的小铺和一排人力车停着的一家墙门口，他的同事便跑了进去。他在门口仰起头来一看，门楣上有一块白漆的马口铁写着"鹿和班"的三个红字，挂在那里，他迟了一步，也跟着他的同事进去了。

坐在门里两旁的几个奇形怪状的男人，看见了他的同事和他，便站了起来，放大了喉咙叫着说：

"引路！荷珠姑娘房里。吴老爷来了！"

他的同事吴风世不慌不忙的招呼他进了一间二丈来宽的房里坐下之后，便用了英文问他说：

"你要怎么样的姑娘？你且把条件讲给我听，我好替你介绍。"

质夫在一张红木椅上坐定后，便也用了英文对吴风世说：

"这是你情人的房么？陈设得好精致，你究竟是一位有福的嫖客。"

"你把条件讲给我听吧，我好替你介绍。"

"我的条件讲出来你不要笑。"

"你且讲来吧。"

"我有三个条件，第一要她是不好看的，第二要年纪大一点，第三要客少。"

"你倒是一个老嫖客。"

讲到这里，吴风世的姑娘进房来了。她头上梳着辫子，皮色不白，但是有一种婉转的风味。穿的是一件虾青大花的缎子夹衫，一条玄色素缎的短脚裤。一进房就对吴风世说：

"说什么鬼话，我们懂的呀！"

"这一位于老爷是外国来的，他是外国人，不懂中国话。"

质夫站起来对荷珠说：

"假的假的，吴老爷说的是谎，你想我若不懂中国话，怎么还要上这里来呢？"

荷珠笑着说：

"你究竟是不是中国人？"

"你难道还在疑信么？"

"你是中国人，你何以要穿外国衣服？"

"我因为没有钱做中国衣服。"

"做外国衣服难道不要钱的么？"

吴风世听了一忽，就叫荷珠说：

"荷珠，你给于老爷荐举一个姑娘吧。"

"于老爷喜欢怎么样的？碧玉好不好？春红？香云？海棠？"

吴风世听了海棠两字，就对质夫说：

"海棠好不好？"

质夫回答说：

"我又不曾见过，怎么知道好不好呢？海棠与我提出的条件合不合？"

风世便大笑说：

"条件悉合，就是海棠吧。"

荷珠对她的假母说：

"去请海棠姑娘过来。"

假母去了一忽回来说：

"海棠姑娘在那里看戏，打发人去叫去了。"

从戏院到那鹿和班来回总有三十分钟，这三十分钟中间，质夫觉得好像是被悬挂在空中的样子，正不知如何的消遣才好。他讲了些闲话，一个人觉得无聊，不知不觉，就把两只手抱起膝来。吴风世看了他这样子。就马上用了英文警告他说：

"不行不行，抱膝的事，在班子里是大忌的。因为这是闲空的象征。"

质夫听了，觉得好笑，便也用了英文问他说：

"另外还有什么礼节没有？请你全对我说了吧，免得被她们姑娘笑我。"

正说到这里，门帘开了，走进了一个年约二十二三，身材矮小的姑娘来。她的青灰色的额角广得很，但是又低得很，头发也不厚，所以一眼看来，觉得她的容貌同动物学上的原始猴类一样。一双鲁钝挂下的眼睛，和一张比较长狭的嘴，一见就可以知道她的性格是忠厚的。她穿的是一件明蓝花缎的夹袄，上面罩着一件雪色大花缎子的背心，底下是一条雪灰的牡丹花缎的短脚裤。她一进来，荷珠就替她介绍说：

"对你的是这一位于老爷，他是新从外国回来的。"

质夫心里想，这一位大约就是海棠了。她的面貌却正合我的三个条件，但是她何以会这样一点儿娇态都没有。海棠听了荷珠的话，也不做声，只呆呆的对质夫看了一眼。荷珠问她今天晚上的戏好不好，她就显出了一副认真的样子，说今晚上的戏不好，但是新上台的"小放牛"却好得很，可惜只看了半出，没有看完。

质夫听了她那慢慢的无娇态的话,心里觉得奇怪得很,以为她不像妓院里的姑娘。吴凤世等她讲完了话之后,就叫她说:

"海棠!到你房里去吧,这一位于老爷是外国人,你可要待他格外客气才好。"

质夫、凤世和荷珠三人都跟了海棠到她房里去。质夫一进海棠的房,就看见一个四十上下的女人,鼻上起了几条皱纹,笑嘻嘻的迎了出来。她的青青的面色,和角上有些吊起的一双眼睛,薄薄的淡白的嘴唇,都使质夫感着一种可怕可恶的印象,她待质夫也很殷勤,但是质夫总觉得她是一个恶人。

在海棠房里坐了一个多钟头,讲了些无边无际的话,质夫和凤世都出来了。一出那条狭巷,就是大街,那时候街上的店铺都已闭门,四围静寂得很,质夫忽然想起了英文的"dead city"两个字来,他就幽幽的对凤世说:

"凤世!我已经成了一个 living corpse 了。"

走到十字路口,质夫就和凤世分了手。他们两个各听见各人的脚步声渐渐儿的低了下去,不多一忽,这入人心脾的足音,也被黑暗的夜气吞没下去了。

一九二二年二月

(选自《郁达夫文集》,当代世界出版社 2010 年版)

超　人（存目）

冰　心

　　《超人》是冰心1921年在《小说月报》的第12卷第4号上发表的一篇短篇小说。文章一开篇便指明主人公何彬是一个冷心肠的青年。他和人没交际，亦不爱带一点生气的东西。这源于他消极的人生态度，消极得固执。他固执地认为世界是虚空的，人生是无意识的，爱和怜悯都是恶德。一切不过是场戏，到处充斥着阴暗、黯淡、虚伪。父母子女，与其互相牵连，不如互相遗弃。他曾言语："不如行云流水似的，随他去完了。"将自己的一生说得如此轻描淡写，毫不在意。可以真切地明了此时的他心中果真无爱的。连自己都不爱，何况父母、宇宙以及万物呢！主人公何彬是"五四"时期千百万爱国青年其中的一位，"五四"落潮后他的思想和性格发生了变化，从"热"到"冷"，悲观颓唐，受到尼采思想影响，信奉"恨"的处事哲学，后来，他被童心和母爱感化了，认识到"世界上的母亲和母亲都是好朋友，世界上的儿子和儿子也都是好朋友，都是互相牵连，不是互相遗弃的"。于是"十几年来隐藏起来的神情"复活了，"呈露在何彬的脸上"。《超人》反对玩世不恭的消极态度，主张保持生活热情和乐观精神，打动了"五四"落潮时期千万个青年人的心，给他们以关怀和温暖，其用意是有积极意义的。

遗　音

王统照

　　远远的一带枫树林子，拥抱着一个江边的市镇，这个市镇在左右的乡村中，算是一个人口最多风景最美的地方。镇前便是很弯曲而深入的江湾，湾的北面，却有所比较着还整齐而洁净的房子。房子中也有用砖石砌成的二层楼的建筑。正午的日影将楼影斜照在楼前的一片草场上，影子很修长。原来这所建筑，是镇中公立小学校的校舍；这镇上人很高明，他们寻得这个全镇风景最佳的江边，设立了这所学校。校里的男女儿童，约有三百人。

　　校舍的西角，便是教员住室，这也是校内特为教员所建筑的，预备教员家眷的住处。再往西去，就是些沙土陵阜，有些矮树野草，绿茸茸的一望皆是。这日正是星期的上午，江边的风，受了水气的调和。虽是秋末冬初，尚不十分冷冽，有时吹了些树叶落到江波上，便随着微细的波花，无踪影地流去。

　　教员住宅靠江的一间屋子里，一个二十七八岁的青年，对着许多书籍稿纸坐着发呆。他不是本地人，然而他在这个校里，当高等部教员主任，已将近三年。自近两年来，连他的母亲、妻子，都搬来同住。他的性格是崇高的小学教员的性格，他虽是不到三十岁的青年，然作这等粉笔黑板的生活，已经有七年多了！他自从二十岁在师范学校毕业后，为生活问题所逼迫，便抛弃远大的希望，经营这种生活。他性情缜密而恬适，独勤于教育事业。终日与那些红颊可爱的儿童为伍的事业，是他非常乐意的。他不愿在都市里同一般人乱混。他觉得他的生活的兴味，这样也很满足的。他的学识不坏，就使教授中学校的学生，也能胜任，不过他是没有这种机会，他也不找这种机会，他情愿一生都是这样的平淡，闲静，自然。可是他的境遇，现在虽是平淡、闲静、自然，他的心中，却终没有平淡、闲静、自然的时候。因为在他二十岁以后的生活里，忽然起了一次情海的波纹，这层波纹，在他的精神里，永不能泯去痕迹。他从前是活泼的，愉快的，然而这几年来，他是沉郁得多了。时时若有一个事物，据在他的灵魂里，使他对于无论什么事，都发生一种很奇异而不可解的疑问，因此他的心境，越发沉滞了！

　　这日是休假的日子，校里的儿童，都已放假回他们快乐的家庭里去，忙碌一星期的那些教员，也都各自找着他们的朋友，出去闲玩了。他这时候却坐在自己的书室里，对着一层层的书籍出神。原来他为《教育报》作的稿子须于三天以内作完，他想作一篇关于性欲教育的文章。早已参考了许多书，立了许多条目，这日用过早饭以后，他母亲和他妻与一个三周岁的小孩，都到镇中人家去闲谈去

遗
音

了。他独自坐在这里，想要将他的教育思想，趁着这一天的闲功夫，慢慢的写出。

他坐在一把竹椅子上，排好了书籍，铺正了稿纸，方要拿笔来写，但只是觉得身上陡的冷了一阵，觉得从窗隙钻进来的风使他心战；头上痛了一会子，不舒服得很！他不知怎的，把着一支毛笔，只是望着对面绿色刷的壁上挂的五年前自己照的像片发呆。那张像片，虽是装在镜框里，然五年以来，片上的颜色，已有些陈旧，隔了一层细尘，更显得有些模糊，就象他的生活一年比一年暗淡一样。他看着像片框子上嵌镶的花纹，弯曲而美丽，象那一点曲线里，也藏着一个生命的小影在里面流转一般。他想这必是一个有名的美术家的作品，他不禁微微地叹了一口气，自己寻思，这就是一个人的精神剩余吗？想到这里，低头看看一张草稿上，仍然没写上一个字，便很勉强地拔出笔，向纸上很抖战的写了"性欲"两个字。那知这支笔尖，早是秃了半截，写得认不清楚。他很愁闷的将笔往案上一掷，心里宛同有块石头塞住了似的，渐渐地立起来，抽开书案下层的抽屉，拣了半天，方拣出一支笔来，又一翻检，他不禁很惊讶皇急的说出一个："咳！……"字来，这个音由他喉中叹出，然而非常急促而沉重。他静默无语，拿出一张硬纸红字的美丽信片，用尽目力去注视。室中一点声浪没有，只是两只云雀，在窗外的细竹枝子上，一递一声的娇鸣。

信片虽是保存的非常严密，而红色的字迹，经过几年的空气侵蚀，也将颜色褪得淡了许多。他这时无意中将这个信片找出，便使他靠在椅背上，几乎全身都没得丝毫气力。原来那张信片里，藏了许多热烈而沉挚的泪、爱和不幸的命运，以及生活的幻影。也就是他的情海中的一层波纹，是他永不能忘记的波纹。

他呆呆地看了一会，很没气力地将那信片轻轻放在案上，自己想道：这是她最后的遗音了！这是她最后的遗音了！却再也不能够想起别的事情来。无意中将刚由抽屉里找出来的那支新笔，掉在地上，他便俯着身子拾起来，一抬头含着泪痕的眼光，与那壁上挂的像片接触着，猛然又想起是五年半的光阴了！那时这张像片，比较现在的面色，却不同得多，宛同她这纸最后遗音是当年一样鲜明的颜色，少年的容貌，都一年一年地暗淡消失了！而生活的兴味，也一年一年地减去了！环境的变迁，真快呀！……他想到这里，那很细琐很杂乱的前事，都如电影片子，一次一次地在他的脑子中映现而颤动了。

他想：他自从在学校毕业的那一个月里他父亲死在银行的会计室中，他本来可以再升学的，但那时不能有希望了。他父亲死了，家中又没有什么收入，他有个姊姊，有四十多岁身体很不康健的母亲，不能不离去学校，谋一家人的生计。于是他便由一个朋友的介绍，往一个极小的外县的农村里，充当一所女子高等小学校的历史国文教员。那时他刚二十一岁，然而他在学校里，成绩既好，性情又和蔼，所以人家很信任他。他记得第一次由家里去到这个远地的农村学校的时候，他母亲和姊姊在门首送他，他母亲，逆着很劲烈的北风，咳嗽了几声，及至咳完，眼中早含着满眶的泪痕。他姊姊替他将外衣披好，一断一续的似乎说："兄弟，你现在要出去作事了，第一次的作事，身体也不……要劳着！免得……妈……老远的纪念着！……"这几句话没说完，一阵风就将他姊姊的话咽回去了。

他想到这种念头，记起他自小时最亲爱的姊姊来，可是他姊姊已经同她的丈夫到北方去了，远隔着几千里的路程呢！

他在那个极僻陋的农村子里，作一个月二十元的教员，却平平的过了一个年头，第二年他姊姊同他母亲也因为家中生活困难，便也搬来同他住在一处，后来他姊姊就同他的一个同事结了婚。

他想了这一些往事，便用手点着那张信片的拆角，心里很酸楚地想："我若不遇见你，我的精神当没有一点反腾，可是啊！你是一个乡村中天真活泼而自然的女孩子，设使我不到那里去，你也可以很安贴的作一个无知无识的乡村妇人，到现在，在你的平静家庭里，安享点幸福，不比着飘零受苦好得多吗！"

他回忆在那个农村里与她无意中相遇见的时候，是在他到那里第二年的二月里。有一天下午，校中的女学生，都散学走了，他拿了一本诗集，穿了短衣，出了村子，就在河岸上一个桃树林子里，坐在草地上读去。那时桃花，已经有一半是开好了，红色和白色相间，烂漫得实在可爱，他检看书籍，精神极愉快，头发蓬着，从花影中现出了他的面貌。河滩里一群男女孩子，在那里游戏，她从山里采了一筐子茶芽，同她的女伴，沿着河岸走来，恰巧一个顽皮的孩子，扬起一把沙泥，向空中撒去，于是她的眼眯了，一失足跌在岸旁，触在块石头上，便晕去了。小孩子吓得跑了，她的女伴，都是十六七岁的女子，也急得在那里一齐乱喊，有的哭了。他看见了，便走去帮着她们将她用人工救急法治醒了。不多时她的寡母也来了，便扶她回去，向着他道谢了好多话，请明天到她家里去。他这时第一次认识她，他是第一次看见她清秀美丽的面庞，神光很安静的眼睛，便给他留下了一个不可洗刷的印象，在他脑子里。她们走了，日影也落到河水的沙底里去了，他只是看着撒下的碧绿鲜嫩的茶芽凝想。

自此以后，他在这个乡村里，便得了一种有兴趣而愉快的新生活。她是这乡村中很穷苦的女子，她比他小了四岁，她的家庭，就是她母亲和她，是村中人口最少的家庭。她是天然的美丽，天然的聪明，而又有丰厚而缠绵的感情。她的言词见解，处处都能见出她是天真未凿的女子。她每与他作种种谈话，都带了诗人的神思，她实在是自然的好女子。她母亲以诚恳的态度对他，不过她家中非常清苦，他去时只可坐在她那后园里桑树阴下的石头上，饮着很苦而颜色极浓的茶。

她识得几个字，又加上他的指教，不到半年工夫，他便将她介绍到学校一年级里去读书。但她还是有暇便去采茶，饲蚕，纺织，作针线，去补助她家的生活，他每月给她几元钱的补助，但是别人都不知道。

她读书的天资，别的女孩子都赶不上，他也非常喜欢，于是一年的光阴，由温和的春日，到了年末。她的智识已经增加了许多，可是她那烂漫天真的性格，却依然如旧。在这一年中，算是她与他最安慰而快乐的一年了！他在这一天一天的光阴里过去，他只觉得似乎是在甜蜜与醇醪中度过。因为他们的灵魂，早已作了精神的接触，便于无意中享得了恋爱的滋味，这是他到了现在，方悟过来。那时只知是彼此的精神情绪，都十分安慰罢了！

他回想了半天，想到那时，他与她游泳于自然的爱河中的愉快，到如今还象就在昨天，或是刚才的事一般。但他又记起由喜剧而变为悲剧的情况，悲剧开幕的原因，即在她母亲的死。

她母亲自青年便受了情绪与生活的失调和压迫，早种下了肺结核的病根，这几年来虽然看着她自己的爱女，渐渐大了，长的美丽，又有智识，又因得了他的助力，心上也比从前放宽了些。但是她的身体，究竟枯弱极了，便在她女儿入校读书的第二年四月里死去了！她家里没有余钱，更没个人帮助，她哭得几次晕昏过去，幸得他姊姊同他去劝慰，他省了一个月的薪水，方得将她母亲殓葬。然而她成了孤女了！他的姊姊又恰在这时，随他的姊夫到别处去了。他与他母亲商好，便将她搬到他家去住着。她终日里长是哭泣，他母亲也非常的可怜她，究竟是有些防嫌的意思，他觉得了，她又不是蠢笨的女子，自然也明白，更是终日自觉不安，所以他们自从经过这番变动以后，除了在学校以外，形式上更是疏远，而他们的精神上，却彼此都添了一层说不出的奇异而恐惧的感觉！

这个乡村的人，是非常尊重旧道德的，虽有女子学校，也是不得已方请了几个男教员。他是很纯洁而诚笃的，所以自到这里，无论是农夫啊，私塾的老学究啊，对于他没有什么恶意。但自从他将她介绍到女校里去念书，有些人便不以为然，不过还没有公然的反对；自她母亲死后，经此一番变动，村子里便造出许多的谣言来，说他两个人，尤其以乡村妇女为甚。她们都向他的母亲乱说，他母亲更是着急，那时女学生也不大去听他的教授了，于是村中的校董，便着急起来，直接将他的职务辞掉，他遂不能继续在这个村子生活。但他却也不以为意，商同母亲愿同她一同回到别地方去谋生活去，不料他话还没说完，他母亲便给他几句极坚决的话道："你自幼时，你父亲便已为你订过婚的，现在你为她竟然丢了职务，也好！我就趁此机会，去回家去与你完婚，……再打算法子，……她……你不必有什么思想！……"

这突如其来的打击，他与她生命之花的打击，使他昏了半天！原来他在高小学校的时候，他的父母，便看好一个亲戚的姑娘，就暗地里将婚定妥，因他素来主张婚姻自由，所以直到他父亲死后，他当了教员，他母亲才将这个消息说与他知道。他这时方明白他母亲虽是爱惜她，却防闲她的原因，他这时看见婚书，聘礼，摆满了一桌子，——他母亲给他的证明——他心里直觉得一口口的凉气，渗透了肺腑，可是他不能舍弃了他母亲，更不能毁了这个婚约。他觉着这时什么思想也没有，只是身子摇摆不定，手足都没点气力。后来她进来了，看明白了，他与他母亲的情形，都在她聪明而有定力的眼光里，她乍一见时，有一叠泪波，在眼里作了一个红晕，即时便现出满脸的笑容。和他母亲看戒指问名字，还忙着给他贺喜，他也不明白她是什么意思，便很悲酸而战栗的倒在床上。

这一下午，他这个小小家庭里，异常清寂，她在屋子里写了半天的信件，晚饭后，便亲往邮局去了。他呢，痴痴地趁着月明下弦的残光，披件夹衫，步出村子，到树林子里依着树，细细地寻思。但是他的寻思，很杂乱，不晓得怎样方好！

末后，她也来了，星光暗淡下，嗅着林中野蔷薇的香味与自然的夜气，两个人互握着手立着，总觉得彼此的手指，都是有同速率的颤动，而各人手腕上的脉搏，跳的也越发急促。他们这时却不能说一句什么话，也不知是酸是苦，觉得前途有一重黑而深覆的幕，将要落下来了！他们这样悲凄的静默，约有四十多分钟的功夫，后来还是她用极凄咽的音说出了一种忍心而坚决的话，这话他现在回思，象当时她在耳边梳着双髻呜咽地在他肩头上，说的一般清楚。可是他这时已没有勇力再去追想。但记得她末后说的几句话是："不能在你家了！……我要赴都会里谋生活去，……这村子的人都拿我，……无耻，……那封信，是寄与我一个表姊的，……她是在那边当保姆教员，……但是我不！……永不！……订……婚！……也不……愿你……还记！"……他记得说到这里，两个人便一齐晕倒在草地上了！

以后的事，他也不愿想了。这是明白的事，她竟自独身走了！他也作了恋爱的牺牲者了！结过婚了！他这位用红丝系定的妻，也是高等女学校毕过业的学生，性情才貌都很与他相配。若使他未曾经过那番情海的波纹，也没有什么。但是他自此以后，虽她——他的妻——对他，都极美满的爱情，他终是觉得心里有个东西成日里刺着作疼。一年一年地过去了，他起初和她通过几次信，可是她来信总是些泛泛的平常话，对于过去的事迹，却一句也不提及了！后来他充当了江边市镇学校的主任教员，她便寄这一张最后的遗音与他，说她近在某公司里充当打字生，——但不知是那个公司——后面她说她现在立誓不与男子通信，情愿一辈子过这种流浪生涯，并他也往后不再通信，即去见她，她也绝不愿再见他，她说他的小影，早已嵌住在她的心头，从此就算永没有关系！她这封信，连个地址也不写上，他一连写了几封沉痛的信，往她的旧地址寄去却是没见一个回字。他为她到过那个都会两次，却没找到一点关于她的消息。

遗
音

过了二三年,他有了个小孩子,生活上不能抛了职务,家庭上也多了牵累,他与他妻子的爱情,在长日融洽里,不知不觉地比初婚时增加了好些,但他心头上的痛苦终难除去!

他这半日的回思使他少年的热泪,湿透了那张最厚的信片,泪痕渗在红钢笔写出的字迹上,宛同血一般的鲜艳。

二点钟三点钟四点钟也快过了,他坐在竹椅上,也不起立,也不动作,草稿上还只是有很草率而不清楚的两个"性欲"的大字。

日影渐渐落下去了,风声渐渐息了,一对娇鸣的云雀也拍着翅儿,回他们的窠巢去了,但他这个伤心梦影,却永没有醒回的一日!

院子的外门响了,他的妻穿了一身极雅淡的衣裙,抱着三岁的孩子,孩子手里弄着一支白菊花,嬛娜地从枯尽叶子的藤萝架下走进来。他们进屋来了。那小孩子呀呀道:"爸爸! ……爸爸……一朵花呢! ……"说着便将鲜嫩的小手,向空中一扑,将花丢在他的膝上。他这才醒悟过来,将那封最后的遗音,往抽屉中一丢,猛回头,却见他妻看了看草稿上"性欲"二字,朝着他从微红的腮窝里现出了一点微微的笑容。

一九二一年三月

(选自《王统照文集》第一卷,山东人民出版社 1980 年版)

缀网劳蛛（存目）

许地山

　　《缀网劳蛛》是短篇小说集，于 1922 年发表，由百花文艺出版社出版。讲述童养媳尚洁逃离婆家后与长孙可望结为夫妻，后遭遗弃，到马来半岛独自为生。长孙知错，将尚洁接回，自己则去槟榔屿赎罪。作品具有浓郁的宗教色彩和异域情调。

　　主人公尚洁是童养媳，逃离婆家，同曾帮助过她的可望结婚，但他们之间并没有真正的爱情。尚洁出于慈悲之心搭救受伤的盗贼，遭到丈夫的妒忌而被刺伤。丈夫要与她离婚，她只身到土华岛，内心坦然，过着自食其力的生活。尚洁对此并不感到多大痛苦，她认为命运的偃塞和亨通，对于生活并没有多大关系，犹如被虫蛀伤的花朵，剩余的部分，仍会开得很好看。丈夫在牧师的启迪下，夫妇重归于好。丈夫到海岛受苦偿过，她也不挽留，心情依旧坦然，过着安闲宁静的生活。别人都为她高兴，她也并不感到格外的兴奋，她对人生有自己的看法。她认为："我像蜘蛛，命运就是我的网，人不能完全掌握自己的命运，反而会受到偶然的外力的影响。当蜘蛛第一次放出游丝时，不晓得会被风吹到多远，吹到什么地方，或者粘到雕梁画栋上，或者粘到断垣颓井上，便形成了自己的网。网成之后，又不知什么时候会被外力所毁坏，所以人对于自己命运的偃塞和亨通，不必过分懊恼和欢欣，只要顺其自然，知命达观即可。等到网被破坏时，就安然地藏起来，等机会再缀一个好的。""我像蜘蛛，命运就是我的网。""所有的网都是自己组织得来，或完或缺，只能听其自然罢了。"这种充满佛家思想的人生哲学，充分显示了人世的苦难和安分随时，安于命运和在心理上战胜命运的人生态度。

潘先生在难中

叶圣陶

一

车站里挤满了人，各有各的心事，都现出异样的神色。脚夫的两手插在号衣的口袋里，睡着一般地站着；他们知道可以得到特别收入的时间离得还远，也犯不着老早放出精神来。空气沉闷得很，人们略微感到呼吸受压迫，大概快要下雨了。电灯亮了一会了，仿佛比平时昏黄一点儿，望去好像一切的人物都在雾里梦里。

揭示处的黑漆板上标明西来的快车须迟到四点钟。这个报告在几点钟以前早就叫人家看熟了，现在便同风化了的戏单一样，没有一个人再望它一眼。像这种报告，在这一个礼拜里，几乎每天每趟的行车都有；大家也习以为当然了。

不知几多人心系着的来车居然到了，闷闷的一个车站就一变而为扰扰的境界。来客的安心，候客者的快意，以及脚夫的小小发财，我们且都不提。单讲一位从让里来的潘先生。他当火车没有驶进月台之先，早已安排得十分周妥：他领头，右手提着个黑漆皮包，左手牵着个七岁的孩子；七岁的孩子牵着他哥哥（今年九岁），哥哥又牵着他母亲。潘先生说人多照顾不齐，这么牵着，首尾一气，犹如一条蛇，什么地方都好钻了。他又屡次叮嘱，叫大家握得紧紧，切勿放手；尚恐大家万一忘了，又屡次摇荡他的左手，意思是叫把这警告打电报一般一站一站递过去。

首尾一气诚然不错，可是也不能全然没有弊病。火车将停时，所有的客人和东西都要涌向车门，潘先生一家的那条蛇就有点儿尾大不掉了。他用黑漆皮包做前锋，胸腹部用力向前抵，居然进展到距车门只两个窗洞的地位。但是他的七岁的孩子还在距车门四个窗洞的地方，被挤在好些客人和座椅之间，一动不能动；两臂一前一后，伸得很长，前后的牵引力都很大，似乎快要把胳臂拉了去的样子。他急得直喊，"啊！我的胳臂！我的胳臂！"

一些客人听见了带哭的喊声，方才知道腰下挤着个孩子；留心一看，见他们四个人一串，手联手牵着。一个客人呵斥道，"赶快放手；要不然，把孩子拉做两半了！"

"怎么的，孩子不抱在手里！"又一个客人用鄙夷的声气自语，一方面他仍注意在攫得向前行进的机会。

"不，"潘先生心想他们的话不对，牵着自有牵着的妙用；再转一念，妙用岂是人人能够了解的,向他们辩白,也不过徒费唇舌,不如省些精神吧:就把以下的话咽了下去。而七岁的孩子还是"胳臂!胳臂!"喊着。潘先生前进后退都没有希望,只得自己失约,先放了手,随即惊惶地发命令道,"你们看着我!你们看着我!"

车轮一顿,在轨道上站定了;车门里弹出去似地跳下了许多人。潘先生觉得前头松动了些;但是后面的力量突然增加,他的脚作不得一点主,只得向前推移;要回转头来招呼自己的队伍,也不得自由,于是对着前面的人的后脑叫喊,"你们跟着我!你们跟着我!"

他居然从车门里被弹出来了。旋转身子一看,后面没有他的儿子同夫人。心知他们还挤在车中,守住车门老等总是稳当的办法。又下来了百多人,方才看见脚踏上人丛中现出七岁的孩子的上半身,承着电灯光,面目作哭泣的形相。他走前去,几次被跳下来的客人冲回,才用左臂把孩子抱了下来。再等了一会,潘师母同九岁的孩子也下来了;她吁吁地呼着气,连喊"哎唷,哎唷",凄然的眼光相着潘先生的脸,似乎要求抚慰的孩子。

潘先生到底镇定,看见自己的队伍全下来了,重又发命令道,"我们仍旧像刚才一样联起来。你们看月台上的人这么多,收票处又挤得厉害,要不是联着,就走散了!"

七岁的孩子觉得害怕,拦住他的膝头说,"爸爸,抱。"

"没用的东西!"潘先生颇有点儿愤怒,但随即耐住,蹲下身子把孩子抱了起来。同时关照大的孩子拉着他的长衫的后幅,一手要紧紧牵着母亲,因为他自己两只手都不空了。

潘师母从来不曾受过这样的困累,好容易下了车,却还有可怕的拥挤在前头,不禁发怨道,"早知道这样子,宁可死在家里,再也不要逃难了!"

"悔什么!"潘先生一半发气,一半又觉得怜惜。"到了这里,懊悔也是没用。并且,性命到底安全了。走吧,当心脚下。"于是四个一串向人丛中蹒跚地移过去。

一阵的拥挤,潘先生像在梦里似的,出了收票处的隘口。他仿佛急流里的一滴水滴,没有回旋转侧的余地,只有顺着大家的势,脚不点地地走。一会儿已经出了车站的铁栅栏,跨过了电车轨道,来到水门汀的人行道上。慌忙地回转身来,只见数不清的给电灯光耀得发白的面孔以及数不清的提箱与包裹,一齐向自己这边涌来,忽然觉得长衫后幅上的小手没有了,不知什么时候放了的;心头怅惘到不可言说,只是无意识地把身子乱转。转了几回,一丝踪影也没有。家破人亡之感立时袭进他的心,禁不住渗出两滴眼泪来,望出去电灯人形都有点儿模糊了。

幸而抱着的孩子眼光敏锐，他瞥见母亲的疏疏的额发，便认识了，举起手来指点着，"妈妈，那边。"

潘先生一喜；但是还有点儿不大相信，眼睛凑近孩子的衣衫擦了擦，然后望去。搜寻了一会，果然看见他的夫人呆鼠一般在人丛中瞎撞，前面护着那大的孩子，他们还没跨过电车轨道呢。他便向前迎上去，连喊"阿大"，把他们引到刚才站定的人行道上。于是放下手中的孩子，舒畅地吐一口气，一手抹着脸上的汗说，"现在好了!"的确好了，只要跨出那一道铁栅栏，就有人保险，什么兵火焚掠都遭逢不到；而已经散失的一妻一子，又幸运得很，一寻即着：岂不是四条性命，一个皮包，都从毁灭和危难之中捡了回来么？ 岂不是"现在好了"？

"黄包车!"潘先生很入调地喊。

车夫们听见了，一齐拉着车围拢来，问他到什么地方。

他稍微昂起了头，似乎增加了好几分威严，伸出两个指头扬着说，"只消两辆! 两辆!"他想了一想，继续说，"十个铜子，四马路，去的就去!"这分明表示他是个"老上海"。

辩论了好一会，终于讲定十二个铜子一辆。潘师母带着大的孩子坐一辆，潘先生带着小的孩子同黑漆皮包坐一辆。

车夫刚要拔脚前奔，一个背枪的印度巡捕一条胳臂在前面一横，只得缩住了。小的孩子看这个人的形相可怕，不由得回过脸来，贴着父亲的胸际。

潘先生领悟了，连忙解释道，"不要害怕，那就是印度巡捕，你看他的红包头。我们因为本地没有他，所以要逃到这里来；他背着枪保护我们。他的胡子很好玩的，你可以看一看，同罗汉的胡子一个样子。"

孩子总觉得怕，便是同罗汉一样的胡子也不想看。直到听见当当的声音，才从侧边斜睨过去，只见很亮很亮的一个房间一闪就过去了；那边一家家都是花花灿灿的，灯点得亮亮的，他于是不再贴着父亲的胸际。

到了四马路，一连问了八九家旅馆，都大大的写着"客满"的牌子；而且一望而知协商也没用，因为客堂里都搭起床铺，可知确实是住满了。最后到一家也标着"客满"，但是一个伙计懒懒地开口道，"找房间么？"

"是找房间，这里还有么？"一缕安慰的心直透潘先生的周身，仿佛到了家似的。

"有是有一间，客人刚刚搬走，他自己租了房子了。你先生若是迟来一刻，说不定就没有了。"

"那一间就归我们住好了。"他放了小的孩子，回身去扶下夫人同大的孩子来，说，"我们总算运气好，居然有房间住了!"随即付车钱，慷慨地照原价加上一个铜子；他相信运气好的时候多给人一些好处，以后好运气会连续而来的。但是车夫偏不知足,说跟着他们回来回去走了这多时,非加上五个铜子不可。结果旅馆里的伙计出来调停,潘先生又多破费了四个铜子。

这房间就在楼下,有一张床,一盏电灯,一张桌子,两把椅子,此外就只有烟雾一般的一房间的空气了。潘先生一家跟着茶房走进去时,立刻闻到刺鼻的油腥味,中间又混着阵阵的尿臭。潘先生不快地自语道,"讨厌的气味!"随即听见隔壁有食料投下油锅的声音,才知道那里是厨房。再一想时,气味虽讨厌,究比吃枪子睡露天好多了;也就觉得没有什么,舒舒泰泰地在一把椅子上坐下。

"用晚饭吧?"茶房放下皮包回头问。

"我要吃火腿汤淘饭,"小的孩子咬着指头说。

潘师母马上对他看个白眼,凛然说,"火腿汤淘饭! 是逃难呢,有得吃就好了,还要这样那样点戏!"

大的孩子也不知道看看风色,央着潘先生说,"今天到上海了,你给我吃大菜。"

潘师母竟然发怒了,她回头呵斥道,"你们都是没有心肝的,只配什么也没得吃,活活地饿……"

潘先生有点儿窘,却作没事的样子说,"小孩子懂得什么。"便吩咐茶房道,"我们在路上吃了东西了,现在只消来两客蛋炒饭。"

茶房似答非答地一点头就走,刚出房门,潘先生又把他喊回来道,"带一斤绍兴,一毛钱熏鱼来。"

茶房的脚声听不见了,潘先生舒快地对潘师母道,"这一刻该得乐一乐,喝一杯了。你想,从兵祸凶险的地方,来到这绝无其事的境界,第一件可乐。刚才你们忽然离开了我,找了半天找不见,真把我急死了;倒是阿二乖觉(他说着,把阿二拖在身边,一手轻轻地拍着),他一眼便看见了你,于是我迎上来,这是第二件可乐。乐哉乐哉,陶陶酌一杯。"他作举杯就口的样子,迷迷地笑着。

潘师母不响,她正想着家里呢。细软的虽然已经装在皮箱里,寄到教堂里去了,但是留下的东西究竟还不少。不知王妈到底可靠不可靠;又不知隔壁那家穷人家有没有知道他们一家都出来了,只剩个王妈在家里看守;又不知王妈睡觉时,会不会忘了关上一扇门或是一扇窗。她又想起院子里的三只母鸡,没有完工的阿二的裤子,厨房里的一碗白煨鸭……真同通了电一般,一刻之间,种种的事情都涌上心头,觉得异样地不舒服;便叹口气道,"不知弄到怎样呢!"

两个孩子都怀着失望的心情,茫昧地觉得这样的上海没有平时父母嘴里的上海来得好玩而有味。

疏疏的雨点从窗外洒进来,潘先生站起来说,"果真下雨了,幸亏在这时候下,"就把窗子关上。突然看见原先给窗子掩没的旅客须知单,他便想起一件顶紧要的事情,一眼不眨地直望那单子。

"不折不扣,两块!"他惊讶地喊。回转头时,眼珠瞪视着潘师母,一段舌头从嘴里伸了出来。

二

第二天早上,走廊中茶房们正蜷在几条长凳上熟睡,狭得只有一条的天井上面很少有晨光透下来,几许房间里的电灯还是昏黄地亮着。但是潘先生夫妇两个已经在那里谈话了;两个孩子希望今天的上海或许比昨晚的好一点,也醒了一会儿,只因父母教他们再睡一会,所以还躺在床上,彼此呵痒为戏。

"我说你一定不要回去,"潘师母焦心地说。"这报上的话,知道它靠得住靠不住的。既然千难万难地逃了出来,哪有立刻又回去的道理!"

"料是我早先也料到的。顾局长的脾气就是一点儿不肯马虎。'地方上又没有战事,学自然照常要开的,'这句话确然是他的声口。这个通信员我也认识,就是教育局里的职员,又哪里会靠不住? 回去是一定要回去的。"

"你要晓得,回去危险呢!"潘师母凄然地说。"说不定三天两天他们就会打到我们那地方去,你就是回去开学,有什么学生来念书? 就是不打到我们那地方,将来教育局长怪你为什么不开学时,你也有话回答。你只要问他,到底性命要紧还是学堂要紧? 他也是一条性命,想来决不会对你过不去。"

"你懂得什么!"潘先生颇怀着鄙薄的意思。"这种话只配躲在家里,伏在床角里,由你这种女人去说;你道我们也说得出口! 你切不要拦阻我(这时候他已转为抚慰的声调),回去是一定要回去的;但是包你没有一点儿危险,我自有保全自己的法子。而且(他自喜心思灵敏,微微笑着),你不是很不放心家里的东西么? 我回去了,就可以自己照看,你也能定心定意住在这里了。等到时局平定了,我马上来接你们回去。"

潘师母知道丈夫的回去是万无挽回的了。回去可以照看东西固然很好;但是风声这样紧,一去之后,犹如珠子抛在海里,谁保得定必能捞回来呢! 生离死别的哀感涌上心头,她再不敢正眼看她的丈夫,眼泪早在眼角边偷偷地想跑出来了。她又立刻想起这个场面不大吉利,现在并没有什么不好的事情,怎么能凄惨地流起眼泪来。于是勉强忍住眼泪,聊作自慰的请求道,"那么你去看看情形,假使教育局长并没有照常开学这句话,要是还来得及,你就搭了今天下午的车来,不然,搭了明天的早车来。你要知道(她到底忍不住,一滴眼泪落在手背,立刻在衫子上擦去了),我不放心呢!"

潘先生心里也着实有点烦乱,局长的意思照常开学,自己万无主张暂缓开学之理,回去当然是天经地义,但是又怎么放得下这里! 看他夫人这样的依依之情,断然一走,未免太没有恩义。又况一个女人两个孩子都是很懦弱的,一无依傍,寄住在外边,怎能断言决没有意外?他这样想时,不禁深深地发恨:恨这人那人调兵遣将,预备作战,恨教育局长主张照常开课,又恨自己没有个已经成年,可以帮助一臂的儿子。

但是他究竟不比女人,他更从利害远近种种方面着想,觉得回去终于是天经地义。便把恼恨搁在一旁,脸上也不露一毫形色,顺着夫人的口气点头道,"假若打听明白局长并没有这个意思,依你的话,就搭了下午的车来。"

两个孩子约略听得回去和再来的话,小的就伏在床沿作娇道,"我也要回去。"

"我同爸爸妈妈回去,剩下你独个儿住在这里,"大的孩子扮着鬼脸说。

小的听着,便迫紧喉咙叫唤,作啼哭的腔调,小手擦着眉眼的部分,但眼睛里实在没有眼泪。

"你们都跟着妈妈留在这里,"潘先生提高了声音说。"再不许胡闹了,好好儿起来等吃早饭吧。"说罢,又嘱咐了潘师母几句,径出雇车,赶往车站。

模糊地听得行人在那里说铁路已断火车不开的话,潘先生想,"火车如果不开,倒死了我的心,就是立刻免职也只得由他了。"同时又觉得这消息很使他失望;又想他要是运气好,未必会逢到这等失望的事,那么行人的话也未必可靠。欲决此疑,只希望车夫三步并作一步跑。

他的运气果然不坏,赶到车站一看,并没有火车不开的通告;揭示处只标明夜车要迟四点钟才到,这时候还没到呢。买票处绝不拥挤,时时有一两个人前去买票。聚集在站中的人却不少,一半是候客的,一半是来看看的,也有带着照相器具的,专等夜车到时摄取车站拥挤的情形,好作《风云变幻史》的一页。行李房满满地堆着箱子铺盖,各色各样,几乎碰到铅皮的屋顶。

他心中似乎很安慰,又似乎有点儿怅惘,顿了一顿,终于前去头了一张三等票,就走入车厢里坐着。晴明的阳光照得一车通亮,可是不嫌燠热;坐位很宽舒,勉强要躺躺也可以。他想,"这是难得逢到的。倘若心里没有事,真是一趟愉快的旅行呢。"

这趟车一路耽搁,听候军人的命令,等待兵车的通过。开到让里,已是下午三点过了。潘先生下了车,急忙赶到家,看见大门紧紧关着,心便一定,原来昨天再四叮嘱王妈的就是这一件。

扣了十几下,王妈方才把门开了。一见潘先生,出惊地说,"怎么,先生回来了!不用逃难了么?"

潘先生含糊回答了她;奔进里面四周一看,便开了房门的锁,直闯进去上下左右打量着。没有变更,一点没有变更,什么都同昨天一样。于是他吊起的半个心放下来了。还有半个心没放下，便又锁上房门，回身出门；吩咐王妈道，"你照旧好好把门关上了。"

王妈摸不清头绪，关了门进去只是思索。她想主人们一定就住在本地，恐怕她也要跟去，所以骗她说逃到上海去。"不然，怎么先生又回来了？ 奶奶同两个孩子不同来，又躲在什么地方呢？ 但是，他们为什么不让我跟去？ 这自然嫌得人多了不好。——他们一定就住在那洋人的红房子里，那些兵都讲通的，打起仗来不打那红房子。——其实就是老实告诉我，要我跟去，我也不高兴去呢。我在这里一点儿不怕；如果打仗打到这里来，反正我的老衣早就做好了。"她随即想起甥女儿送她的一双绣花鞋真好看，穿了那双鞋上西方，阎王一定另眼相看；于是她感到一种微妙的舒快，不再想主人究竟在哪里的问题。

潘先生出门，就去访那当通信员的教育局职员，问他局长究竟有没有照常开学的意思。那人回答道，"怎么没有？ 他还说有些教员只顾逃难，不顾职务，这就是表示教育的事业不配他们干的；乘此淘汰一下也是好处。"潘先生听了，仿佛觉得一凛；但又赞赏自己有主意，决定从上海回来到底是不错的。一口气奔到自己的学校里，提起笔来就起草送给学生家属的通告。通告中说兵乱虽然可虑，子弟的教育犹如布帛菽粟，是一天一刻不可废弃的，现在暑假期满，学校照常开学。从前欧洲大战的时候，人家天空里布着御防炸弹的网，下面学校里却依然在那里上课：这种非常的精神，我们应当不让他们专美于前。希望家长们能够体谅这一层意思，若无其事地依旧把子弟送来：这不仅是家庭和学校的益处，也是地方和国家的荣誉。

他起好草稿，往复看了三遍，觉得再没有可以增损，局长看见了，至少也得说一声"先得我心"。便得意地誊上蜡纸，又自己动手印刷了百多张，派校役向一个一个学生家里送去。公事算是完毕，开始想到私事；既要开学，上海是去不成了，他们母子三个住在旅馆里怎么挨得下去！但也没有办法，唯有教他们一切留意，安心住着。于是蘸着刚才的残墨写寄与夫人的信。

下一天，他从茶馆里得到确实的信息，铁路真个不通了。他心头突然一沉，似乎觉得最亲热的一妻两儿忽地乘风飘去，飘得很远，几乎至于渺茫。没精没采地踱到学校里，校役回报昨天的使命道，"昨天出去送通告，有二十多家关上了大门，打也打不开，只好从门缝里塞进去。有三十多家只有佣人在家里，主人逃到上海去了，孩子当然跟了去，不一定几时才能回来念书。其余的都说知道了；有的又说性命还保不定安全，读书的事再说吧。"

"哦，知道了。"潘先生并不留心在这些上边，更深的忧虑正萦绕在他的心头。他抽完了一支烟卷以后，应走的路途决定了，便赶到红十字会分会的办事处。

他缴纳会费愿做会员；又宣称自己的学校房屋还宽敞，愿意作为妇女收容所，到万一的时候收容妇女。这是慈善的举措，当然受热诚的欢迎，更兼潘先生本来是体面的大家知道的人物。办事处就给他红十字的旗子，好在学校门前张起来；又给他红十字的徽章，标明他是红十字会的一员。

潘先生接旗子和徽章在手，像捧着救命的神符，心头起一种神秘的快慰。"现在什么都安全了！但是……"想到这里，便笑向办事处的职员道，"多给我一面旗，几个徽章罢。"他的理由是学校还有个侧门，也得张一面旗，而徽章这东西太小巧，恐怕偶尔遗失了，不如多备几个在那里。

办事员同他说笑话，这东西又不好吃的，拿着玩也没有什么意思，多拿几个也只作一个会员，不如不要多拿吧。但是终于依他的话给了他。

两面红十字旗立刻在新秋的轻风中招展，可是学校的侧门上并没有旗，原来移到潘先生家的大门上去了。一个红十字徽章早已缀上潘先生的衣襟，闪耀着慈善庄严的光，给与潘先生一种新的勇气。其余几个呢，重重包裹，藏在潘先生贴身小衫的一个口袋里。他想，"一个是她的，一个是阿大的，一个是阿二的。"虽然他们远处在那渺茫难接的上海，但是仿佛给他们加保了一重险，他们也就各各增加一种新的勇气。

三

碧庄地方两军开火了。

让里的人家很少有开门的，店铺自然更不用说，路上时时有兵士经过。他们快要开拔到前方去，觉得最高的权威附灵在自己身上，什么东西都不在眼里，只要高兴提起脚来踩，都可以踩做泥团踩做粉。这就来了拉夫的事情：恐怕被拉的人乘隙脱逃，便用长绳一个联一个拴着胳臂，几个弟兄在前，几个弟兄在后，一串一串牵着走。因此，大家对于出门这件事都觉得危惧，万不得已时，也只从小巷僻路走，甚至佩着红十字徽章如潘先生之辈，也不免怀着戒心，不敢大模大样地踱来踱去。于是让里的街道见得又清静又宽阔了。

上海的报纸好几天没来。本地的军事机关却常常有前方的战报公布出来，无非是些"敌军大败，我军进展若干里"的话。街头巷尾贴出一张新鲜的战报时，也有些人慢慢聚集拢来，注目看着。但大家看罢以后依然不能定心，好似这布告背后还有许多话没说出来，于是怅怅地各自散了，眉头照旧皱着。

这几天潘先生无聊极了。最难堪的，自然是妻儿远离，而且消息不通，而且似乎有永远难通的朕兆。次之便是自身的问题，"碧庄冲过来只一百多里路，这徽章虽说有用处，可是没有人写过笔据，万一没有用，又向谁去说话？——枪子炮弹劫掠放火都是真家伙，不是耍的，到底要多打听多走门路才行。"他于是这里那里探听前方的消息，只要这消息与外间传说的不同，便觉得真实的成分越多，即根据着盘算对于自身的利害。街上如其有一个人神色仓皇急忙行走时,他便突地一惊,以为这个人一定探得确实而又可怕的消息了;只因与他不相识,"什么!"一声就在喉际咽住了。

红十字会派人在前方办理救护的事情,常有人搭着兵车回来,要打听消息自然最可靠了。潘先生虽然是个会员,却不常到办事处去探听,以为这样就是对公众表示胆怯,很不好意思。然而红十字会究竟是可以得到真消息的机关,舍此他求未免有点傻,于是每天傍晚到姓吴的办事员家里去打听。姓吴的告诉他没有什么,或者说前方抵住在那里,他才透了口气回家。

这一天傍晚,潘先生又到姓吴的家里;等了好久,姓吴的才从外面走进来。

"没有什么吧?"潘先生急切地问。"照布告上说,昨天正向对方总攻击呢。"

"不行,"姓吴的忧愁地说;但随即咽住了,捻着唇边仅有的几根二三分长的髭须。

"什么!"潘先生心头突地跳起来,周身有一种拘牵不自由的感觉。

姓吴的悄悄地回答,似乎防着人家偷听了去的样子,"确实的消息,正安(距碧庄八里的一个镇)今天早上失守了!"

"啊!"潘先生发狂似地喊出来。顿了一顿,回身就走,一壁说道,"我回去了!"

路上的电灯似乎特别昏暗,背后又仿佛有人追赶着的样子,惴惴地,歪斜的急步赶到了家,叮嘱王妈道,"你关着门安睡好了,我今夜有事,不回来住了。"他看见衣橱里有一件绉纱的旧棉袍,当时没收拾在寄出去的箱子里,丢了也可惜;又有孩子的几件布夹衫,仔细看时还可以穿穿;又有潘师母的一条旧绸裙,她不一定舍得便不要它:便胡乱包在一起,提着出门。

"车!车!福星街红房子,一毛钱。"

"哪里有一毛钱的?"车夫懒懒地说。"你看这几天路上有几辆车?不是拼死寻饭吃的,早就躲起来了。随你要不要,三毛钱。"

"就是三毛钱,"潘先生迎上去,跨上脚踏坐稳了,"你也得依着我,跑得快一点!"

"潘先生,你到哪里去?"一个姓黄的同业在途中瞥见了他,站定了问。

"哦,先生,到那边……"潘先生失措地回答,也不辨问他的是谁;忽然想起回答那人简直是多事——车轮滚得绝快,那人决不会赶上来再问,——便缩住了。

红房子里早已住满了人,大都是十天以前就搬来的,儿啼人语,灯火这边那边亮着,颇有点热闹的气象。主人翁见面之后,说,"这里实在没有余屋了。但是先生的东西都寄在这里,也不好拒绝。刚才有几位匆忙地赶来,也因不好拒绝,权且把一间做厨房的厢房让他们安顿。现在去同他们商量,总可以多插你先生一个。"

"商量商量总可以，"潘先生到了家似地安慰。"何况在这样时候。我也不预备睡觉，随便坐坐就得了。"

他提着包裹跨进厢房的当儿，以为自己受惊太利害了，眼睛生了翳，因而引起错觉；但是闭一闭眼睛再睁开来时，所见依然如前，这靠窗坐着，在那里同对面的人谈话，上唇翘起两笔浓须的，不就是教育局长么？

他顿时踌躇起来，已跨进去的一只脚想要缩出来，又似乎不大好。那局长也望见了他，尴尬的脸上故作笑容说，"潘先生，你来了，进来坐坐。"主人翁听了，知道他们是相识的，转身自去。

"局长先在这里了。还方便吧，再容一个人？"

"我们只三个人，当然还可以容你。我们带着席子；好在天气不很凉，可以轮流躺着歇歇。"

潘先生觉得今晚上局长特别可亲，全不象平日那副庄严的神态，便忘形地直跨进去说，"那么不客气，就要陪三位先生过一夜了。"

这厢房不很宽阔。地上铺着一张席子，一个戴眼镜的中年人坐在上面，略微有疲倦的神色，但绝无欲睡的意思。锅灶等东西贴着一壁。靠窗一排摆着三只凳子，局长坐一只，头发梳得很光的二十多岁的人，局长的表弟，坐一只，一只空着。那边的墙角有一只柳条箱，三个衣包，大概就是三位先生带来的。仅仅这些，房间里已没有空地了。电灯的光本来很弱，又蒙上了一层灰尘，照得房间里的人物都昏暗模糊。

潘先生也把衣包放在那边的墙角，与三位的东西合伙。回过来谦逊地坐上那只空凳子。局长给他介绍了自己的同伴，随后说，"你也听到了正安的消息么？"

"是呀，正安。正安失守，碧庄未必靠得住呢。"

"大概这方面对于南路很疏忽，正安失守，便是明证。那方面从正安袭取碧庄是最便当的，说不定此刻已被他们得手了。要是这样，不堪设想！"

"要是这样，这里非糜烂不可！"

"但是，这方面的杜统帅不是庸碌无能的人，他是著名善于用兵的，大约见得到这一层，总有方法抵挡得住。也许就此反守为攻，势如破竹，直捣那方面的巢穴呢。"

"若能这样，战事便收场了，那就好了！——我们办学的就可以开起学来，照常进行。"

局长一听到办学，立刻感到自己的尊严，捻着浓须叹道，"别的不要讲，这一场战争，大大小小的学生吃亏不小呢！"他把坐在这间小厢房里的局促不舒的感觉忘了，仿佛堂皇地坐在教育局的办公室里。

坐在席子上的中年人仰起头来含恨似地说，"那方面的朱统帅实在可恶！这方面打过去，他抵抗些什么，——他没有不终于吃败仗的。他若肯漂亮点儿让了，战事早就没有了。"

"他是傻子，"局长的表弟顺着说，"不到尽头不肯死心的。只是连累了我们，这当儿坐在这又暗又窄的房间里。"他带着玩笑的神气。

潘先生却想念起远在上海的妻儿来了。他不知道他们可安好，不知道他们出了什么乱子没有，不知道他们此刻睡了不曾，抓既抓不到，想象也极模糊；因而想自己的被累要算最深重了，凄然望着窗外的小院子默不作声。

"不知道到底怎么样呢！"他又转而想到那个可怕的消息以及意料所及的危险，不自主地吐露了这一句。

"难说，"局长表示富有经验的样子说。"用兵全在趁一个机，机是刻刻变化的，也许竟不为我们所料，此刻已……所以我们……"他对着中年人一笑。

中年人，局长的表弟同潘先生三个已经领会局长这一笑的意味；大家想坐在这地方总不至于有什么，也各安慰地一笑。

小院子里长满了草，是蚊虫同各种小虫的安适的国土。厢房里灯光亮着，虫子齐飞了进来。四位怀着惊恐的先生就够受用了；扑头扑面的全是那些小东西，蚊虫突然一针，痛得直跳起来。又时时停语侧耳，惶惶地听外边有没有枪声或人众的喧哗。睡眠当然是无望了，只实做了局长所说的轮流躺着歇歇。

下一天清晨，潘先生的眼球上添了几缕红丝；风吹过来，觉得身上很凉。他急欲知道外面的情形，独个儿闪出红房子的大门。路上同平时的早晨一样，街犬竖起了尾巴高兴地这头那头望，偶尔走过一两个睡眼惺忪的人。他走过去，转入又一条街，也听不见什么特别的风声。回想昨夜的匆忙情形，不禁心里好笑。但是再一转念，又觉得实在并无可笑，小心一点总比冒险好。

四

二十余天之后，战事停止了。大众点头自慰道，"这就好了！只要不打仗，什么都平安了！"但是潘先生还不大满意，铁路还没通，不能就把避居上海的妻儿接回来。信是来过两封了，但简略得很，比不看更教他想念。他又恨自己到底没有先见之明；不然，这一笔冤枉的逃难费可以省下，又免得几十天的孤单。

他知道教育局里一定要提到开学的事情了，便前去打听。跨进招待室，看见局里的几个职员在那里裁纸磨墨像是办喜事的样子。

一个职员喊道，"巧得很，潘先生来了！你写得一手好颜字，这个差使就请你当了吧。"

“这么大的字，非得潘先生写不可，”其余几个人附和着。

“写什么东西？我完全茫然。”

“我们这里正筹备欢迎杜统帅凯旋的事务。车站的两头要搭起四个彩牌坊，让杜统帅的花车在中间通过。现在要写的就是牌坊上的几个字。”

“我哪里配写这上边的字？”

“当仁不让，”“一致推举，”几个人一哄地说；笔杆便送到潘先生手里。

潘先生觉得这当儿很有点儿意味，接了笔便在墨盆里蘸墨汁。凝想一下，提起笔来在蜡笺上一并排写“功高岳牧”四个大字。第二张写的是“威镇东南”。又写第三张，是“德隆恩溥”。——他写到“溥”字，仿佛看见许多影片，拉夫，开炮，焚烧房屋，奸淫妇人，菜色的男女，腐烂的死尸，在眼前一闪。

旁边看写字的一个人赞叹说，“这一句更见恳切。字也越来越好了。”

“看他对上一句什么，”又一个说。

1924 年 11 月 27 日作

（选自《潘先生在难中》，江苏文艺出版社 2008 年版）

黄　金（存目）

王鲁彦

　　《黄金》发表于 1927 年 7 月号《小说月报》，标志着王鲁彦的"乡土小说"创造进入了成熟的境界。《黄金》通过主人公经济生活中的一次小波澜揭示出社会等级意识无处不在及其戕害人心的严重性。

　　在小说中小镇上的人们仅仅因为一个毫无根据的臆测，昔日备受尊重的人们如史伯伯如丧家之犬，世人以他们最得心应手的市侩手段，给予如史伯伯一家难以承受的羞辱，作者以他对故乡人情世故的谙熟，通过一种戏剧性情景的设置，将浙东小镇人们的心态揭示殆尽。如史伯伯一家本是家境殷实的一家，儿子在外工作并会定期汇款到家，故事所在的地界陈四桥也似是个民风淳朴的小镇。作者通过前后对比，之前，如史伯伯在这一带还是相当受人尊敬的，邻里关系很融洽，但因儿子年终未能汇款来，家里的钱也快要用完了，如史伯伯一家的待遇遭到了戏剧性的改变，这个安稳人家便在势利的村风中被拨弄得摇摇晃晃了。如史伯母到近邻串门，别人担心她来借钱；如史伯伯参加婚宴，却屈居末席；女儿在学校受笑骂，家犬在屠坊挨刀砍；在他例定摆设祭祖羹饭的席面上，后生小辈横挑鼻子竖挑眼；"强讨饭"也蛮横耍赖，向他勒取现洋；更为可悲的是，小偷也"落井下石"，盗走两箱衣物，而如史伯伯却不敢声张报案，怕人怀疑他假装失盗，不还债款。到了小说结尾，如史伯伯也做起了儿子做官寄来银信的梦，这说明现实的灾祸已折磨得他失去了对儿子寄钱来的信念，只能把美好的愿望寄托在梦中。如史伯伯梦到儿子做了大官，寄来了银信，并且梦到邻里乡亲来奉承恭维的场面，讽刺并批判了当时社会"金钱至上"的世态炎凉，深化了主题。

　　小说写得灾祸丛集，反映了在帝国主义和封建主义的统治下，我国农村日趋破产的现实，深刻地揭露了从钱眼中观世窥人的社会中人与人之间鄙俗、冷酷而可怕的关系。

赌徒吉顺（存目）

许　杰

　　名为"典子"的"典妻"制，揭露了封建思想禁锢下，人性的黑暗。吉顺虽然决定"我的家室，我的妻儿，我都完全负责的"。但在"钱"的诱惑下，最终还是"典"了自己的结发妻子。

　　与其家庭遭遇的悲剧来自封建制度不同，吉顺的悲剧更多的来自整个社会的演变。我们看到，未沾上赌瘾的吉顺，生活得很是富足充实——他既占有他父亲的遗产，又有一身的好手艺，家庭也幸福和美。可他偏偏有着"轻视金钱的心思，与几个堕落的朋友，日夕堕入赌博场中"。吉顺对金钱的态度，有着很大的不确定性。想起自己的家庭——他父亲给定下的亲事，他的懂事的大儿子，灵活的二儿子，他便有"复杂的悲哀，自责与自卑的心思"，他能意识到自己应有的责任，不能让孩子和他们纯洁的母亲受到玷污和侮辱。也想赢点钱来补贴家用。但这些越想越沉重，越想越沉重，他不免有生起退避的思想，"我还是疗救自己吧，还是自己先享受这欢乐吧，忘忧吧"。到最后决定典妻时，他还是想着人生行乐耳！有了钱就是幸福，有了钱就是名誉！这些无一不反映了他以钱为中心的享乐主义和拜金主义。但这也是在社会巨变，在殖民化加重的背景下，人们经历复杂、矛盾心理历程后做出的选择。

诗　歌

鸽　子

胡　适

云淡天高,好一片晚秋天气!
有一群鸽子,在空中游戏。
看他们三三两两,
　　　回环来往,
　　　夷犹如意,——
忽地里,翻身映日,白羽衬青天,
十分鲜丽!

一九一八年

(选自《尝试集》,人民文学出版社 1984 年版)

上 山

胡 适

"努力，努力，努力望上跑！"
我头也不回，汗也不揩，
拼命地爬上山去。
"半山了！努力！努力望上跑！"
上面已没有路，
我手攀着石上的青藤，
脚尖抵住岩石缝里的小树，
一步一步的爬上山去。

"小心点！努力！努力望上跑！"
树桩扯破了我的衫袖，
荆棘刺伤了我的双手，
我好容易打开了一线路爬上山去。
上面果然是平坦的路，
有好看的野花，
有遮阴的老树。
但是我可倦了，
衣服都被汗湿遍了，
两条腿都软了。

我在树下睡倒，
闻着那扑鼻的草香，
便昏昏沉沉的睡了一觉。
睡醒来时，天已黑了，
路已行不得了，
"努力"的喊声也灭了。……

猛省！猛省！
我且坐到天明，

明天绝早跑上最高峰，
去看那日出的奇景！

一九一九年
（选自《尝试集》，人民文学出版社 1984 年版）

三　弦

沈尹默

中午时候,火一样的太阳,没法去遮拦,让他直晒着长街上。静悄悄少人行路,只有悠悠风来,吹动路旁杨树。

谁家破大门里,半院子绿茸茸细草,都浮着闪闪的金光。旁边有一段低低土墙,挡住了个弹三弦的人,却不能隔断那三弦鼓荡的声浪。

门外坐着一个穿破衣裳的老年人,双手抱着头,他不声不响。

一九一八年

(选自《沈尹默诗词集》,书目文献出版社 1983 年版)

凤凰涅槃（存目）

郭沫若

　　《凤凰涅盘》是《女神》中最具特色的代表作之一，写于五四运动高潮期。本篇为组诗，全篇除引文外，由"序曲"、"凤凰自焚前的歌唱"（"凤歌"、"凰歌"、"凤凰同歌"）、"群鸟歌"和"凤凰更生歌"四部分六大段组成，而最主要的思想内容集中体现在"凤歌"、"凰歌"和"凤凰更生歌"中。诗人把祖国比喻成凤凰，借助于对凤凰传说的改造与新阐述，诗人郑重宣告民族在"死灰中更生"，纳新时代已经到来。诗中对自由解放、光明新生的热切追求与赞美，对创造理想的乐观的坚定的内容，决定了诗篇具有强烈的浪漫主义特色。诗人以火山爆发式的激情和狂飙突进的气势，抒写了凤凰自焚追求新生命的全过程，基调高昂而悲壮。诗篇借古代历史故事和传说的英雄抒发现世的理想，把宇宙的新生、世界的新生、中国的新生和诗人自我的新生融为一体，通过凤凰的新生一体多能地表现出来。诗歌的形式也是"绝对自由"的，采用诗剧的形式，不拘一格，放任感情的宣泄，使诗歌富有很强的舞蹈性。

天　狗

郭沫若

一

我是一条天狗呀！

我把月来吞了，

我把日来吞了，

我把一切的星球来吞了，

我把全宇宙来吞了。

我便是我了！

二

我是月底光，

我是日底光，

我是一切星球底光，

我是 X 光线底光，

我是全宇宙底 Energy 底总量！

三

我飞奔，

我狂叫，

我燃烧。

我如烈火一样地燃烧！

我如大海一样地狂叫！

我如电气一样地飞跑！

我飞跑，

我飞跑，

我飞跑，

我剥我的皮，

我食我的肉，

我吸我的血，

我啮我的心肝，

天
狗

我在我神经上飞跑，
我在我脊髓上飞跑，
我在我脑筋上飞跑。

四

我便是我呀！
我的我要爆了！

1920 年 2 月初作

（选自《郭沫若全集·文学编》第一卷，人民文学出版社 1982 年版）

弃　妇

李金发

长发披遍我两眼之前，
遂隔断了一切羞恶之疾视，
与鲜血之急流，枯骨之沉睡，
黑夜与蚊虫联步徐来，
越此短墙之角，
狂呼在我清白之耳后，
如荒野狂风怒号：
战慓了无数游牧。

靠一根草儿，与上帝之灵往返在空谷里，
我的哀戚惟游蜂之脑能深印着；
或与山泉长泻在悬崖，
然后随红叶而俱去。

弃妇之隐忧堆积在动作上，
夕阳之火不能把时间之烦闷
化成灰烬，从烟突里飞去，
长染在游鸦之羽，
将同栖止于海啸之石上，
静听舟子之歌。

衰老的裙裾发出哀吟，
徜徉在丘墓之侧，
永无热泪，
点滴在草地
为世界之装饰。

一九二二年

（选自《异国情调》，华夏出版社 2008 年版）

我是一条小河

冯　至

我是一条小河
我无心从你身边流过，
你无心把你彩霞般的影儿
投入了河水的柔波。

我流过一座森林，
柔波便荡荡地
把那些碧绿的叶影儿
裁剪成你的衣裳。

我流过一片花丛，
柔波便粼粼地
把那些彩色的花影儿
编织成你的花冠。

最后我终于
流入无情的大海，
海上的风又厉，浪又狂，
吹折了花冠，击碎了衣裳！

我也随着海潮漂漾，
漂漾到无边的地方；
你那彩霞般的影儿
也和幻散了的彩霞一样！

一九二五年

（选自《冯至选集》，四川文艺出版社 1985 年版）

蕙的风

汪静之

是哪里吹来
这蕙花的风——
温馨的蕙花的风？

蕙花深锁在园里，
伊满怀着幽怨。
伊的幽香潜出园外，
去招伊所爱的蝶儿。

雅洁的蝶儿
薰在蕙风里；
他陶醉了；
想去寻着伊呢。

他怎能寻到被禁锢的伊呢？
他只迷在伊的风里，
隐忍着这悲惨然而甜蜜的伤心，
醺醺地翩翩地飞着。

一九二一年

（选自《汪静之文集》，西泠印社出版社 2006 年版）

死　水

闻一多

这是一沟绝望的死水，
清风吹不起半点漪沦。
不如多扔些破铜烂铁，
爽性泼你的剩菜残羹。

也许铜的要绿成翡翠，
铁罐上锈出几瓣桃花；
再让油腻织一层罗绮，
霉菌给他蒸出些云霞。

让死水酵成一沟绿酒，
漂满了珍珠似的白沫；
小珠们笑声变成大珠，
又被偷酒的花蚊咬破。

那么一沟绝望的死水，
也就夸得上几分鲜明。
如果青蛙耐不住寂寞，
又算死水叫出了歌声。

这是一沟绝望的死水，
这里断不是美的所在，
不如让给丑恶来开垦，
看他造出个什么世界。

一九二五年

（选自《死水·神话与诗》，贵州教育出版社2001年版）

哀曼殊斐儿

徐志摩

我昨夜梦入幽谷，
　　听子规在百合丛中泣血，
我昨夜梦登高峰，
　　见一颗光明泪自天坠落。

古罗马的郊外有座墓园，
　　静掩着百年前客殇的诗骸；
百年后海岱士黑辇的车轮，
　　又喧响在芳丹卜罗的青林边。

说宇宙是无情的机械，
　　为甚明灯似的理想闪耀在前？
说造化是真善美之表现
　　为甚五彩虹不常住天边？

我与你虽仅一度相见——
　　但那二十分不死的时间！
谁能信你那仙姿灵态，
　　竟已朝露似的永别人间？

非也！生命只是个实体的幻梦：
　　美丽的灵魂，永承上帝的爱宠；
三十年小住，只似昙花之偶现，
　　泪花里我想见你笑归仙宫。

你记否伦敦约言，曼殊斐儿！
　　今夏再见于琴妮湖之边；
琴妮湖永抱着白朗矶的雪影，
　　此日我怅望云天，泪下点点！

我当年初临生命的消息，
　　梦觉似的骤感恋爱之庄严；
生命的觉悟是爱之成年，
　　我今又因死而感生与恋之涯沿！

因情是掼不破的纯晶，
　　爱是实现生命之唯一途径：
死是座伟秘的洪炉，此中
　　凝炼万象所从来之神明。

我哀思焉能电花似的飞骋，
　　感动你在天日遥远的灵魂？
我洒泪向风中遥送，
　　问何时能戡破生死之门？

一九二三年

（选自《徐志摩全集·诗歌集》第 5 卷，上海书店出版社 1983 年版）

葬　我

朱　湘

葬我在荷花池内，
耳边有水蚓拖声，
在绿荷叶的灯上
萤火虫时暗时明——

葬我在马樱花下，
永作着芬芳的梦——
葬我在泰山之巅，
风声呜咽过孤松——

不然，就烧我成灰，
投入泛滥的春江，
与落花一同漂去
无人知道的地方。

一九二五年

（选自《精读朱湘》，中国国际广播出版社 1998 年版）

散　文

春末闲谈

鲁　迅

　　北京正是春末，也许我过于性急之故罢，觉着夏意了，于是突然记起故乡的细腰蜂。那时候大约是盛夏，青蝇密集在凉棚索子上，铁黑色的细腰蜂就在桑树间或墙角的蛛网左近往来飞行，有时衔一支小青虫去了，有时拉一个蜘蛛。青虫或蜘蛛先是抵抗着不肯去，但终于乏力，被衔着腾空而去了，坐了飞机似的。

　　老前辈们开导我，那细腰蜂就是书上所说的果蠃，纯雌无雄，必须捉螟蛉去做继子的。她将小青虫封在窠里，自己在外面日日夜夜敲打着，祝道"像我像我"，经过若干日——我记不清了，大约七七四十九日罢，——那青虫也就成了细腰蜂了，所以《诗经》里说："螟蛉有子，果蠃负之。"螟蛉就是桑上小青虫。蜘蛛呢？他们没有提。我记得有几个考据家曾经立过异说，以为她其实自能生卵；其捉青虫，乃是填在窠里，给孵化出来的幼蜂做食料的。但我所遇见的前辈们都不采用此说，还道是拉去做女儿。我们为存留天地间的美谈起见，倒不如这样好。当长夏无事，遣暑林阴，瞥见二虫一拉一拒的时候，便如睹慈母教女，满怀好意，而青虫的宛转抗拒，则活像一个不识好歹的毛鸦头。

　　但究竟是夷人可恶，偏要讲什么科学。科学虽然给我们许多惊奇，但也搅坏了我们许多好梦。自从法国的昆虫学大家发勃耳（Fabre）仔细观察之后，给幼蜂做食料的事可就证实了。而且，这细腰蜂不但是普通的凶手，还是一种很残忍的凶手，又是一个学识技术都极高明的解剖学家。她知道青虫的神经构造和作用，用了神奇的毒针，向那运动神经球上只一螫，它便麻痹为不死不活状态，这才在它身上生下蜂卵，封入窠中。青虫因为不死不活，所以不动，但也因为不活不死，所以不烂，直到她的子女孵化出来的时候，这食料还和被捕当日一样的新鲜。

　　三年前，我遇见神经过敏的俄国的E君，有一天他忽然发愁道，不知道将来的科学家，是否不至于发明一种奇妙的药品，将这注射在谁的身上，则这人即甘心永远去做服役和战争的机器了？那时我也就颦眉叹息，装作一齐发愁的模样，以示"所见略同"之至意，殊不知我国的圣君，贤臣，圣贤，圣贤之徒，却早已有过这一种黄金世界的理想了。不是"唯辟作福，唯辟作威，唯辟玉食"么？不是"君子劳心,小人劳力"么?不是"治于人者食(去声)人,治人者食于人"么?可惜理论虽已卓然,而终于没有发明十全的好方法。要服从作威就须不活,要贡献玉食就须不死;要被治就须不活,要供养治人者又须不死。人类升为万物之灵,自然是可贺的,但没有了细腰蜂的毒针,却很使圣君,贤臣,圣贤,圣贤之徒,以至现在的阔人,学者,教育家觉得棘手。将来未可知,若已往,则治人者虽然尽力施行过各种麻痹术,也还不能十分奏效,与果蠃并驱争先。即以皇帝一伦而言,便难免时常改姓易代,终没有"万年有道之长";《二十四史》而多至二十四,就是可悲的铁证。现在又似乎有些别开生面了,世上挺生了一种所谓"特殊智识阶级"的留学生,在研究室中研究之结果,说医学不发达是有益于人种改良的,中国妇女的境遇是极其平等的,一切道理都已不错,一切状态都已够好。E君的发愁,或者也不为无因罢,然而俄国是不要紧的,因为他们不像我们中国,有所谓"特别国情",还有所谓"特殊智识阶级"。

但这种工作,也怕终于像古人那样,不能十分奏效的罢,因为这实在比细腰蜂所做的要难得多。她于青虫,只须不动,所以仅在运动神经球上一螫,即告成功。而我们的工作,却求其能运动,无知觉,该在知觉神经中枢,加以完全的麻醉的。但知觉一失,运动也就随之失却主宰,不能贡献玉食,恭请上自"极峰"下至"特殊智识阶级"的赏收享用了。就现在而言,窃以为除了遗老的圣经贤传法,学者的进研究室主义,文学家和茶摊老板的莫谈国事律,教育家的勿视勿听勿言勿动论之外,委实还没有更好,更完全,更无流弊的方法。便是留学生的特别发见,其实也并未轶出了前贤的范围。

那么,又要"礼失而求诸野"了。夷人,现在因为想去取法,姑且称之为外国,他那里,可有较好的法子么?可惜,也没有。所有者,仍不外乎不准集会,不许开口之类,和我们中华并没有什么很不同。然亦可见至道嘉猷,人同此心,心同此理,固无华夷之限也。猛兽是单独的,牛羊则结队;野牛的大队,就会排角成城以御强敌了,但拉开一匹,定只能牟牟地叫。人民与牛马同流,——此就中国而言,夷人别有分类法云,——治之之道,自然应该禁止集合:这方法是对的。其次要防说话。人能说话,已经是祸胎了,而况有时还要做文章。所以苍颉造字,夜有鬼哭。鬼且反对,而况于官?猴子不会说话,猴界即向无风潮,——可是猴界中也没有官,但这又作别论——确应该虚心取法,反朴归真,则口且不开,文章自灭:这方法也是对的。然而上文也不过就理论而言,至于实效,却依然是难说。最显著的例,是连那么专制的俄国,而尼古拉二世"龙御上宾"之后,罗马诺夫氏竟已"覆宗绝祀"了。要而言之,那大缺点就在虽有二大良法,而还缺其一,便是:无法禁止人们的思想。

于是我们的造物主——假如天空真有这样的一位"主子"——就可恨了:一

恨其没有永远分清"治者"与"被治者"；二恨其不给治者生一枝细腰蜂那样的毒针；三恨其不将被治者造得即使砍去了藏着的思想中枢的脑袋而还能动作——服役。三者得一，阔人的地位即永久稳固，统御也永久省了气力，而天下于是乎太平。今也不然，所以即使单想高高在上，暂时维持阔气，也还得日施手段，夜费心机，实在不胜其委屈劳神之至……

假使没有了头颅，却还能做服役和战争的机械，世上的情形就何等地醒目呵！这时再不必用什么制帽勋章来表明阔人和窄人了，只要一看头之有无，便知道主奴，官民，上下，贵贱的区别。并且也不至于再闹什么革命，共和，会议等等的乱子了，单是电报，就要省下许多许多来。古人毕竟聪明，仿佛早想到过这样的东西，《山海经》上就记载着一种名叫"刑天"的怪物。他没有了能想的头，却还活着，"以乳为目，以脐为口"，——这一点想得很周到，否则他怎么看，怎么吃呢，——实在是很值得奉为师法的。假使我们的国民都能这样，阔人又何等安全快乐？但他又"执干戚而舞"，则似乎还是死也不肯安分，和我那专为阔人图便利而设的理想底好国民又不同。陶潜先生又有诗道："刑天舞干戚，猛志固常在。"连这位貌似旷达的老隐士也这么说，可见无头也会仍有猛志，阔人的天下一时总怕难得太平的了。但有了太多的"特殊知识阶级"的国民，也许有特在例外的希望；况且精神文明太高了之后，精神的头就会提前飞去，区区物质的头的有无也算不得什么难问题。

一九二五年四月二十二日

（选自《鲁迅全集》第 1 卷，人民文学出版社 2005 年版）

忽然想到（节选）

鲁　迅

六

外国的考古学者们联翩而至了。

久矣夫，中国的学者们也早已口口声声的叫着"保古！保古！保古！……"但是不能革新的人种，也不能保古的。

所以，外国的考古学者们便联翩而至了。

长城久成废物，弱水也似乎不过是理想上的东西。老大的国民尽钻在僵硬的传统里，不肯变革，衰朽到毫无精力了，还要自相残杀。于是外面的生力军很容易地进来了，真是"匪今斯今，振古如兹"。至于他们的历史，那自然都没我们的那么古。

可是我们的古也就难保，因为土地先已危险而不安全。土地给了别人，则"国宝"虽多，我觉得实在也无处陈列。

但保古家还在痛骂革新，力保旧物地干：用玻璃板印些宋版书，每部定价几十几百元；"涅槃！涅槃！涅槃！"佛自汉时已入中国，其古色古香为何如哉！买集些旧书和金石，是劬古爱国之士，略作考证，赶印目录，就升为学者或高人。而外国人所得的古董，却每从高人的高尚的袖底里共清风一同流出。即不然，归安陆氏的皕宋，潍县陈氏的十钟，其子孙尚能世守否？

现在，外国的考古学者们便联翩而至了。

他们活有余力，则以考古，但考古尚可，帮同保古就更可怕了。有些外人，很希望中国永是一个大古董以供他们的赏鉴，这虽然可恶，却还不奇，因为他们究竟是外人。而中国竟也有自己还不够，并且要率领了少年，赤子，共成一个大古董以供他们的赏鉴者，则真不知是生着怎样的心肝。

中国废止读经了，教会学校不是还请腐儒做先生，教学生读"四书"么？民国废去跪拜了，犹太学校不是偏请遗老做先生，要学生磕头拜寿么？外国人办给中国人看的报纸，不是最反对五四以来的小改革么？而外国总主笔治下的中国小主笔，则倒是崇拜道学，保存国粹的！

但是，无论如何，不革新，是生存也为难的，而况保古。现状就是铁证，比保古家的万言书有力得多。

我们目下的当务之急，是：一要生存，二要温饱，三要发展。苟有阻碍这前途者，无论是古是今，是人是鬼，是《三坟》《五典》，百宋千元，天球河图，金人玉佛，祖传丸散，秘制膏丹，全都踏倒他。

　　保古家大概总读过古书，"林回弃千金之璧，负赤子而趋"，该不能说是禽兽行为罢。那么，弃赤子而抱千金之璧的是什么？

一九二五年四月十八日

（节选自《鲁迅全集》第 3 卷，人民文学出版社 2005 年版）

"作揖主义"

刘半农

　　沈二先生与我们谈天，常说生平服膺红老之学。红，就是《红楼梦》；老，就是《老子》。这红老之学的主旨，简便些说，就是无论什么事，都听其自然。听其自然又是怎么样呢？沈先生说："譬如有人骂我，我们不必还骂：他一面在那里大声疾呼的骂人，一面就是他打他自己。我们在旁边看看，也很好，何必费着气力去还骂？又如有一只狗，要咬我们，我们不必打它，只是避开了就算；将来有两只狗碰了头，自然会互咬起来。所以我们做事，只须抬起了头，向前直进，不必在这抬头直进四个字以外，再管什么闲事；这就叫作听其自然，也就是红老之学的精神。"我想这一番话，很有些同托尔司太（托尔斯泰）的不抵抗主义相象，不过沈先生换了个红老之学的游戏名词罢了。

　　不抵抗主义我向来很赞成，不过因为有些偏于消极，不敢实行。现在一想，这个见解实在是大谬。为什么？因为不抵抗主义面子上是消极，骨底里是最经济的积极。我们要办事有成效，假使不实行这主义，就不免消费精神于无用之地。我们要保存精神，在正当的地方用，就不得不在可以不必的地方节省些。这就是以消极为积极：不有消极，就没有积极。既如此，我也要用些游戏笔墨，造出一个"作揖主义"的新名词来。

　　"作揖主义"是什么呢？请听我说——

　　譬如早晨起来，来的第一客，是位前清遗老。他拖了辫子，弯腰曲背走进来，见了我，把眼镜一摘，拱拱手说："你看！现在是世界不象世界了：乱臣贼子，遍于国中，欲求天下太平，非请宣统爷正位不可。"我急忙向他作了个揖，说："老先生说的话，很对很对。领教了，再会罢。"

　　第二客，是个孔教会会长。他穿了白洋布做的"深衣"，古颜道貌的走进来，向我说："孔子之道，如日月经天，江河行地。现在我们中国，正是四维不张，国将灭亡的时候；倘不提倡孔教，昌明孔道，就不免为印度波兰之续。"我急忙向他作了个揖，说："老先生说的话，很对很对，领教了，再会罢。"

　　第三客，是位京官老爷。他衣裳楚楚，一摆一踱的走进来，向我说："人的根，就是丹田。要讲卫生，就要讲丹田的卫生。要讲丹田的卫生，就要讲静坐。你要晓得，这种内功，常做可以成仙的呢！"我急忙向他作了个揖，说："老先生说的话，很对很对。领教了，再会罢。"

　　第四五客，是一位北京的评剧家，和一位上海的评剧家，手携着手同来的。

没有见面，便听见一阵"梅郎""老谭"的声音。见了面，北京的评剧家说："打把子有古代战术的遗意，脸谱是画在脸孔上的图案；所以旧戏是中国文学美术的结晶体。"上海的评剧家说："这话说得不错呀！我们中国人，何必要看外国戏；中国戏自有好处，何必去学什么外国戏？你看这篇文章，就是这一位方家所赏识的；外国戏里，也有这样的好处么？"他说到"方家"二字，翘了一个大拇指，指着北京的评剧家，随手拿出一张《公言报》递给我看。我一看那篇文章，题目是《佳哉剧也》四个字，我急忙向两人各各作了一个揖，说："两位老先生说的话，很对很对。领教了，再会罢。"

第六客是个玄之又玄的鬼学家。他未进门，便觉阴风惨惨，阴气逼人，见了面，他说："鬼之存在，至今日已无丝毫疑义。为什么呢？因为人所居者为'显界'，鬼所居者，尚别有一界，名'幽界'。我们从理论上去证明他，是鬼之存在，已无疑义。从实质上去证明他，是搜集种种事实，助以精密之器械，继以正确之试验，可知除显界外，尚有一幽界。"我急忙向他作了个揖，说："老先生说的话，很对很对，领教了，再会罢。"

末了一位客，是王敬轩先生。他的说话最多，洋洋洒洒，一连谈了一点多钟。把"中学为体，西学为用"八个字，发挥得详尽无遗，异常透切。我屏息静气听完了，也是照例向他作了个揖，说："老先生的话，很对很对。领教了，再会罢。"

如此东也一个揖，西也一个揖，把这一班老伯，大叔，仁兄大人之类送完了，我仍旧做我的我：要办事，还是办我的事；要有主张，还仍旧是我的主张。这不过忙了两只手，比用尽了心思脑力唇焦舌敝的同他们辩驳，不省事得许多么？

何以我要如此呢？

因为我想到前清末年的官与革命党两方面，官要尊王，革命党要排满；官说革命党是"匪"，革命党说官是"奴"。这样牛头不对马嘴，若是双方辩论起来，便到地老天荒，恐怕大家还都是个"缠夹二先生"，断断不能有什么谁是谁非的分晓。所以为官计，不如少说闲话，切切实实想些方法去捉革命党。为革命党计，也不如少说闲话，切切实实想些方法去革命。这不是一刀两断，最经济最爽快的办法么？

我们对于我们的主张，在实行一方面，尚未能有相当的成效，自己想想，颇觉惭愧。不料一般社会的神经过敏，竟把我们看得象洪水猛兽一般。既是如此，我们感激之余，何妨自贬声价，处于"匪"的地位；却把一般社会的声价抬高——这是一般社会心目中之所谓高——请他处于"官"的地位？自此以后，你做你的官，我做我的匪。要是做官的做了文章，说什么"有一班乱骂派读书人，其狂妄乃出人意表。所垂训于后学者，曰不虚心，曰乱说，曰轻薄，曰破坏。凡此恶德，有一于此，即足为研究学问之障，而况兼备之耶？"我们看了，非但不还骂，不与他辩，而且还要象我们江阴人所说的"乡下人看告示"，奉送他"一篇大道理"五个字。为什么？因为他们本来是官，这些话说，本来是"出示晓谕"以下，"右仰通知"以上应有的文章。

到将来，不幸而竟有一天，做官的诸位老爷们额手相庆曰："谢天谢地，现在是好了，洪水猛兽，已一律肃清，再没有什么后生小子，要用夷变夏，蔑污我神洲四千年古国的文明了。"那时候，我们自然无话可说，只得象北京刮大风时坐在胶皮车上一样，一壁叹气，一壁把无限的痛苦尽量咽到肚子里去；或者竟带这种痛苦，埋入黄土，做蝼蚁们的食料。

万一的万一竟有一天变作了我们的"一千九百十一年十月十日"了，那么，我一定是个最灵验的预言家，我说：那时的官老爷，断断不再说今天的官话，却要说："我是几十年前就提倡新文明的，从前陈独秀、胡适之、陶孟和、周启明、唐元期、钱玄同、刘半农诸先生办《新青年》时，自以为得风气之先，其时我的新思想，还远比他们发生得早咧。"到了那个时候，我又怎么样呢？我想，一千九百十一年以后，自称老同盟的很多，真正的老同盟也没有方法拒绝这班新牌老同盟。所以我到那时，还是实行"作揖主义"，他们来一个，我就作一个揖，说："欢迎！欢迎！欢迎新文明的先知先觉！"

一九一八年九月

（选自《刘半农文选》，人民文学出版社 1986 年版）

乌篷船

周作人

子荣君：

接到手书，知道你要到我的故乡去，叫我给你一点什么指导。老实说，我的故乡，真正觉得可怀恋的地方，并不是那里；但是因为在那里生长，住过十多年，究竟知道一点情形，所以写这一封信告诉你。

我所要告诉你的，并不是那里的风土人情，那是写不尽的，但是你到那里一看也就会明白的，不必啰唆地多讲。我要说的是一种很有趣的东西，这便是船。你在家乡平常总坐人力车，电车，或是汽车，但在我的故乡那里这些都没有，除了在城内或山上是用轿子以外，普通代步都是用船。船有两种，普通坐的都是"乌篷船"，白篷的大抵作航船用，坐夜航船到西陵去也有特别的风趣，但是你总不便坐，所以我就可以不说了。乌篷船大的为"四明瓦"（Symenngoa），小的为脚划船（划读 uoa）亦称小船。但是最适用的还是在这中间的"三道"，亦即三明瓦。篷是半圆形的，用竹片编成，中夹竹箬，上涂黑油；在两扇"定篷"之间放着一扇遮阳，也是半圆的，木作格子，嵌着一片片的小鱼鳞，径约一寸，颇有点透明，略似玻璃而坚韧耐用，这就称为明瓦。三明瓦者，谓其中舱有两道，后舱有一道明瓦也。船尾用橹，大抵两支，船首有竹篙，用以定船。船头着眉目，状如老虎，但似在微笑，颇滑稽而不可怕，惟白篷船则无之。三道船篷之高大约可以使你直立，舱宽可以放下一顶方桌，四个人坐着打麻将，——这个恐怕你也已学会了罢？小船则真是一叶扁舟，你坐在船底席上，篷顶离你的头有两三寸，你的两手可以搁在左右的舷上，还把手都露出在外边。在这种船里仿佛是在水面上坐，靠近田岸去时泥土便和你的眼鼻接近，而且遇着风浪，或是坐得少不小心，就会船底朝天，发生危险，但是也颇有趣味，是水乡的一种特色。不过你总可以不必去坐，最好还是坐那三道船罢。

你如坐船出去，可是不能像坐电车的那样性急，立刻盼望走到。倘若出城，走三四十里路（我们那里的里程是很短，一里才及英里三分之一），来回总要预备一天。你坐在船上，应该是游山的态度，看看四周物色，随处可见的山，岸旁的乌桕，河边的红蓼和白苹，渔舍，各式各样的桥，困倦的时候睡在舱中拿出随笔来看，或者冲一碗清茶喝喝。偏门外的鉴湖一带，贺家池，壶觞左近，我都是喜欢的，或者往娄公埠骑驴去游兰亭（但我劝你还是步行，骑驴或者于你不很相宜），到得暮色苍然的时候进城上都挂着薜荔的东门来，倒是颇有趣味的事。倘若路上不平静,你往杭州去时可于下午开船,黄昏时候的景色正最好看,只可惜这一带地方的名字我都忘记了。夜间睡在舱中,听水声橹声,来往船只的招呼声,以及乡间的犬吠鸡鸣,也都很有意思。雇一只船到乡下去看庙戏,可以了解中国旧戏的真趣味,而且在船上行动自如,要看就看,要睡就睡,要喝酒就喝酒,我觉得也可以算是理想的行乐法。只可惜讲维新以来这些演剧与迎会都已禁止,中产阶级的低能人别在"布业会馆"等处建起"海式"的戏场来,请大家买票看上海的猫儿戏。这些地方你千万不要去。——你到我那故乡,恐怕没有一个人认得,我又因为在教书不能陪你去玩,坐夜船,谈闲天,实在抱歉而且惆怅。川岛君夫妇现在俙山下,本来可以给你绍介,但是你到那里的时候他们恐怕已经离开故乡了。初寒,善自珍重,不尽。

一九二六年十一月十八日夜,于北京

(选自《周作人散文精选》,长江文艺出版社 2009 年版)

祝土匪

林语堂

莽原社诸朋友来要稿，论理莽原社诸先生既非正人君子又不是当代名流，当然有与我合作之可能，所以也就慨然允了他们，写几字凑数，补白。

然而又实在没有工夫，文士们（假如我们也可冒充文士）欠稿债，就同穷教员欠房租一样，期一到就焦急。所以没工夫也得挤，所要者挤出来的是我们自己的东西，不是挪用、借光、贩卖的货物，便不至于成文妖。

于短短的时间，要做长长的文章，在文思迟滞的我是不行的。无已，姑就我要说的话有条理的或无条理的说出来。

近来我对于言论界的职任及性质渐渐清楚。也许我一时所见是错误的，然而我实在还未老，不必装起老成的架子，将来升官或入研究系时再来更正我的主张不迟。

言论界，依中国今日此刻此地情形，非有些土匪傻子来说话不可。这也是祝《莽原》、恭维《莽原》的话，因为《莽原》即非太平世界，《莽原》之主稿诸位先生当然很愿意揭竿作乱，以土匪自居。至少总不愿意以"绅士"、"学者"自居，因为学者所记得的是他的脸孔，而我们似乎没有时间顾到这一层。

现在的学者最要紧的就是他们的脸孔，倘是他们自三层楼滚到楼底下，翻起来时，头一样想到是拿起手镜照一照看他的假胡须还在乎？金牙齿没掉吗？雪花膏未涂污乎？至于骨头折断与否，似在其次。

学者只知道尊严，因为要尊严，所以有时骨头不能不折断。而不自知，且自告人曰："我固完肤也！"呜呼学者！呜呼所谓学者！

因为真理有时要与学者的脸孔冲突，不敢为真理而忘记其脸孔者则终必为脸孔而忘记真理，于是乎学者之骨头折断矣。骨头既断，无以自立，于是"架子"、木脚、木腿来了。就是一副银腿银脚也要觉得讨厌，何况还是木头做的呢？

托尔斯泰曾经说过极好的话，论真理与上帝孰重。他说以上帝为重于真理者，继必以教会为重于上帝，其结果必以其特别教门为重于教会，而终必以自身为重于其特别教门。

就是学者斤斤于其所谓学者态度，所以失其所谓学者，而去真理一万八千里之遥。说不定将来学者反得让我们土匪做。

学者虽讲道德、士风，而每每说到自己脸孔上去；所以道德、士风将来也非由土匪来讲不可。

一人不敢说我们要说的话,不敢维持我们良心上要维持的主张,这边告诉人家我是学者,那边告诉人家我是学者,自己无贯彻强毅主张,倚门卖笑,双方讨好,不必说真理招呼不来,真理有知,亦早已因一见学者脸孔而退避三舍矣。

惟有土匪,既没有脸孔可讲,所以比较可以少作揖让,少对大人物叩头。他们既没有金牙齿,又没有假胡须,所以自三层楼上滚下来,比较少顾虑,完肤或者未必完肤,但是骨头可以不折,而且手足嘴脸,就使受伤,好起来时,还是真皮真肉。

真理是妒忌的女神,归奉她的人就不能不守独身主义,学者却家里还有许多老婆、姨太太、上炕老妈、通房丫头。然而真理并非靠学者供养的,虽然是妒忌,却不肯说话,所以学者所真怕的还是家里老婆,不是真理。

惟其有许多要说的话学者不敢说,惟其有许多良心上应维持的主张学者不敢维持,所以今日的言论界还得有土匪傻子来说话。土匪傻子是顾不到脸孔的,并且也不想将真理贩卖给大人物。

土匪傻子可以自慰的地方就是有史以来大思想家都被当代学者称为“土匪”、“傻子”过。并且他们的仇敌也都是当代的学者、绅士、君子、士大夫……自有史以来,学者、绅士、君子、士大夫都是中和稳健;他们的家里老婆不一,但是他们的一副面团团的尊容,则无古今中外东西南北皆同。

然而土匪有时也想做学者,等到当代学者夭灭殇亡之时。到那时候,却要请真理出来登极。但是我们没有这种狂想,这个时候还远着呢。我们生于草莽,死于草莽,遥遥在野外莽原,为真理喝彩,祝真理万岁,于愿足矣。

只不要投降!

一九二五年十二月二十八日

(选自《有所不为》,群言出版社 2010 年版)

桨声灯影里的秦淮河

俞平伯

我们消受得秦淮河上的灯影，当圆月犹皎的仲夏之夜。

在茶店里吃了一盘豆腐干丝，两个烧饼之后，以歪歪的脚步踅上夫子庙前停泊着的画舫，就懒洋洋躺到藤椅上去了。好郁蒸的江南，傍晚也还是热的。"快开船罢！"桨声响了。

小的灯舫初次在河中荡漾；于我，情景是颇朦胧，滋味是怪羞涩的。我要错认它作七里的山塘；可是，河房里明窗洞启，映着玲珑入画的曲栏杆，顿然省得身在何处了。佩弦呢，他已是重来，很应当消释一些迷惘的。但看他太频繁地摇着我的黑纸扇。胖子是这个样怯热的吗？

又早是夕阳西下，河上妆成一抹胭脂的薄媚。是被青溪的姊妹们所熏染的吗？还是匀得她们脸上的残脂呢？寂寂的河水，随双桨打它，终是没言语。密匝匝的绮恨逐老去的年华，已都如蜜炀似的融在流波的心窝里，连呜咽也将嫌它多事，更哪里论到哀嘶。心头，宛转的凄怀；口内，徘徊的低唱；留在夜夜的秦淮河上。

在利涉桥边买了一匣烟，荡过东关头，渐荡出大中桥了。船儿悄悄的穿出连环着的三个壮阔的涵洞，青溪夏夜的韶华已如巨幅的画豁然而抖落。哦！凄厉而繁的弦索，颤岔而涩的歌喉，杂着吓哈的笑语声，劈拍的竹牌响，更能把诸楼船上的华灯彩绘，显出火样的鲜明，火样的温煦了。小船儿载着我们，在大船缝里挤着，挨着，抹着走。它忘了自己也是今宵河上的一星灯火。

既踏进所谓"六朝金粉气"的销金锅，谁不笑笑呢！今天的一晚，且默了滔滔的言说，且舒了恻恻的情怀，暂且学着，姑且学着我们平时认为在醉里梦里的他们的憨痴笑语。看！初上的灯儿们一点点掠剪柔腻的波心，梭织地往来，把河水都皴得微明了。纸薄的心旌，我的，尽无休息地跟着它们飘荡，以至于怦怦而内热。这还好说什么的！如此说，诱惑是诚然有的，且于我已留下不易磨灭的印记。至于对榻的那一位先生，自认曾经一度摆脱了纠缠的他，其辩解又在何处？这实在非我所知。

我们，醉不以涩味的酒，以微漾着，轻晕着的夜的风华。不是什么欣悦，不是什么慰藉，只感到一种怪陌生，怪异样的朦胧。朦胧之中似乎胎孕着一个如花的笑——这么淡，那么淡的情笑。淡到已不可说，已不可拟，且已不可想；但我们终久是眩晕在它离合的神光之下的。我们没法使人信它是有，我们不信它是没有。

勉强哲学地说,这或近于佛家的所谓"空",既不当鲁莽说它是"无",也不能径直说它是"有"。或者说"有"是有的,只因无可比拟形容那"有"的光景;故从表面看,与"没有"似不生分别。若定要我再说得具体些:譬如东风初劲时,直上高翔的纸鸢,牵线的那人儿自然远得很了,知她是哪一家呢?但凭那鸢尾一缕飘绵的彩线,便容易揣知下面的人寰中,必有微红的一双素手,卷起轻绡的广袖,牢担荷小纸鸢儿的命根的。飘翔岂不是东风的力,又岂不是纸鸢的含德;但其根株却将另有所寄。请问,这和纸鸢的省悟与否有何关系?故我们不能认笑是非有,也不能认朦胧即是笑。我们定应当如此说,朦胧里胎孕着一个如花的幻笑,和朦胧又互相混融着的,因它本来是淡极了,淡极了这么一个。

漫题那些纷烦的话,船儿已将泊在灯火的丛中去了。对岸有盏跳动的汽油灯,佩弦便硬说它远不如微黄的灯火。我简直没法和他分证那是非。

时有小小的艇子急忙忙打桨,向灯影的密流里横冲直撞。冷静孤独的油灯映见黯淡久的画船头上,秦淮河姑娘们的靓妆。茉莉的香,白兰花的香,脂粉的香,纱衣裳的香……微波泛滥出甜的暗香,随着她们那些船儿荡,随着我们这船儿荡,随着大大小小一切的船儿荡。有的互相笑语,有的默然不响,有的衬着胡琴亮着嗓子唱。一个,三两个,五六七个,比肩坐在船头的两旁,也无非多添些淡薄的影儿葬在我们的心上——太过火了,不至于罢,早消失在我们的眼皮上。谁都是这样急忙忙的打着桨,谁都是这样向灯影的密流里冲着撞;又何况久沉沦的她们,又何况飘泊惯的我们俩。当时浅浅的醉,今朝空空的惆怅;老实说,咱们萍泛的绮思不过如此而已,至多也不过如此而已。你且别讲,你且别想!这无非是梦中的电光,这无非是无明的幻相,这无非是以零星的火种微炎在大欲的根苗上。扮戏的咱们,散了场一个样,然而,上场锣,下场锣,天天忙,人人忙。看!吓!载送女郎的艇子才过去,货郎担的小船不是又来了?一盏小煤油灯,一舱的什物,他也忙得来像手里的摇铃,这样丁冬而郎当。

杨枝绿影下有条华灯璀璨的彩舫在那边停泊。我们那船不禁也依傍短柳的腰肢,欹侧的歇了。游客们的大船,歌女们的艇子,靠着。唱的拉着嗓子;听的歪着头,斜着眼,有的甚至于跳过她们的船头。如那时有严重些的声音,必然说:"这哪里是什么旖旎风光!"咱们真是不知道,只模糊的觉着在秦淮河船上板起方正的脸是怪不好意思的。咱们本是在旅馆里,为什么不早早入睡,掂着牙儿,领略那"卧后清宵细细长";而偏这样急急忙忙跑到河上来无聊浪荡?

还说那时的话,从杨柳枝的乱鬓里所得的境界,照规矩,外带三分风华的。况且今宵此地,动荡着有灯火的明姿。况且今宵此地,又是圆月欲缺未缺,欲上未上的黄昏时候。叮当的小锣,伊轧的胡琴,沉填的大鼓……弦吹声腾沸遍了三里的秦淮河。喳喳嚷嚷的一片,分不出谁是谁,分不出哪儿是哪儿,只有整个的繁喧来把我们包填。仿佛都抢着说笑，这儿夜夜尽是如此的，不过初上城的乡下老是第一次呢。真是乡下人，真是第一次。

穿花蝴蝶样的小艇子多到不和我们相干。货郎担式的船，曾以一瓶汽水之故而拢近来，这是真的。至于她们呢，即使偶然灯影相偎而切掠过去，也无非瞧见我们微红的脸罢了，不见得有什么别的。可是，夸口早哩！——来了，竟向我们来了！不但是近，且拢着了。船头傍着，船尾也傍着；这不但是拢着，且并着了。厮并着倒还不很要紧，且有人扑冬地跨上我们的船头了。这岂不大吃一惊！幸而来的不是姑娘们，还好。（她们正冷冰冰的在那船头上。）来人年纪并不大，神气倒怪狡猾，把一扣破烂的手折，摊在我们眼前，让细瞧那些戏目，好好儿点个唱。他说："先生，这是小意思。"诸君，读者，怎么办？

好，自命为超然派的来看榜样！两船挨着，灯光愈皎，见佩弦的脸又红起来了。那时的我是否也这样？这当转问他。（我希望我的镜子不要过于给我下不去。）老是红着脸终久不能打发人家走路的，所以想个法子在当时是很必要。说来也好笑，我的老调是一味的默，或干脆说个"不"，或者摇摇头，摆摆手表示"决不"。如今都已使尽了。佩弦便进了一步，他嫌我的方术太冷漠了，又未必中用，摆脱纠缠的正当道路惟有辩解。好吗！听他说："你不知道？这事我们是不能做的。"这是诸辩解中最简洁，最漂亮的一个。可惜他所说的"不知道？"来人倒真有些"不知道！"辜负了这二十分聪明的反语。他想得有理由，你们为什么不能做这事呢？因这"为什么？"佩弦又有进一层的曲解。哪知道更坏事，竟只博得那些船上人的一哂而去。他们平常虽不以聪明名家，但今晚却又怪聪明，如洞彻我们的肺肝一样的。这故事即我情愿讲给诸君听，怕有人未必愿意哩。"算了罢，就是这样算了罢。"恕我不再写下了，以外的让他自己说。

叙述只是如此，其实那时连翩而来的，我记得至少也有三五次。我们把它们一个一个的打发走路。但走的是走了，来的还正来。我们可以使它们走，我们不能禁止它们来。我们虽不轻被摇撼，但已有一点杌陧了。况且小艇上总载去一半的失望和一半的轻蔑，在桨声里仿佛狠狠地说，"都是呆子，都是吝啬鬼！"还有我们的船家（姑娘们卖个唱，他可以赚几个子的佣金）。眼看她们一个一个的去远了，呆呆的蹲踞着，怪无聊赖似的。碰着了这种外缘，无怒亦无哀，惟有一种情意的紧张，使我们从颓弛中体会出挣扎来。这味道倒许很真切的，只恐不易为倦鸦似的人们所喜。

曾游过秦淮河的到底乖些。佩弦告船家："我们多给你酒钱，把船摇开，别让他们来罗嗦。"自此以后，桨声复响，还我以平静了，我们俩又渐渐无拘无束舒服起来，又滔滔不断地来谈谈方才的经过。今儿是算怎么一回事？我们齐声说，欲的胎动无可疑的。正如水见波痕轻婉已极，与未波时究不相类。微醉的我们，洪醉的他们，深浅虽不同，却同为一醉。接着来了第二问，既自认有欲的微炎，为什么艇子来时又羞涩地躲了呢？在这儿，答语参差着。佩弦说他的是一种暗昧的道德意味，我说是一种似较深沉的眷爱。我只背诵岂君的几句诗给佩弦听，望他曲喻我的心胸。可恨他今天似乎有些发钝，反而追着问我。

前面已是复成桥。青溪之东，暗碧的树梢上面微耀着一桁的清光。我们的船就缚在枯柳桩边待月。其时河心里晃荡着的，河岸头歇泊着的各式灯船，望去，少说点也有十廿来只。惟不觉繁喧，只添我们以幽甜。虽同是灯船，虽同是秦淮，虽同是我们；却是灯影淡了，河水静了，我们倦了，——况且月儿将上了。灯影里的昏黄，和月下灯影里的昏黄原是不相似的，又何况入倦的眼中所见的昏黄呢。灯光所以映她的秾姿，月华所以洗她的秀骨，以蓬腾的心焰跳舞她的盛年，以饧涩的眼波供养她的迟暮。必如此，才会有圆足的醉，圆足的恋，圆足的颓弛，成熟了我们的心田。

犹未下弦，一丸鹅蛋似的月，被纤柔的云丝们簇拥上了一碧的遥天。冉冉地行来，冷冷地照着秦淮。我们已打桨而徐归了。归途的感念，这一个黄昏里，心和境的交萦互染，其繁密殊超我们的言说。主心主物的哲思，依我外行人看，实在把事情说得太嫌简单，太嫌容易，太嫌分明了。实有的只是浑然之感。就论这一次秦淮夜泛罢，从来处来，从去处去，分析其间的成因自然亦是可能；不过求得圆满足尽的解析，使片段的因子们合拢来代替刹那间所体验的实有，这个我觉得有点不可能，至少于现在的我们是如此的。凡上所叙，请读者们只看作我归来后，回忆中所偶然留下的千百分之一二，微薄的残影。若所谓"当时之感"，我决不敢望诸君能在此中窥得。即我自己虽正在这儿执笔构思，实在也无从重新体验出那时的情景。说老实话，我所有的只是忆。我告诸君的只是忆中的秦淮夜泛。至于说到那"当时之感"，这应当去请教当时的我。而他久飞升了，无所存在。

……

凉月凉风之下，我们背着秦淮河走去，悄默是当然的事了。如回头，河中的繁灯想定是依然。我们却早已走得远，"灯火未阑人散"；佩弦，诸君，我记得这就是在南京四日的酣嬉，将分手时的前夜。

一九二三年八月二二日，北京

（选自《陶然亭的雪：俞平伯散文》，浙江文艺出版社2015年版）

自　剖（存目）

徐志摩

《自剖》是当代著名作家徐志摩的一本散文集，由新月书店发行。

先从处境上分析，比起先前，"现在如其有不同，只是更顺了的"。不得其解。至于与时局的关系，在他看来，其"个人沉闷决不完全是这回惨案引起的感情作用"。再往生活深处找去，与其说生活的牵掣可以使心灵产生压抑，作者更认为是生活的顺意反倒弱化人的思维和意志，阻塞或是减少心灵的活动。

到此，作者袒露心迹，剖析自身的、外界的病因，似乎已正本清源。然而，作为吃过正宗洋面包的徐志摩，非要把这把解剖刀伸进潜意识中，并把笔墨集中到最后一个"病源"的分析上来。在域外数年的游学生涯，培养了他一定的西式思维方式。在这里，似乎对科学的心理分析颇为着重，并把弗洛伊德的力比多压抑说也拉了出来，注意所谓的生命意志的冲动。最后，在"个人最大的悲剧是设想一个虚无的境界来谎骗自己"的安慰中，缓缓停下追问的执着。

作为诗人的徐志摩，散文也作得瑰丽多彩，传神入微。心灵的律动，是难以捕捉的，又是难以传达的。直抒不易表其深奥，形象化又不便于了解其真髓，徐志摩则巧妙地利用对比，使各种难言的体悟和思绪，涓涓流来。"语言是痛苦的"，然而，高明的作者在一定程度上医治了语言的创伤。

一个人在途上

郁达夫

在东车站的长廊下和女人分开以后，自家又剩了孤零丁的一个。频年漂泊惯的两口儿，这一回的离散，倒也算不得什么特别，可是端午节那天，龙儿刚死，到这时候北京城里虽已起了秋风，但是计算起来，去儿子的死期，究竟还只有一百来天。在车座里，稍稍把意识恢复转来的时候，自家就想起了卢骚晚年的作品《孤独散步者的梦想》的头上的几句话：

"自家除了己身以外，已经没有弟兄，没有邻人，没有朋友，没有社会了。自家在这世上，像这样的，已经成了一个孤独者了……"

然而当年的卢骚还有弃养在孤儿院内的五个儿子，而我自己哩，连一个抚育到五岁的儿子都还抓不住！

离家的远别，本来也只为想养活妻儿。去年在某大学的被逐，是万料不到的事情。其后兵乱迭起，交通阻绝，当寒冬的十月，会病倒在沪上，也是谁也料想不到的。今年二月，好容易到得南方，静息了一年之半，谁知这刚养得出趣的龙儿又会遭此凶疾呢？

龙儿的病报，本是在广州得着，匆促北航，到了上海，接连接了几个北京来的电报。换船到天津，已经是旧历的五月初十。到家之夜，一见了门上的白纸条儿，心里已经跳得忙乱，从苍茫的暮色里赶到哥哥家中，见了衰病的她，因为在大众之前，勉强将感情压住。草草吃了夜饭，上床就寝，把电灯一灭，两人只有紧抱的痛哭，痛哭，痛哭，只是痛哭，气也换不过来，更那里有说一句话的余裕？

受苦的时间，的确脱煞过去的太悠徐，今年的夏季，只是悲叹的连续。晚上上床，两口儿，那敢提一句话？可怜这两个迷散的灵心，在电灯灭黑的黝黯里，所摸走的荒路，每会凑集在一条线上，这路的交叉点里，只有一块小小的墓碑，墓碑上只有"龙儿之墓"的四个红字。

妻儿因为在浙江老家内不能和母亲同住，不得已而搬往北京当时我在寄食的哥哥家去，是去年的四月中旬。那时候龙儿正长得肥满可爱，一举一动，处处教人欢喜。到了五月初，从某地回京，觉得哥哥家太狭小，就在什刹海的北岸，租定了一间渺小的住宅。夫妻两个日日和龙儿伴乐，闲时也常在北海的荷花深处，及门前的杨柳阴中带龙儿去走走。这一年的暑假，总算过得最快乐，最闲适。

秋风吹叶落的时候，别了龙儿和女人，再上某地大学去为朋友帮忙，当时他们俩还往西车站去送我来哩！这是去年秋晚的事情，想起来还同昨日的情形一样。

过了一月,某地的学校里发生事情,又回京了一次,在什刹海小住了两星期,本来打算不再出京了,然碍于朋友的面子,又不得不于一天寒风刺骨的黄昏,上西车站去乘车。这时候因为怕龙儿要哭,自己和女人,吃过晚饭,便只说要往哥哥家里去,只许他送我们到门口。记得那一天晚上他一个人和老妈子立在门口,等我们俩去了好远,还"爸爸!""爸爸!"的叫了好几声。啊啊,这几声的呼唤,是我在这世上听到的他叫我的最后的声音!

出京之后,到某地住了一宵,就匆促逃往上海。接续便染了病,遇了强盗辈的争夺政权,其后赴南方暂住,一直到今年的五月,才返北京。

想起来,龙儿实在是一个填债的儿子,是当乱离困厄的这几年中间,特来安慰我和他娘的愁闷的使者!

自从他在安庆生落以来,我自己没有一天脱离过苦闷,没有一处安住到五个月以上。我的女人,也和我分担当着十字架的重负,只是东西南北的奔波漂泊。然当日夜难安,悲苦得不了的时候,只教他的笑脸一开,女人和我,就可以把一切穷愁,丢在脑后。而今年五月初十待我赶到北京的时候,他的尸体,早已在妙光阁的广谊园地下躺着了。

他的病,说是脑膜炎。自从得病之日起,一直到旧历端午节的午时绝命的时候止,中间经过有一个多月的光景。平时被我们宠坏了的他,听说此番病里,却乖顺得非常。叫他吃药,他就大口的吃,叫他用冰枕,他就很柔顺的躺上。病后还能说话的时候,只问他的娘:"爸爸几时回来?""爸爸在上海为我定做的小皮鞋,已经做好了没有?"我的女人,于惑乱之余,每幽幽地问他:"龙!你晓得你这一场病,会不会死的?"他老是很不愿意的回答说:"那儿会死的哩?"据女人含泪的告诉我说,他的谈吐,绝不似一个五岁的小儿。

未病之前一个月的时候,有一天午后他在门口玩耍,看见西面来了一乘马车,马车里坐着一个戴灰白帽子的青年。他远远看见,就急忙丢下了伴侣,跑进屋里叫他娘出来,说:"爸爸回来了,爸爸回来了!"因为我去年离京时所戴的,是一样的一顶白灰呢帽。他娘跟他出来到门前,马车已经过去了,他就死劲的拉住了他娘,哭喊着说:"爸爸怎么不家来吓?爸爸怎么不家来吓?"他娘说慰了半天,他还尽是哭着,这也是他娘含泪和我说的。现在回想起来,自己实在不该抛弃了他们,一个人在外面流荡,致使他那小小的灵心,常有这望远思亲之痛。

去年六月,搬往什刹海之后,有一次我们在堤上散步,因为他看见了人家的汽车,硬是哭着要坐,被我痛打了一顿。又有一次,也是因为要穿洋服,受了我的毒打。这实在只能怪我做父亲的没有能力,不能做洋服给他穿,雇汽车给他坐。早知他要这样的早死,我就是典当抢劫,也应该去弄一点钱来,满足他的无邪的欲望。到现在追想起来，实在觉得对他不起，实在是我太无容人之量了。

我女人说，濒死的前五天，在病院里，他连叫了几夜的爸爸！她问他"叫爸爸干什么？"他又不响了，停一会儿，就又再叫起来。到了旧历五月初三日，他已入了昏迷状态，医师替他抽骨髓，他只会直叫一声"干吗？"喉头的气管，咯咯在抽咽，眼睛只往上吊送，口头流些白沫，然而一口气总不肯断。他娘哭叫几声"龙！龙！"他的眼角上，就会逆流些眼泪出来，后来他娘看他苦得难过，倒对他说：

"龙！你若是没有命的，就好好的去罢！你是不是想等爸爸回来？就是你爸爸回来，也不过是这样的替你医治罢了。龙！你有什么不了的心愿呢？龙！与其这样的抽咽受苦，你还不如快快的去罢！"

他听了这一段话，眼角上的眼泪，更是涌流得厉害。到了旧历端午节的午时，他竟等不着我的回来，终于断气了。

丧葬之后，女人搬往哥哥家里，暂住了几天。我于五月十日晚上，下车赶到什刹海的寓宅，打门打了半天，没有应声，后来抬头一看，才见了一张告示邮差送信的白纸条。

自从龙儿生病以后，连日连夜看护久已倦了的她，又那里经得起最后的这一个打击？自己当到京之夜，见了她的衰容，见了她的泪眼，又那里能够不痛哭呢？

在哥哥家里小住了两三天，我因为想追求龙儿生前的遗迹，一定要女人和我仍复搬回什刹海的住宅去住它一两个月。

搬回去那天，一进上屋的门，就见了一张被他玩破的今年正月里的花灯。听说这张花灯，是南城大姨妈送他的，因为他自家烧破了一个窟窿，他还哭过好几次来的。

其次，便是上房里砖上的几堆烧纸钱的痕迹！当他下殓时烧给他的。

院子里有一架葡萄，两棵枣树，去年采取葡萄枣子的时候，他站在树下，兜起了大褂，仰头在看树上的我。我摘取一颗，丢入了他的大褂兜里，他的哄笑声，要继续到三五分钟。今年这两棵枣树，结满了青青的枣子，风起的半夜里，老有熟极的枣子辞枝自落。女人和我，睡在床上，有时候且哭且谈，总要到更深人静，方能入睡。在这样的幽幽的谈话中间，最怕听的，就是这滴答的坠枣之声。

到京的第二日，和女人去看他的坟墓。先在一家南纸铺里买了许多冥府的钞票，预备去烧送给他，直到了妙光阁的广谊园茔地门前，她方从呜咽里清醒过来，说："这是钞票，他一个小孩如何用得呢？"就又回车转来，到琉璃厂去买些有孔的纸钱。她在坟前哭了一阵，把纸钱钞票烧化的时候，却叫着说：

"龙！这一堆是钞票，你收在那里，待长大了的时候再用，要买什么，你先拿这一堆钱去用罢！"

这一天在他的坟上坐着，我们直到午后七点，太阳平西的时候，才回家来。

临走的时候,他娘还哭叫着说:

"龙!龙!你一个人在这里不怕冷静的么?龙!龙!人家若来欺你,你晚上来告诉娘罢!你怎么不想回来了呢?你怎么梦也不来托一个呢?"

箱子里,还有许多散放着的他的小衣服。今年北京的天气,到七月中旬,已经是很冷了。当微凉的早晚,我们俩都想换上几件夹衣,然而因为怕见到他旧时的夹衣袍袜,我们俩却尽是一天一天的捱着,谁也不说出口来,说"要换上件夹衫"。

有一次和女人在那里睡午觉,她骤然从床上坐了起来,鞋也不拖,光着袜子,跑上了上房起坐室里,并且更掀帘跑上外面院子里去。我也莫名其妙跟着她跑到外面的时候,只见她在那里四面找寻什么,找寻不着,呆立了一会,她忽然放声哭了起来,并且抱住了我急急的追问说:"你听不听见?你听不听见?"哭完之后,她才告诉我说,在半醒半睡的中间,她听见"娘!娘!"的叫了两声,的确是龙的声音,她很坚定的说:"的确是龙回来了。"

北京的朋友亲戚,为安慰我们起见,今年夏天常请我们俩去吃饭听戏,她老不愿意和我同去,因为去年的六月,我们无论上那里去玩,龙儿是常和我们在一处的。

今年的一个暑假,就是这样的,在悲叹和幻梦的中间消逝了。

这一回南方来催我就道的信,过于匆促,出发之前,我觉得还有一件大事情没有做了。

中秋节前新搬了家,为修理房屋,部署杂事,就忙了一个星期。出发之前,又因了种种琐事,不能抽出空来,再上龙儿的墓地里去探望一回。女人上东车站来送我上车的时候,我心里尽酸一阵痛一阵的在回念这一件恨事。有好几次想和她说出来,教她于两三日后再往妙光阁去探望一趟,但见了她的憔悴尽的颜色,和苦忍住的凄楚,又终于一句话也没有讲成。

现在去北京远了,去龙儿更远了,自家只一个人,只是孤零丁的一个人。在这里继续此生中大约是完不了的漂泊。

一九二六年十月五日
(选自《郁达夫文集》,当代世界出版社 2010 年版)

戏 剧

终身大事

胡 适

戏中人物

　　田太太

　　田先生

　　田亚梅女士

　　算命先生(瞎子)

　　李妈(田宅的女仆)

布　景

　　田宅的会客室。右边有门,通大门。左边有门,通饭厅。背面有一张莎法榻。两旁有两张靠椅。中央一张小圆桌子,桌上有花瓶。桌边有两张座椅。左边靠壁有一张小写字台。

　　墙上挂的是中国字画,夹着两块西洋荷兰派的风景画。这种中西合璧的陈设,很可表示这家人半新半旧的风气。

　　　　〔开幕时,幕慢慢的上去,台下的人还可听见台上算命先生弹的弦子将完的声音。田太太坐在一张靠椅上。算命先生坐在桌边椅子上。

田 太 太　你说的话我不大听得懂。你看这门亲事可对得吗?

算命先生　田太太,我是据命直言的。我们算命的都是据命直言的。你知道——

田 太 太　据命直言是怎样呢?

算命先生　这门亲事是做不得的。要是你家这位姑娘嫁了这男人,将来一定没有好结果。

田 太 太　为什么呢?

算命先生　你知道,我不过是据命直言。这男命是寅年亥日生的,女命是巳年申时生的。正合着命书上说的"蛇配虎,男克女。猪配猴,不到头"。这是合婚最忌的八字。属蛇的和属虎的已是相克的了。再加上亥日申时,猪猴相克,这是两重大忌的命。这两口儿要是成了夫妇,一定不能团圆到老。仔细看起来,男命强得多,是一个夫克妻之命,应该女人早年短命。田太太,我不过是据命直言,你不要见怪。

田 太 太　不怪,不怪。我是最喜欢人直说的。你这话一定不会错。昨天观音娘娘也是这样说。

算命先生　哦!观音菩萨也这样说吗?

田 太 太　是的,观音娘娘签诗上说——让我寻出来念给你听。(走到写字台边,翻开抽屉,拿出一张黄纸,念道)这是七十八签,下下。签诗说,"夫妻前生定,因缘莫强求。逆天终有祸,婚姻不到头"。

算命先生　"婚姻不到头",这句诗和我刚才说的一个字都不错。

田 太 太　观音娘娘的话自然不会错的。不过这件事是我家姑娘的终身大事,我们做爷娘的总得二十四分小心的办去。所以我昨儿求了签诗,总还有点不放心。今天请你先生来看看这两个八字里可有什么合得拢的地方。

算命先生　没有。没有。

田 太 太　娘娘的签诗只有几句话,不容易懂得。如今你算起命来,又合签诗一样。这个自然不用再说了。(取钱付算命先生)难为你。这是你对八字的钱。

算命先生　(伸手接钱)不用得,不用得。多谢,多谢。想不到观音娘娘的签诗居然和我的话一样!(立起身来)

田 太 太　(喊道)李妈!(李妈从左边门进来)你领他出去。(李妈领算命先生从右边门出去)

田 太 太　(把桌上的红纸庚帖收起,折好了,放在写字台的抽屉里。又把黄纸签诗也放进去。口里说道)可惜!可惜这两口儿竟配不成!

田　　女　(从右边门进来。她是一个二十三四岁的女子,穿着出门的大衣,脸上现出有心事的神气。进门后,一面脱下大衣,一面说道)妈,你怎么又算起命来了?我在门口碰着一个算命的走出去。你忘了爸爸不准算命的进门吗?

田 太 太　我的孩子,就只这一次,我下次再不干了。

田　　女　但是你答应了爸爸以后不再算命了。

田 太 太　我知道,我知道,但是这一回我不能不请教算命的。我叫他来把你和那陈先生的八字排排看。

田　　女　哦!哦!

田 太 太　你要知道,这是你的终身大事,我又只生了你一个女儿,我不能糊里糊涂的让你嫁一个合不来的人。

田　女　谁说我们合不来？我们是多年的朋友，一定很合得来。

田太太　一定合不来。算命的说你们合不来。

田　女　他懂得什么？

田太太　不单是算命的这样说，观音菩萨也这样说。

田　女　什么？你还去问过观音菩萨吗？爸爸知道了更要说话了。

田太太　我知道你爸爸一定同我反对，无论我做什么事，他总同我反对。但是你想，我们老年人怎么敢决断你们的婚姻大事。我们无论怎样小心，保不住没有错。但是菩萨总不会骗人。况且菩萨说的话，和算命的说的，竟是一样，这就更可相信了。（立起来，走到写字台边，翻开抽屉）你自己看菩萨的签诗。

田　女　我不要看，我不要看！

田太太　（不得已把抽屉盖了）我的孩子，你不要这样固执。那位陈先生我是很喜欢他的。我看他是一个很可靠的人。你在东洋认得他好几年了，你说你很知道他的为人。但是你年纪还轻，又没有阅历，你的眼力也许会错的。就是我们活了五六十岁的人，也还不敢相信自己的眼力。因为我不敢相信自己，所以我去问观音菩萨又去问算命的。菩萨说对不得，算命的也说对不得，这还会错吗？算命的说，你们的八字正是命书最忌的八字，叫做什么"猪配猴，不到头"，因为你是巳年申时生的，他是——

田　女　你不要说了，妈，我不要听这些话。（双手遮着脸，带着哭声）我不爱听这些话！我知道爸爸不会同你一样主意。他一定不会。

田太太　我不管他打什么主意。我的女儿嫁人，总得我肯。（走到她女儿身边，用手巾替她揩眼泪）不要掉眼泪。我走开去，让你仔细想想。我们都是替你打算，总想你好。我去看午饭好了没有。你爸爸就要回来了。不要哭了，好孩子。（田太太从饭厅的门进去了）

田　女　（揩着眼泪，抬起头来，看见李妈从外面进来，她用手招呼她走近些，低声说）李妈，我要你帮我的忙。我妈不准我嫁陈先生——

李　妈　可惜，可惜！陈先生是一个很懂礼的君子人。今儿早晨，我在路上碰着他，他还点头招呼我咧。

田　女　是的，他看见你带了算命先生来家，他怕我们的事有什么变卦，所以他立刻打电话到学堂去告诉我。我回来时，他在他的汽车里远远的跟在后面。这时候恐怕他还在这条街的口子上等候我的信息。你去告诉他，说我妈不许我们结婚。但是爸爸就回来了，他自然会帮我们。你叫他把汽车开到后面街上去等我的回信。你就去罢。(李妈转身将出去)回来!(李妈回转身来)你告诉他——你叫他——你叫他不要着急!(李妈微笑出去)

田　女　(走到写字台边,翻开抽屉,偷看抽屉里的东西。伸出手表看道)爸爸应该回来了,快十二点了。

(田先生约摸五十岁的样子,从外面进来)

田　女　(忙把抽屉盖了。站起来接她父亲)爸爸,你回来了! 妈说,……妈有要紧话同你商量,——有很要紧的话。

田　先　生　什么要紧话? 你先告诉我。

田　女　妈会告诉你的。(走到饭厅边,喊道)妈,妈,爸爸回来了。

田　先　生　不知道你们又弄什么鬼了。(坐在一张靠椅上。田太太从饭厅那边过来)亚梅说你有要紧话,——很要紧的话,要同我商量。

田　太　太　是的,很要紧的话。(坐在左边椅子上)我说的是陈家的这门亲事。

田　先　生　不错,我这几天心里也在盘算这件事。

田　太　太　很好,我们都该盘算这件事了。这是亚梅的终身大事,我一想起这事如何重大,我就发愁,连饭都吃不下了,觉也睡不着了。那位陈先生我们虽然见过好几次,我心里总有点不放心。从前人家看女婿总不过偷看一面就完了。现在我们见面越多了,我们的责任更不容易担了。他家是很有钱的,但是有钱人家的子弟总是坏的多,好的少。他是一个外国留学生,但是许多留学生回来不久就把他们原配的妻子休了。

田　先　生　你讲了这一大篇,究竟是什么主意?

田　太　太　我的主意是,我们替女儿办这件大事,不能相信自己的主意。我就不敢相信我自己。所以我昨儿到观音庵去问菩萨。

田　先　生　什么? 你不是答应我不再去烧香拜佛了吗?

田　太　太　我是为了女儿的事去的。

田　先　生　哼! 哼! 算了罢。你说罢。

田　太　太　我去庵里求了一签。签诗上说,这门亲事是做不得的。我把签诗给你看。(要去开抽屉)

田　先　生　呸! 呸! 我不要看。我不相信这些东西! 你说这是女儿的终身大事,你不敢相信自己,难道那泥塑木雕的菩萨就可相信吗?

田　女　(高兴起来)我说爸爸是不信这些事的。(走近她父亲身边)谢谢你。我们应该相信自己的主意,可不是吗?

田　太　太　不单是菩萨这样说。

田 先 生　哦！还有谁呢？

田 太 太　我求了签诗，心里还不很放心，总还有点疑惑。所以我叫人去请城里顶有名的算命先生张瞎子来排八字。

田 先 生　哼！哼！你又忘记你答应我的话了。

田 太 太　我也知道。但是我为了女儿的大事，心里疑惑不定，没有主张，不得不去找他来决断决断。

田 先 生　谁叫你先去找菩萨惹起这点疑惑呢？你先就不该去问菩萨，——你该先来问我。

田 太 太　罪过，罪过，阿弥陀佛——那算命的说的话同菩萨说的一个样儿。这不是一桩奇事吗？

田 先 生　算了罢！算了罢！不要再胡说乱道了。你有眼睛，自己不肯用，反去请教那没有眼睛的瞎子，这不是笑话吗？

田 　 女　爸爸，你这话一点也不错。我早就知道你是帮助我们的。

田 太 太　（怒向她女儿）亏你说得出，"帮助我们的"，谁是"你们"？"你们"是谁？你也不害羞！（用手巾蒙面哭了）你们一齐通同起来反对我！我女儿的终身大事，我做娘的管不得吗？

田 先 生　正因为这是女儿的终身大事，所以我们做父母的该应格外小心，格外慎重。什么泥菩萨哪，什么算命合婚哪，都是骗人的，都不可相信。亚梅，你说是不是？

田 　 女　正是，正是。我早知道你决不会相信这些东西。

田 先 生　现在不许再讲那些迷信的话了。泥菩萨，瞎算命，一齐丢去！我们要正正经经的讨论这件事，（对田太太）不要哭了。（对田女）你也坐下。

（田女士在莎发榻上坐下）

田 先 生　亚梅，我不愿意你同那姓陈的结婚。

田 　 女　（惊慌）爸爸，你是同我开玩笑，还是当真？

田 先 生　当真。这门亲事一定做不得的。我说这话，心里很难过，但是我不能不说。

田 　 女　你莫非看出他有什么不好的地方？

田 先 生　没有。我很喜欢他。拣女婿拣中了他，再好也没有了，因此我心里更不好过。

田 　 女　（摸不着头脑）你又不相信菩萨和算命？

田 先 生　决不，决不。

田 太 太
田 　 女　（同时问）那么究竟为了什么呢？

田　先　生　好孩子，你出洋长久了，竟把中国的风俗规矩全都忘了。你连祖宗定
　　　　　　　下的祠规都不记得了。

田　　　女　我同陈家结婚，犯了那一条祠规？

田　先　生　我拿给你看。（站起来从饭厅边进去）

田　太　太　我意想不出什么。阿弥陀佛，这样也好，只要他不肯许就是了。

田　　　女　（低头细想，忽然抬头显出决心的神气）我知道怎么办了。

田　先　生　（捧着一大部族谱进来）你瞧，这是我们的族谱。（翻开书页，乱堆在
　　　　　　　桌上）你瞧，我们田家两千五百年的祖宗，可有一个姓田和姓陈的
　　　　　　　结亲？

田　　　女　为什么姓田的不能和姓陈的结婚呢？

田　先　生　因为中国的风俗不准同姓的结婚。

田　　　女　我们并不同姓。他家姓陈，我家姓田。

田　先　生　我们是同姓的。中国古时的人把陈字和田字读成一样的音。我们的
　　　　　　　姓有时写作田字，有时写作陈字，其实是一样的。你小时候读过《论
　　　　　　　语》吗？

田　　　女　读过的，不大记得了。

田　先　生　《论语》上有个陈成子，旁的书上都写作田成子，便是这个道理。两千
　　　　　　　五百年前，姓陈的和姓田只是一家。后来年代久了，那写做田字的便
　　　　　　　认定姓田，写做陈字的便认定姓陈，外面看起来，好像是两姓，其实是
　　　　　　　一家。所以两姓祠堂里都不准通婚。

田　　　女　难道两千年前同姓的男女也不能通婚吗？

田　先　生　不能。

田　　　女　爸爸，你是明白道理的人，一定不认这种没有道理的祠规。

田　先　生　我不认他也无用。社会承认他。那班老先生们承认他。你叫我怎么
　　　　　　　样呢？还不单是姓田的和姓陈的呢。我们衙门里有一位高先生告诉
　　　　　　　我，说他们那边姓高的祖上本是元朝末年明朝初年陈友谅的子孙，后
　　　　　　　来改姓高。他们因为六百年前姓陈，所以不同姓陈的结亲；又因为两
　　　　　　　千五百年前姓陈的本又姓田，所以又不同姓田的结亲。

田　　　女　这更没有道理了！

田　先　生　管他有理无理，这是祠堂里的规矩，我们犯了祠规就要革出祠堂。前
　　　　　　　几十年有一家姓田的在南边做生意，就把一个女儿嫁给姓陈的。后
　　　　　　　来那女的死了，陈家祠堂里的族长不准她进祠堂。她家花了多少钱，
　　　　　　　捐到祠堂里做罚款，还把"田"字当中那一直拉长了，上下都出了头，
　　　　　　　改成了"申"字，才许她进祠堂。

| 田　　女 | 那是很容易的事。我情愿把我的姓当中一直也拉长了改作"申"字。 |

田　先　生　说得好容易！你情愿，我不情愿咧！我不肯为了你的事连累我受那班老先生们的笑骂。

田　　女　（气得哭了）但是我们并不同姓！

田　先　生　我们族谱上说是同姓，那班老先生们也都说是同姓。我已经问过许多老先生了，他们都是这样说，你要知道，我们做爹娘的，办儿女的终身大事，虽然不该听泥菩萨瞎算命的话，但是那班老先生的话是不能不听的。

田　　女　（作哀告的样子）爸爸！——

田　先　生　你听我说完了。还有一层难处。要是你这位姓陈的朋友是没有钱的，到也罢了；不幸他又是很有钱的人家。我要把你嫁了他，那班老先生们必定说我贪图他有钱，所以连祖宗都不顾，就把女儿卖给他了。

田　　女　（绝望了）爸爸！你一生要打破迷信的风俗，到底还打不破迷信的祠规！这是我做梦也想不到的！

田　先　生　你恼我吗？这也难怪。你心里自然总有点不快活。你这种气头上的话，我决不怪你，——决不怪你。

李　　妈　（从左边门出来）午饭摆好了。

田　先　生　来，来，来。我们吃了饭再谈罢。我肚里饿得很了。（先走进饭厅去）

田　太　太　（走近她女儿）不要哭了。你要自己明白。我们都是想你好。忍住。我们吃饭去。

田　　女　我不要吃饭。

田　太　太　不要这样固执。我先去，你定一定心就来。我们等你咧。（也进饭厅去了。李妈把门随手关上，自己站着不动）

田　　女　（抬起头来，看见李妈）陈先生还在汽车里等着吗？

李　　妈　是的。这是他给你的信，用铅笔写的。（摸出一张纸，递与田女）

田　　女　（读信）"此事只关系我们两人，与别人无关，你该自己决断"（重读末句）"你该自己决断！"是的，我该自己决断！（对李妈说）你进去告诉我爸爸和妈，叫他们先吃饭，不用等我。我要停一会再吃。（李妈点头自进去。田女士站起来，穿上大衣，在写字台上匆匆写了一张字条，压在桌上花瓶底下。她回头一望，匆匆从右边门出去了。略停一会）

田　太　太　（戏台里的声音）亚梅，你快来吃饭，菜要冰冷了。（门里出来）你那里去了？亚梅。

田 先 生　（戏台里）随她罢。她生了气了,让她平平气就会好了。（门里出来）
　　　　　她出去了？

田 太 太　她穿了大衣出去了。怕是回学堂去了。

田 先 生　（看见花瓶底下的字条)这是什么？（取字条念道)"这是孩儿的终身
　　　　　大事。孩儿该自己决断。孩儿现在坐了陈先生的汽车去了。暂时告
　　　　　辞了。"（田太太听了,身子往后一仰,坐倒在靠椅上。田先生冲向右
　　　　　边的门,到了门边,又回头一望,眼睁睁的显出迟疑不决的神气。幕
　　　　　下来）

一九一九年

（选自《胡适文集》第 2 卷,北京大学出版社 1998 年版）

获虎之夜（节选）

田 汉

  《获虎之夜》是田汉先生 1922 年创作的一幕独幕剧，在戏剧界享有很高的声誉。该话剧描述了一个流浪青年和富农女儿恋爱的故事。剧本比较成功地塑造了莲姑、黄大傻这对向往自由幸福，争取合理权力的男女青年的形象。《获虎之夜》通过莲姑与黄大傻的爱情悲剧，谴责了以等级、财富、地位等来决定婚姻的封建意识，控诉了摧残迫害男女青年真挚爱情的封建制度，歌颂了勇于向封建思想挑战的青年。

莲 姑 （走到祖母前）娭毑，我……

祖 母 （抚之）傻孩子，你哭什么，你的命不是比你妈、你娭毑都好吗？

莲 姑 不。娭毑，我是一条苦命。

    〔隐约闻外面人声嘈杂，猎犬吠声。

祖 母 你听，你爹爹跟屠大爷他们抬虎来了。你出阁的时候又要添一样好陪奁了。你也可以早些到陈家里去享福去了。你还不到大门口去看看去。

莲 姑 不，我不要去看。我怕这个老虎。

祖 母 你又不是才看见过老虎的。怕它做什么？以前捉了活的还不怕，此刻是打死了抬回来的，更不必怕了。

莲 姑 我怎么不怕它？它是催我的命的。

祖 母 瞧你，你又跟黄大傻一样地发起颠来了。

莲 姑 娭毑，是的，我是跟他一样颠的，我怕我会变成他那一样的颠子呢。

祖 母 你越说越傻了。好好的人怎么会颠？

    〔人声、狗声愈近。

祖 母 好。（站起来）

    〔众声嘈杂中闻甲长之声：“抬进去，抬进去。”

祖 母 你听，虎已经抬到门口来了。快去看看去。

莲 姑 不，我不要看。老虎进来，我就要出门子了。

    〔人声，脚步声，猎犬吠声，已闹成一片了。

屠 大 （在内）周三爷，你把大门推开些，推开些。

魏福生 （在内）堂屋里快安排一扇门板。

李东阳　（在内）你把脚好生抱着，抬进去。

祖　母　莲儿，虎抬进来了。快去看看。

莲　姑　不。我不要看。

〔人声、足步声愈近。

魏福生　（在内）抬到堂屋里去。

李东阳　（在内）不，抬到火房里去。

祖　母　你快去开门，虎要抬到火房里来了。

魏福生　（在内）何必抬到火房里去？

李东阳　（在内）天气冷，抬到火房里去吧。快去安置一下。

〔火房门开了，李二进来把左壁大竹床上的东西挪开，铺上一床棉褥，把衣服卷成一个枕头，放好。李东阳进来，把椅凳移开。在莲姑和她祖母的错愕中间，魏福生和屠大早半抬半抱的抬进一只"大虎"——一个十七八岁的褴褛少年。腿上打得鲜血淋漓，此时昏过去了。让他们把他尸骸般的抬起放在那大竹床上。

祖　母　怎么哪，打了人？

魏福生　有什么说的，倒楣嘛！

李东阳　你老人家快把火烧大一点。福生，你得赶快去请一个医生来。

魏福生　这时候到哪里去请医生呢？槐树屋梁六先生又上城去了。

李东阳　不，得立刻去请一个来，他伤得很重，弄出人命来不是玩的。

魏福生　屠大爷，那么你到文家文九先生那里去一趟，请他老人家务必今晚来一趟。李二爷，你也同去，好抬他的轿子。

〔屠大、李二匆匆退场。

〔魏黄氏急登场。

魏黄氏　打了人？打了谁呀？

魏福生　还有谁！还不是那个晦气。

〔魏黄氏与莲姑的眼光都转到那褴褛少年脸上。

魏福生　他晕过去了。快烧碗开水灌他一下。（忽注意到莲姑）莲儿快进去，不要呆在这里。

莲　姑　（目不转睛地望着那面色灰败的少年，似没有听得她父亲的话，旋疑其视觉有误，拭目，挨近一看）嗳呀，这不是黄大哥？黄大哥呀！（哭）

魏黄氏　当真是那孩子，怎么瘦到这样了。咳，真是想不到。（起身，烧水去）

魏福生　不识羞的东西，他是你什么黄大哥？还不给我滚进去！

祖　母　（起视）当真是那孩子吗？

魏福生　不是那个颠子，这个时候谁还跑到岭上去送死？背时人就碰上这样的背时东西。

祖　母　伤在哪里？

魏福生　伤了大腿。只要再打上一点，这家伙就没有命了。

李东阳　现在还是危险得很，血出的太多。我们走近他的时候还以为是只虎，仔细一看才知道是他在那里乱滚。

魏福生　他伤的那样重，见了我还跟我道恭喜呢。这个混账东西！

祖　母　快替他收血。把他喊转来。可怜这孩子已经是个颠子了，不要又弄成个残疾。

魏福生　（伏在少年腿边作法收血）功程太大了，不容易收。我去叫下屋李待诏（理发师别名）来。甲长先生，请你替我招呼一下，我去一下就来。

李东阳　可以。你去。这里我招呼。

魏福生　谢谢你，甲长先生。（下去了）

莲　姑　（等他父亲走后，挨近少年身边，寻着伤处）哦呀，伤的这么重！（摸一手的血）出这样多的血！嗳呀，怎么得了！（哭。忽悟哭也无益，急起身进房）

〔闻撕布声。

李东阳　（对何维贵）今晚领你来看老虎，想不到看了这样一只虎。你先回去吧。我要等一下才能走。（送何维贵到门口）你出大门一直走，走到那株大樟树那里拐弯，进那个长坡，就看见我的家了。你看得见吗？拿个火把去吧。

何维贵　不消得，我看得见。

周　三　我带何大哥去好哪。我还要顺便到一下李家新屋，问他们家要些药来。他们有云南白药。

李东阳　那更好了。你对大埃姆说，我等一下就回来。

〔何维贵、李东阳退场。

〔莲姑携白布和棉花一卷登场，就黄大傻侧坐。替他洗去血迹绷裹伤处，少年略转侧，微带呻吟之声。

莲　姑　（细声呼少年）黄大哥，黄大哥！

黄大傻　（呻吟声中隐约吐出一种痛苦的答声）唔。

李东阳　壶里的水开了。快灌点开水。

〔魏黄氏冲一碗开水，俟略冷，端到黄大傻身边。

祖　母　拿支筷子挑开他的口，徐徐灌下。

李东阳　好了，肚子里有点转动了。

祖　母　咳，这也是一种星数。

莲　姑　（微呼之)黄大哥,黄大哥。

黄大傻　（声音略大)唔。嗳哟。

祖　母　可怜的孩子,这一阵子他痛晕了呢。

黄大傻　（呻吟中杂着梦呓)嗳哟,莲姑娘,痛啊。

魏黄氏　这孩子这样痛,还没有忘记莲儿呢!

莲　姑　（抚之)黄大哥。

黄大傻　（睁开眼四望)哦呀。我怎么在这里? 我怎么睡在这里?

李东阳　你刚才在山上被猎枪打了,我们把你抬到这来的。这会子清醒了一点
　　　　没有?

黄大傻　好了一点。哦呀,李大公。哦呀,姑母,姑娭毑,莲姑娘。莲姑娘,我怎
　　　　么刚才在山上看见你? 我当我还倒在山上呢,嗳哟。(拭目)莲姑娘,我
　　　　们不是在做梦吗?

莲　姑　黄大哥,不是做梦啊,是真的。你睡在我们家火房里的竹床上。

黄大傻　是真的? ……我没想到今晚能再见你啊,莲姐! 听说你要出嫁了。听
　　　　说就是这几天要过门了。我想来跟你道喜,又没有胆子进这张门。我
　　　　只想,只想到你出阁那天,陈家一定要招些叫化子来打旗子的。那时候
　　　　我就去讨一面旗子打了,算是我跟你道喜。是,是哪一天? 日子已经定
　　　　了没有?

莲　姑　黄大哥……(哭不可抑)

(节选自《田汉文集》第一卷,中国戏剧出版社 1983 年版)

压　迫

——纪念刘叔和

丁西林

叔和：

这篇短剧是贡献给你的。这剧里主人的一种可爱的特性，是否受了你的暗示，我不敢说，但是这剧的情节，是由你发生的。去年的冬天——大约你还记得吧——你想离开我们自己找房另住，有一天晚上，我们坐在火炉的旁边烤火，讲起这件事来，我们和你开玩笑，说你如果不结婚，你一定找不到房子。因为北京租房，要满足两个条件：一是有铺保，一是有家眷。那时我觉得这个题目很有趣味，对你说，我要替你写一篇短剧。这事已隔了一年多了。在这一年之内，多少次我想把这篇剧本写出，都没有成功。现在这篇剧本总算勉强脱稿，但是你已经死了！以前我写的那几篇试验的作品，都曾经先由你看过，然后发表。这一篇特别为你写的东西，反而得不着你的批评，这是很令人感伤的一件事。

这篇短剧不过是一种幻想。没有"问题"，也没有"教训"。然而因为你的死，它倒有了特别的意义。你是怎样死的，你知道么？你的病，是瘟热病。你的死，是苍蝇咬死的。苍蝇不会咬人，但是你住在医院的时候，你的朋友每次去看你，都要在你的床上，你的身上，你的牛奶杯上替你打死好多的苍蝇。你处在那种无人看护的情境，说你是苍蝇咬死的，总不算太理智吧。因此我想到，你真的找房的时候，如果能和这剧里的主人一样，遇到那样的一个富有同情的人，和你"联合起来"，去抵抗——不但"有产阶级的压迫"——社会上一切的压迫与欺侮，我相信，你是一定不会死的。

你是一个很有 humor 的人，一定不会怪我写一篇喜剧来纪念一个已死的朋友。我的生性是不悲观的，然而你可以相信，我写完了这篇剧本，思念到你，我感觉到的只是无限的凄凉与悲哀。

西林

十四、十二、七

205

人物

男客人

女客人

房东太太

老　妈

巡　警

布景

一间中国旧式的房子。后面一扇门通院子，左右壁各一门通耳房。房的中间偏右方，一张方桌，四围几张小椅。桌上铺了白布，中间放着一架煤油灯及茶具。偏左方，一张茶几，两张椅子，靠壁放着。一张椅背上搭了一件雨衣，旁边放着一个手提的皮包。后面的左边靠墙放着一张类似洗脸架带有镜子的小桌，上面放着一个时钟及花瓶。屋内尚有其他的陈设，壁上还有一些字画，但都很简单而俭朴。

　　〔开幕时，一个著粗呢洋服、长筒皮靴的男人坐在茶几旁边的一张椅上抽烟斗，一个老妈子立在门外，将手伸到屋檐的外边去试验有无雨点。

老妈　（走进屋来）雨倒不下了，怎么还不回来？（从桌上拿了茶壶，走到茶几边代客人倒茶）

男客　（不耐烦，站起）唉，你先弄一点东西来吃，好不好？

老妈　东西倒有在那里，不过这也得等太太回来。

男客　吃东西也得等太太回来？

老妈　（叹了一口气）是的，吃东西得等太太回来，房子的事情，也得等太太回来。

男客　好吧，等太太回来吧。横竖是那么一回事，太太回来也是那样，太太不回来也是那样。（复坐下）

老妈　（摇头）看那样子，太太不象肯答应把这房子租给你。

男客　不把这房子租给我？谁叫她受我的定钱？

老妈　是的，那只怪小姐不好。其实——唉——太太的脾气也太古怪了。象你先生这样的人，有甚么要紧？深更半夜，屋里有一个男人，还可以有个照应。

男客　这房子以前有人租过没有？

老妈　这房子已经空了有一年多了，也没有租出去。

男客　这房子并不坏，为甚么没有人要？

老妈　没有人要？谁看了都说这房子好，都愿意租。这房子又干净，又显亮，前面还有那样的一个花园。

男客　这样说为甚么一年多没有租出去呢?

老妈　你先生也不是外人,告诉你也没有甚么要紧,你知道,我们的太太爱的就是打牌,一天到晚在外边。家里就只有我和小姐两个人。有人来看房,都是小姐去招呼。有家眷的人,一提到太太,小孩,小姐就把他回了。没有家眷的人,小姐才答应,等到太太回来,一打听,说是没有家眷,太太就把他回了。这样不要说一年,就是十年,我看这房子也租不出去。

男客　怎么,象这样的事,以前已经有过么?

老妈　也不知过多少次。每回租房,小姐都要和太太吵一次,不过平常小姐不敢做主,这一次她做主受了你先生的定钱,所以才生出这样的事来。

男客　她如果早做主,这房子老早就租了出去。

老妈　是的,不过平常租房的人,听说房子不能租给他们,他们也就没有话说,不象你先生这样的……

男客　古怪,是不是?是的,你们太太的脾气太古怪了,我的脾气也太古怪了,这一回两个古怪碰在一块儿,所以这事就不好办了。不过我也觉得这房子不坏,尤其是前面的那个小花园。

老妈　看你先生的样子,一定也是爱清静的。这里一天到晚听不到一点嘈杂的声音,离你先生办事的地方又近,所以……我曾在那里替你先生想……

男客　你替我想甚么?

老妈　……就说你先生是有家眷的,家眷要过几天才来,这样一说,太太一定可以答应把这房子租给你。

男客　好了,如果过几天没有家眷来,怎样?

老妈　住了些时,太太看了你先生甚么都好,她也就不管了。

男客　不行不行,一个人没有结婚,并没有犯罪,为甚么连房子都租不得?

老妈　喔,我不过觉得你先生这样的爱这房子,如果租不成功,心里一定不舒服,所以那么瞎想罢了,我原是不懂事的。——啊,这大概是太太回来了。(走到门口,高声)是太太么?

　　　〔外边答应。

老妈　是的,在这儿。(走出)

　　　〔客人也站了起来。少停,房东太太由后门走进,老妈跟在她的后面。

房东　对不住,劳你等了。

男客　我对你不住,打搅了你。我叫你们的老妈子不要去惊动你,她没有听我的话。

房东　那没有甚么。(从一个皮夹子里拿出一张票子)啊,这是你先生留下的定钱,请你收起来。

男客　啊,对不住,我今天是到这边来住宿的,不是来讨定钱的。

房东　怎么? 昨天我不是对你说明白了么,说这房子不能租给你?

男客　啊,是的,你说的很明白。

房东　那么今天你还叫人把行李送到这儿来是甚么意思?

男客　(高兴得很)因为叫我不要来是你说的,不是我说的,我并没有答应你说不来。我答应了没有?

房东　(渐渐的感到不快)你这话我真不大明白,你的意思,好象是说这房子的租不租要由你答应,是不是?

男客　喔,不是,这房子的租不租,自然是要由你答应。不过,既把房子租了给我,这房子的退不退,就得由我答应。你知道,现在这房子不是租不租的问题,是退不退的问题。

房东　(渐渐生起气来)我这房子是几时租给你的?

男客　你既受了我的定钱,这房子就算租了给我。

房东　真是碰到鬼! 我几时受你的定钱? 那是我的女儿,她不懂事。

男客　不懂事? 她又不是一个小孩子。

房东　喔,现在这些废话都不必讲,我这房子并不是不租,我是要租一个有家眷的人,如果你先生有家眷来同住,我这房子租给你,我没有话说。

男客　你这话说的毫无道理,你租房的时候,说明了要家眷没有? 我骗了你没有?

房东　(改用和平的方法)租房的时候没有说,可是我昨天已经对你先生说过,我们家里没有一个男人……

男客　(停止她)唉,唉,我问你,你租房的时候,你家里有男人没有? 为什么现在才想到?

房东　你这人一点道理不讲,我没有这许多工夫来和你争论。

老妈　(想做和事佬)喔,太太,今天时候也不早,天又下雨,现在要这位先生另外找房子,也不大方便,可不可以让这位先生暂时在这儿住一宵,明天再想旁的法子。

男客　(固执)不行! 这话不是这样讲,如果我不租这房子,我即刻就走,既是受了我的定钱,这房子就非租给我不可!

房东　那么我告诉你,你今晚非走不可!

男客　(冷笑了一声)哼! (坐了下来)

房东　(站到他的面前)你走不走?

男客　不走!

房东　王妈,去把巡警叫来。

老妈　喔，太太！

房东　你去叫巡警来。

男客　巡警来了又怎样？巡警也得讲理呀？

老妈　太太，我想……

房东　我叫你去叫巡警去，你听见了没有？——你去不去？

老妈　好吧。（由后门走出）

房东　要他即刻就来！（由后门走出，用力将门一关）

男客　（没有了办法。袋里摸出烟包和烟斗，包里的烟又完了，从皮包里取出一个烟罐，开了一罐新烟，先把烟包装满了，然后装了烟斗。正想抽烟的时候，忽然来了敲门的声音。厉声的）进来！（仍然背了门立着）

女客　（推开门，轻轻走进。身上着了一件雨衣，一手提了一只小皮包，一手拿了一把雨伞。一进门就开了口，一开了口就有不能停止之势）啊！对不起，请你原谅。

〔男客人急转过身来，这时他才看见进来的是这样的一个人。

女客　这是很无礼的，我知道，但是我没有办法，你们的大门没有关，我一连敲了好几下，都没有人答应，所以只好一直走进来。

男客　（气还未平，但没有忘记把衔在嘴里的烟斗拿下来放在桌上）你有甚么事？

女客　我？我是到这边大成公司做事来的。今天刚从北京来，下午三点的车子，直到六点钟才到，九十里路，走了两个半钟头，你看！现在我要找一个住宿的地方，在火车站上，我打听了几个地址，一连走了三四家，都没有找到一间合用的房子。有人告诉我，说这边还有几间空房……

男客　（遇到了对头）啊，你是来租房的！

女客　是的。不知道这边的房子租出去了没有？

男客　（狠心的回答）你的运气不好，这房子刚刚租出去。

女客　啊，你说我运气不好，我的运气可真不好。碰到这样的天气，这乡下的路又不好走，你看，我一身的衣服都打湿了。两只脚走得发酸。（叹了一口气）唉。我可以借你们的凳子坐了歇一回儿么？

男客　对不起，请坐。（气全没有了）

女客　（放下皮包、雨伞）谢谢你。（坐在茶几里边的一张椅上，向四边观察房里的一切）

男客　（引起了趣味，坐在方桌旁的一张小椅上）刚才你说你是到大成公司来做事的，不知道在那边担任的甚么事？——啊，也许我不应该问。

女客　不应该问？那有甚么？这又不是不可以告诉人的事。前两个星期，他们在报上登了一个广告，要聘请一位书记。那个广告，甚么报上都有，我想你一定看到的。

〔男客点了一点头。

女客　上星期五，他们又在报上登了一个启事，说"敝公司拟聘书记一席，现已聘定，所有亲友寄来荐书，恕不一一作复，特此声明。"这个启事，你看见了没有？

〔男客又点了一点头。

女客　那位聘定的书记就是我。你没有想到吧？——你没有想到是一个女人吧？

男客　这倒没有想到。

女客　（得意的很）不过现在怎么办呢？你替我想想，后天就要到公司里去接事，现在连住的地方还没有找到！从六点半钟一直走到现在，就没有停脚。不瞒你说，我连饭还没有吃呢。（起身整理了一回衣服，走到镜子的前面照脸）

男客　（好象很同情的样子）饭还没有吃？那怎么行？这一层说不定我或者可以帮助你。（起身倒了一杯茶）

女客　谢谢你，我不过是告诉你。我不是来骗饭吃的。

男客　喔，对不起！——好，请先喝一杯茶吧。

女客　谢谢。（复坐原处）

男客　（袋里摸出纸烟盒）你不抽烟吧？

女客　我不抽烟，不过我并不反对旁人抽烟。（喝了一口茶）

男客　谢谢你。（放回烟盒，收了烟斗，背转了身，燃火抽烟）

女客　（摸自己的脚）喔，天呀！你看我的这双脚，还象是人的脚么？……

男客　（急转过身来）怎么样？

女客　不仅是水，连泥都走进去了！

男客　（殷勤起来）那真糟。要不要换袜子？如果要换袜子，我可以走到外边去。

女客　谢谢你，我不要换袜子。就是换袜子，也用不着把你赶到外边去。

男客　不要紧，如果袜子没有带，我还可以借你一双。

女客　谢谢你，你的好意我很感激，不过换它有甚么用处？反正是要到水里走去的。

男客　要到水里走去？——干么要到水里走去？

女客　不到水里走去有甚么办法？这样漆黑的天，一到街上，你还分得出哪里是水哪里是路来么？

〔男客如有所思。

女客　（又喝了一口茶，叹了一口气，起身告辞）啊，打搅了你，对不住得很。（拿

了皮包、雨伞，准备走出）

男客　（阻止她）不用忙，再歇一回儿。——刚才你说，你是要租房的，是不是？

女客　（面向了他）怎么，我说了半天，你还没有听懂么？

男客　听是听懂了。不过……唉，你看这三间房子怎么样？

女客　怎么，你不是说已经租出去了么？（放下皮包）

男客　租是租出去了，不过也许可以让给你。

女客　（高兴起来）可以让给我？真的么？（放下雨伞）

男客　自然是真的。（又替她倒好了一杯茶）

女客　（坐下，接了茶）谢谢。不过为甚么可以让给我？是不是这房子如果我愿租你就可以不租给那个人？

〔男客摇头。

女客　不然，你刚才说的是句谎话，这房子就没有租出去？

男客　不，我说的是实话。这房子是已经租出了。现在也不是不租给那个人。我说可以让给你，是说已经租好这房的那个人，自己愿意让给你。

女客　那我可不明白。为甚么那个人愿意把房子让给我？他连见都没有见过我，为甚么要把房子让给我？

男客　那你不用管。

女客　这房子闹鬼不闹鬼？

男客　怎么，难道你怕鬼么？

女客　喔，我是不怕鬼的，我说也许那个人怕鬼。

男客　喔，那个人也是不怕鬼的。——不管有鬼没有鬼，让我们来看看房子，好不好？（从桌上拿了灯引她看房。这是一间睡房。开了右壁的门，让她走进）芦苇的顶篷，洋灰地，洋式床，现成的铺盖。窗子外面是一个小小的花园。一清早就可听到鸟的声音。白天撩开窗帘，满屋里都是太阳。

〔女客人走出。他又把她引到左边的耳房。

男客　这边也是一个睡房。铺盖家具也都是现成。房间的大小，和那边一样。就是光线差一点。一个人住的时候，这里可以做睡房，那边可以做书房。

〔女客人走出。

男客　中间可以吃饭会客。（放下灯）这屋子又干净，又显亮，一天到晚，听不到一点嘈杂的声音。这里离你办事的地方又近。我看这房子是于你再合式没有了。

女客　这三间房子租多少钱？（坐下）

男客　喔，便宜得很。这样的三间房子，只租五块钱一月。

女客　房子倒不错，房价也不贵。（想了一想）这房子真的可以让给我吗？

男客　自然是真的，为甚么要骗你？

女客　不过今晚就来住，总不行吧？

男客　行，行。（好象忽然想起一件事来）不过——你结了婚没有？

女客　（跳了起来，挺了胸脯，竖起眉毛）甚么?!

男客　（还要补一句）你结了婚没有？

女客　（怒了）你这话问的太无道理！

男客　太无道理？

女客　简直是一种侮辱！

男客　（高兴起来）"侮辱"，对了，一点都不错，我也是这样说。但是现在有房出租的人，似乎最重要的是先要知道你结婚没有。

女客　我结婚没有，干你甚么事？

男客　是的，一点都不错，我结婚没有，干她们甚么事？可是她们一定要问，你说奇怪不奇怪？

女客　我完全不懂你的意思。

男客　谁说你懂？你自然不懂我的意思。不过你不要性急，让我告诉你，你就会懂。——刚才你说，你是到这边大成公司来做事的，是不是？

女客　你这人的记忆力真坏，怎么刚说过了的话，即刻就忘了。

男客　不要生气。我不过是告诉你，我也是到这边大成公司来做事的。

女客　你也是到大成来做事的？

男客　是的。你没有想到吧？

女客　你在大成做甚么事？

男客　我在这边当工程师。

女客　这样说，你并不是这里的房东？

男客　谁说我是这里的房东？我说了我是这里的房东没有？你看我的样子，象一个房东么？

女客　（抢着说）啊，我知道了！你是这里的房客！这三间房子是你租的，现在你觉得不合式，想把它退了。

男客　想把它退了！谁说我想把它退了？

女客　刚才你不是说这房子可以让给我的么？

男客　是的，我是说可以让，没有说要退。

女客　那我更加不明白了，你既不想退，为甚么要让呢？

男客　你真的不明白么？

女客　真的不明白。（坐下）

男客　因为——我看了你……喔，不是，因为房东不肯租给我。

女客　为甚么房东不肯租给你？

男客　啊，就是这婚姻的问题。现在我们讲到题目上来了。一星期以前，我到这里来看房子，碰到了房东小姐。一见了我，她就盘问我，问我有没有老太太，有没有小孩子，有没有兄弟姐妹，直等到我明明白白地告诉了她我是没有结过婚，她才满了意。连房价也没有多讲，她就答应了把房子租给我。

女客　懂么？她一定知道了你是一个工程师，她想嫁给你！

男客　真的么？这我倒没有想到。——昨天下午，我到这里来的时候，她们老太太告诉我，说如果我没有家眷来同住，她这房子不能租给我。她明明知道我没有家眷，她把这话来要挟我，你说可恶不可恶？

女客　为甚么没有家眷来同住，这房子就不能租给你？

男客　我不知道啊。她说她们家里没有男人。

女客　笑话。

男客　这简直是一种侮辱，是不是？

女客　是的。——后来怎么样？

男客　后来我把她教训了一顿。

女客　她明白了这个道理没有？

男客　明白了这个道理？一个人一过了四十岁，他脑子里就已经装满了旧的道理，再也没有地方装新的道理，我告诉你。

女客　现在怎么样？

男客　现在？现在我不走！

女客　她呢？

男客　她？她去叫巡警。

女客　叫巡警？叫巡警来干甚么？

男客　叫巡警来撵我！

女客　真的么？

男客　为甚么要骗你？你如果不相信，等一会儿巡警就要来，你自己看好了。

女客　这倒是怪有趣的事。不过巡警如果真的要撵你，你怎么样？

男客　你没有来以前，我不知道怎样。现在我有了主意。

女客　你预备怎样？

男客　我把巡警痛打一顿，让他把我带到巡警局里去，叫房东把房子租给你。这样一来，我们两个人就都有了住宿的地方。

女客　那不行。（若有所思）

男客　那为甚么不行？

女客　你还是没有出那口气。——唉,我倒有个主意。

男客　你有甚么主意?

女客　(少顿)让我来做你的太太,好不好?

男客　甚么?

女客　喔,你不用吓得那么样,我不是向你求婚。

男客　喔,你误会了我的意思,——我……我……因为我实在没有想到这个方法。

女客　这是最妙的一个方法。她说你没有家眷同住,这房子就不能租给你。现在你说你有了家眷,看她还有甚么话说?

男客　她一定没有话说。不过——你愿意么?

女客　我为甚么不愿意?这于我有甚么损害?——又不是真的做你的太太。

男客　喔,谢谢你!

女客　你不要把我的意思弄错。我不是说做了你太太,我就有甚么损害,那完全是另外一个问题。

男客　是的,那完全是另外一个问题。不过你帮我把租房的这个问题解决了,我总应该向你道谢。

女客　嗤!道谢,无产阶级的人,受了有产阶级的压迫,应当联合起来抵抗他们。(侧耳静听)

男客　不错,不错。

女客　我听见有人说话。

男客　那一定是巡警!(急促的)唉,不过我已经说过我是没有家眷的,现在怎样对她们讲?

女客　就说我们吵了嘴,你是逃出来的,不愿意给人知道……

男客　(听到巡警已经走到门外,他急忙的点了一点头,叫她不要再讲话)吁!
〔男客人坐在方桌边,装作生气的样子。女客人坐在茶几旁边。后门由外推开,走进一个巡警,手里提了一个风灯,后面跟了老妈子和房东太太。她们看见房里来了一个女人,非常的惊讶。房里来的这个女人,见她们来了,起了一回身,向她们行了一个很谦和的礼。巡警将风灯放在桌上,与那位生气的先生行了一礼。

巡警　您贵姓?

男客　(不客气的)我姓吴。

巡警　(把头点了一点)喔。——府上是?

男客　府上?我没有府上。

女客　(起始做起受了委曲的太太来)啊,你是拿定主意不要家了,是不是?

巡警　（注意到插嘴的人，向男客人）这位……贵姓是？

男客　（答不出，看了女客人一眼。女客也正在代他为难。他只好起始做起依旧赌气的丈夫来）我不知道。你问她自己好了。

巡警　（真的问她自己）您贵姓？

女客　（很高兴的）我？我……也姓吴。

巡警　喔，你也姓吴。

女客　是的。

巡警　（再也想不出别的话）府上是？

女客　我？我住在北京西四牌楼太平胡同关帝庙对面，门牌三百七十五号，电话西局四千六百九十二。——啊，你把它写下来吧，等一会儿你一定要忘记。

巡警　（真的摸出一本小薄子来）北京……（写字）

女客　西四牌楼太平胡同，（让巡警写）关帝庙对面。

巡警　门牌多少？

女客　三百七十五号。电话西局——四千——六百——九十二。

巡警　（写完了）谢谢您。（藏好了簿子，又转向男客）您是来这边租房的，是不是？

男客　不是！我是来这边住宿的。这房子我老早就租好了。

巡警　（难住了。没有了办法，又转向女客）您是来这边……？

女客　我！我是来这边找人的。

房东　（不能再忍耐了）你到这边找甚么人？

女客　（很客气的向她点了一点头）我到这边来找我的男人。

房东　找你的男人？谁是你的男人？

女客　我想你应该知道吧？——你既把房子都租了给他。

房东　怎么！这位先生是你的男人么？

女客　我不知道。你问他好了，看他承认不承认？

老妈　（也不能再忍耐了）太太，你看怎么样！我老早就对您说过，这位先生一定是有太太的，您不信。

巡警　（糊涂了）怎么？刚才你们不是说这位先生没有家眷，怎么现在他又有了家眷？

老妈　不要糊涂吧，刚才这位太太还没来，我们怎么会知道？如果这位太太早来这里，还可以省了我在雨地里走一趟呢。

女客　对你不住。这实在不能怪我，五点钟的车子，六点半钟才到这里。

老妈　请您不要多心。我不过是说他太不懂事。

巡警　这话可得要说明白了。太太要我到这边来,是说这位先生租了这三间房子,要一个人在这边住。这屋里住的都是堂客,他先生一个人在这边住,很不方便,是那么个意思。现在这位先生的太太既是来了,这事就好办。如果太太是和先生在这边同住,那就没有我的事,如果太太不在这边住,这件事还得……

老妈　不要瞎说吧。太太自然是在这边住。——一看还不知道——先生和太太不过是为了一点小事,闹了一点意见,你不来劝解劝解,还来说那样的话。太太不在这边住,到哪里住去?——好了,现在没有你的事了,你赶紧回去打你的牌去吧。(把风灯送到他手里)走!走!

巡警　这样说,那就没有我的事了。好了,再见,再见。

女客　再见。你放心好了,哪一天我不在这里住的时候,我通知你就是了。

巡警　对不起,打搅,打搅。

　　〔巡警走出。老妈兴高采烈的拿了茶壶走出。房东太太承认了失败,看了她的客人一眼,也只好板了面孔走出。

男客　(关上门,想起了一个老早就应该问而还没有问的问题,忽然转过头来)啊,你姓甚么?

女客　我……啊……我……

——闭幕

一九二五年

(选自《中国新文学大系·戏剧集》,上海良友图书印刷公司 1935 年版)

赵阎王(存目)

洪　深

　　九幕剧《赵阎王》的主角原名赵大,由于凶猛霸道被人送外号赵阎王。但他是个与世无争的朴实农民,洋教和兵匪横行的世道使得他家破人亡,未婚妻小金子也被逼死,只得出来当兵。在戏剧开始时,他忠实地看守营部,是为了报答营长,但是当他发现老李所说的营长中饱私囊的事是真实的以后,他的观念起了变化,一方面他觉得营长对老李的处罚太重,另一方面他又觉得自己也受到饷银的诱惑。于是,在反复犹豫之下,他竟做了老李想做的事,偷了饷银,正好遇上营长,他开了枪。他以为自己杀了营长,突然闯入阴森恐怖的黑林子,最后困死在林中。剧作家在这个剧中,表现了一个"做好人心太坏,做坏人心太好,好人坏人都做不到家"的人的灵魂。该剧第一幕冲突集中,对话简洁,极富个性。从第二场起,作者吸收了美国剧作家奥尼尔《琼斯皇帝》的表现手法,通过森林中种种幻象将赵大心中的矛盾、恐惧等情绪外化,使人物形象更生动具体,情节事件的内涵更丰富。

回家以后

欧阳予倩

登场人

　　纽约大学生陆治平

　　其妻吴自芳

　　其父陆期昌

　　其祖母顾氏

　　其岳父吴有述

　　其再婚妻刘玛利

　　长工老陈

　　女仆张妈

　　村农王三及其他

　　村妇四五人

　　小孩数人

地点

　　湖南乡间

时候

　　秋季

布景

　　一所乡绅人家,俭朴的平房。当中大门,屋后有树。山右边是通村外的大道,左边是些豆棚瓜架。门外打麦场上放着几个晒衣杈,竹竿上晒着几件外国衣服。地下有两张板凳。张妈从门内上场。

张妈　太阳下山了,少奶奶。

自芳　(内应)什么?

张妈　衣裳收起来吧!

自芳　(上场)让我来收,你去伺候老太太去。她是耳朵不大听见,回头又说叫你不应。

　　　〔顾氏在房内连叫张妈。

张妈　唯唯!

自芳　是不是,叫你了。(张妈笑着下。自芳一面收拾衣服,一面自言自语)这个口袋脱了线，让我慢慢儿替他缝一缝吧。（仔细看那衣服的制法，无意中在口袋的夹层里抽出两片干荷花瓣，很为奇怪）唔！外国裁缝，还拿花瓣衬在衣服里呢。唵！怎么还写着字？（念）"永久的爱情，维持我们永久的生活。"（又念那一片）"无量的爱情，产生我们伟大的事业。"（呆了半晌，再将花瓣上的字念一遍，自言自语地）人家都说治平另外又与人家结了婚，先总当是谣言，谁知被我找出证据来了。原来海誓山盟都写在这花瓣上。（正在低头吟思，老陈自门内出来）

老陈　菜是都预备好了，那个白切肉还是您来切吧。

自芳　你放在那里就是了。（精神不属的样子，把花瓣收起）

老陈　老爷少爷还没回呢。时候还早，我去看看水车去，不知道修好了没有？（一面说着，一面向右边走去）

自芳　你去吧。

　　　〔治平自外面回来。

治平　自芳，你在这里干什么？

自芳　替你晒这些宝贝衣裳呢。

治平　谢谢，不敢当。

自芳　你真客气，美国人对女人是比中国人对女人客气些。

治平　男女本来平等，自然应当客气一点儿。

自芳　客气就是平等吗？

治平　那不尽然。可是礼节也是要的，中国不是也说"相敬如宾"么？

自芳　怪不得你在家里像作客一样。

治平　人生本来到处作客。（拿出烟来抽）

自芳　咳！美国城里做的衣裳拿到中国的乡下来晒。

治平　我不能永远在美国，我总要离开回来的；并且我回家以后，觉得一草一木都是非常自然。像我们这种乡村，只要没有西洋人物质的势力来压迫我们，我们真是别有天地，极其快乐。那些繁华都市的罪恶一样也看不见，贫富的阶级，相差也不远。许多天然的物产同简单的生活，只要有明白人来加以指导，让他自自然然一天一天进化，多么好啊！

自芳　你怎么会知道乡下的风味？

治平　我怎么不知道，我方才走过我小时候念书的关帝庙，又到了外祖母家里，他们后山的竹子上，还有我刻的字呢。从前小时侯的情景宛在目前，不知不觉使我爱乡的心油然而生。

自芳　但可惜在乡下没人安慰你。

治平　你不是我的好伴侣么？

自芳　在你学问没有成就的时候，或者我可以作你的伴侣。如今你在美国大学得了学位，我就够不上了。

治平　你够不上谁够得上？

自芳　自然有人够得上。

治平　我以为只有一个人够得上。

自芳　谁？

治平　吴自芳。（说得很柔媚）

自芳　（微微冷笑）我又没有到过外国，又不会音乐跳舞。

治平　何必要会？

自芳　我又不会交际。

治平　交际有什么道理？

自芳　我又没有学问可以拿来摆架子。

治平　学问是专为摆架子的吗？

自芳　（略缓以壮语势）我又不会拿花瓣来写情书。

治平　（变色）这是什么话？

自芳　何必这样儿着急呢？我不过是说说好玩儿罢了。

治平　你一定听见人家什么不相干的话了。

自芳　别怪旁人，这也是你自不小心露了破绽。（对衣服说）谢谢你传给我这桩有趣的新闻呀，我今日才知道"永久的爱情，才能够维持永久的生活"呢。

治平　自芳，你这是什么意思？

自芳　你也用不着假装不知道，前年一走，就听见说你在外国另外与人家结了婚，不是前天公公还问你，你说没有吗？

治平　本来……

自芳　当时总说是谣言。有许多幸灾乐祸的人，因为你平日自命是进德会的发起人，所以听见你有这种事，便格外加油加酱的当笑话儿说。我呢，以为你是个正直有为的青年，以为你能够体贴老人家期望你的一片苦心，所以人家尽管说得有凭有据，我尽管替你辩护，并且拿我的良心来保证你决无其事。谁想我今在你衣服的夹层里头，无意中看见你们在荷花瓣上写的字，这才知道你跟人家结婚是真的。

〔村农王三持电信数封并报纸上。

王三　大少爷，少奶奶，这是城里李先生派专人送来的一包信，放在这里吧。

治平　放在这里就是，谢谢你。

王三　不用客气，我去了。

自芳　喝杯茶去。

王三　我去了，谢谢少奶奶，我去了。（走去）

自芳　这里头一定有你的那个人写给你的信。

治平　没有的话，不要管她。

自芳　不要管她？

治平　我很对不起你。

自芳　见着我就说不要管她，她不是一样的人么？何况是你心爱的人！要说对得起我对不起我，与我毫不相干，只望你仔细想想将来怎么样？

治平　我也有我的苦衷。

自芳　因为她实在可爱，怎么能够不爱呢？

治平　你又来了，不是这样说，我到了美国非常寂寞，你又在万里之外，忽然有人来安慰我，我似乎不能辜负人家的好意。所以……

自芳　所以就以身许之。

治平　所以就彼此成了朋友。

自芳　所以就拿结婚来报答朋友，朋友是非结婚不能报答的啊！

治平　由你说去吧。

自芳　她姓什么？

治平　姓刘。

自芳　不错，人家也说是姓刘。我还知道她的名字叫玛利，（取出花瓣）这儿写着呢！还给你吧，别让你心痛。

治平　你不留着作凭据吗？

自芳　凭据在心里呢！……你真心爱她吗？

治平　我跟她是朋友之爱。如今男女社交本是公开的。

自芳　要不拿海誓山盟写在花瓣上就算不得朋友之爱了。……你对她也曾说起过我么？

治平　我常常说起你，她也很想跟你作个朋友。

自芳　中国的学堂里为什么不设言语一科？美国的学堂是很注重这一科的。

治平　我并不说假话。

自芳　真假与我不相干。

治平　你恨我么？

自芳　先问你爱她吗？

治平　你又来了！

自芳　我看你不见得爱她，我也不愿意恨你。你要是爱她，你就不会骗她。我要是恨你，除非我从来就不爱你。

治平　你不爱我吗？可是我越听你的话，越觉得你可爱。

自芳　快别这样说，我真是害怕死了。

治平　我真是爱你。

自芳　那我就没有生路了。

治平　你说的话我真不懂。

自芳　你的话我又何尝明白。

治平　我在外头就算是偶然有些不大妥当的地方，也不过一时候的事情，于我的良心毫不相干。并且多经一次阅历，跟你的爱情就增加一分，你或者不肯信，但你终究会明白的。

自芳　据你这样说，胡闹的事情越多，情分才能好，结婚的次数越多，良心才能坚固。这才知道那些荒唐的人，都是在那里求阅历。

治平　自芳，你……太……似乎太……

自芳　你想说"似乎太过"是么？我们乡下人从来不懂得什么叫爱情，这不过是热闹场中的一句俏皮话。我不幸认识几行字，就在书里报里见着多少女人都死在这种俏皮话底下。唉！你可以算了吧。……哼！只顾说着话，耽误了多少光阴，花还没浇，菜还没切，酒还没去倒呢。你的衣裳我给你照样放在你自己的皮包里去，（取衣）别耽误你看信要紧。（一面说，一面拿起衣服，微微冷笑）

〔自芳走进门去，治平望着她说。

治平　随便你怎么样说吧。我也是无可如何。（望着自芳进门，呆立无语，深吸了一口气，坐下拿起信来，自言自语）这封是她的。唉！真不该回家……可是……（看信）

〔老陈上。

老陈　大少爷，你这下不再出去了吧？老爷真担不少的心，谣言又多，说是您讨了洋婆子不回来了。少奶奶可真是度量宽宏……

治平　（急用话止住他）老陈，你刚从哪里来？

老陈　去修水车来。乡下人车水是真苦啊，要有机器就好了。你们外国都会制作机器。大少爷，我听见说，人的身子也是一个机器，可以拆开来修修的；又说外国人还能拿人的肚肠子剖出来，洗好了再放进去，是真的吗？

治平　是真的。

老陈　啊，那真奇怪！顶好心也可以修理，就更妙哉哪。我们中国人有心病的也实在多，黑心的也真不少，最好请个外国机器匠来修修。

治平　哈哈！要把人修成机器，那就糟了。

老陈　不过就怕外国人不肯真把中国的人心修好，反而要修坏了。听说外国人不抽鸦片烟，尽逼着中国人抽，我想这也是弄坏人心的手段。我们的心还是别让人家修，还是我们自己修修吧。

治平　你说的话倒也有些道理。

老陈　听说你们到外国去念书，一定有洋婆子来灌迷魂汤，喝了就叫你忘掉本国，真的吗？

治平　哪儿有这样的话，胡说八道，你去吧，我还有事呢。（转身）

老陈　真是哪儿的话，我们又不是三岁小孩儿，难道说会被人暗算了去，这不是笑话吗？……（一面走，一面回头望着治平笑）十几岁时候，翻坛打庙，不知多淘气，如今倒也看了世界回来了。（说着走进屋里去）

治平　她要万一赶了来，怎么办呢？……

〔忽然听见山歌之声，一男一女唱着上。

两孩子　（唱）郎去耕田妻在家，

　　　　　煮好饭来煎好茶。

　　　　　朋友夫妻都一样，

　　　　　他帮着我来我帮着她。

　　　　　乡下的夫妻讲恩爱，

　　　　　城里的夫妻讲衣裳。

　　　　　衣裳旧了换新的，

　　　　　恩情越旧越久长。

〔两个小孩子看着治平，互相耳语，指指笑笑。治平忽抬头瞧他们一眼，他们就大笑跑了。治平正在凝思，张妈上，端着一个茶盘，盘里一只碗，正要送与治平。治平的祖母顾氏，从里面大声叫住张妈；一面叫着，一面走了出来。

顾氏　张妈，张妈，慢着，慢着！

张妈　不是送给少爷吃的吗？（一面说，一面作手势）

顾氏　慢着，慢着，少奶奶，少奶奶！

〔自芳上。

自芳　作什么？奶奶，奶奶！

〔顾氏招招手，又对治平指指，望着盘里的莲子羹作手势，意思叫自芳送去与治平。自芳会意，虽然笑着应允，不免总露一些儿勉强之态。张妈却在一旁张着口笑。自芳将盘端近治平。

自芳　在这儿想些什么？有什么为难的事？这是祖母亲手剥好的莲子羹，给你吃的。

治平　谢谢你！（不安的样子，把几封信插在衣袋内。自芳看见这种情形，又是好笑，又是不屑）

自芳　胆儿放大些。……快谢谢祖母吧！(扶顾氏)

〔治平回头看见祖母,祖母大笑。这时张妈搬张椅子请顾氏坐下。

治平　怎么您老人家还亲手作莲子羹给我吃？真是,我倒没有孝顺您老人家的……

〔顾氏好像没听见,只管自己说话。

顾氏　糖够不够？

治平　(点头)够了。

顾氏　听说你回来了,从荷叶发生就等起,原说是等你回来看荷花。

自芳　(从旁插一句)荷花瓣上好写字。

〔治平大吃一惊。

顾氏　什么？

自芳　没有什么。(摇摇头,笑着下)

顾氏　谁知道莲蓬都快老了,好容易你才回来。咳！你们在外头什么好东西没吃过,谁还吃这些乡下东西？这不过是老人家的一点意思罢了。

治平　外头也没有什么好吃的。

张妈　少爷您总要大声些儿,老太太听不见。

〔治平正想再说。

顾氏　老陈,鸡鸭都关好了没有？

老陈　(里边答应)一只也不少,关好了。

张妈　关好了。

顾氏　前回那只黄鼠狼只怕不敢再来了。少爷爱吃鸡蛋,别让它咬了我们的母鸡。

张妈　少爷会说外国话,黄鼠狼一定不敢来。

治平　胡说八道。

张妈　它怕少爷拿洋枪打它。

顾氏　治平你倒喜欢吃这个。

治平　(大声)乡下的东西样样都新鲜,所以好吃。在大都会就吃不着这样新鲜的莲子。

顾氏　你要吃大头菜,乡下也有新鲜的。

治平　(不禁一笑)不是,我说是大都会,是说城里样样都没有乡下新鲜。

顾氏　是啊,城里的菜都是乡下去的,时候隔久了,就不甜了。可是菜不甜事小,没有热闹看事大。我也几时要到你们上海去看看,就只怕人家看着乡下老太婆像妖怪,回来我倒没有看着热闹,反被人家当热闹看了去了。哈哈哈！(两人同笑。治平吃完)你够了吗？

治平　我不吃了，真好吃。

顾氏　可惜还老了一些儿。嫩的时候还要好吃，嫩莲子芯也是甜的。等你来，莲子也等老了，莲子的芯也就苦了。（笑）咳！你出去的时候，我哪里晓得。男子志在四方，谁能够老留在家里。一直等到接了信，知道你平安到了外国，这才放心。好容易又听见说你要回了，我又担心你在路上……有一晚我作了一个梦，梦见你坐在一只大海船上，穿一身光灿灿的衣裳，有很多的洋婆子围着你。忽然船坏了，许多的人都掉在海里，大家叫救命，仿佛我在一个高坡上看见，急得什么似的。我忽然朝下一跳，好像身上长了翅膀一般，立刻从波浪里头将你抱了起来，放在沙滩上，看看你已经没气了。我只好仰天大哭，你被我哭转过来。正在欢喜的时候，忽然来了一个西洋婆子，跟踪儿上似的，一只手伸在你的膀子里，拉着你就走了，我又恨又气，正要追上去，有人拍拍我的肩膀说："这不是你的世界，他也不是你的孙儿。"说着对准我头上一棒打来，我就醒了，还是睡在床上。（又将声音变低说）因为那时有人造过你的谣言，所以我这些胡思乱想的梦，也就没有说给自芳听。

〔顾氏罗罗嗦嗦只管说，治平因为别有心思，糊里糊涂乱答着。

治平　日有所思，夜有所梦。……吃饱了就睡，也要作梦的。

〔其父期昌，其岳丈吴有述，同自外面走来，正好将话岔开。

期昌　请，请，（大家相见）妈，出来了。

有述　姻伯母。

顾氏　亲家来了。

有述　您老人家出来坐坐，天气真好，今天你精神也觉得格外的好。

〔顾氏听不大明白，期昌转述一遍。治平前去与有述周旋。张妈搬出几张椅子。

顾氏　亲家，如今孙子也成了人，一门团聚，什么不欢喜？我人也真好了，肝气也平了，饭也比从前吃得下些。……您请坐。张妈去倒茶，叫声少奶奶！

〔张妈下。

有述　您请坐。

顾氏　亲家请坐。

〔张妈倒茶上。自芳上来接着茶，先叫声有述，送杯；次顾氏，次期昌。顾氏让亲家喝茶。

有述　您请喝茶。

顾氏　怎么少爷还没有茶呢？张妈！

张妈　唷！少倒了一杯了，再去倒吧！（笑着下）

治平　我不要喝茶。

〔自芳搬出一张小桌放在当中。

顾氏　亲家！从前人家都造谣言，说治平不回来了，如今还不是回来了么？人不回到家里，回到哪里去？造谣言的人真可恨，还说他讨了洋婆子呢。

〔大家都笑。自芳望着治平。治平也随便笑笑。

期昌　现在年轻的人，本来糟糕的也很多。

有述　世道人心，到了今日，本有不可测的地方，总得有几个中流砥柱的人来挽回颓风才好。治平将来一定是大有可为的。

〔张妈上。

张妈　陈司务请少奶奶去弄菜。

顾氏　少奶奶，你去吧，老陈弄的菜吃不得，治平欢喜吃新鲜鸡蛋，你好好儿弄鸡蛋给他尝尝。（自芳笑着答应下去，顾氏又赶紧说）他是欢喜外国派半生半熟的，不要太老了。哈哈！

有述　老太太真会疼孙子，真会疼孙子。

顾氏　可怜他祖父去世太早，好容易将他父亲守大，全靠着作针线跟人家洗衣裳将家撑持起来。一直等到期昌拔了贡以后又在什么法政学堂里毕了业，我们家里从来没有改过样子的。

期昌　那时候学堂还很少，我们在法政学堂毕业出来，好像很新奇似的，而且马上就有事情做。

〔有述点头。

顾氏　期昌娶了亲就生了治平。可怜我那媳妇不久就去世了，没有见着治平的成就。

〔大家叹息。

顾氏　我五十岁的时候，期昌的朋友们定要替我竖什么牌楼……

有述　那时节我还来请过您的示呢。

顾氏　我那时候说牌楼真没有意思，只要大家能够替治平想法子弄个官费读书，就比什么都好。总算大家帮忙，遂了我的心愿；一个人在世界上空名声有什么意思，只要作事于心无愧就是了。可怜我是一点本事都没有，又没有什么依傍，倘然是老了，格外没有用了。我也不想享儿孙的福，只要儿孙能够在世界上作一个有用的人，便死也闭得口眼了。

有述　儿孙有用，还不就是长辈的福气吗！

顾氏　治平我是真疼他。老实说，我待他父亲是比待他严多。只有独子最怕溺爱不明，所以格外要严些。

期昌　治平他们念书比我们从前容易多了，我们从前想念书没有书是真的，连借都借不着。

有述　如今念书可也真不容易。学费之贵⋯⋯

治平　并且书又很贵,随便买一本,几十块钱不算什么。

有述　从此以后,只怕寒士就没有受高等教育的机会了。

期昌　前回看见报上有一个学生向他父亲要钱,父亲说他用得太大,问他除学费外还有什么费用,他说还要女朋友的交际费,说是没有女朋友,念书念不进去,哈哈!

〔有述笑,治平也随便笑笑。

有述　那就让他早讨亲好了。

期昌　本来是讨过的。

有述　那就格外的该死了。(又笑笑,又叹叹气)

〔自芳上。

自芳　饭好了,摆在后面小厅上呢,还是就在这里?

期昌　就在这里吧。

有述　何不就在这空地上。⋯⋯姻伯母呢?

期昌　妈就吃饭么?

顾氏　我到里头去,你们坐吧⋯⋯亲家坐。

有述　您老人家别客气,外面风也大。

顾氏　您请坐,我现在是真经不起风浪了。(指点着自芳,又叫张妈帮着摆好桌椅)

期昌　请坐吧。

顾氏　治平你多敬你丈人几杯。亲家您别客气,菜是您姑娘作的,一定合您的口味。

有述　这都是您教导得好。

顾氏　哪儿的话?回头吃完了饭,叫治平说些海外的新闻我们听听。我想明年是要将房子收拾得好,请亲家来喝喜酒呢。

〔大家一笑。顾氏进去,期昌、有述、治平入座。治平斟酒,自芳上菜,大家请酒。自芳下。

有述　她老人家精神真好。

期昌　我们家里多亏她老人家。要是没有她老人家,就没有我们这一家了。从前先君去世,外祖母接她老人家回去,她老人家说:“这还不是时候呢,等把儿子养大,陆家的门户撑持起来,再回娘家。”

有述　咳!现在哪里还听得着这种话,却是她老人家也就真受了不少的辛苦。不过有了治平,总算是她老人家替陆家造就了一个为国出力的人才,也就心满意足了。

期昌　治平呢，也不能马上就说是人才，不过到底受过些家庭教育，比普通一般的青年总靠得住一点。

有述　那是自然……啊！好风……什么香？

治平　好像是桂花。

期昌　这都是你令嫒种的。

有述　自芳的种花念书，是成了癖性。

自芳　还要酒吧？

有述　酒也够了吧？

期昌　再去添上一壶。

〔自芳拿着酒壶斟完，进去。

有述　今天畅快极了，可以畅饮。

治平　村酒也别有滋味。我生长在乡下，始终还是欢喜乡下的生活，所以回国以后，不知不觉的想回家，回家以后，就好像印证平生的梦境似的，把作小孩子时候的事情从新翻检出来。又听见祖母跟父亲说起许多古话，越觉得中国的社会，有一种积累下来的精神。

有述　这是不错的。

治平　早晨醒来，闻见花香，听着鸟语，比车水马龙的热闹自然受用得多。就是乡下人简单朴实的生活，也比勾心斗角的竞争省些烦恼。不过我们为世界潮流所压迫，不能不向那绝大的漩涡当中去讨生活罢了。

〔自芳送酒上来。

有述　你这话颇为沉痛中肯。

期昌　只怕是从繁华地方回来，偶尔觉得清静简单的有趣吧。

有述　不然，一个人总有爱惜故乡之心，我们生长的地方是我们一生的故乡。我们在十五二十时所受的教训，就是我们心的故乡。如今的人，一面舍不得故乡，一面爱惜他乡，所以又是烦闷，又没有主意，弄得莫名其妙为止。可是无论他们的心游什么幻境，始终还是要回想到他们故乡的景况。

治平　本来中学时代所受的教育，往往支配人一生的思想，有的时候被别种思想所压迫，生出一种怀疑，便引起很大的苦痛，这种情形往往影响到一个人的行为上。

有述　思想的压迫倒还好，只怕是外面的引诱。

期昌　外面的引诱倒还好，只怕自己跟自己捣乱。

有述　不错不错，刚才你说的那个没有女朋友不能念书的人，那就真是自己跟自己捣乱。治平，对不对？

〔治平不安，无可掩饰，只有发笑。

治平　哈哈，哈哈！

有述　话也说得不少了，酒也喝得够了，最好吃饭吧。

期昌　再喝两杯，等素菜来再吃饭。

有述　菜太多了……治平这次回家，暂且不出去吧？

治平　我本想在家多住些时，只是方才有个外国朋友从汉口寄来一封信，说是要同我组织一个贸易公司，他因为急于要回国去，不能在汉口久候，只专等我去把事情商量妥了，他就赶着上海的定期船回国。我恐怕……今天晚上就要动身呢。

期昌　今天晚上？怎么一直没有说起？

有述　迟一两天，许还不甚要紧吧。你怎么来得及呢？

治平　恐怕迟了就要误人家的船期。

期昌　从前你跟他没有约会吗？

治平　晤……有是有过……

有述　贸易公司不是一桩小事，倒会忽然发生，而又迫不及待呢？

治平　我是怕错过这机会。

　　　　〔自芳送菜上。

自芳　爹，这是自己家里的泡菜，您尝尝看。

期昌　少奶，治平说他今天晚上就要动身到汉口去。

　　　　〔自芳颇觉惊异，马上又镇定。〕

有述　他说有个外国朋友约他去开公司，今晚就走，只怕来不及吧？你也不知道吗？

自芳　我……不知道，我只知道他有个已经组织好了的公司，恐怕有点新交涉，他要去……

治平　（抢说）那是你弄错了。

有述
期昌　什么公司？

治平　自芳完全弄错了，因为我曾经提起过别人的公司。

自芳　公司总是越多开越好，不过自己多烦点儿神罢了。……爹，你多喝杯酒吧，饭还要等一会儿，老陈下米下迟了。（翩然下。）

期昌　既是一定有要紧的事呢，自然应当去。今天晚上坐轿子还好赶火车。祖母面前，我来替你禀明，你大约事情商量妥了，就好回来。

　　　　〔有述将治平唤过一边。

有述　治平，来，我跟你说两句话……男儿志在四方，本不能长留你在家里，只是你母亲老人家去世很早，祖母爱你抚养你的深情，你总不能忘记，能够早回最好，多在家里住住，安慰安慰老人家的暮年。住两三个月，总不至于耽误你什么大事。这话她老人家是不想对你讲，恐怕拿家事绊住了你的前程。要知道你的前程无限，祖母的年纪可是大了，犹如太阳已经靠了山，那留恋骨肉的余光还照着在你的身上。你祖母是个慷慨义烈的女丈夫，她维持陆氏一家，决不想图子孙的报答，可是作子孙的却也不能置大恩于不顾。

治平　那个自然，我应当拿我将来的事业报答祖母。

有述　显亲扬名自然是一件事，承欢颜笑也是不可缺的。（渐说渐走回席）

〔自芳上。

自芳　爹，这是甜菜。

有述　我劝治平这回去了，总要早些回来。（坐下）

期昌　那边谁来了，不是王三吗？……啊，还有人。

〔王三跑上。

王三　唷，老爷，少爷，吴老爷！……少爷，我来报信的。有个女洋人找你来了。

治平　啊，怎么？

王三　坐着轿子，还有县里派的人送来的，他们来问路，在茶店里喝茶，我所以先来报个信。女洋人说的好像中国话，我怕听不懂，没敢多说。回头说得好就好，说得不好，就是一个耳刮子。

期昌　谁会来找你？

治平　想必是朋友来游历的。

王三　来了，来了……洋姑娘洋太太，这里呢。

〔刘玛利上，后面跟着轿夫、佣人，并一群乡下男女。期昌、有述都站起来。自芳明明知道是治平的新妻，只偷看治平的态度。治平不知所措。玛利暂不发言。

治平　吾爱，你怎么会来？

玛利　我怎么不会来？难道你还不许我来？

期昌　（问治平）这位女士是谁？

治平　这是刘女士。

自芳　这不是玛利女士吗？……这就是我公公，这就是我家严，治平就是外子。

玛利　治平，你已经有妻子了吗？

期昌　小儿娶亲已经七八年了，女士，这是怎么说话？

玛利　（指治平）你这败类……害人的贼。你说你没有娶过亲。你千方百计骗我。

〔老陈出来看着奇怪。

治平 千方百计骗你，我实在没有。

玛利 止，……你我在美国不过见几次面，你就动手骗我。后来结了婚，问你的家事，你说跟腐败的家庭早已脱离关系。一直等回到上海，才有我旧时的同学可怜我，来告诉我，说我上了你的当，说你娶我，并不是作妻，只是作妾。那时你已经回家来了，我也无从盘问。你回家时候，你说只到汉口经营煤矿公司，那时你还说出多少的不便，不许我跟你同走。谁知我以后才打听到你是怕你父亲到上海找你，所以急于回家敷衍你父亲。我一连打了好几个电报——差不多每天一个，试试你是否在汉口，谁知一个没有回电，两个没有回电，三个四个还是没有回电，我才决意自己来看你。幸喜我哥哥跟这里县知事有些认识，写了封信，托他照应。你以为能够一生一世藏着躲着吗？你以为我是个软弱无能，随便让人欺负的女子吗？（盛怒，拉张椅子坐下，望着治平）

〔期昌也盛怒。

有述 原来汉口的贸易公司就是这么回事。（说着看治平，回过脸走，叹气）

期昌 治平，你会作这种事吗？这种事情也是你作的吗？想不到你会败坏我们的家风到这步田地，想不到你会败坏你自己的人格到这步田地。家庭跟学校总算给了你一些教育，何以你会这样儿不知自爱。

〔自芳微微低首，玛利愤极而悲。大家长叹无语。张妈此时溜出来看看。自芳赶紧向张妈说话。

自芳 你跑出来干什么？快去快去。跟老太太不要说起，别让她知道。

〔张妈一面听自芳说话，一面望着新来的客发怔；自芳跟她咬咬耳朵，推她走去。老陈看得心里明白。

老陈 唉，怎么谣言变了真事？少爷，你总要拿出主意来，别叫老爷着急才是。（一面去赶那些看的人，一面让轿夫等到后面去喝茶）

〔轿夫等随老陈绕到屋后去。那些乡下人退了一退，仍然挤上。有述还想说话，治平已经开口。

治平 求爸爸恕我，我并不是不知自爱，我今天拿我的事和盘托出，就当是我表示我的忏悔。我自从跟自芳结婚，我觉得她对许多事都莫名其妙，所以我跟她的爱情本来不甚浓厚。到了外国，看见欧美妇女那种活泼温柔的情形，不禁非常羡慕，所以才有跟这位刘女士结合的事情。那时候恐怕不是欧风美雨浸润过的刘女士还不能引起我的顾盼。我此番回家原想求父亲跟岳父商量，要跟自芳离婚。

〔有述大惊。自芳亦不免愕然。期昌握拳长叹。唯有玛利女士抬起头望望治平,似含无穷的柔媚与哀怨,也用尖细的声音叹了一口气。

期昌　该死该死,该死到万分!

治平　谁知我回家以后……

玛利　(急不可耐)你回家以后便怎么样? 便怎么样?

治平　我回家以后又发现了自芳不少的好处——是新式女子所没有的好处。

玛利　我不许你再往下说! 我不许你再往下说!

治平　(有气没力地)玛利,你不许我忏悔吗? 我自问一切事情不过一时候感情的变迁。

玛利　感情这样容易变迁,还成人吗?

治平　感情要没有变迁,那不成麻木不仁了吗?

期昌　治平,你竟敢在我面前说这种不庄重无赖的话,真是岂有此理。真想不到有你这样不知廉耻的儿子!

玛利　老先生,您有多少遗产给治平?

期昌　这是什么话? 我哪里有什么遗产给治平。我所给治平的诗书礼义,都被他弄得破产了。

玛利　儿子过了二十一岁,就不归父母管束。如今的年月,除非是父亲有很多的遗产,才有资格管束儿女呢。目下您教训治平已经迟了,只问怎样解决今天的问题。空口说白话是没有用的。

有述　这我可不能忍了! 天底下哪有这种事情? 总而言之,男女的关系本是双方的,既不能专怪治平引诱刘女士,也不能竟说刘女士单独引诱治平。总而言之,世道人心到了今日,真是青年男女堕落的大关键……

玛利　你说谁堕落?

有述　听我说完。就今天而论,刘女士怎么能够那样儿质问长辈,就是治平作朋友,期昌先生自然也在父执之列。刘女士似乎措词失当。治平呢,方才的话,太觉狂妄无稽,也不是对父亲应该说的。至于自芳,是我的女儿,是治平的发妻,应该……

玛利　(抢说)老先生你这是什么话? 什么叫作引诱? 什么叫措词失当? 这分明是侮辱人! 你应当知道公然侮辱是什么罪名?

期昌　这些都不必辩论,只是当初女士跟治平结婚的时候,为什么不打听打听明白呢?

有述　一生的大事能够那样儿草率,随随便便就跟人家结婚吗? 治平有不对的地方,我们自然责备治平。女士有不妥的地方,我们可也不能赞同。总而言之,治平是有妇之夫,女士大约也应当明白自己的地位。

玛利　我也不愿意跟你们这些半开化的人多说废话,反正治平的名誉信用,将来的希望,甚至于性命,都在我手里,我决不能放过他。治平,你还装腔吗?

治平　你要怎么样呢?

玛利　你说怎么样吧。

〔有述拉期昌一旁去说话。

治平　一夫一妻的制度本来是很好的。不过美国也有一种一夫多妻的宗教。法国现在为人口问题,也正奖励一夫多妻的制度。我千万对不起你,只好慢慢儿再来赎罪。一切都因为爱你而起,我的心是始终没变,你总可以原谅。并且,你还可以慢慢儿瞧着我到底儿是不是薄幸的人。我决不主张一夫多妻的办法,不过今天我想对你作一次例外的要求。自芳实在真是一个很有思想的女子,我愿你暂且把目下的事情搁一搁,先跟自芳作个朋友。好在我又不能够飞到哪里去,你们先把你们的人生观交换着研究研究,然后再来处置我,好不好呢?

〔有述与期昌虽是在一旁,仍然听着看着。

玛利　治平,你别弄错了,我可没有工夫跟你说废话。(不理他)

治平　(对自芳)自芳,你自己已经介绍过了。我纵然不足齿数,你们不妨见见。(说到此处看看期昌与有述)爸爸跟丈人为儿女操劳得够了。

有述　我可没有为儿女这样操劳过。

治平　我的不孝,本来,除掉拿我这一生来忏悔不能补救于万一,只是决不想拿儿女本身的事情再多叫老人家烦心。难道我们就不能自己想个妥当的法子吗!(说时,很庄重的样子)

自芳　这毫不与我相干。(说时带一种轻蔑而淡漠的微笑)

玛利　治平。

有述　自芳,你进去。

自芳　爸爸,你放心吧。我要是避开,不怕怠慢了客么?

玛利　治平,你不用再支吾了,如今只有两个条件:一,你赶紧跟这乡下的女子正式离婚,二,你以后一切的事情,要绝对受我的监督。你有本事你就杀了我,不然就绝对的服从我。你要想再弄一些儿狡狯,我能够叫你一生所受的苦痛比自杀还要厉害。赶快,赶快!五分钟以后不许你再迟疑了。害人的贼,专门会把当给人上。

期昌　这……这是哪里说起?

有述　这是中华民国所没有的吧?

〔许多乡下人都在那里笑的笑,作些怪相,老陈出来赶开他们。

老陈　有什么好看?有什么意思?还不是那么一回事,差不多的人家都有的。去啊,去啊!(众人散去)少爷,你怎么毫没主意,今天马马糊糊混过,最好造一座东楼，一座西楼，请少奶跟洋太太摇彩票，谁中头彩谁就住东楼……

治平　走开！

期昌　治平你怎么样？

有述　唉！

〔自芳看着不得下台，打定主意，很大方的走到刘女士面前。

自芳　玛利女士，我跟你虽然是初见，大家都是女人，总不妨表同情的。

有述　自芳，自芳。（以目示意，叫她不要说话）

自芳　我愿意爸爸许我说完几句话。

玛利　治平，怎么样？只有三分钟了。

自芳　我求玛利女士完全当我是不相干的局外人，听我几句最诚恳的话。（治平很怕她说出不妥的话，想止住她，又不敢）我跟治平结婚以来，治平常不在家，他并没有深知我，我也没有甚多的机会可以深知他。我父亲跟治平的老人家是好朋友，我嫁到这里来，好比送我寄住在父亲的朋友家里一样。

期昌　少奶奶，你这是什么意思？

自芳　我也不过是这样想罢了。

有述　唉！

自芳　我常常想，结婚跟离婚，都不过是一种形式，我是从来没有在这种形式里求幸福。世界这样大，难道没有别一个境界能够容得下我们。治平跟女士结婚的时候，他心里本来没有我，所以他对女士说他从来没有娶过亲。恐怕他哄骗女士，正是他爱女士最深的地方。治平因为爱女士才大胆娶女士，女士因为爱治平才放心嫁治平。我决不愿拿我这局外人来作煞风景的事，更不愿勉强算人家的妻子，来看不起我自己。刘女士，你放心吧，你跟治平是夫妻。

期昌　少奶，这是什么话？那怎么能够？

有述　自芳，你是什么意思？

自芳　爹顾全女儿，女儿也不过顾全自己，顾全一家。我想刘女士决不能久在乡下，治平在仓促之间也没有办法。求公公还是让治平送刘女士回上海去。（对治平）治平，几千里路结伴同行，可以温习旧时的功课了。你的行李是很简单的，我来替你预备吧。（正想下去）

期昌　少奶，慢着。我决不让治平为这种事情离开家里。

有述　亲家，我方才想自芳的话很有深意，我们已经是过时的人了，我看解铃系铃，还是让治平自己去了吧。

期昌　唉！……

玛利　无论你们是手段也好，是诚意也好，只要治平能履行条件就完了。

〔张妈上。

张妈　少奶奶请来吧，老太太说，好像外面很多人说话，问是谁呢。她老人家说全不听见，有时好像全听见。（指指玛利）怎么还没去？

自芳　你别管，你去吧。我就来。（说着走了进去）

治平　玛利，你的条件我都明白了，我们有话……你这儿来，我跟你说。（意欲引玛利一旁去）

玛利　我们没有什么秘密，有话公开说。

治平　Particular to you.

玛利　外国话我不懂。

有述　治平不必迟疑了，应当怎么办就怎么办吧，别尽自己跟自己捣乱了。

玛利　啊，我真没见过这种卑劣无赖的男人，我真受不了这种烟雾漫天的光景。我再要站在这里，一定被野人吃了去。我想不到我是受过高等教育的人会受这样的侮辱。喂，轿夫！（对治平）我不怕你跑到天上去。你再能出头就算你……轿夫！（气得上气不接下气）

〔老陈上。

老陈　洋太太，你叫轿夫，我就去。你轻一点儿，老太太听见不得了。（急下）

玛利　（格外大声）治平，你要放明白，你休想再转弯了，你休想我再饶恕你，你休想能逃出罗网。你记住，这是你欺我，骗我，侮辱我，逼迫我，使我不得不用我最后的手段！（加重语气）我最后的手段，你不要后悔！（轿夫上）走！

治平　玛利。

玛利　走了，走了，走了，我一生拼给你了。你不要后悔！（下）

有述　这还不是野人吗？（愤极，望着玛利的背影）

〔期昌手足颤动，连话都说不出来。

期昌　我，我一家都完了！我辛辛苦苦撑持的一家完了，完了！

治平　爸爸放心，那是万不会的。

期昌　你说不会，你说不会！

治平　刘玛利纵然厉害，也不致破坏我一生。

期昌　不要人家来破坏，你自己已经破坏你自己了。刘女士不知自爱不去说她，家里还有你的妻子呢，你怎么对得起她？又怎么对得起丈人？我自此还有什么面目见人！祖母倘若知道又怎么样？你自己是不用说了。刘女士就算好说话，社会上也未见得能够宽容你，你自己的良心更不能够放过你；你只顾一时的胡闹，弄得多少人为你受尽苦楚，你于心何忍。我也不忍往下多说，只看你怎么恢复你本来的面目。（说到这里，非常

沉痛）

〔自芳上，提一个皮包放在门旁。

治平　爸爸，我并没有忘却我的本来面目。论起来，前后的事情都有些关联，或者有几分胡闹，或者不完全是胡闹。总而言之，我可以算是懦弱糊涂的了。

期昌　恐怕不止懦弱糊涂吧？

自芳　刘女士去了吗？

有述　去了。祖母没有问起么？

自芳　刘女士大声说话的时候，祖母就听见了，问什么事，我支吾开了。祖母本来还想出来坐坐，刚才吹了点儿风，头有点不舒服，我刚服侍她老人家睡下了。她老人家还替治平打算这样，打算那样。咳，她老人家爱治平，真是无所不至。（对治平）行李收拾好了。

期昌　少奶奶，你太好了，治平辜负你，你还替他打算。你的意思是要叫他惭愧，他哪里知道。可是我决不让他辜负你。

有述　停妻再娶，本来是法律所禁，但是我们决不愿拿这个来责备治平，只望治平凭他自己的良心来处置这件事情。

治平　我也决不辜负自芳。

自芳　说不到辜负的话，想要你自己检点检点自己的事情，别让人说你一回家就使大家不安。至于我，在家里承父母十分钟爱，来到这里，祖母舅姑待我比自己子女还好。我本来欢喜乡下，也不羡什么繁华。我爱种花，爱养蚕，爱读书，自然有好多世界，在我这方寸之中，我又何求于人，又何求于你。况且我最佩服祖母的为人，她老人家辛苦一生好容易使儿孙都能自立。我不要说是孙子媳妇，就算是邻居，我也愿意常来安慰她老人家，如今她老人家所望的只有治平，目下这件事，一定要叫她老人家伤心，我不忍，我以为还得想法子娱她老人家的晚年才是。请治平不要再提自芳的事，自芳自然有自芳的主见。……时候不早了，你也自己决定吧。去吧。

〔期昌、有述同深深长叹。

治平　她已经跟我决裂了，还有什么说的？

自芳　你不能这样说，她是个可怜的女子，

有述　自芳，难道你不可怜吗？

自芳　天底下只有失望的人跟乞怜于人的人是最不幸，是最可怜。我本不求人怜，也就不受人怜。本来没有求人的地方，也就没有失望的苦楚。治平没有回家是怎么样？他回家以后又是怎么样？豆棚瓜下不适于金迷纸醉的人物,锦绣繁华也不适于乡村的女子。……唷,这么半天,菜也冷了,应当去热热了。

期昌
有述　用不着热了。

自芳　不费事的。（端着菜就走）

治平　自芳,自芳……

自芳　（回头）你的话不用说,我都知道。（下）

治平　想不到这几年,自芳的学问思想进步得这样快。

期昌　想不到这几年,你的道德品行退步得这样快。

有述　天下事想不到的太多了。（苦笑）

治平　如今也无法可想,只好暂且去把那边的事情办妥当再回家来。

期昌　恐怕再带些不幸回来。

治平　过去的事不能消灭,未来的事也难于限量。唉,男女的关系好像南极探险,空留得后人许多谈助。今天的事是我一生的大转机,从今以后,我认准我努力的路径了。社会决不弃我,天还是要给我们幸福。爸爸,我暂且一去。（期昌垂头无话）父亲大人,还求你格外看重自芳。

有述　自芳,她倒还颇知自重,不用你烦心,只愿你此番得着个彻底觉悟的机会。
　　　　〔治平对有述、期昌鞠躬,回头提一提皮包,又放下,叫老陈。老陈上。

老陈　作什么?

治平　你替我搬着这个皮包到前面镇上去,雇乘轿子赶火车。

老陈　老爷答应么?（望着期昌）

治平　老爷答应了。

老陈　刚回来,又要去,老太太怎么舍得?看起来迷魂汤还是厉害。（一面说着,一面背着皮包下）
　　　　〔治平看看表,想进去看自芳,自芳正端着饭菜从里面走出,治平前去叫一声,自芳略为停步,欲不理他,治平凑近前说。

治平　祖母醒了没有?

自芳　还没有呢。

治平　我不敢惊动,回头她老人家醒了,请你说我有要事往城里去了。两三天就回来。

自芳　家里的事不要你烦心。
　　　　〔治平对期昌、有述鞠躬,又向自芳示意。自芳将饭菜慢慢摆在桌上。治平无精打采地走下。期昌目送之,愤极而悲。

有述　（握住自芳的手）自芳!

〔自芳轻轻答应。此时又听见前头那两个小孩唱山歌之声。自芳低头不语。

——闭幕

一九二二年

（选自《欧阳予倩全集》第一卷，上海文艺出版社1990年版）

回家以后

幽兰女士（存目）

陈 大 悲

　　五幕剧《幽兰女士》是陈大悲的代表作之一，是从一个家庭着眼来分析社会问题的。写的是一个富有家庭的腐败和斗争，剧作既写了幽兰女士的后母为了争夺家产所费的种种心机，也写了幽兰女士为争取婚姻自主所进行的不懈斗争。侧重于表现富裕家庭中人的斗争，揭露人性的阴暗、虚伪，情节离奇，场面富于刺激性。

20世纪30年代文学

小　说

子　夜（节选）

茅　盾

一

太阳刚刚下了地平线。软风一阵一阵地吹上人面，怪痒痒的。苏州河的浊水幻成了金绿色，轻轻地，悄悄地，向西流去。黄浦的夕潮不知怎的已经涨上了，现在沿这苏州河两岸的各色船只都浮得高高地，舱面比码头还高了约莫半尺。风吹来外滩公园里的音乐，却只有那炒豆似的铜鼓声最分明，也最叫人兴奋。暮霭挟着薄雾笼罩了外白渡桥的高耸的钢架，电车驶过时，这钢架下横空架挂的电车线时时爆发出几朵碧绿的火花。从桥上向东望，可以看见浦东的洋栈像巨大的怪兽，蹲在暝色中，闪着千百只小眼睛似的灯火。向西望，叫人猛一惊的，是高高地装在一所洋房顶上而且异常庞大的霓虹电管广告，射出火一样的赤光和青燐似的绿焰：Light，Heat，Power！

这时候——这天堂般五月的傍晚，有三辆一九三〇年式的雪铁笼汽车像闪电一般驶过了外白渡桥，向西转弯，一直沿北苏州路去了。

过了北河南路口的上海总商会以西的一段，俗名唤作"铁马路"，是行驶内河的小火轮的汇集处。那三辆汽车到这里就减低了速率。第一辆车的汽车夫轻声地对坐在他旁边的穿一身黑拷绸衣裤的彪形大汉说：

"老关！是戴生昌罢？"

"可不是！怎么你倒忘了？您准是给那只烂污货迷昏了啦！"

老关也是轻声说，露出一口好像连铁梗都咬得断似的大牙齿。他是保镖的。此时汽车戛然而止，老关忙即跳下车去，摸摸腰间的勃郎宁，又向四下里瞥了一眼，就过去开了车门，威风凛凛地站在旁边。车厢里先探出一个头来，紫酱色的一张方脸，浓眉毛，圆眼睛，脸上有许多小疱。看见迎面那所小洋房的大门上正有"戴生昌轮船局"六个大字，这人也就跳下车来，一直走进去。老关紧跟在后面。

"云飞轮船快到了么？"

紫酱脸的人傲然问，声音宏亮而清晰。他大概有四十岁了，身材魁梧，举止威严，一望而知是颐指气使惯了的"大亨"。他的话还没完，坐在那里的轮船局办事员霍地一齐站了起来，内中有一个瘦长子堆起满脸的笑容抢上一步，恭恭敬敬回答：

"快了，快了！三老爷，请坐一会儿罢。——倒茶来。"

瘦长子一面说，一面就拉过一把椅子来放在三老爷的背后。三老爷脸上的肌肉一动，似乎是微笑，对那个瘦长子瞥了一眼，就望着门外。这时三老爷的车子已经开过去了，第二辆汽车补了缺，从车厢里下来一男一女，也进来了。男的是五短身材，微胖，满面和气的一张白脸。女的却高得多，也是方脸，和三老爷有几分相像，但颇白嫩光泽。两个都是四十开外的年纪了，但女的因为装饰入时，看来至多不过三十左右。男的先开口：

"荪甫，就在这里等候么？"

紫酱色脸的荪甫还没回答，轮船局的那个瘦长子早又陪笑说：

"不错，不错，姑老爷。已经听得拉过回声。我派了人在那里看着，专等船靠了码头，就进来报告。顶多再等五分钟，五分钟！"

"呀，福生，你还在这里么？好！做生意要有长性。老太爷向来就说你肯学好。你有几年不见老太爷罢？"

"上月回乡去，还到老太爷那里请安。——姑太太请坐罢。"

叫做福生的那个瘦长男子听得姑太太称赞他，快活得什么似的，一面急口回答，一面转身又拖了两把椅子来放在姑老爷和姑太太的背后，又是献茶，又是敬烟。他是荪甫三老爷家里一个老仆的儿子，从小就伶俐，所以荪甫的父亲——吴老太爷特嘱荪甫安插他到这戴生昌轮船局。但是荪甫他们三位且不先坐下，眼睛都看着门外。门口马路上也有一个彪形大汉站着，背向着门，不住地左顾右盼；这是姑老爷杜竹斋随身带的保镖。

杜姑太太轻声松一口气，先坐了，拿一块印花小丝巾，在嘴唇上抹了几下，回头对荪甫说：

"三弟，去年我和竹斋回乡去扫墓，也坐这云飞船。是一条快船。单趟直放，不过半天多，就到了；就是颠得厉害。骨头痛。这次爸爸一定很辛苦的。他那半肢疯，半个身子简直不能动。竹斋，去年我们看见爸爸坐久了就说头晕——"

姑太太说到这里一顿，轻轻吁了一口气，眼圈儿也像有点红了。她正想接下去说，猛的一声汽笛从外面飞来。接着一个人跑进来喊道：

"云飞靠了码头了！"

姑太太也立刻站了起来，手扶着杜竹斋的肩膀。那时福生已经飞步抢出去，一面走，一面扭转脖子，朝后面说：

"三老爷，姑老爷，姑太太；不忙，等我先去招呼好了，再出来！"

轮船局里其他的办事人也开始忙乱；一片声唤脚夫。就有一架预先准备好的大藤椅由两个精壮的脚夫抬了出去。荪甫眼睛望着外边，嘴里说：

"二姊，回头你和老太爷同坐一八八九号，让四妹和我同车，竹斋带阿萱。"

姑太太点头，眼睛也望着外边，嘴唇翕翕地动：在那里念佛！竹斋含着雪茄，微微地笑着，看了荪甫一眼，似乎说"我们走罢"。恰好福生也进来了，十分为难似的皱着眉头：

"真不巧。有一只苏州班的拖船停在里挡——"

"不要紧。我们到码头上去看罢！"

荪甫截断了福生的话，就走出去了。保镖的老关赶快也跟上去。后面是杜竹斋和他的夫人，还有福生。本来站在门口的杜竹斋的保镖就作了最后的"殿军"。

云飞轮船果然泊在一条大拖船——所谓"公司船"的外边。那只大藤椅已经放在云飞船头，两个精壮的脚夫站在旁边。码头上冷静静地，没有什么闲杂人；轮船局里的两三个职员正在那里高声吆喝，轰走那些围近来的黄包车夫和小贩。荪甫他们三位走上了那"公司船"的甲板时，吴老太爷已经由云飞的茶房扶出来坐上藤椅子了。福生赶快跳过去，做手势，命令那两个脚夫抬起吴老太爷，慢慢地走到"公司船"上。于是儿子，女儿，女婿，都上前相见。虽然路上辛苦，老太爷的脸色并不难看，两圈红晕停在他的额角。可是他不作声，看看儿子，女儿，女婿，只点了一下头，便把眼睛闭上了。

这时候，和老太爷同来的四小姐蕙芳和七少爷阿萱也挤上那"公司船"。

"爸爸在路上好么？"

杜姑太太——吴二小姐，拉住了四小姐，轻声问。

"没有什么。只是老说头眩。"

"赶快上汽车罢！福生，你去招呼一八八九号的新车子先开来。"

荪甫不耐烦似的说。让两位小姐围在老太爷旁边，荪甫和竹斋，阿萱就先走到码头上。一八八九号的车子开到了，藤椅子也上了岸，吴老太爷也被扶进汽车里坐定了，二小姐——杜姑太太跟着便坐在老太爷旁边。本来还是闭着眼睛的吴老太爷被二小姐身上的香气一刺激，便睁开眼来看一下，颤着声音慢慢地说：

"芙芳，是你么？要蕙芳来！蕙芳！还有阿萱！"

苏甫在后面的车子里听得了,略皱一下眉头,但也不说什么。老太爷的脾气古怪而且执拗,苏甫和竹斋都知道。于是四小姐蕙芳和七少爷阿萱都进了老太爷的车子。二小姐芙芳舍不得离开父亲,便也挤在那里。两位小姐把老太爷夹在中间。马达声音响了,一八八九号汽车开路,已经动了,忽然吴老太爷又锐声叫了起来:

"《太上感应篇》!"

这是裂帛似的一声怪叫。在这一声叫喊中,吴老太爷的残余生命力似乎又复旺炽了;他的老眼闪闪地放光,额角上的淡红色转为深朱,虽然他的嘴唇籁籁地抖着。

一八八九号的汽车夫立刻把车煞住,惊惶地回过脸来。苏甫和竹斋的车子也跟着停止。大家都怔住了。四小姐却明白老太爷要的是什么。她看见福生站在近旁,就唤他道:

"福生,赶快到云飞的大餐间里拿那部《太上感应篇》来!是黄绫子的书套!"

吴老太爷自从骑马跌伤了腿,终至成为半肢疯以来,就虔奉《太上感应篇》,二十余年如一日;除了每年印赠而外,又曾恭楷手抄一部,是他坐卧不离的。

一会儿,福生捧着黄绫子书套的《感应篇》来了。吴老太爷接过来恭恭敬敬摆在膝头,就闭了眼睛,干瘪的嘴唇上浮出一丝放心了的微笑。

"开车!"

二小姐轻声喝,松了一口气,一仰脸把后颈靠在弹簧背垫上,也忍不住微笑。这时候,汽车愈走愈快,沿着北苏州路向东走,到了外白渡桥转弯朝南,那三辆车便像一阵狂风,每分钟半英里,一九三〇年式的新纪录。

坐在这样近代交通的利器上,驱驰于三百万人口的东方大都市上海的大街,而却捧了《太上感应篇》,心里专念着文昌帝君的"万恶淫为首,百善孝为先"的诰诫,这矛盾是很显然的了。而尤其使这矛盾尖锐化的,是吴老太爷的真正虔奉《太上感应篇》,完全不同于上海的借善骗钱的"善棍"。可是三十年前,吴老太爷却还是顶括括的"维新党"。祖若父两代侍郎,皇家的恩泽不可谓不厚,然而吴老太爷那时却是满腔子的"革命"思想。普遍于那时候的父与子的冲突,少年的吴老太爷也是一个主角。如果不是二十五年前习武骑马跌伤了腿,又不幸而渐渐成为半身不遂的毛病,更不幸而接着又赋悼亡,那么现在吴老太爷也许不至于整天捧着《太上感应篇》罢?然而自从伤腿以后,吴老太爷的英年浩气就好像是整个儿跌丢了;二十五年来,他就不曾跨出他的书斋半步!二十五年来,除了《太上感应篇》,他就不曾看过任何书报!二十五年来,他不曾经验过书斋以外的人生!第二代的"父与子的冲突"又在他自己和苏甫中间不可挽救地发生。而且如果说上一代的侍郎可算得又怪僻，又执拗，那么，吴老太爷正亦不弱于乃翁；书斋便是他的堡寨，《太上感应篇》便是他的护身法宝，他坚决的拒绝了和儿子妥协，亦既有十年之久了！

虽然此时他已经坐在一九三〇年式的汽车里，然而并不是他对儿子妥协。他早就说过，与其目击儿子那样的"离经叛道"的生活，倒不如死了好！他绝对不愿意到上海。荪甫向来也不坚持要老太爷来，此番因为土匪实在太嚣张，而且邻省的共产党红军也有燎原之势，让老太爷高卧家园，委实是不妥当。这也是儿子的孝心。吴老太爷根本就不相信什么土匪，什么红军，能够伤害他这虔奉文昌帝君的积善老子！但是坐卧都要人扶持，半步也不能动的他，有什么办法？他只好让他们从他的"堡寨"里抬出来，上了云飞轮船，终于又上了这"子不语"的怪物——汽车。正像二十五年前是这该诅咒的半身不遂使他不能到底做成"维新党"，使他不得不对老侍郎的"父"屈服，现在仍是这该诅咒的半身不遂使他又不能"积善"到底，使他不得不对新式企业家的"子"妥协了！他就是那么样始终演着悲剧！

但毕竟尚有《太上感应篇》这护身法宝在他手上，而况四小姐蕙芳，七少爷阿萱一对金童玉女，也在他身旁，似乎虽入"魔窟"，亦未必竟堕"德行"，所以吴老太爷闭目养了一会神以后，渐渐泰然怡然睁开眼睛来了。

汽车发疯似的向前飞跑。吴老太爷向前看。天哪！几百个亮着灯光的窗洞像几百只怪眼睛，高耸碧霄的摩天建筑，排山倒海般地扑到吴老太爷眼前，忽地又没有了；光秃秃的平地拔立的路灯杆，无穷无尽地，一杆接一杆地，向吴老太爷脸前打来，忽地又没有了；长蛇阵似的一串黑怪物，头上都有一对大眼睛放射出叫人目眩的强光，啵——啵——地吼着，闪电似的冲将过来，准对着吴老太爷坐的小箱子冲将过来！近了！近了！吴老太爷闭了眼睛，全身都抖了。他觉得他的头颅仿佛是在颈脖子上旋转；他眼前是红的，黄的，绿的，黑的，发光的，立方体的，圆锥形的，——混杂的一团，在那里跳，在那里转；他耳朵里灌满了轰，轰，轰！轧，轧，轧！啵，啵，啵！猛烈嘈杂的声浪会叫人心跳出腔子似的。

不知经过了多少时候，吴老太爷悠然转过一口气来，有说话的声音在他耳边动荡：

"四妹，上海也不太平呀！上月是公共汽车罢工，这月是电车了！上月底共产党在北京路闹事，捉了几百，当场打死了一个。共产党有枪呢！听三弟说，各工厂的工人也都不稳。随时可以闹事。时时想暴动。三弟的厂里，三弟公馆的围墙上，都写满了共产党的标语……"

"难道巡捕不捉么？"

"怎么不捉！可是捉不完。啊哟！真不知道哪里来的这许多不要性命的人！——可是，四妹，你这一身衣服实在看了叫人笑。这还是十年前的装束！明天赶快换一身罢！"

是二小姐芙芳和四小姐蕙芳的对话。吴老太爷猛睁开了眼睛，只见左右前后都是像他自己所坐的那种小箱子——汽车。都是静静地一动也不动。横在前面不远，却像开了一道河似的，从南到北，又从北到南，匆忙地杂乱地交流着各色各样的车子；而夹在车子中间，又有各色各样的男人女人，都像有鬼赶在屁股后似的跌跌撞撞地快跑。不知从什么高处射来的一道红光，又正落在吴老太爷身上。

这里正是南京路同河南路的交叉点，所谓"抛球场"。东西行的车辆此时正在那里静候指挥交通的红绿灯的命令。

"二姊，我还没见过三嫂子呢。我这一身乡气，会惹她笑痛了肚子罢。"

蕙芳轻声说，偷眼看一下父亲，又看看左右前后安坐在汽车里的时髦女人。芙芳笑了一声，拿出手帕来抹一下嘴唇。一股浓香直扑进吴老太爷的鼻子，痒痒地似乎怪难受。

"真怪呢！四妹。我去年到乡下去过，也没看见像你这一身老式的衣裙。"

"可不是。乡下女人的装束也是时髦得很呢，但是父亲不许我——"

像一枝尖针刺入吴老太爷迷惘的神经，他心跳了。他的眼光本能地瞥到二小姐芙芳的身上。他第一次意识地看清楚了二小姐的装束；虽则尚在五月，却因今天骤然闷热，二小姐已经完全是夏装；淡蓝色的薄纱紧裹着她的壮健的身体，一对丰满的乳房很显明地突出来，袖口缩在臂弯以上，露出雪白的半只臂膊。一种说不出的厌恶，突然塞满了吴老太爷的心胸，他赶快转过脸去，不提防扑进他视野的，又是一位半裸体似的只穿着亮纱坎肩，连肌肤都看得分明的时装少妇，高坐在一辆黄包车上，翘起了赤裸裸的一只白腿，简直好像没有穿裤子。"万恶淫为首"！这句话像鼓槌一般打得吴老太爷全身发抖。然而还不止此。吴老太爷眼珠一转，又瞥见了他的宝贝阿萱却正张大了嘴巴，出神地贪看那位半裸体的妖艳少妇呢！老太爷的心卜地一下狂跳，就像爆裂了似的再也不动，喉间是火辣辣地，好像塞进了一大把的辣椒。

此时指挥交通的灯光换了绿色，吴老太爷的车子便又向前进。冲开了各色各样车辆的海，冲开了红红绿绿的耀着肉光的男人女人的海，向前进！机械的骚音，汽车的臭屁，和女人身上的香气，霓虹电管的赤光，——一切梦魇似的都市的精怪，毫无怜悯地压到吴老太爷朽弱的心灵上，直到他只有目眩，只有耳鸣，只有头晕！直到他的刺激过度的神经像要爆裂似的发痛，直到他的狂跳不歇的心脏不能再跳动！

呼卢呼卢的声音从吴老太爷的喉间发出来，但是都市的骚音太大了，二小姐,四小姐和阿萱都没有听到。老太爷的脸色也变了,但是在不断的红绿灯光的映射中,谁也不能辨别谁的脸色有什么异样。

汽车是旋风般向前进。已经穿过了西藏路,在平坦的静安寺路上开足了速率。路旁隐在绿荫中射出一点灯光的小洋房连排似的扑过来,一眨眼就过去了。五月夜的凉风吹在车窗上,猎猎地响。四小姐蕙芳像是摆脱了什么重压似的松一口气,对阿萱说:

"七弟,这可长住在上海了。究竟上海有什么好玩,我只觉得乱烘烘地叫人头痛。"

"住惯了就好了。近来是乡下土匪太多,大家都搬到上海来。四妹,你看这一路的新房子,都是这两年内新盖起来的。随你盖多少新房子,总有那么多的人来住。"

二小姐接着说,打开她的红色皮包,取出一个粉扑,对着皮包上装就的小镜子便开始化起妆来。

"其实乡下也还太平。谣言还没有上海那么多。七弟,是么?"

"太平? 不见得罢! 两星期前开来了一连兵,刚到关帝庙里驻扎好了,就向商会里要五十个年青的女人——补洗衣服;商会说没有,那些八太爷就自己出来动手拉。我们隔壁开水果店的陈家嫂不是被他们拉了去么? 我们家的陆妈也是好几天不敢出大门……"

"真作孽! 我们在上海一点不知道。我们只听说共产党要掳女人去共。"

"我在镇上就不曾见过半个共军。就是那一连兵,叫人头痛!"

"吓,七弟,你真糊涂! 等到你也看见,那还了得! 竹斋说,现在的共产党真厉害,九流三教里,到处全有。防不胜防。直到像雷一样打到你眼前,你才觉到。"

这么说着,二小姐就轻轻吁一声。四小姐也觉毛骨悚然。只有不很懂事的阿萱依然张大了嘴胡胡地笑。他听得二小姐把共产党说成了神出鬼没似的,便觉得非常有趣;"会像雷一样的打到你眼前来么? 莫不是有了妖术罢!"他在肚子里自问自答。这位七少爷今年虽已十九岁,虽然长的极漂亮,却因为一向就做吴老太爷的"金童",很有几分傻。

此时车上的喇叭突然呜呜地叫了两声,车子向左转,驶入一条静荡荡的浓荫夹道的横马路,灯光从树叶的密层中洒下来,斑斑驳驳地落在二小姐她们身上。车子也走得慢了。二小姐赶快把化妆皮包收拾好,转脸看着老太爷轻声说:

"爸爸,快到了。"

"爸爸睡着了!"

"七弟,你喊得那么响! 二姊,爸爸闭了眼睛养神的时候,谁也不敢惊动他!"

但是汽车上的喇叭又是呜呜地连叫三声，最后一声拖了个长尾巴。这是暗号。前面一所大洋房的两扇乌油大铁门霍地荡开，汽车就轻轻地驶进门去。阿萱猛的从坐位上站起来，看见苏甫和竹斋的汽车也衔接着进来，又看见铁门两旁站着四五个当差，其中有武装的巡捕。接着，砰——的一声，铁门就关上了。此时汽车在花园里的柏油路上走，发出细微的丝丝的声音。黑森森的树木夹在柏油路两旁，三三两两的电灯在树荫间闪烁。蓦地车又转弯，眼前一片雪亮，耀的人眼花，五开间三层楼的一座大洋房在前面了，从屋子里散射出来的无线电音乐在空中回翔，咕——的一声，汽车停下。

有一个清脆的声音在汽车旁边叫：

"太太！老太爷和老爷他们都来了！"

从晕眩的突击中方始清醒过来的吴老太爷吃惊似的睁开了眼睛。但是紧抓住了这位老太爷的觉醒意识的第一刹那却不是别的，而是刚才停车在"抛球场"时七少爷阿萱贪婪地看着那位半裸体似的妖艳少妇的那种邪魔的眼光，以及四小姐蕙芳说的那一句"乡下女人装束也时髦得很呢，但是父亲不许我——"的声浪。

刚一到上海这"魔窟"，吴老太爷的"金童玉女"就变了！

无线电音乐停止了，一阵女人的笑声从那五开间洋房里送出来，接着是高跟皮鞋错落地阁阁地响，两三个人形跳着过来，内中有一位粉红色衣服，长身玉立的少妇，袅着细腰抢到吴老太爷的汽车边，一手拉开了车门，娇声笑着说：

"爸爸，辛苦了！二姊，这是四妹和七弟么？"

同时就有一股异常浓郁使人窒息的甜香，扑头压住了吴老太爷。而在这香雾中，吴老太爷看见一团蓬蓬松松的头发乱纷纷地披在白中带青的圆脸上，一对发光的滴溜溜转动的黑眼睛，下面是红得可怕的两片嘻开的嘴唇。蓦地这披发头扭了一扭，又响出银铃似的声音：

"苏甫！你们先进去。我和二姊扶老太爷！四妹，你先下来！"

吴老太爷集中全身最后的生命力摇一下头。可是谁也没有理他。四小姐擦着那披发头下去了，二小姐挽住老太爷的左臂，阿萱也从旁帮一手，老太爷身不由主的便到了披发头的旁边了，就有一条滑腻的臂膊箍住了老太爷的腰部，又是一串艳笑，又是兜头扑面的香气。吴老太爷的心只是发抖，《太上感应篇》紧紧地抱在怀里。有这样的意思在他的快要炸裂的脑神经里通过："这简直是夜叉，是鬼！"

超乎一切以上的憎恨和忿怒忽然给与吴老太爷以长久未有的力气。仗着二小姐和吴少奶奶的半扶半抱，他很轻松的上了五级的石阶，走进那间灯火辉煌的大客厅了。满客厅的人！迎面上前的是苏甫和竹斋。忽然又飞跑来两个青年女郎，都是披着满头长发，围住了吴老太爷叫唤问好。她们嘈杂地说着笑着，簇拥着老太爷到一张高背沙发椅里坐下。

吴老太爷只是瞪出了眼睛看。憎恨，忿怒，以及过度刺激，烧得他的脸色变为青中带紫。他看见满客厅是五颜六色的电灯在那里旋转，旋转，而且愈转愈快。近他身旁有一个怪东西，是浑圆的一片金光，荷荷地响着，徐徐向左右移动，吹出了叫人气噎的猛风，像是什么金脸的妖怪在那里摇头作法。而这金光也愈摇愈大，塞满了全客厅，弥漫了全空间了！一切红的绿的电灯，一切长方形，椭圆形，多角形的家具，一切男的女的人们，都在这金光中跳着转着。粉红色的吴少奶奶，苹果绿色的一位女郎，淡黄色的又一女郎，都在那里疯狂地跳，跳！她们身上的轻绡掩不住全身肌肉的轮廓，高耸的乳峰，嫩红的乳头，腋下的细毛！无数的高耸的乳峰，颤动着，颤动着的乳峰，在满屋子里飞舞了！而夹在这乳峰的舞阵中间的，是苏甫的多疱的方脸，以及满是邪魔的阿萱的眼光。突然吴老太爷又看见一切颤动着飞舞着的乳房像乱箭一般射到他胸前，堆积起来，堆积起来，重压着，重压着，压在他胸脯上，压在那部摆在他膝头的《太上感应篇》上，于是他又听得狂荡的艳笑，房屋摇摇欲倒。

"邪魔呀！"吴老太爷似乎这么喊，眼里迸出金花。他觉得有千万斤压在他胸口，觉得脑袋里有什么东西爆裂了，碎断了；猛的拔地长出两个人来，粉红色的吴少奶奶和苹果绿色的女郎，都嘻开了血色的嘴唇像要来咬。吴老太爷脑壳里梆的一响，两眼一翻，就什么都不知道了。

"表叔！认得我么？素素，我是张素素呀！"

站在吴老太爷面前的穿苹果绿色 Grafton① 轻绡的女郎兀自笑嘻嘻地说，可是在她旁边捧着一杯茶的吴少奶奶蓦地惊叫了一声，茶杯掉在地下。满客厅的人都一跳！死样沉寂的一刹那！接着是暴雷般的脚步声，都拥到吴老太爷的身边来了。十几张嘴同时在问在叫。吴老太爷脸色像纸一般白，嘴唇上满布着白沫，头颅歪垂着。黄绫套子的《太上感应篇》拍的一声落在地下。

"爸爸，爸爸！怎么了？醒醒罢，醒醒罢！"

二小姐捧住了吴老太爷的头，颤抖着声音叫，竹斋伸长了脖子，挨在二小姐肩下，满脸的惊惶。抓住了老太爷左手的苏甫却是一脸怒容，厉声斥骂那些围近来的当差和女仆：

"滚开！还不快去拿冰袋来么？快，快！"

冰袋！冰袋！老太爷发痧了！——一迭声传出去。当差们满屋子乱跑。略

---

① Grafton 一种名贵的外国纱。——作者原注。

站得远些的淡黄色衣服的女郎拉住了张素素低声问：

"素！你看见老太爷是怎么一来就发晕了呢？"

张素素瞪大了眼睛，说不出话来，她的丰满的胸脯像波浪似的一起一伏。那边吴少奶奶却气喘喘地断断续续地在说：

"我捧了茶来，——看见，看见，爸爸——头一歪，眼睛闭了，嘴里出白沫——白沫！脸色也就完全变了。发痧，发痧……是痰火么？爸爸向来有这毛病么？"

二小姐一手掐住老太爷的人中，一面急口地追问那呆呆地站着淌眼泪的四小姐：

"四妹，四妹！爸爸发过这种病么？发过罢！你说，你说哟！"

"要是痰火上，转过一口气来，就不要紧了。只要转一口气，一口气！"

竹斋看着苏甫说，慌慌张张地把他那个随身携带的鼻烟壶递过去。苏甫一手接了鼻烟壶，也不回答竹斋，只是横起了怒目前前后后看，一面喝道："挤得那么紧！单是这股子人气也要把老太爷熏坏了！——怎么冰袋还不来！佩瑶，这里暂时不用你帮忙；你去亲自打电话请丁医生！——王妈！催冰袋去！"于是他又对二小姐摆手："二姊，不要慌张！爸爸胸口还是热的呢！在这沙发椅上不是办法，我们先抬爸爸到那架长沙发榻上去罢。"这么说着，也不等二小姐的回答，苏甫就把老太爷抱起来，众人都来帮一手。

刚刚把老太爷放在一张蓝绒垫子的长而且阔的沙发榻上，打电话去请医生的吴少奶奶也回来了。据她说：十分钟内，丁医生就可以到；而在他未到以前，切莫惊扰病人，应该让病人躺在安静的房间里。此时王妈捧了冰袋来。苏甫一手接住，就按在老太爷的前额，一面看着那个站在客厅门口的当差高升说：

"去叫几个人来抬老太爷到小客厅！还有，丁医生就要来，吩咐号房留心！"

忽然老太爷的手动了一下，喉间一声响，就有像是痰块的白沫从嘴里冒出来。"好了！"——几张嘴同声喊，似乎心头松一下。吴少奶奶在张素素襟头抢一方白丝手帕揩去了老太爷嘴上的东西，一面对苏甫使眼色。苏甫皱了眉头。竹斋和二小姐也是苦着脸。老太爷额角上爆出的青筋就有蚯蚓那么粗，喉间的响声更大更急促了，白沫也不住的冒。俄而手又一动，眼皮有点跳，终于半睁开了。

"怎么丁医生还不来？先抬进小客厅罢！"

苏甫搓着手自言自语地说，回头对站在那里等候命令的四个当差一摆手。四个当差就上前抬起了那张长沙发榻，走进大客厅左首的小客厅；竹斋，苏甫，吴少奶奶，二小姐，四小姐，都跟了进去。阿萱自始就站在那里呆呆地出神，此时像觉醒似的，慌慌张张向四面一看，也跑进小客厅去了。砰——的一声，小客厅的门就此关上。

留在大客厅里的人们悄悄地等候着，谁也不开口。张素素倚在一架华美硕大的无线电收音机旁边，垂着头，看地上的那部《太上感应篇》，似乎很在那里用心思。两个穿洋服的男客，各自据了一张沙发椅，手托住了头，慢慢的吸香烟；有时很焦灼地对小客厅的那扇门看一眼。

电灯光依然柔和地照着一切。小风扇的浑圆的金脸孔依然荷荷地响着，徐徐转动，把凉风送到各人身上，吹拂起他们的衣裾。然而这些一向是快乐的人们此时却有一种不可名状的不安压住在心头。

钢琴旁边坐着那位穿淡黄色衣服的女郎，随手翻弄着一本琴谱。她的相貌很像吴少奶奶，她是吴少奶奶的嫡亲妹子，林二小姐。

呆呆地在出神的张素素忽然像是想着了什么，猛的抬起头来，向四面看看，似乎要找谁说话；一眼看见那淡黄色衣服的女郎正也在看她，就跑到钢琴前面，双手一拍，低声地然而郑重地说：

"佩珊！我想老太爷一定是不中用了！我见过——"

那边两位男客都惊跳起来，睁大了询问的眼睛，走到张素素旁边了。

"你怎么知道一定不中用？"

林佩珊迟疑地问，站了起来。

"我怎么知道？嗳——因为我看见过人是怎样死的呀！"

几个男女仆人此时已经围绕在这两对青年男女的周围了，听得张素素那样说，忍不住都笑出声来。张素素却板起脸儿不笑。她很神秘的放低了声音，再加以申明：

"你们看老太爷吐出来的就是痰么？不是！一百个不是！这是白沫！大凡人死在热天，就会冒出这种白沫来，我见过。你们说今天还不算热么？八十度哪！真怪！还只五月十七，——玉亭，我的话对不对？你说！"

张素素转脸看住了男客中间的一个，似乎硬要他点一下头。这人就是李玉亭：中等身材，尖下巴，戴着程度很深的近视眼镜。他不说"是"，也没说"不是"，只是微微笑着。这使得张素素老大不高兴，向李玉亭白了一眼，她噘起猩红的小嘴唇，叽叽咕咕地说：

"好！我记得你这一遭！大凡教书的人总是那么灰色的，大学教授更甚。学生甲这么说，学生乙又是那么说，好，我们的教授既不敢左袒，又不敢右倾，只好摆出一副挨打的脸儿嘻嘻的傻笑。——但是，李教授李玉亭呀！你在这里不是上课，这里是吴公馆的会客厅！"

李玉亭当真不笑了，那神气就像挨了打似的。站在林佩珊后面的男客凑到她耳朵边轻轻地不知说了怎么一句，林佩珊就嗤的一声笑了出来，并且把她那俊俏的眼光在张素素脸上掠过。立刻张素素的嫩脸上飞起一片红云，她陡的扭转腰肢，扑到林佩珊身上，恨恨地说：

"你们表兄妹捣什么鬼！说我的坏话？非要你讨饶不行！"

林佩珊吃吃地笑着，保护着自己的顶怕人搔摸的部分，一步一步往后退，又夹在笑声中叫道：

"博文，是你闯祸，你倒袖手旁观呢！"

此时忽然来了汽车的喇叭声，转瞬间已到大客厅前，就有一个高大的穿洋服的中年男子飞步跑进来，后面跟着两个穿白制服的看护妇捧着很大的皮包。张素素立刻放开了林佩珊，招呼那新来者：

"好极了，丁医生！病人在小客厅！"

说着，她就跳到小客厅门前，旋开了门，让丁医生和看护妇都进去了，她自己也往门里一闪，随手就带上了门。

林佩珊一面掠头发，一面对她的表哥范博文说：

"你看丁医生的汽车就像救火车，直冲到客厅前。"

"但是丁医生的使命却是要燃起吴老太爷身里的生命之火，而不是扑灭那个火。"

"你又在做诗了么？嘻——"

林佩珊佯嗔地睃了她表哥一眼，就往小客厅那方向走。但在未到之前，小客厅的门开了，张素素轻手轻脚踅出来，后面是一个看护妇，将她手里的白瓷方盘对伺候客厅的当差一扬，说了一个字："水！"接着，那看护妇又缩了进去，小客厅的门依然关上。

探询的眼光从四面八方射出来，集中于张素素的脸上。张素素摇头，不作声，闷闷的绕着一张花梨木的圆桌子走。随后，她站在林佩珊他们三个面前，悄悄地说：

"丁医生说是脑充血，是突然受了猛烈刺激所致。有没有救，此刻还没准。猛烈的刺激？真是怪事！"

听的人们都面面相觑，不作声。过了一会儿，李玉亭似乎要挽救张素素刚才的嗔怒，应声虫似的也说了一句：

"真是怪事！"

"然而我的眼睛就要在这怪事中看出不足怪。吴老太爷受了太强的刺激，那是一定的。你们试想，老太爷在乡下是多么寂静；他那二十多年足不窥户的生活简直是不折不扣的坟墓生活！他那书斋，依我看来，就是一座坟！今天突然到了上海，看见的，听到的，嗅到的，哪一样不带有强烈的太强烈的刺激性？依他那样的身体，又上了年纪，若不患脑充血，那就当真是怪事一桩！"

范博文用他那缓慢的女性的声调说，脸上亮晶晶的似乎很得意。他说完了，就溜过眼波去找林佩珊的眼光。林佩珊很快地回看他一眼,就抿着嘴一笑。这都落在张素素的尖利的观察里了,她故意板起了脸,鼻子里哼一声:

"范诗人! 你又在做诗么? 死掉了人,也是你的诗题了!"

"就算我做诗的时机不对,也不劳张小姐申申而詈呵!"

"好! 你是要你的林妹妹申申而詈的罢?"

这次是林佩珊的脸上飞红了。她对张素素啐了一声,就讪讪地走开了。范博文毫不掩饰地跟着她。然而张素素似乎感到更悲哀,蹙着眉尖,又绕走那张花梨木的圆桌子了。李玉亭站在那里摸下巴。客厅里静得很,只有小风扇的单调的荷荷的声响。间或飞来了外边马路上汽车的喇叭叫,但也是像要睡去似的没有一丝儿劲。几个男当差像棍子似的站着。王妈和另一个女仆头碰头的在密谈,可是只见她们的嘴唇皮动,却听不到声音。

小客厅的门开了,高大的身形一闪,是丁医生。他走到摆着烟卷的黄铜椭圆桌子边,从银匣里捡了一枝雪茄烟燃着了,吐一口气,就在沙发椅里坐下。

"怎样?"

张素素走到丁医生跟前轻声问。

"十分之九是没有希望。刚才又打一针。"

"今晚上挨不过罢?"

"总是今晚上的事!"

丁医生放下雪茄,又回到小客厅里去了。张素素悄悄地跑过去,将小客厅的门拉上了,蓦地跳转身来,扑到林佩珊面前,抱住了她的细腰,脸贴着脸,一边乱跳,一边很痛苦地叫道:

"佩珊! 佩珊! 我心里难过极了! 想到一个人会死,而且会突然的就死,我真是难过极了! 我不肯死! 我一定不能死!"

"可是我们总有一天要死。"

"不能! 我一定不能死! 佩珊,佩珊!"

"也许你和大家不同,老了还会脱壳;——可是,素,不要那么乱揉,你把我的头发弄成个什么样子! 啊,啊,啊! 放手!"

"不要紧,明天再去一次 Beauty Parlour——哦,佩珊,佩珊! 如果一定得死,我倒愿意刺激过度而死!"

林佩珊惊异地叫了一声,看着张素素的眼睛,这眼睛现在闪着异样兴奋的光芒,和平常时候完全不同。

"就是过度刺激! 我想,死在过度刺激里,也许最有味,但是我绝对不需要像老太爷今天那样的过度刺激,我需要的是另一种,是狂风暴雨,是火山爆裂,是大地震，是宇宙混沌那样的大刺激，大变动！啊，啊，多么奇伟，多么雄壮！"

这么叫着，张素素就放开了林佩珊，退后一步，落在一张摇椅里，把手掩住了脸孔。

站在那里听她们谈话的李玉亭和范博文都笑了，似乎料不到张素素有这意外的一转一收。范博文看见林佩珊还是站在那里发怔，就走去拉一下她的手。林佩珊一跳，看清楚了是范博文，就给他一个娇嗔。范博文翘起右手的大拇指，向张素素那边虚指了一指，低声说：

"你明白么？她所需要的那种刺激，不是'灰色的教授'所能给与的！可是，刚才她实在颇有几分诗人的气分。"

林佩珊先自微笑，听到最后一句，她忽然冷冷地瞥了范博文一眼，鼻子里轻轻一哼，就懒洋洋地走开了。范博文立刻明白自己的说话有点被误会，赶快抢前一步，拉住了佩珊的肩膀。但是林佩珊十分生气似的挣脱了范博文的手，就跑进了客厅右首后方的一道门，碰的一声，把门关上。范博文略一踌躇，也就赶快跟过去，飞开了那道门，就唤"珊妹"。

林佩珊关门的声音将张素素从沉思中惊醒。她抬起头来看，又垂下眼去；放在一张长方形的矮脚琴桌上的黄绫套子的《太上感应篇》首先映入她的眼内。她拿起那套书，翻开来看。是朱丝栏夹贡纸端端正正的楷书。卷后有吴老太爷在"甲子年仲春"写的跋文：

> 余既镌印文昌帝君《太上感应篇》十万部，广布善缘，又手录全文……

张素素忍不住笑了一声，正想再看下去，忽然脑后有人轻声说：

"吴老太爷真可谓有信仰，有主义，终身不渝。"

是李玉亭，正靠在张素素坐椅的背后，烟卷儿夹在手指中。张素素侧着头仰脸看了他一眼，便又低头去翻看那《太上感应篇》。过一会儿，她把《感应篇》按住膝头，猛的问道：

"玉亭，你看我们这社会到底是怎样的社会？"

冷不防是这么一问，李玉亭似乎怔住了；但他到底是经济学教授，立即想好了回答：

"这倒难以说定。可是你只要看看这儿的小客厅，就得了解答。这里面有一位金融界的大亨，又有一位工业界的巨头；这小客厅就是中国社会的缩影。"

"但是也还有一位虔奉《太上感应篇》的老太爷！"

"不错，然而这位老太爷快就要——断气了。"

"内地还有无数的吴老太爷。"

"那是一定有的。却是一到了上海就也要断气。上海是——"

李玉亭这句话没有完，小客厅的门开了，出来的是吴少奶奶。除了眉尖略蹙而外，这位青年美貌的少奶奶还是和往常一样的活泼。看见只有李玉亭和张素素在这里，吴少奶奶的眼珠一溜，似乎很惊讶；但是她立刻一笑，算是招呼了李张二位，便叫高升和王妈来吩咐：

"老太爷看来是拖不过今天晚上的了。高升，你打电话给厂里的莫先生，叫他马上就来。应该报丧的亲戚朋友就得先开一个单子。花园里，各处，都派好了人去收拾一下。搁在四层屋顶下的木器也要搬出来。人手不够，就到杜姑老爷公馆里去叫。王妈，你带几个人去收拾三层楼的客房，各房里的窗纱，台布，沙发套子，都要换好。"

"老太爷身上穿了去的呢？还有，看什么板——"

"这不用你办。现在还没商量好，也许包给万国殡仪馆。你马上打电话到厂里叫账房莫先生来。要是厂里抽得出人，就多来几个。"

"老太爷带来的行李，刚才'戴生昌'送来了，一共二十八件。"

"那么，王妈，你先去看看，用不到的行李都搁到四层屋顶去。"

此时小客厅里在叫"佩瑶"了，吴少奶奶转身便跑了回去，却在带上那道门之前，露出半个头来问道：

"佩珊和博文怎么不见了呢？素妹，请你去找一下罢。"

张素素虽然点头，却坐着不动。她在追忆刚才和李玉亭的讨论，想要拾起那断了的线索。李玉亭也不作声，吸着香烟，踱方步。这时已有九点钟，外面园子里人来人往，骤然活动；树荫中，湖山石上，几处亭子里的电灯，也都一齐开亮了。王妈带了几个粗做女仆进客厅来，动手就换窗上的绛色窗纱。一大包沙发套子放在地板上。客厅里的地毯也拿出去扑打。

忽然小客厅里一阵响动以后，就听得杂乱的哭声，中间夹着唤"爸爸"。张素素和李玉亭的脸上都紧张起来了。张素素站起来，很焦灼地徘徊了几步，便跑到小客厅门前，推开了门。这门一开，哭声就灌满了大客厅。丁医生搓着手，走到大客厅里，看着李玉亭说：

"断气了！"

接着苏甫也跑出来，脸色郁沉，吩咐了当差们打电话去请秋律师来，转身就对李玉亭说：

"今晚上要劳驾在这里帮忙招呼了。此刻是九点多，报馆里也许已经不肯接收论前广告，可是我们这报丧的告白非要明天见报不行。只好劳驾去办一次交涉。底稿，竹斋在那里拟。五家大报一齐登！——高升，怎么莫先生还没有来呢？"

高升站在大客厅门外的石阶上，正想回话，二小姐已经跑出来拉住了苏甫说：

"刚才和佩瑶商量，觉得老太爷大殓的时刻还是改到后天上午好些，一则不匆促，二则曾沧海舅父也可以赶到了。舅父是顶会挑剔的！"

苏甫沉吟了一会儿，终于毅然回答：

"我们连夜打急电去报丧，赶得到赶不到，只好不管了；舅父有什么话，都由我一人担当。大殓是明天下午二时，决不能改动的了！"

二小姐还想争，但是苏甫已经跑回小客厅去了。二小姐跟着也追进去。

这时候，林佩珊和范博文手携着手，正从大客厅右首的大餐室门里走出去，一眼看见那乱烘烘的情形，两个人都怔住了。佩珊看着博文低声说：

"难道老太爷已经去世了么？"

"我是一点也不以为奇。老太爷在乡下已经是'古老的僵尸'，但乡下实际就等于幽暗的'坟墓'，僵尸在坟墓里是不会'风化'的。现在既到了现代大都市的上海，自然立刻就要'风化'。去罢！你这古老社会的僵尸！去罢！我已经看见五千年老僵尸的旧中国也已经在新时代的暴风雨中间很快的很快的在那里风化了！"

林佩珊抿着嘴笑，掷给了范博文一个娇媚的俏嗔。

（节选自《茅盾全集》第三卷，人民文学出版社 1984 年版）

边 城（节选）

沈从文

三

两省接壤处，十余年来主持地方军事的，注重在安缉保守，处置极其得法，并无变故发生。水陆商务既不至于受战争停顿，也不至于为土匪影响，一切莫不极有秩序，人民也莫不安分乐生。这些人，除了家中死了牛，翻了船，或发生别的死亡大变，为一种不幸所绊倒，觉得十分伤心外，中国其他地方正在如何不幸挣扎中的情形，似乎就永远不曾为这边城人民所感到。

边城所在一年中最热闹的日子，是端午、中秋与过年。三个节日过去三五十年前，如何兴奋了这地方人，直到现在，还毫无什么变化，仍是那地方居民最有意义的几个日子。

端午日，当地妇女小孩子，莫不穿了新衣，额角上用雄黄蘸酒画了个王字。任何人家到了这天必可以吃鱼吃肉。大约上午十一点钟左右，全茶峒人就吃了午饭，把饭吃过后，在城里住的，莫不倒锁了门，全家出城到河边看划船。河街有熟人的，可到河街吊脚楼门口边看，不然就站在税关门口与各个码头上看。河中龙船以长潭某处作起点，税关前作终点作比赛竞争。因为这一天军官、税官以及当地有身分的人，莫不在税关前看热闹。划船的事各人在数天以前就早有了准备，分组分帮，各自选出了若干身体结实手脚伶俐的小伙子，在潭中练习进退。船只的形式，与平常木船大不相同，形体一律又长又狭，两头高高翘起，船身绘着朱红颜色长线，平常时节多搁在河边干燥洞穴里，要用它时，拖下水去。每只船可坐十二个到十八个桨手，一个带头的，一个鼓手，一个锣手。桨手每人持一支短桨，随了鼓声缓促为节拍，把船向前划去。带头的坐在船头上，头上缠裹着红布包头，手上拿两枝小令旗，左右挥动，指挥船只的进退。擂鼓打锣的，多坐在船只的中部，船一划动便即刻蓬蓬锵锵把锣鼓很单纯的敲打起来，为划桨水手调理下桨节拍。一船快慢既不得不靠鼓声，故每当两船竞赛到剧烈时，鼓声如雷鸣，加上两岸人呐喊助威，便使人想起小说故事上梁红玉老鹳河时水战擂鼓，牛皋水擒杨幺时也是水战擂鼓。凡把船划到前面一点的，必可在税关前领赏。一匹红，一块小银牌，不拘缠挂到船上某一个人头上去，皆显出这一船合作的光荣。好事的军人，且当每次某一只船胜利时，必在水边放些表示胜利庆祝的五百响鞭炮。

赛船过后，城中的戍军长官，为了与民同乐，增加这个节日的愉快起见，便把绿头长颈大雄鸭，颈脖上缚了红布条子，放入河中，尽善于泅水的军民人等，下水追赶鸭子。不拘谁把鸭子捉到，谁就成为这鸭子的主人。于是长潭换了新的花样，水面各处是鸭子，同时各处有追赶鸭子的人。

船与船的竞赛，人与鸭子的竞赛，直到天晚方能完事。

掌水码头的龙头大哥顺顺，年青的时节便是一个泅水的高手，入水中去追逐鸭子，在任何情形下总不落空。但一到次子傩送年过十岁时，已能入水闭气氽着到鸭子身边，再忽然冒水而出，把鸭子捉到，这作爸爸的便解嘲似的向孩子们说："好，这种事你们来作，我不必再下水了。"于是当真就不下水与人来竞争捉鸭子。但下水救人呢，当作别论。凡帮助人远离患难，便是入火，人到八十岁，也还是成为这个人一种不可逃避的责任！

天保傩送两人皆是当地泅水划船的好选手。

端午节快来了，初五划船，河街上初一开会，就决定了属于河街的那只船当天入水。天保恰好在那天应向上行，随了陆路商人过川东龙潭送节货，故参加的就只傩送。十六个结实如牛犊的小伙子，带了香、烛、鞭炮，同一个用生牛皮蒙好绘有朱红太极图的高脚鼓，到了搁船的河上游山洞边，烧了香烛，把船拖入水后，各人上了船，燃着鞭炮，擂着鼓，这船便如一枝箭似的，很迅速的向下游长潭射去。

那时节还是上午，到了午后，对河渔人的龙船也下了水，两只龙船就开始预习种种竞赛的方法。水面上第一次听到了鼓声，许多人从这鼓声中，感到了节日临近的欢悦。住临河吊脚楼对远方人有所等待的，有所盼望的，也莫不因鼓声想到远人。在这个节日里，必然有许多船只可以赶回，也有许多船只只合在半路过节，这之间，便有些眼目所难见的人事哀乐，在这小山城河街间，让一些人嬉喜，也让一些人皱眉。

蓬蓬鼓声掠水越山到了渡船头那里时，最先注意到的是那只黄狗。那黄狗汪汪的吠着，受了惊似的绕屋乱走；有人过渡时，便随船渡过东岸去，且跑到那小山头向城里一方面大吠。

翠翠正坐在门外大石上用棕叶编蚱蜢蜈蚣玩，见黄狗先在太阳下睡着，忽然醒来便发疯似的乱跑，过了河又回来，就问它骂它：

"狗，狗，你做什么！不许这样子！"

可是一会儿，那声音被她发现了，她于是也绕屋跑着，且同黄狗一块儿渡过了小溪，站在小山头听了许久，让那点迷人的鼓声，把自己带到一个过去的节日里去。

四

这是两年前的事。五月端阳，渡船头祖父找人作了替身，便带了黄狗同翠翠进城,到大河边去看划船。河边站满了人,四只朱色长船在潭中滑着,龙船水刚刚涨过,河中水皆豆绿色,天气又那么明朗,鼓声蓬蓬响着,翠翠抿着嘴一句话不说,心中充满了不可言说的快乐。河边人太多了一点,各人皆尽张着眼睛望河中,不多久,黄狗还留在身边,祖父却挤得不见了。

翠翠一面注意划船,一面心想"过不久祖父总会找来的"。但过了许久,祖父还不来,翠翠便稍稍有点儿着慌了。先是两人同黄狗进城前一天,祖父就问翠翠:"明天城里划船,倘若一个人去看,人多怕不怕?"翠翠就说:"人多我不怕,但自己只是一个人可不好玩。"于是祖父想了半天,方想起一个住在城中的老熟人,赶夜里到城里去商量,请那老人来看一天渡船,自己却陪翠翠进城玩一天。且因为那人比渡船老人更孤单,身边无一个亲人,也无一只狗,因此便约好了那人早上过家中来吃饭,喝一杯雄黄酒。第二天那人来了,吃了饭,把职务委托那人以后,翠翠等便进了城。到路上时,祖父想起什么似的,又问翠翠:"翠翠,翠翠,人那么多,好热闹,你一个人敢到河边看龙船吗?"翠翠说:"怎么不敢? 可是一个人玩有什么意思。"到了河边后,长潭里的四只红船,把翠翠的注意力完全占去了,身边祖父似乎也可有可无了。祖父心想:"时间还早,到收场时,至少还得三个时刻。溪边的那个朋友,也应当来看看年青人的热闹,回去一趟,换换地位还赶得及。"因此就告翠翠,"人太多了,站在这里看,不要动,我到别处去有点事情,无论如何总赶得回来伴你回家。"翠翠正在为两只竞速并进的船迷着,祖父说的话毫不思索就答应了。祖父知道黄狗在翠翠身边,也许比他自己在她身边还稳当,于是便回家看船去了。

祖父到了那渡船处时,见代替他的老朋友,正站在白塔下注意听远处鼓声。

祖父喊叫他,请他把船拉过来,两人渡过小溪仍然站到白塔下去。那人问老船夫为什么又跑回来,祖父就说想替他一会儿故把翠翠留在河边,自己赶回来,好让他也过大河边去看看热闹,且说:"看得好,就不必再回来,只须见了翠翠告她一声,翠翠到时自会回家的。小丫头不敢回家,你就伴她走走!"但那替手对于看龙船已无什么兴味,却愿意同老船夫在这溪边大石上各自再喝两杯烧酒。老船夫十分高兴,于是把酒葫芦取出,推给城中来的那一个。两人一面谈些端午旧事,一面喝酒,不到一会,那人却在岩石上被烧酒醉倒了。

人既醉倒后,无从入城,祖父为了责任又不便与渡船离开,留在河边的翠翠便不能不着急了。

河中划船的决了最后胜负后,城里军官已派人驾小船在潭中放了一群鸭子,祖父还不见来。翠翠恐怕祖父也正在什么地方等着她,因此带了黄狗各处人丛中挤着去找寻祖父,结果还是不得祖父的踪迹。后来看看天快要黑了,军人扛了长凳出城看热闹的,皆已陆续扛了那凳子回家。潭中的鸭子只剩下三五只,捉鸭人也渐渐的少了。落日向上游翠翠家中那一方落去,黄昏把河面装饰了一层薄雾。翠翠望到这个景致,忽然起了一个怕人的想头,她想:"假若爷爷死了?"

她记起祖父嘱咐她不要离开原来地方那一句话,便又为自己解释这想头的错误,以为祖父不来,必是进城去或到什么熟人处去,被人拉着喝酒,故一时不能来的。正因为这也是可能的事,她又不愿在天未断黑以前,同黄狗赶回家去,只好站在那石码头边等候祖父。

再过一会,对河那两只长船已泊到对河小溪里去不见了,看龙船的人也差不多全散了。吊脚楼有娼妓的人家,已上了灯,且有人敲小斑鼓弹月琴唱曲了。另外一些人家,又有猜拳行酒的吵嚷声音。同时停泊在吊脚楼下的一些船只,上面也有人在摆酒炒菜,把青菜萝卜之类,倒进滚热油锅里去时发出吵——的声音。河面已朦朦胧胧,看去好像只有一只白鸭在潭中浮着,也只剩一个人追着这只鸭子。

翠翠还是不离开码头,总相信祖父会来找她一起回家。

吊脚楼上唱曲子声音热闹了一些,只听到下面船上有人说话,一个水手说:"金亭,你听你那婊子陪川东庄客喝酒唱曲子,我赌个手指,说这是她的声音!"另一个水手就说:"她陪他们喝酒唱曲子,心里可想我。她知道我在船上!"先前那一个又说:"身体让别人玩着,心还想着你;你有什么凭据?"另一个说:"我有凭据。"于是这水手吹着嗯哨,作出一个古怪的记号,一会儿,楼上歌声便停止了,两个水手皆笑了。两人接着便说了些关于那个女人的一切,使用了不少粗鄙字眼,翠翠不很习惯把这种话听下去,但又不能走开。且听水手之一说,楼上妇人的爸爸是在棉花坡被人杀死的,一共杀了十七刀。翠翠心中那个古怪的想头,"爷爷死了呢?"便仍然占据到心里有一忽儿。

两个水手还正在谈话,潭中那只白鸭慢慢的向翠翠所在的码头边游过来,翠翠想:"再过来些我就捉住你!"于是静静的等着,但那鸭子将近岸边三丈远近时,却有个人笑着,喊那船上水手。原来水中还有个人,那人已把鸭子捉到手,却慢慢的"踹水"游近岸边来。船上人听到水面的喊声,在隐约里也喊道:"二老,二老,你真能干,你今天得了五只吧。"那水上人说:"这家伙狡猾得很,现在可归我了。""你这时捉鸭子,将来捉女人,一定有同样的本领。"水上那一个不再说什么,手脚并用的拍着水傍了码头。湿淋淋的爬上岸时,翠翠身旁的黄狗,仿佛警告水中人似的,汪汪的叫了几声,那人方注意到翠翠。码头上已无别的人,那人问:

"是谁人?"

"是翠翠!"

"翠翠又是谁?"

"是碧溪岨撑渡船的孙女。"

"你在这儿做什么？"

"我等我爷爷。我等他来。"

"等他来他可不会来，你爷爷一定到城里军营里喝了酒，醉倒后被人抬回去了！"

"他不会这样子。他答应来找我，他就一定会来的。"

"这里等也不成，到我家里去，到那边点了灯的楼上去，等爷爷来找你好不好？"

翠翠误会邀她进屋里去那个人的好意，心里记着水手说的妇人丑事，她以为那男子就是要她上有女人唱歌的楼上去，本来从不骂人，这时正因等候祖父太久了，心中焦急得很，听人要她上去，以为欺侮了她，就轻轻的说：

"悖时砍脑壳的！"

话虽轻轻的，那男的却听得出，且从声音上听得出翠翠年纪，便带笑说："怎么，你骂人！你不愿意上去，要呆在这儿，回头水里大鱼来咬了你，可不要叫喊！"

翠翠说："鱼咬了我也不管你的事。"

那黄狗好象明白翠翠被人欺侮了，又汪汪的吠起来。那男子把手中白鸭举起，向黄狗吓了一下，便走上河街去了。黄狗为了自己被欺侮还想追过去，翠翠便喊："狗，狗，你叫人也看人叫！"翠翠意思仿佛只在告给狗"那轻薄男子还不值得叫"，但男子听去的却是另外一种好意，男的以为是她要狗莫向好人乱叫，放肆的笑着，不见了。

又过了一阵，有人从河街拿了一个废缆做成的火炬，喊叫着翠翠的名字来找寻她，到身边时翠翠却不认识那个人。那人说：老船夫回到家中，不能来接她，故搭了过渡人口信来告翠翠，要她即刻就回去。翠翠听说是祖父派来的，就同那人一起回家，让打火把的在前引路，黄狗时前时后，一同沿了城墙向渡口走去。翠翠一面走一面问那拿火把的人，是谁告他就知道她在河边。那人说是二老告他的，他是二老家里的伙计，送翠翠回家后还得回转河街。

翠翠说："二老他怎么知道我在河边？"

那人便笑着说："他从河里捉鸭子回来，在码头上见你，他说好意请你上家里坐坐，等候你爷爷，你还骂过他！你那只狗不识吕洞宾，只是叫！"

翠翠带了点儿惊讶轻轻的问："二老是谁？"

那人也带了点儿惊讶说："二老你还不知道？就是我们河街上的傩送二老！就是岳云！他要我送你回去！"

傩送二老在茶峒地方不是一个生疏的名字！

翠翠想起自己先前骂人那句话，心里又吃惊又害羞，再也不说什么，默默的随了那火把走去。

翻过了小山岨，望得见对溪家中火光时，那一方面也看见了翠翠方面的火把，老船夫即刻把船拉过来，一面拉船一面哑声儿喊问："翠翠，翠翠，是不是你？"翠翠不理会祖父，口中却轻轻的说："不是翠翠，不是翠翠，翠翠早被大河中鲤鱼吃去了。"翠翠上了船，二老派来的人，打着火把走了，祖父牵着船问："翠翠，你怎么不答应我，生我的气了吗？"

翠翠站在船头还是不作声。翠翠对祖父那一点儿埋怨，等到把船拉过了溪，一到了家中，看明白了醉倒的另一个老人后，就完事了。但另一件事，属于自己不关祖父的，却使翠翠沉默了一个夜晚。

（节选自《沈从文全集》第八卷，北岳文艺出版社 2002 年版）

家（节选）

巴　金

三十六

瑞珏生产的日子近了。这件事情引起了陈姨太、四太太、五太太和几个女佣的焦虑，起初她们还背着人暗暗地议论。后来有一天陈姨太就带着严肃的表情对克明几弟兄正式讲起"血光之灾"来：长辈的灵柩停在家里，家里有人生产，那么产妇的血光就会冲犯到死者身上，死者的身上会冒出很多的血。唯一的免灾方法就是把产妇迁出公馆去。迁出公馆还不行，产妇的血光还可以回到公馆来，所以应该迁到城外。出了城还不行，城门也关不住产妇的血光，必须使产妇过桥。而且这样办也不见得就安全，同时还应该在家里用砖筑一个假坟来保护棺木，这样才可以避免"血光之灾"。

五太太沈氏第一个赞成这个办法，四太太王氏和克定在旁边附和。克安起初似乎不以为然，但是听了王氏几句解释的话也就完全同意了。克明和大太太周氏也终于同意了。长一辈的人中间只有三太太张氏一句话也不说。总之大家决定照着陈姨太的意见去做。他们要觉新马上照办，他们说祖父的利益超过一切。

这些话对觉新虽然是一个晴天霹雳，但是他和平地接受了。他没有说一句反抗的话。他一生就没有对谁说过一句反抗的话。无论他受到怎样不公道的待遇，他宁可哭在心里，气在心里，苦在心里，在人前他绝不反抗。他忍受一切。他甚至不去考虑这样的忍受是否会损害别人的幸福。

觉新回到房里，把这件事情告诉了瑞珏，瑞珏也不说一句抱怨的话。她只是哭。她的哭声就是她的反抗的表示。但是这也没有用，因为她没有力量保护自己，觉新也没有力量保护她。她只好让人摆布。

"你晓得我决不相信，然而我又有什么办法？他们都说'宁可信其有，不可信其无'啊！"觉新绝望地摊开手悲声说。

"我不怪你，只怪我自己的命不好，"瑞珏抽泣地说。"我妈又不在省城。你怎么担得起不孝的恶名？便是你肯担承，我也决不让你担承。"

"珏，原谅我，我太懦弱，连自己的妻子也不能够保护。我们相处了这几年……我的苦衷你该可以谅解。"

"你不要……这样说，"瑞珏用手帕揩着眼泪说，"我明白……你的……苦衷。你已经……苦够了。你待我……那样好，……我只有感激。"

"感激? 你不是在骂我? 你为我不晓得受了多少气! 你现在怀胎快足月了,身体又不太好。我倒把你送到城外冷静的地方去,什么都不方便,让你一个人住在那儿。这是我对不起你。你说,别人家的媳妇会受到这种待遇吗? 你还要说感激!"觉新说到这里就捧着头哭起来。

瑞珏却止了泪,静悄悄地立起来,不说一句话,就走了出去。过了片刻她牵着海臣走回来,何嫂跟在她的后面。

觉新还在房里揩眼泪。瑞珏把海臣送到他的面前,要海臣叫他"爹爹",要海臣把他的手拉下来,叫他抱着海臣玩。

觉新抱起海臣来,爱怜地看了几眼,又在海臣的脸颊上吻了几下,然后把海臣放下去,交给瑞珏。他又用苦涩的声音说:"我已经是没有希望的了。你还是好好地教养海儿罢,希望他将来不要做一个象我这样的人!"他说完就往外面走,一只手还在揉眼睛。

"你到哪儿去?"瑞珏关心地问道。

"我到城外去找房子。"他回过头去看她,泪水又迷糊了他的眼睛,他努力说出了这句话,就往外面走了。

这天觉新回来得很迟。找房子并不是容易的事,不过他第二天就办妥了。这是一个小小的院子,一排三间房屋,矮小的纸窗户,没有地板的土地,阳光很少的房间,潮湿颇重的墙壁。他再也找不到更适当的房子了。这里倒符合"要出城"、"要过桥"的两个主要条件。

房子租定了。在瑞珏迁去以前,陈姨太还亲自带了钱嫂去看过一次。王氏和沈氏也同去看了的。大家对房子没有意见了。觉新便开始筹备妻子的迁出。瑞珏本来要自己收拾行李,但是觉新阻止了她。觉新坚持说他会给她料理一切,不使她操一点心。他叫她坐在椅子上不要动,只是看他做种种事情。她不忍拂他的意,终于答应了。他找出每一件他以为她用得着的东西,又拿了它走到她的面前问道:"把这个也带去,好吗?"她笑着点了点头,他便把它拿去放在提箱或者网篮里面。差不多对每一次他同样的问话,她都带笑地点头同意,或者亲切地接连说着:"好!"即使那件东西是她用不着的,她也不肯说不要的话。后来他看见行李快收拾好了,便含笑地对她说:"你看,我做得这样好。我简直把你的心猜透了。我完全懂得你的心。"她也带笑答道:"你真把我的心猜透了。我要用什么东西,你完全晓得。你很会收拾。下回我要出远门,仍旧要请你给我收拾行李。"最后的一句话是信口说出来的。

"下回? 下回你到哪儿去,我当然跟你一路去,我决不让你一个人走!"他带笑地说。

"我想到我妈那儿去,不过要去我们一路去,我下回决不离开你,"她含笑地回答。

觉新的脸色突然一变,他连忙低下头去。但是接着他又抬起头,勉强笑道:"是,我们一路去。"

他们两个人都在互相欺骗,都不肯把自己的真心显露。他们在心里明明想哭,在表面上却竭力做出笑容,但是笑容依旧掩饰不住他们的悲痛。他知道,她也知道。他知道她的心,她也知道他的心。然而他们故意把自己的心隐藏起来,隐藏在笑容里,隐藏在愉快的谈话里。他们宁愿自己同时在脸上笑,在心里哭,却不愿意在这时候看见所爱的人流一滴眼泪。

淑华同淑英来了,她们只看见他们两个人的外表上的一切。接着觉民和觉慧进来了,也只看见这两个人的外表上的一切。

然而觉民和觉慧是不能够沉默的。觉慧第一个发问道:

"大哥,你当真要把嫂嫂送出去?"他虽然听见人说过这件事情,但是他还不相信,他以为这不过是说着玩的。可是刚才他从外面回来,在二门口碰到了袁成。这个中年仆人亲切地唤了一声:"三少爷。"他站住跟袁成讲了两句话。

"三少爷,你看少奶奶搬到城外头去好不好?"袁成的瘦脸本来有点黑,现在显得更黑了。他的眉毛也皱了起来。

觉慧吃惊地看了袁成一眼,答道:"我不赞成。我看不见得当真搬出去。"

"三少爷,你还不晓得。大少爷已经吩咐下来了,要我跟张嫂两个去服侍少奶奶。三少爷,依我们看,少奶奶这样搬出去不大好。不是喊泥水匠来修假坟吗?就说要搬也要找个好地方。偏偏有钱人家规矩这样多。大少爷为什么不争一下?我们底下人不懂事,依我们看,总是人要紧啊。三少爷,你可不可以去劝劝大少爷,劝劝太太?"袁成包了一眼眶的泪水,他激动地往下说:"少奶奶要紧啊。公馆里头哪一个不望少奶奶好!万一少奶奶有……"他结结巴巴地说不下去了。

"好,我去说,我马上就去找大少爷。你放心,少奶奶不会出事。"觉慧感动地、兴奋地而且用坚决的声音答道。

"三少爷,谢谢你。不过请你千万不要提到袁成的名字。"袁成低声说,他转过身走向门房去了。

觉慧立刻到觉新的房里去。房里的情形完全证实了袁成的话。

觉新皱着眉头看了觉慧一眼,默默地点了点头。

"你疯了?"觉慧惊讶地说,"你难道相信那些鬼话?"

"我相信那些鬼话?"觉新烦躁地说,"我不相信又有什么用处?他们都是那样主张!"他绝望地扭自己的手。

"我说你应该反抗,"觉慧愤怒地说。他并不看觉新,却望着窗外的景物。

"大哥,三弟的话很对,"觉民接着说,"我劝你不要就把嫂嫂搬出去,你先去向他们详细解说一番,他们会明白的。他们也是懂道理的人。"

"道理?"觉新依旧用烦躁的声音说,"连三爸读了多年的书,还到日本学过法律,都只好点头,我的解说还会有用吗? 我担不起那个不孝的罪名,我只好听大家的话。不过苦了你嫂嫂。……"

"我有什么苦呢? 搬到外头去倒清静得多。……况且有人照料,又有人陪伴。我想一定很舒服,"瑞珏装出笑容插嘴解释道。

"大哥,你又屈服! 我不晓得你为什么总是屈服? 你应该记得你已经付过了多大的代价! 你要记住这是嫂嫂啊! 嫂嫂要紧啊! 公馆里头哪个不望嫂嫂好!"觉慧想起了袁成的话,气愤不堪地说。"譬如二哥,他几乎因为你的屈服就做了牺牲品,断送他自己,同时还断送另一个人。还是亏得他自己起来反抗,才有今天的胜利。"

觉民听见说到他的事情,不觉现出了得意的微笑,他觉得果然如觉慧所说,是他自己把幸福争回来的。

"三弟,你不要讲了,这不是你大哥的意思,这是我的意思,"瑞珏连忙替觉新解释道。

"不,嫂嫂,这不是你的意思,也不是大哥的意思,这是他们的意思,"觉慧挣红脸大声说。他马上向着觉新恳切地劝道:"大哥,你要奋斗啊!"

"奋斗,胜利,"觉新忍住心痛,嘲笑自己似地说。"不错,你们胜利了。你们反抗一切,你们轻视一切,你们胜利了。就因为你们胜利了,我才失败了。他们把他们对你们的怨恨全集中在我一个人身上。你们得罪了他们,他们只向我一个人报仇。他们恨我,挖苦我,背地骂我,又喊我做'承重老爷'。……你们可以说反抗,可以脱离家庭,可以跑到外面去。……我呢,你想我能够做什么? 我能够一个人逃走吗? ……许多事情你们都不晓得。为二弟的亲事,我不知道受了多少气! 还有三弟,你在外面办刊物,跟那般新朋友往来,我为你也受过好多气! 我都忍在心头。我的苦只有我一个人晓得。你们都可以向我说什么反抗,说什么奋斗。我又向哪个去说这些漂亮话?"觉新说到这里,实在忍不住,他忍了这许久的眼泪终于淌出来了。他不愿意别人看见他哭,更不愿意引起别人哭。……他觉得有什么东西沉重地压住他的身子,他不能够支持了。他连忙走到床前,倒下去。

到了这时,瑞珏的最后一道防线被攻破了。她收拾起假的笑容,伏在桌上低声哭起来。淑英和淑华便用带哭的声音劝她。觉民的眼睛也被泪水打湿了。他后悔不该只替自己打算,完全不注意哥哥的痛苦。他觉得他对待哥哥太苛刻了,他不应该那样对待哥哥。他想找些话安慰觉新。

然而觉慧的心情就不同了。觉慧没有流一滴眼泪。他在旁边观察觉新的举动。觉新的那些话自然使他痛苦。然而他觉得他不能够对觉新表示同情：在他的心里憎恨太多了，比爱还多。一片湖水现在他的眼里，一具棺材横在他的面前，还有……现在……将来。这些都是他所不能够忘记的。他每想起这些，他的心就被憎恨绞痛。他本来跟他的两个哥哥一样，也会从他们的慈爱的母亲那里接受了爱的感情。母亲在一小部分人中间留下爱的纪念死去以后，他也曾做过母亲教他们做的事：爱人，帮助人，尊敬长辈，厚待下人，他全做过。可是如今所谓长辈的人在他的眼前现出来是怎样的一副嘴脸，同时他看见在这个家里摧残爱的黑暗势力又如何地在生长。他还亲眼看见一些可爱的年轻的生命怎样地做了不必要的牺牲品。这些生命对于他是太亲爱了，他不能够失掉她们，然而她们终于跟他永别了。他也不能挽救她们。不但不能挽救她们，他还被逼着来看另一些可爱的年轻的生命走上灭亡的路。同情，他现在不能够给人以同情了，不管这个人就是他的哥哥。他一句话也不说，就拔步走了。他到了外房，正遇见何嫂牵着海臣的手走进房来。海臣笑嘻嘻地叫了一声"三爸"，他答应着，心里非常难过。

回到自己的房里，觉慧突然感到了以前所不曾有过的孤寂，他的眼睛渐渐地湿了。他看人间好象是一个演悲剧的场所，那么多的眼泪，那么多的痛苦！许多的人生活着只是为着造就自己的灭亡，或者造就别人的灭亡。除了这个，他们就不能够做任何事情。在痛苦中挣扎，结果仍然不免灭亡，而且甚至于连累了别人：他的大哥的命运明明白白地摆在他的眼前。而且他知道这不仅是他的大哥一个人的命运，许多许多的人都走着这同样的路。"人间为什么会有这样多的苦恼？"他这样想着，种种不如意的事情都集在他的心头来了。

"为什么连袁成都懂得，大哥却不懂呢？"他怀疑地问自己。

"无论如何，我不跟他们一样，我要走我自己的路，甚至于踏着他们的尸首，我也要向前走去。"他被痛苦包围着，几乎找不到一条出路，后来才拿了这样的话来鼓舞自己。于是他动身到利群阅报处，会他的那些新朋友去了。

觉新也暂时止住了悲哀，陪着瑞珏到城外的新居去了。同去的有周氏和淑英、淑华两姊妹。觉新还带了一个女佣和一个仆人，就是张嫂和袁成，去服侍瑞珏。后来觉民和琴也去了。

瑞珏并不喜欢她的新居。她嫁到高家以后，就没有跟觉新分离过。现在她不得不一个人在外面居住，他们这次分居，时间至少是在一个月以上。这是第一次，却有这样长的期限，她又搬在这样一个阴暗潮湿的地方。这样想着，她纵然要拿一些愉快的思想安慰自己，事实上也是不可能的了。但是在人前她应该忍住自己的悲哀。虽然在别人忙着安置家具的时候，她闲着也曾背人弹了泪，但是到了别人闲着来跟她谈话时，她又是有说有笑的了。这倒也使那些关怀她的人略微放了心。

很快地就到了分别的时候，大家都要告辞进城去了。

"为什么一说走，就全走呢？ 琴妹和三妹晏一点走不好吗？"瑞珏不胜依恋地挽留道。

"晏了，城门就要关了。这儿离城门又远，我明天再来看你罢，"琴笑着回答。

"城门，"瑞珏接连地说了两次，好象不明白似的，而实际上她很清楚地知道如今在她跟他中间不仅隔着远的道路，而且还隔着几道城门。城门把她跟他隔断了，从今天傍晚到明天破晓之间，纵然她死在这里，他也不会知道，而且也不能够来看她。她的眼泪经不住她一急，就流出来了。"这儿冷清清的，怪可怕。"她不自觉地顺口说出了这样的话。

"嫂嫂，不要紧，我明天搬来陪你住。"淑华安慰她道。

"我去跟妈商量，我也来陪你，"淑英感动地接口说。

"珏，你忍耐一点，过两天你就会住惯。这儿还有两个底下人，都是很可靠的。你用不着害怕。明天二妹她们当真搬过来陪你。我每天只要能抽空就会来看你。你好好地忍耐一下，一个多月很快地就过去了。"觉新勉强装出笑容安慰她道。其实他只想抱着她痛哭。

周氏也吩咐了几句话。众人接着说了几句便走了。瑞珏把他们送别门口，倚在门前看他们一个一个地上了轿。

觉新已经上轿了，忽然又走出来，回去问瑞珏，还要不要带什么东西。瑞珏不要什么，她说，需要的东西已经完全带来了。她还说："你明天给我把海儿带来罢，我很想他。"又说："你要当心照料海儿。"又说："我妈那儿你千万不要去信，她得到这个消息会担心的。"

"我前两天就已经写信去了。我瞒着你，因为我知道你一定不让我写，"觉新柔声解释道。

"其实你不该去信。我妈要是晓得我现在……"她只说了半句，就连忙咽住了。她害怕她的话会伤害他。

"然而无论如何应该告诉她，要是她赶到省城来看你，也多一个人照料，"觉新低声分辩道。他不敢去想她咽住的那半句话。

两个人对望着，好象没有话说了，其实心里正有着千言万语。

"我走了，你也可以休息一会儿，"觉新带笑说，他站了几分钟，也只得走了。他上轿前还屡屡回头看她。

"你明天要早些来，"瑞珏说着，还倚在门口望他，一面不住地向他招手。等到他的轿子转了弯不见了时，她才捧着她的大肚皮一步一步地走进房去。

她想从网篮里取出几件东西。但是她觉得四肢没有力气，精神也有点恍惚，她几乎站不住了，便勉强走到床前，在床沿上坐下来。她忽然觉得胎儿在肚里动，又彷佛听见胎儿的声音。她这时真是悲愤交集，她气恼地接连用她的无力的手打肚皮，一面说："你把我害了！"她低声哭着，一直到张嫂听见声音，跑来劝她的时候。

第二天觉新果然来得很早，而且带了海臣同来。淑华如约搬来了。淑英也来了，不过她没有得到父亲的许可，不能够搬到城外来住。后来琴也来了。这个小小的院子里又有了短时间的欢乐，有了笑声，还有别的。

然而在欢笑中光阴过得比平常更快，分别的时刻终于又到了。临行时海臣忽然哭起来不肯回去，说是要跟着妈妈留在这儿。这自然是不可能的。瑞珏说了许多话安慰他，骗他，才使他转啼为笑，答应好好地跟着爹爹回家。

瑞珏依然把觉新送到门口。"你明天还是早点来罢，"她说着，眼睛里闪起了泪光。

"明天我恐怕不能来。他们喊了泥水匠来给爷爷修假坟，要我监工，"他忧郁地说。但是他忽然注意到了她的眼角的泪珠，又不忍使她失望，便改口说："我明天会想法来看你，我一定来。珏，你怎么这样容易伤心？你自己的身体要紧。要是你再有什么病痛，你叫我……"说到这里他把话咽住了。

"我自己也不晓得为什么缘故这样容易伤心。"瑞珏的脸上浮出了凄凉的微笑，她抱歉似地说，眼睛不肯离开他的脸，一只手还在摩抚海臣的脸颊。"每天你回去的时候，我总觉得好象不能再跟你见面一样。我很害怕，我自己也不明白为什么要害怕。"她说了又用手去揉眼睛。

"有什么害怕呢？我们隔得这么近，我每天都可以来看你，现在又有三妹在这儿陪你，"觉新勉强装出笑容来安慰瑞珏。他不敢往下想。

"就是那座庙吗？"她忽然指着右边不远处突出的屋顶问道，"听说梅表妹的灵柩就停在那儿。我倒想去看看她。"

觉新随着瑞珏的手指看去，他的脸色马上变了。他连忙掉开头，一个可怕的思想开始咬他的脑子。他伸手去捏她的手，他把那只温软的手紧紧握着，好象这时候有人要把她夺去一般。"珏，你不要去！"他重复地说了两遍，用的是那样的一种声音，使得瑞珏许久都不能够忘记，虽然她不明白他为什么这样坚持地不要她到那里去。

他不再等她说什么，猝然放开她的手，再说一次："我回去了，"又叫海臣唤了两声"妈妈"，然后大步上了轿。两个轿夫抬起轿子放在肩上。海臣还在轿里唤"妈妈"，他却默默地吞眼泪。

觉新回到家里，还不曾走进灵堂，就看见陈姨太从那里出来。

"大少爷，少奶奶还好吗?"她带笑地问。

"还好，难为你问，"觉新勉强装出笑脸来回答。

"快生产了罢?"

"恐怕还有几天。"

"那么，还不要紧。不过大少爷，请你记住，你不能进月房啰，"陈姨太忽然收起笑容正经地对觉新说，说完就带着她平日常有的那股香气走开了。

这样的话觉新已经听到三次了。然而今天在这种情形里听到她用这种声音说了它出来，他气得半晌吐不出一个字。他呆呆地望着陈姨太的背影。他手里牵着的海臣在旁边仰起头唤"爹爹"，他也没有听见。

（节选自《巴金全集》第一卷，人民文学出版社 1986 年版）

铸　剑

鲁　迅

一

眉间尺刚和他的母亲睡下,老鼠便出来咬锅盖,使他听得发烦。他轻轻地叱了几声,最初还有些效验,后来是简直不理他了,格支格支地径自咬。他又不敢大声赶,怕惊醒了白天做得劳乏,晚上一躺就睡着了的母亲。

许多时光之后,平静了;他也想睡去。忽然,扑通一声,惊得他又睁开眼。同时听到沙沙地响,是爪子抓着瓦器的声音。

"好!该死!"他想着,心里非常高兴,一面就轻轻地坐起来。

他跨下床,借着月光走向门背后,摸到钻火家伙,点上松明,向水瓮里一照。果然,一匹很大的老鼠落在那里面了;但是,存水已经不多,爬不出来,只沿着水瓮内壁,抓着,团团地转圈子。

"活该!"他一想到夜夜咬家具,闹得他不能安稳睡觉的便是它们,很觉得畅快。他将松明插在土墙的小孔里,赏玩着;然而那圆睁的小眼睛,又使他发生了憎恨,伸手抽出一根芦柴,将它直按到水底去。过了一会,才放手,那老鼠也随着浮了上来,还是抓着瓮壁转圈子。只是抓劲已经没有先前似的有力,眼睛也淹在水里面,单露出一点尖尖的通红的小鼻子,咻咻地急促地喘气。

他近来很有点不大喜欢红鼻子的人。但这回见了这尖尖的小红鼻子,却忽然觉得它可怜了,就又用那芦柴,伸到它的肚下去,老鼠抓着,歇了一回力,便沿着芦干爬了上来。待到他看见全身,——湿淋淋的黑毛,大的肚子,蚯蚓似的尾巴,——便又觉得可恨可憎得很,慌忙将芦柴一抖,扑通一声,老鼠又落在水瓮里,他接着就用芦柴在它头上捣了几下,叫它赶快沉下去。

换了六回松明之后,那老鼠已经不能动弹,不过沉浮在水中间,有时还向水面微微一跳。眉间尺又觉得很可怜,随即折断芦柴,好容易将它夹了出来,放在地面上。老鼠先是丝毫不动,后来才有一点呼吸;又许多时,四只脚运动了,一翻身,似乎要站起来逃走。这使眉间尺大吃一惊,不觉提起左脚,一脚踏下去。只听得吱的一声,他蹲下去仔细看时,只见口角上微有鲜血,大概是死掉了。

他又觉得很可怜,仿佛自己作了大恶似的,非常难受。他蹲着,呆看着,站不起来。

"尺儿,你在做什么?"他的母亲已经醒来了,在床上问。

"老鼠……。"他慌忙站起,回转身去,却只答了两个字。

"是的,老鼠。这我知道。可是你在做什么? 杀它呢,还是在救它?"

他没有回答。松明烧尽了;他默默地立在暗中,渐看见月光的皎洁。

"唉!"他的母亲叹息说,"一交子时,你就是十六岁了,性情还是那样,不冷不热地,一点也不变。看来,你的父亲的仇是没有人报的了。"

他看见他的母亲坐在灰白色的月影中,仿佛身体都在颤动;低微的声音里,含着无限的悲哀,使他冷得毛骨悚然,而一转眼间,又觉得热血在全身中忽然腾沸。

"父亲的仇? 父亲有什么仇呢?"他前进几步,惊急地问。

"有的。还要你去报。我早想告诉你的了;只因为你太小,没有说。现在你已经成人了,却还是那样的性情。这教我怎么办呢? 你似的性情,能行大事的么?"

"能。说罢,母亲。我要改过……。"

"自然。我也只得说。你必须改过……。那么,走过来罢。"

他走去;他的母亲端坐在床上,在暗白的月影里,两眼发出闪闪的光芒。

"听哪!"她严肃地说,"你的父亲原是一个铸剑的名工,天下第一。他的工具,我早已都卖掉了来救了穷了,你已经看不见一点遗迹;但他是一个世上无二的铸剑的名工。二十年前,王妃生下了一块铁,听说是抱了一回铁柱之后受孕的,是一块纯青透明的铁。大王知道是异宝,便决计用来铸一把剑,想用它保国,用它杀敌,用它防身。不幸你的父亲那时偏偏入了选,便将铁捧回家里来,日日夜夜地锻炼,费了整三年的精神,炼成两把剑。

"当最末次开炉的那一日,是怎样地骇人的景象呵! 哗拉拉地腾上一道白气的时候,地面也觉得动摇。那白气到天半便变成白云,罩住了这处所,渐渐现出绯红颜色,映得一切都如桃花。我家的漆黑的炉子里,是躺着通红的两把剑。你父亲用井华水慢慢地滴下去,那剑嘶嘶地吼着,慢慢转成青色了。这样地七日七夜,就看不见了剑,仔细看时,却还在炉底里,纯青的,透明的,正像两条冰。

"大欢喜的光采,便从你父亲的眼睛里四射出来;他取起剑,拂拭着,拂拭着。然而悲惨的皱纹,却也从他的眉头和嘴角出现了。他将那两把剑分装在两个匣子里。

"'你只要看这几天的景象,就明白无论是谁,都知道剑已炼就的了。'他悄悄地对我说。'一到明天,我必须去献给大王。但献剑的一天,也就是我命尽的日子。怕我们从此要长别了。'

"'你……。'我很骇异,猜不透他的意思,不知怎么说的好。我只是这样地说:'你这回有了这么大的功劳……。'

"'唉! 你怎么知道呢!'他说。'大王是向来善于猜疑,又极残忍的。这回我

给他炼成了世间无二的剑,他一定要杀掉我,免得我再去给别人炼剑,来和他匹敌,或者超过他.'

"我掉泪了。

"'你不要悲哀。这是无法逃避的。眼泪决不能洗掉运命。我可是早已有准备在这里了!'他的眼里忽然发出电火似的光芒,将一个剑匣放在我膝上。'这是雄剑。'他说。'你收着。明天,我只将这雌剑献给大王去。倘若我一去竟不回来了呢,那是我一定不再在人间了。你不是怀孕已经五六个月了么?不要悲哀;待生了孩子,好好地抚养。一到成人之后,你便交给他这雄剑,教他砍在大王的颈子上,给我报仇!'"

"那天父亲回来了没有呢?"眉间尺赶紧问。

"没有回来!"她冷静地说。"我四处打听,也杳无消息。后来听得人说,第一个用血来饲你父亲自己炼成的剑的人,就是他自己——你的父亲。还怕他鬼魂作怪,将他的身首分埋在前门和后苑了!"

眉间尺忽然全身都如烧着猛火,自己觉得每一枝毛发上都仿佛闪出火星来。他的双拳,在暗中捏得格格地作响。

他的母亲站起了,揭去床头的木板,下床点了松明,到门背后取过一把锄,交给眉间尺道:"掘下去!"

眉间尺心跳着,但很沉静的一锄一锄轻轻地掘下去。掘出来的都是黄土,约到五尺多深,土色有些不同了,似乎是烂掉的材木。

"看罢! 要小心!"他的母亲说。

眉间尺伏在掘开的洞穴旁边,伸手下去,谨慎小心地撮开烂树,待到指尖一冷,有如触着冰雪的时候,那纯青透明的剑也出现了。他看清了剑靶,捏着,提了出来。

窗外的星月和屋里的松明随乎都骤然失了光辉,惟有青光充塞宇内。那剑便溶在这青光中,看去好像一无所有。眉间尺凝神细视,这才仿佛看见长五尺余,却并不见得怎样锋利,剑口反而有些浑圆,正如一片韭叶。

"你从此要改变你的优柔的性情,用这剑报仇去!"他的母亲说。

"我已经改变了我的优柔的性情,要用这剑报仇去!"

"但愿如此。你穿了青衣,背上这剑,衣剑一色,谁也看不分明的。衣服我已经做在这里,明天就上你的路去罢。不要记念我!"她向床后的破衣箱一指,说。

眉间尺取出新衣,试去一穿,长短正很合式。他便重行叠好,裹了剑,放在枕边,沉静地躺下。他觉得自己已经改变了优柔的性情;他决心要并无心事一般,倒头便睡,清晨醒来,毫不改变常态,从容地去寻他不共戴天的仇雠。

但他醒着。他翻来复去,总想坐起来。他听到他母亲的失望的轻轻的长叹。

他听到最初的鸡鸣;他知道已交子时,自己是上了十六岁了。

二

当眉间尺肿着眼眶,头也不回的跨出门外,穿着青衣,背着青剑,迈开大步,径奔城中的时候,东方还没有露出阳光。杉树林的每一片叶尖,都挂着露珠,其中隐藏着夜气。但是,待到走到树林的那一头,露珠里却闪出各样的光辉,渐渐幻成晓色了。远望前面,便依稀看见灰黑色的城墙和雉堞。

和挑葱卖菜的一同混入城里,街市上已经很热闹。男人们一排一排的呆站着;女人们也时时从门里探出头来。她们大半也肿着眼眶;蓬着头;黄黄的脸,连脂粉也不及涂抹。

眉间尺预觉到将有巨变降临,他们便都是焦躁而忍耐地等候着这巨变的。

他径自向前走;一个孩子突然跑过来,几乎碰着他背上的剑尖,使他吓出了一身汗。转出北方,离王宫不远,人们就挤得密密层层,都伸着脖子。人丛中还有女人和孩子哭嚷的声音。他怕那看不见的雄剑伤了人,不敢挤进去;然而人们却又在背后拥上来。他只得宛转地退避;面前只看见人们的背脊和伸长的脖子。

忽然,前面的人们都陆续跪倒了;远远地有两匹马并着跑过来。此后是拿着木棍,戈,刀,弓弩,旌旗的武人,走得满路黄尘滚滚。又来了一辆四匹马拉的大车,上面坐着一队人,有的打钟击鼓,有的嘴上吹着不知道叫什么名目的劳什子。此后又是车,里面的人都穿画衣,不是老头子,便是矮胖子,个个满脸油汗。接着又是一队拿刀枪剑戟的骑士。跪着的人们便都伏下去了。这时眉间尺正看见一辆黄盖的大车驰来,正中坐着一个画衣的胖子,花白胡子,小脑袋;腰间还依稀看见佩着和他背上一样的青剑。

他不觉全身一冷,但立刻又灼热起来,像是猛火焚烧着。他一面伸手向肩头捏住剑柄,一面提起脚,便从伏着的人们的脖子的空处跨出去。

但他只走得五六步,就跌了一个倒栽葱,因为有人突然捏住了他的一只脚。这一跌又正压在一个干瘪脸的少年身上;他正怕剑尖伤了他,吃惊地起来看的时候,肋下就挨了很重的两拳。他也不暇计较,再望路上,不但黄盖车已经走过,连拥护的骑士也过去了一大阵了。

路旁的一切人们也都爬起来。干瘪脸的少年却还扭住了眉间尺的衣领,不肯放手,说被他压坏了贵重的丹田,必须保险,倘若不到八十岁便死掉了,就得抵命。闲人们又即刻围上来,呆看着,但谁也不开口;后来有人从旁笑骂了几句,却全是附和干瘪脸少年的。眉间尺遇到了这样的敌人,真是怒不得,笑不得,只觉得无聊,却又脱身不得。这样地经过了煮熟一锅小米的时光,眉间尺早已焦躁得浑身发火,看的人却仍不见减,还是津津有味似的。

前面的人圈子动摇了，挤进一个黑色的人来，黑须黑眼睛，瘦得如铁。他并不言语，只向眉间尺冷冷地一笑，一面举手轻轻地一拨干瘪脸少年的下巴，并且看定了他的脸。那少年也向他看了一会，不觉慢慢地松了手，溜走了；那人也就溜走了；看的人们也都无聊地走散。只有几个人还来问眉间尺的年纪，住址，家里可有姊姊。眉间尺都不理他们。

他向南走着；心里想，城市中这么热闹，容易误伤，还不如在南门外等候他回来，给父亲报仇罢，那地方是地旷人稀，实在很便于施展。这时满城都议论着国王的游山，仪仗，威严，自己得见国王的荣耀，以及俯伏得有怎么低，应该采作国民的模范等等，很像蜜蜂的排衙。直至将近南门，这才渐渐地冷静。

他走出城外，坐在一株大桑树下，取出两个馒头来充了饥；吃着的时候忽然记起母亲来，不觉眼鼻一酸，然而此后倒也没有什么。周围是一步一步地静下去了，他至于很分明地听到自己的呼吸。

天色愈暗，他也愈不安，尽目力望着前方，毫不见有国王回来的影子。上城卖菜的村人，一个个挑着空担出城回家去了。

人迹绝了许久之后，忽然从城里闪出那一个黑色的人来。

"走罢，眉间尺！国王在捉你了！"他说，声音好像鸱鸮。

眉间尺浑身一颤，中了魔似的，立即跟着他走；后来是飞奔。他站定了喘息许多时，才明白已经到了杉树林边。后面远处有银白的条纹，是月亮已从那边出现；前面却仅有两点燐火一般的那黑色人的眼光。

"你怎么认识我？……"他极其惶骇地问。

"哈哈！我一向认识你。"那人的声音说。"我知道你背着雄剑，要给你的父亲报仇，我也知道你报不成。岂但报不成；今天已经有人告密，你的仇人早从东门还宫，下令捕拿你了。"

眉间尺不觉伤心起来。

"唉唉，母亲的叹息是无怪的。"他低声说。

"但她只知道一半。她不知道我要给你报仇。"

"你么？你肯给我报仇么，义士？"

"阿，你不要用这称呼来冤枉我。"

"那么，你同情于我们孤儿寡妇？……"

"唉，孩子，你再不要提这些受了污辱的名称。"他严冷地说，"仗义，同情，那些东西，先前曾经干净过，现在却都成了放鬼债的资本。我的心里全没有你所谓的那些。我只不过要给你报仇！"

"好。但你怎么给我报仇呢？"

"只要你给我两件东西。"两粒燐火下的声音说。"那两件么？你听着：一是你的剑，二是你的头！"

眉间尺虽然觉得奇怪，有些狐疑，却并不吃惊。他一时开不得口。

"你不要疑心我将骗取你的性命和宝贝。"暗中的声音又严冷地说。"这事全由你。你信我，我便去；你不信，我便住。"

"但你为什么给我去报仇的呢？你认识我的父亲么？"

"我一向认识你的父亲，也如一向认识你一样。但我要报仇，却并不为此。聪明的孩子，告诉你罢。你还不知道么，我怎么地善于报仇。你的就是我的；他也就是我。我的魂灵上是有这么多的人，我所加的伤，我已经憎恶了我自己！"

暗中的声音刚刚停止，眉间尺便举手向肩头抽取青色的剑，顺手从后项窝向前一削，头颅坠在地面的青苔上，一面将剑交给黑色人。

"呵呵！"他一手接剑，一手捏着头发，提起眉间尺的头来，对着那热的死掉的嘴唇，接吻两次，并且冷冷地尖利地笑。

笑声即刻散布在杉树林中，深处随着有一群燐火似的眼光闪动，倏忽临近，听到啾啾的饿狼的喘息。第一口撕尽了眉间尺的青衣，第二口便身体全都不见了，血痕也顷刻舐尽，只微微听得咀嚼骨头的声音。

最先头的一匹大狼就向黑色人扑过来。他用青剑一挥，狼头便坠在地面的青苔上。别的狼们第一口撕尽了它的皮，第二口便身体全都不见了，血痕也顷刻舐尽，只微微听得咀嚼骨头的声音。

他已经擎起地上的青衣，包了眉间尺的头，和青剑都背在背脊上，回转身，在暗中向王城扬长地走去。

狼们站定了，耸着肩，伸出舌头，啾啾地喘着，放着绿的眼光看他扬长地走。

他在暗中向王城扬长地走去，发出尖利的声音唱着歌：

> 哈哈爱兮爱乎爱乎！
> 爱青剑兮一个仇人自屠。
> 夥颐连翩兮多少一夫。
> 一夫爱青剑兮呜呼不孤。
> 头换头兮两个仇人自屠。
> 一夫则无兮爱乎呜呼！
> 爱乎呜呼兮呜呼阿呼，
> 阿呼呜呼兮呜呼呜呼！

三

游山并不能使国王觉得有趣；加上了路上将有刺客的密报，更使他扫兴而还。那夜他很生气,说是连第九个妃子的头发,也没有昨天那样的黑得好看了。幸而她撒娇坐在他的御膝上,特别扭了七十多回,这才使龙眉之间的皱纹渐渐地舒展。

午后,国王一起身,就又有些不高兴,待到用过午膳,简直现出怒容来。

"唉唉!无聊!"他打一个大呵欠之后,高声说。

上自王后,下至弄臣,看见这情形,都不觉手足无措。白须老臣的讲道,矮胖侏儒的打诨,王是早已听厌的了;近来便是走索,缘竿,抛丸,倒立,吞刀,吐火等等奇妙的把戏,也都看得毫无意味。他常常要发怒;一发怒,便按着青剑,总想寻点小错处,杀掉几个人。

偷空在宫外闲游的两个小宦官,刚刚回来,一看见宫里面大家的愁苦的情形,便知道又是照例的祸事临头了,一个吓得面如土色;一个却像是大有把握一般,不慌不忙,跑到国王的面前,俯伏着,说道:

"奴才刚才访得一个异人,很有异术,可以给大王解闷,因此特来奏闻。"

"什么?!"王说。他的话是一向很短的。

"那是一个黑瘦的,乞丐似的男子。穿一身青衣,背着一个圆圆的青包裹;嘴里唱着胡诌的歌。人问他。他说善于玩把戏,空前绝后,举世无双,人们从来就没有看见过;一见之后,便即解烦释闷,天下太平。但大家要他玩,他却又不肯。说是第一须有一条金龙,第二须有一个金鼎。……"

"金龙?我是的。金鼎?我有。"

"奴才也正是这样想。……"

"传进来!"

话声未绝,四个武士便跟着那小宦官疾趋而出。上自王后,下至弄臣,个个喜形于色。他们都愿意这把戏玩得解愁释闷,天下太平;即使玩不成,这回也有了那乞丐似的黑瘦男子来受祸,他们只要能挨到传了进来的时候就好了。

并不要许多工夫,就望见六个人向金阶趋进。先头是宦官,后面是四个武士,中间夹着一个黑色人。待到近来时,那人的衣服却是青的,须眉头发都黑;瘦得颧骨,眼圈骨,眉棱骨都高高地突出来。他恭敬地跪着俯伏下去时,果然看见背上有一个圆圆的小包袱,青色布,上面还画上一些暗红色的花纹。

"奏来!"王暴躁地说。他见他家伙简单,以为他未必会玩什么好把戏。

"臣名叫宴之敖者;生长汶汶乡。少无职业;晚遇明师,教臣把戏,是一个孩子的头。这把戏一个人玩不起来,必须在金龙之前,摆一个金鼎,注满清水,用兽炭煎熬。于是放下孩子的头去,一到水沸,这头便随波上下,跳舞百端,且发妙音,欢喜歌唱。这歌舞为一人所见,便解愁释闷,为万民所见,便天下太平。"

"玩来!"王大声命令说。

并不要许多工夫,一个煮牛的大金鼎便摆在殿外,注满水,下面堆了兽炭,点起火来。那黑色人站在旁边,见炭火一红,便解下包袱,打开,两手捧出孩子的头来,高高举起。那头是秀眉长眼,皓齿红唇;脸带笑容;头发蓬松,正如青烟一阵。黑色人捧着向四面转了一圈,便伸手擎到鼎上,动着嘴唇说了几句不知什么话,随即将手一松,只听得扑通一声,坠入水中去了。水花同时溅起,足有五尺多高,此后是一切平静。

许多工夫,还无动静。国王首先暴躁起来,接着是王后和妃子,大臣,宦官们也都有些焦急,矮胖的侏儒们则已经开始冷笑了。王一见他们的冷笑,便觉自己受愚,回顾武士,想命令他们就将那欺君的莽民掷入牛鼎里去煮杀。

但同时就听得水沸声;炭火也正旺,映着那黑色人变成红黑,如铁的烧到微红。王刚又回过脸来,他也已经伸起两手向天,眼光向着无物,舞蹈着,忽地发出尖利的声音唱起歌来:

> 哈哈爱兮爱乎爱乎!
> 爱兮血兮兮谁乎独无。
> 民萌冥行兮一夫壶卢。
> 彼用百头颅,千头颅兮用万头颅!
> 我用一头颅兮而无万夫。
> 爱一头颅兮血乎呜呼!
> 血乎呜呼兮呜呼阿呼,
> 阿呼呜呼兮呜呼呜呼!

随着歌声,水就从鼎口涌起,上尖下广,像一座小山,但自水尖至鼎底,不住地回旋运动。那头即随水上上下下,转着圈子,一面又滴溜溜自己翻筋斗,人们还可以隐约看见他玩得高兴的笑容。过了些时,突然变了逆水的游泳,打旋子夹着穿梭,激得水花向四面飞溅,满庭洒下一阵热雨来。一个侏儒忽然叫了一声,用手摸着自己的鼻子。他不幸被热水烫了一下,又不耐痛,终于免不得出声叫苦了。

黑色人的歌声才停,那头也就在水中央停住,面向王殿,颜色转成端庄。这样的有十余瞬息之久,才慢慢地上下抖动;从抖动加速而为起伏的游泳,但不很快,态度很雍容。绕着水边一高一低地游了三匝,忽然睁大眼睛,漆黑的眼珠显得格外精采,同时也开口唱起歌来:

> 王泽流兮浩洋洋;
> 克服怨敌,怨敌克服兮,赫兮强!
> 宇宙有穷止兮万寿无疆。

> 幸我来也兮青其光！
> 青其光兮永不相忘。
> 异处异处兮堂哉皇！
> 堂哉皇哉兮嗳嗳唷，
> 嗟来归来，嗟来陪来兮青其光！

头忽然升到水的尖端停住；翻了几个筋斗之后，上下升降起来，眼珠向着左右瞥视，十分秀媚，嘴里仍然唱着歌：

> 阿呼呜呼兮呜呼呜呼，
> 爱乎呜呼兮呜呼呼阿呼！
> 血一头颅兮爱乎呜呼。
> 我用一头颅兮而无万夫！
> 彼用百头颅，千头颅……

唱到这里，是沉下去的时候，但不再浮上来了；歌词也不能辨别。涌起的水，也随着歌声的微弱，渐渐低落，像退潮一般，终至到鼎口以下，在远处什么也看不见。

"怎了？"等了一会，王不耐烦地问。

"大王，"那黑色人半跪着说。"他正在鼎底里作最神奇的团圆舞，不临近是看不见的。臣也没有法术使他上来，因为作团圆舞必须在鼎底里。"

王站起身，跨下金阶，冒着炎热立在鼎边，探头去看。只见水平如镜，那头仰面躺在水中间，两眼正看着他的脸。待到王的眼光射到他脸上时，他便嫣然一笑。这一笑使王觉得似曾相识，却又一时记不起是谁来。刚在惊疑，黑色人已经掣出了背着的青色的剑，只一挥，闪电般从后项窝直劈下去，扑通一声，王的头就落在鼎里了。

仇人相见，本来格外眼明，况且是相逢狭路。王头刚到水面，眉间尺的头便迎上来，很命在他耳轮上咬了一口。鼎水即刻沸涌，澎湃有声；两头即在水中死战。约有二十回合，王头受了五个伤，眉间尺的头上却有七处。王又狡猾，总是设法绕到他的敌人的后面去。眉间尺偶一疏忽，终于被他咬住了后项窝，无法转身。这一回王的头可是咬定不放了，他只是连连蚕食进去；连鼎外面也仿佛听到孩子的失声叫痛的声音。

上自王后，下至弄臣，骇得凝结着的神色也应声活动起来，似乎感到暗无天日的悲哀，皮肤上都一粒一粒地起粟；然而又夹着秘密的欢喜，瞪了眼，像是等候着什么似的。

黑色人也仿佛有些惊慌，但是面不改色。他从从容容地伸开那捏着看不见的青剑的臂膊,如一段枯枝;伸长颈子,如在细看鼎底。臂膊忽然一弯,青剑便蓦地从他后面劈下,剑到头落,坠入鼎中,溯的一声,雪白的水花向着空中同时四射。

他的头一入水,即刻直奔王头,一口咬住了王的鼻子,几乎要咬下来。王忍不住叫一声"阿唷",将嘴一张,眉间尺的头就乘机挣脱了,一转脸倒将王的下巴下死劲咬住。他们不但都不放,还用全力上下一撕,撕得王头再也合不上嘴。于是他们就如饿鸡啄米一般,一顿乱咬,咬得王头眼歪鼻塌,满脸鳞伤。先前还会在鼎里面四处乱滚,后来只能躺着呻吟,到底是一声不响,只有出气,没有进气了。

黑色人和眉间尺的头也慢慢地住了嘴,离开王头,沿鼎壁游了一匝,看他可是装死还是真死。待到知道了王头确已断气,便四目相视,微微一笑,随即合上眼睛,仰面向天,沉到水底里去了。

四

烟消火灭;水波不兴。特别的寂静倒使殿上殿下的人们警醒。他们中的一个首先叫了一声,大家也立刻迭连惊叫起来;一个迈开腿向金鼎走去,大家便争先恐后地拥上去了。有挤在后面的,只能从人脖子的空隙间向里面窥探。

热气还炙得人脸上发烧。鼎里的水却一平如镜,上面浮着一层油,照出许多人脸孔:王后,王妃,武士,老臣,侏儒,太监。……

"阿呀,天哪!咱们大王的头还在里面哪,哎哎哎!"第六个妃子忽然发狂似的哭嚷起来。

上自王后,下至弄臣,也都恍然大悟,仓皇散开,急得手足无措,各自转了四五个圈子。一个最有谋略的老臣独又上前,伸手向鼎边一摸,然而浑身一抖,立刻缩了回来,伸出两个指头,放在口边吹个不住。

大家定了定神,便在殿门外商议打捞办法。约略费去了煮熟三锅小米的工夫,总算得到一种结果,是:到大厨房去调集了铁丝勺子,命武士协力捞起来。

器具不久就调集了,铁丝勺,漏勺,金盘,擦桌布,都放在鼎旁边。武士们便揎起衣袖,有用铁丝勺的,有用漏勺的,一齐恭行打捞。有勺子相触的声音,有勺子刮着金鼎的声音;水是随着勺子的搅动而旋绕着。好一会,一个武士的脸色忽而很端庄了,极小心地两手慢慢举起了勺子,水滴从勺孔中珠子一般漏下,勺里面便显出雪白的头骨来。大家惊叫了一声;他便将头骨倒在金盘里。

"阿呀!我的大王呀!"王后,妃子,老臣,以至太监之类,都放声哭起来。但不久就陆续停止了,因为武士又捞起了一个同样的头骨。

他们泪眼模胡地四顾,只见武士们满脸油汗,还在打捞。此后捞出来的是一

铸
剑

团糟的白头发和黑头发;还有几勺很短的东西,似乎是白胡须和黑胡须。此后又是一个头骨。此后是三枝簪。

直到鼎里面只剩下清汤,才始住手;将捞出的物件分盛了三金盘:一盘头骨,一盘须发,一盘簪。

"咱们大王只有一个头。那一个是咱们大王的呢?"第九个妃子焦急地问。

"是呵……。"老臣们都面面相觑。

"如果皮肉没有煮烂,那就容易辨别了。"一个侏儒跪着说。

大家只得平心静气,去细看那头骨,但是黑白大小,都差不多,连那孩子的头,也无从分辨。王后说王的右额上有一个疤,是做太子时候跌伤的,怕骨上也有痕迹。果然,侏儒在一个头骨上发见了:大家正在欢喜的时候,另外的一个侏儒却又在较黄的头骨的右额上看出相仿的瘢痕来。

"我有法子。"第三个王妃得意地说,"咱们大王的龙准是很高的。"

太监们即刻动手研究鼻准骨,有一个确也似乎比较地高,但究竟相差无几;最可惜的是右额上却并无跌伤的瘢痕。

"况且,"老臣们向太监说,"大王的后枕骨是这么尖的么?"

"奴才们向来就没有留心看过大王的后枕骨……。"

王后和妃子们也各自回想起来,有的说是尖的,有的说是平的。叫梳头太监来问的时候,却一句话也不说。

当夜便开了一个王公大臣会议,想决定那一个是王的头,但结果还同白天一样。并且连须发也发生了问题。白的自然是王的,然而因为花白,所以黑的也很难处置。讨论了小半夜,只将几根红色的胡子选出;接着因为第九个王妃抗议,说她确曾看见王有几根通黄的胡子,现在怎么能知道决没有一根红的呢。于是也只好重行归并,作为疑案了。

到后半夜,还是毫无结果。大家却居然一面打呵欠,一面继续讨论,直到第二次鸡鸣,这才决定了一个最慎重妥善的办法,是:只能将三个头骨都和王的身体放在金棺里落葬。

七天之后是落葬的日期,合城很热闹。城里的人民,远处的人民,都奔来瞻仰国王的"大出丧"。天一亮,道上已经挤满了男男女女;中间还夹着许多祭桌。待到上午,清道的骑士才缓辔而来。又过了不少工夫,才看见仪仗,什么旌旗,木棍,戈戟,弓弩,黄钺之类;此后是四辆鼓吹车。再后面是黄盖随着路的不平而起伏着,并且渐渐近来了,于是现出灵车,上载金棺,棺里面藏着三个头和一个身体。

百姓都跪下去,祭桌便一列一列地在人丛中出现。几个义民很忠愤,咽着泪,怕那两个大逆不道的逆贼的魂灵,此时也和王一同享受祭礼,然而也无法可施。

　　此后是王后和许多王妃的车。百姓看她们，她们也看百姓，但哭着。此后是大臣，太监，侏儒等辈，都装着哀戚的颜色。只是百姓已经不看他们，连行列也挤得乱七八糟，不成样子了。

一九二六年十月作

（选自《鲁迅全集》，人民文学出版社 2005 年版）

断魂枪

老　舍

"生命是闹着玩,事事显出如此;从前我这么想过,现在我懂得了。"

沙子龙的镖局已改成客栈。

东方的大梦没法子不醒了。炮声压下去马来与印度野林中的虎啸。半醒的人们,揉着眼,祷告着祖先与神灵;不大会儿,失去了国土、自由与权利。门外立着不同面色的人,枪口还热着。他们的长矛毒弩,花蛇斑彩的厚盾,都有什么用呢;连祖先与祖先所信的神明全不灵了啊!龙旗的中国也不再神秘,有了火车呀,穿坟过墓破坏着风水。枣红色多穗的镖旗,绿鲨皮鞘的钢刀,响着串铃的口马,江湖上的智慧与黑话,义气与声名,连沙子龙,他的武艺、事业,都梦似的变成昨夜的。今天是火车、快枪,通商与恐怖。听说,有人还要杀下皇帝的头呢!

这是走镖已没有饭吃,而国术还没被革命党与教育家提倡起来的时候。

谁不晓得沙子龙是短瘦、利落、硬棒,两眼明得像霜夜的大星?可是,现在他身上放了肉。镖局改了客栈,他自己在后小院占着三间北房,大枪立在墙角,院子里有几只楼鸽。只是在夜间,他把小院的门关好,熟习熟习他的"五虎断魂枪"。这条枪与这套枪,二十年的工夫,在西北一带,给他创出来:"神枪沙子龙"五个字,没遇见过敌手。现在,这条枪与这套枪不会再替他增光显胜了;只是摸摸这凉、滑、硬而发颤的杆子,使他心中少难过一些而已。只有在夜间独自拿起枪来,才能相信自己还是"神枪沙"。在白天,他不大谈武艺与往事;他的世界已被狂风吹了走。

在他手下创练起来的少年们还时常来找他。他们大多数是没落子的,都有点武艺,可是没地方去用。有的在庙会上去卖艺:踢两趟腿,练套家伙,翻几个跟头,附带着卖点大力丸,混个三吊两吊的。有的实在闲不起了,去弄筐果子,或挑些毛豆角,赶早儿在街上论斤吆喝出去。那时候,米贱肉贱,肯卖膀子力气本来可以混个肚儿圆;他们可是不成:肚量既大,而且得吃口当事儿的;干饽饽辣饼子咽不下去。况且他们还时常去走会:五虎棍、开路,太狮少狮……虽然算不了什么——比起走镖来——可是到底有个机会活动活动,露露脸。是的,走会捧场是买脸的事,他们打扮的得像个样儿,至少得有条青洋绉裤子,新漂白细市布的小褂,和一双鱼鳞洒鞋——顶好是青缎子抓脚虎靴子。他们是神枪沙子龙的徒弟——虽然沙子龙并不承认——得到处露脸,走会得赔上俩钱,说不定还得打场架。没钱,上沙老师那里去求。沙老师不含忽,多少不拘,不让他们空着手儿走。

可是，为打架或献技去讨教一个招数，或是请给说个对子——什么空手夺刀，或虎头钩进枪——沙老师有时说句笑话，马虎过去："教什么？拿开水浇吧！"有时直接把他们逐出去。他们不大明白沙老师是怎么了，心中也有点不乐意。

可是，他们到处为沙老师吹腾，一来是愿意使人知道他们的武艺有真传授，受过高人的指教；二来是为激动沙老师：万一有人不服气而找上老师来，老师难道还不露一两手真的么？所以：沙老师一拳就砸倒了个牛！沙老师一脚把人踢到房上去，并没使多大的劲！他们谁也没见过这种事，但是说着说着，他们相信这是真的了，有年月，有地方，千真万确，敢起誓！

王三胜——沙子龙的大伙计——在土地庙拉开了场子，摆好了家伙。抹了一鼻子茶叶末色的鼻烟，他抡了几下竹节钢鞭，把场子打大一些。放下鞭，没向四围作揖，叉着腰念了两句："脚踢天下好汉，拳打五路英雄！"向四围扫了一眼："乡亲们，王三胜不是卖艺的；玩艺儿会几套，西北路上走过镖，会过绿林上的朋友。现在闲着没事，拉个场子陪诸位玩玩。有爱练的尽管下来，王三胜以武会友，有赏脸的，我陪着。神枪沙子龙是我的师傅；玩艺地道！诸位，有愿下来的没有？"他看着，准知道没人敢下来，他的话硬，可是那条钢鞭更硬，十八斤重。

王三胜，大个子，一脸横肉，努着对大黑眼珠，看着四围。大家不出声。他脱了小褂，紧了紧深月白的"腰里硬"，把肚子杀进去。给手心一口吐沫，抄起大刀来：

"诸位，王三胜先练趟瞧瞧。不白练，练完了，带着的扔几个；没钱，给喊个好，助助威。这儿没生意口。好，上眼！"

大刀靠了身，眼珠努出多高，脸上绷紧，胸脯子鼓出像两块老桦木根子。一跺脚，刀横起，大红缨子在肩前摆动。削砍劈拨，蹲越闪转，手起风生，忽忽直响。忽然刀在右手心上旋转，身弯下去，四围鸦雀无声，只有缨铃轻叫。刀顺过来，猛的一个"跺泥"，身子直挺，比众人高着一头，黑塔似的。收了势："诸位！"一手持刀，一手叉腰，看着四围。稀稀的扔下几个铜钱，他点点头。"诸位！"他等着，等着，地上依旧是那几个亮而削薄的铜钱，外层的人偷偷散去。他咽了口气："没人懂！"他低声的说，可是大家全听见了。

"有功夫！"西北角上一个黄胡子老头儿答了话。

"啊？"王三胜好似没听明白。

"我说：你——有——工——夫！"老头子的语气很不得人心。

放下大刀，王三胜随着大家的头往西北看。谁也没看起这个老人：小干巴个儿，披着件粗蓝布大衫，脸上窝窝瘪瘪，眼陷进去很深，嘴上几根细黄胡，肩上扛着条小黄草辫子，有筷子那么细而绝对不像筷子那么直顺。王三胜可是看出这老家伙有工夫，脑门亮，眼睛亮、——眼眶虽深，眼珠可黑得像两口小井，深深的闪着黑光。王三胜不怕：他看得出别人有工夫没有，可更相信自己的本事，他是沙子龙手下的大将。

"下来玩玩，大叔！"王三胜说得很得体。

点点头，老头儿往里走。这一走，四外全笑了。他的胳臂不大动；左脚往前迈，右脚随着拉上来，一步步的往前拉扯，身子整着，像是患过瘫痪病。蹭到场中，把大衫扔在地上，一点没理会四围怎样笑他。

"神枪沙子龙的徒弟，你说？ 好，让你使枪吧；我呢？"老头子非常的干脆，很象久想动手。

人们全回来了，邻场耍狗熊的无论怎敲锣也不中用了。

"三截棍进枪吧？"王三胜要看老头子一手，三截棍不是随便就拿得起来的家伙。

老头子又点点头，拾起家伙来。

王三胜努着眼，抖着枪，脸上十分难看。

老头子的黑眼珠更深更小了，像两个香火头，随着面前的枪尖儿转，王三胜忽然觉得不舒服，那俩黑眼球似乎要把枪尖吸进去！ 四外已围得风雨不透，大家都觉出老头子确是有威。为躲那对眼睛，王三胜耍了个枪花。老头子的黄胡子一动："请！"王三胜一扣枪，向前躬步，枪尖奔了老头子的喉头去，枪缨打了一个红旋。老人的身子忽然活展了，将身微偏，让过枪尖，前把一挂，后把撩王三胜的手。拍，拍，两响，王三胜的枪撒了手。场外叫了好。王三胜连脸带胸口全紫了，抄起枪来；一个花子，连枪带人滚了过来，枪尖奔了老人的中部。老头子的眼亮得发着黑光；腿轻轻一屈，下把掩裆，上把打着刚要抽回的枪杆；拍，枪又落在地上。

场外又是一片彩声。王三胜流了汗，不再去拾枪，努着眼，木在那里。老头子扔下家伙，拾起大衫，还是拉拉着腿，可是走得很快了。大衫搭在臂上，他过来拍了王三胜一下："还得练哪，伙计！"

"别走！"王三胜擦着汗："你不离，姓王的服了！ 可有一样，你敢会会沙老师？"

"就是为会他才来的！"老头子的干巴脸上皱起点来，似乎是笑呢。"走；收了吧；晚饭我请！"

王三胜把兵器拢在一处，寄放在变戏法二麻子那里，陪着老头子往庙外走。后面跟着不少人，他把他们骂散。

"你老贵姓？"他问。

"姓孙哪，"老头子的话与人一样，都那么干巴。"爱练；久想会会沙子龙。"

沙子龙不把你打扁了！ 王三胜心里说。他脚底下加了劲，可是没把孙老头落下。他看出来，老头子的腿是老走着查拳门中的连跳步；交起手来，必定很快。但是，无论他怎样快，沙子龙是没对手的。准知道孙老头要吃亏，他心中痛快了些，放慢了些脚步。

"孙大叔贵处？"

"河间的，小地方。"孙老者也和气了些："月棍年刀一辈子枪，不容易见工夫！说真的，你那两手就不坏！"

王三胜头上的汗又回来了，没言语。

到了客栈，他心中直跳，唯恐沙老师不在家，他急于报仇。他知道老师不爱管这种事，师弟们已碰过不少回钉子，可是他相信这回必定行，他是大伙计，不比那些毛孩子；再说，人家在庙会上点名叫阵，沙老师还能丢这个脸么？

"三胜，"沙子龙正在床上看着本《封神榜》，"有事吗？"

三胜的脸又紫了，嘴唇动着，说不出话来。

沙子龙坐起来，"怎了，三胜？"

"栽了跟头！"

只打了个不甚长的哈欠，沙老师没别的表示。

王三胜心中不平，但是不敢发作；他得激动老师："姓孙的一个老头儿，门外等着老师呢；把我的枪，枪，打掉了两次！"他知道"枪"字在老师心中有多大分量。没等吩咐，他慌忙跑出去。

客人进来，沙子龙在外间屋等着呢。彼此拱手坐下，他叫三胜去泡茶。三胜希望两个老人立刻交了手，可是不能不沏茶去。孙老者没话讲，用深藏着的眼睛打量沙子龙。沙很客气：

"要是三胜得罪了你，不用理他，年纪还轻。"

孙老者有些失望，可也看出沙子龙的精明。他不知怎样好了，不能拿一个人的精明断定他的武艺。"我来领教领教枪法！"他不由的说出来。

沙子龙没接碴儿。王三胜提着茶壶走进来——急于看二人动手，他没管水开了没有，就沏在壶中。

"三胜，"沙子龙拿起个茶碗来，"去找小顺们去，天汇见，陪孙老者吃饭。"

"什么？"王三胜的眼珠几乎掉出来。看了看沙老师的脸，他敢怒而不敢言的说了声"是啦！"走出去，撅着大嘴。

"教徒弟不易！"孙老者说。

"我没收过徒弟。走吧，这个水不开！ 茶馆去喝，喝饿了就吃。"沙子龙从桌子上拿起青缎子搭连，一头装着鼻烟壶，一头装着点钱，挂在腰带上。

"不，我还不饿！"孙老者很坚决，两个"不"字把小辫从肩上抢到后边去。

"说会子话儿。"

"我来为领教领教枪法。"

"工夫早搁下了，"沙子龙指着身上，"已经放了肉！"

"这么办也行，"孙老者深深的看了沙老师一眼："不比武，教给我那趟五虎断魂枪。"

"五虎断魂枪？"沙子龙笑了："早忘净了！早忘净了！告诉你，在我这儿住几天，咱们逛逛各处，临走，多少送点盘川。"

"我不逛，也用不着钱，我来学艺！"孙老者立起来，"我练趟给你看看，看够得上学艺不够！"一屈腰已到了院中，把楼鸽都吓飞起去。拉开架子，他打了趟查拳：腿快，手飘洒，一个飞脚起去，小辫儿飘在空中，像从天上落下来一个风筝；快之中，每个架子都摆得稳，准，利落；来回六趟，把院子满都打到，走得圆，接得紧，身子在一处，而精神贯串到四面八方。抱拳收势，身儿缩紧，好似满院的乱飞的燕子忽然归了巢。

"好！好！"沙子龙在阶上点着头喊。

"教给我那趟枪！"孙老者抱了抱拳。

沙子龙下了台阶，也抱着拳："孙老者，说真的吧；那条枪和那套枪都跟我入棺材，一齐入棺材！"

"不传？"

"不传！"

孙老者的胡子嘴动了半天，没说出什么来。到屋里抄起蓝布大衫，拉拉着腿："打搅了，再会！"

"吃过饭走！"沙子龙说。

孙老者没言语。

沙子龙把客人送到小门，然后回到屋中，对着墙角立着的大枪点了点头。

他独自上了天汇，怕是王三胜们在那里等着，他们都没有去。

王三胜和小顺们都不敢再到土地庙去卖艺，大家谁也不再为沙子龙吹腾；反之，他们说沙子龙栽了跟头，不敢和个老头儿动手；那个老头子一脚能踢死个牛。不要说王三胜输给他，沙子龙也不是"个儿"。不过呢，王三胜到底和老头子见了个高低，而沙子龙连句硬话也没敢说。"神枪沙子龙"慢慢似乎被人们忘了。

夜静人稀，沙子龙关好了小门，一气把六十四枪刺下来；而后，挂着枪，望着天上的群星，想起当年在野店荒林的威风。叹一口气，用手指慢慢摸着凉滑的枪身，又微微一笑，"不传！不传！"

（选自《蛤藻集》，开明书店 1936 年版）

上海的狐步舞（一个断片）

穆时英

上海。造在地狱上面的天堂！

沪西，大月亮爬在天边，照着大原野。浅灰的原野，铺上银灰的月光，再嵌着深灰的树影和村庄的一大堆一大堆的影子。原野上，铁轨画着弧线，沿着天空直伸到那边儿的水平线下去。

林肯路。（在这儿，道德给践在脚下，罪恶给高高地捧在脑袋上面。）

拎着饭篮，独自个儿在那儿走着，一支手放在裤袋里，看着自家儿嘴里出来的热气慢慢儿的飘到蔚蓝的夜色里去。

三个穿黑绸长裥，外面罩着黑大褂的人影一闪。三张在呢帽底下只瞧得见鼻子和下巴的脸遮在他前面。

"慢着走，朋友！"

"有话尽说。朋友！"

"咱们冤有头，债有主，今儿不是咱们有什么跟你过不去，各为各的主子，咱们也要吃口饭，回头您老别怨咱们不够朋友。明年今儿是你的周年，记着！"

"笑话了！ 咱也不是那么不够朋友的——"一扔饭篮，一手抓住那人的枪，就是一拳过去。

碰！ 手放了，人倒下去，按着肚子。碰！ 又是一枪。

"好小子！ 有种！"

"咱们这辈子再会了，朋友！"

"黑绸长裙"把呢帽一推，叫搁在脑勺上，穿过铁路，不见了。

"救命！"爬了几步。

"救命！"又爬了几步。

嘟的吼了一声儿，一道弧灯的光从水平线底下伸了出来。铁轨隆隆地响着，铁轨上的枕木像蜈蚣似地在光线里向前爬去，电杆木显了出来，马上又隐没在黑暗里边，一列"上海特别快"突着肚子，达达达，用着狐步舞的拍，含着颗夜明珠，龙似地跑了过去，绕着那条弧线。又张着嘴吼了一声儿，一道黑烟直拖到尾巴那儿，弧灯的光线钻到地平线下，一会儿便不见了。

又静了下来。

铁道交通门前，交错着汽车的弧灯的光线，管交通门的倒拿着红绿旗，拉开了那白脸红嘴唇，带了红宝石耳坠子的交通门。马上，汽车就跟着门飞了过去，一长串。

上了白漆的街树的腿，电杆木的腿，一切静物的腿……revue 似地，把擦满了粉的大腿交叉地伸出来的姑娘们……白漆的腿的行列。沿着那条静悄的大路，从住宅的窗里，都会的眼珠子似地，透过了窗纱，偷溜了出来淡红的，紫的，绿的，处处的灯光。

汽车在一座别墅式的小洋房前停了，叭叭的拉着喇叭。刘有德先生的西瓜皮帽上的珊瑚结子从车门里探了出来，黑毛葛背心上两只小口袋里挂着的金表链上面的几个小金镑钉咶地笑着，把他送出车外，送到这屋子里。他把半段雪茄扔在门外，走到客室里，刚坐下，楼梯的地毯上响着轻捷的鞋跟，嗒嗒地。

"回来了吗？"活泼的笑声，一位在年龄上是他的媳妇，在法律上是他的妻子的夫人跑了进来，扯着他的鼻子道。"快！给我签张三千块钱的支票。"

"上礼拜那些钱又用完了吗？"

不说话，把手里的一叠账交给他，便拉他的蓝缎袍的大袖子往书房里跑，把笔送到他手里。

"我说……"

"你说什么？"堵着小红嘴。

瞧了她一眼便签了，她就低下脑袋把小嘴凑到他大嘴上。"晚饭你独自个儿吃吧，我和小德要出去。"便笑着跑了出去，碰的阖上门。他掏出手帕来往嘴上一擦，麻纱手帕上印着 tangee。倒像我的女儿呢，成天的缠着要钱。

"爹！"

一抬脑袋，小德不知多咱溜了进来，站在他旁边，见了猫的耗子似地。

"你怎么又回来啦？"

"姨娘打电话叫我回来的。"

"干吗？"

"拿钱。"

刘有德先生心里好笑，这娘儿俩真有他们的。

"她怎么会叫你回来问我要钱？她不会要不成？"

"是我要钱。姨娘叫我伴她去玩。"

忽然门开了，"你有现钱没有？"刘颜蓉珠又跑了进来。

"只有……"

一只刚用过蔻丹的小手早就伸到他口袋里把皮夹拿了出来！红润的指甲数着钞票：一五，十，二十……三百。"五十留给你，多的我拿去了。多给你晚上又得不回来。"做了个媚眼，拉了她法律上的儿子就走。

儿子是衣架子，成天地读着给 gigolo 看的时装杂志，把烫得有粗大明朗的折纹的裤子穿到身上，领带打得在中间留了个涡，拉着母亲的胳膊坐到车上。

上了白漆的街树的腿，电杆木的腿，一切静物的腿……revue 似地，把擦满了粉的大腿交叉地伸出来的姑娘们……白漆腿的行列。沿着那条静悄的大路，从住宅区的窗里，都会的眼珠子似地，透过了窗纱，偷溜了出来淡红的，紫的，绿的，处女的灯光。

开着一九三二的新别克，却一个心儿想一九八零年的恋爱方式。深秋的晚风吹来，吹动了儿子的领子，母亲的头发，全有点儿觉得凉。法律上的母亲偎在儿子的怀里道：

"可惜你是我的儿子。"嘻嘻地笑着。

儿子在父亲吻过的母亲的小嘴上吻了一下，差点儿把车开到行人道上去啦。

Neon Light 伸着颜色的手指在蓝墨水似的夜空里写着大字。一个英国绅士站在前面，穿了红的燕尾服，挟着手杖，那么精神抖擞地在散步。脚下写着："Johnny Walker Still Going Strong"。路旁一小块草地上展开了地产公司的乌托邦，上面一个抽吉士牌的美国人看着，像在说："可惜这是小人国的乌托邦，那片大草原里还放不下我的一支脚呢？"

汽车前显出个人的影子，喇叭吼了一声儿，那人回过脑袋来一瞧，就从车轮前溜到行人道上去了。

"蓉珠，我们上那去？"

"随便那个 Cabaret 里去闹个新鲜吧，礼查，大华我全玩腻了。"

跑马厅屋顶上，风针上的金马向着红月亮撒开了四蹄。在那片大草地的四周泛滥着光的海，罪恶的海浪，慕尔堂浸在黑暗里，跪着，在替这些下地狱的男女祈祷，大世界的塔尖拒绝了忏悔，骄傲地瞧着这位迂牧师，放射着一圈圈的灯光。

蔚蓝的黄昏笼罩着全场，一只 Saxophone 正伸长了脖子，张着大嘴，呜呜地冲着他们嚷，当中那片光滑的地板上，飘动的裙子，飘动的袍角，精致的鞋跟，鞋跟，鞋跟，鞋跟，鞋跟。蓬松的头发和男子的脸。男子的衬衫的白领和女子的笑脸。伸着的胳膊，翡翠坠子拖到肩上，整齐的圆桌子的队伍，椅子却是零乱的。暗角上站着白衣侍者。酒味，香水味，英腿蛋的气味，烟味……独身者坐在角隅里拿黑咖啡刺激着自家儿的神经。

舞着：华尔滋的旋律绕着他们的腿，他们的脚站在华尔滋旋律上飘飘地，飘飘地。

儿子凑在母亲的耳朵旁说："有许多话是一定要跳着华尔滋才能说的，你是顶好的华尔滋的舞侣——可是，蓉珠，我爱你呢！"

觉得在轻轻地吻着鬓脚，母亲躲在儿子的怀里，低低的笑。

一个冒充法国绅士的比利时珠宝掮客，凑在电影明星殷芙蓉的耳朵旁说：

"你嘴上的笑是会使天下的女子妒忌的——可是,我爱你呢!"

觉得轻轻地在吻着鬓脚,便躲在怀里低低地笑,忽然看见手指上多了一只钻戒。

珠宝掮客看见了刘颜蓉珠,在殷芙蓉的肩上跟她点了点脑袋,笑了一笑。小德回过身来瞧见了殷芙蓉也 gigolo 地把眉毛扬了一下。

舞着,华尔滋的旋律绕着他们的腿,他们的脚践在华尔滋上面,飘飘地,飘飘地。

珠宝掮客凑在刘颜蓉珠的耳朵旁,悄悄的说:"你嘴上的笑是会使天下的女子妒忌的——可是,我爱你呢!"

觉得轻轻地在吻着鬓脚,便躲在怀里低低地笑,把唇上的胭脂印到白衬衫上面。

小德凑在殷芙蓉的耳朵旁,悄悄的说:"有许多话是一定要跳着华尔兹才能说的,你是顶好的华尔滋的舞侣——可是,芙蓉,我爱你呢!"

觉得在轻轻地吻着鬓脚,便躲在怀里,低低地笑。

独身者坐在角隅里拿黑咖啡刺激着自家儿的神经。酒味,香水味,英腿蛋的气味,烟味……暗角上站着白衣侍者。椅子是凌乱的,可是整齐的圆桌子的队伍。翡翠坠子拖到肩上,伸着的胳膊。女子的笑脸和男子的衬衫的白领。男子的脸和蓬松的头发。精致的鞋跟,鞋跟,鞋跟,鞋跟,鞋跟。飘荡的袍角,飘荡的裙子,当中是一片光滑的地板。呜呜地冲着人家嚷,那只 saxophone 伸长了脖子,张着大嘴。蔚蓝的黄昏笼罩着全场。

推开了玻璃门,这纤弱的幻景就打破了。跑下扶梯,两溜黄包车停在街旁,拉车的分班站着,中间留了一道门灯光照着的路,争着"Ricksha?"奥斯汀孩车,爱山克水,福特,别克跑车,别克小九,八汽缸,六汽缸……大月亮红着脸蹒跚地走上跑马厅的大草原上来了。街角卖《大美晚报》的用卖大饼油条的嗓子嚷:

"Evening Post!"

电车哨哨地驶进布满了大减价的广告旗和招牌的危险地带去,脚踏车挤在电车的旁边瞧着也可怜。坐在黄包车上的水兵挤籀着醉眼,瞧准了拉车的屁股踹了一脚便哈哈地笑了,红的交通灯,绿的交通灯,交通灯的柱子和印度巡捕一同地垂直在地上。交通灯一闪,便涌着人的潮,车的潮。这许多人,全像没了脑袋的苍蝇似的!一个 fashion model 穿了她铺子里的衣服来冒充贵妇人。电梯用十五秒钟一次的速度,把人货物似地抛到屋顶花园去。女秘书站在绸缎铺的橱窗外面瞧着全丝面的法国 crepé,想起了经理的刮得刀痕苍然的嘴上的笑劲儿。主义者和党人挟了一大包传单蹀过去,心里想,如果给抓住了便在这里演说一番。蓝眼珠的姑娘穿了窄裙,黑眼珠的姑娘穿了长旗袍儿,腿股间有相同的媚态。

街旁，一片空地里，竖起了金字塔似的高木架，粗壮的木腿插在泥里，顶上装了盏弧灯，倒照下来，照到底下每一条横木板上的人。这些人吆喝着："嗳嗳呀！"几百丈高的木架顶上的木桩直坠下来，碰！把三抱粗的大木柱撞到泥里去，四角上全装着弧灯，强烈的光探照着这片空地。空地里：横一道，竖一道的沟，钢骨，瓦砾堆。人扛着大木柱在沟里走，拖着悠长的影子。在前面的脚一滑，摔倒了，木柱压到脊梁上。脊梁断了，嘴里哇的一口血……弧灯……碰！木桩顺着木架又溜了上去……光着身子在煤屑路滚铜子的孩子……大木架顶上的弧灯在夜空里像月亮……捡煤渣的媳妇……月亮有两个……月亮叫天狗吞了——月亮没有了。

死尸给搬了开去，空地里：横一道竖一道的沟，钢骨，瓦砾，还有一堆他的血。在血上，铺上了士敏土，造起了钢骨，新的饭店造起来了！新的舞场造起来了！新的旅馆造起来了！把他的力气，把他的血，把他的生命压在底下，正和别的旅馆一样地，和刘有德先生刚在跨进去的华东饭店一样地。

华东饭店里——

二楼：白漆房间，古铜色的雅片香味，麻雀牌，《四郎探母》，《长三骂淌白小娼妇》，古龙香水和淫欲味，白衣侍者，娼妓掮客，绑票匪，阴谋和诡计，白俄浪人……

三楼：白漆房间，古铜色的雅片香味，麻雀牌，《四郎探母》，《长三骂淌白小娼妇》，古龙香水和淫欲味，白衣侍者，娼妓掮客，绑票匪，阴谋和诡计，白俄浪人……

四楼：白漆房间，古铜色的雅片香味，麻雀牌，《四郎探母》，《长三骂淌白小娼妇》，古龙香水和淫欲味，白衣侍者，娼妓掮客，绑票匪，阴谋和诡计，白俄浪人……

电梯把他吐在四楼，刘有德先生哼着《四郎探母》踏进了一间响着骨牌声的房间，点上了茄立克，写了张局票，不一会，他也坐到桌旁，把一张中风，用熟练的手法，怕碰伤了它似地抓了进，一面却："怎么一张好的也抓不进来，"一副老抹牌的脸，一面却细心地听着因为不束胸而被人家叫做沙利文面包的宝月老八的话："对不起，刘大少，还得出条子，等回儿抹完了牌请过来坐。"

"到我们家坐坐去哪！"站在街角，只瞧得见黑眼珠子的石灰脸，躲在建筑物的阴影里，向来往的人喊着，拍卖行的伙计似地，老鸨尾巴似的拖在后边儿。

"到我们家坐坐去哪！"那张瘪嘴说着，故意去碰在一个扁脸身上。扁脸笑，瞧了一瞧，指着自家儿的鼻子，探着脑袋："好寡老，碰大爷？"

"年纪轻轻，朋友要紧！"瘪嘴也笑。

"想不到我这印度小白脸儿今儿倒也给人家瞧上咧。"手往她脸上一抹，又走了。

旁边一个长头发不刮胡须的作家正在瞧着好笑，心里想到了一个题目：第二回巡礼——都市黑暗面检阅 sonata；忽然瞧见那瘪嘴的眼光扫到自家儿脸上来了，马上就慌慌张张的往前跑。

石灰脸躲在阴影里，老鸹尾巴似地拖在后边儿——躲在阴影里的石灰脸，石灰脸，石灰脸……

（作家心里想：）

第一回巡礼赌场第二回巡礼街头娼妓第三回巡礼舞场第四回巡礼再说《东方杂志》《小说月报》《文艺月刊》第一句就写大马路北京路野鸡交易所……不行——

有人拉了拉他的袖子："先生！"一看是个老婆儿装着苦脸，抬起脑袋望着他。"干吗？"

"请您给我看封信。"

"信在那儿？"

"请您跟我到家里去拿，就在这胡同里边。"

便跟着走。

中国的悲剧这里边一定有小说资料一九三一年是我的年代了《东方小说》《北斗》每月一篇单行本日译本俄译本各国译本都出版诺贝尔奖金又伟大又发财……

拐进了一条小胡同，暗得什么都看不见。

"你家在那儿？"

"就在这儿，不远儿，先生。请您看封信。"

胡同的那边儿有一支黄路灯，灯下是个女人低着脑袋站在那儿。老婆儿忽然又装着苦脸，扯着他的袖子道："先生，这是我的媳妇，信在她那儿。"走到女人那地方儿，女人还不抬起脑袋来，老婆儿说："先生，这是我的媳妇。我的儿子是机器匠，偷了人家东西，给抓进去了，可怜咱们娘儿们四天没吃东西啦。"

（可不是吗那么好的题材技术不成问题她讲出来的话意识一定正确的不怕人家再说我人道主义咧……）

"先生，可怜儿的，你给几个钱，我叫媳妇陪你一晚上，救救咱们两条命！"

作家愕住了，那女人抬起脑袋来，两条影子拖在瘦腮帮儿上，嘴角浮出笑劲儿来。

嘴角浮出笑劲儿来，冒充法国绅士的比利时珠宝掮客凑在刘颜蓉珠的耳朵旁，悄悄的说："你嘴上的笑是会使天下的女子妒忌的——喝一杯吧。"

在高脚玻璃杯上,刘颜蓉珠的两只眼珠子笑着。

在别克里,那两只浸透了 cocktail 的眼珠子,从外套的皮领上笑着。

在华懋饭店的走廊里,那两只浸透了 cocktail 的眼珠子,从披散的头发边上笑着。

在电梯上,那两只眼珠子在紫眼皮下笑着。

在华懋饭店七层楼上一间房间里,那两只眼珠子,在焦红的腮帮儿上笑着。

珠宝掮客在自家儿的鼻子底下发现了那对笑着的眼珠子。

笑着的眼珠子!

白的床巾!

喘着气……

喘着气动也不动的躺在床上。

床巾:溶了的雪。

"组织个国际俱乐部吧!"猛的得了这么个好主意,一面淌着细汗。

淌着汗,在静寂的街上,拉着醉水手往酒排间跑。街上,巡捕也没有了,那么静,像个死了的城市。水手的皮鞋搁到拉车的脊梁盖儿上面,哑嗓子在大建筑物的墙上响着:

啦得儿……啦得——

啦得儿

啦得……

拉车的脸上,汗冒着;拉车的心里,金洋钱滚着,飞滚着。醉水手猛的跳了下来,跌到两扇玻璃门后边儿去啦。

"Hullo, Master! Master!"

那么地嚷着追到门边,印度巡捕把手里的棒冲着他一扬,笑声从门缝里挤出来,酒香从门缝里挤出来,Jazz 从门缝里挤出来……拉车的拉了车杠,摆在他前面的是十二月的江风,一个冷月,一条大建筑物中间的深巷。给扔在欢乐外面,他也不想到自杀,只"妈妈的"骂了一声儿,又往生活里走去了。

空去了这辆黄包车,街上只有月光啦。月光照着半边街,还有半边街浸在黑暗里边,这黑暗里边蹲着那家酒排,酒排的脑门上一盏灯是青的,青光底下站着个化石似的印度巡捕。开着门又关着门,鹦鹉似的说着:

"Good bye, Sir."

从玻璃门里走出个年青人来,胳膊肘上挂着条手杖。他从灯光下走到黑暗里,又从黑暗里走到月光下面,太息了一下,悉悉地向前走去,想到了睡在的别人床上的恋人,他走到江边,站在栏杆旁边发怔。

东方的天上,太阳光,金色的眼珠子似地在乌云里睁开了。

在浦东,一声男子的最高音:

"嗳……呀……嗳……"

直飞上半天,和第一线的太阳光碰在一起,接着便来了雄伟的合唱。睡熟了的建筑物站了起来,抬着脑袋,卸了灰色的睡衣,江水又哗啦哗啦的往东流,工厂的汽笛也吼着。

歌唱着新的生命,夜总会里的人们的命运!

醒回来了,上海!

上海,造在地狱上的天堂。

(选自《公墓》,现代书局 1933 年版)

诗　歌

别了，哥哥

殷　夫

（算作是向一个 Class 的告别词吧！）

别了，我最亲爱的哥哥，
你的来函促成了我的决心，
恨的是不能握一握最后的手，
再独立地向前途踏进。

二十年来手足的爱和怜，
二十年来的保护和抚养，
请在这最后的一滴泪水里，
收回吧，作为恶梦一场。

你诚意的教导使我感激，
你牺牲的培植使我钦佩，
但这不能留住我不向你告别，
我不能不向别方转变。

在你的一方，哟，哥哥，
有的是，安逸，功业和名号，
是治者们荣赏的爵禄，
或是薄纸糊成的高帽。

只要我，答应一声说，
"我进去听指示的圈套"
我很容易能够获得一切，

从名号直至纸帽。

但你的弟弟现在饥渴，
饥渴着的是永久的真理，
不要荣誉，不要功建，
只望向真理的王国进礼。

因此机械的悲鸣扰了他的美梦，
因此劳苦群众的呼号震动心灵，
因此他尽日尽夜地忧愁，
想做个 Prothemea 偷给人间以光明。

真理和愤怒使他强硬，
他再不怕天帝的咆哮，
他要牺牲去他的生命，
更不要那纸糊的高帽。

这，就是你弟弟的前途，
这前途满站着危崖荆棘，
又有的是黑的死，和白的骨，
又有的是砭人肌筋的冰雹风雪。

但他决心要踏上前去，
真理的伟光在地平线下闪照，
死的恐怖都辟易远退，
热的心火会把冰雪溶消。

别了，哥哥，别了，
此后各走前途，
再见的机会是在，
当我们和你隶属着的阶级交了战火。

1929.4.12

（选自《拓荒者》，1930 年第 1 卷第 2 期）

难　民

臧克家

日头坠到鸟巢里，
黄昏还没溶尽归鸦的翅膀，
陌生的道路，无归宿的薄暮，
把这群人度到这座古镇上，
重大的影子扎根在大街两旁，
一簇一簇像秋郊的禾堆一样，
静静的，孤寂的，
支撑着一个大的凄凉，
染着征尘的古怪的服装，
告诉了他们的来历，
一张一张兜着阴影的脸皮，
说尽了他们的情况，
螺丝的炊烟牵动着一串亲热的眼光，
在这群人心上抽出了一个不忍的想像：
"这时，太阳正徘徊在古树梢头，
黄昏从无烟火的屋顶慢慢涨到无边，
接着，阴森的凄凉吞了可怜的故乡。"
铁力的疲倦连人和想像一齐推入了朦胧，
但是更猛烈的饥饿立刻又把他们牵回了异乡。
像一个天神从梦里落到这群人身旁，
一只灰色的影子，手里亮出一支长枪。
一个小声在他们耳中开出天大的声响：
"年头不对，不敢留生人在这镇上！"
"唉！人到那里，灾荒到那里！"
一阵叹息，黄昏更加了苍茫，
一步一步这群人走下了大街，走开了异乡，
小孩子的哭声乱了大人的心肠，
铁门的声响截断了最后一人的脚步，
这时，黑夜爬过了古镇的围墙。

癸酉元旦于古琅玡

（选自《新月》，1933年第4卷第7期）

我底记忆

戴望舒

我底记忆是忠实于我的，
忠实得甚于我最好的友人。

它存在在燃着的烟卷上，
它存在在绘着百合花的笔杆上，
它存在在破旧的粉盒上，
它存在在颓垣的木莓上，
它存在在喝了一半的酒瓶上，
在撕碎的往日的诗稿上，在压干的花片上，
在悽暗的灯上，在平静的水上。
在一切有灵魂没有灵魂的东西上，
它在到处生存着，像我在这世界一样。

它是胆小的，它怕着人们底喧嚣，
但在寂廖时，它便对我来作密切的拜访。
它底声音是低微的，
但是它底话是很长，很长，
很多，很琐碎，而且永远不肯休：
它底话是古旧的，老是讲着同样的故事，
它底音调是和谐的，老是唱着同样的曲子，
有时它还模仿着爱娇的少女的声音，
它底声音是没有气力的，
而且还夹着眼泪，夹着太息。

它底拜访是没有一定的，
在任何时间，在任何地点，
甚至当我已上床，朦胧地想睡了；
人们会说它没有礼貌，
但是我们是老朋友。

它是琐琐地永远不肯休止的，

除非我凄凄地哭了，或是沉沉地睡了；

但是我是永远不讨厌它，

因为它是忠实于我的。

（选自《我底记忆》，东华书局 1931 年版）

寻梦者

戴望舒

梦会开出花来的，
梦会开出娇妍的花来的：
去求无价的珍宝吧。

在青色的大海里，
在青色的大海的底里，
深藏着金色的贝一枚。

你去攀九年的冰山吧，
你去航九年的旱海吧，
然后你逢到那金色的贝。

它有天上的云雨声，
它有海上的风涛声，
它会使你的心沉醉。

把它在海水里养九年，
把它在天水里养九年，
然后，它在一个暗夜里开绽了。

当你鬓发斑斑了的时候，
当你眼睛朦胧了的时候，
金色的贝吐出桃色的珠。

把桃色的珠放在你怀里，
把桃色的珠放在你枕边，
于是一个梦静静地升上来了。

你的梦开出花来了，

你的梦开出娇妍的花来了，
在你已衰老了的时候。

（选自《望舒草》，现代书局 1933 年版）

圆宝盒

卞之琳

我幻想在哪儿（天河里？）
捞到了一只圆宝盒，
装的是几颗珍珠：
一颗晶滢的水银
掩有全世界的色相，
一颗金黄的灯火
笼罩有一场华宴，
一颗新鲜的雨点
含有你昨夜的叹气……
别上什么钟表店
听你的青春被蚕食，
别上什么骨董铺
买你家祖父的旧摆设。
你看我的圆宝盒
跟了我的船顺流
而行了，虽然舱里人
永远在蓝天的怀里，
虽然你们的握手
是桥——是桥！可是桥
也搭在我的圆宝盒里；
而我的圆宝盒在你们
或他们也许也就是
好挂在耳边的一颗
珍珠——宝石？——星？

七月八日

（选自《鱼目集》，文化生活出版社1935年版）

尺　八

卞之琳

像候鸟衔来了异方的种子，
三桅船载来了一枝尺八。
从夕阳里，从海西头。
长安丸载来的海西人
夜半听楼下醉汉的尺八，
想一个孤馆寄居的番客
听了雁声，动了乡愁，
得了慰藉于邻家的尺八，
次朝在长安市的繁华里
独访取一枝悽凉的竹管……
（为什么年红灯的万花间
还飘着一缕悽凉的古香？）
归去也，归去也，归去也——
像候鸟衔来了异方的种子，
三桅船载来了一枝尺八，
尺八乃成了三岛的花草。
（为什么年红灯的万花间
还飘着一缕悽凉的古香？）
归去也，归去也，归去也——
海西人想带回失去的悲哀吗？

（选自《新诗》，1936 年 10 月第 1 卷）

一朵野花

陈梦家

一朵野花在荒园里开了又落了，
不想到这小生命，向着太阳发笑，
上帝给他的聪明他自己知道，
他的欢喜，他的诗，在风前轻摇。

一朵野花在荒园里开了又落了，
他看见青天，看不见自己的渺小，
听惯风的温柔，听惯风的怒号，
就连他自己梦也容易忘掉。

（选自《国立中央大学半月刊》，1930 年第 1 卷第 7 期）

十二月十九夜

废　名

深夜一枝灯，
若高山流水，
有身外之海。
星之空是鸟林，
是花，是鱼，
是天上的梦，
海是夜的镜子。
思想是一个美人，
是家，
是日，
是月，
是灯，
是炉火，
炉火是墙上的树影，
是冬夜的声音。

（选自《文学杂志》，1937年第1卷第2期）

散　文

"这也是生活"

鲁　迅

这也是病中的事情。

有一些事,健康者或病人是不觉得的,也许遇不到,也许太微细。到得大病初愈,就会经验到;在我,则疲劳之可怕和休息之舒适,就是两个好例子。我先前往往自负,从来不知道所谓疲劳。书桌面前有一把圆椅,坐着写字或用心的看书,是工作;旁边有一把藤躺椅,靠着谈天或随意的看报,便是休息;觉得两者并无很大的不同,而且往往以此自负。现在才知道是不对的,所以并无大不同者,乃是因为并未疲劳,也就是并未出力工作的缘故。

我有一个亲戚的孩子,高中毕了业,却只好到袜厂里去做学徒,心情已经很不快活的了,而工作又很繁重,几乎一年到头,并无休息。他是好高的,不肯偷懒,支持了一年多。有一天,忽然坐倒了,对他的哥哥道:"我一点力气也没有了。"

他从此就站不起来,送回家里,躺着,不想饮食,不想动弹,不想言语,请了耶稣教堂的医生来看,说是全体什么病也没有,然而全体都疲乏了。也没有什么法子治。自然,连接而来的是静静的死。我也曾经有过两天这样的情形,但原因不同,他是做乏,我是病乏的。我的确什么欲望也没有,似乎一切都和我不相干,所有举动都是多事,我没有想到死,但也没有觉得生;这就是所谓"无欲望状态",是死亡的第一步。曾有爱我者因此暗中下泪;然而我有转机了,我要喝一点汤水,我有时也看看四近的东西,如墙壁,苍蝇之类,此后才能觉得疲劳,才需要休息。

象心纵意的躺倒,四肢一伸,大声打一个呵欠,又将全体放在适宜的位置上,然后弛懈了一切用力之点,这真是一种大享乐。在我是从来未曾享受过的。我想,强壮的,或者有福的人,恐怕也未曾享受过。

记得前年,也在病后,做了一篇《病后杂谈》,共五节,投给《文学》,但后四节无法发表,印出来只剩了头一节了。虽然文章前面明明有一个"一"字,此后突然而止,并无"二""三",仔细一想是就会觉得古怪的,但这不能要求于每一位读者,甚而至于不能希望于批评家。于是有人据这一节，下我断语道："鲁迅是赞成生病的。"现在也许暂免这种灾难了，但我还不如先在这里声明一下："我的话到这里还没有完。"

有了转机之后四五天的夜里，我醒来了，喊醒了广平。

"给我喝一点水。并且去开开电灯，给我看来看去的看一下。"

"为什么？……"她的声音有些惊慌，大约是以为我在讲昏话。

"因为我要过活。你懂得么？这也是生活呀。我要看来看去的看一下。"

"哦……"她走起来，给我喝了几口茶，徘徊了一下，又轻轻的躺下了，不去开电灯。

我知道她没有懂得我的话。

街灯的光穿窗而入，屋子里显出微明，我大略一看，熟识的墙壁，壁端的棱线，熟识的书堆，堆边的未订的画集，外面的进行着的夜，无穷的远方，无数的人们，都和我有关。我存在着，我在生活，我将生活下去，我开始觉得自己更切实了，我有动作的欲望——但不久我又坠入了睡眠。

第二天早晨在日光中一看，果然，熟识的墙壁，熟识的书堆……这些，在平时，我也时常看它们的，其实是算作一种休息。但我们一向轻视这等事，纵使也是生活中的一片，却排在喝茶搔痒之下，或者简直不算一回事。我们所注意的是特别的精华，毫不在枝叶。给名人作传的人，也大抵一味铺张其特点，李白怎样做诗，怎样耍颠，拿破仑怎样打仗，怎样不睡觉，却不说他们怎样不耍颠，要睡觉。其实，一生中专门耍颠或不睡觉，是一定活不下去的，人之有时能耍颠和不睡觉，就因为倒是有时不耍颠和也睡觉的缘故。然而人们以为这些平凡的都是生活的渣滓，一看也不看。

于是所见的人或事，就如盲人摸象，摸着了脚，即以为象的样子像柱子。中国古人，常欲得其"全"，就是制妇女用的"乌鸡白凤丸"，也将全鸡连毛血都收在丸药里，方法固然可笑，主意却是不错的。

删夷枝叶的人，决定得不到花果。

为了不给我开电灯，我对于广平很不满，见人即加以攻击；到得自己能走动了，就去一翻她所看的刊物，果然，在我卧病期中，全是精华的刊物已经出得不少了，有些东西，后面虽然仍旧是"美容妙法"，"古木发光"，或者"尼姑之秘密"，但第一面却总有一点激昂慷慨的文章。作文已经有了"最中心之主题"：连义和拳时代和德国统帅瓦德西睡了一些时候的赛金花，也早已封为九天护国娘娘了。

尤可惊服的是先前用《御香缥缈录》，把清朝的宫廷讲得津津有味的《申报》

上的《春秋》,也已经时而大有不同,有一天竟在卷端的《点滴》里,教人当吃西瓜时,也该想到我们土地的被割碎,像这西瓜一样。自然,这是无时无地无事而不爱国,无可訾议的。但倘使我一面这样想,一面吃西瓜,我恐怕一定咽不下去,即使用劲咽下,也难免不能消化,在肚子里咕咚的响它好半天。这也未必是因为我病后神经衰弱的缘故。我想,倘若用西瓜作比,讲过国耻讲义,却立刻又会高高兴兴的把这西瓜吃下,成为血肉的营养的人,这人恐怕是有些麻木。对他无论讲什么讲义,都是毫无功效的。

我没有当过义勇军,说不确切。但自己问:战士如吃西瓜,是否大抵有一面吃,一面想的仪式的呢?我想:未必有的。他大概只觉得口渴,要吃,味道好,却并不想到此外任何好听的大道理。吃过西瓜,精神一振,战斗起来就和喉干舌敝时候不同,所以吃西瓜和抗敌的确有关系,但和应该怎样想的上海设定的战略,却是不相干。这样整天哭丧着脸去吃喝,不多久,胃口就倒了,还抗什么敌。

然而人往往喜欢说得稀奇古怪,连一个西瓜也不肯主张平平常常的吃下去。其实,战士的日常生活,是并不全部可歌可泣的,然而又无不和可歌可泣之部相关联,这才是实际上的战士。

八月二十三日

(选自《鲁迅全集》第六卷,人民文学出版社 2005 年版)

我的第一个师父

鲁　迅

　　不记得是那一部旧书上看来的了,大意说是有一位道学先生,自然是名人,一生拼命辟佛,却名自己的小儿子为"和尚"。有一天,有人拿这件事来质问他。他回答道:"这正是表示轻贱呀!"那人无话可说而退云。

　　其实,这位道学先生是诡辩。名孩子为"和尚",其中是含有迷信的。中国有许多妖魔鬼怪,专喜欢杀害有出息的人,尤其是孩子;要下贱,他们才放手,安心。和尚这一种人,从和尚的立场看来,会成佛——但也不一定,——固然高超得很,而从读书人的立场一看,他们无家无室,不会做官,却是下贱之流。读书人意中的鬼怪,那意见当然和读书人相同,所以也就不来搅扰了。这和名孩子为阿猫阿狗,完全是一样的意思:容易养大。

　　还有一个避鬼的法子,是拜和尚为师,也就是舍给寺院了的意思,然而并不放在寺院里。我生在周氏是长男,"物以希为贵",父亲怕我有出息,因此养不大,不到一岁,便领到长庆寺里去,拜了一个和尚为师了。拜师是否要赞见礼,或者布施什么的呢,我完全不知道。只知道我却由此得到一个法名叫作"长庚",后来我也偶尔用作笔名,并且在《在酒楼上》这篇小说里,赠给了恐吓自己的侄女的无赖;还有一件百家衣,就是"衲衣",论理,是应该用各种破布拼成的,但我的却是橄榄形的各色小绸片所缝就,非喜庆大事不给穿;还有一条称为"牛绳"的东西,上挂零星小件,如历本,镜子,银筛之类,据说是可以避邪的。

　　这种布置,好像也真有些力量:我至今没有死。

　　不过,现在法名还在,那两件法宝却早已失去了。前几年回北平去,母亲还给了我婴儿时代的银筛,是那时的惟一的记念。仔细一看,原来那筛子圆径不过寸余,中央一个太极图,上面一本书,下面一卷画,左右缀着极小的尺,剪刀,算盘,天平之类。我于是恍然大悟,中国的邪鬼,是怕斩钉截铁,不能含胡的东西的。因为探究和好奇,去年曾经去问上海的银楼,终于买了两面来,和我的几乎一式一样,不过缀着的小东西有些增减。奇怪得很,半世纪有余了,邪鬼还是这样的性情,避邪还是这样的法宝。然而我又想,这法宝成人却用不得,反而非常危险的。

　　但因此又使我记起了半世纪以前的最初的先生。我至今不知道他的法名,无论谁,都称他为"龙师父",瘦长的身子,瘦长的脸,高颧细眼,和尚是不应该留须的,他却有两绺下垂的小胡子。对人很和气,对我也很和气,不教我念一句经,也不教我一点佛门规矩;他自己呢,穿起袈裟来做大和尚,或者戴上毗卢帽放焰口,"无祀孤魂,来受甘露味"的时候,是庄严透顶的,平常可也不念经,因为是住持,只管着寺里的琐屑事,其实——自然是由我看起来——他不过是一个剃光了头发的俗人。

因此我又有一位师母,就是他的老婆。论理,和尚是不应该有老婆的,然而他有。我家的正屋的中央,供着一块牌位,用金字写着必须绝对尊敬和服从的五位:"天地君亲师"。我是徒弟,他是师,决不能抗议,而在那时,也决不想到抗议,不过觉得似乎有点古怪。但我是很爱我的师母的,在我的记忆上,见面的时候,她已经大约有四十岁了,是一位胖胖的师母,穿着玄色纱衫裤,在自己家里的院子里纳凉,她的孩子们就来和我玩耍。有时还有水果和点心吃,——自然,这也是我所以爱她的一个大原因;用高洁的陈源教授的话来说,便是所谓"有奶便是娘",在人格上是很不足道的。

不过我的师母在恋爱故事上,却有些不平常。"恋爱",这是现在的术语,那时我们这偏僻之区只叫作"相好"。《诗经》云:"式相好矣,毋相尤矣",起源是算得很古,离文武周公的时候不怎么久就有了的,然而后来好像并不算十分冠冕堂皇的好话。这且不管它罢。总之,听说龙师父年青时,是一个很漂亮而能干的和尚,交际很广,认识各种人。有一天,乡下做社戏了,他和戏子相识,便上台替他们去敲锣,精光的头皮,簇新的海青,真是风头十足。乡下人大抵有些顽固,以为和尚是只应该念经拜忏的,台下有人骂了起来。师父不甘示弱,也给他们一个回骂。于是战争开幕,甘蔗梢头雨点似的飞上来,有些勇士,还有进攻之势,"彼众我寡",他只好退走,一面退,一面一定追,逼得他又只好慌张的躲进一家人家去。而这人家,又只有一位年青的寡妇。以后的故事,我也不甚了然了,总而言之,她后来就是我的师母。

自从《宇宙风》出世以来,一向没有拜读的机缘,近几天才看见了"春季特大号"。其中有一篇铢堂先生的《不以成败论英雄》,使我觉得很有趣,他以为中国人的"不以成败论英雄","理想是不能不算崇高"的,"然而在人群的组织上实在要不得。抑强扶弱,便是永远不愿意有强。崇拜失败英雄,便是不承认成功的英雄"。"近人有一句流行话,说中国民族富于同化力,所以辽金元清都并不曾征服中国。其实无非是一种惰性,对于新制度不容易接收罢了"。我们怎样来改悔这"惰性"呢,现在姑且不谈,而且正在替我们想法的人们也多得很。我只要说那位寡妇之所以变了我的师母,其弊病也就在"不以成败论英雄"。乡下没有活的岳飞或文天祥,所以一个漂亮的和尚在如雨而下的甘蔗梢头中,从戏台逃下,也就是一个货真价实的失败的英雄。她不免发现了祖传的"惰性",崇拜起来,对于追兵,也像我们的祖先的对于辽金元清的大军似的,"不承认成功的英雄"了。在历史上，这结果是正如铢堂先生所说："乃是中国的社会不树威是难得帖服的"，所以活该有"扬州十日"和"嘉定三屠"。但那时的乡下人，却好像并没有"树威"，走散了，自然，也许是他们料不到躲在家里。

因此我有了三个师兄，两个师弟。大师兄是穷人的孩子，舍在寺里，或是卖在寺里的；其余的四个，都是师父的儿子，大和尚的儿子做小和尚，我那时倒并不觉得怎么稀奇。大师兄只有单身；二师兄也有家小，但他对我守着秘密，这一点，就可见他的道行远不及我的师父，他的父亲了。而且年龄都和我相差太远，我们几乎没有交往。

三师兄比我恐怕要大十岁，然而我们后来的感情是很好的，我常常替他担心。还记得有一回，他要受大戒了，他不大看经，想来未必深通什么大乘教理，在剃得精光的囟门上，放上两排艾绒，同时烧起来，我看是总不免要叫痛的，这时善男信女，多数参加，实在不大雅观，也失了我做师弟的体面。这怎么好呢？每一想到，十分心焦，仿佛受戒的是我自己一样。然而我的师父究竟道力高深，他不说戒律，不谈教理，只在当天大清早，叫了我的三师兄去，厉声吩咐道："拼命熬住，不许哭，不许叫，要不然，脑袋就炸开，死了！"这一种大喝，实在比什么《妙法莲花经》或《大乘起信论》还有力，谁高兴死呢，于是仪式很庄严的进行，虽然两眼比平时水汪汪，但到两排艾绒在头顶上烧完，的确一声也不出。我嘘一口气，真所谓"如释重负"，善男信女们也个个"合十赞叹，欢喜布施，顶礼而散"了。

出家人受了大戒，从沙弥升为和尚，正和我们在家人行过冠礼，由童子而为成人相同。成人愿意"有室"，和尚自然也不能不想到女人。以为和尚只记得释迦牟尼或弥勒菩萨，乃是未曾拜和尚为师，或与和尚为友的世俗的谬见。寺里也有确在修行，没有女人，也不吃荤的和尚，例如我的大师兄即是其一，然而他们孤僻，冷酷，看不起人，好像总是郁郁不乐，他们的一把扇或一本书，你一动他就不高兴，令人不敢亲近他。所以我所熟识的，都是有女人，或声明想女人，吃荤，或声明想吃荤的和尚。

我那时并不诧异三师兄在想女人，而且知道他所理想的是怎样的女人。人也许以为他想的是尼姑罢，并不是的，和尚和尼姑"相好"，加倍的不便当。他想的乃是千金小姐或少奶奶；而作这"相思"或"单相思"——即今之所谓"单恋"也——的媒介的是"结"。我们那里的阔人家，一有丧事，每七日总要做一些法事，有一个七日，是要举行"解结"的仪式的，因为死人在未死之前，总不免开罪于人，存着冤结，所以死后要替他解散。方法是在这天拜完经忏的傍晚，灵前陈列着几盘东西，是食物和花，而其中有一盘，是用麻线或白头绳，穿上十来文钱，两头相合而打成蝴蝶式，八结式之类的复杂的，颇不容易解开的结子。一群和尚便环坐桌旁，且唱且解，解开之后，钱归和尚，而死人的一切冤结也从此完全消失了。这道理似乎有些古怪，但谁都这样办，并不为奇，大约也是一种"惰性"。不过解结是并不如世俗人的所推测，个个解开的，倘有和尚以为打得精致，因而生爱，或者故意打得结实，很难解散，因而生恨的，便能暗暗的整个落到僧袍的大袖里去，一任死者留下冤结，到地狱里去吃苦。这种宝结带回寺里，便保存起来，也时时鉴赏，恰如我们的或亦不免偏爱看看女作家的作品一样。当鉴赏的时候，当然也不免想到作家，打结子的是谁呢，男人不会，奴婢不会，有这种本领的，不消说是小姐或少奶奶了。和尚没有文学界人物的清高，所以他就不免睹物思人，所谓"时涉遐想"起来，至于心理状态，则我虽曾拜和尚为师，但究竟是在家人，不大明白底细。只记得三师兄曾经不得已而分给我几个，有些实在打得精奇，有些则打好之后，浸过水，还用剪刀柄之类砸实，使和尚无法解散。解结，是替死人设法的，现在却和和尚为难，我真不知道小姐或少奶奶是什么意思。这疑问直到二十年后，学了一点医学，才明白原来是给和尚吃苦，颇有一点虐待异性的病态的。深闺的怨恨，会无线电似的报在佛寺的和尚身上，我看道学先生可还没有料到这一层。

后来，三师兄也有了老婆，出身是小姐，是尼姑，还是"小家碧玉"呢，我不明白，他也严守秘密，道行远不及他的父亲了。这时我也长大起来，不知道从那里，听到了和尚应守清规之类的古老话，还用这话来嘲笑他，本意是在要他受窘。不料他竟一点不窘，立刻用"金刚怒目"式，向我大喝一声道：

"和尚没有老婆，小菩萨那里来！？"

这真是所谓"狮吼"，使我明白了真理，哑口无言，我的确早看见寺里有丈余的大佛，有数尺或数寸的小菩萨，却从未想到他们为什么有大小。经此一喝，我才彻底的省悟了和尚有老婆的必要，以及一切小菩萨的来源，不再发生疑问。但要找寻三师兄，从此却艰难了一点，因为这位出家人，这时就有了三个家了：一是寺院，二是他的父母的家，三是他自己和女人的家。

我的师父，在约略四十年前已经去世；师兄弟们大半做了一寺的住持；我们的交情是依然存在的，却久已彼此不通消息。但我想，他们一定早已各有一大批小菩萨，而且有些小菩萨又有小菩萨了。

四月一日

（选自《鲁迅全集》第六卷，人民文学出版社 2005 年版）

两株树

——草木虫鱼之三

周作人

　　我对于植物比动物还要喜欢，原因是因为我懒，不高兴为了区区视听之娱一日三餐地去饲养照顾，而且我也有点相信"鸟身自为主"的迂论，觉得把他们活物拿来做囚徒当奚奴，不是什么愉快的事，若是草木便没有这些麻烦，让它们直站在那里便好，不但并不感到不自由，并且还真是生了根地不肯再动一动哩。但是要看树木花草也不必一定种在自己的家里，关起门来独赏，让它们在野外路旁，或是在人家粉墙之内也并不妨，只要我偶然经过时能够看见两三眼，也就觉得欣然，很是满足的了。

　　树木里边我所喜欢的第一种是白杨。小时候读古诗十九首，读过"白杨何萧萧，松柏夹广路"之句，但在南方终未见过白杨，后来在北京才初次看见。谢在杭著《五杂组》中云：

　　"古人墓树多植梧楸，南人多种松柏，北人多种白杨。白杨即青杨也，其树皮白如梧桐，叶似冬青，微风击之辄渐沥有声，故古诗云，白杨多悲风，萧萧愁杀人。予一日宿邹县驿馆中，甫就枕即闻雨声，竟夕不绝，侍儿曰，雨矣。予讶之曰，岂有竟夜雨而无檐溜者？质明视之，乃青杨树也。南方绝无此树。"

　　《本草纲目》卷三五下引陈藏器曰，"白杨北土极多，人种墟墓间，树大皮白，其无风自动者乃杨栌，非白杨也。"又寇宗奭云，"风才至，叶如大雨声，谓无风自动则无此事，但风微时其叶孤极处则往往独摇，以其蒂长叶重大，势使然也。"王象晋《群芳谱》则云杨有二种，一白杨，一青杨，白杨蒂长两两相对，遇风则簌簌有声，人多植之坟墓间，由此可知白杨与青杨本自有别，但"无风自动"一节却是相同。在史书中关于白杨有这样的两件故事：

　　《南史·萧惠开传》，"惠开为少府，不得志，寺内斋前花草甚美，悉铲除，别植白杨"。

　　《唐书·契苾何力传》，"龙翔中司稼少卿梁修仁新作大明宫，植白杨于庭，示何力曰，此木易成，不数年可芘。何力不答，但诵白杨多悲风萧萧愁杀人之句，修仁惊悟，更植以桐"。

　　这样看来，似乎大家对于白杨都没有什么好感。为什么呢？这个理由我不大说得清楚，或者因为它老是簌簌的动的缘故罢。听说苏格兰地方有一种传说，耶稣受难时所用的十字架是用白杨木做的，所以白杨自此以后就永远在发抖，大约是知道自己的罪孽深重。但是做钉的铁却似乎不曾因此有什么罪，黑铁这件东西在法术上还总有点位置的,不知何以这样地有幸有不幸。(但吾乡结婚时忌见铁,凡门窗上铰链等悉用红纸糊盖,又似别有缘故。)我承认白杨种在墟墓间的确很好看,然而种在斋前又何尝不好,它那瑟瑟的响声第一有意思。我在前面的院子里种了一棵,每逢夏秋有客来斋夜话的时候,忽闻淅沥声,多疑是雨下,推户出视,这是别种树所没有的佳处。梁少卿怕白杨的萧萧改植梧桐,其实梧桐也何尝一定吉祥,假如要讲迷信的话,吾乡有一句俗谚云,"梧桐大如斗,主人搬家走",所以就是别庄花园里也很少种梧桐的。这实在是一件很可惜的事,梧桐的枝干和叶子真好看,且不提那一叶落知天下秋的兴趣了。在我们的后院里却有一棵,不知已经有若干年了,我至今看了它十多年,树干还远不到五合的粗,看它大有黄杨木的神气,虽不厄闰也总长得十分缓慢呢。——因此我想到避忌梧桐大约只是南方的事,在北方或者并没有这句俗谚,在这里梧桐想要如斗大恐怕不是容易的事罢。

第二种树乃是乌桕,这正与白杨相反,似乎只生长于东南,北方很少见。陆龟蒙诗云,"行歇每依鸦舅影",陆游诗云,"乌桕赤于枫,园林二月中",又云,"乌桕新添落叶红",都是江浙乡村的景象。《齐民要术》卷十列"五谷果蓏菜茹非中国物产者",下注云"聊以存其名目,记其怪异耳,爰及山泽草木任食非人力所种者,悉附于此",其中有乌臼一项,引《玄中记》云,荆阳有乌臼,其实如鸡头,迸之如胡麻子,其汁味如猪脂。《群芳谱》言,"江浙之人,凡高山大道溪边宅畔无不种",此外则江西安徽盖亦多有之。关于它的名字,李时珍说,"乌喜食其子,因以名之。……或曰,其木老则根下黑烂成臼,故得此名。"我想这或曰恐太迂曲,此树又名鸦舅,或者与乌不无关系,乡间冬天卖野味有桕子鸟(读如呆鸟字),是道墟地方名物,此物殆是乌类乎,但是其味颇佳,平常所谓鳥肉几乎便指此鳥也。

桕树的特色第一在叶,第二在实。放翁生长稽山镜水间,所以诗中常常说及桕叶,便是那唐朝的张继寒山寺诗所云江枫渔火对愁眠,也是在说这种红叶。王端履著《重论文斋笔录》卷九论及此诗,注云,"江南临水多植乌桕,秋叶饱霜,鲜红可爱,诗人类指为枫,不知枫生山中,性最恶湿,不能种之江畔也。此诗江枫二字亦未免误认耳。"范寅在《越谚》卷中桕树项下说,"十月叶丹,即枫,其子可榨油,农皆植田边",就把两者误合为一。罗逸长《青山记》云,"山之麓朱村,盖考亭之祖居也,自此倚石啸歌,松风上下,遥望木叶着霜如渥丹,始见怪以为红花,久之知为乌桕树也。"《蓬窗续录》云,"陆子渊《豫章录》言,饶信间桕树冬初叶落,结子放蜡,每颗作十字裂,一丛有数颗,望之若梅花初绽,枝柯诘曲,多在野水乱石间,远近成林,真可作画。此与柿树俱称美荫,园圃植之最宜。"这两节很能写出桕树之美,它的特色仿佛可以说是中国画的,不过此种景色自从我离了水乡的故国已经有三十年不曾看见了。

柏树子有极大的用处，可以榨油制烛。《越谚》卷中蜡烛条下注曰，"卷芯草干，熬柏油拖蘸成烛，加蜡为皮，盖紫草汁则红"。汪曰桢著《湖雅》卷八中说得更是详细：

> 中置烛心，外裹乌桕子油，又以紫草染蜡盖之，曰柏油烛。用棉花子油者曰青油烛，用牛羊油者曰荤油烛。湖俗祀神祭先必燃两炬，皆用红柏烛。婚嫁用之曰喜烛，缀蜡花者曰花烛，祝寿所用曰寿烛，丧家则用绿烛或白烛，亦柏烛也。

日本寺岛安良编《和汉三才图会》五八引《本草纲目》语云，"烛有蜜蜡烛虫蜡烛牛脂烛柏油烛"，后加案语曰：

> 案唐式云少府监每年供蜡烛七十挺，则元以前既有之矣。有数品，而多用木蜡牛脂蜡也。有油桐子蚕豆苍耳子等为蜡者，火易灭。有鲸鲲油为蜡者，其焰甚臭，牛脂蜡亦臭。近年制精，去其臭气，故多以牛蜡伪为木蜡，神佛灯明不可不辨。

但是近年来蜡烛恐怕已是倒了运，有洋人替我们造了电灯，其次也有洋蜡洋油，除了拿到妙峰山上去之外大约没有它的什么用处了。就是要用蜡烛，反正牛羊脂也凑合可以用得，神佛未必会得见怪，——日本真宗的和尚不是都要娶妻吃肉了么？那么柏油并不再需要，田边水畔的红叶白实不久也将绝迹了罢。这于国民生活上本来没有什么关系，不过在我想起来的时候总还有点怀念，小时候喜读《南木草木状》，《岭表录异》和《北户录》等书，这种脾气至今还是存留着，秋天买了一部大板的《本草纲目》，很为我的朋友所笑，其实也只是为了这个缘故罢了。

十九年十二月二十五日，于北平煅药庐

（选自《知堂文集》，六马书店 1933 年版）

《鲁迅杂感选集》序言（节选）

瞿秋白

> "自己背着因袭的重担，肩住了黑暗的闸门，放他们到宽阔光明的地方去……"

——鲁迅：《坟》

象牙塔里的绅士总会假清高的笑骂："政治家，政治家，你算得什么艺术家呢！你的艺术是有倾向的！"对于这种嘲笑，革命文学家只有一个回答："你想用什么来骂倒我呢？难道因为我要改造世界的那种热诚的巨大火焰，它在我的艺术里也在燃烧着么？"

——卢纳察尔斯基：《高尔基作品选集序》

革命的作家总是公开地表示他们和社会斗争的联系；他们不但在自己的作品里表现一定的思想，而且时常用一个公民的资格出来对社会说话，为着自己的理想而战斗，暴露那些假清高的绅士艺术家的虚伪。高尔基在小说戏剧之外，写了很多的公开书信和"社会论文"（publicist article），尤其在最近几年——社会的政治的斗争十分紧张的时期。也有人笑他做不成艺术家了，因为"他只会写些社会论文"。但是，谁都知道这些讥笑高尔基的，是些什么样的蚊子和苍蝇！

鲁迅在最近十五年来，断断续续的写过许多论文和杂感，尤其是杂感来得多。于是有人给他起了一个绰号，叫做"杂感专家"。"专"在"杂"里者，显然含有鄙视的意思。可是，正因为一些蚊子苍蝇讨厌他的杂感，这种文体就证明了自己的战斗的意义。鲁迅的杂感其实是一种"社会论文"——战斗的"阜利通"（feuil-leton）。谁要是想一想这将近二十年的情形，他就可以懂得这种文体发生的原因。急遽的剧烈的社会斗争，使作家不能够从容的把他的思想和情感镕铸到创作里去，表现在具体的形象和典型里；同时，残酷的强暴的压力，又不容许作家的言论采取通常的形式。作家的幽默才能，就帮助他用艺术的形式来表现他的政治立场，他的深刻的对于社会的观察，他的热烈的对于民众斗争的同情。不但这样，这里反映着五四以来中国的思想斗争的历史。杂感这种文体，将要因为鲁迅而变成文艺性的论文（阜利通——feuilleton）的代名词。自然，这不能够代替创作，然而它的特点是更直接的更迅速的反应社会上的日常事变。

现在选集鲁迅的杂感，不但因为这里有中国思想斗争史上的宝贵的成绩，而且也为着现时的战斗：要知道形势虽然会大不相同，而那种吸血的苍蝇蚊子，却总是那么多！
· · · · · ·

＊

鲁迅是谁？我们先来说一通神话罢。

神话里有这么一段故事：亚尔霸·龙迦的公主莱亚·西尔维亚被战神马尔斯强奸了，生下一胎双生儿子：一个是罗谟鲁斯，一个是莱谟斯；他们俩兄弟一出娘胎就丢在荒山里，如果不是一只母狼喂他们奶吃，也许早就饿死了；后来罗谟鲁斯居然创造了罗马城，并且乘着大雷雨飞上了天，做了军神；而莱谟斯却被他的兄弟杀了，因为他敢于蔑视那庄严的罗马城，他只一脚就跨过那可笑的城墙。莱谟斯的命运比鲁迅悲惨多了。这也许因为那时代还是虚伪统治的时代。而现在，吃过狼奶的罗谟鲁斯未必再去建筑那种可笑的像煞有介事罗马城，更不愿意飞上天去高高的供在天神的宝座上，而完全忘记了自己的乳母是野兽。虽然现代的罗谟鲁斯也曾经做过一些这类的傻事情，可是他终于屈服在"时代精神"的面前，而同着莱谟斯双双的回到狼的怀抱里来。莱谟斯是永久没有忘记自己的乳母的，虽然他也很久的在"孤独的战斗"之中找寻着那回到"故乡"的道路。他憎恶着天神和公主的黑暗世界，他也不能够不轻蔑那虚伪的自欺的纸糊罗马城，这样一直到他回到"故乡"的荒野，在这里找着了群众的野兽性，找着了扫除奴才式的家畜性的铁扫帚，找着了真实的光明的建筑，——这不是什么可笑的猥琐的城墙，而是伟大的簇新的星球。

是的，鲁迅是莱谟斯，是野兽的奶汁所喂养大的，是封建宗法社会的逆子，是绅士阶级的贰臣，而同时也是一些浪漫谛克的革命家的诤友！他从他自己的道路回到了狼的怀抱。
· · · · · · · · · · · · · · · · · ·

＊

俄国的贵族地主之间，"也发展了十二月十四日的人物，这是英雄的队伍，他们像罗谟鲁斯和莱谟斯似的，是野兽的奶汁所喂养大的。这是些勇将，从头到脚都是纯钢打成的，他们是活泼的战士，自觉地走上明显的灭亡的道路，为的要惊醒下一辈的青年去取得新的生活，为的要洗清那些生长在刽子手主义和奴才主义环境里的孩子们。"（赫尔岑）

辛亥革命前的这些勇将们，现在还剩得几个？说近一些，五四时期的思想革命的战士，现在又剩得几个呢？"有的高升，有的退隐，有的前进，我又经历了一回同一战阵中的伙伴不久还是会这么变化。"（鲁迅：《自选集序言》）

鲁迅说"又经历了一回"！他对于辛亥革命的那一回，现在已经不敢说，也真的不忍说了。那时候的"纯钢打成的"人物，现在不但变成了烂铁，而且……真金不怕火烧，到现在，才知道真正的纯钢是谁呵！辛亥革命前的士大夫的子弟，也有一些维新主义的老新党，革命主义的英雄，富国强兵的幻想家。他们之中，客观上领导了民权主义的群众革命运动的人，也并不是没有，而且，似乎也做了一番轰轰烈烈的事业。鲁迅也是士大夫阶级的子弟，也是早期的民权主义的革命党人。不过别人都有点儿惭愧自己是失节的公主的亲属。本来帝国主义的战神强奸了东方文明的公主，这是世界史上的大事变，谁还能够否认？这种强奸的结果，中国的旧社会急遽的崩溃解体，这样，出现了华侨式的商业资本，候补的国货实业家，出现了市侩化的绅董，也产生了现代式的小资产阶级的智识阶层。从维新改良的保皇主义到革命光复的排满主义，虽然有改良和革命的不同，而士大夫的气质总是很浓厚的。文明商人和维新绅董之间的区别，只在于绅董希望满清的第二次中兴，用康梁去继承曾左李的事业，而商人的意识代表（也是士大夫），却想到了另外一条出路：自己来做专权的诸葛亮，而叫四万万阿斗做名义上的主人。在这种根本倾向之下，当时的思想界，多多少少都早已埋伏着复古和反动的种子，要想恢复什么"固有文化"。独有现代式的小资产阶级智识阶层的萌芽，能够用对于科学文明的坚决信仰，来反对这种复古和反动的预兆。鲁迅和当时的早期革命家，同样背着士大夫阶级和宗法社会的过去。但是，他不但很早就研究过自然科学和当时科学上的最高发展阶段，而且他和农民群众有比较巩固的联系。他的士大夫家庭的败落，使他在儿童时代就混进了野孩子的群里，呼吸着小百姓的空气。这使得他真像吃了狼的奶汁似的，得到了那种"野兽性"。他能够真正斩断"过去"的葛藤，深刻地憎恶天神和贵族的宫殿，他从来没有摆过诸葛亮的臭架子。他从绅士阶级出来，他深刻地感觉到一切种种士大夫的卑劣，丑恶和虚伪。他不惭愧自己是私生子，他诅咒自己的过去，他竭力的要肃清这个肮脏的旧茅厕。

（节选自《鲁迅杂感选集》，青光书局 1933 年版）

回忆鲁迅先生（节选）

萧　红

鲁迅先生的笑声是明朗的，是从心里的欢喜。若有人说了什么可笑的话，鲁迅先生笑得连烟卷都拿不住了，常常是笑得咳嗽起来。

鲁迅先生走路很轻捷，尤其使人记得清楚的，是他刚抓起帽子来往头上一扣，同时左腿就伸出去了，仿佛不顾一切地走去。

鲁迅先生不大注意人的衣裳，他说："谁穿什么衣裳我看不见的……"

鲁迅先生生病，刚好了一点，窗子开着，他坐在躺椅上，抽着烟，那天我穿着新奇的火红的上衣，很宽的袖子。

鲁迅先生说："这天气闷热起来，这就是梅雨天。"他把他装在象牙烟嘴上的香烟，又用手装得紧一点，往下又说了别的。

许先生忙着家务跑来跑去，也没有对我的衣裳加以鉴赏。

于是我说："周先生，我的衣裳漂亮不漂亮？"

鲁迅先生从上往下看了一眼："不大漂亮。"

过了一会又加着说："你的裙子配得颜色不对，并不是红上衣不好看，各种颜色都是好看的，红上衣要配红裙子，不然就是黑裙子，咖啡色的就不行了；这两种颜色放在一起很混浊……你没看到外国人在街上走的吗？绝没有下边穿一件绿裙子，上边穿一件紫上衣，也没有穿一件红裙子而后穿一件白上衣的……"

鲁迅先生就在躺椅上看着我："你这裙子是咖啡色的，还带格子，颜色混浊得很，所以把红衣裳也弄得不漂亮了。"

"……人瘦不要穿黑衣裳，人胖不要穿白衣裳；脚长的女人一定要穿黑鞋子，脚短就一定要穿白鞋子；方格子的衣裳胖人不能穿，但比横格子的还好；横格子的，胖人穿上，就把胖子更往两边裂着，更横宽了，胖子要穿竖条子的，竖的把人显得长，横的把人显得宽……"

那天鲁迅先生很有兴致，把我一双短统靴子也略略批评一下，说我的短靴是军人穿的，因为靴子的前后都有一条线织的拉手，这拉手据鲁迅先生说是放在裤子下边的……

我说："周先生，为什么那靴子我穿了多久了而不告诉我，怎么现在才想起来呢？现在我不是不穿了吗？我穿的这不是另外的鞋吗？"

"你不穿我才说的,你穿的时候,一说你该不穿了。"

那天下午要赴一个筵会去,我要许先生给我找一点布条或绸条束一束头发。许先生拿了来米色的绿色的还有桃红色的。经我和许先生共同选定的是米色的。为着取笑,把那桃红色的,许先生举起来放在我的头发上,并且许先生很开心的说着:

"好看吧!多漂亮!"

我也非常得意,很规矩又顽皮的在等着鲁迅先生往这边看我们。

鲁迅先生这一看,脸是严肃的,他的眼皮往下一放向我们这边看着:

"不要那样装她⋯⋯"

许先生有点窘了。

我也安静下来。

鲁迅先生在北平教书时,从不发脾气,但常常好用这种眼光看人,许先生常跟我讲。这种眼光是鲁迅先生在记范爱农先生的文字里曾自己述说过,而谁曾接触过这种眼光的人就会感到一个旷代的全智者的催逼。

我开始问:"周先生怎么也晓得女人穿衣裳的这些事情呢?"

"看过书的,关于美学的。"

"什么时候看的⋯⋯"

"大概是在日本读书的时候⋯⋯"

"买的书吗?"

"不一定是买的,也许是从什么地方抓到就看的⋯⋯"

"看了有趣味吗?"

"随便看看⋯⋯"

"周先生看这书做什么?"

"⋯⋯"没有回答。好像很难以答。

许先生在旁说:"周先生什么书都看的。"

在鲁迅先生家里做客人,刚开始是从法租界来到虹口,搭电车也要差不多一个钟头的工夫,所以那时候来的次数比较少。还记得有一次谈到半夜了,一过十二点电车就没有的,但那天不知讲了些什么,讲到一个段落就看看旁边小长桌上的圆钟,十一点半了,十一点四十五分了,电车没有了。

"反正已十二点,电车已没有,那么再坐一会。"许先生如此劝着。

鲁迅先生好像听了所讲的什么引起了幻想,安顿的举着象牙烟嘴在沉思着。

一点钟以后,送我(还有别的朋友)出来的是许先生,外边下着蒙蒙的小雨,弄堂里灯光全然灭掉了,鲁迅先生嘱咐许先生一定让坐小汽车回去,并且一定嘱咐许先生付钱。

以后也住到北四川路来,就每夜饭后必到大陆新村来了,刮风的天,下雨的天,几乎没有间断的时候。

鲁迅先生很喜欢北方饭,还喜欢吃油炸的东西,喜欢吃硬的东西,就是后来生病的时候,也不大吃牛奶。鸡汤端到旁边用调羹舀了一二下就算了事。

有一天约好我去包饺子吃,那还是住在法租界,所以带了外国酸菜和用绞肉机绞成的牛肉,就和许先生站在客厅后边的方桌边包起来。海婴公子围着闹得起劲,一会把按成圆饼的面拿去了,他说做了一只船来,送在我们的眼前,我们不看他,转身他又做了一只小鸡。许先生和我都不去看他,对他竭力避免加以赞美,若一赞美起来,怕他更做得起劲。

客厅后边没到黄昏就先黑了,背上感到些微的寒凉,知道衣裳不够了,但为着忙,没有加衣裳去。等把饺子包完了看看那数目并不多,这才知道许先生我们谈话谈得太多,误了工作。许先生怎样离开家的,怎样到天津读书的,在女师大读书时怎样做了家庭教师。她去考家庭教师的那一段描写,非常有趣,只取一名,可是考了好几十名,她之能够当选算是难的了。指望对于学费有一点补足,冬天来了,北平又冷,那家离学校又远,每月除了车子钱之外,若伤风感冒还得自己拿出买阿司匹林的钱来,每月薪金十元要从西城跑到东城……

饺子煮好,一上楼梯,就听到楼上明朗的鲁迅先生的笑声冲下楼梯来,原来有几个朋友在楼上也正谈得热闹。那一天吃得是很好的。

以后我们又做过韭菜合子,又做过合叶饼,我一提议鲁迅先生必然赞成,而我做得又不好,可是鲁迅先生还是在饭桌上举着筷子问许先生:"我再吃几个吗?"

因为鲁迅先生的胃不大好,每饭后必吃脾自美胃药丸一二粒。

有一天下午鲁迅先生正在校对着瞿秋白的《海上述林》,我一走进卧室去,从那圆转椅上鲁迅先生转过来了,向着我,还微微站起了一点。

"好久不见,好久不见。"一边说着一边向我点头。

刚刚我不是来过了吗? 怎么会好久不见? 就是上午我来的那次周先生忘记了,可是我也每天来呀……怎么都忘记了吗?

周先生转身坐在躺椅上才自己笑起来,他是在开着玩笑。

梅雨季,很少有晴天,一天的上午刚一放晴,我高兴极了,就到鲁迅先生家去了,跑得上楼还喘着。鲁迅先生说:"来啦!"我说:"来啦!"

我喘着连茶也喝不下。

鲁迅先生就问我：

"有什么事吗？"

我说："天晴啦，太阳出来啦。"

许先生和鲁迅先生都笑着，一种对于冲破忧郁心境的展然的会心的笑。

海婴一看到我非拉我到院子里和他一道玩不可，拉我的头发或拉我的衣裳。

为什么他不拉别人呢？据周先生说："他看你梳着辫子，和他差不多，别人在他眼里都是大人，就看你小。"

许先生问着海婴："你为什么喜欢她呢？不喜欢别人？"

"她有小辫子。"说着就来拉我的头发。

……

许先生从早晨忙到晚上，在楼下陪客人，一边还手里打着毛线。不然就是一边谈着话一边站起来用手摘掉花盆里花上已干枯了的叶子。许先生每送一个客人，都要送到楼下的门口，替客人把门开开，客人走出去而后轻轻的关了门再上楼来。

来了客人还要到街上去买鱼或鸡，买回来还要到厨房里去工作。

鲁迅先生临时要寄一封信，就得许先生换起皮鞋子来到邮局或者大陆新村旁边信筒那里去。落着雨的天，许先生就打起伞来。

许先生是忙的，许先生的笑是愉快的，但是头发有一些是白了的。

夜里去看电影，施高塔路的汽车房只有一辆车，鲁迅先生一定不坐，一定让我们坐。许先生周建人夫人……海婴，周建人先生的三位女公子。我们上车了。

鲁迅先生和周建人先生，还有别的一二位朋友在后边。

看完了电影出来，又只叫到一部汽车，鲁迅先生又一定不肯坐，让周建人先生的全家坐着先走了。

鲁迅先生旁边走着海婴，过了苏州河的大桥去等电车去了。等了二三十分钟电车还没有来，鲁迅先生依着沿苏州河的铁栏杆坐在桥边的石围上，并且拿出香烟来，装上烟嘴，悠然的吸着烟。

海婴不安的来回乱跑，鲁迅先生还招呼他和自己并排的坐下。

鲁迅先生坐在那儿和一个乡下的安静老人一样。

鲁迅先生吃的是清茶，其余不吃别的饮料。咖啡、可可、牛奶、汽水之类，家里都不预备。

鲁迅先生陪客人到夜深,必同客人一道吃些点心。那饼干就是从铺子里买来的,装在饼干盒子里,到夜深许先生就拿着碟子取出来,摆在鲁迅先生的书桌上,吃完了,许先生打开立柜再取一碟。还有向日葵子差不多每来客人必不可少。鲁迅先生一边抽着烟,一边剥着瓜子吃,吃完了一碟鲁迅先生必请许先生再拿一碟来。

鲁迅先生备有两种纸烟,一种价钱贵的,一种便宜的。便宜的是绿听子的,我不认识那是什么牌子,只记得烟头上带着黄纸的嘴,每五十支的价钱大概是四角到五角,是鲁迅先生自己平日用的。另一种是白听子的,是前门烟,用来招待客人的,白烟听放在鲁迅先生书桌的抽屉里。来客人鲁迅先生下楼,把它带到楼下去,客人走了,又带回楼上来照样放在抽屉里。而绿听子的永远放在书桌上,是鲁迅先生随时吸着的。

鲁迅先生的休息,不听留声机,不出去散步,也不倒在床上睡觉,鲁迅先生自己说:

"坐在椅子上翻一翻书就是休息了。"

鲁迅先生从下午两三点钟起就陪客人,陪到五点钟,陪到六点钟,客人若在家吃饭,吃过饭又必要在一起喝茶,或者刚刚喝完茶走了,或者还没走就又来了客人,于是又陪下去,陪到八点钟,十点钟,常常陪到十二点钟。从下午两三点钟起,陪到夜里十二点,这么长的时间,鲁迅先生都是坐在藤躺椅上,不断的吸着烟。

客人一走,已经是下半夜了,本来已经是睡觉的时候了,可是鲁迅先生正要开始工作。在工作之前,他稍微阖一阖眼睛,燃起一支烟来,躺在床边上,这一支烟还没有吸完,许先生差不多就在床里边睡着了。(许先生为什么睡得这样快?因为第二天早晨六七点钟就要起来管理家务。)海婴这时在三楼和保姆一道睡着了。

全楼都寂静下去,窗外也是一点声音没有了,鲁迅先生站起来,坐到书桌边,在那绿色的台灯下开始写文章了。

许先生说鸡鸣的时候,鲁迅先生还是坐着,街上的汽车嘟嘟的叫起来了,鲁迅先生还是坐着。

有时许先生醒了,看着玻璃窗白萨萨的了,灯光也不显得怎样亮了,鲁迅先生的背影不像夜里那样黑大。

鲁迅先生的背影是灰黑色的,仍旧坐在那里。

人家都起来了,鲁迅先生才睡下。

海婴从三楼下来了,背着书包,保姆送他到学校去,经过鲁迅先生的门前,保姆总是吩咐他说:

"轻一点走,轻一点走。"

鲁迅先生刚一睡下,太阳就高起来了,太阳照着隔院子的人家,明亮亮的;照着鲁迅先生花园的夹竹桃,明亮亮的。

鲁迅先生的书桌整整齐齐的,写好的文章压在书下边,毛笔在烧瓷的小龟背上站着。

一双拖鞋停在床下,鲁迅先生在枕头上边睡着了。

……

一九三六年三月里鲁迅先生病了,靠在二楼的躺椅上,心脏跳动得比平日厉害,脸色略微灰了一点。

许先生正相反的,脸色是红的,眼睛显得大了,讲话的声音是平静的,态度并没有比平日慌张。在楼下,一走进客厅来许先生就告诉说:

"周先生病了,气喘……喘得厉害,在楼上靠在躺椅上。"

鲁迅先生呼喘的声音,不用走到他的旁边,一进了卧室就听得到的。鼻子和胡须在煽着,胸部一起一落。眼睛闭着,差不多永久不离开手的纸烟,也放弃了。躺藤椅后边靠着枕头,鲁迅先生的头有些向后,两只手空闲的垂着。眉头仍和平日一样没有聚皱,脸上是平静的,舒展的,似乎并没有任何痛苦加在身上。

"来了吗?"鲁迅先生睁一睁眼睛,"不小心,着了凉……呼吸困难……到藏书的房子去翻一翻书……那房子因为没有人住,特别凉……回来就……"

许先生看周先生说话吃力,赶紧接着说周先生是怎样气喘的。

医生看过了,吃了药,但喘并未停。下午医生又来过,刚刚走。

卧室在黄昏里边一点一点的暗下去,外边起了一点小风,隔院的树被风摇着发响。别人家的窗子有的被风打着发出自动关开的响声,家家的流水道都是花拉花拉的响着水声,一定是晚餐之后洗着杯盘的剩水。晚餐后该散步的散步去了,该会朋友的会友去了,弄堂里来去的稀疏不断的走着人,而娘姨们还没有解掉围裙呢,就依着后门彼此搭讪起来。小孩子们三五一伙前门后门的跑着,弄堂外汽车穿来穿去。

鲁迅先生坐在躺椅上,沉静的,不动的阖着眼睛,略微灰了的脸色被炉里的火染红了一点。纸烟听子蹲在书桌上,盖着盖子,茶杯也蹲在桌子上。

许先生轻轻的在楼梯上走着,许先生一到楼下去,二楼就只剩了鲁迅先生一个人坐在椅子上,呼喘把鲁迅先生的胸部有规律性的抬得高高的。

　　鲁迅先生必得休息的，须藤老医生是这样说的。可是鲁迅先生从此不但没有休息，并且脑子里所想的更多了，要做的事情都像非立刻就做不可，校《海上述林》的校样，印珂勒惠支的画，翻译《死魂灵》下部；刚好了，这些就都一起开始了，还计算着出三十年集（即《鲁迅全集》）。

　　鲁迅先生感到自己的身体不好，就更没有时间注意身体，所以要多做，赶快做。当时大家不解其中的意思，都以为鲁迅先生不加以休息不以为然，后来读了鲁迅先生《死》的那篇文章才了然了。

　　鲁迅先生知道自己的健康不成了，工作的时间没有几年了，死了是不要紧的，只要留给人类更多，鲁迅先生就是这样。

　　不久书桌上德文字典和日文字典又都摆起来了，果戈理的《死魂灵》又开始翻译了。

　　鲁迅先生的身体不大好，容易伤风，伤风之后，照常要陪客人，回信，校稿子。所以伤风之后总要拖下去一个月或半个月的。

　　瞿秋白的《海上述林》校样，一九三五年冬，一九三六年的春天，鲁迅先生不断的校着，几十万字的校样，要看三遍，而印刷所送校样来总是十页八页的，并不是统统一道的送来，所以鲁迅先生不断的被这校样催索着，鲁迅先生竟说：

　　"看吧，一边陪着你们谈话，一边看校样的，眼睛可以看，耳朵可以听……"

　　有时客人来了，一边说着笑话，一边鲁迅先生放下了笔。有的时候也说："就剩几个字了……请坐一坐……"

　　……

　　在病中，鲁迅先生不看报，不看书，只是安静的躺着。但有一张小画是鲁迅先生放在床边上不断看着的。

　　那张画，鲁迅先生未生病时，和许多画一道拿给大家看过的，小得和纸烟包里抽出来的那画片差不多。那上边画着一个穿大长裙子飞散着头发的女人在大风里边跑，在她旁边的地面上还有小小的红玫瑰花的花朵。

　　记得是一张苏联某画家着色的木刻。

　　鲁迅先生有很多画，为什么只选了这张放在枕边？

　　许先生告诉我的，她也不知道鲁迅先生为什么常常看这小画。

　　有人来问他这样那样的，他说：

　　"你们自己学着做，若没有我呢！"

　　这一次鲁迅先生好了。

还有一样不同的，觉得做事要多做……

鲁迅先生以为自己好了，别人也以为鲁迅先生好了。
准备冬天要庆祝鲁迅先生工作三十年。

又过了三个月。
一九三六年十月十七日，鲁迅先生病又发了，又是气喘。
十七日，一夜未眠。
十八日，终日喘着。
十九日，夜的下半夜，人衰弱到极点了。天将发白时，鲁迅先生就像他平日一样，工作完了，他休息了。

一九三九年十月
（节选自《萧红全集》第二卷，黑龙江大学出版社 2011 年版）

我怎样与文学发生关系

叶　紫

我是一个不懂文学的人，然而，我又怎样与文学发生了关系的呢？当我收到"我与文学"这样一个标题的时候，我真的不知道从什么地方说起啊！

童年时代，我是一个小官吏家中的独生娇子。在爸妈的溺爱下，我差不多完全与现实社会脱离了关系。我不知米是从什么地方来的，我不知道这世界有多大；我更不知道除了我的爸妈之外，世界上还有着许多许多我所不认识的人，还有着许多许多我不曾看到的鬼怪。

六岁就进了小学。在落雨不去上学，发风不去上学，出大太阳又怕晒了皮肤的条件之下，一年又一年地我终于混得了一张小学毕业的文凭。

进中学已经十二岁了。这是我最值得纪念的，开始和我的爸妈离开的一日。中学校离我的故乡约二百里路程，使我不得不在校中住宿。为了孤独，为了舍不下慈爱的爸妈，我在学校宿舍里躺着哭了四五个整天。后来，是训育先生抚慰了我一阵，同学们象带小弟弟似地带着我到处去玩耍，告诉我许多看书和游戏的方法，我才渐渐地活泼起来。我才开始领略到了学校生活中的乐趣。

中学校，是有着作文课的。我还记得，第一次先生在黑板上写下的作文题目是叫做"我的志愿"。

接着，先生便在讲台上，对着我们手舞脚蹈地解释了一番：

"……你还是喜欢做文学家呢？科学家呢？哲学家呢？教育家呢？……你只管毫无顾忌地写出来。……"

当时我所写的是什么呢？现在已经完全记不起来了。不过，从那一次作文课以后，却使我对于将来的"志愿问题"一点上，引起了非常浓厚的兴趣。

"我到底应该做一个什么人物呢？将来……"

每当夜晚下了自修课以后，独自儿偎在被窝里的时候，小小的心灵中，总忍不住常常要这样地想。

"爸爸是做官儿的人，我也应该做官儿吧！不过，我的官儿应当比爸爸的做得更大，我起码得象袁世凯一样，把像在洋钱上铸起来……

"王汉泉跑得那样快，全学校的人都称赞他，做体育家真出风头……

"牛顿发明了那许多东西，牛顿真了不得，我还是做牛顿吧！……

"哥伦布多伟大啊！他发现了一个美洲……

"李太白的诗真好，我非学李太白……"

于是乎，我便在梦里常常和这许多人做起往来来。有时候，我梦见坐在一个戏台上，洋钱上的袁世凯跪在我的下面向我叩着头。有时候，我梦见和一个怪头怪脑的家伙，坐在一个小洋船上，向大海里找寻新世界。有时候，我梦见做了诗人，喝了七八十斤老酒，醉倒在省长公署的大门前。有时候，……

这样整天整夜象做梦般的，我过了两年最幸福的中学生生活。

不料一九二六年的春天，时代的洪流，把我的封建的，古旧的故乡，激荡得洗涤得成了一个畸形的簇新的世界。我的一位顶小的叔叔，便在这一个簇新世界的洪流激荡里，做了一个主要的人。爸爸也便没有再做小官儿了，就在叔叔的不住的恫吓和"引导"之下，跟着卷入了这一个新的时代的潮流；痛苦地，茫然地跟着一些年轻人干着和他自己本来志愿完全相违反的事。

"孩子是不应该读死书的，你要看清这是什么时代！"

这样叔叔便积极地向我进攻起来。爸爸没有办法，非常不情愿地，把我从"读死书"的中学校里叫了出来，送进到一个离故乡千余里的，另外的，数着"一，二，三，开步走！"的学校里面去。

"唉！真变了啊！牺牲了我自己的老远的前程还不上算，还要我牺牲我的年幼的孩子！……"

爸爸在送我上船，去进那个数着"一，二，三"的学校的时候，老泪纵横地望着我哭了起来。

我的那颗小小的心房，第一次感受着了沉重的压迫！

第二年（一九二七）的五月，我正在数"一，二，三"数得蛮高兴的时候，突然，从那故乡的辽远的天空中，飞来了一个惊人的噩耗：——

整个的簇新的世界塌台了！叔叔们逃走了！爸爸和一个年轻的姊姊，为了叔叔们的关系失掉了自由！……

我急急忙忙地奔了回去。沿途只有三四天功夫，慢了，我终于扑了一个空……

爸爸！姊姊！……

天啊！我象一个刚刚学飞的雏雁，被人家从半空中击落了下来！我的那小小的心儿，已经被击成粉碎了！我说不出来一句话。我望着妈，哭！妈望着我，哭！妈，五十五岁；我呢，一个才交十五岁的孩子。

"怎么办呢？妈！"

"去！孩子！你是一个有志气的人，不要忘记了你的爸，不要忘记了你的苦命的妈！去到那些不吃人的地方去！"

"是的，妈！我去！你老人家放心，我有志气，你看，妈！我是定可以替爸，姊出气的！报，我得报，报仇的！……妈！你放心！……"

没有钱,什么都没有了,我还记得,当我悄悄地离开我的血肉未寒的爸爸的时候,妈只给我六十四个铜子。我毫无畏惧地,只提了一个小篮子,几本旧小说,诗,文和两套黑布裤褂,独自儿跑出了家门。

"到底到什么地方去呢?"我躲在一个小轮船的煤屑堆里是这样地想。

天,天是空的;水,水辽远得使人望不到它的涯际;故乡,故乡满地的血肉;自己,自己粉碎似的心灵!……

于是,天涯,海角,只要有一线光明存在的地方,我到处都闯!……

我想学剑仙,侠客;白光一道,我就杀掉了我的仇人;我便毁平了这吃人的世界!但是,我始终没有找到师父。虽然我的小篮子里也有过许多剑侠的小说书;我也曾下过决心,当过乞丐,独自儿跑进深山古庙,拜访过许多尼姑,和尚,卖膏药和走江湖的人……但是,一年,两年,苦头吃下来千千万万。剑仙,侠客,天外的浮云,……一个卖乌龟卦的老头子告诉我:"孩子,去吧!你哪里有仙骨啊!……"

我愤恨地将几部武侠小说撕得粉碎!

"还是到军队里去吧,"我想。只要做了官,带上了几千几万的兵,要杀几个小小的仇人,那是如何容易的事情啊!还是,还是死心塌地地到军队中去吧!

挨着皮鞭子,吃着耳光;太阳火样地晒在我的身上,风雪象利刃似地刺痛着我的皮肤;沙子掺着发臭的谷壳塞在我的肚皮里;痛心地忍住着血一般的眼泪,躲在步哨线的月光下面拼死命地读着《三国演义》、《水浒》一类的书,学习着为官为将的方法。……但是,结果,我冲锋陷阵地拼死拼活干了两年,好容易地晋升了一级,由一等兵一变而为上等兵了。我愤恨得几乎发起疯来。在一个遍地冰霜的夜晚,我拖着我那带了三四次花的腿子,悄悄地又逃出了这一个陷人的火坑。

"我又到什么地方去呢?"

彷徨,浑身的创痛,无路可走!……

为了报仇,我又继续地做过许多许多的梦。然而,那只是梦,那只是暂时地欺骗着自家灵魂的梦。

饥饿,寒冷!白天,白天的六月的太阳;夜晚,夜晚檐下的,树林中的风雪!……

一切人类的白眼,一切人类的憎恶!……痛苦象毒蛇似的,永远地噬啮着我的心,……

于是,我完全明白了:世界上没有不吃人的地方,没有可以容许痛苦的人们生存的一个角落!除非是,除非是!……

我完全明白了:剑仙,侠客,发财,升官,侠义的报仇,……永远走不通的死

我怎样与文学发生关系

路！……

我从大都市流到小都市，由小都市流到农村。我又由破碎的农村中，流到了这繁华的上海。

年龄渐渐地大了，痛苦一天甚似一天地深刻在我的心中。我不能再乱冲乱闯了……我要埋着头，郑重地干着我所应当干的事业。……

就在这埋头的时候，我仍旧是找不到丝毫的安慰的。于是，我便由传统的旧诗，旧文，旧小说，鸳鸯蝴蝶派的东西，一直读到文学研究会，创造社，太阳社，以及新近由世界各国翻译过来的文学作品……

那仅仅只是短短的三四年功夫，便使我对于文学发生了非常浓厚的兴趣。

一方面呢，我是欲找寻着安慰；我不惜用心用意地去读，用心用意地去想，去理会！我象要从这里面找出一些什么东西出来，这东西，是要能够弥补我的过去的破碎的灵魂的，一方面呢，那是郁积在我的心中的千万层，千万层隐痛的因子，象爆裂了的火山似的，紧紧地把我的破碎的心灵压迫着，包围着，燃烧着，使我半些儿都透不过气来……

于是，我没有办法，一边读，一边勉强地提起笔来也学着想写一点东西。这东西，我深深地知道，是不能算为艺术品的，因为，我既毫无文学的修养，又不知道运用艺术的手法。我只是老老实实地想把我的浑身的创痛，和所见到的人类的不平，逐一地描画出来；想把我内心中的郁积统统发泄得干干净净……

我所发表的几个短篇小说和一些散文，便都是这样，没有技巧，没有修辞，没有合拍的艺术的手法，只不过是一些客观的，现实社会中不平的事实堆积而已。然而，我毕竟是忍不住的了！因为我的对于客观现实的愤怒的火焰，已经快要把我的整个的灵魂燃烧殆毙了！

现在呢，我一方面还是要尽量地学习，尽量地读，尽量地听信我的朋友和前辈作家们的指导与批评。一方面呢，我还要更细心地，更进一步地，去刻划着这不平的人世，刻划着我自家的遍体的创痕！……一直到，一直到人类永远没有了不平！我自家内心的郁积，也统统愤发得干干净净了之后……

这样，我便与文学发生了异常密切的关系。

一九三六年四月二十日

（选自《叶紫研究资料》，湖南人民出版社1985年版）

金华北山

郁达夫

十一月十二日，星期日，晴。

金华的地势，实在好不过。从浙江来说，它差不多是坐落在中央的样子。山脉哩，东面是东阳义乌的大盆山的余波，为东山区域；南接处州，万山重迭，统名南山；西面因有衢港钱塘江的水流密布，所以地势略低；金华江蜿蜒西行，合于兰溪，为金华的唯一出口，从前铁道未设的时候，兰溪就是七省通商的中心大埠。北面一道屏障，自东阳大盆山而来，绵亘三百余里，雄镇北郊，遥接着全城的烟火，就是所谓金华山的北山山脉了。

北山的名字，早就在我的脑里萦绕得很熟，尤其是当读《宋学师承》及《学案》诸书的时候，遥想北山的幽景，料它一定是能合我们这些不通世故的蠹书虫口味的。所以一到金华，就去访北山整理委员会的诸公，约好于今日侵晨出发；绳索，汽油灯，火炬，电筒，食品之类，统托中国旅行社的姜先生代为办好，今早出迎恩门北去的时候，七点钟还没有敲过。

北山南面的支峰距城只二十里左右，推算起北山北面的山脚，大约总在七八十里以外了；我们一出北郊，腰际被晓烟缠绕着的北山诸顶，就劈面迎来，似在监视我们的行动。芙蓉峰尖若锥矢，插在我们与北山之间，据说是县治的主脉。十里至罗店，是介在金华与北山正中的一大村落。居民于耕植之外，更喜莳花养鹿，半当趣味，半充营业，实在是一种极有风趣的生涯。花多珠兰，茉莉，建兰，亦栽佛手；据村中人说，这些植物，非种入罗店之泥不长，非灌以双龙之泉不发，佛手树移至别处，就变作一拳，指爪不分了。

自罗店至北山，还有十里，渐入山区，且时时与自双龙洞流出的溪水并行；路虽则崎岖不平，但风景却同嚼蔗近根时一样，渐渐地加上了甜味。到华溪桥，就已经入了山口，右手一峰，于竹叶枫林之内，时露着白墙黑瓦，山顶上还有人家。导游者北山整理委员黄君志雄，指示着说：

"这就是白望峰。东下是鹿田，相传宋玉女在这近边耕稼，畜鹿，能入城市贸易，村民邀而杀之，鹿遂不返，玉女登峰白望，因有此名。玉女之坟，现在还在。"

这真是多么美丽的传说啊！一个如花的少女，一只驯良的花鹿，衔命入城，登峰遥望，天色晚了，鹿不回来，一声声的愁叹，一点点的泪痕，最后就是一个抑郁含悲的死！

过白望峰后，路愈来愈窄，亦愈往上斜，一面就是万丈的深溪，有几处泡沫飞溅,像六月里的冰花;溪里面的石块,也奇形怪状,圆滑的圆滑,扁平的扁平。我想若把它们搬到了城里,则大的可以镶嵌作屏风装饰,小的也可以做做小孩的玩物。可是附近的居民,于见惯之后,倒也并不以为希奇了。沿溪入山,走了一二里的光景,就遇着了一块平地,正当溪的曲处;立在这一块地上,东西北三面的北山苍翠,自然是接在眉睫之间,向南远眺,且可以看见南山的一排青影。北山整理委员会的在此建佛寿亭,识见也真不错;只亭未落成,不能在亭上稍事休息,却是恨事。从这里再往前进,山路愈窄亦愈曲,不及二里,就到了洞口的小村。双龙洞离这村子,只有百余步路了,我们总算已经到了我们的目的地点。

北山长三百余里,东西里外数十余峰,溪涧,池泉,瀑布,山洞,不计其数;但为一般人所称道,凡游客所必至,与夫北山整理委员会第一着着手整理之处,就是道书所说的"第三十六洞天"的朝真,冰壶,双龙的山洞。三洞之中,朝真最大,亦最高,洞系往上斜者,非用梯子,不能穷其底,中为冰壶,下为双龙。

我们到双龙洞,已将十一点钟。外洞高二十余丈,广深各十余丈,洞口极大,有东西两口,所以洞内光线明亮,同在屋外一样。整理委员会正在动工修理,并在洞旁建造金华观,洞中变成了作场的样子;看了些碑文、石刻之后,只觉得有点伟大而已,另外倒也说不出什么的奇特。洞中间,有一道清泉流出,岁旱不涸,就是所谓双龙泉水。溯泉而进,是内洞了。

原来这一条泉水,初看似乎是从地底涌出来似的,水量极大;再仔细一看,则泉上有一块绝大的平底岩石复在那里,离水面只数寸而已。用了一只浴盆似的小木船,人直躺在船底,请工人用绳索从水中岩石底推挽过去,岩石几乎要擦伤鼻子。推进一二丈路,岩石尽,而大洞来了,洞内黑到了能见夜光表的文字,这就是里洞。

里洞高大和外洞差仿不多,四壁琳琅,都是钟乳岩石;点上汽油灯一照,洞顶有一条青色一条黄色的岩纹突起,绝像平常画上的龙,龙头龙爪龙身,和画丝毫不爽,青龙自东北飞舞过来,黄龙自西北蜿蜒而至。向西钻过由钟乳石结成的一道屏壁间的小门,内进曲折,有一里多深;两旁石壁,青白黄色的都有,形状也歪斜迭皱,有像象身的,有像狮子的,有像凤尾的,有像千缕万线的女人的百裥裙的,更有一块大石像乌龟的;导游的黄君,一一都告诉我了些名字,可惜现在记不清了。这里洞内一里多深路,宽广处有三五丈,狭的地方,也有一二丈。沿外壁是一条溪泉,水声淙淙,似在奏乐;更至一处离地三尺多高的小岩穴旁,泉水直泻出来,形成了一个盆景里的小瀑布。洞的底里,有一处又高又圆方的石室,上视室顶,像一个钟乳石的华盖,华盖中央,下垂着一个球样的皱纹岩。

这里洞的两壁,唐宋人的题名石刻很多,我所见到的,以庆历四年的刻石为最古。石室内的岩上,且有明万历年间游人用墨写的"卧云"两字题在那里,墨色鲜艳，大家都疑它是伪填年月的，但因洞内空气不流通，不至于风化，或者是真的也很难说。清人题壁，则自乾隆以后，绝对没有了，盖因这里洞，自那时候起，为泥沙淤塞了的缘故。这一次旧洞新辟，我们得追徐霞客之踪，而来此游览者，完全要感谢北山整理委员会各委员的苦心经营，而黄委员志雄的不辞劳瘁，率先入洞，致有今日，功尤不小。

在洞里玩了一个多钟头，拓了二张庆历四年的题名石刻，就出来在外洞中吃午饭；饭后便上山，走了二三百步，就到了中洞的冰壶洞口。

冰壶洞，口极小，俯首下视。只在黑暗中看得出一条下斜的绝壁和乱石泥沙。弓身从洞口爬入，以长绳系住腰际，滑跌着前行，则愈下愈难走，洞也愈来得高大。

前行五六十步，就在黑暗中听得出水声了，再下去三四十步，脸上就感得到点点的飞沫。再下降前进三五十步，洞身忽然变得极高极大，飞瀑的声音，振动得耳膜都要发痒。瀑布约高十丈左右，悬空从洞顶直下，瀑身下广，瀑布下也无深潭，也无积水，所以人可以在瀑布的四周围行走。走到瀑布的背后，旋转身来，透过瀑布，向上向外一望，则洞口的外光，正射着瀑布，像一条水晶的帘子，这实在是天下的奇观，可惜下洞的路不便，来游者都不能到底，一看这水晶帘的绝景。

总之冰壶洞像一只平常吃淡芭菇的烟斗，口小而下大。在底下装烟的烟斗正中，又悬空来了一条不靠石壁流下的瀑布。人在大烟斗中走上瀑布背后，就可以看见烟嘴口的外光。瀑布冲下，水全被沙石吸去，从沙石中下降，这水就流出下面的双龙洞底，成为双龙泉水的水源。

因为在冰壶洞里跌得全身都是烂泥沙渍，并且脚力也不继了。所以最上面的朝真洞没有去成。据说三洞之中，以朝真洞为最大，但系一层一层往上进的，所以没有梯子，也难去得。我想山的奇伟处，经过了冰壶双龙的两洞，也总约略可以说说了，舍朝真而不去，也并没有什么大的遗憾。

在北山回来的路上，我们又折向了东，上芙蓉峰西的凤凰山智者寺去看了一回陆放翁写的《重修智者广福禅寺碑记》。碑面风化，字迹已经有一大半剥落，唯碑后所刻的陆务观致智者玘公禅师手牍，还有几块，尚辨认得清。寺的衰颓坍毁，和徐霞客在《游记》里所说的情形一样；三百年来，这寺可又经过了一度沧桑了。

（选自《达夫游记》，上海书店 1981 年版）

美与同情

丰子恺

有一个儿童,他走进我的房间里,便给我整理东西。他看见我的表面合覆在桌子上,给我翻转来。看见我的茶杯放在茶壶的环子后面,给我移到口子前面来。看见我床底下的鞋子一顺一倒,给我掉转来。看见我壁上的立幅的绳子拖出在前面,搬了凳子,给我藏到后面去。我谢他:

"哥儿,你这样勤勉地给我收拾!"

他回答我说:

"不是,因为我看了那种样子,心情很不安适。"是的,他曾说:"表面合覆在桌子上,看它何等气闷!""茶杯躲在它母亲的背后,教它怎样吃奶奶?""鞋子一顺一倒,教它们怎样谈话?""立幅的辫子拖在前面,像一个鸦片鬼。"我实在钦佩这哥儿的同情心的丰富。从此我也着实留意于东西的位置,体谅东西的安适了。它们的位置安适,我们看了心情也安适。于是我恍然悟到,这就是美的心境,就是文学的描写中所常用的手法,就是绘画的构图上所经营的问题。这都是同情心的发展。普通人的同情只能及于同类的人,或至多及于动物;但艺术家的同情非常深广,与天地造化之心同样深广,能普及于有情非有情的一切物类。

我次日到高中艺术科上课,就对她们作这样的一番讲话:

世间的物有各种方面,各人所见的方面不同。譬如一株树,在博物家,在园丁,在木匠,在画家,所见各人不同,博物家见其性状,园丁见其生息,木匠见其材料,画家见其姿态。

但画家所见的,与前三者又根本不同:前三者都有目的,都想起树的因果关系,画家只是欣赏目前的树的本身的姿态,而别无目的。所以画家所见的方面,是形式的方面,不是实用的方面。换言之,是美的世界,不是真善的世界。美的世界中的价值标准与真善的世界中全然不同。我们仅就事物的形状色彩姿态而欣赏,更不顾问其实用方面的价值了。所以一枝枯木,一块怪石,在实用上全无价值,而在中国画家是很好的题材。无名的野花,在诗人的眼中异常美丽。故艺术家所见的世界,可说是一视同仁的世界,平等的世界。艺术家的心,对于世间一切事物都给以热诚的同情。

故普通世间的价值与阶级,入了画中便全部撤销了。画家把自己的心移入于儿童的天真的姿态中而描写儿童,又同样地把自己的心移入于乞丐的病苦的表情中而描写乞丐。画家的心,必常与所描写的对象相共鸣共感,共悲共喜,共泣共笑，倘不具备这种深广的同情心，而徒事手指的刻划，决不能成为真的画家。即使他能描画，所描的至多仅抵一幅照相。

画家须有这种深广的同情心，故同时又非有丰富而充实的精神力不可。倘其伟大不足与英雄相共鸣，便不能描写英雄，倘其柔婉不足与少女相共鸣，便不能描写少女。故大艺术家必是大人格者。

艺术家的同情心，不但及于同类的人物而已，又普遍地及于一切生物无生物，犬马花草，在美的世界中均是有灵魂而能泣能笑的活物了。诗人常常听见子规的啼血，秋虫的促织，看见桃花的笑东风，蝴蝶的送春归，用实用的头脑看来，这些都是诗人的疯话。其实我们倘能身入美的世界中，而推广其同情心，及于万物，就能切实地感到这些情景了。画家与诗人是同样的，不过画家注重其形色姿态的方面而已。没有体得龙马的泼力，不能画龙马，没有体得松柏的劲秀，不能画松柏。中国古来的画家都有这样的明训。西洋画何独不然？我们画家描一个花瓶，必其心移入于花瓶中，自己化作花瓶，体得花瓶的力，方能表现花瓶的精神。我们的心要能与朝阳的光芒一同放射，方能描写朝阳；能与海波的曲线一同跳舞，方能描写海波。这正是"物我一体"的境涯，万物皆备于艺术家的心中。

为了要有这点深广的同情心，故中国画家作画时先要焚香默坐，涵养精神，然后和墨伸纸，从事表现。其实西洋画家也需要这种修养，不过不曾明言这种形式而已。不但如此，普通的人，对于事物的形色姿态，多少必有一点共鸣共感的天性。房屋的布置装饰，器具的形状色彩，所以要求其美观者，就是为了要适应天性的缘故。眼前所见的都是美的形色，我们的心就与之共感而觉得快适；反之，眼前所见的都是丑恶的形色，我们的心也就与之共感而觉得不快。不过共感的程度有深浅高下不同而已。对于形色的世界全无共感的人，世间恐怕没有；有之，必是天资极陋的人，或理知的奴隶，那些真是所谓"无情"的人了。

在这里我们不得不赞美儿童了。因为儿童大都是最富于同情的，且其同情不但及于人类，又自然地及于猫犬，花草，鸟蝶，鱼虫，玩具等一切事物，他们认真地对猫犬说话，认真地和花接吻，认真地和人像（玩偶，娃娃）（doll）玩耍，其心比艺术家的心真切而自然得多！他们往往能注意大人们所不能注意的事，发见大人们所不能发见的点。所以儿童的本质是艺术的。换言之，即人类本来是艺术的，本来是富于同情的。只因长大起来受了世智的压迫，把这点心灵阻碍或销磨了。惟有聪明的人，能不屈不挠，外部即使饱受压迫，而内部仍旧保藏着这点可贵的心。这种人就是艺术家。

西洋艺术论者论艺术的心理，有"感情移入"之说。所谓感情移入，就是说我们对于美的自然或艺术品，能把自己的感情移入于其中，没入于其中，与之共鸣共感，这时候就经验到美的滋味。我们又可知这种自我没入的行为，在儿童的生活中为最多。他们往往把兴趣深深地没入在游戏中，而忘却自身的饥寒与疲劳。圣书中说：你们不像小孩子，便不得进入天国。小孩子真是人生的黄金时代！我们的黄金时代虽然已经过去，但我们可以因了艺术的修养而重新面见这幸福，仁爱，而和平的世界。

1929 年 9 月 28 日为松江女中高中一年生讲述

（选自《丰子恺文集·艺术卷》(2)，浙江文艺出版社、浙江教育出版社 1990年版）

戏　剧

《雷雨》第一幕（节选）

曹　禺

〔周繁漪进。她一望就知道是个果敢阴鸷的女人。她的脸色苍白，只有嘴唇微红，她的大而灰暗的眼睛同高鼻梁令人觉得有些可怕。但是眉目间看出来她是忧郁的，在那静静的长的睫毛的下面，有时为心中的郁积的火燃烧着，她的眼光会充满了一个年轻妇人失望后的痛苦与怨望。她的嘴角向后略弯，显出一个受抑制的女人在管制着自己。她那雪白细长的手，时常在她轻轻咳嗽的时候，按着自己瘦弱的胸。直等自己喘出一口气来，她才摸摸自己胀得红红的面颊，喘出一口气。她是一个中国旧式女人，有她的文弱，她的哀静，她的明慧，——她对诗文的爱好，但是她也有更原始的一点野性：在她的心，她的胆量，她的狂热的思想，在她莫明其妙的决断时忽然来的力量。整个地来看她，她似乎是一个水晶，只能给男人精神的安慰，她的明亮的前额表现出深沉的理解，像只是可以供清谈的；但是当她陷于情感的冥想中，忽然愉快地笑着；当着她见着她所爱的，红晕的颜色为快乐散布在脸上，两颊的笑涡也显露出来的时节，你才觉得出她是能被人爱的，应当被人爱的，你才知道她到底是一个女人，跟一切年轻的女人一样。她会爱你如一只饿了三天的狗咬着它最喜欢的骨头，她恨起你来也会像只恶狗狺狺地，不，多不声不响地恨恨地吃了你的。然而她的外形是沉静的，忧烦的，她会如秋天傍晚的树叶轻轻落在你的身旁，她觉得自己的夏天已经过去，西天的晚霞早暗下来了。

〔她通身是黑色。旗袍镶着灰银色的花边。她拿着一把团扇，挂在手指下，走进来。她的眼眶略微有点塌进，很自然地望着四凤。

鲁四凤　（奇怪地）太太！怎么您下楼来啦？我正预备给您送药去呢！

周繁漪　（咳）老爷在书房里么？

鲁四凤　老爷在书房里会客呢。

周繁漪	谁来？
鲁四凤	刚才是盖新房子的工程师，现在不知道是谁。您预备见他？
周繁漪	不。——老妈子告诉我说，这房子已经卖给一个教堂做医院，是么？
鲁四凤	是的，老爷叫把小东西都收一收，大家具有些已经搬到新房子里去了。
周繁漪	谁说要搬房子？
鲁四凤	老爷回来就催着要搬。
周繁漪	（停一下，忽然）怎么不告诉我一声？
鲁四凤	老爷说太太不舒服，怕您听着嫌麻烦。
周繁漪	（又停一下，看看四面）两礼拜没下来，这屋子改了样子了。
鲁四凤	是的，老爷说原来的样子不好看，又把您添的新家具搬了几件走。这是老爷自己摆的。
周繁漪	（看看右面的衣柜）这是他顶喜欢的衣柜，又拿来了。（叹气）什么事自然要依着他，他是什么都不肯将就的。（咳，坐下）
鲁四凤	太太，您脸上像是发烧，您还是到楼上歇着吧。
周繁漪	不，楼上太热。（咳）
鲁四凤	老爷说太太的病很重，嘱咐过请您好好地在楼上躺着。
周繁漪	我不愿意躺在床上。——喂，我忘了，老爷哪一天从矿上回来的？
鲁四凤	前天晚上。老爷见着您发烧很厉害，叫我们别惊醒您，就一个人在楼下睡的。
周繁漪	白天我像是没见过老爷来。
鲁四凤	嗯，这两天老爷天天忙着跟矿上的董事们开会，到晚上才上楼看您。可是您又把门锁上了。
周繁漪	（不经意地）哦，哦，——怎么，楼下也这么闷热。
鲁四凤	对了，闷的很。一早晨黑云就遮满了天，也许今儿个会下一场大雨。
周繁漪	你换一把大点的团扇，我简直有点喘不过气来。
	〔四凤拿一把团扇给她，她望着四凤，又故意地转过头去。
周繁漪	怎么这两天没见着大少爷？
鲁四凤	大概是很忙。
周繁漪	听说他也要到矿上去么？
鲁四凤	我不知道。
周繁漪	你没有听见说么？
鲁四凤	倒是伺候大少爷的下人这两天尽忙着给他检衣裳。
周繁漪	你父亲干什么呢？
鲁四凤	大概给老爷买檀香去啦。——他说，他问太太的病。

周蘩漪　他倒是惦记着我。（停一下忽然）他现在还没起来么？

鲁四凤　谁？

周蘩漪　（没有想到四凤这样问，忙收敛一下）嗯，——自然是大少爷。

鲁四凤　我不知道。

周蘩漪　（看了她一眼）嗯？

鲁四凤　这一早晨我没有见着他。

周蘩漪　他昨天晚上什么时候回来的？

鲁四凤　（红脸）您想，我每天晚上总是回家睡觉，我怎么知道。

周蘩漪　（不自主地，尖酸）哦，你每天晚上回家睡！（觉得失言）老爷回家，家里
　　　　没有人会伺候他，你怎么天天要回家呢？

鲁四凤　太太，不是您吩咐过，叫我回去睡么？

周蘩漪　那时是老爷不在家。

鲁四凤　我怕老爷念经吃素，不喜欢我们伺候他，听说老爷一向是讨厌女人
　　　　家的。

周蘩漪　哦，（看四凤，想着自己的经历）嗯，（低语）难说的很。（忽而抬起头来，
　　　　眼睛张开）这么说，他在这几天就走，究竟到什么地方去呢？

鲁四凤　（胆怯地）您说的是大少爷？

周蘩漪　（斜着看四凤）嗯！

鲁四凤　我没听见。（嗫嚅地）他，他总是两三点钟回家，我早晨像是听见我父亲
　　　　叨叨说下半夜给他开的门来着。

周蘩漪　他又喝醉了么？

鲁四凤　我不清楚。——（想找一个新题目）太太，您吃药吧。

周蘩漪　谁说我要吃药？

鲁四凤　老爷吩咐的。

周蘩漪　我并没请医生，哪里来的药？

鲁四凤　老爷说您犯的是肝郁，今天早上想起从前您吃的老方子，就叫抓一副。
　　　　说太太一醒，就给您煎上。

周蘩漪　煎好了没有？

鲁四凤　煎好了，凉在这儿好半天啦。

　　　　〔四凤端过药碗来。

鲁四凤　您喝吧。

周蘩漪　（喝一口）苦的很。谁煎的？

鲁四凤　我。

周蘩漪　太不好喝，倒了它吧！

鲁四凤　倒了它?

周繁漪　嗯? 好,(想起朴园严厉的脸)要不,你先把它放在那儿。不,(厌恶)你还是倒了它。

鲁四凤　(犹豫)嗯。

周繁漪　这些年喝这种苦药,我大概是喝够了。

鲁四凤　(拿着药碗)您忍一忍喝了吧。还是苦药能够治病。

周繁漪　(心里忽然恨起她来)谁要你劝我? 倒掉!(自己觉得失了身份)这次老爷回来,我听老妈子说瘦了。

鲁四凤　嗯,瘦多了,也黑多了。听说矿上正在罢工,老爷很着急的。

周繁漪　老爷很不高兴么?

鲁四凤　老爷还是那样。除了会客,念念经,打打坐,在家里一句话也不说。

周繁漪　没有跟少爷们说话么?

鲁四凤　见了大少爷只点一点头,没说话,倒是问了二少爷学堂的事。——对了,二少爷今天早上还问您的病呢。

周繁漪　我现在不怎愿意说话,你告诉他我很好就是了。——回头叫帐房拿四十块钱给二少爷,说这是给他买书的钱。

鲁四凤　二少爷总想见见您。

周繁漪　那就叫他到楼上来见我。——(站起来,踱了两步)哦,这老房子永远是这样闷气,家具都发了霉,人们也都是鬼里鬼气的!

鲁四凤　(想想)太太,今天我想跟您告假。

周繁漪　是你母亲从济南回来么? ——嗯,你父亲说过来着。

　　　　〔花园里,周冲又在喊:四凤! 四凤!

周繁漪　你去看看,二少爷在喊你。

　　　　〔周冲在喊:四凤。

鲁四凤　在这儿。

　　　　〔周冲由中门进,穿一套白西装上身。

周　冲　(进门只看见四凤)四凤,我找你一早晨。(看见繁漪)妈,怎么您下楼来了?

周繁漪　冲儿,你的脸怎么这样红?

周　冲　我刚同一个同学打网球。(亲热地)我正有许多话要跟您说。您好一点儿没有?(坐在繁漪身旁)这两天我到楼上看您,您怎么总把门关上?

周繁漪　我想清净清净。你看我的气色怎么样? 四凤,你给二少爷拿一瓶汽水。你看你的脸通红。

　　　　〔四凤由饭厅门口下。

周　冲　（高兴地）谢谢您。让我看看您。我看您很好，没有一点病。为什么他们总说您有病呢？您一个人躲在房里头，您看，父亲回家三天，您都没有见着他。

周蘩漪　（忧郁地看着周冲）我心里不舒服。

周　冲　哦，妈，不要这样。父亲对不起您，可是他老了，我是您的将来，我要娶一个顶好的人，妈，您跟我们一块住，那我们一定会叫您快活的。

周蘩漪　（脸上闪出一丝微笑的影子）快活？（忽然）冲儿，你是十七了吧？

周　冲　（喜欢他的母亲有时这样奇突）妈，您看，您要再忘了我的岁数，我一定得跟您生气啦！

周蘩漪　妈不是个好母亲。有时候自己都忘了自己在哪儿。（沉思）——哦，十八年了，在这老房子里，你看，妈老了吧？

周　冲　不，妈，您想什么？

周蘩漪　我不想什么。

周　冲　妈，您知道我们要搬家么？新房子。父亲昨天对我说后天就搬过去。

周蘩漪　你知道父亲为什么要搬房子？

周　冲　您想父亲哪一次做事先告诉过我们？——不过我想他老了，他说过以后要不做矿上的事，加上这旧房子不吉利。——哦，妈，您不知道这房子闹鬼么？前年秋天，半夜里，我像是听见什么似的。

周蘩漪　你不要再说了。

周　冲　妈，您也信这些话么？

周蘩漪　我不相信，不过这老房子很怪，我很喜欢它，我总觉得这房子有点灵气，它拉着我，不让我走。

周　冲　（忽然高兴地）妈。——

　　　　〔四凤拿汽水上。

鲁四凤　二少爷。

周　冲　（站起来）谢谢你。（四凤红脸）。

　　　　〔四凤倒汽水。

周　冲　你给太太再拿一个杯子来，好么？（四凤下）。

周蘩漪　（目不转睛地看着他们）冲儿，你们为什么这样客气？

周　冲　（喝水）妈，我就想告诉您，那是因为，——（四凤进）——回头我告诉您。妈，您给我画的扇面呢？

周蘩漪　你忘了我不是病了么？

周　冲　对了，您原谅我。我，我——怎么这屋子这样热？

周蘩漪　大概是窗户没有开。

周　冲	让我来开。
鲁四凤	老爷说过不叫开,说外面比屋里热。
周繁漪	不,四凤,开开它。他在外头一去就是两年不回家,这屋子里的死气他是不知道的。(四凤拉开壁龛前的帐幔)
周　冲	(见四凤很费力地移动窗前的花盆)四凤,你不要动。让我来。(走过去)
鲁四凤	我一个人成,二少爷。
周　冲	(争执着)让我。(二人拿起花盆,放下时压了四凤的手,四凤轻轻叫了一声痛)怎么样? 四凤? (拿着她的手)
鲁四凤	(抽出自己的手)没有什么,二少爷。
周　冲	不要紧,我给你拿点橡皮膏。
周繁漪	冲儿,不用了。——(转头向四凤)你到厨房去看一看,问问给老爷做的素菜都做完了没有?

〔四凤由中门下,周冲望着她下去。

周繁漪	冲儿,(周冲回来)坐下。你说吧。
周　冲	(看着繁漪,带了希冀和快乐的神色)妈,我这两天很快活。
周繁漪	在这家里,你能快活,自然是好现象。
周　冲	妈,我一向什么都不肯瞒过您,您不是一个平常的母亲,您最大胆,最有想象,又,最同情我的思想的。
周繁漪	那我很欢喜。
周　冲	妈,我要告诉您一件事,——不,我要跟您商量一件事。
周繁漪	你先说给我听听。
周　冲	妈,(神秘地)您不说我么?
周繁漪	我不说你,孩子,你说吧。
周　冲	(高兴地)哦,妈——(又停下了,迟疑着)不,不,不,我不说了。
周繁漪	(笑了)为什么?
周　冲	我,我怕您生气。(停)我说了以后,你还是一样地喜欢我么?
周繁漪	傻孩子,妈永远是喜欢你的。
周　冲	(笑)我的好妈妈。真的,您还喜欢我? 不生气?
周繁漪	嗯,真的——你说吧。
周　冲	妈,说完以后还不许您笑话我。
周繁漪	嗯,我不笑话你。
周　冲	真的?
周繁漪	真的!

周　冲	妈，我现在喜欢一个人。
周蘩漪	哦！（证实了她的疑惧）哦！
周　冲	（望着蘩漪的凝视的眼睛）妈，您看，您的神气又好像说我不应该似的。
周蘩漪	不，不，你这句话叫我想起来，——叫我觉得我自己……——哦，不，不，不。你说吧。这个女孩子是谁？
周　冲	她是世界上最——（看一看蘩漪）不，妈，您看您又要笑话我。反正她是我认为最满意的女孩子。她心地单纯，她懂得活着的快乐，她知道同情，她明白劳动有意义。最好的，她不是小姐堆里娇生惯养出来的人。
周蘩漪	可是你不是喜欢受过教育的人么？她念过书么？
周　冲	自然没念过书。这是她，也可说是她唯一的缺点，然而这并不怪她。
周蘩漪	哦。（眼睛暗下来，不得不问下一句，沉重地）冲儿，你说的不是——四凤？
周　冲	是，妈妈。——妈，我知道旁人会笑话我，您不会不同情我的。
周蘩漪	（惊愕，停，自语）怎么，我自己的孩子也……
周　冲	（焦灼）您不愿意么？您以为我做错了么？
周蘩漪	不，不，那倒不。我怕她这样的孩子不会给你幸福的。
周　冲	不，她是个聪明有感情的人，并且她懂得我。
周蘩漪	你不怕父亲不满意你么？
周　冲	这是我自己的事情。
周蘩漪	别人知道了说闲话呢？
周　冲	那我更不放在心上。
周蘩漪	这倒像我自己的孩子。不过我怕你走错了。第一，她始终是个没受过教育的下等人。你要是喜欢她，她当然以为这是她的幸运。
周　冲	妈，您以为她没有主张么？
周蘩漪	冲儿，你把什么人都看得太高了。
周　冲	妈，我认为您这句话对她用是不合适的。她是最纯洁，最有主张的好孩子，昨天我跟她求婚——
周蘩漪	（更惊愕）什么？求婚？（这两个字叫她想笑）你跟她求婚？
周　冲	（很正经地，不喜欢母亲这样的态度）不，妈，您不要笑！她拒绝我了。——可是我很高兴，这样我觉得她更高贵了。她说她不愿意嫁给我。
周蘩漪	哦，拒绝！（这两个字也觉得十分可笑）她还"拒绝"你。——哼，我明白她。
周　冲	你以为她不答应我，是故意地虚伪么？不，不，她说，她心里另外有一

个人。

周繁漪　她没有说谁？

周　冲　我没有问。总是她的邻居，常见的人吧。——不过真的爱情免不了波折，我爱她，她会渐渐地明白我，喜欢我的。

周繁漪　我的儿子要娶也不能娶她。

周　冲　妈妈，您为什么这样厌恶她！四凤是个好女孩子，她背地总是很佩服您，敬重您的。

周繁漪　你现在预备怎么样？

周　冲　我预备把这个意思告诉父亲。

周繁漪　你忘了你父亲是什么样一个人啦！

周　冲　我一定要告诉他的。我将来并不一定跟她结婚。如果她不愿意我，我仍然是尊重她，帮助她的。但是我希望她现在受教育，我希望父亲允许我把我的教育费分给她一半上学。

周繁漪　你真是个孩子。

周　冲　（不高兴地）我不是孩子。我不是孩子。

周繁漪　你父亲一句话就把你所有的梦打破了。

周　冲　我不相信。——（有点沮丧）得了，妈，我们不谈这个吧。哦，昨天我见着哥哥，他说他这次可要到矿上去做事了，他明天就走，他说他太忙，他叫我告诉您一声，他不上楼见您了。您不会怪他吧？

周繁漪　为什么？怪他？

周　冲　我总觉得您同哥哥的感情不如以前那样似的。妈，您想，他自幼就没有母亲，性情自然容易古怪。我想他的母亲一定也感情很盛的，哥哥就是一个很有感情的人。

周繁漪　你父亲回来了，你少说哥哥的母亲，免得你父亲又板起脸，叫一家子不高兴。

周　冲　妈，可是哥哥现在真有点怪，他喝酒喝得很多，脾气很暴，有时他还到外国教堂去，不知干什么？

周繁漪　他还怎么样？

周　冲　前三天他喝得太醉了。他拉着我的手，跟我说，他恨他自己，说了许多我不大明白的话。

周繁漪　哦！

周　冲　最后他忽然说，他从前爱过一个他决不应该爱的女人！

周繁漪　（自语）从前？

周　冲　说完就大哭，当时就逼着我，要我离开他的屋子。

周蘩漪　他还说什么话来么？

周　冲　没有，他很寂寞的样子，我替他很难过，他到现在为什么还不结婚呢？

周蘩漪　（喃喃地）谁知道呢？谁知道呢？

周　冲　（听见门外脚步的声音，回头看）咦，哥哥进来了。

〔中门大开，周萍进。他约莫有二十八九，颜色苍白，躯干比他的弟弟略微长些。他的面目清秀，甚至于可以说美，但不是一看就使女人醉心的那种男子。他有宽而黑的眉毛，有厚的耳垂，粗大的手掌，乍一看，有时会令人觉得他有些戆气的；不过，若是你再长久地同他坐一坐，会感到他的气味不是你所想的那么纯朴可喜，他是经过了雕琢的，虽然性格上那些粗涩的滓渣经过了教育的提炼，成为精细而优美了；但是一种可以炼钢熔铁，火炽的，不成形的原始人生活中所有的那种"蛮"力，也就是因为郁闷，长久离开了空气的原因，成为怀疑的，怯弱的，莫名其妙的了。和他谈两三句话，便知道这也是一个美丽的空形，如生在田野的麦苗移植在暖室里，虽然也开花结实，但是空虚脆弱，经不起现实的风霜。在他灰暗的眼神里，你看见了不定，犹疑，怯弱同冲突。当他的眼神暗下来，瞳仁微微地在闪烁的时候，你知道他在审阅自己的内心过误，而又怕人窥探出他是这样无能，只讨生活于自己的内心的小圈子里。但是你以为他是做不出惊人的事情，没有男子的胆量么？不，在他感情的潮涌起来的时候，——哦，你单看他眼角间一条时时刻刻地变动的刺激人的圆线，极冲动而敏锐的红而厚的嘴唇，你便知道在这种时候，他会贸然地做出自己终身诅咒的事，而他生活是不会有计划的。他的唇角松弛地垂下来。一点疲乏会使他眸子发釆，叫你觉得他不能克制自己，也不能有规律地终身做一件事。然而他明白自己的病，他在改，不，不如说在悔，永远地在悔恨自己过去由直觉铸成的错误；因为当着一个新的冲动来时，他的热情，他的欲望，整个如潮水似地冲上来，淹没了他。他一星星的理智，只是一段枯枝卷在漩涡里，他昏迷似地做出自己认为不应该做的事。这样很自然地一个大错跟着一个更大的错。所以他是有道德观念的，有情爱的，但同时又是渴望着生活，觉得自己是个有肉体的人。于是他痛苦了，他恨自己，他羡慕一切没有顾忌，敢做坏事的人，于是他会同情鲁贵。他又钦美一切能抱着一件事业向前做，能依循着一般人所谓的"道德"生活下去，为"模范市民"，"模范家长"的人，于是他佩服他的父亲。他的父亲在他的见闻里，除了一点倔强冷酷，——但是这个也是他喜欢的，因为这两种性格他都没有——是一个无瑕的男子。他觉得他在那一方面欺骗他的父亲是不对了，并不是因为他怎么爱他的父亲（固然他不能说不爱他），他觉得这样是卑鄙，像老鼠在狮子睡着的时候偷咬一口的行为，同时如一切好内省而又冲动的人，在他的直觉过去，理智冷回来的时候，他更刻毒地恨自己，更深地觉得这是反人性，一切的犯了罪的痛苦都牵到自己身上。他要把自己拯救起来，他需要新的力，无论是什么，只要能帮助他，把他由冲突的苦海中救出来，他愿意找。他见着四凤，当时就觉得她新鲜，她的"活"！他发现他最需要的那一点东西，是充满地流动着在四凤的身里。她有"青春"，有"美"，有充溢着的血，固然他也看到她是粗，但是他直觉到这才是他要的，渐渐地他厌恶一切忧郁过分的女人，忧郁已经蚀尽了他的心；他也恨一切经些教育陶冶的女人（因为她们会提醒他的缺点），同一切细致的情绪，他觉得"腻"！

〔然而这种感情的波纹是在他心里隐约地流荡着，潜伏着；他自己只是顺着自己之情感的流在走，他不能用理智再冷酷地剖析自己，他怕，他有时是怕看自己心内的残疾的。现在他不得不爱四凤了，他要死心塌地地爱她，他想这样忘了自己。当然他也明白，他这次的爱不只是为求自己心灵的药，他还有一个地方是渴。但是在这一层他并不感觉得从前的冲突，他想好好地待她，心里觉得这样也说得过去了。经过她那有处女香的温热的气息后，豁然地他觉出心地的清朗，他看见了自己心内的太阳，他想"能拯救他的女人大概是她吧！"于是就把生命交给这个女孩子，然而昔日的记忆如巨大的铁掌抓住了他的心，不时地，尤其是在繁漪面前，他感觉一丝一丝刺心的疼痛；于是他要离开这个地方——这个能引起人的无边噩梦似的老房子，走到任何地方。而在未打开这个狭的笼之先，四凤不能了解也不能安慰他的疲伤的时候，便不自主地纵于酒，于热烈的狂欢，于一切外面的刺激之中。于是他精神颓丧，永远成了不安定的神情。

〔现在他穿一件藏青的绸袍，西服裤，漆皮鞋，没有修脸。整个是不整齐，他打着呵欠。

周　冲　哥哥。

周　萍　你在这儿。

周繁漪　（觉得没有理她）萍！

周　萍　哦？（低了头，又抬起）您——您也在这儿。

周繁漪　我刚下楼来。

周　萍　（转头问周冲）父亲没有出去吧？

周　冲　没有，你预备见他么？

周　萍　我想在临走以前跟父亲谈一次。（一直走向书房）

周　冲　你不要去。

周　萍　他老人家干什么呢？

周　冲　他大概跟一个人谈公事。我刚才见着他，他说他一会儿会到这儿来，叫我们在这儿等他。

周　萍　那我先回到我屋子里写封信。（要走）

周　冲　不，哥哥，母亲说好久不见你。你不愿意一齐坐一坐，谈谈么？

周繁漪　你看，你让哥哥歇一歇，他愿意一个人坐着的。

周　萍　（有些烦）那也不见得，我总怕父亲回来，您很忙，所以——

周　冲　你不知道母亲病了么？

周繁漪　你哥哥怎么会把我的病放在心上？

周　冲　妈！

周　萍　您好一点了么？

周繁漪　谢谢你，我刚刚下楼。

周　萍　对了，我预备明天离开家里到矿上去。

周繁漪　哦，（停）好得很。——什么时候回来呢？

周　萍　不一定，也许两年，也许三年。哦，这屋子怎么闷气得很。

周　冲　窗户已经打开了。——我想，大概是大雨要来了。

周繁漪　（停一停）你在矿上做什么呢？

周　冲　妈，你忘了，哥哥是专门学矿科的。

周繁漪　这是理由么，萍？

周　萍　（拿起报纸看，遮掩自己）说不出来，像是家里住得太久了，烦得很。

周繁漪　（笑）我怕你是胆小吧？

周　萍　怎么讲？

周繁漪　这屋子曾经闹过鬼，你忘了。

周　萍　没有忘。但是这儿我住厌了。

周繁漪　（笑）假若我是你，这周围的人我都会厌恶，我也离开这个死地方的。

周　冲　妈，我不要您这样说话。

周　萍　（忧郁地）哼，我自己对自己都恨不够，我还配说厌恶别人？——（叹一口气）弟弟，我想回屋去了。（起立）

〔书房门开。

周　冲　别走，这大概是爸爸来了。

〔里面的声音：（书房门开一半，周朴园进，向内露着半个身子说话）我的意思是这么办，没有问题了，很好，再见吧，不送。

〔门大开，周朴园进，他约莫有五六十岁，鬓发已经斑白，带着椭圆形的金边眼镜，一对沉鸷的眼在底下闪烁着。像一切起家立业的人物，他的威严在儿孙面前格外显得峻厉。他穿的衣服，还是二十年前的新装，一件团花的官纱大褂，底下是白纺绸的衬衫，长衫的领扣松散着，露着颈上的肉。他的衣服很舒展地贴在身上，整洁，没有一些尘垢。他有些胖，背微微地伛偻，面色苍白，腮肉松弛地垂下来，眼眶略微下陷，眸子闪闪地放着光彩，时常也倦怠地闭着眼皮。他的脸带着多年的世故和劳碌，一种冷峭的目光和偶然在嘴角逼出的冷笑，看出他平日的专横，自是和倔强。年轻时一切的冒失，狂妄已经为脸上的皱纹深深遮盖着，再也寻不着一点痕迹，只有他的半白的头发还保持昔日的丰采，很润泽地分梳到后面。在阳光底下，他的脸呈着银白色，一般人说这就是贵人的特征。所以他才有这样大的矿产。他的下颔的胡须已经灰白，常用一只象牙的小梳梳理。他的大指套着一个扳指。

〔他现在精神很饱满，沉重地走出来。

周　萍
周　冲　（同时）爸。

周　冲　客走了？

周朴园　（点头，转向蘩漪）你怎么今天下楼来了。完全好了么？

周蘩漪　病原来不很重——回来身体好么？

周朴园　还好。——你应当再到楼上去休息。冲儿，你看你母亲的气色比以前怎么样？

周　冲　母亲原来就没有什么病。

周朴园　（不喜欢儿子们这样答复老人的话，沉重地，眼翻上来）谁告诉你的？我不在的时候，你常来问你母亲的病么？（坐在沙发上）

周蘩漪　（怕他又来教训）朴园，你的样子像有点瘦了似的。——矿上的罢工究竟怎么样？

周朴园　昨天早上已经复工，不成问题。

周　冲　爸爸，怎么鲁大海还在这儿等着要见您呢？

周朴园　谁是鲁大海？

周　冲　鲁贵的儿子。前年荐进去，这次当代表的。

周朴园　这个人！我想这个人有背景，厂方已经把他开除了。

周　冲　开除！爸爸，这个人脑筋很清楚，我方才跟这个人谈了一回。代表罢工的工人并不见得就该开除。

周朴园　哼，现在一般青年人，跟工人谈谈，说两三句不关痛痒、同情的话，像是一件很时髦的事情！

周　冲　我以为这些人替自己的一群努力，我们应当同情的。并且我们这样享福，同他们争饭吃，是不对的。这不是时髦不时髦的事。

周朴园　（眼翻上来）你知道社会是什么？你读过几本关于社会经济的书？我记得我在德国念书的时候，对于这方面，我自命比你这种半瓶醋的社会思想要彻底的多！

周　冲　（被压制下去，然而）爸，我听说矿上对于这次受伤的工人不给一点抚恤金。

周朴园　（头扬起来）我认为你这次说话说得太多。（向蘩漪）这两年他学得很像你了。（看钟）十分钟后我还有一个客来，嗯，你们关于自己有什么话说么？

周　萍　爸，刚才我就想见您。

周朴园　哦，什么事？

周　萍　我想明天就到矿上去。

周朴园　这边公司的事，你交代完了么？

周　萍　差不多完了。我想请父亲给我点实在的事情做，我不想看看就完事。

周朴园　（停一下，看周萍）苦的事你成么？要做就做到底。我不愿意我的儿子叫旁人说闲话的。

周　萍　这两年在这儿做事太舒服，心里很想在内地乡下走走。

周朴园　让我想想。——（停）你可以明天起身，做哪一类事情，到了矿上我再打电报给你。

〔四凤由饭厅门入，端了碗普洱茶。

周　冲　（犹豫地）爸爸。

周朴园　（知道他又有新花样）嗯，你？

周　冲　我现在想跟爸爸商量一件很重要的事。

周朴园　什么？

周　冲　（低下头）我想把我的学费的一部份分出来。

周朴园　哦。

周　冲　（鼓起勇气）把我的学费拿出一部分送给——

〔四凤端茶，放朴园前。

周朴园　四凤，——（向周冲）你先等一等——（向四凤）叫你给太太煎的药呢？

鲁四凤　煎好了。

周朴园　为什么不拿来？

鲁四凤　（看蘩漪，不说话）

周繁漪　（觉出四周的征兆有些恶相）她刚才给我倒来了，我没有喝。

周朴园　为什么？（停，向四凤）药呢？

周繁漪　（快说）倒了。我叫四凤倒了。

周朴园　（慢）倒了？哦？（更慢）倒了！——（向四凤）药还有么？

鲁四凤　药罐里还有一点。

周朴园　（低而缓地）倒了来。

周繁漪　（反抗地）我不愿意喝这种苦东西。

周朴园　（向四凤，高声）倒了来。

　　　　〔四凤走到左面倒药。

周　冲　爸，妈不愿意，您何必这样强迫呢？

周朴园　你同你母亲都不知道自己的病在哪儿。（向繁漪低声）你喝了，就会完全好的。（见四凤犹豫，指药）送到太太那里去。

周繁漪　（顺忍地）好，先放在这儿。

周朴园　（不高兴地）不。你最好现在喝了它吧。

周繁漪　（忽然）四凤，你把它拿走。

周朴园　（忽然严厉地）喝了它，不要任性，当着这么大的孩子。

周繁漪　（声颤）我不想喝。

周朴园　冲儿，你把药端到母亲面前去。

周　冲　（反抗地）爸！

周朴园　（怒视）去！

　　　　〔周冲只好把药端到繁漪面前。

周朴园　说，请母亲喝。

周　冲　（拿着药碗，手发颤，回头，高声）爸，您不要这样。

周朴园　（高声地）我要你说。

周　萍　（低头，至周冲前，低声）听父亲的话吧，父亲的脾气你是知道的。

周　冲　（无法，含着泪，向着母亲）您喝吧，为我喝一点吧，要不然，父亲的气是不会消的。

周繁漪　（恳求地）哦，留着我晚上喝不成么？

周朴园　（冷峻地）繁漪，当了母亲的人，处处应当替孩子着想，就是自己不保重身体，也应当替孩子做个服从的榜样。

周繁漪　（四面看一看，望望朴园，又望望周萍。拿起药，落下眼泪，忽而又放下）哦！不！我喝不下！

周朴园　萍儿，劝你母亲喝下去。

周　萍　爸！我——

周朴园　去,走到母亲面前! 跪下,劝你的母亲。

〔周萍走至蘩漪前。

周　萍　(求恕地)哦,爸爸!

周朴园　(高声)跪下! (周萍望着蘩漪和周冲;蘩漪泪痕满面,周冲全身发抖)叫你跪下! (周萍正想下跪)

周蘩漪　(望着周萍,不等周萍跪下,急促地)我喝,我现在喝! (拿碗,喝了两口,气得眼泪又涌出来,她望一望朴园的峻厉的眼和苦恼着的周萍,咽下愤恨,一气喝下)哦……(哭着,由右边饭厅跑下)

〔半晌。

周朴园　(看表)还有三分钟。(向周冲)你刚才说的事呢?

周　冲　(抬头,慢慢地)什么?

周朴园　你说把你的学费分出一部分? ——嗯,是怎么样?

周　冲　(低声)我现在没有什么事情啦。

周朴园　真没有什么新鲜的问题啦么?

周　冲　(哭声)没有什么,没有什么,——妈的话是对的。(跑向饭厅)

周朴园　冲儿,上哪儿去?

周　冲　到楼上去看看妈。

周朴园　就这么跑了么?

周　冲　(抑制着自己,走回去)是,爸,我要走了,您有事吩咐么?

周朴园　去吧。

〔周冲向饭厅走了两步。

周朴园　回来。

周　冲　爸爸。

周朴园　你告诉你的母亲,说我已经请德国的克大夫来,给她看病。

周　冲　妈不是已经吃了您的药了么?

周朴园　我看你的母亲,精神有点失常,病像是不轻。(回头向周萍)我看,你也是一样。

周　萍　爸,我想下去,歇一回。

周朴园　不,你不要走。我有话跟你说。(向周冲)你告诉她,说克大夫是个有名的脑病专家,我在德国认识的。来了,叫她一定看一看,听见了没有?

周　冲　听见了。(走上两步)爸,没有事啦?

周朴园　上去吧。

〔周冲由饭厅下。

周朴园　(回头向四凤)四凤,我记得我告诉过你,这个房子你们没有事就得走的。

鲁四凤　是，老爷。（也由饭厅下）

〔鲁贵由书房上。

鲁　贵　（见着老爷，便不自主地好像说不出话来）老，老，老爷。客，客来了。

周朴园　哦，先请到大客厅里去。

鲁　贵　是，老爷。（鲁贵下）。

周朴园　怎么这窗户谁开开了。

周　萍　弟弟跟我开的。

周朴园　关上，（擦眼镜）这屋子不要底下人随便进来，回头我预备一个人在这里休息的。

周　萍　是。

周朴园　（擦着眼镜，看周围的家具）这间屋子的家具多半是你生母顶喜欢的东西。我从南边移到北边，搬了多少次家，总是不肯丢下的。（戴上眼镜，咳嗽一声）这屋子摆的样子，我愿意总是三十年前的老样子，这叫我的眼看着舒服一点。（踱到桌前，看桌上的相片）你的生母永远喜欢夏天把窗户关上的。

周　萍　（强笑着）不过，爸爸，纪念母亲也不必——

周朴园　（突然抬起头来）我听人说你现在做了一件很对不起自己的事情。

周　萍　（惊）什——什么？

周朴园　（低声走到周萍的面前）你知道你现在做的事是对不起你的父亲么？并且——（停）——对不起你的母亲么？

周　萍　（失措）爸爸。

周朴园　（仁慈地，拿着周萍的手）你是我的长子，我不愿意当着人谈这件事。（停，喘一口气严厉地）我听说我在外边的时候，你这两年来在家里很不规矩。

周　萍　（更惊恐）爸，没有的事，没有，没有。

周朴园　一个人敢做一件事就要当一件事。

周　萍　（失色）爸！

周朴园　公司的人说你总是在跳舞场里鬼混，尤其是这两三个月，喝酒，赌钱，整夜地不回家。

周　萍　哦，（喘出一口气）您说的是——

周朴园　这些事是真的么？（半晌）说实话！

周　萍　真的，爸爸。（红了脸）

周朴园　将近三十的人应当懂得"自爱"！——你还记得你的名为什么叫萍吗？

周　萍　记得。

周朴园　你自己说一遍。

周　萍　那是因为母亲叫侍萍，母亲临死，自己替我起的名字。

周朴园　那我请你为你的生母，你把现在的行为完全改过来。

周　萍　是，爸爸，那是我一时的荒唐。

〔鲁贵由书房上。

鲁　贵　老，老，老爷。客，——等，等，等了好半天啦。

周朴园　知道。

〔鲁贵退。

周朴园　我的家庭是我认为最圆满，最有秩序的家庭，我的儿子我也认为都还是健全的子弟，我教育出来的孩子，我绝对不愿叫任何人说他们一点闲话的。

（节选自《曹禺全集》第一卷，花山文艺出版社 1996 年版）

《原野》序幕

曹　禺

秋天的傍晚。

大地是沉郁的，生命藏在里面。泥土散着香，禾根在土里暗暗滋长。巨树在黄昏里伸出乱发似的枝桠，秋蝉在上面有声无力地振动着翅翼。巨树有庞大的躯干，爬满年老而龟裂的木纹，矗立在莽莽苍苍的原野中，它象征着严肃、险恶、反抗与幽郁，仿佛是那被禁锢的普饶密休士（普罗米修斯），羁绊在石岩上。它背后有一片野塘，淤积油绿的雨水，偶尔塘畔籁落籁落地跳来几只青蛙，相率扑通跳进水去，冒了几个气泡；一会儿，寂静的暮色里不知从什么地方传来一阵断续的蛙声，也很寂寞的样子。巨树前，横着垫高了的路基，铺着由辽远不知名的地方引来的两根铁轨。铁轨铸得像乌金，黑黑的两条，在暮霭里闪着亮，一声不响，直伸到天际。它们带来人们的痛苦、快乐和希望。有时巨龙似的列车，喧赫地叫嚣了一阵，喷着火星乱窜的黑烟，风掣电驰地飞驶过来。但立刻又被送走了，还带走了人们的笑和眼泪。陪伴着这对铁轨的有道旁的电线杆，一根接连一根，当野风吹来时，白磁箍上的黑线不断激出微弱的呜呜的声浪。铁轨基道斜成坡，前面有墓碑似的哩石，有守路人的破旧的"看守阁"，有一些野草，并且堆着些生锈的铁轨和枕木。

在天上，怪相的黑云密匝匝遮满了天，化成各色狰狞可怖的形状，层层低压着地面。远处天际外逐渐裂成一张血湖似的破口，张着嘴，泼出幽暗的赭红，像噩梦，在乱峰怪石的黑云层堆点染成万千诡异艳怪的色彩。

地面依然昏暗暗，渐渐升起一层灰雾，是秋暮的原野，远远望见一所孤独的老屋，里面点上了红红的灯火。

大地是沉郁的。

〔开幕时，仇虎一手叉腰，背倚巨树望着天际的颜色，喘着气，一哼也不哼。青蛙忽而在塘边叫起来。他拾起一块石头向野塘掷去，很清脆地落在水里，立时蛙也吓得不响。他安了心，蹲下去坐，然而树上的"知了"又聒噪地闹起，他仰起头，厌恶地望了望，立起身，正要又取一个石块朝上——遥远一声汽笛,他回转头,听见远处火车疾驰过去,愈行愈远,夹连几声隐微的汽笛。他扔下石块,嘘出一口气,把宽大无比的皮带紧了紧,一只脚在那满沾污泥的黑腿上擦弄,脚踝上的铁镣恫吓地响起来。他陡然又记起脚上的累赘。举起身旁一块大石在铁镣上用力擂击。巨石的重量不断地落在手上,捣了腿骨,血殷殷的,他蹙着黑眉,牙根咬紧,一次一次捶击,喘着,低低地咒着。前额上渗出汗珠,流血的手擦过去。他狂喊一声,把巨石掷进塘里,喉咙哽噎像塞住铅块,失望的黑脸仰朝天,两只粗大的手掌死命乱绞,想挣断足踝上的桎梏。

〔远处仿佛有羊群奔踏过来,一个人"哦!哦!"地吆喝,赶它们回栏,羊们乱窜,哀伤地咩咩着,冲破四周的寂静。他怔住了,头朝转那声音的来向,惊愕地谛听。他蓦然跳起来,整个转过身来,面向观众,屏住气息瞩望。——这是一种奇异的感觉,人会惊怪造物者怎么会想出这样一个丑陋的人形:头发像乱麻,硕大无比的怪脸,眉毛垂下来,眼烧着仇恨的火。右腿打成瘸跛,背凸起仿佛藏着一个小包袱。筋肉暴突,腿是两根铁柱。身上一件密结纽袢的蓝布褂,被有刺的铁丝戳些个窟窿,破烂处露出毛茸茸的前胸。下面围着"腰里硬",——一种既宽且大的黑皮带,——前面有一块瓦大的铜带扣,贼亮贼亮的。他眼里闪出凶狠,狡恶,机诈与嫉恨,是个刚从地狱里逃出来的人。

〔他提起脚跟眺望,人显明地向身边来。"哦!哦!"吆喝着,"咩!咩!"羊们拥挤着,人真走近了,他由轨道跳到野塘坡下藏起。

〔不知为什么传来一种不可解的声音,念得很兴高采烈的!"漆叉卡叉,漆叉卡叉,漆叉卡叉,漆叉卡叉,吐兔图吐,吐兔图吐,吐兔图吐,吐兔图吐……"一句比一句有气力,随着似乎顿足似乎又在疾跑的音响。

〔于是白傻子涨得脸通红,挎着一筐树枝,右手背着斧头,由轨道上跳跳蹦蹦地跑来。他约莫有二十岁,胖胖的圆脸,哈巴狗的扁鼻子,一对老鼠眼睛,眨个不停。头发长得很低,几乎和他那一字眉连接一片。笑起来眼眯成一道缝。一张大嘴整天呵呵地咧着;如若见着好吃好看的东西,下颚便不自主地垂下来,时尔还流出涎水。他是个白痴,无父无母,寄在一个远亲的篱下,为人看羊,斫柴,做些零碎的事情。

白傻子　(兴奋地跑进来,自己就像一列疾行的火车)漆叉卡叉,漆叉卡叉,……(忽而机车喷黑烟)吐兔图吐,吐兔图吐,吐兔图吐,……(忽而他翻转过来倒退,两只臂膊像一双翅膀,随着嘴里的"吐兔",一扇一扇地——哦,火车在打倒轮,他拼命地向后退,口里更热闹地发出各色声响,这次"火车头"开足了马力。然而，不小心，一根枕木拦住了脚，扑通一声，"火车头"忽然摔倒在轨道上，好痛！他咧着嘴似哭非哭地，树枝撒了一道，斧头溜到基道下，他手搁在眼上，大嘴里哇哇地嚎一两声，但是，摸摸屁股，四面望了一下，没人问，也没人疼，并没人看见。他回头望望自己背后，把痛处揉两次，立起来，仿佛是哄小孩子，吹一口仙气，轻轻把自己屁股打一下，"好了，不痛了，去吧！"他唏唏地似乎得到安慰。于是又——）漆叉卡叉，漆叉卡叉……（不，索性放下筐子，两只胳膊是飞轮，眉飞色舞，下了基道的土坡，在通行大车的土道上奔过来，绕过去，自由得如一条龙）漆叉卡叉，吐兔图吐，吐兔图吐，吐兔图吐……（更兴奋了，他噘圆了嘴，学着机车的汽笛）呜——呜——呜。漆叉卡叉，吐兔图吐。呜——呜——呜——（冷不防，他翻了一个跟头）呜——呜——呜——（看！又翻了一个）呜——呜——呜——，漆叉卡叉，吐兔图吐，——呜——呜——（只吹了一半，远遥遥传来一声低声而隐微的机车笛，他忽而怔住，出了神。他跑上基道，横趴在枕木上，一只耳紧贴着铁轨，闭上眼，仿佛谛听着仙乐，脸上堆满了天真的喜悦）呵呵呵！（不自主地傻笑起来）

〔从基道后面立起来仇虎，他始而惊怪，继而不以为意地走到白傻子的身旁。

仇　虎　　喂！（轻轻踢着白傻子的头）喂！你干什么？

白傻子　　（谛听从铁轨传来远方列车疾行的声音，阖目揣摩，很幸福的样子，手拍着轮转的速律，低微地）漆叉卡叉，漆叉卡叉……（望也没有望，只不满意地伸出臂膊晃一晃）你……你不用管。

仇　虎　　（踹踹他的屁股）喂，你听什么？

白傻子　　（不耐烦）别闹！（用手摆了摆）别闹！你听，火车头！（指轨道）在里面！火车！漆叉卡叉，漆叉卡叉，漆叉卡叉……（不由更满足起来，耳朵抬起来，仰着头，似乎在回味）吐兔图吐，吐兔图吐！（快乐地忘了一切，向远处望去，一个人喃喃地）嗯——火车越走越远！越走越远！吐兔图吐，吐兔图吐……（又把耳朵贴近铁轨）

仇　虎　　起来！（白傻子不听，又用脚踢他）起来！（白傻子仍不听，厉声）滚起来！（一脚把白傻子踹下土坡，自己几乎被铁镣绊个跟头）

白傻子　　（在坡下，恍恍惚惚拾起斧头，一手抚摸踢痛了的屁股，不知所云地呆望着仇虎）你……你……你踢了我。

仇　虎　　（狞笑，点点头）嗯，我踢你！（一只脚又抬到小腿上擦痒，铁镣沉重地响着）你要怎么样？

白傻子	（看不清楚那蹲人的怪物，退了一步）我……我不怎么样。
仇　虎	（狠恶地）你看得见我么？
白傻子	（疑惧地）看……看不清。
仇　虎	（走出巨树的暗荫，面向天际）你看！（指自己）你看清了么？
白傻子	（惊骇地注视着仇虎，死命地"啊"了一声）妈！（拖着斧头就跑）
仇　虎	（霹雷一般）站注！

〔白傻子瘫在那里，口里流着涎水，眼更眨个不住。

仇　虎	（恶狠地）妈的，你跑什么？
白傻子	（解释地）我……我没有跑！
仇　虎	（指自己，愤恨地）你看我像个什么？
白傻子	（盯着他，怯弱地）像……嗯……像——（抓抓头发）反正——（想想，摇摇头）反正不像人。
仇　虎	（牙缝里喷出来）不像人？（迅雷似地）不像人？
白傻子	（吓住）不，你像，你像，像，像。
仇　虎	（狞笑起来，忽然很柔和地）我难看不难看？你看我丑不丑？
白傻子	（不知从哪里来了这么一点聪明，睁大眼睛）你……你不难看，不丑。（然而——）
仇　虎	（暴躁地）谁说我不丑！谁说我不丑！
白傻子	（莫明其妙）嗯，你丑！你——丑得像鬼。
仇　虎	那么，（向白傻子走去，脚下铛锒作响）鬼在喊你，丑鬼在喊你。
白傻子	（颤抖地）你别来！我……我自己过去。
仇　虎	来吧！
白傻子	（疑惧地，拖着不愿动的脚步）你……你从哪儿来的。
仇　虎	（指远方）天边！
白傻子	（指着轨道）天边？从天边？你也坐火车？（慢慢地）漆叉卡叉，吐兔图吐？（向后退，一面回头，模仿火车打倒轮）
仇　虎	（明白狞笑）嗯，"漆叉卡叉，漆叉卡叉"！（也以手做势，开起火车，向白傻子走近）吐兔图吐，吐兔图吐。（进得快，退得慢，火车碰上火车，仇虎蓦地抓着白傻子的手腕，一把拉过来）你过来吧！
白傻子	（痛楚地喊了一声，用力想挣出自己，乱嚷）哦！妈，我不跟你走，我不跟你！
仇　虎	（斜眼盯着他）好，你会"漆叉卡叉"，你看，我跟你来个（照着白傻子胸口一拳，白傻子啊地叫了一声，仇虎慢悠悠地）吐——兔——图——吐！（凶恶地）把斧头拿给我！

白傻子 （怯弱地）这……这不是我的。（却不自主把斧头递过去）

仇　虎 （抢过斧头）拿过来！

白傻子 （解释地）我……我……（翻着白眼）我没有说不给你。

仇　虎 （一手拿着斧头，指着脚镣）看见了么？

白傻子 （伸首，大点头）嗯，看见。

仇　虎 你知道这是什么？

白傻子 （看了看，抹去唇上的鼻涕，摇着头）不，不知道。

仇　虎 （指着铁镣）这是镯子——金镯子！

白傻子 （随着念）镯子——金镯子！

仇　虎 对了！（指着脚）你给我把这副金镯敲下来。（又把斧头交还他）敲下来，我要把它赏给你戴！

白傻子 给我戴？这个？（摇头）我不，我不要！

仇　虎 （又把斧头抢到手，举起来）你要不要？

白傻子 （眨眨眼）我……我……我要……我要！

　　　　〔仇虎蹲在轨道上，白傻子倚立土坡，仇虎正想坐下，伸出他的腿。

仇　虎 （猜疑地）等等！你要告诉旁人这副金镯子是我的，我就拿这斧头劈死你。

白傻子 （不明白，但是——）嗯，嗯，好的，好的。（又收下他的斧头）

仇　虎 （坐在轨道上，双手撑在背后的枕木上，支好半身的体重，伸开了腿，望着白傻子）你敲吧！

白傻子 （向铁镣上重重打了一下，只一下，他停住了，想一想）可……可是这斧头也……也不是你的。

仇　虎 （不耐烦）知道，知道！

白傻子 （有了理）那你不能拿这斧子劈死我。（跟着站起来）

仇　虎 （跳起，抢过他的斧头，抡起来）妈，这傻王八蛋，你给我弄不弄？

　　　　〔野地里羊群又在哀哀地呼唤。

白傻子 （惧怯地）我……我没有说不给你弄。（又接过斧头，仇虎坐下来，白傻子蹲在旁边，开始一下两下向下敲）

　　　　〔野塘里的青蛙清脆地叫了几声。

白傻子 （忽然很怪异地看着仇虎）你怎么知道我……我的外号。

仇　虎 怎么？

白傻子 这儿的人要我干活的时候，才叫我白傻子。做完了活，总叫我傻王八蛋。（很亲切地又似乎很得意地笑起来）唏！唏！唏！（在背上抓抓痒又敲下去）

仇　虎　（想不到，真认不出是他）什么，你——你叫白傻子。

白傻子　嗯，（结结巴巴）他们都不爱理我，都叫我傻王八蛋，可有时也……也叫我狗……狗蛋。你看，这两个名字哪一个好？（得不着回答，一个人叨叨地）嗯，两个都叫，倒……倒也不错，可我想还是狗……狗蛋好，我妈活着就老叫我狗蛋。她说，你看，这孩子长得狗……狗头狗脑的，就叫他狗……狗蛋吧，长……长得大。你看，我……我小名原来叫……叫……（很得意地拍了自己的屁股一下）叫狗蛋！唏！唏！唏！（笑起来，又抹一下子鼻涕）

仇　虎　（一直看着他）狗蛋，你叫狗蛋！

白傻子　嗯，狗蛋，你……你没猜着吧！（得意地又在背上抓抓）

仇　虎　（忽然）你还认识我不认识我？

白傻子　（望了一会，摇头）不，不认识。（放下斧头）你……你认识我？

仇　虎　（等了一刻，冷冷地）不，不认识。（忽然急躁地）快，快点敲，少说废话，使劲！

白傻子　天快黑了！我看不大清你的镯子。

仇　虎　妈的，这傻王八蛋，你把斧头给我，你给我滚。

白傻子　（站起）给你？（高举起斧头）不，不成。这斧头不是我的。这斧头是焦……焦大妈的。

仇　虎　你说什么？（也站起）

白傻子　（张口结舌）焦……焦大妈！她说，送……送晚了点，都要宰……宰了我。（摸摸自己的颈脖，想起了焦大妈，有了胆子，指着仇虎的脸）你……你要是把她的斧头抢……抢走，她也宰……宰了你！（索性吓他一下，仿佛快刀从头颈上斩过，他用手在自己的颈上一摸）喳——喳——喳！就这样，你怕不怕？

仇　虎　哦，是那个瞎老婆子？

白傻子　（更着重地）就……就是那个瞎老婆子，又狠又毒，厉害着得呢！

仇　虎　她还没有死？

白傻子　（奇怪）没有，你见过她？

仇　虎　（沉吟）见过。（忽然抓着白傻子的胳膊）那焦老头子呢？

白傻子　（瞪瞪眼）焦老头子？

仇　虎　就是她丈夫，那叫阎王，阎王的。

白傻子　（恍然）哦，你说阎王啊，焦阎王啊。（不在意地）阎王早进……进了棺材了。

仇　虎　（惊愕得说不出话来）什——么？（立起）

白傻子　他死了，埋了，入了土了。

仇　虎　（狠恶地）什么？阎王进了棺材？

白傻子　（不在心）前两年死的。

仇　虎　（阴郁地）死了！阎王也有一天进了棺材了。

白傻子　嗯，（不知从哪里听来的）光屁股来的光屁股走，早晚都得入土。

仇　虎　（失望地）那么，我是白来了，白来了。

白傻子　（奇怪地）你……你找阎王干……干什么？

仇　虎　（忽然回转头，愤怒地）可他——他怎么会死？他怎么会没有等我回来才死！他为什么不等我回来！（顿足，铁镣相撞，疯狂地乱响）不等我！（咬紧牙）不等我！抢了我们的地！害了我们的家！烧了我们的房子，你诬告我们是土匪，你送了我进衙门，你叫人打瘸了我的腿。为了你我在狱里整整熬了八年。你藏在这个地方，成年地想法害我们，等到我来了，你伸伸脖子死了，你会死了！

白傻子　（莫明其妙，只好——）嗯，死了！

仇　虎　（举着拳头，压下声音）偷偷地你就死了。（激昂起来）可我怎么能叫你死，叫你这么自在地死了。我告诉你，阎王，我回来了，我又回来了，阎王！杀了我们，你们就得偿命；伤了我们，我们一定还手。挖了我的眼睛，我也挖你的。你打瘸了我的腿，害苦了我们这一大堆人，你想，你在这儿挖个洞偷偷死了，哼，你想我们会让你在棺材里安得了身！哦，阎王，你想得太便宜了！

白傻子　（诧异）你一个念叨些什么？你还要斧子敲你这镯子不要？

仇　虎　（想起当前的境遇）哦，哦，要……要！（暴烈地）你可敲啊！

白傻子　（连忙）嗯，嗯！（啐口唾沫，举起斧子敲）

仇　虎　那么，他的儿子呢？

白傻子　谁？

仇　虎　我说阎王的儿子，焦大星呢？

白傻子　（不大清楚）焦……焦大星？

仇　虎　就是焦大。

白傻子　（恍然）他呀！他刚娶个新媳妇，在家里抱孩子呢。

仇　虎　又娶了个媳妇。

白傻子　（龇着白牙）新媳妇长得美着呢，叫……叫金子。

仇　虎　（惊愕）金子！金子！

白傻子　嗯，你……你认识焦大？

仇　虎　嗯，（狞笑）老朋友了，（回想）我们从小，这么大（用手比一下）就认识。

白傻子　那我替你叫他来,(指远远那一所孤独的房屋)他就住在那房子里。(向那房屋跑)

仇　虎　(厉声)回来!

白傻子　干——干什么?

仇　虎　(伸出手)把斧头给我!

白傻子　斧头?

仇　虎　我要自己敲开我这副金镯子送给焦老婆子戴。

白傻子　(又倔强起来)可这斧头是焦——焦——焦大妈的。

仇　虎　(不等他说完,走上前去,抢斧头)给我。

白傻子　(伸缩头,向后退)我!我不。(仇虎逼过去)

仇　虎　(抢了斧头,按下白傻子的头颈,似乎要研下去)你——你这傻王八蛋。

〔轨道右外听见一个女人说话,有个男人在旁边劝慰着。

白傻子　(挣得脸通红)有——有人!

仇　虎　(放下手倾听一刻,果然是)狗蛋,便宜你!

白傻子　(遇了大赦)我走了?

仇　虎　(又一把抓住他)走,你跟着我来!

〔仇虎拉着白傻子走向野塘左面去,白傻子狼狈地跟随着,一会儿隐隐听见斧头敲铁镣的声音。

〔由轨道左面走上两个人。女人气冲冲地,一句话不肯说,眉头藏着泼野,耳上的镀金环子铿铿地乱颤。女人长得很妖冶,乌黑的头发,厚嘴唇,长长的眉毛,一对明亮亮的黑眼睛里面蓄满魅惑和强悍。脸生得丰满,黑里透出健康的褐红;身材不十分高,却也娉娉婷婷,走起路来,顾盼自得,自来一种风流。她穿着大红的裤袄,头上梳成肥圆圆的盘髻。腕上的镀金镯子骄傲地随着她走路的颤摇摆动。她的声音很低,甚至于有些哑,然而十分入耳,诱惑。

〔男人(焦大星)约莫有三十岁上下,短打扮,满脸髭须,浓浓的黑眉,凹进去的眼,神情坦白,笑起来很直爽明朗。脸色黧黑,眉目间有些忧郁,额上时而颤跳着蛇似的青筋。左耳悬一只铜环,是他父亲——阎王——在神前为他求的。他的身体魁伟,亮晶的眼有的是宣泄不出的热情。他畏惧他的母亲,却十分爱恋自己的艳丽的妻,妻与母为他尖锐的争斗使他由苦恼而趋于怯弱。他现在毫不吃力地背着一个大包袱,稳稳地迈着大步。他穿一件深灰的裤褂,悬着银表链,戴一顶青毡帽,手里握着一根小树削成的木棍,随着焦花氏走来。

焦大星　金子!

焦花氏　(不理,仍然向前走)

焦大星　(拉着她)金子,你站着。

焦花氏　(甩开他)你干什么?

焦大星　(恳求地)你为什么不说话。

焦花氏　(瞋目地)说话? 我还配说话?

焦大星　(体贴地)金子,你又怎么啦? 谁得罪了你?

焦花氏　(立在轨道上)得罪了我? 谁敢得罪了我! 好,焦大的老婆,有谁敢
　　　　得罪?

焦大星　(放下包袱)好,你先别这么说话,咱们俩说明白,我再走。

焦花氏　(斜眼望着他)走? 你还用着走? 我看你还是好好地回家找你妈去吧?

焦大星　(明白了一半)妈又对你怎么啦?

焦花氏　妈对我不怎么!(奚落地)哟,焦大多孝顺哪! 你看,出了门那个舍不得
　　　　妈丢不下妈的样子,告诉妈,吃这个,穿那个,说完了说,嘱咐,又嘱咐,
　　　　就像你一出门,虎来了要把她叼了去一样。哼,你为什么不倒活几年长
　　　　小了,长成(两手一比)这么点,到你妈怀里吃咂儿去呢!

焦大星　(不好意思,反而解释地)妈——妈是个瞎子啊!

焦花氏　(头一歪,狠狠地)我知道她是个瞎子!(又嘲笑地)哟,焦大真是个孝
　　　　子,妈妈长,妈妈短,给妈带这个,给妈带那个;我跟你到县里请一个孝
　　　　子牌坊,好不好?(故意叹口气)唉,为什么我进门不就添个孩子呢?

焦大星　(吃一惊)你说什么? 进门添孩子?

焦花氏　(瞟他一眼)你别吓一跳,我不是说旁的。我说进门就给你添一个大小
　　　　子,生个小焦大,好叫他像你这样地也孝顺孝顺我。哼,我要有儿子,我
　　　　就要生你这样的,(故意看着焦大)是不错!

焦大星　(想骂她,但又没有话)金子,你说话总是不小心,就这句话叫妈听见了
　　　　又是麻烦。

焦花氏　(强悍地)哼,你怕麻烦! 我不怕! 说话不小心,这还是好的,有一天,我
　　　　还要做给她瞅瞅。

焦大星　(关心地)你——你说你做什么?

焦花氏　(任性泼野)我做什么? 我是狐狸精! 她说我早晚就要养汉偷人,你看,
　　　　我就做给她瞧瞧,哼,狐狸精?

焦大星　(不高兴)怎么,你偷人难道也是做给我瞧瞧。

焦花氏　你要是这么待我,我就偷——

焦大星　(立起,一把抓着焦花氏的手腕,狠狠地)你偷谁? 你要偷谁?

焦花氏　(忽然笑眯眯地)别着急,我偷你,(指着她丈夫的胸)我偷你,我的小白

脸,好不好?

焦大星　　（忍不住笑）金子,唉,一个妈,一个你,跟你们俩我真是没有法子。

焦花氏　　（翻了脸）又是妈,又是你妈。你怎么张嘴闭嘴总离不开妈,你妈是你的影子,怎么你到哪儿,你妈也到哪儿呢?

焦大星　　（坐在包袱上,叹一口长气）怪,为什么女人跟女人总玩不到一块去呢?
　　　　　　〔塘里青蛙又叫了几声,来了一阵风,远远传来野鸟的鸣声。

焦花氏　　（忽然拉起男人的手）我问你,大星,你疼我不疼我?

焦大星　　（仰着头）什么?

焦花氏　　（坐在他身旁）你疼我不疼我?

焦大星　　（羞涩地）我——我自然疼你。

焦花氏　　（贴近一些）那么,我问你一句话,我说完了你就得告诉我。别含糊!

焦大星　　可是你问——问什么话?

焦花氏　　你先别管,你到底疼我不? 你说不说?

焦大星　　（摇摇头）好,好,我说。

焦花氏　　（指着男人的脸）一是一,二是二,我问出口,你就地就得说,别犹疑!

焦大星　　（急于知道）好,你快说吧。

焦花氏　　要是我掉在河里,——

焦大星　　嗯。

焦花氏　　你妈也掉在河里,——

焦大星　　（渐明白）哦。

焦花氏　　你在河边上,你先救哪一个?

焦大星　　（窘迫）我——我先救哪一个?

焦花氏　　（眼直盯着他）嗯,你先救哪一个,是你妈,还是我?

焦大星　　我……我——（抬头望望她）

焦花氏　　（迫待着）嗯? 快说,是你妈? 还是我?

焦大星　　（急了）可——可哪会有这样的事?

焦花氏　　我知道是没有。（固执地）可要是有呢,要是有,你怎么办?

焦大星　　（苦笑）这——这不会的。

焦花氏　　你,你别含糊,我问你要真有这样的事呢?

焦大星　　要真有这样的事,（望望女人）那——那——

焦花氏　　那你怎么样?

焦大星　　（直快地）那我两个都救,（笑着）我（手势）我左手拉着妈,我右手拉着你。

焦花氏　　不,不成。我说只能救一个。那你救谁?（魅惑地）是我,还是你妈?

焦大星　（惹她）那我……那我……

焦花氏　（激怒地）你当然是救你妈，不救我。

焦大星　（老实地）不是不救你，不过妈是个——

焦花氏　（想不到）瞎子！对不对？

焦大星　（乞怜地望着她）嗯。瞎了眼自然得先救。

焦花氏　（撅起嘴）对了，好极了，你去吧！（怨而恨地）你眼看着我要淹死，你都
　　　　不救我，你都不救我！好！好！

焦大星　（解释）可你并没有掉在河里——

焦花氏　（索性诉起委屈）好，你要我死，（气愤地）你跟你妈一样，都盼我立刻死
　　　　了，好称心，你好娶第三个老婆。你情愿淹死我，不救我。

焦大星　（分辩地）可我并没有说不救你。

焦花氏　（紧问他）那么，你先救谁？

焦大星　（问题又来了）我——我先——我先——

焦花氏　（逼迫）你再说晚了，我们俩就完了。

焦大星　（冒出嘴）我——我救你。

焦花氏　（改正他）你先救我。

焦大星　（机械地）我先救你！

焦花氏　（眼里闪出胜利的光）你先救我！（追着，改了口）救我一个？

焦大星　（糊涂地）嗯。

焦花氏　（更说得清楚些）你"只"救我一个——

焦大星　（顺嘴说）嗯。

焦花氏　你"只"救我一个，不救她。

焦大星　可是，金子，那——那——

焦花氏　（逼得紧）你说了，你只救我一个，你不救她。

焦大星　（气愤地立起）你为什么要淹死我妈呢？

焦花氏　谁淹死她？你妈不是好好在家里？

焦大星　（忍不下）那你为什么老逼我说这些不好听的话呢？

焦花氏　（反抗地）嗯，我听着痛快，我听着痛快！你说，你说给我听。

焦大星　可是说什么？

焦花氏　你说"淹死她"！

焦大星　（故意避开）谁呀？

焦花氏　你说"淹死我妈"！

焦大星　（惊骇地望着她）什么，淹死——？

焦花氏　（期待得紧）你说呀，你说了我才疼你，爱你。（诱惑地）你说了。你要干

　　　　　什么，我就干什么。你看，我先给你一个。（贴着大星的脸，热热地亲了一下）香不香？

焦大星　（呆望着她）你——嗯！

焦花氏　你说不说！来！（拉着大星）你坐下！（把他推在大包袱上）你说呀！你说淹死她！淹死我妈！

焦大星　（傻气地）我说，我不说！

焦花氏　（没想到）什么！（想翻脸，然而——笑下来，柔顺地）好，好，不说就不说吧！（忽然孩子似的语调）大星，你疼我不疼我？（随着坐在大星的膝上，紧紧抱着他的颈脖，脸贴脸，偎过来，擦过去）大星，你疼我不疼我？你爱我不爱？

焦大星　（想躲开她，但为她紧紧抱住）你别——你别这样，有——有人看见。（四面望）

焦花氏　我不怕。我跟我老头子要怎么着就怎么着。谁敢拦我？大星，我俊不俊？我美不美？

焦大星　（不觉注视她）俊！——美！

焦花氏　（蛇似的手抚摸他的脸，心和头发）你走了，你想我不想我？你要我不要我？

焦大星　（不自主地紧紧握着她的手）要！

焦花氏　（更魅惑地）你舍得我不舍得我？

焦大星　（舐舐自己的嘴唇，低哑地）我——不——舍——得。（忽然翻过身，将焦花氏抱住，要把她——，喘着）我——

焦花氏　（倏地用力推开他，笑着竖起了眉眼，慢慢地）你不舍得，你为什么不说？

焦大星　（昏眩）说——说什么？

焦花氏　（泄恨地）你说淹死她，淹死我妈。

　　　　　〔一阵野风，吹得电线杆呜呜地响。

焦花氏　你说了我就让你。

焦大星　（喘着）好，就——就淹死她，（几乎是抽咽）就淹淹死我——

　　　　　〔由轨道后面左方走上一位嶙峋的老女人，约莫有六十岁的样子。头发大半斑白，额角上有一块紫疤，一副非常峻削严厉的轮廓。扶着一根粗重的拐棍，张大眼睛，里面空空不是眸子，眼前似乎罩上一层白纱，直瞪瞪地望着前面，使人猜不透那一对失了眸子的眼里藏匿着什么神秘。她有着失了瞳仁的人的猜疑，性情急躁；敏锐的耳朵四方八面地谛听着。她的声音尖锐而肯定。她还穿着丈夫的孝，灰布褂，外面罩上一件黑坎肩，灰布裤，从头到尾非常整洁。她走到轨道上，一句话不说，用杖重重在铁轨上捣。

焦　母　（冷峻地）哼！

焦花氏　（吓了一跳）妈！（不自主地推开大星，立起）

焦大星　（方才的情绪立刻消失。颤颤地）哦，妈！

焦　母　（阴沉地）哼，狐狸精！我就知道你们在这儿！你们在说什么？

焦花氏　（惶惑地）没……没说什么，妈。

焦　母　大星，你说！

焦大星　（低得听不见）是……是没说什么？

焦　母　（回头，从牙缝里喷出来的话）活妖精，你丈夫叫你在家里还迷不够，还
　　　　要你跑到外面来迷。大星在哪儿？你为什么不做声？

焦大星　（惶恐地）妈，在这儿。

焦　母　（用杖指着他）死人！还不滚，还不滚到站上干事去，（狠恶地）你难道还
　　　　想死在那骚娘儿们的手里！死人！你是一辈子没见过女人是什么样是
　　　　怎么！你为什么不叫你媳妇把你当元宵吞到肚里呢？我活这么大年
　　　　纪，我就没见过你这样的男人，你还配那死了的爸爸养活的？

焦大星　（惧怯地）妈，那么（看看焦花氏）我走了。

　　　　〔焦花氏口里嘟哝着。

焦　母　滚！滚！快滚！别叫我生气——（忽然）金子，你嘴里念的什么咒。

焦花氏　（遮掩）我没什么！那是风吹电线，您别这么疑东疑西的。

焦　母　哼，（用手杖指着她，几乎戳着她的眼）你别看我瞅不见，我没有眼比有
　　　　眼的还尖。大星——

焦大星　妈，在这儿。我就走。（背起大包袱）

焦花氏　大星，你去吧！

焦　母　（回头）你别管！又要你拿话来迷他。（对自己的儿子）记着在外头少交
　　　　朋友，多吃饭，有了钱吃上喝上别心疼。听着！钱赚多了千万不要赌，
　　　　寄给你妈，妈给你存着，将来留着你那个死了母亲的儿子用。再告诉
　　　　你，别听女人的话，女人真想跟你过的，用不着你拿钱买；不想跟你过，
　　　　你就是为她死了，也买不了她的心。听明白了么？

焦大星　听明白了。

焦　母　去，去。（忽然由手里扔出一袋钱，落在大星的脚下）这是我的钱，你拿
　　　　去用吧。

焦大星　妈，我还有。

焦　母　拾起来拿走，不要跟我装模装样。我知道你手上那一点钱早就给金子
　　　　买手镯，打了环子了。（对着焦花氏）你个活妖精。

焦大星　好,妈,我走了。您好好地保重身体,多穿衣服,门口就是火车,总少到铁道上来。

焦　母　(急躁地)知道,知道,不要废话,快走。

焦花氏　哼,妈不希罕你说这一套,还不快走。

焦　母　谁说的?谁说不希罕?儿子是我的,不是你的。他说得好,我爱听,要你在我面前挑拨是非?大星,滚!滚!滚!别在我耳朵前面烦的慌。快走!

焦大星　嗯!嗯,走了!(低声)金子,我走了。

　　　　〔大星向右走了四五步。

焦　母　(忽然)回来!

焦大星　干什么?

焦　母　(厉声)你回来!(大星快快地又走回来)刚才我给你的钱呢。

焦大星　(拿出来)在这儿。

焦　母　(伸手)给我,叫我再数一下。(大星又把钱袋交给她,她很敏捷地摸着里面的钱数,口里念叨着)

焦花氏　(狠狠地看她一眼)妈,您放心!大星不会给我的。

焦　母　(数好,把钱交给大星)拿去,快滚!(忽然回过头向焦花氏,低声,狠狠地)哼,迷死男人的狐狸精。

　　　　〔大星一步一步地走向右去。

焦　母　你看什么?

焦花氏　谁看啦?

焦　母　天黑了没有?

焦花氏　快黑了。

焦　母　白傻子!(喊叫)白傻子!白傻子!白傻子!(无人应声)

焦花氏　您干什么?

焦　母　(自语)怪,天黑了,他该还给我们斧子了,哼,这王八蛋!又不知在哪儿死去了!——走,回家去,走!

焦花氏　(失神地)嗯,回家。(手伸过去)让我扶您。

焦　母　(甩开她的手)去!我不要你扶,假殷勤!

　　　　〔焦氏向左面轨道走,焦花氏不动,立在后面。远远由右面又听见白傻子"漆叉卡叉,漆叉卡叉"起来,似乎很高兴地。

焦　母　金子!你还不走,你在干什么?

焦花氏　(看见远远白傻子的怪样,不由笑出)妈,您听,火车头来了。

焦　母　(怪癖地)你不走,你想等火车头压死你。

焦花氏　不，我说是白傻子！

焦　母　白傻子？

焦花氏　嗯。

〔"火车""吐兔图吐"地由右面轨道上跑进来，白傻子一双手疾迅地旋转，口里呜呜地吹着汽笛。

焦　母　（听见是他，严厉地）狗蛋！

白傻子　（瞥见焦母，斜着眼，火车由慢而渐渐停止）吐兔图吐，吐——兔——图——吐，吐——兔——图——吐。

焦　母　狗蛋，你滚到哪儿去了？

白傻子　（望望焦母，又望望焦花氏）我——我没有滚到哪儿去。

焦　母　斧子呢？

白傻子　（想起来，昏惑地）斧子？

焦花氏　你想什么？问你斧子在哪儿呢？

焦　母　（厉声）斧子呢？

白傻子　（惧怕地）斧子叫——叫人家抢——抢去了。

焦　母　什么？

白傻子　一个瘸——瘸子抢——抢去了。

焦　母　（低声）你过来。

白傻子　（莫明其妙地走过去）干——干什么？

焦　母　你在哪儿？

白傻子　（笑嘻嘻地）这儿！

焦　母　（照着那声音的来路一下打在白傻子的脸上）这个傻王八蛋，带我去找那个瘸子去！

白傻子　（摸着自己的脸，没想到）你打——打了我！

焦　母　嗯，我打了你！（白傻子哇地哭起来）你去不去？

白傻子　我——我去！

焦　母　走！（把拐杖举起一端，交给白傻子，他拿起，于是他在前，瞎婆子在后走向右面去）

〔一阵野风，刮得电线又呜呜的，巨树矗立在原野，叶子哗哗地响，青蛙又在塘边鼓噪起来。

〔焦花氏倚着巨树，凝望天际，这时天边的红云逐渐幻成乌云，四周景色翳翳，渐暗下去。大地更黑了。她走到轨道上，蹲坐着，拿起一块石头轻轻敲着铁轨。

〔由左面基道背后，蹑手蹑脚爬出来仇虎，他手里拿着那副敲断的铁镣，缓缓走到焦花氏的身后。

焦花氏　(察觉身旁有人,忽然站起)谁?

仇　虎　我!

焦花氏　(吓住)你是谁?

仇　虎　(搓弄铁镣,阴沉地)我!——(慢慢地)你不认识我?

焦花氏　(惊愕)不,我不认识。

仇　虎　(低哑地)金子,你连我都忘了?

焦花氏　(迫近,注视他,倒吸一口气)啊!

仇　虎　(悻悻地)金子,我可没忘了你。

焦花氏　什么,你——你是仇虎。

仇　虎　嗯,(恫吓地)仇虎回来了。

焦花氏　(四面望望)你回来干什么?

仇　虎　(诱惑地)我回来看你。

焦花氏　你看我?(不安地笑一下)你看我干什么——我早嫁人了。

仇　虎　(低沉地)我知道,你嫁给焦大,我的好朋友。

焦花氏　嗯。(忽然)你(半晌)从哪儿来?

仇　虎　(指着天际)远,远,老远的地方。

焦花氏　你坐火车来的?

仇　虎　嗯,(苍凉地)"吐兔图吐",一会儿就到。

焦花氏　你怎么出来的! 这儿又没有个站。

仇　虎　我从火车窗户跳出来,(指铁镣)带着这个。(银铛一声,把铁镣扔出,落在野塘水边上)

焦花氏　(有些惧怕)怎么,你——你吃了官司了。

仇　虎　嗯! 你看看!(退一步)我这副样儿,好不好?

焦花氏　(才注意到)你——你瘸了。

仇　虎　嗯,瘸了。(忽然)你心疼不心疼?

焦花氏　心疼怎么样,不心疼怎么样?

仇　虎　(狞笑)心疼你带我回家,不心疼我抢你走。

焦花氏　(忽然来了勇气,泼野地)丑八怪,回去撒泡尿自己照照,小心叫火车压死。

仇　虎　你叫我什么?

焦花氏　丑八怪,又瘸又驼的短命鬼。

仇　虎　(甜言蜜语,却说得诚恳)可金子你不知道我想你,这些年我没有死,我就为了你。

焦花氏 （不在意，笑嘻嘻）那你为什么不早回来？

仇　虎 现在回来也不晚呀。（迫近想拉她的手）

焦花氏 （甩开）滚！滚！滚！你少跟我说好听的，丑八怪。我不爱听。

仇　虎 （狡黠地）我知道你不爱听，你人规矩，可你管不着我爱说真心话。

焦花氏 （瞟他一眼）你说你的，谁管你呢？

仇　虎 （低沉地）金子，这次回来，我要带你走。

焦花氏 （睨视，叉住腰）你带我到哪儿？

仇　虎 远，远，老远的地方。

焦花氏 老远的地方？

仇　虎 嗯，坐火车还得七天七夜。那边金子铺的地，房子都会飞，张口就有人往嘴里送饭，睁眼坐着，路会往后飞，那地方天天过年，吃好的，穿好的，喝好的。

焦花氏 （眼里闪着妒羡）你不用说，你不用说，我知道，我早知道，可是，虎子，就凭你——

仇　虎 （捺住她）你别往下讲，我知道。你先看看这是什么！（由怀里掏出一个金光灿烂的戒子，上面镶着宝石，举得高高的）这是什么？

焦花氏 什么，（大惊异）金子！

仇　虎 对了，这是真金子，你看，我口袋还有。

焦花氏 （翻翻眼）你有，是你的。我不希罕这个。

仇　虎 （故意地）我知道你不希罕这个，你是个规矩人。好，去吧！（一下扔在塘里）

焦花氏 （惋惜）你——你丢了它干什么？

仇　虎 你既然不希罕这个，我还要它有什么用。

焦花氏 （笑起来）丑八怪！你真——

仇　虎 （忙接）我真想你，金子，我心里就有你这么一个人！你还要不要，我怀里还有的是。

焦花氏 （骄傲地）我不要。

仇　虎 你不要，我就都扔了它。

焦花氏 （忙阻止他）虎子，你别！

仇　虎 那么，你心疼我不心疼我？

焦花氏 怎么？

仇　虎 心疼就带我回家。

焦花氏 不呢？

仇　虎 我就跳这坑里淹死！

焦花氏　你——你去吧！

仇　虎　（故意相反解释）好，我就去！（跑到焦花氏后面，要往下跳）

焦花氏　（一把拉住仇）你要做什么？

仇　虎　（回头）你不是要我往下跳？

焦花氏　谁说的？

仇　虎　哦，你不！——那么，什么时候？

焦花氏　（翻了脸，敛住笑容）干什么？

仇　虎　（没想到）干什么？

焦花氏　嗯？

仇　虎　到——到你家去，我，我好跟你——

焦花氏　（又翻了脸）你说什么？

仇　虎　（看出不是颜色）我说好跟你讲讲，我来的那个好，好地方啊！

焦花氏　（忽然忍不住，笑起来）哦，就这样啊！好，那么，就今天晚上。

仇　虎　今天晚上？

焦花氏　嗯，今天晚上。

仇　虎　（大笑）我知道，金子，你一小就是个规矩人。

焦花氏　（忽然听见右面有拐杖探路的声音，回过头看，惊慌地）我妈来了！丑八怪，快点跟我走。

仇　虎　不，让我先看看她，现在成了什么样。

焦花氏　不！（一把拉住仇虎）你跟我走。

　　　　〔仇虎慌慌张张地随着花氏下。

　　　　〔天大黑了，由右面走进焦氏，一手拿着斧子，一手是拐杖，后面跟随白傻子。

焦　母　金子！金子！

白傻子　（有了理，兴高采烈地）我就知道那斧子不会拿走，用完了，一定把斧子放在那儿。你看，可不是！

焦　母　狗蛋，你少废话！（严厉地）金子，你记着，大星头一天不在家，今天晚上，门户要特别小心。今天就进了贼，掉了东西，（酷毒地）我就拿针戳烂你的眼，叫你跟我一样地瞎，听见了没有？

白傻子　唏！唏！唏！

焦　母　狗蛋，你笑什么？

白傻子　你……你家新媳妇早……早走了。

焦　母　（立在铁轨后巨树前，森森然）啊？早走了，

　　　　〔忽然远处一列火车驶来，轮声轧轧，响着汽笛，机车前的探路灯，像个

怪物的眼，光芒万丈，由右面射入，渐行渐近。

白傻子　（跑在道旁，跳跃欢呼）火车！火车！火车来了。

〔机声更响，机车的探路灯由右面渐射满焦母的侧面。

焦　母　（立在巨树下像一个死尸，喃喃地）哼！死不了的狐狸精，叫火车压死她！

〔原野里一列急行火车如飞地奔驰，好大的野风！探路灯正照着巨树下的焦母，看见她的白发和衣裾在疾风里乱抖。

（选自《曹禺全集》第一卷，花山文艺出版社 1996 年版）

20 世纪 40 年代文学

小　说

华威先生

张天翼

转弯抹角算起来——他算是我的一个亲戚。我叫他"华威先生"。他觉得这种称呼不大好。

"嗳,你真是!"他说。"为什么一定要个'先生'呢。你应当叫我'威弟'。再不然叫'阿威'。"

把这件事交涉过了之后,他立刻戴上了帽子:

"我们改日再谈好不好?我总想畅畅快快跟你谈一谈——唉,可总是没有时间。今天刘主任起草了一个县长公余工作方案,便叫我参加意见,叫我替他修改。三点钟又还有一个集会。"

这里他摇摇头,没奈何地苦笑了一下。他声明他并不怕吃苦:在抗战时期大家都应当苦一点。不过——时间总要够支配呀。

"王委员又打了三个电报来,硬要请我到汉口去一趟。这里全省文化界抗敌总会又成立了,一切抗战工作都要领导起来才行。我怎么跑得开呢,我的天!"

于是匆匆忙忙跟我握了握手,跨上他的包车。

他永远挟着他的公文皮包。并且永远带着他那根老粗老粗的黑油油的手杖。左手无名指上戴着他的结婚戒指。拿着雪茄的时候就叫这根无名指微微地弯着,而小指翘得高高的,构成一朵兰花的图样。

这个城市里的黄包车谁都不作兴跑,一脚一脚挺踏实地踱着,好象饭后千步似的。可是包车例外:叮当,叮当,叮当,——一下子就抢到了前面。

黄包车立刻就得往左边躲开,小推车马上打斜,担子很快地就让到路边。行人赶紧就避到两旁的店铺里去。

包车踏铃不断地响着。钢丝在闪着亮。还来不及看清楚——它就跑得老远老远的了,象闪电一样快。

而——据这里有几位抗战工作者的上层分子的统计——跑得顶快的是那位华威先生的包车。

他的时间很要紧。他说过——"我恨不得取消晚上睡觉的制度。我还希望一天不止二十四小时。抗战工作实在太多了。"

接着掏出表来看一看,他那一脸丰满的肌肉立刻紧张了起来。眉毛皱着,嘴唇使劲撮着,好像他在把全身的精力都要收敛到脸上似的。他立刻就走:他要到难民救济会去开会。

照例——会场里的人全到齐了坐在那里等着他。他在门口下车的时候总得顺便把踏铃踏它一下:叮!

同志们彼此看着:唔,华威先生到会了。有几位透了一口气。有几位可就拉长了脸瞧着会场门口。有一位甚至于要准备决斗似的——抓着拳头瞪着眼。

华威先生的态度很庄严,用种从容的步子走进去,他先前那副忙劲儿好像被他自己的庄严态度消解掉了。他在门口稍为停了一会儿,让大家好把他看个清楚,仿佛要唤起同志们的一种信任心,仿佛要给同志们一种担保——什么困难的大事也都可以放下心来。他并且还点点头。他眼睛并不对着谁,只看着天花板。他是在对整个集体打招呼。

会场里很静。会议就要开始。有谁在那里翻着什么纸张,窸窸窣窣的。

华威先生很客气地坐到一个冷角落里,离主席位子顶远的一角。他不大肯当主席。

"我不能当主席,"他拿着一支雪茄烟打手势。"工人抗战工作协会的指导部今天开常会。通俗文艺研究会的会议也是今天。伤兵工作团也要去的,等一下。你们知道我的时间不够支配:只容许我在这里讨论十分钟。我不能当主席。我想推举刘同志当主席。"

说了就在嘴角上闪起一丝微笑,轻轻地拍几下手板。

主席报告的时候,华威先生不断地在那里刮洋火点他的烟。把表放在面前,时不时象计算什么似地看看它。

"我提议!"他大声说。"我们的时间是很宝贵的:我希望主席尽可能报告得简单一点。我希望主席能够在两分钟之内报告完。"

他刮了两分钟洋火之后,猛的站了起来。对那正在哇啦哇啦的主席摆摆手:

"好了,好了。虽然主席没有报告完,我已经明白了。我现在还要赴别的会,让我先发表一点意见。"

停了一停。抽两口雪茄,扫了大家一眼。"我的意见很简单,只有两点,"他舔舔嘴唇。"第一点,就是——每个工作人员不能够怠工。而是相反,要加紧工作。这一点不必多说,你们都是很努力的青年,你们都能热心工作。我很感谢你们。但是还有一点——你们时时刻刻不能忘记,那就是我要说的第二点。"

他又抽了两口烟,嘴里吐出来的可只有热气。这就又刮了一根洋火。

"这第二点呢就是:青年工作人员要认定一个领导中心。你们只有在这一个领导中心的领导之下,抗战工作才能够展开。青年是努力的,是热心的,但是因为理解不够,工作经验不够,常常容易犯错误。要是上面没有一个领导中心,往往要弄得不可收拾。"

瞧瞧所有的脸色,他脸上的肌肉耸动了一下——表示一种微笑。他往下说:

"你们都是青年同志,所以我说得很坦白,很不客气。大家都要做抗战工作,没有什么客气可讲。我想你们诸位青年同志一定会接受我的意见。我很感激你们。好了,抱歉得很,我要先走一步。"

把帽子一戴,把皮包一挟,瞧着天花板点点头,挺着肚子走了出去。

到门口可又想起了一件什么事。他把当主席的同志拽开,小声儿谈了几句。

"你们工作——有什么困难没有?"他问。

"我刚才的报告提到了这一点,我们……"

华威先生伸出个食指顶着主席的胸脯:

"唔,唔,唔。我知道我知道。我没有多余的时间来谈这件事。以后——你们凡是想到的工作计划,你们可以到我家里去找我商量。"

坐在主席旁边那个长头发青年注意地看着他们,现在可忍不住插嘴了:

"星期三我们到华先生家里去过三次,华先生不在家……"

那位华先生冷冷地瞅他一眼,带着鼻音哼了一句——"唔,我有别的事,"又对主席低声说下去:

"要是我不在家,你们跟密司黄接头也可以。密司黄知道我的意见,她可以告诉你们。"

密司黄就是他的太太。他对第三者说起她来,总是这么称呼她的。

他交代过了这才真的走开。这就到了通俗文艺研究会的会场。他发现别人已经在那里开会,正有一个人在那里发表意见。他坐了下来,点着了雪茄,不高兴地拍了三下手板。

"主席!"他叫。"我因为今天另外还有一个集会,我不能等到终席。我现在有点意见,想要先提出来。"

于是他发表了两点意见:第一,他告诉大家——在座的人都是当地的文化人,文化人的工作是很重要的,应当加紧地做去。第二,文化人应当认清一个领导中心,文化人在文抗会的领导中心的领导之下团结起来,统一起来。

华威先生

五点三刻他到了文化界抗敌总会的会议室。

这回他脸上堆上了笑容，并且对每一个人点头。

"对不住得很，对不住得很：迟到了三刻钟。"

主席对他微笑一下，他还笑着伸了伸舌头，好象闯了祸怕挨骂似的。他四面瞧瞧形势，就拣在一个小胡子的旁边坐下来。

他带着很机密很严重的脸色——小声儿问那个小胡子：

"昨晚你喝醉了没有？"

"还好，不过头有点子晕。你呢？"

"我啊——我不该喝了那三杯猛酒，"他严肃地说。"尤其是汾酒，我不能猛喝。刘主任硬要我干掉——嗨，一回家就睡倒了。密司黄说要跟刘主任去算帐呢：要质问他为什么要把我灌醉。你看！"

一谈了这些，他赶紧打开皮包，拿出一张纸条——写几个字递给了主席。

"请你稍为等一等，"主席打断了一个正在发言的人的话，"华威先生还有别的事情要走。现在他有点意见：要求先让他发表。"

华威先生点点头站了起来。

"主席！"腰板微微地一弯。"各位先生！"腰板微微地一弯。

"兄弟首先要请求各位原谅：我到会迟了点，而又要提前退席。"

随后他说出了他的意见。他声明——这文化界抗敌总会的常务理事会，是一切救亡工作的领导机关，应该时时刻刻起领导中心作用。

"群众是复杂的，工作又很多。我们要是不能起领导作用，那就很危险，很危险。事实上，此地各方面的工作也非有个领导中心不可。我们的担子真是太重了，但是我们不怕怎样的艰苦，也要把这担子担起来。"

他反复地说明了领导中心作用的重要，这就戴起帽子去赴一个宴会。他每天都这么忙着。要到刘主任那里去联络。要到各学校去演讲。要到各团体去开会。而且每天——不是别人请他吃饭，就是他请别人吃饭。

华威太太每次遇到我，总是代替华威先生诉苦。

"唉，他真苦死了！工作这么多，连吃饭的工夫都没有。"

"他不可以少管一点，专门去做某一种工作么？"我问。

"怎么行呢？许多工作都要他去领导呀。"

可是有一次，华威先生简直吃了一大惊。妇女界有些人组织了一个战时保婴会，竟没有去找他！

他开始打听，调查。他设法把一个负责人找来。

"我知道你们委员会已经选出来了。我想还可以多添加几个。由我们文化界抗敌总会派人来参加。"

他看见对方在那里踌躇,他把下巴挂了下来:

"问题是在这一点:你们委员是不是能够真正领导这工作?你能不能够对我担保——你们会内没有汉奸,没有不良份子?你能不能担保——你们以后工作不至于错误,不至于怠工?你能不能担保,你能不能?你能够担保的话,那我要请你写个书面的东西,给我们文抗会常务理事会。以后万一——如果你们的工作出了毛病,那你就要负责。"

接着他又声明:这并不是他自己的意思。他不过是一个执行者。这里他食指点点对方胸脯:

"如果我刚才说的那些你们办不到,那不是就成了非法团体了么?"

这么谈判了两次,华威先生当了战时保婴会的委员。于是在委员会开会的时候,华威先生挟着皮包去坐这么五分钟,发表了一两点意见就跨上了包车。

有一天他请我吃晚饭。他说因为家乡带来了一块腊肉。

我到他家里的时候,他正在那里对两个学生样的人发脾气。他们都挂着文化界抗敌总会的徽章。

"你昨天为什么不去,为什么不去?"他吼着。"我叫你拖几个人去的。但是我在台上一开始演讲,一看——连你都没有去听!我真不懂你们干了些什么?"

"昨天——我去出席日本问题座谈会的。"

华威先生猛地跳起来了:

"什么!什么!日本问题座谈会?怎么我不知道,怎么不告诉我?"

"我们那天部务会议决议了的。我来找过华先生,华先生又是不在家——"

"好啊,你们秘密行动!"他瞪着眼。"你老实告诉我——这个座谈会到底是什么背景,你老实告诉我!"

对方似乎也动了火:

"什么背景呢,都是中华民族!部务会议议决的,怎么是秘密行动呢。……华先生又不到会,开会也不终席,来找又找不到……我们总不能把部里的工作停顿起来。"

"混蛋!"他咬着牙,嘴唇在颤抖着。"你们小心!你们,哼,你们!你们!……"他倒到了沙发上,嘴巴痛苦地抽得歪着。"妈的!这个这个——你们青年!……"

五分钟之后他抬起头来,害怕地四面看一看。那两个客人已经走了。他叹一口长气,对我说:

"唉,你看你看!现在的青年怎么办,现在的青年!"

这晚他没命地喝了许多酒,嘴里嘶嘶地骂着那些小伙子。他打碎了一只茶杯。密司黄扶着他上了床,他忽然打个寒噤说:

"明天十点钟有个集会……"

1938 年 2 月

（选自《张天翼小说选》，湖南人民出版社 1984 年版）

小城三月

萧　红

一

三月的原野已经绿了，像地衣那样绿，透出在这里、那里。郊原上的草，是必须转折了好几个弯儿才能钻出地面的，草儿头上还顶着那胀破了种粒的壳，发出一寸多高的芽子，欣幸地钻出了土皮。放牛的孩子在掀起了墙脚下面的瓦时，找到了一片草芽子，孩子们回到家里告诉妈妈，说："今天草芽出土了！"妈妈惊喜地说："那一定是向阳的地方！"抢根菜的白色的圆石似的籽儿在地上滚着，野孩子一升一斗在地在拾着。蒲公英发芽了，羊咩咩地叫，乌鸦绕着杨树林子飞。天气一天暖似一天，日子一寸一寸的都有意思。杨花满天照地飞，像棉花似的。人们出门都是用手捉着，杨花挂着他了。草和牛粪都横在道上，放散着强烈的气味。远远的有用石子打船的声音。"空空……"的大声传来。

河冰化了，冰块顶着冰块，苦闷地又奔放地向下流。乌鸦站在冰块上寻觅小鱼吃，或者是还在冬眠的青蛙。

天气突然的热起来，说是"二八月，小阳春"，自然冷天气要来的，但是这几天可热了。春天带着强烈的呼唤从这头走到那头……

小城里被杨花给装满了，在榆钱还没变黄之前，大街小巷到处飞着，像纷纷落下的雪块……

春来了。人人像久久等待着一个大暴动，今天夜里就要举行，人人带着犯罪的心情，想参加到解放的尝试……春吹到每个人的心坎，带着呼唤，带着蛊惑……

我有一个姨，和我的堂哥哥大概是恋爱了。

姨母本来是很近的亲属，就是母亲的姊妹。但是我这个姨，她不是我的亲姨，她是我的继母的继母的女儿。那么她可算与我的继母有点血统的关系了，其实也是没有的。因为我这个外祖母是在已经做了寡妇之后才来到我外祖父家，翠姨就是这个外祖母原来在另外一家所生的女儿。

翠姨生得并不是十分漂亮，但是她行得窈窕，走起路来沉静而且漂亮，讲起话来清楚地带着一种平静的感情。她伸手拿樱桃吃的时候，好像她的手指尖对那樱桃十分可怜的样子，她怕把它触坏了似的轻轻地捏着。

假若有人在她的背后唤她一声，她若是正在走路，她就会停下了；若是正在吃饭，就要把饭碗放下，而后把头向着自己的肩膀转过去，而全身并不大转，于是她自觉地闭合着嘴唇，像是有什么要说而一时说不出来似的……

而翠姨的妹妹，忘记了她叫什么名字，反正是一个大说大笑的，不十分修边幅，和她的姐姐全不同。花的绿的，红的紫的，只要是市上流行的，她就不大加以选择，做起一件衣服来赶快就穿在身上。穿上了而后，到亲戚家去串门，人家恭维她的衣料怎样漂亮的时候，她总是说，和这完全一样的，还有一件，她给了她的姐姐了。

我到外祖父家去，外祖父家里没有像我一般大的女孩子陪着我玩，所以每当我去，外祖母总是把翠姨喊来陪我。

翠姨就住在外祖父的后院，隔着一道板墙，一招呼，听见就来了。

外祖父住的院子和翠姨住的院子，虽然只隔一道板墙，但是却没有门可通，所以还得绕到大街上去从正门进来。

因此有时翠姨先来到板墙这里，从板墙缝中和我打了招呼，而后回到屋去装饰一番，才从大街上绕了个圈来她母亲的家里。

翠姨很喜欢我，因为我在学堂里念书，而她没有，她想什么事我都比她明白。所以，她总是有许多事务同我商量，看看我的意见如何。

到夜里，我住在外祖父家里了，她就陪着我也住下。

每每睡下就谈，谈过了半夜，不知为什么总是谈不完……

开初谈的是衣服怎样穿，穿什么样的颜色，穿什么样的料子。比如走路应该快或是应该慢。有时，白天里她买了一个别针，到夜里她拿出来看看，问我这别针到底是好看或是不好看。那时候，大概是十五年前的时候，我们不知别处如何装扮一个女子，而在这个城里，几乎个个都有一条宽大的绒绳结的披肩，蓝的紫的，各色的也有，但最多多不过枣红色了。几乎在街上所见的都是枣红色的大披肩了。

哪怕红的绿的那么多，但总没有枣红色的最流行。

翠姨的妹妹有一条，翠姨有一条，我的所有的同学，几乎每人都有一条。就连素不考究的外祖母的肩上也披着一条，只不过披的是蓝色的，没有敢用最流行的枣红色的就是了。因为她总算年纪大了一点，对年青人让了一步。

还有那时候都流行穿绒绳鞋，翠姨的妹妹就赶快地买了穿上。因为她那个人很粗心大意，好坏她不管，只是人家有她也有，别人是人穿衣服，而翠姨的妹妹就好像被衣服所穿了似的，芜芜杂杂。但永远合乎着应有尽有的原则。

翠姨的妹妹的那绒绳鞋，买来了，穿上了。在地板上跑着，不大一会工夫，那每只鞋脸上系着的一只毛球，竟有一个毛球已经离开了鞋子，向上跳着，只还有一根绳连着，不然就要掉下来了。很好玩的，好像一颗大红枣被系到脚上去了。因为她的鞋子也是枣红色的。大家都在嘲笑她的鞋子一买回来就坏了。

翠姨她没有买，也许她心里边早已经喜欢了，但是看上去她都像反对似的，好像她都不接受。

她必得等到许多人都开始采办了，这时候，看样子她才稍稍有些动心。

好比买绒绳鞋，夜里她和我谈话问过我的意见，我也说是好看的，我有很多的同学她们也都买了绒绳鞋。

第二天，翠姨就要求我陪着她上街，先不告诉我去买什么，进了铺子选了半天别的，才问到我绒绳鞋。

走了几家铺子，都没有，都说是已经卖完了。我晓得店铺的人是这样瞎说的，表示他家这店铺平常总是最丰富的，只恰巧你要的这件东西，他就没有了。我劝翠姨说，咱们慢慢地走，别家一定会有的。

我们是坐马车从街梢上的外祖父家来到街中心的。

见了第一家铺子，我们就下了马车。不用说，马车我们已经是付过了价钱的。等我们买好了东西回来的时候，会另外叫一辆的，因为我们不知道要等多久。

大概看见什么好，虽然不需要也要买点；或是东西已经买全了，不必要再多留连，也要留连一会；或是买东西的目的，本来只买一双鞋，而结果鞋子没有买到，反而啰嗦地买回来许多用不着的东西。

这一天，我们辞退了马车，进了第一家店铺。

在别的大城市里没有这种情形，而在我家乡里往往是这样，坐了马车，虽然是付过了钱，让他自由去兜揽生意，但是他常常还仍旧等候在铺子的门外。等一出来，他仍旧请你坐他的车。

我们走进第一个铺子，一问没有。于是就看了些别的东西，从绸缎看到呢绒，从呢绒再看到绸缎，布匹根本不看的，并不像母亲们进了店铺那样子。这个买去做被单，那个买去做棉袄的，因为我们管不了被单棉袄的事。母亲们一月不进店铺，一进店铺又是这个便宜应该买；那个不贵，也应该买。比方一块在夏天才用得着的花洋布，母亲们冬天里就买起来了，说是趁着便宜多买点，总是用得着的。而我们就不然了，我们是天天进店铺的，天天搜寻些个是好看的，是贵的值钱的，平常时候绝对的用不到想不到的。

那一天，我们买了许多花边回来，钉着光片的，带着琉璃的。说不上要做什么样的衣服才配得着这种花边。也许根本没有想到做衣服，就贸然地把花边买下了。一边买着，一边说好，翠姨说好，我也说好。到后来，回到家里，当众打开了让大家批判，这个一言，那个一语，让大家说得也有点没有主意了，心里已经五六分空虚了。于是赶快地收拾了起来，或者从别人的手里夺过来，把它包起来，说她们不识货，不让她们看了。

勉强说着：

"我们要做一件红金绒的袍子，把这个黑琉璃边镶上。"

或："这红的我们送人去……"

说虽仍旧如此说，心里已经八九分空虚了，大概是这些所心爱的，从此就不会再出头露面的了。

在这小城里，商店究竟没有多少，到后来又加上看不到绒绳鞋，心里着急，也许跑得更快些。不一会工夫，只剩了三两家了。而那三两家，又偏偏是不常去的，铺子小，货物少。想来它那里也是一定不会有的了。

我们走进一个小铺子里去，果然有三四双，非小即大，而且颜色都不好看。

翠姨有意要买，我就觉得奇怪，原来就不十分喜欢，既然没有好的，又为什么要买呢？让我说着，没有买成回家去了。

过了两天，我把买鞋子这件事情早就忘了。

翠姨忽然又提议要去买。

从此我知道了她的秘密，她早就爱上了那绒绳鞋了，不过她没有说出来就是了。她的恋爱的秘密就是这样子的。她似乎要把它带到坟墓里去，一直不要说出口，好像天底下没有一个人值得听她的告诉……

在外边飞着满天大雪，我和翠姨坐着马车去买绒绳鞋。我们身上围着皮褥子，赶车的车夫高高地坐在车夫台上，摇晃着身子，唱着沙哑的山歌："喝咧咧……"耳边风呜呜地啸着，从天上倾下来的大雪，迷乱了我们的眼睛，远远的天隐在云雾里，我默默地祝福翠姨快快买到可爱的绒绳鞋，我从心里愿意她得救……

市中心远远地朦朦胧胧地站着，行人很少，全街静悄无声。我们一家挨一家地问着，我比她更急切，我想赶快买到吧，我小心地盘问着那些店员们，我从来不放弃一个细微的机会，我鼓励翠姨，没有忘记一家。使她都有点儿诧异，我为什么忽然这样热心起来。但是我完全不管她的猜疑，我不顾一切地想在这小城里面，找出一双绒绳鞋来。

只有我们的马车，因为载着翠姨的愿望，在街上奔驰得特别的清醒，又特别的快。雪下得更大了，街上什么都没有了，只有我们两个人，催着车夫，跑来跑去。一直到天都很晚了，鞋子没有买到。翠姨深深地看到我的眼里说："我的命，不会好的。"我很想装出大人的样子，来安慰她，但是没有等到找出什么适当的话来，泪便流出来了。

二

翠姨以后也常来我家住着，是我的继母把她接来的。

因为她的妹妹订婚了，怕是她的家里并没有多少人，只有她的一个六十多岁的老祖父，再就是一个也是寡妇的伯母，带一个女儿。

堂妹妹本该在一起玩耍解闷的，但是因性格的相差太远，一向是水火不同炉地过着日子。

她的堂妹妹，我见过，永久是穿着深色的衣裳，黑黑的脸，一天到晚陪着母亲坐在屋子里。母亲洗衣裳，她也洗衣裳；母亲哭，她也哭。也许她帮着母亲哭她死去的父亲，也许哭的是她们的家穷。那别人就不晓得了。

本来是一家的女儿，翠姨她们两姊妹却像有钱的人家的小姐，而那个堂妹妹，看上去却像乡下丫头。这一点，使她得到常常到我们家里来住的权力。

她的亲妹妹订婚了，再过一年就出嫁了。在这一年中，妹妹大大地阔气起来，因为婆家那方面一订了婚就送来了聘礼，这个城里，从前不用大洋票，而用的是广信公司出的帖子，一百吊一千吊的论。她妹妹的聘礼大概是几万吊，所以她忽然不得了起来，今天买这样，明天买那样，花别针一个又一个的，丝头绳一团一团的，带穗的耳坠子，洋手表，样样都有了。每逢上街的时候，她和她姐姐一道，现在总是她付车钱了。她的姐姐要付，她却百般的不肯，有时当着人面，姐姐一定要付，妹妹一定不肯，结果闹得很窘，姐姐无形中觉得一种权利被人剥夺了。

但是关于妹妹的订婚，翠姨一点也没有羡慕的心理。妹妹未来的丈夫，她是看过的，没有什么好看，很高，穿着蓝袍子黑马褂，好像商人，又像一个小土绅士。又加上翠姨太年青了，想不到什么丈夫，什么结婚。

因此，虽然妹妹在她的旁边一天比一天丰富起来，妹妹是有钱了，但是妹妹为什么有钱的，她没有考查过。

所以当妹妹尚未离开她之前，她绝对的没有重视"订婚"的事。

不过她常常的感到寂寞。她和妹妹出来进去的，因家庭环境孤寂，竟好像一对双生子似的，而今去了一个。不但翠姨自己觉得单调，就是她的祖父也觉得她可怜。

所以自从她的妹妹嫁了，她不大回家，总是住在她的母亲的家里。有时我的继母也把她接到我们家里。

翠姨非常聪明，她会弹大正琴，就是前些年所流行在中国的一种日本琴。她还会吹箫或是会吹笛子。不过弹那琴的时候却很多。住在我家里的时候，我家的伯父，每在晚饭之后必同我们玩这些乐器的。笛子、箫、日本琴、风琴、月琴，还有什么打琴。真正的西洋的乐器，可一样也没有。

在这种正玩得热闹的时候，翠姨也来参加了。翠姨弹了一个曲子，和我们大家立刻就配合上了。于是大家都觉得在我们那已经天天闹熟了的老调子之中，又多了一个新的花样。于是立刻我们就加倍的努力，正在吹笛的把笛子吹得特别响,把笛膜震抖得似乎就要爆炸了似的,嗞嗞地叫着。十岁的弟弟在吹口琴,他摇着头,好像要把那口琴吞下去似的,至于他吹的是什么调子,已经是没有人留意了。在大家忽然来了勇气的时候,似乎只需要这种胡闹。

而那按风琴的人,因为越按越快,到后来也许是已经找不到琴键了,只是那踏脚板越踏越快,踏得呜呜地响,好像有意要毁坏了那风琴,而想把风琴撕裂了一般的。

大概所奏的曲子是"梅花三弄",也不知道接连地弹过了多少圈,看大家的意思都不想要停下来。不过到了后来,实在是气力没有了,找不着拍子的找不着拍子,跟不上调的跟不上调,于是在大笑之中,大家停下来了。

不知为什么,在这么快乐的调子里边,大家都有点伤心,也许是乐极生悲了,把我们都笑得流着眼泪,一边还笑。

正在这时候,我们往门窗一看,我的最小的小弟弟,刚会走路,他也背着一个很大的破手风琴来参加了。

谁都知道,那手风琴从来也不会响的。把大家笑死了。在这回得到了快乐。

我的哥哥(伯父的儿子,钢琴弹得很好),吹箫吹得最好,这时候他放下了箫,对翠姨说:"你来吹吧!"翠姨却没有言语,站起身来,跑到自己的屋子去了,我的哥哥好久好久地看住那帘子。

三

翠姨在我家,和我住一个屋子。月明之夜。屋子照得通亮,翠姨和我谈话,往往谈到鸡叫,觉得也不过刚刚半夜。

鸡叫了,才说:"快睡吧,天亮了。"

有的时候,一转身,她又问我:

"是不是一个人结婚太早不好,或许是女孩子结婚太早是不好的!"

我们以前谈了很多话,但没有谈到这些。

总是谈什么衣服怎样穿,鞋子怎样买,颜色怎样配;买了毛线来,这毛线应该打个什么样的花纹;买了帽子来,应该批判这帽子还微微有缺点,这缺点究竟在什么地方,虽然说是不要紧,或者是一点关系也没有,但批评总是要批评的。

有时再谈得远一点,就表姊表妹之类订了婆家,或什么亲戚的女儿出嫁了,或什么耳闻的,听说的,新娘子和新姑爷闹别扭之类。

那个时候,我们的县里早就有了洋学堂了。小学好几个,大学没有。只有一个男子中学,往往成为谈论的目标。谈论这个,不单是翠姨、外祖母、姑姑、姐姐之类,都愿意讲究这当地中学的学生。因为他们一切洋化,穿着裤子,把裤腿卷起来一寸;一张口,"格得毛宁"外国话,他们彼此一说话就"答答答",听说这是什么俄国话。而更奇怪的是他们见了女人不怕羞。这一点,大家都批评说是不如从前了。从前的书生,一见了女人脸就红。

我家算是最开通的了。叔叔和哥哥他们都到北京和哈尔滨那些大地方去读书了,他们开了不少的眼界。回到家里来,大讲他们那里都男孩子和女孩子同学。

这一题目,非常的新奇,开初都认为这是造了反。后来因为叔叔也常和女同学通信,因为叔叔在家庭里是有点地位的人。并且父亲从前也加入过国民党,革过命,所以这个家庭都"咸与维新"起来。

因此在我家里,一切都是很随便的,逛公园,正月十五看花灯,都是不分男女,一齐去。

而且我家里设了网球场,一天到晚地打网球,亲戚家的男孩子来了,我们也一齐地打。

这都不谈,仍旧来谈翠姨。

翠姨听了很多的故事。关于男学生结婚的事情,是我们本县里,已经有几件事情不幸的了。有的结婚了,从此就不回家了;有的娶来了太太,把太太放在另一间屋子里住着,而且自己却永久住在书房里。

每逢讲到这些故事时,多半别人都是站在女的一边,说那男子都是念书念坏了,一看了那不识字的又不是女学生之类就生气,觉得处处都不如他。天天总说婚姻不自由。可是自古至今,都是爹许娘配的,偏偏到了今天,都要自由。看吧,这还没有自由呢,就先来了花头故事了,娶了太太的不回家,或是把太太放在另一个屋子里。这些都是念书念坏了的。

翠姨听了许多别人家的评论。大概她心里边也有些不平,她就问我不读书是不是很坏的,我自然说是很坏的。而且她看了我们家里男孩子、女孩子通通到学堂去念书的。而且我们亲戚家的孩子也都是读书的。

因此她对我很佩服,因为我是读书的。

但是不久,翠姨就订婚了。这是她妹妹出嫁不久的事情。

她的未来的丈夫,我见过,在外祖父的家里。人长得又矮又小,穿一身蓝布棉袍子,黑马褂,头上戴一顶赶大车的人所戴的五耳帽子。

当时翠姨也在的,但她不知道那是她的什么人,她只当是哪里来了这样一位乡下的客人。外祖母偷着把我叫过去,特别告诉了我一番,这就是翠姨将来的丈夫。不久翠姨就很有钱。她的丈夫的家里,比她妹妹丈夫的家里还更有钱得多。婆婆也是个寡妇,守着个独生的儿子。儿子才十七岁,是在乡下的私学馆里读书。

翠姨的母亲常常替翠姨解说,人小点不要紧,岁数还小呢,再长上两三年两个人就一般高了。劝翠姨不要难过,婆家有钱就好的。聘礼的钱十多万都交过来了,而且就由外祖母的手亲自交给了翠姨;而且还有别的条件保障着,那就是说,三年之内绝对不准娶亲,藉着男的一方面年纪太小为辞,翠姨更愿意远远的推着。

翠姨自从订婚之后,是很有钱的了,什么新样子的东西一到,虽说不是一定抢先去买了来,总是过不了多久,箱子里就要有的了。那时候夏天最流行银灰色市布大衫,而翠姨的穿起来最好,因为她有好几件,穿过两次不新鲜就不要了,就只在家里穿,而出门就又去做一件新的。

那时候正流行着一种长穗的耳坠子,翠姨就有两对:一对红宝石的,一对绿的。而我的母亲才能有两对,而我才有一对。可见翠姨是顶阔气的了。

还有那时候就已经开始流行高跟鞋了。可是在我们本街上却不大有人穿,只有我的继母早就开始穿,其余就算是翠姨。并不是一定因为我的母亲有钱,也不是因高跟鞋一定贵,只是女人们没有那么摩登的行为,或者说她们不很容易接受新的思想。

翠姨第一天穿起高跟鞋来,走路还很不安定,但到第二天就比较的习惯了。到了第三天,就说以后,她就是跑起来也是很平稳的。而且走路的姿态更加可爱了。

我们有时也去打网球玩玩,球撞到她脸上的时候,她才用球拍遮了一下,否则她半天也打不到一个球。因为她一上了场站在白线上就是白线上,站在格子里就是格子里,她根本不动。有的时候她竟拿网球拍子站着一边去看风景去了。尤其是大家打完了网球,吃东西的吃东西去了,洗脸的洗脸去了。惟有她一个人站在短篱前面,向着远远的哈尔滨市影痴望着。

有一次我同翠姨一同去作客。我继母的族中娶媳妇。她们是八旗人,也就是满人。满人讲究场面呢,所有的族中的年青的媳妇都必得到场,而且个个打扮得如花似玉。似乎咱们中国的社会,是没这么繁华的社交的场面的,也许那时候,我是小孩子,把什么都看得特别繁华。就只说女人们的衣服吧,就个个都穿得和现在西洋女人在夜总会里边那么庄严,一律都穿着绣花大袄。而她们是八旗人,大袄的襟下一律的没有开口,而且很长。大袄的颜色枣红的居多,绛色的也有,玫瑰紫色的也有。而那上边绣的花色,有的荷花,有的玫瑰,有的松竹梅,一句话,特别的繁华。

她们的脸上,都搽着白粉,她们的嘴上都染得桃红。

每逢一个客人到了门前,她们是要列着队出来应接的,她们都是我的舅母,一个一个地上前来问候了我和翠姨。

翠姨早就熟识她们的,有的叫表嫂子,有的叫四嫂子。而在我,她们就都是一样的,好像小孩子的时候,所玩的用花纸剪的纸人,这个和那个都是一样,完全没有分别。都是花缎袍子,都是白白的脸,都是很红的嘴唇。

就是这一次,翠姨出了风头了。她进到屋里,靠着一张大镜子旁坐下了。女人们就忽然都上前来看她,也许她从来没有这么漂亮过,今天把别人都惊住了。依我看,翠姨还没有她从前漂亮呢,不过她们说翠姨漂亮得像棵新开的腊梅。翠姨从来不搽胭脂的,而那天又穿了一件为着将来做新娘子而准备的蓝色缎子满是金花的夹袍。

翠姨让她们围起看着,难为情了起来,站起来想要逃掉似的,迈着很勇敢的步子,茫然地往里边的房间里闪开了。

谁知那里边就是新房呢,于是许多的嫂嫂就哗然地叫着,说:

"翠姐姐不要急,明年就是个漂亮的新娘子,现在先试试去。"

当天吃饭饮酒的时候,许多客人从别的屋子来呆呆地望着翠姨。翠姨举着筷子,似乎是在思量着,保持着镇静的态度,用温和的眼光看着她们。仿佛她不晓得人们专门在看着她似的。但是别的女人们羡慕了翠姨半天了,脸上又都突然地冷落起来,觉得有什么话要说,又都没有说,然后彼此对望,笑了一下,吃菜了。

四

有一年冬天,刚过了年,翠姨就来到了我家。

伯父的儿子——我的哥哥,就正在我家里。

我的哥哥,人很漂亮,很直的鼻子,很黑的眼睛,嘴也好看,头发也梳得好看,人很长,走路很爽快。大概在我们所有的家族中,没有这么漂亮的人物。

冬天,学校放了寒假,所以来我们家里休息。大概不久,学校开学就要上学去了。哥哥是在哈尔滨读书。

我们的音乐会,自然要为这新来的角色而开了,翠姨也参加的。

于是非常的热闹,比方我的母亲,她一点也不懂这行,但是她也列了席,她坐在旁边观看。连家里的厨子,女工,都停下了工作来望着我们,似乎他们不是听什么乐器,而是在看人。我们聚满了一客厅。这些乐器的声音,大概很远的邻居都可以听到。

第二天邻居来串门的,就说:

"昨天晚上,你们家又是给谁祝寿?"

我们就说,是欢迎我们的刚到的哥哥。因此,我们家是很好玩的,很有趣的。不久,就来到了正月十五看花灯的时节了。

我们家里自从父亲维新革命,总之在我们家里,兄弟姊妹,一律相待,有好玩的就一齐玩,有好看的就一齐去看。

伯父带着我们,哥哥、弟弟、姨……共八九个人,在大月亮地里往大街里跑去了。那路之滑,滑得不能站脚,而且高低不平。他们男孩子们跑在前面,而我们因为跑得慢就落了后。

于是那在前边的他们回头来嘲笑我们,说我们是小姐,说我们是娘娘。说我们走不动。

我们和翠姨早就连成一排向前冲去,但是,不是我倒,就是她倒,到后来还是哥哥他们一个一个地来扶着我们。说是扶着,未免的太示弱了,也不过就是和他们连成一排向前进着。

不一会到了市里,满路花灯,人山人海。又加上狮子、旱船、龙灯、秧歌,闹得眼也花起来,一时也数不清多少玩艺,哪里会来得及看,似乎只是在眼前一晃就过去了。而一会别的又来了,又过去了。其实也不见得繁华得多么不得了,不过觉得世界上是不会比这个再繁华的了。

商店的门前,点着那么大的火把,好像热带的大椰子树似的,一个比一个亮。

我们进了一家商店,那是父亲的朋友开的。他们很好的招待我们,茶、点心、桔子、元宵。我们哪里吃得下去。听到门外一打鼓,就心慌了。而外边鼓和喇叭又那么多,一阵来了,一阵还没有去远,一阵又来了。

因为城本来是不大的,有许多熟人也都是来看灯的,都遇到了。其中我们本城里的在哈尔滨念书的几个男学生,他们也来看灯了。哥哥都认识他们。我也认识他们,因为这时候我到哈尔滨念书去了,所以一遇到了我们,他们就和我们在一起。他们出去看灯,看了一会,又回到我们的地方,和伯父谈话,和哥哥谈话。我晓得他们,因为我们家比较有势力,他们是很愿和我们讲话的。

所以回家的一路上,又多了两个男孩子。

不管人讨厌不讨厌,他们穿的衣服总算都市化了。个个都穿着西装,戴着呢帽,外套都是到膝盖的地方,脚下很利落清爽。比起我们城里的那种怪样子的外套,好像大棉袍子似的,好看得多了。而且颈间又都束着一条围巾来,人就更显得庄严,漂亮。

翠姨觉得他们个个都很好看。

哥哥也穿的西装,自然哥哥也很好看。因此在路上她直在看哥哥。

翠姨梳头梳得是很慢的,必定梳得一丝不乱,搽粉也要搽了洗掉,洗掉再搽,一直搽到认为满意为止。花灯节的第二天早晨,她就梳得更慢,一边梳头一边在思量。本来按规矩每天吃早饭必得三请两请才能出席,今天必得请到四次,她才来了。

我的伯父当年也是一位英雄,骑马、打枪绝对的好。后来虽然已经五十岁了，但是风采犹存。我们都爱伯父的，伯父从小也就爱我们。诗、词、文章，都是伯父教我们的。翠姨住在我们家里，伯父也很喜欢翠姨。今天早饭已经开好了。催了翠姨几次，翠姨总是不出来。

伯父说了一句："林黛玉……"

于是我们全家的人都笑了起来。

翠姨出来了，看见我们这样的笑，就问我们笑什么。我们没有人肯告诉她。翠姨知道一定是笑的她，她就说：

"你们赶快的告诉我，若不告诉我，今天我就不吃饭了。你们读书识字，我不懂，你们欺侮我……"

闹嚷了很久，是我的哥哥讲给她听了。伯父当着自己的儿子面前到底有些难为情，喝了好些酒，总算是躲过去了。

翠姨从此想到了念书的问题，但是她已经二十岁了，哪里去念书？上小学，没有她这样大的学生，上中学，她是一字不识。怎样可以？所以仍旧住在我们家里。

弹琴、吹箫、看纸牌，我们一天到晚地玩着。我们玩的时候全体参加，我的伯父，我的哥哥，我的母亲。

翠姨对我的哥哥没有什么特别的好，我的哥哥对翠姨就像对我们，也是完全的一样。

不过哥哥讲故事的时候，翠姨总比我们留心听些，那是因为她的年龄稍稍比我们大些，当然在理解力上，比我们更接近一些哥哥的了。哥哥对翠姨比对我们稍稍的客气一点。他和翠姨说话的时候，总是"是的""是的"，而和我们说话则"对啦""对啦"。这显然因为翠姨是客人的关系，而且在名份上比他大。

不过有一天晚饭之后，翠姨和哥哥都没有了。每天饭后大概总要开个音乐会的。这一天，也许因为伯父不在家，没在人领导的缘故，大家吃过也就散了，客厅里一个人也没有。我想找弟弟和我下一盘棋，弟弟也不见了。于是我就一个人在客厅里按起风琴来，玩了一下，也觉得没有趣。客厅是静得很的，在我关上了风琴盖子之后，我就听见了在后屋里，或者在我的房子里是有人的。

我想一定是翠姨在屋里。快去看看她，叫她出来张罗着看纸牌。

我跑进去一看，不单是翠姨，还有哥哥陪着她。

看见了我，翠姨就赶快地站起来说：

"我们去玩吧。"

哥哥也说：

"我们下棋去，下棋去。"

他们出来陪我来玩棋，这次哥哥总是输，从前是他回回赢我。我觉得奇怪，但是心里高兴极了。

不久寒假终了,我就回到哈尔滨的学校念书去了。可是哥哥没有同来,因为他上半年生了点病,曾在医院里休养了一些时候,这次伯父主张他再请两个月的假,留在家里。

以后家里的事情,我就不大知道了。都是由哥哥或母亲讲给我听的。我走了以后,翠姨还住在我家里。

后来母亲告诉过,就是在翠姨还没有订婚之前,有过这样一件事情。我的族中有一个小叔叔,和哥哥一般大的年纪,说话口吃,没有风采,也是和哥哥在一个学校里读书。虽然他也到我们家里来过,但怕翠姨没有见过。那时外祖母就主张给翠姨提婚。那族中的祖母一听就拒绝了,说是寡妇的儿子,命不好,也怕没有家教,何况父亲死了,母亲又出嫁了,好女不嫁二夫郎,这种人家的女儿,祖母不要。但是我母亲说,辈分合,他家还有钱,翠姨过门是一品当朝的日子,不会受气的。

这件事情翠姨是晓得的,而今天又见了我的哥哥,她不能不想哥哥大概是那样看她的。她自觉地觉得自己的命运不会好的。现在翠姨自己已经订了婚,是一个人的未婚妻;二则她是出了嫁的寡妇的女儿,她自己一天把这个背了不知有多少遍,她记得清清楚楚。

五

翠姨订婚,转眼三年了。正这时,翠姨的婆家,通了消息来,张罗要娶。她的母亲来接她回去整理嫁妆。

翠姨一听就得病了。

但没有几天,她的母亲就带着她到哈尔滨采办嫁妆去了。

偏偏那带着她采办嫁妆的向导,又是哥哥介绍来的他的同学。他们住在哈尔滨的秦家岗上,风景绝佳,是洋人最多的地方。那男学生们的宿舍里边,有暖气、洋床。翠姨带着哥哥的介绍信,像一个女同学似的被他们招待着。又加上已经学了俄国人的规矩,处处尊重女子,所以翠姨当然受了他们不少的尊敬,请她吃大菜,请她看电影。坐马车的时候,车让她先上;下车的时候,人家扶她下来。她每一动别人都为她服务,外套一脱,就接过去了;她刚一表示要穿外套,就给她穿上了。

不用说,买嫁妆她是不痛快的,但那几天,她总算一生中最开心的时候。

她觉得到底是读大学的人好,不野蛮,不会对女人不客气,绝不能像她的妹夫常常打她的妹妹。

经这到哈尔滨去一买嫁妆,翠姨就不愿意出嫁了。她一想那个又丑又小的男人,她就恐怖。

她回来的时候,母亲又接她来我们家来住着,说她的家里又黑又冷,说她太孤单可怜。我们家是一团暖气的。

到了后来,她的母亲发现她对于出嫁太不热心,该剪裁的衣裳,她不去剪裁;有一些零碎还要去买的,她也不去买。做母亲的总是常常要加以督促,后来就要接她回去,接到她的身边,好随时提醒她。她的母亲以为年青的人必定要随时提醒的,不然总是贪玩。而况出嫁的日子又不远了,或者就是二三月。

想不到外祖母来接她的时候,她从心的不肯回去,她竟很勇敢地提出来她要读书的要求。她说她要念书,她想不到出嫁。

开初外祖母不肯,到后来,她说若是不让她读书,她是不出嫁的。外祖母知道她的心情,而且想起了很多可怕的事情……

外祖母没有办法,依了她。给她在家里请了一位老先生,就在自己家院子的空房里边摆上了书桌,还有几个邻居家的姑娘,一齐念书。

翠姨白天念书,晚上回到外祖母家。

念书,不多日子,人就开始咳嗽,而且整天的闷闷不乐。她的母亲问她,有什么不如意? 陪嫁的东西买得不顺心吗? 或者是想到我们家去玩吗? 什么事都问到了。

翠姨摇着头不说什么。

过了一些日子,我的母亲去看翠姨,带着我的哥哥。他们一看见她,第一个印象,就觉得她苍白了不少。而且母亲断言地说,她活不久了。

大家都说是念书累的,外祖母也说是念书累的,没有什么要紧;要出嫁的女儿们,总是先前瘦的,嫁过去就要胖了。

而翠姨自己则点点头,笑笑,不承认,也不加以否认。还是念书,也不到我们家来了,母亲接了几次,也不来,回说没有工夫。

翠姨越来越瘦了,哥哥去到外祖母家看了她两次,也不过是吃饭、喝酒,应酬了一番。而且说是去看外祖母的。在这里,年青的男子去拜访年青的女子,是不可以的。哥哥回来也并不带回什么喜欢或是什么新奇的忧郁,还是一样和我们打牌下棋。

翠姨后来支持不了啦,躺下了,她的婆婆听说她病了,就要娶她。因为花了钱,死了不是可惜了吗? 这一种消息,翠姨听了病就更加严重。婆家一听她病重,立刻就娶她。因为在迷信中有这样一章:病新娘娶过来一冲,就冲好了。翠姨听了,就只盼望赶快死,拼命地糟蹋自己的身体,想死得越快一点儿越好。

母亲记起了翠姨,叫哥哥去看翠姨。是我的母亲派哥哥去的。母亲拿了一些钱让哥哥给翠姨送去,说是母亲送她在病中随便买点什么吃的。母亲晓得他们年青人是很拘泥的,或者不好意思去看翠姨,也或者翠姨是很想看他的,他们好久不能看见了。同时翠姨不愿意出嫁,母亲很久的就在心里猜疑着他们了。

男子是不好先去专访一位小姐的,这城里没有这样的风俗。母亲给了哥哥一件礼物,哥哥就可去了。

哥哥去的那天,她家里正没有人,只是她家的堂妹妹应接着这从未见过的生疏的年青的客人。

那堂妹妹还没问清客人的来由,就往外跑,说是去找她们的祖父去,请他等一等。大概她想是凡男客就是来会祖父的。

客人只说了自己的名字,那女孩子连听也没有听就跑出了。

哥哥正想,翠姨在什么地方?或者在里屋吗?翠姨大概听出什么人来了,她就在里边说:"请进来。"

哥哥进去了,坐在翠姨的枕边,他要去摸一摸翠姨的前额,是否发热,他说:"好了点吗?"

他刚一伸出手去,翠姨就突然的拉了他的手,而且大声地哭起来了,好像一颗心也哭出来了似的。哥哥没有准备,就很害怕,不知道说什么,作什么。他不知道现在就该是保护翠姨的地位,还是保护自己的地位。同时听得见外边已经有人来了,就要开门进来了。一定是翠姨的祖父。

翠姨平静地向他笑着,说:

"你来得很好,一定是姐姐,你的婶母告诉你来的,我心里永远记念着她。她爱我一场,可惜我不能去看她了……我不能报答她了……不过我总会记起在她家里的日子的……她待我也许没有什么,但是我觉得已经太好了……我永远不会忘记的……我现在也不知道为什么,心里只想死得快一点就好,多活一天也是多余的……人家也许以为我是任性……其实是不对的。不知为什么,那家对我也会是很好的,但是我不愿意。我小时候,就不好,我的脾气总是,不从心的事,我不愿意……这个脾气把我折磨到今天了……可是我怎能从心呢……真是笑话……谢谢姐姐她还惦着我……请你告诉她,我并不像她想的那么苦,我也很快乐……"翠姨苦笑了一笑,"我的心里安静,而且我求的我都得到了……"

哥哥茫然地不知道说什么。这时,祖父进来了。看了翠姨的热度,又感谢了我的母亲,对我哥哥的降临,感到荣幸。他说请我母亲放心吧,翠姨的病马上就会好的,好了就嫁过去。

哥哥看了看翠姨就退出去了,从此再没有看见她。

哥哥后来提起翠姨常常落泪,他不知翠姨为什么死,大家也都心中纳闷。

尾声

等我到春假回来，母亲还当我说：

"要是翠姨一定不愿意出嫁，那也是可以的，假如他们当我说。"

············

翠姨坟头的草籽已经发芽了，一掀一掀地和土粘成了一片，坟头显出淡淡的青色，常常会有白色的山羊跑过。

街上有提着筐子卖蒲公英的了，也有卖小根蒜的了。更有些孩子们，他们按着时节去折了那刚发芽的柳条，正好可以拧成哨子，就含在嘴里满街地吹。声音有高有低，因为哨子有粗有细。

大街小巷到处是呜呜呜，呜呜呜。好像春天是从他们的手里招呼回来了似的。但是这为期甚短。一转眼，吹哨子的不见了。

接着杨花飞起来了，榆钱飘满了一地。

在我的家乡那里，春天是快的。五天不出屋，树发芽了，再过五天不看树，树长叶了，再过五天，这树就像绿得使人不认识它了。使人想，这棵树，就是前天的那棵树吗？自己回答自己：当然是的。春天就像跑的那么快。好像人能够看见似的，春天从老远的地方跑来了，跑到这个地方，只向人的耳朵吹一句小小的声音："我来了呵"，而后很快地就跑过去了。

春，好像它不知道多么忙迫，好像无论什么地方都在招呼它。假若它晚到一刻，阳光会变色的，大地会干成石头，尤其是树木，那真是好像再多一刻工夫也不能忍耐。假若春天稍稍在什么地方留连了一下，就会误了不少的生命。

春天为什么它不早一点来，来到我们这城里多住一些日子。而后再慢慢地到另外的一个城里去，在另外一个城也多住一些日子。

但那是不能的了，春天的命运就是这么短。

年青的姑娘们，她们三两成双，坐着马车，去选择衣料去了，因为就要换春装了。她们热心地弄着剪刀，打着衣样，想装成自己心中想得出的那么好。她们白天黑夜地忙着，不久春装换起来了，只是不见载着翠姨的马车来。

1941 年 7 月

（选自《小城三月》，凤凰出版社 2010 年版）

小二黑结婚

赵树理

一　神仙的忌讳

　　刘家峧有两个神仙,邻近各村无人不晓:一个是前庄上的二诸葛,一个是后庄上的三仙姑。二诸葛原来叫刘修德,当年做过生意,抬脚动手都要论一论阴阳八卦,看一看黄道黑道,三仙姑是后庄于福的老婆,每月初一十五都要顶着红布摇摇摆摆装扮天神。

　　二诸葛忌讳"不宜栽种",三仙姑忌讳"米烂了"。这里边有两个小故事:有一年春天太旱,直到阴历五月初三才下了四指雨。初四那天大家都抢着种地,二诸葛看了看历书,又掐指算了一下说:"今日不宜栽种。"初五日是端午,他历年就不在端午这天做什么,又不曾种;初六倒是个黄道吉日,可惜地干了,虽然勉强把他的四亩谷子种上了,却没有出够一半。后来直到十五才又下雨,别人家都在地里锄苗,二诸葛却领着两个孩子在地里补空子。邻家有个后生,吃饭时候在街上碰上二诸葛便问道:"老汉! 今天宜栽种不宜?"二诸葛翻了他一眼,扭转头返回去了。大家就嘻嘻哈哈传为笑谈。

　　三仙姑有个女孩叫小芹。一天,金旺他爹到三仙姑那里问病,三仙姑坐在香案后唱,金旺他爹跪在香案前听。小芹那年才九岁,晌午做捞饭,把米下进锅里了,听见她娘哼哼得很中听,站在桌前听了一会,把做饭也忘了。一会,金旺他爹出去小便,三仙姑趁空子向小芹说:"快去捞饭! 米烂了!"却不料就叫金旺他爹听见,回去就传开了。后来有些好玩笑的人,见了三仙姑就故意问别人"米烂了没有?"

二　三仙姑的来历

　　三仙姑下神,足足有三十年了。那时三仙姑才十五岁,刚刚嫁给于福,是前后庄上第一个俊俏媳妇。于福是个老实后生,不多说一句话,只会在地里死受。于福的娘早死了,只有个爹,父子两个一上了地,家里就只留下新媳妇一个人。村里的年轻人们,觉得新媳妇太孤单,就慢慢自动的来跟新媳妇做伴,不几天就集合了一大群,每天嘻嘻哈哈,十分红火。于福他爹看见不像个样子,有一天发了脾气,大骂一顿,虽然把外人挡住了,新媳妇却跟他闹起来,新媳妇哭了一天一夜,头也不梳、脸也不洗,饭也不吃。躺在炕上,谁也叫不起来,父子两个没了办法。邻家有个老婆替他请了一个神婆子,在他家下了一回神,说是三仙姑跟上她了,她也哼哼卿卿自称吾神长吾神短,从此以后每月初一十五就下起神来,别人也给她烧起香来求财问病,三仙姑的香案便从此设起来了。

青年们到三仙姑那里去,要说是去问神,还不如说是去看圣像。三仙姑也暗暗猜透大家的心事,衣服穿得更新鲜,头发梳得更光滑,首饰擦得更明,宫粉擦得更匀,不由青年们不跟着她转来转去。

这是三十来年前的事。当时的青年,如今都已留下胡子,家里大半又都是子媳成群,所以除了几个老光棍,差不多都没有那些闲情到三仙姑那里去了。三仙姑却和大家不同,虽然已经四十五岁,却偏爱当个老来俏,小鞋上仍要绣花,裤腿上仍要镶边,顶门上的头发脱光了,用黑手帕盖起来,只可惜宫粉涂不平脸上的皱纹,看起来好像驴粪蛋上下上了霜。

老相好都不来了,几个老光棍不能叫三仙姑满意,三仙姑又团结了一伙孩子们,比当年的老相好更多,更俏皮。

三仙姑有什么本领能团结这伙青年呢？这秘密在她女儿小芹身上。

三　小芹

三仙姑前后共生过六个孩子,就有五个没有成人,只落了一个女儿,名叫小芹。小芹当两三岁时候,就非常伶俐乖巧,三仙姑的老相好们,这个抱过来说是"我的",那个抱起来说是"我的",后来小芹长到五六岁,知道这不是好话,三仙姑教她说:"谁再这么说,你就说'是你的姑姑'。"说了几回,果然没有人再提了。

小芹今年十八了,村里的轻薄人说,比她娘年轻时候好得多。青年小伙子们,有事没事,总想跟小芹说句话。小芹去洗衣服,马上青年们也都去洗;小芹上山采野菜,马上青年们也都去采。

吃饭时候,邻居们端上碗爱到三仙姑那里坐一会,前庄上的人来回一里路,也并不觉得远。这已经是三十年来的老规矩,不过小青年们也这样热心,却是近二三年来才有的事。三仙姑起先还以为自己仍有勾引青年的本领,日子长了,青年们并不真正跟她接近,她才慢慢看出门道来,才知道人家来了为的是小芹。

不过小芹却不跟三仙姑一样,表面上虽然也跟大家说说笑笑,实际上却不跟人乱来,近二三年,只是跟小二黑好一点。前年夏天,有一天前晌,于福下地,三仙姑去逛门,家里只留下小芹一个人,金旺来了,嬉皮笑脸向小芹说:"这会可算是个空子吧?"小芹板起脸来说:"金旺哥!咱们以后说话要规矩些!你也是婆媳妇大汉了!"金旺撇撇嘴说:"咦!装什么假正经?小二黑一来管保你就软了!有便宜大家讨开点,没事;要正经除非自己锅底没有黑!"说着就拉住小芹的胳膊悄悄说:"不用装模做样了!"不料小芹大声喊道"金旺!"金旺赶紧放手跑出来。一边还叨念道:"等得住你!"说着就悄悄溜走了。

四 金旺弟兄

提起金旺来，刘家峧没有人不恨他，只有他一个本家兄弟名叫兴旺的跟他对劲。

金旺他爹虽是个庄稼人，却是刘家峧一只虎，当过几十年老社首，捆人打人是他的拿手好戏。金旺长到十七八岁，就成了他爹的好帮手，兴旺也学会了帮虎吃食，从此金旺他爹想要捆谁，就不用亲自动手，只要下个命令，自有金旺兴旺代办。

抗战初年，汉奸敌探溃兵土匪到处横行，那时金旺他爹已经死了，金旺兴旺弟兄两个，给一支溃兵作了内线工作，引路绑票，讲价赎人，又做巫婆又做鬼，两头白面装好人。后来八路军来，打垮了溃兵土匪，他两人才又回到刘家峧。

山里人本来就胆子小，经过几个月大混乱，死了许多人，弄得大家更不敢出头了。别的大村子都成立了村公所、各救会、武委会，刘家峧却除了县府派来一个村长以外，谁也不愿意当干部。不久，县里派人来刘家峧工作，要选举村干部，金旺跟兴旺两个人看出这又是掌权的机会，大家也巴不得有人愿干，就把兴旺选为武委会主任，把金旺选为村政委员，连金旺老婆也被选为妇救会主席，其他各干部，硬捏了几个老头子出来充数。只有青抗先队长，老头子充不得。兴旺看见小二黑这个小孩子漂亮好玩，随便提了一下名就通过了，他爹二诸葛虽然不愿，可是惹不起金旺，也没有敢说什么。

村长是外来的，对村里情形不十分了解，从此金旺兴旺比前更厉害了，只要瞒住村长一个人，村里人不论哪个都得由他两个调遣。这几年来，村里别的干部虽然调换了几个，而他两个却好像铁桶江山。大家对他两个虽是恨之入骨，可是谁也不敢说半句话，都恐怕扳不倒他们，自己吃亏。

五 小二黑

小二黑是二诸葛的二小子，有一次反扫荡打死过两个敌人，曾得到特等射手的奖励。说到他的漂亮，那不只在刘家峧有名，每年正月扮故事，不论去到哪一村，妇女们的眼睛都跟着他转。

小二黑没有上过学，只是跟着他爹识了几个字。当他六岁时候，他爹就教他识字。识字课本既不是五经四书，也不是常识国语，而是从天干、地支、五行、八卦、六十四卦名等学起，进一步便学些《百中经》、《玉匣记》、《增删卜易》、《麻衣神相》、《奇门遁甲》、《阴阳宅》等书。小二黑从小就聪明，像那些算属相、卜六壬课、念大小流年或"甲子乙丑海中金"等口诀，不几天就都弄熟了，二诸葛也常把他引在人前卖弄。因为他长得伶俐可爱，大人们也都爱跟他玩：这个说"二黑，算一算十岁属什么?"那个说"二黑,给我卜一课!"后来二诸葛因为说"不宜栽种"误了种地,老婆也埋怨,大黑也埋怨,庄上人也都传为笑谈,小二黑也跟着这事受了许多奚落。那时候小二黑十三岁,已经懂得好歹了,可是大人们仍把他当成小孩来玩弄,好跟二诸葛开玩笑的,一到了家,常好对着二诸葛问小二黑道:"二黑! 算算今天宜不宜栽种?"和小二黑年纪相仿的孩子们,一跟小二黑生了气,就连声喊道:"不宜栽种不宜栽种……"小二黑因为这事,好几个月见了人躲着走,从此就和他娘商量成一气,再不信他爹的鬼八卦。

小二黑跟小芹相好已经二三年了。那时候他才十六七,原不过在冬天夜长时候,跟着些闲人到三仙姑那里凑热闹,后来跟小芹混熟了,好像是一天不见面也不能行。后庄上也有人愿意给小二黑跟小芹做媒人,二诸葛不愿意,不愿意的理由有三:第一小二黑是金命,小芹是火命,恐怕火克金;第二小芹生在十月,是个犯月;第三是三仙姑的声名不好。恰巧在这时候彰德府来了一伙难民,其中有个老李带来个八九岁的小姑娘,因为没有吃的,愿意把姑娘送给人家逃个活命。二诸葛说是个便宜,先问了一下生辰八字,掐算了半天说:"千里姻缘使线牵。"就替小二黑收做童养媳。

虽然二诸葛说是千合适万合适,小二黑却不认账。父子俩吵了几天,二诸葛非养不行,小二黑说:"你愿意养你就养着,反正我不要!"结果虽把小姑娘留下了,却到底没有说清楚算什么关系。

六　斗争会

金旺自从碰了小芹的钉子以后,每日怀恨,总想设法报一报仇。有一次武委会训练村干部,恰巧小二黑发疟疾没有去。训练完毕之后,金旺就向兴旺说:"小二黑是装病,其实是被小芹勾引住了,可以斗争他一顿。"兴旺就是武委会主任,从前也碰过小芹一回钉子,自然十分赞成金旺的意见,并且又叫金旺回去和自己的老婆说一下,发动妇救会也斗争小芹一番。金旺老婆现任妇救会主席,因为金旺好到小芹那里去,早就恨得小芹了不得。现在金旺回去跟她说要斗争小芹,这才是巴不得的机会,丢下活计,马上就去布置。第二天,村里开了两个斗争会,一个是武委会斗争小二黑,一个是妇救会斗争小芹。

小二黑自己没有错,当然不承认,嘴硬到底,兴旺就下命令,把他捆起来送交政权机关处理。幸而村长脑筋清楚,劝兴旺说:"小二黑发疟疾是真的,不是装病,至于跟别人恋爱,不是犯法的事,不能捆人家。"兴旺说:"他已有了女人的。"村长说:"村里谁不知道小二黑不承认他的童养媳。人家不承认是对的:男不过十六女不过十五,不到订婚年龄。十来岁小姑娘,长大也不会来认这笔帐。小二黑满有资格跟别人恋爱,谁也不能干涉。"兴旺没话说了,小二黑反要问他:"无故捆人犯法不犯?"经村长双方劝解,才算放了完事。

兴旺还没有离村公所,小芹拉着妇救会主席也来找村长,她一进门就说:"村长! 捉贼要赃,捉奸要双,当了妇救会主席就不说理了?"兴旺见拉着金旺的老婆,生怕说出这事与自己有关,赶紧溜走。后来村长问了问情由,费了好大一会唇舌,才给她们调解开。

七 三仙姑许亲

两个斗争会开过以后,事情包也包不住了,小二黑也知道这事是合理合法的了,索性就跟小芹公开商量起来。

三仙姑却着了急。她跟小芹虽是母女,近几年来却不对劲。三仙姑爱的是青年们,青年们爱的是小芹,小二黑这个孩子,在三仙姑看来好像鲜果,可惜多一个小芹,就没了自己的份儿,她本想早给小芹找个婆家推出门去,可是因为自己声名不正,差不多都不愿意跟她结亲,开罢斗争会以后,风言风语都说小二黑要跟小芹自由结婚,她想要真是那样的话,以后想跟小二黑说句笑话都不能了,那是多么可惜的事,因此托东家求西家要给小芹找婆家。

"插起招军旗,就有吃粮人。"有个吴先生是在阎锡山部下当过旅长的退职军官,家里很富,才死了老婆。他在奶奶庙大会上见了小芹一面,愿意续她。媒人向三仙姑一说,三仙姑当然愿意。不几天送过了礼帖,就算定了,三仙姑以为了却一宗心事。

小芹已经和小二黑商量得差不多了,如何肯听她娘的话? 过礼那一天,小芹跟她娘闹起来,把吴先生送来的首饰绸缎扔下一地。媒人走后,小芹跟她娘说:"不管! 谁收了人家的东西谁跟人家去。"

三仙姑愁住了,睡了半天,晚饭以后,说是神上了身,打了两个呵欠就唱起来。她起先责备于福管不了家,后来说小芹跟吴先生是前世姻缘,还唱些什么"前世姻缘由天定,不顺天意活不成……"于福跪在地下哀求,神非教他马上打小芹一顿不可。小芹听了这话,知道跟这个装神弄鬼的娘说不出什么道理来,干脆躲了出去,让她娘一个人胡说。

小芹一个人悄悄跑到前庄上去找小二黑,恰在路上碰上小二黑去找她,两个就悄悄拉着手到一个土窑里去商量对付三仙姑的法子。

八 拿双

小芹把她娘怎样主婚怎样装神,唱些什么,从头至尾细细向小二黑说了一遍,小二黑说:"不理她! 我打听过区上的同志,人家说只要男女本人愿意,就能到区上登记,别人谁也做不了主……"说到这里,听见外边有脚步声,小二黑伸出头来一看，黑影里站着四五个人，有一个说："拿双拿双！"他两人都听出是金旺的声音，小二黑起了火，大叫道："拿？没有犯了法！"兴旺也来了，下命令道："捉住捉住！我就看你犯法不犯法？给你操了好几天心了！"小二黑："你说去哪里咱就去哪里，到边区政府你也不能把谁怎么样！走！"兴旺说："走！便宜了你！把他捆起来！"小二黑挣扎了一会，无奈没有他们人多，终于被他们七手八脚打了一顿捆起来了。兴旺说："里边还有个女的，也捆起来！捉奸要双，这是她自己说的！"说着就把小芹也捆起来了。

前庄上的人都还没有睡，听有人吵架，有些人就跑出来看，麻秆火把下看见捆着的两个人，大家不问就都知道了八九分。二诸葛也出来了，见小二黑被人家捆起来，就跪在兴旺面前哀求道："兴旺！咱两家没有什么仇！看在我老汉面上，请你们诸位高高手……"兴旺说："这事情，我们管不了，送给上级再说吧！"小二黑说："爹！你不用管！送到哪里也不犯法！我不怕他！"兴旺说："好小子！要硬你就硬到底！"又逼住三个民兵说："带他们走！"一个民兵问："带到村公所？"兴旺说："还到村公所做什么？上一回不是村长放了的？送给区武委会主任按军法处理！"说着就把他两个人拥上走了。

九　二诸葛的神课

邻居们见是兴旺弟兄们捆人，也没有人敢给小二黑讲情，直等到他们走后，才把二诸葛招呼回家。

二诸葛连连摇头说："唉！我知道这几天要出事啦：前天早上我上地里去，才上到岭上，碰上个骑驴媳妇，穿了一身孝，我就知道坏了。我今年是罗睺星照运，要谨防带孝的冲了运气，因此哪里也不敢去，谁知躲也躲不过。昨天晚上二黑他娘梦见庙里唱戏。今天早上一个老鸦落在东房上叫了十几声……唉！反正是时运，躲也躲不过。"他啰哩啰嗦念了一大堆，邻居们听了有些厌烦，又给他说了一会宽心话，就都散了。

有事人哪里睡得着？人散了之后，二诸葛家里除了童养媳之外，三个人谁也没有睡。二诸葛摸了摸脸，取出三个制钱占了一卦，占出之后吓得他面色如土。他说："了不得呀了不得！丑土的父母动出午火的官鬼，火旺于夏，恐怕有些危险了。唉！人家把他选成青年队长，我就说过不叫他当，小杂种硬要充人物头！人家说要按军法处理，要不当队长哪里犯得了军法？"老婆也拍手跺脚道："小参呀！谁知道你要闯这么大的事啦？"大黑劝道："不怕！事已经出下了，由他去吧！我想这又不是人命事，也犯不了什么大罪！既然他们送到区上，我先到区上打听打听，你们都睡吧！"说着点了个灯笼就走了。

二诸葛打发大黑去后，仍然低着头细细研究方才占的那一卦，停了一会，远远听着有个女人哭，越哭越近，不大一会就来到窗下，一推门就进来了。二诸葛还没有看清是谁，这女人就一把把他拉住，连哭带闹说："刘修德！还我闺女！你的孩子把我的闺女勾引到哪里了？还我……"二诸葛老婆气得死去活来，一看见来的是三仙姑，正赶上出气，从炕上跳下来拉住她道："你来了好！省得我去找你！你母女两个好生生把我的孩子勾引坏，你倒有脸来找我！咱两人就也到区上说说理！"两个女人滚成一团，二诸葛一个人拉也拉不开，也再顾不上研究他的卦。三仙姑见二诸葛老婆已经不顾了命，自己先怯了几分，不敢恋战，吵闹了一会挣脱出来就走了。二诸葛老婆追出门来，被二诸葛拦回去，还骂个不休。

十　恩典恩典

二诸葛一夜没有睡，一遍一遍念："大黑怎么还不回来？大黑怎么还不回来？"第二天天不明就起程往区上走，走到半路，远远看见大黑，三个民兵已都回来了，还来了区上一个助理员，一个交通员。他远远就喊叫道："大黑！怎么样？要紧不要紧？"大黑说："没有事！不怕！"说着就走到跟前，助理员跟三个民兵先走了。大黑告交通员说："这就是我爹！"又向二诸葛说："区上添传你跟于福老婆。你去吧，没有事！二黑跟小芹两个人，一到区上就放开了。区上早就听说兴旺跟金旺两个人不是东西，已经把他两个人押起来了，还派助理员到咱村开大会调查他们横行霸道的证据。我赶到那里人家就完罢了，听说区上还许咱二黑跟小芹结婚。"二诸葛说："不犯罪就好，结婚可不行，命相不对！你没有听说添传我做什么？"大黑说："不知道，大约也没有什么大事。你去吧，我先回去告我娘说。"交通员说："老汉！这就算见了你了！你去吧，我再传那一个去！"说了就跟大黑相跟着走了。

二诸葛到了区上，看见小二黑跟小芹坐在一条板凳上，他就指着小二黑骂道："闯祸东西！放了你你还不快回去？你把老子吓死了！不要脸！"区长道："干什么？区公所是骂人的地方？"二诸葛不说话了。区长问："你就是刘修德？"二诸葛答："是！"问："你给刘二黑收了个童养媳？"答："是！"问："今年几岁了？"答："属猴的，十二岁了。"区长说："女不过十五岁不能订婚，把人家退回娘家去，刘二黑已经跟于小芹订婚了！"二诸葛说："她只有个爹，也不知道逃难逃到哪里去了，退也没处退。女不过十五不能订婚，那不过是官家规定，其实乡间七八岁订婚的多着哩。请区长恩典恩典就过去了……"区长说："凡是不合法的订婚，只要有一方面不愿意都得退！"二诸葛说："我这是两家情愿。"区长问小二黑道："刘二黑！你愿意不愿意？"小二黑说："不愿意！"二诸葛的脾气又上来了，瞪了小二黑一眼道："由你啦？"区长道："给他订婚不由他，难道由你啦？老汉！如今是婚姻自主，由不得你了！你家养的那个小姑娘，要真是没有娘家，就算成你的闺女好了。"二诸葛道："那也可以，不过还得请区长恩典恩典，不能教他跟于福这闺女订婚。"区长说："这你就管不着了！"二诸葛发急道："千万请区长恩典恩典！命相不对，这是一辈子的事！"又向小二黑道："二黑！你不要糊涂了！这是你一辈子的事！"区长道："老汉！你不要糊涂了：强逼着你十九岁的孩子娶上个十二岁的小姑娘，恐怕要生一辈子气！我不过是劝一劝你，其实只要人家两个人愿意，你愿意不愿意都不相干。回去吧！童养媳没处退就算成你的闺女！"二诸葛还要请区长"恩典恩典"，一个交通员把他推出来了。

十一　看看仙姑

三仙姑去寻二诸葛，一来为的是逞逞闹气的本领，二来为的是遮遮外人的耳目，其实小芹吃一吃亏她很高兴，所以跟二诸葛老婆闹了一阵之后，回去就睡了。第二天早上，她起得很迟，于福虽比她着急，可是自己既没有主意，又不敢叫醒她，只好自己先去做饭。饭快成的时候，三仙姑慢慢起来梳妆，于福问她道："不去打听打听小芹？"她说："打听她做甚么！她的本领多大啦？"于福也再没有敢说什么，把饭菜做成了放在炉边等，直等到她梳妆罢了才开饭。

饭还没有吃罢，区上的交通员来传她。她好像很得意，嗓子拉得长长地说："闺女大了咱管不了，就去请区长替咱管教管教！"她吃完了饭，换上新衣服、新手帕、绣花鞋、镶边裤，又擦了一次粉，加上几件首饰，然后叫于福给她备上驴，她骑上，于福给她赶上，往区上去。

到了区上，交通员把她引到区长房子里，她趴下就磕头，连声叫道："区长老爷，你可要给我做主！"区长正伏在桌上写字，见她低着头跪在地下，头上戴了满头银首饰，还以为是前两天跟婆婆生了气的那个年轻媳妇，便说道："你婆婆不是有保人吗？为什么不找保人？"三仙姑莫名其妙，抬头看了看区长的脸。区长见是个擦着粉的老太婆，才知道是认错人了。交通员道："认错人了！这就是于小芹的娘！"区长又打量了她一眼道："你就是小芹的娘呀？起来！不要装神弄鬼！我什么都清楚！起来！"三仙姑站起来了，区长问："你今年多大岁数？"三仙姑说："四十五。"区长说："你自己看看你打扮得像个人不像？"门边站着老乡一个十来岁的小闺女嘻嘻嘻笑了。交通员说："到外边耍！"小闺女跑了。区长问："会下神是不是？"三仙姑不敢答话。区长问："你给你闺女找了个婆家？"三仙姑答："找下了！"问："使了多少钱？"答："三千五！"问："还有些什么？"答："有些首饰布匹！"问："跟你闺女商量过没有？"答："没有！"问："你闺女愿意不愿意？"答："不知道！"区长道："我给你叫来你亲自问问她！"又向交通员道："去叫于小芹！"

刚才跑出去那个小闺女，跑到外边一宣传，说有个打官司的老婆，四十五了，擦着粉，穿着花鞋。邻近的女人们都跑来看，挤了半院，唧唧哝哝说："看看！四十五了！""看那裤腿！""看那鞋！"三仙姑半辈没有脸红过，偏这会撑不住气了，一道道热汗在脸上流。交通员领着小芹来了，故意说："看什么？人家也是个人吧，没有见过？闪开路！"一伙女人们哈哈大笑。

把小芹叫来了，区长说："你问问你闺女愿意不愿意！"三仙姑只听见院里人说"四十五""穿花鞋"，羞得只顾擦汗，再也开不得口。院里的人们忽然又转了话头，都说"那是人家的闺女""闺女不如娘会打扮"。也有人说"听说还会下神。"偏又有个知道底细的断断续续讲"米烂了"的故事，这时三仙姑恨不得一头碰死。

区长说："你不问我替你问！于小芹，你娘给你找的婆家你愿意跟人家结婚不愿意？"小芹说："不愿意！我知道人家是谁？"区长向三仙姑道："你听见了吧？"又给她讲了一会婚姻自主的法令，说小芹跟小二黑订婚完全合法，还吩咐她把吴家送来的钱和东西原封退了，让小芹跟二黑结婚，她羞愧之下，一一答应了下来。

十二 怎样到底

三个民兵回到刘家峧，一说区上把兴旺金旺二人押起来，又派助理员来调查他们的罪恶，真是人人拍手称快。午饭后，庙里开了个群众大会，村长报告了开会宗旨就请大家举他两个人作恶事实。起先大家还怕扳不倒人家，人家再返回来报仇，老大一会没有人说话，有几个胆子太小的人，还悄悄劝大家说："忍事者安然。"有个被他两人作践垮了的年轻人说："我从前没有忍过？越忍越不得安然！你们不说我说！"他先从金旺领着土匪到他家绑票说起，一连说了四五款，才说道："我歇歇再说，先让别人也说几款！"他一说开了头，许多受过害的人都抢着说起来：有给他们花过钱的，有被他们逼着上过吊的，也有产业被他们霸了的，老婆被他们奸淫过的，他两人还派上民兵给他们家里割柴，拨上民夫给他们自己锄地，浮收粮，私派款，强迫民兵捆人……你一宗他一宗，从晌午说到太阳落，一共说了五六十款。

区上根据这些罪状把他两人送到县里，县里把罪状一一证实之后，除叫他们赔偿大家损失外，又判了十五年徒刑。

经过这次大会之后，村里人也都敢出头了，不久，村干部又都经过大改选，村里人再也不敢乱投坏人的票了。这期间，金旺老婆自然也落了选，偏她还变了口吻，说："以后我也要进步了。"

两个神仙也都有了变化：

三仙姑那天在区上被一伙妇女围住看了半天，实在觉着不好意思，回去对着镜子研究了一下，真有点打扮得不像话；又想到自己的女儿快要跟人结婚，自己还卖什么老俏？这才下了个决心，把自己的打扮从头到底换了一遍，弄得像个当长辈人的样子，把三十年来装神弄鬼的那张香案也悄悄拆去。

二诸葛那天从区上回去，又向老婆提起二黑跟小芹的命相不对，他老婆道："把你的鬼八卦收起吧，你不是说二黑这回了不得吗？你一辈子放个屁也要卜一课，究竟抵了些什么事？我看小芹满不错，能跟咱二黑过就很好！什么命相对不对？你就不记得'不宜栽种'？"二诸葛见老婆都不信自己的阴阳，也就不好意思再到别人跟前卖弄他那一套了。

小芹和小二黑各回各家，见老人们的脾气都有些改变，托邻居们趁势和说和说，两位"神仙"也就顺水推舟同意他们结婚。后来两家都准备了一下，就过门。过门之后，小两口都十分得意，邻居们都说是村里第一对好夫妻。

夫妻俩在自己卧房里有时候免不了说玩话：小二黑好学三仙姑下神时候唱"前世姻缘由天定"，小芹好学二诸葛说"区长恩典，命相不对"。淘气的孩子们去听窗，学会了这两句话，就给两位"神仙"加了新外号：三仙姑叫"前世姻缘"，二诸葛叫"命相不对"。

1943 年 5 月写于太行

（选自《赵树理文集》第 2 卷，人民文学出版社 2005 年版）

荷花淀

孙　犁

　　月亮升起来，院子里凉爽得很，干净得很，白天破好的苇眉子潮润润的，正好编席。女人坐在小院当中，手指上缠绞着柔滑修长的苇眉子。苇眉子又薄又细，在她怀里跳跃着。

　　要问白洋淀有多少苇地？不知道。每年出多少苇子？不知道。只晓得，每年芦花飘飞苇叶黄的时候，全淀的芦苇收割，垛起垛来，在白洋淀周围的广场上，就成了一条苇子的长城。女人们，在场里院里编着席。编成了多少席？六月里，淀水涨满，有无数的船只，运输银白雪亮的席子出口，不久，各地的城市村庄，就全有了花纹又密、又精致的席子用了。大家争着买：

　　"好席子，白洋淀席！"

　　这女人编着席。不久在她的身子下面，就编成了一大片。她像坐在一片洁白的雪地上，也像坐在一片洁白的云彩上。她有时望望淀里，淀里也是一片银白世界。水面笼起一层薄薄透明的雾，风吹过来，带着新鲜的荷叶荷花香。

　　但是大门还没关，丈夫还没回来。

　　很晚丈夫才回来了。这年轻人不过二十五六岁，头戴一顶大草帽，上身穿一件洁白的小褂，黑单裤卷过了膝盖，光着脚。他叫水生，小苇庄的游击组长，党的负责人。今天领着游击组到区上开会去来。女人抬头笑着问：

　　"今天怎么回来的这么晚？"站起来要去端饭。水生坐在台阶上说：

　　"吃过饭了，你不要去拿。"

　　女人就又坐在席子上。她望着丈夫的脸，她看出他的脸有些红胀，说话也有些气喘。她问：

　　"他们几个哩？"

　　水生说：

　　"还在区上。爹哩？"

　　女人说：

　　"睡了。"

　　"小华哩？"

　　"和他爷爷去收了半天虾篓，早就睡了。他们几个为什么还不回来？"

　　水生笑了一下。女人看出他笑的不像平常。

　　"怎么了，你？"

　　水生小声说：

"明天我就到大部队上去了。"

女人的手指震动了一下，想是叫苇眉子划破了手，她把一个手指放在嘴里吮了一下。水生说：

"今天县委召集我们开会。假若敌人再在同口安上据点，那和端村就成了一条线，淀里的斗争形势就变了。会上决定成立一个地区队。我第一个举手报了名的。"

女人低着头说：

"你总是很积极的。"

水生说：

"我是村里的游击组长，是干部，自然要站在头里，他们几个也报了名。他们不敢回来，怕家里的人拖尾巴。公推我代表，回来和家里人们说一说。他们全觉得你还开明一些。"

女人没有说话。过了一会，她才说：

"你走，我不拦你，家里怎么办？"

水生指着父亲的小房叫她小声一些。说：

"家里，自然有别人照顾。可是咱的庄子小，这一次参军的就有七个。庄上青年人少了，也不能全靠别人，家里的事，你就多做些，爹老了，小华还不顶事。"

女人鼻子里有些酸，但她并没有哭。只说：

"你明白家里的难处就好了。"

水生想安慰她。因为要考虑准备的事情还太多，他只说了两句：

"千斤的担子你先担吧，打走了鬼子，我回来谢你。"

说罢，他就到别人家里去了，他说回来再和父亲谈。

鸡叫的时候，水生才回来。女人还是呆呆地坐在院子里等他，她说：

"你有什么话嘱咐我吧！"

"没有什么话了，我走了，你要不断进步，识字，生产。"

"嗯。"

"什么事也不要落在别人后面！"

"嗯，还有什么？"

"不要叫敌人汉奸捉活的。捉住了要和他拼命。"这才是那最重要的一句，女人流着眼泪答应了他。

第二天，女人给他打点好一个小小的包裹，里面包了一身新单衣，一条新毛巾，一双新鞋子。那几家也是这些东西，交水生带去。一家人送他出了门。父亲一手拉着小华，对他说：

"水生，你干的是光荣事情，我不拦你，你放心走吧。大人孩子我给你照顾，什么也不要惦记。"

全庄的男女老少也送他出来，水生对大家笑一笑，上船走了。

女人们到底有些藕断丝连。过了两天，四个青年妇女集在水生家里来，大家商量：

"听说他们还在这里没走。我不拖尾巴，可是忘下了一件衣裳。"

"我有句要紧的话得和他说说。"

水生的女人说：

"听他说鬼子要在同口安据点……"

"哪里就碰得那么巧，我们快去快回来。"

"我本来不想去，可是俺婆婆非叫我再去看看他，有什么看头啊！"

于是这几个女人偷偷坐在一只小船上，划到对面马庄去了。

到了马庄，她们不敢到街上去找，来到村头一个亲戚家里。亲戚说：你们来的不巧，昨天晚上他们还在这里，半夜里走了，谁也不知开到哪里去。你们不用惦记他们，听说水生一来就当了副排长，大家都是欢天喜地的……

几个女人羞红着脸告辞出来，摇开靠在岸边上的小船。现在已经快到晌午了，万里无云，可是因为在水上，还有些凉风。这风从南面吹过来，从稻秧苇尖上吹过来。水面没有一只船，水像无边的跳荡的水银。

几个女人有点失望，也有些伤心，各人在心里骂着自己的狠心贼。可是青年人，永远朝着愉快的事情想，女人们尤其容易忘记那些不痛快。不久，她们就又说笑起来了。

"你看说走就走了。"

"可慌（高兴的意思）哩，比什么也慌，比过新年，娶新——也没见他这么慌过！"

"拴马桩也不顶事了。"

"不行了，脱了缰了！"

"一到军队里，他一准得忘了家里的人。"

"那是真的，我们家里住过一些年轻的队伍，一天到晚仰着脖子出来唱，进去唱，我们一辈子也没那么乐过。等他们闲下来没有事了，我就傻想：该低下头了吧。你猜人家干什么？用白粉子在我家影壁上画上许多圆圈圈，一个一个蹲在院子里，托着枪瞄那个，又唱起来了！"

她们轻轻划着船，船两边的水哗，哗，哗。顺手从水里捞上一棵菱角来，菱角还很嫩很小，乳白色。顺手又丢到水里去。那棵菱角就又安安稳稳浮在水面上生长去了。

"现在你知道他们到了哪里？"

"管他哩，也许跑到天边上去了！"

她们都抬起头往远处看了看。

"唉呀！那边过来一只船。"

"唉呀！日本，你看那衣裳！"

"快摇！"

小船拼命往前摇。她们心里也许有些后悔，不该这么冒冒失失走来；也许有些怨恨那些走远了的人。但是立刻就想，什么也别想了，快摇，大船紧紧追过来了。

大船追的很紧。

幸亏是这些青年妇女，白洋淀长大的，她们摇的小船飞快。小船活像离开了水皮的一条打跳的梭鱼。她们从小跟这小船打交道，驶起来，就像织布穿梭，缝衣透针一般快。

假如敌人追上了，就跳到水里去死吧！

后面大船来的飞快。那明明白白是鬼子！这几个青年妇女咬紧牙制止住心跳，摇橹的手并没有慌，水在两旁大声哗哗，哗哗，哗哗哗！

"往荷花淀里摇！那里水浅，大船过不去。"

她们奔着那不知道有几亩大小的荷花淀去，那一望无边际的密密层层的大荷叶，迎着阳光舒展开，就像铜墙铁壁一样。粉色荷花箭高高地挺出来，是监视白洋淀的哨兵吧！

她们向荷花淀里摇，最后，努力的一摇，小船窜进了荷花淀。几只野鸭扑棱棱飞起，尖声惊叫，掠着水面飞走了。就在她们的耳边响起一排枪！

整个荷花淀全震荡起来。她们想，陷在敌人的埋伏里了，一准要死了，一齐翻身跳到水里去。渐渐听清楚枪声只是向着外面，她们才又扒着船帮露出头来。她们看见不远的地方，那宽厚肥大的荷叶下面，有一个人的脸，下半截身子长在水里。荷花变成人了？那不是我们的水生吗？又往左右看去，不久各人就找到了各人丈夫的脸，啊！原来是他们！

但是那些隐蔽在大荷叶下面的战士们，正在聚精会神瞄着敌人射击，半眼也没有看她们。枪声清脆，三五排枪过后，他们投出了手榴弹，冲出了荷花淀。

手榴弹把敌人那只大船击沉，一切都沉下去了。水面上只剩下一团烟硝火药气味。战士们就在那里大声欢笑着，打捞战利品。他们又开始了沉到水底捞出大鱼来的拿手戏。他们争着捞出敌人的枪支、子弹带，然后是一袋子一袋子叫水浸透了的面粉和大米。水生拍打着水去追赶一个在水波上滚动的东西，是一包用精致纸盒装着的饼干。

妇女们带着浑身水，又坐在她们的小船上去了。

水生追回那个纸盒，一只手高高举起，一只手用力拍打着水，好使自己不沉下去。对着荷花淀吆喝：

"出来吧，你们！"

好像带着很大的气。

她们只好摇着船出来。忽然从她们的船底下冒出一个人来，只有水生的女人认的那是区小队的队长。这个人抹一把脸上的水问她们：

"你们干什么去来呀？"

水生的女人说：

"又给他们送了一些衣裳来！"

小队长回头对水生说：

"都是你村的？"

"不是她们是谁，一群落后分子！"说完把纸盒顺手丢在女人们船上，一泅，又沉到水底下去了，到很远的地方才钻出来。

小队长开了个玩笑，他说：

"你们也没有白来，不是你们，我们的伏击不会这么彻底。可是，任务已经完成，该回去晒晒衣裳了。情况还紧的很！"

战士们已经把打捞出来的战利品，全装在他们的小船上，准备转移。一人摘了一片大荷叶顶在头上，抵挡正午的太阳。几个青年妇女把掉在水里又捞出来的小包裹，丢给了他们，战士们的三只小船就奔着东南方向，箭一样飞去了。不久就消失在中午水面上的烟波里。

几个青年妇女划着她们的小船赶紧回家，一个个像落水鸡似的。一路走着，因过于刺激和兴奋，她们又说笑起来，坐在船头脸朝后的一个噘着嘴说：

"你看他们那个横样子，见了我们爱搭理不搭理的！"

"啊，好像我们给他们丢了什么人似的。"

她们自己也笑了，今天的事情不算光彩，可是：

"我们没枪，有枪就不往荷花淀里跑，在大淀里就和鬼子干起来！"

"我今天也算看见打仗了。打仗有什么出奇，只要你不着慌，谁还不会趴在那里放枪呀！"

"打沉了，我也会浮水捞东西，我管保比他们水式好，再深点我也不怕！"

"水生嫂，回去我们也成立队伍，不然以后还能出门吗！"

"刚当上兵就小看我们，过两年，更把我们看得一钱不值了，谁比谁落后多少呢！"

这一年秋季，她们学会了射击。冬天，打冰夹鱼的时候，她们一个个登在流星一样的冰船上，来回警戒。敌人围剿那百顷大苇塘的时候，她们配合子弟兵作战，出入在那芦苇的海里。

1945 年于延安

（选自《荷花淀》，天津人民出版社 2010 年版）

诗　歌

我爱这土地

艾　青

假如我是一只鸟，
我也应该用嘶哑的喉咙歌唱：
这被暴风雨所打击着的土地，
这永远汹涌着我们的悲愤的河流，
这无止息地吹刮着的激怒的风，
和那来自林间的无比温柔的黎明……
——然后我死了，
连羽毛也腐烂在土地里面。

为什么我的眼里常含泪水？
因为我对这土地爱得深沉……

（选自《艾青作品新编》，人民文学出版社 2010 年版）

纤　夫

阿　垅

嘉陵江

风，顽固地逆吹着

江水，狂荡地逆流着，

而那大木船

衰弱而又懒惰

沉湎而又笨重，

而那纤夫们

正面着逆吹的风

正面着逆流的江水

在三百尺远的一条纤绳之前

又大大地——跨出了一寸的脚步！……

风，是一个绝望于街头的老人

伸出枯僵成生铁的老手随便拉住行人（不让再走了）

要你听完那永不会完的破落的独白，

江水，是一支生吃活人的卐字旗麾下的钢甲军队

集中攻袭一个据点

要给它尽兴的毁灭

而不让它有一步的移动！

但是纤夫们既逆着那

逆吹的风

更逆着那逆流的江水。

大木船

活过了两百岁了的样子，活够了的样子

污黑而又猥琐的，

灰黑的木头处处蛀蚀着

木板坼裂成黑而又黑的巨缝（里面像有阴谋和臭虫在做窠的），

用石灰、竹丝、桐油捣制的膏深深地填嵌起来（填嵌不好的），

在风和江水里

像那生根在江岸的大黄桷树,动也——真懒得动呢

自己不动影子也不动(映着这影子的水波也几乎不流动起来)

这个走天下的老江湖

快要在这宽阔的江面上躺下来睡觉了(毫不在乎呢),

中国的船啊!

古老而又破漏的船啊!

而船仓里有

五百担米和谷

五百担粮食和种子

五百担,人底生活的资料

和大地底第二次的春底胚胎,酵母,

纤夫们底这长长的纤绳

和那更长更长的

道路

不过为的这个!

一绳之微

紧张地拽引着

作为人和那五百担粮食和种子之间的力的有机联系,

紧张地——拽引着

前进啊;

一绳之微

用正确而坚强的脚步

给大木船以应有的方向(像走回家的路一样有一个确信而又满意的方向):

向那炊烟直立的人类聚居的、繁殖之处

是有那么一个方向的

向那和天相接的迷茫一线的远方

是有那么一个方向的

向那

一轮赤赤地炽火飞爆的清晨的太阳!——

是有那么一个方向的。

伛偻着腰

纤夫

匍匐着屁股
坚持而又强进！
四十五度倾斜的
铜赤的身体和鹅卵石滩所成的角度
动力和阻力之间的角度，
互相平行地向前的
天空和地面，和天空和地面之间的人底昂奋的脊椎骨
昂奋的方向
向历史走的深远的方向，
动力一定要胜利
而阻力一定要消灭！
这动力是
创造的劳动力
和那一团风暴的大意志力。

脚步是艰辛的啊
有角的石子往往猛锐地楔入厚茧皮的脚底
多纹的沙滩是松陷的，走不到末梢的
鹅卵石底堆积总是不稳固地滑动着（滑头滑脑地滑动着），
大大的岸岩权威地当路耸立（上面的小树和草是它底一脸威严的大胡子）
——禁止通行！
走完一条路又是一条路
越过一个村落又是一个村落，
而到了水急滩险之处
哗噪的水浪强迫地夺走大木船
人半腰浸入洪怒的水沫飞溅的江水、
去小山一样扛抬着
去鲸鱼一样拖拉着
用了
那最大的力和那最后的力
动也不动——几个纤夫徒然振奋地大张着两臂（像斜插在地上的十字架了）
他们决不绝望而用背退着向前硬走，
而风又是这样逆向的
而江水又是这样逆向的啊！

而纤夫们，他们自己

骨头到处格格发响像会片片迸碎的他们自己

小腿胀重像木柱无法挪动

自己底辛劳和体重

和自己底偶然的一放手的松懈

那无聊的从愤怒来的绝望和可耻的从畏惧来的冷淡

居然——也成为最严重的一个问题

但是他们——那人和群

那人底意志力

那坚凝而浑然一体的群

那群底坚凝成钢铁的集中力

——于是大木船又行动于绿波如笑的江面了。

一条纤绳

整齐了脚步（像一队向召集令集合去的老兵），

脚步是严肃的（严肃得有沙滩上的晨霜底那种调子）

脚步是坚定的（坚定得几乎失去人性了的样子）

脚步是沉默的（一个一个都沉默得像铁铸的男子）

一条纤绳维系了一切

大木船和纤夫们

粮食和种子和纤夫们

力和方向和纤夫们

纤夫们自己——一个人，和一个集团，

一条纤绳组织了

脚步

组织了力

组织了群

组织了方向和道路，——

就是这一条细细的、长长的似乎很单薄的苎麻的纤绳。

前进——

强进！

这前进的路

同志们！

纤
夫

并不是一里一里的
也不是一步一步的
而只是——一寸一寸那么的，
一寸一寸的一百里
一寸一寸的一千里啊！
一只乌龟底竟走的一寸
一只蜗牛底最高速度的一寸啊！
而且一寸有一寸的障碍的
或者一块以不成形状为形状的岩石
或者一块小讽刺一样的自己已经破碎的石子
或者一枚从三百年的古墓中偶然给兔子掘出的锈烂钉子……
但是一寸的强进终于是一寸的前进啊
一寸的前进是一寸的胜利啊，
以一寸的力
人底力和群底力
直迫近了一寸
那一轮赤赤地炽火飞爆的清晨的太阳！

（选自《阿垅诗文集》，人民文学出版社 2007 年版）

生活是多么广阔

何其芳

生活是多么广阔，
生活是海洋。
凡是有生活的地方就有快乐和宝藏。

去参加歌咏队，去演戏，
去建设铁路，去作飞行师，
去坐在实验室里，去写诗，
去高山上滑雪，去驾一只船颠簸在波涛上，
去北极探险，去热带搜集植物，
去带一个帐篷在星光下露宿。
去过寻常的日子，
去在平凡的事物中睁大你的眼睛，
去以自己的火点燃旁人的火，
去以心发现心。

生活是多么广阔。
生活又多么芬芳。
凡是有生活的地方就有快乐和宝藏。

（选自《何其芳作品新编》，人民文学出版社 2010 年版）

我用残损的手掌

戴望舒

我用残损的手掌

摸索这广大的土地：

这一角已变成灰烬，

那一角只是血和泥；

这一片湖该是我的家乡，

（春天，堤上繁花如锦幛，

嫩柳枝折断有奇异的芬芳，）

我触到荇藻和水的微凉；

这长白山的雪峰冷到彻骨，

这黄河的水夹泥沙在指间滑出；

江南的水田，你当年新生的禾草

是那么细，那么软……现在只有蓬蒿；

岭南的荔枝花寂寞地憔悴，

尽那边，我蘸着南海没有渔船的苦水……

无形的手掌掠过无限的江山，

手指沾了血和灰，手掌沾了阴暗，

只有那辽远的一角依然完整，

温暖，明朗，坚固而蓬勃生春。

在那上面，我用残损的手掌轻抚，

像恋人的柔发，婴孩手中乳。

我把全部的力量运在手掌

贴在上面，寄与爱和一切希望，

因为只有那里是太阳，是春，

将驱逐阴暗，带来苏生，

因为只有那里我们不像牲口一样活，

蝼蚁一样死……那里，永恒的中国！

（选自《戴望舒作品新编》，人民文学出版社 2009 年版）

我

穆 旦

从子宫割裂,失去了温暖,
是残缺的部分渴望着救援,
永远是自己,锁在荒野里,

从静止的梦离开了群体,
痛感到时流,没有什么抓住,
不断的回忆带不回自己,

遇见部分时在一起哭喊,
是初恋的狂喜,想冲出樊篱,
伸出双手来抱住了自己

幻化的形象,是更深的绝望,
永远是自己,锁在荒野里,
仇恨着母亲给分出了梦境。

（选自《九叶派诗选》修订版,人民文学出版社 2009 年版）

我们准备着

冯　至

我们准备着深深地领受
那些意想不到的奇迹，
在漫长的岁月里忽然有
彗星的出现，狂风乍起：

我们的生命在这一瞬间，
仿佛在第一次的拥抱里
过去的悲欢忽然在眼前
凝结成屹然不动的形体。

我们赞颂那些小昆虫，
它们经过了一次交媾
或是抵御了一次危险，

便结束它们美妙的一生。
我们整个的生命在承受
狂风乍起，彗星的出现。

（选自《十四行集》，华夏出版社 2009 年版）

寂　寞

郑　敏

这一棵矮小的棕榈树，
他是成年的都站在
这儿，我的门前吗？
我仿佛自一场闹宴上回来，
当黄昏的天光
照着它独个站在
泥地和青苔的绿光里。
我突然跌回世界，
它的心的顶深处，
在这儿，我觉得
他静静地围在我的四周
像一个下沉着的池塘，
我的眼睛，
好像在淡夜里睁开，
看见一切在他们
最秘密的情形里；
我的耳朵，
好像突然醒来，
听见黄昏时一切
东西在申说着，
我是单独的对着世界。
我是寂寞的。
当白日将没于黑暗，
我坐在屋门口，
在屋外的半天上
这时飞翔着那
在消灭着的笑声。
在远处有
河边的散步，

我看见了：
那啄着水的胸膛的燕子，
刚刚覆着河水的
早春的大树。

我想起海里有两块岩石，
有人说它们是不寂寞的；
同晒着太阳，
同激起白沫，
同守着海上的寂静，
但是对于我，它们
只不过是种在庭院里
不能行走的两棵大树，
纵使手臂搭着手臂，
头发缠着头发；
只不过是一扇玻璃窗
上的两个格子，
永远地站在自己的位子上。
呵，人们是何等地
渴望着一个混合的生命，
假设这个肉体里有那个肉体，
这个灵魂内有那个灵魂。

世界上有哪一个梦
是有人伴着我们做的呢？
我们同爬上带雪的高山，
我们同行在缓缓的河上，
但是谁能把别人，
他的朋友，甚至爱人，
那用誓言和他锁在一起的人
装在他的身躯里，
伴着他同
听那生命吩咐给他一人的话，
看那生命显示给他一人的颜容，

寂寞

感着他的心所感觉的
恐怖、痛苦、憧憬和快乐呢？
在我的心里有许多
星光和影子，
这是任何人都看不见的，
当我和我的爱人散步的时候，
我看见许多魔鬼和神使，
我嗅见了最早的春天的气息，
我看见一块飞来的雨云；
这一刻我听见黄莺的喜悦，
这一刻我听见报雨的斑鸠；
但是因为人们各自
生活着自己的生命，
他们永远使我想起
一块块的岩石，
一棵棵的大树，
一个不能参与的梦。

为什么我常常希望
贴在一棵大树上如一枝软藤？
为什么我常常觉得
被推入一群陌生的人里？
我常常祈求道：
来吧，我们联合在一起，
不是去游玩，
不是去工作，
我是说你也看见吗
在我心里那要来到的一场大雨！
当寂寞挨近我，
世界无情而鲁莽地
直走入我的胸膛里，
我只有默默望着那丰满的柏树，
想道：他会开开他那浑圆的身体，
完满的世界，

让我走进去躲躲吗？
但是，有一天当我正感觉
"寂寞"它咬我的心像一条蛇，
忽然，我悟道：
我是和一个
最忠实的伴侣在一起，
整个世界都转过他们的脸去，
整个人类都听不见我的招呼，
它却永远紧贴在我的心边，
它让我自一个安静的光线里
看见世界的每一部分，
它让我有一双在空中的眼睛，
看见这个坐在屋里的我：
他的情感，和他的思想。
当我是一个玩玩具的孩童，
当我是一个恋爱着的青年，
我永远是寂寞的；
我们同走了许多路
直到最后看见
"死"在黄昏的微光里
穿着他的长衣裳
将你那可笑的盼望的眼光
自树木和岩石上取回来罢，
它们都是聋哑而不通信息的，
我想起有人自火的疼痛里
求得"虔诚"的最后的安息，
我也将在"寂寞"的咬啮里
寻得"生命"最严肃的意义，
因为它，人们才无论
在冬季风雪的狂暴里，
在发怒的波浪上，
都不息地挣扎着。
来吧，我的眼泪，
和我的苦痛的心，

我欢喜知道他在那儿
撕裂，压挤我的心，
我把人类一切渺小，可笑，猥琐
的情绪都掷入它的无边里
然后看见：
生命原来是一条滚滚的河流。

（选自《九叶派诗选》，人民文学出版社 2009 年版）

散　文

囚绿记

陆　蠡

这是去年夏间的事情。

我住在北平的一家公寓里。我占据着高广不过一丈的小房间，砖铺的潮湿的地面，纸糊的墙壁和天花板，两扇木格子嵌玻璃的窗，窗上有很灵巧的纸卷帘，这在南方是少见的。

窗是朝东的。北方的夏季天亮得快，早晨五点钟左右太阳便照进我的小屋，把可畏的光线射个满室，直到十一点半才退出，令人感到炎热。这公寓里还有几间空房子，我原有选择的自由的，但我终于选定了这朝东的房间，我怀着喜悦而满足的心情占有它，那是有一个小小理由。

这房间靠南的墙壁上，有一个小圆窗，直径一尺左右。窗是圆的，却嵌着一块六角形的玻璃，并且左下角是打碎了，留下一个大孔隙，手可以随意伸进伸出。圆窗外面长着常春藤。当太阳照过它繁密的枝叶，透到我房里来的时候，便有一片绿影。我便是欢喜这片绿影才选定这房间的。当公寓里的伙计替我提了随身小提箱，领我到这房间来的时候，我瞥见这绿影，感觉到一种喜悦，便毫不犹疑地决定下来，这样了截爽直使公寓里伙计都惊奇了。

绿色是多宝贵的啊！它是生命，它是希望，它是慰安，它是快乐。我怀念着绿色把我的心等焦了。我欢喜看水白，我欢喜看草绿。我疲累于灰暗的都市的天空，和黄漠的平原，我怀念着绿色，如同涸辙的鱼盼等着雨水，我急不暇择的心情即使一枝之绿也视同至宝。当我在这小房中安顿下来，我移徙小台子到圆窗下，让我的面朝墙壁和小窗。门虽是常开着，可没人来打扰我，因为在这古城中我是孤独而陌生。但我并不感到孤独。我忘记了困倦的旅程和已往的许多不快的记忆。我望着这小圆洞，绿叶和我对语。我了解自然无声的语言，正如它了解我的语言一样。

我快活地坐在我的窗前。度过了一个月，两个月，我留恋于这片绿色。我开始了解渡越沙漠者望见绿洲的欢喜，我开始了解航海的冒险家望见海面飘来花草的茎叶的欢喜。人是在自然中生长的，绿是自然的颜色。

我天天望着窗口常春藤的生长。看它怎样伸开柔软的卷须,攀住一根缘引它的绳索,或一茎枯枝;看它怎样舒开折叠着的嫩叶,渐渐变青,渐渐变老,我细细观赏它纤细的脉络,嫩芽,我以握苗助长的心情,巴不得它长得快,长得茂绿。下雨的时候,我爱它淅沥的声音,婆娑的摆舞。

忽然有一种自私的念头触动了我。我从破碎的窗口伸出手去,把两枝浆液丰富的柔条牵进我的屋子里来,教它伸长到我的书案上,让绿色和我更接近,更亲密。我拿绿色来装饰我这简陋的房间,装饰我过于抑郁的心情。我要借绿色来比喻葱茏的爱和幸福,我要借绿色来比喻猗郁的年华。我囚住这绿色如同幽囚一只小鸟,要它为我作无声的歌唱。

绿的枝条悬垂在我的案前了,它依旧伸长,依旧攀缘,依旧舒放,并且比在外边长得更快。我好像发现了一种"生的欢喜",超过了任何种的喜悦。从前我有个时候,住在乡间的一所草屋里,地面是新铺的泥土,未除净的草根在我的床下苗出嫩绿的芽苗,蕈菌在地角上生长,我不忍加以剪除。后来一个友人一边说一边笑,替我拔去这些野草,我心里还引为可惜,倒怪他多事似的。

可是在每天早晨,我起来观看这被幽囚的"绿友"时,它的尖端总朝着窗外的方向。甚至于一枚细叶,一茎卷须,都朝原来的方向。植物是多固执啊!它不了解我对它的爱抚,我对它的善意。我为了这永远向着阳光生长的植物不快,因为它损害了我的自尊心。可是我囚系住它,仍旧让柔弱的枝叶垂在我的案前。

它渐渐失去了青苍的颜色,变成柔绿,变成嫩黄,枝条变成细瘦,变成娇弱,好像病了的孩子。我渐渐不能原谅我自己的过失,把天空底下的植物移锁到暗黑的室内;我渐渐为这病损的枝叶可怜,虽则我恼怒它的固执,无亲热,我仍旧不放走它。魔念在我心中生长了。

我原是打算七月尾就回南去的。我计算着我的归期,计算这"绿囚"出牢的日子。在我离开的时候,便是它恢复自由的时候。

芦沟桥事件发生了。担心我的朋友电催我赶速南归。我不得不变更我的计划,在七月中旬,不能再留连于烽烟四逼中的旧都,火车已经断了数天,我每日须得留心开车的消息。终于在一天早晨候到了。临行时我珍重地开释了这永不屈服于黑暗的囚人。我把瘦黄的枝叶放在原来的位置上,向它致诚意的祝福,愿它繁茂苍绿。

离开北平一年了。我怀念着我的圆窗的绿友。有一天,得重和它们见面的时候,会和我面生么?

(选自《囚绿记》,江苏文艺出版社 2010 年版)

雅　舍

梁实秋

　　到四川来，觉得此地人建造房屋最是经济。火烧过的砖，常常用来做柱子，孤零零的砌起四根砖柱，上面盖上一个木头架子，看上去瘦骨嶙嶙，单薄得可怜；但是顶上铺了瓦，四面编了竹篾墙，墙上敷了泥灰，远远的看过去，没有人能说不像是座房子。我现在住的"雅舍"正是这样一座典型的房子。不消说，这房子有砖柱，有竹篾墙，一切特点都应有尽有。讲到住房，我的经验不算少，什么"上支下摘"，"前廊后厦"，"一楼一底"，"三上三下"，"亭子间"，"茅草棚"，"琼楼玉宇"和"摩天大厦"，各式各样，我都尝试过。我不论住在哪里，只要住得稍久，对那房子便发生感情，非不得已我还舍不得搬。这"雅舍"，我初来时仅求其能蔽风雨，并不敢存奢望，现在住了两个多月，我的好感油然而生。虽然我已渐渐感觉它是并不能蔽风雨，因为有窗而无玻璃，风来则洞若凉亭，有瓦而空隙不少，雨来则渗如滴漏。纵然不能蔽风雨，"雅舍"还是自有它的个性。有个性就可爱。

　　"雅舍"的位置在半山腰，下距马路约有七八十层的土阶。前面是阡陌螺旋的稻田。再远望过去是几抹葱翠的远山，旁边有高粱地，有竹林，有水池，有粪坑，后面是荒僻的榛莽未除的土山坡。若说地点荒凉，则月明之夕，或风雨之日，亦常有客到，大抵好友不嫌路远，路远乃见情谊。客来则先爬几十级的土阶，进得屋来仍须上坡，因为屋内地板乃依山势而铺，一面高，一面低，坡度甚大，客来无不惊叹，我则久而安之，每日由书房走到饭厅是上坡，饭后鼓腹而出是下坡，亦不觉有大不便处。

　　"雅舍"共有六间，我居其二。篾墙不固，门窗不严，故我与邻人彼此均可互通声息。邻人轰饮作乐，咿唔诗章，喁喁细语，以及鼾声，喷嚏声，吮汤声，撕纸声，脱皮鞋声，均随时由门窗户壁的隙处荡漾而来，破我岑寂。入夜则鼠子瞰灯，才一合眼，鼠子便自由行动，或搬核桃在地板上顺坡而下，或吸灯油而推翻烛台，或攀援而上帐顶，或在门框桌脚上磨牙，使得人不得安枕。但是对于鼠子，我很惭愧的承认，我"没有法子"。"没有法子"一语是被外国人常常引用着的，以为这话最足代表中国人的懒惰隐忍的态度。其实我的对付鼠子并不懒惰。窗上糊纸，纸一戳就破；门户关紧，而相鼠有牙，一阵咬便是一个洞洞。试问还有什么法子？洋鬼子住到"雅舍"里，不也是"没有法子"？比鼠子更骚扰的是蚊子；"雅舍"的蚊风之盛，是我前所未见的。"聚蚊成雷"真有其事！每当黄昏时候，满屋里磕头碰脑的全是蚊子，又黑又大，骨骼都像是硬的。在别处蚊子早已肃清的时候，在"雅舍"则格外猖獗，来客偶不留心，则两腿伤处累累隆起如玉蜀黍，但是我仍安之。冬天一到，蚊子自然绝迹，明年夏天——谁知道我还是否住在"雅舍"！

"雅舍"最宜月夜——地势较高，得月较先。看山头吐月，红盘乍涌，一霎间，清光四射，天空皎洁，四野无声，微闻犬吠，坐客无不悄然！舍前有两株梨树，等到月升中天，清光从树间筛洒而下，地上阴影斑斓，此时尤为幽绝。直到兴阑人散，归房就寝，月光仍然逼进窗来，助我凄凉。细雨蒙蒙之际，"雅舍"亦复有趣。推窗展望，俨然米氏章法，若云若雾，一片弥漫。但若大雨滂沱，我就又惶悚不安了，屋顶湿印到处都有，起初如碗大，俄而扩大如盆，继则滴水乃不绝，终乃屋顶灰泥突然崩裂，如奇葩初绽，砉然一声而泥水下注，此刻满室狼藉，抢救无及。此种经验，已数见不鲜。

"雅舍"之陈设，只当得简朴二字，但洒扫拂拭，不使有纤尘。我非显要，故名公巨卿之照片不得入我室；我非牙医，故无博士文凭张挂壁间；我不业理发，故丝织西湖十景以及电影明星之照片亦均不能张我四壁。我有一几一椅一榻，酣睡写读，均已有着，我亦不复他求。但是陈设虽简，我却喜欢翻新布置。西人常常讥笑妇人喜欢变更桌椅位置，以为这是妇人天性喜变之一征。诬否且不论，我是喜欢改变的。中国旧式家庭，陈设千篇一律，正厅上是一条案，前面一张八仙桌，一边一把靠椅，两旁是两把靠椅夹一只茶几。我以为陈设宜求疏落参差之致，最忌排偶。"雅舍"所有，毫无新奇，但一物一事之安排布置俱不从俗。人入我室，即知此是我室。笠翁《闲情偶寄》之所论，正合我意。

"雅舍"非我所有，我仅是房客之一。但思"天地者万物之逆旅"，人生本来如寄，我住"雅舍"一日，"雅舍"即一日为我所有。即使此一日亦不能算是我有，至少此一日"雅舍"所能给予之苦辣酸甜，我实躬受亲尝。刘克庄词："客里似家家似寄。"我此时此刻卜居"雅舍"，"雅舍"即似我家。其实似家似寄，我亦分辨不清。

长日无俚，写作自遣，随想随写，不拘篇章，冠以"雅舍小品"四字，以示写作所在，且志因缘。

（选自《梁实秋闲适小品》，浙江文艺出版社 2013 年版）

爱尔克的灯光

巴　金

　　傍晚，我靠着逐渐黯淡的最后的阳光的指引，走过十八年前的故居。这条街、这个建筑物开始在我的眼前隐藏起来，像在躲避一个久别的旧友。但是它们的改变了的面貌于我还是十分亲切。我认识它们，就像认识我自己。还是那样宽的街，宽的房屋。巍峨的门墙代替了太平缸和石狮子，那一对常常做我们坐骑的背脊光滑的雄狮也不知逃进了哪座荒山。然而大门开着，照壁上"长宜子孙"四个字却是原样地嵌在那里，似乎连颜色也不曾被风雨剥蚀。我望着那同样的照壁，我被一种奇异的感情抓住了，我仿佛要在这里看出过去的十九个年头，不，我仿佛要在这里寻找十八年以前的遥远的旧梦。

　　守门的卫兵用怀疑的眼光看我。他不了解我的心情。他不会认识十八年前的年轻人。他却用眼光驱逐一个人的许多亲密的回忆。

　　黑暗来了。我的眼睛失掉了一切。于是大门内亮起了灯光。灯光并不曾照亮什么，反而增加了我心上的黑暗。我只得失望地走了。我向着来时的路回去。已经走了四五步，我忽然掉转头，再看那个建筑物。依旧是阴暗中一线微光。我好像看见一个盛满希望的水碗一下子就落在地上打碎了一般，我痛苦地在心里叫起来。在这条被夜幕覆盖着的近代城市的静寂的街中，我仿佛看见了哈立希岛上的灯光。那应该是姐姐爱尔克点的灯吧，她用这灯光来给她的航海的兄弟照路，每夜每夜灯光亮在她的窗前，她一直到死都在等待那个出远门的兄弟回来。最后她带着失望进入坟墓。

　　街道仍然是清静的。忽然一个熟习的声音在我耳边轻轻地唱起了这个欧洲的古传说。在这里不会有人歌咏这样的故事。应该是书本在我心上留下的影响。但是这个时候我想起了自己的事情。

　　十八年前在一个春天的早晨，我离开这个城市、这条街的时候，我也曾有一个姐姐，也曾答应过有一天回来看她，跟她谈一些外面的事情。我相信自己的诺言。那时我的姐姐还是一个出阁才只一个多月的新嫁娘，都说她有一个性情温良的丈夫，因此也会有长久的幸福的岁月。

　　然而人的安排终于被"偶然"毁坏了。这应该是一个"意外"。但是这"意外"却毫无怜悯地打击了年轻的心。我离家不过一年半光景，就接到了姐姐的死讯。我的哥哥用了颤抖的哭诉的笔叙说一个善良女性的悲惨的结局，还说起她死后受到的冷落的待遇。从此那个作过她丈夫的所谓温良的人改变了，他往一条丧失人性的路走去，他想往上爬，结果却不停地向下面落，终于到了用鸦片烟延续生命的地步。对于姐姐，她生前我没有好好地爱过她，死后也不曾做过一件纪念她的事。她寂寞地活着，寂寞地死去。死带走了她的一切，这就是在我们那个地方的旧式女子的命运。

我在外面一直跑了十八年。我从没有向人谈过我的姐姐。只有偶尔在梦里我看见了爱尔克的灯光。一年前在上海我常常睁起眼睛做梦。我望着远远的在窗前发亮的灯，我面前横着一片大海，灯光在呼唤我，我恨不得腋下生出翅膀，即刻飞到那边去。沉重的梦压住我的心灵，我好像在跟许多无形的魔手挣扎。我望着那灯光，路是那么远，我又没有翅膀。我只有一个渴望：飞！飞！那些熬煎着心的日子！那些可怕的梦魇！

但是我终于出来了。我越过那堆积着像山一样的十八年的长岁月，回到了生我养我而且让我刻印了无数儿时回忆的地方。我走了很多的路。

十九年，似乎一切全变了，又似乎都没有改变。死了许多人，毁了许多家。许多可爱的生命葬入黄土。接着又有许多新的人继续扮演不必要的悲剧。浪费，浪费，还是那许多不必要的浪费——生命，精力，感情，财富，甚至欢笑和眼泪。我去的时候是这样，回来时看见的还是一样的情形。关在这个小圈子里，我禁不住几次问我自己：难道这十八年全是白费？难道在这许多年中间所改变的就只是装束和名词？我痛苦地搓自己的手，不敢给一个回答。

在这个我永不能忘记的城市里，我度过了五十个傍晚。我花费了自己不少的眼泪和欢笑，也消耗了别人不少的眼泪和欢笑。我匆匆地来，也将匆匆地去。用留恋的眼光看我出生的房屋，这应该是最后的一次了。我的心似乎想在那里寻觅什么。但是我所要的东西绝不会在那里找到。我不会像我的一个姑母或者嫂嫂，设法进到那所已经易了几个主人的公馆，对着园中的花树垂泪，慨叹着一个家族的盛衰。摘吃自己栽种的树上的苦果，这是一个人的本分。我没有跟着那些人走一条路，我当然在这里找不着自己的脚迹。几次走过这个地方，我所看见的还只是那四个字："长宜子孙"。

"长宜子孙"这四个字的年龄比我的还不知大了多少。这也该是我祖父留下的东西吧。最近在家里我还读到他的遗嘱。他用空空两手造就了一份家业。到临死还周到地为儿孙安排了舒适的生活。他叮嘱后人保留着他修建的房屋和他辛苦地搜集起来的书画。但是儿孙们回答他的还是同样的字：分和卖。我很奇怪，为什么这样聪明的老人还不明白一个浅显的道理：财富并不"长宜子孙"，倘使不给他们一个生活技能，不向他们指示一条生活道路！"家"这个小圈子只能摧毁年轻心灵的发育成长，倘使不同时让他们睁起眼睛去看广大世界；财富只能毁灭崇高的理想和善良的气质，要是它只消耗在个人的利益上面。

"长宜子孙"，我恨不能削去这四个字！许多可爱的年轻生命被摧残了，许多有为的年轻心灵被囚禁了。许多人在这个小圈子里面憔悴地捱着日子。这就是"家"！"甜蜜的家"！这不是我应该来的地方。爱尔克的灯光不会把我引到这里来的。

于是在一个春天的早晨，依旧是十八年前的那些人把我送到门口，这里面少了几个，也多了几个。还是和那次一样，看不见我姐姐的影子，那次是我没有等待她，这次是我找不到她的坟墓。一个叔父和一个堂兄弟到车站送我，十八年前他们也送过我一段路程。

我高兴地来，痛苦地去。汽车离站时我心里的确充满了留恋。但是清晨的微风，路上的尘土，马达的叫吼，车轮的滚动，和广大田野里一片盛开的菜子花，这一切驱散了我的离愁。我不顾同行者的劝告，把头伸到车窗外面，去呼吸广大天幕下的新鲜空气。我很高兴，自己又一次离开了狭小的家，走向广大的世界中去！

忽然在前面田野里一片绿的蚕豆和黄的菜花中间，我仿佛又看见了一线光，一个亮，这还是我常常看见的灯光。这不会是爱尔克的灯里照出来的，我那个可怜的姐姐已经死去了。这一定是我的心灵的灯，它永远给我指示我应该走的路。

1941 年 3 月在重庆

（选自《巴金全集》第 10 卷，人民文学出版社 1989 年版）

天才梦

张爱玲

我是一个古怪的女孩，从小被目为天才，除了发展我的天才外别无生存的目标。然而，当童年的狂想逐渐褪色的时候，我发现我除了天才的梦之外一无所有——所有的只是天才的乖僻缺点。世人原谅瓦格涅的疏狂，可是他们不会原谅我。

加上一点美国式的宣传，也许我会被誉为神童。我三岁时能背诵唐诗。我还记得摇摇摆摆地立在一个满清遗老的藤椅前朗吟"商女不知亡国恨，隔江犹唱后庭花"，眼看着他的泪珠滚下来。七岁时我写了第一部小说，一个家庭悲剧。遇到笔划复杂的字，我常常跑去问厨子怎样写。第二部小说是关于一个失恋自杀的女郎。我母亲批评说：如果她要自杀，她决不会从上海乘火车到西湖去自溺。可是我因为西湖诗意的背景，终于固执地保存了这一点。

我仅有的课外读物是《西游记》与少量的童话，但我的思想并不为它们所束缚。八岁那年，我尝试过一篇类似乌托邦的小说，题名《快乐村》。快乐村人是一好战的高原民族，因克服苗人有功，蒙中国皇帝特许，免征赋税，并予自治权。所以快乐村是一个与外界隔绝的大家庭，自耕自织，保存着部落时代的活泼文化。

我特地将半打练习簿缝在一起，预期一本洋洋大作，然而不久我就对这伟大的题材失去了兴趣。现在我仍旧保存着我所绘的插画多帧，介绍这种理想社会的服务，建筑，室内装修，包括图书馆，"演武厅"，巧格力店，屋顶花园。公共餐室是荷花池里一座凉亭。我不记得那里有没有电影院与社会主义——虽然缺少这两样文明产物，他们似乎也过得很好。

九岁时，我踌躇着不知道应当选择音乐或美术作我终身的事业。看了一张描写穷困的画家的影片后，我哭了一场，决定做一个钢琴家，在富丽堂皇的音乐厅里演奏。

对于色彩，音符，字眼，我极为敏感。当我弹奏钢琴时，我想象那八个音符有不同的个性，穿戴了鲜艳的衣帽携手舞蹈。我学写文章，爱用色彩浓厚，音韵铿锵的字眼，如"珠灰"，"黄昏"，"婉妙"，"splendour"，"melancholy"，因此常犯了堆砌的毛病。直到现在，我仍然爱看《聊斋志异》与俗气的巴黎时装报告，便是为了这种有吸引力的字眼。

在学校里我得到自由发展。我的自信心日益坚强，直到我十六岁时，我母亲从法国回来，将她睽隔多年的女儿研究了一下。

"我懊悔从前小心看护你的伤寒症,"她告诉我,"我宁愿看你死,不愿看你活着使你自己处处受痛苦。"

我发现我不会削苹果,经过艰苦的努力我才学会补袜子。我怕上理发店,怕见客,怕给裁缝试衣裳。许多人尝试过教我织绒线,可是没有一个成功。在一间房里住了两年,问我电铃在哪儿我还茫然。我天天乘黄包车上医院去打针,接连三个月,仍然不认识那条路。总而言之,在现实的社会里,我等于一个废物。

我母亲给我两年的时间学习适应环境。她教我煮饭,用肥皂粉洗衣;练习行路的姿势;看人的眼色;点灯后记得拉上窗帘;照镜子研究面部神态;如果没有幽默天才,千万别说笑话。

在待人接物的常识方面,我显露惊人的愚笨。我的两年计划是一个失败的试验。除了使我的思想失去均衡外,我母亲的沉痛警告没有给我任何的影响。

生活的艺术,有一部份我不是不能领略。我懂得怎么看"七月巧云",听苏格兰兵吹 bagpipe,享受微风中的藤椅,吃盐水花生,欣赏雨夜的霓虹灯,从双层公共汽车上伸出手摘树巅的绿叶。在没有人与人交接的场合,我充满了生命的欢悦。可是我一天不能克服这种咬啮性的小烦恼,生命是一袭华美的袍,爬满了蚤子。

1939 年

(选自《自己的文章》,京华出版社 2005 年版)

戏 剧

屈 原（节选）

郭沫若

第五幕 第二场

东皇太一庙之正殿。与第二幕明堂相似，四柱三间，唯无帘幕。三间靠壁均有神像。中室正中东皇太一与云中君并坐，其前左右二侧山鬼与国殇立侍，右首东君骑黄马，左首河伯乘龙，均斜向。马首向左，龙首向右。左室为一龙船，船首向右，湘君坐船中吹笙，湘夫人立船尾摇橹。右室一片云彩之上现大司命与少司命。左右二室后壁靠外侧均有门，左者开放，右者掩闭。各室均有灯，光甚昏暗，室外雷电交加，时有大风咆哮。

靳尚带卫士二人，各蒙面，诡谲地由右侧登场。

靳　尚　（命卫士乙）你去叫太卜郑詹尹来见我。

卫士乙　是。（向湘夫人神像左侧门走入）

〔俄顷，一瘦削而阴沉的老人，左手提灯，随卫士乙由左侧门入场。靳尚除去面罩，向郑詹尹走去。

靳　尚　刚才我叫人送了一通南后的密令来，你收到了吗？

郑詹尹　（鞠躬）收到了。上官大夫，我正想来见你啦。

靳　尚　罪人怎样处置了？

郑詹尹　还锁在这神殿后院的一间小屋子里面。

靳　尚　你打算什么时候动手？

郑詹尹　（迟疑地）上官大夫，我觉得有点为难。

靳　尚　（惊异）什么？

郑詹尹　屈原是有些名望的人，毒死了他，不会惹出乱子吗？

靳　尚　哼，正是为了这样，所以非赶快毒死他不可啦！那家伙惯会收揽人心，把他囚在这里，都城里的人很多愤愤不平。再缓三两日，消息一传开了，会引起更大规模的骚动。待消息传到国外，还会引起关东诸国的非难。到那时你不放他吧，非难是难以平息的。你放他吧，增长了他的威风，更有损秦、楚两国的交谊。秦国已经允许割让的商於之地六百里，不用说，就永远得不到了。因此，非得在今晚趁早下手不可。你须得用毒酒毒死了他，然后放火焚烧大庙。今晚有大雷电，正好造个口实，说是着了雷火。这样，老百姓便只以为他是遭了天灾，一场大祸就可以消灭于无形了。

郑詹尹　上官大夫，屈原不是不喝酒的吗？

靳　尚　你可以想出方法来劝他。你要做出很宽大、很同情他的样子。不要老是把他锁在小屋子里。你可让他出来，走动走动。他带着脚镣手铐，逃不了的。

郑詹尹　（迟疑地）你们是不是有点小题大做呢？

靳　尚　（含怒）你这是什么话？

郑詹尹　我觉得你们把屈原又未免估计得过高。他其实只会做几首谈情说爱的山歌，时而说些哗众取宠的大话罢了，并没有什么大本领。只要你们不杀他，老百姓就不会闹乱子。何苦为了一个夸大的诗人，要烧毁这样一座庄严的东皇太一庙？我实在有点不了解。

靳　尚　哈哈，你原来是在心疼你的这座破庙吗？这烧了有什么可惜？国王会给你重新造一座真正庄严的庙宇。好了，我不再和你多说了。你烧掉它，这是南后的意旨。你毒死他，这是南后的意旨。要快，就在今晚，不能再迟延。南后的脾气，你是知道的。你尽管是她的父亲，但如果不照着她的意旨办事，她可以大义灭亲，明天便把你一齐处死。（把面巾蒙上，向卫士）走！我们从小路赶回城去！

〔靳尚与二卫士由左首下场。

〔郑詹尹立在神殿中，沉默有间，最后下出了决心，向东君神像右侧门走入。俄顷，将屈原带出。

郑詹尹　三闾大夫，请你在这神殿上走动走动，舒散一下筋骨吧。这儿的壁画，是你平常所喜欢的啦。我不奉陪了。

〔屈原略略点头，郑詹尹走入左侧门。

〔屈原手足已戴刑具，颈上并系有长链，仍着其白日所着之玄衣，披发，在殿中徘徊。因有脚镣行步甚有限制，时而伫立睥睨，目中含有怒火。手有举动时，必两手同时举出。如无举动时，则拳曲于胸前。

屈　原　（向风及雷电）风！你咆哮吧！咆哮吧！尽力地咆哮吧！在这暗无天日的时候，一切都睡着了，都沉在梦里，都死了的时候，正是应该你咆哮的时候，应该你尽力咆哮的时候！

尽管你是怎样的咆哮，你也不能把他们从梦中叫醒，不能把死了的吹活转来，不能吹掉这比铁还沉重的眼前的黑暗，但你至少可以吹走一些灰尘，吹走一些砂石，至少可以吹动一些花草树木。你可以使那洞庭湖，使那长江，使那东海，为你翻波涌浪，和你一同地大声咆哮呵！

啊，我思念那洞庭湖，我思念那长江，我思念那东海，那浩浩荡荡的无边无际的波澜呀！那浩浩荡荡的无边无际的伟大的力呀！那是自由，是跳舞，是音乐，是诗！

啊，这宇宙中的伟大的诗！你们风，你们雷，你们电，你们在这黑暗中咆哮着的，闪耀着的一切的一切，你们都是诗，都是音乐，都是跳舞。你们宇宙中伟大的艺人们呀，尽量发挥你们的力量吧。发泄出无边无际的怒火把这黑暗的宇宙，阴惨的宇宙，爆炸了吧！爆炸了吧！

雷！你那轰隆隆的，是你车轮子滚动的声音！你把我载着拖到洞庭湖的边上去，拖到长江的边上去，拖到东海的边上去呀！我要看那滚滚的波涛，我要听那鞺鞺鞳鞳的咆哮，我要飘流到那没有阴谋、没有污秽、没有自私自利的没有人的小岛上去呀！我要和着你，和着你的声音，和着那茫茫的大海，一同跳进那没有边际的没有限制的自由里去！

啊，电！你这宇宙中最犀利的剑呀！我的长剑是被人拔去了，但是你，你能拔去我有形的长剑，你不能拔去我无形的长剑呀。电，你这宇宙中的剑，也正是，我心中的剑。你劈吧，劈吧，劈吧！把这比铁还坚固的黑暗，劈开，劈开，劈开！虽然你劈它如同劈水一样，你抽掉了，它又合拢了来，但至少你能使那光明得到暂时间的一瞬的显现，哦，那多么灿烂的，多么眩目的光明呀！

光明呀，我景仰你，我景仰你，我要向你拜手，我要向你稽首。我知道，你的本身就是火，你，你这宇宙中的最伟大者呀，火！你在天边，你在眼前，你在我的四面，我知道你就是宇宙的生命，你就是我的生命，你就是我呀！我这熊熊地燃烧着的生命，我这快要使我全身炸裂的怒火，难道就不能迸射出光明了吗？

炸裂呀，我的身体！炸裂呀，宇宙！让那赤条条的火滚动起来，像这风一样，像那海一样，滚动起来，把一切的有形，一切的污秽，烧毁了吧，烧毁了吧！把这包含着一切罪恶的黑暗烧毁了吧！

把你这东皇太一烧毁了吧！把你这云中君烧毁了吧！你们这些土偶木梗，你们高坐在神位上有什么德能？你们只是产生黑暗的父亲和母亲！

你，你东君，你是什么个东君？别人说你是太阳神，你，你坐在那马上丝毫也不能驰骋。你，你红着一个面孔，你也害羞吗？啊，你，你完全是一片假！你，你这土偶木梗，你这没心肝的，没灵魂的，我要把你烧毁，烧毁，烧毁你的一切，特别要烧毁你那匹马！你假如是有本领，就下来走走吧！

什么个大司命，什么个少司命，你们的天大的本领就只有晓得播弄人！什么个湘君，什么个湘夫人，你们的天大的本领也就只晓得痛哭几声！哭，哭有什么用？眼泪，眼泪有什么用？顶多让你们哭出几笼湘妃竹吧！但那湘妃竹不是主人们用来打奴隶的刑具么？你们滚下船来，你们滚下云头来，我都要把你们烧毁！烧毁！烧毁！

哼，还有你这河伯……哦，你河伯！你，你是我最初的一个安慰者！我是看得很清楚的呀！当我被人们押着，押上了一个高坡，卫士们要息脚，我也就站立在高坡上，回头望着龙门。我是看得很清楚，很清楚的呀！我看见婵娟被人虐待，我看见你挺身而出，指天画地有所争论。结果，你是被人押进了龙门，婵娟她也被人押进了龙门。

但是我，我没有眼泪。宇宙，宇宙也没有眼泪呀！眼泪有什么用啊？我们只有雷霆，只有闪电，只有风暴，我们没有拖泥带水的雨！这是我的意志，宇宙的意志。鼓动吧，风！咆哮吧，雷！闪耀吧，电！把一切沉睡在黑暗怀里的东西，毁灭，毁灭，毁灭呀！

〔郑詹尹左手提灯，右手执爵，由湘夫人神像左侧之门入场。

郑詹尹　三闾大夫，你又在做诗了吗？你的声音比风还要宏大，比雷霆还要有威势啦。啊，像这样雷电交加的深夜，实在可怕。我连庙门都不敢去关了。你怎么老是不去睡呢？是的，我看你好像朗诵了好长的一首诗啦。你怕口渴吧。我给你备了一杯甜酒来，虽然没有下酒的东西，请你润润喉，也好啦。

屈　原　多谢你，请你放在那神案上，手足不方便，对你不住。

郑詹尹　唉，真是不知道要闹成个什么世界了。本来是"刑不上大夫，礼不下庶人"的，这个体统也弄得来扫地无存了。连我们的三闾大夫，也要让他带脚镣手铐。三闾大夫，这脚镣手铐假如是有钥匙，我一定要替你打开的啦。可恨的是他们把钥匙都带走了啊。

屈　原　多谢你，这脚镣手铐我倒并不感觉痛苦，有这些东西在身上，倒反而增加了我的力量，不过行动不方便些罢了。

郑詹尹　我看你的喉咙一定渴得很厉害的，这酒我捧着让你喝。还要睡一睡才能天亮呢。

屈　原　多谢你，我现在口不渴。我本来也是不喜欢喝酒的人。回头我口渴了，一定领你的盛情好了。请你不要关照。

郑詹尹　（将爵放在神案上）慢慢喝也好。其实酒倒也并不是坏东西。只要喝得少一点，有个节制，倒也是很好的东西啦。

屈　原　是的，我也明白。我的吃亏处，便是大家都醉而我偏不醉，马马虎虎的事我做不来。

郑詹尹　真的，这些地方正是好人们吃亏的地方啦。说起你吃亏的事情上来，我倒是感觉着对你不住呢！

屈　原　怎么的？

郑詹尹　三闾大夫，你忘记了吧，郑袖是我的女儿啦。

屈　原　哦，是的，可是差不多一般的人都把这事情忘记了。

郑詹尹　也是应该的喽。她母亲早死，我又干着这占筮卜卦的事体，对于她的教育没有做好。后来她进了宫廷，我更和她断绝了父女的关系。她近来简直是愈闹愈不成个体统，她把你这样忠心耿耿的人都陷害成这个样子了。

屈　原　太卜，请你相信我，我现在只恨张仪，对于南后倒并不怨恨。南后她平常很喜欢我的诗，在国王面前也很帮助过我。今天的事情我起初不大明白，后来才知道那是张仪在作怪啦。一般的人也使我很不高兴，成了张仪的应声虫。张仪说我是疯子，大家也就说我是疯子。这简直是把凤凰当成鸡，把麒麟当成羊子啦。这叫我怎么能够忍受？所以别人愈要同情我，我便愈觉得恶心。我要那无价值的同情来做什么？

郑詹尹　真的啦，一般的老百姓真是太厚道了。

屈　原　不过我的心境也很复杂，我虽然不高兴他们的厚道，但我又爱他们的厚道。又如南后的聪明吧，我虽然能够佩服，但我却不喜欢。这矛盾怕是不可以调和的吧？我想要的是又聪明又厚道，又素朴又绚烂，亦圣亦狂，即狂即圣，个个老百姓都成为绝顶聪明，你看我这个见解是不是可以成立的呢？

郑詹尹　这是所谓"大智若愚，大巧若拙"的话啦。

屈　原　不，不是那样。我不是要人装傻，而是要人一片天真。人人都有好脾胃，人人都有好性情，人人都有好本领。可是我自己就办不到！我的性情太激烈了，我自己也觉得有点偏，要想矫正却不能够。你看我怎样的好呢？我去学农夫吧？我又拿不来锄头。我跑到外国去吧？我又舍不得丢掉楚国。我去向南后求情，请她容恕我吧？她能够和张仪合作，我却万万不能够和张仪合作。你看我怎样办的好呢？

郑詹尹　三闾大夫，对你不住。你把这些话来问我，我拿着也没有办法。其实卜卦的事老早就不灵了。不怕我是在做太卜的官，恐怕也是我在做太卜的官，所以才愈见晓得它的不灵吧。古时候似乎灵验过来，现在是完全不行了。认真说：我就是在这儿骗人啦。但是对于你，我是不好骗得的。三闾大夫，像我这样骗人的生活，假使你能够办得到，恐怕也是好的吧。我们确实是做到了"大愚若智，大拙若巧"的地步，呵哈哈哈哈……风似乎稍微止息了一点，你还是请进里面去休息一下吧，怎么样呢？

屈　　原　不，多谢你，我也不想睡，请你自己方便吧。

郑詹尹　把酒喝一点怎么样呢？

屈　　原　我回头一定领情的啦，太卜。

郑詹尹　你该不会疑心这酒里有毒的吧？

屈　　原　果真有毒，倒是我现在所欢迎的。唉，我们的祖国被人出卖了，我真不忍心活着看见它会遭遇到的悲惨的前途呵。

郑詹尹　真的啦，像这样难过的日子，连我们上了年纪的人，都不想再混了。

屈　　原　大家都不想活的时候，生命的力量是会爆发的。

郑詹尹　好的，你慢慢喝也好，我还想去躺一会儿。

屈　　原　请你方便，怕还有一会天才能亮呢。

　　　〔郑詹尹复提着灯笼由原道下场。

　　　〔大风渐息，雷电亦止，月光复出，斜照殿上。

屈　　原　啊，宇宙你也恬淡起来了。真也奇怪，我现在的心境又起了一个不可思议的变换。我想，毕竟还是人是最可亲爱的呵。不怕就是你所不高兴的人，在你极端孤寂的时候和他说了几句话，似乎也是镇定精神的良药啦。（复在殿中徘徊）啊，河伯！（徘徊有间之后，在河伯前伫立）请让我还是把你当成朋友，让我再和你谈谈心吧。你知道么？现在我所最担心的是我的婵娟呀！她明明是被人家抓去了的。她是很尊敬我的一个人，她把我当成了她的父亲、她的师长，她把我看待得比她自己的性命还要贵重。（稍停）她最能够安慰我。我也把她当成了我自己的女儿，当成了我自己最珍爱的弟子。唉，我今天实在不应该抛撇了她，跑了出来。她虽然在后园子里面看着那些人胡闹，她虽然把我的衣裳拿了一件出去，但我相信那一定是宋玉要她做的，宋玉那孩子，他是太阴柔了。（将神案上的酒爵拿起将饮，复搁置）唉，这酒的气味，我终竟是不高兴。河伯，你是不是喜欢喝酒的呢？你现在的情形又是怎样？我也明明看见，别人也把你抓去了。你明明是为我而受难，为正义而受难呀。啊，我真不知道该怎样报答你的好呵！（复在神殿中徘徊）

〔此时卫士甲与婵娟由右首出场。屈原瞥见人影，顿吃一惊。

屈　原　　是谁？

婵　娟　　啊，先生在这儿啦，我婵娟啦！（用尽全力，踉跄奔上神殿，跪于屈原前，拥抱其膝，仰头望之，似笑，又似干哭）

屈　原　　（呈极凄绝之态）啊，婵娟，你怎么来的？你脸上怎么有伤呀？你怎么这样的装束？

婵　娟　　（断续地）先生，我高兴得很。……你请……不要问我。……我……我是什么话都不想说。我只想……就这样……就这样抱着先生的脚，……抱着先生的脚，……就这样……死了去吧。

〔屈原不禁潸然，两手抚摩着婵娟的头，昂头望着天。如此有间。婵娟始终仰望屈原，喘息甚烈。

屈　原　　（俯首安慰）婵娟，我没有想到还能够看见你，你一定是逃走出来的，你是超过了死线了。你知道宋玉是怎样吗？

婵　娟　　（仍喘息）他……他跟着公子子兰……搬进宫里去了。

屈　原　　那也由他去吧。谁能够不怕艰险，谁才可以登上高山。正义的路是崎岖的路，它只欢迎勇敢的人。……那位钓鱼的人呢？

婵　娟　　听说丢进监里去了。

屈　原　　（沉默一忽之后）婵娟，你口渴吧？

〔婵娟点头。

屈　原　　（两手移去，将案上酒爵取来）这儿有杯甜酒，你喝了它吧。

〔婵娟就爵，一饮而尽，饮之甚甘，自己仍跪于地，紧紧拥抱着屈原的两膝，昂首望之。屈原以两手置爵于神案上之后，仍抚摩其头。俄而，婵娟脸色渐变，全身痉挛。

屈　原　　（屈膝俯身，以两手套其颈，拥之于怀）啊，婵娟，你怎样？你怎样？

婵　娟　　（凝目摇头）先生……那酒……那酒……有毒。……可我……我真高兴……我……真高兴！（振作起来）我能够代替先生，保全了你的生命，我是多么地幸运呵！……先生，我是一个普通人家的女儿，我受了你的感化，知道了做人的责任。我始终诚心诚意地服侍着你，因为你就是我们楚国的柱石。……我爱楚，我就不能不爱先生。……先生，我经常想照着你的指示，把我的生命献给祖国。可我没有想到，我今天是果然作到了。（渐渐衰弱）我把我这微弱的生命，代替了你这样可宝贵的存在。先生，我真是多么地幸运呵！……啊，我……我真高兴！……真高兴！……

屈　原　　（紧紧拥抱着婵娟）婵娟！你要活下去呵！活下去呵！婵娟！婵

娟！……

婵　娟　（更衰弱）……啊，我……真高兴！……（喘息与痉挛愈烈。终竟作最大痉挛一次，死于屈原怀中，殿上灯火全体熄灭，只余月光）

　　　　〔屈原无言，拥着婵娟尸体，昂首望天，眼中复燃起怒火。

　　　　〔卫士甲在前直静立于殿下，至此始上殿至屈原之前。

卫士甲　三闾大夫，请你告诉我，那酒是谁个送给你的？

屈　原　（回顾，含怒而平淡地）是这儿的太卜郑詹尹。（说罢复其原有姿态）

卫士甲　哼，就是那南后的父亲吗？我是认识他的。（急骤地向左侧房屋走入）

　　　　〔屈原仍如塑像一般，寂立不动。

　　　　〔少顷，卫士甲复急骤而出。

卫士甲　三闾大夫，请你容恕我，我把那恶人郑詹尹刺杀了。在他的身上还搜出了一通密令，我念给你听。"太卜执事：比奉南后意旨，望执事于今夜将狂人毒死，放火焚庙，以灭其迹。上官大夫靳尚再拜。"密令是这样，因此我也就照着南后的意旨，在郑詹尹的床上放了一把火。这罪恶的神庙看看也就要和那罪恶的尸体一道消灭了。

屈　原　那很好。我还希望你帮助我，把婵娟安放在神案上，我们应该为她举行一个庄严的火葬。

卫士甲　待我先解除先生的刑具。（解除其刑具）婵娟姑娘穿的还是更夫的衣裳，应该给她脱掉啦。

屈　原　（起立先解婵娟之衣）哦，戴得有这样的花环。（更进行其它动作）

卫士甲　（一面帮助，一面诉说）先生，这还是你编的花环呢。在东门外被南后给你要去了，后来南后又给了婵娟姑娘。她一身都是挨了鞭打的，你看这手上都有伤，脸上都有伤，鞭打得很厉害。南后更打算明天便处死她，把她装在囚槛里，由我看守。……夜半将近的时分，你的两位弟子宋玉和公子子兰走来劝婵娟，要她听从公子子兰的要求，做他的侍女，他们便搭救她。但是婵娟始终不肯。……她所说的话和她的精神太使我感动了，因此我就决心救她。从宋玉口中听说先生今晚上也有生命的危险，所以我也就决心陪着她来救你。……我们是从宫中逃出来的，就是用了一点诡计把一个更夫来顶替了婵娟。在我替她换上更夫装束的时候，婵娟姑娘她还坚决地不肯把你这花环丢掉呢！

　　　　〔二人已经将婵娟妥置于神案，头在左侧。

屈　原　（整理婵娟胸部，自其怀中取出帛书一卷，展视之）哦，这是我清早写的《橘颂》啦。我是写给宋玉的，是宋玉又给了你吧！婵娟，你倒是受之而无愧的。唉，我真没有想出，我这《橘颂》才完全是为你写出的哀辞呀。

卫士甲　先生,那么,你好不就拿给我念,我们来向婵娟姑娘致祭。

屈　原　好的,你就请从这后半读起。(授书并指示)一首一尾你要加些什么话,也由你斟酌好了。

〔屈原移至婵娟脚次,垂拱而立,左翼已有火光及烟雾冒出。

卫士甲　(立于屈原之右,在神案右后隅,展读哀辞)维楚大夫屈原率其仆夫致祭于婵娟之前而颂曰:

　　　　呵,年青的人,你与众不同。

　　　　你志趣坚定,竟与橘树同风。

　　　　你心胸开阔,气度那么从容!

　　　　你不随波逐流,也不故步自封。

　　　　你谨慎存心,决不胡思乱想。

　　　　你至诚一片,期与日月同光。

　　　　我愿和你永做个忘年的朋友。

　　　　不挠不屈,为真理斗到尽头!

　　　　你年纪虽小,可以为世楷模。

　　　　足比古代的伯夷,永垂万古!

　　　　——哀哉尚飨。

〔屈原再拜,卫士甲亦移至其后再拜。礼毕,卫士甲将帛书卷好,奉还屈原。

屈　原　现在一切都完毕了,请问你叫什么名字?

卫士甲　先生,你不必问我的姓名,我要永远做你的仆人,你就叫我"仆夫"吧。

屈　原　你今后打算要我怎样?

卫士甲　先生,你怎么这样问我呢?

屈　原　因为我现在的生命是你和婵娟给我的,婵娟她已经死了,我也就只好问你了。

卫士甲　先生,我们楚国需要你,我们中国也需要你,这儿太危险了,你是不能久呆的。我是汉北的人,假使先生高兴,我要把先生引到汉北去。我们汉北人都敬仰先生,受了先生的感召,我们知道爱真理,爱正义,抵御强暴,保卫楚国。先生,我们汉北人一定会保护你的。

屈　原　好的,我遵从你的意思。我决心去和汉北人民一道,就做一个耕田种地的农夫吧。你赶快把服装换掉啦。那儿有现成的衣帽。(指示更夫衣帽)

卫士甲　哦,我真糊涂,简直没有想到,幸好有这一套啦。(换衣)

〔火光烟雾愈燃愈烈。

屈　原　（高举手中帛书）啊，婵娟，我的女儿！婵娟，我的弟子！婵娟，我的恩人
　　　　呀！你已经发了火，你把黑暗征服了。你是永远永远的光明的使者呀！
　　　　（执帛书之一端向婵娟抛去，帛书展布于尸上）

　　　　　　　　　　　　　　　　　　　　　　　　　　　　——幕徐徐下

　　　幕后唱《礼魂》之歌：
　　　　　唱着歌，打着鼓，
　　　　　手拿着花枝齐跳舞。
　　　　　我把花给你，你把花给我，
　　　　　心爱的人儿，歌舞两婆娑。
　　　　　春天有兰花，秋天有菊花，
　　　　　馨香百代，敬礼无涯。

　　　　　　　　　　　　　　　　　　　　　　　1942 年 1 月 11 日夜

　　　　　（节选自《郭沫若作品新编》，人民文学出版社 2010 年版）

（下册）

第二版

中国现当代文学作品选

高 玉 主编

浙江大学出版社
ZHEJIANG UNIVERSITY PRESS

目　录

新时期文学

  小　说

  诗　歌

  散　文

20 世纪 80 年代文学

  小　说

  诗　歌

"十七年"文学

小　说

创业史（节选）

柳　青

第一章

　　早春的清晨，汤河上的庄稼人还没睡醒以前，因为终南山里普遍开始解冻，可以听见汤河涨水的呜呜声。在河的两岸，在下堡村、黄堡镇和北原边上的马家堡、葛家堡，在苍苍茫茫的稻地野滩的草棚院里，雄鸡的啼声互相呼应着。在大平原的道路上听起来，河水声和鸡啼声是那么幽雅，更加渲染出这黎明前的宁静。

　　空气是这样的清香，使人胸脯里感到分外凉爽、舒畅。

　　繁星一批接着一批，从浮着云片的蓝天上消失了，独独留下农历正月底残余的下弦月。在太阳从黄堡镇那边的东原上升起来以前，东方首先发出了鱼肚白。接着，霞光辉映着朵朵的云片，辉映着终南山还没消雪的奇形怪状的巅峰。现在，已经可以看清楚在刚锄过草的麦苗上，在稻地里复种的青稞绿叶上，在河边、路旁和渠岸刚刚发着嫩芽尖的春草上，露珠摇摇欲坠地闪着光了。

　　梁三老汉是下堡乡少数几个享受这晨光的老人之一。他在亮天以前，沿着从黄堡通县城的公路，拾来满满一筐子牲口粪。他回来把粪倒在街门外土场里的粪堆上，女儿秀兰才离开暖和的被窝，胳膊上挂着书兜，一边走着，一边整理着头发夹子，从街门里出来，走过土场，向汤河边去了。老婆也是刚起来，在残缺的柴堆跟前扯柴，准备做早饭。

　　梁三老汉提着空粪筐走进小院，用鄙弃的眼光，盯了梁生宝独自住的那个草棚屋一眼。他迟疑了一刻，考虑他是不是把这位"大人物"叫醒来；但是在生宝的草棚屋背后那个解放后新搭的稻草棚棚里，独眼的老白马大约听见老主人的走步声了吧，咳咳地叫着，那么亲切。老汉终于忍住一肚子气，把粪筐气恨恨地丢在草棚屋檐底下的门台上，向马棚走去了。

过了一刻，老汉手里换了长木柄笊篱，重新出现在街门外的土场上。他开始摊着互助组锄草时拣回来的稻根。这是他套起独眼老白马，曳着碌碡碾净土的，再晒两天就晒干了。晒干了好烧啊！

"睡着吧，梁老爷！睡到做好早饭，你起来吃吧！"老汉在心里恨着生宝，"黑夜尽开会，清早不起来，你算啥庄稼人嘛？"

生宝黑夜什么时候从外头回来，他不知道；老汉为了给独眼白马添夜草方便，独自睡在马棚的一角砌起的小炕上。他脑里思量："我让你小子睡在干净的草棚屋里，你小子还不给我过日子？常就这个样子，看我常给你小子当马夫不？……"

"梁三叔，秀兰上学走了没？"

老汉抬起头，是官渠岸徐寡妇的三姑娘改霞。啊呀！收拾得那么干净，又想着和什么人勾搭呢？老汉心里这样想。

"走了。"他低下头才说，继续摊着稻根，表示不愿意理睬她。

徐改霞轻盈的脚步，沙沙地从土场西边的草路向汤河走去了。

老汉重新抬起头来，厌恶地眯缝着老眼，盯盯那提着书兜、吊着两条长辫的背影。然后，他在花白胡子中间咕噜说：

"你甭拉扯俺秀兰！俺秀兰不学你的样儿！你二十一岁还不出嫁，迟早要做下没脸事！"

这徐改霞，她爹活着的时候，把她订亲给山根底下的周村。解放那年，人家要娶亲；她推说不够年龄，不嫁。等到年龄够了，她又拿包办婚姻作理由不去，一直抗到二十一岁。不久以前，政府贯彻婚姻法的声浪中，终于解除了婚约。在梁三老汉看来，只有坏了心术的人，才能做出这等没良心的事来。他担心改霞会把他的女儿秀兰也引到邪路上去。秀兰的未婚女婿在解放那年参了军，眼下在朝鲜，想着早结婚，办得到吗？

老婆从白杨树林子中间的泉里汲了一瓦罐水，顺墙根走过来了。正好！

"我说，你！……"老汉开了口，望着终南山下散布着大小村庄的平原，努力抑制着怒火。

老婆见老汉两道眉拧成一颗疙瘩，惊讶地放下水罐站住了。

"啥事？又把你恨成那样子……"

"我说，你！……"老汉提高了声音，已经开始凶狠起来了。"我说，宝娃你管不下，秀兰你也管不下？"

"秀兰又怎了？"

"我并不是和你拍闲啦啦哩！老实话！秀兰可是我的骨血哇！是我把她定亲给杨家的。眼时我还活着哩！不许她给我老脸上抹黑！"

"摸不着你的意思……"

"告诉秀兰！少跟徐家那三姑娘扯拉！"

"噢啊！"老婆这才明白地笑了。事情并不像老汉脸上所表现出来的那么严重。她那两个外眼角的扇形皱纹收缩起来，贤亮地笑了。"那又不是啥病症，能传给咱秀兰吗？"

"你甭嘴强！怕传得比病症还快！"

"秀兰变了卦，你问我！"

"到问你的时光，迟了！"

"那么怎办呢？她和人家上一个学堂……"

"干脆！秀兰甭上学啦！"

"你说得可好！杨明山在朝鲜立了功，当了炮长。正月间，大伙敲锣打鼓上他家贺喜，你听说来没？往后朝鲜战事完了，人家从前线回来，嫌咱闺女没文化，这就给你的老脸擦上粉啦？是不是？"

老汉有胡子的嘴唇颤动着，很想说什么话，但肚里没有一个词句了。他干咳嗽了一声，重新伸出笊篱摊稻根了。在老婆进了街门以后，他停住了手，呆望着被旭日染红了的终南山雪峰，后悔自己不该拿这事起头；他应该直截了当提出生宝清早睡下不起的事来。他抱怨自己面太软，总不愿和生宝直接冲突；其实，就算他在党，他还能把老人怎样？

梁三老汉摊完了稻根的时候，早晨鲜丽的日头，已经照到汤河上来了。汤河北岸和东岸，从下堡村和黄堡镇的房舍里，到处升起了做早饭的炊烟，汇集成一条庞大的怪物，齐着北原和东原的崖沿蠕动着。从下堡村里传来了人声、叫卖豆腐和豆芽的声音。黄堡镇到县城里的马路上，来往的胶轮车、自行车和步行的人，已经多起来了。这已经不是早晨，而是大白天了。

老汉走进小院，把笊篱斜立在草棚屋檐下。他朝着生宝住的草棚屋，做出准备大闹特闹的样子站定了：

"日头照到你屁股上了！还不起来吗？梁伟人！"

屋里没一点动静。

"预备往天黑睡吗？"他提高了嗓音。

"你那是吆呼谁呢？"老婆在旧棚屋烧着锅问。

"咱的伟人嘛！谁能睡到这时不起呢？"

老婆手里拿着拨火棍，走到门口，忍不住笑。

"你掀开门看看，宝娃还在屋里不？"

老汉掀开门一看，果然，炕上只剩了一个枕头，连被子也带起走了。

"到哪里去了？"老汉转过身来气呼呼地问，"县里开罢会还没一月，又到哪里去了？"

"你不知道吗？"老婆笑着说，"区委上王书记在咱家住了那么些日子，帮助互助组订生产计划。你没听说今年要换另一号稻种吗？他到郭县买那号稻种去了。……"

"啥时候走的？"老汉从他紧咬的牙缝里问，气歪了脸。

"你拾粪不在的时光。"

"为啥不和我说？"

"他说他和你说了……"

"说了！说了！说了我不叫他去嘛！你为啥叫他走了哩？啊？你母子两个串通了灭我老汉啦？我是你们的什么人哇？是你们雇的伙计吗？你娘母子安的啥心眼哇？……"

老汉大嚷大叫，从小院冲出土场，又从土场冲进小院，掼得街门板呱嗒呱嗒直响。他不能控制自己了，已经是一种半癫狂的状态了。生宝不在家，正好他大闹一场。再没有这样好的机会了！

"不行！"他甚至在街门外的土场上暴跳起来，"只要我梁三还有一口气活着，不能由你们折腾啊！老实话！"他又跳了一跳。

老婆衣襟上沾着柴枝，手里拿着拨火棍，慌了。她看出老汉这些日子总是撅着个嘴不高兴，但是她还没想到：老汉会为这事爆发得这样厉害。老汉一口一声"你们"，这是把她和儿子一样看哩。但她还是努力忍耐着，试图使老汉平静下来。

"你甭这么闹哄吧！他爹！"她尽量温和地说，"我常给生宝说哩，叫他甭惹你生气。他说，他就是把嘴说破，你的老脑筋还是扭不过弯儿来嘛。他说，只要他做出来了，你看见事实了，那你就信服他了。我个屋里家，能懂得多少呢？你这个闹法，不怕人家笑吗？"

"做出来了？白费劲！"老汉向着汤河北岸的下堡村，大声吼叫着，好像他是对那里的八百多户人说话一样。"谁见过汤河上割毕稻子种麦来？听说过吗？……"

老汉看也不看老婆，把后脑壳给她。但老婆仍然解劝：

"就是没见过嘛！可是王书记看咱宝娃为人民服务热心，叫他领带的互助组试办哩。他是个党员，怎能不遵？"

"他为人民服务！谁为我服务？啊？"老汉冲到老婆面前来了，嘴角里溮出白泡沫，瞪着眼睛，咬牙切齿地质问。"四岁上，雪地里，光着屁股，我把他抱到屋里。你记得不？你娘母子的良心叫狗吃哩？啊？我累死累活，我把他抚养大，为了啥？啊？"老汉冤得快哭起来了。

好像一个什么尖锐的东西，猛一下刺穿了生宝妈的心窝。她瞪着眼睛惊呆了。随后，她哇一声哭了。她丢开吵闹的老汉，冲进街门，趴到草棚屋的炕沿上，呜咽啜泣去了。老汉第一次在不和的时候，拿二十几年前的伤心事刺她，她怎么也忍不住汹涌的眼泪啊！

梁三老汉在街门外面，破棉袄擦着泥巴墙蹲下来了。现在，他不再吵闹了。但他还在生气，扭着脖子，歪着戴破毡帽的头。

邻居们被他的吼叫声召集起来了。任老四和他的婆娘，死去的任老三的寡妇和儿子欢喜，还有早先瞎了眼的王老二的老婆，儿子栓栓和媳妇素芳……纷纷丢帽落鞋地向梁三老汉的草棚院奔来劝架。早已创起家业的梁大老汉，已经有十来年不卖豆腐了；当两个儿媳妇向这草棚院跑的半路上，头发和胡子斑白了的秃顶老汉，叫住了她们。

"你们跑去做啥？"土改中被划为富裕中农的梁大老汉挺神气地说，"那草棚院往后吵嘴干仗的日子多哩！你们见天往那里跑呀？你三叔是把白铁刀，样子凶，其实一碰就卷刃了。他要是真残刻，管不下个生宝?! 甭去哩！回来！"

姓任的几家女人们跑进草棚屋安慰生宝他妈去了。男人们在街门外面围住梁三老汉劝解。

"亥！你们这是为啥嘛？"也是跑终南山压弯了水蛇腰的任老四，大舌头嘴里溅着唾沫星子说，"三哥！老都老了，干起仗来了？亥！亥！……"

"三叔，"十七岁的欢喜在梁三老汉面前蹲下来，把心掏出来安慰，"三叔，你甭生那大的气嘛！"

"亥！老都老了，为啥……？"四十几岁的任老四弯着水蛇腰，异常地焦急；他肚里一片好心肠在翻滚，就是嘴不会说话。

梁三老汉蹲在地上，挠勾着脖子，气愤地往土地上唾着白泡沫，一声不吭。他对这些人也反感。他们都是梁生宝互助组的基本人。他们土改后光景依然困难，仗着互助组扶帮着做庄稼哩。他早就明白：他的儿子生宝，现在是为他们的光景奔忙哩……

在春季漫长的白天，蛤蟆滩除了这里或那里有些挖荠荠的和掏野菜的，地里没人。雁群已经嗷嗷告别了汤河，飞过陕北的土山上空，到内蒙古去了。长腿长嘴的白鹤、青鹳和鹭鸶，由于汤河水混，都钻到稻地的水渠里和烂浆稻地里，埋头捉小鱼和虫子吃去了。

日头用温暖的光芒，照拂着稻地里复种的一片翠绿的青稞。在官渠岸南首，桃园里，赤条条的桃树枝，由于含苞待放的蓓蕾而变了色——由浅而深。人们为了护墓，压在坟堆上的迎春花，现在已经开得一片黄灿灿了。

春天呀，春天！你给植物界和动物界都带来了繁荣、希望和快乐。你给咱梁三老汉带来了什么呢？

他现在独自一个人，枕着自己的胳膊，躺在官渠岸南边大平原的麦地里，不知道应该怎么办。他等于没有吃什么早饭，肚里也不饿。他一口又一口咽着自己的唾沫水，润湿着干枯的喉咙。

他躺在松软的黄土和柔嫩的麦苗上，手里不停地把土块捏面。他仰望着无边蓝天上，几朵白云由东向西浮行。一只老鹰在他躺的地方上空盘旋，越旋越低。开头，老汉并不知觉，后来老鹰增加成四只、五只，他才发觉它们把他当做可以充饥的东西了。

"鬼子孙们！我还没死哩！"他坐起来，愤怒地骂道。

老鹰们弄清楚他是个活人，飞到别处觅食去了。

梁三老汉是无目的地跑出来，躺在田地里的。他想到什么地方去，和什么人在一块蹲一蹲，把窝在心坎的郁闷倒一倒，然后再回家去。但他这样躺了好久，还想不出他该到哪里去找谁，才不至于惹人笑。家丑不可外扬呀！

他本来没准备提二十几年前的伤心事。那些关于老婆和生宝进他门的伤感情的话，是他由于愤怒失去了理智的一刹那，冲口说出来的。刺痛了老婆的心，他才悟到不该提那层事；揭别人的疮痂，不管关系怎么深，都是不好的。但他和老婆闹仗，他并不后悔。这是他蓄谋好久的，一直在瞅着一个适当的时机爆发。他想，他一闹，让生宝的亲娘扯他的腿，比他和养子直接冲突要好些。但是他的一句过火的话，惹得老婆哭哭啼啼，他恨自己的愚鲁，没有自制力。

一阵辟辟叭叭的鞭炮声，在官渠岸的小巷里爆发了，惊动了梁三老汉。

"噢噢，架梁啦！"老汉在麦地里坐起来，用手齐眉搭起棚了望着，情不自禁的开口说，"架梁啦！架梁啦！蛤蟆滩又一座新瓦房……"

他想："我也到那里去看看……"

稻地的南边有一条主渠，所有下堡村对岸的稻地用水，都从这条渠里来，所以叫做官渠。官渠南岸是旱地，地势比稻地高，有四五十户人家沿渠岸形成一条小街，人们按地势叫做官渠岸。解放后，人民政府把散布在稻地里的从各村移来的四十来家佃户和贫农，同这官渠岸划成一个行政村，属下堡乡所管，列为第五村。

盖房的是富裕中农郭世富，是梁三老汉顶羡慕的人。那弟兄三人当年跟老郭从下堡村西边的郭家河，移住到这蛤蟆滩来，在财东家的地上打起四堵土墙，搭成个能蔽风雨的稻草庵子，就住下来了。现在人家是二十几口人的大家庭，几十亩稻地的庄稼主，在三合头瓦房院前面盖楼房了。前楼后厅，东西厢房，在汤河上的庄稼院来说，四合头已经足了。梁三老汉几十年来只梦想着能恢复起他爹盖的那三间房，也办不到呀！

啊呀！多少人在这里帮忙！全滩的人在这里看热闹！新刨过的白晃晃的木料支起的房架子上，帮助架梁的人，一个两个地正在从梯子上下地，木匠们还在新架的梁上用斧头这里捣捣，那里捣捣，把接缝的地方弄得更合窍些。中梁上挂着太极图，东西梁上挂满了郭世富的亲戚们送来的红绸子。中梁两边的梁柱上，贴着红腾腾的对联，写道："上梁恰逢紫微星，立柱正值黄道日"，横楣是："太公在此"。这太极图、红绸子和红对联，贴挂在新木料房架上，是多么惹眼，多么堂皇啊！戴着毡帽的中年人和老年人的脑袋，戴着黑制帽和包头巾的年轻人的脑袋，还有留发髻的、剪短发的和梳两条辫的女人们的脑袋，一大片统统地仰天看着这楼房的房架。梁三老汉把自己穿旧棉衣的身体，无声无息的插进他们里头，没有引起任何人的注意，连他左右的人也没扭头看看新来了什么人。他在大伙中间，仰起戴破毡帽的头看着。

现在，木匠们把斧头或推刨插进腰带里，也从梯子上倒爬下地了。郭世富、世运和世华弟兄三人，分头邀请匠工们、送礼的亲戚们和帮忙的邻居们，到后院里入席；从那里发出来煮的和炒的猪肉的香味，强烈的、醉人的烧酒气味。人群中发生了紊乱。大部分看景的人走开了，有一部分人被事主家拉住了，不让走。许多人推说要等第二轮坐席，让匠工和亲戚先坐，因为他们有的要做活，有的要回家。

那是富农姚士杰，生得宽肩阔背，四十多岁的人像三十多岁一般坚实，穿着干净的黑市布棉衣，傲然地挺着胸脯站在那里。他的一双狡猾的眼睛，总是嘲笑地瞟着看景的人。他那神气好像说："你们眼馋吗？看看算罗！甭看共产党叫你们翻身呢，你们盖得起房吗？"梁三老汉从姚士杰的脸上看得出：富农是这个意思。准是这个意思！一点不错！他知道姚士杰这人，不管面子上装得多老实、多和善，心里总是恶狠的。姚士杰他爹活着的时候，就是这样的。人不离种子！

啊！那是郭振山！多大汉子高耸在人群中间，就像仙鹤站在小水鸟中间一样，宏亮的嗓音在和聚在他周围的人谈论着什么。他是村里的代表主任，四九年的老共产党员，在村里享有最高的威望。梁三老汉知道：郭振山和姚士杰是这村里的一对厉害公鸡，经常在一块啄的。解放前，郭振山啄不过姚士杰；解放后，姚士杰可啄不过郭振山了。在土改的当儿，富农有一阵子很服了软；但过后嘴虽不硬了，心里还是硬的。现在，这两个仇人一同在郭世富家做客了，而且都等着第二轮坐席。真是要强的人！

"你在你的党好哩！"梁三老汉在心里恭敬地对郭振山说："你把俺生宝拉进党里头做啥嘛？俺生宝不是那种和人争气的人。你把他拉进去，叫我老汉怎弄哩？你弟兄三个，外头有人干事，屋里有人种地，你们积极得起啊！"但是老汉光在心里这样想，嘴里却不敢这样说；他在地多的人和能干的人面前，有一种难以克制的自卑感。

噢噢，郭二老汉也在这里！老天爷，他这么大年纪也从上河沿跑来看架梁！你看他头发胡子雪白，扶着棍站在那里。做了一辈子重活的人啊！腰像断了脊骨一样，深深地弯下去了。在稻地里的住户里头，梁三老汉最心服、最敬仰这老汉——当年从郭家河领着儿子庆喜来到这蛤蟆滩落脚，只带着一些木把被手磨细了的小农具：锄、镢头和铁锨……，现在和儿子庆喜终于创立了家业，变成一大家子人了。郭庆喜贪活不知疲劳，外号叫"铁人"；又是个孝子，记住自己五岁离娘的苦处，见天给老爹爹保证二两烧酒，报答当年抚养的恩情。梁三老汉看见这个心好命也好的老人，想起养子生宝对自己的不孝敬来，冤得简直要落下泪来了。他凑到郭二老汉跟前去，这正是听他倾吐郁闷的适当的人。他老人家不会把别人的家务纠纷当趣话闲摆弄的。

没有受到邀请吃席的闲人们，由郭世富盖得这楼房，议论起村中的住宅情况：人们住在土墙稻草棚里，春天骇怕大风揭去棚顶的稻草，秋天又担心霪雨泡倒土墙。不知到什么年代，家家都能盖起瓦房，就好了。但是怎么能打郭世富那么多稻谷呢嘛？根本不会有这样的事啊！要是家家都能像郭世富那样，套起胶轮车拉着稻谷到黄堡镇去粜，那就好了。谁有那么多地哪？要是每一株稻禾长得和柿树一样高大，收获时"稻树"底下铺上席，用长竹竿打，多好？笑话！梦想！简直是胡拉乱扯！说得太不着边际了！稻子怎么能长成树呢？

"哈哈哈……"十几个长胡子和不长胡子的嘴巴，大张着朝蓝天笑。

笑毕，有人发现梁三老汉和郭二老汉站在一块，互相问候着牙齿脱落的情况。有一个喜欢开玩笑的小伙子名叫孙志明，突然大声呼吁乱杂杂地站在街上的人安静下来，然后他像这个闲人会议的主持人一样，严肃地宣布：

"咱们大伙都甭乱嚷嚷哩。只有人家这老汉，"孙志明很不恭敬地用指头指着梁三老汉，"恐怕很快就要盖楼房啦！"

"哈哈哈……"人们又笑起来了。

一个恶作剧的中年人，丝毫没有一点敬老的自觉，竟然一声不响地走去，伸手一把抓住梁三老汉头上戴的旧毡帽。

"甭乱！甭乱！"梁三老汉双手按住帽子，央求着。

"不！放手！让大伙看看，你的脑袋到底比俺们平常人大多少。据说贵人头大，可是从来也没仔细看过……"

直至羞愧得梁三老汉红了脸，宣称要是再不放手就要破口，加上郭二老汉的劝教，那只无情地抓着毡帽的手才松开了。人们用各种眼光——有的同情、有的好笑、有的漠然——望着梁三老汉卑微地把自己的毡帽戴正。人们这样不尊重他,他也不怎么生气,因为他认为:只有像他哥梁大、郭二老汉他们一样创起业来,才能被人尊重。

郭二老汉垂着白胡子,气愤地斥责年轻人们:

"你们为啥欺负善老汉?"

"你还不知道吗?"孙志明外号水嘴的那个小伙子,拍拍郭二老汉的肩头,说,"这几天,全村都在说梁生宝互助组的稀罕事哩。"

"啥梁生宝互助组? 他们和老任家那几户,不是梁生禄是组长吗?"

"看! 看! 还是你在鼓里头蒙着哩嘛!"孙水嘴有声有色,滔滔不绝地说,"早撤换啦! 头年子秋里,梁生禄还到城里开了一回丰产评比会,得回来一张奖状。梁大老汉说:'噢,给我看一看。'老汉接到手里,一眼没看,几把扯得粉碎,把梁生禄狠狠的训了一顿。从那以后,梁生禄就退后了。今年正月半头,就是梁生宝到城里参加得互助组长代表会……"

"噢噢!"郭二老汉不等孙水嘴说毕,对梁三老汉说,"我不晓得这过场……"

"头年子也是生禄应名,俺宝娃跑腿哎!"梁三老汉很难过地更正孙水嘴的叙述。

郭二老汉眨着白眉毛下边有皱纹的眼皮,盯着梁三老汉憋气的样子,安慰说:

"当组长就当组长嘛,俺庆喜不也当个互助组长吗?"

"看! 看! 你不出屋,简直是另一个世上的人啦!"孙水嘴忍不住大笑,"郭庆喜互助组哪里和梁生宝互助组比哇? 人家这时是全区的重点哩。梁生宝在城里开会时,应了窦堡区大王村县重点的挑战,回来就扩大了皂龙渠的冯有万、冯有义和从下堡村大十字搬过来的郭锁儿。三老汉! 你们这阵统共是几户?"

"八……户……"

"你看! 旁人二户五户的临时组能比吗? 王大脑袋亲自帮助他们订生产计划……"

"哪个王大脑袋?"

"咱黄堡区的区委书记嘛! 哪个脑袋有他大? ……"

"啊呀! 孙委员,"旁边有人讨厌地打断他,"叫你水嘴,可真没叫错呀! 说开就不由你自己了! 你见了王书记低头弯腰,像孙子一样,背后就叫人家王大脑袋哩!"

人们叫郭振山郭主任是尊敬,叫孙志明孙委员是嘲笑。

但是这个下堡乡五村的民政委员①显然不愿把话岔开。他只不好意思地笑

---

① 当时基层政权组织,每个乡有五种委员会,即:民政、财粮、生产、文教与武装。各委员会在每个行政村都有一个委员。

了笑，脸也不红地继续说：

"郭二爷，人家订的生产计划，说出来能把你老汉吓死！"

"怎计划着哩？"

"每亩稻子均拉六百斤，一亩试办田要打一千斤。"

"拿人民斗说。"

"每亩二石四，试办田四石！"

"呀呀！我的天！时兴人真个胆子大！"郭二老汉转眼看着，梁三老汉气得鼓鼓，脸色苍白了，快要倒下去的样子。

"这还不算哪！"水嘴进一步说，"今年秋里割了稻子不种青稞，嫌那是粗粮……"

"种啥？"

"种麦！"

"哎咦！……地力和人力一样嘛，能背得起吗？"

"你愁啥？"孙水嘴说毕了故事，小鼻子小眼睛嘲笑地对着梁三老汉，"你愁啥？一亩地顶几亩地打粮食哩，你不盖瓦房，谁倒盖瓦房？"

梁三老汉狠狠地白了孙水嘴一眼，把后脑袋朝向他，心里咒骂道："你是个龟子孙！你拿人家的难受开心！你这辈子寻不下对象！你老死熬你的光棍去吧！……"

人们重新纷纷议论起来了。有人说，梁生宝人年轻，做事没底底。另外的人说，县里夸奖他几句，他就脚跟离地了。也有人估计，他做不到的话，很可能犯法，因为据区委书记在村里讲话，"计划就是法律"……等等。几乎一致的看法是：要是代表主任郭振山出头领导那样一个互助组，也许还有点门路；梁生宝不自量，等碰破了脑袋以后，他才知道铁是铁，石头是石头……

梁三老汉把全部注意力集中在耳朵上，逮住人们所说的每一句话。听了这些话，老汉多么寒心啊……

他的目光久久地停留在头发、胡子和眉毛都雪白了的郭二老汉的红光脸上。他奇怪：这个老人说话又慢、声音又低，他用一种什么方法教导儿子安分守己过光景的呢？他多么想参考参考旁人的训子方法。

"走！郭二叔！"梁三老汉亲切地要求，"到你屋里蹲一阵去。咱谈叙谈叙，好不好？"

"好嘛！你是个勤快人，平素请也请不到……"

（节选自《中国新文学大系 1949—1976·长篇小说卷三》，上海文艺出版社1997年版）

红旗谱（节选）

梁　斌

一

平地一声雷，震动锁井镇一带四十八村："狠心的恶霸冯兰池，他要砸掉古钟了！"

那时小虎子才十几岁，听说镇上人们为这座古钟议论纷纷，从家里走出来。宅院后头，不远，有一条弯弯曲曲的长堤，是千里堤。堤上有座河神庙，庙台上有两棵古柏树。这座铜钟就在柏树底下，矗立在地上，有两人高。伸拳一敲，嗡嗡的响，伸直臂膀一撞，纹丝儿不动。

老人们传说：这座钟是一个有名的工匠铸造。钟上铸了满下子细致的花纹：有狮子滚绣球，有二龙戏珠，有五凤朝阳，有捐钱人家的姓名、住址，还有一幅"大禹治水图"。村乡里人们，喜欢这座古钟，从大堤上走过，总爱站在钟前看看，伸手摸摸。年代久了，摸得多了，常摸的地方，锃明彻亮，如同一面铜镜，照得见人影。钟上映出朝晚的霞光，早晨的雾露，雨后的霓虹，也能映出滹沱河上的四季景色。不常摸的地方，如同上了一层绿色的釉子，黑油油的。

小虎子听得说，要为这座古钟掀起惊天动地的大事变，一片好奇心，走上千里堤，看了一会子古钟。伸出指头蘸上唾沫，描绘钟上的花纹。他自小为生活忙碌，在这钟前走来走去，不知走过多少趟，也没留心过钟上的花纹。心里想："怪不得，好大的一座铜钟哩！也闹不清到底能卖多少钱，也值得这么大惊小怪？"

他看完了钟，一口气跑下大堤，走回家去。一进门，听得父亲响亮的喊声。

父亲说："土豪霸道们！欺侮了咱几辈子啦！你想，堤董他们当着，堤款被他们吞使了。不把堤防打好，决了口，发了大水，淹得人们缴不起田赋银子，他又要损坏这座古钟！"

另一个人，是父亲的朋友，老祥大伯的声音："又有什么办法？人家上排户商量定了，要砸钟卖铜顶赋税。也好，几年里连发几场大水，这个年月，一拿起田赋百税，还不是庄户房子乱动？"

听得两个人在小屋里暴躁，小虎子趴着窗格棂儿一望，父亲坐在炕沿上，噘起小胡髭，瞪着眼睛发脾气。听得老祥大伯说，猫着腰，虎虎势势跑前两步，手巴掌拍得呱呱的响，说："我那大哥！我那大哥！这还不明白？那不是什么砸钟卖铜顶田赋，是要砸钟灭口，存心霸占河神庙前后那四十八亩官地！"

老祥大伯打嘴上拿下旱烟袋，扬起下巴，眨巴着眼睛，想了老半天，豁的明白过来，愣了半天，才说："可也就是！自从他当上堤董，把官地南头栽上柳树，北头栽上芦苇。那林子柳树也多老高了。看起来，他是存心不善……"说到这里，沉下头去，下巴拄在胸脯上，翻来覆去思索了老半天，猛抬起头来说："可谁又管得了？"

父亲脸庞忽的往下一拉，说："谁又管得了？我朱老巩就要管管！"

老祥大伯张开两条胳膊，望天上一挥一扬说："管什么？说说算了，打官司又打不过人家。冯兰池年轻轻就是有名的刀笔。咱庄稼脑袋瓜子，能碰过人家？"

父亲气呼呼，血充红了眼睛，跺脚连声："咱不跟他打官司，把我这罐子血倒给他！"

朱老巩，庄稼人出身，跳跶过拳脚，轰过脚车，扛了一辈子长工！这人正在壮年，个子不高，身子骨儿筋条，怒恼起来，喊声像打雷。听得冯兰池要砸钟灭口，霸占官产，牙齿打着得得，成日里喊出喊进："和狗日的们干！和狗日的们干！"不知不觉，传出一个口风："朱老巩要为这座古钟，代表四十八村人们的愿望，出头拼命了！"

那天黄昏时候，朱老巩坐在河神庙台上，对着那座铜钟呆了老半天，心里想："顶工款，就等于独吞，我不能叫冯兰池把四十八村的公产独吞了！"看看日头红了，落在西山上，夜暗像一匹灰色的轻纱，从天上抛下来。他一个人，连饭也没吃，走到小严村，去找严老祥。老祥大娘正点着灯做晚饭，看见朱老巩走进来，低头搭脑坐在台阶上。她说："老巩！算了吧，忍了这个肚里疼吧！咱小人家小主，不是咱自个儿的事情，管的那么宽了干吗！"

朱老巩说："一听到这件事情，我心气就不舒。冯兰池，他眼里没人呀！"

老祥大娘说："算了吧，兄弟！一辈子这么过来了，还能怎么样了人家？"

朱老巩说："不，到了这个节骨眼上，就得跟他弄清楚！"说着话儿，看看天黑了，严老祥还不回来，他拿起脚走出来，老祥大娘叫他吃了饭再回去，他也没听见，一股劲儿走回锁井镇。

一进村，朱全富在街口上站着，看见朱老巩从黑影里走过来，往前走了两步把他拉住。拽到门楼底下，把门掩上，说："大侄子！我有个话儿跟你说说。听呢，算着。不听，扔在脖子后头算了。"

朱老巩说："叔叔说的话，我能不听！"

朱全富摸着胡子说："听说你要为河神庙上的铜钟，伸一下子大拇手指头，是真的？"

朱老巩点着下巴说："唔！"

朱全富猫下腰，无声地合了一下掌，说："天爷！你捅那个马蜂窝儿干吗？我知道你爹、你爷爷，几辈子都窝着脖子活过来，躲还躲不及，能招是惹非？哪有按着脑袋往火炕里钻的？"

朱老巩说："我知道他厉害，人活百岁也是死，左不过是这么会子事了！"

朱全富摇摇头说："别，别呀！好汉子不吃眼前亏，那么一来，你就交上歹运了！"

朱老巩和朱全富，在黑影里说了一会子话。朱老巩说："要说别的，我听你。说这个，我主意已定！"

说着，他放下朱全富，走出大门。回了家，也没吃饭，坐在炕沿上呆了半天。等虎子和他姐姐吃完饭，睡了觉，他从门道口摘下把铡刀，在磨镰石上磨着。

夜里，小虎子睡着睡着，听得磨刀的声音。他睁开大眼睛，趴着炕沿一看，父亲眯缝起眼睛，在一盏小油灯底下，悄悄磨着那把铡刀，磨得刀锋雪亮。朱老巩看见虎子睁着大眼看他，鼓了鼓嘴唇，说："唔！虎子！明儿早晨，你立在千里堤上看着。嗯！要是有人去砸钟，快来告诉我。嗯！"小虎子点着头听了父亲的话，眨巴眨巴眼睛，把脑袋缩进被窝里。第二天早晨，他早早起了炕，抱着肩胛足了足劲，走上千里堤。他学着大人，把手倒背在脊梁后头，在杨树底下走来走去，走了两趟又站住。

眼前这条河，是滹沱河。滹沱河从太行山上流下来，像一匹烈性的马。它在峡谷里，要腾空飞蹿，到了平原上，就满地奔驰。夏秋季节，涌起吓人的浪头。到了冬天，在茸厚的积雪下，汩汩细流。

流着流着，由西望北，又由北往东，形成一带大河湾。老年间，在河湾上筑起一座堤，就是这千里堤。堤下的村庄，就是锁井镇。锁井镇以东，紧挨着小严村和大严村。锁井镇以西，是大刘庄和小刘庄。隔河对岸是李家屯。立在千里堤上一望，一片片树林，一簇簇村庄。

小虎子一个人在那里站着，听见林子北边芦苇索索的响，秋风起来了！

秋天过了，村庄里没有柴草，土地上没有谷捆。泛滥的河水，在原野上闪着光亮。西北风吹起，全家大小还没有过冬的衣裳。他搂起双膝，坐在庙台上，想睡一刻。河风带着凉气吹过来，吹得大杨树上红了黄了的叶子，卜棱棱飘落下来。白色的芦花，随风飘上天空。

他看见堤坝上的枯草，在风前抖颤，身上更觉冷飕飕的起来。

正睡着，堤岸那头过来两个人，说着话儿走到跟前。他们把油锤和盛干粮的褡裢放在庙台上，每人抽起一袋烟，吧哒着嘴唇围着铜钟转。小虎子一下从梦里跳起来，愣怔眼睛看了看，返身跑下堤，蹽起蹶子跑回家来，拍着窗格棂说："爹！爹！砸钟的扛着榔头来了。"

朱老巩又在磨着一把大斧子，听得说，用手指头试试锋刃，放在一边，皱起眉头想了想，拿脚走上长堤去。他猫下腰，直着眼睛，看着那两个人，压低嗓音问："你们想干什么？"

铜匠是两个小墩子个儿，翘起下巴，看着朱老巩说："砸钟！"

朱老巩问："钟是你们的？"

铜匠说："花了钱就是俺的。"

朱老巩往前走了一步，又问："你钱花在谁手里？"

铜匠说："花在冯堤董手里。"

朱老巩怒气冲冲，大声喊叫："你钱花在冯堤董手里，去砸冯堤董。看谁敢动这座古钟！"登时红了脖子，气愤得鼓动着胸脯。

铜匠瞪了他两眼，不理他。两个人悄悄吃完干粮，脱下蓝布棉袄，提起油锤就要砸钟。朱老巩二话不说，又开巴掌，劈脖子盖脸打过去，说："去你娘的！"一巴掌把铜匠打了个大骨碌子，滚在地上。铜匠爬起来一看他这个架势，不敢跟他动手。转身跑下千里堤，去叫冯兰池。

当时，冯兰池才三十多岁，是锁井镇上村长，千里堤上堤董，是个长条个子，白净脸。这人自小儿是个吃饭黑心，放屁咬牙，拉屎攥拳头的家伙。他穿着蓝布长袍，青缎坎肩，正在大街上铺子门口站着，手里托着画眉笼子，画眉鸟在笼子里鸣啭。他正歪着头儿，眯缝着眼睛品鸟音。听说朱老巩阻拦卖钟，左手把衣襟一提，一阵风走上千里堤，打老远里就喊："谁敢阻拦卖钟，要他把全村的赋税银子都拿出来！"

朱老巩看见冯兰池骂骂咧咧走了来，把两条胳膊一绷，拍起胸膛说："我朱老巩就敢！"

冯兰池把画眉笼子在柳树上一挂，气势汹汹，扭起脖根轴子问："谁他娘裤裆破了，露出你来？"

朱老巩听冯兰池口出不逊，鼓了鼓鼻头，摇着两条臂膀赶上去，伸手抓住冯兰池的手腕子，说："姓冯的，你把话口儿说慢点！"他瞪起眼睛，鼓起胸膛，气得呼呼的。

这是人命事，四十八村的人们听得说，朱老巩和冯兰池为这座钟，要"白刀子进去，红刀子出来"！一群群，一伙伙，缕缕行行走了来。不凉不酸的人，来瞧红花，看热闹。心不平的人，来站脚助威。堤岸上，大柳树林子里，挤得乌鸦鸦人山人海。大家暗下里议论："看他们霸道成什么样子？""想骑着穷人脖子拉屎？看不平了就上手呀！"

小虎子站在庙台上看着，心上敲起小鼓儿，害怕闹出大事来。听得人们谈论，觉得父亲干得好，心上一直助着劲。

朱老巩愣怔眼睛，看了看四围热情的乡亲们，合住虎口，把冯兰池的手腕子一捏，说："姓冯的，你来看……"他扯起冯兰池走到铜钟跟前，手指戳着钟上字文说："钟上明明刻着：'……明朝嘉靖年间，滹沱河下梢四十八村，为修桥补堤，集资购地四十八亩，恐口无凭，铸钟为证……'你不能一人专权，出卖古钟！"他越说越快，直急得嘴上喷出唾沫星子。

一句话戳着冯兰池的心尖子。他倒竖起眉毛，抖擞起脸蛋子，麻沙着嗓子说："哇！住口！铜钟是我锁井镇上的庙产，并不关别村的事。你朱老巩为什么胳膊肘子望外扭？好事的人们在钟上铸上字文，居心讹诈！"

他这么一说，气得朱老巩暴跳起来，摔过他的右手，又抓起他的左手，说："哒！胡呲，仗着你冯家大院财大气粗，要霸占官产……"他抢起右手，往大柳树林子上画了个圆圈。

冯兰池看朱老巩恼得像狮子一样，心里说："他真个要想跟我动武？"镇定了精神，把辫子盘在帽盔上，把衣襟掖在腰带上，撇起嘴说："不怕你满嘴胡呲，现有红契在我手里。"伸手从衣袋里掏出文书来。

朱老巩一见四十八亩官地的红契文书，眼里冒出火星子，啪的一手朝红契文书抓过去。冯兰池手疾眼快，胳膊一抽，把红契文书塞进怀里。朱老巩没抓住红契文书，拍了拍胸膛，说："河神庙前后四十八亩庙产，自从你当上堤董，凭仗刀笔行事，变成你冯氏的祖产。冯兰池呀冯兰池！今天咱姓朱的要跟你算清老帐，要是算不清楚，我叫你活不过去！"

冯兰池一听，脸上腾的红起来，恼羞成怒，猛的一伸手，捋住朱老巩的领口子。他瞪起眼睛，唬人说："朱老巩！你血口喷人，不讲道理。有小子骨头，来，试试！"冯兰池火起来，五官都挪了位置。把朱老巩从长堤上拽下来，拉到大柳树林子里。四十八村的人们，齐大伙儿跟到大柳树林子里。两个人，一递一句儿，冯兰池满口唇舌掩盖，搁不住朱老巩利嘴揭发，翻着冯家老帐簿子，一条一理儿数落，羞得冯兰池满脸绯红。他又把朱老巩从柳树林子拉上千里堤，四十八村的人们，也拥拥挤挤跟上千里堤。冯兰池举起手，指挥铜匠说："来！有我一面承当，开锤砸钟！"

这时，小虎子在一边看着，他气呀，急呀，两眼睁得滴溜圆。看着冯兰池，凶煞似的，拽得父亲流星拨拉地。他眼角上揹着泪珠子，攥紧两只拳头，撑在腰上，左右不肯离开他爹。

四十八村的人们，对着这个令人不平的场面，掂着手可惜这座古钟的命运，替朱老巩捏着一把冷汗。铜匠刚刚举起油锤要砸钟，人群里闪出一个人来。这人宽肩膀，大身量，手粗脚长，手持一把劈柴的大斧子，横起腰膀走上去，张开大嘴说："你砸不了！"

人们一看，正是严老祥。

这刻上，朱老巩慌忙跑回家去，扯出那个铡刀片。他一行跑着，大声喊叫："老祥哥！不能让他们砸了这座古钟！"喊着，又跑上大堤。

铜匠脱了个"小打扮儿"，重又举起油锤。朱老巩跑上去，把脑袋钻在油锤底下，张开两条臂膀，搂护着古钟说："呸！要砸钟，得先砸死我！"小虎子一看，油锤就要击在父亲的脑壳上。他两步窜上去，搂紧爹的脑袋，哭出来说："要砸死我爹，得先砸死我！"

铜匠干睁着大眼，不敢落下油锤。

四十八村的人们，眼睁睁看着，偷偷落下泪来。朱全富说："天爷！瞎了我的眼睛吧，不要叫我看见。"老祥大娘哭出来说："咳！欺侮死人啦！"

小虎子两手抹着眼睛，他想不到父亲披星星戴月亮，做了半辈子苦活，走到这步田地上！

冯兰池还是坚持要砸钟，嘴上喷着白沫，说出很多节外生枝的话。他说："官土打官墙，钟是全村的财产，砸钟卖铜顶公款，官司打到京城，告了御状我也不怕！"

朱老巩反问了一句说："锁井镇上，大半个村子土地都是你冯家的，顶谁家公款？"这时，他横起眉棱下了决心，闪开衣裳，脱了个大光膀子。小辫子盘在头顶上，总了个搪扭儿。他又开腿，把腰一横，举起铡刀，晃着冯兰池的眼睛。张开大嘴喊着："大铜钟，是四十八村的，今天谁敢捅它一手指头，这片铡刀就是他的对头！"

老祥大伯也举起大斧子说："谁敢捅这铜钟一手指头，日他娘，管保他的脑袋要分家！"

冯兰池愣怔眼一看，怔住了。朱老巩和严老祥，就像两只老虎在他眼前转。冯家大院，虽说人多势众，也不敢动手，只得打发人请来了严老尚。

严老尚，绰号严大善人。这人气魄大，手眼也大。庚子年间，当过义和团的大师兄，放火烧了教堂，杀了外国的传教士。在这一方人口里还有些资望。乡村里传说，这人骨头挺硬。有一天，他正开着"宝"，开到劲头儿上，用大拇指头捻上了一锅子烟，说："嗨！递个火儿！"旁边一个人，用火筷子夹个红火球儿进来，问："搁在那儿？"严老尚把裤角子往上一捋，拍着大腿说："放在这儿！"那人咧起嘴角说："嘿！我娘，那能行？"严老尚把眉毛一拧，仄起头儿，指头点着大腿说："这，又有什么关系！"红火球在大腿上一搁，烧得大腿肉嗞溜溜的响，他声色不动。

这个大高老头子，弓着肩，提条大烟袋，走上千里堤。看见朱老巩和严老祥遁着打架的式子，捋着他的长胡子，笑花了眼睛，说："干吗？青天白日在这里要把式，招来这么多人，不像玩狗熊？"

朱老巩气愤愤说："我看看谁敢损坏这座古钟？"

严老祥也说:“谁要损坏这座古钟,他就是千古的罪人!”

严老尚冷笑一声,说:“哼哼!狗咬狗,两嘴毛罢啦!”伸出右胳膊,挽住朱老巩的左手,伸出左胳膊,挽住严老祥的右手,说:“一个个膘膘楞楞、一戳四直溜的五尺汉子,不嫌人家笑话?”说着,望严老祥瞪了一眼。严老祥给他扛过长工,见严老尚拿眼瞪他,垂下头不再说什么。他俩跟着严老尚走到大街上荤馆里。严老尚叫跑堂的端上酒菜。

小虎子还是一步不离,跟着他爹,心里扑通乱跳,又是害怕,又是激愤。

严老尚嘴唇上像擦上油儿,比古说今,说着圆场的话儿。朱老巩坐在凳子上喝了两盅酒,听得漫天里当啷一声响,盯住哆哆嗦嗦端着杯子的手,静静楞住。又听得连连响了好几声,好像油锤击在他的脑壳上。大睁了眼睛,痛苦的摇着头,像货郎鼓儿。冷不丁抬起头,抖擞着手儿说:“嗨!是油锤击在铜钟上?铜钟碎了?”

朱老巩明白过来,是调虎离山计。他一时气炸了肺,眼睁睁看着严老尚,吐了两口鲜血,倒在地上,脸上像蜡渣一般黄。

严老尚也一本正经拍桌子大骂道:“这他娘的是干什么?掘坟先埋了送殡的!给朱老巩使了调虎离山计,又掀大腿迈了我个过顶。”说着,把大袖子一剪,就走开了。

这时,严老祥可慌了神,抱起朱老巩,说:“兄弟,兄弟,醒醒!留得青山在,不怕没柴烧啊!事儿摆着哩,三辈子下去也是仇恨,何必闹这么大气性!”

小虎子流着泪,忙给老爹捶腿,捏脖子。

朱老巩垂下头,鼻子里只有一丝丝凉气儿。严老祥看他一下子还醒不过来,两手一抄,把朱老巩挟回家去。

这场架直打了一天。太阳平西了,四十八村的人们还在千里堤上愣着。眼看着铜钟被砸破,油锤钉着破钟,像砸他们的心一样疼痛,直到天黑下来,才漫散回家。

这天晚上,滹沱河里的水静静流着,锁井大街上死气沉沉,寂寞得厉害,早早没了一个人、一点声音。人们把门关得紧紧,点上灯,坐在屋子里沉默着,悄悄谈论,揣摩着事情的变化和发展。在这个时代里,朱老巩是人们眼里的英雄,他拼了一场命,并没有保护下这座古钟,争回这口气来。他们的希望破灭了,只有低下头去,唉声叹气,再不敢抬起头来了!

朱老巩躺在炕上,一下子病了半月……

炕上有病人,地下有愁人。那时,母亲早就死了,小虎子和姐姐成天价围着炕转。日子过得急窄,要汤没汤,想药没药,眼看病人越黄越瘦。那时姐姐才十九,正是青春的年岁,像一枝花。她看着父亲直勾勾的眼神,心里害起怕来。

朱老巩说:"闺女!娘死了,爹疼你们,舍不得你们。可是,我不行了!"他凝着眼神,上下左右看了看姐姐。又说:"闺女!你要扶持兄弟长大!"又摩挲着小虎子的头顶说:"儿啊!土豪霸道们,靠着银钱、土地,挖苦咱庄稼人。他们是在洋钱堆上长起来的,咱是脱掉毛的光屁股骨碌鸡,势不两立!咱被他们欺侮了多少代,咳!我这一代又完了!要记着,你久后一日,只要有口气,就要为我报仇……"他说到这里,眼神发散,再也说不下去了。

小虎子和姐姐趴在炕沿上,哭得泪人儿一般。

朱老巩看孩子们哭得痛切,一时心疼,口里涌出血水来。一个支持不住,把脑袋咕咚的摔在炕沿上。他失血过多,一口气上不来,就把眼睛闭了!

姊弟两个,扑上父亲的尸身,放声大哭起来。这天晚上,严老祥一句话也没说,把脑袋垂在胸脯上,靠着隔扇门站着。到了这刻上,他两手搂住脑袋,慢吞吞走出来,坐在锅台上,无声的流着眼泪……听孩子们哭得实在悲切,又一步一步走进小屋,蹲在朱老巩头前,凄惨地说:"兄弟!你带我一块回去!我对不起你,后悔拦着你,没闯了关东……"

(节选自《中国新文学大系 1949—1976·长篇小说卷一》,上海文艺出版社1997年版)

林海雪原（节选）

曲　波

第二十回　逢险敌，舌战小炉匠

　　小分队急急滑行，通身冒汗。饿了咬两口冻狍子肉，啃两口高粱米饭团；渴了抓把雪塞在嘴里。他们紧张得可以说一刻不停。上坡逆滑时，速度稍慢，是他们精神上的休息的时机；下坡顺滑，速度加快，需要全神贯注，而用不着很大体力，是他们体力上的休息的时机，一夜零大半天，他们就是这样的滑着，休息着，一刻也没停下来。

　　剑波看了看表，已是腊月三十日的十四点了！一夜大半天的滑行，除了拂晓打了一个二十秒钟的歼灭战外，再没碰上任何的情况和难行的道路，部队行进得很顺利。

　　孙达得骑在马上，看着大家滑行得那样的自由自在，并时常地玩着巧妙的花样，心里特别急得慌。特别看到刘勋苍、李勇奇下坡穿树空，大翻身，返高岗，更诱得他眼馋手痒。每到下坡顺滑路，孙达得的快马就必然落在后头。他心想："我孙长腿这一次可落后了，我的腿再长，也赶不上滑的快。"想着想着，他的腿在马上和手就动作起来，比划着同志们滑行的姿势，嘴里还念叨着滑行时的声音，"刷——刷——嗖——"

　　比划了一阵子，他两腿一夹，马嚼口一提，飞奔到小分队的前头，喘了一口粗气嘟噜道："妈的！不骑马了，我试一下。"说着他翻身下马，向滑在最前头的刘勋苍一招手，"坦克，换一换！我滑一会儿！"

　　刘勋苍把雪杖向他的手上一撞，"得啦！长腿，这不是学艺的时候。还是老老实实骑你的'蝴蝶马'吧！"说着玩了一个侧绕障碍的花样，越过孙达得，滑远了。

　　孙达得伸手抓了一个空，用手指着刘勋苍远去的背影，"这小子！怎么还'蝴蝶马'。"转身又抓正滑到他跟前的小董，小董顺一个斜坡，用力撑了一杖，顺孙达得的胳臂下嗖地飞过，然后回头一笑道：

　　"大孙！雪朋友不是随便交得好的，不摔个五六百交，别想学成。"

　　"这有啥难处，"孙达得不服气地道，"我老孙向来就有个犟眼子劲。"

　　他定要用马换别人的滑雪具，可是谁也不肯换给他。不论谁只要将到他跟前，就用力撑上两杖，飞速滑过，滑向顺坡路。孙达得是摸不着也抓不着，急得他用雪团子抛打。最后终于被他捉到了力气最小的白茹。他抓住她的手要求道：

"来！白同志，你滑得太累了！我替你一会儿，你骑马。嘿！这马可好啦，走得又快又稳。"

"我不累，"白茹理了一下她额前的散发，把皮帽掀在脑后，露出一顶鲜艳的红色绒线衬帽。她正要再滑，却被孙达得那只大而有力的手抓住，挣不脱了。

他俩正在争执，剑波已从后面滑到他们跟前，向孙达得微微一笑，"达得同志，你没学，滑不了！还是以后练一练再滑吧！"

"不用，二〇三首长，我看没啥，自行车我没学就会了，车子一倒我的两腿一岔，多咱也没挨过摔。"

剑波和白茹一齐笑起来，"那是因为你的腿长，腿长对征服车子有用，对这滑雪板可没有用。"

"我不信，滑雪板那么老长，还有两根拐棍，并且又是两脚着地，保险没关系。"他望了一下白茹，"再说我这条有名的长腿大汉，还不如个小黄毛丫头！"

说得白茹含羞带乐的一噘嘴，"什么黄毛丫头，重男轻女的观点。"

孙达得嘿嘿一笑，"哟！大帽子！"他一晃脑袋，"本来吗！论辈你得叫我叔叔。"

"滑雪还管年纪大小？革命军队还论辈？"白茹虽然嘴里这样争辩，内心却真是在敬仰着杨子荣、孙达得这些勇敢善良的叔辈。

"别说了！"剑波看了一下已滑得有踪无影的小分队，向白茹噘嘴，"白茹，你就让达得同志试一试。"说着他顺迹滑去。

白茹摘下滑雪板，孙达得喜之不尽，连声谢谢。可是白茹因长途滑行，腿卷不回弯来，上不去马。孙达得朝她一笑，伸出双手，向白茹腋下一抹，向上一提，像抱娃娃一样，把白茹抱上马去。那马顺踪快步奔去。

孙达得拿着滑雪板，在顺坡的边缘穿上。两手挂着雪杖，学着战士们的姿势，心想两手一撑，即可嗖的滑下山去。可是他走到斜坡，刚拿好了架子，还没来得及撑雪杖，滑雪板已顺坡飞动了，孙达得毫未防备，一个屁股墩，坐了汽车。"妈的！好滑呀！自动的！"他一面嘟噜一面爬起来拍拍屁股，两只腿已是绷得紧紧的叉在那里，准备下一次。

可是他刚要转身端正滑行的架子，不料刚一挪左脚，又是一个侧身跤，灌的满袖筒子雪。他狠力地甩了甩肩膀，甩出袖筒里的雪，又来滑，可是刚滑没有两米远，又是一交。一连滑了数次，摔了好几跤。他简直被两只滑雪板要弄的在滚雪球。有一次他把右脚上的滑雪板，别在左脚的左面，怎么也拿不过来了，一直使他把一只摘下，才拿过腿来。

最后，好歹在半山坡扶着一棵小树站起来，两腿已在打着哆嗦了。他喘了一口粗气，"妈的！这两块板太滑了，下身子太快，上身子太慢，嗯！这次我上身使劲大一点，看你再摔屁股墩！"

说着，他真像挂拐棍一样，弯着腰，拄着两根雪杖，挪到树空里，他屏住气，像游泳跳水一样，将上身向前用力一倾，雪杖用力一撑，还没动窝，噗地，摔了个嘴啃雪、猪拱地，头朝山坡下摔了一个前身交。高大的身躯实扑扑地爬在雪地上，把雪地打了一坑。左脚的滑雪板已离开了他的脚，两支滑雪杖摔出了十几步远。他的衣领里、袖筒里，灌满了雪面。

这一下孙达得可服了，自己感叹地嘟噜道："妈的！冰冻三尺，并非一日之寒；飞山滑雪，不是片刻之功。"

说着，他坐在雪地上，摘下滑雪板。他爬起来，打抖着满身的雪粉，拣起雪板雪杖，扛在肩上，遥望了一下小分队去的方向，踏着踪迹，蹽开了长腿，飞奔前去。

在对面山上等候着孙达得的小分队，一看他蹽着长腿赶上山来，刘勋苍带头，故意开孙达得的玩笑，等他气喘吁吁地将到跟前，大家一片哄笑声中，刘勋苍喊声："目标，对面山包，前进！"只听刷的一声，小分队飞下了沟底。

孙达得喘息了一阵，自己也笑自己，不觉自语一声："坦克这小子，成心要溜溜我这个孙长腿呀！"他刚要再走，只听对面山上几十个人一齐高喊："再来一个山头！"接着又是一片哄笑声。

孙达得一听成心要溜他，恨不得两步赶上，便鼓了鼓劲，蹽开了长腿，一跃一跃狂奔地追上去。小分队从树空里，窥望着这个快步如飞的孙达得，确实都赞佩他步行登山的速度，和他那身使不完的力气。

为了不致影响战斗，不使孙达得过劳，剑波叫刘勋苍不要再闹了，确定等一等。

在大家的哄笑中，孙达得奔上山顶，他咳的一声扔下滑雪具。

小董凑到他跟前，"长腿！别人滑雪都是板驮人，你怎么却来了个人驮板？"

大家一齐大笑，孙达得苦笑着擦了一把汗，"咳！"一靠身依在一棵大树上。

白茹牵过马来，拾起滑雪具，朝着满头大汗的孙达得笑道："还是给我这黄毛丫头吧！"

正在大家的欢笑声中，突然西北大山头上一阵怪啸的咆哮。大家一齐惊骇地向啸声望去，只见山顶上一排大树摇摇晃晃，树木格格地截断，接着便是一股狂风卷腾起来的雪雾，像一条无比大的雪龙，狂舞在林间。它腾腾落落，右翻左展，绞头摔尾，朝小分队扑来。林缝里狂喷着雪粉，打在脸上，像石子一样。马被惊得乱蹦乱跳，幸亏孙达得身强力大，抓住没放。战士们被这突然出现的"怪物"惊骇得不知所措。

"穿山风来了！"李勇奇高声喊道，"快！跟我来！跟我来！"说着他手一挥，向着那"怪物"出现的右边山顶斜刺奔去,小分队紧张地跟在后头。

剑波深怕白茹体力难支,便要回身挽她,哪知此刻刘勋苍早已用左臂紧紧挽着白茹的右臂,冒着"怪物"挣扎前进。

小分队冒着像飞砂一样硬的狂风暴雪,在摔了无数的跟头以后,爬上山顶。这股穿山风,已经掠山而过。小分队回头看着这股怪风雪,正在小分队刚才站过的山包那一带,狂吼怪啸,翻腾盘旋。十多分钟后,它咆哮着奔向远方。

小分队刚才路过的地带,地形已完全改变了,没了山背,也没了山沟。山沟全被雪填平了,和山背一样高,成了一片平平雪修的大广场。山沟里的树,连梢也不见了,大家吓的伸了一下舌头,"好险!"

李勇奇抹了一把汗,"万幸!万幸!"

大家都一齐请教李勇奇,"这是什么东西?"

李勇奇克服了紧张后,轻松地喘了一口气道:"这叫穿山风,俗名叫搅雪龙,又名平山妖。冬天进山,最可怕的就是这东西。它原是一股大风,和其他的风流一起刮着,碰上被伐或被烧的林壑,就钻进林里,到了林密的地方它刮不出去,便在林里乱钻,碰在树上便上下翻腾、左右绞展,像条雪龙,卷起地上的大雪,搬到山凹,填得沟满涧平。人们没有经验,见了它就要向山凹避风,这样就上了大当,一定就被埋掉。你们看!"他指着刚才路过而现在已被填平的几条山沟,"我们要是停在那里,不是一块被埋掉了吗?"

剑波感激地望着李勇奇,"要是你不来,勇奇同志,我们就太险了!"

"二〇三首长,别说这个,要是你们不来,我们夹皮沟不早就饿死了吗!"

小分队在胜利的笑声中,继续前进。李勇奇在前进中讲述着山地经验。他说:

"在这山林中,除了毒蛇猛兽之外,春夏秋冬四季,自然气候给人们有四大害。人们都怕这四害,所以又称为四怕。"接着他像唱民谣一样,唱出这样四句词:

> 春怕荒火,
>
> 夏怕激洪。
>
> 秋怕毒虫,
>
> 冬怕穿山风!

他详细地讲述了林间遇险时的常识,他说:"春天荒火烧来,千万别背着火跑,跑得再快,人也有疲劳的时候,况且林中起了荒火,大多是风大火急,蔓延数十里,甚至数百里,跑是跑不出去的。防御的办法是迅速找一块树草稀少的地方,自己点上火,把自己周围的这片荒草烧光它,那时荒火再烧来,这里的草全光了，荒火没草可烧，自然也就熄灭了。

"夏天山洪暴发，千万别向山下跑，越到山下洪流汇集得越大，山坡会随着激洪一片一片地塌下来，就会把人冲死砸烂。所以遇到山洪，得快登峰顶，越到峰顶山洪越少。最好是石峰，石峰如果触不着雷电，是不会塌倒的。

"秋天林中的虫子特别多，特别是毒虫越到秋天越多。虫群袭来，千万别用树枝或手巾打，因为越打人就越出汗，一出汗气味更大，虫子嗅到汗味就飞来的越多，会把人和牲口马匹，活活地咬死。因此治虫的办法，一定要用浓烟熏。

"冬天遇上穿山风，千万别到山洼避风，那样就会被搬来的雪山埋在沟里。遇上它就要赶快登高峰，抱大树，因为高峰上的雪只有被吹走，不会被积来，因此就不会被埋掉；抱大树就不会被刮去。"

最后他用四句歌谣，综括了山林遇险时抵抗的常识：

> 春遇荒火用火迎，
> 夏遇激洪登石峰。
> 秋遇虫灾烟火熏，
> 冬遇雪龙奔山顶。

说得大家都非常称赞李勇奇的山林经验，称誉他是山林通。

这阵穿山风，带来了山林气候的恶化，西北天上的乌云涌涌驰来，盖没了傍晚的太阳，天上滚滚的雪头，眼看就要压下来。

剑波阴郁地仰视了一下天气，低沉地道声："天黑了！雪来了！"显然他对这突变的气候表示十分烦恼。他仔细地看了看指北针，急急地滑到队伍前头孙达得的马旁，严肃地向他命令道：

"孙达得，雪来了！地上的踪迹眼看保不住，现在只有依靠树上的刻痕，你的任务，是沿着杨子荣的道路，不要领错一步。"

"我完全有这个把握。"

天气不利，小分队的滑行更加紧张，他们拼命地争夺着天黑前这可贵的时间。

威虎山上。

杨子荣摆布一天的酒肉兵，把座山雕这个六十大寿的百鸡宴，安排的十分排场。

傍晚，他深怕自己的布置有什么漏洞，在小匪徒吆二喝三忙忙活活的碗盘布置中，他步出威虎厅，仔细检查了一遍他的布置。当他确信自己的安排没有什么差错的时候，内心激起一阵暗喜，"好了！一切都好了！剑波同志，您的计划，我执行这一部分已经就绪了。"可是在他的暗喜中,伴来了一阵激烈的担心,他担心着小分队此刻走在什么地方呢?孙达得是否取回了他的报告呢?剑波接没接到呢?小分队是否能在今夜到达呢?大麻子还没回来,是否这个恶匪会漏网呢?总之,在这时间里,他的心里是千万个担心袭上来。

他又仰面环视了一下这不利的天气,厚厚的阴云,载来那滚滚的雪头,眼看就会倾天盖地压下来,更加重着他的担心。他走到鹿砦边上,面对着暮色覆盖下的雪林,神情是十分焦躁。他想:"即便是小分队已经来了,会不会因为大雪盖踪而找不到这匪巢呢?特别我留下最后一棵树上的刻痕离这里还有几里远。"他的担心和烦恼,随着这些急剧地增加着。

"九爷,点不点明子?"

杨子荣背后这一声呼叫,把他吓了一跳,他马上警觉到自己的神情太危险,他的脑子刷的像一把刷子刷过去,刷清了他千万个担忧。他想:"这样会出漏子的。"于是,他立即一定神,拿出他司宴官的威严,回头瞥了一眼他背后的那个连副,慢吞吞地道:"不忙!天还不太黑,六点再掌灯。"

"是!"那个匪连副答应着转身跑去。

杨子荣觉得不能在这久想,需马上回威虎厅,刚要回身,突然瞥见东山包下,大麻子出山的道路上走来三个移动的人影。他的心突然一翻,努力凝视着走来的三个人,可是夜幕和落雪挡住了他的视线,怎么也看不清楚。他再等一分钟,揉了揉眼睛,那三个人影逐渐地走近了,看清楚是两个小匪徒,押来一个人。眼上蒙着进山罩,用一条树枝牵着。"这是谁呀?"顿时千头万绪的猜测袭上他的心头。"是情况有变,剑波又派人来了吗?""是因为我一个人的力量单薄派人来帮忙吗?""是孙达得路上失事,派人来告知我吗?""这个被押者与自己无关呢,还是有关?""是匪徒来投山吗?""是被捉来的老百姓吗?是大麻子行劫带回来的俘虏吗?"

愈走近,他看被押来的那人的走相愈觉得眼熟,一时又想不起他到底是谁。他在这刹那间想遍了小分队所有的同志,可是究竟这人是谁呢?得不出结论。

"不管与我有关无关,"他内心急躁地一翻,"也得快看明白,如果与自己有关的话,好来应付一切。"想着,他迈步向威虎厅走来。当他和那个被押者走拢的时候,杨子荣突然认出了这个被押者,他立时大吃一惊,全身怔住了,僵僵地站在那里。

"小炉匠,栾警尉,"他差一点喊出来,他全身紧张的像块石头,他的心沉坠得像灌满了冷铅。"怎么办?这个匪徒认出了我,那一切全完了。而且他也必然毫不费事地就能认出我。这个匪徒他是怎么来的呢?是越狱了吗?还是被宽大释放了?他又来干啥呢?"

他眼看着两个匪徒已把小炉匠押进威虎厅。他急躁地两手一擦脸,突然发现自己满手握着两把汗,紧张的两条腿几乎是麻木了。他发觉了这些,啐了一口,狠狠地蔑视了一番自己,"这是恐惧的表现,这是莫大的错误,事到临头这样的不镇静,势必出大乱子。"

他马上两手一搓,全身一抖,牙一咬,马上一股力量使他镇静下来。"不管这个匪徒是怎么来的,反正他已经来了! 来了就要想来的法子。"他的眉毛一皱,一咬下嘴唇,内心一狠,"消灭他,我不消灭他,他就要消灭我,消灭小分队,消灭剑波的整个计划,要毁掉我们歼灭座山雕的任务。"

一个消灭这个栾匪的方案,涌上杨子荣的脑海,他脑子里展开一阵激烈的盘算:

"我是值日官,瞒过座山雕,马上枪毙他!"他的手不自觉地伸向他的枪把,可是马上他又一转念,"不成! 这会引起座山雕的怀疑。那么就躲着他,躲到小分队来了的时候一起消灭。不成,这更太愚蠢,要躲,又怎么能躲过我这个要职司宴官呢? 那样我又怎么指挥酒肉兵呢? 不躲吧! 见了面,我的一切就全暴露了! 我是捉他的审他的人,怎么会认不出我呢? 一被他认出,那么我的性命不要紧,我可以一排子弹,一阵手榴弹,杀他个人仰马翻,打他个焦头烂额,死也抓他几个垫肚子的。可是小分队的计划,党的任务就都落空了! 那么,怎么办呢? 怎么办呢? ……"

他要在这以秒计算的时间里,完全作出正确的决定,错一点就要一切完蛋。他正想着,突然耳边一声"报告",他定睛一看,一个匪徒站在他的面前。

"报告胡团副,旅长有请。"

杨子荣一听到这吉凶难测的"有请"两字,脑子轰的一下像要爆炸似的激烈震动。可是他的理智和勇敢,不屈的革命意志和视死如归的伟大胆魄,立即全部控制了他的惊恐和激动,他马上向那个匪徒回答道:

"回禀三爷,说我马上就到!"

他努力听了一下自己发出来的声音,是不是带有惊恐? 是不是失去常态? 还不错,坦然,镇静,从声音里听不出破绽。他自己这样品评着。他摸了一下插在腰里的二十响,和插在腿上的一把锋利的匕首,一晃肩膀,内心自语着:"不怕! 有利条件多! 我现在已是座山雕确信不疑的红人,又有'先遣图'的铁证,我有置这个栾匪于死地的充分把柄。先用舌战,实在最后不得已,我也可以和匪首们一块毁灭,凭我的杀法,杀他个天翻地覆,直到我最后的一口气。"

想到这里,他抬头一看,威虎厅离他只有五十余步了,三十秒钟后,这场吉凶难卜、神鬼难测的斗争就要开始。他怀着死活无惧的胆魄,迈着轻松的步子,拉出一副和往常一样从容的神态,走进威虎厅。

威虎厅里,两盏野猪油灯,闪耀着蓝色的光亮。座山雕和七个金刚,凶严地坐在他们自己的座位上,对面垂手站立着栾匪。这群匪魔在静默不语。杨子荣跨进来看到这种局面,也猜不透事情已有什么进程,这群匪魔是否已计议了什么?

"不管怎样,按自己的原套来。"他想着,便笑嘻嘻地走到座山雕跟前,施了个匪礼,"禀三爷,老九奉命来见!"

"嘿!我的老九!看看你这个老朋友。"座山雕盯着杨子荣,又鄙视了一下站在他对面的那个栾警尉。

杨子荣的目光早已盯上了背着他而站的那个死对头,当杨子荣看到这个栾匪神情惶恐、全身抖颤、头也不敢抬时,他断定了献礼时的基本情况还没变化,心里更安静了,他便开始施用他想定的"老朋友"见面的第一招,他故意向座山雕挤了一下眼,满面笑容地走到栾匪跟前,拍了一下他那下坠的肩膀,"噢!我道是谁呀,原来是栾大哥,少见!少见!快请坐!请坐。"说着他拉过一条凳子。

栾匪蓦一抬头,惊讶地盯着杨子荣,两只贼眼像是僵直了,嘴张了两张,也不敢坐下,也没说出什么来。

杨子荣深恐这个敌手占了先,便更凑近栾匪的脸,背着座山雕和七个金刚的视线,眼中射出两股凶猛可怕的凶气,威逼着他的对手,施用开他的先发制敌的手段,"栾大哥,我胡彪先来了一步,怎么样?你从哪来?嗯?投奔蝴蝶迷和郑三炮高抬你了吗?委了个什么官?我胡彪祝你高升。"

栾匪在杨子荣威严凶猛的目光威逼下,缩了一下脖子。被杨子荣这番没头没脑、盖天罩地、云三吹五的假话,弄得蒙头转向,目瞪口呆。他明明认出他眼前站的不是胡彪,胡彪早在奶头山落网了;他也明明认出了他眼前站的是曾擒过他、审过他的共军杨子荣,可是在这个共军的威严下却说不出半句话来。

座山雕和七个金刚一阵狞笑。"蝴蝶迷给你个什么官?为什么又到我这来?嗯?"

杨子荣已知道自己的话占了上风,内心正盘算着为加速这个栾匪毁灭来下一招。可是这个栾匪,神情上一秒一秒的起了变化,他由惊怕,到镇静,由镇静,又到轻松,由轻松,又表现出了莫大希望的神色。他似笑非笑的上下打量着杨子荣。

杨子荣看着自己的对手的变化,内心在随着猜测,"这个狡猾的匪徒是想承认我是胡彪,来个将计就计借梯子下楼呢,还是要揭露我的身份以讨座山雕的欢心呢?"在这两可之间,杨子荣突然觉悟到自己前一种想法的错误和危险,他清醒到在残酷的敌我斗争中不会有什么前者,必须是后者。即便是前者,自己也不能给匪徒当梯子,必须致他一死,才是安全,才是胜利。

果不出杨子荣的判断,这个凶恶的匪徒,眼光又凶又冷地盯着杨子荣冷冷地一笑,"好一个胡彪! 你——你——你不是……"

"什么我的不是,"杨子荣在这要紧关头摸了一下腰里的二十响,发出一句森严的怒吼,把话岔到题外,"我胡彪向来对朋友讲义气,不含糊,不是你姓栾的,当初在梨树沟你三舅家,我劝你投奔三爷,你却硬要拉我去投蝴蝶迷,这还能怨我胡彪不义气? 如今怎么样?"杨子荣的语气略放缓和了一些,但含有浓厚的压制力,"他们对你好吗? 今天来这儿有何公干哪?"

七个金刚一齐大笑,"是啊! 那个王八蛋不够朋友,不是你自己找了去的? 怎么又到这里来? 有何公干哪?"

杨子荣的岔题显然在匪首当中起了作用,可是栾匪却要辩清他的主题。瞧七个金刚一摆手,倒露出一副理直气壮的神气,"听我说,我不是这个意思,我是说……"

"别扯淡,今天是我们三爷的六十大寿,"杨子荣厉声吓道,"没工夫和你辩是非。"

"是呀,你的废话少说,"座山雕哼了哼鹰嘴鼻子,"现在我只问你,你从哪里来? 来我这干什么?"

栾匪在座山雕的怒目下,低下了头,咽了一口冤气,身上显然哆嗦起来,可也不知是吓的,还是气的,干哑哑的嗓子挤出了一句:"我从 …… 蝴蝶迷那里来……"

杨子荣一听他的对手说了假话,不敢说出他的被俘,心中的底更大了,确定了迅速进攻,大岔话题。别让这个恶匪喘息过来,也别让座山雕这个老匪回味。他得意地晃了晃脑袋,"那么栾大哥,你从蝴蝶迷那里来干什么呢? 莫非是来拿你的'先遣图'吗? 嗯?"杨子荣哈哈地冷笑起来。

这一句话,压得栾匪大惊失色,摸不着头绪,他到现在还以为他的"先遣图"还在他老婆那里,可是共军怎么知道了这个秘密呢? 他不由的两手一张,眼一僵。

"怎么? 伤动你的宝贝啦?"杨子荣一边笑,一边从容地抽着小烟袋,"这没法子,这叫着前世有缘,各保其主呀!"

这个匪徒愣了有三分钟,突然来了个大进攻,他完全突破了正进行的话题,像条疯狗一样吼道:

"三爷,你中了共军的奸计了!"

"什么?"座山雕忽地站起来瞧着栾匪惊问。

"他……他……"栾匪手指着杨子荣,"他不是胡彪,他是一个共军。"

"啊!"座山雕和七个金刚,一齐惊愕地瞅着杨子荣,眼光是那样凶恶可畏。

这一刹那间,杨子荣脑子和心脏轰的一阵,像爆炸一样。他早就提防的问题可怕的焦点,竟在此刻,在节节顺利的此刻突然爆发,真难住了,威虎厅的空气紧张得像要爆炸一样,"是开枪呢,还是继续舌战?"他马上选择了后者,因为这还没到万不得已的境地。

于是他噗哧一笑,磕了磕吸尽了的烟灰,更加从容和镇静,慢吞吞地、笑嘻嘻地吐了一口痰,把嘴一抹说道:

"只有疯狗,才咬自家的人,这叫作六亲不认。栾大哥,我看你像条被挤在夹道里的疯狗,翻身咬人,咬到咱多年的老朋友身上啦。我知道你的'先遣图',无价宝,被我拿来,你一定恨我,所以就诬我是共军,真够狠毒的。你说我是共军,我就是共军吧!可是你怎么知道我是共军呢?嗯?!你说说我这个共军的来历吧?"说着他朝旁边椅上一坐,掏出他的小烟袋,又抽起烟来。

座山雕等被杨子荣那派从容镇静的神态,和毫无紧张的言语,减轻了对杨子荣的惊疑,转过头来对栾匪质问道:

"姓栾的,你怎么知道他是共军?你怎么又和他这共军相识的?"

"他……他……"栾匪又不敢说底细,但又非说不可,吞吞吐吐地,"他在九龙汇,捉……捉……过我。"

"哟!"杨子荣表示出一副特别惊奇的神情,"那么说,你被共军捕过吗?"杨子荣立起身来,更凶地逼近栾匪,"那么说,你此番究竟从哪里来的?共军怎么把你又放了?或者共军怎么把你派来的?"他回头严肃地对着座山雕道:"三爷,咱们威虎山可是严严实实呀!所以共军他才打不进来,现在他被共军捉去过,他知道咱们威虎山的底细,今番来了,必有鬼!"

"没有!没有!"栾匪有点慌了,"三爷听我说!……"

"不管你有没有,"杨子荣装出怒火冲天的样子,"现在遍山大雪,你的脚印,已经留给了共军,我胡彪守山要紧。"说着他高声叫道:

"八连长!"

"有!"威虎厅套间跳出一个匪连长,带一块黄布值日袖标,跑到杨子荣跟前。

杨子荣向那个八连长命令道:"这混蛋,踏破了山门,今天晚上可能引来共军,快派五个游动哨,顺他来的脚印警戒,没有我的命令,不许撤回。"

"是!"匪连长转身跑出去。

杨子荣的这一招安排,引起了座山雕极大的欢心,所有的疑惑已被驱逐得干干净净。他离开了座位,大背手,逼近栾匪,格格一笑,"你这条疯狗,你成心和我作对,先前你拉老九投蝴蝶迷,如今你又来施离间计,好小子!你还想把共军引来,我岂能容你。"

栾匪被吓得倒退了两步,扑倒跪在地上,声声哀告:"三爷,他不是胡彪,他是共军！"

杨子荣心想时机成熟了，只要座山雕再一笑，愈急愈好，再不能纠缠，他确定拿拿架子，于是袖子一甩，手枪一摘，严肃地对着座山雕道：

"三爷，我胡彪向来不吃小人的气，我也是为把'先遣图'献给您而得罪了这条疯狗，这样吧，今天有他无我，有我无他，三爷要是容他，快把我赶下山去，叫这个无义的小子吃独的吧！我走！我走！咱们后会有期。"说着他袖子一甩就要走。

这时门外急着要吃百鸡宴的群匪徒，正等得不耐烦，一看杨子荣要走，乱吵吵地喊道：

"胡团副不能走……九爷不能走……"吵声马上转到对栾匪的叫骂，"那个小子，是条癞疯狗，砸碎他的骨头，尿泡的……"

座山雕一看这个情景，伸手拉住杨子荣，"老九！你怎么要开了孩子气，你怎么和条疯狗要性子？三爷不会亏你。"说着回头对他脚下的那个栾匪格格又一笑，狠狠地像踢狗一样地踢了一脚，"滚起来！"他笑嘻嘻地又回到他的座位。

杨子荣看了座山雕的第二笑，心里轻松多了，因为座山雕有个派头，三笑就要杀人，匪徒中流传着一句话："不怕座山雕暴，就怕座山雕笑。"

座山雕回到座位，咧着嘴瞧着栾匪戏要地问道：

"你来投我，拿的什么作进见礼？嗯？"

栾匪点头弯腰地装出一副可怜相，"丧家犬，一无所有，来日我下山拿来'先遣图'作为……"

"说的真轻快，"座山雕一歪鼻子，"你的'先遣图'在哪里？"

"在我老婆的地窖里。"

杨子荣噗哧笑了，"活见鬼，又来花言巧语的骗人，骗到三爷头上了。"

座山雕格格又一笑，顺手从桌下拿出一个小铁匣，从里面掏出几张纸，朝着栾匪摇了两摇，"哼……哼……它早来了！我崔某用不着你雨过送伞，你这空头人情还是去孝敬你的姑奶奶吧。"

栾匪一看座山雕拿的正是他的"先遣图"，惊的目瞪口呆，满脸冒虚汗。

"栾大哥，没想到吧？"杨子荣得意而傲慢地道，"在你三舅家喝酒，我劝你投奔三爷，你至死不从，我趁你大醉，连你的衣服一块，我就把它拿来了！看看！"杨子荣掀了一下衣襟，露出擒栾匪在他窝棚里所得栾匪的一件衣服，"这是你的吧？今天我该还给你。"

栾匪在七大金刚的狞笑中，呆得像个木鸡一样，死僵的眼睛盯着傲慢的杨子荣。他对杨子荣这套细致无隙的准备，再也没法在座山雕面前尽他那徒子徒孙的反革命孝心了。他悲哀丧气地喘了一口粗气，像个泄了气的破皮球，稀软稀软地几乎站不住了。可是这个匪徒突然一眨巴眼，大哭起来，狠狠照着自己的脸上打了响响的两个耳光子。"我该死！我该死！三爷饶我这一次，胡彪贤弟，别见我这个不是人的怪，我不是人！我不是人！"说着他把自己的耳朵扭了一把，狠狠地又是两个耳光子。

杨子荣一看栾匪换了这套伎俩，内心发出一阵喜笑，暗喜他初步的成功。"不过要治死这个匪徒，还得费一些唇舌，绝不能有任何一点松懈。对敌人的仁慈，就是对人民对革命的罪恶。必须继续进攻，严防座山雕对这匪徒发万一可能的恻隐之心，或者为了发展他的实力而收留了这个匪徒。必须猛攻直下，治他一死，否则必是心腹患。现在要施尽办法，借匪徒的刀来消灭这个匪徒。这是当前的首要任务。"

他想到这里，便严肃恭敬地把脸转向座山雕，"禀三爷，再有五分钟就要开宴，您的六十大寿，咱的山礼山规，可不能被这条丧家的癞疯狗给扰乱了！弟兄们正等着给您拜寿呢！"

拥挤在门口的匪徒们，早急着要吃吃喝喝了，一听杨子荣的话，一齐在门口哄起来，"三爷！快收拾了这条丧家狗！""今天这个好日子，这个尿泡的来了，真不吉利！""这是个害群马，丧门星，不宰了他，得倒霉一辈子！"群匪徒吵骂成一团。

"三爷……三爷……"栾匪听了这些，被吓得颤抖地跪在座山雕面前，苦苦哀告。"饶我这条命……弟兄们担戴……胡……胡……"

"别他妈的装洋熊，"杨子荣眼一瞪，袖子一甩，走到大门口，向挤在门口气汹汹、乱哄哄的匪徒高喊道：

"弟兄们！司宴官胡彪命令，山外厅里一齐掌灯！准备给三爷拜寿，弟兄们好大饮百鸡宴！"

匪徒们一听，嗷的一声喊："九爷！得先宰了这个丧门星！"喊着一哄拥进了十几个，像抓一只半死的狐狸一样，把个栾匪抓起来，狠狠地扭着他的胳臂和衣领，拼命地搡了几搡，一齐向座山雕请求道："三爷早断。"

座山雕把脚一跺，手点着栾匪的脑门骂道："你这个刁棍，我今天不杀了你，就冲了我的六十大寿；也对不起我的胡老九。"说着他把左腮一摸，"杀了丧门星，逢凶化吉；宰了猫头鹰，我好益寿延年。"说着他身子一仰，坐在他的大椅子上。

七大金刚一看座山雕的杀人信号，齐声喊道："架出去！"

匪徒们一阵呼喊怪叫，吵成一团，把栾匪像拖死狗一样，拖出威虎厅。

杨子荣胜利心花顿时开放，随在群匪身后，走出威虎厅，他边走边喊道：

"弟兄们！今天是大年三十，别伤了你们的吉利，不劳驾各位，我来干掉他。你们快摆宴张灯。"杨子荣走上前去，右手操枪，左手抓住栾匪的衣领，拉向西南。

群匪徒一齐忙碌，山外厅里，张灯摆宴，威虎山灯火闪烁。

杨子荣把栾匪拉到西南陡沟沿，回头一看，没有旁人，他狠狠抓着栾匪的衣领，低声怒骂道：

"你这个死不回头的匪徒，我叫你死个明白，一撮毛杀了你的老婆，夺去你的'先遣图'。我们捉住了一撮毛，我们的白姑娘又救活了你的老婆。本来九龙汇就该判决你，谁知今天你又来为非作恶，罪上加罪。这是你自作自受。今天我代表祖国，代表人民，来判处你的死刑。"

杨子荣说完，当当两枪，匪徒倒在地上。杨子荣细细地检查了一番，确信匪徒已死无疑，便一脚把栾匪的尸体，踢进烂石陡沟里。

杨子荣满心欢喜地跑回来，威虎厅已摆得整整齐齐，匪徒们静等着他这个司宴官。他笑嘻嘻地踏上司宴官的高大木墩，拿了拿架子，一本正经地喊道：

"三爷就位！"

"徒儿们拜寿！"

在他的喊声中，群匪徒分成三批，向座山雕拜着六十大寿的拜寿礼。

杨子荣内心暗骂道："你们他妈的拜寿礼，一会儿就是你们的断命日，叫你们这些匪杂种来个满堂光。"

拜寿礼成，杨子荣手举一大碗酒，高声喊道：

"今天三爷六十大寿，特在威虎厅赐宴，这叫做师徒同欢。今天酒肉加倍，弟兄们要猛喝多吃，祝三爷'官升寿长'！现在本司宴官命令：为三爷的官，为三爷的寿，通通一起干！"

群匪徒一阵狂笑，手捧大饭碗，咕咚咕咚喝下去。

接着匪徒们便"五啊！六啊！八仙寿！巧巧巧哇！全来到哇！……"猜拳碰大碗，大喝狂饮起来。

杨子荣桌桌劝饮，指挥着他的酒肉兵，展开了猛烈的攻击。可是此刻他更加急剧地盼望着、惦记着小分队。

（节选自《中国新文学大系 1949—1976·长篇小说卷三》，上海文艺出版社1997 年版）

青春之歌（节选）

杨　沫

第十二章

　　黎明前，道静回到自己冷清的小屋里。疲倦，想睡，但是倒在床上却怎么也睡不着。除夕的鞭炮搅扰着她，这一夜的生活，像突然的暴风雨袭击着她。她一个个想着这些又生疏又亲切的面影：卢嘉川、罗大方、许宁、崔秀玉、白莉苹……都是多么可爱的人呵！他们都有一颗热烈的心，这心是在寻找祖国的出路，是在引人去过真正的生活。……想着这一夜的情景，想着和卢嘉川的许多谈话，她紧抱双臂，望着发白的窗纸忍不住独自微笑了。

　　二踢脚和小挂鞭响的正欢，白莉苹的小洋炉子也正旺，时间到了夜间两点钟，可是这屋子里的年轻人还有的在高谈，有的在玩耍，许宁和小崔跑到院子里放起鞭炮；罗大方和白莉苹坐在床边小声谈着、争论着。他似乎在劝说白莉苹什么，白莉苹哭了。罗大方的样子也很烦闷。他独自靠在床边不再说话；白莉苹就仍找许宁他们玩去了。听说罗大方原是白莉苹的爱人，不知怎的，他们当中似乎发生了不愉快的事情，因此两个人都显得怪别扭。

　　道静和卢嘉川两个人一直同坐在一个角落里谈着话。从短短的几个钟点的观察中，道静竟特别喜欢起她这个新朋友了。——他诚恳、机敏、活泼、热情。尤其他对于国家大事的卓见更是道静从来没有听见过的。他们坐在一块，他对她谈话一直都是自然而亲切。他问她的家庭情况，问她的出身经历，还问了一些她想不到的思想和见解。她呢，她忽然丢掉了过去的矜持和沉默，一下子，好像对待老朋友一样什么都倾心告诉了他。尤其使她感觉惊异的是：他的每一句问话或者每一句简单的解释，全给她的心灵开了一个窍门，全能使她对事情的真相了解得更清楚。于是她就不知疲倦地和他谈起来。

　　"卢兄（她跟许宁一样地这样称呼他），你可以告诉我吗？红军和共产党是怎么回事？他们真是为人民为国家的吗？怎么有人骂他们——土匪？"

　　卢嘉川坐在阴影里，面上浮着一丝狡猾的微笑。他慢慢回过头来，睁着亮亮的大眼睛看着她，说：

　　"偷东西的人最喜欢骂别人是贼；三妻四妾的道德家，最会攻击女人不守贞操；中国的统治者自己杀害了几十万青年，却说别人是杀人放火的强盗和土匪……这些你不明白吗？"

　　道静笑了。这个人多么富有风趣呀！她和他谈话就更加大胆和自由了。

道静越往下回忆，她的心头就越发快活而开畅。

"小林，你很纯洁，很好"他那么诚恳地赞扬她。"你想知道许多各方面的事，那很好。我们今晚一下谈不清，我过一两天给你送些书来——你没有读过社会科学方面的书吧？可以读一读。还有苏联的文学著作也很好，你喜欢文艺，该读读《铁流》《毁灭》，还有高尔基的《母亲》。"

第一次听到有人鼓励自己读书，道静感激地望着那张英俊的脸。

他们谈得正高兴，白莉苹忽然插进嘴来：

"老卢，小林真是个诚实、有头脑的好孩子！可是咱们必须替她扔掉那个绊脚石，一朵鲜花插在牛粪上，真把她糟蹋啦！"

道静闹了个大红脸，她向白莉苹瞟了一眼，她真不喜欢有人在这个时候提到余永泽。

道静和白莉苹在深夜寒冷的马路上送着卢嘉川和罗大方。白莉苹和罗大方在一边谈着，道静和卢嘉川也边走边说：

"真糟糕！卢兄，我对于革命救国的道理真是一窍不通。明天，请你一定把书给我送来吧。"

"好的，一定送来。再见！"卢嘉川的两只手热烈地握着白莉苹和道静的手。多么奇怪，道静竟有点不愿和他们分别了。

"这是些多么聪明能干的人啊！……"清晨的麻雀在窗外树上吱吱叫着，道静想到这儿微笑了。但是这时她也想起了余永泽。他放了寒假独自回家过年去了，和父母团聚去了。因为余敬唐，她不愿意去，因此一个人留在冷清清的公寓里，这才参加了这群流浪者的年夜。想到他，一种沉痛的感觉攫住了她的心。

"他和他们一比……呵，我，我多么不幸！"她叹息着，使劲用棉被蒙住了头。

和白莉苹、林道静分别以后，卢嘉川、罗大方二人一边在深夜的马路上走着，一边谈起话。

"老罗，你今天为什么这么沉闷？是和小白闹了别扭吗？"机灵的卢嘉川回过头来向罗大方一笑，同时好像抚慰似的把手臂搭在他宽阔的肩膀上。

"就是这么回事！"罗大方激动地说道，"这女人变坏了！我看错了人。……不爱我了没关系，可是她不该去追许宁。小崔和许宁好了好几年，蛮好的一对，可是这个不要脸的，她，她乱搞一气！老卢你信不信？一个人政治上一后退，生活上也必然会腐化堕落。小白原来是热情的、有进取心的，我确实很爱她。可是，如今书也不读了，什么集会也不参加了，只想演戏、当明星、讲恋爱……像我这样的，她当然不会再喜欢。"

卢嘉川默默地点点头，向冷清的马路上望望，然后对罗大方轻声说："同志，我相信你能够忍受过来的——爱情,只不过是爱情嘛……"他意味深长地瞅着罗大方,嘴角又浮上他那顽皮的狡猾的微笑。

罗大方伸手给了他一拳。一边走,一边嘟噜着:

"对! 我明白你的意思。可是奇怪! 你是不大接近女人的,怎么对那个林道静却这么热情——一谈几个钟头。你不知道她有了白莉苹说的'绊脚石'吗?她那个对象我认识,真是个胡博士的忠实信徒。我争取过他,可不容易。"

"别瞎扯!"卢嘉川严肃地驳斥着罗大方。"她的情形我早从我姐夫那里知道一些。对这样有斗争性有正义感的女孩子我们应当帮助,应当拉她一把,而不应该叫她沉沦下去。她在北戴河时,为了'九一八'事变,痛心地和我姐夫争论,她说中国是不会亡国的。她那种神态和正直的精神确实使我很喜欢。但是,干吗扯到私人问题上,难道……你这张嘴巴,别瞎扯了!"

罗大方笑着说:"玩笑! 玩笑! 我了解你。为了咱们的事业,你从来是不考虑自己的。别瞧你成天价和女孩子们打交道,但是却好像个清教徒,我可办不到。为小白——唉! 不提她了。"

"我不是清教徒!"卢嘉川沉思着。"不过,目前的形势确实使自己顾不到这些。老罗,那个女孩子——你说的林道静,我看她有一种又倔强又纯朴的美。有反抗精神。我们应当培养她,使她找到正确的道路。你认为怎么样?"

罗大方回身看了他一眼笑笑说:

"对,应当把她引到革命的路上来!"

夜,虽然是年夜,拂晓之前,街上也已经行人稀少,只有昏暗的街灯,稀稀落落地照着马路上偶尔走过的行人。卢嘉川在和罗大方分手之前,他们又谈了些工作问题。卢嘉川从南京示威回来之后,北大早已不能存身,他已经离开学校,专门做党的工作。这时,他嘱咐着罗大方:

"你要尽可能利用你父亲的关系,在北大存身下去。想想,反动者的压迫越来越紧,我们许多人都不能再公开活动,所以你和徐辉要尽可能迷惑敌人,必要时才能给敌人突然的袭击。告诉你,李孟瑜在唐山煤矿上,他做起工人工作来啦。"

"真的吗?"罗大方站住脚,高兴地瞪着眼睛瞅着卢嘉川。"老卢,我可也想去! 在知识分子当中工作真是麻烦。"

"别说了,再见!"卢嘉川远远瞧见有人迎面走来,他轻轻推了罗大方一下,就和他分了手。接着一边摇摆着身子,一边高声唱起来:

八月十五月光明——薛大哥在月下……

他摇摆着,唱着,消失在马路旁边的小胡同里。

　　余永泽在开学前，从家里回到北平来。他进门的第一眼，看见屋子里的床铺、书架、花盆、古董、锅灶全是老样儿一点没变，可是他的道静变了！过去沉默寡言、常常忧郁不安的她，现在忽然坐在门边哼哼唧唧地唱着，好像一个活泼的小女孩。尤其使他吃惊的是她那双眼睛——过去它虽然美丽，但却呆滞无神，愁闷得像块乌云；现在呢，它放着欢乐的光彩，明亮得像秋天的湖水，里面还仿佛荡漾着迷人的幸福的光辉。

　　"看眼睛知道在恋爱的青年人……"余永泽想起《安娜·卡列尼娜》里面的一句话，灾祸的预感突然攫住了他。他不安地悄悄地看了她一会儿，趁着她出去买菜的当儿，他急急地在箱子里、抽屉里、书架上，甚至字纸篓里翻腾起来。当他别无所获，只看到几本左倾书籍放在桌上和床头时，他神经质地翻着眼珠，轻轻呻吟道：

　　"一定，一定有人在引诱她了。"

　　道静看见余永泽回来，高高兴兴地替他把饭预备好。他吃着的时候，她挨在他身边向他叙谈起她新认识的朋友、她思想上的变化和这些日子她心情上的愉快来。她想他是自己的爱人，什么事都不该隐瞒他。谁知余永泽听着听着忽然变了颜色。他放下饭碗，皱紧眉头说：

　　"静，想不到你变的这么快……"沉了半晌才接着说，"我，我要求你别这样——这是危险的。一顶红帽子望你头上一戴，要杀头的呀！"

　　一句话把道静招恼了。八字还没一撇，什么事也没做，不过认识几个新朋友，看了几本新书，就怕杀头！她鄙夷地盯着余永泽那困惑的眼色，半天才压住自己的恼火，激动地出乎自己意外地讲了她自己从没讲过的话：

　　"永泽，你干吗这么神经过敏呀？你也不满意腐朽的旧社会，你也知道日本人已经践踏了祖国的土地，为什么咱们就不该前进一步，做一点有益大众、有益国家的事呢？"

　　"我想，我想……"余永泽喃喃着，"静，我想，这不是我们能够为力的事。有政府，有军队，我们这些白面书生赤手空拳顶什么事呢？喊喊空口号谁不会！你知道我也参加过学生爱国运动，可这是过去的事了。现在——现在我想还是埋头读点书好。我们成家了，还是走稳当点的路子……"

　　"你真糊涂！"道静气愤地打断他的话，喊道。"你才是喊空口号呢！原来你这个救人的英雄，就是这么个胆小鬼呀！"

　　余永泽用小眼睛瞪着道静，愣愣地半晌无言。忽然他脸色发白、双唇抽搐，把头埋在桌上猛烈地抽泣起来。他哭的这样伤心，比道静还伤心。他的痛苦，与其说是因为受了侮辱，还不如说是深深的嫉妒。

　　"……她、她变的残酷，这样的残酷，一定变心了。爱、爱上别人了。……"他一边流着泪,一边思量着。他认为,天下只有爱情才能使女人有所改变的。

吵过嘴,道静和余永泽虽然彼此有好几天都不大说话,可是她的心里还是很高兴的。她做饭洗衣也轻声哼着唱着,快乐的黑眉毛扬得高高的。完了事,就抱着书本贪婪地读着。一点钟、两点钟过去了,动也不动、头也不抬,那种专注的神情,好像早已忘掉了余永泽的存在和这间蜗居的滞闷。她的精神飞扬到广阔的世界里去了。可是余永泽呢,他这几天可没心思去上课,成天憋在小屋里窥伺着道静的动静。他暗打主意一定要探出她的秘密来。可是看她的神情那么坦率、自然,并无另有所欢的迹象,他又有点茫然了。

晚上,道静伏在桌上静静地读着列宁的《国家与革命》,做着笔记,加着圈点,疲乏的时候,她就拿起高尔基的《母亲》。她时时被那里面澎湃着的、对于未来幸福世界的无限热情激荡着、震撼着,她感到了从未有过的快乐与满足。可是余永泽呢?他局促在小屋里,百无聊赖,只好拾起他最近一年正在钻研的"国故"来。他抱出书本,挨在道静身边寻章摘句地读起来。一大叠线装书,排满了不大的三屉桌,读着读着,慢慢,他也把全神贯注进去了。这时,他的心灵被牵回到遥远古代的浩瀚中,和许多古人、版本纠结在一起。当他疲倦了,休息一下,稍稍清醒过来的时候——"自立一家说",——学者,——名流,——创造优裕的生活条件……许多幻想立刻涌上心来,鼓舞着他,使他又深深埋下了头。

道静呢,她不管许多理论书籍能不能消化,也不知如何去与实际结合,只是被奔腾的革命热情鼓舞着,渴望从书本上看到新的世界,找到她寻觅已久的真理。因此她也不知疲倦地读着。就这样:一今一古、一新一旧的两个青年人,每天晚上都各读各的直到深夜。自从大年初一卢嘉川给道静送来她从没读过的新书以后,她的思想认识就迅速地变化着;她的感受和情绪通过这些书籍也在迅速地变化着。多少年以后了,她还清楚地记得卢嘉川给她阅读的第一本书名字叫《怎样研究新兴社会科学》。在大年初一的深夜里,她躺在被窝里,忍住寒冷——煤球炉子早熄灭了。透风的墙壁刮进了凛冽的寒风。但她兴奋地读着、读着,读了一整夜,直到把这本小册子一气读完。

卢嘉川给她的仅仅是四本用马克思列宁主义理论写成的一般社会科学的书籍,道静一个人藏在屋子里专心致志地读了五天。可是想不到这五天对于她的一生却起了巨大的作用——从这里,她看出了人类社会的发展前途;从这里,她看见了真理的光芒和她个人所应走的道路;从这里,她明白了"朱门酒肉臭,路有冻死骨"的原因,明白了她妈因为什么而死去。……于是,她常常感受的那种绝望的看不见光明的悲观情绪突然消逝了;于是,在她心里开始升腾起一种渴望前进的、澎湃的革命热情。……

书看完了,她盼望卢嘉川再来借给她书看,可是他没有来。她向白莉苹、许宁那里借到许多政治、经济、哲学、文学的书。有许多书她是看不懂的，像《反杜林论》、《哲学之贫困》，她看着简直莫名其妙。可是青年人热烈的求知欲望和好高骛远的劲头，管它懂不懂，她还是如饥似渴地读下去。当时余永泽还没回来，她一个人是寂寞的，因此她一天甚至读十五六个钟头。一边吃着饭一边也要读。钱少了，她每天只能买点棒子面蒸几个窝头吃。懒得弄菜，窝头不大好吃，可是因为捧着书本全神贯注在书本上，一个窝头不知不觉就吃完了。自从发明了这种"佐食法"，她对于书本一会儿也不愿离开。

"许宁，请你告诉我：形而上学和形式伦理学是一个东西吗？"

"辩证法三原则什么地方都能够应用，那你说：否定之否定应当怎么解释呢？……"

"苏联为什么还不实行共产主义社会？中国要到了共产主义社会，那将是个什么样子呀？"

"……"

许宁常去找白莉苹，顺便也常看看她。每次见到他，道静都要提出许多似懂不懂的问题。弄得许宁常常摇头摆手地笑道：

"啊呀，小姐！你快要变成大腹便便的书虫子了！人怎么能一下子消化掉这么多的东西呀？我这半瓶子醋，可回答不了你。"话是这样说，可是谈起理论，许宁还是一套套地向道静谈得津津有味、头头是道。道静深深为她新认识的朋友们感到骄傲和幸福。于是她那似乎黯淡下去的青春的生命复活了，她快活的心情，使她常常不自觉地哼着、唱着，好像有多少精力施展不出来似的成天忙碌着。这心情是余永泽所不能了解的，因此，他发生了怀疑，他陷在莫名其妙的嫉妒的痛苦中。

（节选自《中国新文学大系 1949—1976 · 长篇小说卷一》，上海文艺出版社1997 年版）

"锻炼锻炼"_{（节选）}

赵树理

"争先"农业社,地多劳力少,
动员女劳力,作得不够好:
有些妇女们,光想讨点巧,
只要没便宜,请也请不到——
有说小腿疼,床也下不了,
要留儿媳妇,给她送屎尿;
有说四百二,她还吃不饱,
男人上了地,她却吃面条。
她们一上地,定是工分巧,
做完便宜活,老病就犯了;
割麦请不动,拾麦起得早,
敢偷又敢抢,脸面全不要;
开会常不到,也不上民校,
提起正经事,啥也不知道,
谁给提意见,马上跟谁闹,
没理占三分,吵得天塌了。
这些老毛病,赶紧得改造,
快请识字人,念念大字报!

——杨小四写

　　这是一九五七年秋末"争先"农业社整风时候出的一张大字报。在一个吃午饭的时间,大家正端着碗到社办公室门外的墙上看大字报,杨小四就趁这个热闹时候把自己写的这张快板大字报贴出来,引得大家丢下别的不看,先抢着来看他这一张,看着看着就轰隆轰隆笑起来。倒不因为杨小四是副主任,也不是因为他编得顺溜写得整齐才引得大家这样注意,最引人注意的是他批评的两个主要对象是"争先"社的两个有名人物——一个外号叫"小腿疼",那一个外号叫"吃不饱"。

　　小腿疼是五十来岁一个老太婆,家里有一个儿子、一个儿媳,还有个小孙孙。本来她瞧着孙孙做做饭媳妇是可以上地的,可是她不,她一定要让媳妇照着她当日伺候婆婆那个样子伺候她——给她打洗脸水、送尿盆、扫地、抹灰尘、做饭、端饭……不过要是地里有点便宜活的话也不放过机会。例如夏天拾麦子，在麦子没有割完的时候她可去，一到割完了她就不去了。按她的说法是"拾东西全凭偷，光凭拾能有多大出息"。后来社里发现了这个秘密，又规定拾的麦子归社，按斤给她记工她就不干了。又如摘棉花，在棉桃盛开每天摘的能超过定额一倍的时候，她也能出动好几天，不用说刚能做到定额她不去，就是只超过定额三分她也不去。她的小腿上，在年轻时候生过连疮，不过早在二十多年前就治好了。在生疮的时候，她的丈夫伺候她；在治好之后，为了容易使唤丈夫，她说她留下了个腿疼根。"疼"是只有自己才能感觉到的。她说"疼"别人也无法证明真假，不过她这"疼"疼得有点特别：高兴时候不疼，不高兴了就疼；逛会、看戏、游门、串户时候不疼，一做活儿就疼；她的丈夫死后儿子还小的时候有好几年没有疼，一给孩子娶过媳妇就又疼起来；入社以后是活儿能大量超过定额时候不疼，超不过定额或者超过的少了就又要疼。乡里的医务站办得虽说还不错，可是对这种腿疼还是没有办法的。

"吃不饱"原名"李宝珠"，比"小腿疼"年轻得多——才三十来岁，论人材在"争先"社是数一数二的，可惜她这个优越条件，变成了她自己一个很大的包袱。她的丈夫叫张信，和她也算是自由结婚。张信这个人，生得也聪明伶俐，只是没有志气，在恋爱期间李宝珠跟他提出的条件，明明白白地就说是结婚以后不上地劳动，这条件在解放后的农村是没有人能答应的，可是他答应了。在李宝珠看来，她这位丈夫也不能算最满意的人，只能说是"比上不足比下有余"——因为不是个干部——所以只把他作为个"过渡时期"的丈夫，等什么时候找下了最理想的人再和他离婚。在结婚以后，李宝珠有一个时期还在给她写大字报的这位副主任杨小四身上打过主意，后来打听着她自己那个"吃不饱"的外号原来就是杨小四给她起的，这才打消了这个念头。她既然只把张信当成她"过渡时期"的丈夫，自然就不能完全按"自己人"来对待他，因此她安排了一套对待张信的"政策"。她这套政策：第一是要掌握经济全权，在社里张信名下的帐要朝她算，家里一切开支要由她安排，张信有什么额外收入全部缴她，到花钱时候再由她批准、支付。第二是除做饭和针线活以外的一切劳动——包括担水、和煤、上碾、上磨、扫地、送灰渣一切杂事在内——都要由张信负担。第三是吃饭穿衣的标准要由她规定——在吃饭方面她自己是想吃什么就做什么，对张信是她做什么张信吃什么；同样，在穿衣方面，她自己是想穿什么买什么，对张信自然又是她买什么张信穿什么。她这一套政策是她暗自规定暗自执行的，全面执行之后，张信完全变成了她的长工。自从实行粮食统购以来，她是时常喊叫吃不饱的。她的吃法是张信上了地她先把面条煮得吃了，再把汤里下几颗米熬两碗糊糊粥让张信回来吃，另外还做些火烧干饼锁在箱里，张信不在的时候几时想吃几时吃。队里动员她参加劳动时候，她却说"粮食不够吃，每顿只能等张信吃完了刮个空锅，实在劳动不了"。时常做假的人，没有不露马脚的。张信常发现床铺上有干饼星星（碎屑），也不断见着糊糊粥里有一两根没有捞尽的面条，只是因为一提就得生气，一生气她就先提"离婚"，所以不敢提，就那样睁只眼阖只眼吃点亏忍忍饥算了。有一次张信端着碗在门外和大家一起吃饭，第三队（他所属的队）的队长张太和发现他碗里有一根面条。这位队长是个比较爱说调皮话的青年。他问张信说："吃不饱大嫂在哪里学会这单做一根面条的本事哩？"从这以后，每逢张信端着糊糊粥到门外来吃的时候，爱和他开玩笑的人常好夺过他的筷子来在他碗里找面条，碰巧的是时常不落空，总能找到那么一星半点。张太和有一次跟他说："我看'吃不饱'这个外号给你加上还比较正确，因为你只能吃一根面条。"在参加生产方面，"吃不饱"和"小腿疼"的态度完全一样。她既掌握着经济全权，就想利用这种时机为她的"过渡"以后多弄一点积蓄，因此在生产上一有了取巧的机会她就参加，绝不受她自己所定的政策第二条的约束；当便宜活做完了她就仍然喊她的"吃不饱不能参加劳动"。

杨小四的快板大字报贴出来一小会，吃不饱听见社房门口起了哄，就跑出来打听——她这几天心里一直跳，生怕有人给她贴大字报。张太和见她来了，就想给她当个义务读报员。张太和说："大家不要起哄，我来给大家从头念一遍！"大家看见吃不饱走过来，已经猜着了张太和的意思，就都静下来听张太和的。张太和说快板是很有功夫的。他用手打起拍子有时候还带着表演，跟流水一样马上把这段快板说了一遍，只说得人人鼓掌、个个叫好。吃不饱就在大家鼓掌鼓得起劲的时候，悄悄溜走了。

不过吃不饱可没有回了家，她马上到小腿疼家里去了。她和小腿疼也不算太相好，只是有时候想借重一下小腿疼的硬牌子。小腿疼比她年纪大、闯荡得早，又是正主任王聚海、支书王镇海、第一队队长王盈海的本家嫂子，有理没理常常敢到社房去闹，所以比吃不饱的牌子硬。吃不饱听张太和念过大字报，气得直哆嗦，本想马上在当场骂起来，可是看见人那么多，又没有一个是会给自己说话的，所以没有敢张口就悄悄溜到小腿疼家里。她一进门就说："大婶呀！有人贴着黑贴子骂咱们哩！"小腿疼听说有人敢骂她好像还是第一次。她好像不相信地问："你听谁说的？""谁说的？多少人都在社房门口吵了半天了，还用听谁说？""谁写的？""杨小四那个小死材！""他这小死材都写了些什么？""写的多着哩：说你装腿疼，留下儿媳妇给你送屎尿；说你偷麦子；说你没理点三分，光跟人吵架……"她又加油加醋添了些大字报上没有写上去的话，一顿把个小腿疼说得腿也不疼了，挺挺挺挺就跑到社房里去找杨小四。

这时候，主任王聚海、副主任杨小四、支书王镇海三个人都正端着碗开碰头会，研究整风与当前生产怎样配合的问题，小腿疼一跑进去就把个小会给他们搅乱了。在门外看大字报的人们，见小腿疼的来头有点不平常，也有些人跟进去看。小腿疼一进门一句话也没有说，就伸开两条胳膊去扑杨小四，杨小四从座上跳起来闪过一边，主任王聚海趁势把小腿疼拦住。杨小四料定是大字报引起来的事，就向小腿疼说："你是不是想打架？政府有规定，不准打架。打架是犯法的。不怕罚款、不怕坐牢你就打吧！只要你敢打一下，我就把你请得到法院！"又向王聚海说："不要拦她！放开叫她打吧！"小腿疼一听说要出罚款要坐牢，手就软下来，不过嘴还不软。她说："我不是要打你！我是要问问你政府规定过叫你骂人没有？""我什么时候骂过你？""白纸黑字贴在墙上你还昧得了？"王聚海说："这老嫂！人家提你的名来没有？"小腿疼马上顶回来说："只要不提名就该骂是不是？要可以骂我可就天天骂哩！"杨小四说："问题不在提名不提名，要说清楚的是骂你来没有！我写的有哪一句不实，就算我是骂你！你举出来！我写的是有个缺点，那就是不该没有提你们的名字。我本来提着的，主任建议叫我去了。你要嫌我写的不全，我给你把名字加上好了！""你还嫌骂得不痛快呀？加吧！你又是副主任，你又会写，还有我这不识字的老百姓活的哩？"支书王镇海站起来说："老嫂你是说理不说理？要说理，等到辩论会上找个人把大字报一句一句念给你听，你认为哪里写得不对许你驳他！不能这样满脑一把抓来派人家的不是！谁不叫你活了？""你们都是官官相护，我跟你们说什么哩？我要骂！谁给我出大字报叫他死绝了根！叫狼吃得他不剩个血盘儿，叫……"支书认真地说："大字报是毛主席叫贴的！你实在要不说理要这样发疯，这么大个社也不是没有办法治你！"回头向大家说："来两个人把她送乡政府！"看的人们早有几个人忍不住了，听支书一说，马上跳出五六个人来把她围上，其中有两个人拉住她两条胳膊就要走。这时候，主任工聚海却拦住说："等 等！这么 点事哪里值得去麻烦乡政府一趟？"大家早就想让小腿疼去受点教训，见王聚海一拦，都觉得泄气，不过他是主任，也只好听他的。小腿疼见真要送她走，已经有点胆怯，后来经主任这么一拦就放了心。她定了定神，看到局势稳定了，就强鼓着气说了几句似乎是光荣退兵的话："不要拦他们！让他们送吧！看乡政府能不能拔了我的舌头！"王聚海认为已经到了收场的时候，就拉长了调子向小腿疼说："老嫂！你且回去吧！没有到不了底的事！我们现在要布置明天的生产工作，等过两天再给你们解释解释！""什么解释解释？一定得说个过来过去！""好好好！就说个过来过去！"杨小四说："主任你的话是怎么说着的？人家闹到咱的会场来了，还要给人家赔情是不是？"小腿疼怕杨小四和支书王镇海再把王聚海说倒了弄得自己不得退场，就赶紧抢了个空子和王聚海说："我可走了！事情是你承担着的！可不许平白白地拉倒啊!"说完了抽身就走,跑出门去才想起来没有装腿疼。

主任王聚海是个老中农出身,早在抗日战争以前就好给人和解个争端,人们常说他是个会和稀泥的人;在抗日战争中八路军来了以后他当过村长,作各种动员工作都还有点办法;在土改时候,地主几次要收买他,都被他拒绝了,村支部见他对斗争地主还坚决,就吸收他入了党;"争先"农业社成立时候,又把他选为社主任,好几年来,因为照顾他这老资格,一直连选连任。他好研究每个人的"性格",主张按性格用人,可惜不懂得有些坏性格一定得改造过来。他给人们平息争端,主张"和事不表理",只求得"了事"就算。他以为凡是懂得他这一套的人就当得了干部,不能照他这一套来办事的人就都还得"锻炼锻炼"。例如在一九五五年党内外都有人提出可以把杨小四选成副主任,他却说"不行不行,还得好好锻炼几年",直到本年(一九五七年)改选时候他还坚持他的意见,可是大多数人都说杨小四要比他还强,结果选举的票数和他得了个平。小四当了副主任之后,他可是什么事也不靠小四做,并且常说:"年轻人,随在管委会里'锻炼锻炼'再说吧!"又如社章上规定要有个妇女副主任,在他看来那也是多余的。他说:"叫妇女们闹事可以,想叫她们办事呀,连门都找不着!"因为人家别的社里每社都有那么一个人,他也没法坚持他的主张,结果在选举时候还是选了第三队里的高秀兰来当女副主任。他对高秀兰和对杨小四还有区别,以为小四还可以"锻炼锻炼",秀兰连"锻炼"也没法"锻炼",因此除了在全体管委会议的时候按名单通知秀兰来参加以外,在其他主干碰头的会上就根本想不起来还有秀兰那么个人。不过高秀兰可没有忘了他。就在这次整风开始,高秀兰给他贴过这样一张大字报:

"争先"社,难争先,因为主任太主观:
只信自己有本事,常说别人欠锻炼;
大小事情都包揽,不肯交给别人干,
一天起来忙到晚,办的事情很有限。
遇上社员有争端,他在中间赔笑脸,
只求说个八面圆,谁是谁非不评断,
有的没理沾了光,感谢主任多照看,
有的有理受了屈,只把苦水往下咽。
正气碰了墙,邪气遮了天,
有力没处使,谁还肯争先?
希望王主任,来个大转变:
办事靠集体,说理分长短,
多听群众话,免得耍光杆!

——高秀兰写

他看了这张大字报,冷不防也吃了一惊,不过他的气派大,不像小腿疼那样马上唧唧喳喳乱吵,只是定了定神仍然摆出长辈的口气来说:"没想到秀兰这孩子还是个有出息的,以后好好'锻炼锻炼'还许能给社里办点事。"王聚海就是这样一个人。

杨小四给小腿疼和吃不饱出的那张大字报,在才写成稿子没有誊清以前,征求过王聚海的意见。王聚海坚决主张不要出。他说:"什么病要吃什么药,这两个人吃软不吃硬。你要给她们出上这么一张大字报,保证她们要跟你闹麻烦;实在想出的话,也应该把她们的名字去了。"杨小四又征求支书王镇海的意见,并且把主任的话告诉了支书,支书说:"怕麻烦就不要整风!至于名字写不写都行,一贴出去谁也知道指的是谁!"杨小四为了照顾王聚海的老面子,又改了两句,只把那两个人的名字去掉了,内容一点也没有变,就贴出去了。

当小腿疼一进社房来扑杨小四,王聚海一边拦着她,一边暗自埋怨杨小四:"看你惹下麻烦了没有?都只怨不听我的话!"等到大家要往乡政府送小腿疼,被他拦住用好话把小腿疼劝回去之后,他又暗自夸奖他自己的本领:"试试谁会办事?要不是我在,事情准闹大了!"可是他没有想到当小腿疼走出去、看热闹的也散了之后,支书批评他说:"聚海哥!人家给你提过那么多意见,你怎么还是这样无原则?要不把这样无法无天的人的气焰打下去,这整风工作还怎么往下做呀?"他听了这几句批评觉得很伤心。他想:"你们闯下了事自己没法了局,我给你们做了开解,倒反落下不是了?"不过他摸着支书的"性格"是"认理不认人、不怕不了事"的,所以他没有把真心话说出来,只勉强承认说:"算了算了!都算我的错!咱们还是快点布置一下明后天的生产工作吧!"

一谈起布置生产来,支书又说:"生产和整风是分不开的。现在快上冻了,妇女大半上不了地,棉花摘不下来,花秆拔不了,牲口闲站着,地不能犁,要不整风,怎么能把这种情况变过来呢?"主任王聚海说:"整风是个慢工夫,一两天也不能转变个什么样子;最救急的办法,还是根据去年的经验,把定额减一减——把摘八斤籽棉顶一个工,改成六斤一个工,明天马上就能把大部分人动员起来!"支书说:"事情就坏到去年那个经验上!现在一天摘十斤也摘得够,可是你去年改过那么一下,把那些自私自利的人改得心高了,老在家里等那个便宜。这种落后思想照顾不得!去年改成六斤,今年她们会要求改成五斤,明年会要求改成四斤!"杨小四说:"那样也就对不住人家进步的妇女!明天要减了定额,这几天的工分你怎么给人家算?一个多月以前定额是二十斤,实际能摘到四十斤,落后的抢着摘棉花,叫人家进步的去割谷,就已经亏了人家;如今摘三遍棉花,人家又按八斤定额摘了十来天了,你再把定额改小了让落后的来抢,那像话吗?"王聚海说:"不改定额也行,那就得个别动员。会动员的话,不论哪一个都能动员出来,可惜大家在作动员工作方面都没有'锻炼'，我一个人又只有一张嘴，所以工作不好作……"接着他就举出好多例子，说哪个媳妇爱听人夸她的手快，哪老婆爱听人说她干净……只要摸得着人的"性格"，几句话就能说得她愿意听你的话。他正唠唠叨叨举着例子，支书打断他的话说："够了够了！只要克服了资本主义思想，什么'性格'的人都能动员出来！"

话才说到这里，乡政府来送通知，要主任和支书带两天给养马上到乡政府集合，然后到城关一个社里参观整风大辩论。两个人看了通知，主任说："怎么办？"支书说："去！""生产？""交给副主任！"主任看了看杨小四，带着讽刺的口气说："小四！生产交给你！支书说过，'生产和整风分不开'，怎样布置都由你！""还有人家高秀兰哩！""你和她商量去吧！"

主任和支书走后，杨小四去找高秀兰和副支书，三个人商量了一下，晚上召开了个社员大会。

人们快要集合齐了的时候，向来不参加会的小腿疼和吃不饱也来了。当她们走近人群的时候，吃不饱推着小腿疼的脊背说："快去快去！凑他们都还没有开口！"她把小腿疼推进了场，她自己却只坐在圈外。一队的队长王盈海看见她们两个来得不大正派，又见小腿疼被推进场去以后要直奔主席台，就赶了两步过来拦住她说："你又要干什么？""干什么？今天晌午的事你又不是不知道！先得把小四骂我的事说清楚，要不今天晚上的会开不好！"前边提过，王盈海也是小腿疼的一个本家小叔子，说话要比王聚海、王镇海都尖刻。王盈海当了队长，小腿疼虽然能借着个叔嫂关系跟他耍无赖，不过有时候还怕他三分。王盈海见小腿疼的话头来得十分无理，怕她再把个会场搅乱了，就用话顶住她说："你的兴就还没有败透？人家什么地方屈说了你？你的腿到底疼不疼？""疼不疼你管不着！""编在我队里我就要管！说你腿疼哩，闹起事来你比谁跑得也快；说你不疼哩，你却连饭也不能做，把个媳妇拖得上不了地！人家给你写了张大字报，你就跟被蝎子螫了一下一样，唧唧喳喳乱叫喊！叫吧！越叫越多！再要不改造，大字报会把你的大门上也贴满了！"这样一顶，果然有效，把个小腿疼顶得关上嗓门慢慢退出场外和吃不饱坐到一起去。杨小四看见小腿疼息了虎威，悄悄和高秀兰说："咱们主任对小腿疼的'性格'摸得还是不太透。他说小腿疼是'吃软不吃硬'，我看一队长这'硬'的比他那'软'的更有效些。"

宣布开会了，副支书先讲了几句话说："支书和主任今天走得很急促，没有顾上详细安排整风工作怎样继续进行。今天下午我和两位副主任商议了一下，决定今天晚上暂且不开整风会，先来布置明天的生产。明天晚上继续整风，开分组检讨会，谁来检讨、检讨什么，得等到明天另外决定。我不说什么了，请副主任谈生产吧！"副支书说了这么几句简单的话就坐下了。有个人提议说："最好是先把检讨人和检讨什么宣布一下，好让大家准备准备！"副支书又站起来说："我们还没有商量好，还是等明天再说吧！"

接着就是杨小四讲话。他说："咱们现在的生产问题，大家都看得很清楚，棉花摘不下来，花秆拔不了，牲口闲站着，地不能犁，再过几天地一冻，秋杀地就算误了。摘完了的棉花秆，断不了还要丢下一星半点，拔花杆上熏了肥料，觉着很可惜；要让大家自由拾一拾吧，还有好多三遍花没有摘，说不定有些手不干净的人要偷偷摸摸的。我们下午商量了一下，决定明后两天，由各队妇女副队长带领各队妇女，有组织地自由拾花；各队队长带领男劳力，在拾过自由花的地里拔花秆，把这一部分地腾清以后，先让牲口犁着，然后再摘那没有摘过三遍的花。为了防止偷花的毛病，现在要宣布几条纪律：第一、明天早晨各队正副队长带领全队队员到村外南池边犁过的那块地里集合，听候分配地点。第二、各队妇女只准到指定地点拾花，不许乱跑。第三、谁要不到南池边集合，或者不往指定地点，拾的花就算偷的，还按社里原来的规定，见一斤扣除五个劳动日的工分，不愿叫扣除的送到法院去改造。完了！散会！"

大会没有开够十分钟就散了，会后大家纷纷议论：有的说"青年人究竟没有经验！就定一百条纪律，该偷的还是要偷！"有的说："队长有什么用？去年拾自由花，有些妇女队长也偷过！"有的说："年轻人可有点火气，真要处罚几个人，也就没人敢偷了！"有的说："他们不过替人家当两天家，不论说得多么认真，王聚海回来还不是平塌塌地又放下了！"准备偷花的妇女们，也互相交换着意见："他想得倒周全，一分开队咱们就散开，看谁还管得住谁？""分给咱们个好地方咱们就去，要分到没出息的地方，干脆都不要跟上队长走！""他一只手拖一个，两只手拖两个，还能把咱们都拖住？""我们的队长也不那么老实！"……

"新官上任，不摸秉性"，议论尽管议论，第二天早晨都还得到村外南池边那块犁过的地里集合。

要来的人都来到犁耙得很平整的这块地里来坐下，村里再没有往这里走的人了，小四、秀兰和副支书一看，平常装病、装忙、装饿的那些妇女们这时候差不多也都到齐，可是小腿疼和吃不饱两个有名人物没有来。他们三个人互相看了看，秀兰说："大概是一张大字报真把人家两个人惹恼了！"大家又稍微等了一下，小四说："不等她们了，咱们就按咱们的计划来吧！"他走到面向群众那一边说："各队先查点一下人数，看一共来了多少人！男女分别计算！"各个队长查点了一遍，把数字报告上来。小四又说："请各队长到前边来，咱们先商量一下！"各队长都集中到他们三个人跟前来。小四和各队长低声说了几句话，各个队长一听都大笑起来,笑过之后,依小四的吩咐坐在一边。

小四开始讲话了。小四说:"今天大家来得这样齐楚,我很高兴。这几天,队长每天去动员人摘花,可是说来说去,来的还是那几个人,不来的又都各有理由:有的说病了,有的说孩子病了,有的说家里忙得离不开……指东划西不出来,今天一听说自由拾花大家就什么事也没有了!这不明明是自私自利思想作怪吗?摘头遍花能超过定额一倍的时候,大家也是这样来得整齐。你们想想:平常活叫别人做,有了便宜你们讨,人家长年在地里劳动的人吃你们多少亏?你们真是想'拾'花吗?一个人一天拾不到一斤籽棉,值上两三毛钱,五天也赚不够一个劳动日,谁有那么傻瓜?老实说:愿意拾花的根本就是想偷花!今年不能像去年,多数人种地让少数人偷!花秆上丢的那一点棉花不拾了,把花秆拔下来堆在地边让每天下午小学生下了课来拾一拾,拾过了再熏肥。今天来了的人一个也不许回去!妇女们各队到各队地里摘三遍花,定额不动,仍是八斤一个劳动日;男人们除了往麦地担粪的还去担粪,其余到各队摘尽了花的地里拔花秆!我的话讲完了!副支书还要讲话!"有一个媳妇站起来说:"副主任!我不说瞎话!我今天不能去!我孩子的病还没有好!不信你去看看!"小四打断她的话说:"我不看!孩子病不好你为什么能来?""本来就不能来,因为……""因为听说要自由拾花!本来不能来你怎么来的?天天叫也叫不到地,今天没有人去叫你,你怎么就来了?副支书马上就要跟你们讲这些事!"这个媳妇再没有说的,还有几个也想找理由请假,见她受了碰,也都没有敢开口。她们也想悄悄溜走,可是坐在村外一块犁过的地里,各个队长又都坐在通到村里去的路上,谁动一动都看得见,想跑也跑不了。

副支书站起来讲话了。他说:"我要说的话很简单:有人昨天晚上要我把今天的分组检讨会布置一下,把检讨人和检讨什么告大家说,让大家好准备。现在我可以告大家说了:检讨人就是每天不来今天来的人,检讨的事就是'为什么只顾自己不顾社'。现在先请各队的记工员把每天不来今天来的人开个名单。"

一会,名单也开完了,小四说:"谁也不准回村去!谁要是半路偷跑了,或者下午不来了,把大字报给她出到乡政府!"秀兰插话说:"我们三队的地在村北哩,不回村怎么过去?"小四向三队队长张太和说:"太和!你和你的副队长把人带过村去,到村北路上再查点一下,一个也不准回去!各队干各队的事!散会!"

在散会中间又有些小议论:"小四比聚海有办法!""想得出来干得出来!""这伙懒婆娘可叫小四给整住了!""也不止小四一个,他们三个人早就套好了!""聚海只学过内科,这些年轻人能动手术!""聚海的内科也不行,根本治不了病!""可惜小腿疼和吃不饱没有来!"说着就都走开了。

第三队通过了村,到了村北的路上,队长查点过人数,就往村北的杏树底地里来。这地方有两丈来高一个土岗,有一棵老杏树就长在这土岗上,围着这土岗南、东、北三面有二十来亩地在成立农业社以后连成了一块,这一年种的是棉花,东南两面向阳地方的棉花已经摘尽了,只有北面因为背阴一点,第三遍花还没有摘。他们走到这块地里,把男劳力和高秀兰那样强一点的女劳力留在南头拔花秆,让妇女队长带着软一点的女劳力上北头去摘花。

妇女们绕过了南边和东边快要往北边转弯了,看见有四个妇女早在这块地里摘花,其中有小腿疼和吃不饱两个人。大家停住了步,妇女队长正要喊叫,有个妇女向她摆摆手低声说:"队长不要叫她们! 你一叫她们不拾了! 咱们也装成自由拾花的样子慢慢往那边去! 到那里咱们摘咱们的,她们拾她们的! 让她们多拾一点处理起来也有个分量!"妇女队长说:"我说她们怎么没有出来! 原来早来了!"另一个不常下地的妇女说:"吃不饱昨天夜里散会以后,就去跟我商量过不要到南池边去集合,早一点往地里去,我没有敢听她的话。"大家都想和小腿疼她们开开玩笑,就都装作拾花的样子,一边在摘过的空花秆上拾着零花,一边往北边走。

原来头天晚上开会时候,小腿疼没有闹起事来,不是就退出场外和吃不饱坐在一起了吗? 她们一听到第二天叫自由拾花,吃不饱就对着小腿疼的耳朵说:"大婶! 咱明天可不要管他那什么纪律! 咱们叫上几个人天不明就走,赶她们到地,咱们就能弄他好几斤! 她们到南池边集合,咱们到村北杏树底去,谁也碰不上谁;赶她们也到杏树底来咱们跟她们一块儿拾。拾东西谁也不能不偷,她们一偷,就不敢去告咱们的状了!"小腿疼说:"我也是这么想! 什么纪律? 犯纪律的多哩! 处理过谁? 光咱们两人去多好! 不要叫别人!""要叫几个人,犯了也有个垫背的;不过也不要叫得太多,太多了轮到一个人手里东西就不多了!"她们一共叫过五个人,不过有三个没有敢来,临出发只来了两个,就相跟着到杏树底来了。她们正在五六亩大的没有摘过三遍花的地里偷得起劲,听见有人说话,抬头一看,见三队的妇女都来了,就溜到摘过的这一边来;后来见三队的人也到没有摘过的那边去了,她们就又溜回去。三队的人都哈哈大笑起来。小腿疼说:"笑什么? 许你们偷不许我们偷?"有个人说:"你们怎么拾了那么多?""谁不叫你们早点来?"三队的人都是挨着摘,小腿疼她们四个人可是满地跑着捡好的。三队有个人说:"要偷也该挨住片偷呀!"小腿疼说:"自由拾花你管我们怎么拾哩? 要说是偷,你们不也是偷吗?"大家也不认真和她辩论,有些人隔一阵还忍不住要笑一次。

妇女队长悄悄和一个队员说:"这样一直开玩笑也不大好。我离开怕她们闹起来,请你跑到南头去和队长、副主任说一声,叫他们看该怎么办!"那个队员就去了。

队长张太和更是个开玩笑大王。他一听说小腿疼和吃不饱那两个有名人物来了，好像有点幸灾乐祸的样子说："来了才合理！我早就想到这些人物碰上这些机会不会不出马！你先回去摘花，我马上就到！"他又向高秀兰说："副主任！你先不要出面，等我把她们整住了请你你再去！你把你的上级架子扎得硬硬的！"可是高秀兰不愿意那样做。高秀兰说："咱们都是才学着办事，还是正正经经来吧！咱们一同去！"他们走到北头，队员们看见副主任和队长都来了，又都大笑起来。张太和依照高秀兰的意见，很正经地说："大家不要笑了！你们那几位也不要满地跑了！"小腿疼又要她的厉害："自由拾花！你管不着！""就算自由拾花吧！你们来抢我三队的花，我就要管！都先把篮子缴给我！"吃不饱说："我可是三队的！三队的花许别人偷就得许我偷！要缴大家都缴出来！"张太和说："谁也得缴！"说着就先把她们四个人的篮子夺下来，然后就问她们说："你们为什么不到南池边集合？"吃不饱说："你且不要问这个！你不是说'谁也得缴'吗？为什么不缴她们的？""她们是给社里摘！""我们也是给社里摘！""谁叫你们摘的？""谁叫她们摘的？""对！现在就先要给你讲明是谁叫她们摘的！"接着就把在南池边集合的时候那一段事给她们四个讲述了一遍，讲得她们都软下来。小腿疼说："不叫拾不拾算了！谁叫你们不先告我们说？""不告说为什么还叫到南池边集合？告你说你不去听，别人有什么办法？"小腿疼说："算我们白拾了一趟！你们把花倒下，给我们篮子我们走！"

这时候，高秀兰说话了。她说："事情不那么简单：事前宣布纪律，为的是让大家不犯，犯了可就不能随便了事！这棉花分明是偷的。太和同志！把这些棉花送回社里，过一过秤，让保管给她们每一个篮子上贴上个条子，写明她们的姓名和棉花的分量，连篮子一同保存起来，等以后开个社员大会，让大家商量一个处理办法来处理！"张太和把四个篮子拿起来走了，小腿疼说："秀兰呀！你可不能说我们是偷的！我们真正不知道你们今天早上变了卦！"秀兰说："我们一点也没有变卦！昨天晚上杨小四同志给大家说得明白：'谁要不到南池边集合，拾的花就都算偷的。'何况你们明明白白在没有摘过的地里来抢哩？这是妨害全社利益的事，我们不能自作主张，准备交给群众讨论个处理办法！你们有什么话到社员大会上说去吧！"

小腿疼和吃不饱偷了棉花的事，等到吃早饭的时候，就传遍了全村。上午，各队在做活的时候提起这事，差不多都要求把整风的分组检讨会推迟一天，先在本天晚上开个社员大会处理偷花问题——因为大多数人都想叫在王聚海回来之前处理了，免得他回来再来个"八面圆"把问题平放下来。两个副主任接受了大家的要求，和副支书商量把整风会推迟一天，晚上就召开了处理偷花问题的社员大会。

大会开了。会议的项目是先由高秀兰报告捉住四个偷花贼的经过，再要她们四个人坦白交代，然后讨论处理办法。

在她们四个人坦白交代的时候，因为篮子和偷的棉花都还在社里，爱"了事"的主任又不在家，所以除了小腿疼还想找一点巧辩的理由外，一般都还交代得老实。前头是那两个垫背的交代的。一个说是她头天晚上没有参加会，小腿疼约她去她就去了，去到杏树底见地里没有人，根本没有到已经摘尽了的地里去拾，四个人一去，就跑到北头没摘过的地里去了。另一个说的和第一个大体相同，不过她自己是吃不饱约她的。这两个人交代过之后，群众中另有三个人插话说小腿疼和吃不饱也约过她们，她们没有敢去。第三个就叫吃不饱交代。吃不饱见大风已经倒了，老老实实把她怎样和小腿疼商量，怎样去拉垫背的，计划几时出发，往哪块地去……详细谈了一遍。有人追问她拉垫背的有什么用处，她说根据主任处理问题的习惯，犯案的人越多处理得越轻，有时候就不处理；不过人越多了，每个人能偷到的东西就太少了，所以最好是少拉几个，既不孤单又能落下东西。她可以算是摸着主任的"性格"了。

最后轮着小腿疼作交代了。主席杨小四所以把她排在最后，就是因为她好倚老卖老来巧辩，所以让别人先把事实摆一摆来减少她一些巧辩的机会。可是这个小老太婆真有两下子，有理没理总想争个盛气。她装作很受屈的样子说："说什么？算我偷了花还不行？"有人问她："怎么'算'你偷了？你究竟偷了没有？""偷了！偷也是副主任叫我偷的！"主席杨小四说："哪个副主任叫你偷的？""就是你！昨天晚上在大会上说叫大家拾花，过了一夜怎么就不算了？你是说话呀是放屁哩？"她一骂出来，没有等小四答话，群众就有一半以上的人"哗"地一下站起来："你要起反！""叫你坦白呀叫你骂人？"三队长张太和说："我提议：想坦白也不让她坦白了！干脆送法院！"大家一齐喊"赞成"。小腿疼着了慌，头像货郎鼓一样转来转去四下看。她的孩子、媳妇见说要送她也都慌了。孩子劝她说："娘你快交代呀！"小四向大家说："请大家稍静一下！"然后又向小腿疼说："最后问你一次：交代不交代？马上答应，不交代就送走！没有什么客气的！""交交交代什么呀？""随你的便！想骂你就再骂！""不不不那是我一句话说错了！我交代！"小四问大家说："怎么样？就让她交代交代看吧？""好吧！"大家答应着又都坐下了。小腿疼喘了口气说："我也不会说什么！反正自己做错了！事情和宝珠说的差不多：昨天晚上快散会的时候，宝珠跟我说：'咱明天可不要管他那什么纪律！咱们叫上几个人……'"

这时候忽然出了点小岔子：城关那个整风辩论会提前开了半天，支书和主任摸了几里黑路赶回来了。他们见场里有灯光，预料是开会，没有回家就先到会场上来。主任远远看见小腿疼先朝着小四说话然后又转向群众，以为还是争论那张大字报的问题，就赶了几步赶进场里，根本也没有听小腿疼正说什么，就拦住她说："回去吧老嫂！一点点小事还值得追这么紧？过几天给你们解释解释就完了……"大家初看见他进到会场时候本来已经觉得有点泄气，赶听到他这几句话，才知道他还根本不了解情况，"轰隆"一声都笑了。有个年纪老一点的人说："主任！你且坐下来歇歇吧！'没有调查就没有发言权'！"支书也拉住他说："咱们打听打听再说话吧！离开一天多了，你知道人家的工作是怎样安排的？"主任觉得很没意思，就和支书一同坐下。

小腿疼见主任王聚海一回来，马上长了精神。她不接着往下交代了。她离开自己站的地方走到王聚海面前说："老弟呀！你走了一天，人家就快把你这没出息嫂嫂摆弄死了！"她来了这一下，群众马上又都站起来："你不用装蒜！""你犯了法谁也替不了你！"……主任站起来走到小四旁边面向大家说："大家请坐下！我先给大家谈谈！没有了不了的事……"有人说："你请坐下！我们今天没有选你当主席！""这个事我们会'了'！"支书急了，又把主任拉住说："你为什么这么肯了事？先打听一下情况好不好？让人家开会，我们到社房休息休息！"又问副支书说："你要抽得出身来的话，抽空子到社房给我们谈谈这两天的事！"副支书说："可以！现在就行！"

他们三个离了会场到社房，副支书把他和杨小四、高秀兰怎样设计把那些光想讨巧不想劳动的妇女调到南池边，怎么批评了她们，怎么分配人力摘花，拔花秆，怎样碰上小腿疼她们偷花……详细谈了一遍，并且说："棉花明天就可以摘完，今天下午犁地的牲口就全部出动了，花秆拔得赶得上犁，剩下的男劳力仍然往准备冬浇的小麦地里运粪。"他报告完了情况，就先赶回会场去。

副支书走了，支书想了一想说："这些年轻人还是有办法！做法虽说有点开玩笑，可是也解决了问题！"主任说："我看那种动员办法不可靠！不捉摸每个人的'性格'，勉强动员到地里去，能做多少活哩？""再不要相信你摸得着人的'性格'了！我看人家几个年轻同志非常摸得着人的'性格'。那些不好动员的妇女们有她们的共同'性格'，那就是'偷懒''取巧'。正因为摸透了她们这种性格，才把她们都调动出来。人家不止'摸得着'这种性格，还能'改变'这种性格。你想：开了那么一个'思想展览会'，把她们的坏思想抖出来了，她们还能原封收回去吗？你说人家动员的人不能做活，可是棉花是靠那些人摘下来的。用人家的办法两天就能摘完，要仍用你那'摸性格'的老办法，恐怕十天也摘不完——越摘人越少。在整风方面，人家一来就找着两个自私自利的头子，你除不帮忙，还要替人家'解释解释'。你就没有想到全社的妇女你连一半人数也没有领导起来，另一半就是咱那个小腿疼嫂嫂和李宝珠领导着的！我的老哥！我看你还是跟那几位年轻同志在一块'锻炼锻炼'吧！"主任无话可说了，支书拉住他说："咱们去看看人家怎样处理这偷花问题。"

　　他们又走到会场时候，小腿疼正向小四求情。小腿疼说："副主任！你就让我再交代交代吧！"原来自她说了大家"捉弄"了她以后，大家就不让她再交代，只讨论了对另外三个人的处分问题，留下她准备往法院送。有个人看见主任来了，就故意讽刺小腿疼说："不要要求交代了！那不是？主任又来了！"主任说："不要说我！我来不来你们该怎么办还怎么办！刚才怨我太主观，不了解情况先说话！"小腿疼也抢着说："只要大家准我交代，不论谁来了我也交代！"小腿疼看了看群众，群众不说话；看了看副支书和两个副主任，这三个人也不说话。群众看了看主任，主任不说话；看了看支书，支书也不说话。全场冷了一下以后，小腿疼的孩子站起来说："主席！我替我娘求个情！还是准她交代好不好？"小四看了看这青年，又看了看大家说："怎么样？大家说！"有个老汉说："我提议，看到孩子的面上还让她交代吧！"又有人接着说："要不就让她说吧！"小四又问，"大家看怎么样？"有些人也答应："就让她说吧！""叫她说说试试！"小腿疼见大家放了话，因为怕进法院，恨不得把她那些对不起大家的事都说出来，所以坦白得很彻底。她说完了，大家决定也按一斤籽棉五个劳动日处理，不过也跟给吃不饱规定的条件一样，说这工一定得她做，不许用孩子的工分来顶。

　　散会以后，支书走在路上和主任说："你说那两个人'吃软不吃硬'，你可算没有摸透她们的'性格'吧？要不是你的认识给她们撑了腰，她们早就不敢那么猖狂了！所以我说你还是得'锻炼锻炼'！"

　　（节选自《中国新文学大系 1949—1976·长篇小说卷一》，上海文艺出版社1997 年版）

百合花

茹志鹃

一九四六年的中秋。

这天打海岸的部队决定晚上总攻。我们文工团创作室的几个同志，就由主攻团的团长分派到各个战斗连去帮助工作。大概因为我是个女同志吧，团长对我抓了半天后脑勺，最后才叫一个通讯员送我到前沿包扎所去。

包扎所就包扎所吧！反正不叫我进保险箱就行。我背上背包，跟通讯员走了。

早上下过一阵小雨，现在虽放了晴，路上还是滑得很，两边地里的秋庄稼，却给雨水冲洗得青翠水绿，珠烁晶莹。空气里也带有一股清鲜湿润的香味。要不是敌人的冷炮，在间歇地盲目地轰响着，我真以为我们是去赶集呢！

通讯员撒开大步，一直走在我前面。一开始他就把我撩下几丈远。我的脚烂了，路又滑，怎么努力也赶不上他。我想喊他等等我，却又怕他笑我胆小害怕；不叫他，我又真怕一个人摸不到那个包扎所。我开始对这个通讯员生起气来。

嗳！说也怪，他背后好像长了眼睛似的，倒自动在路边站下了。但脸还是朝着前面，没看我一眼。等我紧走慢赶地快要走近他时，他又蹬蹬蹬地自个向前走了，一下又把我甩下几丈远。我实在没力气赶了，索性一个人在后面慢慢晃。不过这一次还好，他没让我撩得太远，但也不让我走近，总和我保持着丈把远的距离。我走快，他在前面大踏步向前；我走慢，他在前面就摇摇摆摆。奇怪的是，我从没见他回头看我一次，我不禁对这通讯员发生了兴趣。

刚才在团部我没注意看他，现在从背后看去，只看到他是高挑挑的个子，块头不大，但从他那副厚实实的肩膀看来，是个挺棒的小伙。他穿了一身洗淡了的黄军装，绑腿直打到膝盖上。肩上的步枪筒里，稀疏地插了几根树枝，这要说是伪装，倒不如算作装饰点缀。

没有赶上他，但双脚胀痛得像火烧似的。我向他提出了休息一会后，自己便在做田界的石头上坐了下来。他也在远远的一块石头上坐下，把枪横搁在腿上，背向着我，好像没我这个人似的。凭经验，我晓得这一定又因为我是个女同志的缘故。女同志下连队，就有这些困难。我着恼地带着一种反抗情绪走过去，面对着他坐下来。这时，我看见他那张十分年轻稚气的圆脸，顶多有十八岁。他见我挨他坐下，立即张惶起来，好像他身边埋下了一颗定时炸弹，局促不安，掉过脸去不好，不掉过去又不行，想站起来又不好意思。我拼命忍住笑，随便地问他是哪里人。他没回答,脸涨得像个关公,呐呐半晌,才说清自己是天目山人。原来他还是我的同乡呢!

"在家时你干什么?"

"帮人拖毛竹。"

我朝他宽宽的两肩望了一下,立即在我眼前出现了一片绿雾似的竹海,海中间,一条窄窄的石级山道,盘旋而上。一个肩膀宽宽的小伙,肩上垫了一块老蓝布,扛了几枝青竹,竹梢长长地拖在他后面,刮打得石级哗哗作响……这是我多么熟悉的故乡生活啊!我立刻对这位同乡,越加亲热起来。我又问:

"你多大了?"

"十九。"

"参加革命几年了?"

"一年。"

"你怎么参加革命的?"我问到这里自己觉得这不像是谈话,倒有些像审讯。不过我还是禁不住地要问。

"大军北撤时我自己跟来的。"

"家里还有什么人呢?"

"娘,爹,弟弟妹妹,还有一个姑姑也住在我家里。"

"你还没娶媳妇吧?"

"……"他绯红了脸,更加忸怩起来,两只手不停地数摸着腰皮带上的扣眼;半晌他才低下了头,憨笑了一下,摇了摇头。我还想问他有没有对象,但看到他这样子,只得把嘴里的话,又咽了下去。

两人闷坐了一会,他开始抬头看看天,又掉过来扫了我一眼,意思是在催我动身。

当我站起来要走的时候,我看见他摘了帽子,偷偷地在用毛巾拭汗。这是我的不是,人家走路都没出一滴汗,为了我跟他说话,却害他出了这一头大汗,这都怪我了。

我们到包扎所,已是下午两点钟了。这里离前沿有三里路,包扎所设在一个小学里,大小六个房子组成品字形,中间一块空地长了许多野草,显然,小学已有多时不开课了。我们到时屋里已有几个卫生员在弄着纱布棉花,满地上都是用砖头垫起来的门板,算作病床。

我们刚到不久,来了一个乡干部,他眼睛熬得通红,用一片硬拍纸插在额前的破毡帽下,低低地遮在眼睛前面挡光。他一肩背枪,一肩挂了一杆秤;左手挎了一篮鸡蛋,右手提了一口大锅,呼哧呼哧地走来。他一边放东西,一边对我们又抱歉又诉苦,一边还喘息地喝着水,同时还从怀里掏出一包饭团来嚼着。我只见他迅速地做着这一切，他说的什么我就没大听清。好像是说什么被子的事，要我们自己去借。我问清了卫生员，原来因为部队上的被子还没发下来，但伤员流了血，非常怕冷，所以就得向老百姓去借。哪怕有一、二十条棉絮也好。我这时正愁工作插不上手，便自告奋勇讨了这件差事，怕来不及就顺便也请了我那位同乡，请他帮我动员几家再走。他踌躇了一下，便和我一起去了。

我们先到附近一个村子，进村后他向东，我往西，分头去动员。不一会，我已写了三张借条出去，借到两条棉絮、一条被子，手里抱得满满的，心里十分高兴，正准备送回去再来借时，看见通讯员从对面走来，两手还是空空的。

"怎么，没借到？"我觉得这里老百姓觉悟高，又很开通，怎么会没有借到呢，我有点惊奇地问。

"女同志，你去借吧！……老百姓死封建。"

"哪一家？你带我去。"我估计一定是他说话不对，说崩了。借不到被子事小，得罪了老百姓影响可不好。我叫他带我去看看。但他执拗地低着头，像钉在地上似的，不肯挪步。我走近他，低声地把群众影响的话对他说了。他听了，果然就松松爽爽地带我走了。

我们走进老乡的院子里，只见堂屋里静静的，里面一间房门上，垂着一块蓝布红额的门帘，门框两边还贴着鲜红的对联。我们只得站在外面向里"大姐大嫂"地喊，喊了几声，不见人应，但响动是有了。一会，门帘一挑，露出一个年轻媳妇来。这媳妇长得很好看，高高的鼻梁，弯弯的眉，额前一绺蓬松松的刘海。穿的虽是粗布，倒都是新的。我看她头上已硬翘翘地挽了髻，便大嫂长大嫂短地对她道歉，说刚才这个同志来，说话不好别见怪等等。她听着，脸扭向里面，尽咬着嘴唇笑。我说完了，她也不作声，还是低头咬着嘴唇，好像忍了一肚子的笑料没笑完。这一来，我倒有些尴尬了，下面的话怎么说呢！我看通讯员站在一边，眼睛一眨不眨的看着我，好像在看连长做示范动作似的。我只好硬了头皮，讪讪地向她开口借被子了，接着还对她说了一遍共产党的部队，打仗是为了老百姓的道理。这一次，她不笑了，一边听着，一边不断向房里瞅着。我说完了，她看看我，看看通讯员，好像在掂量我刚才那些话的斤两。半晌，她转身进去抱被子了。

通讯员乘这机会，颇不服气地对我说道："我刚才也是说的这几句话，她就是不借，你看怪吧！"

我赶忙白了他一眼，不叫他再说。可是来不及了，那个媳妇抱了被子，已经在房门口了。被子一拿出来，我方才明白她刚才为什么不肯借的道理了。这原来是一条里外全新的新花被子，被面是假洋缎的，枣红底，上面撒满白色百合花。她好像是在故意气通讯员，把被子朝我面前一送，说："抱去吧。"

我手里已捧满了被子，就一努嘴，叫通讯员来拿。没想到他竟扬起脸，装作没看见。我只好开口叫他,他这才绷了脸,垂着眼皮,上去接过被子,慌慌张张地转身就走。不想他一步还没走出去,就听见"嘶"的一声,衣服挂住了门钩,在肩膀处,挂下一片布来,口子撕得不小。那媳妇一面笑着,一面赶忙找针拿线,要给他缝上。通讯员却高低不肯,夹了被子就走。

刚走出门不远,就有人告诉我们,刚才那位年轻媳妇,是刚过门三天的新娘子,这条被子就是她唯一的嫁妆。我听了,心里便有些过意不去,通讯员也皱起了眉,默默地看着手里的被子。我想他听了这样的话一定会有同感吧!果然,他一边走,一边跟我嘟哝起来了。

"我们不了解情况,把人家结婚被子也借来了,多不合适呀!"我忍不住想给他开个玩笑,便故作严肃地说:"是呀! 也许她为了这条被子,在做姑娘时,不知起早熬夜,多干了多少零活积起来的钱,或许她曾为了这条花被,睡不着觉呢。可是还有人骂她死封建……"

他听到这里,突然站住脚,呆了一会,说:"那……那我们送回去吧!"

"已经借来了,再送回去,倒叫她多心。"我看他那副认真、为难的样子,又好笑,又觉得可爱。不知怎么的,我已从心底爱上了这个傻乎乎的小同乡。

他听我这么说,也似乎有理,考虑了一下,便下决心似地说:"好,算了。用了给她好好洗洗。"他决定以后,就把我抱着的被子,通统抓过去,左一条、右一条地披挂在自己肩上,大踏步地走了。

回到包扎所以后,我就让他回团部去。他精神顿时活泼起来了,向我敬了礼就跑了。走不几步,他又想起了什么,在自己挂包里掏了一阵,摸出两个馒头,朝我扬了扬,顺手放在路边石头上,说:"给你开饭啦!"说完就脚不点地地走了。我走过去拿起那两个干硬的馒头,看见他背的枪筒里不知在什么时候又多了一枝野菊花,跟那些树枝一起,在他耳边抖抖地颤动着。

他已走远了,但还见他肩上挂下来的布片,在风里一飘一飘。我真后悔没给他缝上再走。现在,至少他要裸露一晚上的肩膀了。

包扎所的工作人员很少。乡干部动员了几个妇女,帮我们打水,烧锅,作些零碎活。那位新媳妇也来了,她还是那样,笑眯眯地抿着嘴,偶然从眼角上看我一眼,但她时不时地东张西望,好像在找什么。后来她到底问我说:

"那位同志弟到哪里去了?"我告诉她同志弟不是这里的,他现在到前沿去了。她不好意思地笑了一下说:"刚才借被子,他可受我的气了!"说完又抿了嘴笑着,动手把借来的几十条被子、棉絮,整整齐齐地分铺在门板上、桌子上(两张课桌拼起来,就是一张床)。我看见她把自己那条白百合花的新被,铺在外面屋檐下的一块门板上。

天黑了,天边涌起一轮满月。我们的总攻还没发起。敌人照例是忌怕夜晚的,在地上烧起一堆堆的野火,又盲目地轰炸,照明弹也一个接一个地升起,好像在月亮下面点了无数盏的汽油灯,把地面的一切都赤裸裸地暴露出来了。在这样一个"白夜"里来攻击,有多困难,要付出多大的代价啊!我连那一轮皎洁的月亮,也憎恶起来了。

乡干部又来了,慰劳了我们几个家做的干菜月饼。原来今天是中秋节了。

啊!中秋节,在我的故乡,现在一定又是家家门前放一张竹茶儿,上面供一副香烛、几碟瓜果月饼。孩子们急切地盼那炷香快些焚尽,好早些分摊给月亮娘娘享用过的东西,他们在茶儿旁边跳着唱着:"月亮堂堂,敲锣买糖,……"或是唱着:"月亮嬷嬷,照你照我,……"我想到这里,又想起我那个小同乡,那个拖毛竹的小伙,也许,几年以前,他还唱过这些歌吧!……我咬了一口美味的家做月饼,想起那个小同乡大概现在正趴在工事里,也许在团指挥所,或者是在那些弯弯曲曲的交通沟里走着哩!

一会儿,我们的炮响了,天空划过几颗红色的信号弹,攻击开始了。不久,断断续续的有几个伤员下来,包扎所的空气立即紧张起来。

我拿着小本子,去登记他们的姓名、单位,轻伤的问问,重伤的就得拉开他们的符号,或是翻看他们的衣襟。我拉开一个重彩号的符号时,"通讯员"三个字使我突然打了个寒战,心跳起来。我定了下神才看到符号上写着×营的字样。啊!不是,我的同乡他是团部的通讯员。但我又莫名其妙地想问问谁,战地上会不会漏掉伤员。通讯员在战斗时,除了送信,还干什么,——我不知道自己为什么要问这些没意思的问题。

战斗开始后的几十分钟里,一切顺利,伤员一次次带下来的消息,都是我们突击第一道鹿砦,第二道铁丝网,占领敌人前沿工事打进街了。但到这里,消息忽然停顿了,下来的伤员,只是简单地回答说"在打",或是"在街上巷战"。但从他们满身泥泞、极度疲乏的神色上,甚至从那些似乎刚从泥里掘出来的担架上,大家明白,前面在进行着一场什么样的战斗。

包扎所的担架不够了,好几个重彩号不能及时送后方医院,耽搁下来。我不能解除他们任何痛苦,只得带着那些妇女,给他们拭脸洗手,能吃得的喂他们吃一点,带着背包的,就给他们换一件干净衣裳,有些还得解开他们的衣服,给他们拭洗身上的污泥血迹。

做这种工作,我当然没什么,可那些妇女又羞又怕,就是放不开手来,大家都要抢着去烧锅,特别是那新媳妇。我跟她说了半天,她才红了脸,同意了。不过只答应做我的下手。

前面的枪声,已响得稀落了。感觉上似乎天快亮了,其实还只是半夜。外边月亮很明,也比平日悬得高。前面又下来一个重伤员。屋里铺位都满了,我就把这位重伤员安排在屋檐下的那块门板上。担架员把伤员抬上门板,但还围在床边不肯走。一个上了年纪的担架员,大概把我当做医生了,一把抓住我的膀子说:"大夫,你可无论如何要想办法治好这位同志呀!你治好他,我……我们全体担架队员给你挂匾!……"他说话的时候,我发现其他的几个担架队员也都睁大了眼盯着我,似乎我点一点头,这伤员就立即会好了似的。我心想给他们解释一下,只见新媳妇端着水站在床前,短促地"啊"了一声。我急拨开他们上前一看,我看见了一张十分年轻稚气的圆脸,原来棕红的脸色,现已变得灰黄。他安详地阖着眼,军装的肩头上,露着那个大洞,一片布还挂在那里。

"这都是为了我们,"那个担架员负罪地说道,"我们十多副担架挤在一个小巷子里,准备往前运动,这位同志走在我们后面,可谁知道狗日的反动派不知从哪个屋顶上撂下颗手榴弹来,手榴弹就在我们人缝里冒着烟乱转,这时这位同志叫我们快趴下,他自己就一下扑在那个东西上了……"

新媳妇又短促地"啊"了一声。我强忍着眼泪,给那些担架员说了些话,打发他们走了。我回转身看见新媳妇已轻轻移过一盏油灯,解开他的衣服,她刚才那种忸怩羞涩已经完全消失,只是庄严而虔诚地给他拭着身子,这位高大而又年轻的小通讯员无声地躺在那里……我猛然醒悟地跳起身,磕磕绊绊地跑去找医生,等我和医生拿了针药赶来,新媳妇正侧着身子坐在他旁边。

她低着头,正一针一针地在缝他衣肩上那个破洞。医生听了听通讯员的心脏,默默地站起身说:"不用打针了。"我过去一摸,果然手都冰冷了。新媳妇却像什么也没看见,什么也没听到,依然拿着针,细细地、密密地缝着那个破洞。我实在看不下去了,低声地说:

"不要缝了。"她却对我异样地瞟了一眼,低下头,还是一针针地缝。我想拉开她,我想推开这沉重的氛围,我想看见他坐起来,看见他羞涩的笑。但我无意中碰到了身边一个什么东西,伸手一摸,是他给我开的饭,两个干硬的馒头……

卫生员让人抬了一口棺材来,动手揭掉他身上的被子,要把他放进棺材去。新媳妇这时脸发白,劈手夺过被子,狠狠地瞪了他们一眼,自己动手把半条被子平展展地铺在棺材底,半条盖在他身上。卫生员为难地说:"被子……是借老百姓的。"

"是我的——"她气汹汹地嚷了半句,就扭过脸去。在月光下,我看见她眼里晶莹发亮,我也看见那条枣红底色上、洒满白色百合花的被子,这象征纯洁与感情的花,盖上了这位平常的、拖毛竹的青年人的脸。

(节选自《中国新文学大系 1949—1976·长篇小说卷一》,上海文艺出版社 1997 年版)

组织部来了个年轻人

王　蒙

一

三月，天空中纷洒着的似雨似雪。三轮车在区委会门口停住，一个年轻人跳下来。车夫看了看门口挂着的大牌子，客气地对乘客说："您到这儿来，我不收钱。"传达室的工人、复员荣军老吕微跛着脚走出，问明了那年轻人的来历后，连忙帮他搬下微湿的行李，又去把组织部的秘书赵慧文叫出来。赵慧文紧握着年轻人的两只手说："我们等你好久了。"这个叫林震的年轻人，在小学教师支部的时候就与赵慧文认识。她那苍白而美丽的脸上，两只大眼睛闪着友善亲切的光亮，只是下眼皮上有着因疲倦而现出来的青色。她带林震到男宿舍，把行李放好、解开，把湿了的毡子晾上，再铺被褥。在她料理这些事情的时候，常常撩一撩自己的头发，正像那些能干而漂亮的女同志们一样。

她说："我们等了你好久！半年前就要调你来，区人民委员会文教科死也不同意，后来区委书记直接找区长要人，又和教育局人事室吵了一回，这才把你调了来。"

"可我前天才知道，"林震说，"听说调我到区委会，真不知怎么好。咱们区委会尽干什么呀？"

"什么都干。"

"组织部呢？"

"组织部就作组织工作。"

"工作忙不忙？"

"有时候忙，有时候不忙。"

赵慧文端详着林震的床铺，摇摇头，大姐姐似的不以为然地说："小伙子，真不讲卫生；瞧那枕头布，已经由白变黑；被头呢，吸饱了你脖子上的油；还有床单，那么多折子，简直成了泡泡纱……"

林震觉得，他一走进区委会的门，他的新的生活刚一开始，就碰到了一个很亲切的人。

他带着一种节日的兴奋心情跑着到组织部第一副部长的办公室去报到。副部长有一个古怪的名字：刘世吾。在林震心跳着敲门的时候，他正仰着脸衔着烟考虑组织部的工作规划。他热情而得体地接待林震，让林震坐在沙发上，自己坐

在办公桌边,推一推玻璃板上叠得高高的文件,从容地问:

"怎么样?"他的左眼微皱,右手弹着烟灰。

"支部书记通知我后天搬来,我在学校已经没事,今天就来了。叫我到组织部工作,我怕干不了,我是个新党员,过去做小学教师,小学教师的工作与党的组织工作有些不同……"

林震说着他早已准备好的话,说得很不自然,正像小学生第一次见老师一样。于是他感到这间屋子很热。三月中旬,冬天就要过去,屋里还生着火,玻璃上的霜花融解成一条条的污道子。他的额头沁出了汗珠,他想掏出手绢擦擦,在衣袋里摸索了半天没有找到。

刘世吾机械地点着头,看也不看地从那一大叠文件中抽出一个牛皮纸袋,打开纸袋,拿出林震的党员登记表,锐利的眼光迅速掠过,宽阔的前额下出现了密密的皱纹,闭了一下眼,手扶着椅子背站起来,披着的棉袄从肩头滑落了,然后用熟练的毫不费力的声调说:

"好,好,好极了,组织部正缺干部,你来得好。不,我们的工作并不难作,学习学习就会作的,就那么回事。而且你原来在下边工作的……相当不错嘛,是不是不错?"

林震觉得这种称赞似乎有某种嘲笑意味,他惶恐地摇头:"我工作作得并不好……"

刘世吾的不太整洁的脸上现出隐约的笑容,他的眼光聪敏地闪动着,继续说:"当然也可能有困难,可能。这是个了不起的工作。中央的一位同志说过,组织工作是给党管家的,如果家管不好,党就没有力量。"然后他不等问就加以解释:"管什么家呢?发展党和巩固党,壮大党的组织和增强党组织的战斗力,把党的生活建立在集体领导、批评和自我批评与密切联系群众的基础上。这样做好了,党组织就是坚强的、活泼的、有战斗力的,就足以团结和指引群众,完成和更好地完成社会主义建设与社会主义改造的各项任务……"

他每说一句话,都干咳一下,但说到那些惯用语的时候,快得像说一个字。譬如他说"把党的生活建立在……上,"听起来就像"把生活建在登登登上",他纯熟地驾驭那些林震觉得是相当深奥的概念,像拨弄算盘子一样的灵活。林震集中最大的注意力,仍然不能把他讲的话全部把握住。

接着,刘世吾给他分配了工作。

当林震推门要走的时候。刘世吾又叫住他,用另一种全然不同的随意神情问:

"怎么样,小林,有对象了没有?"

"没……"林震的脸刷地红了。

"大小伙子还红脸?"刘世吾大笑了,"才二十二岁,不忙。"他又问:"口袋里装着什么书?"

林震拿出书,说出书名:"《拖拉机站站长与总农艺师》。"

刘世吾拿过书去,从中间打开看了几行,问:"这是他们团中央推荐给你们青年看的吧?"

林震点头。

"借我看看。"

"您有时间看小说吗?"林震看着副部长桌上的大叠材料,惊异了。

刘世吾用手托了托书,试了试分量,微皱着左眼说:"怎么样?这么一薄本有半个夜车就开完啦。四本《静静的顿河》我只看了一个星期,就那么回事。"

当林震走向组织部大办公室的时候,天已经放晴,残留的几片云现出了亮晶晶的边缘。太阳照亮了区委会的大院子。人们都在忙碌:一个穿军服的同志夹着皮包匆匆走过,传达室的老吕提着两个大铁壶给会议室送茶水,可以听见一个女同志顽强地对着电话机子说:"不行,最迟明天早上!不行……"还可以听见忽快忽慢的咽哧咽哧声——是一只生疏的手使用着打字机,"她也和我一样,是新调来的吧?"林震不知凭什么理由,猜打字员一定是个女的。他在走廊上站了一站,望着耀眼的区委会的院子,高兴自己新生活的开始。

二

组织部的干部算上林震一共二十四个人,其中三个人临时调到肃反办公室去了,一个人半日工作准备考大学,一个人请病假。能按时工作的只剩下十九个人。四个人作干部工作,十五个人按工厂、机关、学校分工管理建党工作,林震被分配与工厂支部联系组织发展工作。

组织部部长由区委副书记李宗秦兼任,他并不常过问组织部的事,实际工作是由第一副部长刘世吾掌握。另一个副部长负责干部工作。具体指导林震工作的是工厂建党组组长的韩常新。

韩常新的风度与刘世吾迥然不同。他二十七岁,穿蓝色海军呢制服,干净得抖都抖不下土。他有高大的身材,配着英武的只因为粉刺太多而略有瑕疵的脸。他拍着林震的肩膀,用嘹亮的嗓音讲解工作,不时发出豪放的笑声,使林震想:"他比领导干部还像领导干部。"特别是第二天韩常新与一个支部的组织委员的谈话,加强了他给林震的这种印象。

"为什么你们只谈了半小时?我在电话里告诉你,至少要用两小时讨论发展计划!"

那个组织委员说:"这个月生产任务太忙……"

韩常新打断了他的话，富有教训意味地说："生产任务忙就不认真研究发展工作了？这是把中心工作与经常工作对立起来，也是党不管党的一种表现……"

林震弄不明白什么叫"中心工作与经常工作对立起来"和"党不管党"，他熟悉的是另外一类名词："课堂五环节"与"直观教具"。他很钦佩韩常新的这种气魄与能力——迅速地提高到原则上分析问题和指示别人。

他转过头，看见正伏在桌上复写材料的赵慧文，她皱着眉怀疑地看一看韩常新，然后扶正头上的假琥珀发卡，用微带忧郁的目光看向窗外。

晚上，有的干部去参加基层支部的组织生活，有的休息了，赵慧文仍然赶着复写"税务分局培养、提拔干部的经验"，累了一天，手腕酸痛，不时在写的中间撂下笔，摇摇手，往手上吹口气。林震自告奋勇来帮忙，她拒绝了，说："你抄，我不放心。"于是林震帮她把抄过的美浓纸叠整齐，站在她身旁，起一点精神支援作用。她一边抄，一边时时抬头看林震，林震问："干嘛老看我？"赵慧文咬了一下复写笔，笑了笑。

三

林震是一九五三年秋天由师范学校毕业的，当时是候补党员，被分配到这个区的中心小学当教员。作了教师的他，仍然保持中学生的生活习惯：清晨练哑铃，夜晚记日记，每个大节日——五一、七一……以前到处征求人们对他的意见。曾经有人预言，过不了三个月他就会被那些生活不规律的成年人"同化"。但，不久以后，许多教师夸奖他也羡慕他了，说："这孩子无忧无虑，无牵无挂，除了工作，就是工作……"

他也没有辜负这种羡慕，一九五四年寒假，由于教学上的成绩，他受到了教育局的奖励。

人们也许以为，这位年轻的教师就会这样平稳地、满足而快乐地度过自己的青年时代。但是不，孩子般单纯的林震，也有自己的心事。

一年以后，他经常焦灼地鞭策自己。是因为社会主义高潮的推动，全国青年社会主义积极分子会议的召开，还是因为年龄的增长？

他已经二十二岁了，记得在初中一年级时作过一篇文，题目是"当我××岁的时候"，他写成"当我二十二岁的时候，我要……"现在二十二岁，他的生命史上好像还是白纸，没有功勋，没有创造，没有冒险，也没有爱情——连给某个姑娘写一封信的事都没做过。他努力工作，但是他作的少、慢、差。和青年积极分子们比较，和生活的飞奔比较，难道能安慰自己吗？他订规划，学这学那，作这作那，他要一日千里！

这时，接到调动工作的通知，"当我二十二岁的时候，我成了党工作者……"

也许真正的生活在这里开始了？他抑制住对小学教育工作和孩子们的依恋,燃烧起对新的工作的渴望。支部书记和他谈话的那个晚上,他想了一夜。

就这样,林震口袋里装着《拖拉机站站长与总农艺师》,兴高采烈地登上区委会的石阶,对于党工作者(他是根据电影里全能的党委书记的形象来猜测他们的)的生活,充满了神圣的憧憬。但是,等他接触到那些忙碌而自信的领导同志,看到来往的文件和同时举行的会议,听到那些尖锐争吵与高深的分析,他眨眨那有些特别的淡褐色眼珠的眼睛,心里有点怯……

到区委会的第四天,林震去通华麻袋厂了解第一季度发展党员工作的情况,去以前,他看了有关的文件和名叫《怎样进行调查研究》的小册子,再三地请教了韩常新,他密密麻麻地写了一篇提纲,然后飞快地骑着新领到的自行车,向麻袋厂驶去。

工厂门口的警卫同志听说他是区委会的干部,没要他签名,信任地请他进去了。穿过一个大空场,走过一片放麻的露天货场与机器隆隆响的厂房,他心神不安地去敲厂长兼支部书记王清泉办公室的门。得到了里面"进来"的回答后,他慢慢地走进去,怕走快了显得没有经验。他看见一个阔脸、粗脖子、身材矮小的男人正与一个头发上抹了许多油的驼背的男人下棋。小个子的同志抬起头,右手玩着棋子,问清了林震找谁以后,不耐烦地挥一挥手:"你去西跨院党支部办公室找魏鹤鸣,他是组织委员。"然后低下头继续下棋。

林震找着了红脸的魏鹤鸣,开始按提纲发问了:"一九五六年第一季度,你们发展了几个人？"

"一个半。"魏鹤鸣粗声粗气地说。

"什么叫'半'？"

"有一个通过了,区委拖了两个多月还没有批下来。"

林震掏出笔记本记了下来。又问:

"发展工作是怎么样进行的,有什么经验？"

"进行过程和向来一样——和党章的规定一样。"

林震看了看对方,为什么他说出的话像搁了一个星期的窝窝头一样干巴？魏鹤鸣托着腮,眼睛看着别处,心里也像在想别的事。

林震又问:"发展工作的成绩怎么样？"

魏鹤鸣答:"刚才说过了,就是那些。"他好像应付似的希望快点谈完。

林震不知道应该再问什么了,预备了一下午的提纲,和人家只谈上五分钟就用完了。他很窘。

这时门被一只有力的手推开了。那个小个子的同志进来,匆匆忙忙地问魏鹤鸣:"来信的事你知道吗？"

魏鹤鸣无精打采地点了点头。

小个子的同志来回踱着步子，然后撇开腿站在房中央："你们要想办法！质量问题去年就提出来了，为什么还等着合同单位给纺织工业部写信？在社会主义高潮当中我们的生产迟迟不能提高，这是耻辱！"

魏鹤鸣冷冷地看着小个子的脸，用颤抖的声音问："您说谁？"

"我说你们大家！"小个子手一挥，把林震也包括在里面了。

魏鹤鸣因为抑制着愤怒的爆发而显得可怕，他的红脸更红了，他站起来问："那么您呢？您不负责任？"

"我当然负责。"小个子的同志却平静了，"对于上级，我负责，他们怎么处分我！我也接受。对于我，你得负责，谁让你作生产科长呢？你得小心……"说完，他威胁地看了魏鹤鸣一眼，走了。

魏鹤鸣坐下，把棉袄的扣子全解开了，喘着气。林震问："他是谁？"魏鹤鸣讽刺地说："你不认识？他就是厂长王清泉。"

于是魏鹤鸣向林震详细地谈起了王清泉的情况。王清泉原来在中央某部工作，因为在男女关系上犯错误受了处分，一九五一年调到这个厂子作副厂长，一九五三年厂长他调，他就被提拔作厂长。他一向是吃饱了转一转，躲在办公室批批文件下下棋，然后每月在工会大会、党支部大会、团总支大会上讲话，批评工人群众竞赛没搞好，对质量不关心，有经济主义思想……魏鹤鸣没说完，王清泉又推门进来了。他看着左腕上的表，下令说："今天中午十二点十分，你通知党、团、工会和行政各科室的负责人到厂长室开会。"然后把门砰的一带，走了。

魏鹤鸣嘟哝着："你看他怎么样？"

林震说："你别光发牢骚，你批评他，也可以向上级反映，上级绝不允许有这样的厂长。"

魏鹤鸣笑了，问林震："老林同志，你是新来的吧？"

"老林"同志脸红了。

魏鹤鸣说："批评不动！他根本不参加党的会议，你上哪儿批评去？偶尔参加一次，你提意见，他说：'提意见是好的，不过应该掌握分寸，也应该看时间、场合。现在，我们不应该因为个人意见侵占党支部讨论国家任务的宝贵时间。'好，不占用宝贵时间，我找他个别提，于是我们俩吵成了现在这个样子。"

"向上级反映呢？"

"一九五四年我给纺织工业部和区委写了信，部里一位张同志与你们那儿的老韩同志下来检查了一回。检查结果是：'官僚主义较严重，但主要是作风问题，任务基本上完成了，只是完成任务的方法有缺点。'然后找王清泉'批评'了一下，又找我鼓励了一下开展自下而上的批评的精神，就完事了。此后，王厂长有一个来月对工作比较认真，不久他得了肾病，病好以后他说自己是'因劳致疾'，就又成了这个样子。"

"你再反映呀！"

"哼，后来与韩常新也不知说过多少次，老韩也不答理，反倒向我进行教育说，应该尊重领导，加强团结。也许我不该这样想，但我觉得也许要等到王厂长贪污了人民币或者强奸了妇女，上级才会重视起来！"

林震出了厂子再骑上自行车的时候，车轮旋转的速度就慢多了。他深深地把眉头皱了起来。他发现他的工作的第一步就有重重的困难，但他也受到一种刺激，甚至是激励——这正是发挥战斗精神的时候啊！他想着想着，直到因为车子溜进了急行线而受到交通民警的申斥。

四

吃完午饭，林震迫不及待地找韩常新汇报情况。韩常新有些疲倦地靠着沙发背，高大的身体显得笨重，从身上掏出火柴盒，拿起一根火柴剔牙。

林震杂乱地叙述他去麻袋厂的见闻，韩常新脚尖打着地不住地说："是的，我知道。"然后他拍一拍林震的肩膀，愉快地说："情况没了解上来不要紧，第一次下去嘛，下次就好了。"

林震说："可是我了解了关于王清泉的情况。"他把笔记本打开。

韩常新把他的笔记本合上，告诉他："对，这个情况我早知道。前年区委让我处理过这个事情，我严厉地批评过他，指出他的缺点和危险性，我们谈了至少有三四个钟头……"

"可是并没有效果呀，魏鹤鸣说他只好了一个月……"林震插嘴说。

"一个月也是效果，而且绝不止一个月。魏鹤鸣那个人思想上有问题，见人就告厂长的状……"

"他告的状是不是真的？"

"很难说不真，也很难说全真。当然这个问题是应该解决的，我和区委副书记李宗秦同志谈过。"

"副书记的意见是什么？"

"副书记同意我的意见，王清泉的问题是应该解决也是可能解决的……不过，你不要一下子就陷到这里边去。"

"我？"

"是的。你第一次去一个工厂，全面情况也不了解，你的任务又不是去解决王清泉的问题，而且，直爽地说，解决他的问题也需要更有经验的干部；何况我们并不是没有管过这件事……你要是一下子陷到这个里头，三个月也出不来，第一季度的建党总结还了解不了解？上级正催我们交汇报呢！"

林震说不出话。

韩常新又拍拍林震的肩膀："不要急躁嘛，咱们区三千个党员，百十几个支部，你一来就什么问题都摸还行？"他打了个哈欠，有倦意的脸上的粉刺涨红了："啊——哈，该睡午觉了。"

"那，发展工作怎么再去了解？"林震没有办法地问。

韩常新又去拍林震的肩膀，林震不由得躲开了。韩常新有把握地说："明天咱们俩一齐去，我帮你去了解，好不？"然后他拉着林震一同到宿舍去。

第二天，林震很有兴趣地观察韩常新如何了解情况。三年前，林震在北京师范上学的时候，出去做过见习教师，老教师在前面讲，林震和学生一起听，学了不少东西。这次，他也抱着见习的态度，打开笔记本，准备把韩常新的工作过程详细记录下来。

韩常新问魏鹤鸣："发展了几个党员？"

"一个半。"

"不是一个半，是两个，我是检查你们的发展情况，不是检查区委批没批。"韩常新纠正他，又问："这两个人本季度生产计划完成得怎么样？"

"很好，他们一个超额百分之七，一个超额百分之四，厂里黑板报还表扬……"

谈起生产情况，魏鹤鸣似乎起劲了些，但是韩常新打断了他的话："他们有些什么缺点？"

魏鹤鸣想了半天，空空洞洞地说了些缺点。

韩常新叫他给所举的缺点提一些例子。

提完例子，韩常新再问他党的积极分子完成本季度生产任务的情况，他特别感兴趣的是一些数字和具体事例，至于这些先进的工人克服困难、钻研创造的过程，他听都不要听。

回来以后，韩常新用流利的行书示范地写了一个"麻袋厂发展工作简况"，内容是这样的：

> ……本季度（一九五六年一月至三月）麻袋厂支部基本上贯彻了积极慎重发展新党员的方针，在建党工作上取得了一定的成绩，新通过的党员朱××与范××受到了共产党员的光荣称号的鼓舞，增强了主人翁的观念，在第一季度繁重的生产任务中各超额百分之七、百分之四。广大积极分子围绕在支部周围，受到了朱××与范××模范事例的教育，并为争取入党的决心所推动，发挥了劳动的积极性与创造性，良好地完成或者超额完成了第一季度的生产任务……（下面是一系列数字与具体事例）这说明：一、建党工作不

仅与生产工作不会发生矛盾，而且大大推动了生产，任何借口生产忙而忽视建党工作的做法是错误的。二、……但同时必须指出，麻袋厂支部的建党工作，也仍然存在着一定的缺点……例如……

林震把写着"简况"的片艳纸捧在手里看了又看，他有一刹那，甚至于怀疑自己去没去过麻袋厂。还是上次与韩常新同去时自己睡着了，为什么许多情况他根本不记得呢？他迷惑地问韩常新：

"这，这是根据什么写的？"

"根据那天魏鹤鸣的汇报呀。"

"他们在生产上取得的成绩是因为建党工作么？"林震口吃起来。

韩常新抖一抖裤脚，说："当然。"

"不吧？上次魏鹤鸣并没有这样讲。他们的生产提高了，也可能是由于开展竞赛，也许由于青年团建立了监督岗，未必是建党工作的成绩……"

"当然，我不否认。各种因素是统一起来的，不能形而上学地割裂地分析这是甲项工作的成绩，那是乙项工作的成绩。"

"那，譬如我们写第一季度的捕鼠工作总结，是不是也可以用这些数字和事例呢？"

韩常新沉着地笑了，他笑林震不懂"行"，他说："那可以灵活掌握……"

林震又抓住几个小问题问：

"你怎么知道他们的生产任务是繁重的呢？"

"难道现在会有一个工厂任务很清闲吗？"

林震目瞪口呆了。

五

初到区委会十天的生活，在林震头脑中积累起的印象与产生的问题，比他在小学呆了两年的还多。区委会的工作是紧张而严肃的，在区委书记办公室，连日开会到深夜。从汉语拼音到预防大脑炎，从劳动保护到政治经济学讲座，无一不经过区委会的忠实的手。林震有一次去收发室取报纸，看见一份厚厚的材料，第一页上写着"区人民委员会党组关于调整公私合营工商业的分布、管理、经营方法及贯彻市委关于公私合营工商业工人工资问题的报告的请示"。他怀着敬畏的心情看着这份厚得像一本书的材料和它的长题目。有时，一眼望去，却又觉得区委干部们是随意而松懈的，他们在办公时间聊天，看报纸，大胆地拿林震认为最严肃的题目开玩笑，例如，青年监督岗开展工作，韩常新半嘲笑地说："吓，小青年们脑门子热起来啦……"林震参加的组织部一次部务会议也很有意思，讨论市委布置的一个临时任务，大家抽着烟，说着笑话，打着岔，开了两个钟头，拖拖沓沓，没有什么结果。这时，皱着眉思索了好久的刘世吾提出了一个方案，马上热烈地展开了讨论，很多人发表了使林震钦佩的精彩意见。林震觉得，这最后的三十多分钟的讨论要比以前的两个钟头有效十倍。某些时候，譬如说夜里，各屋亮着灯：第一会议室，出席座谈会的胖胖的工商业者愉快地与统战部长交换意见；第二会议室，各单位的学习辅导员们为"价值"与"价格"的关系争得面红耳赤；组织部坐着等待入党谈话的激动的年轻人，而市委的某个严厉的书记出现在书记办公室，找区委正副书记汇报贯彻工资改革的情况……这时，人声嘈杂，人影交错，电话铃声断断续续，林震仿佛从中听到了本区生活的脉搏的跳动，而区委会这座不新的、平凡的院落，也变得辉煌壮观起来。

在一切印象中，最突出和新鲜的印象是关于刘世吾的：刘世吾工作极多，常常同一个时间好几个电话催他去开会，但他还是一会儿就看完了《拖拉机站站长与总农艺师》，把书转借给了韩常新；而且，他已经把前一个月公布的拼音文字草案学会了，开始在开会时用拼音文字作记录了。某些传阅文件刘世吾拿过来看看题目和结尾就签上名送走，也有的不到三千字的指示他看上一下午，密密麻麻地划上各种符号。刘世吾有时一面听韩常新汇报情况，一面漫不经心地查阅其他的材料，听着听着却突然指出："上次你汇报的情况不是这样！"韩常新不自然地笑着，刘世吾的眼睛捉摸不定地闪着光；但刘世吾并不深入追究，仍然查他的材料，于是韩常新恢复了常态，有声有色地汇报下去。

赵慧文与韩常新的关系也被林震看出了一些疑窦：韩常新对一切人都是拍着肩膀，称呼着"老王"、"小李"，亲热而随便。独独对赵慧文，却是一种礼貌的"公事公办"的态度。这样说话："赵慧文同志，党刊第一百〇四期放在哪里？"而赵慧文也用顺从中包含着警戒的神情对待他。

……四月，东风悄悄地刮起，不再被人喜爱的火炉蜷缩在阴暗的贮藏室，只有各房间熏黑了的屋顶还存留着严冬的痕迹。往年，这个时候，林震就会带着活泼的孩子们去卧佛寺或者西山八大处踏青，在早开的桃李与混浊的溪水中寻找春天的消息……区委会的生活却不怎么受季节的影响，继续以那种紧张的节奏和复杂的色彩流转着。当林震从院里的垂柳上摘下一颗多汁的嫩芽时，他稍微有点怅惘，因为春天来得那么快，而他，却没做出什么有意义的事情来迎接这个美妙的季节……

晚上九点钟，林震走进了刘世吾办公室的门。赵慧文正在这里，她穿着紫黑色的毛衣。脸儿在灯光下显得越发苍白。听到有人进来，她迅速地转过头来，林震仍然看见了她略略突出的颧骨上的泪迹。他回身要走，低着头吸烟的刘世吾做手势止住他："坐在这儿吧，我们就谈完了。"

林震坐在一角，远远地隔着灯光看报，刘世吾用烟卷在空中划着圆圈，诚恳地说：

"相信我的话吧，没错。年轻人都这样，最初互相美化，慢慢发现了缺点，就觉得都很平凡。不要作不切实际的要求，没有遗弃，没有虐待，没有发现他政治上、品质上的问题，怎么能说生活不下去呢？才四年嘛。你的许多想法是从苏联电影里学来的，实际上，就那么回事……"

赵慧文没说话，她撩一撩头发，临走的时候，对林震惨然地一笑。

刘世吾走到林震旁边，问："怎么样？"他丢下烟蒂，又掏出一支来点上火，紧接着贪婪地吸了几口，缓缓地吐着白烟，告诉林震："赵慧文跟她爱人又闹翻了……"接着，他开开窗户，一阵风吹掉了办公桌上的几张纸，传来了前院里散会以后人们的笑声、招呼声和自行车铃响。

刘世吾把只抽了几口的烟扔出去，伸了个懒腰，扶着窗户，低声说："真的是春天了呢！"

"我想谈谈来区委工作的情况，我有一些问题不知道怎么解决。"林震用一种坚决的神气说，同时把落在地上的纸页拾起来。

"对，很好。"刘世吾仍然靠着窗户框子。

林震从去麻袋厂说起："……我走到厂长室，正看见王清泉同志……"

"下棋呢还是打扑克？"刘世吾微笑着问。

"您怎么知道？"林震惊骇了。

"他老兄什么时候干什么我都算得出来，"刘世吾慢慢地说，"这个老兄棋瘾很大，有一次在咱这儿开了半截会，他出去上厕所，半天不回来，我出去一找，原来他看见老吕和区委书记的儿子下棋，他在旁边'支'上'招儿'了。"

林震把魏鹤鸣对他的控告讲了一遍。

刘世吾关上窗户，拉一把椅子坐下，用两个手扶着膝头支持着身体，轻轻地摆动着头：

"魏鹤鸣是个直性子，他一来就和王清泉吵得面红耳赤……你知道，王清泉也是个特殊人物，不太简单。抗日胜利以后，王清泉被派到国民党军队里工作，他做过国民党军的副团长，是个呱呱叫的情报人员。一九四七年以后他与我们的联系中断，直到解放以后才接上线。他是去瓦解敌人的，但是他自己也染上国民党军官的一些习气，改不过来，其实是个英勇的老同志。"

"这样……"

"是啊。"刘世吾严肃地点点头，接着说："当然，这不能为他辩护，党是派他去战胜敌人而不是与敌人同流合污，所以他的错误是应该纠正的。"

"怎么去解决呢？魏鹤鸣说，这个问题已经拖了好久。他到处写过信……"

"是啊。"刘世吾又干咳了一会，做着手势说，"现在下边支部里各类问题很多，你如果一一地用手工业的方法去解决，那是事倍功半的。而且，上级布置的任务追着屁股，完成这些任务已经感到很吃力。作为领导，必须掌握一种把个别问题与一般问题结合起来，把上级分配的任务与基层存在的问题结合起来的艺术。再者，王清泉工作不努力是事实，但还没有发展到消极怠工的地步；作风有些生硬，也不是什么违法乱纪；显然，这不是组织处理问题而是经常教育的问题。从各方面看，解决这个问题的时机目前还不成熟。"

林震沉默着，他判断不清究竟哪样对：是娜斯嘉的"对坏事绝不容忍"对呢，还是刘世吾的"条件成熟论"对。他一想起王清泉那样的厂长就觉得难受，但是，他驳不倒刘世吾的"领导艺术"。刘世吾又告诉他："其实，有类似毛病的干部也不只一个……"这更加使得林震睁大了眼睛，觉得这跟他在小学时所听的党课的内容不是一个味儿。

后来，林震又把看到的韩常新如何了解情况与写简报的事说了说，他说，他觉得这样整理简报不太真实。

刘世吾大笑起来，说："老韩……这家伙……真高明……"笑完了，又长出一口气，告诉林震："对，我把你的意见告诉他。"

林震犹豫着，刘世吾问："还有别的意见么？"

于是林震勇敢地提出："我不知道为什么，来了区委会以后发现了许多许多缺点，过去我想象的党的领导机关不是这样……"

刘世吾把茶杯一放："当然，想象总是好的，实际呢，就那么回事。问题不在于有没有缺点，而在于什么是主导的。我们区委的工作，包括组织部的工作，成绩是基本的呢，还是缺点是基本的？ 显然成绩是基本的，缺点是前进中的缺点。我们伟大的事业，正是由这些有缺点的组织和党员完成着的。"

走出办公室以后，林震有一种奇怪的感觉：和刘世吾谈话似乎可以消食化气，而他自己的那些肯定的判断，明确的意见，却变得模糊不清了。他更加惶惑了。

六

不久，在党小组会上，林震受到了一次严厉的批评。

事情是这样：有一次，林震去麻袋厂，魏鹤鸣说，由于季度生产质量指标没有达到，王厂长狠狠地训了一回工人，工人意见很大，魏鹤鸣打算找些人开个座谈会，搜集意见，准备向上反映。林震很同意这种作法，以为这样也许能促进"条件的成熟"。过了三天，王清泉气急败坏地到区委会找副书记李宗秦，说魏鹤鸣在林震支持下搞小集团进行反领导的活动，还说参加魏鹤鸣主持的座谈会的工人都有历史问题……最后说自己请求辞职。李宗秦批评了他的一些缺点，同意制止魏鹤鸣再开座谈会，"至于林震，"他对王清泉说，"我们会给予应有的教育的。"

批评会上，韩常新分析道："林震同志没有和领导上商量，擅自同意魏鹤鸣召集座谈会，这首先是一种无组织无纪律的行为……"

林震不服气，他说："没有请示领导，是我的错。但是我不明白为什么我们不但不去主动了解群众的意见，反而制止基层这样做！"

"谁说我们不了解？"韩常新跷起一只腿，"我们对麻袋厂的情况统统掌握……"

"掌握了而不去解决，这正是最痛心的！党章上规定着，我们党员应该向一切违反党的利益的现象作斗争……"林震的脸变青了。

富有经验的刘世吾开始发言了，他向来就专门能在一定的关头起扭转局面的作用。

"林震同志的工作热情不错，但是他刚来一个月就给组织部的干部讲党章，未免仓促了些。林震以为自己是支持自下而上的批评，是做一件漂亮事，他的动机当然是好的；不过，自下而上的批评必须有领导地去开展，譬如这回事，请林震同志想一想：第一，魏鹤鸣是不是对王清泉有个人成见呢？很难说没有。那么魏鹤鸣那样积极地去召集座谈会，可不可能有什么个人目的呢？我看不一定完全不可能。第二，参加会的人是不是有一些历史复杂别有用心的分子呢？这也应该考虑到。第三，开这样一个会，会不会在群众里造成一种王清泉快要挨整了的印象因而天下大乱了呢？等等。至于林震同志的思想情况，我愿意直爽地提出一个推测：年轻人容易把生活理想化，他以为生活应该怎样，便要求生活怎样，做一个党的工作者，要多考虑的却是客观现实，是生活可能怎样。年轻人也容易过高估计自己，抱负甚多，一到新的工作岗位就想对缺点斗争一番，充当个娜斯嘉式的英雄。这是一种可贵的、可爱的想法，也是一种虚妄……"

林震像被打中了似的颤了一下，他紧咬住了下嘴唇。

他鼓起勇气再问："那么王清泉……"刘世吾把头一仰："我明天找他谈话，有原则性的并不仅是你一个人。"

七

星期六晚上，韩常新举行婚礼。林震走进礼堂，他不喜欢那弥漫的呛人的烟气，还有地上杂乱的糖果皮与空中杂乱的哄笑；没等婚礼开始他就退了出来。

组织部的办公室黑着，他拉开灯，看见自己桌上的信，是小学的同事们写来，其中还夹着孩子们用小手签了名的信：

林老师：您身体好吗；我们特别特别想您，女同学都哭了，后来就不哭了，后来我们做算术，题目特别特别难，我们费了半天劲，中于算出来了……

看着信，林震不禁独自笑起来了，他拿起笔把"中于"改成"终于"，准备在回信时告诉他们下次要避免别字。他仿佛看见了系蝴蝶结的李琳琳、爱画水彩画的刘小毛和常常把铅笔头含在嘴里的孟飞……他猛把头从信纸上抬起来，所看见的却是电话、吸墨纸和玻璃板。他所熟悉的孩子的世界和他的单纯的工作已经离他而去了，新的工作要复杂得多……他想起前天党小组会上人们对他的批评。难道自己真的错了？真的是莽撞和幼稚，再加几分年轻人的廉价的勇气？也许真的应该切实估量一下自己，把份内的事做好，过两年，等到自己"成熟"了以后再干预一切吧？

礼堂里传来爆发的掌声和笑声。

一只手落在肩上，他吃惊地回过头来，灯光显得刺眼，赵慧文没有声响地站在他的身边，女同志走路都有这种不声不响的本事。

赵慧文问："怎么不去玩？"

"我懒得去。你呢？"

"我该回家了，"赵慧文说，"到我家坐坐好吗？省得一个人在这儿想心事。"

"我没有心事。"林震分辩着，但他接受了赵慧文的好意。

赵慧文住在离区委会不远的一个小院落里。

孩子睡在浅蓝色的小床里，幸福地含着指头，赵慧文吻了儿子，拉林震到自己房间里来。

"他父亲不回来吗？"林震问。

赵慧文摇摇头。

这间卧室好像是布置得很仓促，墙壁因为空无一物而显得过分洁白，盆架孤单地缩在一角，窗台上的花瓶傻气地张着口；只有床头小桌上的收音机，好像还能扰乱这卧室的安静。

林震坐在藤椅上，赵慧文靠墙站着。林震指着花瓶说："应该插枝花，"又指着墙壁说："为什么不买几张画挂上？"

赵慧文说："经常也不在，就没有管它。"然后她指着收音机问："听不听？星期六晚上，总有好的音乐。"

收音机响了，一种梦幻的柔美的旋律从远处飘来，慢慢变得热情激荡。提琴奏出的诗一样的主题，立即揪住了林震的心。他托着腮，屏住了气。他的青春，他的追求，他的碰壁，似乎都能与这乐曲相通。

赵慧文背着手靠在墙上，不顾衣服蹭上了石灰粉，等这段乐曲过去，她用和音乐一样的声音说："这是柴可夫斯基的《意大利随想曲》，让人想到南国，想到海……我在文工团的时候常听它，慢慢觉得，这调子不是别人演奏出的，而是从我心里钻出来的……"

"在文工团？"

"参加军事干部学校以后被分配去的，在朝鲜，我用我的蹩脚的嗓子给战士唱过歌，我是个哑嗓子的歌手。"

林震像第一次见面似的又重新打量赵慧文。

"怎么？不像了吧？"这时电台改放"剧场实况"了，赵慧文把收音机关了。

"你是文工团的，为什么很少唱歌？"林震问。

她不回答，走到床边，坐下。她说："我们谈谈吧，小林，告诉我，你对咱们区委的印象怎么样？"

"不知道，我是说，还不明确。"

"你对韩常新和刘世吾有点意见吧，是不？"

"也许。"

"当初我也这样，从部队转业到这里，和部队的严格准确比较，许多东西我看不惯。我给他们提了好多意见，和韩常新激动地吵过一回，但是他们笑我幼稚，笑我工作没做好意见倒一大堆，慢慢地我发现，和区委的这些缺点作斗争是我力不胜任的……"

"为什么力不胜任？"林震像刺痛了似的跳起来，他的眉毛拧在一起了。

"这是我的错，"赵慧文抓起一个枕头，放在腿上，"那时我觉得自己水平太低，自己也很不完美，却想纠正那些水平比自己高得多的同志，实在不量力。而且，刘世吾、韩常新还有别人，他们确实把有些工作做得很好。他们的缺点散布在咱们工作的成绩里边，就像灰尘散布在美好的空气中，你嗅得出来，但抓不住，这正是难办的地方。"

"对！"林震把右拳头打在左手掌上。

赵慧文也有些激动了，她把枕头抛开，话说得更慢，她说："我做的是事务工作，领导同志也不大过问，加上个人生活上的许多牵扯，我沉默了，于是，上班抄抄写写，下班给孩子洗尿布、买奶粉。我觉得我老得很快，参加军干校那种热情和幻想，不知道哪里去了。"她沉默着，一个一个地捏着自己的手指，接着说："两个月以前，北京市进入社会主义高潮，工人、店员还有资本家，放着鞭炮，打着锣鼓到区委会报喜，工人、店员把入党申请书直接送到组织部，大街上一天一变，整个区委会彻夜通明，吃饭的时候，宣传部、财经部的同志滔滔不绝地讲着社会主义高潮中的各种气象；可我们组织部呢？工作改进很少！打电话催催发展数字，按前年的格式添几条新例子写总结……最近，大家检查保守思想，组织部也检查，拖拖沓沓开了三次会，然后写个材料完事。……哎，我说乱了，社会主义高潮中，每一声鞭炮都刺着我，当我复写批准新党员通知的时候，我的手激动得发抖，可是我们的工作就这样依然故我地下去吗？"她喘了一口气，来回踱着，然后接着说:"我在党小组会上谈自己的想法,韩常新满足地问:'难道我们发展数字的完成比例不是各区最高的? 难道市委组织部没要我们写过经验?'然后他进行分析,说我情绪不够乐观,是因为不安心事务工作……"

"开始的时候,韩常新给人一个了不起的印象,但是实际一接触……"林震又说起那次写汇报的事。

赵慧文同意地点头:"这一二年,虽然我没提什么意见,但我无时无刻不在观察。生活里的一切,有表面也有内容,做到金玉其外,并不是难事。譬如韩常新,充领导他会拉长了声音训人,写汇报他会强拉硬扯生动的例子,分析问题,他会用几个无所不包的概念;于是,俨然成了个少壮有为的干部,他漂浮在生活上边,悠然得意。"

"那么刘世吾呢?"林震问,"他绝不像韩常新那样浅薄,但是他的那些独到的见解,精辟的分析,好像包含着一种可怕的冷漠。看到他容忍王清泉这样的厂长,我无法理解,而当我想向他表示什么意见的时候,他的议论却使人越绕越糊涂,除了跟着他走,似乎没有别的路……"

"刘世吾有一句口头语:就那么回事,他看透了一切,以为一切就那么回事。按他自己的说法,他知道什么是'是',什么是'非',还知道'是'一定战胜'非',又知道'是'不是一下子战胜'非',他什么都知道,什么都见过——党的工作给人的经验本来很多。于是他不再操心,不再爱也不再恨。他取笑缺陷,仅仅是取笑;欣赏成绩,仅仅是欣赏。他满有把握地应付一切,再也不需要虔诚地学习什么,除了拼音文字之类的具体知识。一旦他认为条件成熟需要干一气,他一把把事情抓在手里,教育这个,处理那个,俨然是一切人的上司。凭他的经验和智慧,他当然可以做好一些事,于是他更加自信。"赵慧文毫不容情地说道。这些话曾经在多少个不眠的夜晚萦绕在她的心头……

"我们的区委副书记兼部长呢? 他不管么?"

赵慧文更加兴奋了,她说:"李宗秦身体不好,他想去做理论研究工作,嫌区的工作过于具体。他做组织部长只是挂名,把一切事情推给刘世吾。这也是一种相当普遍的不正常的现象,有一批老党员,因为病,因为文化水平低,或者因为是首长爱人,他们挂着厂长、校长和书记的名,却由副厂长、教导主任、秘书或者某个干事做实际工作。"

"我们的正书记——周润祥同志呢?"

"周润祥是一个非常令人尊敬的领导同志,但是他工作太多,忙着肃反、私营企业的改造……各种带有突击性的任务,我们组织部的工作呢,一般说永远成不了带突击性的中心任务,所以他管的也不多。"

"那……怎么办呢?"林震直到现在,才开始明白了事情的复杂性,一个缺点,仿佛粘在从上到下的一系列的缘故上。

"是啊。"赵慧文沉思地用手指弹着自己的腿,好像在弹一架钢琴,然后她向着远处笑了,她说:"谢谢你……"

"谢我?"林震以为自己听错了。

"是的,见到你,我好像又年轻了。你天不怕地不怕,敢于和一切坏现象作斗争,于是我有一种婆婆妈妈的预感:你……一场风波要起来了。"

林震脸红了。他根本没想到这些,他正为自己的无能而十分羞耻。他嘟哝着说:"但愿是真正的风波而不是瞎胡闹。"然后他问:"你想了这么多,分析得这么清楚,为什么只是憋在心里呢?"

"我老觉得没有把握,"赵慧文把手放在自己的胸前,"我看了想,想了又看,我有时候想得一夜都睡不好,我问自己:'你的工作是事务性的,你能理解这些吗?'"

"你怎么会这样想? 我觉得你刚才说的对极了! 你应该把你刚才说的对区委书记谈,或者写成材料给《人民日报》……"

"瞧,你又来了。"赵慧文露出润湿的牙齿笑了。

"怎么叫又来了?"林震不高兴地站起来,使劲搔着头皮,"我也想过多少次,我觉得,人要在斗争中使自己变正确,而不能等到正确了才去作斗争!"

赵慧文突然推门出去了,把林震一个人留在这空旷的屋子里,他嗅见了肥皂的香气。马上,赵慧文回来了,端着一个长柄的小锅,她跳着进来,像一个梳着三只辫子的小姑娘。她打开锅盖,戏剧性地向林震说:

"来,我们吃荸荠,煮熟了的荸荠! 我没有找到别的好吃的。"

"我从小就喜欢吃熟荸荠,"林震愉快地把锅接过来,他挑了一个大的没剥皮就咬了一口,然后他皱着眉吐了出来,"这是个坏的,又酸又臭。"赵慧文大笑了。林震气愤地把捏烂了的酸荸荠扔到地上。

临走的时候,夜已经深了,纯净的天空上布满了畏怯的小星星。有一个老头儿吆喝:"炸丸子开锅!"推车走过。林震站在门外,赵慧文站在门里,她的眼睛在黑暗中闪光,她说:"下次来的时候,墙上就有画了。"

林震会心地笑着:"而且希望你把丢下的歌儿唱起来!"他摇了一下她的手。

林震用力地呼吸着春夜的清香之气,一股温暖的泉水在心头涌了上来。

八

韩常新最近被任命为组织部副部长。新婚和被提拔,使他愈益精神焕发和朝气勃勃。他每天刮一次脸,在参观了服装展览会以后又做了一套凡尔丁料子的衣服。不过,最近他亲自出马下去检查工作少了,主要是在办公室听汇报、改文件和找人谈话。刘世吾仍然那么忙……

一天，晚饭以后，韩常新把《拖拉机站站长与总农艺师》还给林震，他用手弹一弹那本书，点点头说："很有意思，也很荒唐。当个作家倒不坏，编得天花乱坠。赶明儿我得了风湿性关节炎或者犯错误受了处分，就也写小说去。"

林震接过书，赶快拉开抽屉，把它压在最底下。

刘世吾坐在另一边的沙发上正出神地研究一盘象棋残局，听了韩常新的话，刻薄地说："老韩将来得关节炎或者受处分倒不见得不可能，至于小说，我们可以放心，至少在这个行星上不会看到您的大作。"他说的时候一点不像开玩笑，以致韩常新尴尬地转过头，装没听见。

这时刘世吾又把林震叫过去，坐在他旁边，问："最近看什么书了？有没有好的借我看看？"

林震说没有。

刘世吾挪动着身体，斜躺在沙发上，两手托在脑后，半闭着眼，缓慢地说："最近在《译文》上看了《被开垦的处女地》第二部的片段，人家写得真好，活得很……"

"您常看小说？"林震真不大相信。

"我愿意荣幸地表示，我和你一样地爱读书：小说、诗歌，包括童话。解放以前，我最喜欢屠格涅夫，小学五年级，我已经读《贵族之家》，我为伦蒙那个德国老头儿流泪，我也喜欢叶琳娜；英沙罗夫写得却并不好……可他的书有一种清新的、委婉多情的调子。"他忽地站起来，走近林震，扶着沙发背，弯着腰继续说，"现在也爱看，看的时候很入迷，看完了又觉得没什么，你知道，"他紧挨林震坐下，又半闭起眼睛，"当我读一本好小说的时候，我梦想一种单纯的、美妙的、透明的生活。我想去做水手，或者穿上白衣服研究红血球，或者做一个花匠，专门培植十样锦……"他笑了，从来没这样笑过，不是用机智，而是用心。"可还是得做什么组织部长。"他摊开了手。

"为什么您把现在的工作看得和小说那么不一样呢？党的工作不单纯，不美妙，也不透明么？"林震友好而关切地问。

刘世吾接连摇头，咳嗽了一会儿又站起来。靠到远一点的地方，嘲笑地说："党工作者不适合看小说。……譬如，"他用手在空中一划，"拿发展党员来说，小说可以写：'在壮丽的事业里，多少名新战士参加了无产阶级的先锋行列，万岁！'而我们呢，组织部呢，却正在发愁：第一，某支部组织委员工作马大哈，谈不清新党员的历史情况。第二，组织部压了百十几个等着批准的新党员，没时间审查。第三，新党员需经常委会批准，常委委员一听开会批准党员就请假。第四，公安局长参加常委会批准党员的时候老是打瞌睡……"

"您不对！"林震大声说，他像本人受了侮辱一样地难以忍耐，"您看不见壮丽的事业，只看见某某在打瞌睡……难道您也打瞌睡了？"

刘世吾笑了笑，叫韩常新："来，看看报上登的这个象棋残局，该先挪车呢还是先跳马？"

九

魏鹤鸣告诉林震，他要求回到车间做工人，他说："这个支部委员和生产科长我干不了。"林震费尽唇舌，劝他把那次座谈会搜集的意见写给党报，并且质问他："你退缩了，你不信任党和国家了，是吗？"后来魏鹤鸣和几个意见较多的工人写了一封长信，偷偷地寄给报纸，连魏鹤鸣本人都对自己有些怀疑："也许这又是'小集团活动'？那就处罚我吧！"他是带着有罪的心情把大信封扔进邮箱的。

五月中旬，《北京日报》以显明的标题登出揭发王清泉官僚主义作风的群众来信。署名"麻袋厂一群工人"的信，愤怒地要求领导上处理这一问题。《北京日报》编者也在按语中指出："……有关领导部门应迅速作认真的检查……"

赵慧文首先发现了，她叫林震来看。林震兴奋得手发抖，看了半天连不成句子，他想："好！终于揭出来了！还是党报有力量！"

他把报纸拿给刘世吾看，刘世吾仔细地看了几遍，然后抖一抖报纸，客观地说："好，开刀了！"

这时，区委书记周润祥走进来，他问："王清泉的情况你们了解不？"

刘世吾不慌不忙地说："麻袋厂支部的一些不健康的情况那是确实存在的。过去，我们就了解过，最近我亲自找王清泉谈过话，同时小林同志也去了解过。"他转身向林震："小林，你谈谈王清泉的情况吧。"

有人敲门，魏鹤鸣紧张地撞进来，他的脸由红色变成了青色，他说，王厂长在看到《北京日报》以后非常生气，现在正追查写信的人。

……经过党报的揭发与区委书记的过问，刘世吾以出乎林震意料之外的雷厉风行的精神处理了麻袋厂的问题。刘世吾一下决心，就可以把工作做得很出色。他把其他工作交代给别人，连日与林震一起下到麻袋厂去。他深入车间，详细调查了王清泉工作的一切情况，征询工人群众的一切意见。然后，与各有关部门进行了联系，只用了一个多星期的时间，就对王清泉作了处理——党内和行政都予以撤职处分。

处理王清泉的大会一直开到深夜，开完会，外面下起雨，雨忽大忽小，久久地不停息。风吹到人脸上有些凉。刘世吾与林震到附近的一个小铺子去吃馄饨。

这是新近公私合营的小铺子，整理得干净而且舒适。由于下雨，顾客不多。他们避开热气腾腾的馄饨锅，在墙角的小桌旁坐下来。

他们要了馄饨，刘世吾还要了白酒，他呷了一口酒，掐着手指，有些感触地说："我这是第六次参加处理犯错误的负责干部的问题了，头几次，我的心很沉重。"由于在大会上激昂地讲过话，他的嗓音有些嘶哑，"党工作者是医生，他要给人治病，他自己却是并不轻松的。"他用无名指轻轻敲着桌子。

林震同意地点头。

刘世吾忽然问："今天是几号？"

"五月二十。"林震告诉他。

"五月二十，对了。九年前的今天，'青年军'二〇八师打坏了我的腿。"

"打坏了腿？"林震对刘世吾的过去历史还不了解。

刘世吾不说话，雨一阵大起来，他听着那哗啦哗啦的单调的响声，嗅着潮湿的土气。一个被雨淋透的小孩子跑进来避雨。小孩的头发在往下滴水。

刘世吾招呼店员："切一盘肘子。"然后告诉林震："一九四七年，我在北大做自治会主席。参加五·二〇游行的时候，二〇八师的流氓打坏了我的腿。"他挽起裤子，可以看到一道弧形的疤痕，然后他站起："看，我的左腿是不是比右腿短一点？"

林震第一次以深深的尊敬和爱戴的眼光看着他。

喝了几口酒，刘世吾的脸微微发红，他坐下，把肉片夹给林震，然后斜着头说："那时候……我是多么热情，多么年轻啊！我真恨不得……"

"现在就不年轻，不热情了么？"林震用期待的眼光看着。

"当然不，"刘世吾玩着空酒杯，"可是我真忙啊！忙得什么都习惯了，疲倦了。解放以来从来没睡够过八小时觉。我处理这个人和那个人，却没有时间处理处理自己。"他托起腮，用最质朴的人对人的态度看着林震，"是啊，一个布尔什维克，经验要丰富，但是心要单纯。……再来一两！"刘世吾举起酒杯，向店员招手。

这时林震已经开始被他深刻和真诚的抒发所感动了。刘世吾接着闷闷地说："据说，炊事员的职业病是缺少良好的食欲，饭菜是他们做的，他们整天和饭菜打交道。我们，党工作者，我们创造了新生活，结果，生活反倒不能激动我们……"

林震的嘴动了动，刘世吾摆摆手，表示希望不要现在就和他辩论。他不说话，独自托着腮发愣。

"雨小多了，这场雨对麦子不错，"过了半天，刘世吾叹了口气，忽然又说："你这个干部好，比韩常新强。"

林震在慌乱中赶紧喝汤。

刘世吾盯着他，亲切地笑着，问他："赵慧文最近怎么样？"

"她情绪挺好。"林震随口说。他拿起筷子去夹熟肉,看见了他熟悉的刘世吾的闪烁的目光。

刘世吾把椅子拉近他,缓缓地说:"原谅我的直爽,但是我有责任告诉你……"

"什么?"林震停止了夹肉。

"据我看,赵慧文对你的感情有些不……"

林震颤抖着手放下了筷子。

离开馄饨铺,雨已经停了,星光从黑云下面迅速地露出来,风更凉了,积水潺潺地从马路两边的泄水池流下去。林震迷惘地跑回宿舍,好像喝了酒的不是刘世吾,倒是他。同宿舍的同志都睡得很甜,粗短的和细长的鼾声此起彼伏。林震坐在床上,摸着湿了的裤脚,眼前浮现了赵慧文的苍白而美丽的脸。……他还是个毛小伙子,他什么也没经历过,什么都不懂。他走近窗子,把脸紧贴在外面沾满了水珠的冰冷的玻璃上。

一〇

区委常委开会讨论麻袋厂的问题。

林震列席参加。他坐在一角,心跳、紧张,手心里出了汗。他的衣袋里装着好几千字的发言提纲,准备在常委会上从麻袋厂事件扯出组织部工作中的问题。他觉得麻袋厂问题的揭发和解决,造成了最好的机会,可以促请领导从根本上考虑一下组织部的工作。时候到了!

刘世吾正在条理分明地汇报情况。书记周润祥显出沉思的神色,用左拳托着士兵式的粗壮而宽大的脸,右腕子压着一张纸,时而在上面写几个字。李宗秦用食指在空中写划着。韩常新也参加了会,他专心地把自己的鞋带解开又系上。

林震几次想说话,但是心跳得使他喘不上气。第一次参加常委会,就作这种大胆的发言,未免过于莽撞吧? 不怕,不怕! 他鼓励自己。他想起八岁那年在青岛学跳水,他也一边听着心跳,一边生气地对自己说:"不怕,不怕!"

区委常委批准了刘世吾对于麻袋厂问题提出的处理意见,马上就要进行下面一项议程了,林震霍地举起了手。

"有意见吗? 不举手就可以发言的。"周书记笑着说。

林震站起来,碰响了椅子,掏出笔记本看着提纲,他不敢看大家。

他说:"王清泉个人是作了处理了,但是如何保证不再有第二、第三个王清泉出现呢? 我们应该检查一下区委组织工作中的缺点:第一,我们只抓了建党,对于巩固党没给予应有的注意,使基层的党内斗争处于自流状态。第二,我们明知有问题却拖延着不去解决,王清泉来厂子整整五年,问题一直存在而且愈发展愈严重。……具体地说，我认为韩常新同志与刘世吾同志有责任……"

会场起了轻微的骚动，有人咳嗽，有人放下了烟卷，有人打开笔记本，有人挪了一下椅子。

韩常新耸了一下肩，用舌头舔了一下扭动着的牙床，讽刺地说："往往听到一种事后诸葛亮的意见：'为什么不早一点处理呢？'当然是愈早愈好罗……高、饶事件发生了，有人问为什么不早一点，贝利亚，也有人问为什么不早一点。再者，组织部并不能保证第二、第三个王清泉不会出现，林震同志也未尝能保证这一点……"

林震抬起头，用激怒的目光看着韩常新。韩常新却只是冷冷地笑。林震压抑着自己说："老韩同志知道缺点的存在是规律，但他不知道克服缺点前进更是规律。老韩同志和刘部长，就是抱住了头一个规律，因而对各种严重的缺点采取了容忍乃至于麻木的态度！"说完，他用手抹了抹头上的汗，他也不知道自己怎么敢说得这样尖锐，但是终究说出来了，他有一种如释重负的感觉。

李宗秦在空中划着的食指停住了。周润祥转头看看林震又看看大家，他的沉重的身躯使木椅发出了吱吱声。他向刘世吾示意："你的意见？"

刘世吾点点头："小林同志的意见是对的，他的精神也给了我一些启发……"然后他悠闲地溜到桌子边去倒茶水，用手抚摸着茶碗沉思地说："不过具体到麻袋厂事件，倒难说了。组织部门巩固党的工作抓得不够，是的，我们干部太少，建党还抓不过来。麻袋厂王清泉的处理，应该说还是及时而有效的。在宣布处理的工人大会上，工人的情绪空前高涨，有些落后的工人也表示更认识到了党的大公无私，有一个老工人在台上一边讲话一边落泪，他们口口声声说着感谢党，感谢区委……"

林震小声说："是的，正因为这样，我才觉得我们工作中的麻木、拖延、不负责任，是对群众犯罪。"他提高了声音，"党是人民的、阶级的心脏，我们不能容忍心脏上有灰尘，就不能容忍党的机关的缺点！"

李宗秦把两手交叉起来放在膝头，他缓缓地说，像是一边说一边思索着如何造句："我认为林震、韩常新、刘世吾同志的主要争论有两个症结，一个是规律性与能动性的问题，……一个是……"

林震以不知从哪儿来的勇气对李宗秦说："我希望不要只作冷静而全面的分析……"他没有说下去，他怕自己掉下眼泪来。

周润祥看一看林震，又看一看李宗秦，皱起了眉头，沉默了一会，迅速地写了几个字，然后对大家说："讨论下一项议程吧。"

散会后，林震气恼得没有吃下饭，区委书记的态度他没想到。他不满甚至有点失望。韩常新与刘世吾找他一起出去散步，就像根本没理会他对他们的不满意,这使林震更意识到自己和他们力量的悬殊。他苦笑着想:"你还以为常委会上发一席言就可以起好大的作用呢!"他打开抽屉,拿起那本被韩常新嘲笑过的苏联小说,翻开第一篇,上面写着:"按娜斯嘉的方式生活!"他自言自语:"真难啊!"

他缺少了什么呢?

——

第二天下班以后,赵慧文告诉林震:"到我家吃饭去吧,我自己包饺子。"他想推辞,赵慧文已经走了。

林震犹豫了好久,终于在食堂吃了饭再到赵慧文家去。赵慧文的饺子刚刚煮熟。她穿上暗红色的旗袍,系着围裙,手上沾满面粉,像一个殷勤的主妇似的对林震说:"新下来的豆角做的馅子……"

林震嗫嚅地说:"我吃过了。"

赵慧文不信,跑出去给他拿来了筷子,林震再三表示确实吃过,赵慧文不满意地一个人吃起来。林震不安地坐在一旁,一会儿看看这,一会儿看看那,一会儿搓搓手,一会儿晃一晃身体。

"小林,有什么事么?"赵慧文停止了吃饺子。

"没……有。"

"告诉我吧。"赵慧文目不转睛地看着他。

"昨天在常委会上我把意见都提了,区委书记睬都不睬……"

赵慧文咬着筷子端想了想,她坚决地说:"不会的,周润祥同志只是不轻易发表意见……"

"也许,"林震半信半疑地说,他低下头,不敢正面接触赵慧文关切的目光。

赵慧文吃了几个饺子,又问:"还有呢?"

林震的心跳起来了。他抬起头,看见了赵慧文的好意的眼睛,他轻轻地叫:"赵慧文同志……"

赵慧文放下筷子,靠在椅子背子,有些吃惊了。

"我很想知道,你是否幸福。"林震用一种粗重的,完全像大人一样的声音说,"我看见过你的眼泪,在刘世吾的办公室,那时候春天刚来……后来忘记了。我自己马马虎虎地过日子,也不会关心人。你幸福吗?"

赵慧文略略疑惑地看着他,摇头,"有时候我也忘记……"然后点头,"会的,会幸福的。你为什么问它呢?"她安详地笑着。

林震把刘世吾对他讲的告诉了她:"……请原谅我,把刘世吾同志随便讲的一些话告诉了你,那完全是瞎说……我很愿意和你一起说话或者听交响乐,你好极了，那是自然而然的，……也许这里边有什么不好的，不合适的东西，马马虎虎的我忽然多虑了，我恐怕我扰乱谁。"林震抱歉地结束了。

赵慧文安详地笑着，接着皱起了眉尖儿，又抬起了细瘦的胳臂，用力擦了一下前额，然后她甩了一下头，好像甩掉什么不愉快的心事似的转过身去了。

她慢慢地走到墙壁上新挂的油画前边，默默地看画。那幅画的题目是《春》，莫斯科，太阳在春天初次出现，母亲和孩子到街头去……

一会，她又转过身来，迅速地坐在床上，一只手扶着床栏杆，异常平静地说："你说了些什么呀？真的！我不会做那些不经过考虑的事。我有丈夫，有孩子，我还没和你谈过我的丈夫，"她不用常说的"爱人"，而强调地说着"丈夫"，"我们在五二年结的婚，我才十九，真不该结婚那么早。他从部队里转业，在中央一个部里做科长，他慢慢地染上了一种油条劲儿，争地位、争待遇，和别人不团结。我们之间呢，好像也只剩下了星期六晚上回来和星期一走。我的看法是：或者是崇高的爱情，或者什么都没有。我们争吵了……但我仍然等待着……他最近出差去上海，等回来，我要和他好好谈一谈。可你说了些什么呢？"她又一次问，"小林，你是我所尊敬的顶好的朋友，但你还是个孩子——这个称呼也许不对，对不起。我们都希望过一种真正的生活，我们希望组织部成为真正的党的工作机构，我觉着你像是我的弟弟，你盼望我振作起来，是吧？生活是应该有互相支援和友谊的温暖，我从来就害怕冷淡。就是这些了，还有什么呢？还能有什么呢？"

林震惶恐地说："我不该受刘世吾话的影响……"

"不，"赵慧文摇头，"刘世吾同志是聪明人，他的警告也许并不是完全没有必要，然后……"她深深地吐一口气，"那就好了。"

她收拾起碗筷，出去了。

林震茫然地站起，来回踱着步子，他想着、想着，好像有许多话要说，慢慢地，又没有了。他要说什么呢？本来什么都没有发生。生活有时候带来某种情绪的波流，使人激动也使人困扰，然后波流流过去，没有一点痕迹……真的没有痕迹吗？它留下对于相逢者的纯洁和美好的记忆，虽然淡淡，却难忘……

赵慧文又进来了，她领着两岁的儿子，还提着一个书包。小孩已经与林震见过几次面，亲热地叫林震"夫夫"——他说不清"叔叔"。

林震用强健的手臂把他举了起来。空旷的屋子里顿时充满了孩子的笑闹声。

赵慧文打开书包，拿出一叠纸，翻着，说："今天晚上，我要让你看几样东西。我已经把三年来看到的组织部工作中的一些问题和自己的意见写了一个草稿。这个……"她不好意思地摸了一下一张橡皮纸，"大概这是可笑的，我给自己规定了一个竞赛的办法。让今天的自己和昨天的自己竞赛。我划了表，如果我的工作有了失误——写入党批准通知的时候抄错了名字或者统计错了新党员人数，我就在表上划一个黑叉子，如果一天没有错，就画一个小红旗。连续一个月都是红旗，我就买一条漂亮的头巾或者别的什么奖励自己……也许，这像幼儿园的做法吧？你好笑吗？"

林震入神地听着，他严肃地说："绝不，我尊敬你对你自己的……"

临走的时候，夜已经深了，林震站在门外，赵慧文站在门里，她的眼睛在黑暗中闪着光，她说："今天的夜色非常好，你同意吗？你嗅见槐花的香气了没有？平凡的小白花，它比牡丹清雅，比桃李浓馥。你嗅不见？真是！再见。明天一早就见面了，我们各自投身在伟大而麻烦的工作里边。然后晚上来找我吧，我们听美丽的《意大利随想曲》。听完歌，我给你煮荸荠，然后我们把荸荠皮扔得满地都是……"

……林震靠着组织部门前的大柱子好久好久地呆立着，望着夜的天空。初夏的南风吹拂着他——他来时是残冬，现在已经是初夏了。他在区委会度过了第一个春天。

他做好的事情简直很少，简直就是没有，但他学了很多，多懂了不少事。他懂了生活的真正的美好和真正的分量；他懂了斗争的困难和斗争的价值。他渐渐明白，在这平凡而又伟大的、包罗万象的、担负着无数艰巨任务的区委会，单凭个人的勇气是做不成任何事情的……从明天……

办公室的小刘走过，叫他："林震，你上哪儿去了？快去找周润祥同志，他刚才找了你三次。"

区委书记找林震了吗？那么不是从明天，而是从现在，他要尽一切力量去争取领导的指引，这正是目前最重要的……

隔着窗子，他看见绿色的台灯和夜间办公的区委书记的高大侧影，他坚决地、迫不及待地敲响了领导同志办公室的门。

（节选自《中国新文学大系 1949—1976·长篇小说卷一》，上海文艺出版社1997年版）

诗　歌

苹果树下

闻　捷

苹果树下那个小伙子，
你不要、不要再唱歌；
姑娘沿着水渠走来了，
年轻的心在胸中跳着。
她的心为什么跳呵？
为什么跳得失去节拍？……

春天，姑娘在果园劳作，
歌声轻轻从她耳边飘过，
枝头的花苞还没有开放，
小伙子就盼望它早结果。
奇怪的念头姑娘不懂得，
她说：别用歌声打扰我。

小伙子夏天在果园度过，
一边劳动一边把姑娘盯着，
果子才结得葡萄那么大，
小伙子就唱着赶快去采摘。
满腔的心思姑娘猜不着，
她说：别像影子一样缠着我。

淡红的果子压弯绿枝，
秋天是一个成熟季节，
姑娘整夜整夜地睡不着，
是不是挂念那树好苹果？
这些事小伙子应该明白，
她说：有句话你怎么不说？

……苹果树下那个小伙子，
你不要、不要再唱歌；
姑娘踏着草坪过来了，
她的笑容里藏着什么……
说出那句真心的话吧！
种下的爱情已该收获。

（选自《闻捷诗选》，人民文学出版社 2009 年版）

草木篇

流沙河

寄言立身者
勿学柔弱苗

——(唐)白居易

白杨

她,一柄绿光闪闪的长剑,孤零零地立在平原,高指蓝天。也许,一场暴风会把她连根拔去。但,纵然死了吧,她的腰也不肯向谁弯一弯!

藤

他纠缠着丁香,往上爬,爬,爬……终于把花挂上树梢。丁香被缠死了,砍作柴烧了。他倒在地上,喘着气,窥视着另一株树……

仙人掌

她不想用鲜花向主人献媚,遍身披上刺刀。主人把她逐出花园,也不给水喝。在野地里,在沙漠中,她活着,繁殖着儿女……

梅

在姐姐妹妹里,她的爱情来得最迟。春天,百花用媚笑引诱蝴蝶的时候,她却把自己悄悄地许给了冬天的白雪。轻佻的蝴蝶是不配吻她的,正如别的花不配被白雪抚爱一样。在姐姐妹妹里,她笑得最晚,笑得最美丽。

毒菌

在阳光照不到的河岸,他出现了。白天,用美丽的彩衣,黑夜,用暗绿的燐火,诱惑人类。然而,连三岁孩子也不去采他。因为,妈妈说过,那是毒蛇吐的唾液……

(选自《流沙河诗集》,上海文艺出版社1982年版)

甘蔗林——青纱帐

郭小川

南方的甘蔗林哪,南方的甘蔗林!
你为什么这样香甜,又为什么那样严峻?
北方的青纱帐啊,北方的青纱帐!
你为什么那样遥远,又为什么这样亲近?

我们的青纱帐哟,跟甘蔗林一样地布满浓荫,
那随风摆动的长叶啊,也一样地鸣奏嘹亮的琴音;
我们的青纱帐哟,跟甘蔗林一样地脉脉情深,
那载着阳光的露珠啊,也一样地照亮大地的清晨。

肃杀的秋天毕竟过去了,繁华的夏日已经来临,
这香甜的甘蔗林哟,哪还有青纱帐里的艰辛!
时光像泉水一般涌啊,生活象海浪一般推进,
那遥远的青纱帐哟,哪曾有甘蔗林的芳芬!

我年青时代的战友啊,青纱帐里的亲人!
让我们到甘蔗林集合吧,重新会会昔日的风云;
我战争中的伙伴啊,一起在北方长大的弟兄们!
让我们到青纱帐去吧,喝令时间退回我们的青春。

可记得? 我们曾经有过一个伟大的发现:
住在青纱帐里,高粱秸比甘蔗还要香甜;
可记得? 我们曾经有过一个大胆的判断:
无论上海或北京,都不如这高粱地更叫人留恋。

可记得? 我们曾经有过一种有趣的梦幻:
革命胜利以后,我们一道捋着白须、游遍江南;
可记得? 我们曾经有过一点渺小的心愿:
到了社会主义时代,狠狠心每天抽它三支香烟。

可记得？我们曾经有过一个坚定的信念：
即使死了化为粪土，也能叫高粱长得秆粗粒圆；
可记得？我们曾经有过一次细致的计算：
只要青纱帐不到，共产主义肯定要在下一代实现。

可记得？在分别时，我们定过这样的方案：
将来，哪里有严重的困难，我们就在哪里见面；
可记得？在胜利时，我们发过这样的誓言：
往后，生活不管甜苦，永远也不忘记昨天和明天。

我年青时代的战友啊，青纱帐里的亲人！
我们有的当了厂长、学者，有的做了编辑、将军，
能来甘蔗林里聚会吗？——不能又有什么要紧！
我知道，你们有能力驾驭任何险恶的风云。

我战争中的伙伴啊，一起在北方长大的弟兄们！
你们有的当了工人、教授，有的做了书记、农民，
能再回到青纱帐去吗？——生活已经全新，
我知道，你们有勇气唤回自己的战斗的青春。

南方的甘蔗林哪，南方的甘蔗林！
你为什么这样香甜，又为什么那样严峻？
北方的青纱帐啊，北方的青纱帐！
你为什么那样遥远，又为什么这样亲近？

（选自《郭小川全集》，广西师范大学出版社 2000 年版）

葬　歌

穆　旦

一

你可是永别了，我的朋友？
　我的阴影，我过去的自己？
天空这样蓝，日光这样温暖，
　在鸟的歌声中我想到了你。

我记得，也是同样的一天，
　我欣然走出自己，踏青回来，
我正想把印象对你讲说，
　你却冷漠地只和我避开。

自从那天，你就病在家里，
　你的任性曾使我多么难过；
唉，多少午夜我躺在床上
　辗转不眠，只要对你讲和。

我到新华书店去买些书，
　打开书，冒出了熊熊火焰，
这热火反使你感到寒栗，
　说是它摧毁了你的骨干。

有多少情谊，关怀和现实，
　都由眼睛和耳朵收到心里；
好友来信说："过过新生活！"
　你从此失去了新鲜空气。

历史打开了巨大的一页，
　多少人在天安门写下誓语，
我在那儿也举起手来；

洪水淹没了孤寂的岛屿。

你还向哪里呻吟和微笑？
　连你的微笑都那么寒伧，
你的千言万语虽然曲折，
　但是阴影怎能碰得阳光？

我看过先进生产者会议，
　红灯，绿彩，真辉煌无比，
他们都凯歌地走进前厅，
　后门冻僵了小资产阶级。

我走过我常走过的街道，
　那里的破旧房正在拆落，
呵，多少年的断瓦和残椽，
　那里还萦回着你的魂魄。

你可是永别了，我的朋友？
　我的阴影，我过去的自己？
天空这样蓝，日光这样温暖，
　安息吧！让我以欢乐为祭！

二

"哦，埋葬，埋葬，埋葬！"
"希望"在对我呼喊：
"你看过去只是骷髅，
还有什么值得留恋？
他的七窍流着毒血，
沾一沾，我就会瘫痪。"

但"回忆"拉住我的手，
她是"希望"的仇敌；
她有数不清的女儿，

葬

歌

其中"骄矜"最为美丽；
"骄矜"本是我的眼睛，
我怎能把她舍弃？

"哦,埋葬,埋葬,埋葬!"
"希望"又对我呼号：
"你看她那冷酷的心，
怎能再被她颠倒？
她会领你进入迷雾，
在雾中把我缩小。"

幸好"爱情"跑来援助，
"爱情"融化了"骄矜"：
一座古老的牢狱，
呵,转瞬间片瓦无存；
但我心上还有"恐惧"，
这是我慎重的母亲。

"哦,埋葬,埋葬,埋葬!"
"希望"又对我规劝：
"别看她的满面皱纹，
她对我最为阴险：
她紧保着你的私心，
又在你头上布满
使你自幸的阴云。"

但这回,我却害怕：
"希望"是不是骗我？
我怎能把一切抛下？
要是把"我"也失掉了，
哪儿去找温暖的家？

"信念"在大海的彼岸，
这时泛来一只小船，

我遥见对面的世界
毫不似我的从前;
为什么我不能渡去?
"因为你还留恋这边!"

"哦,埋葬,埋葬,埋葬!"
我不禁对自己呼喊;
在这死亡的一角,
我过久地漂泊,茫然;
让我以眼泪洗身,
先感到忏悔的喜欢。

三

就这样,象只鸟飞出长长的阴暗甬道,
我飞出会见阳光和你们,亲爱的读者;
这时代不知写出了多少篇英雄史诗,
而我呢,这贫穷的心! 只有自己的葬歌。
没有太多值得歌唱的:这总归不过是
一个旧的知识分子,他所经历的曲折;
他的包袱很重,你们都已看到;他决心
和你们并肩前进,这儿表出他的欢乐。
就诗论诗,恐怕有人会嫌它不够热情:
对新事物向往不深,对旧的憎恶不多。
也就因此……我的葬歌只算唱了一半,
那后一半,同志们,请帮助我变为生活。

(选自《穆旦精选集》,北京燕山出版社 2006 年版)

散文

荔枝蜜

杨　朔

　　花鸟草虫,凡是上得画的,那原物往往也叫人喜爱。蜜蜂是画家的爱物,我却总不大喜欢。说起来可笑。孩子时候,有一回上树掐海棠花,不想叫蜜蜂螫了一下,痛得我差点儿跌下来。大人告诉我说,蜜蜂轻易不螫人,准是误以为你要伤害它,才螫。一螫,它自己耗尽生命,也活不久了。我听了,觉得那蜜蜂可怜,原谅它了。可是从此以后,每逢看见蜜蜂,感情上疙疙瘩瘩的,总不怎么舒服。

　　今年四月,我到广东从化温泉小住了几天。四围是山,怀里抱着一潭春水,那又浓又翠的景色,简直是一幅青绿山水画。刚去的当晚,是个阴天,偶尔倚着楼窗一望:奇怪啊,怎么楼前凭空涌起那么多黑黝黝的小山,一重一重的,起伏不断。记得楼前是一片比较平坦的园林,不是山。这到底是什么幻景呢?赶到天明一看,忍不住笑了。原来是满野的荔枝树,一棵连一棵,每棵的叶子都密得不透缝,黑夜看去,可不就像小山似的。

　　荔枝也许是世上最鲜最美的水果。苏东坡写过这样的诗句:"日啖荔枝三百颗,不辞长作岭南人",可见荔枝的妙处。偏偏我来的不是时候,满树刚开着浅黄色的小花,并不出众。新发的嫩叶,颜色淡红,比花倒还中看些。从开花到果子成熟,大约得三个月,看来我是等不及在从化温泉吃鲜荔枝了。

　　吃鲜荔枝蜜,倒是时候。有人也许没听说这稀罕物儿吧?从化的荔枝树多得像汪洋大海,开花时节,满野嘤嘤嗡嗡,忙得那蜜蜂忘记早晚,有时趁着月色还采花酿蜜。荔枝蜜的特点是成色纯,养分大。住在温泉的人多半喜欢吃这种蜜,滋养精神。热心肠的同志为我也弄到两瓶。一开瓶子塞儿,就是那么一股甜香;调上半杯一喝,甜香里带着股清气,很有点鲜荔枝味儿。喝着这样的好蜜,你会觉得生活都是甜的呢。

　　我不觉动了情,想去看看自己一向不大喜欢的蜜蜂。

　　荔枝林深处,隐隐露出一角白屋,那是温泉公社的养蜂场,却起了个有趣的名儿,叫"蜜蜂大厦"。正当十分春色,花开得正闹。一走进"大厦",只见成群结队的蜜蜂出出进进,飞去飞来,那沸沸扬扬的情景,会使你想:说不定蜜蜂也在赶着建设什么新生活呢。

　　养蜂员老梁领我走进"大厦"。叫他老梁,其实是个青年人,举动很精细。大概是老梁想叫我深入一下蜜蜂的生活,小小心心揭开一个木头蜂箱,箱里隔着一排板,每块板上满是蜜蜂,蠕蠕地爬着。蜂王是黑褐色的,身量特别细长,每只蜜蜂都愿意用采来的花精供养它。

老梁叹息似的轻轻说:"你瞧这群小东西,多听话。"

我就问道:"像这样一窝蜂,一年能割多少蜜?"

老梁说:"能割几十斤。蜜蜂这物件,最爱劳动。广东天气好,花又多,蜜蜂一年四季都不闲着。酿得蜜多,自己吃的可有限。每回割蜜,给它们留一点点糖,够它们吃的就行了。它们从来不争,也不计较什么,还是继续劳动、继续酿蜜,整日整月不辞辛苦……"

我又问道:"这样好蜜,不怕什么东西来糟害么?"

老梁说:"怎么不怕?你得提防虫子爬进来,还得提防大黄蜂。大黄蜂这贼最恶,常常落在蜜蜂窝洞口。专干坏事。"

我不觉笑道:"噢!自然界也有侵略者。该怎么对付大黄蜂呢?"

老梁说:"赶!赶不走就打死它。要让它待在那儿,会咬死蜜蜂的。"

我想起一个问题,就问:"可是呢,一只蜜蜂能活多久?"

老梁回答说:"蜂王可以活三年,一只工蜂最多能活六个月。"

我说:"原来寿命这样短。你不是总得往蜂房外边打扫死蜜蜂么?"

老梁摇一摇头说:"从来不用。蜜蜂是很懂事的,活到限数,自己就悄悄死在外边,再也不回来了。"

我的心不禁一颤:多可爱的小生灵啊,对人无所求,给人的却是极好的东西。蜜蜂是在酿蜜,又是在酿造生活;不是为自己,而是在为人类酿造最甜的生活。蜜蜂是渺小的;蜜蜂却又多么高尚啊!

透过荔枝树林,我沉吟地望着远远的田野,那儿正有农民立在水田里,辛辛勤勤地分秧插秧。他们正用劳力建设自己的生活,实际也是在酿蜜——为自己,为别人,也为后世子孙酿造着生活的蜜。

这黑夜,我做了个奇怪的梦,梦见自己变成一只小蜜蜂。

(选自《杨朔散文选》,人民文学出版社2009年版)

长江三日

刘白羽

十一月十七日

……

雾笼罩着江面，气象森严。十二时，"江津"号起碇顺流而下了。在长江与嘉陵江汇合后，江面突然开阔，天穹顿觉低垂。浓浓的黄雾，渐渐把重庆隐去。一刻钟后，船又在两面碧森森的悬崖陡壁之间的狭窄的江面上行驶了。

你看那急速漂流的波涛一起一伏，真是"众水会涪万，瞿塘争一门"。而两三木船，却齐整地摇动着两排木桨，像鸟儿扇动着翅膀，正在逆流而上。我想到李白、杜甫在那遥远的年代，以一叶扁舟，搏浪急进，那该是多么雄伟的搏斗，那会激发诗人多少瑰丽的诗意啊！……不久，江面更开朗辽阔了。两条大江，骤然相见，欢腾拥抱，激起云雾迷蒙，波涛沸荡，至此似乎稍为平定，水天极目之处，灰蒙蒙的远山展开一卷清淡的水墨画。

从长江上顺流而下，这一心愿真不知从何时就在心中扎下根了，年幼时读"大江东去……"读"两岸猿声……"辄心向往之。后来，听说长江发源于一片冰川，春天的冰川上布满奇异艳丽的雪莲，而长江在那儿不过是一泓清溪；可是当你看到它那奔腾的叫啸，如万瀑悬空，砰然万里，就不免在神秘气氛的"童话世界"上又涂了一层英雄光彩。后来，我两次到重庆，两次登枇杷山看江上夜景，从万家灯火、灿烂星海之中，辨认航船上缓缓浮动而去的灯火，多想随那惊涛骇浪，直赴瞿塘，直下荆门呀。但亲身领略一下长江风景，直到这次才实现。因此，这一回在"江津"号上，正如我在第二天写的一封信中所说：

"这两天，整天我都在休息室里，透过玻璃窗，观望着三峡。昨天整日都在朦胧的雾罩之中。今天却阳光一片。这庄严秀丽、气象万千的长江真是美极了。"

下午三时，天转开朗。长江两岸，层层叠叠，无穷无尽的都是雄伟的山峰，苍松翠竹绿茸茸地遮了一层绣幕。近岸陡壁上，背纤的纤夫历历可见。你向前看，前面群山在江流浩荡之中，则依然为雾笼罩，不过雾不像早晨那样浓，那样黄，而呈乳白色了。现在是"枯水季节"，江中突然露出一块黑色礁石，一片黄色浅滩，船常常在很狭窄的两面航标之间迂回前进，顺流驶下。山愈聚愈多，渐渐暮霭低垂了，渐渐进入黄昏了，红绿标灯渐次闪亮，而苍翠的山峦模糊为一片灰色。

当我正为夜色降临而惋惜的时候，黑夜里的长江却向我展开另外一种魅力。开始是，这里一星灯火，那儿一簇灯火，好像长江在对你眨着眼睛。而一会儿又是漆黑一片，你从船身微微的荡漾中感到波涛正在翻滚沸腾。一派特别雄伟的景象，出现在深宵。我一个人走到甲板上，这时江风猎猎，上下前后，一片黑森森的，而无数道强烈的探照灯火，从船顶射向江面，天空、江上一片云雾迷蒙，电光闪闪，风声水声，不但使人深深体会到"高江急峡雷霆斗"的赫赫声势，而且你觉得你自己和大自然是那样贴近，就像整个宇宙，都罗列在你的胸前。水天，风雾，浑然融为一体，好像不是一只船，而是你自己正在和江流搏斗而前。"曙光就在前面，我们应当努力。"这时一种庄严而又美好的情感充溢我的心灵，我觉得这是我所经历的大时代突然一下集中地体现在这奔腾的长江之上。是的，我们的全部生活不就是这样战斗、航进、穿过黑夜走向黎明的吗？现在，船上的人都已酣睡，整个世界也都在安眠，而驾驶室上露出一片宁静的灯光。想一想，掌握住舵轮，透过闪闪电炬，从惊涛骇浪之中寻到一条破浪前进的途径，这是多么豪迈的生活啊！我们的哲学是革命的哲学，我们的诗歌是战斗的诗歌，正因为这样——我们的生活是最美的生活。列宁有一句话说得好极了："前进吧！——这是多么好啊！这才是生活啊！"……"江津"号昂奋而深沉的鸣响着汽笛向前方航进。

十一月十八日

在信中，我这样叙说："这一天，我像在一支雄伟而瑰丽的交响乐中飞翔。我在海洋上远航过，我在天空上飞行过，但在我们的母亲河流长江上，第一次，为这样一种大自然的威力所吸慑了。"

朦胧中听见广播到奉节。停泊时天已微明。起来看了一下，峰峦刚刚从黑夜中显露出一片灰蒙蒙的轮廓。起碇续行，我到休息室里来，只见前边两面悬崖绝壁，中间一条狭狭的江面，已进入瞿塘峡了。江随壁转，前面天空上露出一片金色阳光，像横着一条金带，其余天空各处还是云海茫茫。瞿塘峡口上，为三峡最险处，杜甫《夔州歌》云："白帝高为三峡镇，瞿塘险过百牢关。"古时歌谣说："滟滪大如马，瞿塘不可下；滟滪大如猴，瞿塘不可游；滟滪大如龟，瞿塘不可回；滟滪大如象，瞿塘不可上。"这滟滪堆指的是一堆黑色巨礁。它对准峡口。万水奔腾一冲进峡口，便直奔巨礁而来。你可想象得到那真是雷霆万钧，船如离弦之箭，稍差分厘，便撞得个粉碎。现在，这巨礁，早已炸掉。不过，瞿塘峡中，激流澎湃，涛如雷鸣，江面形成无数游涡，船从漩涡中冲过，只听得一片哗啦啦的水声。过了八公里的瞿塘峡，乌沉沉的云雾，突然隐去，峡顶上一道蓝天，浮着几小片金色浮云，一注阳光像闪电样落在左边峭壁上。右面峰顶上一片白云像白银片样发亮了，但阳光还没有降临。这时，远远前方，无数重峦叠嶂之上，迷蒙云雾之中，忽然出现一团红雾，你看，绛紫色的山峰，衬托着这一团雾，真美极了。就像那深谷之中反射出红色宝石的闪光，令人仿佛进入了神话境界。这时，你朝江流上望去,也是色彩缤纷:两面巨岩,倒影如墨;中间曲曲折忻,却像有一条闪光的道路,上面荡着细碎的波光;近处山峦,则碧绿如翡翠。时间一分钟一分钟过去,前面那团红雾更红更亮了。船越驶越近,渐渐看清有一高峰亭亭笔立于红雾之中,渐渐看清那红雾原来是千万道强烈的阳光。八点二十分,我们来到这一片晴朗的金黄色朝阳之中。

抬头望处,已到巫山。上面阳光垂照下来,下面浓雾滚涌上去,云蒸霞蔚,颇为壮观。刚从远处看到那个笔直的山峰,就站在巫峡口上,山如斧削,隽秀婀娜,人们告诉我这就是巫山十二峰的第一峰。它仿佛在招呼上游来的客人说:"你看,这就是巫山巫峡了。""江津"号紧贴山脚,进入峡口。红通通的阳光恰在此时射进玻璃厅中,照在我的脸上。峡中,强烈的阳光与乳白色云雾交织一处,数步之隔,这边是阳光,那边是云雾,真是神妙莫测。几只木船从下游上来,帆篷给阳光照得像透明的白色羽翼,山峡却越来越狭,前面两山对峙,看去连一扇大门那么宽也没有,而门外,完全是白雾。

八点五十分,满船人,都在仰头观望。我也跑到甲板上来,看到万仞高峰之巅,有一细石耸立如一人对江而望,那就是充满神奇缥缈传说的美女峰了。据说一个渔人在江中打鱼,突遇狂风暴雨,船覆灭顶,他的妻子抱了小孩从峰顶眺望,盼他回来,一天一天,一月一月,他终未回来,而她却依然不顾晨昏,不顾风雨,站在那儿等候着他——至今还在那儿等着他呢!……

如果说瞿塘峡像一道闸门,那么巫峡简直像江上一条迂回曲折的画廊。船随山势左一弯,右一转,每一曲,每一折,都向你展开一幅绝好的风景画。两岸山势奇绝,连绵不断,巫山十二峰,各峰有各峰的姿态,人们给它们以很高的美的评价和命名,显然使我们的江山增加了诗意,而诗意又是变化无穷的。突然是深灰色石岩从高空直垂而下浸入江心,令人想到一个巨大的惊叹号;突然是绿茸茸草坡,像一支充满幽情的乐曲;特别好看的是悬岩上那一堆堆给秋霜染得红艳艳的野草,简直像是满山杜鹃了,峡急江陡,江面布满大大小小漩涡,船只能缓缓行进,像一个在崇山峻岭之间漫步前行的旅人。但这正好使远方来的人,有充裕时间欣赏这莽莽苍苍、浩浩荡荡长江上大自然的壮美。苍鹰在高峡上盘旋,江涛追随着山峦激荡,山影云影,日光水光,交织成一片。

十点,江面渐趋广阔,急流稳渡,穿过了巫峡。十点十五分至巴东,已入湖北境。十点半到牛口,江浪汹涌,把船推在浪头上,摇摆着前进。江流刚奔出巫峡,还没来得及喘息,却又冲入第三峡——西陵峡了。

西陵峡比较宽阔,但是江流至此变得特别凶恶,处处是急流,处处是险滩。船一下像流星随着怒涛冲去,一下又绕着险滩迂回浮进。最著名的三个险滩是:泄滩、青滩和崆岭滩。初下泄滩,你看着那万马奔腾的江水会突然感到江水简直是在旋转不前，一千个、一万个漩涡，使得"江津"号剧烈震动起来。这一节江流虽险，却流传着无数优美的传说。十一点十五分到秭归。据袁崧《宜都山川记》载：秭归是屈原故乡，是楚子熊绎建国之地。后来屈原被流放到汨罗江，死在那里。民间流传着：屈大夫死日，有人在汨罗江畔，看见他峨冠博带，美髯白皙，骑一匹白马飘然而去。又传说：屈原死后，被一大鱼驮回秭归，终于从流放之地回归楚国。这一切初听起来过于神奇怪诞，却正反映了人民对屈原的无限怀念之情。

秭归正面有一大片铁青色礁石，森然耸立江面，经过很长一段急流绕过泄滩。在最急峻的地方，"江津"号用尽全副精力，战抖着，震颤着前进。急流刚刚滚过，看见前面有一奇峰突起，江身沿着这山峰右面驶去，山峰左面却又出现一道河流，原来这就是王昭君诞生地香溪。它一下就令人记起杜甫的诗："群山万壑赴荆门，生长明妃尚有村。"我们遥望了一下香溪，船便沿着山峰进入一道无比险峻的长峡——兵书宝剑峡。这儿完全是一条窄巷，我到船头上，仰头上望，只见黄石碧岩，高与天齐，再驶行一段就到了青滩。江面陡然下降，波涛汹涌，浪花四溅，当你还没来得及仔细观看，船已像箭一样迅速飞下，巨浪为船头劈开，旋卷着，合在一起，一下又激荡开去。江水像滚沸了一样，到处是泡沫，到处是浪花。船上的同志指着岩上一片乡镇告诉我："长江航船上很多领航人都出生在这儿……每只木船要想渡过青滩，都得请这儿的人引领过去。"这时我正注视着一只逆流而上的木船，看起这青滩的声势十分吓人，但人从汹涌浪涛中掌握了一条前进途径，也就战胜了大自然了。

中午，我们来到了崆岭滩眼前，长江上的人都知道："泄滩青滩不算滩，崆岭才是鬼门关。"可见其凶险了。眼看一片灰色石礁布满水面，"江津"号却抛锚停泊了。原来崆岭滩一条狭窄航道只能过一只船，这时有一只江轮正在上行，我们只好等下来。谁知竟等了那么久，可见那上行的船只是如何小心翼翼了。当我们驶下崆岭滩时，果然是一片乱石林立，我们简直不像在浩荡的长江上，而是在苍莽的丛林中找寻小径跋涉前进了。

十一月十九日

早晨，一片通红的阳光，把平静的江水照得像玻璃一样发亮。长江三日，千姿万态，现在已不是前天那样大雾迷蒙，也不是昨天"巫山巫峡色萧森"，而是苏东坡所谓的"楚地阔无边，苍茫万顷连"了。长江在穿过长峡之后，现在变得如此宁静，就像刚刚诞生过婴儿的年轻母亲一样安详慈爱。天光水色真是柔和极了。江水像微微拂动的丝绸，有两只雪白的海鸥缓缓地和"江津"号平行飞进，水天极目之处，凝成一种透明的薄雾，一簇一簇船帆，就像一束一束雪白的花朵在蓝天下闪光。

在这样一天，江轮上非常宁静的一日，我把我全身心沉浸在"红色的罗莎"——卢森堡的《狱中书简》中。

这个在一九一八年德国无产阶级革命中最坚定的领袖，我从她的信中，感到一个伟大革命家思想的光芒和胸怀的温暖，突破铁窗镣铐，而闪耀在人间，你看，这一页：

> 雨点轻柔而均匀地洒落在树叶上，紫红的闪电一次又一次地在铅灰色的天空中闪耀，遥远处，隆隆的雷声像汹涌澎湃的海涛余波似的不断滚滚传来。在这一切阴霾惨淡的情景中，突然间一只夜莺在我窗前的一株枫树上叫起来了！在雨中，闪电中，隆隆的雷声中，夜莺啼叫得像是一只清脆的银铃，它歌唱得如醉如痴，它要压倒雷声，唱亮昏暗……
>
> 昨晚九点钟左右，我还看到壮丽的一幕，我从我的沙发上发现映在窗玻璃上的玫瑰色的反照，这使我非常惊异，因为天空完全是灰色的。我跑到窗前，着了迷似的站在那里。在一色灰沉沉的天空上，东方涌现出一块巨大的、美丽得人间少有的玫瑰色的云彩，它与一切分隔开，孤零零地浮在那里，看起来像是一个微笑，像是来自陌生的远方的一个问候。我如释重负地长吁了一口气，不由自主地把双手伸向这幅富有魅力的图画。有了这样的颜色，这样的形象，然后生活才美妙，才有价值，不是吗？我用目光饱餐这幅光辉灿烂的图画，把这幅图画的每一线玫瑰色的霞光都吞咽下去，直到我突然禁不住笑起自己来。天哪，天空啊，云彩啊，以及整个生命的美并不只存在于佛龙克，用得着我来跟它们告别？不，它们会跟着我走的，不论我到哪儿，只要我活着，天空、云彩和生命的美会跟我同在。

"江津"号在平静的浪花中缓缓驶行。我读着书，一种非常珍贵的感情渗透我的全身。我必须立刻把它写下来，我愿意把它写在这奔腾叫啸、而又安静温柔的长江一起，因为它使我联想到我前天想到的"战斗——航进——穿过黑夜走向黎明"的想象，过去，多少人，从他们艰巨战斗中想望着一个美好的明天呀！而当我承受着像今天这样灿烂的阳光和清丽的景色时，我不能不意识到，今天我们整个大地，所吐露出来的那一种芬芳、宁馨的呼吸，这社会主义生活的呼吸，正是全世界上，不管在亚洲还是在欧洲，在美洲还是在非洲，一切先驱者的血液，凝聚起来，而发射出来的最自由最强大的光辉。我读完了《狱中书简》，一轮落日——那样圆，那样大，像鲜红的珊瑚球一样，把整个江面笼罩在一脉淡淡的红光中，面前像有一种细细的丝幕柔和地、轻悄地撒落下来。

最后让我从我自己的一封信中抄下一段，来结束这一日吧：

夜间,九时余——从前面漆黑的夜幕中,看见很小很小几点亮光。人们指给我那就是长江大桥,"江津"号稳稳地向武汉驶近。从这以后,我一直站在船上眺望,渐渐地渐渐地看出那整整齐齐的一排像横串起来的珍珠,在熠熠闪亮。我看着,我觉得在这辽阔无边的大江之上,这正是我们献给我们母亲河流的一顶珍珠冠呀！……再前进,江上无数蓝的、白的、红的、绿的灯光,拖着长长倒影在浮动,那是无数船只在航行;而那由一颗颗珍珠画出的大桥的轮廓,完全像升在云端里一样,高耸空中;而桥那面,灯光稠密得简直像是灿烂的银河,那是什么？仔细分辨,原来是武汉两岸的亿万灯火。当我们的"江津"号,嘹亮地向武汉市发出致敬欢呼的声音时,我心中升起一种庄严的情感,看一看！我们创造的新世界有多么灿烂吧！……

（选自《刘白羽散文选》,人民文学出版社 2009 年版）

花　城

秦　牧

　　一年一度的广州年宵花市，素来脍炙人口。这些年常常有人从北方不远千里而来，瞧一瞧南国花市的盛况。还常常可以见到好些国际友人，也陶醉在这东方的节日情调中，和中国朋友一起选购着鲜花。往年的花市已经够盛大了，今年这个花海又涌起了一个新的高潮。因为农村人民公社化以后，花木的生产增加了，今年春节又是城市人民公社化之后的第一个春节，广州去年有累万的家庭妇女和街坊居民投入了生产和其他的劳动队伍。加上今年党和政府进一步安排群众的节日生活，花木供应空前多了，买花的人也空前多了，除原来的几个年宵花市之外，又开辟了新的花市。如果把几个花市的长度累加起来，"十里花街"，恐怕是名不虚传了。在花市开始以前，站在珠江岸上眺望那条浩浩荡荡、作为全省三十六条内河航道枢纽的珠江，但见在各式各样的楼船汽轮当中，还划行着一艘艘载满鲜花盆栽的木船，它们来自顺德、高要、清远、四会等县，载来了南国初春的气息和农民群众的心意。"多好多美的花！""今年花的品种可多啦！"江岸上人们不禁啧啧称赏。广州有个文化公园，园里今年也布置了一个大规模的"迎春会"。花匠们用鲜艳的盆花堆砌出"江山如此多娇"的大花字，除了各种色彩缤纷的名花瓜果外，还陈列着一株花朵灼灼、树冠直径达一丈许的大桃树。这一切，都显示出今年广州的花市是不平常的。

　　人们常常有这么一种体验：碰到热闹和奇特的场面，心里面就像被一根鹅羽撩拨着似的，有一种痒痒麻麻的感觉。总想把自己所看到和感觉的一切形容出来。对于广州的年宵花市，我就常常有这样的冲动。虽然过去我已经描述过它们了，但是今年，徜徉在这个特别巨大的花海中，我又涌起了这样的欲望了。

　　农历过年的各种风习，是我们民族在几千年的历史中形成的。我们现在有些过年风俗，一直可以追溯到一两千年前的史迹中去。这一切，是和许多的历史故事、民间传说、巧匠绝技和群众的美学观念密切联系起来的。在中国的年节中，有的是要踏青的，有的是要划船的，有的是要赶会的……这和外国的什么点灯节、泼水节一样，都各各有它们的生活意义和诗情画意。过年的时候，我们各地的花样一向都很多：贴春联、挂年画、耍狮子、玩龙灯、跑旱船、放花炮……人人穿上整洁衣服，头面一新，男人都理了发，妇女都修整了辫髻，大姑娘还扎上了花饰。那"糖瓜祭灶，新年来到，姑娘要花，小子要炮，老头儿要一顶新毡帽"的北方俗谚，多少描述了这种气氛。这难道只是欢乐欢乐，玩儿玩儿而已么？难道我们从这隆重的节日情调中不还可以领略到我们民族文化的源远流长,和千百年来人们热烈向往美好未来的心境么! 在旧时代苦难的日子里,自然劳动人民不是都能欢乐地过年,但是贫苦的农户,也要设法购张年画,贴对门联;年轻的闺女也总是要在辫梢扎朵绒花,在窗棂上贴张大红剪纸,这就更足以想见无论在怎样困苦中,人们对于幸福生活的强烈的憧憬。在新的时代,农历过年中那种深刻体现旧社会烙印的习俗被革除了,赌博、酗酒,向舞龙灯的人投掷燃烧的爆竹,千奇百怪的禁忌,这一类的事情没有了,那些要猴子的凤阳人、跑江湖扎纸花的天门人,那些摇着串上铜钱的冬青树枝的乞丐,以及号称从五台山峨眉山下来化缘的行脚僧人不见了。而一些美好的习俗被发扬光大起来,一些古老的风习被赋予了崭新的内容。现在我们也燃放爆竹,但是谁想到那和"驱傩"之类的迷信有什么牵联呢! 现在我们也贴春联,但是有谁想到"岁月逢春花遍地;人民有党劲冲天"、"跃马横刀,万众一心驱穷白;飞花点翠,六亿双手绣山河"之类的春联,和古代的用桃木符辟邪有什么可以相提并论之处呢! 古老的节日在新时代里是充满青春的光辉了。

这正是我们热爱那些古老而又新鲜的年节风习的原因。"风生白下千林暗,雾塞苍天百卉殚"的日子过去了,大地的花卉越种越美,人们怎能不热爱这个风光旖旎的南国花市,怎能不从这个盛大的花市享受着生活的温馨呢!

而南方的人们也真会安排,他们选择年宵逛花市这个节目作为过年生活里的一个高潮。太阳的热力是厉害的,在南方最热的海南岛上,有一些像菠萝蜜之类的果树,根部也可以伸出地面结出果子来;有一些树木,锯断了用来做木桩,插在地里却又能长出嫩芽。在这样的地带,就正像昔人咏月季花的诗所说的:"花谢花开无日了,春来春去不相关。"早在春节到来之前一个月,你在郊外已经可以到处见到树上挂着一串串鲜艳的花朵了。而在年宵花市中,经过花农和园艺师们的努力,更是人工夺了天工,四时的花卉,除了夏天的荷花石榴等不能见到外,其他各种各样的花几乎都出现了。牡丹、吊钟、水仙、大丽、梅花、菊花、山茶、墨兰……春秋冬三季的鲜花都挤在一起!

广州今年最大的花市设在太平路,就是历史上著名的"十三行"一带,花棚有点像马戏的看棚,一层一层衔接而上。那里各个公社、园艺场、植物园的旗帜飘扬,卖花的汉子们笑着高声报价。灯色花光,一片锦绣。我约略计算了一下花的种类,今年总在一百种上下。望着那一片花海,端详着散发着香气、轻轻颤动和舒展着叶芽和花瓣的植物中的珍品,你会禁不住赞叹,人们选择和布置这么一个场面来作为迎春的高潮,真是匠心独运! 那千千万万朵笑脸迎人的鲜花,仿佛正在用清脆细碎的声音在浅笑低语:"春来了! 春来了!"买了花的人把花树举在头上,把盆花托在肩上,那人流仿佛又变成了一道奇特的花流。南国的人们也真懂

花
城

得欣赏这些春天的使者。大伙不但欣赏花朵，还欣赏绿叶和鲜果。那像繁星似的金橘、四季橘、吉庆果之类的盆果，更是人们所欢迎的。但在这个特殊的、春节黎明即散的市集中，又仿佛一切事物都和花发生了联系。鱼摊上的金鱼，使人想起了水中的鲜花；海产摊上的贝壳和珊瑚，使人想起了海中的鲜花；至于古玩架上那些宝蓝均红、天青粉彩之类的瓷器和历代书画，又使人想起古代人们的巧手塑造出来的另一种永不凋谢的花朵了。

广州的花市上，吊钟、桃花、牡丹、水仙等是特别吸引人的花卉。尤其是这南方特有的吊钟，我觉得应该着重地提它一笔。这是一种先开花后发叶的多年生灌木。花蕾未开时被鳞状的厚壳包裹着，开花时鳞苞里就吊下了一个个粉红色的小钟状的花朵。通常一个鳞苞里有七八朵，也有个别到十二朵的。听朝鲜的贵宾说，这种花在朝鲜也被认为珍品。牡丹被人誉为花王，但南国花市上的牡丹大抵光秃秃不见叶子，真是"卧丛无力含醉妆"。唯独这吊钟显示着异常旺盛的生命力，插在花瓶里不仅能够开花，还能够发叶。这些小钟儿状的花朵，一簇簇迎风摇曳，使人就像听到了大地回春的铃铃铃的钟声似的。

花市盘桓，令人撩起一种对自己民族生活的深厚情感。我们和这一切古老而又青春的东西异常水乳交融。就正像北京人逛厂甸、上海人逛城隍庙、苏州人逛玄妙观所获得的那种特别亲切的感受一样。看着繁花锦绣，赏着姹紫嫣红，想起这种一日之间广州忽然变成了一座"花城"，几乎全城的人都出来深夜赏花的情景，真是感到美妙。

在旧时代绵长的历史中，能够买花的只是少数的人，现在一个纺织女工从花市举一株桃花回家，一个钢铁工人买一盆金橘托在肩上，已经是很平常的事情了。听着卖花和买花的劳动者互相探询春讯，笑语声喧，令人深深体味到，亿万人的欢乐才是大地上真正的欢乐。

在这个花市里，也使人想到人类改造自然威力的巨大，牡丹本来是太行山的一种荒山小树，水仙本来是我国东南沼泽地带的一种野生植物，经过许多代人们的加工培养，竟使得它们变成了"国色天香"和"凌波仙子"！在野生状态时，菊花只能开着铜钱似的小花，鸡冠花更像是狗尾草似的，但是经过花农的悉心培养，人工的世代选择，它们竟变成这样丰腴艳丽了。"天工人可代，人工天不如。"生活的真理不正是这样么！

在这个花市里，你也不禁会想到各地的劳动人民共同创造历史文明的丰功伟绩。这里有来自福建的水仙，来自山东的牡丹，来自全国各省各地的名花异卉，还有本源出自印度的大丽，出自法国的猩红玫瑰，出自马来亚的含笑，出自撒哈拉沙漠地区的许多仙人掌科植物。各方的溪涧汇成了河流，各地劳动人民的创造汇成了灿烂的文明，在这个熙熙攘攘的市集中不也让人充分感受到这一点么!

你在这里也不能不惊叹群众审美的眼力。人们爱单托的水仙胜过双托的水仙,爱复瓣的桃花又胜过单瓣的桃花。为什么?因为单托水仙才显得更加清雅,复瓣红桃才显得更加艳丽。人们爱这种和谐的美!一盆花果,群众也大抵能够一致指出它们的优点和缺点。在这种品评中,你不也可以领略到好些美学的道理么!

总之,徜徉在这个花海中,常常使你思索起来,感受到许多寻常的道理中新鲜的涵义。十一年来我养成了一个癖好,年年都要到花市去挤一挤,这正是其中的一个理由了。

我们赞美英勇的斗争和艰苦的劳动,也赞美由此而获得的幸福生活。因此,花市归来,像喝酒微醉似的,我拉拉扯扯写下这么一些话。让远地的人们也来分享我们的欢乐。

(选自《秦牧散文选》,人民文学出版社 2009 年版)

"文革"文学

小　说

虹南作战史(节选)

上海县《虹南作战史》写作组

十、"下马威!"

洪雷生进蔬菜组,思想上是有足够的准备的。这个组里,组长是富裕中农,组员多数是中农;雷生原来的互助组绝大部分都是贫农,现在完全换了一个环境,蔬菜生活自己懂得又少,在这里劳动,周围世界,谈的、想的、做的,都同自己原来的环境完全两样。不管落什么秧,种啥小菜,一谈起来,就是赚头好不好,赶季节上市卖大钱等等。雷生十分不习惯这个气氛,过了几天,就同组长牛虎生商量,要组织学习。牛虎生说:"这学习的事,我这个组长不来事,还是你雷生弟弟来吧!"雷生选了一个晚上,通知学习,结果到的人也不齐,也没人发言,就是雷生讲了一阵子以后散会。以后,虽然雷生坚持,每个月要学习两次,渐渐也有些人发言了,但是学习气氛总不如雷生以前的互助组,雷生原来在自己互助组的时候,如鱼得水,现在到了合作社的蔬菜组里,就象鱼离开了水一样,只觉得浑身不舒服。当中牛虎生等几家富裕户,有时还要讥刺雷生几句。好在雷生早学过毛主席教导的如何对待中间派的政策观点,心中有底,他每天注意观察周围的人们,思考如何团结、改造他们的办法。

一九五四年春节后不久的一天,芋艿刚种下地,蔬菜组要给一块芋艿地浇粪。这块芋艿地,离浦汇塘边的粪坑比较远。按一般互助组集体劳动的习惯,因为挑粪是重生活,远路一般都是盘担,就是一个人从起点挑一半路,另一个人在半道上接上去挑到底。俗语说:"百步没轻担。"挑担这生活,路越远越吃力。盘担的办法,两个人各挑一半路,还有一半路挑空粪桶,就是人们在集体劳动中创造出来的把远路分成两半、缩成近路的好办法。牛虎生这天早上派工时,已经准备要雷生的好看了，他选了几个中农的强劳力后，便问雷生："洪主任，你挑长路吃得消吧？"雷生在蔬菜组一向抢重活干，自然一口答应。他看牛虎生讲话的神态同往常不一样，心里也有所警惕。

果然，大家挑了空粪桶出工时，牛虎生一路上就讲了："挑粪这生活，是硬功夫。今朝路比较远，盘担不算本事，有种的一口气挑到底，没种的盘担。"

几个中农强劳力，都好强。有的人已经轧出苗头来，组长今朝要给副主任看颜色了。大家都哄起来，好几个人都表示，要一口气挑到底。雷生只不讲话，注意看各人的态度。

有个中农成份的二十来岁的年轻人，比较进步，同雷生也比较搭班些。他怕雷生挑长担吃不消。他想，雷生互助组过去种粮棉多，挑大粪的机会总归少些，肩头总归推扳些。便说："你们年纪大的肩头硬，挑长担挑得多。雷生年纪轻，身板还不硬，又是个独肩，这条路线远去远来，我同雷生盘担吧！"

那牛虎生，唯恐自己精心策划的这场比赛被这句话撬掉了。便采用激将法说："雷生弟弟倒没有开口，你倒借他的因头先讨饶了。这块芋芳地，约莫要浇半个月粪。不是我牛虎生说大话，半个月不盘担，我要是打退堂鼓，牛字颠倒写。你一个年青人，饭也吃几大碗，做生活这末没出息，未曾挑担先讨饶，也不怕难为情。"年青人，谁不争这口做生活的气，那个青年被他这样一激，果然火了，说："牛组长，你不要门缝里看人，种田人，哪个不是挑担出身？你真个要比，谁还怕？"

雷生这时已经看出来，牛虎生是成心将自己一军。便笑笑说："虎生阿哥要发动劳动竞赛，我支持。长担我没挑过，不过我年纪轻，做惯重生活，想来也总挑得动。就怕大家硬拼，把人拼伤了。我看还是这样，各人看自己的实际情况，挑得动长担的挑长担，挑不动长担的就盘担。我陪虎生阿哥挑两天长担看看。"

牛虎生一听，好大的口气。便用挑衅的口气说："雷生弟要同我比，要比就比半个月，比足输赢。"说着，又伸出一个小拇指头说："谁要先下来谁是这个。"

雷生笑笑说："我们挑粪种小菜，主要是为了支援城市工人阶级；开展劳动竞赛，目的也是为了提高生产，巩固合作社。虎生阿哥既然要同我比半个月，就比半个月好了。谁要挑不动，就打声招呼盘担。话不要讲绝，讲绝了将来把人挑伤了犯不着，对生产也没有好处。"

这样一路谈过去，已经走到浦汇塘边。牛虎生怕雷生反悔，又激了一句说："雷生弟弟，这条路线远去远来，足足有两里路，你吃得消吧？吃不消还是趁早盘担。比开了头，当中盘担，你这个副主任就没得落场势了。"

雷生见牛虎生一再钉牢自己，心里也暗暗升起了怒火，不过他按捺着不动声色，只轻描淡写地说："我是个青年人，你是个中年人，元气还是我足。你吃得消我总吃得消，你吃不消只怕我还好挑两天呢！"雷生心里也有点数，去年冬天，自已去参加区里开河，也是远路，担子比挑粪轻不了多少，开头两日吃力，后来就习惯了。他算计自己能顶得住。再说，他知道，这件事看起来是件小事，但是关系到自己在蔬菜组能否站得住脚，蔬菜组中间派蛮多，首先要站得住脚，然后才能谈得上改造蔬菜组。自己作为共产党员，是代表党和贫农来的，不是代表洪雷生一个人。这场比赛，关系重大呢！

一场竞赛就这样开始了。路上这样一谈，谁还肯盘担？牛虎生先在浦汇塘边的粪坑里挑上一担粪，轻松地朝王家浜角角上的那块芋芳地走去，接着洪雷生也挑上一担粪，走在后面，一前一后，你追我赶。牛虎生神气活现，他以为自己是挑过多年粪的，肩膀上老茧有铜板厚，而且还会得半路换肩；洪雷生年纪轻，肩膀不硬，又是个独肩，只能用一边右肩挑，左肩不好上担，路上换不了肩，自己笃定能胜过洪雷生。那洪雷生呢？神色自若，不慌不忙，从容不迫，他是怀着无产阶级要团结、改造、教育中间派的伟大胸怀来参加这场比赛的。他知道，今后，社内社外，合作社同富裕中农还有的是斗争，只有经过斗争，才能把富裕中农团结过来。这场比赛，不过是今后许多斗争的一场序幕，好比唱戏一样，头一场唱好了，后面的好戏才唱得下去呢！

其他几个人，也学他们的样子，一路挑过去。

开始几担，雷生和牛虎生两个人路上都不歇脚，牛虎生也不换肩，一口气挑到田里。三担以后，牛虎生开始感到右肩有些吃重，需要换肩了。因此，到第四担上，他就开始在半路上换一换肩。雷生看在眼里，知道这个矮敦敦的富裕中农已经开始觉得吃力了。自己脚步上还觉得轻快自如，只是肩膀被重担压久了，略微有些发酸。雷生心里暗自好笑，牛虎生爱说大话，真本事也有限。本想把脚步加快；后来再一想，还有半个月要比，开头几担，不要忙着拼。还是从容不迫的随在牛虎生后面，总归离他三五步路，既不落后，也不超过他。

那牛虎生，一面挑粪，一面也在注意雷生的动静。挑到第五担上，渐渐感到吃力，心里有些烦躁。他想，平常挑担，一天下来，也不过这样吃力，今天是开头的时候太冲了。这样下去不来事。他趁换肩的时候，暗自注意雷生，雷生却是不紧不慢地粘在自己后面，还没看到吃力的样子。他想，这样硬拼下去要吃亏，便放慢了脚步。雷生却也不去超过他，紧追慢随，总是离他几步路。

其他几个人，有的跟在后面比，有的已经开始半路歇脚了。本来互助组挑粪挑远路，有个不成文的现矩，可以半路歇脚，象这样长的路还好歇两次脚。没有人会对这种歇脚有意见。今天因为牛虎生和雷生走在前面，不歇脚，做出了样子，其他人当中，要强一点的，便自不肯半道上歇下来了，也有体力弱一些的，不肯随在后面硬拼，半道上歇一歇，其他人也不讲话。

比赛当中，时间过得顶快。不知不觉，已经快吃中午饭了。快到最后两担粪，雷生量量自己还有足够的余力，肩膀上却是觉得有些酸痛了。便改变了方法，加快脚步，冲到牛虎生前面去了。牛虎生不甘落后，也想跟上去，脚步却不听自己使唤，只得由雷生冲上前去。雷生冲到牛虎生前面后，下一担粪，自然是在牛虎生前面挑，走了一半路后，大模大样的停下担子来歇脚了。他这担粪，走在牛虎生前面分把钟时间，歇到牛虎生赶到自己近旁时，这才不慌不忙，挑起担子，跨个大步冲出去。那牛虎生力气已经不足，走得比雷生慢，又不甘心落后，只得半路不歇脚，只换一下肩，就这样，还是落在雷生后面。

一上午担子挑下来，牛虎生已是有点气急。雷生虽是感到肩膀酸痛，但力气还足，并不特别吃力。大家回去吃饭，下午再来。

一路上，大家纷纷议论，都说雷生虽是独肩，但肩膀是硬的。雷生笑笑说："头一个半天不算数，只怕虎生阿哥的本事还没拿出来呢！"牛虎生虽然吃力，嘴巴上却不肯让步，说："长远不挑这末远的路了，人常说，做一样生活换一样骨头，现在我骨头还没换过来呢！不是我吹牛皮，挑了头二十年担，有点骨子。过天把就两样了。年青人，有股冲劲，你今夜就要觉得吃力了。要连挑半个月，保险你吃不消。"雷生还是从容地笑笑说："我们反正讲了要比半个月，半个月比下来再说吧！"牛虎生见雷生丝毫没有松口停止比赛的意思，因为大话说在前头，收不了梢，心中暗自叫苦。

吃罢午饭出工时，雷生就采取上半日最后两担粪的挑法，先一溜小跑，冲在牛虎生前头，再在半路上歇脚，等牛虎生到后再起身。开头两担，牛虎生午饭后歇足了力气，没让雷生歇多少时间。两担以后，牛虎生就不行了，步子快不上去了。雷生有时一歇要歇两三分钟。越是歇的时间长，雷生越是轻快。牛虎生却是渐渐的喘气了，汗珠也象黄豆一样向下滚了。只好拼命追雷生。这时，除三四个强劳动力外，其他一些人已经开始盘担；有人也劝他们盘担，两个人都不肯。雷生心里想，这是一场斗争，文章不做足，半途而废，以后下面的戏唱起来就要增加困难。他下决心要同牛虎生比足半个月，比到牛虎生认输为止。牛虎生是牛皮老早吹足，下不了台了，雷生不开口，他不好先开口，死要面子活受罪。这样，两个人一直比到收工。

雷生回家，只觉得两只脚发酸，人也觉得有些吃力了。到吃晚饭时，右手拿筷子，手臂也有点酸。刚吃罢晚饭，宝珍、徐土根等一些贫农都来了，他们下午听得了消息，都赶来问问情况。雷生把比赛的情况讲了一通，大家哄笑了一阵。徐土根说："今晚你早点睡，睡前用热水烫烫脚，睡得好些。"谈了一会，宝珍说："我们早些走，让雷生好早点睡，养足了力气，明朝好好教训教训牛虎生。"说着，大家一哄走了。

洪妈妈在灶膛里添上两把棉花箕，把摅着的水烧烧热。水刚烧热后，陈吉明也来了，他问："你觉得吃力吧？我奶奶种着脱力草，要觉得吃力，我给你摘来。"

雷生笑着说："我哪里这末娇，才比了一天呢！"谈了几句，陈吉明要让雷生早些休息，也忙着走了。洪妈妈把水烧滚，让雷生烫脚。

为比赛的事情，惊动了这许多阶级兄弟姐妹，雷生很过意不去。但是他心里蜜甜。在蔬菜组，他暂时还是少数，富裕中农同一部分中农们，口里喊他洪主任，心里瞧不起这个一条裤子一根绳的讨饭团呢！但是，在他的背后，有这许多贫农的阶级兄弟姐妹在撑他的腰。贫农兄弟姐妹之间的阶级感情，平时看不出，一到有什么事情，马上就清清爽爽地看出来了。路遥知马力，日久见人心。阶级不同，感情就是不同。雷生两只脚泡在滚热的水里，心中无限欢畅。他更觉得这次比赛意义重大了。他的肩上，挑的不是担子，是虹南村广大贫农对他的希望呢！毛主席在《中国社会各阶级的分析》中的伟大教导，又一次在他的脑子中回想起来了。他暗自叮嘱自己，雷生啊雷生，你永远要记住毛主席的教导，要一生一世依靠贫雇农，永远同自己所出身的这个农村中最革命的阶层同呼吸、共命运！

洗好脚后，雷生欢欢畅畅的睡下。一觉睡到大天亮。第二天起来，精神抖擞。吃好早饭，他挑起粪桶，脚步轻快，继续同牛虎生比赛去了。洪妈妈同儿子一起出工去，一句话也不讲，她理解儿子所进行的伟大事业以及这个事业前进中所碰到的困难。儿子口头上爱说"斗争"两个字，她从儿子的行动中看到一步一步的具体斗争呢！

就这样，洪雷生同牛虎生一直比了十二天。第十天上，有人劝他们盘担，牛虎生说："我没啥关系，也比了交关天了，不输不赢，要盘担也可以，我听雷生的意思。"他想借此下台了。雷生却说："大家都吃得消，就再比下去吧！开头讲过比到底，比到底也蛮有意思。"这一来，牛虎生只好硬着头皮比下去了。到第十二天上午快收工时，牛虎生实在筋疲力尽、腿脚发软了，路上滑了一交，满身都是粪。牛虎生还是嘴硬，说回家换了衣服下午再比。雷生看他确实是不行了，怕把他比伤了，这才说："半个月生活，我们今天第十二天上可以做完了。这比赛，无非是起个劳动竞赛的作用。作用已经起到了。就算个不分输赢结束吧！"牛虎生也没说什么，就回家去了。

下午，却不见牛虎生出工。雷生不放心，跑到他家中去看他。只见他躺在床上，对雷生说："我摔了一交，受了惊，人有点不适意，要休息几天。"原来那牛虎生这几天挑担生活太重，脱了力，已经连续好几夜睡不好觉，本来争一口气，不肯歇下来，到摔了一交后，雷生又松了口，这一下，全部疲劳都反映出来了，换了衣服往床上一躺，再也不愿爬起来了。雷生不想牛虎生这末不经比，心里倒反而不过意，到陈吉明家去，摘了脱力草，来送给牛虎生。原来，这是农村的土方，做生活脱了力，摘七颗脱力草的头，煎汤，汤里再打三个鸡蛋，连吃三天到七天，可以恢复力气。

那牛虎生，自从这次比赛后，只觉得腰酸背疼，腿脚酸软。他又不相信脱力草的土方,便到上海去专门看了伤科医生。医生说是做伤了元气,开了几帖药,无非是党参、黄芪、熟地、大枣之类,药吃完后,才渐渐恢复起来。

到蔬菜组评工分的时候,大家自报公议。当时最高工分是十三分,蔬菜组以组长牛虎生为准。洪雷生考虑,自己是合作社的领导人,做生活要争,评工分要让;况且自己种蔬菜的技术确实懂得很少,所以自报九分半。牛虎生这趟倒出乎一般人的意料之外,不吹牛了。他说:"雷生独肩硬是硬,挑粪不比我推扳,耐力还比我好些呢!九分半太低了。照讲还该多评些。不过他蔬菜技术门槛不精,过高了也不当,我看可以评个十一分。"雷生坚持只要九分半。因为经过这场挑粪比赛,大家都看在眼里;组里大家一致说九分半太低了,这样最后评了个十分半。雷生自己在评工分上一让,做出了样子。结果蔬菜组评分顺顺当当,要争工分的人也不好意思争了。有个别的人争了几句,组内其他社员马上就刺他:"你挑粪比雷生弟弟怎样,他只评了个十分半,自己还要往低处让,你已经评得比他高了,还要争!"这话一讲,争工分的也没口开了。本来蔬菜组中农多,大家都估计评工分时要有一场大戏,雷生虽然在评工分前专门组织了学习,但总有点不放心,担心弄不好会争得个不可开交。结果却是出乎意料之外的爽快。这算是这场挑粪比赛的一个额外的收获!

雷生原来互助组中的几个骨干,有个习惯,晚上一空,就自动聚在雷生屋里谈谈情况,谈谈思想。这个习惯是无形中养成的。评工分以后,大家又自动聚在雷生屋里了。原来不在雷生互助组的陈吉明和这次没有入社还在领导互助组的施阿芳也来了。先是宝珍和徐土根对雷生谈了棉粮组评工分的情况。棉粮组工分评得比较顺利。评工分之前进行了学习。评工分中,思想工作也做得比较细。比如说,宝珍怕杨桂囡争工分,事前给她做了工作。评的时候,宝珍和徐土根两个组长都主动报低。大家给徐土根评了十三分,他自己只要十二分半。徐土根是虹南村有名的强劳动力,打了多年的长工、短工,棉粮、蔬菜生活样样做得。雷生本来曾经考虑让徐土根到蔬菜组,后来宝珍觉得,棉粮组的骨干都是青年,自己年纪又轻,田地里生活到底不熟,要有个政治本质好一些的老把式,同雷生两个人交换意见,统一了思想。这样,管委会高曲文提名单把徐土根提在棉粮组时,两人才都没有提什么不同意见。象徐土根这样种田生活样样精的强劳力,各方面都在牛虎生之上。所以,徐土根只要十二分半,棉粮组大家都不同意。牛虎生在蔬菜组评了十三分,大家认为,徐土根绝对不好比十三分低了!当时十三分是最高一级的工分,再高也没有了。这样,最后还是给徐土根评了个十三分。张宝珍只要八分半,大家给她评了九分。其他人也互相谦让。所以评工分中没有出现任何疙瘩。

雷生也向大家简略讲了蔬菜组里评工分的情况。讲完后,施阿芳拍手说:

"牛虎生一向眼睛朝天,看不起贫农,连一般中农也没放在他眼睛里。十几天挑粪比下来,到底把他比服了。"

宝珍不同意,说:"你现在在社外,不大了解合作社里面的细情,牛虎生才没有服呢!"

两个人意见一分歧,大家都参加讨论了,各抒己见。有的说牛虎生这下自然服了,有的说没有服。青年人,大家都有一股牛劲,争得面红耳赤,相持不下。只有雷生和徐土根一言不发,听大家争。

吉明说:"雷生阿哥,你倒说说看,牛虎生服了没有?"

雷生说:"叫土根伯伯讲讲吧!"

那徐土根平素是个不言不语的人,雷生点了他的名,他这才慢条斯理的说:"牛虎生多年来看不起贫农,冰冻三尺,非一日之寒,入社才几天,哪会就把这个毛病改清爽? 我看,牛虎生今后还有得出花样呢!"

雷生点点头说:"土根伯伯讲得有相当道理。富裕中农是我们社会主义革命时期的中间派。中间派的特点就是动摇。毛主席对中间派有个分析,我给大家传达传达。"说着,就把他从安克明那里抄来的毛主席那段分析中间派的语录向大家传达,并且结合自己的体会作了解释。这一传达,一解释,大家的脑子都清爽了。那场争论,也就自然解决了。

陈吉明说:"怪道你到我家里给牛虎生摘脱力草了。你那天去摘脱力草,我心里很不赞成。我想,牛虎生同你比挑粪,居心不良,比伤了也是活该! 我同宝珍谈起这件事。宝珍说,雷生现在心胸宽了,他做的好些事我们一下子都想不到。他现在学毛主席的书学得好,我们学得差,比不上他。他这样做总有他的道理。现在看起来,你这是同他又斗争又团结了。"

雷生说:"我送药草去时哪里想得这末多。说实话,我没料到他这样不经比,一比就比伤了。毛主席教导我们对中间派的批评、教育要'适当',我揣摩,'适当',就是要注意分寸。我一比就把他比伤了,虽然不是有意,总归不好,离毛主席的教导还有一大截呢! 牛虎生又不是坏人,只不过思想旧些,富裕户的架子还没拿下来。我们有责任照毛主席的教导团结、改造他呢!"

这个新党员时刻不忘毛主席的教导和对自己的严格要求,使得大家十分感动。雷生是个讨饭团出身,在座的人,或者是看着他长大的,或者是同他一起摸鱼、拷浜的淘伴,或者是同他门靠门的邻居,眼看雷生的思想比自己高一头,大家都清爽,这没有什么其他的原因,只是因为,雷生学毛主席著作学得好,党对他的教育比旁人多。大家都衷心要求雷生能常带自己这一批人学习毛主席的书;并且当场凑了钱,要雷生去七宝新华书店买一套《毛泽东选集》。第二天,雷生去七宝,七宝新华书店没有《毛泽东选集》,雷生选了一批毛主席著作的单行本。自此,虹南初级社的一批骨干,包括施阿芳在内,常在雷生家学习毛主席著作,后来王龙三也从王家浜赶来参加。这是以后的事情了。

这天晚上,大家谈到深夜。人散了后,徐土根留下来,说:"雷生,我和你商量个事情。"

徐土根说:"棉粮组新添了一批小绵羊,想踏点羊塯明年把棉花田的肥料上足些,好大幅度增产。还好剪点羊毛,也是一项收入。现在花一个整劳动力在上头,割草还是忙不过来,这样下去,羊要养瘦了。算来总还得花上大半个劳动力,羊才养得好。要真是增加一个人的话,棉粮组的劳动力就太紧张了。我想,苗青已经在虹南小学读到四年级了,干脆不要念书了,让他参加合作社的劳动,养养羊,你看好不好? 再说,我女人病在床上,家里多个人劳动,也好些。"

雷生想了一会后说:"土根伯伯,我看不好。"

徐土根没想到雷生会反对自己这个主张,十分吃惊,睁大了眼睛望着他。

雷生接下去说:"为什么不好? 我们要从合作社今后发展的远处看,不好从棉粮组一时劳动力困难的近处看。你晓得,我们贫农没文化,做事体费难。所以,我们一定要从合作社今后的发展上来准备干部。我没念过一天书,当一个副主任,难处多呢! 有些事情,文化不够,就是想管也管不上。要不是老安教我识几个字,现在连毛主席著作都没法学。贫农没文化,这个苦处我算是尝足了。这当然只能怪旧社会。现在新社会,你总要让苗青读完小学,以后合作社好派他的用场。"

徐土根不开口,点点头。

雷生又说:"现在我们合作社的出纳还是中农在当。要不是吉明因为爷爷是工人,读过小学,我们社连个贫农会计也没有。毛主席教导要依靠贫农,我们要时刻想毛主席的这个教导,在干部力量上也要为依靠贫农作一些长远安排呢! 往后,东虹、西虹、王家浜的一些互助组都要升合作社,我掐指头算计了一下,就找不出几个好当会计、出纳的贫农子弟,这事情着实叫人担心事! 眼下富农、富裕中农的子弟都在念书;贫农的子弟因为家境关系,读个两三年就参加劳动。将来村村办起合作社来,你嘴巴上依靠贫农说得震天响,实际上经济大权还是要掌在富农、富裕中农子弟手里,这怎么行? 不是说这些家庭出身的人都不能用,你要总起来看一看,就觉得确是个烦心的大问题。我心里老是为这事发愁呢!"

徐土根越听越开窍,不住点头说:"你不讲我倒没想到,你一说,倒是觉得这确是个大问题。"

雷生在合作化运动的社会实践中,已经根据毛主席的教导产生了一个重要的思想。就是,要重视合作社的会计、出纳的成份问题。他现在看得还不够深刻,但是,这个思想再朝前发展,就有可能接触到更加本质的问题了。自然,这种发展,要在今后他根据毛主席教导进行的社会实践中和进一步学习毛主席著作中才能完成。

雷生见徐土根同意自己的看法,心下十分高兴,下结论说:"所以,土根伯伯,我说,苗青让他再读两年书,读毕小学,再参加劳动。"

土根点点头说:"苗青的事我依你的主张,小学毕业后把人交给你带! 就是那棉粮组劳动力不足的事你看怎么办?"

雷生这件事倒没细想过,土根一问,倒难住了。想了一阵子,他说:"这事,我一时也想不出个好办法。群众是真正的英雄。这样吧! 你同宝珍明天在棉粮组开个会,早上出工前开,我来参加。大家一起想想办法看。"

后来,经过棉粮组大家商量,群众的智慧毕竟无穷,这个问题果然就解决了。说来也很简单,还是从徐土根原先的想法上引申出来的。大家你一言,我一句,凑出了个主意,把棉粮组的社员中在虹南小学读书的子弟组织起来,让他们每天午饭后和放学后割羊草。苗青就担任这个小组的组长。这一来,果然解决了棉粮组劳动力不足的问题。后来,蔬菜组一些社员的子弟也参加了割羊草小组,每天割下来的羊草竟是吃不完。棉粮组研究后,经管委会同意,又去买了二十只小绵羊。明年棉花田里,上足羊垬,不成问题了。原来这棉花结铃子最需要磷肥,羊因为大量吃草,草当中含磷量高,所以羊垬含有丰富的磷肥。当时还是合作化运动初期,人们的科学知识还不普遍,只是从经验中,知道棉花田里上羊垬就不落铃子。知其然而不知其所以然。现在你要到农村去,随便问哪个老人或是小孩子,个个都知道棉花田里要上磷肥的道理。这也是十几年来的农村一个变化:从凭经验种田向科学种田的转化。科学知识也只有在群众性的社会实践中才能普及和发展。这个问题我们在后面还会适当接触到呢!

这是说到后来去了。只说当下徐土根同意了雷生的意见,准备回家了。雷生又问道:"那你家里的困难呢?"

徐土根把手往空中一劈,斩钉截铁的说:"雷生,你的意思我全懂了。我家里的困难,我自己能克服,你别操心。一个合作社也够你烦心了。这点小事,还能再让你挂在心上? 你为合作社走毛主席指引的方向操心,我徐土根也是个贫农,不能站在旁边看! 我屋里再困难,还能比解放前揭不开锅盖的日脚困难? 听毛主席的话,替贫农争口气! 这样的事体,我徐土根还能说二话!"说罢,同洪妈妈打个招呼,起身便往门外走。

雷生跟在后面说:"土根伯伯,你别走,我还想和你谈谈心呢!"

徐土根却不停留。一面走,一面说:"你的意思我全明白了,你这几天挑粪吃力了,早点休息。"说着,径自去了。

雷生知道徐土根的倔脾气。回到家里,心中十分激动。这样一心为革命的老一代贫农,给年青人做出了好榜样! 想了一会,他对洪妈妈说:"娘,我到宝珍那里去一下，商量个事情。"洪妈妈对刚才的事，都看在眼里、听在耳朵里，她点点头说："早些回来。"

雷生想起，应该关心群众生活，他要找宝珍商量，研究个办法，安排好徐土根家庭，照顾好病人。这桩事体不解决，他今夜没法睡觉呢！

（节选自《虹南作战史》，上海人民出版社 1972 年版）

第二次握手（节选）

张 扬

三三 握手重逢

　　大厅中安静下来，静得几乎连一根针掉在地面上也能听见。只有一个嘹亮、有力的声音在会场中回荡，这是一位当代伟人的语音，这个语音几十年来曾激起东方的风雷滚滚，曾唤起亿万人的心潮澎湃。此刻，他正在介绍着这位女科学家的生平事迹："姜孟鸿教授，原名丁洁琼。她的父亲丁宏同志，是我国著名的革命作曲家，上海工人三次武装起义的参加者，……"总理首先简略介绍了姜孟鸿自一九三三年出国前后至一九四五年第二次世界大战结束时的简历。

　　"喂，喂！老苏，"朱尔同隔着小星星的座位，探过上身来拍拍苏冠兰的肩，急促地低声喊道，"姜孟鸿教授原来叫丁洁琼……"

　　苏冠兰靠在座席上，半闭着两眼，一声不吭。只有小星星把一双圆眼睛睁得更圆，出神地盯着台上，激动地看着精神矍铄的周总理，看着神情庄重的姜孟鸿教授，看着犹如群星闪闪的著名科学家们……

　　当谈到在广岛、长崎爆炸的两颗原子弹给日本人民生命财产造成的惨重损失和形成的其他严重后果时，周总理收敛了笑容，口气变得严肃而郑重。他接着说："残酷的事实给丁洁琼和每一位进步人士以剧烈的精神震动，促使这位女科学家思想发生了激变。丁洁琼博士不能再容忍科学家的聪明才智和辛勤劳动的成果被帝国主义利用来作为大规模杀人武器和核讹诈的本钱，于是，她于一九四六年初严正声明，她将离开美国，返回自己的祖国，要向全世界公开原子能的秘密，使之为和平建设服务！

　　"丁洁琼的声明在科学界和广大进步人士中产生了巨大影响，也引起美帝国主义的强烈恐惧和仇恨。美国反动当局随即在国会炮制了一项临时秘密法案，拘禁了丁洁琼博士、奥姆霍斯博士等一批坚持进步和反战立场的科学工作者。此后，丁洁琼失去了自由，在巴尔的摩一座隶属联邦调查局的、号称'文化营'的秘密监狱中度过五年多铁窗生涯，精神上、肉体上都经受了严酷的摧残和迫害……"

　　周总理微锁浓眉，语气沉凝。每当他稍作停顿，大厅里总是一片寂静，似乎一个人也没有。

　　"原来如此！……"苏冠兰闭上双眼，心情沉重地感叹了一声。十几年的谜，今天才算揭开了。他回忆起父亲当时那些绘声绘色的描述，回忆起当时从四面八方传来的活灵活现的谣传,回忆起自己也曾一度对琼姐发生过怀疑,想起自己正是在琼姐遇受难以想象的巨大灾难的时刻,在琼姐最需要他、最怀念他的岁月中,离弃了她……

苏冠兰用一只手支撑着胀痛欲裂的脑袋,在胸腑中无声地呻吟着。

此刻,在主席台上,姜孟鸿教授压抑着心底的波澜,静静地、久久地用目光在黑鸦鸦的人群中寻觅。她的心猛地一跳——啊! 她终于从人缝中找着了苏冠兰……冠兰,你怎么了? 你为什么闭着眼,斜倚在座位上? 你是病了吗? 几十年过去了,你苍老多了,可是,神色为什么也那么憔悴呢? 你的身体还好吗? ……

也就在此刻,周总理谈到丁洁琼博士的被捕……象钱塘江的狂潮汹涌直入,十几年前的旧事忽然又浮现在女科学家眼前——

那是一九四六年初春,按夏历来说,正是中国的新年时节,丁洁琼独自呆在密西西比物理中心自己的小楼房客厅内。一段时间来,机关大院里里外外到处有可疑的人,同事和朋友们都不见影了,她独自排遣着困苦的时日。这一天傍晚,她一面弹钢琴,一面思念国内的亲人。那悠扬的旋律,把她带回了春光明媚的祖国,她仿佛和冠兰在缀满金黄色菜花的江南田野上携手漫步;他俩谈呀,笑呀,走呀,但总觉着说不够,笑不够,跑不够……

不知什么时侯,客厅里悄悄进来了七、八个装束古怪的人,丁洁琼立时明白了,这本是她预料中的事。可是,有一个情况使这位沉静的——即使在被捕时也能安详自持、面不改容的女学者震怒了:这伙强盗的头目,一个苍老、干瘪、面目可憎的家伙,竟翘起二郎腿,坐在沙发中,洋洋得意地眯上一对老鼠眼瞅着丁洁琼,阴阳怪气地说:"久仰,久仰! 丁女士在科学上的成就已经名震世界,丁女士在情场上的光辉也已照彻太平洋,令人遗憾的是,您在政治上也想来个核反应……"

听到这里,丁洁琼再也抑制不住自己的愤怒,她冷冷地说:"你毕竟长着一个联邦调查局鹰犬的鼻子,甚至连别人私生活的讯息也闻得出来!"

一种炫耀自己的地位和权力的欲望立即冲上这家伙的心头,他嘿嘿一笑说:"你小看我们,也就是小看自己。告诉你,我们彼此双方都比你估计的要高出一格。你的案子是副国务卿查尔斯——也就是在你们中国时的查路德先生亲自抓的,你的一切案情,包括你在情场上的逸事,也是他亲口告诉我们的……"

"查路德?!"丁洁琼胸中怒火奔突,刹那间,十八年来在她心中投下的那个阴险、狠毒的阴影蓦地清晰起来,他似乎正"嘿嘿"狞笑着站在丁洁琼的眼前,丁洁琼恨不得抓住他的秃头,和他拼个死活……她努力挥退顿时浮上心头的这个阴影,转过头来,对这帮装束古怪的家伙说:"别再罗嗦了,你们要怎么样,就直说吧！"

以后……姜孟鸿教授微微摇摇头，闭上眼睛，不想再回忆下去。可是，她反而似乎更清楚地看见了那间狭窄的、花岗石砌的牢房，和高高的窗口外被铁栅划分为许多长方形碎块的经常是灰暗的巴尔的摩天空。她经常注视这唯一的、小小的窗口，因为它朝向西面，朝着太平洋，朝着自己的祖国。她常常站在木板地铺上，双手高高抬起，攀住冰冷潮湿的花岗石窗沿，长时间地痴痴凝视着西边的云彩，怀念着亲爱的祖国，怀念着她的冠兰……

十几年一闪就过去了，那阴森森的苦难岁月早已成为旧事，此刻，她已经回到祖国的首都，冠兰正坐在离她不过几十米远的地方，可是……她的心脏却产生了一阵痉挛般的绞痛。

周总理继续介绍女科学家的生平：

"一九五〇年，联邦调查局、非美活动委员会和原子能委员会在对丁洁琼博士竭尽其威吓利诱欺骗打击的伎俩后，为了利用她非凡的聪明才智，又释放了她，改用笼络手段，重新提供工作机会……

"他们任命她为席里原子核研究所所长，给以优厚的物质生活待遇，赐以'院士'、'大师'等各种名目的桂冠，酝酿推举她为各种最高科学奖赏的候选人。但是丁洁琼所向往的不是西方帝国主义的恩赐，而是东方伟大社会主义祖国的召唤。为了忘却这段辛酸的回忆，为了给日后回国的举动减少阻力，丁浩琼改从母姓，更名为姜孟鸿。她下定决心，只要一天不回到祖国，就一天不恢复自己的原名。

"姜孟鸿教授作为中国人民的优秀女儿，她的名字，她对核子物理和高能技术的卓越贡献，她献身于和平进步事业的英雄气概，闪耀着不寻常的光辉！"

全场响起暴风雨般的掌声。总理微笑着，略作停顿。

姜孟鸿轻轻鼓掌，向热情的人们颔首致谢。总理的话使她心潮起伏，不能平静。

"姜孟鸿教授始终怀念着祖国，她坚决拒绝加入外籍。在美国进步科学家的支持和帮助下，她于一九五九年七月以应邀讲学的名义，离开美国去欧洲访问……"

"美国进步科学家……"姜孟鸿教授重复着总理的话，不禁热泪盈眶。她眼前浮现出四个多月前一个夏季的傍晚，在美国东海岸一个城市的机场与送行的人们告别的情景……

鬓发花白、面容憔悴的奥姆霍斯，久久凝视着女学者，喉头哽咽了。姜孟鸿一阵辛酸，也说不出话来。来送行的一百多人中，只有奥姆霍斯一个人明白，丁洁琼再也不会回来了！

奥姆霍斯于一九五一年初获释。此后，他在一些大学教课，在一些公司、研究所供职，但名声很暗淡。他与丁洁琼很少见面，仍然过着单身汉生活，也不打算再结婚。他默默地、顽强地保持着对丁洁琼忠诚不渝的友情。他从来没有问过丁洁琼在祖国的那个爱人是谁，他对那个不知名的男子只能表示万分羡慕。终于，在一次会面时，丁洁琼向他吐露了归回祖国大陆的强烈愿望，这是她第一次向人谈出内心深处最大的秘密。奥姆霍斯胸中涌起剧烈的痛苦，可是，他什么也没说。花了两年工夫，他通过在纳尔逊家族的一些亲友，以及在美国国内和英国的一些旧交，在皇家学会打通了关节，又在从欧洲、非洲到亚洲的十几个国家找到可靠的途径，为丁洁琼安排了离开美国的机会。由西欧、北欧五个国家的皇家学会或国家科学院联名发出邀请，迫使美国当局不得不让这位女科学家到大西洋彼岸去讲学。

现在，他们俩终于告别了，也许这将是他们之间的永别……

"奥姆，再见了！"丁洁琼努力克制住自己，轻声说，"我将永远怀念你的友谊……"

其他学者、朋友和同事大都风闻过他俩的旧事，此时便悄悄地走开了。

"密斯丁——啊！不，密斯姜，回去之后，代我向你爱人问好，祝你们早成眷属，用一句中国俗话说吧：'白头到老。'"奥姆霍斯勉强笑笑，他那眼睫上的泪花随着不自然的笑容而闪耀着光芒……

"奥姆！"丁洁琼脸红了。瞬息间，丁洁琼想起她与奥姆相处的岁月，想起刚来美国时奥姆老师给她的殷切指教，想起奥姆发表的支持她的反战讲话，想起奥姆为她而被捕……丁洁琼多次询问奥姆在监狱中的生活和遭遇，问起他脸上一些疤痕的来历，可是奥姆总是沉默和回避。奥姆曾经是一个高大魁梧、眉目清秀的男子，叫是现在，却过早地衰老了！是的，在过去，特别是在那些困难和不幸的日子里所发生过的一切，给人留下的记忆是很难磨灭的。女教授的泪花夺眶而出："把我从你的心灵上除掉吧，奥姆！我，我对不起你。可是，我没有办法，我的祖国在东方，我的心早许给了别人……"

"不，不，不要误会我的意思，密斯姜！你并没有对我不起之处。相反，我在未来的岁月中，直到我离开这个世界之前，都会为自己曾经结识过你这样一位东方女性而深感庆幸。你对自己的祖国，对自己的情人，都是那样坚贞。在邪恶势力的高压下，你没有怯懦或屈服。总之，我在你身上看到了中国人的民族素质！"奥姆霍斯的话语急促起来，但语气仍然很深沉，"密斯姜！我用了自己所能运用的最好方式来表达了我的感情，这就是亲自帮助你离开美国，离开我，回到你自己的祖国，回到你的情人身边去！只要你幸福，就是我最大的满足。"

"别说了，奥姆！我求求你！"丁洁琼的双眼饱含泪花，她仰起脸，望着黑沉沉的夜空……

奥姆沉默了，他显然费了很大力气，才使自己的心绪稍稍宁静下来。过了片刻，他把右手伸给丁洁琼，以平稳的语气说出了他最后的告别词："密斯姜！回到祖国后，请代表我和美国人民，向毛泽东、周恩来这两位伟人，向中国的同行们，向中国人民问好！美国广大人民对中国人民怀有强烈的友好感情。密斯姜，我总在想，也许有一天，我们两国人民会冲破重重阻挠，建立起友谊的大桥，那时，我会飞到中国去，祝贺你在科学研究方面的新成就，祝贺你们国家的繁荣强盛，祝贺你的家庭幸福的……"

"奥姆，你就是美国人民对中国人民的深厚情谊的缩影！"丁洁琼握住奥姆的手流着泪兴奋地说，"奥姆，让我们一起等待这一天吧。这一天一定会到来！那时候，你一定要到我的祖国来啊！到我们的家里来，来做客，来畅谈，好不好？"

"好！我一定来……"奥姆霍斯的泪珠沿着苍老多皱的面颊扑簌簌流下来，凄紧的西风吹动着他后脑的白发。扩音器里报告着飞往伦敦的班机马上要起飞的通知，这声音使他们两人的心同时紧缩起来。

"这些幻想虽然美好，然而，也非常、非常地渺茫啊……"奥姆霍斯凄然叹息了一声，继而凝视着丁洁琼，颤声说，"马上要分别了，密斯姜！你，你是否允许我最后对我们的友谊作一点心灵上的表示呢？"

丁洁琼垂下头，她沉默着，等待着……

奥姆霍斯从左手无名指上脱下"阿波罗"钻石指环，轻轻戴在丁洁琼左手中指上。

"奥姆！我也给你准备了一件临别的纪念品……"丁洁琼取出一只式样古朴、熠熠闪光的金壳怀表，用双手捧着，郑重地置于奥姆霍斯掌心上。"你不是老问我为什么不戴手表，而要用这么一只怀表吗？因为我特别珍爱它，它对我具有不寻常的意义。它是我过去一位老师赠送给我的，它曾伴随我的老师走过了从一个大学毕业生到一位国际知名学者的全部历程；以后，又伴随我走过了一个相同的历程。这后一个历程，你是见证人和引路者。我希望它伴随着你再走过一个不平凡的历程——从我们此刻的离别，到我们他年重聚，希望你带着它从美国来到我的祖国！"

"谢谢你的礼物，密斯姜！"奥姆紧攥住还带有丁洁琼体温的金壳怀表，一字一顿地说："我听着它的走动，就会感到你并没有离开……"

"别了，奥姆！我的老师，我的朋友！我永远、永远怀念你……"丁洁琼倏地扭转身，捂住面孔，向飞机舷梯跑去。

飞机起飞了，丁洁琼坐在机舱中，却仿佛看见奥姆久久地、孤零零地站在机场上，痴痴地凝视着茫茫的天际，西风吹乱了他脑后的白发，吹得他的泪花纷如雨下⋯⋯

周总理洪亮的语音打断了女科学家的沉思：

"从今年七月起，姜孟鸿教授在西欧、北欧的一些国家访问和讲学。九月，她应邀访问意大利，在罗马大学和那不勒斯理论物理研究所考察。在这段漫长的旅途中，姜孟鸿教授冒着巨大风险，会见了中华人民共和国驻外使馆人员，表示了要求返回祖国大陆的强烈愿望。我国政府和有关部门全力协助姜教授摆脱了美蒋特务的监视、追踪和牵掣，终于回到了伟大的社会主义祖国的怀抱！"

大厅里再次响起暴风雨般的掌声。

苏冠兰闭着眼，一只手抚着前额，一动也不动。他象是喝醉了酒，又象是昏昏欲睡。金星姬焦虑地贴在苏冠兰耳边叫道："苏老师，苏老师！您怎么啦，您病了吗？您⋯⋯"

扩音器里继续传来周总理嘹亮的话音：

"党和国家，对姜孟鸿教授的爱国主义精神，对姜孟鸿教授在原子核物理学、原子能技术领域内的卓越贡献，给予崇高的评价。对她冲破美蒋集团重重阻挠和迫害，毅然回到祖国怀抱的凛然义举，表示亲切的慰问和热烈的欢迎！"

全场不约而同地起立，又一次爆发出雷鸣般的经久不息的掌声。姜孟鸿教授和主席台上的全体人员也一齐站起来，她一面同邻近的人们握手，向他们的祝贺表示谢意，一面频频向一千多位出席者招手答礼。

周总理宣布了授予二十一位归国著名科学家的技术职称，分别委任他们在中国科学院和其他科研机构、高等院校担当重要职务。

暴风雨般的欢呼和鼓掌，以排山倒海之势，席卷了整个会场，打断了总理的话音。一群少先队员簇拥到主席台上，向周总理和其他领导同志敬献鲜花，向归国科学家们敬献鲜花。大厅里到处呈现出非凡的欢腾景象，笑语喧哗，犹如海潮起伏，一浪高过一浪。

苏冠兰吃力地站起来，沿着会场最后面的过道走向通往休息室的侧门。金星姬满腹惊疑地搀扶着他，朱尔同手足失措地跟在后面⋯⋯

站在主席台上的姜孟鸿怔怔地望着远处，她那一双美丽而敏锐的眼睛清清楚楚地看到了一切。她的精神哪象她的面色那么从容啊！她感到一阵揪心的剧痛，疑云笼罩了她的脑海。

"冠兰，冠兰！你是否发了急病？你的脸色为什么那么苍白？你的步履为什么跟跄不稳？你⋯⋯"

苏冠兰走进休息室，沉重地倒在一张松软的单人沙发中。他的右肘支撑在扶手上，用手蒙住昏痛欲裂的前额，垂首闭目，久久不语。

"小星星！去看看汽车。"苏冠兰闭着眼睛低声吩咐，说话显得很费劲。可是，他等了几十秒钟，也没有听见姑娘的回答。他捶了捶太阳穴，打算再等一会儿。恰在这时，小星星却急促地摇动着苏冠兰的肩膀，惊喜交集地连声叫道：

"苏老师，苏老师！您快……快站起来！姜孟鸿博士走过来了！快，您……"

苏冠兰一惊，摇摇晃晃地站起来，睁开眼睛。是的，小星星没有看错。姜孟鸿——啊！不，丁洁琼，他的琼姐，不知什么时候离开了主席台，来到休息室，此刻，正站在自己面前。

丁洁琼没有笑。她久久地沉默着，凝视着苏冠兰。她的面庞依然象三十年前一样美丽，只是显得更端庄、更丰满些；她的两只凤眼依然那样引人注目，只是显得黯淡、沉静、深邃得多了……

随丁洁琼身后进来的凌云竹，一眼看到苏冠兰，笑容从嘴角、眉梢上渐渐消失了。

丁洁琼痴痴地望着苏冠兰，嘴唇略略一动，似乎想说什么，可是，她什么也没说。

是的，有什么可说呢？这几十年的离愁别恨，人情世态，难道是语言所能表达的吗？

丁洁琼教授滞缓地伸出手去。她伸出了两只手，她的左手指上戴着两颗钻石指环，那便是"彗星"和"太阳神"，它们在灯火照耀下闪烁异彩。

苏冠兰紧闭上由于激动而发烫的眼睛，伸出一双削瘦而柔软的大手，握住了姜孟鸿——不，握住了琼姐那两只白皙、纤柔、凉浸浸的手……

握手是人们生活中发生过千千万万次的事情。可是，让两颗心脏一齐振动的撼人肺腑的握手，在苏冠兰和他的琼姐之间，却只发生过两次。第一次是在他们初恋的时节——一九二八年夏天，在古金陵的火车站上。那时的他俩，都还是翩翩少年，他们哪里会想到，人生中会有如此曲折的风云变幻。那时的他俩，怎么会预料到，他们的第二次握手会经过整整三十一年……

（节选自《第二次握手》，中国青年出版社 1979 年版）

诗　歌

毛主席画出红天下

张鸿喜

钢水稻花映朝霞，
七亿神州一幅画，
巨笔飞舞春色来，
毛主席画出红天下。

（选自《千歌万曲献给党》，上海人民出版社 1971 年版）

毛主席到我们船上来

王兴国

一九五八年,伟大领袖毛主席视察芜湖时,乘坐了"东方红1028"轮。

毛主席要到我们船上来,
喜讯似春风吹满船台,
万里长江唱起了赞歌,
每一座舵楼都挂红披彩。

欢乐激动了大江两岸,
江堤排成了锦绣花台,
长江展开了闪光的锦缎,
从昆仑山下铺到浩瀚的东海!

看哪! 毛主席在船桥上向我们挥手,
慈祥地笑着朝我们走过来,
"毛主席万岁! 毛主席万万岁!"
一江的深情一江的爱!

群星围绕着太阳转,
我们和毛主席紧相挨,
万声欢呼万支歌哟,
欢呼和歌声比大江的波涛澎湃!

千帆竞翔迎接红太阳,
毛主席健步登上驾驶台,
滚滚激流都在笑呵,
满天的金霞满江的彩。

毛主席和我们紧握手,
千般喜啊万般爱,
喜得波涛举起了手,

一路高歌向东海！

毛主席向我们招招手，
蓝天上彩霞都飞来，
毛主席指一指长江水，
千万朵浪花放光彩……

多少次啊，乱云飞渡，
我们把您的光辉诗章打开，
胜似闲庭信步呵，
我们屹立在浪尖风口永不败。

多少次啊，惊涛骇浪，
我们仰望着北京中南海，
是您给我们指明方向，
满怀豪情向未来。

我们把幸福的今天，
告诉子子孙孙，世世代代。
"东方红 1028"轮乘风破浪，
永远在我们的航运史上记载！

（选自《毛主席引来幸福水》，安徽人民出版社 1972 年版）

毛主席恩情深似海

杨进飞

渠水伴着笛声，
山崖舞起云彩，
侗家举行赛歌会，
赞歌响彻云天外。

毛主席当年长征来侗乡，
革命火种播山寨，
侗家跟党闹革命，
千年铁锁齐砸开！

风风雨雨几十年，
毛主席领导咱朝前迈，
千里侗乡浴朝晖，
万杆红旗迎风摆。

主席当年住过的侗寨，
如今厂房高耸好气派；
主席当年攀过的老山界，
如今稻浪滚滚百花开。

主席当年涉过的山涧，
如今大桥凌空架起来；
主席当年走过的羊肠道，
如今火车隆隆穿山崖。

赛歌会呀年年开，
欢天喜地唱开怀，
千歌万曲颂恩人，
毛主席的恩情深似海。

（选自《韶山颂》，湖南人民出版社1974年版）

红心向太阳

于德成

东风浩荡凯歌扬，
祖国一派好风光。
汽车工人心向毛主席，
高举红旗前进在胜利的大道上。

我们用汽车零件做文字，
用"解放"牌汽车做诗行，
用满腔热血满怀豪情，
谱出七十年代的崭新乐章。

翻开我国汽车工业的史册，
哪一页不闪耀着毛泽东思想的光芒，
毛主席亲笔题词的白玉基石，
永远是鼓舞我们前进的力量！
十一个大字，万道霞光，
照耀着汽车工人茁壮成长，
最美的歌儿唱给毛主席哟，
颗颗红心永远向着红太阳。

（选自《白玉基石颂》，吉林人民出版社 1971 年版）

焦书记坐过的藤椅

黄同甫

世界上,有多少把、多少把藤椅?
只有你啊,把多少人、多少人的心灵占据!
虽然,在报纸上我对你已经那样熟悉,
今天见了,
依然心潮激荡,禁不住挥洒滚烫的泪滴!

不错,这是一把平平常常的藤椅,
它显得有些破旧,也许不足为奇;
但它曾相伴我们的焦书记,
度过了多少不眠的朝夕!

当兰考"风口"上尘沙飞起,
藤椅上,却不见了我们的焦书记!
他带领干部、群众顶风冒沙,
去探索治理"三害"的秘密;

当严寒的腊月天大雪纷飞,
你看:藤椅上又不见了我们的焦书记!
他拄着拐杖,访贫问苦走过千家万户,
他的心,和贫下中农紧紧地贴在一起!

风沙住,大雪息,
焦书记战斗归来,必胜的信念凝聚在眉宇;
他这才坐在这把藤椅上,
他不是休息,是在思考,在总结,在分析……

我看见:他坐在这把藤椅上,
主持召开县委会议;
我看见:他坐在这把藤椅上,

拟定对敌斗争部署,绘制战天斗地蓝图,

——笔下风滚雷激;

我看见:他坐在这里,

从毛主席著作中把智慧和力量汲取;

我看见:革命前辈创业的艰辛,

我看见:共产党人征服困难的坚强毅力⋯⋯

啊,藤椅! 你是历史的见证,

碗口大的窟窿,说明了多少问题!

这是一扇启示心灵的窗扉,

这是一件动人肺腑的遗迹!

睹物怀人,顿时涌起一腔崇敬的思绪,

啊,焦书记!

你是一面冬冬的战鼓,

召唤人们夺取新的胜利;

你是一杆呼啦啦的红旗,

指引人们披荆斩棘⋯⋯

看遍地英雄,跃然崛起:

啊,焦书记! 你活在兰考人民的心里⋯⋯

(选自《红日照桐林》,河南人民出版社 1974 年版)

凯歌辉耀万人心

——歌手的话

仇学保

双河边呵，
人如潮；
瞻英雄呵，
望云霄：
小将屹立彩云间呵，
身披彩虹光万道！
万株青松滴翠泪，
千座苍山脱云帽；
凯歌辉耀万人心，
谁不热血腾？
心潮逐浪高！

毛泽东时代育英雄，
"春风杨柳万千条"。
二十岁青春比泰山重，
二十岁年华永不凋；
一颗红心似火焰，
英雄品质闪光耀；
共产主义航道上，
又添一座新航标！
激励一代新人，
鼓起战斗的帆，
摇起击浪的橹，
撑起顶风的篙，
沿着毛主席的航线，
冲破万里涛！

（选自《金训华之歌》，上海市出版革命组 1970 年版）

要弹就弹给毛主席听（彝族）

中共丽江地委宣传部搜集

姊妹竹做的口弦，
要弹就弹给毛主席听；
檀香木雕的月琴，
要拨就拨给共产党听；
只有毛主席、共产党，
最知道彝家的心情。

（选自《云南各民族颂歌选·金花银花献给毛主席》，云南人民出版社 1978 年版）

129

毛主席站起来比天高（苗族）

中共丽江地委宣传部搜集

毛主席站起来比天高，
坐下比山高，
领导天下的农民，
领导得了，
领导天下的农民，
领导得好。

毛主席站起来比天高，
坐下比山高，
管地管得好，
管天管得了。

（选自《云南各民族颂歌选·金花银花献给毛主席》，云南人民出版社 1978
年版）

锻造工之歌

韩贵新

锻造工，锻造工，
赤心比火红。
挥臂炉门开，
豪情满胸中。

这熊熊的火苗，
多象反帝斗争的烈焰；
这隆隆吼叫的风机，
好似雄壮的号角齐鸣！

这铿锵有力的铁锤，
为革命擂起前进的战鼓，
它以摧枯拉朽之势，
横扫害人虫！

使劲敲啊精心锻，
锻得五洲红旗扬；
双手创造新世界，
迎来全球一片红！

（选自《战斗的春天》，陕西人民出版社1972年版）

公社渔歌

郑德明

收罢黄金稻，
忙把渔船摇，
新歌一曲舟中起，
喜得满江浪花跳。

江岸的梯田接云天，
公社的山水分外娇，
倒映的红楼涌上前，
争和飞舟相拥抱。

渔船飞波江上行，
一条红线指航道，
社员豪情满江洒，
清江渔歌飞云霄。

一网撒下。
把希望播进浪涛，
一网收起，
兜住一江欢笑。

活蹦的青鱼、红虾……
压得船儿不住地摇，
可姑娘小伙呵，
还嫌捕的少。

只见那公社红旗把手招，
丰收的图景在社员心里描，
一路上，长篙点动深秋水，
晚潮伴着渔家调……

（选自《工农兵诗集·喷泉集》，贵州人民出版社 1975 年版）

战风雪

石若磐

狂风挥起千张扇把，
大雪露出万条犬牙，
企图把苍天掀翻，
妄想把矿山吞下。

电线断，
路基塌，
漫天风雪，
要考验矿工的决心有多大！

高山一声春雷炸，
开矿大军上山崖，
红旗指处大雪退，
吓得狂风滚回家。

战歌洒满山，
汗水溶冰化，
毛泽东思想光辉照心头，
敢把大风大雪脚下踏。

汽车机车竞飞驰，
电铲挥臂挖，
英雄的矿工谁敢挡？
迎来红日照天下！

（选自《手托千山送高炉》，湖北人民出版社 1972 年版）

渔民新村

胡同伦

芦荡深处渔家，
一片白墙黑瓦。
遍地炊烟四起，
夕阳染红晚霞。

当年水上漂流，
风里浪里长大。
身下船舱漏水，
头顶破席芦花。

今日定居陆上，
渔民新村安家。
瓦房冬暖夏凉，
不怕风吹雨打。

湖泊星罗棋布，
水网纵横交叉。
新村如在湖心，
伸手可捞鱼虾。

湖上点点渔火，
网下阵阵浪花。
船标红光闪闪，
北斗蓝天高挂。

为了革命捕鱼，
公社人多网大。
别看渔村一角，
湖水畅通天下！

（选自《工农兵诗选·战犹酣》，人民文学出版社1974年版）

春 雨

林　澍

春雨声"沙沙"，
烟雾遮断崖；
呵，一渠春水，
绽开了千朵银花。

满野卷绿涛，
心底开红葩；
雨帘中人影浮动，
田垅边笑语喧哗。

你瞧，春光里聚几路人马，
一个个卷起袖口，裤管高扎；
蹲点的，公社的，兵团的，落户的，
摆开了冲锋阵势，劲头多大！

春风催战马，
春雨浇犁铧；
犁出了水田如镜，
镜里的春天哎，容光焕发！

满田春雨，满田欢笑，
满身汗水，满腿泥巴；
闹不清雨声笑声，
分不出雨花汗花……

春风春雨喜煞人，
仿佛为这热火的日子吹吹打打；
山村跃马扬鞭学大寨，
啊，豪情织出一幅壮丽的春耕画！

（选自《工农兵诗选·阳光灿烂照征途》，人民文学出版社 1972 年版）

放 筏

谢克强

千里江流仰天啸，
又来风雨卷狂涛，
好大的风啊，风似虎，
好凶的浪啊，山样高。

战士江中放木筏，
穿风破雨胆气豪，
铁臂挥——群山惊，
号子起——满江潮。

挥篙长驱江上飞，
奋战恶浪斗志高，
激流——轻步跨，
暗礁——猛一跃。

漫江风雨身后甩，
一腔热血压狂涛，
木筏过处浪花飞，
一杆红旗千里飘。

我借风雨炼赤胆，
风雨伴我战歌高；
排排木材送工地，
铺起条条钢铁道……

（选自《铁道兵诗选·大地飞彩虹》，人民文学出版社1973年版）

试　水

李　瑛

谁说今春雨水少，
叮铃铃，铃声卷春潮，
闸口来电话，
大渠试水了。

水头闯进旱三月，
三月春风高；
孩子们重见老伙伴，
牵着波浪跑。

库里的种，早选过，
檐下的犁，早擦好；
只待春风起，
比试新犁刀。

放水了，放水了，
春水要灌千顷苗，
三十里路不算远，
四个流量不算少；
看冲下多少豆叶和草节，
看漂起多少雪沫和冰屑。

那卷着裤腿的水泵员，
在渠上正巡道——
解开衣扣任风吹，
一双胶鞋一把锹，
哈！真神气！
好象那奔腾不绝的春江水，
白哗哗，亮晶晶，

试
水

都顺他指缝朝前跑。

谁在招呼下地人：
"过不去了，快绕道！"
一句话，
染绿大地又多少！

（选自《枣林村集》，北京人民出版社 1972 年版）

要做革命好后代

许守民

红小兵，一排排，
贫农伯伯上课来，
挽起袖子露伤疤，
深仇大恨记心怀，
阶级斗争永不忘，
要做革命好后代。

（选自《长白山儿歌》，吉林人民出版社 1972 年版）

擦星星

李　志

我问满天的星星，
哪儿是你们的家乡？
我问灿烂的星星，
谁把你擦得这么闪亮？

星星不回答我的问话，
都笑着钻进云里躲藏。
我们带着这个疑问，
常常在心里思量。

我们是矿工的女儿，
从小生长在矿上；
我们是"矿中"的红卫兵，
从小就热爱煤矿。

在这假日的晚上，
我们结队来到灯房。
啊！原来满天星星在这儿汇集，
矿山的灯房就是星星的家乡。

灯房的阿姨们，
把星星擦得明亮，
我们的疑问得到了回答，
心中无比欢畅。

我们劳动在星星的家乡，
也学阿姨把星星擦亮。
灯盒里再充进电流，
也充进了我们的理想！

让矿工叔叔戴着星星，
在地球深处摆战场；
让矿工叔叔戴着星星，
为祖国多采煤炭多炼钢！

夜班的叔叔来领矿灯，
夸我们都是小雷锋；
我们的笑声震夜空：
"明天愿当女矿工。"

（选自《边疆少年之歌》，人民文学出版社 1974 年版）

怀念总理恨妖贼

天安门诗抄

天安门前花如海，纪念碑下遍地花。
人民总理爱人民，总理人民更爱他。
中华民族悼总理，总理英灵照中华。
忠魂九泉笑活贼，活贼更把忠魂怕。
野心狗胆欺英雄，英雄识破野心家。
顶风战浪洒热血，诛贼何惧热血洒。
砸脚石头谁搬起，石头必把谁脚砸。
怀念总理恨妖贼，且看明年一月八。

（选自《天安门革命诗文选》，北京新华印刷厂 1977 年）

母亲为儿子请罪

——为安慰孩子们而作

绿 原

对不起，他错了，他不该
为了打破人为的界限
在冰冻的窗玻璃上
画出了一株沉吟的水仙

对不起，他错了，他不该
为了添一点天然的色调
在万籁俱寂时分
吹出了两声嫩绿色的口哨

对不起，他错了，他不该
为了改造这心灵的寒带
在风雪交加的圣诞夜
划亮了一根照见天堂的火柴

对不起，他错了，他糊涂到
在污泥和阴霾里幻想云彩和星星
更不懂得你们正需要
一个无光、无声、无色的混沌

请饶恕我啊，是我有罪——
把他诞生到人间就不应该
我哪知道在这可悲的世界
他的罪证就是他的存在

（选自《绿原文集》第 1 卷，武汉出版社 2007 年版）

毛竹的根

牛　汉

干涸的荒山上，
发烫的土地
硬得像石头，
斫断的毛竹根
却沁出一丝清清的水。

哦，毛竹根的水，
是从哪里吸吮来的？

毛竹的根，
在深深的地下，
穿透坚硬的黄土，
绕过潜伏的岩石，
越过纠结如网的草根的世界，
迂回曲折，一直探索到了
远远的山岗下面……

哦，我真有点迷惑：
毛竹的根
怎么会晓得
干涸的山岗下面
有一个碧波荡漾的小湖？
是不是
小湖听见了
毛竹根艰难地喘息，
用柔润的歌声
不停地召唤着
从四面八方
向它聚集而来的根？

（选自《牛汉诗文集》，人民文学出版社 2010 年版）

生　命

曾　卓

灰暗不是她的色彩
铁链锁不住她的翅膀

在黑暗中发光
在痛苦中歌唱
在烈焰中飞翔

她的孪生姐妹是
斗争和希望

（选自《曾卓文集》第一卷，长江文艺出版社 1994 年版）

锯的哲学

流沙河

是的。锯片在锯木，
可是木也在锯锯片。
所以锯片也会钝，
而且愈锉愈窄，
总有一天会断。

木被锯成板了，
做成家具了。
锯片断了，
被抛弃了。

(选自《流沙河诗集》，上海文艺出版社 1982 年版)

诗

穆　旦

诗,请把幻想之舟浮来,
稍许分担我心上的重载。

诗,我要发出不平的呼声,
但你为难我说:不成!

诗人的悲哀早已汗牛充栋,
你可会从这里更登高一层?

多少人的痛苦都随身而没,
从未开花、结实、变为诗歌。

你可会摆出形象底筵席,
一节节山珍海味的言语?

要紧的是能含泪强为言笑,
没有人要展读一串惊叹号!

诗呵,我知道你已高不可攀,
千万卷名诗早已堆积如山:

印在一张黄纸上的几行字,
等待后世的某个人来探视,

设想这火热的熔岩的苦痛
伏在灰尘下变得冷而又冷……

又何必追求破纸上的永生,
沉默是痛苦的至高的见证。

(选自《穆旦诗文集》,人民文学出版社 2007 年版)

自　己

穆　旦

不知哪个世界才是他的家乡，
他选择了这种语言，这种宗教，
他在沙上搭起一个临时的帐篷，
于是受着头上一颗小星的笼罩，
他开始和事物做着感情的交易：
　　不知那是否确是我自己。

在迷途上他偶尔碰见一个偶像，
于是变成它的膜拜者的模样，
把这些称为友，把那些称为敌，
喜怒哀乐都摆到了应摆的地方，
他的生活的小店辉煌而富丽：
　　不知那是否确是我自己。

昌盛了一个时期，他就破了产，
仿佛一个王朝被自己的手推翻，
事物冷淡他，嘲笑他，惩罚他，
但他失掉的不过是一个王冠，
午夜不眠时他确曾感到忧郁：
　　不知那是否确是我自己。

另一个世界招贴着寻人启事，
他的失踪引起了空室的惊讶：
那里另有一场梦等他去睡眠，
还有多少谣言都等着制造他，
这都暗示一本未写出的传记：
　　不知我是否失去了我自己。

（选自《穆旦诗文集》，人民文学出版社 2007 年版）

秋

穆 旦

1

天空呈现着深邃的蔚蓝，
仿佛醉汉已恢复了理性；
大街还一样喧嚣，人来人往，
但被秋凉笼罩着一层肃静。

一整个夏季，树木多么紊乱！
现在却坠入沉思，像在总结
它过去的狂想，激愤，扩张，
于是宣讲哲理，飘一地黄叶。

田野的秩序变得井井有条，
土地把债务都已还清，
谷子进仓了，泥土休憩了，
自然舒一口气，吹来了爽风。

死亡的阴影还没有降临，
一切安宁，色彩明媚而丰富；
流过的白云在与河水谈心，
它也要稍许享受生的幸福。

2

你肩负着多年的重载，
歇下来吧，在芦苇的水边：
远方是一片灰白的雾霭
静静掩盖着路程的终点。

处身在太阳建立的大厦，
连你的忧烦也是他的作品，
歇下来吧，傍近他闲谈，
如今他已是和煦的老人。

秋

这大地的生命,缤纷的景色,
曾抒写过他的热情和狂暴,
而今只剩下凄清的虫鸣,
绿色的回忆,草黄的微笑。

这是他远行前柔情的告别,
然后他的语言就纷纷凋谢;
为何你却紧抱着满怀浓荫,
不让它随风飘落,一页又一页?

3

经过了融解冰雪的斗争,
又经过了初生之苦的春旱,
这条河水渡过夏雨的惊涛,
终于流入了秋日的安恬;

攀登着一坡又一坡的我,
有如这田野上成熟的谷禾,
从阳光和泥土吸取着营养,
不知冒多少险受多少挫折;

在雷电的天空下,在火焰中,
这滋长的树叶,飞鸟,小虫,
和我一样取得了生的胜利,
从而组成秋天和谐的歌声。

呵,水波的喋喋,树影的舞弄,
和谷禾的香才在我心里扩散,
却见严冬已递来它的战书,
在这恬静的、秋日的港湾。

(选自《穆旦诗文集》,人民文学出版社 2007 年版)

停电之后

穆　旦

太阳最好，但是它下沉了，
拧开电灯，工作照常进行。
我们还以为从此驱走夜，
暗暗感谢我们的文明。
可是突然，黑暗击败一切，
美好的世界从此消失灭踪。
但我点起小小的蜡烛，
把我的室内又照得通明：
继续工作也毫不气馁，
只是对太阳加倍地憧憬。

次日睁开眼，白日更辉煌，
小小的蜡台还摆在桌上。
我细看它，不但耗尽了油，
而且残流的泪挂在两旁：
这时我才想起，原来一夜间，
有许多阵风都要它抵挡。
于是我感激地把它拿开，
默念这叮敬的小小坟场。

（选自《穆旦诗文集》，人民文学出版社 2007 年版）

虞美人·呆坐

李　锐

当今莫道无烦恼，万事逢忙了。一天呆坐
又黄昏，昔日寸金难买寸光阴。

无年无节无周末，夜夜安眠药。彰彰报应
十年闲，人寿几何翘首问苍天。

（选自《龙胆紫集》，湖南人民出版社1981年版）

病

李　锐

病房催白发，万事总关心。
窗外施工地，床头脉搏音。
胸中血耿耿，天下事纷纷。
何日重辕驾，扬鞭再远征？

（选自《龙胆紫集》，湖南人民出版社 1981 年版）

哭周总理

聂绀弩

于无声处响惊雷，天下呜呼恸哭谁？
总理今朝登假去，斯民卅载沐恩来。
风流人物谁无死？痛彻乾坤此一悲！
祖国山川伤瘦瘠，化吾身骨作肥灰。

（选自《聂绀弩旧体诗全编》，陕西人民出版社 2010 年版）

辛之赠印

聂绀弩

一头城旦一胥靡，刀捉床头两刻之。
矫若游龙穿大壑，温如寡母抚幺儿。
天边暴虎凭河久，海内寻师觅友迟。
感子明珠先暗掷，还君五十六浮词。

（选自《聂绀弩旧体诗全编》，陕西人民出版社 2010 年版）

准备过春节

邢　奇

满天风雪一月末，眼看春节要来了。

心里盘算怎么过，脑子渐渐出轮廓。

学生风格要独特，不比摆设比利落。

毯子遮住被子破，割草再把扫帚做。

每月十三不算阔，也要省出买年货。

各包聚餐挺不错，只是碗少难请客。

两袖清风绕胳膊，坎坷不减眉间阔。

学生历来有其乐，穷日子当成富日子过。

（选自《扎洛集》，内蒙古人民出版社 2009 年版）

想起了妈妈

王爱民

又是放羊漫长的一天，
一天都看着太阳——
她以平日的进度向西移去
是那样不慌不忙，那样缓慢。
心情还和往日一般，
回家是我越来越强的意愿，
真想现在骑上这匹马，
立刻飞回北京去见您的面！
跟着羊群一边走着，
一边低头把家想念，
仿佛我就在妈妈身边，
和她兴致勃勃地叙谈……
哦，妈妈！
我恨不得把一年多来的各个方面，
大事小事一件件，
还有我的种种想法，把内蒙的一切，
都详详细细向你叨念。
想起刚刚来到草原，
精神是那样好，心情非常舒展，
一想到大队的发展，
浑身的劲儿就用不完！
那是一幅多么美好的画卷！
为了她的实现，
不管要付出怎样巨大的劳动，
甚至自己的一生，
我都心甘情愿！
可现在呢，
现在是一种什么情况呢？
萧条、冷清、平淡。

全然不是我想要的生活！
我真不知该怎么办？
妈妈！
我渴望那创造性的劳动生活，
我渴望那战斗性的不断挑战。

（选自《扎洛集》，内蒙古人民出版社 2009 年版）

痛 苦 颂

佚 名

谁没有悲哀和难过，
谁就不热爱自己的祖国。
　　　　——涅克拉索夫

唯有饱经创伤的心，
了解你意味的深长。
唯有践踏荆棘的脚，
识得你伟力的刚强。
你究竟是血的凝积，
还是呻吟的合唱？
人们躲闪你，
甚于虎豹豺狼，
我却愿抽取心中的丝条，
编织你真切的形象。
只有你警觉活跃的跳动，
拍击思想的昏昏梦梦。
只有你尖刻锐利的锋芒，
唤醒意志打点战斗的行装。
你从不与迷昏同在，
永远导引觉醒的灵光。
你尽管痛苦，
却不是人类的不幸。
哪个民族承担了你，
就是说，
他在奋起
　　　攀登
　　　　和高翔！

（选自《中国知青诗抄》，中国文学出版社 1998 年版）

让我们把一切假面都撕掉吧

——我的宣言

张大伟

让我们把一切假面都撕掉吧！
我们已经忍受够了。
我们不愿再缩在面罩里，在保护壳里呼吸，
我们不愿再在我们之间筑成许多透明的障壁。
我们要自由自在地欢笑，
　　真心实意地见面，
　　敞开心胸地交谈。
让我们把这一切假面都给撕掉吧！

难道我们就不能像小鸟那样飞到自己爱去的地方？
难道我们就不能像野牛那样在大草原上横冲直撞？
难道我们就不能像火焰那样把自己的全部光芒射出？
难道我们还要自己来窒息自己？
难道我们的理性会愿把自己牢牢束缚住？
难道我们只能像火车般在既定的轨道上奔驰？
难道我们不能像瀑布那样跳跃、喧腾、飞溅？
难道我们就不能像婴儿那样的明朗、真实？
　　　　　　　　那样的无忧无虑？
　　　　　　　　那样的欢笑？
难道我们在这短促的一生中
还要把自己框在世俗的愚蠢的法规里
而扼杀自己的天性？
难道我们愿压死自己一切正当的根芽，
而甘愿做一个畸形儿？
难道这唯一的一次生命也要因胆怯与愚蠢
而变得暗淡无光？

然而我们不是神经病，

不是懦夫,不是鼠目寸光的人,

不是中世纪的教徒,

也不是人海中的泡沫!

我们是正常的、神经健全的、廿世纪的人,

我们有权要求并索取我们应得的一切。

那么,不要犹豫了,

打破我们——人与人之间的——可耻的墙壁吧!

让那些中世纪的愚人

说我们是疯子、是反叛者、是大逆不道,

他们的生活是不完全的,不正常的,

他们走错了路。

但我们的生活才刚刚开始,

我们不能再错下去了。

我们要充分地发展自己一切美好的人性的方面,

让一切都开花,

一切都结果,

一切都顺利正常地生长下去!

这不仅仅是为了自己,

这还有着更重大的意义,就是:

向几千年包裹人类的网进行一次挑战!

这也是我们为自身的解放而进行的一场战争。

一场空前的、没有外援的战争,

一场为了真正的生命,一场过渡到真人的战争,

一场蜕掉旧躯壳,进入新天地的战争!

(选自《中国知青诗抄》,中国文学出版社 1998 年版)

坑和人

吴阿宁

一个坑，
一个积满死水的泥坑。
除了青苔、孑孓和恶臭，
里面还泡着个活人。

一个人，
一个捆扎着手脚的男人。
除了希望与绝望的交替折磨，
他有时也作些徒劳的翻滚。

（选自《中国知青诗抄》，中国文学出版社 1998 年版）

黄　昏

食　指

我是站在橘红色的礁石上
脚下翻腾着血的波浪
这些感情的波涛沉默着
巨大的悲痛失去了声响

不是躺在爱人的胸旁
也不是睡在朋友的手掌
不！不！我是靠在
腐朽精神的白色尸骨上

晚风掀起我的头发
带来童年天真的幻想
头发像是扬起的风帆
带着头颅，又要远航

这儿才是真正的海洋
谁也挣不脱它热情的臂膀
我热烈地亲吻着她
但却跌倒在绿色的山岗

（选自《被放逐的诗神》，武汉出版社 2006 年版）

163

酒

食　指

火红的酒浆仿佛是热血酿成，
欢乐的酒杯溢满过疯狂的热情，
而如今酒杯在我手中激烈地颤栗，
波动中仍有你一双美丽的眼睛。

我已经在欢乐中沉醉，
但是为了心灵的安宁，
我还要干了这一杯，
喝尽你那一片痴情。

（选自《被放逐的诗神》，武汉出版社 2006 年版）

当人民从干酪上站起

多　多

歌声，省略了革命的血腥
八月像一张残忍的弓
恶毒的儿子走出农舍
携带着烟草和干燥的喉咙
牲口被蒙上了野蛮的眼罩
屁股上挂着发黑的尸体像肿大的鼓
直到篱笆后面的牺牲也渐渐模糊
远远地，又开来冒烟的队伍……

（选自《被放逐的诗神》，武汉出版社 2006 年版）

无　题

多　多

一个阶级的血流尽了
一个阶级的箭手仍在发射
那空漠的没有灵感的天空
那阴魂萦绕的古旧的中国的梦
当那枚灰色的变质的月亮
从荒漠的历史边际升起
在这座漆黑的空空的城市中
又传来红色恐怖急促的敲击声……

（选自《被放逐的诗神》，武汉出版社 2006 年版）

手艺

——和玛琳娜·茨维塔耶娃

多　多

我写青春沦落的诗
（写不贞的诗）
写在窄长的房间中
被诗人奸污
被咖啡馆辞退街头的诗
我那冷漠的
再无怨恨的诗
（本身就是一个故事）
我那没有人读的诗
正如一个故事的历史
我那失去骄傲
失去爱情的
（我那贵族的诗）
她，终会被农民娶走
她，就是我荒废的时日……

（选自《被放逐的诗神》，武汉出版社 2006 年版）

致渔家兄弟

芒 克

你们好！渔家兄弟：
一别已经到了冬天，
但和你们一起度过的那个夜晚，
却使我时常想起。

记得河湾里灯火聚集，
记得渔船上话语亲密，
记得你们款待我的老酒，
还记得你们讲起的风暴与遭遇……

当然，我还深深地记着，
就在黎明到来的时候，
你们升起布帆
并对我唱起一支低沉的歌曲。

而我，久久地站在岸边，
目送你们远去。
耳边还回响着：
冰冻的时候不要把渔家的船忘记……

啊，渔家兄弟！
从离别直到现在，
我的心里还一直叮咛着自己：
冰冻的时候不要把渔家的船忘记！

(选自《被放逐的诗神》，武汉出版社 2006 年版)

街

芒　克

1

我
什么都在想。
双脚使劲地踩着
那个女孩的影子。

2

一个被拍着屁股的孩子睡着了。
不知道
那个大孩子捡走了什么。

3

目光四处飘着。
谁也不理睬
孩子们在大街上撒尿。

4

干干净净
一串狗的脚印。
竟有人在养狗！
不知是谁
在人群中呕吐一地。

5

那有点放荡的
一闪不见的眼睛。
都有妈妈！
你为什么要出来丢脸？

6

有的钱往饭馆跑去了。
有的钱不知道干什么去了。
一个挨着一个发出怪声怪气的角落。

7

无事可干的小伙子们
破口大骂。
无事可干的姑娘们
专在热闹的地方走来走去。

8

为什么都无事可干呢？
挺无聊的。
真他妈的！
所有的僻静处都有人占据着。

9

想起了过去的家。
想起了那慈祥的妈妈。
妈——妈！
一个孩子发呆地看着你。

10

没有发现有谁和我打招呼。
真的没有发现。
谁知道
大家都想的是什么

11

反正是
各想各的。
我的爸爸如今在哪儿？

12

有一双躲在窗户里的眼睛。
那可能是个被锁在家里的姑娘。
有一只挨了打的猫
上蹿下跳。

13

往上爬啊，
傻东西！
从一个台阶跳到另一个台阶。
怎么反倒下来了？
倒霉。

14

也许我和猫一样。
你说呢？
一个女人的声音慌慌张张地飞来。
那里在干什么？

15

气球爆炸。
惊醒的孩子张着小手。
太阳直往下落。

16

太阳会落到哪里去呢？
我说，
你又要往哪里去呢？
双脚用力地寻找。
长长的街。

17

天快黑吧！

天最好黑得只能用鼻子闻。

让我……

你别不怀好意。

18

索性什么都甭想了。

索性统统忘记。

最好是找点儿钱，

有了钱就不会挨饿。

19

你有钱吗？

就是你，

那个躺在长椅上的乞丐？

20

我有钱吗？

我可能……

都是穷鬼！

不，那个家伙一定有钱。

你看他一出饭店就去拉屎。

21

无家。

饥饿。

有人会对你说：

活该！

当然

也有的人根本就看不到这些。

天早已黑了。

22

天早已黑了。

天实在太黑了！

我只好默默地问自己：
现在
你打算怎么办呢？

（选自《被放逐的诗神》，武汉出版社 2006 年版）

候鸟之歌

北　岛

我们是一群候鸟，
飞进了冬天的牢笼。
在那寒冷的拂晓，
去天涯海角远征。

让脱掉的羽毛，
落在姑娘们的头顶；
让结实的翅膀，
托着那太阳上升。

我们放牧着乌云，
抖动的鬃毛穿过彩虹；
我们放牧着风，
飞行的口袋装满歌声。

是我们的叫喊，
冰山吓得老泪纵横；
是我们的嘲笑，
玫瑰羞得满面绯红。

北方呵，故乡
何时能实现我们的梦：
每条冰缝里长出大树，
结满欢乐的铃铛和钟……

（选自《被放逐的诗神》，武汉出版社 2006 年版）

太阳城札记

北　岛

生命

太阳也上升了。

爱情

恬静，雁群飞过
荒芜的处女地。
老树倒下了，戛然一声，
空中飘落着咸涩的雨。

自由

飘
撕碎的纸屑。

孩子

气球挽起了摇篮，
飞向高高的蓝天。

姑娘

颤动的虹
采集飞鸟的花翎。

青春

红波浪，
浸透孤独的桨。

艺术

亿万个辉煌的太阳，
显现在打碎的镜子上。

人民

月亮被撕成闪光的麦粒，
播在诚实的天空和土地。

劳动

手。围拢地球。

命运

孩子随意敲打着栏杆，
栏杆随意敲打着夜晚。

信仰

羊群溢出绿色的洼地，
牧童吹起单调的短笛。

和平

食品橱窗里旋转着，
寂静的巧克力大炮。

祖国

她被铸在青铜的盾牌上，
靠着博物馆发黑的板墙。

生活

网。

(选自《被放逐的诗神》,武汉出版社 2006 年版)

寄杭城

舒　婷

如果有一个晴和的夜晚，
也是那样的风，吹得脸发烫；
也是那样的月，照得人心欢；
呵，友人，请走出你的书房。

谁说公路枯寂没有风光，
只要你还记得那沙沙的足响；
那草尖上留存的露珠儿，
是否已在空气中消散？

江水一定还那么湛蓝湛蓝，
杭城的倒影在涟漪中摇荡。
那江边默默的小亭子哟，
可还记得我们的心愿和向往？

榕树下，大桥旁，
是谁还坐在那个老地方？
他的心是否同渔火一起，
漂泊在茫茫的江天上……

（选自《被放逐的诗神》，武汉出版社 2006 年版）

海滨晨曲

舒　婷

一早我就奔向你呵，大海，
把我的心紧紧贴上你胸膛的风波……

昨夜梦里听见你召唤我，
像慈母呼唤久别的孩儿。
我醒来聆听你深沉的歌声：
一次比一次悲壮，
一声比一声狂热。
摇撼着小岛摇撼我的心，
仿佛将在浪谷里一道沉没。
你的潮水漫过我的心头，
而又退下，退下是为了
聚集力量，
迸出更凶猛的怒吼。
我起身一把扯断了窗纱，
——夜星还在寒天闪烁。
你等我，等着我呀，
莫非等不到黎明的那一刻？！
晨风刚把槟榔叶尖的露珠吻落，
我来了，你却意外地娴静温柔。
你微笑，你低语，
你平息了一切，
只留下淡淡的忧愁。
只有我知道，
枯朽的橡树为什么折断？
但我不能说。
望着你远去的帆影我沛然泪下，
风儿已把你的诗章缓缓送走。
叫我怎能不哭泣呢？

为着我的来迟，
夜里的耽搁，
更为着我这样年轻，
　　不能把时间、距离都冲破！

风暴会再来临，
请别忘了我。
当你以雷鸣
　　震惊了沉闷的宇宙，
我将在你的涛峰讴歌；
呵，不，我是这样渺小，
愿我化为雪白的小鸟，
做你呼唤自由的使者；
一旦窥见了你的秘密，
便像那坚硬的礁石
受了千年的魔法不再开口。
让你的飓风把我炼成你的歌喉，
让你的狂涛把我塑成你的性格，
我决不犹豫，
　　决不后退，
　　决不发抖，
大海呵，请记住——
我是你忠实的女儿！

一早我就奔向你呀，大海，
把我的心紧紧贴上你胸膛的风波……

　　　　　　（选自《被放逐的诗神》，武汉出版社 2006 年版）

悼

——纪念一位被迫害致死的老诗人

舒　婷

请你把没走完的路，指给我，
　　让我从你的终点出发；
请把你刚写完的歌，交给我，
　　我要一路播种火花。
你已渐次埋葬了破碎的梦、
　　受伤的心，
　　和被损害的才华，
但你为自由所充实的声音，决不会
　　因生命的消亡而喑哑。
在你长逝的地方，泥土掩埋的
　　不是一副锁着镣铐的骨架，
就像可怜的大地母亲，她含泪收容的
　　那无数屈辱和谋杀，
从这里要长出一棵大树，
　　一座高耸的路标，
朝你渴望的方向，
　　朝你追求的远方伸展枝桠。
你为什么牺牲？你在哪里倒下？
时代垂下手无力回答，
历史掩起脸暂不说话，
但未来，人民在清扫战场时，
　　会从祖国的胸脯上
拣起你那断翼一样的旗帜，
　　和带血的喇叭……

诗因你崇高的生命而不朽，
生命因你不朽的诗而伟大。

（选自《被放逐的诗神》，武汉出版社 2006 年版）

冬天的河流

顾　城

松疏的沙滩上，
横躺着上百只大木船；
它们像是疲乏了，
露出宽厚的脊背，
晒着太阳……

多么辽阔呵！
没有人声。
河岸边，
开满了耀眼的冰花；
沙洲上，
布满了波浪留下的足迹，
——微细的纹路；
黄锈的铁锚斜躺着，
等待着春天的绿波。

冰冻的河是蓝色的；
无云的天是蓝色的：
多么单纯的颜色，
阳光润湿了大地的皮肤。

毡毯一样的沙滩
睡熟了；
它是美丽的，
却没有——一枝生命的花朵。

（选自《被放逐的诗神》，武汉出版社 2006 年版）

太阳照耀着

顾　城

太阳照耀着冰雪，
冰雪在流着眼泪；
它们流到了地上，
变成一汪汪积水。

太阳照耀着积水，
积水在逐渐干枯；
它们飞到了天上，
变成一团团云雾。

太阳照耀着云雾，
云雾在四方飘荡；
它们飘到了火道，
变成一个个空想。

（选自《顾诚诗全集》上卷，江苏文艺出版社 2010 年版）

歌

江　河

你把我的心带走了
又狠狠地摔在沙滩
海水夺去闪着光的贝壳
血管里鼓噪着咸涩的波涛

你蔚蓝的眼睛里
浮过早霞,浮过黄昏
棕色的皮肤
弥漫着海风的味道

我知道你要我出海
为你采摘火红的珊瑚树
任浪头敲碎我的船帆
镰刀似的月亮割破我的渔网

把你的嘴唇做我灵魂的船
我将出海,不再回来
那古老的情歌震颤着缆绳
我就出海,永不再回来

（选自《被放逐的诗神》,武汉出版社 2006 年版）

冬

江　河

在爱情绵绵的路上
我们尝够了苦涩的雨
把你的头靠在我胸前
我要捧起你的头发像一堆篝火

像一堆篝火
每夜都在荒原上燃烧
或是给我雪花似的吻
冰冷又新鲜
要是我的心冻僵了
就让厚厚的积雪把我覆盖
千万不要伤心，想着春天
想着春天，我就会醒来

（选自《被放逐的诗神》，武汉出版社 2006 年版）

戏　剧

红色娘子军（唱段）

中国舞剧团集体改编

（1）向前进，向前进！

（第二场）

〔雄壮，嘹亮的《娘子军连连歌》：

向前进，向前进！

战士的责任重，妇女的怨仇深。

打碎铁锁链，翻身闹革命！

我们娘子军，扛枪为人民。

向前进，向前进！

战士的责任重，妇女的怨仇深。

共产主义真，党是领路人。

奴隶要翻身，奴隶要翻身！

向前进，向前进！……

（2）万泉河水清又清

（第四场）

〔歌声：

万泉河水清又清，

我编斗笠送红军。

军爱民来民拥军，

军民团结一家亲。

万泉河水清又清，

我编斗笠送红军。

军爱民来民拥军，

军民团结打敌人。

红区风光好，军民一家亲。
万泉河水清又清，
我编斗笠送红军。
军民团结向前进。

（以上唱段选自《红色娘子军》1970年5月演出本，中国舞剧团集体改编，载《红旗》1970第7期）

白毛女（唱段）

上海市舞蹈学校集体改编

（1）北风吹，雪花飘

（第一场女声独唱《北风吹》）

北风（那个）吹，雪花（那个）飘，

雪花（那个）飘飘，年来到。

风卷（那个）雪花在门（那个）外，

风打着门来门自开。

我盼爹爹快回家，

欢欢喜喜过个年，

欢欢喜喜过个年。

（2）盼东方出红日

（第四场女声独唱、合唱《盼东方出红日》）

领：风雪漫天，搏斗在深山。

　　怀念众乡亲，鞭下受熬煎。

　　恨难消，仇无边，心潮汹涌，似浪翻。

　　春夏秋冬来复去，报仇雪恨志更坚，

　　狼嚎虎啸何所惧，

合：狼嚎虎啸何所惧。

领：喜儿不灭豺狼心不甘，

合：喜儿心不甘。

领：为报仇雪恨心绪焦急。

合：报仇雪恨心绪焦急

领：我盼啊盼啊！我盼望东方出红日。

合：盼啊盼啊，盼啊盼啊，

　　盼东方出红日，盼东方出红日。

（以上唱段均选自《白毛女》，上海市舞蹈学校集体创作，北京出版社 1967 年版）

奇袭白虎团(唱段)

山东省京剧团集体改编

(1)打败美帝野心狼

(第一场《战斗友谊》,严伟才唱段)

严伟才　　唱〔西皮流水〕

同志们一番辩论心明亮,

识破敌人鬼心肠。

美帝野心实狂妄,

梦想世界逞霸强。

失败时它笑里藏刀把"和平"讲,

一旦间缓过劲来张牙舞爪又发疯狂。

任凭它假谈真打施伎俩,

狼披羊皮总是狼。

对敌从不抱幻想,

我们还要更警惕,紧握枪,打败美帝野心狼!

(2)英雄何惧走天险

(第八场《带路越险》,严伟才唱段)

严伟才　　唱〔回龙〕

见敌营,灯光闪,

贼在咫尺不能歼,万丈怒火冲云天。(略思)

〔原板〕

笑敌人伎俩穷,把路断,

休想将我来阻拦。

英雄何惧走天险,

志愿军从来不怕难!

夺战机要果断,

飞越深涧抢时间。

(以上唱段均选自《奇袭白虎团》1972 年 9 月演出本,山东省京剧团集体改编,载《红旗》1972 年第 11 期)

海港（唱段）

上海京剧团集体改编

（1）真是个装不完卸不尽的上海港

（第一场《突击抢运》，高志扬唱段）

高志扬　（展视港湾，满怀豪情）真是个——
　　　　唱〔西皮散板〕
　　　　装不完卸不尽的
　　　　〔原板〕
　　　　上海港！
　　　　千轮万船进出忙。
　　　　装卸工，左手高举粮万担；
　　　　右手托起千吨钢。
　　　　为革命，哪怕那山高海阔来阻挡，
　　　　定要把这深情厚谊，送往那四面八方。

（2）细读了全会的公报激情无限

（第四场《战斗动员》，方海珍唱段）

方海珍　（阅罢公报，心潮澎湃）
　　　　唱〔西皮宽板〕
　　　　细读了全会的公报激情无限，
　　　　望窗外雨后彩虹飞架蓝天。
　　　　江山如画宏图展，
　　　　怎容妖魔舞翩跹！
　　　　〔二六〕
　　　　任凭他诡计多瞬息万变，
　　　　我这里早已经壁垒森严！

（以上唱段均选自《海港》1972年1月演出本，上海京剧团集体改编，载《红旗》1972年第2期）

杜鹃山（唱段）

北京京剧团改编

乱云飞　松涛吼　群山奔涌

（第五场《砥柱中流》，柯湘唱段）

柯　湘　唱〔二黄导板〕

　　　　乱云飞松涛吼群山奔涌。（下坡）

　　　　〔回龙〕

　　　　枪声急，军情紧，肩头压力重千斤，团团烈火烧（哇），烧我心！

　　　　〔慢板〕

　　　　杜妈妈遇危难毒刑受尽，

　　　　雷队长入虎口（他）九死一生。

　　　　战士们急于救应，人心浮动，难以平静，

　　　　温其久一反常态，推波助澜，是何居心？

　　　　〔原板〕

　　　　（那）毒蛇胆施诡计险恶阴狠，

　　　　须提防内生隐患，腹背受敌，危及全军，危及全军。

　　　　面临着胜败存亡，我的心、心沉重，（背身踱步）

幕后女声（齐唱）

　　　　心沉重，

　　　　望长空，

　　　　望长空，

　　　　想五井。

柯　湘　（转身，接唱）

　　　　似看到，万山丛中战旗红，

　　　　毛委员指航程，

　　　　光辉照耀天（哪），天地明！

幕后女声（合唱）

　　　　光辉照耀天地明，天地明！

　　（以上唱段均选自《杜鹃山》1973年9月演出本，北京京剧团改编，载《红旗》
1973年第10期）

红灯记（选场）

中国京剧团集体改编

第五场　痛说革命家史

〔黄昏。

〔李玉和家内外。

〔幕启：李奶奶在屋内，盼望李玉和。

李奶奶　唱〔西皮摇板〕

　　　　时已黄昏，玉和儿未回转。

〔铁梅从里屋出。警车声响。

铁　梅　（接唱）

　　　　街市上乱纷纷，惦念爹爹心不安。

〔李玉和提着饭盒和号志灯上，敲门。

李玉和　铁梅。

铁　梅　我爹回来啦！

李奶奶　快开门去！

铁　梅　（开门）爹！

李奶奶　玉和。

李玉和　妈！

李奶奶　可回来啦！接上了吗？（接过号志灯和饭盒）

李玉和　没有。（脱下大衣）

李奶奶　出什么事了？

李玉和　妈！

　　　　唱〔西皮流水〕

　　　　在粥棚正与磨刀师傅接关系，

　　　　警车叫跳下来鬼子搜查急。

　　　　磨刀人引狼扑身掩护我，

　　　　抓时机打开饭盒藏秘密。

　　　　密电码埋藏粥底搜不去——

铁　梅　磨刀叔叔可真好！

李奶奶　玉和，密电码哪？

李玉和　妈！（亲切、秘密地接唱）

防意外我把它安全转移。

铁　梅　爹，您可真有办法呀！

李玉和　铁梅，这件事你都知道了，这可比性命还要紧，宁可掉脑袋，也不能露底
　　　　呀！懂吗？

铁　梅　我懂！

李玉和　嗬！懂！我闺女可真能啊！

铁　梅　爹……

李玉和　呵……

〔天色渐黑，李奶奶拿过煤油灯。

李奶奶　呵……瞧你们这爷儿俩……

李玉和　妈，我有事再出去一趟。

李奶奶　可要小心。早点回来！

李玉和　嗳，您放心吧。

铁　梅　爹，给您戴上围巾。（给李玉和围好围巾）爹，您可要早点回来！

李玉和　（爱抚地）放心吧，啊。（出门）

〔李玉和下。

〔铁梅关门。

〔李奶奶虔诚地擦着号志灯。铁梅凝神注视。

李奶奶　铁梅，来，奶奶把红灯的事讲给你听听。

铁　梅　嗳。（高兴地走到桌旁，坐下）

李奶奶　（郑重地）这盏红灯，多少年来照着咱们穷人的脚步走，它照着咱们工人
　　　　的脚步走哇！过去，你爷爷举着它；现在是你爹举着它。孩子，昨晚的
　　　　事你知道，紧要关头都离不开它。要记住：红灯是咱们的传家宝哇！

铁　梅　哦。红灯是咱们的传家宝？

〔李奶奶满怀信心地望着铁梅，走进里屋。

〔铁梅拿起号志灯，端详，深思。

铁　梅　唱〔西皮散板〕

听罢奶奶说红灯，

言语不多道理深。

为什么爹爹、表叔（转原板）不怕担风险？

为的是：救中国，救穷人，打败鬼子兵。

我想到：做事要做这样的事，

做人要做这样的人。

铁梅呀！年龄十七不算小，

为什么不能帮助爹爹操点心？

好比说：爹爹挑担有千斤重，

铁梅你应该挑上八百斤。

〔李奶奶从里屋出。

李奶奶　铁梅，铁梅！

铁　梅　奶奶！

李奶奶　孩子，你在想什么哪？

铁　梅　我没想什么。

〔隔壁孩子哭声。

李奶奶　是龙儿在哭吧？

铁　梅　可不是吗！

李奶奶　唉，又没吃的了！咱们家还有点玉米面，快给他们送去。

铁　梅　嗳！（盛面）

〔慧莲上，敲门。

慧　莲　李奶奶！

铁　梅　慧莲姐来了。

李奶奶　快给她开门去！

铁　梅　嗳！（开门。慧莲进）慧莲姐。

李奶奶　（关切地）慧莲哪！孩子的病怎么样了？

慧　莲　唉！哪儿顾得上给孩子瞧病啊！这年头，找我来缝缝补补、洗衣服的人
　　　　越来越少了，家里老是吃了上顿没下顿，现在又揭不开锅了。

铁　梅　慧莲姐，给你这个。（递面）

慧　莲　（十分激动）………

李奶奶　快拿着。正要叫铁梅给你送去哪。

慧　莲　（接面）您待我们太好啦！

李奶奶　别说这个。有堵墙是两家，拆了墙咱们就是一家子。

铁　梅　奶奶，不拆墙咱们也是一家子。

李奶奶　铁梅说得对！

〔孩子的哭声又大了。

田大婶　（内喊）慧莲！慧莲！

〔田大婶上，进屋。

铁　梅　大婶。

李奶奶　她大婶，这边坐。

田大婶　不啦，孩子又哭啦，慧莲，回家看孩子去。（见慧莲手中面，感动）……

李奶奶　　先给孩子做点儿吃的。

田大婶　　可你们家也不富裕呀！

李奶奶　　咳！（热情地）咱们两家不分你我，就不要说这些了！

田大婶　　我们回去啦。

李奶奶　　别着急，慢走。

〔田大婶、慧莲下。

铁　　梅　　（关门）奶奶，慧莲姐一家可真够苦的！

李奶奶　　是啊。当初。她公爹是铁路上的搬运工人，叫火车给轧死了！日本鬼子不给抚恤金，还把她丈夫抓了去做苦力。铁梅，咱们两家是同仇共苦的工人，要尽力照顾他们。

〔假交通员上。敲门。

铁　　梅　　谁呀？

假交通员　　李师傅在这儿住吗？

铁　　梅　　找我爹的。

李奶奶　　开门。

铁　　梅　　嗳！（开门）

〔假交通员进屋，急忙关门。

李奶奶　　你是……

假交通员　　我是卖木梳的。

李奶奶　　有桃木的吗？

假交通员　　有。要现钱。

铁　　梅　　好，你等着！

〔假交通员转身放下"捎马子"。

〔铁梅要拿号志灯，李奶奶急拦，拿起煤油灯，试探对方，铁梅恍然大悟。

假交通员　　（回身见灯）哎呀，我可找到你们了！谢天谢地，可真不容易呀！

〔铁梅由吃惊变为愤慨，怒不可遏。

李奶奶　　（识破奸计，镇静地）掌柜的，快把木梳拿出来，让我们挑挑哇！

假交通员　　哎！老奶奶，我是来取密电码的！

李奶奶　　丫头，他说的是什么？

假交通员　　哎！您别打岔呀！老奶奶，这密电码是共产党重要文件，有关革命的前途，您快给我吧！

铁　　梅　　（怒逐之）哎呀，你罗嗦啥？你快走！

假交通员　　咳，别别别……

铁　　梅　　你走！

〔铁梅推假交通员出门,狠狠地把"捎马子"扔到他怀里,猛地将门关上。

铁　梅　奶奶!

　　　　〔李奶奶急忙制止铁梅说话。

　　　　〔假交通员招来二便衣特务,示意监视李家,分下。

铁　梅　奶奶,我差点上了他的当!

李奶奶　孩子,一定是出了叛徒,泄漏了机密!

铁　梅　奶奶,那怎么办哪?

李奶奶　(秘密地)快把信号揭下来!

铁　梅　什么信号啊?

李奶奶　玻璃上那个"红蝴蝶"!

铁　梅　(惊悟)哦!(欲揭)

李奶奶　铁梅!开开门,用门挡住亮,你揭信号,我扫地掩护你。快,快!

　　　　〔铁梅开门,李玉和一步跨进屋里,关门。铁梅震惊,李奶奶手中笤帚落地。

李玉和　(察觉发生意外)妈,出事啦?

李奶奶　外面有狗!

　　　　〔李玉和一无所惧,对敌情作出判断。

李奶奶　孩子!孩子……

李玉和　妈,我可能被捕!(郑重叮嘱)密电码藏在西河沿老槐树旁边的石碑底下。您要想尽一切办法,把它交给磨刀师傅!暗号照旧!

李奶奶　暗号照旧!

李玉和　对。您要多加小心哪!

李奶奶　孩子,放心吧!

铁　梅　爹……

　　　　〔侯宪补上,敲门。

侯宪补　李师傅在家吗?

李玉和　妈,他们来了。

铁　梅　爹!您……

李玉和　铁梅,开门去!

铁　梅　嗳!

侯宪补　开门哪!

　　　　〔铁梅开门,趁机揭去红蝴蝶。

侯宪补　(进门)哦,你就是李师傅吧?

李玉和　是啊。

侯宪补	鸠山队长请你去喝酒。(递请帖)
李玉和	哦!鸠山队长请我赴宴?
侯宪补	哎!
李玉和	哎呀,好大的面子!(蔑视地掷请帖于桌)
侯宪补	交个朋友嘛。李师傅,请吧!
李玉和	请!(对李奶奶,坚定而庄重地)妈,您多保重。我走啦!
李奶奶	等等!铁梅,拿酒去!
铁　梅	嗳!(取酒)
侯宪补	嘻!老太太,酒席宴上有的是酒,足够他喝的啦。
李奶奶	呵……穷人喝惯了自己的酒,点点滴滴在心头。(接过铁梅拿来的酒,对着李玉和,庄严、深情地为李玉和壮别)孩子,这碗酒,你,你把它喝下去!
李玉和	(庄重接酒)妈,有您这碗酒垫底,什么样的酒我全能对付!(一饮而尽)谢,谢,妈!
	(雄伟地,唱〔西皮二六〕)
	临行喝妈一碗酒,
	浑身是胆雄赳赳。
	鸠山设宴和我交"朋友",
	千杯万盏会应酬。
	时令不好风雪来得骤,
	妈要把冷暖时刻记心头。
铁　梅	爹!(扑向李玉和,哭)
李玉和	(亲切地、含义深长地,接唱)
	小铁梅出门卖货看气候,
	来往"账目"要记熟。
	困倦时留神门户防野狗,
	烦闷时等候喜鹊唱枝头。
	家中的事儿你奔走,
	要与奶奶分忧愁。
铁　梅	爹!(扑在李玉和怀里哭)
侯宪补	李师傅,走吧!
李玉和	孩子,不要哭,往后要多听奶奶的话。
铁　梅	嗳!
李奶奶	铁梅,开开门,让你爹"赴宴"去!
李玉和	妈,我走啦。

〔李玉和与李奶奶紧紧握手，相互鼓舞：坚持斗争。

〔铁梅开门。一阵狂风。李玉和昂首阔步，迎风而去。

〔侯宪补跟出。

〔铁梅拿围巾追出，喊："爹！"

〔特务甲、乙、丙冲上，拦住铁梅。

特务甲　站住！回去！

〔将铁梅逼回。众特务进门。

铁　梅　奶奶！……

特务甲　搜！不许动！

〔众特务搜查，四处乱翻。一特务从里屋搜出一本黄历，翻看，扔掉。

特务甲　走！

〔众特务下。

铁　梅　(关好门，放下"卷窗"，环视屋内)奶奶！(扑到奶奶怀里痛哭。少顷)奶奶，我爹……他还能回来吗？

李奶奶　你爹……

铁　梅　爹……

李奶奶　铁梅，眼泪救不了你爹！不要哭。咱们家的事应该让你知道了！

铁　梅　奶奶，什么事啊？

李奶奶　坐下，奶奶跟你说！

〔李奶奶眼望围巾，革命往事，闪过眼前；新仇旧恨，涌上心头。

〔铁梅搬小凳傍坐在奶奶身边。

李奶奶　孩子，你爹他好不好？

铁　梅　爹好！

李奶奶　可是爹不是你的亲爹！

铁　梅　(惊异)啊！您说什么呀？奶奶！

李奶奶　奶奶也不是你的亲奶奶！

铁　梅　啊！奶奶！奶奶，您气糊涂了吧？

李奶奶　没有。孩子，咱们祖孙三代本不是一家人哪！(站起)你姓陈，我姓李，你爹他姓张！

　　　　唱〔二黄散板〕

　　　　十七年风雨狂怕谈以往，

　　　　怕的是你年幼小志不刚，几次要谈我口难张。

铁　梅　奶奶，您说吧。我不哭。

李奶奶　唱〔二黄慢三眼〕

看起来你爹爹此去难回返，

奶奶我也难免被捕进牢房。

眼见得革命的重担就落在了你肩上，

说明了真情话，铁梅呀，你不要哭，莫悲伤，要挺得住，你要坚强，学你爹
心红胆壮志如刚！

铁　梅　奶奶，您坐下慢慢地说！

〔铁梅扶李奶奶坐下。

李奶奶　咳！提起话长啊！早年你爷爷在汉口的江岸机务段当检修工人。他身
边有两个徒弟：一个是你的亲爹叫陈志兴。

铁　梅　我的亲爹陈志兴？

李奶奶　一个是你现在的爹叫张玉和。

铁　梅　哦！张玉和？

李奶奶　那时候，军阀混战，天下大乱哪！后来，毛主席共产党领导着中国人民
闹革命！民国十二年二月，京汉铁路工人在郑州成立了总工会，洋鬼子
走狗吴佩孚硬不让成立！总工会一声号令，全线的工人都罢了工。江
岸一万多工人都上大街游行啊！就在那天的晚上，天也是这么黑，也是
这么冷。我惦记着你爷爷，坐也坐不稳，睡也睡不着，在灯底下缝补衣
裳。一会儿，忽听得有人敲门，他叫着："师娘，开门，您快开门！"我赶紧
把门开开，啊！急急忙忙地走进一个人来！

铁　梅　谁呀？

李奶奶　就是你爹！

铁　梅　我爹？

李奶奶　嗯，就是你现在的爹。只见他浑身是伤！左手提着这盏号志灯！

铁　梅　号志灯？

李奶奶　右手抱着一个孩子！

铁　梅　孩子……

李奶奶　未满周岁的孩子……

铁　梅　这孩子……

李奶奶　不是别人！

铁　梅　他是谁呀？

李奶奶　就是你！

铁　梅　我？

李奶奶　你爹把你紧紧地抱在怀里，他含着眼泪，站在我的面前。他叫着："师
娘！师娘！"他两眼直瞪瞪地望着我，半晌说不出话来。我心里着急，催
着他快说。他……他说："我师傅跟我陈师兄都……牺牲了！这孩子是

　　陈师兄的一条根，是革命的后代。我要把她抚养成人，继承革命！"他连叫着："师娘啊！师娘！从此以后，我就是您的亲儿子，这孩子就是您的亲孙女。"那时候，我……我就把你紧紧地抱在怀里！

铁　梅　奶奶！（扑在奶奶怀里）

李奶奶　挺起来！听奶奶说！

　　　　唱〔二黄原板〕

　　　　　　闹工潮你亲爹娘惨死在魔掌，

　　　　　　李玉和为革命东奔西忙。

　　　　　　他誓死继先烈红灯再亮，

　　　　　　擦干了血迹，葬埋了尸体，又上战场。

　　　　　　到如今日寇来烧杀掠抢，

　　　　　　亲眼见你爹爹被捕进牢房。

　　　　　　记下了血和泪一本账，

　　　　　　你须要：立雄心，树大志，要和敌人算清账，血债还要血来偿！

铁　梅　唱〔二黄原板〕

　　　　　　听奶奶讲革命英勇悲壮，

　　　　　　却原来我是风里生来雨里长，

　　　　　　奶奶呀！十七年教养的恩深如海洋。

　　　　　　今日起志高眼发亮，

　　　　　　讨血债，要血偿，前人的事业后人要承当！

　　　　　　我这里举红灯光芒四放——爹！

　　　　转〔二黄快板〕

　　　　　　我爹爹象松柏意志坚强，

　　　　　　顶天立地是英勇的共产党，

　　　　　　我跟你前进决不彷徨。

　　　　　　红灯高举闪闪亮，

　　　　　　照我爹爹打豺狼。

　　　　　　祖祖孙孙打下去，

　　　　　　打不尽豺狼决不下战场！

〔铁梅和李奶奶高举号志灯，"亮相"。红光四射。

〔灯暗。

——幕闭

　　（选自《红灯记》1970 年 5 月演出本，中国京剧团集体改编，载《红旗》1970 年第 5 期）

智取威虎山（选场）

上海京剧团集团改编

第五场　打虎上山

〔几天后。

〔威虎山麓。雪深林密。一株株挺直的栋梁松，高耸入云；缕缕阳光，穿入林中。

杨 子 荣　内唱〔二黄导板〕）

穿林海跨雪原气冲霄汉！

〔杨子荣改装扬鞭飞马而上。作马舞："骗右腿"、"蹬腿"、"横蹉步"，以示下山坡；右转身、甩大衣、"跨腿"、"抬腿"、"勒马"、"大蹉步"，以示上高岭；"腾空拧叉"，以示越山涧；"直蹉步"、"右大跨腿"、"蹉步"、"左大跨腿"、"蹉步"，以示穿密林；转身甩大衣、挥鞭、"横蹉步"，纵横驰骋。至台口，"抬腿"、勒马、"蹬腿"、"小蹁步"，"亮相"。眺望四方。

杨 子 荣　〔回龙〕

抒豪情寄壮志面对群山。

〔原板〕

愿红旗五洲四海齐招展，

哪怕是火海刀山也扑上前。

我恨不得急令飞雪化春水，

〔散板〕

迎来春色换人间！

〔西皮快板〕

党给我智慧给我胆，

千难万险只等闲。

为剿匪先把土匪扮，

似尖刀插进威虎山。

誓把座山雕，埋葬在山涧，

壮志撼山岳，雄心震深渊。

待等到与战友会师百鸡宴，

捣匪巢定叫它地覆天翻！

〔远处虎啸。杨子荣作马舞："抬腿"，勒马，甩大衣，转身，"摔叉"；虎啸渐近，马惊失蹄；跃起，转身，勒马，"前骗腿"，下马，牵马下。

〔复上。脱大衣，拔枪，拧"旋子"，"亮相"，机警地观察虎的动向，转身隐蔽树下，看准有利时机，敏捷跃起，连发数枪，虎哀鸣死去。

〔远处传来枪声。

杨 子 荣　（立刻警觉）枪声！土匪们下山来了。（镇静地）刚刚打死一只，现在又来一群，叫你们同样逃脱不了覆灭的下场！

〔匪参谋长内喊："站住！"匪参谋长率众小匪上。

〔杨子荣穿好大衣，挺身上前，行匪礼。

匪参谋长　蘑菇溜哪路？什么价？

杨 子 荣　（昂首不答）……

小 匪 甲　（发现杨子荣打死的老虎，惊叫）虎！虎！虎！

〔众小匪慌张后退。

杨 子 荣　哈哈哈哈！好大的胆子，那是只死虎。

小 匪 甲　（略张望）好枪法！天灵盖都打碎了！

匪参谋长　是你打死的？

杨 子 荣　它撞在我枪口上了。

匪参谋长　嗯，好样儿的！是哪个山头的？到这儿干什么来了？

杨 子 荣　（反问）看样子，你们是威虎山的人啦？

匪参谋长　哼哼！那还用说。（自觉失言）嗯！你到底是哪个山头的？

杨 子 荣　这个你别问。我要面见崔旅长，有要事相告。

匪参谋长　你怎么连山礼山规都不懂，你不是个"溜子"，是个"空子"！

杨 子 荣　要是个"空子"，也不敢来闯威虎山哪！

匪参谋长　（威逼地）么哈？么哈？

〔杨子荣胸有成竹，昂然不答。

众 小 匪　说！

杨 子 荣　（傲然地）不见到崔旅长，你们什么也别想问出来！

匪参谋长　（无可奈何地）好！咱们走！你的家伙呢？

杨 子 荣　（轻蔑地）哈哈哈哈！别害怕！

〔杨子荣把枪扔给小匪，又示意抬虎、牵马。

匪参谋长　把虎搭着，牵着马！

众 小 匪　是！

〔杨子荣向台口作两个急速的转身，甩大衣，坚定、镇静、勇敢地"亮相"。

——幕徐徐闭

（参考 1969 年 10 月演出本，上海京剧团《智取威虎山》剧组集体改编，载《红旗》1969 年第 11 期）

沙家浜（选场）

北京京剧团集体改编

第四场 智斗

〔日寇在沙家浜镇"扫荡"了三天，已经过境。

〔春来茶馆。设在埠头路口。台的左右各有方桌一张，方凳两个。日寇过后，桌椅茶具均遭破坏，屋外凉棚东倒西歪。地下有一些断砖碎瓦，春来茶馆的招牌也被扔在地下。

〔幕启：阿庆嫂扶老携幼上。

阿庆嫂　您慢着点！

老大爷　阿庆嫂，谢谢你一路上照顾！

阿庆嫂　没什么，这是应当的。

老大爷　看，叫他们糟蹋成什么样了！

〔又一批群众上。

群　众　阿庆嫂！

阿庆嫂　你们回来了！

群　众　回来了。

老大爷　我们大家伙帮助收拾收拾吧！

阿庆嫂　行了，我自己来吧。

〔阿庆嫂从地下把招牌拾起，放在桌子上。众扶起翻倒的桌凳，捡走破碎的茶具、砖瓦，支起凉棚。

少　妇　阿庆嫂，我回去了。

老大爷　阿庆嫂，我们也回去了。

阿庆嫂　您慢点走啊！

老大娘　我们也回去了。

阿庆嫂　（向小姑娘）搀着你妈点！

〔群众下。

〔阿庆嫂掸净招牌上的泥土，对着观众，亮出招牌上的字样，然后挂起招牌，打开放置茶具的柜子。

阿庆嫂　唱〔西皮摇板〕

　　　　敌人"扫荡"三天整，

　　　　断壁残墙留血痕。

逃难的众邻居都回乡井，

我也该打双桨迎接亲人。

〔沙奶奶、沙四龙迎面而来。

沙奶奶
沙四龙　　阿庆嫂！

沙奶奶　　你回来了。

阿庆嫂　　回来了。

沙四龙　　鬼子走了，该把伤病员同志们接回来了！

阿庆嫂　　对！四龙，咱们这就走！

沙四龙　　走！

〔内喊：“胡传魁的队伍快要进镇子了！”

〔群众跑上，告诉阿庆嫂：“胡传魁来了！”……赶快跑下。

〔赵阿祥、王福根上。

赵阿祥　　阿庆嫂，胡传魁的队伍快要进镇了！

阿庆嫂　　他来了！日本鬼子前脚走，他后脚就到了，怎么这么快呀？（向王福根）
　　　　　你瞧见他们的队伍了吗？

王福根　　瞧见了，有好几十个人哪！

阿庆嫂　　好几十个人？

王福根　　戴的是国民党的帽徽，旗子上写的是“忠义救国军”。

阿庆嫂　　（思考）“忠义救国军”？……国民党的帽徽？……

赵阿祥　　听说刁德一也回来了。

沙奶奶　　刁德一是刁老财的儿子！

阿庆嫂　　（向王福根）你再看看去。

王福根　　哎。（下）

阿庆嫂　　胡传魁这一回来，是路过，是长住，还不清楚，伤员同志们先不能接，咱
　　　　　们得想办法给他们送点干粮去。

赵阿祥　　我去预备炒米。

沙四龙　　我去准备船。

阿庆嫂　　要提高警惕呀！

赵阿祥
沙四龙　　哎！

〔沙四龙扶沙奶奶下，赵阿祥随下。

〔阿庆嫂走进屋内。

〔内喊：“站住！”

〔一妇女跑下。

〔内喊："站住！"〕刁小三追逐一挟包袱的少女上。

刁小三　站住！老子们抗日救国，给你们赶走了日本鬼子，你得慰劳慰劳！

〔刁小三抢少女包袱。

少　女　你干嘛抢东西？！

刁小三　抢东西？我还要抢人呢！（扑向少女）

少　女　（急中生计，求救地喊）阿庆嫂！

〔阿庆嫂急忙从屋里出来，护住少女。

阿庆嫂　得啦，得啦，本乡本土的，何必呢！来，这边坐会儿，吃杯茶。

刁小三　干什么呀，挡横是怎么着？！……

〔刘副官上。

刘副官　刁小三，司令这就来，你在这干嘛哪？

阿庆嫂　喓，是老刘啊！

刘副官　（得意地）阿庆嫂，我现在当副官啦！

阿庆嫂　喔！当副官啦！恭喜你呀！

刘副官　老没见了，您倒好哇？

阿庆嫂　好。

刘副官　刁小三，都是自己人，你在这闹什么哪？

阿庆嫂　是啊，这位兄弟，眼生得很，没见过，在这儿跟我有点过不去呀！

刘副官　刁小三！这是阿庆嫂，救过司令的命！你在这儿胡闹，司令知道了，有你的好吗？

刁小三　我不知道啊！阿庆嫂，我刁小三有眼不识泰山，您宰相肚里能撑船，别跟我一般见识啊！

阿庆嫂　（已经察觉他们是一伙敌人，虚与周旋）没什么！一回生，两回熟嘛，我也不会倚官仗势，背地里给人小鞋穿，刘副官，您是知道的！

刘副官　哎，人家阿庆嫂是厚道人！

阿庆嫂　（向少女）回去吧。

少　女　他还抢我包袱哪！

阿庆嫂　包袱？他哪能要你的包袱啊！（向刁小三）跟她闹着玩哪，是吧？（向刘副官）啊？

刘副官　啊。（向刁小三）闹着玩，你也不挑个地方！

〔刁小三无可奈何地把包袱递给阿庆嫂。

阿庆嫂　（把包袱给少女）拿着，要谢谢！快回去吧！

〔少女下。

刘副官　刁小三,去接司令、参谋长。去吧,去吧!

刁小三　阿庆嫂,回见。

阿庆嫂　回见,呆会儿过来吃茶呀。

〔刁小三凶横地、恨恨不满地下。

刘副官　阿庆嫂,他是我们刁参谋长的堂弟,您得多包涵点呀!

阿庆嫂　这算不了什么。刘副官,您请坐,呆会儿水开了我就给您泡茶去,您是稀客,难得到我这小茶馆里来!

〔阿庆嫂欲进屋,刘副官从后叫住。

刘副官　阿庆嫂,您别张罗! 我是奉命先来看看,司令一会儿就来。

阿庆嫂　司令?

刘副官　啊,就是老胡啊!

阿庆嫂　哦,老胡当司令了?

刘副官　对了! 人也多了,枪也多了! 跟上回大不相同,阔多喽。今非昔比,鸟枪换炮了!

阿庆嫂　哦。(下决心进行侦察)啊呀,那好哇! 刘副官,一眨眼,你们走了不少的日子了。(一面擦拭桌面,一面观察刘副官)

刘副官　啊,可不是嘛。

阿庆嫂　(试探地)这回来了,可得多住些日子了?

刘副官　这回来了,就不走了!

阿庆嫂　……哦!(断定他们是长住了,就故意表示欢迎的态度)那好啊!

刘副官　要在沙家浜扎下去了,司令部就安在刁参谋长家里,已经派人收拾去了。司令说:先到茶馆里来坐坐。

〔内一阵脚步声。

刘副官　司令来了!

〔刘副官忙去迎接。阿庆嫂思考对策。

〔胡传魁、刁德一、刁小三上。四个伪军从土坡上走过。

胡传魁　嘿,阿庆嫂!

〔胡传魁脱斗篷。刘副官接住,下。

阿庆嫂　(回身迎上)听说您当了司令啦,恭喜呀!

胡传魁　你好哇?

阿庆嫂　好啊,好啊,哪阵风把您给吹回来了?

胡传魁　买卖兴隆,混得不错吧?

阿庆嫂　托您的福,还算混得下去。

胡传魁　哈哈哈……

阿庆嫂　　胡司令,您这边请坐。

胡传魁　　好好好,我给你介绍介绍,这是我的参谋长,姓刁,是本镇财主刁老太爷
　　　　　的公子,刁德一。

　　　　　〔刁德一上下打量阿庆嫂。

阿庆嫂　　(发觉刁德一是很阴险狡猾的敌人,就虚与周旋地)参谋长,我借贵方一
　　　　　块宝地,落脚谋生,参谋长树大根深,往后还求您多照应。

胡传魁　　是啊,你还真得多照应着点。

刁德一　　好说,好说。

　　　　　〔刁德一脱斗篷。刁小三接住,下。

阿庆嫂　　参谋长,您坐!

胡传魁　　阿庆哪?

阿庆嫂　　还提哪,跟我拌了两句嘴,就走了。

胡传魁　　这个阿庆,就是脚野一点,在家里呆不住哇。上哪儿了?

阿庆嫂　　有人看见他了,说是在上海跑单帮哪。说了,不混出个人样来,不回来
　　　　　见我。

胡传魁　　对嘛! 男子汉大丈夫,是要有这么点志气!

阿庆嫂　　您还夸他哪!

胡传魁　　阿庆嫂,我上回大难不死,才有了今天,我可得好好的谢谢你呀!

阿庆嫂　　那是您本身的造化。哟,您瞧我,净顾了说话了,让您二位这么干坐着,
　　　　　我去泡茶去,您坐,您坐!(进屋)

刁德一　　司令! 这么熟识,是什么人哪?

胡传魁　　你问的是她?

　　　　　唱〔西皮二六〕

　　　　　想当初老子的队伍才开张,

　　　　　拢共才有十几个人、七八条枪。

　　　　　〔流水〕

　　　　　遇皇军追得我晕头转向,

　　　　　多亏了阿庆嫂,她叫我水缸里面把身藏。

　　　　　她那里提壶续水,面不改色,无事一样,

　　　　　〔阿庆嫂提壶拿杯,细心地听着,发现敌人看见了自己,就若无其事地从
　　　　　屋里走出。

胡传魁　　(接唱)

　　　　　骗走了东洋兵,我才躲过大难一场。(转向阿庆嫂)

　　　　　似这样救命之恩终身不忘,

俺胡某讲义气终当报偿。

阿庆嫂　（有意在敌人面前掩饰自己）胡司令，这么点小事，您别净挂在嘴边上。那我也是急中生智，事过之后，您猜怎么着，我呀，还真有点后怕呀！

〔阿庆嫂一面倒茶，一面观察。

阿庆嫂　参谋长，您吃茶！（忽然想起）哟，香烟忘了，我去拿烟去。（进屋）

刁德一　（看着阿庆嫂背影）司令！我是本地人，怎么没有见过这位老板娘啊？

胡传魁　人家夫妻"八·一三"以后才来这儿开茶馆，那时候你还在日本留学，你怎么会认识她哪？！

刁德一　噢！这个女人真不简单哪！

胡传魁　怎么，你对她还有什么怀疑吗？

刁德一　不不不！司令的恩人嘛！

胡传魁　你这个人哪！

刁德一　嘿嘿嘿……

〔阿庆嫂取香烟、火柴，提铜壶从屋内走出。

阿庆嫂　参谋长，烟不好，请抽一支呀！

〔刁德一接过阿庆嫂送上的烟。阿庆嫂欲为点烟，刁德一谢绝，自己用打火机点着。

阿庆嫂　胡司令，抽一支！

〔胡传魁接烟。阿庆嫂给胡传魁点烟。

刁德一　（望着阿庆嫂背影，唱〔反西皮摇板〕

这个女人不寻常！

阿庆嫂　（接唱）

刁德一有什么鬼心肠？

胡传魁　唱〔西皮摇板〕

这小刁一点面子也不讲！

阿庆嫂　（接唱）

这草包倒是一堵挡风的墙。

刁德一　（略一想，打开烟盒请阿庆嫂抽烟）抽烟！

〔阿庆嫂摇手拒绝。

胡传魁　人家不会，你干什么！

刁德一　（接唱）

她态度不卑又不亢。

阿庆嫂　唱〔西皮流水〕

他神情不阴又不阳。

胡传魁　　　唱〔西皮摇板〕

刁德一搞的什么鬼花样？

阿庆嫂　　　唱〔西皮流水〕

他们到底是姓蒋还是姓汪？

刁德一　　　唱〔西皮摇板〕

我待要旁敲侧击将她访。

阿庆嫂　　　（接唱）

我必须察言观色把他防。

〔阿庆嫂欲进屋。刁德一从她的身后叫住。

刁德一　　　阿庆嫂！

唱〔西皮流水〕

适才听得司令讲，

阿庆嫂真是不寻常。

我佩服你沉着机灵有胆量，

竟敢在鬼子面前耍花枪。

若无有抗日救国的好思想，

焉能够舍己救人不慌张！

阿庆嫂　　　（接唱）

参谋长休要谬夸奖，

舍己救人不敢当。

开茶馆，盼兴旺，

江湖义气第一桩。

司令常来又常往，

我有心背靠大树好乘凉。

也是司令洪福广，

方能遇难又呈祥。

刁德一　　　（接唱）

新四军久在沙家浜，

这棵大树有阴凉，

你与他们常来往，

想必是安排照应更周详！

阿庆嫂　　　（接唱）

垒起七星灶，

铜壶煮三江。

摆开八仙桌，

招待十六方。

来的都是客，

全凭嘴一张。

相逢开口笑，

过后不思量。

人一走，茶就凉……

〔阿庆嫂泼去刁德一杯中残茶，刁德一一惊。

阿庆嫂　（接唱）

有什么周详不周详！

胡传魁　哈哈哈……

刁德一　嘿嘿嘿……阿庆嫂真不愧是个开茶馆的，说出话来滴水不漏。佩服！佩服！

阿庆嫂　胡司令，这是什么意思呀？

胡传魁　他就是这么个人，阴阳怪气的！阿庆嫂别多心啊！

阿庆嫂　我倒没什么！（提铜壶进屋）

胡传魁　老刁啊，人家阿庆嫂救过我的命，咱们大面儿上得晾得过去，你干什么这么东一锒头西一棒子，叫我这面子往哪儿搁！你要干什么，你？

刁德一　不是啊，司令，这位阿庆嫂眼观六路，耳听八方，胆大心细，遇事不慌。咱们要在沙家浜久住，搞曲线救国，这可是用得着的人啊，就不知道她跟咱们是不是一条心！

胡传魁　阿庆嫂？自己人！

刁德一　那要问问她新四军和新四军的伤病员，她不会不知道。就怕她知道了不说。

胡传魁　要问，得我去！你去，准得碰钉子！

刁德一　那是，还是司令有面子嘛！

胡传魁　哈哈哈……

〔阿庆嫂机警从容，端着一盘瓜子从屋内走出。

阿庆嫂　胡司令，参谋长，吃点瓜子啊。

胡传魁　好……（喝茶）

阿庆嫂　……这茶吃到这会儿，刚吃出味儿来！

胡传魁　不错，吃出点味儿来了。——阿庆嫂，我跟你打听点事。

阿庆嫂　哦，凡是我知道的……

胡传魁　我问你这新四军……

阿庆嫂　新四军？有,有!

　　　　唱〔西皮摇板〕

　　　　司令何须细打听,

　　　　此地驻过许多新四军。

胡传魁　驻过新四军？

阿庆嫂　驻过。

胡传魁　有伤病员吗？

阿庆嫂　有!

　　　　接唱〔西皮流水〕

　　　　还有一些伤病员,

　　　　伤势有重又有轻。

胡传魁　他们住在哪儿？

阿庆嫂　(接唱)

　　　　我们这个镇子里,

　　　　家家住过新四军。

　　　　就是我这小小的茶馆里,

　　　　也时常有人前来吃茶、灌水、涮手巾。

胡传魁　(向刁德一)怎么样？

刁德一　现在呢？

阿庆嫂　现在？

　　　　(接唱)

　　　　听得一声集合令,

　　　　浩浩荡荡他们登路程!

胡传魁　伤病员也走了吗？

阿庆嫂　伤病员？

　　　　接唱〔西皮散板〕

　　　　伤病员也无踪影,

　　　　远走高飞难找寻!

刁德一　哦,都走了?!

阿庆嫂　都走了。要不日本鬼子"扫荡"了三天,把个沙家浜象篦头发似地篦了这么一遍,也没找出他们的人来!

刁德一　日本鬼子人地生疏,两眼一抹黑。这么大的沙家浜,要藏起个把人来,那还不容易吗!就拿胡司令来说吧,当初不是被你阿庆嫂在日本鬼子的眼皮底下,往水缸里这么一藏,不就给藏起来了吗!

阿庆嫂　噢,听刁参谋长这意思,新四军的伤病员是我给藏起来了。这可真是呀,听话听声,锣鼓听音。照这么看,胡司令,我当初真不该救您,倒落下话把儿了!

胡传魁　阿庆嫂,别……

阿庆嫂　不……

胡传魁　别别别……

阿庆嫂　不不不! 胡司令,今天当着您的面,就请你们弟兄把我这小小的茶馆,里里外外,前前后后,都搜上一搜,省得人家疑心生暗鬼,叫我们里外不好做人哪!（把抹布摔在桌上,掸裙,双手一搭,昂头端坐,面带怒容,反击敌人）

胡传魁　老刁,你瞧你!

刁德一　说句笑话嘛,何必当真呢!

胡传魁　哎,参谋长是开玩笑!

阿庆嫂　胡司令,这种玩笑我们可担当不起呀!（进屋）

刁德一　（看着隔湖芦荡,转身向胡传魁）司令,新四军伤病员没有走远,就在附近!

胡传魁　在哪儿呢?

刁德一　看!（指向芦苇荡里）很有可能就在对面的芦苇荡里!

胡传魁　芦苇荡?（恍然大悟）不错! 来人哪!

〔刘副官、刁小三上。

胡传魁　往芦苇荡里给我搜!

刁德一　慢着! 不能搜,司令,你不是这里的人,还不十分了解芦苇荡的情形。这芦苇荡无边无沿,地势复杂,咱们要是进去这么瞎碰,那简直是大海里捞针。再者说,咱们在明处,他们在暗处,那可净等着挨黑枪。咱们要向皇军交差,可不能做这赔本的买卖!

胡传魁　那依着你怎么办呢?

刁德一　我叫他们自己走出来!

胡传魁　大白天说梦话! 他们会自己走出来?

刁德一　我自有办法! 来呀!

刘副官
刁小三　有!

刁德一　把老百姓给我叫到春来茶馆,我要训话!

刘副官
刁小三　是!（下）

胡传魁　你叫老百姓干什么?

211

刁德一	我叫他们下阳澄湖捕鱼捉蟹!
胡传魁	捕鱼捉蟹,这里头有什么名堂?
刁德一	每只船上都派上咱们自己的人,叫他们换上便衣。那新四军要是看见老百姓下湖捕鱼,一定以为镇子里头没有事,就会自动走出来。到那个时候各船上一齐开火,岂不就……
胡传魁	老刁,你真行啊!哈哈哈……

〔内响起群众的声音,由远而近。刘副官、刁小三上。

| 刘副官
刁小三 | 报告!老百姓都来了! |
| 刁德一 | 好,我训话。 |

〔内群众抗议声。

刘副官 刁小三	站好了!……嘻!站好了!
刁小三	参谋长训话!
刁德一	乡亲们!我们是"忠义救国军",是抗日的队伍。我们来了,知道你们现在很困难,也拿不出什么东西来慰劳我们,也不怪罪你们,叫你们下阳澄湖捕鱼捉蟹,按市价收买!

〔内群众抗议声。王福根:"长官,我们不能去,要是碰见日本鬼子的汽艇,我们就没命了!"……

| 刁小三 | 别吵! |
| 刁德一 | 大家不要怕,每只船上派三个弟兄保护你们! |

〔内群众抗议声:"那也不去!不敢去!"……

| 胡传魁 | 他妈的!谁敢不去!不去,枪毙! |

〔胡传魁、刁德一、刘副官、刁小三下。

〔阿庆嫂急忙由屋内走出。

| 阿庆嫂 | 唱〔西皮散板〕 |

　　　　刁德一,贼流氓,

　　　　毒如蛇蝎狠如狼,

　　　　安下了钩丝布下网,

　　　　只恐亲人难提防。

　　　　渔船若是一举桨,

　　　　顷刻之间要起祸殃。

　　　　〔内群众抗议声。

| 阿庆嫂 | (接唱) |

乡亲们若是来抵抗，

定要流血把命伤。

恨不能生双翅飞进芦荡，

急得我浑身冒火无主张。

〔内刁小三叫喊："不去？不去我就要开枪了！"

阿庆嫂　开枪？

唱〔西皮流水〕

若是镇里枪声响，

枪声报警芦苇荡，

亲人们定知镇上有情况，

芦苇深处把身藏。（欠身了望，看到断砖、草帽，灵机一动）

要沉着，莫慌张，

风声鹤唳，引诱敌人来打枪！

〔阿庆嫂拿起墙根的断砖，上复草帽，扔进水中，急忙躲进屋里。

〔刁小三跑上。

刁小三　有人跳水！

〔胡传魁、刘副官急上。

〔刘副官、胡传魁开枪。刁德一闻声急上。

刁德一　不许开枪……唉！不许开枪！

〔阿庆嫂走到门旁观察。

胡传魁　为什么呀？

刁德一　司令！新四军听见枪声，他们能够出来么？

胡传魁　你怎么不早说哪！刁小三！

刁小三　有！

胡传魁　把带头闹事的给我抓起几个来！

刁德一　刘副官！

刘副官　有！

刁德一　所有的船只都给我扣了，我都把他们困死！

〔胡传魁、刁德一下。刘副官、刁小三随下。

〔阿庆嫂走到门外，思考，考虑下一步的战斗。亮相。

——幕闭

　　（以上唱段均选自《沙家浜》1970 年 5 月修订本，北京京剧团集体改编，载《红旗》1970 年第 6 期）

散 文

灵芝草

刘亚舟

相传,灵芝是一种能使人起死回生、返老还童的仙草。

千秋万代以来,在中华民族古老悠久的历史上,人间曾有过多少关于灵芝草的美妙的传说呀!

人们赞美灵芝草,把美好的理想寄予未来;人们寻觅灵芝草,渴望幸福降到人间。

记得,小时候,一个月白风清的夏夜,奶奶哄着我和妹妹,等候给地主胡烂眼子当佃农的爸爸妈妈从田间回来。奶奶指着星月交辉的天空,叫我们看哪个是牛郎星,哪个是织女星,啥样的是玉兔,啥样的是嫦娥,还给我们讲白娘子智盗灵芝草,解救许仙死而复生的神话故事。末了——

"唉……"奶奶长叹一口气,仰起皱纹纵横的脸,久久地望着星星,望着月亮,抚摸着我的头说:"咱们穷苦人,若有灵芝草就好了!"

这时,院里响起蹒跚的脚步声,月亮地上露出两只疲倦的身影来。爸爸肩上扛着两张锄头,走在前面;妈妈一只胳膊上挂着野菜筐,一只手拄着棍儿,相跟着。

我一下子蹦出窗口,奔过去,搂住妈妈的腿。

一丝笑容,从妈妈脸上掠过。她想俯下身来亲一亲我。可是,有着严重腰腿疼病的妈妈,劳累了一天,已经没法使自己的腰弯下来了。妈妈的眼泪,落在我的脸上。我感到妈妈的腿直勾勾的,硬棒棒的,在打颤……

过不多日子,在一个飞霜的夜里,我那可怜的、瘦弱的妹妹,象朵刚打骨朵儿就枯萎了的小花儿,悄悄地死去了。

爸爸用谷草把妹妹的尸体裹了,夹起来朝黑沉沉的西山沟里走。妈妈拄着棍子,面对着爸爸远去的方向,挺头伫立在院中。凄楚的秋风,呜咽着,拂弄着她的头发,揉搓着她的衣襟;几声雁叫,震抖着静寂的星空……

妹妹呀! 妈妈呀!

妈妈不哭,这使得我哭得更厉害了。我挣扎着要往山里跑,去找一棵灵芝草,救妹妹的命,治妈妈的腿。给地主胡烂眼子当长工的春生叔拦挡着我,硬把我抱回屋里,放在炕上。

"灵芝草——灵芝草——"我声声呼唤着……呵!我真的走进了一处绿水青山的仙境:仙池边上,百花丛中,有数不清的红脑门、细长腿的仙鹤;仙山顶上,绿树林里,有数不清的大长角、满身花的野鹿。它们见了我,一点也不躲,有一只鹿和一只鹤还朝我走来,把它们嘴里叼着的灵芝草放在我的手掌上。"妹妹呀,妈妈呀,咱们得到灵芝草了!"我挥舞着双臂,狂喜地叫着。

有两只热乎乎的大手把我的两只小手握住了。我睁开泪眼,看见春生叔双手把着我,坐在我的身旁。窗外,依然是秋风凄楚的呜咽声;星空下,依然是妈妈迎风挺立的身姿。

"梦!为啥这是梦呢?"失望,把我的心搅碎了;泪水,又疼痛地涌出。

春生叔替我擦去泪,对我说:"孩子,将来会有灵芝草的,会有的!"

……

一晃,近三十年的光阴飞逝过去了。去年八月,我收到一封家乡的来信。拆开一看,是大队党支部书记春生叔写的:

> ……你曾要过灵芝草。现在,真正有了灵芝草了!由于灵芝草的滋补,咱们大队的社员个个身强体壮,村里已经连续二年没发生流行性的疾病了!一些个有老病的人,也都恢复了健康,你妈妈的腰腿疼病,已经被根治了!

一封书信,勾起我多少遐思!

解放后不久,一位解放军医生天天到我家给妈妈治腰腿疼病,终于使已经瘫痪的妈妈又站起来了。一年年的,我见妈妈好象是越来越年轻了。

有一年的一天,学校老师领我们去拔草。我们一出村口,就见有一群妇女,唱着歌子,喊着号子,你追着我,我摽着你,热热闹闹地在锄草。锄在最前头的那个人,远探锄,大跨步,真快,真带劲儿!嘿,那是妈妈!

我蹦出队列,奔过去,搂住妈妈的腿。

妈妈美滋滋地看看我,看看我们的队伍,俯下身来狠狠地亲了亲我的脸蛋儿。而后,声调里夹着一股象炮弹一样厉害的劲儿对我说:"儿童团也来帮互助组干活,太好了!现在,有人打着发展'三马一车的农户'的旗号,想用单干户把咱们互助组比垮,反对咱们走'组织起来'的道路。这真是大白天作美梦——白想!毛主席指出:'只有社会主义能够救中国'。咱贫下中农走毛主席指引的路,走定了!"

我更紧地搂住妈妈的腿,妈妈的腿就象一根钢筋铁铸的大柱子,壮实极了,坚硬极了!

妈妈的腿,是多么宝贵的腿呀!

我的妈妈,在农村的社会主义革命和社会主义建设中,被称为"铁妈妈"。

一九六一年秋,农村里刮起一股满是腥臭气味的"三自一包"、"四大自由"的黑风。当时,妈妈和党支书春生叔他们,晚上开会搞革命,白天下田搞生产,坚持在社会主义集体化的大道上前进,反对朝资本主义的邪路上倒退。在一个秋雨瓢泼的深夜,妈妈在护堤防洪的战斗中,关节炎又严重地发作了。

那时,我正在城里念大学。

有天晚上,班主任老师通知我到省立医院骨科去一趟,说是有人找我。我跑进骨科医生办公室的时候,见愤怒的春生叔和爸爸正搀扶着脸色苍白、神情刚毅的妈妈,跟一个戴眼镜、白头发、手里端着本大厚书的大夫讲理。

春生叔说:"谷主任,你要知道,'铁妈妈'是俺们村的老党员、老模范。把她的腿治好吧!她正带领群众走社会主义道路……"

那被称为谷主任的大夫敲敲手里的书,不耐烦地打断春生叔的话,说:"她是老党员、老模范,我们表示钦佩。不过,我们也只能是表示钦佩而已。因为,她的发病史这样长,确实把我们难住了。老病复发,很难治愈……"

"难有什么了不起,就去攻破难关嘛!"春生叔央求说:"病房里有床位,就把她留下来吧。我们全体贫下中农……"

"不能留,就是不能留!"谷主任一边摆手,一边站起来,"空床是有。可是,那是留给一旦来了有医学研究价值的患者用的。这,不光是对你们一个大队负责,而且也是对丰富整个世界医学宝库负责。回去吧,回去吧!社会主义制度是优越的,丧失了劳动能力,就在炕上躺着嘛……"

"你说得不对!"妈妈的眼里怒火燃烧,"正因为社会主义优越制度,所以俺不能躺着吃社会主义,而是要挺直腰板干社会主义,坚持社会主义!"

妈妈被医院推出了大门。可是,春生叔贴的"城市医院为谁开"的大字报,却印进一些医务人员的脑袋里去了。

……

我把春生叔的信折叠起来,小心翼翼地揣进兜里。心想:自从毕业后留城工作以来,搞了八年多"文化大革命",还一次也没回家呢,这回,可得回去看看了,看看那千秋传说、万代渴望的灵芝草。

我回乡的那天,万里无云,秋阳朗照。丰收在望的田间,劳动的人群这一片,那一线;欢乐的歌声,响彻原野,飞向蓝天。

回家乡,已是很使我激动的了。家乡新貌又是如此壮观,我呀……

我一高兴大发劲儿,嘴里就没词了;同时,对自己的腿脚胳膊也都失去了自制的能力。那时,我也不知道自己是以什么样的姿势站在路旁的田埂上。只记得我嘴里反复自语着这样一句话:"从没见过这样的好庄稼! 从没见过这样的好庄稼! ……"

"嗨嗨,我说同志啊,当今时代,你从没见过的新鲜事儿多着呢!"

我回头一看,见是两个背红十字药包的人从我身后撵上来。前头那个年岁大些的,开朗豁达地跟我搭着话:"去年,这个大队平均亩产六百三。今年,看这长势,七百三也挡不住。"他看了看我,问,"你是头一次到这一带来吗?"

"不,我的家就在这个村。"我一指前面青山绿水中那一抹红砖红瓦的村庄,"从打文化大革命以来,这是第一次回来。"

"噢——怪不得你有点不认识家乡的模样了!"他一边说着,一边打开药箱,拿出一个纸单来,"喏,把这个交给你们村的赤脚医生。我们又搜集到一个民间验方。你给我们捎去,我们就不朝你们村拐了。"

我接过方子。

他扯了我一把:"走吧,同志,咱们还能一起走一段路呢。你们村东边那个村的青年赤脚医生午后要给一个患者做手术,我们去给那小青年助一膀之力,同时也学学人家的革命精神。"

我没有动。一双眼紧盯盯地看着他帽沿下的白发和鼻梁上的眼镜。终于,我喊出了对他的称呼:"谷主任!"

"哦?"他也仔细地辨认辨认我,"是,我是省医院巡回医疗队的谷新生。你……认识我?"

我看着这张掺合进了太阳的红光的脸,看着那充满了智慧和快乐的眼睛,看着这个比十多年前显得年轻了好多的人,慢慢地摇摇头,庄重地说:"我,也有点不认识你的模样了!"话儿一出口,胸口噗咚噗咚响,心窝里好象渗出了蜜汁:谷新生同志啊,八年里,不儿我的患腰腿疼病的妈妈得到了新生,你也得到了新生啊!

当我进村的时候,已是庄稼院吃晌饭的时分了。

看着条条笔直洁净的街道,排排整齐眼亮的新房,我真的找不到家了。前面路旁有个姑娘在写黑板报,我走过去一看,板报的通栏标题是:《深入批林批孔,彻底与不卫生的习惯势力决裂》。报头画了一棵灵芝草,下有一行美术字:卫生革命专刊,总第 1208 期。文章和插图,已经把版面布满了,姑娘正在写最后几个字。

姑娘写完,转过身来,瞅瞅我,大方地叫道:"哎呀,庄叔回来了! 找不到家了吧?"

热情的姑娘送我走进我家的屋。炕头上,有只花猫正香甜地打着呼噜;地桌上,崭新的座钟在喀嗡喀嗡地响。

姑娘说:"你家大爷中午在马号喂马,不回家。'铁妈妈'这几天领一群妇女在山里扩建合作医疗站的药材基地;秀华姑也去了,她们中午也都不回来。这样吧,我替她们招待你。"说着,姑娘走到厨房里去。

不一会儿,她端进一杯浓"茶"来。我喝了一口,苦溜溜,涩滋滋,没往下咽就哇地吐了出来。细细一看,是一碗草药汤。

她笑着说:"预防流行性胃肠炎的。这几天,全大队不管大人小孩都喝过了。外来的客人,不管是谁,都得先喝一碗这样的茶——大队医疗站有规定呢!"

"这么说,你是大队的赤脚医生?"我赶忙掏出谷主任叫我捎的那个方子。

"不,我不是赤脚医生。"姑娘大声笑起来,"我是俺家的卫生员。"

"你家的卫生员?"

"嗯。自从批判孔老二散布的'死生有命,富贵在天'的宿命论后,咱村家家都有了卫生员。你家秀华姑,就是你家的卫生员。"

我的秀华妹妹是建国那年生的,现在该是个大姑娘了。我想打听一下家里的事,灵芝草的事。可是,这姑娘很健谈,她是不给你插嘴的空儿的。

她说:"秀华姑结实秀气得象棵白桦树,力气头可大呢,外号人称'气死牛',是咱村有名的人物之一。你问的赤脚医生也是个出名挂号的人物,就说她给你家'铁妈妈'治腰腿疼病吧,二年当中,她风雨不惧,煎汤熬药,针灸按摩,一共诊治了一千六百多次。过去大医院名牌大夫治不了的病,今天让咱小小的合作医疗站的赤脚医生给治好了。咱们的赤脚医生水平就是高!高在哪儿?高在对毛主席革命路线,对贫下中农的感情深。"

"不是说我妈吃了灵芝草吗?"

"是的,是吃了灵芝草的。不然,哪能好了病。一会儿,你也去看看灵芝草吧。外县一个兄弟大队的同志来参观指导咱们的合作医疗站,学习培植灵芝草的方法,党支书春生爷爷亲自陪着客人呢。听说,他们看完了村里的,还要上山看药材基地呢。"

……午后,我一直激情地跟春生叔他们在一起。当我们进了山,穿过药材基地的人参园子、黄芪地、平贝池子、红花畦,最后过了养鹿场,走进一个大房子里去的时候,真的看见了劳动人民用以创造历史的手所培育出的灵芝草。

参观结束后,春生叔分送给我们每人一颗红宝石般的灵芝。他说,山里人好客,进了山,走了不带颗灵芝草,他们是不答应的。

最后,春生叔领我们去看正在扩建中的新的药材基地。登上山顶,春生叔的大手朝对面山腰一指,一排红底金字的标语牌横在我们眼前:进一步办好农村医疗卫生事业!

标语牌下，绿树丛中，就见有一大群妇女，唱着歌子，喊着号子，你追我赶，热热闹闹地挥舞着锹镐在向新的目标、更广阔的地域开拓着。我看见了妈妈，也看见了妹妹，——妈妈是"返老还童"的，妹妹正青春焕发！

我拿着手里的灵芝草，忽然想起了已故的奶奶和妹妹。千秋万代以来，旧社会有多少在死亡线上挣扎的人们寻觅着灵芝草哇！然而，那只能是一场梦。只有今天，只有在中国共产党领导下的新中国，中华民族才有了数不清的、用不尽的、真正的灵芝草了。她，不是我手里的这个东西，而是在社会主义革命和社会主义建设中，按照毛主席革命路线建立起来的医疗卫生事业！

赞美真正的灵芝草吧！歌唱真正的灵芝草吧！让她光照千秋史册，暖慰万代人心。

（选自《山霞集》，黑龙江人民出版社 1976 年版）

"半边天"

卫干斌

　　春风战胜了寒冬，唤醒了整个大地。油菜脱去红袍，三麦开始返青。江南大地，春意盎然，生机勃勃。

　　四年前的初春，上级批准我们在杭州湾筹建五七干校。从单位里抽调出十八名身强力壮的男同志，作为先遣队派赴海滩。我荣幸地参加了这支队伍。行前，我们商定，为了表达"十八棵青松"扎根海滩、艰苦创业的决心，下车后每人在干校的土地上种一株红松苗，留作纪念。同志们推我为头头，所以当我们先遣队的汽车到达目的地时，我把手一挥，同志们马上跳下车来整齐地排好队，准备作这个第一项活动。

　　"报数！"我怀着兴奋的心情下达口令。

　　"一、二、三、四……"同志们精神抖擞地报数。

　　突然从队伍后面传出一个高八度、清脆而响亮的"十八"！我不觉大吃一惊，抬头望去，只见迎面跑来一个英姿飒爽的女青年，庄严地站到了队伍的末尾。她理了理被海风吹乱的短发，小心地看了看胸前旧军装上佩带着的毛主席像章，用她那双特有的闪闪发光的眼睛，朝我看了一眼，未说一句话。

　　"你叫什叙名字？"

　　"干红。"

　　"谁叫你来的？"

　　"毛主席号召我们走五七道路，办五七干校，我怎么能不来呢？！"

　　"你不知道先遣队只要男的？"

　　"时代不同了，男女都一样。男同志能办到的事情，女同志也能办得到。"她朗诵着毛主席的语录作为对我的回答。我真拿她没办法。

　　我一打听，原来她在单位里就已经多次要求来干校。领导上考虑到环境艰苦，先遣队不适合女同志来，没有答应。汽车开动前，她自己跳上后面一辆材料车来的。

　　我又对她说："这儿不比市区，是一片白茫茫的盐碱地和一望无边的芦苇荡。先遣队要住在三里外，每天要披着星星出门，戴着月亮回来。你是女同志，不方便。"劝她回去。

　　她坚定地回答说："你放心！我既不怕狼，也不怕虎。怕艰苦就不来干革命了！"

就这样，我初次认识了干红同志。

随着时光的流逝，经过同志们的努力，三座茅草宿舍和一个饭厅出现在盐碱地上。这时，干校已经大大发展，我们先遣队也成为基建排，排里还成立了一个女战士班，干红同志担任了女战士班的班长。人逐渐增多了，吃水和洗澡就成了大问题，靠人挑实在供应不上，再说也没有这么多地方盛，领导上决定建造水塔，并要求在"三夏"大忙以前完工，这重任自然又落到我们基建排身上。

你知道，干校造水塔要贯彻自力更生、勤俭办校的精神，经费、材料都不多。这下，对我这个基建排长真是一个考验。

经过同志们一起动脑筋、想办法，没材料从原单位废品堆里捡来了角钢和零碎钢板；没有作支柱的槽钢，我们就用粗一点的自来水管代用；没有储水槽吗，我们就把原单位小化工厂报废的储罐拖来用。材料齐了，我们就一面做水泥基础，一面做铁架。铁架是我和干红两人负责做的，因为她文化大革命中毕业那年曾在工厂学工，干过电焊活，我对电、汽焊也略懂一二。就这样，经过几个月的奋斗，"牛吃蟹"，总算赶在"芒种"前把水塔起吊前的准备工作都做好了。万事俱备，只要一吊上去，水塔就算建成了。这时排里有的说："笃定！"可也有人说："单靠一只神仙葫芦想起吊，这是捏鼻头做梦——休想！"

一实践，果然，起吊工作成了我们最大的难题。你说，要把一个十七八个人抬都抬不动的庞然大物，放到四人高的铁架上去，怎么个上法？！工具嘛，只有一只葫芦，木料也没有这么长，起重生活又没有一个人干过。

第一次起吊，没上到一人高就掉下来了，还险些伤了人，因为起重绳结不会打。

第二次起吊改进了打结方法，虽然不会摔下来了，但是一根木杆一只葫芦，吊到一人多高后再也无法上去了。

前两次的失败，招来了冷言冷语。原来说"笃定"的，这时不响了。排里有的战士也埋怨起来，说什么："我们基建排人本来就少，又有近一半是女的，这个任务怕完不成了。"那几天，基建排人人心里像压了一块石头似的，我也急得吃不好饭，睡不着觉。

有一天夜深了，我听到隔壁女宿舍中传来了干红的声音：

"同志们，我们现在工作遇到了暂时困难，储水槽吊不上去，究竟是为什么？"

"不是有人说了嘛，怪我们基建排女同志太多，碍了事！"一个女战士说。

"我说不对！这是他们脑子里那个'男尊女卑'的封建思想在作怪。"这是另一个女战士的声音。

"就连排长也瞧不起我们，这两天整天围着几个'大彭头'、'大力士'转，就是不来找我们女战士。"

我一听，好家伙，批到我头上来了。

"我看！起吊也没什么了不起，我们女同志力气小点；一个人拉不动两个人拉，一个人抬不动两个人抬嘛！"

"我们要用实际行动批判那种'妇女无用论'！"

一阵喧哗过去，沉默了片刻，又响起了一个清脆有力的声音：

"同志们说的都很对，我们女战士也要多动脑筋，多想办法，从现在起大家想到好的方案就提出来，今天时间不早了，就睡吧！"听得出这是干红的总结发言，我心里想，你们提意见容易，起吊水塔可是个力气活，靠你们能行吗？！

又过了两天，眼看离预定的完工期只剩下三天了，排里还拿不出一个起吊方案。用水如救火呀！干校党总支为此召开了全校的"诸葛亮"会议，帮助我们排出主意。在这天会上，虽然有人提出过什么用跳板滚上去啊，一节一节顶上去啊……我看都是纸上谈兵。我说："同志们提的办法，我们都考虑过，可是没有工具，附近邻居我也打听了，最多只能借到一只葫芦，不顶事。现在急需用水，我看单靠我们不行了，因此，我建议明天开部车到'东风厂'去请位起重师傅，带些起重工具来，保险明天能上去。"

当时从会场的气氛看来，同志们似乎同意我的意见。正当我请示总支书记时，会场中"霍"地站起一个人来："我不同意！照排长这样一心想靠外援，看不到群众的力量，就是丢掉了自力更生、艰苦奋斗的革命传统，这不符合毛主席的革命路线！"我一看又是干红，心想这个小姑娘真是头上生了棱角似的。

"你说我不符合革命路线，我暂且不和你辩论，现在水塔急需上去，就请你谈谈如何'自力更生'吧！"

"这几天我们女战士班讨论了不少合理化建议，昨天同志们经过反复讨论，最后集中到一个方案，这就是利用两个神仙葫芦、两副木杆、两块跳板，仿照接力赛的办法顶上去，论工具，我们现成有；要人，我们'半边天'包一副葫芦，和男同志共同战斗！"

会场的气氛顿时活跃起来，有的赞扬，有的提问。我放大嗓门说：

"好吧！你们说不请就不请，至于你们女战士班包一副'葫芦'，我有不同意见。我是排长，我要对你们班的安全负责！"

干红马上冲着我说："排长，你这那里是关心我们，是对我们'半边天'不放心吧？！"干红这个回答像一把利剑，捅破了窗纸，引起了哄堂大笑。她继续说："你看着，我们'半边天'一定能把它顶起来！"

总支书记也同意她的意见。我只好说："好，一言为定，明天一副葫芦就交给你们啦！"

翌晨，第三次起吊水塔的战斗打响了。按照女将们的方案，基建排组成了两个男女起吊组，女组在前，男组在后，展开了友谊接力赛。你看！储水槽在女将们手里好像变轻了，它随着清脆的指挥哨音节节上升，不久就顺利地到达了一人高的葫芦顶部。接着，男组在两人高处伸下起重钩，接替了女组，哨音声声，储水槽又开始爬向新的高度。个把钟头以后，眼看储水槽就升到了两人多高。这时，女组又接替了男组，开始了高空起吊。大家看到这种男女战士并肩战斗，起吊工作迅速进展的情景，真高兴极了。可是，就在这当儿，只听"嘎嚓"一声，储水槽晃了两晃，停在半空不动了。人群发生了一阵骚动，有的说这方案不行，有的说这本来就是"妇人之见"。我也有点后悔昨天会上没有坚持自己的意见。正当我想停工时，只见高高的木杆上有个人影在晃动，定睛一看，正是干红，我急忙喊："危险，快下来！"说罢我也奋力攀登上去，只听见干红用拖长的语调回答说："排长，我检查过了，是葫芦的销钉出的毛病，不碍事！"

等我和干红两人共同排除了故障，指挥的哨音又重新响了起来，我和干红指挥着两路大军，男女战士同心协力，总共也只忙乎了两个钟头，太阳还未爬过我们的头顶，储水槽再也没敢"调皮"一下，就乖乖地升到了塔顶，真是女同志顶起了"半边天"啊！

成功了！成功了！干校广播台迅速将喜讯传向四面八方，传向每一个五七战士。战士们沸腾了！收工回来的未顾得洗手，种菜的来不及放下粪担……大家都奔向水塔，工地上成了一个欢乐的海洋。他们一致赞扬女战士的"半边天"作用，齐声欢呼毛主席革命路线的胜利！刹那间，向基建排祝贺的信，贴满了饭厅前的墙报栏。这时骄阳为干红披上闪闪发光的金衣，白云飞到她面前翩翩起舞，连远处的海浪也拍打着堤岸想来观光，干红站在高高的水塔上，形象显得更高更大，仿佛顶住了半边蓝天！

这时，只有在这时，我才发现，以前我只把她看作敢闯的"黄毛丫头"，不对了！小干经过文化大革命的战斗洗礼，这一段在干校更加刻苦地攻读马列的书和毛主席著作，给她增添了无穷的力量，进一步提高了她的路线斗争觉悟，提高的速度又是那么快，从小干身上倒看到我的思想落后了。

通过建造水塔这场战斗，干红从此也获得了一个"半边天"的美名。

从这以后，每当我走过水塔的身边，看到它不管风吹雨打，像巨人般屹立在东海之滨的威武雄姿，想起五七战士用它送来的清水来洗涤身上的污浊，焕发出蓬勃的朝气时，就不由自主地想起了"半边天"。

高高的水塔不断将河水中的泥沙经过澄清，输送到各条管线上去为五七战士服务。我们的干校又多么像一个高高的水塔，不断地"汲进"了来自"五湖四海"的干部，经过它的精心培养，又输送到各条战线上去为人民服务。不久以后，我也轮换回到了大学教研组工作。

真是"无巧不成书"，今年正当干校又要轮换的时候，党委通知我将干红同志调来我们教研组工作。听说她这时在干校已经是办校人员，不仅如此，而且还是干校党组织即将发展的对象。我高兴极了，决定在她轮换前再去看看干校的水塔，并当面征求一下干红对工作安排的意见。

那天我在水塔前见到她说明来意时，她说已知道工作调动之事。我兴奋地说："小干啊！我们是老战友了，今后，又要战斗在一起，你不高兴吗？"

"跟老排长在一起工作，我怎么能不高兴呢！不过……"

"不过什么？这回我可没小看'半边天'啊！"

"看你说的，我不是这个意思。"停了一会，她接着说，"不过，我决定这次轮换仍然不走，已经申请继续留在干校。"这突如其来的消息使我几乎不敢相信自己的耳朵。党委明明通知我，怎么现在又变了呢？

"为什么呢？"我说，"现在在单位里工作这么需要人……"

她马上打断我的话说："这些我都考虑过，工农兵学员大批上大学，工作忙是事实。但这些天来，随着批林批孔运动的深入，我愈来愈觉得我应当留在干校，干校需要我，我更需要干校！"

"噢！"

"林彪一伙效法孔老二，污蔑革命妇女，胡说什么'妇女落后'，他们还污蔑干部进干校是什么'变相失业'，真把我们肺都气炸了！我们就要充分发挥妇女'半边天'的作用，和男同志一起，把五七干校办得更好，用这个实际行动，给予林彪一伙狠狠的回击！"她把拳头捏得紧紧的，用力把脚下的石子踢向远方，显然，她被这些污蔑激怒了！

我听了她这些铿锵有力的批判和革命的豪情壮志，内心十分激动。多好的干校，多好的战友啊！我真为她在干校的成长而高兴，为干校培养出这样好的无产阶级革命事业接班人而自豪！

她看我半晌未说一句话，就问我："老排长，你支持我吗？"

说实在的，我被她的不断进步和自觉承担革命重担的精神所感动了，我怎能不支持战友的革命行动呢？！我说："你想得很对，我要好好向你学习！你留在干校，我们在原单位，都是为了一个共同目标，那就是巩固和发展无产阶级文化大革命的胜利成果，巩固无产阶级专政。我回去后一定努力奋斗，夺取批林批孔和教育革命的新胜利！"

她猛然抬起头来，眼里充满着青春活力，望着那彩霞缤纷的天空爽朗地笑了。

（选自《五七干校散文集》，上海人民出版社 1974 年版）

明年春天再来

茹志鹃

我没到过白岩山，但我知道，那里的山高。那里培育的两万多株松树，已经郁郁葱葱。那里的老党员老支书王性山是个老模范，近几年来，他又定下一个例：一年一次到大寨，一年一次忆苦饭。每年逢到关键时刻，他就率领着党员，背着书包，走大寨去了。这个例，现已成为白岩山的传统之一。

我没去过白岩山，不过我学习过大寨，于是学习大寨的先进单位白岩山，对我来说也就变得格外亲切，每一个来自那里的消息，都仿佛是从故乡来的音讯。

往年，我也曾有机会可去白岩山，不过却碰在关键时期，或是洪水，或是大旱，这种时候，大寨是大忙，白岩山也是大忙，所以始终没有去成。今年白岩山的亩产量不但过了"长江"，而且已达千斤，眼下又正是秋收刚完，老支书一准在家。我踏着拖拉机履带的印子，越走越急，虽是初冬，额上却渗出了汗。白岩山的新村，已遥遥在望了。

你听，这一定是那位侉锁在唱了。一个苍劲的嗓音，不那么嘹亮，可是热烈，有劲，充满了自豪和欢乐的山西腔，在那没阻没拦的黄土山上传得老远老远……

> 俺们的白岩山，
>
> 实在是美呀，好啊！
>
> 好的是住山美，
>
> 绿个油油的森林满山山密，
>
> 有这么多宝贝；
>
> 毛主席来了，俺才用上你，
>
> 啊呀，热达！
>
> 有这么多宝贝……

我没来过白岩山，不过侉锁我是见过的。他是老支书的老战友，现是支委，同时也是个自编自唱的歌手，在这一带，可说是远近闻名。他编的这歌，去年我在昔阳就听过，的确唱出了人们心里想说的话。

你看，这场地，四周围着稀稀的秫秸，里面一落落、一行行的玉米，黄橙橙的，一旁铺晒着小米，金灿灿的，它象个金色的林，长在金色的土地上。我没来过白岩山，可是这样的丰收，这样的场地，我是见过的，在大寨后底沟旁，在南垴，在皋落……如今在白岩山，我又见到了大寨似的丰收，大寨似的场地。我更加加快了脚步。

一进村，就碰到了侉锁，他拿着扁担，慢悠悠地走着，厚厚的嘴唇上挂着微笑，一副心满意足的样子。

“你们今年又是个大丰收啊！”我说。

侉锁情不自禁地咧嘴笑了，但又立即用他那只大手掌，在嘴上左抹右抹，直到抹去了嘴上的笑容，才装作不在意地说了一声：“亩产一千多点。”他说得很严肃，可是他的眼睛在笑，声音在笑，他的心在笑啊！这怎么掩盖得了。

他带我去找老支书。走过一排排青石真碹窑，雕花的门格子，明晃晃的玻璃窗，窑上是楼房。人说铁栓儿没来过。铁栓大概是老支书的小名儿了。这里也象大寨一样，从不称呼干部的职务名称，都亲热地叫小名，叫同志。

侉锁带我上石阶，过拱门，又是一排排青石真碹窑，雕花的门格子，明晃晃的玻璃窗，窑上还是楼房。我没来过白岩山，可这楼房我见过，这是大寨式的窑，大寨式的房。

“啊呀，热达！有这么多宝贝……”我这时也真想唱一唱侉锁编的那支歌。我懂得了他为什么会唱得那么热烈，那么欢畅。我要见老支书的心情更加迫切了，可是人说，老王吃过中午饭，就上了南山坪。

南山坪，我更是听说过，就在新村对面，上面有旧时的土窑窑。前两年这大队的劈山引水战场就摆在那里。我告别了侉锁，一人登上了南山坪。

南山坪象个巨大的馒头，被人从当中切取了一条。劈开的山口有四丈宽，站在边上，心悬悬地，不敢朝下望，只听见流水在人工开出的峪底欢欢地喧哗着，急急地奔腾着，沿着大寨式的渠道流去，流进了大寨式的田，大寨式的果园；流进了白岩山的自来水管道里……“白岩山，白岩山，乱石滚滚干河滩，一年不下雨，死人满埋山”。如今已变成遥远的历史上的歌谣。七三年天大旱，侉锁那年到县里唱的是：“从来没见过，旱年犹唱丰收歌”，昔阳也在唱，唱大寨精神结硕果，江南春色移北国。

山上的松涛，峪底的流水，使寂静的南山坪更加喧闹了。我找不到老支书，却看到了大寨的精神。

俺们的白岩山，
实在是美呀，好啊！
……

松树夹道的山路上，又传来了侉锁那热情粗犷的山西调。

胖胖的牛儿活泼蹶蹶的马，
光景日月美，

啊呀，热达！

有那么多宝贝！

……

俩锁找我来了。他自告奋勇，要带我来看看抗日时期人们住过的土窑窑，用他的话来说，这是白岩山的光荣窑。

这的确不是一般的窑，低矮，窄小，洞里熏得墨黑，窑当中地上，有一个凹下很深的坑。俩锁对我说：

"这就是俺们当时的灶，俺们晚上盖的被，白天穿的袄。抗战八年，我和铁栓哥就在这土窑窑里打了六年的游击。"俩锁说到这，用手摸着黑泥墙，接着抿住的嘴上又浮起了微笑："可现在呢！白粉墙，红油箱，毛哔叽来的确凉。咱就怕青年人不知福，就常讲给他们，想想过去的苦，今天就更加甜……"

"苦哩！甜哩！共产党员光会品个甜酸苦辣，能行？"忽然有个人在窑洞旁的一个小土堆后面说话了。我和俩锁都吓了一跳，急转过土堆一看，只见一个皱纹极深、脸色黝黑透红、身体瘦而不弱的老人，一动不动地蹲在那里吸烟，面前已磕了许多烟灰，大概已在这里蹲了许多时间了。我猜，他一定是老支书了。

果然，俩锁喊着王性山的小名说："铁栓哥，在这干啥？"

"想哩！"

"想啥？"

"想……大寨会怎么想。……"老王巴嗒巴嗒吸着烟，眼睛看着前面，仍然不动。

"嗯？"俩锁不懂。我悄悄退了一步，怕打断他们的对话。

"去年咱们收九百一，大伙是'俺们的白岩山，实在是美呀，好啊'，今年收一千，又是'美呀，好啊'，可洪水冲掉的堤堰怎么样？拖拉机在地里掉不过屁股，又怎么样？……"

"冲掉了再照样修起就是。"

"修修补补？……俩小儿，我在想，老陈站在虎头山，望见天安门，俺们站这南山坪，望不到天安门，也该望到北京。……"

"你干脆说咋治吧！"俩锁朝下一蹲。

老支书突地站起，用烟杆向下面的山山水水一挥，说道："咱难道非要给洪水留下这大片滩？咱就不能叫它让道？修堰保土，是守旧摊摊，咱得攻，把滩地拿过来，把洪水赶到那山脚下去……"

不等老支书说完，俩锁就站起打断了话："又是那一套套，去年不是计算过了？照你这么干，咱们明年别种地了，都打坝去吧！"

"劈山引水那阵，你不也是这一套套？结果怎么样？"

两个战友，在他们共同战斗过的光荣窑门口，立即争得面红耳赤起来。原来侉锁也是个硬脖子，他把脸凑近老支书，吼道："那是拼了命！大伙为了水，为了突破千斤大关，拼着命干的。"

"怎么？有了水，产量过了千，就不要拼命了？侉小儿，我算摸透了你，你就是想安安静静搞生产，和和平平学大寨。不行，只要活着，你就别想当半截子党员！"老支书也不相让。

"好，我建议开支委会讨论。"

"行！开支委会之前，咱们一起到大寨去。"老支书下了决定，便敲了敲烟锅，背起手走了。侉锁也气呼呼地走掉了。

他们忘了我，我自己也忘了自己身在何处，我只感到心在激荡……

我没来过白岩山，可是清清楚楚，老支书我却见过不止一次。在大寨，四战狼窝掌的那阵，我仿佛见过他，在陈永贵同志亲自举着红旗、率领人马，首战界都河的队伍里也有他；在碳涵洞造平原的地方，在太行山上要产江南粮的田里，在昔阳的山上，昔阳的水旁，都有他，他，大寨式的人哪！

已是斜阳西照的时候了，晚霞把群山的轮廓勾得格外巍峨，格外分明，在湛蓝的天空中，犹如大海的波涛起伏，一浪逐一浪，一浪追一浪……

我在刚才老支书蹲过的地方坐了下来，这里，正好面对着下面崭新的窑和楼、丰收的场地。新村一旁的山上，铃声叮当，是满坡毛色发亮的黄牛；下面蹄声得得，是几十匹骠壮结实的马，披着美丽的鬃毛，撒开四蹄，往山上的畜牧场跑去。

"啊呀！热达！实在是美呀，好啊！有这么多宝贝！……"这首歌，实在不能说不确切，我想。可是老支书面对这一切，他却认为这也是一个关键时刻，他要去大寨，他想的是："大寨会想什么？"大寨面对着"这么多宝贝"会想什么呢？

我猛然想起大寨人敢于否定高产稳产的海绵田的事迹。多少汗水造起的海绵田，稳产千斤的海绵田哪！大寨人则以大寨的气魄，毅然决然地把它拉倒重来，造成了平展展的小平原，为机械化，为增产更上一层楼开了路。这是大寨人想过的，干过的。老支书蹲在这里，很可能是想到了这个。我回头看了看旁边的光荣窑，又估猜老支书想到的可能是另一件事。那是大寨的红旗手陈永贵同志，在虎头山上曾经问过一个想甩鞭子的老党员："过去我们打游击、钻山洞为的是什么？"

"为了赶走日本鬼子。"

"后来打蒋介石，斗地主呢？"

"为了翻身求解放。"

"现在呢？"

"建设社会主义，为共产主义奋斗终身。"这是那位老党员的回答，也是每个党员都举手宣过的誓言。对，陈永贵同志问的不是一个党员，他问的是我，是你，是侉锁，是老支书。老支书的回答很清楚，就是他对侉锁说的那句话："继续革命，不能当半截子党员。"这大概是老支书学习大寨的根本一条，也是我到这里来应该学习的根本一条。

星星不知什么时候已接了晚霞的班。下面新村里上百个窑洞，上百的楼，几百个玻璃窗都亮起了电灯，灯光和星星接壤，闪烁着，交辉着，不知哪是天上哪是人间……渐渐，所有的灯光，聚成了一个焦点，那是从一个简洁朴素的窑洞里映出来的油灯光，那是枣园、杨家岭的一个窑洞，那是中国的光源，人民的光源，幸福的源头……

毛主席，是您发出了"农业学大寨"的号召，如今啊，大寨之花已在昔阳盛开，在山区，在平原，在水乡，在海上，在全国各地，在各条战线上，多少花已笑脸向阳，多少蓓蕾在含苞待放。

夜风凛冽。我站起来，只觉得浑身热呼呼地，走向村里。

他们安排我住在大队办公室的下面，夜里只听见楼上开了一宿的会，嗓门一会大，一会小。天快明的时候，人声寂静了，会大概散了。我起了身。忽然，笃笃地有人在敲我的窗户，我赶紧拭着凝结在窗上的冰花，渐渐，在洁白美丽的冰花间，显露出一张黝黑而透红的脸。老支书凑在抹净了的玻璃前，亲切地向我笑着招呼。在他身后，我看见走过几个人，其中有侉锁，他们背着书包，面容严肃，正穿过丰收的场地，向村外走去。

"你们到大寨去？"

老支书点了点头，便隔着窗大声向我说道：

"同志，明年春天再来，再来看看吧！"说完，他和大伙一起走了。我站在那拭去了冰花的玻璃窗前，望着白岩山的这位班长和他的一班人，心潮汹涌，喃喃地重复着："明年春天再来！"大寨人也对人这么说过："明年春天再来！"

明年的春天，将是一个多么灿烂、辉煌，从未有过的春天啊！

（选自《在昔阳的大地上》，上海人民出版社 1976 年版）

吃　酒

丰子恺

　　酒，应该说饮，或喝。然而我们南方人都叫吃。古诗中有"吃茶"，那么酒也不妨称吃。说起吃酒，我忘不了下述几种情境：

　　二十多岁时，我在日本结识了一个留学生，崇明人黄涵秋。此人爱吃酒，富有闲情逸致。我二人常常共饮。有一天风和日暖，我们乘小火车到江之岛去游玩。这岛临海的一面，有一片平地，芳草如茵，柳阴如盖，中间设着许多矮榻，榻上铺着红毡毯，和环境作成强烈的对比。我们两人踞坐一榻，就有束红带的女子来招待。"两瓶正宗，两个壶烧。"正宗是日本的黄酒，色香味都不亚于绍兴酒。壶烧是这里的名菜，日本名叫 tsuboyaki，是一种大螺蛳，名叫荣螺（sazae），约有拳头来大，壳上生许多刺，把刺修整一下，可以摆平，像三足鼎一样。把这大螺蛳烧杀，取出肉来切碎，再放进去，加入酱油等调味品，煮熟，就用这壳作为器皿，请客人吃。这器皿像一把壶，所以名为壶烧。其味甚鲜，确是侑酒佳品。用的筷子更佳：这双筷用纸袋套好，纸袋上印着"消毒割箸"四个字，袋上又插着一个牙签，预备吃过之后用的。从纸袋中拔出筷来，但见一半已割裂，一半还连接，让客人自己去裂开来。这木头是消毒过的，而且没有人用过，所以用时心地非常快适。用后就丢弃，价廉并不可惜。我赞美这种筷，认为是世界上最进步的用品。西洋人用刀叉，太笨重，要洗过方能再用；中国人用竹筷，也是洗过再用，很不卫生，即使是象牙筷也不卫生。日本人的消毒割箸，就同牙签一样，只用一次，真乃一大发明。他们还有一种牙刷，非常简单，到处杂货店发卖，价钱很便宜，也是只用一次就丢弃的。于此可见日本人很有小聪明。且说我和老黄在江之岛吃壶烧酒，三杯入口，万虑皆消。海鸟长鸣，天风振袖。但觉心旷神怡，仿佛身在仙境。老黄爱调笑，看见年青侍女，就和她搭讪，问年纪，问家乡，引起她身世之感，使她掉下泪来。于是临走多给小帐，约定何日重来。我们又仿佛身在小说中了。

　　又有一种情境，也忘不了。吃酒的对手还是老黄，地点却在上海城隍庙里。这里有一家素菜馆，叫做春风松月楼，百年老店，名闻遐迩。我和老黄都在上海当教师，每逢闲暇，便相约去吃素酒。我们的吃法很经济：两斤酒，两碗"过浇面"，一碗冬菇，一碗十景。所谓过浇，就是浇头不浇在面上，而另盛在碗里，作为酒菜。等到酒吃好了，才要面底子来当饭吃。人们叫别了，常喊作"过桥面"。这里的冬菇非常肥鲜，十景也非常入味。浇头的分量不少，下酒之后，还有剩余，可以浇在面上。我们常常去吃，后来那堂倌熟悉了，看见我们进去，就叫"过桥客人来了，请坐请坐！"现在，老黄早已作古，这素菜馆也改头换面，不可复识了。

另有一种情境，则见于患难之中。那年日本侵略中国，石门湾沦陷，我们一家老幼九人逃到杭州，转桐庐，在城外河头上租屋而居。那屋主姓盛，兄弟四人。我们租住老三的屋子，隔壁就是老大，名叫宝函。他有一个孙子，名叫贞谦，约十七八岁，酷爱读书，常常来向我请教问题，因此宝函也和我要好，常常邀我到他家去坐。这老翁年约六十多岁，身体很健康，常常坐在一只小桌旁边的圆鼓凳上。我一到，他就请我坐在他对面的椅子上，站起身来，揭开鼓凳的盖，拿出一把大酒壶来，在桌上的杯子里满满地斟了两盅；又向鼓凳里摸出一把花生米来，就和我对酌。他的鼓凳里装着棉絮，酒壶裹在棉絮里，可以保暖，斟出来的两碗黄酒，热气腾腾。酒是自家酿的，色香味都上等。我们就用花生米下酒，一面闲谈。谈的大都是关于他的孙子贞谦的事。他只有这孙子，很疼爱他。说"这小人一天到晚望书，身体不好……"望书即看书，是桐庐土白。我用空话安慰他，骗他酒吃。骗得太多，不好意思，我准备后来报谢他。但我们住在河头上不到一个月，杭州沦陷，我们匆匆离去，终于没有报谢他的酒惠。现在，这老翁不知是否在世，贞谦已入中年，情况不得而知。

最后一种情境，见于杭州西湖之畔。那时我僦居在里西湖招贤寺隔壁的小平屋里，对门就是孤山，所以朋友送我一副对联，叫做"居邻葛岭招贤寺，门对孤山放鹤亭"。家居多暇，则闲坐在湖边的石凳上，欣赏湖光山色。每见一中年男子，蹲在岸上，向湖边垂钓。他钓的不是鱼，而是虾。钓钩上装一粒饭米，挂在岸石边。一会儿拉起线来，就有很大的一只虾。其人把它关在一个瓶子里。于是再装上饭米，挂下去钓。钓得了三四只大虾，他就把瓶子藏入藤篮里，起身走了。我问他："何不再钓几只？"他笑着回答说："下酒够了。"我跟他去，见他走进岳坟旁边的一家酒店里，拣一座头坐下了。我就在他旁边的桌上坐下，叫酒保来一斤酒，一盆花生米。他也叫一斤酒，却不叫菜，取出瓶子米，用钓丝缚住了这三四只虾，拿到酒保烫酒的开水里去一浸，不久取出，虾已经变成红色了。他向酒保要一小碟酱油，就用虾下酒。我看他吃菜很省，一只虾要吃很久，由此可知此人是个酒徒。

此人常到我家门前的岸边来钓虾。我被他引起酒兴，也常跟他到岳坟去吃酒。彼此相熟了，但不问姓名。我们都独酌无伴，就相与交谈。他知道我住在这里，问我何不钓虾。我说我不爱此物。他就向我劝诱，尽力宣扬虾的滋味鲜美，营养丰富。又教我钓虾的窍门。他说："虾这东西，爱躲在湖岸石边。你倘到湖心去钓，是永远钓不着的。这东西爱吃饭粒和蚯蚓，但蚯蚓龌龊，它吃了，你就吃它，等于你吃蚯蚓。所以我总用饭粒。你看，它现在死了，还抱着饭粒呢。"他提起一只大虾来给我看，我果然看见那虾还抱着半粒饭。他继续说："这东西比鱼好得多。鱼,你钓了来,要剖,要洗,要用油盐酱醋来烧,多少麻烦。这虾就便当得多:只要到开水里一煮,就好吃了。不须花钱,而且新鲜得很。"他这钓虾论讲得头头是道,我真心赞叹。

这钓虾人常来我家门前钓虾,我也好几次跟他到岳坟吃酒,彼此熟识了,然而不曾通过姓名。有一次,夏天,我带了扇子去吃酒。他借看我的扇子,看到了我的名字,吃惊地叫道:"啊!我有眼不识泰山!"于是叙述他曾经读过我的随笔和漫画,说了许多仰慕的话。我也请教他姓名,知道他姓朱,名字现已忘记,是在湖滨旅馆门口摆刻字摊的。下午收了摊,常到里西湖来钓虾吃酒。此人自得其乐,甚可赞佩。可惜不久我就离开杭州,远游他方,不再遇见这钓虾的酒徒了。

写这篇琐记时,我久病初愈,酒戒又开。回想上述情景,酒兴顿添。正是:"昔年多病厌芳樽,今日芳樽唯恐浅。"

(选自《丰子恺文集》,浙江文艺出版社、浙江教育出版社 1992 年版)

两个月工钱

——志丹县旦八公社张台庄大队（节选）

党支部书记贾成俊家史组

逼 债

一家人听到爷爷突然不明不白死去的消息，如同晴天霹雳落到头顶。我爹一路哭着来到"刮尽财"庄前。看见爷爷赤着上身，直挺挺地躺在地上，长工耿锁叔诉说了爷爷惨死的经过。爹爹满腔怒火，攥着拳头，就要去找"刮尽财"算帐。这时，耿锁叔说："孩子，忍着点，在这吃人的社会里，穷人有理往哪讲啊！"爹只好含着悲愤，从附近瓦窑上捡来两个半截破瓷缸，缸口对在一起当棺材，把爷爷埋了。

埋过爷爷两三天后的一个晚上，一家人坐在一起正发愁以后的生活，突然，门被踢开了。透过暗淡的灯光，只见"刮尽财"满脸杀气地扑进来，冲着爹恶声恶气地说：

"你大没做满工就死了，他欠的两个月工钱该你还！"

"两个月工钱！"爹不由得倒抽了一口冷气。

"刮尽财"冷笑了一声，从怀里掏出帐本，把早已记好的黑帐念了一遍："贾生荣领去全年工钱四十块，做了十个月工，暴病死去，下欠两个月工钱。"

爹听了，气得浑身发抖，指着狗地主骂道："'刮尽财'，我爹给你扛了几十年活，被你们活活折磨死了，你反倒给我家记下了一笔黑心帐！"

"你爹的死，五州六府随你告去，你爹欠下的工钱，一文也少不了！"

"刮尽财"这个家伙说完，把帐簿"啪"地一合，抬脚就走了。小油灯被扇灭了，窑洞里一片漆黑。

我爹气得吃不下饭，睡不着觉，很快病倒了。"刮尽财"的狗腿子还三天两头来逼债，妈怕爹被活活气死，背着爹，忍疼把十六岁的三姐，以二十八吊钱卖给了人贩子。妈真伤心，把用亲生骨肉换来的钱紧紧地贴在心口上。正在这时，"刮尽财"闻讯又闯了进来，竟从妈手里抢走了这二十八吊钱，把妈气得死去活来。

不几天，五岁的大哥活活地被饿死了。妈含着眼泪用一把干草裹着大哥埋在爷爷的坟边。

债上加债

黑心的"刮尽财"，逼死了爷爷和五岁的哥哥，逼走了姐姐，抢去了二十八吊铜钱，仍然不放过我们一家。扬言再不交两个月工钱，就要来抄家！爹看看几个饿得皮包骨头的孩子，咬了咬牙，拖着病弱的身子又去给另一个地主陈大揽工。

爹去陈家的一个月头上，家里就揭不开锅了。这天晚上，几个孩子分着喝了一口苦菜汤，围坐在妈身边，盼爹拿钱回来买米吃。突然，门推开了，跌跌撞撞走进一个人来。

"啊，爹回来了！"孩子们惊喜地叫起来。妈抬起头一看，爹脸色苍白，浑身打颤，惊呼道："孩子他爹，你的手！"我们几个被吓呆了。爹跟跄着坐在炕边，气愤地说："狗地主！真不把咱穷人当人看……"妈一边用土牛骨给爹止血，一边流着眼泪听他讲。

原来，陈大剥削长工的手段比"刮尽财"更毒辣！为了从爹身上省出少雇一个长工的工钱，耕地时，他给爹腰上拴了一个三十多斤重的石头磨子，要爹一边耕地，一边把翻起的土坷垃磨碎。这样干一天下来，爹累得浑身都要散了。可晚上回来还得铡够十几条牲口一夜吃的草，陈大才让吃饭。这样重的苦活，病弱的爹怎能撑得住呀！但是为了活下去，只得忍着气挣扎着干下去。

这天晚上，爹从地里回来，还没来得及打个转身，陈大就狼嗥似地叫起来："还不快去铡草，牲口的嘴快要挂起来了！"

爹又饿又累，双臂发抖，每向铡刀里入一下草，就出一身冷汗。铡着，铡着，突然眼前一黑，"咯喳"一声，左手指头被铡掉了！霎时，鲜血直流。

蛇心毒，狼心狠，狗地主的心比蛇还毒，比狼还狠。爹的手还没有好，陈大就领着两个狗腿子找上门来，气势汹汹地说：

"还不回去干活？你成心要荒坏我的庄稼！"

我爹先强忍着性子说："手还没好，过几天就来。"

可陈大竟说什么，"过几天？穷小子身板倒贵，荒了我的庄稼你能赔得起！"

我爹一听，气愤得不得了，忽地站起来，伸出受伤的左手，指着陈大，愤怒地说："姓陈的，你不能欺人太甚！你的庄稼要我赔，我的手指头是自己掉下来的吗？"

陈大一时张口结舌，答不上来。他没想到一个揽工汉还敢顶撞东家。过了一会，两只贼溜溜的老鼠眼眨了几下，又说：

"我使驴出了个马价钱，那里买不下你这把穷骨头？你不干活也行，还我一个月工钱！今天是有钱拿钱，没钱拉人。"说着挽起袖子，张牙舞瓜地向爹扑来。

"还你一个月工钱？老子这里还有一条命！"我爹看着穷凶极恶的陈大又要黑吃一个月工钱，顿时，满腔怒火，心想，与其被拉去折磨死，不如和他拼了，于是，一步冲上去，照准陈大的脑袋就是一拳，打得他四蹄朝天，倒在地下，狼嗥鬼叫。两个狗腿子一拥而上，皮鞭像雨点一样抽在爹身上，最后，把爹从一丈多高的崖畔上推了下去。爹被摔得不省人事，一家人围着爹哭叫着。爹慢慢睁开了眼睛，听见了孩子们的哭喊，嘴角微微颤动，想说什么，又没有说出来。

"两个月工钱"没有还清,又加上"一个月工钱",这吃人的旧社会哪有穷人的活路啊!

……

解　放

我十六岁那年,日本鬼子进犯山西,加上国民党到处抓人要粮,山西呆不下去了,一家人又逃回横山。

刚一进村,郭、陈两家地主,就象恶狼一样,一齐扑来。一见面就破口大骂:"你跑了和尚走不了庙,欠的工钱本利一个铜子也少不了!""刮尽财"的"两个月工钱"加上陈大的"一个月工钱",这两笔黑帐利上加利,又强加在我们一家人的身上。狗地主的残酷压榨,使我爹连气带累,不久就含恨死去了,妈也被折磨得瞎了双眼。

我十九岁那年,"刮尽财"和陈大这两只黑狼,互相勾结,又串通团匪、保长,偷偷把我卖了壮丁。我听到消息,心想决不能让他们抓去白白送命,一定要另找一条活路。我当时已听说保安(即现在的志丹县)一带有了工农红军,专为穷人谋解放,我和妈妈商量后,连夜逃出了虎口,奔赴苏区。

一九三五年腊月,我来到志丹县旦八公社张台庄。第二年春,我把妈和二哥也接来了。我们分到了土地、房屋,再不受狗地主的气了。横山解放后,穷人斗倒了地主恶霸,讨还了狗地主欠下我们穷人的血债。从此,"两个月工钱"那笔黑帐才一笔勾销了!这都是托了毛主席他老人家的宏福啊!

在党和毛主席的领导下,我们三代长工翻身成了主人,一家人一个心眼听毛主席的话,跟党走社会主义道路。从组织互助组,成立高级社,到实现人民公社化,样样走在前。广大贫下中农选我担任了基层干部。一九五六年我光荣地加入了中国共产党。特别不能忘记的是,一九五七年三月二十六日,我在北京参观学习时,受到了伟大领袖毛主席的亲切接见,这是我一生最幸福,最难忘的一天!那天,当我听到毛主席老人家要接见我们的喜讯时,高兴得晚上一直没有睡着觉。我等呀,盼呀,好容易等到了天亮。幸福的时刻终于来到了,毛主席微笑着走到我们中间,他老人家红光满面,身体是那样的健康,这是全中国人民的幸福呀!毛主席向我们亲切招手,向我们问好。我望着毛主席慈祥的面容,高兴得热泪滚滚,我有多少知心的话儿要对毛主席他老人家讲呀!我一个劲地和大家一起高呼:"毛主席万岁!毛主席万万岁!!"

我暗暗下定决心,要永远牢记阶级苦,不忘血泪仇,沿着毛主席指引的无产阶级革命路线,继续革命,永不停步。

(节选自《长工怒火》,陕西人民出版社1973年版)

纺织工人的仇恨（节选）

潘其宝

人间地狱

一九四六年，我托穷朋友介绍，进了杭州第一纱厂（现在杭州第一棉纺织印染厂的前身）。我心想这回进了大厂当工人，日子兴许比过去好过一点吧？哪晓得离开了火坑，又踏进了地狱。

资本家为了压榨和迫害工人，豢养了一批凶煞神似的工头，订立了各种吃人的厂规，还设制了抄身栏和各式摧残人的刑具。谁要是被资本家和工头认为违犯厂规，轻则罚款，重则严刑拷打或开除出厂。进了这座人间地狱，真是不死也要脱层皮。

有位挡车女工阿八嫂，家贫如洗，下雪天没有棉鞋穿，脚上生满了冻疮，做生活时一跛一拐的，很不方便。一天，她在地上拾了些烂棉絮包在脚上，不幸放工时忘记拿掉，被抄身婆搜了出来。丧心病狂的资本家便吩咐几个狗腿子，拿来柏油，当着众人的面烧烊后，向阿八嫂的脸上涂去。然后，强拖硬拉地逼着她到车间去游行示众。游行完了，这些野兽还不满足，又把她的衣服剥光，吊在厂门口的树上毒打，最后竟用一根烧红的铁棍乱捅。阿八嫂被折磨得昏死过去，走狗们却大声喊着："总办传下话来，谁偷棉花、洋纱，以后就照这样发落啦！"天下穷人心连心，在场的工人们看到阿八嫂被残害到如此地步，个个两眼冒火，怒不可遏。工友们说："总有一天，我们要这批吃人豺狼偿还血债！"

象这种无缘无故毒打、迫害工人的事情，时常在发生。至于罚款，那更是随时随地都会碰到。比如，谁要不当心，留下几根火柴或香烟在衣袋里，抄出来后，一根火柴罚洋五角，一支香烟罚洋一元。厂规还规定：工人纤纱掉地要罚，多跑厕所要罚，女工进食堂、男工和女工讲话、随地吐痰等等，都要罚。甚至笑一笑也要罚："喜气洋洋罚洋一元"！有一次，挡车女工爱珠在上班的路上拾到一只烟嘴，随手放在衣袋里。放工的时候，抄身婆抄了出来，不容分说，记下了她的名字。第二天，在爱珠的车头上就挂出了水牌："抄出香烟，罚洋一元。"这真是越罚越离奇了！

这样离奇的罚款，我也碰到过一次。有一天，车间里特别闷热，加上难耐的汗臭、尿臭和霉臭，熏得人的脑袋象要裂开一样。我实在闷得喘不过气来，趁上厕所的机会，透了一口气，顺便点燃一支香烟解解臭气。不料工头一脚踢开了厕所门。这小子两眼向四周一扫，发现了地上的烟灰，回头指着我的手喝问："你手上拿着啥东西?"我气愤地说:"香烟,怎么啦?"说着把半支烟朝地上狠狠地一丢。工头见我态度蛮硬,就火冒三丈,嚷道:"哼!你对我介犟,真是王法都没有了。今朝我就罚你半天工资,看你还犟不犟!"看,这是什么"王法"?!

一九四七年初,资本家一面勾结国民党特务,加紧对工人的迫害,一面想方设法榨取工人更多的血汗。那时候,国民党反动派为了进行反人民的反革命内战,疯狂地发钞票,造成物价飞涨。资本家就月月扣住工人的工资,迟迟不发,把这些钱拿去放高利和投机倒把,等到赚了大钱再来发工资,物价已上涨了好几倍。这时工人们拿到工钱,不知是买米好,还是还债好,弄得没法过日子。

一次,到了该发工资的日子,我的伢儿突然得重病,抱到医院一看,医生说需要住院。我家里已好几天揭不开锅,哪还有钱住院呢?眼看伢儿的命危在旦夕,我只得跑到账房间要工钿。账房先生说:"哪有介便当的事,我们没办法,你自己到厂长室去。"于是,我又硬着头皮,一口气跑到了厂长室。一进门,只见老板眯着眼睛坐在沙发上养神。他看见我急得汗流满面,笑着慢吞吞地说:"怎么啦?急成介样子。"我说:"伢儿毛病蛮厉害。"老板假惺惺地说:"伢儿有毛病,为啥不送医院哪?"我急忙说:"送去过了,没有钞票,医院不收。我想支点工钿。"老板听了,发出一阵奸笑:"哈哈哈……"接着煞有介事地说:"支钱?你不是不晓得,厂里最近生意很不好,纱都搁起来卖不出去,我现在的心情比你还着急呢!看样子,这个月的工资今天发不出了,要推迟发。你来得正好,回去帮我把情况向大家讲讲明,请大家谅解谅解。"这一番鬼话,明明是欺骗人、刁难人,气得我脸上的青筋直暴,但我还是压住火气解释说:"伢儿是急病,只支几块钱,要不伢儿就没命啦!"这时老板从沙发上站了起来,很不耐烦地说:"你这个人介会噜苏!我不是说过了吗,钱没有,叫我怎么支付呢?"在这个吸血鬼看来,穷人死了是活该,还治什么病呢,资本家的心真比毒蛇还毒哇!我没有领到工钱,反而装了一肚子气,回到家里,不久就眼睁睁地看着伢儿死去了。

这样残酷的迫害和压榨,我们工人怎能忍受。我们要反抗,要斗争,要砸烂这人间地狱,要粉碎这吃人的世界!

反抗怒火

当时,在上海、南京、北平等城市大罢工的影响下,我们厂里也在酝酿着一场斗争。

一天,染部车间女工莫阿巧因事请了一天假,第二天来上班时,工头就要开除她。这件事传到我们耳朵里,激起了极大的义愤,大家聚在一起议论纷纷。有位工人说:"开除我们工人没那么容易,又不是买小菜,要就要,不要就一脚踢开。"又一位工人说:"物价天天涨,老板早就答应按生活指数发工资,可是到现在也没有影子，还让不让我们工人活命哪？"许多工人齐声说："老板不顾我们死活，我们就不给他们卖命！"我听了这话，紧接着说："对！现在很多工厂都在罢工，我们也要跟老板干一仗。只要我们工人团结一条心，老板就害怕，众人拾柴火焰高嘛。"大家都表示要豁出命来跟老板拼一拼。

经过大家商量，修机间先打起了空车。看看马达在转，听听机器在响，可是半天时间没有一点成品生产出来。资本家很快就听到了消息，他们一面研究对策，一面派狗腿子到处打听。几个狗腿子跑进修机间，对工人们说："大家有话好说，何必这样呢？做生活吧！"我们回答说："说得倒轻巧！我们肚子空空，怎么做得动？"工头讨了个没趣，眼看车子空转着，耗费电力，就动手关了总开关，霎时车子停了下来。我们抓住这个机会，大声地对关车的工头说："这车子是你关的，不关我们的事！"有几个工人立即分头跑到各车间，通知大家关车。不一会，全厂一万多纱锭、六百多台布机都停止了转动。全厂一千五百多工人拥出了车间，紧紧地团结在一起，开始了一场大罢工！

资本家听到罢工的风声，恨得咬牙切齿，马上通知厂警封锁厂门，妄想使厂里的工人吃不上饭，接着打电话通知了伪杭州市政府社会局。很快，厂门口的气氛紧张起来，大铁门上了锁，厂警端着枪，杀气腾腾地踱来踱去。过了不久，一辆小汽车开进了厂里，从车里走出一个西装毕挺、神气十足的家伙，自称是伪社会局的"黄代表"，是来"调解劳资纠纷"的。

这个"黄代表"往台阶上一站，两手叉腰，对着工人们大声威胁说："你们违犯了国家戡乱动员令，晓得不晓得？嗯！要求加工钿，可以好好说嘛，为什么兴师动众？……"工人们听了这话，火气直冒，有几个工人高声喊道："我们要饭吃，要求公布底薪，按生活指数发工资！我们不允许无故开除工人！""对！"人群里响起了春雷般的喊声。"黄代表"眼乌珠转了转，眉头一皱，想了个金蝉脱壳之计，狡猾地笑了笑说："对！你们都是以工度日。现时物价上涨，工资应该提高一点……一切都好商量，望各位照顾大局，先回去上工。""不行！要答应我们的条件，我们才复工。"人群里又响起了一阵喊声。"黄代表"听着愤怒的喊声，看看一双双怒目盯着他，知道形势不妙，就夹着尾巴溜走了。

我们轰走了"黄代表"，就积极准备迎击资本家新的反扑。我们组织了纠察队，轮流巡逻和看守厂门，不让资本家和狗腿子逃走。我主动担任了拉汽笛的工作，一有什么情况，马上拉响汽笛，全厂工人就集合起来。为了解决厂内工人的吃饭问题，女工肖金桂带了一批人，打开了老板的仓库，背来粮食，自己生火烧饭。

到了第二天，资本家听了狗腿子的报告，再也藏不住了，急忙给伪警察局打了个电话。警察局立刻出动了一批全副武装的警察，由一个刑警队探长带着，气势汹汹地闯进了厂里。这个探长站到台阶上，叉开两腿，直着喉咙乱喊："罢工是捣乱社会秩序，违反治安，为政府所禁止。大家马上去复工！"他见工人们瞪着眼不理他，又喊道："我讲的你们听到没有？嗯！为什么都呆着不动？快！快回车间去复工！"这时，从人群里传出一位工人不紧不慢的声音："要我们复工蛮容易，只要答应条件。"接着，工人们齐声高呼："老板不答应条件，我们决不复工！"伪探长一见工人们竟敢同他顶撞，又见工人们手里拿着铁棍、扳头、榔头、木棍，吓得连忙拔出手枪，挥舞着威胁说："哪个敢不复工？哪个敢不复工？"这时，愤怒已极的工人一不做、二不休，突然来了个先下手为强，一下子冲了上去，把警察们团团包围起来。敌人慌乱了！趁他们慌乱的时候，我们缴了几枝枪，抓住了四个人，吓得其余的脓包警察拔腿就逃……

罢工坚持了三天。在这三天里，资本家耍了许多花招，都被团结起来的工人粉碎了。资本家知道了我们工人的厉害，只得硬着头皮答应了我们提出的条件，并在公布"底薪"的布告上盖了章。

一九四九年，天亮了，红太阳出来了！救命恩人毛主席领导全国人民推翻了三座大山，从此，我们这些被剥削阶级称为"纱厂鬼儿"的工人，结束了苦难的生活，象千百万受苦受难的人们一样站起来了！

（节选自《砸碎铁锁链》，浙江人民出版社 1973 年版）

中国工人阶级的先锋战士

——铁人王进喜（节选）

大庆革委会报导组　新华社记者

胸怀远大目标的革命先锋

王进喜从一个普通的石油工人成长为党的中央委员，完全是伟大的毛泽东思想哺育的结果。他出生在甘肃玉门赤金村一个贫农家庭，从小讨饭受苦。解放前，他在玉门油矿当了十来年徒工，没有上过钻台，没有摸过钻机的刹把，连一套铺盖都没有捞到。解放后，经过民主改革、反封建把头、诉苦等运动，他觉醒起来，打碎旧社会加在他身上的一切锁链，做了国家的主人。在党的培养下，他当了司钻和钻井队长，思想进步很快，不久，便成为光荣的中国共产党党员。

起初，王进喜对党有单纯报恩的思想。经过学习毛主席著作，他逐渐认识到，共产党员心里要有共产主义的远大目标。干革命，单纯报恩是远远不够的。从此，他更加自觉地把打井同伟大的社会主义革命联系起来，把井场当成革命斗争的战场，一个心眼就是要为国家多打井，打好井。

一九五九年，全国群英会奖给他一套《毛泽东选集》，他学习毛主席著作更加勤奋、认真。文化程度低，好多字不认识，不会写，这成了王进喜学习毛主席著作最大的一个难关。但是，他顽强地坚持一边学文化，一边学习毛主席著作。开始学习《矛盾论》的时候，他不会写"矛盾"两个字，就在本子上画了一个贫农、一个地主，用来表示矛盾的意思。一次，他用了几个晚上的时间写了一封信，请人帮助修改，改了他又抄，一连抄写了二十遍。别人说："我替你写吧。"王进喜说："我不是为了写信，我是想学文化，好读毛主席的书。"他经常用一个老工人的话，来表达自己的心情："我学会一个字就象搬掉一座山，我要翻山越岭去见毛主席！"在大庆石油会战的几年间，他就是用这样惊人的毅力，边学文化边读书，刻苦地通读了全部《毛泽东选集》。

伟大的毛泽东思想给了王进喜无穷的智慧和力量，给了他压倒一切敌人、战胜一切困难的革命英雄气概。他把自己的一生，全部贡献给发展社会主义祖国的石油工业。五十年代，他率领钻井队，大战祁连山，七年间钻井进尺七万多米，等于旧中国从一九〇七年到一九四九年四十二年间全国钻井进尺的总和；六十年代，他奋不顾身投入大庆石油会战，为甩掉我国石油工业落后帽子建立了功勋；在伟大的无产阶级文化大革命中，他和大庆工人一起，坚定地捍卫了毛主席的无产阶级革命路线，捍卫了大庆红旗。党的"九大"以后，他看到全国社会主义革命和建设事业迅猛发展,世界革命形势风起云涌,他满怀雄心壮志,设想着进一步发展我国石油工业的蓝图。他说:"现在,革命需要油,战备需要油,人民需要油,我们国家要有十个八个大庆油田才行。我这一辈子,就是要为国家办好一件事:快快发展我国的石油工业。"

铁人胸怀着发展我国石油工业的远大目标,做起工作来,却又是一丝不苟,扎扎实实地一步一个脚印。党的"九大"以后,王进喜在大庆革委会支持下,亲自组织了一个废旧材料回收队,他和工人们一起,风里、雨里、泥里、水里,连一颗螺丝钉、一小块废钢铁都拣起来,为国家回收散失的废旧钢材。

这件事,受到广大工人和干部的赞扬。但有些人不明白王进喜为什么要去关心这样一件"琐细"的事情,个别人还说什么"搞回收没出息,不光彩"。王进喜把回收队带到十年前会战的第一口井边,对大家说:"艰苦奋斗的传统永远不能丢。把散失的材料拣回来,重新用来建设社会主义,意义大得很!"

人们理解了铁人的心情,铁人组织大家回收废钢铁,是为了进一步贯彻执行毛主席关于"艰苦奋斗"、"勤俭建国"的伟大方针,迅速发展我国石油工业。在他的带动下,大庆油田许多单位都成立了回收小队或修旧利废小组。他们把回收来的许多钢材修好配好,重新安装成井架,有的废旧设备修复了再用。王进喜高兴地说:"这些井架、设备,不光大油田用得上,有的还可以交给地方,让大家都打井,都搞油。这样,我们国家石油工业的发展就会更快了。"

当我国发现新油田的喜讯传来,另一场石油会战就要开始的时候,王进喜兴奋得几夜没有合眼,恨不得立即带领队伍去摆开新的战场。在大庆革委会讨论支援新油田建设的会议上,他激动地说:"快快拿下新油田,这是落实毛主席'备战、备荒、为人民'伟大战略方针的大事,我们要选精兵强将,把最优秀的队伍开上去。我主张:给人,要给思想觉悟高的;给物,要给优质的;给设备,要给成套的。保证调出的队伍,开上去就能打硬仗,打胜仗。"

大家一致赞同铁人的意见,很快便组织了一支优秀的队伍,配备成套设备送到新油田。可是,紧接着上级机关又在北京召开第二批支援新油田会战的会议。这一次,大庆油田担负的支援任务比第一次更繁重。有的同志扳起指头一算,大庆油田的人员设备大量减少,油田建设还要迅速扩大,担心将来完不成任务。铁人毫不犹豫地鼓励大家说:"担子越重越光荣,困难越大越有闯头,有毛主席、党中央的英明领导,有解放军的支持,就是千斤重担也敢挑。我们要把建设大庆、开发新油田的任务都承担起来。"

英雄的大庆工人说得到,做得到,他们坚决地完成了党交给的光荣任务。一九七〇年,大庆油田虽然人员设备都减少了,新建的生产能力却大大超过了前一年,原油产量提高百分之三十以上,革命、生产都打了大胜仗。

一九七〇年春,王进喜受大庆革委会的委派,率领代表团到新油田学习慰问。新油田丰富的资源和沸腾的景象,使王进喜非常激动。他抱病带领大家深入到各个井队、车间、工地,开座谈会,找老工人谈心,征求对支援工作的意见,日日夜夜都在紧张和兴奋之中。一天,他到一个钻井队,遇到了过去的老战友,他把大衣一撂,大步走上钻台,接过刹把就干起来。王进喜兴奋地对老战友说:"我们要想办法争取大钻机一个月在地球上钻它五个窟窿。我们会有那么一天,打着打着,钻头咕咚一声掉下去,掉到地下大油库里……"铁人的话说得老战友和工人们心里开了花,井场上一片欢笑。

慰问结束后,王进喜带领慰问团的同志立即赶回大庆。有个同志抱怨说:"老铁太不理解我们的心情了,路过北京,也没叫看一看。"王进喜拍着他的肩膀说:"小伙子,你不理解我的心情,快快拿下新油田是落实毛主席的指示,咱们可是一分钟也不应该耽误呀!"王进喜回到大庆以后,很快又派出"不卷刃的尖刀"一二〇二钻井队和大批物资,再一次支援了新油田建设。

多少年来,许多外国资产阶级"专家"一直在散布"中国贫油"的谬论。王进喜从来听不得这些谎言。他说:"我就不相信石油只埋在外国的地底下。"为了石油,王进喜日日夜夜思虑着,奔波着,战斗着。他身边经常带着一个小本子,每次上级机关开会,他都到技术部门细心地搜集世界各国石油发展情况的资料,详细地摘录:总产量多少,按人口平均数多少,以及打井、采油的新纪录、新技术等等。他仔细研究这些情况,一心想着怎样更快地把我国石油工业发展上去。他对人说:"井没有压力喷不出油来,人要没有压力就干不出好的工作来。"他曾反复地设想过应当组织多少个勘探队,多少个钻井队,要在多长的时间内把我国一切可能含油的地方统统普查一遍。

铁人王进喜,把远大的目标和求实精神结合起来。他整天想着党的需要,革命的需要,展望我国石油工业发展的美好前景,设想着一个宏伟的目标。他豪迈地说:"总有一天,要使我国石油流成河!"

为革命鞠躬尽瘁,奋战终生

一九七〇年四月,王进喜在新油田学习慰问结束,立即又赶到玉门参加石油工业现场会。长时间的过度劳累,使他的健康状况越来越差了。玉门会议没有开完,领导上见他身体很不好,决定派一个医生送他到北京治疗。铁人坐上火车,却一心想着早些赶回大庆去传达会议精神。车过兰州时,医生担心他受不住旅途劳累,再三劝他留在兰州住一个时期,王进喜怎么也不同意。他忍着病痛坚持说:"没啥,病也是纸老虎,顶它一下就过去了,还是赶回大庆要紧。"

十多年来,严重的胃病和关节炎一直折磨着铁人,但他从不把自己的病痛放在心上。领导上多次要他住医院治疗，他总是那句话："没啥，老病了，工作这么忙，哪顾得上这些？"有一年，他勉强到一个地方住院疗养，可是，没有多久就呆不住了。他觉得耳朵里听不见钻机响，眼前看不见井场沸腾的景象，生活中就象缺少了什么。最后还是提前出院回到了油田。

这一次，他病得很重，经过医生仔细检查，确诊是胃癌，而且已经到了晚期。同志们万分焦急，决定留他在北京住医院。在中央领导同志的亲切关怀下，有关部门集中了北京和一些地方的优秀医生为他治疗。动手术前，领导上把真实的病情告诉了他，铁人镇静地说："请领导和同志们放心，这没啥了不起，我是共产党员，坚决听毛主席的话，一不怕苦，二不怕死。"他又鼓励医务人员说："你们放心大胆治疗，治好了，我继续干革命，治不好，你们也可取得一些经验。"

手术以后，他的病情仍然没有好转，常常痛得吃不下饭，睡不好觉，但他一直用最大的革命毅力坚持学习，一天也不放松。他的枕边经常放着毛主席著作、各种文件和《人民日报》，往往一学就是三四个小时。在病情恶化以后，他还请别人把毛主席的重要指示写成拇指大的字，继续顽强地学习。他说："只要我还有一口气，就要学习毛主席著作。"

王进喜住院整整七个月。他身在医院，心里却时刻关怀着祖国社会主义革命和建设的发展，关怀着大庆油田。一天，他听说我国又发现一处新油田，兴奋极了，他对人说："我们这个国家就是块宝地，不是什么'贫油'，是'富油'啊！一定要抓紧勘探，我病好了拼命再干他几十年。"

中央有关部门和大庆的领导同志去医院看望他，铁人又反复提到新油田的事，并且建议大庆回收队成立一个修理车间，把收回来的废旧钢材、井架和钻机都修复起来，大力支持地方搞石油工业。他说："我们国家石油工业还不发达，我们要想办法多成立地质队、钻井队，把全国可能产油的地方都普查一遍，浅油层交给地方，深处油层由国家开采，这样上下一起办，大家都发挥积极性，我国石油工业的发展就更快了……"

医院里的医务人员和大庆来探望他的干部、工人们都说：铁人成天思念的、谈论的不是自己的病，而是国家的石油，大庆的生产，新油田的建设。直到他生命的最后一刻，他的心也没有离开我国的石油工业！

每次大庆的领导和同志们去看望他，他都要详细地询问：工人们学习怎样？打了多少新井？有什么新创造？还有什么困难问题？

在住院期间，他不仅经常考虑工作上的问题，连职工生活方面的许多细小的事情，也都想得很周到。雨季到了，他问职工家属住的房子漏不漏；冬天下雪了，他问油田边远地区家属住地的供水管线冻了没有；听说有的职工调往新油田工作，他又问他们的家属有没有人照顾；连因公牺牲八九年的工人张启刚远在陕西家乡的老母亲，他都一直挂在心上，问老人家生活上有没有困难。他还深情地对回收队的同志说："你们回去要养一二百头猪，盖个温室，多种些新鲜蔬菜，逢年过节给每个钻井队送一些去。他们常年在野外打井，最辛苦，流动性大，没有条件搞这些。"

同志们见他说话很吃力，劝他安心养病，先别想这些事。他说："我是共产党员，怎么能不想？……"说着说着，眼睛湿润了。

铁人时刻怀念着大庆油田的一草一木和大庆的阶级兄弟。在昏迷状态中，他经常断断续续地自言自语，讲的都是有关大庆油田的事，好象他已经回到了大庆，在井旁工作着，或和战友们亲切地交谈……。一九七〇年十一月初，他的病情急遽地恶化了，已经不能起床，还恳切地对守候在他身旁的医护人员说："让我回大庆看看吧，我想看看同志们，看看大庆油田。"

铁人想念同志们，同志们也想念铁人。他住院期间，每天收到大庆和全国各地的来信，这些信充满了战友的阶级情谊，也带来了许多振奋人心的喜讯。铁人恨不得立即把病治好，和同志们一起去实现发展祖国石油工业的宏伟计划。

可是，正当全国石油工业战线高歌猛进、捷报频传的时候，正当大庆的工人们热切地等待着铁人回去的时候，王进喜的病一天天地更加沉重了。

周恩来总理和中央其他领导同志听到铁人病危的消息，曾先后来到医院看望他。

燃化部和大庆油田的领导同志、铁人的老战友们，日夜守候在他的身旁。

剧烈的病痛猛烈地折磨着他。铁人用他那顽强的意志，和病魔展开了最后的搏斗。当他从昏迷中再一次苏醒过来时，这位工人阶级的钢铁战士，用他那模糊的眼神看着身边的领导同志和战友们，最后地握住他们的手，用断断续续的微弱的声音留下了自己的遗言：

"同志们！……要好好学习毛主席著作……

要搞好团结，……团结起来，争取更大的胜利……

不要忘了阶级斗争……

大庆是毛主席树的红旗，一定要把大庆的工作搞好……"

铁人临终前的遗言，给了人们以巨大的激励和鞭策。在场的同志眼里闪着泪花，心情万分悲痛。

这时候，铁人又用颤抖的手从枕头下边摸出一个小纸包和一个小本子，交给守候在他身边的领导同志："这笔钱……请组织上花到最需要的地方……我不困难……"当人们打开纸包一看，里面是党组织为他母亲、爱人、孩子长期生病，补助给他的钱。小本子上记着哪年哪月补助多少。这些钱一分也没有动。

看到这情景，同志们的眼泪再也忍不住了。

一九七〇年十一月十五日夜，为我国石油工业奋战了一生的铁人，我国工人阶级的优秀儿子，毛主席的好工人、好党员、好干部王进喜同志终于与世长辞了。

铁人逝世的消息传到大庆，成千上万的大庆工人、干部、解放军指战员、职工家属和孩子们，无不万分悲痛。他们谁也不能相信，这个曾经为开发大庆、建设大庆、保卫大庆而英勇战斗的铁人，会永远离开了他那无限热爱的大庆。一连好多天，每天都有络绎不绝的人们来到追悼铁人大会的会场，一次又一次含着眼泪向铁人的遗像告别。人们怀念铁人，铁人永远活在大庆工人的心里。一个忆铁人、学铁人的群众运动，迅速地席卷了大庆油田。

伟大领袖毛主席教导说："要造就一大批人，这些人是革命的先锋队。这些人具有政治的远见，这些人充满着斗争精神和牺牲精神。这些人是胸怀坦白的，忠诚的，积极的，正直的。这些人不谋私利，唯一的为着民族与社会的解放。这些人不怕困难，在困难面前总是坚定的，勇敢向前的。这些人不是狂妄分子，也不是风头主义者，而是脚踏实地富于实际精神的人们，中国要有一大群这样的先锋分子，中国革命的任务就能够顺利的解决。"

（节选自《团结胜利的凯歌》，人民文学出版社 1972 年版）

新时期文学

小　说

班主任

刘心武

一

你愿意结识一个小流氓,并且每天同他相处吗?我想,你肯定不愿意,甚至会嗔怪我何以提出这么一个荒唐的问题。

但是,在光明中学党支部办公室里,当黑瘦而结实的支部书记老曹,用信任的眼光望着初三(三)班班主任张俊石老师,换一种方式向他提出这个问题时,张老师并不以为古怪荒唐。他只是极其严肃地考虑了一分钟左右,便断然回答说:"好吧!我愿意认识认识他……"

事情是这样的:前些日子,公安局从拘留所把小流氓宋宝琦放了出来。他是因为卷进了一次集体犯罪活动被拘留的。在审讯过程中,面对着无产阶级专政的强大威力与政策感召,他浑身冒汗,嘴唇哆嗦,做了较为彻底的坦白交代,并且揭发检举了首犯的关键罪行。因此,公安局根据他的具体情况——情节较轻而坦白揭发较好,加上还不足16岁——将他教育释放了。他的父母感到再也难在老邻居们面前抛头露面,便通过换房的办法搬了家,恰好搬到光明中学附近。根据这几年实行的"就近入学"办法,他父母来申请将宋宝琦转入光明中学上学。他该上初三,而初三(三)班又恰好有空位子,再加上张老师有十几年的班主任工作经验,又是这个年级班主任里唯一的党员,因此,经过党支部研究,接受了宋宝琦的转学要求,并且由老曹直接找到张老师,直截了当地摆出情况,问他说:"怎么样?你把宋宝琦收下吧?"

正像你所知道的那样,张老师思忖的目光刚同老曹那饱含期待、鼓励的目光相遇,他便答应下来了。

二

张老师是个什么样的人呢？

趁他顶着春天的风沙，骑车去公安局了解宋宝琦情况的当口，我们可以仔细观察他一番。

张老师实在太平凡了。他今年 36 岁，中等身材，稍微有点发胖。他的衣裤都明显地旧了，但非常整洁，每一个纽扣都扣得规规矩矩，连制服外套的风纪扣，也一丝不苟地扣着。他脸庞长圆，额上有三条挺深的抬头纹，眼睛不算大，但能闪闪放光地看人，撒谎的学生最怕他这目光；不过，更让学生们敬畏的是张老师的那张嘴。人们都说薄嘴唇的人能说会道，张老师却是一副厚嘴唇，冬春常被风吹得暴出干皮儿；从这对厚嘴唇里迸出的话语，总是那么热情、生动、流畅，像一架永不生锈的播种机，不断在学生们的心田上播下革命思想和知识的种子，又像一把大笤帚，不停息地把学生心田上的灰尘无情地扫去……

一路上，张老师的表情似乎挺平淡。等到听完公安局同志的情况介绍、翻完卷宗以后，他的脸上才显露出强烈的表情来——很难形容，既不全是愤慨，也不排除厌恶与蔑视，似乎渐渐又下了决心，但忧虑与沉重也明显可见。

张老师从公安局回到学校时，已经是下午三点钟。他掏出叠得很整齐的手绢，一边擦着脑门上的汗，一边走进年级组办公室。显然同组的老师们都已知道宋宝琦将于明天到他班上课的事了。教数学的尹达磊老师头一个迎上他，形成了关于宋宝琦的第一个波澜。

尹老师和张老师同岁，同是一个师范学院毕业，同时分配到光明中学任教，又经常同教一个年级。他们一贯推心置腹，就是吵嘴，也从不含沙射影、指桑骂槐，总是把想法倾巢倒出，一点"底儿"也不留。

三

尹老师身材细长，五官长得紧凑，这就使他永远摆脱不了"娃娃相"，多亏鼻梁上架着副深度近视镜，才使他在学生们面前不至有失长者的尊严。

在这 1977 年的春天，尹老师感到心里一片灿烂的阳光。他对教育战线，对自己的学校、所教的课程和班级，都充满了闪动着光晕的憧憬。他觉得一切不合理的事物都应该而且能够迅速得到改进。他认为"四人帮"既已揪出，扫荡"四人帮"在教育战线的流毒，形成理想的境界应当不需要太多的时间。不过，最近这些天他有点沉不住气。他愿意一切都如春江放舟般顺利，不曾想却仍要面临一些复杂的问题。

关于宋宝琦即将"驾到"的消息一入他的耳中，他就忍不住热血沸腾。张老师刚一迈进办公室,他便把满腔的"不理解"朝老战友发泄出来。他劈面责问张老师:"你为什么答应下来？眼下,全年级面临的形势是要狠抓教学质量,你弄个小流氓来,陷到做他个别工作的泥坑里去,哪还有精力抓教学质量？闹不好,还弄个'一粒耗子屎坏掉一锅粥'！你呀你,也不冷静地想想,就答应下来,真让人没法理解……"

办公室的其他老师,有的赞同尹老师的观点,却不赞同他那生硬的态度；有的不赞成他的观点,却又觉得他的确是出于一片好心；有的一时还拿不准该怎么看,只是为张老师凭空添了这么副重担子,滋生了同情与担忧……因此,虽然都或坐或站地望着张老师,却一时都没有说话。就连搁放在存物架上的生理卫生课教具——耳朵模型,仿佛也特意把自己拉成了一尺半长,在专注地等待着张老师作答。

张老师觉得尹老师的意见未免偏激,但并不认为尹老师的话毫无道理。他静静地考虑了一分钟,便答辩似的说:"现在,既没有道理把宋宝琦退回给公安局,也没有必要让他回原学校上学。我既然是个班主任老师,那么,他来了,我就开展工作吧……"

这真是几句淡而无味的话。倘若张老师咄咄逼人地反驳尹老师,也许会引起一场火暴的争论,而他竟出乎意料地这样作答,尹老师仿佛反被慑服了。别的老师也挺感动,有的还不禁低首自问:"要是把宋宝琦分到我的班上,我会怎么想呢？"

张老师的确必须立即开展工作,因为,就在这时,他班上的团支部书记谢惠敏找他来了。

四

谢惠敏的个头比一般男生还高,她腰板总挺得直直的,显得很健壮。有一回,她打业余体校栅栏墙外走过,一眼被里头的篮球教练看中。教练热情地把她请了进去,满心以为发现了个难得的培养对象。谁知让这位长圆脸、大眼睛的姑娘试着跑了几次篮后,竟格外地失望——原来,她弹跳力很差,手臂手腕的关节也显得过分僵硬,一问,她根本对任何球类活动都没有兴趣。

的确,谢惠敏除了随着大伙看看电影、唱唱每个阶段的推荐歌曲,几乎没有什么业余爱好。她功课中平,作业有时完不成,主要是由于社会工作占去的精力和时间太多了——因此倒也能获得老师和同学们的谅解。

头年夏天,张老师接任这个班的班主任时,谢惠敏已经是团支部书记了。张老师到任不久便轮到这个班下乡学农。返校的那天,队伍离村二里多了,谢惠敏突然发现有个男生手里转动着个麦穗,她不禁又惊又气地跑过去批评说:"你怎么能带走贫下中农的麦子？给我！得送回去！"那个男生不服气地辩解说："我要拿回家给家长看，让他们知道这儿的麦子长得有多棒！"结果引起一场争论，多数同学并不站在谢惠敏一边，有的说她"死心眼"，有的说她"太过分"。最后自然轮到张老师表态。谢惠敏手里紧紧握着那根丰满的麦穗，微张着嘴唇，期待地望着张老师。出乎许多同学的意料，张老师同意了谢惠敏送回麦穗的请求。耳边响着一片扬声争论与喁喁低议交织成的音波，望着在雨后泥泞的大车道上奔回村庄的谢惠敏那独特的背影，张老师曾经感动地想：问题不在于小小的麦穗是否一定要这样来处理，看哪，这个仅仅只有三个月团龄的支部书记，正用全部纯洁而高尚的感情，在维护"决不能让贫下中农损失一粒麦子"的信念——她的身上，有着多么可贵的闪光素质啊！

但是，这以后，直到"四人帮"揪出来之前，浓郁的阴云笼罩着我们祖国的大地，阴云的暗影自然也投射到了小小的初三（三）班。被"四人帮"那个女黑干将控制的团市委，已经向光明中学派驻了联络员，据说是来培养某种"典型"；是否在初三（三）班设点，已在他们考虑之中。谢惠敏自然常被他们找去谈话。谢惠敏对他们的"教诲"并不能心领神会，因为她没有丝毫的政治投机心理，她单纯而真诚。但是，打从这时候起，张老师同谢惠敏之间开始显露出某种似乎解释不清的矛盾。比如说，谢惠敏来告状，说团支部过组织生活时，五个团员竟有两个打瞌睡。张老师没有去责难那两个不像样子的团员，却向谢惠敏建议说："为什么过组织生活总是念报纸呢？下回搞一次爬山比赛不成吗？保险他们不会打瞌睡！"谢惠敏瞪圆了双眼，几乎不相信自己的耳朵，隔了好一阵，才抗议地说："爬山，那叫什么组织生活？我们读的是批宋江的文章啊……"再比如，那一天热得像被扣在了蒸笼里，下了课，女孩子们都跑拢窗口去透气，张老师把谢惠敏叫到一边，上下打量着她说："你为什么还穿长袖衬衫呢？你该带头换上短袖才是，而且，你们女孩子该穿裙子才对啊！"谢惠敏虽然热得直喘气，却惊讶得满脸涨红，她简直不能理解张老师在提倡什么作风！班上只有宣传委员石红才穿带小碎花的短袖衬衫，还有那种带褶子的短裙，这在谢惠敏看来，乃是"沾染了资产阶级作风"的表现！

"四人帮"揪出来之后，张老师同谢惠敏之间的矛盾自然可以解释清楚了，但并没有完全消除。

现在，谢惠敏找到张老师，向他汇报说："班上同学都知道宋宝琦要来了，有的男生说他原来是什么'菜市口老四'，特别厉害；有些女生害怕了，说是明天宋宝琦真来，她们就不上学了！"

张老师一愣。他还没有来得及预料到这些情况。现在既然出现了这些情况，他感到格外需要团支部配合工作，便问谢惠敏："你怕吗？你说该怎么办？"

谢惠敏晃晃小短辫说:"我怕什么?这是阶级斗争!他敢犯狂,我们就跟他斗!"

张老师心里一热。一霎时,那在泥泞的大车道上奔走的背影活跳在记忆的屏幕上。他亲热地对谢惠敏说:"你赶紧把团支部和班委会的人找齐,咱们到教室开个干部会!"

五

四点二十左右,干部会结束了。其他干部都走了,教室里只剩下张老师、谢惠敏和石红三个人。

石红恰好面对窗户坐着,午后的春阳射到她的圆脸庞上,使她的两颊更加红润;她拿笔的手托着腮,张大的眼眶里,晶亮的眸子缓慢地游动着,丰满的下巴微微上翘——这是每当她要想出一个更巧妙的方法来解决一道数学题时,为数学老师所熟悉、所喜爱的神态。可是此刻她并不是在解数学题,而是在琢磨怎么写出明天一早同大家——也包括宋宝琦——见面的"号角诗"。

张老师同谢惠敏在一旁谈着话。围绕着接收宋宝琦需要展开的工作,已经全部落实。男生干部们分头找男生们做工作去了,跟他们讲宋宝琦并不是什么威震菜市口的"英雄",而是个犯了错误的需要帮助的人。对他既别好奇乃至于敬畏,也不能歧视打击,大家要齐心合力地帮助他。女生干部将分头到那几个或者是因为胆小,或者是出于赌气,宣布明天不来上学的女生家去,对她们和她们的家长讲清楚,学校一定会保证女孩子们不受宋宝琦欺侮;对宋宝琦这样的小流氓,消极躲避只能助长他的恶习,只有团结起来同他斗争,进行教育,才能化有害为无害,并且逐步化无害为有益。张老师则要对宋宝琦进行家访,对他以及他的家长进行初步了解,并进行第一次思想工作。石红的"号角诗"明天一早将向大家强调:"让我们的教室响彻抓纲治国的脚步声!"

当石红的"号角诗"快要写完的时候,张老师同谢惠敏的谈话结束了。张老师把摊在桌上、刚给干部们看过的几件东西往一块敛。那是张老师从派出所带回来的宋宝琦犯案后被搜出的物品:一把用来斗殴的自行车弹簧锁,一副残破油腻的扑克牌,一个式样新颖附有打火机的镀镍烟盒,还有一本撕掉了封皮的小说。小干部们面对这些东西都厌恶得皱鼻子,撇嘴角。谢惠敏提议说:"团支部明天课后开个现场会,积极分子也参加,摆出这些东西,狠狠批判一顿!"大伙都同意,张老师也点头说:"对。要利用这个机会,进一步抓好反腐蚀教育。"

没曾想,临到张老师收敛这几件物品时,突然出现了矛盾,还闹得挺僵。

别的东西都收进书包了,只剩下那本小说。张老师原来顾不得细翻,这时拿起来一检查,不由得"啊"了一声。原来那是本文化大革命以前,中国青年出版社出版的长篇小说《牛虻》。

谢惠敏感到张老师神情有点异常,忙把那本书要过来翻看。她以前没听说过、更没看见过这本书,她见里头有外国男女讲恋爱的插图,不禁惊叫起来:"唉呀! 真黄! 明天得狠批这本黄书!"

张老师皱起眉头,思索着。他回忆起自己中学时代的情况。那时候,团支部曾向班上同学们推荐过这本小说……围坐在篝火旁,大伙用青春的热情轮流朗读过它;倚扶着万里长城的城堞,大伙热烈地讨论过"牛虻"这个人物的优缺点……这本英国小说家伏尼契写成的作品,曾激动过当年的张老师和他的同辈人,他们曾从小说主人公的形象中,汲取过向上的力量……也许,当年对这本小说的缺点批判不够? 也许,当年对小说的精华部分理解得也不够准确、不够深刻? ……但,不管怎么说——张老师想到这儿,忍不住对谢惠敏开口分辩道:"这本《牛虻》可不能说成是黄书……"

谢惠敏的两撇眉毛险些飞出脑门,她瞪圆了双眼望着张老师,激烈地质问说:"怎么? 不是黄书?! 这号书不是黄书什么是黄书?"在谢惠敏的心目中,早已形成一种铁的逻辑,那就是凡不是书店出售的、图书馆外借的书,全是黑书、黄书。这实在也不能怪她。她开始接触图书的这些年,恰好是"四人帮"搞法西斯文化专制主义最凶的几年。可爱而又可怜的谢惠敏啊,她单纯地崇信一切用铅字新排印出来的东西,而在"四人帮"控制舆论工具的那几年里,她用虔诚的态度拜读的报纸刊物上,充塞着多少他们的"帮文",喷溅出了多少戕害青少年的毒汁啊! 倘若在谢惠敏她最亲近的人当中,有人及时向她点明:张春桥、姚文元那两篇号称"阐述无产阶级专政理论"的"重要文章"大可怀疑,而"梁效"、"唐晓文"之类的大块文章也绝非马列主义的"权威论著"……那该有多好啊! 但是,由于种种主观和客观上的原因,没有人向她点明这一点。她的父母经常嘱咐谢惠敏及其弟妹,要听毛主席的话,要认真听广播、看报纸;要求他们遵守纪律、尊重老师;要求他们好好学功课……谢惠敏从这样的家庭教育中受益不浅,具备了强烈的无产阶级感情、劳动者后代的气质;但是,在资产阶级、修正主义的白骨精化为美女现形的斗争环境里,光有朴素的无产阶级感情就容易陷于轻信和盲从,而"白骨精"们正是拼命利用一些人的轻信与盲从以售其奸! 就这样,谢惠敏正当风华正茂之年,满心满意想成为一个好的革命者,想为共产主义这个大目标而奋斗,却被"四人帮"害得眼界狭窄、是非模糊。岂止《牛虻》这本书她会认为是毒草,我们这段故事发生的时候,《青春之歌》已经进行再版了,但谢惠敏还保持着"四人帮"揪出前形成的习惯——把那些热衷于传播"文艺消息",什么又会有某个新电影上演啦,电台又播了个什么新歌呀这样的同学们,看成是"沾染了资产阶级思想"。就在前几天,她发现石红在自习课上看一本厚厚的小说,下课她便给没收了。那是 1959 年出版的《青春之歌》，她随便翻检了几页，把自己弄得心跳神乱——断定是本"黄书"，正想拿来上交给张老师，石红笑嘻嘻地一把抢了回去，还拍着封面说："可带劲啦！你也看看吧！"结果两人争吵了一场；后来她忙着去团委开会，倒忘记向张老师反映了，没想到今天张老师竟比石红还要石红——亲口否认这本外国"黄书"不黄！在谢惠敏心中，外国的"黄书"当然一律又要比中国的"黄书"更黄了。面对着这样一位张老师，她又联想起以前的许多琐细冲突来。于是，往常毕竟占据支配地位的尊敬之感，顿然减少了许多。她微微撅起嘴，飞走的眉毛落回来拧成了个死疙瘩。

这时候，石红写完"号角诗"，正准备给张老师和谢惠敏朗诵，忽然听到张老师说："这本《牛虻》可不能说成是黄书……"她这才知道那本破书原来就是《牛虻》，赶忙凑拢谢惠敏身边去看。谢惠敏大声质问张老师的话刚一出口，她便热情地晃动着谢惠敏胳膊说："别这么说！我听爸爸妈妈讲过，《牛虻》这本书值得一读！这两天我正读《钢铁是怎样炼成的》，里头的保尔·柯察金是个无产阶级英雄，可他就特别佩服牛虻……"石红早就想找本《牛虻》来看，一直没有借到，所以她从谢惠敏手中拿过书来翻动时，心里翻腾着强烈的求知欲：这本书写的是什么时代的事儿？故事发生在什么地方？牛虻究竟是个啥样的人？真的有值得佩服的地方吗？……当她把破书还到张老师手上时，不禁问道："读这本书，该注意些啥？学习些啥？"谢惠敏咬住嘴唇，眯起眼睛，不满地望着石红，心里怦怦直跳。

张老师翻动着那本饱经沧桑的《牛虻》。他本想耐心地对谢惠敏解释为什么不能把它算作"黄书"，但这本书是从宋宝琦那儿抄出来的，并且，瞧，插图上，凡有女主角琼玛出现，一律野蛮地给她添上了八字胡须。又焉知宋宝琦他们不是把它当成"黄书"来看的呢？生活现象是复杂的。这本《牛虻》的遭遇也够光怪陆离了。对谢惠敏这样实际上还很幼稚的孩子，分析过于复杂的生活现象和精华糟粕并存的文艺作品，需要充裕的时间和适宜的场合。

想到这些，我们的张老师便把破旧的《牛虻》放入书包，和蔼地对谢惠敏说："关于这本书的事儿，咱们改天再谈吧。看，快五点了，咱们赶紧听听石红写的'号角诗'吧，听完分头按计划行动。"

石红念的诗，谢惠敏一句也没装进脑子里去。她痛苦而惶惑地望着映在课桌上的那些斑驳的树影。她非常、非常愿意尊敬张老师，可张老师对这样一本书的古怪态度，又让她不能不在心里嘀咕："还是老师呢，怎么会这样啊?！……"

六

五点刚过，张老师骑车抵达宋家的新居。小院的两间东屋里，东西还来不及仔细整理，显得很凌乱。比如说，一盆开始挂花的"令箭"，就很不恰当地摆放在了歪盖着塑料布的缝纫机上。

宋宝琦的母亲是个售货员,这天正为搬家倒休,忙不迭地拾掇着屋子。见张老师来了,她有些宽慰,又有点羞愧,忙把宋宝琦从屋里喊出来,让他给老师敬礼,又让他去倒茶。我们且不忙随张老师的眼光去打量宋宝琦,先随张老师坐下来同宋宝琦母亲谈谈,了解一下这个家庭的大概。

宋宝琦的父亲在园林局苗圃场工作,一直上"正常班",就是说,下午六点以后就能往家奔了。但他每天常常要八九点钟才回家。为什么?宋宝琦母亲说起来连连叹气,原来这些年他养成了个坏习惯:下班的路上经过月坛,总要把自行车一撂,到小树林里同一些人席地而坐,打扑克消遣,有时打到天黑也不散,挪到路灯底下接茬打,非得其中有个人站起来赶着去工厂上夜班,他们才散。

显然,这样一位父亲,既然缺乏丰富而有意义的精神生活,那么,对宋宝琦的缺乏教育管束也就可想而知了。至于当母亲的,从她含怨的叙述中,不难看出她是怎样自食了溺爱与放任独生子的苦果。

绝不要以为这个家庭很差劲。张老师注意到,尽管他们还有大量的清理与安置工作,才能使房间达到窗明几净的程度,但是两张镶镜框的毛主席、华主席像,却已端正地并排挂到了北墙,并且,一张稍小的周总理像,装在一个自制的环绕着银白梅花图案的镜框中,被郑重地摆放在了小衣柜的正中。这说明这对年近半百的平凡夫妇,内心里也涌荡着和亿万人民相同的感情波澜。那么,除了他们自身的弱点以外,谁应当对他们精神生活的贫乏负责呢?……

差一刻六点的时侯,张老师请当母亲的尽管去忙她的家务事,他把宋宝琦带进里屋,开始了对小流氓的第一次谈话。

现在我们可以仔细看看宋宝琦是什么模样了。他上身只穿着尼龙弹力背心,一疙瘩一疙瘩的横肉和那白里透红的肤色,充分说明他有幸生活在我们这个不愁吃不愁穿的社会里,营养是多么充分,躯体里蕴藏着多么充沛的精力。唉,他那张脸啊,即便是以经常直视受教育者为习惯的张老师,乍一看也不免浑身起栗。并非五官不端正,令人寒心的是从面部肌肉里,从殴斗中打裂过又缝上的上唇中,从鼻翅的神经质扇动中,特别是从那双一目了然地充斥着空虚与愚蠢的眼神中,你立即会感觉到,仿佛一个被污水泼得变了形的灵魂,赤裸裸地立在了聚光灯下。

经过三十来个回合的问答,张老师已在心里对宋宝琦有了如下的估计:缺乏起码的政治觉悟,知识水平大约只相当初中一年级程度,别看有着一身犟肉,实际上对任何一种正规的体育活动都不在行。张老师想到,一些满足于贴贴标签的人批判起宋宝琦这样的小流氓来,一定会说他是"满脑子资产阶级思想"。但是,随着进一步的询问,张老师便愈来愈深切地感到,笼统地说宋宝琦这样的小流氓具有资产阶级思想，那就近乎无的放矢，对引导他走上正路也无济于事。

宋宝琦的确有严重的资产阶级思想，但究竟是哪一些资产阶级思想呢？

资产阶级标榜"自由、平等、博爱"，讲究"个人奋斗"、"成名成家"，用虚伪的"人性论"掩盖他们追求剥削、压迫的罪行。而宋宝琦呢？他自从陷入了那个流氓集团以后，便无时无刻不处于森严的约束之中，并且多次被大流氓"扇耳刮子"与用烟头烫后脑勺。他愤怒吗？反抗吗？不，他既无追求"个性解放"、呼号"自由、平等"的思想行动，也从未想到过"博爱"；他一方面迷信"哥儿们义气"，心甘情愿地替大流氓当"催巴儿"，另一方面又把扇比他更小的流氓耳光当做最大的乐趣。什么"成名成家"，他连想也没有想过，因为从他懂事的时候起，一切专门家——科学家、工程师、作家、教授……几乎都被林贼"四人帮"打成了"臭老九"，论排行，似乎还在他们流氓之下，对他来说，何羡慕之有？有何奋斗而求之的必要？知识有什么用？无休无止地"造反"最好。张铁生考试据说得了个"大鸭蛋"，不是反而当上大官了吗？……所以，不能笼统地给宋宝琦贴上个"满脑袋资产阶级思想"的标签便罢休，要对症下药！资产阶级在上升阶段的那些个思想观点，他头脑里并不多甚至没有，他有的反倒是封建时代的"哥儿们义气"以及资产阶级在没落阶段的享乐主义一类的反动思想影响……请不要在张老师对宋宝琦的这种剖析面前闭上你的眼睛，塞上你的耳朵，这是事实！而且，很遗憾，如果你热爱我们的祖国，为我们可爱的祖国的未来操心的话，那么，你还要承认，宋宝琦身上所反映出的这种问题，在一定程度上还并不是极个别的！请抱着解决实际问题、治疗我们祖国健壮躯体上的局部痛疽的态度，同我们的张老师一起，来考虑考虑如何教育、转变宋宝琦这类青少年吧！

张老师从书包里取出那本饱遭蹂躏的小说来，问宋宝琦："这本书叫什么名儿？你还记得吗？"

宋宝琦刚经历过专政机关严厉的审讯和带强制性的训斥，那滋味当然远比一个班主任老师的询问与教育难受，所以，他尽可能用最恭顺的态度回答说："记得。这是牛亡。"他不认识虻字，照他识字的惯例，只读一半。

"不是牛亡，是牛虻。你知道这两个字是什么意思吗？"

宋宝琦面部没有表情，两眼直愣愣地望着对面在窗玻璃外扑腾的一只粉蝶，极坦率地回答说："不懂。"

"那么，这本书你究竟读完了没有呢？"

"翻了翻篇。我不懂。"

"不懂，你要它干什么呢？这本书是打哪儿来的呢？"

"我们偷的。"

"打哪儿偷的呢？偷它干什么呢？"

"打原来我们学校废书库偷的。听说那里头的书都是不让借、不让看的。全是坏书。我们撬开锁，偷了两大包。我们偷出来为的是拿去卖。"

"怎么没把这本卖了呢？"

"后来都没卖。我们听说，盖了图书馆戳子的书，我们要是卖去，人家就要逮着我们。"

"你们偷出来的书里，还有些什么呢？你还能说出几个名儿来吗？"

"能!"宋宝琦为能表现一下自己并非愚钝无知感到非常高兴，他第一次有了专注的神情，眨着眼，费劲地回忆着："有《红岩》，有……《和平与战争》，要不，就是《战争与和平》，对了，还有一本书特怪，叫……叫《新嫁车的词儿》……"

这让张老师吃了一惊。他想了想，掏出钢笔在手心里写了《辛稼轩词选》几个字，伸出去让宋宝琦看，宋宝琦赶忙点头："就是! 没错儿!"

张老师心里一阵阵发痛。几个小流氓偷书，倒还并不令人心悸。问题是，凭什么把这样一些有价值的，乃至于非但不是毒草，有的还是香花的书籍，统统扔到库房里锁起来，宣布为禁书呢？宋宝琦同他流氓伙伴堕落的原因之一，出乎一般人的逻辑推理之外，并非一定是由于读了有毒素的书而中毒受害，恰恰是因为他们相信能折腾就能"拔份儿"，什么书也不读而堕落于无知的深渊!

张老师翻动着《牛虻》，责问宋宝琦："给这插图上的妇女全画上胡子，算干什么呢？你是怎么想的呢？"

宋宝琦垂下眼皮，认罪地说："我们比赛来着，一人拿一本，翻画儿，翻着女的就画，谁画得多，谁运气就好……"

张老师愤然注视着宋宝琦，一时说不出话来。宋宝琦抬起眼皮偷觑了张老师一眼，以为是自己的态度还不够老实，忙补充说："我们不对，我们不该看这黄书……我们算命，看谁先交上女朋友……我们……我再也不敢了!"他想起了在公安局里受审的情景，也想起了母亲接他出来那天，两只红红的、交织着疼和恨的眼睛。

"我们不该看这黄书。"——这句话像鼓槌落到鼓面上，使张老师的心"咚"的一响。怪吗？也不怪——谢惠敏那样品行端正的好孩子，同宋宝琦这样品质低劣的坏孩子，他们之间的差别该有多么大啊，但在认定《牛虻》是"黄书"这一点上，却又不谋而合——而且，他们又都是在并未阅读这本书的情况下，"自然而然"地作出这个结论的。这是多么令人震惊的一种社会现象! 谁造成的？谁？

当然是"四人帮"!

一种前所未及的，对"四人帮"铭心刻骨的仇恨，像火山般喷烧在张老师的心中。截至目前为止，在人类文明史上，能找出几个像"四人帮"这样用最革命的"逻辑"与口号，掩盖最反动的愚民政策的例子呢？

望着低头坐在床上，两只肌肉饱满的胳膊撑在床边，两眼无聊地瞅着互相搓动的、穿着白边懒鞋的双脚，拒绝接受一切人类文明史上有益的知识和美好的艺术结晶的这个宋宝琦，张老师只觉得心里的火苗扑腾扑腾往上蹿，一种无形的力量冲击着他的喉头，他几乎要喊出来——

救救被"四人帮"坑害了的孩子！

七

春天日短。当远处电报大楼的七记钟声，悠悠地随风飘来时，暮色已经笼罩着光明中学附近的街道和胡同。

张老师推着自行车，有意识拐进了免费出入、日夜开放的小公园里。他寻了一条僻静处的长椅，支上车，坐到长椅上，燃起一支香烟，眉尖耸动着，有意让胸中汹涌的感情波涛，能集中到理智的闸门，顺合理的渠道奔流出去，化为强劲有力的行动，来执行自己这班主任的职责。

晚风吹动着一直拖到椅背上来的柳丝，身上落下了一些随风旋转而来的干榆钱，在看不见的地方，丁香花开了，飘来沁人心脾的芳馥气息。

同宋宝琦本人及其家庭的初步接触，竟将张老师心弦中的爱弦和恨弦拨动得如此之剧烈，颤动得他竟难以控制自己。他恨不能立时召集全班同学，来这长椅前开个班会。他有许多深刻而动人的想法，有许多诚挚而严峻的意念，有许多倾心而深沉的嘱托、建议、批评、引导和号召，就在这个时候，能以最奔放的感情，最有感染力的方式，包括使用许多一定能脱口而出的丰富而奇特的、易于为孩子们所接受的例证和比喻，淋漓尽致地表达出来……

他感到，他比以往任何时候，都更爱我们亲爱的祖国。想到她的未来，想到她的光明前景，想到本世纪结束、下世纪开始时，"四化"初具规模的迷人境界，他便产生了一种不容任何人凌辱、戏弄祖国，不许任何人扼杀、窒息祖国未来的强烈感情！他想到自己的职责——人民教师，班主任，他所培养的，不要说只是一些学生，一些花朵，那分明就是祖国的未来，就是使中华民族在这 960 万平方公里的土地上，强盛地延续下去，发展下去，屹立于世界民族之林的未来！

他感到，他比以往任何时候，都更深刻地仇恨"四人帮"这伙祸国殃民的蟊贼。不要仅仅看到"四人帮"给国民经济所造成的有形危害，更要看到"四人帮"向亿万群众灵魂上泼去的无形污秽；不要仅仅注意到"四人帮"培养出了一小撮"头上长角、浑身长刺"的张铁生式丑类，还要注意到，有多少宋宝琦式的"畸形儿"已经出现！而且，甚至像谢惠敏这样本质纯正的孩子身上，都有着"四人帮"用残酷的愚民政策所打下的黑色烙印！"四人帮"不仅糟踏着中华民族的现在，更残害着中华民族的未来！

对丑类的恨加深着对人民的爱,对人民的爱又加深着对丑类的恨,当爱和恨交织在一起的时候,人们就有了为真理而斗争的无穷勇气,就有了不怕牺牲去夺取胜利的无穷力量。

张老师陡然站了起来,他看看表,七点一刻。他想到了晚饭。不是他感到饿了,想自己回家吃饭去,他简直把自己也需要吃晚饭这件事忘到爪哇岛去了。他是打算亲自到几个同学家里去,了解一下他们对宋宝琦来初三(三)班的反应。而这个时候,同学们家里一定都在吃饭,吃饭的时候进行家访是不适宜的。他想了想,便背着手,在小公园的树林子里踱起步来,同时确定下来,七点半左右再离开这里……

丁香花的芳馨一阵阵更加浓郁。浓郁的香气令人联想起最称心如意的事。张老师想到"四人帮"已经被扫进了垃圾箱,想到华主席为首的党中央已经在短短的半年内打出了崭新的局面,想到亲爱的祖国不但今天有了可靠的保证,未来也更加充满希望,他便感到宋宝琦也并非朽不可雕的烂树,而谢惠敏的糊涂处以及对自己的误解与反感,比之于蕴藏在她身上的优良素质和社会主义积极性来,简直更不是什么难以消融的冰雪了。

八

张老师推车走出小公园时,恰巧遇上了提着鼓囊囊的塑料包,打从小公园门口走过的尹老师。

尹老师大吃一惊:"俊石,你怎么还有逛公园的雅兴?"

张老师笑了笑,没有解释。他也并不问尹老师从哪儿来,到哪儿去。他知道,尹老师坚持有一个多月了,每天下午四点以后,除了在学校组织一些数学后进的学生补课以外,还要轮流到他们家里去进行个别辅导。他熟悉尹老师的脾性,特别是"四人帮"控制着义教战线的时期,他往往牢骚满腹,对教育部不满,对学校领导不满,对学生不满,对家长不满。倘是一个局外人,听了他那些愤激之情溢于言表的话,一定会以为他是个惯于撂挑子、甩袖子的人;其实尹老师牢骚归牢骚,工作归工作,不管是什么时候,不管遇上什么打击、障碍、困难和挫折,他从未放弃过辛勤的教学劳动。就是在"四人帮"把学生中的无政府主义思潮煽动得达于极点,课堂里往往乱得像一锅煮沸的粥时,他虽然能在办公室里把牢骚话说到"咱们干脆罢教"的地步,一听到上课铃响,却又立即奔赴教室,仍然竭尽全力地用粉笔敲着黑板,用劝导、吆喝、说服、恫吓来让同学们听他讲述那些方程式和多面体。

张老师知道这是他已经结束了个别辅导,要奔赴胡同外的汽车站,乘车回家去了。他既然是忙完了工作,那么,牢骚一定是一触即发。果不其然,不等张老师开口,他便拍着张老师自行车的车座子,长叹一声说:"'四人帮'给咱们造成了些什么样的学生啊!你想想看吧,我教的是初三了,可刚才却还在为两个学生翻来覆去地讲勾股定理……你比我更'福气'——摊上个'新文盲'宋宝琦!说实在的我不能理解你,眼下是'百废待举',该做的事情那么多,而光是今天一个下午,你就为收留一个小流氓耗费了那么多心血,犯得上吗?!让宋宝琦滚蛋吧!公安局不收,让他回原来的学校!原来的学校不要,就让他在家待着!……"

张老师诚恳地对他说:"经过这一下午,我越来越自觉地认识到,症结不在是不是一定要收下宋宝琦——的确,也许应当为他这样的学生专门办一种学校,或者把他同相似的学生专门编成一班;要不按他的文化程度,干脆把他降到初一去从头学起……但这都不是主要的。症结在哪里呢?今天下午围绕着收留宋宝琦发生的这一件又一件的事情,好比一面镜子,照出了'四人帮'残害我们下一代的罪恶;有些'四人帮'的流毒和影响,我以前或者没有觉察出来,或者没有像今天这样感到触目惊心,我想到了很多、很多……达磊,现在是 1977 年的春天,这是多么美好、多么幸福的春天啊,可它又是要求我们迎向更深刻的斗争、付出更艰苦的劳动的春天,因而也是要求我们更加严格的一个春天!朝前看吧,达磊!……"

尹老师从这简单的话语里不可能感受到张老师已经感受到的一切,但是,当他同张老师那饱含着醒悟、深思、信心、力量的动人目光相遇时,他的牢骚和烦躁情绪顿时消失了。1977 年春天的晚风吹拂着这两个平平常常、默默无闻的人民教师,有那么一两分钟,他们各自任自己的思绪飞扬奔腾,静静地没有交谈。

张老师想到,过几天,针对尹老师思想方法偏于简单和急躁的缺点,一定要好好地找他谈一谈:感情绝不能代替政策;迫切希望革命事业向前迈进的心情,不能简单地表现为焦躁和牢骚;锲而不舍地坚持斗争的同时,又应当对事物的发展抱相应的积极等待的态度;对宋宝琦这类小流氓的厌恨,还可以转化为对祖国的幼苗遭到"四人帮"戕害而生的怜惜和疼爱……总之,要好好地同尹老师谈谈哲学,谈谈辩证法,谈谈现在和未来,谈谈爱和恨,谈谈生活和工作,乃至于谈谈《红岩》和《牛虻》……

远处又飘来了报告七点半已到的一记钟声,张老师收回沸腾的思绪,拍拍尹老师肩膀说:"咱俩另找个时间好好聊聊吧。我还要到几个同学家里去一下。"

"快去石红那儿吧,"尹老师忽然想起,赶紧告诉张老师:"我刚从他们楼里出来,听我那班的一个同学说,谢惠敏跟石红吵了一架,你快去了解一下吧!"

张老师心里一震,他立即骑上车,朝石红家所在的居民楼驰去。

九

石红的爸爸是区上的一个干部，妈妈是个小学教师。两口子都是在轰轰烈烈的"四清"运动里入党的；从入党前后起，特别是经过无产阶级文化大革命，他们形成了一种很好的习惯，就是坚持学习马列、毛主席著作。他们书架上的马恩、列宁四卷集、"毛选"四卷和许多厚薄不一的马列、毛主席著作单行本，书边几乎全有浅灰的手印，书里不乏折痕、重点线和某些意味着深深思索的符号……石红深深受着这种认真读书的气氛的熏陶，她也成了个小书迷。

石红是幸运的。"晚饭以后"成了她家的一个专用语，那意味着围坐在大方桌旁，互相督促着学习马列、毛主席著作，以及在互相关怀的气氛中各自做自己的事——爸爸有时是读他爱读的历史书，妈妈批改学生的作文，石红抿着嘴唇，全神贯注地思考着一道物理习题或是解着一个不等式……有时一家人又在一起分析时事或者谈论文艺作品，父亲和母亲，父母和女儿之间，展开愉快的、激烈的争论。即便在"四人帮"推行法西斯文化专制主义最凶狠的情况下，这家人的书架上仍然屹立着《暴风骤雨》、《红岩》、《茅盾文集》、《盖达尔选集》、《欧也妮·葛朗台》、《唐诗三百首》……这样一些书籍。

张老师曾经把石红通读过的《共产党宣言》、《马克思主义的三个来源和三个组成部分》和"毛选"四卷，以及她的两本学习笔记，拿到班会上和家长会上传看过，但是，他更觉得欣喜的是，这孩子常常能够根据马列主义、毛泽东思想的原则去思考、分析一些问题，这些思考和分析，往往比较正确，并体现在她积极的行动中。

我们这个故事发生的那一天，张老师敲开石红他们家那个单元的门后，发现迎门的那间屋里，坐满了人。石红坐在屋中饭桌边，正朗读着一本书。另外有五个女孩子，也都是张老师班上的学生，散坐在屋中不同的部位，有的右手托腮、睁大双眼出神地望着石红；有的双臂叠放在椅背上，把头枕上去；有的低首揉弄着小辫梢……显然，她们都正听得入神。根据下午谢惠敏的汇报，这恰恰是那几个因为害怕或赌气，而扬言明天宋宝琦去了她们就不去上学的同学。

石红读得专心致志，没有发觉张老师的到来；有两三个女孩子抬眼瞧见了张老师，也只是羞涩地对他笑笑，没有出声叫他"张老师"，那显然并非是忘记了礼貌，而是不忍心中断她们已经沉浸进去的那个动人的故事。

来开门的石红妈妈把张老师引到隔壁屋里，请他坐下，轻声地解释说："孩子们正在读鲁迅翻译的《表》……"

《表》是苏联作家班台莱耶夫在十月革命后不久写的一部儿童文学作品，它描写了一个流浪儿在苏维埃教养院里的转变过程。鲁迅先生当年以巨大的热情翻译了它。张老师虽然好多年没翻过这本书了,但石红妈妈一提,这本书里的一些人物形象和片断情节,顿时涌现在张老师的脑海中。张老师在短短的几分钟里,已经猜测出石红家里出现这种局面的来龙去脉了。果然,石红妈妈告诉他:"石红一回家就把宋宝琦的事跟我说了。吃晚饭的时候她一个劲眨巴眼睛,洗碗的时候她跟我商量:'妈妈,要是我约上谢惠敏,把那些害怕、赌气的同学们都找来,读读《表》这本书怎么样呢?'我很赞成。我跟她说:'有党的领导,有社会主义制度,路线对了头,只要老师、同学们发挥集体的作用,小流氓也是能转变的啊!'后来她就找同学们去了——只是谢惠敏不知怎么没有来……"

正说着,石红读完一个段落,知道张老师来了,拿着书跳进里屋,高兴地嚷:"张老师,你来得正好!快给我们讲讲吧!"

张老师被她拉到了外屋,几个小姑娘都站起来叫"张老师",不等他发话,各种各样的问题就争先恐后地提出来了:

"张老师,这本书我们能读吗?"

"张老师,这本书里的小流氓,怎么又惹人生气,又惹人同情呢?"

"张老师,谢惠敏说我们读毒草,这本书能叫毒草吗?"

"张老师,您见着宋宝琦了吗?跟这本书里的小流氓比,他好点儿还是坏点儿呢?"

"……"

张老师且不忙回答,却反问她们:"谢惠敏为什么不来呢?石红跟她吵嘴了?你们应该齐心合力把她拉来啊!"

小姑娘们激动地同声回答起来,吵成一片,结果一句也听不清,还是石红让大伙静下来,解释说:"拉不来啊!除非现在报上专门登篇文章,宣布《表》是一本好书……"

原来,石红刚一找到谢惠敏的时候,谢惠敏见石红工作这么积极,还挺高兴。可是一听是找到一块去读一本外国小说,她就打心眼里反感。石红跟她解释,这本书挺不错,读了对解决那几个同学的问题能有启发……谢惠敏没等石红说完,立刻反问道:"报上推荐过吗?"这一问使石红呆住了,半晌才回答:"没推荐呢。""读没推荐的书不怕中毒吗?现在正反腐蚀,咱们干部可不能带头受腐蚀呀!……"谢惠敏一脸警惕的神色,警告着石红,不仅自己拒绝参加这个活动,还劝说石红不要"犯错误"……这把石红惹恼了,同她吵了一场,但临走时仍然拉着她的手,央告她去"听听再说",她把石红的手拂开了。石红走后,谢惠敏激动地走出屋子,晚风吹拂着她火烫的面颊,她很痛苦,上牙把下唇咬出了很深的印子……

在石红的家里,接下来出现了这样的场面:张老师坐在桌边,石红和那几个小姑娘围住他,师生一起无拘无束地谈了起来,从《表》谈到苏联的情况,从《表》里的流浪儿谈到宋宝琦,从应当怎样改造小流氓谈到大多数小流氓是能够教育好的,最后渐渐谈到明天以后班里面临的新形势,张老师笑着问那几个小姑娘:"怎么样,你们还罢课吗?"

她们互相交换完眼色,便都望着张老师,几乎是异口同声地说:"不罢啦!"

张老师离开石红家的时候,满天的星斗正在宝蓝色的夜空中熠熠闪光。

用不着思索,蹬上自行车以后,他自然而然地向谢惠敏家里驰去。说实在的,当他同石红和那几个小姑娘议论时,谢惠敏无时不在他的心中;他疼爱谢惠敏,如同医生疼爱一个不幸患上传染病的健壮孩子;他相信,凭着谢惠敏那正直的品格和朴实的感情,只要倾注全力加以治疗,那些"四人帮"在她身上播下的病菌,是一定能够被杀灭的。

离谢惠敏的家越近,张老师心上的内疚感便越沉重。过去,对谢惠敏成为这样一种状态,他总觉得自己难以承担责任——他在接班不久的情况下,就向谢惠敏含蓄地指出过,不要只是学习零星的语录,不要迷信解释领袖思想的文章,要认真学习原著,要独立思考……但谢惠敏并未领悟。今天,张老师有了新的感触,他责问自己,虽然去年十月以前的那个学期里,是个乌云压顶的形势,可是,难道自己就不能更勇敢、更坚决地同荒诞、反动的东西作斗争吗?就不能更直截了当地、更倾注全力地同谢惠敏谈心,引导她擦亮眼睛、识别真假吗?……

快到谢惠敏家的门口时,一个计划已在张老师心中初现轮廓:他今天要把书包中的那本《牛虻》留给谢惠敏,说服她去读读这本书,允许她对这本书发表任何读后感。然后,从分析这本书入手,引导谢惠敏运用马列主义、毛泽东思想的立场、观点、方法去解答一系列互相关联的问题:应当怎样认识生活?应当怎样了解历史?应当怎样对待人类社会产生的一切文明成果?应当怎样批判过去文化遗产中的糟粕而取其精华?应当怎样全面地、辩证地看问题?应当怎样辨别香花和毒草,识别真假马列主义?应当使自己成为一个什么样的人?应当怎样去为祖国的"四化"、为共产主义的灿烂未来而斗争?……

张老师心中掀动着激昂的感情波澜。当他刹住车,在谢惠敏家门口站定时,心中的计划进一步明朗起来:不仅要从这件事入手,来帮助谢惠敏消除"四人帮"的流毒,而且,还要以揭批"四人帮"为纲,开展有指导的阅读活动,来教育包括宋宝琦在内的全班同学……他决定明天一早就去请示党支部。会获得支持吗?他眼前浮现出老曹在支部会上目光灼灼地发言的面影:"现在,是真格儿按毛主席的思想体系搞教育的时候了!"他正是要"真格儿"地大干一场啊,一定会得到组织支持的!他心中又闪过了一些老师可能发出的疑问,于是,他决定,要争取在教师会上发言,阐述自己的想法:现在,我们不仅要加强课堂教学,使孩子们掌握好课本和课堂上的科学文化知识,获得德、智、体全面发展;不仅要继续带领他们学工、学农,把理论和实践结合起来;而且,还要引导他们注目于更广阔的世界,使他们对人类全部文明成果产生兴趣,具有更高的分析能力,从而成为社会主义革命和社会主义建设的更强有力的接班人……

这时,春风送来沁鼻的花香,满天的星星,都在眨眼欢笑,仿佛对张老师那美好的想法给予着肯定与鼓励……

（选自《中国新文艺大系·1976—1982短篇小说集（上卷）》,中国文联出版社1986年版）

爱，是不能忘记的

张　洁

　　我和我们这个共和国同年。三十岁，对于一个共和国来说，那是太年轻了。而对一个姑娘来说，却有嫁不出去的危险。

　　不过，眼下我倒有一个正儿八经的求婚者。看见过希腊伟大的雕塑家米伦所创造的"掷铁饼者"那座雕塑么？乔林的身躯几乎就是那尊雕塑的翻版。即使在冬天，臃肿的棉衣也不能掩盖住他身上那些线条的优美的轮廓。他的面孔黝黑，鼻子、嘴巴的线条都很粗犷。宽阔的前额下，是一双长长的眼睛。光看这张脸和这个身躯，大多数的姑娘都会喜欢他。

　　可是，倒是我自己拿不准主意要不要嫁给他。因为我闹不清楚我究竟爱他的什么，而他又爱我的什么？

　　我知道，已经有人在背地里说长道短："凭她那些条件，还想找个什么样的？"

　　在他们的想象中，我不过是一头劣种的牲畜，却变着法儿想混个肯出大价钱的冤大头。这使他们感到气恼，好象我真的干了什么伤天害理的、冒犯了众人的事情。

　　自然，我不能对他们过于苛求。在商品生产还存在的社会里，婚姻，也象其它的许多问题一样，难免不带着商品交换的烙印。

　　我和乔林相处将近两年了，可直到现在我还摸不透他那缄默的习惯到底是因为不爱讲话，还是因为讲不出来什么？逢到我起意要对他来点智力测验，一定逼着他说出对某事或某物的看法时，他也只能说出托儿所里常用的那种词藻："好！"或"不好！"就这么两档，再也不能换换别的花样儿了。

　　当我问起"乔林，你为什么爱我"的时候，他认真地思索了好一阵子。对他来说，那段时间实在够长了。凭着他那宽阔的额头上难得出现的皱纹，我知道，他那美丽的脑壳里面的组织细胞，一定在进行着紧张的思维活动。我不由地对他生出一种怜悯和一种歉意，好象我用这个问题刁难了他。

　　然后，他抬起那双儿童般的、清澈的眸子对我说："因为你好！"

　　我的心被一种深刻的寂寞填满了。"谢谢你，乔林！"

　　我不由地想：当他成为我的丈夫，我也成为他的妻子的时候，我们能不能把妻子和丈夫的责任和义务承担到底呢？也许能够。因为法律和道义已经紧紧地把我们拴在一起。而如果我们仅仅是遵从着法律和道义来承担彼此的责任和义务，那又是多么悲哀啊！那么，有没有比法律和道义更牢固、更坚实的东西把我们联系在一起呢？

逢到我这样想着的时候，我总是有一种古怪的感觉，好象我不是一个准备出嫁的姑娘，而是一个研究社会学的老学究。

也许我不必想这么许多，我们可以照大多数的家庭那样生活下去：生儿育女，厮守在一起，绝对地保持着法律所规定的忠诚……虽说人类社会已经进入了二十世纪七十年代，可在这点上，倒也不妨象几千年来人们所做过的那样，把婚姻当成一种传宗接代的工具，一种交换、买卖，而婚姻和爱情也可以是分离着的。既然许多人都是这么过来的，为什么我就偏偏不可以照这样过下去呢？

不，我还是下不了决心。我想起小的时候，我总是没缘没故地整夜啼哭，不仅闹得自己睡不安生，也闹得全家睡不安生。我那没有什么文化却相当有见地的老保姆说我"贼风入耳"了。我想这带有预言性的结论，大概很有一点科学性，因为直到如今我还依然如故，总好拿些不成问题的问题不但搅扰得自己不得安宁，也搅扰得别人不得安宁。所谓"禀性难移"吧！

我呢，还会想到我的母亲，如果她还活着，她会对我的这些想法，对乔林，对我要不要答应他的求婚说些什么？

我之所以习惯地想到她，绝不因为她是一个严酷的母亲，即使已经不在人世也依然用她的阴魂主宰着我的命运。不，她甚至不是母亲，而是一个推心置腹的朋友。我想，这多半就是我那么爱她，一想到她已经离我远去便悲从中来的原因吧！

她从不教训我，她只是用她那没有什么女性温存的低沉的嗓音，柔和地对我谈她一生中的过失或成功，让我从这过失或成功里找到我自己需要的东西。不过，她成功的时候似乎很少，一生里总是伴着许许多多的失败。

在她最后的那些日子里，她总是用那双细细的、灵秀的眼睛长久地跟随着我，仿佛在估量着我有没有独立生活下去的能力，又好象有什么重要的话要叮嘱我，可又拿不准主意该不该对我说。准是我那没心没肺，凡事都不大有所谓的派头让她感到了悬心。她忽然冒出了一句："珊珊，要是你吃不准自己究竟要的是什么，我看你就是独身生活下去，也比糊里糊涂地嫁出去要好得多！"

照别人看来，做为一个母亲，对女儿讲这样的话，似乎不近情理。而在我看来，那句话里包含着以往生活里的极其痛苦的经验。我倒不觉得她这样叮咛我是看轻我或是低估了我对生活的认识。她爱我，希望我生活得没有烦恼，是不是？

"妈妈，我不想嫁人！"我这么说，绝不是因为害臊或是在忸怩作态。说真的，我真不知道一个姑娘什么时候需要做出害臊或忸怩的姿态，一切在一般人看来应该对孩子隐讳的事情，母亲早已从正面让我认识了它。

"要是遇见合适的，还是应该结婚。我说的是合适的！"

"恐怕没有什么合适的！"

"有还是有，不过难一点——因为世界是这么大，我担心的是你会不会遇上就是了！"她并不关心我嫁得出去还是嫁不出去，她关心的倒是婚姻的实质。

"其实，您一个人过得不是挺好吗？"

"谁说我过得挺好？"

"我这么觉得。"

"我是不得不如此……"她停住了说话，沉思起来。一种淡淡的、忧郁的神情来到了她的脸上。她那忧郁的、满是皱纹的脸，让我想起我早年夹在书页里的那些已经枯萎了的花。

"为什么不得不如此呢？"

"你的为什么太多了。"她在回避我。她心里一定藏着什么不愿意让我知道的心事。我知道，她不告诉我，并不是因为她耻于向我披露，而多半是怕我不能准确地估量那事情的深浅而扭曲了它，也多半是因为人人都有一点珍藏起来的、留给自己带到坟墓里去的东西。想到这里，我有点不自在。这不自在的感觉迫使我没有礼貌，没有教养地追问下去："是不是您还爱着爸爸？"

"不，我从没有爱过他。"

"他爱您吗？"

"不，他也不爱我！"

"那你们当初为什么结婚呢？"

她停了停，准是想找出更准确的字眼来说明这令人费解和反常的现象，然后显出无限悔恨的样子对我说："人在年轻的时候，并不一定了解自己追求的、需要的是什么，甚至别人的起哄也会促成一桩婚姻。等到你再长大一些、更成熟一些的时候，你才会明白你真正需要的是什么。可那时，你已经干了许多悔恨得让你感到锥心的蠢事。你巴不得付出任何代价，只求重新生活一遍才好，那你就会变得比较聪明了。人说'知足者常乐'，我却享受不到这样的快乐。"说着，她自嘲地笑了笑。"我只能是一个痛苦的理想主义者。"

莫非我那"贼风入耳"的毛病是从她那里来的？大约我们的细胞中主管"贼风入耳"这种遗传性状的是一个特别尽职尽责的基因。

"您为什么不再结婚呢？"

她不大情愿地说："我怕自己还是吃不准自己到底要什么。"她明明还是不肯对我说真话。

我不记得我的父亲。他和母亲在我很小的时候便分手了。我只记得母亲曾经很害羞地对我说过他是一个相当漂亮的、公子哥儿似的人物。我明白，她准是因为自己也曾追求过那种浅薄而无聊的东西而感到害臊。她对我说过："晚上睡不着觉的时候，我常常迫使自己硬着头皮去回忆青年时代所做过的那些蠢事、错事！为的是使自己清醒。固然，这是很不愉快的，我常会羞愧地用被单蒙上自己的脸，好象黑暗里也有许多人在盯着我瞧似的。不过这种不愉快的感觉里倒也有一种赎罪似的快乐。"

我真对她不再结婚感到遗憾。她是一个很有趣味的人，如果她和一个她爱着的人结婚，一定会组织起一个十分有趣味的家庭。虽然她生得并不漂亮，可是优雅、淡泊，象一幅淡墨的山水画。文章写得也比较美，和她很熟悉的一位作家喜欢开这样的玩笑："光看你的作品，人家就会爱上你的！"

母亲便会接着说："要是他知道他爱的竟是一个满脸皱纹、满头白发的老太婆，他准会吓跑了。"

到了这样年龄，她绝不会是还不知道自己到底要什么。这分明是一句遁词。我之所以这么说，是因为她有一些引起我生出许多疑惑的怪毛病。

比如，不论她上哪儿出差，她必得带上那二十七本一套的，一九五〇年到一九五五年出版的契诃夫小说选集中的一本。并且叮咛着我："千万别动我这套书。你要看，就看我给你买的那一套。"这话明明是多余的，我有自己的一套，干嘛要去动她的那套呢？况且这话早已三令五申地不知说过多少遍了。可她还是怕有个万一的时候。她爱那套书爱得简直象得了魔症一般。

我们家有两套契诃夫小说选集。这也许说明对契诃夫的爱好是我们家的家风，但也许更多的是为了招架我和别的喜欢契诃夫的人。逢到有人想要借阅的时候，她便拿了我房间里的那套给人。有一次，她不在家的时候，一位很熟的朋友拿了她那套里的一本。她知道了之后，急得如同火烧了眉毛，立刻拿了我的一本去换了回来。

从我记事的那天起，那套书便放在她的书橱里了。别管我多么钦佩伟大的契诃夫，我也不能明白，那套书就那么百看不厌，二十多年来有什么必要天天非得读它一读？

有时，她写东西写累了，便会端着一杯浓茶，坐在书橱对面，瞧着那套契诃夫小说选集出神。要是这个时候我突然走进了她的房间，她便会显得慌乱不安，不是把茶水泼了自己一身，便是象初恋的女孩子，头一次和情人约会便让人撞见似地羞红了脸。

我便想：她是不是爱上了契诃夫？要是契诃夫还活着，没准真会发生这样的事。

当她神志不清，就要离开这个世界的时候，她对我说的最后一句话是："那套书——"她已经没有力气说出"那套契诃夫小说选集"这样一个长句子。不过我明白她指的就是那一套。"……还有，写着，'爱，是不能忘记的'……笔记本、和我，一同火葬。"

她最后叮咛我的这句话，有些，我为她做了，比如那套书。有些，我没有为她做，比如那些题着"爱，是不能忘记的"笔记本子。我舍不得。我常想，要是能够出版，那一定是她写过的那些作品里最动人的一篇，不过它当然是不能出版的。

起先，我以为那不过是她为了写东西而积累的一些素材。因为它既不象小说，也不象札记；既不象书信，也不象日记。只是当我从头到尾把它们读了一遍的时候，渐渐地，那些只言片语与我那支离破碎的回忆交织成了一个形状模糊的东西。经过久久的思索，我终于明白，我手里捧着的，并不是没有生命、没有血肉的文字，而是一颗灼人的、充满了爱情和痛苦的心，我还看见那颗心怎样在这爱情和痛苦里挣扎、熬煎。二十多年啦，那个人占有着她全部的情感，可是她却得不到他。她只有把这些笔记本当做是他的替身，在这上面和他倾心交谈。每时，每天，每月，每年。

难怪她从没有对任何一个够意思的求婚者动过心，难怪她对那些说不出来是善意的愿望或是恶意的闲话总是淡然地一笑付之。原来她的心已经填得那么满，任什么别的东西都装不进去了。我想起"曾经沧海难为水，除却巫山不是云"的诗句，想到我们当中多半有人不会这样去爱，而且也没有人会照这个样子来爱我的时候，我便感到一种说不出来的怅惘。

我知道了三十年代末，他在上海做地下工作的时候，一位老工人为了俺护他而被捕牺牲，撇下了无依无靠的妻子和女儿。他，出于道义，责任，阶级情谊和对死者的感念，毫不犹豫地娶了那位姑娘。逢到他看见那些由于"爱情"而结合的夫妇又因为"爱情"而生出无限的烦恼的时候，他便会想："谢天谢地，我虽然不是因为爱情而结婚，可是我们生活得和睦、融洽，就象一个人的左膀右臂。"几十年风里来、雨里去，他们可以说是患难夫妻。

他一定是她那机关里的一位同志。我会不会见过他呢？从到过我家的客人里，我看不出任何迹象，他究竟是谁呢？

大约一九六二年的春天，我和母亲去听音乐会。剧场离我们家不太远，我们没有乘车。

一辆黑色的小轿车悄无声息地停在人行道旁边。从车上走下来一个满头白发、穿着一套黑色毛呢中山装的、上了年纪的男人。那头白发生得堂皇而又气派！他给人一种严谨的、一丝不苟的、脱俗的、明澄得象水晶一样的印象。特别是他的眼睛，十分冷峻地闪着寒光，当他急速地瞥向什么东西的时候，会让人联想起闪电或是舞动着的剑影。要使这样一对冰冷的眼睛充满柔情，那必定得是特别强大的爱情，而且得为了一个确实值得爱的女人才行。

他走过来，对母亲说："您好！钟雨同志，好久不见了。"

"您好！"母亲牵着我的那只手突然变得冰凉，而且轻轻地颤抖着。

他们面对面地站着,脸上带着凄厉的、甚至是严峻的神情,谁也不看着谁。母亲瞧着路旁那些还没有抽出嫩芽的灌木丛。他呢,却看着我:"已经长成大姑娘了。真好,太好了,和妈妈长得一样。"

他没有和母亲握手,却和我握了握手。而那手也和母亲的手一样,也是冰冷的,也是轻轻地颤抖着的。我好象变成了一路电流的导体,立刻感到了震动和压抑。我很快地从他的手里抽出我的手,说道:"不好,一点也不好!"

他惊讶地问我:"为什么不好?"或许我以为他故作惊讶。因为凡是孩子们说了什么直率得可爱的话的时候,大人们都会显出这副神态的。

我看了看妈妈的面孔。是,我真象她。这让我有些失望:"因为她不漂亮!"

他笑了起来,幽默地说:"真可惜,竟然有个孩子嫌自己的妈妈不漂亮。记得吗? 五三年你妈妈刚调到北京,带你来机关报到的那一天? 她把你这个小淘气留在了走廊外面,你到处串楼梯,扒门缝,在我房间的门上夹疼了手指头。你哇啦哇啦地哭着,我抱着你去找妈妈?"

"不,我不记得了。"我不大高兴,他竟然提起我穿开裆裤时代的事情。

"啊,还是上了年纪的人不容易忘记。"他突然转身向我的母亲说,"您最近写的那部小说我读过了。我要坦率地说,有一点您写得不准确。您不该在作品里非难那位女主人公……要知道,一个人对另一个人产生感情原没有什么可以非议的地方,她并没有伤害另一个人的生活……其实,那男主人公对她也会有感情的。不过为了另一个人的快乐,他们不得不割舍自己的爱情……"

这时,有一个交通民警走到停放小汽车的地方,大声地训斥着司机,说车停的不是地方。司机为难地解释着。他停住了说话,回头朝那边望了望,匆匆地说了声:"再见!"便大步走到汽车旁边,向那民警:"对不起,这不怪司机,是我……"

我看着这上了年纪的人,也俯首帖耳地听着民警的训斥,觉得很是有趣。当我把顽皮的笑脸转向母亲的时候,我看见她是怎样地窘迫呀! 就象小学校里一个一年级的小女孩,凄凄惶惶地站在那严厉的校长面前一样,好象那民警训斥的是她而不是他。

汽车开走了,留下了一道轻烟。很快地,就连这道轻烟也随风消散了,好象什么都没有发生过,而我,不知道为什么却没有很快地忘记。

现在分析起来,他准是以他那强大的精神力量引动了母亲的心。那强大的精神力量来自他那成熟而坚定的政治头脑,他在动荡的革命时代里出生入死的经历,他活跃的思维,工作上的魄力,文学艺术上的素养……而且——说起来奇怪,他和母亲一样喜欢双簧管。对了,她准是崇拜他。她说过,要是她不崇拜那个人,那爱情准连一天也维持不了。

至于他爱不爱我的母亲,我就猜不透了。要是他不爱她,为什么笔记本里会有这样一段记载呢？

"这礼物太厚重了。不过您怎么知道我喜好契诃夫呢？"

"你说过的！"

"我不记得了。"

"我记得。我听到你有一次在和别人闲聊的时候说起过。"

原来那套契诃夫小说选集是他送给母亲的。对于她，那几乎就是爱情的信物。

没准儿，他这个不相信爱情的人，到了头发都白了的时候才意识到他心里也有那种可以称为爱情的东西存在，到了他已经没有权力去爱的时候，却发生了这足以使他献出全部生命的爱情。这可真够凄惨的。也许不只是凄惨，也许还要深刻得多。

关于他，能够回到我的记忆里来的就是这么一小点。

她那么迷恋他，却又得不到他的心情有多么苦呀！为了看一眼他乘的那辆小车，以及从汽车的后窗里看一眼他的后脑勺，她怎样煞费苦心地计算过他上下班可能经过那条马路的时间；每当他在台上做报告，她坐在台下，隔着距离、烟雾、昏暗的灯光、窜动的人头，看着他那模糊不清的面孔，她便觉得心里好象有什么东西凝固了，泪水会不由地充满她的眼眶。为了把自己的泪水瞒住别人，她使劲地咽下它们。逢到他咳嗽得讲不下去，她就会揪心地想到为什么没人阻止他吸烟？担心他又会犯了气管炎。她不明白为什么他离她那么近而又那么遥远？

他呢，为了看她一眼，天天，从小车的小窗里，眼巴巴地瞧着自行车道上流水一样的自行车辆，闹得眼花缭乱；担心着她那辆自行车的闸灵不灵，会不会出车祸；逢到万一有个不开会的夜晚，他会不乘小车，自己费了许多周折来到我们家的附近，不过是为了从我们家的大院门口走这么一趟；他在百忙中也不会忘记注意着各种报刊，为的是看一看有没有我母亲发表的作品。

在他的一生中，一切都是那么清楚、明确，哪怕是在最困难的时刻。但在这爱情面前却变得这样软弱，这样无能为力。这在他的年纪来说，实在是滑稽可笑的。他不能明白，生活为什么偏偏是这样安排着的？

可是，临到他们难得地在机关大院里碰了面，他们又竭力地躲避着对方，匆匆地点个头便赶紧地走开去。即使这样，也足以使我母亲失魂落魄，失去听觉、视觉和思维的能力，世界立刻会变成一片空白……如果那时她遇见一个叫老王的同志，她一定会叫人家老郭，对人家说些连她自己也听不懂的话。

她一定死死地挣扎过，因为她写道：

我们曾经相约：让我们互相忘记。可是我欺骗了你，我没有忘记。我想，你也同样没有忘记。我们不过是在互相欺骗着，把我们的苦楚深深地隐藏着。不过我并不是有意要欺骗你，我曾经多么努力地去实行它。有多少次我有意地滞留在远离北京的地方，把希望寄托在时间和空间上，我甚至觉得我似乎忘记了。可是等到我出差回来，火车离北京越来越近的时候，我简直承受不了冲击得使我头晕眼花的心跳。我是怎样急切地站在月台上张望，好象有什么人在等着我似地。不，当然不会有。我明白了，什么也没有忘记，一切都还留在原来的地方。年复一年，就跟一棵大树一样，它的根却越来越深地扎下去，想要拔掉这生了根的东西实在太困难了，我无能为力。

　　每当一天过去，我总是觉得忘记了什么重要的事情，或是夜里突然从梦中惊醒：发生了什么事情！不，什么也没有发生，我清清楚楚地意识到：没有你！于是什么都显得是有缺陷的，不完满的，而且是没有任何东西可以弥补的。我们已经到了这一生快要完结的时候了，为什么还要象小孩子一样地忘情？为什么生活总是让人经过艰辛的跋涉之后才把你追求了一生的梦想展现在你的眼前？而这梦想因为当初闭着眼睛走路，不但在叉道上错过了，而且这中间还隔着许多不可逾越的沟壑。

　　对了，每每母亲从外地出差回来，她从不让我去车站接她，她一定愿意自己孤零零地站在月台上，享受他去接她的那种幻觉。她，头发都白了的、可怜的妈妈，简直就象个痴情的女孩子。

　　那些文字并没有多少是叙述他们的爱情的，而多半记载的都是她生活里的一些琐事：她的文章为什么失败，她对自己的才能感到了惶惑和猜疑；珊珊（就是我）为什么淘气，该不该罚她；因为心神恍惚她看错了戏票上的时间，错过了一场多么好的话剧；她出去散步，忘了带伞，淋得象个落汤鸡……她的精神明明日日夜夜都和他在一起，就象一对恩爱的夫妻。其实，把他们这一辈子接触过的时间累计起来计算，也不会超过二十四小时。而这二十四小时，大约比有些人一生享受到的东西还深、还多。莎士比亚笔下的朱丽叶说过："我不能清算我财富的一半。"大约，她也不能清算她的财富的一半。

　　似乎他在文化大革命中死于非命。也许因为当时那种特定的历史条件，这一段的文字记载相当含糊和隐晦。我奇怪我那因为写文章而受着那么厉害的冲击的母亲，是用什么办法把这习惯坚持下来的？从这隐晦的文字里，我还是可以猜得出，他大约是对那位红极一世、权极一时的"理论权威"的理论提出了疑问，并且不知对谁说过："这简直就是右派言论。"从母亲那沾满泪痕的纸页上可以看出，他被整得相当惨，不过那老头子似乎十分坚强，从没有对这位有大来头的人物低过头，直到死的时候，留下来的最后一句话还是："就是到了马克思那里，这个官司也非得打下去不可。"

　　这件事一定发生在一九六九年的冬天，因为在那个冬天里，还刚近五十岁的母亲一下子头发全白了。而且，她的臂上还缠上了一道黑纱。那时，她的处境也很难。为了这条黑纱，她挨了好一顿批斗，说她坚持四旧，并且让她交代这是为了谁？

"妈妈，这是为了谁？"我惊恐地问她。

"为一个亲人！"然后怕我受惊似地解释着，"一个你不熟悉的亲人！"

"我要不要戴呢？"她做了一个许久都没有对我做过的动作，用手拍了拍我的脸颊，就象我小的时候她常做的那样。她好久都没有显出过这么温柔的样子了。我常觉得，随着她的年龄和阅历的增长，特别是那几年她所受过的折磨，那种温柔的东西似乎离她越来越远了，也或许是被她越藏越深了，以致常常让我感到她象个男人。

她恍惚而悲凉地笑了笑，说："不，你不用戴。"

她那双又干又涩的眼睛显得没有一点水份，好象已经把眼泪哭干了。我很想安慰她，或是做点什么使她高兴的事。她却对我说："去吧！"

我当时不知为什么生出了一种恐怖的感觉，我觉得我那亲爱的母亲似乎有一半已经随着什么离我而去了。我不由地叫了一声："妈妈！"

我的心情一定被我那敏感的妈妈一览无余地看透了。她温和地对我说："别怕，去吧！让我自己呆一会儿。"

我没有错，因为她的确这样地写着：

> 你去了。似乎我灵性里的一部分也随你而去了。
>
> 我甚至不能知道你的下落，更谈不上最后看你一眼。我也没有权利去向他们质询，因为我既不是亲眷又不是生前好友……我们便这样地分离了。我恨不能为你承担那非人间的折磨，而应该让你活下去！为了等到昭雪的那一天，为了你将重新为这个社会工作，为了爱你的那些个人们，你都应该活着啊！我从不相信你是什么三反分子，你是被杀害的、最优秀者中间的一个。假如不是这样，我怎么会爱你呢？我已经不怕说出这三个字。
>
> 纷纷扬扬的大雪不停地降落着。天哪，连上帝也是这样地虚伪，他用一片洁白覆盖了你的鲜血和这谋杀的丑恶。
>
> 我从没有拿我自己的存在当成一回事。可现在，我无时不在想，我的一言一行会不会惹得你严厉地皱起你那双浓密的眉毛？我想到我要好好地活着，好好地生活，象你那样，为我们这个社会——它不会总象现在这样，惩罚的利剑已经悬在那帮狗男女的头上——真正地做一点工作。
>
> 我独自一人，走在我们唯一一次曾经一同走过的那条柏油小路上。听着我一个人的脚步声在沉寂的夜色里响着、响着……我每每在这小路上徘徊、流连，哪一次也没有象现在这样使我肝肠寸断。那时，你虽然也不在我身边，但我知道，你还在这个世界上，我便觉得你在伴随着我，而今，你的的

确确不在了,我真不能相信!

我走到了小路的尽头,又折回去,重新开始,再走一遍。

我弯过那道栅栏,习惯地回头望去,好象你还站在那里,向我挥手告别。我们曾淡淡地、心不在焉地微笑着,象两个没有什么深交的人,为的是尽力地掩饰住我们心里那镂骨铭心的爱情。那是一个没有一点诗意的初春的夜晚,依然在刮着冷峭的风。我们默默地走着,彼此离得很远。你因为长年害着气管炎,微微地喘息着。我心疼你,想要走得慢一点。可不知为什么却不能。我们走得飞快,好象有什么重要的事情在等着我们去做,我们非得赶快走完这段路不可。我们多么珍惜这一生中唯一的一次"散步",可我们分明害怕,怕我们把持不住自己,会说出那可怕的、折磨了我们许多年的那三个字:"我爱你"。除了我们自己,大概这个世界上没有一个活着的人会相信我们连手也没有握过一次! 更不要说到其它!

不,妈妈,我相信,再没有人能象我那样眼见过你敞开的灵魂。

啊,那条柏油小路,我真不知道它是那样充满了辛酸的回忆的一条小路。我想,我们切不可忽略世界上任何一个最不起眼的小角落,谁知道呢? 那些意想不到的小角落会沉默地缄藏着多少隐秘的痛苦和欢乐呢?

难怪她写东西写得疲倦了的时候,她还会沿着我们窗后的那条柏油小路慢慢地踱来踱去。有时是彻夜不眠后的清晨,有时甚至是月黑风高的夜晚,哪怕是在冬天,哪怕峭厉的风象发狂的野兽似地吼叫,卷着沙石噼哩叭啦地敲打着窗棂……那时,我只以为那不过是她的一种怪僻,却不知她是去和他的灵魂相会。

她还喜欢站在窗前,瞅着窗外的那条柏油小路出神。有一次,她显出那样奇特的神情,以致我以为柏油小路上走来了我们最熟悉的、最欢迎的客人。我连忙凑到窗前,在深秋的傍晚,只有冷风卷着枯黄的落叶,飘过那空荡荡的小路的路面。

好象他还活着一样,用文字和他倾心交谈的习惯并没有因为他的去世而中断。直到她自己拿不起来笔的那一天。在最后一页上,她对他说了最后的话:

我是一个信仰唯物主义的人。现在我却希冀着天国,倘若真有所谓天国,我知道,你一定在那里等待着我。我就要到那里去和你相会,我们将永远在一起,再也不会分离。再也不必怕影响另一个人的生活而割舍我们自己。亲爱的,等着我,我就要来了——

我真不知道,妈妈,在她行将就木的这一天,还会爱得那么沉重。象她自己所说的,那是镂骨铭心的。我觉得那简直不是爱,而是一种疾痛,或是比死亡更强大的一种力量。假如世界上真有所谓不朽的爱,这也就是极限了。她分明至死都感到幸福:她真正地爱过。她没有半点遗憾。

如今，他们的皱纹和白发早已从碳水化合物变成了其它的什么元素。可我知道，不管他变成什么，他们仍然在相爱着。尽管没有什么人间的法律和道义把他们拴在一起，尽管他们连一次手也没有握过，他们却完完全全地占有着对方。那是任什么都不能使他们分离的。哪怕千百年过去，只要有一朵白云追逐着另一朵白云；一棵青草傍依着另一棵青草；一层浪花打着另一层浪花；一阵轻风紧跟着另一阵轻风……相信我，那一定就是他们。

每每我看着那些题着"爱，是不能忘记的"笔记本，我就不能抑制住自己的眼泪。我哭，这不止一次地痛哭，仿佛遭了这凄凉而悲惨的爱情的是我自己。这要不是大悲剧就是大笑话。别管它多么美，多么动人，我可不愿意重复它！

英国大作家哈代说过："呼唤人的和被呼唤的很少能互相答应。"我已经不能从普通意义上的道德观念去谴责他们应该或是不应该相爱。我要谴责的却是：为什么当初他们没有等待着那个呼唤着自己的灵魂？

如果我们都能够互相等待，而不糊里糊涂地结婚，我们会免去多少这样的悲剧哟！

到了共产主义，还会不会发生这种婚姻和爱情分离着的事情呢？既然世界是这么大，互相呼唤的人也就可能有互相不能答应的时候，那么说，这样的事情还会发生？可是，那是多么悲哀啊！可也许到了那时，便有了解脱这悲哀的办法！

我为什么要钻牛角尖呢？

说到底，这悲哀也许该由我们自己负责。谁知道呢？也说不定还得由过去的生活所遗留下来的那种旧意识负责。因为一个人要是老不结婚，就会变成对这种意识的一种挑战。有人就会说你的神经出了毛病，或是你有什么见不得人的隐私，或是你政治上出了什么问题，或是你刁钻古怪，看不起凡人，不尊重千百年来的社会习惯，你准是个离经叛道的邪人……总之，他们会想出种种庸俗无聊的玩意儿来糟蹋你。于是，你只好屈从于这种意识的压力，草草地结婚了事。把那不堪忍受的婚姻和爱情分离着的镣铐套到自己的脖子上去，来日又会为这不能摆脱的镣铐而受苦终身。

我真想大声疾呼地说："别管人家的闲事吧！让我们耐心地等待着，等着那呼唤我们的人，即使等不到也不要糊里糊涂地结婚！不要担心这么一来独身生活会成为一种可怕的灾难。要知道，这兴许正是社会生活在文化、教养、趣味……等等方面进化的一种表现！"

（选自《北京文艺》，1979 年第 11 期）

大　坂

张承志

　　从邮电局的绿漆窗口里伸出一只手臂，朝他拼命地挥舞着。

　　"嗬侬！Jihdel！嘿！Jihdel！"那邮递员用生硬的乌梁海方言朝他吼着——就这样知道了那个消息。他茫然信马走去时，已经听不见雇来带路的瘸老头怎样和那乌梁海人胡扯。远山像一条刺目的闪烁的银霞。

　　他皱紧眉头，心里感到一片苍凉。马缰一下下地扯着他的手。

　　一个精光赤裸的小孩正在路边厚厚的尘土里爬行着、蠕动着。细细的淡黄色粉末均匀地涂遍所有的小胳膊小腿，还有肚皮、屁股、脸蛋。他盯着那干土堆里玩得专心致志的土黄色肉体，"是男孩"，他想。这光洁的肤色和白亮炫目的远山都频频向他闪着捉摸不定的光。

　　这是什么信号呢？马儿却自顾自地走着。她的眼睛里一定也闪着光或信号，也可能是泪光，她是挺软弱的。

　　走过县文化馆。吴二饼站在台阶上，正慢腾腾地擦着那副变色眼镜。"真的上么？小伙子？"他问。显然声音里带着点酸味儿。

　　"还有假的？咱爷们又不是你这号废物！"向导李瘸子不屑地插嘴骂道。

　　"别吹啦，瘸子！"吴二饼戴上眼镜，反唇相讥道，"你能。从青海，到新疆，咋连个老婆也没混上？"

　　他费劲地听着。两个老家伙的声音极淡极远，飘忽不定。Jihdel 应当是信件，而不是电报。但又是走了四天的电报。电波总不会在哪里排队、等车、喂马料吧？居然四天才到达目的地。

　　干燥黄尘里那裸着的小孩朝前爬着，强烈的阳光晒着那涂匀了一层粉末的小光屁股。马喘着，牢牢跟定那小孩前行。再向前就是汽车站了：赶下午班车，明天能回到城里。接着，坐火车需要七十多个小时。——也就是说，一共需要六天才能赶回她身旁。

　　这内陆亚洲的山前平原酷热无比。大地不仅爆烤在白日之下，而且蒸腾着昨天和几天前饱存的热气。马无言地走着，向导老李跟在后面。汗水淌在胸脯上。电报，jihdel。横亘前方的天山遮断了视线，像一线狰狞的银色屏障。她此刻一定在流泪。一定那样：默不出声，任泪水在颊上流淌。单调的马蹄音也随着这一切，踏着枯燥的节奏，啮咬着人心。

　　不管那乌梁海蒙古人怎样称呼电报，这该死的消息已经走了四天。而且他至少要六天才能赶回去。十天，十天后她会怎样呢？平安地度过这场劫难，还是死于大出血？

"流产。大出血。住院。能回来吗？"这电报语言也和马蹄声、和倾泻在大地上的白晃晃阳光、和这肮脏街镇的呼吸、和一切保持着同样可憎的节奏。踢踏，踢踏。马耳朵一耸，一耸。树叶子哗啦，哗啦。十天，十天。

"走哟，尕兄弟！"瘸老李催促着。光屁股的小孩儿在阳光里蠕行。前方的天山像露出牙齿。他感到头疼起来，似乎牙龈也肿起来了。毒阳狠狠地灼着他的脸，烤着他的心。他觉得心里也燃起了一片毒火，那火苗烧得他要发疯了。

这县城的土街很长，他收着马，慢慢走着，一言不发。他紧张地想着什么，汗流浃背。

耀眼的阳光下，那小孩还在土堆里滚着，爬着，若有所思地。奇怪的孩子！他不觉被那赤裸的小小肉体吸引住了。

"大出血。能回来吗？"这样的电文一定会使邮电局的人投去惊奇的一瞥。十天以后，她会怎样呢？难道她真的会从这世上消失么？那可能消失的，难道真的能是她——那还在少年就结识了的、温柔而真诚的她么？

当他坐在西去列车的窗口时，曾默默地下决心要干成件什么事。他想到过那些当装卸工和卖大碗茶的同学，想到那些在麻省理工学院已经读到博士课程第二年的朋友，也想到过那些拆开了能熏死人的、文质彬彬的人。他们都似乎催着他到这儿来。

这条尘土飞扬的街一会儿就将走完。十天，这个冷冰冰的数字。他还什么都没干成。而十天之后一切只会剩下结局。还有五千公里以上的路程。——不管结局怎样，反正他已经决不可能跨越这十天和五千公里的时间和空间了！

那孩子在黄土粉末里沐浴够了，站起来朝前跑去，横着穿过他面前的土街。

哦，这挺着鼓鼓的圆肚皮、逆着阳光奔跑的小崽子，简直就是一个玩弄大自然的、胜利的生灵。而自己的那一个却——失败了，夭亡了，悄无声息地无影无踪了。

她也是一样。如果十天以后他捧着一个骨灰盒从地铁车站里走出来，那些大都市里流水般涌来的姑娘们女人们照旧会快乐喧嚣，向着他迸射出生的活力。就是这样：弱者的悲哀分文不值。

"能回来吗？"她真能选择语汇。电报纸上这行打印的灰色字迹里，既有她的心境，又有她的冷静。马儿走着，前面是银行的高台阶。

他慢慢地收着马缰，手上青筋突起。马儿站住了。让艰辛奋斗的弱者也得到一份成功、一份补偿吧……他目不转睛地盯着那白漆的银行牌子。

"牵着马。"他低声吩咐向导。

当他从银行大门里走出来时，全部公款都已汇至大坂彼侧的县城。这是一种自带凭证的汇寄方法。

现在即使后悔也晚了。只有翻过那道银色的、像大地狰狞尖牙般的大坂。

路过长途汽车站时，他闭上了眼。两匹马用力踩着坚硬的土路，甩着鬃走着。心头那火苗变小了，开始持久地一舐一舐地燎着他。牙龈完全肿了起来，生理的反应居然这么迅速。

他踢踢马腹，两骑马奔跑起来。

前面那大坂冷漠地矗立着。

李瘸子爱吹牛。据他说，他精通各大山脉里的每条道路，几十年专给各路军头、诸色衙门当向导。

"你这匹马，"他怀疑地盯着这瘸老汉胯下的那匹三岁杂毛红马。"这马能上大坂？"

"行，行呢。"老头不介意地应着，"那一年，我们的马子全垮啦。走到贼疙瘩梁，有个庄户。他妈的，门口绊着个马子。我枪栓一拉——"

他厌恶地打断了这老江湖："你专门给盛世才的兵带路？"

"还有老毛子俄罗斯。那年回回马仲英进来，也掴一摞子银洋求咱。再后，帮咱解放军干过。再后——"

他不愿再听这青海老汉吹牛。马放开大步，芨芨草丛刷刷擦过马腿。松树林子近了，白桦林子近了，大山四下围合过来。那个光屁股的娃娃在阳光烤透的尘埃里安静地爬着，肤色像熟透的小麦。世界多丰富：钻山钻熟了也成了一种职业。这老头为着每天两块五的工钱，骑上匹小马就往冰山上爬，而且像去娶媳妇那么瘾头十足。雪线稍稍上移了，大约在两千米海拔以上。广播说山口风力七级。山口就是大坂，在那道传说是冰封的大坂面前，科学院的考察队撤退了。

他只担心瘸老李那匹粉色杂毛的三岁马。

"这马是春天驯的？"他问。

"不价！去年它才两岁口，咱就把狗日的压出来啦。"

他不快地说："去年你骑的就是它？"

"哪！人家科学院一下就雇了好几匹！又驮人又驮料。就是走个半截子。他妈的，工钱少挣十几块。"

这回你骑个癫皮狗找我开心来啦，他敏感地想。"快走。"他吩咐。

牙疼。用舌头轻轻一舐，妈的，所有牙齿都松动了。他皱紧眉头，阴沉地望着前面的深谷。潮闷的风从云杉林子和密丛丛的草棵里吹来，马蹄踢动石块，单调地响着。

你骑着个马吨,我扛了个枪

诺们子两个嘛——浪新疆

老李乐滋滋地甩开右镫,弯过瘸腿在马脖子上盘了个二郎腿。这小调八成是个青海的土匪调。"诺们子两个",他知道就是"我们俩"。可这歌调门很野,他感到山谷里明显地被这老头嚎得变成了绿林世界。

"老李,"他喊道,"走快点!"

马蹄重重地踏着石块。山脉正缓缓向背后迂回。蹄声嗒嗒——离妻子,离夭亡的孩子,离电报或者 jihdel 都愈来愈远了。

"能回来吗? 能回来吗?"他紧闭上干裂的眼角。这已经是第二次了。

上一次是在婚后不久。

"怎么办? 我们刚刚开始补习啊,生孩子时,正赶上结业考试……"她注视着他。

他心烦意乱地大口吸着烟,坐立不安。

"……而且,那会儿也正好是研究生考试的日期,你怎么温书呢……"她自言自语地和他商量着。

他一口烟呛在肺里,剧烈地咳起来。

"咱们不要了吧——不要了吧?"她扶住他,轻轻地问。奇怪的是,她像是在哄他。

他心乱如麻,一拳猛砸在墙上。几个指关节都沁出血滴。

生活,你对这一代人太苛刻了……"不,我们回家! 回家!"他疯狂地吼着,在妇科门诊"男同志止步"的玻璃牌子下,他一把抓住她的手,转身就走。

这是真实的么? ……其实这是一种懦弱的推托。把残酷的选择推给一个弱女子来作。只是那烦恼是真的,现实从四面八方压来的烦恼。也许,这烦恼的气氛混淆了夫妻双方本质完全不同的心境。

他们太年轻了。当年轻的夫妇在社会的选择面前挣扎的时候,他们还没能体会诸如"父亲"、"母亲"这些深沉的字眼儿。

"你知道么?"从手术室出来时,她虚弱地倚着他的肩,缓慢地沿着医院昏暗的楼道走着,"我们组里的徐玲,想要孩子有好些年啦。我说我不要这个了,她说我不敢。哦——"她惨白的额上沁出细汗,露出一个疲倦的笑容。好像她终于攀过了一道冰大坂,很欣慰似的。"好啦,不怕那些考试啦——"她沉重地吐了一口气,闭上了眼睛。她用手指抚弄着他结实的臂肌,"别烦,只要你心里别烦,我就不怕。"她低柔地喃喃着,缓缓地走着。

也许她觉得很高兴:熬过了这一场苦难,又能倚着这么高大健壮的男子汉。

向导李老汉得意洋洋地甩着缰绳头,指着山崖上的小路:"那一年,阿勒泰的哈萨克反啦,盛世才派兵杀。走的就是这个道。"

牙疼得难忍,一跳一跳的,像是在跳脓。天山腹地的景观应当是迷人的:黛色的流雾,翠郁的松林。而现在充斥他视野的却是一片铁色。他盯着那些石垃子和断崖,马蹄无止无休地踏在那冰冷的铁色之上。

"……一个哈萨克丫头子躲在水渠里头哩。妈的,老子正饮马,马子吓得蹦高。"瘸老李还在吹着牛。这老汉每时每刻都在絮叨,瘾头十足地吹牛皮。为着几壶酒钱,他美滋滋地朝大山里钻,骑着个小杂毛三岁马。

这老头一定没有孩子。

"……后来,我给那丫头子披了个军服,扣上个军帽子。趁黑,把她窝在艾比滩一个把兄弟家里啦。"

"老李,生火煮茶吧,歇会儿。"

老汉从脏污的马褡子里摸出两个又黑又硬的包谷馍。

他用力掰下一小块。咬了一下,松动的牙根立即刺入牙龈。他痛得眯起了眼。从嘴里掏出那块烤馍,上面染着红红的血。

"后来呢老李?那哈萨克丫头——"

老头大嚼着,不经意地回答说:"她非不走嘛——咱还不拿上。咦,你吃呀!"

"不吃,不饿。"

"再说,那阵子,她只要一露头,骑巡队见了就是一刀。嘿,山上那死人哪——"

他截断了话头:"有娃娃么?"

"……呃,养了一个,唔,尕小子。"老汉咽下了一大口。

这瘸老汉也有浪漫史。被搭救的哈萨克姑娘哭着抱住了他的瘸腿。牙齿会全烂掉的,现在已经不能吃东西了。十天——已经不是十天,而是更多。一个肮脏而结实的光屁股小孩在爬着,他一定是在追着一只蚂蚁,他也一定是在一个蓬头垢面的哈族女人身旁。也许年轻时代的李瘸子也站在旁边。

他啜着茶水,一杯接一杯。现在只有喝水,要多喝水。他凝神望着前方的冰山,牙龈还在一跳一跳地疼。那冰山轻蔑地朝他闪着冷光。

"走吧,老李。"他站起来。

自从二十世纪初法国探险队在敦煌发现了一份珍贵的唐代写本卷子以来,这条空寂的山峡连同它中间的那道冰大坂,就成了历史、考古、地理世界里的响亮名字。

"你们为什么撤回来了呢?"他曾经奇怪地问过科学院那几位中年人。

"我们不会骑马。"

"什么?"

"我们不会骑马,屁股疼得厉害。"

他愕然了。真不是一代人哪。不会骑马。屁股疼。他们就这样轻易地放弃了光荣。那份敦煌地理文书现在锁在巴黎的博物馆里,而关于它描述的那古道上的种种,至今没有一个中国人去考察。

"我打算过冰大坂。"他对县文化馆的权威吴二饼说,"麻烦您帮我找找马匹和向导。"

"你过不去,过不去。雪线还低呢。去年我都没敢过。你不懂,山口风力七级。算啦,过不去。"这是县境之内唯一的一个眼镜。他看见镜片里反射着嫉妒的光和一种地头蛇式的恼怒。"马么?马匹困难哪!向导也难找——都搞包产啦,谁愿意跟上你钻大山?"那镜片里甚至闪射着快乐、得意的光。

他默默地把桌子上那杯白开水喝下去。

"那么再见。我明天就上山。现在,和您辞行啦。"他站起来,冷冷地和那人握了握手。

多么狂妄的口气。简直是锐气逼人。而此刻,哪怕妻子丧亡的电报飞到身后的县城,不管那乌梁海人怎样再次把它称为 jihdel,他也无从知道了。一步的勇敢,一次男性的证明,背后深埋着多少难言的牺牲呐。牙齿又疼起来了,头晕。他摸出一包土霉素片,数也不数地吞了下去。

两骑马攀到了雪线以上。

"人哪,谁也有个山穷水尽,"老李又把二郎腿盘上了马脖子,"那回在贼疙瘩梁,咱不是拿了那老回回一个马子么——后来,日他哥,有一回我领着兵上北道桥子浪。沙窝子边边上,嘿!两个土匪绑了一伙淘金的客。顺着跪了一溜,吭吭,大刀抡着砍头。"

"里头有那个人?"他问。

"啊呀!"老汉嚷出一句青海话,"——见了面就哭着磕头。咱一说情,就留下他一个。你看,这家伙赚不赚?给了咱个马,落下了条命。"老头吹得唾沫星子乱溅。

走着,走着。马喘着粗气。

薄暮时,见到了一座哈萨克人的毡房。一个肤色黝黑的女人正在门口忙碌。夕阳染黄的山坡上散着羊群。

那个女人惊讶地望着这两个装束奇怪的骑者。她的眼睛是标准突厥式的,深陷的双眼皮俊目。"她也像这个哈萨克女人一样,"他心里想道,"在都市的深山险谷里迎送生涯。"女人,为什么也把她们驱赶到这种险恶的生涯里来呢?难道这儿不是男人们拼斗的世界么?

"住下吧? 这地场美的很!"瘸老汉问。

"离大坂还有多远?"他犹豫了一下。

"嗨,远得很,那狗日的冰大坂。那一年,盛世才的兵——"

突然,他看见一个小孩,一个光屁股的哈萨克小男孩,追着一条小花狗崽儿朝山坡跑去。金灿的斜阳照得那小小的肉体分外明亮。

"够啦,接着走!"他猛地抽了马一鞭。

"哎,急啥嘛! 公家人,住几天也不花自家的钱……哎,下马,下马呀。"

"快,走着说。"马匹已经跑起来。

"走着说,"老汉急了,"走着还说啥!"

"天黑再住。再赶一程。"他头也不回。

"哎呀你这尕娃娃! 那年盛世才的兵——"

"老李,看看黄历。别一嘴一个盛世才。"

"……"

他们不再顶嘴,默默地走着。黄昏的山谷清脆地回响着倦乏的蹄音。山道陡峭起来。他们下了马,牵着马登上了一道山脊。

他吃惊地用劲一把拽住了马嚼子。

——山体在此分成几脉,磅礴地朝四方滚滚而去。来路像一根线,缝在深谷崇山之中。层峦叠嶂移开了,正前方是一道明亮耀眼的冰岭。

那冰岭拦住了没有阻挡的夕阳余晖,闪烁着,静卧着,冷酷地斜睨着这渺小的两骑马。

"狗日的,就是它。妈的大坂。"瘸子老李恶狠狠地嘟哝着。

天将黑的时候,在紧挨大坂脚下的石崖旁发现了一个松枝石块搭的窝棚。

"啧啧,美的很!"老汉打量着窝棚,赞不绝口。"猫下! 就这儿猫下。"他嚷着,也许这里比帐房人家更对他胃口。

水烧开了,老汉撒上一把砖茶末子。

他试着咬了一口馍,疼得嘴角又抽搐起来。"饿了么? 啧啧。"老头子吃得喷香,用狡猾的眼神瞅着他。夜幕正在降临。她如果——她一定正躺在医院里,在昏暗中睁大着眼睛,凝望着漆白的板壁。他用手指轻轻捻着烤馍块,用茶水泡了一缸糊糊。篝火烧旺了,毕剥响着。烤焦的苞米馍块没有泡软,他使劲嚼着,咽下一些咸咸的东西。篝火跳跃着,火苗黄得透明,像一个赤裸在炫目阳光下的小孩在舞蹈。

绊马时,发生了冲突。

瘸子老李摸出一根细细的硬麻绳,把马的两条前腿捆在一起,像捆一个贼。

"不行吧,老李,"他担心地望着老头,想起以前在军马场当牧工时的一些往事,"老李,马腿会淤血呀,不行吧!"

"哪里的话!嗨,就这个章法!"

"马走了十来个钟头,这么一捆,明天就瘸啦。"他劝道。

"管它!畜生嘛!明天睡醒,狗日的在眼皮底下要紧!"

"你这是在盛世才队伍上学下的章法?"他生气了,恶意地问。

"哈,就是嘛!尕娃子!"老汉却乐了,龇出一口黄板牙。

"明天马瘸了,咱们也去抢两匹换上?"他愤怒了。

"瘸不瘸,在它的命。人安生要紧。不行,真不行——回到哈萨克帐房浪上两天嘛。"

"解开马腿。"他命令道。

"你——"老头子也火了。

"解开!"他低低地喝道。

老头双手叉起腰,蔑视地打量着他:"你懂还是我懂?尕娃,老李咱五十六岁啰!"

正在这时,那匹粉红杂毛马一下子摔倒在地,而那土匪式的麻绳绊仍死勒在它腿上。小杂毛马绝望地放松了肢体,呼呼地喘着。

他决心乘机压住这江湖老汉:"看见了么?论骑马,你得喊我先生!"

老汉一抡鞭子,喊起来:"这么个难侍候!妈的,咱回呀,不干啦!"

"滚!随你的便!"他吼道,双手攥成拳头:"老子自己走!你卡不住老子的脖子!不信我就能死在这鬼大坂上!"

他狂怒地推开瘸老汉,劈手夺下马缰,把自己骑的红马解下来。土匪!兵痞!老江湖油子!他拔下一束马尾。大坂!大坂!万恶的大坂!他用马尾编着一根辫子。刹那间他看见了许多人的脸。吴二饼,"科学院",还有别的一些人。他用马尾辫联住两条前腿绊。红骠马低头吃草了——它走不动,但又没有勒疼。他飞快地干着,一声不吭。心里那毒火吞噬了他。

老头子呆呆地站着。浓暮中看不清他的脸色。瘦骨嶙峋的、跷着一条瘸腿的身影,显得可怜巴巴。他迟疑着,迈开瘸腿,一拐一拐地解开了那根硬麻绳,小杂毛粉马站起来了。他扣好皮绊,与红骠马联上。他又一拐一拐地走开,抱来一捧松枝,添在快要熄灭的篝火上——他顺服了。

怒涛平息了,一丝羞耻浮了上来。为了马,伤了人。而且是为了马腿,伤了人心。但他又必须使这自行其是的老江湖就范。他抬起眼睛,夜空星汉灿烂。那些星星在凝望着他。妻子和夭折了的小生命也在凝望着他。

又是这种莫名的烦躁的发泄。上一次的烦躁是为了让一个女人承担一切。这一次是要对付一个瘸老头。老李当然会顺服的。他要挣你的钱。当向导一天两块五毛钱,你是公家的人么……他慢慢地咬紧了牙关。三十二个牙齿的尖尖齿根一齐向肿胀溃烂的牙床刺进去。你用金钱的优势压服了一个穷人,一个老人,一个男人。星光下,青蓝色的大坂一片朦胧。哦,为了越过这大坂,他已经不择手段,不惜丑恶。莱辛说过,古代艺术家即使在表现痛苦时也避免丑,他们的法律是美。他觉得,这位德国老头子疲倦的眼睛,似乎也在那永恒夜空的星群中注视着他,像注视着一个渺小的例子。他垂下了头。咸咸的液体流向喉咙。

篝火熄了,只剩下暗红的灰烬。

两人枕着马鞍,裹着毡鞯和皮袄睡下了。

天地一片漆黑。一股刺骨的寒气无声无息地浸入了膝盖以下没有盖上的肢体。双腿渐渐麻木了。

他一动不动地躺着,睁着眼睛。

李老汉似乎轻轻一动,大概也冻得睡不着。

"老李,抽根烟么?"他侧过脸去。

"嗯,不,咱……"

"诺,抽这个。我白天在马背上卷的。"

嗤的一声,火柴的亮光照亮了那张干枯的脸。"这莫合烟……是伊犁的么?"

"不,县城买的。"

"怪。咱这烂县城能出这号好烟?"

"不坏吧? 真有点伊犁烟的味儿。"

"就是。好烟。"

两个烟头一闪一闪。红光映亮两人的嘴唇和鼻尖。他们小声地谈着。

"狗日的,真冻人。"

"老李,你常在大山里睡么?"

"嗯……不。日他哥,这鬼地方。"

"抽烟,接上一根。"他又摸出莫合烟。

"不,抽我的,尕娃。给——"

"冷哪,忘了带上瓶酒。"

"狗日的,是忘啦。有瓶子古城大曲才美。"

"三台白酒也行啊。"他赞同地附和道。

"河南大裤裆的红薯干烧酒也行啊。"老头向往地说。

两个人都嘿嘿地笑了。

"尕娃子,我有个章法。"老头来精神了。

"什么章法?"他问。

"插筒子睡。你脚伸我怀里,我脚伸你怀里。就是——咱臭脚。"

"好!"他蹦起来,"插你老的筒子!"接着他又笑道:"不然,明天马腿不瘸,人腿倒瘸了!"

"咱反正是瘸子。怕可惜了你城里人。"老头子狡猾地回答。

两人调整了睡法。脚和膝盖立即暖和过来。老汉放肆地把脚丫子蹿到他胸前,恶臭阵阵袭来。他也痛快地伸直两腿,满心希望把脚伸到老汉鼻头上去。

两个旅人沉沉地睡熟了。

他梦见了一座冰雪砌成的大坂。梦见了两匹联着绊子吃草的马。他看见了妻子。他走过去,想用双臂使劲地搂住她。但她却飘忽难即。他眼前闪过一道金黄色的电光,一个赤裸着胖乎乎屁股的小孩在正午的太阳地里爬着。满天的星斗都深不可测地望着他。妻子也用那星斗般的眼睛在望着他。不是每个女人,不是漂亮的女人和热恋中的女人就能有这样的眼神的。他好像搂了那当向导的瘸老汉。老汉哭了,又笑了。邮局的那个乌梁海人喊道:"Jihdel!"文化馆门口,吴二饼慌张地跑来想拦住他。"能回来吗?"他终于从妻子的眼神中看到了这句话。"大坂,大坂。"他在梦中沙哑地嘟浓着。

大坂,在探险家 A. 斯坦因爵士的地图上写为 Daban 或 Dawan。几乎中亚和蒙古的一切语言中都有这个语汇。已经很难判定它究竟是一个古老的汉语借词,还是一个汉语对某种民族语的谐声切意的译写。谁都知道,大坂是指翻越一道山脉的高高山口,是道路的顶点。

清晨,两骑马越过了松林,登上了植被稀疏的高海拔山顶地带。

"老李,你常年在山里跑,不想家么?"

"啥家! 吴二饼不是说么,咱是光棍子。"

他想起老汉的浪漫故事:"咦,你不是娶了个哈族丫头,还养了个儿子吗?"

"嗨! 早跑了个球的啦!"老头不耐烦地一甩鞭子,像轰了只苍蝇。

石头上有一处游牧人的岩画。一只抽象派的岩羊。他取出笔记本、地图和罗盘。临摹着。他又问道:

"老婆儿子还能跑么?"

"日他哥,一块过了六七年,她家里亲戚闹事,马队来了把她拿上,跑球啦。咱也没敢声张。"

"你也没去看看她?"

"前些年,我给地质队带路,山里见着她一次。妈的,一进帐房——"

他举起手止住老汉。石头裂隙中有尊残破的石窟造像。他举起照相机,按下快门。

"接着说呀,老李。"

"我一进门,她哇地就嚎开啦。"

马匹汗水淋漓,停住了脚步。他们下了马,朝上步行攀登。老汉一瘸一瘸地走着,说着。

"我吆喝她说,你嚎个啥,嚎得你男人回来一准揍你。快烧些茶,咱喝了上路。她不听,捂着脸,哇哇地嚎。狗日的,嚎得昏天黑地。"

"后来呢?"年轻人听得很紧张。

"后来没喝上茶。地质队那些人说,别惹个民族矛盾。嘿,帐房外头挤了不少人,偷听哪……她男人回来准揍了她。"

年轻人问:"后来呢——再也没见她?"

"没。也不知她们上了哪处,是死是活。"瘸老汉擦了擦汗,想了一下,叹了口气:"唉,那丫头,是个好丫头。"

远处那鞍形的冰大坂白雪皑皑。他想起了那双凝视着的眼睛。哦,她也是个好丫头。她现在也不知是死是活……现在他和老人心里体会到的,可能是一样的、过来人的滋味。

他们默默地上了马,穿上皮袄。马弓着背,在青灰色的缓坡上一步步走着。山风带着尖锐的哨音掠过耳边。他觉得头晕得更厉害了。巉岩陡崖已低低沉向脚底,两侧山沟里满盛着白沙般的粉雪,明晃晃的。

在这片青色砾石的漫坡尽头,就是那鞍形的大坂之顶。

他转过身来,向老头问道:"儿子呢?也和他妈在一块?"

"嗯。"老汉点点头,"那回没见上他。"

他失望地转回身去。这时,一股寒气逼人的风突然迎面冲来。他抬眼一望,前面是一道白色的山口。

他的心突然激烈地跳了起来。摸摸前额,有些发烫。

那快要伸手可触的山顶突然传来了一声呼唤,像是他逆境中的妻子发出的绝望叫声。他突然无比强烈地仇恨起这凶险的巨大山脉,仇恨起这高踞在上的大坂和这强大的欺凌人类的大自然。刹那间他也记起了吴二饼和他熟知的那些恶人,记起了所有侮辱过他和侮辱过他热爱的人们的人。他还记起了那制造又消灭了老李的家庭和使他沉默寡言的因素。肿起的牙龈一跳一涌地折磨着他,但他没有向挎包里去摸那些消炎药。他使劲地咬着那些背叛的牙齿,任咸咸的血向嗓子里流。他已难以压抑一股冲动,一股野兽般的、想蹂躏这座冰雪大山的冲动。他想驰骋,想纵火焚烧,想唤来千军万马踏平这海洋般的峰峦。他疯狂地感到一种快乐,感到自己终于找到了什么。他想呼喊,想喊来世上一切英雄好汉和一切专会向生活耍光棍的坏种,在这里和他一比高低。他想告诉无病呻吟的诗人和冒充高深的学者:这里才是个够味儿的战场,才是个能揭露虚伪的、严酷的竞争之地。他的胸中正升起着勇敢,升起着男子汉的气概。他想一步跨过这可怕的大坂,纵身飞下彼岸的绿洲,然后向那无援的女人飞奔。"能回来吗?"她用了问号。她已经安心承受一切苦难,为他留下了向这座大坂冲击的可能。"坚持住!"他默默地向她喊着,"等着我,坚持住!"他坚信只要迈过这最后一步她就能得救。但是——这里海拔已近四千米,他不仅无法驰骋,甚至不能加快一步。他僵硬地屹立在马背上,颜色铁青的脸上,两只血丝密布的眼睛死死盯着前方那白色的、迷蒙的大坂。

马匹喘着,拐着之字形,缓慢地向大坂顶端的分水线蠕动。其实,从远处或从空中看去,那黑甲虫似的两个影子已经和那鞍形的山口融为一体了。

他在霎时间平静了。

世界化成了斑斓的地图。在分水线上,他同时看见了山脉两侧的准噶尔和吐鲁番两大盆地。唐代敦煌文书描述的古道正静静地深嵌在弯曲的峡谷之底。山顶的一块巨石上铭文剥落,旁边堆着一匹驿马的骸骨。大地峥嵘万状地倾斜着,向着南方的彼岸俯冲而去。这是从海拔四千米向海平面以下伸延的、大地的俯冲。剧烈抖动的气浪正从吐鲁番低地淡白色的中央地带扶摇而起,化成长长一片海市蜃楼。在赤褐色的南侧深涧里,嵌着一条蓝莹莹的冰川。

他从未见过如此雄壮的景观。

大坂上的那条冰川蓝得醉人。那千万年积成的冰层水平地叠砌着,一层微白,一层浅绿,一层蔚蓝。在强烈的紫外线照射下,冰川幻变出神奇的色彩,使这荒凉恐怖的莽苍大山陡添了一分难测的情感。"大坂——"他失声地喊起来。他想不到这大坂、这山脉、这自然和世界会用这样的方式来安慰他。他久久勒马伫立着,任那强劲的山风粗野地推撞着他。

"他妈的,这大坂。老子的马子累垮了!"拐子老李满头大汗,咒骂着走上山顶。那匹粉色的三岁马浑身透湿,簌簌地打着战。

"畜生! 这么个样!"老汉恶煞般朝小马怒吼着,"趴蛋啦! 挨刀子啦? 这号尿样,能回来吗?"

他颤抖了一下。"能回来吗?"他听见一个低柔的声音。一个最后的声音。他下了马。豪迈和勇敢突然消失了。他慢慢把照相机放进了挎包。不能在山顶上冒充英雄,他想。他把马料倒在雨衣上,看着那匹精疲力竭的小马嚼着。风卷着积雪,在冰川顶上堆起乳色的一层。这层层砌起的冰川里不知葬着多少人的不幸。今天的这层雪会在夜里结成新的一层冰。每天冰川上都结着新的冰。不要照相了,哪怕为着已经粗现轮廓的论文——留下些缺憾吧。

"喂,抽些烟吧,尕娃。"

"抽莫合烟——帮我卷一根粗的。"

"这王八大坂,真难走。"

"诺,老李,点上火。"

他吸着浓烈的莫合烟,望着冰川顶的乳色积雪。今天的这一层里埋着他夭亡的孩子。这一定也是一个在阳光中光彩照人的、赤裸着的小男孩。他在今天被父亲葬到了这冰川之中。

他们休息了很久。粉色杂毛小马吃饱了苞米粒子。马褡子捆扎稳当。他们上了马,走向古道的另一半路程。

> 你骑着个马呐,我扛了个枪
> 诺们子两个嘛——浪新疆

瘸老李又乐陶陶地唱起了那支野蛮的青海小调。马蹄又在岩石上敲出单调的响声。南来的骄阳烫着脸颊,他们走离了分水线。

古希腊的艺术家是对的,经过痛苦的美可以找到高尚的心灵。这一点,她已经做到了。她不会死,她只会得到更坚实的爱情。因为,她以一个女人的勇敢,早已越过了她的大坂。死去的儿子也做到了,他将在这永恒的冰川上化成一个洒满阳光的胜利的小精灵。

下山道上,马儿走得很快。他朝那冰川,朝那大坂投去了告别的一瞥,然后不动声色地追上了他的向导。

1982 年 7 月 15 日改定于博尔塔拉

(选自《上海文学》,1982 年第 11 期)

诗　歌

鱼化石

艾　青

动作多么活泼，
精力多么旺盛，
在浪花里跳跃，
在大海里浮沉；

不幸遇到火山爆发，
也可能是地震，
你失去了自由，
被埋进了灰尘；

过了多少亿年，
地质勘探队员，
在岩层里发现你，
依然栩栩如生。

但你是沉默的，
连叹息也没有，
鳞和鳍都完整，
却不能动弹；

你绝对的静止，
对外界毫无反应，
看不见天和水，
听不见浪花的声音。

凝视着一片化石，
傻瓜也得到教训：

鱼
化
石

离开了运动,
就没有生命。

活着就要斗争,
在斗争中前进,
即使死亡,
能量也要发挥干净。

(选自《艾青诗选集》,北京燕山出版社 2014 年版)

回　答

北　岛

卑鄙是卑鄙者的通行证，
高尚是高尚者的墓志铭，
看吧，在那镀金的天空中，
飘满了死者弯曲的倒影。

冰川纪过去了，
为什么到处都是冰凌？
好望角发现了，
为什么死海里千帆相竞？

我来到这个世界上，
只带着纸、绳索和身影，
为了在审判之前，
宣读那被判决了的声音：

告诉你吧，世界
我——不——相——信！
纵使你脚下有一千名挑战者，
那就把我算作第一千零一名。

我不相信天是蓝的，
我不相信雷的回声，
我不相信梦是假的，
我不相信死无报应。

如果海洋注定要决堤，
就让所有的苦水都注入我心中，
如果陆地注定要上升，
就让人类重新选择生存的峰顶。

回

答

新的转机和闪闪星斗，
正在缀满没有遮拦的天空。
那是五千年的象形文字，
那是未来人们凝视的眼睛。

（选自《北岛诗精编》，长江文艺出版社 2014 年版）

悬崖边的树

曾　卓

不知道是什么奇异的风
将一棵树吹到了那边——
平原的尽头
临近深谷的悬崖上

它倾听远处森林的喧哗
和深谷中小溪的歌唱
它孤独地站在那里
显得寂寞而又倔强

它的弯曲的身体
留下了风的形状
它似乎即将倾跌进深谷里
却又像是要展翅飞翔……

（选自《中国当代文学作品选》第三册，华中师范大学出版社 1992 年版）

华南虎

牛　汉

在桂林
小小的动物园里
我见到一只老虎。

我挤在叽叽喳喳的人群中
隔着两道铁栅栏
向笼里的老虎
张望了许久许久，
但一直没有瞧见
老虎斑斓的面孔
和火焰似的眼睛。

笼里的老虎
背对胆怯而绝望的观众，
安详地卧在一个角落，
有人用石块砸它
有人向它厉声呵喝
有人还苦苦劝诱
它都一概不理！

又长又粗的尾巴
悠悠地在拂动，
哦，老虎，笼中的老虎，
你是梦见了苍苍莽莽的山林吗？
是屈辱的心灵在抽搐吗？
还是想用尾巴鞭击那些可怜而又可笑的观众？

你的健壮的腿
直挺挺地向四方伸开，

我看见你的每个趾爪
全都是破碎的，
凝结着浓浓的鲜血，
你的趾爪
是被人捆绑着
活活地铰掉的吗？
还是由于悲愤
你用同样破碎的牙齿
（听说你的牙齿是被钢锯锯掉的）
把它们和着热血咬碎……

我看见铁笼里
灰灰的水泥墙壁上
有一道一道的血淋淋的沟壑
闪电那般耀眼刺目，
像血写的绝命诗！

我终于明白……
我羞愧地离开了动物园。
恍惚之中听见一声
石破天惊的咆哮，
有一个不羁的灵魂
掠过我的头顶
腾空而去，
我看见了火焰似的斑纹
火焰似的眼睛，
还有巨大而破碎的
滴血的趾爪！

1973 年 6 月

（选自《牛汉诗文集》，人民文学出版社 2010 年版）

散　文

大雁情(节选)

黄宗英

她

我们一行数人,驱车驰过莽莽秦岭之巅。高原上,麦子收了,柿子坐果了。

植物园的同志们辅导我阅读大自然的课本,指点给我看,这是漆树、黄莲木、五角枫、吴茱萸……花瓣淡粉的野蔷薇向我们点头微笑。羽毛乌黑的顺河溜溅起水花。窄梁尖峁坡地、川道平坦河滩,一片紫、一片白,……同志们一路上,谈笑风生,朝气勃勃,我觉得和他们并不难相处,而老秦……

当我在商洛山区洛南县药材公司晒药场旁下车时,以当年蝗虫庙旧址改建的发电站,正把光源输向灯火点点的小镇。我看到秦官属正在院里收拾洗净晾干的单衣裤褂和棉袄——高原的人们,即使在盛夏季节早晚也离不开棉袄。老秦是黎明起身,从海拔两千米的黑幛山村,赶了八十里路回县城迎我的。在黑幛举行的栽植桔梗现场会上,她圆满完成了短期培训技术人员的讲课任务,风尘仆仆地来和我这个新交的老朋友会面。

县药材公司实验室在正中间,东屋是官属的宿舍。西屋就是我的临时客房了。

晚饭之后,小县城的夜异常清静。官属和我都赶了一天的路,不免有些倦意。一时,我也不急于和她深谈什么。我坐在她屋里小板凳上洗脚。热乎乎的水,解着我的疲乏。我们有一搭、没一搭地闲聊着。后来,我还是忍不住了,就拐弯抹角、语重心长地对她说:"你现在参加了全国科学大会,地位和从前不同了,你应该注意群众关系……"

老秦默默地折叠晾干的衣物,叠了又叠,拉了又拉,压了又压,好象要把那几件带补钉的粗布劳动服,折叠得和首都高级旅馆里洗烫出来的礼服一样平整。

沉默,压得我胸口发闷。我站了起来,朝当院把水泼掉,心想:让她去自我思想斗争吧,我的责任尽到了。

"哈哈！老黄同志啊，我们等了你好几年啦！"我来到药材公司办公室，公司负责人之一老王极其热情地给我沏茶。

我摇摇头笑道："都说你们山里人木性子，你可会说俏皮话。我几个月前才决定来陕西，你们怎么会等了我好几年？"老王说："我说的是实心话。我们几年前就盼望记者、作家来咱洛南，好好儿地把老秦的事写一写，表扬表扬。我实在不会写文章，挺生动的事儿，让我一写就干巴了。我只会画图表，你看——"老王拉亮一盏日光挂灯，指点我看东面墙上的一张洛南县地图——是那种在县委各部、公社、大队办公室常见的统一挂图。不同的是，这张长方形的地图，展现在我眼前，很象一块大赤豆糕，上面布满了密密麻麻的红圆点。

老王说："洛南县历史上是个药材产地。山上野生着远志、藿香、桔梗、五味子、丹参、半夏、金银花、石斛等等。解放以后，中药受到重视，医疗卫生事业一发展，天然药材短缺情况日益显著。从一九六六年起，我们县开始搞野生药材家种。但是因为年年赔钱，发展很慢。刚开始才有四十亩药场，到一九七〇年，也才二百二十六亩。一九七二年我们邀请西安植物园派技术员来帮助我们总结经验教训，进行野生驯化的技术指导，老秦和其他一些同志，就是那一年来的。从此情况迅速好转。你看看，你看看——"他指着"赤豆糕"上数不清的红点点："到一九七八年药材场地发展到一万六千五百亩，是一九七〇年的七十三倍！而且，除极少数做试验的种圃外，大都是在呲牙咧嘴的梁峁、坡洼、死板土、石渣土上筑堰开荒。"

"那么种药能改良土壤、改善农民生活吗？"

"当然！所以咱们药材公司对老秦同志不是什么个人情谊。老秦和我们一起艰苦创业。我们没去的山，她去了；我们吃不了的苦，她吃了；我们解决不了的问题，她解决了。——所以我们都敬佩她。"他深有体会地说："更重要的是证明了：科学技术本身也是生产力这一马列主义真理嘛！虽说，这一万六千五百亩地是贫下中农一锄一镐刨出来的，可这斑斑红点也渗透了老秦的心血啊！老秦亲自动手不说，没有科学的指导，我们哪有那么大胆子铺那么大摊子？老秦没来那阵，我们多辟一个药场，就多赔上一笔资金。有一冬，光天麻一项就赔了两万块！现在你看——"

老王又指点西边墙上的两张图表——洛南县历年药材生产发展示意图和洛南县历年药材收购计划与完成金额对比示意图。箭头一年比一年往上蹿得高。我赞叹地说："今年的箭头要蹿透房梁了吧！"

"药材收购额一九七〇年是三十二万零四百元，今年可达一百万元。这对解决国家短缺药材起了一定作用。药材公司从过去年年赔本，变成年年增加上交利润。如今各大队合作医疗费用大部分已能自给，队里副业收入逐年增加，为农业机械化提供了资金。省科委刘副主任看见这表,兴奋地夸奖说:太好了,你们这指标直线上升,快顶到房梁了……"

"刘抗同志来过?"我插嘴问。

"来过!那正是一九七六年十一月,刚刚打倒'四人帮',她要我们总结经验往省里送!"

我猜想秦官属所以能出席全国科学大会,一定和刘抗同志此来有关。

电灯忽然灭了。

"给工厂让电。"老王说:"你赶了一天路,也该歇了。"他照着手电筒送我,边走边说:"我们县里凡有药场的社队,谁不知道秦师傅、老秦同志、秦老师呢?尤其是公司直接抓的试验点,老人娃子都认得她。他们说:'秦师傅离儿别女,扔着老伴,把心扑在俺这苦山圪垃里。她黑着头发进山,如今白了头发,俺们忘不了她'。"

东屋灯光下,几个青年技术员围着秦师傅议论回社队后将要采取的措施,有的提出没有弄懂的问题。

老秦过来给我屋里点了蜡烛,又回到青年中去了。

我累了,躺了下去。落枕又毫无倦意。

耳边,听着东厢房老秦和青年们融洽无间的谈话声……轮到思想斗争的倒是我了:什么叫群众关系?群众关系好与不好的标准是什么?为什么对老秦会有两种截然不同的评价?

第二天一大早,按照我的习惯,一个人溜上了街,正值小集。我转了一圈,回到药材公司收购站门口,只见送零星药材的农民队伍越排越长。老秦夹在公司职工中间鉴别药材。她不时地和职工、农民交谈着如何识别药材真假、好次、什么该挖、什么挖早了……这个大学毕业的研究实习员成了药材业的行家里手,我却孤陋寡闻得不知道这个专业设在什么大学里……

参观药场的日程开始了。按照公司领导的安排,要把好的、中的、差的、老的、新的都给我们看看。

一路车行一路谈,公司的领导们还有老王——向我介绍所经各场的建场史。老秦一下车总是去找该场的技术人员了解情况。有时她也会过来跟我说:"这就是头一年我搞试验失败了的地方。"或说:"这就是我才来时认不出药草出洋相的地方……"

海拔一千八百米的蟒岭在望。古城公社谢底大队快到了。这里杉皮小屋和砖瓦房错落有致。进村了。远远听见象鸟叫般的童声:"秦姨——"

蓝天、白云、树丛、小径、石级,金银花含苞,红芍药怒放。一个小女孩,象一只淡粉色的蝴蝶，从山顶飞下来，飞下来，一头扎在了老秦怀里：“秦姨，我做梦都梦见你哩。快家去，快家去。”小女孩又象一头小鹿，深情地蹭啊、顶啊、拉啊地把老秦拽进家。一个小男孩也过来抱住老秦的腿。“小康成，长高了！瞧，鞋又穿反了。”老秦说着坐在小板凳上，把小男孩抱在怀里，给他换鞋。

孩子们的妈才收早工进家，前脚张罗给我们沏红糖茶，后手急忙从柜子里找出藏着的柿饼、核桃；一边点火做饭，一边把几个月来当队干部的丈夫受气、受累，大儿子的对象，小姑娘的老师，以及娘家母、舅舅、表叔……三亲六邻家里屋外的事一嘟噜一嘟噜地往外端。直到谢底大队药场场长叫我们上场部去吃晌午饭时，她才住嘴，生气地说：“咋不在家吃？糕都给蒸上了。”场长说：“两桌人哪，嫂子。”孩子妈说：“她秦姨来客，我翻转米坛也愿意咧！”老秦推说今天真的有事，下回一定来。又针对刚才谈话中了解到的孩子妈的病情，开了一个药方，让那大嫂到医疗站去取药服用。——老秦有这本事，我又没想到！

等我们坐在药场吃饭时，小姑娘又蝴蝶般地飞来，在老秦耳朵边悄悄告诉她，一小篮蒸糕已放到她床头柜上，让她夜里当点心吃。

经过参观、访问、座谈、闲聊，我在谢底大队接触了许多不同身份的人，了解到了许多情况。于是，秦官属同志来山区前前后后活动的底片，在我的脑海里越来越清晰地“感光显影”了。

谢底大队位于蟒岭北坡的群山之中。耕地和住家都散落在三阴、四岭、八坡、七条沟里。一年做到头，打粮少，费工多。这里地薄人穷，山可是富啊。光叫得出名来的野生资源就有一千一百多种。俗话说：“认识是宝，不认识是草。”这一带坡坡岭岭上千年万载野生着丹参。山里人不知道丹参是医治心脏病的名贵药材，每当盛花时节，只是放牛娃子采摘几朵紫花，放在嘴皮上当“蜂糖罐儿”吮吮，而丹参、丹皮一古脑儿喂了牲口。置身于天然药库里的庄稼人，生了病，却要跑到五十里外的公社所在地古城镇去买药治疗。后来，县药材公司进山收购药材，用两角一斤的价格收进晒干的丹参。不到三冬两春，紫色的“蜂糖罐儿”在万绿丛中越来越罕见了。其它野生药材也是越挖越少，越采越少。一九七二年，县药材公司和西安植物园合作，到这里搞“七叶一支花”的栽培。西安植物园派出了一个科研小组，秦官属也随同前来。当时她虽然早已“回到群众队伍”，并任命为专题组长，处境依然尴尬。贫下中农一眼就能看出，她是那种“犯了错误来改造的人”。但是，贫下中农对“四人帮”的“全面专政”是有着本能的对抗的。他们对大批知识分子干部下乡改造，自有一套要求和标准。

秦官属初来谢底大队，就住在破庙里。柯拉叶子的酸菜，她咽得下。腰里揣上橡子面窝头，大早上山，一天没水喝，不叫苦，不埋怨。她能这样，贫下中农就觉得不简单，是自家人了。

老秦干活泼泼辣辣，认认真真。她撂下三岁的娃子，五岁的妮，顾不上照顾孩儿他爹，整年整月在山沟里奔波。每年她不等六九阳坡绿就进了山，待到秋霜打草草枯黄，挖出待收的药草，栽下来春萌发的根块籽种，她还是不放心离开。乡亲们心疼她，常常逼着她回城去看顾看顾她的家。

"天麻神仙脚，石钵拿不住，天种人不种。"在西安植物园同志来之前，这个队就试种天麻。因为科学知识不足，风险很大。老秦他们来了之后，现在队里连小孩儿都知道天麻和密环菌的伴生关系。人们学会拴住神仙脚了。现在大队药场种了一百六十窝，估计每窝可挖出一至三斤天麻。收购价格是每斤六元五角。一九七七年有一窝天麻就重三斤六两。人们说：科学比神仙强。

秦官属用超声波处理桔梗种子，出芽快，苗齐壮。

秦官属搞无性繁殖，普遍扩种丹参。如今"蜂糖罐儿"漫山遍野。宅前屋后，蝶闹蜂繁。山里人赞道："一篮一斤半斤，换来手扶拖拉机进村。"

谢底大队药场，从半亩杭芍，发展到五百多亩药材地（其中有三百亩是木本药材）。

从一九七二年到一九七七年，药场收入一万四千元。大队的手扶拖拉机、粉碎机、脱粒机、架子车、缝纫机、开山炸药……大都是用药场赚来的钱买的。预计一九七八年药场收入可达一万元。群众管药场叫"银行"。

尽管现在秦官属并不经常来谢底大队，但大家仍认为这一切成绩都和师傅们带来的科学知识分不开。

两天来，孩子们总是围着老秦打转转，跟前跟后，既不干扰，又不离开。我偶然问孩子们："你们长大了，干什么啊？"孩子们回答："象秦姨那样嘛！——"秦官属同志在山区培植成功的岂仅是药材……

参观访问以来，我总感觉到老秦有意躲着我，于是我常常借故请教药物靠近她。她一路上如数家珍般指点我认黄柏、忍冬、威灵仙、……她教我认五味子，告诉我，到没有人家的山上去种药，喝不上水，吃干粮时，就摘一把五味子解渴，这就酸甜苦辣咸全有了。

一次，她从岩缝中拔出一棵草问我："认识吗？"

那大概又是什么药，看起来它是那么不起眼的草，却有着长长的棒槌般的根，花骨朵还没开，从花托透出的花色看，将绽出淡紫色的花。我开玩笑地胡猜："一定是'勿忘我'——Oh，God！Forget-me-not！"

老秦微笑着说："它不会去拉住上帝的衣角，祈求上帝给它取名。它的名字可能是古代山里一位读书人给取的吧！学名远志，俗名细草、小草。这小草能在岩石缝里扎根。根部入药，名曰'醒心杖'。药性能益智强志，也就是西医说的，对健全脑神经有作用。"老秦的神情显得庄严起来："这小草，漫山崖长着，用不着我去育种。可这几年,它成了我的好朋友……"

这庄严,我能意会:大多数知识分子——祖国浩浩荡荡的脑力劳动大军啊!他们象漫山遍野的小草,分布在九百六十万平方公里的大地上。无论在什么情况下,无论是狂风暴雨,冰雹严霜,刀砍火伤,哪里有土地,哪里有人民,他们就在哪里深深扎根。

我问秦官属:"你在哪个大学里学的野生药物?"

庄严的神情变成了愤懑:"我根本没学过。"她头也不回,"登登登"地奔下山去。

用什么办法打开老秦半掩的心扉? 我这个记者没辙了。老秦象是一头受过伤害的小兽,动不动就扎毛。是她敏感到别人已向我说过什么? 还是她担心和我谈多了会惹出更多的麻烦?

离开谢底前的黄昏。蟒岭舒坦地仰卧在绚丽的晚霞中。姑娘们恋恋地问起我们文化界的生活。我们谈到了周总理关怀知识分子的几则"小事"。我突然发现老秦满脸绯红,满眼泪花……

谢底大队药场新建的试验室土屋里,夜雨敲打着格子窗。在摇晃的烛影下,我们两人回忆着那被林彪、"四人帮"扰乱的黑暗年月。我们谈到了"人心所向",谈到了丙辰清明……渐渐地,她那掩着的心扉向我敞开了。

解放前,秦官属由于弟妹众多,生计困难,读到高中二年级时,就弃学任教,当了一名小学教员。

解放后,一九五一年,秦官属抱着改造沙漠、绿化祖国的理想,以"同等学历"考入西北农学院林学系,是该届仅有的两名女生之一。入学之初,有人劝她转系,说女同志搞林,受不了那份苦。她回答:"我还没受,怎么就断定受不了?"

在大学学习、实习和最初工作的日子里,她逐渐地对杨树的优选育种专题,产生了很大的兴趣,进行了较深入的研究。她和老师、同学、同志们一起,以陕北高原、渭水河滩为考察基地。她驰马、骑驴、跨骆驼,踏过内蒙古茫茫草原,攀过新疆高高的阿尔泰山。她在鄂尔齐斯河里洗过脚,在布尔津河畔搭过帐篷。秦官属以优异的成绩毕业。一九五九年四月,西安植物园建园之始,她就来了。一九六一年开始搞杨树引种,她是杨树树种优选研究专题的业务组长。植物园中,选自全国各地的杨树树种有一百多种。

老秦也曾跟随外国植物学家远走峨嵋、太白,近踏渭河两岸。以后,外国专家从他们遥远的祖国,邮寄来了各国的杨树优良品种。那随苗而来的泥土里渗透着抗击法西斯的鲜血,碧绿的青苔维护着人民友谊的生命之芽……

"文化大革命"的风暴来临了,由于林彪、"四人帮"的干扰破坏,老秦从重点培养、使用的对象,转瞬之间变为重点批判的对象,靠边站了。原来生机勃勃的植物园,原来团结战斗的集体啊,突然之间,战友变陌路,助手变对手,互相学习变成互相攻击。切磋钻研的科研单位,变成了"文攻武卫"的角斗场。同志之间的关系,一下子紧张起来,对立起来。没完没了地斗个不停,乱得没个够。

于是,一百多种的杨树种植圃一大半被刨掉了,杂种上庄稼,名为贯彻"以粮为纲"的方针。外国杨树树种没人经营了,植物园里杨树研究的课题被取消了。

在批斗会上,有人大声嚷叫:"搞杨树树种研究,本身就是脱离生产的修正主义课题。杨树,用不着你研究也长了几千年了,哪个农民不会种?"老秦肚里气鼓鼓地想:"无知!你倒不说根据化石,距今七千万至一亿年前地质年代晚白垩纪时期,就有杨树了。什么脱离生产……"越批她越想不通。揿着脑袋不让辩论,还能挡得住心里不服气:"你倒不问问,不管是为了国计民生,还是为了生财有道,世界上有多少国家,在精心钻研杨树树种的优选!"践踏科学的"自杀政策"象春米的木杵捣得她心碎欲裂。

大自然慷慨地奉献给人类以笔直、坚韧、速生、挺拔的杨树。它树种繁多,宜旱宜涝,抗风固沙。它能渐渐改变小气候,能快快献出好木材。如果我们的祖国能广为换种上适宜于当地条件的优良杨树品种,那么,全国每年增产的木材,只有用电子计算机才能计算出来……

撤了杨树研究课题,刨了中国杨树种圃,心痛得秦官属三魂七魄离了窍。她常常到仅存的外国树种的杨树林中徘徊。从小有着韧性性格的老秦,曾多次萌起轻生的念头,恨不得一头栽到大杨树上,血肥杨林,死了算啦!她多年搜集的植物学资料被抄走了,笔记弄散了。她一气之下,把自己省吃俭用置来的业务书籍胡乱捆扎起来,论斤卖掉,有的一本一本地当了引火纸生煤球炉。一天清晨,她又拉过一本书点火引炉子。火力不够,再拉过一本……,突然,象全身引着了火一般,她猛地站了起来……她呆呆地望着那本书……那封面……那……啊……七批八斗不低头、不掉泪的秦官属,她把那本书紧紧地贴近火热的胸膛,嚎啕大哭起来。

那本书是:中国共产党西北农学院总支委员会印赠的、周恩来同志于一九五六年一月十四日在中国共产党中央委员会召开的关于知识分子问题的会议上所作的关于知识分子问题的报告。

山风传送着松涛。屋里恬适地响着药场青年女工们均匀的鼾声。新置办的超声波仪器和玻璃瓶中标本液里浸润的药材标本,在烛影下闪光。蜡烛快烧尽了,淋漓酣畅地流着泪……

"我坚决相信党不会抛弃我们知识分子的。相信社会主义不会不要科学文化……"官属没有哭,却流下了泪;我也没有哭,也流下了泪……在林彪、"四人帮"横行的黑暗日子里，多少知识分子，多少从事科学、文化、教育工作的共产党员，为了这个不泯的信念，流过泪，甚至流尽了最后一滴血。

"风摇十洲影，日乱九江文。"世界上没有任何力量能阻挡科学文化前进的浪潮。

远志啊，远志！读书人——我们当代的知识分子啊！只要我们的专业知识，能对祖国、对人民、对党有用；能点滴造福于世界，能对人类美好的理想——共产主义的实现有所促进；那么，即使工作再艰苦，精神的折磨再大，尝尽人间五味，也如嚼过神秘果，只品得出个甜哪甜！

沉默了好久，我问她："你本不愿意来种药吗？"她理直气壮地："当然！凭什么撤掉杨树选种课题？再说，我又没学过药科。下达野生药物驯化课题时说这是战备任务，万一失败了，再扣上一顶'阶级报复'的帽子，怎么受得了？我不干！"

"那你怎么又干了呢？"

她拿自己也没办法地摇摇头："唉，关着我时，我倒也死了心。出来了，我能够工作，没有工作，这种惩罚实在受不了。有人说我每个细胞都是黑了，说十七年培养的大学生都是专门拆社会主义墙脚的。我就想通过实践修个墙脚给他们看看。我不能和人民赌气，不能和党赌气。没有党，我能上大学？人民需要药，我就不信学不会……"

过了一会儿，我又问："都说你脾气大，你能否告诉我，你发的最大的一次脾气，是为了什么？"

她一下子从被窝里坐了起来："那是有人要锯杨树树种！就是那仅存的外国稀有杨树树种！有一次我从山里回到西安，发现有人要锯我的杨树，我一下子就站到了杨树前头。我大喊大叫：为什么要锯杨树树种？谁敢锯，就先锯了我！——"

蜡烛流尽了它那最后一滴泪，屋里霎时变黑了。

屋外，雨，不知什么时候停了。月亮悄悄出来了，透过婆娑点点的树梢，映照出秦官属同志挺直的半身侧影。画面外，是秦官属款款的声音："当时有人劝我，你早就不搞杨树课题了，这事和你还有什么关系？何必为这个得罪人！唉，这怎么是我个人的事呢？这些树种，好不容易在咱们的土地上扎根、长大了，它就是我们祖国的科研成果了。谁也没有权利毁掉它！"

透过窗框上的画面，我仿佛看到远处的山峦峭壁，漆黑险峻。我想起了此番进山，行经洛南胜景——《山海经》上记述的仓颉造书之地，传说上古时候，仓颉为帝南巡登此山，有灵龟负图出于水中。仓颉悟而创文字，造为六书，写下了二十八个大字。这可不得了啦！龙哀鬼哭，说是有了字，人就能书了，泄露天机了。于是泼油纵火，颓山裂石……如今，我行经此山，只见岩上一片乌焦。可是，人间毕竟有了文字。文字在发展。科学文化在发展。可笑的是，远古至今，星流日转，仍有妖魔害怕人民识字有文化！林彪、"四人帮"暴跳嚎叫，大肆鼓吹"焚书坑儒"，欲毁我五千年文化精华于一旦，拒世界优秀文化于国门之外。他们远远听见"四个现代化"，就象瞥见照妖镜之灵光，赶快撒出浑身解数。而唯独他们自己能独霸天机，独知天秘，大书帮文，大播帮语，横扫狠砸，武卫文攻，空留下乌焦一片鬼话连篇，是为二十世纪七十年代人间之奇景也！噫吁兮，呜呼哀哉！

1978 年

（节选自《十月》，1979 年第 1 期）

冒险记幸

杨　绛

在息县上过干校的，谁也忘不了息县的雨——灰蒙蒙的雨，笼罩人间；满地泥浆，连屋里的地也潮湿得想变浆，尽管泥路上经太阳晒干的车辙像刀刃一样坚硬，害得我们走得脚底起泡，一下雨就全化成烂泥，滑得站不住脚，走路拄着拐杖也难免滑倒。我们寄居各村老乡家，走到厨房吃饭，常有人滚成泥团子。厨房只是个席棚；旁边另有个席棚存放车辆和工具。我们端着饭碗尽量往两个席棚里挤。棚当中，地较干；站在边缘不仅泥泞，还有雨丝飕飕地往里扑。但不论站在席棚的中央或边缘，头顶上还点点滴滴漏下雨来。吃完饭，还得踩着烂泥，一滑一跌到井边去洗碗。回村路上如果打破了热水瓶，更是无法弥补的祸事，因为当地买不到，也不能由北京邮寄。唉！息县的雨天，实在叫人鼓不起劲来。

一次，连着几天下雨。我们上午就在村里开会学习，饭后只核心或骨干人员开会，其余的人就放任自流了。许多人回到寄寓的老乡家，或写信，或缝补，或赶做冬衣。我住在副队长家里，虽然也是六面泥的小房子，却比别家讲究些，朝南的泥墙上还有个一尺宽、半尺高的窗洞。我们糊上一层薄纸，又挡风，又透亮。我的床位在没风的暗角落里，伸手不见五指，除了晚上睡觉，白天待不住。屋里只有窗下那一点微弱的光，我也不愿占用。况且雨里的全副武装——雨衣、雨裤、长筒雨鞋，都沾满泥浆，脱换费事；还有一把水淋淋的雨伞也没处挂。我索性一手打着伞，一手拄着拐棍，走到雨里去。

我在苏州故居的时候最爱下雨天。后园的树木，雨里绿叶青翠欲滴，铺地的石子冲洗得光洁无尘；自己觉得身上清润，心上洁净。可是息县的雨，使人觉得自己确是黄土捏成的，好像连骨头都要化成一堆烂泥了。我踏着一片泥海，走出村子；看看表，才两点多，忽然动念何不去看看默存。我知道擅自外出是犯规，可是这时候不会吹号、列队、点名。我打算偷偷儿抄过厨房，直奔西去的大道。

连片的田里都有沟；平时是干的，积雨之后，成了大大小小的河渠。我走下一座小桥，桥下的路已淹在水里，和沟水汇成一股小河。但只差几步就跨上大道了。我不甘心后退，小心翼翼，试探着踩过靠岸的浅水；虽然有几脚陷得深些，居然平安上坡。我回头看看后无追兵，就直奔大道西去，只心上切记，回来不能再走这条路。

泥泞里无法快走，得步步着实。雨鞋愈走愈重；走一段路，得停下用拐杖把鞋上沾的烂泥拨掉。雨鞋虽是高筒，一路上的烂泥粘得变成"胶力士"，争着为我脱靴；好几次我险些把雨鞋留在泥里。而且不知从哪里搓出来不少泥丸子，会落进高筒的雨鞋里去。我走在路南边，就觉得路北边多几茎草，可免滑跌；走到路北边，又觉得还是南边草多。这是一条坦直的大道，可是将近砖窑，有二三丈路基塌陷。当初我们菜园挖井，阿香和我推车往菜地送饭的时候，到这里就得由阿香推车下坡又上坡。连天下雨，这里一片汪洋，成了个清可见底的大水塘。中间有两条堤岸；我举足踹上堤岸，立即深深陷下去；原来那是大车拱起的轮辙，浸了水是一条"酥堤"。我跋涉到此，虽然走的是平坦大道，也大不容易，不愿废然而返。水并不没过靴筒，还差着一二寸。水底有些地方是沙，有些地方是草；沙地有软有硬，草地也有软有硬。我拄着拐杖一步一步试探着前行，想不到竟安然渡过了这个大水塘。

上坡走到砖窑，就该拐弯往北。有一条小河由北而南，流到砖窑坡下，稍一潭洄，就泛入窑西低洼的荒地里去。坡下那片地，平时河水蜿蜒而过，雨后水涨流急，给冲成一个小岛。我沿河北去，只见河面愈来愈广。默存的宿舍在河对岸，是几排灰色瓦房的最后一排。我到那里一看，河宽至少一丈。原来的一架四五尺宽的小桥，早已冲垮，歪歪斜斜浮在下游水面上。雨丝绵绵密密，把天和地都连成一片；可是面前这一道丈许的河，却隔断了道路。我在东岸望着西岸，默存住的房间便在这排十几间房间的最西头。我望着望着，不见一人；忽想到假如给人看见，我岂不成了笑话。没奈何，我只得踏着泥泞的路，再往回走；一面走，一面打算盘。河愈南去愈窄，水也愈急。可是如果到砖窑坡下跳上小岛，跳过河去，不就到了对岸吗？那边看去尽是乱石荒墩，并没有道路，可是地该是连着的，没有河流间隔。但河边泥滑，穿了雨靴不如穿布鞋灵便；小岛的泥土也不知是否坚固。我回到那里，伸过手杖去扎那个小岛，泥土很结实。我把手杖扎得深深地，攀着杖跳上小岛，又如法跳到对岸。一路坑坑坡坡，一脚泥、一脚水，历尽千难万阻，居然到了默存宿舍的门口。

我推门进去，默存吃了一惊。

"你怎么来了？"

我笑说："来看看你。"

默存急得直骂我，催促我回去。我也不敢逗留，因为我看过表，一路上费的时候比平时多一倍不止。我又怕小岛愈冲愈小，我就过不得河了。灰蒙蒙的天，再昏暗下来，过那片水塘就难免陷入泥里去。

恰巧有人要过砖窑往西到"中心点"去办事。我告诉他说，桥已冲垮。他说不要紧，南去另有出路。我就跟他同走。默存穿上雨鞋，打着雨伞，送了我们一段路。那位同志过砖窑往西，我就往东。好在那一路都是刚刚走过的，只需耐心、小心，不妨大着胆子。我走到我们厨房，天已经昏黑。晚饭已过，可是席棚里还有灯火，还有人声。我做贼也似的悄悄掠过厨房，泥泞中用最快的步子回屋。

我再也记不起我那天的晚饭是怎么吃的；记不起是否自己保留了半个馒头，还是默存给我吃了什么东西；也记不起是否饿了肚子。我只自幸没有掉在河里，没有陷入泥里，没有滑跌，也没有被领导抓住；便是同屋的伙伴，也没有觉察我干了什么反常的事。

入冬，我们全连搬进自己盖的新屋，军宣队要让我们好好过个年，吃一餐丰盛的年夜饭，免得我们苦苦思家。

外文所原是文学所分出来的。我们连里有几个女同志的"老头儿"（默存就是我的"老头儿"——不管老不老，丈夫就叫"老头儿"）在他们连里，我们连里同意把几位"老头儿"请来同吃年夜饭。厨房里的烹调能手各显奇能，做了许多菜：熏鱼、酱鸡、红烧猪肉、咖喱牛肉等等应有尽有；还有凉拌的素菜，都很可口。默存欣然加入我们菜园一伙，围着一张长方大桌子吃了一餐盛馔。小趋在桌子底下也吃了个撑肠拄腹；我料想它尾巴都摇酸了。记得默存六十周岁那天，我也附带庆祝自己的六十虚岁，我们只开了一罐头红烧鸡。那天我虽放假，他却不放假。放假吃两餐，不放假吃三餐。我吃了早饭到他那里，中午还吃不下饭，却又等不及吃晚饭就得回连，所以只勉强啃了几口馒头。这番吃年夜饭，又有好菜，又有好酒；虽然我们俩不喝酒，也和旁人一起陶然忘忧。晚饭后我送他一程，一路走一路闲谈，直到拖拉机翻倒河里的桥边，默存说："你回去吧。"他过桥北去，还有一半路。

那天是大雪之后，大道上雪已融化，烂泥半干，踩在脚下软软的，也不滑，也不硬。可是桥以北的小路上雪还没化。天色已经昏黑，我怕默存近视眼看不清路——他向来不会认路——干脆直把他送回宿舍。

雪地里，路径和田地连成片，很难分辨。我一路留心记住一处处的标志，例如哪个转角处有一簇几棵大树、几棵小树，树的枝叶是什么姿致；什么地方，路是斜斜地拐；什么地方的雪特别厚，那是田边的沟，面上是雪，踹下去是半融化的泥浆，归途应当回避等等。

默存屋里已经灯光雪亮。我因为时间不早，不敢停留，立即辞归。一位年轻人在旁说：天黑了，他送我回去吧。我想这是大年夜，他在暖融融的屋里，说说笑笑正热闹，叫他冲黑冒寒送我，是不情之请。所以我说不必，我认识路。默存给他这么一提，倒不放心了。我就吹牛说："这条路，我哪天不走两遍！况且我带着个很亮的手电呢，不怕的。"其实我每天来回走的路，只是北岸的堤和南岸的东西大道。默存也不知道不到半小时之间，室外的天地已经变了颜色，那一路上已不复是我们同归时的光景了。而且回来朝着有灯光的房子走，容易找路；从亮处到黑地里去另是一回事。我坚持不要人送，他也不再勉强。他送我到灯光所及的地方，我就叫他回去。

我自特惯走黑路，站定了先辨辨方向。有人说，女同志多半不辨方向。我记得哪本书上说：女人和母鸡，出门就迷失方向。这也许是侮辱了女人。但我确是个不辨方向的动物，往往"欲往城南望城北"。默存虽然不会认路，我却靠他辨认方向。这时我留意辨明方向：往西南，斜斜地穿出树林，走上林边大道；往西，到那一簇三五棵树的地方，再往南拐；过桥就直奔我走熟的大道回宿舍。

可是我一走出灯光所及的范围，便落入了一团昏黑里。天上没一点星光，地下只一片雪白；看不见树，也看不见路。打开手电，只照见远远近近的树干。我让眼睛在黑暗里习惯一下，再睁眼细看，只见一团昏黑，一片雪白。树林里那条蜿蜒小路，靠宿舍里的灯光指引，暮色苍茫中依稀还能辨认，这时完全看不见了。我几乎想退回去请人送送。可是再一转念：遍地是雪，多两只眼睛亦未必能找出路来；况且人家送了我回去，还得独自回来呢，不如我一人闯去。

我自信四下观望的时候脚下并没有移动。我就硬着头皮，约莫朝西南方向，一纳头走进黑地里去。假如太往西，就出不了树林；我宁可偏向南走。地下看着雪白，踩下去却是泥浆。幸亏雪下有些秫秸秆儿、断草绳、落叶之类，倒也不很滑。我留心只往南走，有树挡住，就往西让。我回头望望默存宿舍的灯光，已经看不见了，也不知身在何处。走了一会儿，忽一脚踩个空，栽在沟里，吓了我一大跳；但我随即记起林边大道旁有个又宽又深的沟，这时撞入沟里，不胜忻喜，忙打开手电，找到个可以上坡的地方，爬上林边的大道。

大道上没雪，很好走，可以放开步子；可是得及时往南拐弯。如果一直走，便走到"中心点"以西的邻村去了。大道两旁植树，十几步一棵。我只见树干，看不见枝叶，更看不见树的什么姿致。来时所认的标志，一无所见。我只怕错失了拐弯处，就找不到拖拉机翻身的那座桥。迟拐弯不如早拐弯——拐迟了走入连片的大田，就够我在里面转个通宵了。所以我看见有几棵树聚近在一起，就忙拐弯往南。

一离开大道，我又失去方向；走了几步，发现自己在秫秸丛里。我且直往前走。只要是往南，总会走到河边；到了河边，总会找到那座桥。

我曾听说，有坏人黑夜躲在秫秸田里；我也怕野狗闻声蹿来，所以机伶着耳朵，听着四周的动静轻悄悄地走，不拂动两旁秫秸的枯叶。脚下很泥泞，却不滑。我五官并用，只不用手电。不知走了多久，忽见前面横着一条路，更前面是高高的堤岸。我终于到了河边！只是雪地又加黑夜，熟悉的路也全然陌生，无法分辨自己是在桥东还是在桥西——因为桥西也有高高的堤岸。假如我已在桥西，那条河愈西去愈宽，要走到"中心点"西头的另一个砖窑，才能转到河对岸，然后再折向东去找自己的宿舍。听说新近有个干校学员在那个砖窑里上吊死了。幸亏我已经不是原先的胆小鬼,否则桥下有人淹死,窑里有人吊死,我只好徘徊河边吓死。我估计自己性急,一定是拐弯过早,还在桥东,所以且往西走;一路找去,果然找到了那座桥。

过桥虽然还有一半路,我飞步疾行,一会儿就到家了。

"回来了?"同屋的伙伴儿笑脸相迎,好像我才出门走了几步路。在灯光明亮的屋里,想不到昏黑的野外另有一番天地。

一九七一年早春,学部干校大搬家,由息县迁往明港某团的营房。干校的任务,由劳动改为"学习"——学习阶级斗争吧? 有人不解"学部"指什么,这时才恍然:"学部"就是"学习部"。

看电影大概也算是一项学习,好比上课,谁也不准逃学(默存因眼睛不好,看不见,得以豁免)。放映电影的晚上,我们晚饭后各提马扎儿,列队上广场。各连有指定的地盘,各人挨次放下马扎儿入座。有时雨后,指定的地方泥泞,马扎儿只好放在烂泥上;而且保不定天又下雨,得带着雨具。天热了,还有防不胜防的大群蚊子。不过上这种课不用考试。我睁眼就看看,闭眼就歇歇。电影只那么几部,这一回闭眼没看到的部分,尽有机会以后补看。回宿舍有三十人同屋,大家七嘴八舌议论,我只需旁听,不必泄漏自己的无知。

一次我看完一场电影,随着队伍回宿舍。我睁着眼睛继续做我自己的梦,低头只看着前人的脚跟走。忽见前面的队伍渐渐分散,我到了宿舍的走廊里,但不是自己的宿舍。我急忙退回队伍,队伍只剩个尾巴了;一会儿,这些人都纷纷走进宿舍去。我不知道自己的宿舍何在,连问几人,都说不知道。他们各自忙忙回屋,也无暇理会我。我忽然好比流落异乡,举目无亲。

抬头只见满天星斗。我认得几个星座;这些星座这时都乱了位置。我不会借星座的位置辨认方向,只凭颠倒的位置知道离自己的宿舍很远了。营地很大,远远近近不知有多少营房,里面都亮着灯。营地上纵横曲折的路,也不知有多少。营房都是一个式样,假如我在纵横曲折的路上乱跑,一会儿各宿舍熄了灯,更无从寻找自己的宿舍了。目前只有一法:找到营房南边铺石块的大道,就认识归路。放映电影的广场离大道不远,我撞到的陌生宿舍,估计离广场也不远;营房大多南向,北斗星在房后——这一点我还知道。我只要背着这个宿舍往南去,寻找大道;即使绕了远路,总能找到自己的宿舍。

我怕耽误时间,不及随着小道曲折而行,只顾抄近,直往南去;不防走进了营地的菜圃。营地的菜圃不比我们在息县的菜圃。这里地肥,满畦密密茂茂的菜,盖没了一畦畦的分界。我知道这里每一二畦有一眼沤肥的粪井;井很深。不久前,也是看电影回去,我们连里一位高个儿年轻人失足落井。他爬了出来,不顾寒冷,在"水房"——我们的盥洗室——冲洗了好半天才悄悄回屋,没闹得人人皆知。我如落井，谅必一沉到底，呼号也没有救应。冷水冲洗之厄，压根儿可不必考虑。

我当初因为跟着队伍走不需手电，并未注意换电池。我的手电昏暗无光，只照见满地菜叶，也不知是什么菜。我想学猪八戒走冰的办法，虽然没有扁担可以横架肩头，我可以横抱着马扎儿，扩大自己的身躯。可是如果我掉下半身，呼救无应，还得掉下粪井。我不敢再胡思乱想，一手提马扎儿，一手打着手电，每一步都得踢开菜叶，缓缓落脚，心上虽急，却战战兢兢，如临深渊，一步不敢草率。好容易走过这片菜地，过一道沟仍是菜地。简直像梦魇似的，走呀、走呀，总走不出这片菜地。

幸亏方向没错，我出得菜地，越过煤渣铺的小道，越过乱草、石堆，终于走上了石块铺的大路。我立即拔步飞跑，跑几步，走几步，然后转北，一口气跑回宿舍。屋里还没有熄灯，末一批上厕所的刚回房，可见我在菜地里走了不到二十分钟。好在没走冤枉路，我好像只是上了厕所回屋，谁也没有想到我会睁着眼睛跟错队伍。假如我掉在粪井里，几时才会被人发现呢？

我睡在硬邦邦、结结实实的小床上，感到享不尽的安稳。

有一位比我小两岁的同事，晚饭后乖乖地坐在马扎上看电影，散场时他因脑溢血已不能动弹，救治不及，就去世了。从此老年人可以免修晚上的电影课。我常想，假如我那晚在陌生的宿舍前叫喊求救，是否可让老年人早些免修这门课呢？只怕我的叫喊求救还不够悲剧，只能成为反面教材。

所记三事，在我，就算是冒险，其实说不上什么险；除非很不幸，才会变成险。

（选自《杨绛作品精选》，人民文学出版社 2004 年版）

怀念萧珊

巴　金

一

今天是萧珊逝世的六周年纪念日。六年前的光景还非常鲜明地出现在我的眼前。那一天我从火葬场回到家中，一切都是乱糟糟的，过了两三天我渐渐地安静下来了，一个人坐在书桌前，想写一篇纪念她的文章。在五十年前我就有了这样一种习惯：有感情无处倾吐时我经常求助于纸笔。可是一九七二年八月里那几天，我每天坐三四个小时望着面前摊开的稿纸，却写不出一句话。我痛苦地想，难道给关了几年的"牛棚"，真的就变成"牛"了？头上仿佛压了一块大石头，思想好像冻结了一样。我索性放下笔，什么也不写了。

六年过去了。林彪、"四人帮"及其爪牙们的确把我搞得很"狼狈"，但我还是活下来了，而且偏偏活得比较健康，脑子也并不糊涂，有时还可以写一两篇文章。最近我经常去火葬场，参加老朋友们的骨灰安放仪式。在大厅里，我想起许多事情。同样地奏着哀乐，我的思想却从挤满了人的大厅转到只有二三十个人的中厅里去了，我们正在用哭声向萧珊的遗体告别。我记起了《家》里面觉新说过的一句话："好像珏死了，也是一个不祥的鬼。"四十七年前我写这句话的时候，怎么想得到我是在写自己！我没有流眼泪，可是我觉得有无数锋利的指甲在搔我的心。我站在死者遗体旁边，望着那张惨白色的脸，那两片咽下千言万语的嘴唇，我咬紧牙齿，在心里唤着死者的名字。我想，我比她大十三岁，为什么不让我先死？我想，这是多么不公平！她究竟犯了什么罪？她也给关进"牛棚"，挂上"牛鬼蛇神"的小纸牌，还扫过马路。究竟为什么？理由很简单，她是我的妻子。她患了病，得不到治疗，也因为她是我的妻子。想尽办法一直到逝世前三个星期，靠开后门她才住进医院。但是癌细胞已经扩散，肠癌变成了肝癌。

她不想死，她要活，她愿意改造思想，她愿意看到社会主义建成。这个愿望总不能说是痴心妄想吧。她本来可以活下去，倘使她不是"黑老K"的"臭婆娘"。一句话，是我连累了她，是我害了她。

在我靠边的几年中间，我所受到的精神折磨她也同样受到。但是我并未挨过打，她却挨了"北京来的红卫兵"的铜头皮带，留在她左眼上的黑圈好几天以后才褪尽。她挨打只是为了保护我，她看见那些年轻人深夜闯进来，害怕他们把我揪走，便溜出大门，到对面派出所去，请民警同志出来干预。那里只有一个人值班，不敢管。当着民警的面，她被他们用铜头皮带狠狠抽了一下，给押了回来，同我一起关在马桶间里。

她不仅分担了我的痛苦,还给了我不少的安慰和鼓励。在"四害"横行的时候,我在原单位(中国作家协会上海分会)给人当做"罪人"和"贱民"看待,日子十分难过,有时到晚上九十点钟才能回家。我进了门看到她的面容,满脑子的乌云都消散了。我有什么委屈、牢骚,都可以向她尽情倾吐。有一个时期我和她每晚临睡前要服两粒眠尔通才能够闭眼,可是天刚刚发白就都醒了。我唤她,她也唤我。我诉苦般地说:"日子难过啊!"她也用同样的声音回答:"日子难过啊!"但是她马上加一句:"要坚持下去。"或者再加一句:"坚持就是胜利。"我说"日子难过",因为在那一段时间里,我每天在"牛棚"里面劳动、学习、写交代、写检查、写思想汇报。任何人都可以责骂我、教训我、指挥我。从外地到"作协分会"来串连的人可以随意点名叫我出去"示众",还要自报罪行。上下班不限时间,由管理"牛棚"的"监督组"随意决定。任何人都可以闯进我家里来,高兴拿什么就拿走什么。这个时候大规模的群众性批斗和电视批斗大会还没有开始,但已经越来越逼近了。

她说"日子难过",因为她给两次揪到机关,靠边劳动,后来也常常参加陪斗。在淮海中路"大批判专栏"上张贴着批判我的罪行的大字报,我一家人的名字都给写出来"示众",不用说"臭婆娘"的大名占着显著的地位。这些文字像虫子一样咬痛她的心。她让上海戏剧学院"狂妄派"学生突然袭击、揪到"作协分会"去的时候,在我家大门上还贴了一张揭露她的所谓罪行的大字报。幸好当天夜里我儿子把它撕毁。否则这一张大字报就会要了她的命!

人们的白眼,人们的冷嘲热骂蚕蚀着她的身心,我看出来她的健康逐渐遭到损害。表面上的平静是虚假的。内心的痛苦像一锅煮沸的水,她怎么能遮盖住!怎样能使它平静!她不断地给我安慰,对我表示信任,替我感到不平。然而她看到我的问题一天天地变得严重,上面对我的压力一天天地增加,她又非常担心。有时同我一起上班或者下班,走近巨鹿路口,快到"作协分会",或者走近南湖路口,快到我们家,她总是抬不起头。我理解她,同情她,也非常担心她经受不起沉重的打击。我记得有一天到了平常下班的时间,我们没有受到留难,回到家里她比较高兴,到厨房去烧菜。我翻看当天的报纸,在第三版上看到当时做了"作协分会"的"头头"的两个工人作家写的文章《彻底揭露巴金的反革命真面目》。真是当头一棒!我看了两三行,连忙把报纸藏起来,我害怕让她看见。她端着烧好的菜出来,脸上还带笑容,吃饭时她有说有笑。饭后她要看报,我企图把她的注意力引到别处。但是没有用,她找到了报纸。她的笑容一下子完全消失。这一夜她再没有讲话,早早地进了房间。我后来发现她躺在床上小声哭着。一个安静的夜晚给破坏了。今天回想当时的情景,她那张满是泪痕的脸还在我的眼前。

我多么愿意让她的泪痕消失，笑容在她那憔悴的脸上重现，即使减少我几年的生命来换取我们家庭生活中一个宁静的夜晚，我也心甘情愿！

二

我听周信芳同志的媳妇说，周的夫人在逝世前经常被打手们拉出去当做皮球推来推去，打得遍体鳞伤。有人劝她躲开，她说："我躲开，他们就要这样对付周先生了。"萧珊并未受到这种新式体罚。可是她在精神上别人当皮球打来打去。她也有这样的想法：她多受一点精神折磨，可以减轻对我的压力。其实这是她一片痴心，结果只苦了她自己。我看见她一天天地憔悴下去，我看见她的生命之火逐渐熄灭，我多么痛心。我劝她，安慰她，我想拉住她，一点也没有用。

她常常问我："你的问题什么时候才解决呢？"我苦笑着说："总有一天会解决的。"她叹口气说："我恐怕等不到那个时候了。"后来她病倒了，有人劝她打电话找我回家，她不知从哪里得来的消息，她说："他在写检查，不要打岔他。他的问题大概可以解决了。"等到我从五·七干校回家休假，她已经不能起床。她还问我检查写得怎样，问题是否可以解决。我当时的确在写检查，而且已经写了好几次了。他们要我写，只是为了消耗我的生命。但她怎么能理解呢？

这时离她逝世不过两个多月，癌细胞已经扩散，可是我们不知道，想找医生给她认真检查一次，也毫无办法。平日去医院挂号看门诊，等了许久才见到医生或者实习医生，随便给开个药方就算解决问题。只有在发烧到摄氏三十九度才有资格挂急诊号，或者还可以在病人拥挤的观察室里待上一天半天。当时去医院看病找交通工具也很困难，常常是我女婿借了自行车来，让她坐在车上，他慢慢地推着走。有一次她雇到小三轮车去看病，看好门诊回家雇不到车了，只好同陪她看病的朋友一起慢慢地走回来，走走停停，走到街口，她快要倒下了，只得请求行人到我们家通知，她一个表侄正好来探病，就由他去把她背了回家。她希望拍一张 X 光片子查一查肠子有什么病，但是办不到。后来靠了她一位亲戚帮忙开后门两次拍片，才查出她患肠癌。以后又靠朋友设法开后门住进了医院。她自己还很高兴，以为得救了。只有她一个人不知真实的病情。她在医院里只活了三个星期。

我休假回家假期满了，我又请过两次假，留在家里照料病人。最多也不到一个月。我看见她病情日趋严重，实在不愿意把她丢开不管，我要求延长假期的时候，我们那个单位的一个"工宣队"头头逼着我第二天就回干校去。我回到家里，她问起来，我无法隐瞒。她叹了一口气，说"你放心去吧。"她把脸掉过去，不让我看她。我女儿、女婿看到这种情景，自告奋勇跑到巨鹿路向那位"工宣队"头头解释，希望同意我在市区多留些日子照料病人。可是那个头头"执法如山"，还说：

他不是医生,留在家里,有什么用!"留在家里对他改造不利。"他们气愤地回到家中,只说机关不同意,后来才对我传达了这句"名言"。我还能讲什么呢？明天回干校去!

整个晚上她睡不好,我更睡不好。出乎意外,第二天一早我那个插队落户的儿子在我们房间里出现了,他是昨天半夜里到的。他得了家信,请假回家看母亲,却没有想到母亲病成这样。我见了他一面,把他母亲交给他,就回干校去了。

在车上我的情绪很不好。我实在想不通为什么会有这样的事情。我在干校待了五天,无法同家里通消息。我已经猜到她的病不轻了。可是人们不让我过问她的事情。这五天是多么难熬的日子！到第五天晚上在干校的造反派头头通知我们全体第二天一早回市区开会。这样我才又回到了家,见到我的爱人。靠了朋友帮忙,她可以住进中山医院肝癌病房,一切都准备好,她第二天就要住院了。她多么希望住院前见我一面,我终于回来了,连我也没有想到她的病情发展得这么快。我们见了面,我一句话也讲不出来。她说了一句:"我到底住院了。"我答说:"你安心治疗吧。"她父亲也来看她,老人家双目失明,去医院探病有困难,可能是来同他的女儿告别了。

我吃过中饭,就去参加给别人戴上反革命帽子的大会,受批判、戴帽子的人不止一个,其中有一个我的熟人王若望同志他过去也是作家,不过比我年轻。我们一起在"牛棚"里关过一个时期,他的罪名是"摘帽右派"。他不服,不听话,他贴出大字报,声明"自己解放自己",因此罪名越搞越大,给捉去关了一个时期不算,还戴上了反革命的帽子监督劳动。在会场里我一直像在做怪梦。开完会回家,见到萧珊我感到格外亲切,仿佛重回人间。可是她不舒服,不想讲话,偶尔讲一句半句。我还记得她讲了两次:"我看不到了。"我连声问她看不到什么？她后来才说:"看不到你解放了。"我还能再讲什么呢？

我儿子在旁边,垂头丧气,精神不好,晚饭只吃了半碗,像是患感冒。她忽然指着他小声说:"他怎么办呢?"他当时在安徽山区农村已经待了三年半,政治上没有人管,生活上不能养活自己,而且因为是我的儿子,给剥夺了好些公民权利。他先学会沉默,后来又学会抽烟。我怀着内疚的心情看看他,我后悔当初不该写小说,更不该生儿育女。我还记得前两年在痛苦难熬的时候她对我说:"孩子们说爸爸做了坏事,害了我们大家。"这好像用刀子在割我身上的肉。我没有出声,我把泪水全吞在肚里。她睡了一觉醒过来忽然问我:"你明天不去了?"我说:"不去了。"就是那个"工宣队"头头今天通知我不用再去干校就留在市区。他还问我:"你知道萧珊是什么病?"我答说:"知道。"其实家里瞒住我,不给我知道真相,我还是从他这句问话里猜到的。

三

第二天早晨她动身去医院,一个朋友和我女儿、女婿陪她去。她穿好衣服等候车来。她显得急躁,又有些留恋,东张张西望望,她也许在想是不是能再看到这里的一切。我送走她,心上反而加了一块大石头。

将近二十天里,我每天去医院陪伴她大半天。我照料她,我坐在病床前守着她,同她短短地谈几句话。她的病情恶化,一天天衰弱下去,肚子却一天天大起来,行动越来越不方便。

当时病房里没有人照料,生活方面除饮食外一切都必须自理。后来听同病房的人称赞她"坚强",说她每天早晚都默默地挣扎着下了床,走到厕所。医生对我们谈起,病人的身体经不住手术,最怕的是她肠子堵塞,要是不堵塞,还可以拖延一个时期。她住院后的半个月是一九六六年八月以来我既感痛苦又感到幸福的一段时间,是我和她在一起度过的最后的平静的时刻,我今天还不能将它忘记。但是半个月以后,她的病情又有了发展,一天吃中饭的时候,医生通知我儿子找我去谈话。他告诉我:病人的肠子给堵住了,必须开刀。开刀不一定有把握,也许中途出毛病。但是不开刀,后果更不堪设想。他要我决定,并且要我劝她同意。我做了决定,就去病房对她解释。我讲完话,她只说了一句:"看来,我们要分别了。"她望着我,眼睛里全是泪水。我说:"不会的……"我的声音哑了。接着护士长来安慰她,对她说:"我陪你,不要紧的。"她回答:"你陪我就好。"时间很紧迫,医生、护士们很快做好了准备,她给送进手术室去了,是她表侄把她推到手术室门口的,我们就在外面廊上等了好几个小时,等到她平安地给送出来,由儿子把她推回到病房去。儿子还在她的身边守过一个夜晚。过两天他也病倒了,查出来他患肝炎,是从安徽农村带回来的。本来我们想瞒住他的母亲,可是无意间让他母亲知道了。她不断地问:"儿子怎么样?"我自己也不知道儿子怎么样,我怎么能使她放心呢?晚上回到家,走进空空的、静静的房间,我几乎要叫出声来:"一切都朝我的头打下来吧,让所有的灾祸都来吧。我受得住!"

我应当感谢那位热心而又善良的护士长,她同情我的处境,要我把儿子的事情完全交给她办。她做好安排,陪他看病、检查,让他很快住进别处的隔离病房,得到及时的治疗和护理。他在隔离病房里苦苦地等候母亲病情的好转。母亲躺在病床上,只能有气无力地说几句短短的话,她经常问:"棠棠怎么样?"从她那双含泪的眼睛里我明白她多么想看见她最爱的儿子。但是她已经没有精力多想了。

她每天给输血,打盐水针。她看见我去就断断续续地问我:"输多少西西的血? 该怎么办?"我安慰她:"你只管放心。没有问题,治病要紧。"她不止一次地说："你辛苦了。"我有什么苦呢？我能够为我最亲爱的人做事情，哪怕做一件小事，我也高兴！后来她的身体更不行了。医生给她输氧气，鼻子里整天插着管子。她几次要求拿开，这说明她感到难受，但是听了我们的劝告，她终于忍受下去了。开刀以后她只活了五天。谁也想不到她会去得这么快！五天中间我整天守在病床前，默默地望着她在受苦（我是设身处地感觉到这样的），可是她除了两三次要求搬开床前巨大的氧气筒，三四次表示担心输血较多付不出医药费之外，并没有抱怨过什么。见到熟人她常有这样一种表情：请原谅我麻烦了你们。她非常安静，但并未昏睡，始终睁大两只眼睛。眼睛很大，很美，很亮。我望着，望着，好像在望快要燃尽的烛火。我多么想让这对眼睛永远亮下去！我多么害怕她离开我！我甚至愿意为我那十四卷"邪书"受到千刀万剐，只求她能安静地活下去。

不久前我重读梅林写的《马克思传》，书中引用了马克思给女儿的信里的一段话，讲到马克思夫人的死。信上说："她很快就咽了气。……这个病具有一种逐渐虚脱的性质，就像由于衰老所致一样。甚至在最后几小时也没有临终的挣扎，而是慢慢地沉入睡乡。她的眼睛比任何时候都更大、更美、更亮！"这段话我记得很清楚。马克思夫人也死于癌症。我默默地望着萧珊那对很大、很美、很亮的眼睛，我想起这段话，稍微得到一点安慰。听说她的确也"没有临终的挣扎"，也是"慢慢地沉入睡乡"。我这样说，因为她离开这个世界的时候，我不在她的身边。那天是星期天，卫生防疫站因为我们家发现了肝炎病人，派人上午来做消毒工作。她的表妹有空愿意到医院去照料她，讲好我们吃过中饭就去接替。没有想到我们刚刚端起饭碗，就得到传呼电话，通知我女儿去医院，说是她妈妈"不行"了。真是晴天霹雳！我和我女儿、女婿赶到医院。她那张病床上连床垫也给拿走了。别人告诉我她在太平间。我们又下了楼赶到那里，在门口遇见表妹。还是她找人帮忙把"咽了气"的病人抬进来的。死者还不曾给放进铁匣子里送进冷库，她躺在担架上，但已经白布床单包得紧紧的，看不到面容了。我只看到她的名字。我弯下身子，把地上那个还有点人形的白布包拍了好几下，一面哭着唤她的名字。不过几分钟的时间，这算是什么告别呢？

据表妹说，她逝世的时刻，表妹也不知道。她曾经对表妹说"找医生来。"医生来过，并没有什么。后来她就渐渐地"沉入睡乡"。表妹还以为她在睡眠。一个护士来打针，才发觉她的心脏已经停止跳动了。我没有能同她诀别，我有许多话没有能向她倾吐，她不能没有留下一句遗言就离开我！我后来常常想，她对表妹说："找医生来"，很可能不是"找医生"，是"找李先生"（她平日这样称呼我）。为什么那天上午偏偏我不在病房呢？家里人都不在她身边，她死得这样凄凉！

我女婿马上打电话给我们仅有的几个亲戚。她的弟媳赶到医院，马上晕了过去。三天以后在龙华火葬场举行告别仪式。她的朋友一个也没有来，因为一则我们没有通知，二则我是一个审查了将近七年的对象。没有悼词，没有吊客，只有一片伤心的哭声。我衷心感谢前来参加仪式的少数亲友和特地来帮忙的我女儿的两三个同学，最后，我跟她的遗体告别，女儿望着遗容哀哭，儿子在隔离房还不知道把他当做命根子的妈妈已经死亡。值得提说的是她当做自己儿子照顾了好些年的一位亡友的男孩从北京赶来，只为了看见她的最后一面。这个整天同钢铁打交道的技术员，他的心倒不像钢铁那样。他得到电报以后，他爱人对他说："你去吧，你不去一趟，你的心永远安定不了。"我在变了形的她的遗体旁边站了一会。别人给我和她照了相。我痛苦地想：这是最后一次了，即使给我们留下来很难看的形象，我也要珍视这个镜头。

　　一切都结束了。过了几天我和女儿、女婿到火葬场，领到了她的骨灰盒。在存放室寄存了三年之后，我按期把骨灰盒接回家里。有人劝我把她的骨灰安葬，我宁愿让骨灰盒放在我的寝室里，我感到她仍然和我在一起。

四

　　梦魇一般的日子终于过去了。六年仿佛一瞬间似的远远地落在后面了。其实哪里是一瞬间！这段时间里有多少流着血和泪的日子啊。不仅是六年，从我开始写这篇短文到现在又过去了半年，半年中我经常在火葬场的大厅里默哀，行礼，为了纪念给"四人帮"迫害致死的朋友。想到他们不能把个人的智慧和才华献给社会主义祖国，我万分惋惜。每次戴上黑纱、插上纸花的同时，我也想起我自己最亲爱的朋友，一个普通的文艺爱好者，一个成绩不大的翻译工作者，一个心地善良的人。她是我的生命的一部分，她的骨灰里有我的泪和血。

　　她是我的一个读者。一九三六年我在上海第一次同她见面。一九三八年和一九四一年我们两次在桂林像朋友似的住在一起。一九四四年我们在贵阳结婚。我认识她的时候，她还不到二十，对她的成长我应当负很大的责任。她读了我的小说，给我写信，后来见到了我，对我发生了感情。她在中学念书，看见我以前，因为参加学生运动被学校开除，回到家乡住了一个短时期，又出来进另一所学校。倘使不是为了我，她三七、三八年一定去了延安。她同我谈了八年的恋爱，后来到贵阳旅行结婚，只印发了一个通知，没有摆过一桌酒席。从贵阳我和她先后到了重庆，住在民国路文化生活出版社门市部楼梯下七八个平方米的小屋里。她托人买了四只玻璃杯开始组织我们的小家庭。她陪着我经历了各种艰苦生活。在抗日战争紧张的时期，我们一起在日军进城以前十多个小时逃离广州，我们从广东到广西，从昆明到桂林，从金华到温州，我们分散了，又重见，相见后又别离。在我那两册《旅途通讯》中就有一部分这种生活的记录。四十年前有一位朋友批评我："这算什么文章！"我的《文集》出版后，另一位朋友认为我不应当把它们也收进去。他们都有道理。两年来我对朋友、对读者讲过不止一次，我决定不让《文集》重版。但是为我自己，我要经常翻看那两小册《通讯》。在那些年代，每当我落在困苦的境地里、朋友们各奔前程的时候，她总是亲切地在我的耳边说："不要难过，我不会离开你，我在你的身边。"的确，只有在她最后一次进手术室之前她才说过这样一句："我们要分别了。"

我同她一起生活了三十多年。但是我并没有好好地帮助过她。她比我有才华，却缺乏刻苦钻研的精神。我很喜欢她翻译的普希金和屠格涅夫的小说。虽然译文并不恰当，也不是普希金和屠格涅夫的风格，它们却是有创造性的文学作品，阅读它们对我是一种享受。她想改变自己的生活，不愿做家庭妇女，却又缺少吃苦耐劳的勇气。她听一个朋友的劝告，得到后来也是给"四人帮"迫害致死的叶以群同志的同意，到《上海文学》"义务劳动"，也做了一点点工作，然而在运动中却受到批判，说她专门向老作家组稿，又说她是我派去的"坐探"。她为了改造思想，想走捷径，要求参加"四清"运动，找人推荐到某铜厂的工作组工作，工作相当忙碌、紧张，她却精神愉快。但是到我快要靠边的时候，她也被叫回"作协分会"参加运动。她第一次参加这种疾风暴雨般的斗争，而且是以反动权威家属的身份参加，她不知道该怎么办才好。她张皇失措，坐立不安，替我担心，又为儿女们的前途忧虑。她盼望什么人向她伸出援助的手，可是朋友们离开了她，"同事们"拿她当做箭靶，还有人想通过整她来整我。她不是"作协分会"或者刊物的正式工作人员，可是仍然被"勒令"靠边劳动、站队挂牌，放回家以后，又给揪到机关。她怕人看见，每天大清早起来，拿着扫帚出门，扫得精疲力尽，才回到家里，关上大门，吐了一口气。但有时她还碰到上学去的小孩，对她叫骂"巴金的臭婆娘"。我偶尔看见她拿着扫帚回来，不敢正眼看她，我感到负罪的心情，这是对她的一个致命的打击。不到两个月，她病倒了，以后就没有再出去扫街（我妹妹继续扫了一个时期），但是也没有完全恢复健康。尽管她还继续拖了四年，但一直到死她并不曾看到我恢复自由。这就是她的最后，然而绝不是她的结局。她的结局将和我的结局连在一起。

我绝不悲观。我要争取多活。我要为我们社会主义祖国工作到生命的最后一息。在我丧失工作能力的时候，我希望病榻上有萧珊翻译的那几本小说。等到我永远闭上眼睛，就让我的骨灰同她的搅和在一起。

（选自《随想录》，作家出版社 2005 年版）

20 世纪 80 年代文学

小　说

透明的红萝卜（节选）

莫　言

一

秋天的一个早晨，潮气很重，杂草上，瓦片上都凝结着一层透明的露水。槐树上已经有了浅黄色的叶片，挂在槐树上的红锈斑斑的铁钟也被露水打得湿漉漉的。队长披着夹袄，一手里拤着一块高粱面饼子，一手里捏着一棵剥皮的大葱，慢吞吞地朝着钟下走。走到钟下时，手里的东西全没了，只有两个腮帮子象秋田里搬运粮草的老田鼠一样饱满地鼓着。他拉动钟绳，钟锤撞击钟壁，"喤喤喤"响成一片。老老少少的人从胡同里涌出来，汇集到钟下，眼巴巴地望着队长，象一群木偶。队长用力把食物吞咽下去，抬起袖子擦擦被络腮胡子包围着的嘴。人们一齐瞅着队长的嘴，只听到那张嘴一张开——那张嘴一张开就骂："他娘的腿！公社里这些狗娘养的，今日抽两个瓦工，明日调两个木工，几个劳力全被他们给零打碎敲了。小石匠，公社要加宽村后的滞洪闸，每个生产队里抽调一个石匠，一个小工，只好你去了。"队长对着一个高个子宽肩膀的小伙子说。

小石匠长得很潇洒，眉毛黑黑的，牙齿是白的，一白一黑，衬托得满面英姿。他把脑袋轻轻摇了一下，一绺滑到额头上的头发轻轻地甩上去。他稍微有点口吃地问队长去当小工的人是谁，队长怕冷似地把膀子抱起来，双眼象风车一样旋转着，嘴里嘟嘟地说："按说去个妇女好，可妇女要拾棉花。去个男劳力又屈了料。"最后，他的目光停在墙角上。墙角上站着一个十岁左右的男孩子。孩子赤着脚，光着脊梁，穿一条又肥又长的白底带绿条条的大裤头子，裤头上染着一块块的污渍，有的象青草的汁液，有的象干结的鼻血。裤头的下沿齐着膝盖。孩子的小腿上布满了闪亮的小疤点。

"黑孩儿，你这个小狗日的还活着？"队长看着孩子那凸起的瘦胸脯，说："我寻思着你该去见阎王了。打摆子好了吗？"

孩子不说话，只是把两只又黑又亮的眼睛直盯着队长看。他的头很大，脖子细长，挑着这样一个大脑袋显得随时都有压折的危险。

"你是不是要干点活儿挣几个工分？你这个熊样子能干什么？放个屁都怕把你震倒。你跟上小石匠到滞洪闸上去当小工吧，怎么样？回家找把小锤子，就坐在那儿砸石头子儿，愿意动弹就多砸几块，不愿动弹就少砸几块，根据历史的经验，公社的差事都是胡弄洋鬼子的干活。"

孩子慢慢地蹭到小石匠身边，扯扯小石匠的衣角。小石匠友好地拍拍他的光葫芦头，说："回家跟你后娘要把锤子，我在桥头上等你。"

孩子向前跑了。有跑的动作，没有跑的速度，两只细胳膊使劲甩动着，象谷地里被风吹动着的稻草人。人们的目光都追着他，看着他光着的背，忽然都感到身上发冷。队长把夹袄使劲扯了扯，对着孩子喊："回家跟你后娘要件褂子穿着，嗐，你这个小可怜虫儿。"

他翘腿蹾脚地走进家门。一个挂着两条清鼻涕的小男孩正蹲在院子里和着尿泥，看着他来了，便扬起那张扁乎乎的脸，夯煞着手叫："可……可……抱……"黑孩弯腰从地上拣起一个浅红色的杏树叶儿，给后母生的弟弟把鼻涕擦了，又把粘着鼻涕的树叶象贴传单一样"巴唧"拍到墙上。对着弟弟摆摆手，他向屋里溜去，从墙角上找到一把铁柄羊角锤子，又悄悄地溜出来。小男孩又冲着他叫唤，他找了一根树枝，围着弟弟画了一个大大的圆圈，扔掉树枝，匆匆向村后跑去。他的村子后边是一条不算大也不算小的河，河上有一座九孔石桥。河堤上长满垂柳，由于夏天大水的浸泡，树干上生满了红色的须根。现在水退了，须根也干巴了。柳叶已经老了，桔黄色的落叶随着河水缓缓地向前漂。几只鸭子在河边上游动着，不时把红色的嘴插到水草中，"呱唧呱唧"地搜索着，也不知吃到什么没有。

孩子跑上河堤，已经累得气喘吁吁。凸起的胸脯里象有只小母鸡在打鸣。

"黑孩！"小石匠站在桥头上大声喊他，"快点跑！"

黑孩用跑的姿式走到小石匠跟前，小石匠看了他一眼，问："你不冷？"

黑孩怔怔地盯着小石匠。小石匠穿着一条劳动布的裤子，一件劳动布夹克式上装，上装里套一件火红色的运动衫，运动衫领子耀眼地翻出来，孩子盯着领口，象盯着一团火。

"看着我干什么？"小石匠轻轻拨拉了一下孩子的头，孩子的头象货郎鼓一样晃了晃。"你呀"，小石匠说，"生被你后娘给打傻了。"

小石匠吹着口哨，手指在黑孩头上轻轻地敲着鼓点，两人一起走上了九孔桥。黑孩很小心地走着,尽量使头处在最适宜小石匠敲打的位置上。小石匠的手指骨节粗大,坚硬得象小棒槌,敲在光头上很痛,黑孩忍着,一声不吭,只是把嘴角微微吊起来。小石匠的嘴非常灵巧,两片红润的嘴唇忽而噘起,忽而张开,从他唇间流出百灵鸟的婉啭啼声,响,脆,直冲到云霄里去。

过了桥上了对面的河堤,向西走半里路,就是滞洪闸,滞洪闸实际上也是一座桥,与桥不同的是它插上闸板能挡水,拔开闸板能放洪。河堤的漫坡上栽着一簇簇蓬松的紫穗槐。河堤里边是几十米宽的河滩地,河滩细软的沙土上,长着一些大水落后匆匆生出来的野草。河堤外边是辽阔的原野,连年放洪,水里挟带的沙土淤积起来,改良了板结的黑土,土地变得特别肥沃。今年洪水不大,没有危及河堤,滞洪闸没开闸滞洪,放洪区里种植了大片的孟加拉国黄麻。黄麻长得象原始森林一样茂密。正是清晨,还有些薄雾缭绕在黄麻梢头,远远看去,雾下的黄麻地象深邃的海洋。

小石匠和黑孩悠悠逛逛地走到滞洪闸上时,闸前的沙地上已集合了两堆人。一堆男,一堆女,象两个对垒的阵营。一个公社干部拿着一个小本子站在男人和女人之间说着什么,他的胳膊忽而扬起来,忽而垂下去。小石匠牵着黑孩,沿着闸头上的水泥台阶,走到公社干部面前。小石匠说:"刘副主任,我们村来了。"小石匠经常给公社出官差,刘副主任经常带领人马完成各类工程,彼此认识。黑孩看着刘副主任那宽阔的嘴巴。那构成嘴巴的两片紫色嘴唇碰撞着,发出一连串音节:"小石匠,又是你这个滑头小子! 你们村真他妈的会找人,派你这个笊篱捞不住的滑蛋来,够我淘的啦。小工呢?"

孩子感到小石匠的手指在自己头上敲了敲。

"这也算个人?"刘副主任捏着黑孩的脖子摇晃了几下,黑孩的脚跟几乎离了地皮。"派这么个小瘦猴来,你能拿动锤子吗?"刘副主任虎着脸问黑孩。

"行了,刘副主任,刘太阳。社会主义优越性嘛,人人都要吃饭。黑孩家三代贫农,社会主义不管他谁管他? 何况他没有亲娘跟着后娘过日子,亲爹鬼迷心窍下了关东,一去三年没个影,不知是被熊瞎子舔了,还是被狼崽子啖了。你的阶级感情哪儿去了?"小石匠把黑孩从刘太阳副主任手里拽过来,半真半假地说。

黑孩被推搡得有点头晕。刚才靠近刘副主任时,他闻到了那张阔嘴里喷出了一股酒气。一闻到这种味儿他就恶心,后娘嘴里也有这种味。爹走了以后,后娘经常让他拿着地瓜干子到小卖铺里去换酒。后娘一喝就醉,喝醉了他就要挨打,挨拧,挨咬。

"小瘦猴!"刘副主任骂了黑孩一句,再也不管他,继续训起话来。

黑孩提着那把羊角铁锤,蔫儿古唧地走上滞洪闸。滞洪闸有一百米长,十几米高,闸的北面是一个和闸身等长的方槽,方槽里还残留着夏天的雨水。孩子站在闸上，把着石栏杆，望着水底下的石头，几条黑色的瘦鱼在石缝里笨拙地游动。滞洪闸两头连结着高高的河堤，河堤也就是通往县城的道路。闸身有五米宽，两边各有一道半米高的石栏杆。前几年，有几个骑自行车的人被马车搡到闸下，有的摔断了腿，有的摔折了腰，有的摔死了。那时候他比现在当然还小，但比现在身上肉多，那时候父亲还没去关东，后娘也不喝酒。他跑到闸上来看热闹，他来得晚了点，摔到闸下的人已被拉走了，只有闸下的水槽里还有几团发红发浑的地方。他的鼻子很灵，嗅到了水里飘上来的血腥味……

他的手扶住冰凉的白石栏杆，羊角锤在栏杆上敲了一下，栏杆和锤子一齐响起来。倾听着羊角铁锤和白石栏杆的声音，往事便从眼前消散了。太阳很亮地照着闸外大片的黄麻，他看到那些薄雾匆匆忙忙地在黄麻里钻来钻去。黄麻太密了，下半部似乎还有间隙，上半部的枝叶挤在一起，湿漉漉，油亮亮。他继续往西看，看到黄麻地西边有一块地瓜地，地瓜叶子紫勾勾地亮。黑孩知道这种地瓜是新品种，蔓儿短，结瓜多，面大味道甜，白皮红瓤儿，煮熟了就爆炸。地瓜地的北边是一片菜园，社员的自留地统统归了公，队里只好种菜园。黑孩知道这块菜园和地瓜都是五里外的一个村庄的，这个村子挺富。菜园里有白菜，似乎还有萝卜。萝卜缨儿绿得发黑，长得很旺。菜园子中间有两间孤独的房屋，住着一个孤独的老头，孩子都知道。菜园的北边是一望无际的黄麻。菜园的西边又是一望无际的黄麻。三面黄麻一面堤，使地瓜地和菜地变成一个方方的大井。孩子想着，想着，那些紫色的叶片，绿色的叶片，在一瞬间变成井中水，紧跟着黄麻也变成了水，几只在黄麻梢头飞蹿的麻雀变成了绿色的翠鸟，在水面上捕食鱼虾……

刘副主任还在训话。他的话的大意是，为了农业学大寨，水利是农业的命脉，八字宪法水是一法，没有水的农业就象没有娘的孩子，有了娘，这个娘也没有奶子，有了奶子，这个奶子也是个瞎奶子，没有奶水，孩子活不了，活了也象那个瘦猴。（刘副主任用手指指着闸上的黑孩。黑孩背对着人群，他脊梁上有两块大疤癞，被阳光照得忽啦忽啦打闪电）而且这个闸太窄，不安全，年年摔死人，公社革委特别重视，认真研究后决定加宽这个滞洪闸。因此调来了全公社各大队共合二百余名民工。第一阶段的任务是这样的，姑娘媳妇半老婆子加上那个瘦猴（他又指指闸上的孩子，阳光照着大疤癞，象照着两面小镜子），把那五百方石头砸成柏子养心丸或者是鸡蛋黄那么大的石头子儿。石匠们要把所有的石料按照尺寸剥磨整齐。这两个是我们的铁匠（他指着两个棕色的人，这两个人一个高，一个低，一个老，一个少），负责修理石匠们秃了尖的钢钻子之类。吃饭嘛，离村近的回家吃，离村远的到前边村里吃，我们开了一个伙房。睡觉嘛，离村近的回家睡，离村远的睡桥洞（他指指滞洪闸下那几十个桥洞）。女的从东边向西睡，男的从西边向东睡。桥洞里铺着麦秸草，暄得象钢丝床，舒服死你们这些狗日的。

"刘副主任,你也睡桥洞吗?"

"我是领导。我有自行车。我愿意在这儿睡不愿意在这儿睡是我的事,你别操心烂了肺。官长骑马士兵也骑马吗?狗日的,好好干,每天工分不少挣,还补你们一斤水利粮,两毛水利钱,谁不愿干就滚蛋。连小瘦猴也得一份钱粮,修完闸他保证要胖起来……"

刘副主任的话,黑孩一句也没听到。他的两根细胳膊拐在石栏杆上,双手夹住羊角锤。他听到黄麻地里响着鸟叫般的音乐和音乐般的秋虫鸣唱。逃逸的雾气碰撞着黄麻叶子和深红或是淡绿的茎秆,发出震耳欲聋的声响。蚂蚱剪动翅羽的声音象火车过铁桥。他在梦中见过一次火车,那是一个独眼的怪物,趴着跑,比马还快,要是站着跑呢?那次梦中,火车刚站起来,他就被后娘的扫炕条帚打醒了。后娘让他去河里挑水。条帚打在他屁股上,不痛,只有热乎乎的感觉。打屁股的声音好象在很远的地方有人用棍子抽一麻袋棉花。他把扁担钩儿挽上去一扣,水桶刚刚离开地皮。担着满满两桶水,他听到自己的骨头"咯崩咯崩"地响。肋条跟胯骨连在了一起。爬陡峭的河堤时,他双手扶着扁担,摇摇晃晃。上堤的小路被一棵棵柳树扭得弯弯曲曲。柳树干上象装了磁铁,把铁皮水桶吸得摇摇摆摆。树撞了桶,桶把水撒在小路上,很滑,他一脚踏上去,象踩着一块西瓜皮。不知道用什么姿势他趴下了,水象瀑布一样把他浇湿了。他的脸碰破了路,鼻子尖成了一个平面,一根草梗在平面上印了一个小沟沟。几滴鼻血流到嘴里,他吐了一口,咽了一口。铁桶一路欢唱着滚到河里去了。他爬起来,去追赶铁桶。两个桶一个歪在河边的水草里,一个被河水载着向前漂。他沿着水边追上去,脚下长满了四个棱的他和一班孩子们称之为"狗蛋子"的野草。尽管他用脚指头使劲扒着草根,还是滑到了河里。河水温暖,没到了他的肚脐。裤头湿了,漂起来,围在他的腰间,象一团海蜇皮。他呼呼隆隆蹚着水追上去,抓住水桶,逆着水往回走。他把两只胳膊多煞开,一只手拖着桶,另一只手一下一下划着水。水很硬,顶得他趔趔趄趄。他把身体斜起来,弓着脖子往前用力。好象有一群鱼把他包围了,两条大腿之间有若干温柔的鱼嘴在吻他。他停下来,仔细体会着,但一停住,那种感觉顿时就消逝了。水面忽地一暗,好象鱼群惊惶散开。一走起来,愉快的感觉又出现了,好象鱼儿又聚拢过来。于是他再也不停,半闭着眼睛,向前走啊,走……

"黑孩!"

"黑孩!"

他猛然惊醒,眼睛大睁开,那些鱼儿又忽地消失了。羊角铁锤从他手中挣脱了,笔直地钻到闸下的绿水里,溅起了一朵白菊花一样的水花。

"这个小瘦猴,脑子肯定有毛病。"刘太阳上闸去,拧着黑孩的耳朵,大声说:

"过去，跟那些娘们砸石子去，看你能不能从里边认个干娘。"

小石匠也走上来，摸摸黑孩凉森森的头皮，说："去吧，去摸上你的锤子来。砸几块算几块，砸够了就耍耍。"

"你敢偷奸磨滑我就割下你的耳朵下酒。"刘太阳张着大嘴说。

黑孩哆嗦了一下。他从栏杆空里钻出去，双手勾住最下边一根石杆，身子一下子挂在栏杆下边。

"你找死！"小石匠惊叫着，猫腰去扯孩子的手。黑孩往下一缩，身体贴在桥墩菱状突出的石棱上，轻巧地溜了下去。黑孩子贴在白桥墩上，象粉墙上一只壁虎。他哧溜到水槽里，把羊角锤摸上来，然后爬出水槽，钻进桥洞不见了。

"这小瘦猴！"刘太阳摸着下巴说，"他妈的这个小瘦猴！"

黑孩从桥洞里钻出来，畏畏缩缩地朝着那群女人走去。女人们正在笑骂着。话很脏，有几个姑娘夹杂在里边，想听又怕听，脸儿一个个红扑扑的象鸡冠子花。男孩黑黑地出现在她们面前时，她们的嘴一下子全封住了。愣了一会儿，有几个咬着耳朵低语，看着黑孩没反应，声音就渐渐大了起来。

"瞧瞧，这个可怜样儿！都什么节气了还让孩子光着"。

"不是自己腔里养出来的就是不行。"

"听说他后娘在家里干那行呢……"

黑孩转过身去，眼睛望着河水，不再看这些女人。河水一块红一块绿，河南岸的柳叶象蜻蜓一样飞舞着。

一个蒙着一条紫红色方头巾的姑娘站在黑孩背后，轻轻地问："哎，小孩，你是哪个村的？"

黑孩歪歪头，用眼角扫了姑娘一下。他看到姑娘的嘴上有一层细细的金黄色的茸毛，她的两眼很大，但由于眼睫毛太多，毛茸茸的，显出一副睡眼惺忪的样子。

"小孩，你叫什么名字？"

黑孩正和沙地上一棵老蒺藜作战，他用脚指头把一个个六个尖或是八个尖的蒺藜撕下来，用脚掌去捻。他的脚象骡马的硬蹄一样，蒺藜尖一根根断了，蒺藜一个个碎了。

姑娘愉快地笑起来："真有本事，小黑孩，你的脚象挂着铁掌一样。哎，你怎么不说话？"姑娘用两个手指戳着孩子的肩头说："听到了没有，我问你话呢！"

黑孩感觉到那两个温暖的手指顺着他的肩头滑下去，停到他背上的伤疤上。

"哎，这，是怎么弄的？"

孩子的两个耳朵动了动。姑娘这才注意到他的两耳长得十分夸张。

"耳朵还会动，哟，小兔一样。"

黑孩感觉到那只手又移到他的耳朵上,两个指头在捻着他漂亮的耳垂。

"告诉我,黑孩,这些伤疤,"姑娘轻轻地扯着男孩的耳朵把他的身体调转过来,黑孩齐着姑娘的胸口。他不抬头,眼睛平视着,看见的是一些由红线交叉成的方格,有一条梢儿发黄的辫子躺在方格布上。"是狗咬的? 生疮啦? 上树拉的? 你这个小可怜……"

黑孩感动地仰起脸来,望着姑娘浑圆的下巴。他的鼻子吸了一下。

"菊子,想认个干儿吗?"一个脸盘肥大的女人冲着姑娘喊。

黑孩的眼睛转了几下,眼白象灰蛾儿扑楞。

"对,我就叫菊子,前屯的,离这儿十里,你愿意说话就叫我菊子姐好啦。"姑娘对黑孩说。

"菊子,是不是看上他了? 想招个小女婿吗? 那可够你熬的,这只小鸭子上架要得几年哩……"

"臭老婆,张嘴就喷粪。"姑娘骂着那个胖女人。她把黑孩牵到象山岭一样的碎石堆前,找了一块平整的石头摆好,说,"就坐在这儿吧,靠着我,慢慢砸。"她自己也找了一块光滑石头,给自己弄了个座位,靠着男孩坐下来。很快,滞洪闸前这一片沙地上,就响起了"噼噼啪啪"的敲打石头声。女人们以黑孩为话题议论着人世的艰难和造就这艰难的种种原因,这些"娘儿们哲学"里,永恒真理羼杂着胡说八道,菊子姑娘一点都没往耳里入,她很留意地观察着孩子。黑孩起初还以那双大眼睛的偶然一瞥来回答姑娘的关注,但很快就象入了定一样,眼睛大睁着,也不知他看着什么,姑娘紧张地看着他。他左手摸着石头块儿,右手举着羊角锤,每举一次都显得筋疲力竭,锤子落下时好象猛抛重物一样失去控制。有时姑娘几乎要惊叫起来,但什么也没发生,羊角铁锤在空中划着曲里拐弯的轨迹,但总能落到石头上。

黑孩的眼睛本来是专注地看着石头的,但是他听到了河上传来了一种奇异的声音,很象鱼群在唼喋,声音细微,忽远忽近,他用力地捕捉着,眼睛与耳朵并用,他看到了河上有发亮的气体起伏上升,声音就藏在气体里。只要他看着那神奇的气体,美妙的声音就逃跑不了。他的脸色渐渐红润起来,嘴角上漾起动人的微笑。他早忘记了自己坐在什么地方干什么,仿佛一上一下举着的手臂是属于另一个人的。后来,他感到右手食指一阵麻木,右胳膊也不由自主地抽搐了一下。他的嘴里突然迸出了一个音节,象哀叫又象叹息。低头看时,发现食指指甲盖已经破成好几半,几股血从指甲破缝里渗出来。

"小黑孩,砸着手了是不?"姑娘耸身站起,两步跨到孩子面前蹲下,"亲娘哟,砸成了什么样子? 哪里有象你这样干活的? 人在这儿,心早飞到不知哪国去了。"

姑娘数落着黑孩。黑孩用右手抓起一把土按到砸破的手指上。

"黑孩，你昏了？土里什么脏东西都有！"姑娘拖起黑孩向河边走去，孩子的脚板很响地扇着油光光的河滩地。在水边上蹲下，姑娘抓住孩子的手浸到河水里。一股小小的黄浊流在孩子的手指前形成了。黄土冲光后，血丝又渗出来，象红线一样在水里抖动，孩子的指甲象砸碎的玉片。

"痛吗？"

他不吱声。这时候他的眼睛又盯住了水底的河虾，河虾身体透亮，两根长须冉冉飘动，十分优美。

姑娘掏出一条绣着月季花的手绢，把他的手指包起来。牵着他回到石堆旁，姑娘说："行了，坐着耍吧，没人管你，冒失鬼。"

女人们也都停下了手中的锤子，把湿漉漉的目光投过来，石堆旁一时很静。一群群绵羊般的白云从青蓝蓝的天上飞奔而过，投下一团团稍纵即逝的暗影，时断时续地笼罩着苍白的河滩和无可奈何的河水。女人们脸上都出现一种荒凉的表情，好象寸草不生的盐碱地。待了好长一会儿，她们才如梦初醒，重新砸起石子来，锤声寥落单调，透出了一股无可奈何的情绪。

黑孩默默地坐着，目不转睛地看着手绢上的红花儿。在红花旁边又有一朵花儿出现了，那是指甲里的血渗出来了。女人们很快又忘了他，"嘎嘎咕咕"地说笑起来。黑孩把伤手举起来放在嘴边，用牙齿咬开手绢的结儿，又用右手抓起一把土，按到伤指上。姑娘刚要开口说话，却发现他用牙齿和右手又把手绢扎好了。她长长地叹了一口气，举起锤子，沉重地打在一块酱红色的石片上。石片很坚硬，石棱儿象刀刃一样，石棱与锤棱相接，碰出了几个很大的火星，大白天也看得清。

中午，刘副主任骑着辆乌黑的自行车从黑孩和小石匠的村子里蹿出来。他站在滞洪闸上吹响了收工哨。他接着宣布，伙房已经开火，离家五里以外的民工才有资格去吃饭。人们匆匆地收拾着工具。姑娘站起来。孩子站起来。

"黑孩，你离家几里？"

黑孩不理她，脑袋转动着，象在寻找什么。姑娘的头跟着黑孩的头转动，当黑孩的头不动了时，她也把头定住，眼睛向前望，正碰上小石匠活泼的眼睛，两人对视了几十秒钟。小石匠说："黑孩，走吧，回家吃饭，你不用瞪眼，瞪眼也是白瞪眼，咱俩离家不到二里，没有吃伙房的福份。"

"你们俩是一个村的？"姑娘问小石匠。

小石匠兴奋地口吃起来，他用手指指村子，说他和黑孩就是这村人，过了桥就到了家。姑娘和小石匠说了一些平常但很热乎的话。小石匠知道了姑娘家住前屯，可以吃伙房，可以睡桥洞。姑娘说，吃伙房愿意，睡桥洞不愿意。秋天里刮秋风,桥洞凉。姑娘还悄悄地问小石匠黑孩是不是哑巴。小石匠说绝对不是,这孩子可灵性哩,他四五岁时说起话来就象竹筒里晃豌豆,咯崩咯崩脆。可是后来,话越来越少,动不动就象尊小石象一样发呆,谁也不知道他寻想着什么。你看看他那双眼睛吧,黑洞洞的,一眼看不到底。姑娘说看得出来这孩子灵性,不知为什么我很喜欢他,就象我的小弟弟一样。小石匠说,那是你人好心眼儿善良。

小石匠、姑娘、黑孩儿,不知不觉落到了最后边,他和她谈得很热乎,恨不得走一步退两步。黑孩跟在他俩身后,高抬腿、轻放脚,那神情和动作很象一只沿着墙边巡逻的小公猫。在九孔桥上,刚刚在紫穗槐树丛里耽误了时间的刘太阳骑着车子"嘎嘎啦啦"地赶上来,桥很窄,他不得不跳下车子。

"你们还在这儿磨蹭? 黑猴,今天上午干得怎么样? 噢,你的爪子怎么啦?"

"他的手让锤子打破了。"

"他妈的。小石匠,你今天中午就去找你们队长,让他趁早换人,出了人命我可担不起。"

"他这是公伤,你忍心撵他走?"姑娘大声说。

"刘副主任,咱俩多年的老交情了,你说,这么大个工地,还多这么个孩子?你让他瘸着只手到队里去干什么?"小石匠说。

"瘦猴儿,真你妈的,"刘太阳沉吟着说,"给你调个活儿吧,给铁匠炉拉风匣,怎么样? 会不会?"

孩子求援似地看看小石匠,又看看姑娘。

"会拉,是不是黑孩?"小石匠说。

姑娘也冲着他鼓励地点点头。

（节选自《中国作家》,1985 年第 2 期）

小鲍庄（节选）

王安忆

引　子

七天七夜的雨，天都下黑了。洪水从鲍山顶上轰轰然地直泻下来，一时间，天地又白了。

鲍山底的小鲍庄的人，眼见得山那边，白茫茫地来了一排雾气，拔腿便跑。七天的雨早把地下暄了，一脚下去，直陷到腿肚子，跑不赢了。那白茫茫排山倒海般地过来了，一堵墙似的，墙头溅着水花。

茅顶泥底的房子趴了，根深叶茂的大树倒了，玩意儿似的。

孩子不哭了，娘们不叫了，鸡不飞，狗不跳，天不黑，地不白，全没声了。

天没了，地没了。鸦雀无声。

不晓得过了多久，象是一眨眼那么短，又象是一世纪那么长，一根树浮出来，划开了天和地。树横漂在水面上，盘着一条长虫。

还是引子

小鲍庄的祖上是做官的，龙廷派他治水。用了九百九十九天时间，九千九百九十九个人工，筑起了一道鲍家坝，围住九万九千九百九十九亩好地，倒是安乐了一阵。不料，有一年，一连下了七七四十九天的雨，大水淹过坝顶，直泻下来，浇了满满一洼水。那坝子修得太坚牢，连个去处也没有，成了个大湖。

直过了三年，湖底才干。小鲍庄的这位先人被黜了官。念他往日的辛勤，龙廷开恩免了死罪。他自觉对不住百姓，痛悔不已，扪心自省又实在不知除了筑坝以外还有什么别的做法，一无奈何。他便带了妻子儿女，到了鲍家坝下最洼的地点安家落户，以此赎罪。从此便在这里繁衍开了，成了一个几百口子的庄子。

这里地洼，苇子倒长得旺。这儿一片，那儿一片，弄不好，就飞出蝗虫，飞得天黑日暗。最惧怕的还是水，唯一可做的抵挡便是修坝。一铲一铲的泥垒上去，眼见那坝高而且稳当，心理上也有依傍。天长日久，那坝宽大了许多，后人便叫作鲍山，而被鲍山环围的那一大片地，人们则叫作湖。因此别处都说"下地做活"；此地却说"下湖做活"。山不高，可是地洼，山把地围得紧。那鲍山把山里边和山外边的地方隔远了。

这已是传说了，后人当作古来听，再当作古讲与后后人，倒也一代传一代地传了下来，并且生出好些枝节。比如：这位祖先是大禹的后代，于是，一整个鲍家都成了大禹的后人。又比如：这位祖先虽是大禹的后代，却不得大禹之精神——娶妻三天便出门治水，后来三次经过家门却不进家。妻生子，禹在门外听见儿子哭声都不进门。而这位祖先则在筑坝的同时，生了三子一女。由于心不虔诚，过后便让他见了颜色。自然，这就是野史了，不足为信，听听而已。

一

鲍彦山家里的，在床上哼唧，要生了。队长家的大狗子跑到湖里把鲍彦山喊回来。鲍彦山两只胳膊背在身后，夹了一杆锄子，不慌不忙地朝家走。不碍事，这是第七胎了，好比老母鸡下个蛋，不碍事，他心想。早生三个月便好了，这一季口粮全有了，他又想。不过这是作不得主的事，再说是差三个月，又不是三天，三个钟点，没处懊恼的。他想开了。

他家门口已经蹲了几个老头。还没落地，哼得也不紧。他把锄子往墙上一靠，也蹲下了。

"小麦出的还好？"鲍二爷问。

"就那样。"鲍彦山回答。

屋里传来呱呱的哭声，他老三家里的推门出来，嚷了一声："是个小子！"

"小子好。"鲍二爷说。

"就那样。"鲍彦山回答。

"你不进来瞅瞅？"他老三家里的叫她大伯子。

鲍彦山耸了耸肩上的袄，站起身进屋了。一会儿，又出来了。

"咋样？"鲍二爷问。

"就那样。"鲍彦山回答。

"起个啥名？"

鲍彦山略微思索了一下："大号叫个鲍仁平，小名就叫个捞渣。"

"捞渣？！"

"捞渣，这是最末了的了，本来没提防有他哩。"鲍彦山惭愧似地笑了一声。

"叫是叫得响，捞渣！"鲍二爷点头道。

他老三家里的又出来了，冲着鲍彦山说："我大哥，你不能叫我大嫂吃芋干面做月子。"说完不等回答，风风火火地走了，又风风火火地来了，手里端着一舀小麦面，进了屋。

"家里没小麦面了？"鲍二爷问。

鲍彦山嘿嘿一笑："没事，这娘们吃草都能变妈妈。"此地，把奶叫作了妈妈。

大狗子背了一箕草从东头跑来："社会子死了！"

东头一座小草屋里，传出鲍五爷哼哼唧唧的哭声，挤了一屋老娘们，唏唏溜溜地抹眼泪甩鼻子。

"你这个老不死的,你咋老不死啊! 你咋老活着,活个没完,活个没头。你个老绝户活着有个啥趣儿啊!"鲍五爷咒着自个儿。

他唯一的孙子直挺挺地躺着,一张脸蜡黄。上年就得了干痨,一个劲儿地吐血,硬是把血呕干死的。

"早起喝了一碗稀饭,还叫我:'爷爷,扶我起来坐坐。'没提防,就死了哩!"鲍五爷跺着脚。

老娘们抽嗒着。

队长挤了进来,蹲在鲍五爷身边开口了:

"你老别忒难受了,你老成不了绝户,这庄上,和社会子一辈的,'仁'字辈的,都是你的孙儿。"

"就是。"

"就是啊!"周围的人无不点头。

"小鲍庄谁家锅里有,就少不了你老碗里的。"

"我这不成吃百家饭的了吗!"鲍五爷又伤心。

"你老咋尽往低处想哇,敬重老人,这可不是天理常伦嘛!"

鲍五爷的哭声低了。

"现在是社会主义,新社会了。就算倒退一百年来说,咱庄上,你老见过哪个老的,没人养饿死冻死的!"

"就是。"

"就是啊!"

鲍五爷抑住啼哭:"我是说,我的命咋这么狠,老娘们,儿子,孙子,全叫我撵走了……"

"你老别这么说,生死不由人。"队长规劝道。鲍五爷这才渐渐地缓和了下来。

（节选自《中国作家》,1985 年第 2 期）

你别无选择（节选）

刘索拉

一

李鸣已经不止一次想过退学这件事了。

有才能，有气质，富于乐感。这是一位老师对他的评语。可他就是想退学。

上午来上课的讲师精神饱满，滔滔不绝，黑板上划满了音符。所有的人都神志紧张，生怕听漏掉一句。这位女讲师还有一手厉害的招数就是突然提问。如果你走神了，她准会突然说："李鸣，你回答一下。"

李鸣站起来。

"请你说一下，这道题的十七度三重对位怎么作？"

"……"

"你没听讲，好，马力你说吧。"

于是李鸣站着，等马力结巴着回答完了，在一片莫名其妙的肃静中，李鸣带着满脸歉意坐下了。他仔细注意过女讲师的眼睛，她边讲课边不停地注意每个人的表情。一旦出现了走神的人，她无一漏网地会叫你站起来坐不下去。

有时李鸣真想走走神，可有点儿怕她。所有的讲师教授中，他最怕她。他只有在听她的课和作她布置的习题时才认真点儿。因为他在作习题时时常会想起她那对眼睛。结果，他这门功课学得最扎实。马力也是。他旷所有人的课，可唯独这门课他不敢不来。

自从李鸣打定主意退学后，他索性常躲在宿舍里画画，或者拿上速写本在课堂上画几位先生的面孔。画面孔这事很有趣，每位先生的面孔都有好多"事情"。画了这位的一二三四，再凭想象添上五六七八。不到几天，每位先生都画遍了，唯独没画上女讲师。然后，他开始画同学。同学的脸远没先生的生动，全那么年轻，光光的，连五六七八都想象不出来。最后他想出办法，只用单线画一张脸两个鼻孔，就贴在教室学术讨论专栏上，让大家互相猜吧。

马力干的事更没意思，他总是爱把所有买的书籍都登上书号，还认真地画上个马力私人藏书的印章，象学院图书馆一样还附着借书卡。为了这件事，他每天得花上两个钟头，他不停地购买书籍，还打了个书柜，一个写字台，把琴房布置得象过家家。可每次上课他都睡觉，他有这样的本事，拿着讲义好象在读，头一动不动，竟然一会儿就能鼾声大作。

宿舍里夜晚十二点以前是没有人回来的。全在琴房里用功。等十二点过后，大家陆陆续续回到宿舍，就开始了一天最轻松的时间。可马力一到这时早已进入梦乡。他不喜欢熬夜，即使屋里人喊破天，他还是照睡不误。李鸣老觉得他会突然睡死掉。所以在十二点钟以后老把他推醒。

"马力！马力！"

马力腾地一下坐起，眼睛还没睁开。李鸣松了口气，扔下他和别人聊天去了。

"今天的题你作完了吗？"

"没有。太多了。"

"见鬼了，留那么多作业要了咱们老命了。"

"又要期中考试了。"

"十三门。"

"我已经得了腱鞘炎。"同屋的小个子把手一伸，垂下手背，手背上鼓出一个大包。

马力对什么都无动于衷，他从不开口，除了他的本科——作曲得八十分，别的科目都是"中"。

李鸣跑到王教授那儿请教关于退学问题的头天晚上，突然发生了地震。全宿舍楼的人都跑出站在操场上。有人穿着裤衩，有人披着毛巾被。女生们躲在一个黑角落里叽叽喳喳，生怕被男生看见，可又生怕人家不知道她们在这里。据说声乐系有两个女生到现在还在宿舍里找合适的衣服，说是死也要个体面。站在操场上的人都等再震一下，可站了半天，什么事也没发生。后来才知道，根本没地震，不知是谁看见窗外红光一闪，就高喊了一声地震，于是大家都跑了出来。

第二天，李鸣就到王教授那儿向他请教是否可以退学。王教授是全院公认的"神经病"，他精通几国语言，搞了几百项发明，涉及十几门学问，一口气兼了无数个部门的职称。他给五线谱多加了一根线，把钢琴键重新排了一次队，把每个音都用开平方证实了。这种发明把所有人都能气疯。李鸣最崇拜的就算王教授了。尽管听不懂他说的话，也还是爱听。

"嗯。"

"我不学了。我得承认我不是这份材料。"

"嗯。"

"就这样，我得退学。"

"嗯。"

"别人以为自己是什么就是什么，我以为我不行。"

"嗯。"

"也许我干别的更合适。"

"嗯。"

"我去打报告。"

"嗯。"

李鸣站起来,王教授也站起来:

"你老老实实学习去吧,傻瓜。你别无选择,只有作曲。"

（节选自《人民文学》,1985 年第 3 期）

爸爸爸(节选)

韩少功

一

他生下来时,闭着眼睛睡了两天两夜,不吃不喝,一个死人相,把亲人们吓坏了,直到第三天才哇地哭出一声来。能在地上爬来爬去的时候,就被寨子里的人逗来逗去,学着怎样做人。很快学会了两句话,一是"爸爸",二是"×妈妈"。后一句粗野,但出自儿童,并无实在意义,完全可以把它当作一个符号,比方当作"×吗吗"也是可以的。三五年过去了,七八年也过去了,他还是只能说这两句话,而且眼目无神,行动呆滞,畸形的脑袋倒很大,象个倒竖的青皮葫芦,以脑袋自居,装着些古怪的物质。吃饱了的时候,他嘴角沾着一两颗残饭,胸前油水光光的一片,摇摇晃晃地四处访问,见人不分男女老幼,亲切地喊一声"爸爸"。要是你冲他瞪一眼,他也懂,朝你头顶上的某个位置眼皮一轮,翻上一个慢腾腾的白眼,咕噜一声"×吗吗",调头颠颠地跑开去。他轮眼皮是很费力的,似乎要靠胸腹和颈脖的充分准备,才能翻上一个白眼。调头也很费力,软软的颈脖上,脑袋象个胡椒碾捶晃来晃去,须沿着一个大大的弧度,才能成功地把头稳稳地旋过去。跑起来更费力,深一脚浅一脚找不到重心,靠头和上身尽量前倾才能划开步子,目光扛着眉毛尽量往上顶,才能看清方向。一步步跨度很大,像在赛跑中慢慢地作最后冲线。

都需要一个名字,上红帖或墓碑。于是他就成了"丙崽"。

丙崽有很多"爸爸",却没见过真实的爸爸。据说父亲不满意婆娘的丑陋,不满意她生下了这个孽障,很早就贩鸦片出山,再也没有回来。有人说他已经被土匪"裁"掉了,有人说他在岳州开了个豆腐坊,有人则说他沾花惹草,把几个钱都嫖光了,曾看见他在辰州街上讨饭。他是否存在,说不清楚,成了个不太重要的谜。

丙崽他娘种菜喂鸡,还是个接生婆。常有些妇女上门来,叽叽咕咕一阵,然后她带上剪刀什么的,跟着来人交头接耳地出门去。那把剪刀剪鞋样,剪酸菜,剪指甲,也剪出山寨一代人,一个未来。她剪下了不少活脱脱的生命,自己身上落下的这团肉却长不成个人样。她遍访草医,求神拜佛,对着木人或泥人磕头,还是没有使儿子学会第三句话。有人悄悄传说,多年前,有一次她在灶房里码柴,弄死了一只蜘蛛。蜘蛛绿眼赤身,有瓦罐大,织的网如一匹布,拿到火塘里一烧,臭满一山,三日不绝。那当然是蜘蛛精了,冒犯神明,现世报应,有什么奇怪的呢？

不知她听说过这些没有，反正她发过一次疯病，被人灌了一嘴大粪。病好了，还胖了些，胖得象个禾场滚子，腰间一轮轮肉往下垂。只是象儿子一样，间或也翻一个白眼。

母子住在寨口边一栋孤零零的木屋里，同别的人家一样，木柱木板都毫无必要地粗大厚重——这里的树很不值钱。门前常晾晒一些红红绿绿的小孩衣裤及被褥，上面有荷叶般的尿痕，当然是丙崽的成果了。丙崽在门前戳蚯蚓，搓鸡粪，玩腻了，就挂着鼻涕打望人影。碰到一些后生倒树归来或上山去"赶肉"，被那些红扑扑的脸所感动，就会友好地喊一声"爸爸——"

哄然大笑。被他眼睛盯住了的后生，往往会红着脸，气呼呼地上前来，骂几句粗话，对他晃拳头。要不然，干脆在他的葫芦脑袋上敲一丁公。

有时，后生们也互相逗耍。某个后生上来笑嘻嘻地拉住他，指着另一位，哄着说："喊爸爸，快喊爸爸。"见他犹疑，或许还会塞一把红薯片子或炒板栗。当他照办之后，照例会有一阵开心的大笑，照例要挨丁公或耳光。如果愤怒地回敬一句"×吗吗"，昏天黑地中，头上和脸上就火辣辣地更痛了。

两句话似乎是有不同意义的，可对于他来说，效果都一样。

他会哭，哭起来了。

妈妈赶来，横眉横眼地把他拉走，有时还拍着巴掌，拍着大腿，蓬头散发地破口大骂。骂一句，在大腿弯子里抹一下，据说这样就能增强语言的恶毒。"黑天良的，遭瘟病的，要砍脑壳的！渠是一个宝（蠢）崽，你们欺侮一个宝崽，几多毒辣呀！老天爷你长眼呀，你视呀，要不是吾，这些家伙何事会从娘肚子里拱出来？他们吃谷米，还没长成个人样，就烂肝烂肺，欺侮吾娘崽呀！……"

她是山外嫁进来的，口音古怪，有点好笑。只要她不咒"背时鸟"——据说这是绝后的意思，后生们一般不会怎么计较，笑一阵，散开。

骂着，哭着，哭着又骂着，日子还热闹，似乎还值得边发牢骚边过下去。后生们一个个冒胡桩了，背也慢慢弯了，又一批挂鼻涕的奶崽长成后生了。丙崽还是只有背篓高，仍然穿着开裆的红花裤。母亲总说他只有"十三岁"，说了好几年，但他的相明显地老了，额上隐隐有了皱纹。

夜晚，她常常关起门来，把他稳在火塘边，坐在自己的膝下，膝抵膝地对他喃喃说话。说的词语，说的腔调，甚至说话时悠悠然摇晃着竹椅的模样，都象其他母亲对待自己的孩子："你这个奶崽，往后有什么用啊？你不听话罗，你教不变罗，吃饭吃得多，又不学好样罗。养你还不如养条狗，狗还可以守屋。养你还不如养头猪，猪还可以杀肉咧。呵呵呵，你这个奶崽，有什么用啊，睫毗大的用也没有，长了个鸡鸡，往后哪个媳妇愿意上门罗？……"

丙崽望着这个颇像妈妈的妈妈，望着那死鱼般眼睛里的光辉，舔舔嘴唇，觉得这些嗡嗡的声音一点也不新鲜，兴冲冲地顶撞："×吗吗。"

母亲也习惯了，不计较，还是悠悠然地前后摇着身子，竹椅吱吱呀呀地呻吟。

"你收了亲以后，还记得娘么？"

"×吗吗。"

"你生了娃崽以后，还记得娘么？"

"×吗吗。"

"你当了官以后，会把娘当狗屎嫌吧？"

"×吗吗。"

"一张嘴只晓得骂人，好厉害咧。"

丙崽娘笑了，眼小脖子粗。对于她来说，这种关起门来的模仿，是一种谁也无权夺去的享受。

（节选自《人民文学》，1985 年第 6 期）

山上的小屋

残 雪

在我家屋后的荒山上,有一座木板搭起来的小屋。

我每天都在家中清理抽屉。当我不清理抽屉的时候,我坐在围椅里,把双手平放在膝头上,听见呼啸声。是北风在凶猛地抽打小屋杉木皮搭成的屋顶,狼的嗥叫在山谷里回荡。

"抽屉永生永世也清理不好,哼。"妈妈说,朝我做出一个虚伪的笑容。

"所有的人的耳朵都出了毛病。"我憋着一口气说下去,"月光下,有那么多的小偷在我们这栋房子周围徘徊。我打开灯,看见窗子上被人用手指捅出数不清的洞眼。隔壁房里,你和父亲的鼾声格外沉重,震得瓶瓶罐罐在碗柜里跳跃起来。我蹬了一脚床板,侧转肿大的头,听见那个被反锁在小屋里的人暴怒地撞着木板门,声音一直持续到天亮。"

"每次你来我房里找东西,总把我吓得直哆嗦。"妈妈小心翼翼地盯着我,向门边退去,我看见她一边脸上的肉在可笑地惊跳。

有一天,我决定到山上去看个究竟。风一停我就上山,我爬了好久,太阳刺得我头昏眼花,每一块石子都闪动着白色的小火苗。我咳着嗽,在山上辗转。我眉毛上冒出的盐汗滴到眼珠里,我什么也看不见,什么也听不见。我回家时在房门外站了一会,看见镜子里那个人鞋上沾满了湿泥巴,眼圈周围浮着两大团紫晕。

"这是一种病。"听见家人们在黑咕隆咚的地方窃笑。

等我的眼睛适应了屋内的黑暗时,他们已经躲起来了——他们一笑一边躲。我发现他们趁我不在的时候把我的抽屉翻得乱七八糟,几只死蛾子、死蜻蜓全扔到了地上,他们很清楚那是我心爱的东西。

"他们帮你重新清理了抽屉,你不在的时候。"小妹告诉我,目光直勾勾的,左边的那只眼变成了绿色。

"我听见了狼嗥,"我故意吓唬她,"狼群在外面绕着房子奔来奔去,还把头从门缝里挤进来,天一黑就有这些事。你在睡梦中那么害怕,脚心直出冷汗。这屋里的人睡着了脚心都出冷汗。你看看被子有多么潮就知道了。"

我心里很乱,因为抽屉里的一些东西遗失了。母亲假装什么也不知道,垂着眼。但是她正恶狠狠地盯着我的后脑勺,我感觉得出来。每次她盯着我的后脑勺,我头皮上被她盯的那块地方就发麻,而且肿起来。我知道他们把我的一盒围棋埋在后面的水井边上了，他们已经这样做过无数次，每次都被我在半夜里挖了出来。我挖的时候，他们打开灯，从窗口探出头来。他们对于我的反抗不动声色。

吃饭的时候我对他们说："在山上，有一座小屋。"

他们全都埋着头稀哩呼噜地喝汤，大概谁也没听到我的话。

"许多大老鼠在风中狂奔。"我提高了嗓子，放下筷子，"山上的砂石轰降降地朝我们屋后的墙倒下来，你们全吓得脚心直出冷汗，你们记不记得？只要看一看被子就知道。天一晴，你们就晒被子，外面的绳子上总被你们晒满了被子。"

父亲用一只眼迅速地盯了我一下，我感觉到那是一只熟悉的狼眼。我恍然大悟。原来父亲每天夜里变为狼群中的一只，绕着这栋房子奔跑，发出凄厉的嗥叫。

"到处都是白色在晃动，"我用一只手抠住母亲的肩头摇晃着，"所有的都那么扎眼，搞得眼泪直流。你什么印象也得不到。但是我一回到屋里，坐在围椅里面，把双手平放在膝头上，就清清楚楚地看见了杉木皮搭成的屋顶。那形象隔得十分近，你一定也看到过，实际上，我们家里的人全看到过。的确有一个人蹲在那里面，他的眼眶下也有两大团紫晕，那是熬夜的结果。"

"每次你在井边挖得那块麻石响，我和你妈就被悬到了半空，我们簌簌发抖，用赤脚蹬来蹬去，踩不到地面。"父亲避开我的目光，把脸向窗口转过去。窗玻璃上沾着密密麻麻的蝇屎。"那井底，有我掉下的一把剪刀。我在梦里暗暗下定决心，要把它打捞上来。一醒来，我总发现自己搞错了，原来并不曾掉下什么剪刀，你母亲断言我是搞错了。我不死心，下一次又记起它。我躺着，会忽然觉得很遗憾，因为剪刀沉在井底生锈，我为什么不去打捞。我为这件事苦恼了几十年，脸上的皱纹如刀刻的一般。终于有一回，我到了井边，试着放下吊桶去，绳子又重又滑，我的手一软，木桶发出轰隆一声巨响，散落在井中。我奔回屋里，朝镜子里一瞥，左边的鬓发全白了。"

"北风真凶，"我缩头缩脑，脸上紫一块蓝一块，"我的胃里面结出了小小的冰块。我坐在围椅里的时候，听见它们叮叮当当响个不停。"

我一直想把抽屉清理好，但妈妈老在暗中与我作对。她在隔壁房里走来走去，弄得踏踏地响，使我胡思乱想。我想忘记那脚步，于是打开一副扑克，口中念着："一二三四五……"脚步却忽然停下了，母亲从门边伸进来墨绿色的小脸，嗡嗡地说话："我做了一个很下流的梦，到现在背上还流冷汗。"

"还有脚板心，"我补充说，"大家的脚板心都出冷汗。昨天你又晒了被子。这种事，很平常。"

小妹偷偷跑来告诉我，母亲一直在打主意要弄断我的胳膊，因为我开关抽屉的声音使她发狂，她一听到那声音就痛苦得将脑袋浸在冷水里，直泡得患上重伤风。

"这样的事，可不是偶然的。"小妹的目光永远是直勾勾的，刺得我脖子上长出红色的小疹子来。"比如说父亲吧，我听他说那把剪刀，怕说了有二十年了？不管什么事，都是由来已久的。"

我在抽屉侧面打上油，轻轻地开关，做到毫无声响。我这样试验了好多天，隔壁的脚步没响，她被我蒙蔽了。可见许多事都是可以蒙混过去的，只要你稍微小心一点儿。我很兴奋，起劲地干起通宵来，抽屉眼看就要清理干净一点儿，但是灯泡忽然坏了，母亲在隔壁房里冷笑。

"被你房里的光亮刺激着，我的血管里发出怦怦的响声，象是在打鼓。你看看这里，"她指着自己的太阳穴，那里爬着一条圆鼓鼓的蚯蚓。"我倒宁愿是坏血症。整天有东西在体内捣鼓，这里那里弄得响，这滋味，你没尝过。为了这样的毛病，你父亲动过自杀的念头。"她伸出一只胖手搭在我的肩上，那只手象被冰镇过一样冷，不停地滴下水来。

有一个人在井边捣鬼。我听见他反复不停地将吊桶放下去，在井壁上碰出轰隆隆的响声。天明的时候，他咚地一声扔下木桶，跑掉了。我打开隔壁的房门，看见父亲正在昏睡，一只暴出青筋的手难受地抠紧了床沿，在梦中发出惨烈的呻吟。母亲披头散发，手持一把条帚在地上扑来扑去。她告诉我，在天明的那一瞬间，一大群天牛从窗口飞进来，撞在墙上，落得满地皆是。她起床来收拾，把脚伸进拖鞋，脚趾被藏在拖鞋里的天牛咬了一口，整条腿肿得象根铅柱。

"他，"母亲指了指昏睡的父亲，"梦见被咬的是他自己呢。"

"在山上的小屋里，也有一个人正在呻吟，黑风里夹带着一些山葡萄的叶子。"

"你听到了没有？"母亲在半明半暗里将耳朵聚精会神地贴在地板上，"这些个东西，在地板上摔得痛昏了过去。它们是在天明那一瞬间闯进来的。"

那一天，我的确又上了山，我记得十分清楚。起先我坐在藤椅里，把双手平放在膝头上，然后我打开门，走进白光里面去。我爬上山，满眼都是白石子的火焰，没有山葡萄，也没有小屋。

（选自《人民文学》，1985 年第 8 期）

烦恼人生(节选)

池 莉

早晨是从半夜开始的。

昏濛濛的半夜里"咕咚"一声惊天动地,紧接着是一声恐怖的嚎叫。印家厚一个惊悸,醒了,全身绷得硬直,一时间竟以为是在恶梦里。待他反应过来,知道是儿子掉到了地上时,他老婆已经赤着脚窜下了床,颤颤地唤着儿子。母子俩在窄狭拥塞的空间撞翻了几件家什,跌跌撞撞扑成一团。

他该做的本能的第一件事是开灯,他知道。一个家庭里半夜发生意外,丈夫应该保持镇定。可是灯绳却怎么也摸不着!印家厚咻咻喘着粗气,一双胳膊在墙壁上大幅度摸来摸去。老婆恨恨地咬了一个字:"灯!"便哭出声来。急火攻心,印家厚跳起身,踩在床头柜上,一把捉住灯绳的根部用劲一扯:灯亮了,灯绳却也断了。印家厚将掌中的断绳一把甩了出去,负疚地对着儿子,叫道:"雷雷!"

儿子打着干噎,小绿豆眼瞪得溜圆,十分陌生地望着他。他伸开臂膀,心虚地说:"怎么啦?雷雷,我是爸爸哟!"老婆挡开了他,说:"呸!"

儿子忽然说:"我出血了。"

儿子的左腿有一处擦伤,血从伤口不断沁出。夫妻俩见了血,都发怔了。总算印家厚先摆脱了怔忡状态,从抽屉里找来了碘酒、棉签和消炎粉。老婆却还在发怔,眼里蓄了一包泪。印家厚利索地给儿子包扎伤口,在包扎伤口的过程中,印家厚完全清醒了,内疚感也渐渐消失了。是他给儿子止的血,不是别人。印家厚用脚把地上摔倒的家什归拢到一处,床前便开辟出了一小块空地,他把儿子放在空地上,摸了摸儿子的头,说:"好了。快睡觉。"

"不行,雷雷得洗一洗。"老婆口气犟直。

"洗醒了还能睡吗?"印家厚软声地说。

"孩子早给摔醒了!"老婆终于能流畅地说话了,"请你走出去访一访,看哪个工作了十七年还没有分到房子。这是人住的地方?猪狗窝!这猪狗窝还是我给你搞来的!是男子汉,要老婆儿子,就该有个地方养老婆儿子!窝囊巴叽的,八棍子打不出一个屁来,算什么男人!"

印家厚头一垂,怀着一腔辛酸,呆呆地坐在床沿上。

其实房子和儿子摔下床有什么联系呢?老婆不过是借机发泄罢了。谈恋爱时的印家厚就是厂里够资格分房的工人之一,当初他的确对老婆说过只要结了婚,就会分到房子的。他夸下的海口,现在只好让她任意鄙薄。其实当初是厂长答应了他的,他才敢夸那海口。如今她可以任意鄙薄他,他却不能同样去对付厂长。

印家厚等待着时机,要制止老婆的话闸必须是儿子。趁老婆换气的当口,印家厚立即插了话:"雷雷,乖儿子,告诉爸爸,你怎么摔下来了?"

儿子说:"我要屙尿。"

老婆说:"雷雷,说拉尿,不要说屙尿。你拉尿不是要叫我的吗?"

"今天我想自己起来……"

"看看!"老婆目光炯炯,说:"他才四岁! 四岁! 谁家四岁的孩子会这么灵敏!"

"就是!"印家厚抬起头来,掩饰着自己的高兴。并不是每个丈夫都会巧妙地在老婆发脾气时,去平息风波的。他说:"我家雷雷是真了不起!"

"嘿,我的儿子!"老婆说。

儿子得意地仰起红扑扑的小脸,说:"爸爸,我今天轮到跟你跑月票了吧?"

"今天?"印家厚这才注意到已是凌晨四点缺十分了。"对。"他对儿子说:"还有一个多小时咱们就得起床。快睡个回笼觉吧。"

"什么是——回笼觉? 爸爸。"

"就是醒了之后又睡它一觉。"

"早晨醒了中午又睡也是回笼觉吗?"

印家厚笑了。只有和儿子谈话他才不自觉地笑。儿子是他的避风港。他回答儿子说:"大概也可以这么说。"

"那幼儿园阿姨说是午觉,她错了。"

"她也没错。雷雷,你看你洗了脸,清醒得过分了。"

老婆斩钉截铁地说:"摔清醒的!"话里依然含着寻衅的意味。

印家厚不想一大早就和她发生什么利害冲突。一天还长着呢,有求于她的事还多着。他妥协地说:"好吧,摔的。不管这个了,都抓紧时间睡吧。"

老婆半天坐着不动,等印家厚刚躺下,她又突然委屈地叫道:"睡! 电灯亮刺刺的怎么睡?"

印家厚忍无可忍了,正要恶声恶气地回敬她一下,却想起灯绳让自己扯断了。他大大咽了一口唾沫,爬起来……

在电灯熄灭的一刹那,印家厚看见手中的起子寒光一闪,一个念头稍纵即逝。他再不敢去看老婆,他被自己的念头吓坏了。

当眼睛适应了黑暗之后,发现黑暗原来并不怎么黑。曙色已朦胧地透过窗帘;大街上已有忽隆隆开过的公共汽车。印家厚异常清楚地看到,所谓家,就是一架平衡木,他和老婆摇摇晃晃在平衡木上保持平衡。你首先下地抱住了儿子,可我为儿子包扎了伤口。我扯断了开关我修理，你借的房子你骄傲。印家厚异常地酸楚，又壮起胆子去瞅起子。后来天大亮了，印家厚觉得自己做过一个关于家庭的梦，但内容却实在记不得了。

还是起得晚了一点。

八点上班，印家厚必须赶上六点五十分的那班轮渡才不会迟到。而坐轮渡之前还要乘四站公共汽车，上车之前下车之后还有各走十分钟的路程。万一车不顺利呢？万一车顺利人却挤不上呢？不带儿子当然就不存在挤不上车的问题，可今天轮到他带儿子。印家厚打了一个短短的呵欠后，一边飞快地穿衣服一边用脚摇动儿子。"雷雷！雷雷！快起床！"

老婆将毛巾被扯过头顶，闷在里头说："小点声不行吗？"

"实在来不及了。"印家厚说，"雷雷叫不醒。"

印家厚见老婆没有丝毫动静，只得一把拎起了儿子。"吙，你醒醒！快！"

"爸爸，你别搡我。"

"雷雷，不能睡了。爸爸要迟到了，爸爸还要给你煮牛奶。"印家厚急了。

公共的卫生间有两个水池，十户人家共用。早晨是最紧张的时刻，大家排着队按顺序洗漱。印家厚一眼就量出自己前面有五六个人，估计去一趟厕所回来正好轮到。他对前面的妇女说："小金，我的脸盆在你后边，我去一下就来。"小金表情淡漠地点了点头，然后用脚勾住地上的脸盆，准备随时往前移。

厕所又是满员。四个蹲位蹲了四个退休的老头。他们都点着烟，合着眼皮悠着。印家厚鼻孔里呼出的气一声比一声粗。一个老头嘎嘎笑了："小印，等不及了？"

印家厚勉强吭了一声，望着窗格子上的半面蛛网。老头又嘎嘎笑："人老了什么都慢，再慢也得蹲出来，要形成按时解大便的习惯。你也真老实到家了，有厂子的人不留到厂里去解呀。"

屁！印家厚极想说这个字可他又不想得罪邻居，邻居是好得罪的么？印家厚憋得慌，提着双拳正要出去，后边响起了草纸的揉搓声，他的腿都软了。

返回卫生间，印家厚的脸盆刚好轮到，但后边一位已经跨过他的脸盆在刷牙了。印家厚不顾一切地挤到水池前洗漱起来。他没工夫讲谦让了。被挤在一边的妇女含着满口牙膏泡沫瞅了印家厚一眼，然后在他离开卫生间时扬声说："这种人，好没教养！"

印家厚听见了，可他希望他老婆没听见。他老婆听见了可不饶人，她准会认为这是一句恶毒的骂人话。

糟糕的是儿子又睡着了。

印家厚一迭声叫"雷雷"。一面点着煤油炉煮牛奶，一面抽空给了儿子的屁股一巴掌。

"爸爸，别打我，我只睡一会儿。"

"不能了。爸爸要迟到了。"

"迟到怕什么。爸爸，我求求你。我刚刚出了好多的血。"

"好吧，你睡，爸爸抱着你走。"印家厚的嗓子沙哑了。

老婆掀开毛巾被坐起来，眼睛红红的。"来，雷雷，妈妈给你穿新衣服。海军衫。背上冲锋枪，在船上和海军一模一样。"

儿子来兴趣了："大盖帽上有飘带才好。"

"那当然。"

印家厚向老婆投去感激的一瞥，老婆却没理会他。趁老婆哄儿子的机会，他将牛奶灌进了保温瓶，拿了月票、钱包、香烟、钥匙和梁羽生的《风雷震九州》。

老婆拿过一筒柠檬夹心饼干塞进他的挎包里，嘱咐和往常同样的话："雷雷得先吃几块饼干再喝牛奶，空肚子不能喝牛奶。"说罢又扯住挎包塞进一个苹果，"午饭后吃。"接着又来了一条手帕。

印家厚生怕还有什么名堂，赶紧抱起儿子："当兵的，咱们快走吧，战舰要启航了。"

儿子说："妈妈再见。"

老婆说："雷雷再见！"

儿子挥动小手，老婆也扬起了手。印家厚头也不回，大步流星汇入了滚滚的人流之中。他背后不长眼睛，但却知道，那排破旧老朽的平房窗户前，有个烫了鸡窝般发式的女人，她披了件衣服，没穿袜子，趿着鞋，憔悴的脸上雾一样灰暗。她在目送他们父子。这就是他的老婆。你遗憾老婆为什么不鲜亮一点吗？然而这世界上就只她一个人在送你和等你回来。

机会还算不错。印家厚父子刚赶到车站，公共汽车就来了。

这辆车笨拙得象头老牛，老远就开始哼哼叽叽。车停了，但人多得开不了门。顿时车里车外一起发作，要下车的捶门，要上车的踢门。印家厚把挎包挂在胸前，连儿子带包一齐抱紧。他象擂台上的拳击家不停地跳跃挪动，观察着哪个门好上车，哪一堆人群是容易冲破的薄弱环节。

售票员将头伸出车窗说："车门坏了。坏了坏了。"

车启动了，马路上的臭骂暴雨般打在售票员身上。骂声未绝，车在前面突然煞住了。"哗啦"一下车门全开，车上的人带着参加了某个密谋的诡笑冲下车来；等车的人们呐喊着愤怒地冲上前去。印家厚是跑月票的老手了，他早看破了公共汽车的把戏，他一直跟着车小跑。车上有张男人的胖脸在嘲弄印家厚。胖脸上噘起嘴，做着唤牲口的表情。印家厚牢牢地盯着这张脸，所有的气恼和委屈一起膨胀在他胸里头。他看准了胖脸要在中门下，他候在中门。好极了！胖脸怕挤，最后一个下车，慢吞吞好象是他自己的车。印家厚从侧面抓住车门把手，一步蹿上车，用厚重的背把那胖脸抵在车门上一挤然后又一揉，胖脸啊呀啊叫唤起来，上车的人不耐烦地将他扒开，扒得他在马路上团团转。印家厚缓缓地长长地舒了一口气。

车下的一切甩开了，抬头便要迎接车上的一切。印家厚抱着孩子，虽没有人让坐但有人让出了站的位置，这就够令人满意了。印家厚一手抓扶手，一手抱儿子，面对车窗，目光散淡。车窗外一刻比一刻灿烂，朝霞的颜色抹亮了一爿爿商店。朝朝夕夕，老是这些商店。印家厚说不出为什么，一种厌烦，一种焦灼却总是不近不远地伴随着他。此刻他只希望车别出毛病，快快到达江边。

儿子的愿望比父亲多得多。

"爸爸，让我下来。"

"下来闷人。"

"不闷。我拿着月票，等阿姨来查票，我就给她看。"

旁边有人称赞说这孩子好聪明，儿子更是得意非凡，印家厚只得放他下来。车拐弯时，几个姑娘一下子全倒过来。印家厚护着儿子，不得不弯腰拱肩，用力往后撑。一个姑娘尖叫起来：呀——流氓！印家厚大惑不解，扭头问："我怎么你了？"不知哪里插话说："摸了。"

一车人都开了心。都笑。姑娘破口大骂，针对印家厚，唾沫喷到了他的后颈脖上。一看姑娘俏丽的粉脸，印家厚握紧的拳头又松开了。父亲想干没干的事，儿子倒干了。儿子从印家厚两腿之间伸过手去朝姑娘一阵拳击，嘴里还念念有词："你骂！你骂！"

"雷雷！"印家厚赶快抱起儿子，但儿子还是挨了一脚。这一脚正踢在儿子的伤口上。只听雷雷半哀半怒叫了一声，头发竖起，耳朵一动一动，扑在印家厚的肩上，啪地给了那姑娘一记清脆的耳光。众目睽睽之下，姑娘怔了一会儿，突然嘤嘤地哭了。

父子俩获得全胜下车。儿子非常高兴，挺胸收腹，小屁股鼓鼓的，一蹦三跳。印家厚耷头耷脑，他不知为什么不能和儿子同样高兴。

（节选自《上海文学》，1987年第8期）

诗　歌

尚义街六号

于　坚

尚义街六号

法国式的黄房子

老吴的裤子晾在二楼

喊一声　胯下就钻出戴眼镜的脑袋

隔壁的大厕所

天天清早排着长队

我们往往在黄昏光临

打开烟盒　打开嘴巴

打开灯

墙上钉着于坚的画

许多人不以为然

他们只认识凡高

老卡的衬衣　揉成一团抹布

我们用它拭手上的果汁

他在翻一本黄书

后来他恋爱了

常常双双来临

在这里吵架　在这里调情

有一天他们宣告分手

朋友们一阵轻松　很高兴

次日他又送来结婚的请柬

大家也衣冠楚楚　前去赴宴

桌上总是摊开朱小羊的手稿

那些字乱七八糟

这个杂种警察一样盯牢我们

面对那双红丝丝的眼睛

我们只好说得朦胧

像一首时髦的诗

李勃的拖鞋压着费嘉的皮鞋

他已经成名了 有一本蓝皮会员证

他常常躺在上边

告诉我们应当怎样穿鞋子

怎样小便 怎样洗短裤

怎样炒白菜 怎样睡觉 等等

八二年他从北京回来

外衣比过去深沉

他讲文坛内幕

口气像作协主席

茶水是老吴的 电表是老吴的

地板是老吴的 邻居是老吴的

媳妇是老吴的 胃舒平是老吴的

口痰烟头空气朋友 是老吴的

老吴的笔躲在抽桌里

很少露面

没有妓女的城市

童男子们老练地谈着女人

偶尔有裙子们进来

大家就扣好钮子

那年纪我们都渴望钻进一条裙子

又不肯弯下腰去

于坚还没有成名

每回都被教训

在一张旧报纸上

他写下许多意味深长的笔名

有一人大家都很怕他

他在某某处工作

"他来是别有用心的，

我们什么也不要讲！"

有些日子天气不好

生活中经常倒霉

我们就攻击费嘉的近作

称朱小羊为大师

后来这只羊摸摸钱包

支支吾吾 闪烁其辞

八张嘴马上笑嘻嘻地站起

那是智慧的年代

许多谈话如果录音

可以出一本名著

那是热闹的年代

许多脸都在这里出现

今天你去城里问问

他们都大名鼎鼎

外面下着小雨

我们来到街上

空荡荡的大厕所

他第一回独自使用

一些人结婚了

一些人成名了

一些人要到西部

老吴也要去西部

大家骂他硬充汉子

心中惶惶不安

吴文光 你走了

今晚我去哪里混饭

恩恩怨怨 吵吵嚷嚷

大家终于走散

剩下一片空地板

像一张旧唱片 再也不响

在别的地方

我们常常提到尚义街六号

说是很多年后的一天

孩子们要来参观

一九八四年六月

（选自《于坚的诗》，人民文学出版社2000年版）

面朝大海，春暖花开

海 子

从明天起，做一个幸福的人
喂马，劈柴，周游世界
从明天起，关心粮食和蔬菜
我有一所房子，面朝大海，春暖花开

从明天起，和每一个亲人通信
告诉他们我的幸福
那幸福的闪电告诉我的
我将告诉每一个人

给每一条河每一座山取一个温暖的名字
陌生人，我也为你祝福
愿你有一个灿烂的前程
愿你有情人终成眷属
愿你在尘世获得幸福
我只愿面朝大海，春暖花开

1989.1.13

（选自《海子诗全集》，作家出版社 2009 年版）

女人（六首）

瞿永明

独　白

我，一个狂想，充满深渊的魅力
偶然被你诞生。泥土和天空
二者合一，你把我叫作女人
并强化了我的身体

我是软得像水的白色羽毛体
你把我捧在手上，我就容纳这个世界
穿着肉体凡胎，在阳光下
我是如此眩目，使你难以置信

我是最温柔最懂事的女人
看穿一切却愿分担一切
渴望一个冬天，一个巨大的黑夜
以心为界，我想握住你的手
但在你的面前我的姿态就是一种惨败

当你走时，我的痛苦
要把我的心从口中呕出
用爱杀死你，这是谁的禁忌？
太阳为全世界升起！我只为了你
以最仇恨的柔情蜜意贯注你全身
从脚至顶，我有我的方式

一片呼救声，灵魂也能伸出手？
大海作为我的血液就能把我
高举到落日脚下，有谁记得我？
但我所记得的，绝不仅仅是一生

母 亲

无力到达的地方太多了,脚在疼痛,母亲,你没有
教会我在贪婪的朝霞中染上古老的哀愁。我的心只像你

你是我的母亲,我甚至是你的血液在黎明流出的
血泊中使你惊讶地看到你自己,你使我醒来

听到这世界的声音,你让我生下来,你让我与不幸构成
这世界的可怕的双胞胎。多年来,我已记不得今夜的哭声

那使你受孕的光芒,来得多么遥远,多么可疑,站在生与死
之间,你的眼睛拥有黑暗而进入脚底的阴影何等沉重

在你怀抱之中,我曾露出谜底似的笑容,有谁知道
你让我以童贞方式领悟一切,但我却无动于衷

我把这世界当作处女,难道我对着你发出的
爽朗的笑声没有燃烧起足够的夏季吗？没有？

我被遗弃在世上,只身一人,太阳的光线悲哀地
笼罩着我,当你俯身世界时是否知道你遗落了什么？

岁月把我放在磨子里,让我亲眼看着自己被碾碎
呵,母亲,当我终于变得沉默,你是否为之欣喜

没有人知道我是怎样不着痕迹地爱你,这秘密
来自你的一部分,我的眼睛像两个伤口痛苦地望着你

活着为了活着,我自取灭亡,以对抗亘古已久的爱
一块石头被抛弃,直到像骨髓一样风干,这世界

有了孤儿,使一切祝福暴露无遗,然而谁最清楚
凡在母亲手上站过的人,终会因诞生而死去

预　感

穿黑裙的女人黉夜而来
她秘密的一瞥使我精疲力竭
我突然想起这个季节鱼都会死去
而每条路正在穿越飞鸟的痕迹

貌似尸体的山峦被黑暗拖曳
附近灌木的心跳隐约可闻
那些巨大的鸟从空中向我俯视
带着人类的眼神
在一种秘而不宣的野蛮空气中
冬天起伏着残酷的雄性意识

我一向有着不同寻常的平静
犹如盲者，因此我在白天看见黑夜
婴儿般直率，我的指纹
已没有更多的悲哀可提供
脚步！正在变老的声音
梦显得若有所知，从自己的眼睛里
我看到了忘记开花的时辰
给黄昏施加压力

鲜莒含在口中，他们所恳求的意义
把微笑会心地折入怀中
夜晚似有似无地痉挛，像一声咳嗽
憋在喉咙，我已离开这个死洞

世　界

一世界的深奥面孔被风残留，一头白燧石
让时间燃烧成暧昧的幻影
太阳用独裁者的目光保持它愤怒的广度
并寻找我的头顶和脚底

虽然那已是很久以前的事，我在梦中目空一切
轻轻地走来，受孕于天空
在那里乌云孵化落日，我的眼眶盛满一个大海
从纵深的喉咙里长出白珊瑚

海浪拍打我
好像产婆在拍打我的脊背，就这样
世界闯进了我的身体
使我惊慌，使我迷惑，使我感到某种程度的狂喜

我仍然珍惜，怀着
那伟大的野兽的心情注视世界，深思熟虑
我想：历史并不遥远
于是我听到了阵阵潮汐，带着古老的气息

从黄昏，呱呱坠地的世界性死亡之中
白羊星座仍在头顶闪烁
犹如人类的繁殖之门，母性贵重而可怕的光芒
在我诞生之前，就注定了

为那些原始的岩层种下黑色梦想的根，它们
靠我的血液生长
我目睹了世界
因此，我创造黑夜使人类幸免于难

我对你说

不如你在那棵树下
听我对你说
又简单、又暧昧、又是事实
我采取惯有的表情

多么美妙，我依然是你的小爱人
被你溺爱，抬起真正注视你的
干涸而焦虑的眼睛

知道该怎样保持自制力
直到现在学会了微笑
笑得勇敢和镇定，看着你的手
在我头上抓住一根树枝

不假装有什么忧愁
不假装在这个位置上应有尽有
像爱般孜孜不倦，有谁在意？
各种念头使我吃惊，从几个方向
告诉我：肤浅就是天堂

不起眼，但曾经是我
过去岁月的精华
这纯粹的身体
枕在你的手臂上，觉得天空
正在变矮，人们从世上溜走
带着功利性的影子
未来是谁？或别的什么东西？
我原本不是负担，不沉重、也不离奇
但却意味深长，使你不可抵御

女人对男人说
于是传来大声喝采
最终，她们是尤物
最终，她们美丽的脸留住我们
使相互结合的身体存在
但并非为人私有

边　缘

傍晚六点钟，夕阳在你们
两腿之间燃烧，焚毁
睁着精神病人的浊眼
你可以抗议，但我却饱尝
风的啜泣，一粒小沙并不起眼

注视着你们,它想说
鸟儿又在重复某个时刻的旋律

你们已走到星星的边缘
你们懂得沉默
两个名字的奇异领略了秋天
你们隐藏起脚步,使我
得不到安宁,蝙蝠在空中微笑
说着一种并非人类的语言

这个夜晚无法安排一个
更美好的姿态,你的头
靠在他的腿上,就像
水靠着自己的岩石
现在你们认为无限寂寞的时刻
将化为葡萄,该透明的时候透明
该破碎的时候破碎

瞎眼的池塘想望穿夜,月亮如同
猫眼,我不快乐也不悲哀
靠在已经死去的栅栏上注视你们
我想告诉你,没有人去拦阻黑夜
黑暗已进入这个边缘

（选自《诗刊》,1986 年第 9 期）

散　文

我与地坛

史铁生

一

　　我在好几篇小说中都提到过一座废弃的古园,实际就是地坛。许多年前旅游业还没有开展,园子荒芜冷落得如同一片野地,很少被人记起。

　　地坛离我家很近。或者说我家离地坛很近。总之,只好认为这是缘分。地坛在我出生前四百多年就座落在那儿了,而自从我的祖母年轻时带着我父亲来到北京,就一直住在离它不远的地方——五十多年间搬过几次家,可搬来搬去总是在它周围,而且是越搬离它越近了。我常觉得这中间有着宿命的味道:仿佛这古园就是为了等我,而历尽沧桑在那儿等待了四百多年。

　　它等待我出生,然后又等待我活到最狂妄的年龄上忽地残废了双腿。四百多年里,它一面剥蚀了古殿檐头浮夸的琉璃,淡褪了门壁上炫耀的朱红,坍圮了一段段高墙又散落了玉砌雕栏,祭坛四周的老柏树愈见苍幽,到处的野草荒藤也都茂盛得自在坦荡。这时候想必我是该来了。十五年前的一个下午,我摇着轮椅进入园中,它为一个失魂落魄的人把一切都准备好了。那时,太阳循着亘古不变的路途正越来越大,也越红。在满园弥漫的沉静光芒中,一个人更容易看到时间,并看见自己的身影。

　　自从那个下午我无意中进了这园子,就再没长久地离开过它。我一下子就理解了它的意图。正如我在一篇小说中所说的:“在人口密聚的城市里,有这样一个宁静的去处,像是上帝的苦心安排。”

　　两条腿残废后的最初几年,我找不到工作,找不到去路,忽然间几乎什么都找不到了,我就摇了轮椅总是到它那儿去,仅为着那儿是可以逃避一个世界的另一个世界。我在那篇小说中写道:“没处可去我便一天到晚耗在这园子里。跟上班下班一样,别人去上班我就摇了轮椅到这儿来。”“园子无人看管,上下班时间有些抄近路的人们从园中穿过,园子里活跃一阵,过后便沉寂下来。”“园墙在金晃晃的空气中斜切下一溜荫凉,我把轮椅开进去,把椅背放倒,坐着或是躺着,看书或者想事,撅一杈树枝左右拍打,驱赶那些和我一样不明白为什么要来这世上的小昆虫。""蜂儿如一朵小雾稳稳地停在半空;蚂蚁摇头晃脑捋着触须,猛然间想透了什么,转身疾行而去;瓢虫爬得不耐烦了,累了祈祷一回便支开翅膀,忽悠一下升空了;树干上留着一只蝉蜕,寂寞如一间空屋;露水在草叶上滚动、聚集,压弯了草叶轰然坠地摔开万道金光。""满园子都是草木竞相生长弄出的响动,窸窸窣窣窸窸窣窣片刻不息。"这都是真实的记录,园子荒芜但并不衰败。

除去几座殿堂我无法进去,除去那座祭坛我不能上去而只能从各个角度张望它,地坛的每一棵树下我都去过,差不多它的每一米草地上都有过我的车轮印。无论是什么季节,什么天气,什么时间,我都在这园子里呆过。有时候呆一会儿就回家,有时候就呆到满地上都亮起月光。记不清都是在它的哪些角落里了,我一连几小时专心致志地想关于死的事,也以同样的耐心和方式想过我为什么要出生。这样想了好几年,最后事情终于弄明白了:一个人,出生了,这就不再是一个可以辩论的问题,而只是上帝交给他的一个事实;上帝在交给我们这件事实的时候,已经顺便保证了它的结果,所以死是一件不必急于求成的事,死是一个必然会降临的节日。这样想过之后我安心多了,眼前的一切不再那么可怕。比如你起早熬夜准备考试的时候,忽然想起有一个长长的假期在前面等待你,你会不会觉得轻松一点?并且庆幸并且感激这样的安排?

剩下的就是怎样活的问题了。这却不是在某一个瞬间就能完全想透的,不是能够一次性解决的事,怕是活多久就要想它多久了,就像是伴你终生的魔鬼或恋人。所以,十五年了,我还是总得到那古园里去,去它的老树下或荒草边或颓墙旁,去默坐,去呆想,去推开耳边的嘈杂理一理纷乱的思绪,去窥看自己的心魂。十五年中,这古园的形体被不能理解它的人肆意雕琢,幸好有些东西是任谁也不能改变它的。譬如祭坛石门中的落日,寂静的光辉平铺的一刻,地上的每一个坎坷都被映照得灿烂;譬如在园中最为落寞的时间,一群雨燕便出来高歌,把天地都叫喊得苍凉;譬如冬天雪地上孩子的脚印,总让人猜想他们是谁,曾在哪儿做过些什么,然后又都到哪儿去了;譬如那些苍黑的古柏,你忧郁的时候它们镇静地站在那儿,你欣喜的时候它们依然镇静地站在那儿,它们没日没夜地站在那儿从你没有出生一直站到这个世界上又没了你的时候;譬如暴雨骤临园中,激起一阵阵灼烈而清纯的草木和泥土的气味,让人想起无数个夏天的事件;譬如秋风忽至,再有一场早霜,落叶或飘摇歌舞或坦然安卧,满园中播散着熨帖而微苦的味道。味道是最说不清楚的,味道不能写只能闻,要你身临其境去闻才能明了。味道甚至是难于记忆的,只有你又闻到它你才能记起它的全部情感和意蕴。所以我常常要到那园子里去。

二

现在我才想到，当年我总是独自跑到地坛去，曾经给母亲出了一个怎样的难题。

她不是那种光会疼爱儿子而不懂得理解儿子的母亲。她知道我心里的苦闷，知道不该阻止我出去走走，知道我要是老呆在家里结果会更糟，但她又担心我一个人在那荒僻的园子里整天都想些什么。我那时脾气坏到极点，经常是发了疯一样地离开家，从那园子里回来又中了魔似的什么话都不说。母亲知道有些事不宜问，便犹犹豫豫地想问而终于不敢问，因为她自己心里也没有答案。她料想我不会愿意她跟我一同去，所以她从未这样要求过，她知道得给我一点独处的时间，得有这样一段过程。她只是不知道这过程得要多久，和这过程的尽头究竟是什么。每次我要动身时，她便无言地帮我准备，帮助我上了轮椅车，看着我摇车拐出小院；这以后她会怎样，当年我不曾想过。

有一回我摇车出了小院，想起一件什么事又返身回来，看见母亲仍站在原地，还是送我走时的姿势，望着我拐出小院去的那处墙角，对我的回来竟一时没有反应。待她再次送我出门的时候，她说："出去活动活动，去地坛看看书，我说这挺好。"许多年以后我才渐渐听出，母亲这话实际上是自我安慰，是暗自的祷告，是给我的提示，是恳求与嘱咐。只是在她猝然去世之后，我才有余暇设想。当我不在家里的那些漫长的时间，她是怎样心神不定坐卧难宁，兼着痛苦与惊恐与一个母亲最低限度的祈求。现在我可以断定，以她的聪慧和坚忍，在那些空落的白天后的黑夜，在那不眠的黑夜后的白天，她思来想去最后准是对自己说："反正我不能不让他出去，未来的日子是他自己的，如果他真的要在那园子里出了什么事，这苦难也只好我来承担。"在那段日子里——那是好几年长的一段日子，我想我一定使母亲作过了最坏的准备了，但她从来没有对我说过："你为我想想"。事实上我也真的没为她想过。那时她的儿子还太年轻，还来不及为母亲想，他被命运击昏了头，一心以为自己是世上最不幸的一个，不知道儿子的不幸在母亲那儿总是要加倍的。她有一个长到二十岁上忽然截瘫了的儿子，这是她唯一的儿子；她情愿截瘫的是自己而不是儿子，可这事无法代替；她想，只要儿子能活下去哪怕自己去死呢也行，可她又确信一个人不能仅仅是活着，儿子得有一条路走向自己的幸福；而这条路呢，没有谁能保证她的儿子终于能找到。——这样一个母亲，注定是活得最苦的母亲。

有一次与一个作家朋友聊天，我问他学写作的最初动机是什么？他想了一会说："为我母亲。为了让她骄傲。"我心里一惊，良久无言。回想自己最初写小说的动机，虽不似这位朋友的那般单纯，但如他一样的愿望我也有，且一经细想，发现这愿望也在全部动机中占了很大比重。这位朋友说："我的动机太低俗了吧？"我光是摇头，心想低俗并不见得低俗，只怕是这愿望过于天真了。他又说："我那时真就是想出名，出了名让别人羡慕我母亲。"我想，他比我坦率。我想，他又比我幸福，因为他的母亲还活着。而且我想，他的母亲也比我的母亲运气好，他的母亲没有一个双腿残废的儿子，否则事情就不这么简单。

在我的头一篇小说发表的时候，在我的小说第一次获奖的那些日子里，我真是多么希望我的母亲还活着。我便又不能在家里呆了，又整天整天独自跑到地坛去，心里是没头没尾的沉郁和哀怨，走遍整个园子却怎么也想不通：母亲为什么就不能再多活两年？为什么在她儿子就快要碰撞开一条路的时候，她却忽然熬不住了？莫非她来此世上只是为了替儿子担忧，却不该分享我的一点点快乐？她匆匆离我去时才只有四十九呀！有那么一会，我甚至对世界对上帝充满了仇恨和厌恶。后来我在一篇题为《合欢树》的文章中写道："我坐在小公园安静的树林里，闭上眼睛，想，上帝为什么早早地召母亲回去呢？很久很久，迷迷糊糊的我听见了回答：'她心里太苦了，上帝看她受不住了，就召她回去。'我似乎得了一点安慰，睁开眼睛，看见风正从树林里穿过。"小公园，指的也是地坛。

只是到了这时候，纷纭的往事才在我眼前幻现得清晰，母亲的苦难与伟大才在我心中渗透得深彻。上帝的考虑，也许是对的。

摇着轮椅在园中慢慢走，又是雾罩的清晨，又是骄阳高悬的白昼，我只想着一件事：母亲已经不在了。在老柏树旁停下，在草地上在颓墙边停下，又是处处虫鸣的午后，又是鸟儿归巢的傍晚，我心里只默念着一句话：可是母亲已经不在了。把椅背放倒，躺下，似睡非睡挨到日没，坐起来，心神恍惚，呆坐地直坐到古祭坛上落满黑暗然后再渐渐浮起月光，心里才有点明白，母亲不能再来这园中找我了。

曾有过好多回，我在这园子里呆得太久了，母亲就来找我。她来找我又不想让我发觉，只要见我还好好地在这园子里，她就悄悄转身回去，我看见过几次她的背影。我也看见过几回她四处张望的情景，她视力不好，端着眼镜像在寻找海上的一条船，她没看见我时我已经看见她了，待我看见她也看见我了我就不去看她，过一会我再抬头看她就又看见她缓缓离去的背影。我单是无法知道有多少回她没有找到我。有一回我坐在矮树丛中，树丛很密，我看见她没有找到我；她一个人在园子里走，走过我的身旁，走过我经常呆的一些地方，步履茫然又急迫。我不知道她已经找了多久还要找多久，我不知道为什么我决意不喊她——但这绝不是小时候的捉迷藏，这也许是出于长大了的男孩子的倔强或羞涩？但这倔只留给我痛悔，丝毫也没有骄傲。我真想告诫所有长大了的男孩子，千万不要跟母亲来这套倔强，羞涩就更不必，我已经懂了可我已经来不及了。

儿子想使母亲骄傲，这心情毕竟是太真实了，以致使"想出名"这一声名狼藉的念头也多少改变了一点形象。这是个复杂的问题，且不去管它了罢。随着小说获奖的激动逐日暗淡，我开始相信，至少有一点我是想错了：我用纸笔在报刊上碰撞开的一条路，并不就是母亲盼望我找到的那条路。年年月月我都到这园子里来，年年月月我都要想，母亲盼望我找到的那条路到底是什么。母亲生前没给我留下过什么隽永的哲言，或要我恪守的教诲，只是在她去世之后，她艰难的命运，坚忍的意志和毫不张扬的爱，随光阴流转，在我的印象中愈加鲜明深刻。

有一年，十月的风又翻动起安详的落叶，我在园中读书，听见两个散步的老人说："没想到这园子有这么大。"我放下书，想，这么大一座园子，要在其中找到她的儿子，母亲走过了多少焦灼的路。多年来我头一次意识到，这园中不单是处处都有过我的车辙，有过我的车辙的地方也都有过母亲的脚印。

三

如果以一天中的时间来对应四季，当然春天是早晨，夏天是中午，秋天是黄昏，冬天是夜晚。如果以乐器来对应四季，我想春天应该是小号，夏天是定音鼓，秋天是大提琴，冬天是圆号和长笛。要是以这园子里的声响来对应四季呢？那么，春天是祭坛上空漂浮着的鸽子的哨音，夏天是冗长的蝉歌和杨树叶子哗啦啦地对蝉歌的取笑，秋天是古殿檐头的风铃响，冬天是啄木鸟随意而空旷的啄木声。以园中的景物对应四季，春天是一径时而苍白时而黑润的小路，时而明朗时而阴晦的天上摇荡着串串杨花；夏天是一条条耀眼而灼人的石凳，或阴凉而爬满了青苔的石阶，阶下有果皮，阶上有半张被坐皱的报纸；秋天是一座青铜的大钟，在园子的西北角上曾丢弃着一座很大的铜钟，铜钟与这园子一般年纪，浑身挂满绿锈，文字已不清晰；冬天，是林中空地上几只羽毛蓬松的老麻雀。以心绪对应四季呢？春天是卧病的季节，否则人们不易发觉春天的残忍与渴望；夏天，情人们应该在这个季节里失恋，不然就似乎对不起爱情；秋天是从外面买一棵盆花回家的时候，把花搁在阔别了的家中，并且打开窗户把阳光也放进屋里，慢慢回忆慢慢整理一些发过霉的东西；冬天伴着火炉和书，一遍遍坚定不死的决心，写一些并不发出的信。还可以用艺术形式对应四季，这样春天就是一幅画，夏天是一部长篇小说，秋天是一首短歌或诗，冬天是一群雕塑。以梦呢？以梦对应四季呢？春天是树尖上的呼喊，夏天是呼喊中的细雨，秋天是细雨中的土地，冬天是干净的土地上的一只孤零的烟斗。

因为这园子，我常感恩于自己的命运。

我甚至现在就能清楚地看见，一旦有一天我不得不长久地离开它，我会怎样想念它，我会怎样想念它并且梦见它，我会怎样因为不敢想念它而梦也梦不到它。

四

现在让我想想，十五年中坚持到这园子来的人都是谁呢？好像只剩了我和一对老人。

十五年前，这对老人还只能算是中年夫妇，我则货真价实还是个青年。他们总是在薄暮时分来园中散步，我不大弄得清他们是从哪边的园门进来，一般来说他们是逆时针绕这园子走。男人个子很高，肩宽腿长，走起路来目不斜视，胯以上直至脖颈挺直不动；他的妻子攀了他一条胳膊走，也不能使他的上身稍有松懈。女人个子却矮，也不算漂亮，我无端地相信她必出身于家道中衰的名门富族；她攀在丈夫胳膊上像个娇弱的孩子，她向四周观望似总含着恐惧，她轻声与丈夫谈话，见有人走近就立刻怯怯地收住话头。我有时因为他们而想起冉阿让与柯赛特，但这想法并不巩固，他们一望即知是老夫老妻。两个人的穿着都算得上考究，但由于时代的演进，他们的服饰又可以称为古朴了。他们和我一样，到这园子里来几乎是风雨无阻，不过他们比我守时。我什么时间都可能来，他们则一定是在暮色初临的时候。刮风时他们穿了米色风衣，下雨时他们打了黑色的雨伞，夏天他们的衬衫是白色的裤子是黑色的或米色的，冬天他们的呢子大衣又都是黑色的，想必他们只喜欢这三种颜色。他们逆时针绕这园子一周，然后离去。他们走过我身旁时只有男人的脚步响，女人像是贴在高大的丈夫身上跟着漂移。我相信他们一定对我有印象，但是我们没有说过话，我们互相都没有想要接近的表示。十五年中，他们或许注意到一个小伙子进入了中年，我则看着一对令人羡慕的中年情侣不觉中成了两个老人。

曾有过一个热爱唱歌的小伙子，他也是每天都到这园中来，来唱歌，唱了好多年，后来不见了。他的年纪与我相仿，他多半是早晨来，唱半小时或整整唱一个上午，估计在另外的时间里他还得上班。我们经常在祭坛东侧的小路上相遇，我知道他是到东南角的高墙下去唱歌，他一定猜想我去东北角的树林里做什么。我找到我的地方，抽几口烟，便听见他谨慎地整理歌喉了。他反反复复唱那么几首歌。"文化革命"没过去的时侯，他唱"蓝蓝的天上白云飘，白云下面马儿跑……"我老也记不住这歌的名字。"文革"后，他唱《货郎与小姐》中那首最为流传的咏叹调。"卖布——卖布嘞，卖布——卖布嘞！"我记得这开头的一句他唱得很有声势，在早晨清澈的空气中，货郎跑遍园中的每一个角落去恭维小姐。"我交了好运气，我交了好运气，我为幸福唱歌曲……"然后他就一遍一遍地唱，不让货郎的激情稍减。依我听来，他的技术不算精到，在关键的地方常出差错，但他的嗓子是相当不坏的，而且唱一个上午也听不出一点疲惫。太阳也不疲惫，把大树的影子缩小成一团,把疏忽大意的蚯蚓晒干在小路上。将近中午,我们又在祭坛东侧相遇,他看一看我,我看一看他,他往北去,我往南去。日子久了,我感到我们都有结识的愿望,但似乎都不知如何开口,于是互相注视一下终又都移开目光擦身而过;这样的次数一多,便更不知如何开口了。终于有一天——一个丝毫没有特点的日子,我们互相点了一下头。他说:你好。"我说:"你好。"他说:"回去啦?"我说:"是,你呢?"他说:"我也该回去了。"我们都放慢脚步(其实我是放慢车速),想再多说几句,但仍然是不知从何说起,这样我们就都走过了对方,又都扭转身子面向对方。他说:"那就再见吧。"我说:"好,再见。"便互相笑笑各走各的路了。但是我们没有再见,那以后,园中再没了他的歌声,我才想到,那天他或许是有意与我道别的,也许他考上了哪家专业文工团或歌舞团了吧? 真希望他如他歌里所唱的那样,交了好运气。

还有一些人,我还能想起一些常到这园子里来的人。有一个老头,算得一个真正的饮者;他在腰间挂一个扁瓷瓶,瓶里当然装满了酒,常来这园中消磨午后的时光。他在园中四处游逛,如果你不注意你会以为园中有好几个这样的老头,等你看过了他卓尔不群的饮酒情状,你就会相信这是个独一无二的老头。他的衣着过分随便,走路的姿态也不慎重,走上五六十米路便选定一处地方,一只脚踏在石凳上或土埂上或树墩上,解下腰间的酒瓶,解酒瓶的当儿眯起眼睛把一百八十度视角内的景物细细看一遭,然后以迅雷不及掩耳之势倒一大口酒入肚,把酒瓶摇一摇再挂向腰间,平心静气地想一会什么,便走下一个五六十米去。还有一个捕鸟的汉子,那岁月园中人少,鸟却多,他在西北角的树丛中拉一张网,鸟撞在上面,羽毛饯在网眼里便不能自拔。他单等一种过去很多而现在非常罕见的鸟,其它的鸟撞在网上他就把它们摘下来放掉,他说已经有好多年没等到那种罕见的鸟了,他说他再等一年看看到底还有没有那种鸟,结果他又等了好多年。早晨和傍晚,在这园子里可以看见一个中年女工程师,早晨她从北向南穿过这园子去上班,傍晚她从南向北穿过这园子回家。事实上我并不了解她的职业或者学历,但我以为她必是学理工的知识分子,别样的人很难有她那般的素朴并优雅。当她在园子穿行的时刻,四周的树林也仿佛更加幽静,清淡的日光中竟似有悠远的琴声,比如说是那曲《献给艾丽丝》才好。我没有见过她的丈夫,没有见过那个幸运的男人是什么样子,我想象过却想象不出,后来忽然懂了想象不出才好,那个男人最好不要出现。她走出北门回家去,我竟有点担心,担心她会落入厨房,不过,也许她在厨房里劳作的情景更有另外的美吧,当然不能再是《献给艾丽丝》,是个什么曲子呢? 还有一个人,是我的朋友,他是个最有天赋的长跑家,但他被埋没了。他因为在文革中出言不慎而坐了几年牢,出来后好不容易找了个拉板车的工作,样样待遇都不能与别人平等,苦闷极了便练习长跑。那时他总来这园子里跑,我用手表为他计时,他每跑一圈向我招一下手,我就记下一个时间。每次他要环绕这园子跑二十圈,大约两万米。他盼望以他的长跑成绩来获得政治上真正的解放,他以为记者的镜头和文字可以帮他做到这一点。第一年他在春节环城赛上跑了第十五名,他看见前十名的照片都挂在了长安街的新闻橱窗里,于是有了信心。第二年他跑了第四名,可是新闻橱窗里只挂了前三名的照片,他没灰心。第三年他跑了第七名,橱窗里挂前六名的照片,他有点怨自已。第四年他跑了第三名,橱窗里却只挂了第一名的照片。第五年他跑了第一名——他几乎绝望了,橱窗里只有一幅环城赛群众场面的照片。那些年我们俩常一起在这园子里呆到天黑,开怀痛骂,骂完沉默着回家,分手时再互相叮嘱:先别去死,再试着活一活看。现在他已经不跑了,年岁太大了,跑不了那么快了。最后一次参加环城赛,他以三十八岁之龄又得了第一名并破了纪录,有一位专业队的教练对他说:"我要是十年前发现你就好了。"他苦笑一下什么也没说,只在傍晚又来这园中找到我,把这事平静地向我叙说一遍。不见他已有好几年了,现在他和妻子和儿子住在很远的地方。

这些人现在都不到园子里来了,园子里差不多完全换了一批新人。十五年前的旧人,现在就剩我和那对老夫老妻了。有那么一段时间,这老夫老妻中的一个也忽然不来,薄暮时分唯男人独自来散步,步态也明显迟缓了许多,我悬心了很久,怕是那女人出了什么事。幸好过了一个冬天那女人又来了,两个人仍是逆时针绕着园子走,一长一短两个身影恰似钟表的两支指针;女人的头发白了许多,但依旧攀着丈夫的胳膊走得像个孩子。"攀"这个字用得不恰当了,或许可以用"搀"吧,不知有没有兼具这两个意思的字。

五

我也没有忘记一个孩子——一个漂亮而不幸的小姑娘。十五年前的那个下午,我第一次到这园子里来就看见了她,那时她大约三岁,蹲在斋宫西边的小路上捡树上掉落的"小灯笼"。那儿有几棵大栾树,春天开一簇簇细小而稠密的黄花,花落了便结出无数如同三片叶子合抱的小灯笼,小灯笼先是绿色,继尔转白,再变黄,成熟了掉落得满地都是。小灯笼精巧得令人爱惜,成年人也不免捡了一个还要捡一个。小姑娘咿咿呀呀地跟自己说着话,一边捡小灯笼;她的嗓音很好,不是她那个年龄所常有的那般尖细,而是很圆润甚或是厚重,也许是因为那个下午园子里太安静了。我奇怪这么小的孩子怎么一个人跑来这园子里?我问她住在哪儿?她随指一下,就喊她的哥哥,沿墙根一带的茂草之中便站起一个七八岁的男孩,朝我望望,看我不像坏人便对他的妹妹说"我在这儿呢",又伏下身去,他在捉什么虫子。他捉到螳螂,蚂蚱,知了和蜻蜓,来取悦他的妹妹。有那么两三年,我经常在那几棵大栾树下见到他们,兄妹俩总是在一起玩,玩得和睦融洽,都渐渐长大了些。之后有很多年没见到他们。我想他们都在学校里吧,小姑娘也到了上学的年龄,必是告别了孩提时光,没有很多机会来这儿玩了。这事很正常,没理由太搁在心上,若不是有一年我又在园中见到他们,肯定就会慢慢把他们忘记。

那是个礼拜日的上午。那是个晴朗而令人心碎的上午,时隔多年,我竟发现那个漂亮的小姑娘原来是个弱智的孩子。我摇着车到那几棵大栾树下去,恰又是遍地落满了小灯笼的季节;当时我正为一篇小说的结尾所苦,既不知为什么要给它那样一个结尾,又不知何以忽然不想让它有那样一个结尾,于是从家里跑出来,想依靠着园中的镇静,看看是否应该把那篇小说放弃。我刚刚把车停下,就见前面不远处有几个人在戏耍一个少女,作出怪样子来吓她,又喊又笑地追逐她拦截她,少女在几棵大树间惊惶地东跑西躲,却不松手揪卷在怀里的裙裾,两条腿裸露着也似毫无察觉。我看出少女的智力是有些缺陷,却还没看出她是谁。我正要驱车上前为少女解围,就见远处飞快地骑车来了个小伙子,于是那几个戏耍少女的家伙望风而逃。小伙子把自行车支在少女近旁,怒目望着那几个四散逃窜的家伙,一声不吭喘着粗气,脸色如暴雨前的天空一样一会比一会苍白。这时我认出了他们,小伙子和少女就是当年那对小兄妹。我几乎是在心里惊叫了一声,或者是哀号。世上的事常常使上帝的居心变得可疑。小伙子向他的妹妹走去。少女松开了手,裙裾随之垂落了下来,很多很多她捡的小灯笼便洒落了一地,铺散在她脚下。她仍然算得漂亮,但双眸迟滞没有光彩。她呆呆地望那群跑散的家伙,望着极目之处的空寂,凭她的智力绝不可能把这个世界想明白吧?大树下,破碎的阳光星星点点,风把遍地的小灯笼吹得滚动,仿佛喑哑地响着无数小铃铛。哥哥把妹妹扶上自行车后座,带着她无言地回家去了。

无言是对的。要是上帝把漂亮和弱智这两样东西都给了这个小姑娘,就只有无言和回家去是对的。

谁又能把这世界想个明白呢?世上的很多事是不堪说的。你可以抱怨上帝何以要降诸多苦难给这人间,你也可以为消灭种种苦难而奋斗,并为此享有崇高与骄傲,但只要你再多想一步你就会坠入深深的迷茫了:假如世界上没有了苦难,世界还能够存在么?要是没有愚钝,机智还有什么光荣呢?要是没了丑陋,漂亮又怎么维系自己的幸运?要是没有了恶劣和卑下,善良与高尚又将如何界定自己又如何成为美德呢?要是没有了残疾,健全会否因其司空见惯而变得腻烦和乏味呢?我常梦想着在人间彻底消灭残疾,但可以相信,那时将由患病者代替残疾人去承担同样的苦难。如果能够把疾病也全数消灭,那么这份苦难又将由(比如说)像貌丑陋的人去承担了。就算我们连丑陋,连愚昧和卑鄙和一切我们所不喜欢的事物和行为,也都可以统统消灭掉,所有的人都一样健康、漂亮、聪慧、高尚,结果会怎样呢? 怕是人间的剧目就全要收场了,一个失去差别的世界将是一条死水,是一块没有感觉没有肥力的沙漠。

看来差别永远是要有的。看来就只好接受苦难——人类的全部剧目需要它,存在的本身需要它。看来上帝又一次对了。

于是就有一个最令人绝望的结论等在这里:由谁去充任那些苦难的角色? 又有谁去体现这世间的幸福,骄傲和快乐? 只好听凭偶然,是没有道理好讲的。

就命运而言,休论公道。

那么,一切不幸命运的救赎之路在哪里呢?

设若智慧或悟性可以引领我们去找到救赎之路,难道所有的人都能够获得这样的智慧和悟性吗?

我常以为是丑女造就了美人。我常以为是愚氓举出了智者。我常以为是懦夫衬照了英雄。我常以为是众生度化了佛祖。

六

设若有一位园神,他一定早已注意到了,这么多年我在这园里坐着,有时候是轻松快乐的,有时候是沉郁苦闷的,有时候优哉游哉,有时候恓惶落寞,有时候平静而且自信,有时候又软弱,又迷茫。其实总共只有三个问题交替着来骚扰我,来陪伴我。第一个是要不要去死? 第二个是为什么活? 第三个,我干嘛要写作?

现在让我看看,它们迄今都是怎样编织在一起的吧。

你说,你看穿了死是一件无需乎着急去做的事,是一件无论怎样耽搁也不会错过的事,便决定活下去试试? 是的,至少这是很关健的因素。为什么要活下去试试呢? 好像仅仅是因为不甘心,机会难得,不试白不试,腿反正是完了,一切仿佛都要完了,但死神很守信用,试一试不会额外再有什么损失。说不定倒有额外的好处呢是不是? 我说过,这一来我轻松多了,自由多了。为什么要写作呢? 作家是两个被人看重的字,这谁都知道。为了让那个躲在园子深处坐轮椅的人,有朝一日在别人眼里也稍微有点光彩,在众人眼里也能有个位置,哪怕那时再去死呢也就多少说得过去了。开始的时候就是这样想,这不用保密,这些现在不用保密了。

我带着本子和笔,到园中找一个最不为人打扰的角落,偷偷地写。那个爱唱歌的小伙子在不远的地方一直唱。要是有人走过来,我就把本子合上把笔叼在嘴里。我怕写不成反落得尴尬。我很要面子。可是你写成了,而且发表了。人家说我写的还不坏,他们甚至说:真没想到你写得这么好。我心说你们没想到的事还多着呢。我确实有整整一宿高兴得没合眼。我很想让那个唱歌的小伙子知道，因为他的歌也毕竟是唱得不错。我告诉我的长跑家朋友的时候，那个中年女工程师正优雅地在园中穿行；长跑家很激动，他说好吧，我玩命跑，你玩命写。这一来你中了魔了，整天都在想哪一件事可以写，哪一个人可以让你写成小说。是中了魔了，我走到哪儿想到哪儿，在人山人海里只寻找小说，要是有一种小说试剂就好了，见人就滴两滴看他是不是一篇小说，要是有一种小说显影液就好了，把它泼满全世界看看都是哪儿有小说，中了魔了，那时我完全是为了写作活着。结果你又发表了几篇，并且出了一点小名，可这时你越来越感到恐慌。我忽然觉得自己活得像个人质，刚刚有点像个人了却又过了头，像个人质，被一个什么阴谋抓了来当人质，不定哪天被处决，不定哪天就完蛋。你担心要不了多久你就会文思枯竭，那样你就又完了。凭什么我总能写出小说来呢？凭什么那些适合作小说的生活素材就总能送到一个截瘫者跟前来呢？人家满世界跑都有枯竭的危险，而我坐在这园子里凭什么可以一篇接一篇地写呢？你又想到死了。我想见好就收吧。当一名人质实在是太累了太紧张了，太朝不保夕了。我为写作而活下来，要是写作到底不是我应该干的事，我想我再活下去是不是太冒傻气了？你这么想着你却还在绞尽脑汁地想写。我好歹又拧出点水来，从一条快要晒干的毛巾上。恐慌日甚一日，随时可能完蛋的感觉比完蛋本身可怕多了，所谓不怕贼偷就怕贼惦记，我想人不如死了好，不如不出生的好，不如压根儿没有这个世界的好。可你并没有去死。我又想到那是一件不必着急的事。可是不必着急的事并不证明是一件必要拖延的事呀？你总是决定活下来，这说明什么？是的，我还是想活。人为什么活着？因为人想活着，说到底是这么回事，人真正的名字叫作：欲望。可我不怕死，有时候我真的不怕死。有时候，——说对了。不怕死和想去死是两回事，有时候不怕死的人是有的，一生下来就不怕死的人是没有的。我有时候倒是怕活。可是怕活不等于不想活呀？可我为什么还想活呢？因为你还想得到点什么，你觉得你还是可以得到点什么的，比如说爱情，比如说，价值感之类，人真正的名字叫欲望。这不对吗？我不该得到点什么吗？没说不该。可我为什么活得恐慌，就像个人质？后来你明白了，你明白你错了，活着不是为了写作，而写作是为了活着。你明白了这一点是在一个挺滑稽的时刻。那天你又说你不如死了好，你的一个朋友劝你：你不能死，你还得写呢，还有好多好作品等着你去写呢。这时候你忽然明白了，你说：只是因为我活着，我才不得不写作。或者说只是因为你还想活下去，你才不得不写作。是的，这样说过之后我竟然不那么恐慌了。就像你看穿了死之后所得的那份轻松？一个人质报复一场阴谋的最有效的办法是把自己杀死。我看出我得先把我杀死在市场上，那样我就不用参加抢购题材的风潮了。你还写吗？还写。你真的不得不写吗？人都忍不住要为生存找一些牢靠的理由。你不担心你会枯竭了？我不知道，不过我想，活着的问题在死前是完不了的。

这下好了，您不再恐慌了不再是个人质了，您自由了。算了吧你，我怎么可能自由呢？别忘了人真正的名字是：欲望。所以您得知道，消灭恐慌的最有效的办法就是消灭欲望。可是我还知道，消灭人性的最有效的办法也是消灭欲望。那么，是消灭欲望同时也消灭恐慌呢？还是保留欲望同时也保留人生？

我在这园子里坐着，我听见园神告诉我：每一个有激情的演员都难免是一个人质。每一个懂得欣赏的观众都巧妙地粉碎了一场阴谋。每一个乏味的演员都是因为他老以为这戏剧与自己无关。每一个倒霉的观众都是因为他总是坐得离舞台太近了。

我在这园子里坐着，园神成年累月地对我说：孩子，这不是别的，这是你的罪孽和福祉。

七

要是有些事我没说，地坛，你别以为是我忘了，我什么也没忘，但是有些事只适合收藏。不能说，也不能想，却又不能忘。它们不能变成语言，它们无法变成语言，一旦变成语言就不再是它们了。它们是一片朦胧的温馨与寂寥，是一片成熟的希望与绝望，它们的领地只有两处：心与坟墓。比如说邮票，有些是用于寄信的，有些仅仅是为了收藏。

如今我摇着车在这园子里慢慢走，常常有一种感觉，觉得我一个人跑出来已经玩得太久了。有一天我整理我的旧像册，看见一张十几年前我在这园子里照的照片——那个年轻人坐在轮椅上，背后是一棵老柏树，再远处就是那座古祭坛。我便到园子里去找那棵树。我按着照片上的背景找很快就找到了它，按着照片上它枝干的形状找，肯定那就是它。但是它已经死了，而且在它身上缠绕着一条碗口粗的藤萝。有一天我在这园子里碰见一个老太太，她说："哟，你还在这儿哪？"她问我："你母亲还好吗？""您是谁？""你不记得我，我可记得你。有一回你母亲来这儿找你，她问我您看没看见一个摇轮椅的孩子？……"我忽然觉得，我一个人跑到这世界上来真是玩得太久了。有一天夜晚，我独自坐在祭坛边的路灯下看书，忽然从那漆黑的祭坛里传出一阵阵唢呐声；四周都是参天古树，方形祭坛占地几百平米空旷坦荡独对苍天，我看不见那个吹唢呐的人，唯唢呐声在星光寥寥的夜空里低吟高唱，时而悲怆时而欢快，时而缠绵时而苍凉，或许这几个词都不足以形容它，我清清醒醒地听出它响在过去，响在现在，响在未来，回旋飘转亘古不散。

必有一天，我会听见喊我回去。

那时您可以想象一个孩子,他玩累了可他还没玩够呢,心里好些新奇的念头甚至等不及到明天。也可以想象是一个老人,无可质疑地走向他的安息地,走得任劳任怨。还可以想象一对热恋中的情人,互相一次次说"我一刻也不想离开你",又互相一次次说"时间已经不早了",时间不早了可我一刻也不想离开你,一刻也不想离开你可时间毕竟是不早了。

我说不好我想不想回去。我说不好是想还是不想,还是无所谓。我说不好我是像那个孩子,还是像那个老人,还是像一个热恋中的情人。很可能是这样:我同时是他们三个。我来的时候是个孩子,他有那么多孩子气的念头所以才哭着喊着闹着要来,他一来一见到这个世界便立刻成了不要命的情人,而对一个情人来说,不管多么漫长的时光也是稍纵即逝,那时他便明白,每一步每一步,其实一步步都是走在回去的路上。当牵牛花初开的时节,葬礼的号角就已吹响。

但是太阳,他每时每刻都是夕阳也都是旭日。当他熄灭着走下山去收尽苍凉残照之际,正是他在另一面燃烧着爬上山巅布散烈烈朝辉之时。那一天,我也将沉静着走下山去,扶着我的拐杖。有一天,在某一处山洼里,势必会跑上来一个欢蹦的孩子,抱着他的玩具。

当然,那不是我。

但是,那不是我吗?

宇宙以其不息的欲望将一个歌舞炼为永恒。这欲望有怎样一个人间的姓名,大可忽略不计。

八九年五月十一日

九〇年一月七日改

(选自《上海文学》,1991年第1期)

戏　剧

魔方（节选）

陶骏，等

（1985 年 12 月演出本）

编　剧　陶骏（执笔）　王哲东

参与编剧人员　翁慕　吴贻凡　李琳　秦维敏　王坚

导　演　王晓鹰

演　出　中国青年艺术剧院

（一）黑洞

人　物　"诗人""导演""明星"。

〔一片漆黑，伸手不见五指。远远传来岩洞深处的滴水声，在寂静和黑暗中格外清晰。它有节奏地滴落着。

〔一星烛光摇曳着，由远及近；三个黑影出现了，晃动着过来。

〔三人走近了。

导　演　我说"明星"，记得我给你们排《罗密欧与朱丽叶》时，你说找不到墓道里的感觉，现在怎么样？

明　星　墓有那么深吗？走了五天还没到头。

导　演　再长的戏也得有结局。这里好象特别黑。

明　星　这叫黎明前的黑暗，快到尽头了。

导　演　墓的尽头就是死亡。我的两条腿已经死了，"诗人"，咱们歇会儿吧。

〔"诗人"在前面带路，他一直很沉默。

诗　人　水声越来越近了，好象快到洞口了，你们歇一会儿吧，我去看看。

〔"导演""明星"在岩石上坐下。

导　演　还有吃的吗？

明　星　（在挎包里摸了一会儿）还有半个面包，三块糖。

导　演　你可真是位天才的管家婆啊。一天的口粮，吃了五天。

明　星　（衣服被岩石挂住）谁碰我!?

导　演　是死神!

明　星　别说这种阴森森的话,会灵验的。唉,你注意了没有,从昨天起诗人他突然沉默了。

导　演　连我这个不常动笔的人都想写诗,面对此情此景,我们的诗人一定是文思汹涌啊!

明　星　我有一种预感。

导　演　又是预感。你们女人之所以难成大事,就因为是凭直觉办事。别担心,诗人进洞时看过,洞口有一条小溪,只要跟着水声走,就能找到洞口。你听,水声不是越来越大了吗?

〔水声威胁似地响着。

明　星　这个声音几天来总在我们面前晃,若即若离地引着我们。

导　演　也许这洞里有个幽灵。

〔他们对话时,"诗人"在四处搜索洞口。他突然发现了什么,怔住了。他呆立在岩石边,身影投在岩壁上。

明　星　（一回头,发现了他）天哪,你看!

导　演　"诗人"你怎么了……

诗　人　前面是个深潭,我们走上了绝路。

导　演　你说什么?

诗　人　我们方向走反了。

导　演　胡说!

〔水声大作,如雷轰顶。

〔"导演"不知哪儿来的劲儿,冲过去,夺下"诗人"手中的蜡烛,向洞的深处冲去。

明　星　"诗人",这不会吧? 你们俩总是合伙地骗我,拿我开心……（发现"诗人"表情严肃,丝毫没有开玩笑的意思,慌了）你们……这是真的,那还不快向后撤!

诗　人　退回去至少三天,我们,我们没希望了。

〔"导演"从洞里冲了出来。显然他已经证实了"诗人"的话。

导　演　我们信任地跟着你,跟着你。哪知道,你是在带领我们拜见死神!

明　星　（对导演）别说了! 要不是你整天嚷嚷什么要体验墓地的感觉,要寻找什么神秘主义的灵感,谁会上这该死的洞子里来!

导　演　你不是嚷嚷着要来寻找刺激吗?

明　星　不是我!

导　演　是你！

诗　人　别吵了，是我。都是这神秘的水声。

　　　　〔水声得意地响着。

明　星　"诗人"，真的没希望了？

诗　人　我问你一个问题，回答要真实。你有过真挚的爱情吗？

明　星　干嘛问这个？

诗　人　也许真挚的爱情能创造奇迹，象童话里一样。

明　星　爱情？我演过十几部恋爱戏。

诗　人　生活就是戏，赏罚分明，善恶有报。

　　　　〔传来一阵敲击岩石的声音。

诗　人　你在干什么？

导　演　听啊，这里岩壁很薄，外面是空的，这么敲也许会让人听见。

明　星　真的！

　　　　〔三人拼命地敲击，呼喊着，最后精疲力竭。

　　　　〔水滴声。

导　演　（无力地）我饿了。

　　　　〔"明星"将食物摆在石桌上，"诗人"将另两支蜡烛也点燃了

明　星　干嘛都点了？

诗　人　我们用不着了。来吧，最后的晚餐。

明　星　我们就这么完了？

导　演　挣扎过了，可以心安理得地去见死神了。

诗　人　在命运面前，人只能俯首贴耳。死是向命运的最好妥协，也是最好的反抗。

明　星　（喃喃地）我还没有活够呢。

诗　人　够？人要活着，什么都没个够。

　　　　〔"明星"开始哭泣。

　　　　〔三人慢慢地围坐在石桌旁，看着那可怜的食物，谁也没有吃。

导　演　（无比感慨）我们每天在食堂要倒掉多少饭菜啊！

诗　人　这就是惩罚。（静场）

导　演　现在是凌晨六点，正是天边布满朝霞的时候。象锦缎一样的朝霞。

明　星　都说朝霞美，可是我一次也没见过。他们说，要想成为明星，就得学会睡懒觉。

导　演　诗人，你在想什么？

诗　人　我在回忆我一生中最美好的时刻，我要带着它走进无边无际的梦境。

导　演　听人说，人在临死的时候会回忆起自己整个的一生。

明　星　可供我回忆的，只有这短短的二十二年。

诗　人　（不安地站起来）回忆缠绕着我，太强烈了，我无法瞑目。（向后台冲去）

明　星　你到哪儿去？

导　演　让他去吧，他也许要独自反省人生。

　　　　〔静场。

导　演　命运真是奇怪，我们终于走到一起来了，我将拥抱着你死去。

明　星　别，别这么说。

导　演　你还是不肯接受我的感情？（伤心）大家都说你是冷血动物。

明　星　原谅我吧，在这个时候。

导　演　你是我唯一的爱。

明　星　可你还爱艺术，你说过。

导　演　艺术？那是天国的游戏，人们追啊，喊啊，可永远也得不到真正的艺术。

明　星　爱情也是如此。

诗　人　（突然恐怖地）我看见他了，我看见他了！

明　星　"诗人"，你怎么了？

诗　人　他坐在那儿，他坐在那儿！

导　演　是大脑缺氧产生的幻觉。

明　星　"诗人"，想点愉快的事情。去年，我们上演你的剧本《爱的变奏》多轰动啊，我们仨都一举成名……

诗　人　《爱的变奏》不是我写的，（向洞深处）是他！

导　演　说胡话了，你清醒些。

诗　人　不，此刻我异常清醒，只是有几句话憋得难受。前几年，我出了一本诗集，换来了一个诗人的桂冠。这以后，我再也没有写出一首好诗，我真感到自己江郎才尽了。去年有个朋友送来一个剧本，让我帮他润润色，可第二天，他就出了车祸，永远不会来取剧本了。这个剧本就是《爱的变奏》。

明　星　你不是说这剧本是你的自传吗？

诗　人　不，是他的自传。我……我刚才看见他了。

明　星　不，不，那是幻觉。

诗　人　我终于被惩罚了。只是，连累了你们。

　　　　〔滴水声柔和了。

导　演　我不是被连累的，我也应该受到惩罚。

明　星　怎么，你也剽窃了？

魔方（节选）

导　演	不是剽窃，是亵渎。亵渎艺术。我成天教育演员，要热爱心中的艺术。可我自己在排《爱的变奏》时，却昧着良心，拿艺术与人做交易。还用赚来的钱买了辆本田摩托。
明　星	那摩托不是你日本亲戚送的吗？
导　演	摩托买回来后，我一直不敢骑，心里发虚，总怕出什么事，想不到在这儿……

〔导演自嘲地笑起来，"诗人"也随着放声笑起来。

〔明星慢慢站起来，独自走开。

导　演	（发现明星走了）你干什么去？
诗　人	她不愿和我们在一起，她嫌我们脏。
明　星	（独自一人坐在石桌上）你们都忏悔了，摆脱了痛苦。可我怎么办？我怎样才能摆脱痛苦？
导　演	你在说什么？我听不见。
明　星	我是个私生女，从小就受人欺负。十七岁那年，我爱上了一个人，爱得那么狂热，那么天真。在一封情书中，我将自己的身世告诉了他，可他从此就再没有音讯，连电话也再没有给我打过一次。我恨极了，不是恨他，也不是恨自己，而是恨爱情。爱情，我多少次在舞台上享受过它，可在现实生活中，我却一无所有。
诗　人	不，你不是一无所有。
导　演	"诗人"，你这是怜悯。
诗　人	你住嘴吧！
导　演	你从来没有说过你爱她。
诗　人	这不是死到临头了吗。

〔静场，柔和的滴水声。

明　星	这声音多有节奏，象华尔兹……
诗　人	可我还不会跳舞呢。
明　星	我教你。
诗　人	现在？

〔两人站在岩石上，在轻柔的圆舞曲中起舞。少顷。相视而立。欲吻。

导　演	（气急败坏）开灯！开灯！

〔舞台上骤然大亮，许多演员上场搬动布景，道具。

导　演	这戏越演越荒唐了。
明　星	这戏我们演得正来情绪。
诗　人	（不无遗憾地）就要出现高潮了。

导　演　得了吧,本来我想追求点神秘主义的灵感,你们却演成了庸俗的爱情戏。

诗　人　爱与死是永恒的主题嘛!

众演员　你们这戏还演不演了?

导　演　不演了。换景。

明　星　唉,"诗人"《爱的变奏》到底是不是你的自传?

诗　人　当然是。

明　星　(对导演)你的本田摩托……

导　演　日本亲戚送的。

明　星　那你们刚才——

导　演　刚才? 刚才那不是演戏嘛!

诗　人　嗳,对了,明星,你真的是私生女吗?

明　星　(狡黠地一笑)呃,我不是也在演戏吗? (走下)

导　演　(追下)明星,明星。

　　　　〔"诗人"此刻出现在舞台中央,现在他以节目主持人的身份与观众直接交流。

主持人　中国有句古语,叫"人之将死,其言也善"。可是,为什么人非得死到临头才肯说点真心话呢? 哦,我忘了,大家都是来看戏的,不是来钻牛角尖的。对于刚才这个问题,可以不必过于认真。我这个"诗人"也不是真的,我是这个戏的节目主持人。严格地说,我们这不能叫戏,它更象一个标新立异的晚会,而标新立异是符合当今中国社会喜新厌旧这个发展大趋势的。来! 音乐!

　　　　〔迪斯科音乐骤起。主持人下。

(节选自《探索戏剧集》,上海文艺出版社 1986 年版)

20 世纪 90 年代文学

小　说

一地鸡毛

刘震云

一

小林家一斤豆腐变馊了。

一斤豆腐有五块，二两一块，这是公家副食店卖的。个体户的豆腐一斤一块，水分大，发稀，锅里炒不成团。小林每天清早六点起床，到公家副食店门口排队买豆腐。排队也不一定每天都能买到豆腐，要么排队的人多，赶排到了，豆腐也卖完了；要么还没排到，已经七点了，小林得离开豆腐队去赶单位的班车。最近单位办公室新到一个处长老关，新官上任三把火，对迟到早退抓得挺紧。最使人感到丧气的是，队眼看排到了，上班的时间也到了。离开豆腐队，小林就要对长长的豆腐队咒骂一声：

"妈了个×，天底下穷人家多了真不是好事！"

但今天小林把豆腐买到了。不过他今天排到七点十五，把单位的班车给误了。不过今天误了也就误了，办公室处长老关今天到部里听会，副处长老何到外地出差去了，办公室管考勤的临时变成了一个新来的大学生，这就不怕了，于是放心排队买豆腐。豆腐拿回家，因急着赶公共汽车上班，忘记把豆腐放到了冰箱里，晚上回来，豆腐仍在门厅塑料兜里藏着，大热的天，哪有不馊的道理？

豆腐变馊了，老婆又先于他下班回家，这就使问题复杂化了。老婆一开始是责备看孩子的保姆，怪她不打开塑料袋，把豆腐放到冰箱里。谁知保姆一点不买账。保姆因嫌小林家工资低，家里饭菜差，早就闹着罢工，要换人家，还是小林和小林老婆好哄歹哄，才把人家留下；现在保姆看着馊豆腐，一点不心疼，还一股脑把责任推给了小林，说小林早上上班走时，根本没有交代要放豆腐。小林下班回来,老婆就把怒气对准了小林,说你不买豆腐也就罢了,买回来怎么还让它在塑料袋里变馊? 你这存的是什么心? 小林今天在单位很不愉快,他以为今天买豆腐晚点上班没什么,谁知新来的大学生很认真,看他八点没到,就自作主张给他画了一个"迟到"。虽然小林气鼓鼓上去自己又改成"准时",但一天心里很不愉快,还不知明天大学生会不会汇报他。现在下班回家,见豆腐馊了,他也很丧气,一方面怪保姆太斤斤计较,走时没给你交代,就不能往冰箱里放一放了? 放几块豆腐能把你累死? 一方面怪老婆小题大做,一斤豆腐,馊了也就馊了,谁也不是故意的,何必说个没完,大家一天上班都很累,接着还要做饭弄孩子,这不是有意制造疲劳空气? 于是说:

"算了算了,怪我不对,一斤豆腐,大不了今天晚上不吃,以后买东西注意放就是了!"

如果话到此为止,事情也就过去了,可惜小林憋不住气,又补了一句:

"一斤豆腐就上纲上线个没完了,一斤豆腐才值几个钱? 上次你失手打碎一个暖水壶,七八块钱,谁又责备你了?"

老婆一听暖水壶,马上又来了火,说:"动不动就提暖水壶,上次暖水壶怪我吗? 本来那暖水壶就没放好,谁碰到都会碎! 咱们别说暖水壶,说花瓶吧! 上个月花瓶是怎么回事? 花瓶可是好端端地在大立柜上边放着,你抹灰尘给抹碎了,你倒有资格说我了!"

接着就馊到了小林跟前,眼里噙着泪,胸部一挺一挺的,脸变得没有血色。根据小林的经验,老婆的脸一无血色,就证明她今天在单位也很不顺。老婆所在的单位,和小林的单位差不多,让人愉快的时候不多。可你在单位不愉快,把这不愉快带回来发泄就道德了? 小林就又气鼓鼓地想跟她理论花瓶。照此理论下去,一定又会盘盘碟碟牵扯个没完,陷入恶性循环,最后老婆会把那包馊豆腐摔到小林头上。保姆看到小林和小林老婆吵架,已经习惯了,就像没看见一样,在旁边若无其事地剪指甲。这更激起了两个人的愤怒。小林已做好破碗破摔的准备,幸好这时有人敲门,大家便都不吱声了。老婆赶紧去抹脸上的眼泪,小林也压抑住自己的怒气。保姆把门打开,原来是查水表的老头来了。

查水表的老头是个瘸子,每月来查一次水表。老头子腿瘸,爬楼很不方便,到每一个人家都累得满头大汗,先喘一阵气,再查水表。但老头工作积极性很高,有时不该查水表也来,说来看看水表是否运转正常。但今天是该查水表的日子,小林和小林老婆都暂时收住气,让保姆领他去查水表。老头查完水表,并没有走的意思,而是自作主张在小林家床上坐下了。老头一坐下,小林心里就发凉,因为老头一在谁家坐下,就要高谈阔论一番,说说他年轻时候的事。他说他年轻时曾给某位死去的大领导喂过马。小林初次听他讲,还有些兴趣,问了他一些细节,看他一副瘪样,年轻时竟还和大领导接触过?但后来听得多了,心里就不耐烦,你年轻时喂过马,现在不照样是个查水表的?大领导已经死了,还说他干什么?但因为他是查水表的,你还不能得罪他。他一不高兴,就敢给你整个门洞停水。老头子手里就提着管水闸门的扳手。看着他手里的扳手,你就得听他讲喂马。不过今天小林实在不欢迎他讲马,人家家里正闹着气,你也不看一看家庭气氛,就擅自坐下,于是就板着脸没过去,没像过去一样跟他打招呼。

但查水表的老头不管这个,自己从口袋里已经掏出了烟。划火点着烟,屋里就飘起了老头鼻腔的味道。小林知道老头接着要讲马,但小林猜错了,这次老头没有讲马,而是一脸严肃地说,他要谈些正事。他说,据群众反映,这个门洞有人偷水,晚上不把水管龙头关死,故意让水往下滴,下边放个水桶接着;滴水水表不转,桶里的水不成偷的了?这样下去是不行的,大家都偷水,自来水厂如何受得了?

听了老头的话,小林与小林老婆脸都一赤一白的。说来惭愧,因为上个礼拜小林家就偷过几次水,是小林老婆在单位闲聊中听到的办法,回来指使保姆试验。后来小林看不上,觉得这事太委琐,一吨水才几分钱,何必干这个?一夜水管滴滴答答个没完,大家也难心安理得睡觉。于是在第三天就停止了。但这事老头子怎么会知道?是谁汇报的?小林和小林老婆都不约而同想到了对门。对门住着一对胖子,女主人自称长得像印度人,眉心常点着一个红豆。他们家也有一个孩子,大小与小林家孩子差不多,两家孩子常在一起玩,也常打架;为了孩子,小林老婆与印度女人有些面和心不和。两家主人不和,两家保姆却很要好,虽然不是一个省来的,却常在一起共同商讨对付主人的办法。准是两家保姆乱串,印度女人得知小林家滴过两回水,就汇报了老头子,现在有了老头子一番话。但这种事如何上得了台面,如何说得出口?说出口以后在人前怎么站?小林赶紧到老头子跟前,正色声明,这门洞有没有人偷水他不知道,但他家是决不干这种事。他家虽然穷,但穷有穷的骨气!小林老婆也上去说,谁反映的这事,就证明谁偷水,不然他怎么会知道偷水的方法,这不是贼喊捉贼是什么?老头子听了他们的话,弹了一下烟灰:

"行了,这事就到这里为止了。以前大家偷没有偷,就既往不咎了,以后注意不偷就行了!"

说完,站起来,做出宽宏大量的样子,一瘸一瘸走了,留下小林和小林老婆在那里发尴。

由于有偷水这件事的介入,使豆腐发馊事件变得不那么重要了。小林心里还责备老婆,一个大学生,什么时候学得这么市民气,偷了两桶水,值不了几分钱,丢人现眼让人数落了一顿。小林老婆也自感惭愧,就不好意思再追究馊豆腐一事,只是瞪了小林一眼,自己就下厨房做饭了。因为这件事的介入,使本来要爆发战争的家庭平静下来,小林又有些感激老头子。

晚饭一个炒豆角,一个炒豆芽,一碟子小泥肠,一碗昨天剩下的杂烩菜。小泥肠主要是让孩子吃的,其他三个菜是让小林、小林老婆和保姆吃的。但保姆不吃剩菜,说她一吃剩菜就闹肚子。为此小林老婆还和保姆吵过一架,说你倒成贵族了,我还吃剩菜,你倒闹肚子,过去你在农村吃什么来着? 保姆便又哭又闹,闹罢工,要换人家。最后还是小林从中斡旋,才又把她留下。把人留下人家就有了资本,从此更不吃剩菜。小林老婆也没办法,吃饭时只好和小林先吃剩菜,剩菜吃完再吃新的。吃饭时孩子很闹,抓东抓西的,看样子有些想流鼻涕,小林老婆怀疑她是否要感冒。好歹把饭吃完,已经快八点半了。按照惯例,这时保姆洗碗,小林给孩子洗澡,老婆应该上床睡觉。因老婆上班比小林远,清早上班要早起,早点上床睡觉理所当然。但今天老婆没有早睡,脚也没洗,坐在床前想心思。老婆一想心思,小林心里就有些发毛,不知老婆心思想过以后,会不会又提出什么新的话题。不过今天老婆不错,心思想过以后,没有说什么,草草洗完脚就上床睡觉了。老婆睡觉有这点好处,平时嘴唠叨,一上床就不唠叨了,三分钟就能入睡,响起轻微的鼾声,比孩子入睡还快。前几年刚结婚,小林对这点很不满意,哪能上床就入睡? 问:

"你怎么躺倒就着,长此以往,可让人受不了!"

老婆不好意思地解释:

"累了一天,跟猪似的,哪有不躺倒就着的道理!"

后来有了孩子,生活越来越复杂,几次折腾搬家,上班下班,弄吃喝拉撒,弄大人小孩,大家都很疲劳,老婆也变得爱唠叨了,这时小林倒觉得老婆上床就入睡是个优点,大家闹矛盾有个盼头,只要头一挨枕头,战争就停止了。所以小林觉得世界上没有绝对的优点缺点,优点缺点是可以转化的。

老婆入睡,孩子入睡,保姆入睡,三个人都响起鼾声,小林检查了一下屋里的灯火水电,也上床睡觉。过去临睡觉之前,小林有看书看报的习惯,动不动还爬起来记笔记。现在一天家务处理完,两个眼皮早在打架,于是这一切过程都省略了。能早睡就早睡,第二天清早还要起床排队买豆腐。想起买豆腐,小林突然又想起今天那一斤变馊的豆腐,现在仍在门厅里扔着,没有处理。这是导火索。明天清早老婆起来再看到它,说不定又会节外生枝,于是又从床上爬起来,到门厅打开灯,去处理那包馊豆腐。

二

小林的老婆叫小李,没结婚之前,是一个文静的、眉目清秀的姑娘。别看个头小,小显得小巧玲珑,眼小显得聚光,让人见了从心里怜爱。那时她言语不多。打扮不时髦,却很干净。头发长长的。通过同学介绍,小林与她恋爱。她见人有些腼腆。与她在一起,让人感到轻松、安静,甚至还有一点淡淡的诗意。那时连小林都开始注意言语、注意身体卫生了。哪里想到几年之后,这位安静的富有诗意的姑娘,会变成一个爱唠叨、不梳头,还学会夜里滴水偷水的家庭妇女呢? 两人都是大学生,谁也不是没有事业心,大家都奋斗过,发愤过,挑灯夜读过,有过一番宏伟的理想,单位的处长局长,社会上的大大小小机关,都不在眼里,哪里会想到几年之后,他们也跟大家一样,很快淹没到黑压压的千篇一律千人一面的人群之中呢? 你也无非是买豆腐、上班下班、吃饭睡觉洗衣服,对付保姆弄孩子,到了晚上你一页书也不想翻,什么宏图大志,什么事业理想,狗屁,那是年轻时候的事,大家都这么混,不也活了一辈子? 有宏图大志怎么了? 有事业理想怎么了? "古今将相在何方,荒冢一堆草没了!"一辈子下来谁还知道谁! 有时小林想想又感到心满意足,虽然在单位经过几番折腾,但折腾之后就是成熟,现在不就对各种事情应付自如了? 只要有耐心,能等,不急躁,不反常,别人能得到的东西,你最终也能得到。譬如房子,几年下来,通过与人合居,搬到牛街贫民窟;贫民窟要拆迁,搬到周转房;几经折腾,现在不也终于混上了一个一居室的单元? 别人家一开始有冰箱彩电,小林家没有,让小林感到惭愧,后来省着攒着,现在不也买了? 当然现在还没有组合家具和音响,但物质追求哪里有个完。一切不要急,耐心就能等到共产主义。倒是使人不耐心的,是些馊豆腐之类的日常生活琐事。过去总说,老婆孩子热炕头,是农民意识,但你不弄老婆孩子弄什么? 你把老婆孩子热炕头弄好是容易的? 老婆变了样,孩子不懂事,工作量经常持久,谁能保证炕头天天是热的? 过去老说单位如何复杂不好弄,老婆孩子炕头就是好弄的? 过去你有过宏伟理想,可以原谅,但那是幼稚不成熟,不懂得事物的发展规律。千里之行,始于足下,小林,一切还是从馊豆腐开始吧。第二天早上六点,小林照例爬起来,到公家副食店前排队买豆腐。这时老婆已经睡醒,大睁着两眼在看天花板。老婆入睡快,醒来脑子清醒得也快,不像小林,睡觉起来头半天是木的,得半个小时才缓过劲儿来,老婆只要五分钟就可以清醒,续上入睡前的思路。这是优点,也是缺点,如果两个人正闹矛盾,老婆早晨醒来,又会迅速续上昨天的事情,继续补课。看今天老婆发呆的样子,又回到了昨天入睡前坐在床沿上想心思的模样,小林心里就有些打鼓,不知老婆又要搞什么名堂。但老婆见他起床,并没有答理他。小林就有些放心,赶忙刷牙洗脸,拿上塑料袋悄悄出门。但等小林刚要去拉门,老婆在床上发了言:

"我说你,今天的豆腐就别买了!"

原来老婆并没有放过他,仍要续昨天的豆腐事件。小林心里就"嘟嘟"地冒火，一斤馊豆腐，已经扔了，又过了一夜，还真纠缠个没完了？于是说：

"馊了一斤豆腐，还至于今后不买了？今天买回放到冰箱里不就结了！你还要纠缠多少年！"

老婆向他摆摆手：

"我不是跟你说豆腐，昨天我想了一夜，我再也不想在这个单位待了，我一定得调，你得跟我来商量商量这事！你不能对我的事漠不关心！"

原来并不是豆腐事件，小林有些放心。但老婆说的是调工作，调工作也是个让人窝心烦躁的事，比馊豆腐事件还复杂。本来老婆的工作单位不错，大学毕业坐办公室，每天也就是摘摘文件，写写工作总结，余下的时间是喝茶看报纸。但老婆性格很直，像小林初到单位一样，各方面关系一开始没处理好，留下后遗症。后来觉悟了，改正了，但以前总留下伤疤，免不了有磕磕碰碰的时候。在单位不愉快，回来就向小林唠叨，说要换个单位。小林就拿自己现身说法，说只要将幼稚不懂事的毛病改掉，时间长了自然会适应，换什么单位，天下单位都一样。再说换个单位是容易的？我们都无权无势，两眼一墨黑，哪个单位会要你？老婆就说小林没本领，看着老婆在水深火热之中，一点帮不上忙。小林说，外边帮不上忙，内里不也帮了？不也向你解释了？解释不也是帮忙？就把老婆劝下了。老婆唠叨一顿，怨气出了，第二天就不说了，仍照常上班。如果这样下去，老婆慢慢也会适应，没有单位非换不可的烦恼。但小林家搬了几次，搬来搬去，住得离小林老婆单位越来越远。当初搬家时，因房子越搬越好，老婆很高兴，说咱们终于也在北京有个房子了，把主要精力花在布置房子上，怎么装窗帘，怎么布局，怎么摆冰箱和电视，还差什么东西，苦恼主要在这个方面。等家收拾得差不多了，老婆就不满意了，怪这个地方离她单位太远。因她的单位在这条线上没有班车，她得挤公共汽车上班，往返一趟，得三四个小时。清早六点起床，晚上七八点回来，顶着星星出去，戴着月亮回来，天天如此，车又挤，老婆就受不了，觉得是非换单位不可了。小林看着老婆每天下班疲惫不堪的样子，也觉得这和在单位不愉快不同，在单位不愉快可以忍耐、改正，离单位太远无法人为缩短距离，是得换个离家近一点的单位。真要决定换单位，两人才感到面前的困难像山一样，因为换不换单位，并不是小林和小林老婆能决定的。瞎猫撞老鼠，小林和小林老婆找了几个单位，人家都是一口回绝，连个商量的余地都不留，弄得小林和小林的老婆挺丧气。小林说：

"算了算了，别跑了，再跑也是瞎跑，你凑合着吧，北京还有比你上班更远的呢！别光想路程，想想纺织女工，人家上一天班，站着干一天活，你上班是喝茶看报纸，还不知足吗？"

小林老婆发了火：

"你没有本事,就让我凑合。你当然能凑合了,天天有班车坐,我挤四个小时车的滋味你哪里有体验?我非换单位不可,要不换单位,我明天就不上班,你挣钱养活我们娘俩!"

第二天就真不去上班,把小林急坏了。急了一次真管用,小林开动脑筋,真想出一个办法。前三门有一个单位,听有人说,那单位管人事的头头,和小林单位的副局长老张是老同学。小林帮老张搬过家,十分卖力,老张对小林看法不错。老张自与女老乔犯过作风问题以后,夹着尾巴做人,对下边的同志特别关心,肯帮助人,只要有事去求他,他都认真帮忙。小林觉得这事如去找老张,老张不至于一口回绝。通过老张介绍说不定前三门那个单位倒有些希望。前三门那个单位虽离小林家也很远,如坐公共汽车,也得两个小时,但前三门那里和小林家连地铁,地铁跑得快,四十分钟就够了,况且地铁不像公共汽车那么挤,有时上车还有座位。小林将这想法向老婆说了,老婆也很高兴,同意去那个单位,让小林去找老张。小林找到老张,将老婆的困难摆出来,又提出前三门那个单位,听说老领导在那里有熟人,想请老领导帮帮忙。老张果然痛快,说:

"可以,可以,单位那么远,是应该换一换!"

又说:

"前三门那个单位,我也不熟,但管人事的同志,是我的同学,我给他写一封信,你找他,看他能不能给办!"

小林又大着胆子说:

"最好老领导再给他打一个电话!"

老张摸着胖脑袋"哈哈"笑了,照小林头上打了一巴掌:

"现在的年轻人,比我们那时精明多了! 好,好,我给你打一个电话!"

老张打了一个电话,又给小林写了一封信。小林捧到这封信,如同捧到圣旨一样高兴。小林老婆看到信,也很高兴。小林拿着这信到前三门的单位去,果然管用。管人事的头头接见了他,看了那封信说:

"老张是我的老同学,当年在大学,我们两个都爱搞田径!"

小林斜欠着身子坐在头头办公桌前,忙接上去说:

"现在老张也爱锻炼!"

头头看他一眼,突然又问起老张前一段出事的事,让小林讲一讲细节。小林感到有些为难,讲不好,不讲也不好,于是只拣些重要的讲了讲,说老张也只是和女老乔在办公室坐了一坐,并没有真正在一起,其他一切都是谣传。那头头听后"哈哈"笑了,说:

"这个老张,还是那么可爱!"

最后才谈起小林老婆调动的事。那头头情绪正好,说:

"行，行，老张托的事，就是我的事，我看看下边哪个单位缺人！"

这不等于答应了？小林回来向老婆一汇报，老婆马上抱着他在脸上乱亲。两人度过了一个愉快的夜晚。如果就这样等着，小林老婆一定能调成，能每天坐着地铁到前三门那个单位上班。但这时小林和小林老婆聪明反被聪明误，自己把事情办坏了。本来人家管人事的头头正在努力，小林和小林老婆仍不放心，小林老婆打听出一个熟人的丈夫，也在前三门那个单位工作，而且是一个处长，就同小林商量，单是一个管人事的头头是否太单薄，是否也找一找这个处长？当时小林也没考虑，觉得多一个人就多一份力量，找一找总没什么坏处。于是就又找了这个处长。谁这一找不要紧，让人家管人事的头头知道了，管人事的头头马上停止了努力。小林再去找他，他比以前冷淡了，说：

"你不是也找某某了，让他给办办看吧！"

小林这才着了急，知道自己犯了路线性错误。找人办事，如同在单位混事，只能投靠一个主子，人家才死力给你办；找的人多了，大家都不会出力；何况你找多了，证明你认识的人多，显得你很高明，既然你高明能再找人，何必再找我？这时除了不帮忙不说，这容易产生抵触心理，说不定背后再给你帮点倒忙，看你不依靠我依靠别人这事能办成！小林和小林老婆认识到这个道理，明白过来，事情已经晚了。两人一开始是互相埋怨，埋怨以后，又共同想补救的方法。但这时能想出什么补救办法？小林只能再找老张，让他给同学再打电话。但老张又不是你的亲兄弟，人家是单位的副局长，老找人家也不好。于是小林老婆调工作的事，就这样不上不下地放着。时间一长，小林事情一忙就暂时把这件事给忘记了。但小林老婆忘不了，时常一个人坐在那里想心思。昨天发生了馊豆腐事件，馊豆腐事件过去以后，她没洗脚坐在床边想的，就是这件事，今天早上起来，她将这话题又重新向小林提出。小林一开始以为老婆又让他找老张，但再找老张小林已很憷头，于是说：

"事情已经让咱们办坏了，光让我找老张有什么用？"

小林老婆说：

"这次不让你找老张，还让你找前三门单位那个管人事的头头。"

再找管人事的头头，比让他找老张还憷头，小林说：

"因为找你那个熟人的丈夫，人家态度都冷淡了，如何有脸面再找人家？再找作用也不大！"

小林老婆说：

"为什么作用不大，这事我想了，你也别光怪我那个熟人的丈夫，这不是问题的关键，关键还是工夫下得不够。现在在社会上办事，光动嘴皮子如何行？我考虑，咱得给他上个供。现在苍蝇没有不见血的，你不出血，他能给你来真的，还是得出血！"

小林说：

"只和人家见过几次面，熟都不熟，连人家家在哪里住都不知道，这供如何上？"

小林老婆发了火：

"看你说话的口气，就是对我的事情漠不关心！上次你要入党，给女老乔送了什么？那时咱家那么困难，孩子吃奶都没有钱，我不照样让你送了？轮到我的事，你怎么就这么推三挡四的，你这存的是什么心！"

说着说着脸就变白了。小林见她越说话越多，真生气了，忙说：

"好，好，咱送，咱送，看送了能起什么作用！"

话说到这里就算完了。白天两个照常上班。等晚上回来，两人匆匆吃完饭，交代保姆看好孩子，就一起到前三门单位管人事的头头家里去上供。但真到上供，供上些什么，两人都犯了难。两人来到商店，逛了半个小时，拿不定主意。礼太小了送不出去，礼太大了又心疼钱。最后小林老婆相中了一个工艺品，一个玻璃匣子里镶嵌了几个花鸟和小鱼，美观大方，四十多元，可以买。但两人商量半天，觉得这个礼品也不合适，管人事的头头能会喜欢花鸟？别以为是随便十几块钱买的贱价货搪塞他，那样作用更不好。最后又转，转到食品冷饮柜，小林突然眼睛一亮，说：

"有了！"

小林老婆问：

"什么有了？"

小林便向老婆指了指一箱一箱的"可口可乐"，上边挂着一块牌子："大减价，一块九一听"，而"可口可乐"的正常价格，却是三块五。"可口可乐"拿得出手，一听一块九，一箱二十四听，也就四十多块，看着体积大，又是名牌饮料，拿出来实用大方，管人事的头头肯定喜欢。只是不知它为何减价。小林老婆说：

"别是过期了吧，那样就不好了！"

问了售货员，也不过期，实在是奇怪，好像是单为今天他们送礼准备的。小林说：

"看这样子，今天顺利，这事肯定能成！"

老婆兴致也高了，马上掏钱买了一箱，由小林扛着，两人挤上公共汽车去送礼。兴高采烈到了管人事头头家的楼下，已是晚上八点半，时间也合适。但等两人进楼道刚要上楼，从楼上走下来一个人，正是前三门单位管人事的头头。小林忙向他打招呼，倒让正下楼的头头吃了一惊，等看清是小林，因在家门口，倒比在办公室客气，忙止住脚步笑着说：

"你们来了？"

小林说：

"王叔叔，这是我爱人，为她工作的事，老张让我们再来找您一次！"

头头说：

"我知道了，那个工作的事，我这里没有问题，关键是下边接收单位不好办，你们如能找到哪个处室可以接收，让他们再来找我就行了！今天晚上我出去还有点事，车子在下边等着，恕不能接待你们了！"

小林和小林老婆心里都凉了半截。这不等于回绝了？等头头走到了楼外，小林才意识到自己肩上还扛着一箱"可口可乐"，忙向楼外喊：

"王叔叔，我还给您带了一箱饮料！"

头头在楼外笑着答：

"我这里还缺几筒饮料？扛回去自己喝吧！"

接着，车子发动开走了。把小林和小林老婆尴到了楼道里。尴了半天，两人才缓过劲儿来。小林将箱子摔到楼梯上：

"操他妈的，送礼人家都不要！"

又埋怨老婆：

"我说不要送吧，你非要送，看这礼送的，丢人不丢人！"

小林老婆也说：

"这个人怎么这么恶劣，这个人怎么这么小心眼！"

两人便重新扛着饮料回家。因为礼没有送出去，回家以后两人又为买礼心疼了半天，四十多块钱买一箱"可口可乐"放到家里，这不是吃饱撑的？一箱"可口可乐"怎么处理？退回商店，入口的东西人家一律不退，自己喝了吧，哪能关起门没事喝"可口可乐"？过了两天，还是老婆聪明，把"可口可乐"打开，时常拿出一筒让孩子到院子里去喝。过去从来没买过饮料，也没买过带鱼，孩子穿得破烂，在院子里穷出了名。一次倒是买了一次带鱼，是贱价处理的，有些发臭，臭味跑到了楼道里，让对门印度女人到处宣扬，现在让小女儿拿着"可口可乐"到处喝，也起一个正面宣传的作用，也算这箱"可口可乐"买得没有白费。只是工作的事仍没有着落，仍是小林和小林老婆继续窝心的问题。

三

家里来了客人。小林晚上下班回来。一进楼道，就知道家里来了客人。因为他家的门大开着，里边传出外地老家人的咳嗽声。等小林回到家，果然，里间床上正坐着两个皮肤晒得焦黑，头上暴着青筋的老家人，脚边放着几个七十年代的帆布包，提包上还印着毛主席语录。两个人正在不住地抽烟、咳嗽，毫不犹豫地将烟灰和痰弹吐了一地。小林的小女儿也被烟呛得不住地咳嗽,在烟雾里乱跑。小林本来今天心情不错,办公室新到处长老关,别看平时一脸严肃,原来对人却没有坏心眼,季度评奖,给小林评了个头奖,多发给他五十块钱。虽然五十块钱不算什么,但多五十总比少五十强,拿回来总能买老婆个高兴。谁知兴冲冲回家,老婆还没下班,家里却来了两个老家人。小林像被兜头浇了一桶凉水,一天的好兴致,立即跑得无影无踪。本来老家来人应该高兴,多年不见的乡亲,见了叙叙旧也没什么不可,但老家经常来人,就高兴叙旧不起来,反过来倒成了一种负担。家里来人不得招待?招待一次就得几十块钱。经常来人,家庭就受不了。老家来人和别的同学朋友来还不一样,别看老家来的人焦黑,头上暴着青筋,是农村人,但农村比城里人礼还多,同学朋友招待不好人家可以原谅,这些农村人招待不好他反倒不高兴,回到老家说你。他们认为你在北京,来到北京理应该你招待,全不知小林在北京也是社会的最底层,也整天清早排队买豆腐,只是客人来了,才多加两个菜。有时小林看老家人那故作傲慢的样子,不禁又好气又好笑,你们在家才吃什么!老家人来,如果单是吃一顿饭,还好应付,往往吃过饭,他们还要交代许多事让小林办。搞物资,搞化肥,买汽车,打官司,走时还让小林给买火车票。小林哪里有那么强的办事能力!自己老婆的工作都办不了,送礼人家都不收,还能给别人打官司买汽车?买火车票小林照样得去北京站排队。一开始小林爱面子,总觉得如说自己什么都不能办,也让家乡人看不起,就答应试一试,但往往试一试也是白试,虽然有些同学分到了不同的单位,但都是刚到单位不久,还没到掌权的地步,哪里办得成?免不了回头还是尴尬。后来渐渐学聪明了,学会了说"不,这事我办不了"!当然说这话人家会看不起,但看不起是早晚的事。早看不起倒可以省下麻烦。但老家仍是源源不断来人,来了起码吃你一顿饭。问题的复杂性还在于,小林老婆是城市人,城市到底比农村关系简单,来的人很少。人家家老不来人,自己家老来人,来了就要吃饭,农村人又不讲究,到处弹烟灰吐痰,也让小林不好意思。按说小林老婆在这方面还算开通,一开始来人不说什么,后来多了,成了常事,成了日常工作,人家就受不了,来了客人脸色不好,也不去买菜,也不去下厨房。小林虽然怪老婆不给自己面子,但人家生气得也有道理,两人如倒个个儿,小林也会不高兴。于是除了责备妻子,也怪自己老家不争气,捎带自己让人也看不起。老家如同一个大尾巴,时不时要掀开让人看看羞处,让人不忘记你仍是一个农村人。对门印度女人就说过,看他们家那土样,一家子农村人。弄得小林老婆很不高兴。所以小林时常提心吊胆,一到下班,就担心今天老家是否来人了?有时在家里坐,一听院子里有人说外地口音,他就心惊胆战,忙跑到阳台上看,看这外地口音是否进了自己的门洞,如不是进这门洞,才松一口气。虽然小林不盼望自己老家来人,却盼望老婆那边来人。那边如也来人，小林故意热情些，也可抵消一些自己这边来人，让老婆心理平衡一些。但人家来人少，让小林时刻亏着心。老家的父母也不懂小林心情，觉得自己儿子在北京，是个可炫耀的事情，时常说："我儿子在北京，你们找他去！"人家来了，小林就不能不热情。后来时间长了，小林发觉你越热情，来的人越多，小林学聪明了，就不再热情。不热情，怠慢人家，人家就不高兴，回去说你忘本。但忘本也就忘本，这个本有什么可留恋的！小林也给自己父母写信，说我这里也很忙，经济很难，以后不要图你们面子好看，故意往这里介绍人。信写好以后，小林还故意让老婆看了看，老婆没领他这个情，照地下吐了一口唾沫：

"早知道你家是这样，当初我就不会嫁你！"

小林马上火了，指着老婆说：

"当初我也把家庭情况向你说了，你说不在乎，照你这么说，好像我欺骗你！"

但斗气归斗气，家里还是照常来人。因人照常来，久而久之小林老婆也习惯了。习惯了就自然了。无非是脸色不高兴。这就使小林很满意。小林也自觉，客人来了，吃饭只加两个大路菜，无非是一条鱼，或一只鸡，没有酒水。老家人不满意，只好让他不满意，总比让老婆不满意要好。

但今天来的两个客人，使小林觉得只加两个菜绝对说不过去。这两个人一个老头子，一个年轻人，一开始小林没有认出来，上去问他们是哪个村的，听那老头子一说话，小林认出来了，是自己小学时的老师。这老师姓杜，小林上小学时，跟他学了五年，杜老师既教数学，又教语文。一年冬天小林捣蛋，上自习跑出去玩冰，冰炸了，小林掉到了冰窟窿里。被救上来，老师也没吵他，还忙将湿衣裳给他脱下来，将自己的大棉袄给他披上。这样的老师，十几年没见，现在到了自己门上，如何使小林不激动？小林上去握住他的手：

"老师！"

老师见他激动，也激动起来，拉住小林说：

"小林！街上遇到你，肯定我认不出来！"

又忙把年轻人向他介绍，说是自己的儿子。

大家激动过，小林问老师来北京的意思。老师把意思一说，小林又有些胆战心惊，原来老师得了肺气肿，到底发展没发展成肺癌，老家医院水平低，诊断不出来，这时老师想起他培养的学生，还就数小林混得高，混到了北京，于是带儿子来投奔他，想让他找个医院给确诊确诊。如果是癌症，最好能住院治疗；如果不是癌症是肺气肿，也望能做一下手术。小林一边说：

"咱慢慢商量，咱慢慢商量！"

一边转动脑筋。可北京哪里有他熟悉的医院？这时门开了，小林老婆下班回来。小林一看表，已是晚上七点半。小林见了老婆又是一番胆战心惊，一边看老婆的脸色,一边向老婆介绍,这是自己的老师和老师的儿子,这是自己的爱人。老婆见又来了一屋人,屋里烟气冲天,痰迹遍地,当然不会有好脸色,只是点点头,就进了厨房。一会儿,厨房就传来吵声,老婆在责备保姆,都七点半了,怎么还没给孩子弄饭?小林知道那责备是冲着自己,也怪自己大意,只顾跟老师聊天,忘了交代保姆先给孩子弄饭。何况来了两个客人,加上小林、小林老婆、保姆、孩子,一下成了六口人,这饭还没准备呢。于是就让老师先坐着,自己去厨房给老婆解释。解释之前,他先掏出今天单位发的五十块钱,作为晋见礼;然后又解释说,实在没办法,这是自己小学时的老师,不同别人,好歹给弄顿饭,招待过去就完。谁知老婆一把将五张人民币打飞了,说:

"去你妈的,谁没有老师! 我孩子还没吃饭,哪里管得上老师了!"

小林拉她:

"你小声点,让人听见!"

小林老婆更大声说:

"听见怎么了,三天两头来人,我这里不是旅馆! 再这样下去,我实在受不了了!"

就坐在厨房的水池上落泪。

小林怒火一股股往头上冲。但现在生气也不是办法,客人还在里间坐着,只好先退出去,又去陪老师。但看老师的样子,已经听见他们的争吵。老师到底有文化,不比别的老家人,招待不好故意傲慢,马上大声说:

"小林你不必忙,俺已经在外面吃过饭了。俺住在劲松地下旅馆,也就是来看看你,给你带了点老家土产,喝了这杯水,俺就该走了,晚了怕坐不上车!"

接着拉开了帆布提包,让儿子把两桶香油送到了厨房。

小林感到心中更加不忍。他知道老师肯定没有吃饭,只是怕他为难,故意说这话给他老婆听。也许是两桶香油起了作用,也许是老婆觉悟过来,饭到底还是做了,做得还不错,四个菜,把孩子吃的虾仁都炒了一盘。好歹吃完饭,小林将老师和他儿子送出门。路上老师一个劲儿地说:

"我一来,给你添了麻烦。本来我不想来,可你师母老劝我来看看你,就来了!"

小林看着老师的满头白发,蹒跚的步子,脸上皱褶里都是土,自己也没有让他在家洗洗脸,心里不禁一阵辛酸,说:

"老师身体有病,该来北京看看。我先给你们找个便宜旅馆住下,明天我就去给老师找医院!"

老头子忙用手止住小林:

"你忙你的,我还有办法!"

接着摘下帽子,从里边拿出一张纸条:

"来时怕找不到你,我找了县教育局李科长。李科长有一个同学,在某大机关当司长,看,都给我写了信!我投奔他,他那么大的干部,肯定有办法!"

老师话说到这里,小林就不再坚持。因让他找医院,他也肯定找不出什么好医院,是瞎耽误老师的时间,还不如让人家去找司长。于是就只好将老师和他儿子送到公共汽车上,和他们再见。看着公共汽车开远,老师还在车上微笑着向他挥手,车猛地一停一开,老头子身子前后乱晃,仍不忘向他挥手,小林的泪刷刷地涌了出来。自己小时上学,老师不就是这么笑?等公共汽车开得看不见了,小林一个人往回走,这时感到身上沉重极了,像有座山在身上背着,走不了几步,随时都有被压垮的危险。

第二天上班,小林在办公室看报纸,看到一篇悼念文章,悼念一位已经死去好多年的大人物,说大人物生前如何尊师爱教,曾把他过去少年时仅存的两个老师接到北京,住在最好的地方,逛了整个北京。小林本来对这位死去的大人物印象不错,现在也禁不住骂道:

"谁不想尊师重教?我也想让老师住最好的地方,逛整个北京,可得有这条件!"

就把这张报纸扔到了废纸篓里。

四

孩子病了。流鼻涕,咳嗽。老婆说:

"你老师有肺气肿,上次他来咱们家一次,是不是把孩子给传染上了?"

孩子有病,小林也很着急。孩子一病,和不病时大不一样,小林和小林老婆,起码得一个人请假在家照顾。这时单靠保姆是不行的。但老婆胡乱联系,又责备他的老师,使小林心里很愤怒。上次老师走后,小林两天没理老婆,怪她破坏他的情感,当着老师的面让他下不来台。人家吃了你一顿饭,却给你提来两桶香油,两桶香油有十斤,现在北京自由市场一斤香油卖八块,十斤就是八十多块,你一顿饭值八十吗?两天来吃着老师的香油,老婆也面有愧色,也觉自己做得太过分。但现在孩子病了,她有气无处撒,又想反攻倒算,拿小林的老师做码子,小林就有些不客气,说:

"孩子有病,还是先检查。如检查出不是肺气肿传染,你提前这么责备人家,不就不道德了吗?"

于是两人都请假,带孩子去医院检查。但检查是好检查的?说来说去还是一个字:钱。现在给孩子看一次病,出手就要二三十;不该化验的化验,不该开的药乱开。小林觉得,别人不诚实可以,连医生都这么不诚实了,这还叫人怎么活?

一次孩子拉稀,看下来硬是要了七十五。小林老婆又好气又好笑,抖着双手向小林说:

"一泡屎值七十五?"

每次给孩子看完病,小林和小林老婆都觉得是来上当。但孩子一病,这个当你还非上不可。你别无选择。譬如现在,路上孩子又有些发烧,温度还挺高,这时两人都忘记了相互指责,忘记了是去上当,精力都集中到孩子身上,于是加快步伐挤车去医院。到医院一检查,原来也无非是感冒。但拿着药单子到药房窗口一划价:四十五块五毛八。小林老婆抖着单子说:

"看,又宰人了吧! 你说,这药还拿不拿?"

小林没"说",也没理她。刚才小林有些着急,小孩发烧那么高,不知出了什么问题,不知是不是老师给传染了,现在诊断出是感冒,小林就放了心。放心之后,小林又开始愤怒,刚才你断定是我的老师传染,现在经过医院诊断,不成感冒了? 小林本想跟她先理论理论这事,再说宰人不宰人的事,但看到药房前边排队的人很多,来往的人也很多,这个场合理论不对,就没有理她,只是没好气地向老婆说:

"怕宰人就别来呀,人家谁请你非拿药不可了?"

老婆马上抱起孩子:

"照这么说,我就真不拿药了!"

抱起孩子就走。看着老婆赌气不拿药,小林倒着了急。他知道老婆的脾气,赌上气九牛拉不回来。赌气不拿药,回家孩子怎么办? 忙又撵出去,拦住老婆:

"哎,哎,这事你还能真赌气呀,把药单子给我!"

谁知老婆这次不是赌气,她看着小林说:

"这药不拿了,不就是感冒吗? 上次我感冒从单位拿的药还没吃完,让她吃点不就行了? 大不了就是'先锋'、'冲剂'、退烧片之类,再花钱不也是这个!"

小林说:

"那是大人药,大人小孩子不一样!"

小林老婆说:

"怎么不一样,少吃一点就是了。这事你别管,不花四十五块,我也能让孩子三天好了。药吃完我再到单位要!"

小林觉得老婆说的也有道理。他用手摸了摸女儿的头,不知是孩子刚刚睡醒的缘故,还是嗅到了医院的味道,烧突然又退了下去。眼睛也有神了,指着医院对面的"哈密瓜"要吃。看情况有些缓解,小林觉得老婆的办法也可试一试。于是就跟老婆一块儿出医院,给孩子买了一块"哈密瓜"。吃了一块"哈密瓜",孩子更加活泼,连咳嗽一时也不咳了,跳到地上拉着小林的手玩。小林高兴,老婆也高兴。大家一高兴，心胸也就开阔了，小林也不再追究老婆说过老师传染不传染的话了，那都是着急时没有办法乱发的火，不足为凭。既然不追究了，孩子的病也确诊了，老婆想出办法，看病又省下四十五块钱，这不等于白白收入？大家心情更开朗。小林对老婆也关心了。路过小吃街，小林对老婆说：

"你不是爱吃炒肝，吃一碗吧！"

小林老婆咂吧咂吧嘴说：

"一块五一碗，也就吃着玩，多不划算！"

小林马上掏出一块五，递给摊主：

"来一碗炒肝！"

炒肝端上来，小林老婆不好意思地看了小林一眼，就坐下吃起来。看她吃的爱惜样子，这炒肝她是真爱吃。她捡了两节肠子给孩子吃，孩子嚼不动又吐出来，她忙又扔到自己嘴里吃了。她一定让小林尝尝汤儿。小林害怕肠，以为肠汤一定不好喝，但禁不住老婆一次一次劝，老婆的声音并且变得很温柔，眼神很多情，像回到了当初没结婚正谈恋爱的时候，小林只好尝了一口。汤里有香菜，热腾腾的，汤的味道果然不错。老婆问他味道怎么样，他说味道不错，老婆又多情地看了他一眼。想不到一碗炒肝，使两人重温了过去的温暖。这种情绪一直持续到晚上。因孩子病得不重，回家后老婆让她吃了药，她就自己玩去了。晚上也不咳了，睡得很死。等外间保姆传来鼾声，小林和小林老婆都很有激情。事情像新婚时一样好。事情过去以后，两人又相互抚摸着谈起了天，重新总结今天孩子病的原因。小林老婆主动承认错误，说今天一时性急，错怪了小林的老师。小林说既然不怪老师，就怪我们夜里没看好，让孩子蹬了被子。老婆说也不怪夜里没看好，就怪一个人。小林心里"咯噔"，问是谁，老婆用手指了指外间门厅。这是指保姆。接着老婆说了保姆一大堆不是，说保姆斤斤计较，干活不主动，交代的任务故意磨蹭，爱在保姆间乱串，爱泄露家中的机密；对孩子也不是真心实意，两人上班不在家，她让孩子一个人玩水，自己睡觉或看电视，还有个不感冒的？等今年九月份，一定送孩子入托，把她辞出去。她一个人工资四十元，吃喝费用得六十元，还用小林老婆的卫生巾、化妆品，再加上水果杂用，一月一百多，占一个人的工资，家里哪会不穷？等孩子入托，辞了保姆，一个月省下这么多钱，家里生活肯定能改善，前途还是光明的。小林也受了鼓舞，加上他平时对保姆印象也不好，也跟着老婆说了一阵子话。说完感到气都出了，心里很畅快。两人又亲了一下，才分开身子睡觉。老婆一转身三分钟睡着了，小林没睡着，想了想刚才的一番议论，又感到有些羞愧。两人温暖一天，最后把罪过归到保姆身上，未免有些小气。人家一个十几岁的小姑娘，出门几千里在外，整天看你脸色说话，就是容易的？小林感到自己也变得跟个娘儿们差不多了，不由感叹一声。但接着疲倦也上来了，两个眼皮一合，也就睡着了，不再想那么多。

但等第二天早晨，小林又感到昨天对保姆的指责没有错。清早老婆上班，小林照常出去排豆腐。排完豆腐，小林本来应该去上班，但今天下着蒙蒙小雨，来排豆腐的人少，豆腐买得顺利，看看表，还有富余时间，因惦着孩子感冒，就又回家看了一趟。回家后，发现保姆床也没叠，孩子的饭也没做，药也没喂，给了孩子一盆洗脸水让她玩，她呢，正在给自己鼓捣吃的。清早起来小林和小林老婆都吃的剩饭，把昨天的剩饭泡了泡，就着咸菜吃下了肚。保姆不吃剩饭，你再熬点新粥也就罢了，谁知她正用给女儿做饭的小锅下挂面，进房一股香气，她加了香菜，加了豆腐干，还卧了一个鸡蛋。保姆见他突然回来，也有些吃惊，忙用筷子把鸡蛋往面条底下捺。但不管怎么捺，还是让小林发现了。小林怒火一股股往脑门冲，这不是故意败坏人吗？起床孩子不弄，自己倒先偷着做好的吃。大家都不容易，我们背后议论你，把一切罪过归到你身上固然不对，但你也忒不自觉，忒不值得尊重和体谅。但小林没有再指责保姆。按说现在抓住了罪证，当面指责一顿十分痛快，但保姆是这种样子，你指责她一顿，岂敢保证你走了以后，她会不把气撒到孩子身上？孩子还不懂事，能让她再替你承担罪过？于是只是把孩子正在玩的保姆的洗脸水，气鼓鼓地夺过来倾到马桶里。孩子一玩水，又开始流鼻涕；水被夺走，便坐在地上拧着屁股哭。小林没理，摔上门就上班去了。边匆忙下楼边心里骂：

"妈的，九月份一定让你滚蛋！"

晚上下班回家，孩子的感冒似乎又加重了，鼻子齉齉的，一个劲咳嗽；摸摸头，烧也有点升上来。小林知道，这和保姆一天捣蛋肯定有关系。但他又不敢把清早保姆捣蛋的事告诉老婆，那样肯定会引起另一场轩然大波。不过，不知老婆今天怎么了，一脸喜色，对孩子病情加重也不在意，喜滋滋地自己坐在床前想心事。老婆一有这种脸色，肯定有好事。来厨房看看，果然，老婆买回来一节香肠。买了香肠不说，还买回来一瓶"燕京"啤酒。这肯定是给小林买的。过去单身汉时，小林最爱喝啤酒。自结婚以后，这种爱好渐渐就根除了。一瓶一块多，喝它干嘛。就是不说钱，平时谁有喝啤酒的心思！小林摸不透老婆今天的心思，忙进里间问：

"喂，你今天怎么了？"

老婆"咭咭"地笑。

小林感到有些奇怪：

"你笑什么？说出来我听听！"

老婆说：

"小林，我告诉你，我的工作问题解决了！"

小林吃了一惊：

"什么？解决了？你去前三门单位了？管人事的头头答应了？"

老婆摇摇头。

小林问：

"找到新的单位了？"

老婆摇摇头。

小林禁不住泄气：

"那解决什么？"

老婆说：

"这工作我不调了！"

小林说：

"怎么不调了，你对单位又有感情了？你不怕挤公共汽车了？"

小林老婆说：

"感情谈不上，但以后不挤公共汽车了。我们单位的头头说，从九月份开始，往咱们这条线发一趟班车！你想，有了班车，我就不用挤公共汽车，四十分钟也到了。自己单位的班车，上车还有座位，这不比挤地铁去前三门单位还好？小林，我想通了，只要九月份通班车，我工作就不调了。这单位固然不好，人事关系复杂，但前三门那个单位就不复杂？看那管人事头头的嘴脸！我信了你的话，天下的老鸦一般黑。只要有班车，我就不调了，睁只眼闭只眼混算了。这不是工作问题解决了！"

小林听了老婆一番话，也很高兴。家中的一件大事，过去天天苦恼，时常为此闹矛盾，现在终于有了着落。虽然工作问题的解决实际上是以不解决为解决，但不管怎样，解决了，老婆就安心了，就没有烦恼了，就不会情绪激动了，家里就不会再为此闹矛盾了。说来问题解决也简单，靠小林和小林老婆自己去求人，去送东西到处碰壁，最终解决无非是单位发了一趟班车。但不管怎么解决，小林也马上和老婆一样高兴起来，说：

"好，好，这不以后不存在这问题了？你就不再跟我闹了？"

老婆说：

"是不存在呀！"

又娇嗔道：

"谁跟你闹了？你没有本事解决，还怪我跟你闹！最后不还是靠我自己解决！就等九月份了！"

小林说：

"是呀，是呀，是靠你自己解决，就等九月份！"

大家情绪很好。孩子的病也压过去了。吃饭时大家喝了啤酒。晚上孩子保姆入睡,两人又欢乐了一次。欢乐时两人很有激情。欢乐之后,两人都很不好意思。昨天欢乐,今天又欢乐,很长时间没这么勤了。接着两人又抚摸着谈心,说九月份。九月份真是个好日子,老婆工作问题解决,孩子入托辞退保姆,家里可省一大笔开支。两人又展望未来,憧憬九月份的幸福日子,讨论节省下的开支如何使用。后来老婆又说,现在孩子还小,要不再让孩子在家待一年,再用一年保姆,等明年再送孩子入托。小林想起早晨保姆的事,马上恶狠狠地说:

"不,就今年,不为孩子,也为保姆,马上让她滚蛋!"

老婆与保姆矛盾很深,听小林这么说,也很高兴,又亲了他一下,翻过身就睡着了。

五

九月份了。九月份有两件事,一,老婆通班车;二,孩子入托辞退保姆。老婆通班车这一条比较顺,到了九月一号,老婆单位果然在这条线通了班车。老婆马上显得轻松许多。早上不用再顶星星。过去都是早六点起床,晚一点儿就要迟到;现在七点起床就可以了,可以多睡一个小时。七点起床梳洗完毕,吃点饭,七点二十轻轻松松出门,到门口上班车;上了班车还有座位,一直开到单位院内,一点不累。晚上回来也很早,过去要戴月亮,七点多才能到家,现在不用戴了;单位五点下班,她五点四十就到了家,还可以休息一会儿再做饭。老婆很高兴。不过她这高兴与刚听到通班车时的高兴不同,她现在的高兴有些打折扣。本来听说这条线通班车,老婆以为是单位头头对大家的关心,后来打听清楚,原来单位头头并不是考虑大家,而是单位头头的一个小姨子最近搬家搬到了这一块地方,单位头头的老婆跟单位头头闹,单位头头才让往这里加一线班车。老婆听到这个消息,马上就有些沮丧,感到这班车通得有些贬值,自己高兴得有些盲目。回来与小林唠叨,小林听到心里也挺别扭,感到似乎是受了污辱。但这污辱比起前三门单位管人事的头头拒不收礼的污辱算什么!于是向老婆解释,管他娘嫁给谁,管是因为什么通的班车,咱只要跟着能坐就行了。老婆说:

"原来以为坐班车是公平合理,单位头头的关心,谁知是沾了人家小姨子的光,以后每天坐车,不都得想起小姨子!"

小林说:

"那有什么办法。现在看,没有人家小姨子,你还坐不上班车!"

小林老婆说:

"我坐车心里总感到有些别扭,感到自己是二等公民!"

小林说:

"你还像大学刚毕业那么天真,什么二等三等,有个班车给你坐就不错了。我只问你,就算沾了人家小姨子的光,总比挤公共汽车强吧!"

小林老婆说:

"那倒是!"

小林又说:

"再说,沾她光的又不是你自己,我只问你,是不是每天一班车人?"

老婆说:

"可不是一班车人,大家都不争气!"

小林说:

"人家不争气,这时你倒长了志气。你长志气,你以后再去坐公共汽车,没人拉你非坐班车! 你调工作不也照样求人巴结人? 给人送东西,还让人晾到了楼道里!"

老婆这时"扑哧"笑了:

"我也就是说说,你倒说个没完了。不过你说得对,到了这时候,还说什么志气不志气! 谁有志气? 有志气顶他妈屁用,管他妈嫁给谁,咱只管每天有班车坐就是了!"

小林拍巴掌:

"这不结了!"

所以老婆每天显得很愉快。但小孩入托一事,碰到了困难。小林单位没有幼儿园,老婆单位有幼儿园,但离家太远,每天跟着老婆来回坐车也不合适,这就只能在家门口附近找幼儿园。门口倒是有几个幼儿园,有外单位办的,有区里办的,有街道办的,有居委会办的,有个体老太太办的。这里边最好的是外单位办的,里边有幼师毕业的阿姨,可以教孩子些东西;区以下就比较差些,只会让孩子排队拉圈在街头走;最差的是居委会或个体办的,无非是几个老太太合伙领着孩子玩,赚个零用钱花花。因孩子教育牵扯到下一代,老婆对这事看得比她调工作还重。就撺掇小林去争取外单位办的幼儿园,次之只能是区里办的,街道以下不予考虑。小林一开始有些轻敌,以为不就给孩子找个幼儿园吗? 临时待两年,很快就出去了,估计困难不会太大,但他接受以前一开始说话腔太满,后来被老婆找后账的教训,说:

"我找人家说说看吧,我也不是什么领导人,谁知人家会不会买我的账,你也不能限制得太死!"

对门印度女人家也有一个孩子,大小跟小林家孩子差不多,也该入托,小林老婆听说,他家的孩子就找到了幼儿园,就是外单位办的那个。小林老婆说话有了根据,对小林说:

"怎么不限制死,就得限制死,就是外单位那个,她家的孩子上那个,咱孩子就得上那个,区里办的也不用考虑了!"

任务就这样给小林布置下了。等小林去落实时,小林才感到给孩子找个幼儿园,原来比给老婆调工作困难还大。小林首先摸了一下情况,外单位这个幼儿园办得果真不错,年年在市里得先进。一些区一级的领导,自己区里办的有幼儿园,却把孩子送到这个幼儿园。但人家名额限得也很死,没有过硬的关系,想进去比登天还难。进幼儿园的表格,都在园长手里,连副园长都没权力收孩子。而要这个园长发表格,必须有这个单位局长以上的批条。小林绞尽脑汁想人,把京城里的同学想遍,没想出与这个单位有关系的人。也是急病乱投医,小林想不出同学,却突然想起门口一个修自行车的老头。小林常在老头那里修车,"大爷""大爷"地叫,两人混得很熟。平时带钱没带钱,都可以修了车子推上先走。一次在闲谈中,听老头说他女儿在附近的幼儿园当阿姨,不知是不是外单位这个? 想到这个茬儿,小林兴奋起来,立即骑上车去找修车老头。如果他女儿是在外单位这个,虽然只是一个阿姨,说话不一定顶用,但起码打开一个突破口,可以让她牵内线提供关系。找到修车老头,老头很热情,也很豪爽,听完小林的诉说,马上代他女儿答应下来,说只要小林的孩子想入他女儿的托,他只要说一句话,没有个进不去的。只是他女儿的幼儿园,不是外单位那个,而是本地居委会办的。小林听后十分丧气。回来将情况向老婆作了汇报,老婆先是责备他无能,想不出关系,后又说:

"咱们给园长备份厚礼送去,花个七十八十的,看能不能打动她! 对门那个印度孩子怎么能进去? 也没见她丈夫有什么特别的本事,肯定也是送了礼!"

小林摆摆手说:

"连认识都不认识,两眼一墨黑,这礼怎么送得出去? 上次给前三门单位管人事的头头送礼,没放着样子?"

老婆火了:

"关系你没关系,礼又送不出,你说怎么办?"

小林说:

"干脆入修车老头女儿那个幼儿园算了! 一个三岁的孩子,什么教育不教育,韶山冲一个穷沟沟,不也出了毛主席! 还是看孩子自己!"

老婆马上愤怒,说小林不能这样对孩子不负责任;跟修车的女儿在一起,长大不修车才怪;到目前为止,你连外单位的幼儿园的园长见都没见一面,怎么就料定人家不收你的孩子? 有了老婆这番话,小林就决定斗胆直接去见一下幼儿园园长。不通过任何介绍,去时也不带礼,直接把困难向人家说一下,看能否引起人家的同情。路上小林安慰自己,中国的事情复杂,别看素不相识,别看不送礼，说不定事情倒能办成；有时认识、有关系，倒容易关系复杂，相互嫉妒，事情倒不大好办。不认识怎么了？不认识说不定倒能引起同情。世上就没好人了？说不定这里就能碰上一个。但等小林在幼儿园见到园长，才知道自己的想法幼稚天真。幼儿园园长是个五十多岁的老太太，人倒挺和蔼，说她这个幼儿园不招收外单位的孩子；本单位孩子都收不了，招外单位的大家会没有意见？不过情况也有例外，现在幼儿园想搞一项基建，一直没有指标，看小林在国家机关工作，如能帮他们搞到一个基建指标，就可以收下小林的孩子。小林一听就泄了气，自己连自己都顾不住，哪能帮人家搞什么基建指标，如有本事搞基建指标，孩子哪个幼儿园不能进，何必非进你这个幼儿园？他垂头丧气回到家，准备向老婆汇报，谁知家里又起了轩然大波，正在闹另一种矛盾。原来保姆已经闻知他们在给孩子找幼儿园；给孩子找到幼儿园，不马上要辞退她？她不能束手待毙，也怪小林老婆不事先跟她打招呼，于是就先发制人，主动提出要马上辞退工作。小林老婆觉得保姆很没道理，我自己的孩子，找不找幼儿园还用跟你商量？现在幼儿园还没找到，你就辞工作，不是故意给人出难题？两人就吵起来。到了这时候，小林老婆不想再给保姆说好话，说，要辞马上辞，立即就走。保姆也不服软，马上就去收拾东西。小林回到家，保姆已将东西收拾好，正要出门。小林幼儿园联系得不顺利，觉得保姆现在走措手不及，忙上前去劝，但被老婆拦住：

"不用劝她，让她走，看她走了，天能塌下来不成！"

小林也无奈。可到保姆真要走，孩子不干了。孩子跟她混熟了，见她要走，便哭着在地上打滚；保姆对孩子也有了感情，忙上前又去抱起孩子。最后保姆终于放下嗷嗷哭的孩子，跑着下楼走了。保姆一走，小林老婆又哭了，觉得保姆在这干了两年多，把孩子看大，现在就这么走了也很不好，赶忙让小林到阳台上，给保姆再扔下一个月的工资。

保姆走后，家里乱了套。幼儿园没找着，两人就得轮流请假在家看孩子。这时老婆又开始恶狠狠地责骂保姆，怪她给出了这么个难题，又责怪小林无能，连个幼儿园都找不到。小林说：

"人家要基建指标，别说我，换我们的处长也不一定能搞到！"

又说：

"依我说，咱也别故意把事情搞复杂，承认咱没本事，进不了那个幼儿园，干脆，进修车老头女儿的幼儿园算了！这个幼儿园不也孩子满满当当的！"

事到如今，小林老婆的思想也有些活动。整天这么请假也不是个事。第二天又与小林到修车老头女儿的幼儿园看了看，印象还不错。当然比外单位那个幼儿园差远了，但里面还干净，几个房间里圈着几十个孩子，一个屋子角上还放着一架钢琴。幼儿园离马路也远。小林见老婆不说话，知道她基本答应了，心里一块石头才算落了地。

回来，开始给孩子做入托的准备。收拾衣服、枕头、吃饭的碗和勺子、喝水的杯子、揩鼻涕的手绢，像送儿出征一样。小林老婆又落了泪：

"爹娘没本事，送你到居委会幼儿园，你以后就好自为之吧！"

但等孩子体检完身体，第二天要去居委会幼儿园时，事情又发生了转机，外单位那个幼儿园，又同意接收小林的孩子。当然，这并不是小林的功劳，而是对门那个印度女人的丈夫意外给帮了忙。这天晚上有人敲门，小林打开门，是印度女人的丈夫。印度女人的丈夫具体是干什么的，小林和小林老婆都不清楚，反正整天穿得笔挺，打着领带，骑摩托上班。由于人家家里富，家里摆设好，自家比较穷，家里摆设差，小林和小林老婆都有些自卑，与他们家来往不多。只是小林老婆与印度女人有些接触，还面和心不和。现在印度女人的丈夫突然出现，小林和小林老婆都提高了警惕：他来干什么？谁知人家很大方，坐在床沿上说：

"听说你家孩子入托遇到困难？"

小林马上感到有些脸红。人家问题解决了，自己没有解决，这不显得自己无能？就有些支吾。印度女人丈夫说：

"我来跟你们商量个事，如果你们想上外单位那个幼儿园，我这里还有一个名额。原来搞了两个名额，我孩子一个，我姐姐孩子一个，后来我姐姐孩子不去了，如果你们不嫌这个幼儿园差，这个名额可以让给你们，大家对门住着！"

小林和小林老婆都感到一阵惊喜。看印度女人丈夫的神情，也没有恶意。小林老婆马上高兴地答：

"那太好了，那太感谢你了！那幼儿园我们努力半天，都没有进去，正准备去居委会的呢！"

这时小林脸上却有些挂不住。自己无能，回过头还得靠人家帮助解决，不太让人看不起了！所以倒没像老婆那样喜形于色。印度女人的丈夫又体谅地说：

"本来我也没什么办法，只是我单位一个同事的爸爸，正好是那个单位的局长，通过求他，才搞到了名额。现在这年头儿，还不是这么回事！"

这倒叫小林心里有些安慰。别看印度女人爱搅是非，印度女人的丈夫却是个男子汉。小林忙拿出烟，让他一支。烟不是什么好烟，也就是"长乐"，放了好多天，有些干燥了，但人家也没嫌弃，很大方地点着，与小林一人一支，抽了起来。

孩子顺利地入了托。小林和小林老婆都松了一口气。从此小林家和印度女人家的家庭关系也融洽许多。两家孩子一同上幼儿园。但等上了几天，小林老婆的脸又沉了下来。小林问她怎么回事，她说：

"咱们上当了！咱们不该让孩子上外单位幼儿园！"

小林问：

"怎么上当？怎么不该去？"

小林老婆说：

"表面看，印度家庭帮了咱的忙，通过观察，我发现这里头不对，他们并不是要帮咱们，他们是为了他们自己。原来他们孩子哭闹，去幼儿园不顺利，这才拉上咱们孩子给他陪读！两个孩子以前在一块玩，现在一块儿上幼儿园，当然好上了。我也打听了，那个印度丈夫根本没有姐姐！咱们自己没本事，孩子也跟着受欺负！我坐班车是沾了人家小姨子的光，没想到孩子进幼儿园，也是为了给人家陪读！"

接着开始小声哭起来。听了老婆的话，小林也感到后背冷飕飕的。妈的，原来印度家庭没安好心。可这事又摆不上桌面，不好找人理论。但小林心里像吃了马粪一样感到龌龊。事情龌龊在于：老婆哭后，小林安慰一番，第二天孩子照样得去给人家当"陪读"；在好的幼儿园当陪读，也比在差的幼儿园胡混强啊！就像蹭人家小姨子的班车，也比挤公共汽车强一样。当天夜里，老婆孩子入睡，小林第一次流下了泪，还在漆黑的夜里扇了自己一耳光：

"你怎么这么没本事，你怎么这么不会混！"

但他扇的声音不大，怕把老婆弄醒。

六

今年大白菜丰收。

小林站在市民排起的长队里，嘴里哈着寒气，开始购买冬贮大白菜。大家一人手里捏着一个纸片。天冷了，有人头上已经扣上了棉帽子。大家排队时间一长，相互混熟了，前边一个中年人让给小林一支烟，两人燃着，说些闲话。一到购买冬贮大白菜，小林的心情是既焦急又矛盾。看着别人用自行车、三轮车、大筐往家里弄大白菜，留下一地菜帮子，他很焦急；生怕大白菜一下卖完，他落了空，冬天里没有菜吃。等到挤到人群里去买，他心里又觉得是上当。年年买大白菜，年年上当。买上几十棵便宜菜，不够伺候它的，天天得摆、晾、翻，天天夜里得收到一起码着。这样晾好，白菜已经脱了几层皮。一开始是舍不得吃，宁肯再到外面买；等到舍得吃，白菜已经开始发干、萎缩，一个个变成了小棍棍，一层屋揭下去，就剩一个小白菜心，弄不好还冻了，煮出一股子酸味。每到第二年春天，面对着剩下的几根小棍棍，小林和小林老婆都发誓，等秋天再不买大白菜。可一到秋天，看着一堆堆白菜那么便宜，政府在里边有补贴，别人家一车一车推，自己不买又感到吃亏。这种矛盾焦急心理，小林感到是一种折磨，其心理损耗远远超过了白菜的价值。所以今年一到秋天小林便下定决心：坚决不买大白菜。与老婆商量，老婆也同意，说把冬贮菜的亏烂刨下去，也不见得便宜到哪里去。于是他们今年真没有买大白菜。但这样仅坚持了三天，小林又扣上棉帽子排到了买冬贮菜的行列。这并不是今年小林的意志不坚强，而是今年北京大白菜过剩，单位号召大家买"爱国菜"，谁买了"爱国菜"可以到单位报销。这样，不买白不买，小林和小林老婆马上又改变了最初的决定，决定马上去买"爱国菜"，而且单位能报销多少，就买多少。小林单位可报销三百斤，小林老婆单位可以报销二百斤，于是两人决定买五百斤，这比往年自己决定买大白菜的量还多。小林专门借了办公室副处长老何家的三轮车。小林说：

"原来说不买大白菜了，谁知单位又要报销，逼着你非再麻烦一次！"

由于这麻烦是报销引起的而不是自己决定的，所以小林一边排队买菜，一边又感到委屈，叹了一口气，用脚踢了踢"爱国菜"，漫不经心地看前边称菜。但小林很快又克服了漫不经心。因大家买菜都不花钱，竞争都挺激烈，生怕排到自己"爱国菜"脱销，眼珠子瞪得都挺大。小林也不由紧张起来，将棉帽子的帽翅卷了起来，露出耳朵。

五百斤大白菜买回家，家里便充满了大白菜的气味。小林心情不好。但由于这大白菜不花钱，老婆的积极性倒挺高，在那里晾晒。不过结果小林仍然知道，无非变成七八十个小棍棍。看着它堆积那么高，一个冬天要吃掉它，也叫人倒胃口。不过老婆心情开朗，小林也跟着心情好起来，家里气氛倒是比以前轻松。大白菜拉回家的第二天，小林老家又来了人，一共来了六个，小林心里一阵紧张，小林老婆的脸也变了颜色。不过这六个客人并没有吃饭，坐了一会就走了，说是去东北出差。小林才放下心来。小林老婆脸上的颜色也转了过来，送客人时显得很热情，弄得大家都很满意。

这天，小林下班早，到菜市场去转。先买了一堆柿子椒，又用粮票换了二斤鸡蛋（保姆走后，粮食宽裕许多，可以腾出些粮票换鸡蛋），正准备回家，突然看到市场上新添了一个卖安徽板鸭的个体食品车，许多人站队在那里买。小林过去看了看，鸭子太贵，四块多一斤；但鸭杂便宜，才三块钱一斤。小林女儿爱吃动物杂碎，小林就也排到了队伍中，准备买半斤鸭杂。摊主有两个人，一个操安徽口音的在剁鸭子，另一个老板模样的人在收钱。可等排到小林，小林要把钱交给老板时，老板看他一眼，两人眼睛一对，禁不住都叫道：

"小林！"

"小李白！"

两人都丢下鸭杂和钱，笑着搂抱在一起。这个"小李白"是小林的大学同学，当年在学校时，两人关系很好，都喜欢写诗，一块儿加入了学校的文学社。那时大家都讲奋斗，一股子开天辟地的劲头。"小李白"很有才，又勤奋，平均一天写三首诗，诗在一些报刊还发表过，豪放洒脱，上下几千年，秦皇汉武，唐宗宋祖，都不在话下,人称"小李白"。惹得许多女同学追他。毕业以后,大家烟消云散。"小李白"也分到一个国家机关。后来听说他坐不了办公室,自己辞职跑到一个公司去了,现在怎么又卖起了板鸭?"小李白"见到小林,生意也不做了,一切交给剁鸭子的安徽人,拉小林到旁边树下聊天。两人抽着烟,小林问:

"你不是在公司吗? 怎么又卖起了板鸭?"

"妈了个×,公司倒闭了,就当上了个体户,卖起了板鸭! 不过卖板鸭也不错,跟自己开公司差不多,一天也弄个百儿八十的!"

小林吓了一跳,又问:

"你还写诗吗?"

"小李白"朝地上啐了一口浓痰:

"狗屁! 那是年轻时不懂事! 诗是什么,诗是搔首弄姿混扯淡! 如果现在还写诗,不得饿死? 混呗。你结婚了吗?"

小林说:

"孩子都三岁了!"

"小李白"拍了一巴掌:

"看,还说写诗,写姥姥! 我可算看透了,不要异想天开,不要总想着出人头地,就在人堆里混,什么都不想,最舒服,你说呢?"

小林深有同感,于是点点头。又问:

"你有孩子吗?"

"小李白"伸出了三个手指头。小林吃了一惊:

"你敢不计划生育?"

"小李白"一笑:

"结了三个,离了三个,现在又结了一个。结一个下一个果,离婚人家不要孩子,我可不就落了三个! 不卖鸭子成吗? 家里五六张嘴等着吃食哩!"

小林也一笑,觉得"小李白"到底是"小李白",诗虽然不写了,但那股洒脱劲儿还没褪下。两人又谈了半天,天快黑了,"小李白"突然想起什么,照小林肩上拍了一掌:

"有了!"

小林吓了一跳:

"什么有了?"

"小李白"说:

"我得出去十来天,去外地弄鸭子,这里没人收账,我正愁找不到人,你以后每天下班,来替我收收账算了!"

小林忙摆手:

"别，别，我还得上班。再说，我也不会卖鸭子！"

"小李白"说：

"我知道你是爱那个面子！你还天真幼稚，现在普天下谁还要面子？要面子一股子穷酸，不要面子享荣华富贵。就你小林清高？看你的穿戴神情，也是改不掉的穷酸受罪模样。你下班来替我收账，帮我十天，我每天给你二十块钱！"

然后，不由分说，将一个大鸭子塞到小林手里，把小林推走了。

小林边摇头边笑提着鸭子回到家，老婆正不高兴他这么晚才回来，孩子也没准时接；又看他手里提鸭子，以为是花钱买的，叫道：

"你成贵族了，吃这么大的鸭子！"

小林将鸭子扔到饭桌上，瞪了老婆一眼：

"人家送的！"

小林老婆吃了一惊：

"你当官了？也有人给你送东西！"

小林便将菜市场的巧遇原原本本给老婆说了。最后把"小李白"让他看鸭子收账的事也说了。没想到老婆一听这事倒高兴，同意他去卖鸭子，说：

"一天两个小时，也不耽误上班，两个小时给你二十块钱，比给资本家端盘子挣得还多，怎么不可以！从明天起孩子我接，你卖鸭子吧，这事你能干得下来！"

小林倒在床上，手扣住后脑勺说：

"干是干得下来，只是面子上挂不住，卖鸭子！"

小林老婆说：

"管他呢！讲面子不是穷了这么多年？你又不找老婆，我不怕你丢面子，你还怕什么！"

于是，从第二天起，小林每天下午下班，就坐在板鸭车后边卖鸭子收款。一开始还真有些不好意思，穿上白围裙，就不敢抬眼睛。不敢看买鸭子的是谁，生怕碰到熟人。回家一身鸭子味，赶紧洗澡。可干了两天，每天能捏两张人民币，眼睛、脸就敢抬了，碰到熟人也不怕了。回来澡也不洗了。习惯了就自然了。小林感到就好像当娼妓，头一次接客总是害怕，害臊，时间一长，态度就大方了，接谁都一样。这时小林觉得长期这样卖鸭子也不错，每月可多得六百元的收入，一年下来不就富了？可惜"小李白"只出去十天，十天回来，小林就干不成了。如果自己早一点见到"小李白"就好了。

鸭子卖到第九天，这天小林正坐在车后卖鸭子，又碰到一个熟人。本来现在小林已经不怕熟人了，但这个熟人不同别的熟人，小林还是有些害怕，他是小林办公室的处长老关。老关家住别处，本来不逛这个菜市场，怎么他今天逛到这里来了？当老关看到板鸭车后坐的是自己的部下，吃惊得眼睛瞪得溜圆。小林也感到不好意思。小林第二天上班，就准备老关找他谈话。果然，老关找他单独"通气"。不过这时小林一点不怕老关，大家都在社会上混，又不是在单位卖鸭子，下班挣个零钱有什么不可以？有钱到底过得愉快，九天挣了一百八，给老婆添了一件风衣，给女儿买了一个五斤重的大哈密瓜，大家都喜笑颜开。这与面子，与挨领导两句批评相比，面子和批评实在不算什么。当然小林在单位混了这么多年，已不像刚来单位时那么天真，尽说大实话；在单位就要真真假假，真亦假来假亦真，说假话者升官发财，说真话倒霉受罚。于是在老关要求他解释昨天的事时，小林故作天真地一笑，说卖板鸭的是他的同学，他觉得好玩，就穿上同学的围裙坐那里试了一试，喊了两嗓子，纯粹是闹着玩，正好被领导碰上，他并没有真的卖鸭子，给单位丢名誉。老关听到情况是这样，就松了一口气，说：

"我说呢，堂堂一个国家干部，你也不至于卖鸭子！既然是闹着玩，这事就算了，以后别这么闹就是了！"

小林忙答应一声，两人便分了手。等老关走远，小林朝地上啐了一口唾沫，怎么不至于卖鸭子，老子就是卖了九天鸭子！可惜今天是最后一天了。如果能长期这样，我这个鸭子还真要长期卖下去。

可惜，这天下午，"小李白"准时从外地回来了，小林就告别了板鸭车。临别时"小李白"把最后二十块钱交给小林，交代他以后想吃鸭子就来拿；以后他到外地去弄鸭子，还请他来看摊。小林这时一点也没不好意思，声音很大地答应：

"以后需要我帮忙，你尽管言声！"

七

孩子上幼儿园已经三个月了。小林或小林老婆每天接送。平心而论，孩子上幼儿园以后，家务比以前多了，家里没有保姆，刷碗、擦地、洗衣洗单子，都要自己动手；孩子每天清早送、晚上接，都要准时；不像过去家里有保姆担着，回去得早晚没关系。家务虽然重了，但因为家里没有保姆，孩子一天不在家，让人心理上轻松许多；孩子接回来，关起门也是自己一家人，没有外人。保姆一走，每月省下一百多元钱，扣除孩子的入托费，还剩五六十，经济上也显得宽裕了，老婆也舍得吃了，时不时买根香肠，有时还买只烧鸡。两人在一起讨论起来，都说没有保姆的好处多，接着说了用保姆的一连串毛病。但现在人家已经走了，两人还边啃烧鸡边声讨人家，未免显得有些小气。不说她也罢。以后两人说保姆少了。

孩子入托好是好，但小林和小林老婆一直有一个心理问题还没有解决。因为孩子入托是沾了印度家庭的光，是为了给人家孩子当陪读。清早一送孩子，晚上一接孩子，就想起这档子事，让人心理上不愉快。接送过程中，常碰到印度女人或她的丈夫，招呼还是要打，但打过招呼就有一种羞愧和不自然。不过孩子不懂事,有时从幼儿园出来,还和印度女人的孩子拉着手,玩得很愉快。但什么事情都有一个过程,时间一长,小林和小林老婆就把这事看得轻了。有时又一想什么陪读不陪读,只要能进幼儿园,只要孩子愉快就行了。就好像帮人家卖鸭子,面子是不好看,领导也批评,但二百块钱总是到手了。只是有时见了印度家的人依然愤怒,愤怒起来心里要骂一句:

"帮我联系幼儿园,我也不承你的情!"

孩子在幼儿园也有一个习惯过程。开始几天,孩子哭着不去。送时哭,接时也哭。这是年幼不懂事,大人只要坚持下来,孩子也没办法。坚持一段孩子就习惯了。等孩子熟悉了新的环境,老师、别的孩子,她都认识了,于是也就不哭了。小林有时觉得那么小的孩子,在无奈中也会渐渐适应环境,想起来有些心酸。可老放在身边怎么成,她就不长大了吗?长大混世界,不更得适应?于是也就不把这辛酸放到心上。这时有了世界杯足球赛,小林前几年爱看足球,看得脸红心跳,觉得过瘾,世界级的明星,都能说出口。那时觉得人生的一大目的就是看足球,世界杯四年一次,人生才有几个四年?但后来参加工作、结婚以后,足球渐渐不看了。看它有什么用?人家球踢得再好,也不解决小林身边任何问题。小林的问题是房子、孩子、蜂窝煤和保姆、老家来人。所以对热闹的世界杯充耳不闻。现在孩子入了幼儿园,小林心里轻松一些,想到今天晚上要决赛,也禁不住心里痒痒起来;由于转播是半夜,他想跟老婆通融通融,半夜起来看一次转播。于是下班接孩子回来,猛干家务。老婆看他有些反常,问他有什么事,他就觍着脸把这件事说了,并说今天晚上上场的有马拉多纳。谁知老婆仍是那么不通情达理,她的思路仍没有转过弯来,竟将围裙摔到桌子上:

"家里蜂窝煤都没有了,你还要半夜起来看足球,还是累得轻! 你要能让马拉多纳给咱家拉蜂窝煤,我就让你半夜起来看他!"

小林一阵扫兴,连忙摆手:

"算了,算了,你别说了,我不看了,明天我去拉蜂窝煤不就行了!"

于是也不再干家务,坐在床前犯傻,像老婆有时在单位不顺心回到家坐床边犯傻的样子。这天夜里,小林一夜没睡着。老婆半夜醒来,见小林仍睁眼在那里犯傻,倒有些害怕,说:

"你要真想看,你看去吧! 明天不误拉蜂窝煤就行了!"

这时小林一点兴致都没有了,一点不承老婆的情,厌恶地说:

"我说看了? 不看足球,还不让我想想事情了!"

第二天早起,小林就请了一上午假,去拉蜂窝煤。拉完蜂窝煤下午到单位,新来的大学生便来征求他对昨晚足球的意见。小林恶狠狠地说:

"一个鸡巴足球,有什么看的! 我从来不看足球!"

接着就自己去翻报纸。倒把大学生吓了一跳。晚上下班回来，老婆见他仍在闹情绪，蜂窝煤也拉来了，倒觉得有点对不住他，自己忙里忙外弄孩子，还看着他的脸色说话。这倒叫小林有些过意不去，心里的恶气才稍稍出了一些。

这天晚上，小林和小林老婆正准备吃饭，查水表的瘸腿老头来了。本来今天不该查水表，但查水表的老头来了，就不敢不让他查。小林和小林老婆停止弄饭，让他查。这次老头除了拿着关水的扳手，身上还背着一个大背包，背包似乎还很重，累得老头一脸的汗。小林看着大背包，心里吓了一跳，不知老头又要搞什么名常。果然，老头查完水表，又理所当然地坐到了小林家的床上。小林站在他跟前，不知他想说年轻时喂马，还是继续说上次偷水的事。但老头这两件事都没有说，而是突然笑嘻嘻的，对小林说：

"小林，我得求你一件事！"

小林吃了一惊，说：

"大爷，您说哪儿去了，都是我有事求您，您哪里会有事求我？"

老头说：

"这次真有事求。你不是在×部×局×处工作吗？"

小林点点头。

老头说：

"×省×地区×县的一件批文，是不是压在你们处里？"

小林想了想，想起似乎是有这么一个文，压在处里，似乎是压在女小彭手上；女小彭这些天忙着去日坛公园学气功，就把这事给压下了。于是说：

"好像是有这件事！"

老头拍着巴掌说：

"这就对了！×省×县是我的老家呀！老家为这件事着急得不得了，县长书记都来了，找到我，让我想办法！"

小林吃一惊，县长书记进京，竟求到一个查水表的老头身上？但又想起他年轻时曾给大领导喂过马，于是就想通了。

老头继续说：

"我能想什么办法？我让他们打听一下批文压在哪个部哪个局哪个处，他们打听出来，我一听真是凑巧，这个处正好是你在的处，我忽然想咱们俩认识，于是今天就求到你头上了！这事情好办吗？"

小林在机关待了五六年，机关那一套还不熟悉？这事情说好办就好办，明天他给女小彭说一句话，女小彭抹口红的工夫，这批件就从她手里出去了；说不好办也不好办，如果陌生人公事公办去找女小彭，如果女小彭正在做气功你打扰了她，或者因为别的事她正心情不好，这批件就难说了；她会给你找出批件的好多毛病,找出国家的种种规定,不能审批的原因,最后还弄得你心服口服,以为是批件本身有毛病而不是别的什么其他原因。瘸老头说的这批件,就看小林帮忙不帮忙,如果帮忙,明天就可以批;如果不帮忙,这批件就仍然得压一些日子。但瘸老头不是一般的老头,管着给他们查水表,这个忙看样子得帮。但小林已不是过去的小林,小林成熟了。如果放在过去,只要能帮忙,他会立即满口答应,但那是幼稚。能帮忙先说不能帮忙,好办先说不好办,这才是成熟。不帮忙不好办最后帮忙办成了,人家才感激你。一开始就满口答应,如果中间出了岔子没办成,本来答应人家,最后没办成,后倒落人家埋怨。所以小林将手搭在后脑勺上,将身子仰到被子垛上说:

"这事情不好办哪!批文是有这么一个批文,但我听说里边有好多毛病呢,不是说批就能批的!"

瘸老头虽然以前给大领导喂过马,但毕竟是多年以前的事了,现在沦落成一个查水表的,不懂其中奥妙,已经多年矣,所以赶忙迎着小林笑:

"是呀是呀,我也给老家县长书记说,北京中央不比地方,各项规定严着哩。不过小林你还是得帮帮忙!"

小林老婆这时也听出了什么意思,凑过来说:

"大爷,他就会偷水,哪里会帮您这大忙!"

瘸老头一脸尴尬,说:

"那是误会,那是误会,怪我乱听反映,一吨水才几分钱,谁会偷水!"

接着又忙把他的背包拉开,掏出一个大纸匣子,说:

"这是老家人的一点心意,你们收下吧!"

然后不再多留,对小林眨眨眼,瘸着腿走了。老头一走,小林老婆说:

"看来以后生活会有转变!"

小林问:

"怎么有转变?"

小林老婆指着纸盒子说:

"看,都有人开始送礼了!"

接着将纸盒子打开,掏出礼物一看,两人大吃一惊,原来是一个小型的微波炉,在市场上要七八百元一台。小林说:

"这多不合适,如果是一个布娃娃,可以收下,七八百元的东西,如何敢收!明天给他送回去!"

老婆也觉得是。晚上吃饭,两人都心事重重的。到了晚上,老婆突然问他:

"我只问你,那个批文好办吗?"

小林说:

"批文倒好办，我明天给女小彭说一下，马上就可以批！"

小林老婆拍了一下巴掌：

"那这微波炉我收下了！"

小林担心地说：

"这不合适吧？帮批个文，收个微波炉，这不太假公济私了？再说，也给瘸腿老头留下话柄了呀！"

小林老婆说：

"给他把事情办了，还有什么话柄？什么假公济私，人家几千几万地倒腾，不照样做着大官！一个微波炉算什么！"

小林想想也是，就不再说什么。小林老婆马上将微波炉电源插上，拣了几块白薯放到里边试烤。几分钟之后，满屋的白薯香。打开炉子，白薯焦黄滚烫，小林老婆、小林、孩子三人，一人捧一块"吸溜吸溜"吃。小林老婆高兴地说，微波炉用处多，除了烤白薯，还可以烤蛋糕，烤馍片，烤鸡烤鸭。小林吃着白薯也很高兴，这时也得到一个启示，看来改变生活也不是没有可能，只要加入其中就行了。这天晚上，他与老婆又亲热了一回。由于有微波炉的刺激，老婆也很有激情。昨天发生的足球事件，这时也显得无足轻重了。

第二天上班，小林找到了女小彭。果然，谈笑之间，两人就把那个批件给处理了。

微波炉用了两个星期，孩子突然出了毛病。本来去幼儿园她已经习惯了，接送都不哭了，有时还一蹦一跳地进幼儿园。但这两天突然反常，每天早上都哭，哭着不去幼儿园，或说肚子疼，或说要拉屎；真给她便盆，什么也拉不出来。呵斥她一顿，强着送去，路上倒不哭了，但怔怔的，犯愣，像傻了一样。小林和小林老婆都有些害怕；断定她在幼儿园出了毛病，要么是小朋友欺负了她，使她见了这个小朋友就害怕；要么问题出在阿姨身上，阿姨不喜欢她，罚她站了墙根或是让她当众出丑，伤了她的自尊心，使她害怕再见阿姨。小林和小林老婆便问孩子因为什么，孩子倒哭着说：

"我没有什么呀，我没有什么呀！"

于是小林老婆只好接孩子时在其他家长中进行调查。调查的结果，原来毛病出在小林和小林老婆身上。他们大意了，大意之中过了元旦；元旦之前，别的家长都向阿姨们送东西，或多或少，意思意思，唯独小林家没有意思，于是迹象就出现在孩子身上。老婆埋怨小林：

"你也真是，孩子进了幼儿园，你连个元旦都记不住！幼儿园阿姨背地里不知嘲笑咱多少回，肯定说咱抠门、寒酸！"

小林也说：

"大意了大意了,过去送礼被人家推出去,就害怕送礼,谁知该送礼的时候,又把这件事给忘了!"

于是就跟老婆商量补救措施,看补送一些什么合适。真要说送什么,两人又犯了愁。送个贺年卡、挂历,显得太小气,何况新年已过去了;送毯子、衣服又太大,害怕人家不收。小林说:

"要不问问孩子?"

小林老婆说:

"问她干什么,她懂个屁!"

小林还是将孩子叫过来,问孩子知不知道其他孩子给老师送了什么,没想到孩子竟然知道,答:

"炭火!"

小林倒吃一惊:

"炭火? 为什么送炭火? 给老师送炭火干什么?"

于是让老婆第二天再调查。果然,孩子说对了,有许多家长在元旦给老师送了"炭火"。因为现在冬天了,冬天北京时兴吃涮羊肉,大家便给老师送"炭火"。小林说:

"这还不好办? 别人送炭火,咱也送炭火!"

但等真要买炭火,炭火在北京已经脱销了。小林感到发愁,与老婆商量送点别的算了,何况别人家已经送了炭火,咱再送也是多余,不如送点别的。但孩子记住了"炭火",每天清早爬起来第一句话便是:

"爸爸,你给老师买炭火了吗?"

看着一个三岁孩子这么顽固地要送"炭火",小林又好气又好笑,拍了一下床说:

"不就是一个炭火吗,我全城跑遍,也一定要买到它!"

果然,最后在郊区一个旮旯小店里买到了炭火。不过是高价的。高价能买到也不错。小林让老婆把炭火送到幼儿园。第二天,女儿就恢复了常态,高兴去幼儿园。女儿一高兴,全家情绪又都好起来。这天晚上吃饭,老婆用微波炉烤了半只鸡,又让小林喝了一瓶啤酒。啤酒喝下,小林头有些发晕,满身变大。这时小林对老婆说,其实世界上事情也很简单,只要弄明白一个道理,按道理办事,生活就像流水,一天天过下去,也蛮舒服。舒服世界,环球同此凉热。老婆见他喝多了,瞪了他一眼,一把将啤酒瓶给夺了过来。啤酒虽然夺了过去,但小林脑袋已经发蒙,这天夜里睡得很死。半夜做了一个梦,梦见自己睡觉,上边盖着一堆鸡毛,下边铺着许多人掉下的皮屑,柔软舒服,度年如日。又梦见黑压压无边无际的人群向前涌动,又变成一队队祈雨的蚂蚁。一觉醒来,已是天亮,小林摇头回忆梦境,梦境已是一片模糊。这时老婆醒来,见他在那里发傻,便催他去买豆腐。这时小林头脑清醒过来,不再管梦,赶忙爬起来去排队买豆腐。买完豆腐上班,在办公室收到一封信,是上次来北京看病的小学老师他儿子写的,说自上次父亲在北京看了病,回来停了三个月,现已去世了;临去世前,曾嘱咐他给小林写封信,说上次到北京受到小林的招待,让代他表示感谢。小林读了这封信,难受一天。现在老师已埋入黄土,上次老师来看病,也没能给他找个医院。到家里也没让他洗个脸。小时候自己掉到冰窟窿里,老师把棉袄都给他穿。但伤心一天,等一坐上班车,想着家里的大白菜堆到一起有些发热,等他回去拆堆散热,就把老师的事给放到一边了。死的已经死了,再想也没有用,活着的还是先考虑大白菜为好。小林又想,如果收拾完大白菜,老婆能用微波炉再给他烤点鸡,让他喝瓶啤酒,他就没有什么不满足的了。

(选自《小说家》,1991 年第 1 期)

动物凶猛（节选）

王　朔

　　我对米兰说话的措辞愈来愈尖刻，常常搞得她很难堪。她在我眼里再也没有当初那种光彩照人的风姿。我发现了她脸上的斑点、皱纹、痣疣和一些浓重的汗毛。她的颧侧有一个甘草片大小的凹坑，唇角有一道小疤痕；她的额头很窄凹凸不平地鼓出像一个猩猩的额头，这窄额头与她肥厚的下巴恰成对比，使她看上去脸像猫一样短。她的鼻子正面看很直很挺拔，但从侧面看则被过于饱满的脸颊遮住多半，加上前翘的下巴和突出的额头整个是个月牙脸。另外她的腰身过粗，若不是胸部高耸如同怀了三个月孩子的肚子便要和胸部一样高了。与她沉重的上身比，她的两腿像赛马一样细，却又没那么长而矫健，这使她徐步而行时给人一种不胜负担之感，像发胖的中年妇女一样臃肿、迟缓。再有就是她的笑，微笑时尚属可人，一旦放声大笑，那嗓音就有一种尖厉、沙哑和说不出的矫揉造作，浪声浪气，像那种抽烟嗜酒的卖笑女人的抖骚，令人浑身起鸡皮疙瘩。她的眼睛也很不老实，虽然从外观上无可非议，但里面活跃跳动的无一不是娇媚，甚至对桌椅板凳也不放过。一言以蔽之：纯粹一副贱相！

　　我知道我可能有点感情用事，我也曾试图客观地看待她，但我愈仔细端详她，这些缺陷和瑕疵便愈触目惊心。

　　我甚至能闻到她腌臜的嘴中呼出的热烘烘的口臭和身上汗酸味儿。有一阵，我还怀疑她有狐臭，这个怀疑由于太凭空无据我不久也放弃了。但我有确凿的证据认定她有脚气，她夏天赤脚穿凉鞋，脚趾间和足后跟布满鳞状蜕皮。

　　叫人恶心！

　　我再也不能容忍这个丑陋、下流的女人，她也越来越不能容忍我。

　　我除了背后对她进行诋毁和中伤，当面也越来越频繁地对她进行人身攻击。我嘲笑她的趣味，她的打扮，她的偏爱清淡菜肴的饮食口味也成了我取笑她的借口。

　　"你怎么吃这么多？跟头猪似的！"她吃得多时我这么说。

　　"你怎么吃这么少？装什么秀气！"她吃得少时我如此道。

　　我们一见面就吵，舌枪唇剑，极尽揶揄挖苦之能事。先还甭管说什么脸上都挂着笑，后来越吵两人越发急，脸也变了色，吵完半天还悻悻不已彼此用轻蔑的眼光看对方。

我比以往更加强烈地想念她。每天一睁眼的第一个念头就是立刻见到她，每次刚分手就又马上想转身找她接着吵，恶毒地辱骂她、诅咒她已成了我每天最快乐的事。当我入睡时，这些溅着毒汁的话语仍一同进入我的梦境。我脑子里简直装不进任何其他的东西，只有塞得满满的猥亵形容和凶狠訾骂，更多的闻所未闻和骇人听闻的淫词秽语还在源源不断络绎不绝地昼夜涌入我的脑海。我从来没像那个时候那么充满灵感，思如泉涌。我觉得自己忽然开了窍或曰通了灵，呆板、枯燥、互不相关的方块字在我眼里一个个都生动了起来，活泼了起来，可以产生极丰富、无穷无尽的变化，紧紧围绕着我，依附着我，任我随心所欲，活学活用装配成致人死命的利器，矛头对人准确掷出，枪枪中的。那时我要写小说，恐怕早出名了。

有时我夜里忽然想起一个新巧的骂人话，便一骨碌爬起来，直奔高晋家，找着米兰便对她使用。

我笑眯眯地问她："你中学毕业干吗非得去农场不考技校呢？"

她警惕地看着我，知道我居心叵测，可又一时不知圈套设在何处，便反问我："我干吗要考技校？上了技校也不过是进工厂。"

"不，你上了技校不就可以接着进技(妓)院了么？"

我邀请她和我一起做个游戏。她怕上当起初不肯。我就对她说这个游戏是测试一个姑娘是不是处女，她不敢做就是心虚。

于是她同意做这个游戏。我告诉她这个游戏是我问她一些问题，由她回答，不是处女的姑娘在回答中会把话说露。规则是我指缝间夹着一个硬币，每次必须先把硬币抽出来再回答问题。

然后我把一个五分硬币夹在食指间问她第一个问题："你今年多大了？"

她抽出硬币告诉了我。

接着我问她第二个问题："你和第一个男朋友认识的时候你有多大？"

她也告诉了我，神态开始轻松。

这时我把硬币夹紧问她第三个问题："你和第一个男人睡觉时他都说了些什么？"

她抽硬币，因我用力夹紧，她无论如何拔不出来，便道："你夹那么紧，我哪拔得出来。"

旁听的人轰然大笑。

那天，我刚捉弄完她，把她气哭了，出了高晋家洋洋得意地在游廊上走。她从后面追上来，眼睛红红的，连鼻尖也是红的，一把揪住我，质问我：

"你干吗没事老挤兑我？你什么意思？"

"放手，别碰我。"我整整被她弄歪的领口，对她道，"没什么意思，好玩，开玩笑。"

"有你这么开玩笑的么？你那是开玩笑么？"

"怎么不是开玩笑？你也忒不经逗了吧？开玩笑也急，没劲，真没劲。"

"你的玩笑都是伤人的。"

"我伤你哪儿了？胳膊还是腿？伤人？你还有地方怕伤？你早成铁打的了，我这几句话连给你挠痒痒都算不上。"

"我哪点、什么时候、怎么招了你了？惹得你对我这样？"

"没有，你没招我，都挺好。"我把脸扭向一边。

"可你对我就不像以前那么好。"

"我对你一向这样！"我冲着她脸气冲冲地说，"以前也一样！"

"不对，以前你不是这样。"她摇头，一双眼睛死死盯着我，"你是不是有点讨厌我？"

"讨厌怎么样？不讨厌又怎么样？"我傲慢地看着她。

"不讨厌我就还来，讨厌我就走。"

"那你走吧，别再来了。"我冷冷地盯着她说，每个字都说得很清楚。

她低头沉默了一会儿，抬眼看着我，小声道："能问句为什么吗？"

"不为什么，就是看见你就烦，就讨厌！"

她用锥子一样的目光盯着我，我既不畏缩也不动摇，坚定地屹立在她面前，不知不觉踮起了脚尖。

她叹了口气，收回目光转身走了。

"你不是不来了么？怎么又来了？"我一进"莫斯科餐厅"就看到米兰在座，矜持谨慎地微笑着，不由怒上心头，大声朝她道。

那天是我和高晋过生日，大家一起凑钱热闹热闹。我们不同年，但同月同日，都是罗马尼亚前共产党政权的"祖国解放日"那天。

"我叫她来的。"高洋对我说。

"不行，让她走。"我指着米兰对她道，"你丫给我离开这儿——滚！"

大家都劝，"干吗呀，何必呢？"

"你他妈滚不滚？再不滚我搧你！"我说着就要过去，被许逊拦住。

"我还是走吧。"米兰对高晋小声说，拿起搁在桌上的墨镜就要站起来。

高晋按住她，"别走，就坐这儿。"然后看着我温和地说，"让她不走行不行？"

从我和米兰作对以来，无论我怎么挤兑米兰，高晋从没说过一句帮米兰腔的话。就是闹急了，也是高洋、卫宁等人解劝，他不置一词。今天是他头一回为米兰说话：

"看在我的面子上……"

"我谁的面子也不看，今天谁护着她，我就跟谁急——她非滚不可！"

我在印象里觉得我那天应该有几分醉态，而实际上，我们刚到餐厅，根本没开始吃呢。我还很少在未醉的状态下那么狂暴、粗野，今后大概喝醉后也不会这样了吧。

后面的事情全发生在一刹那：我把一个瓷烟缸向他们俩掷过去，米兰抬臂一挡，烟缸砸在她的手臂上，她唉哟一声，手臂像断了似地垂下来，她捏着痛处离座蹲到一边。我把一个盛满红葡萄酒的瓶子倒攥在手里，整瓶红酒冲盖而出，洇湿了雪白的桌布，顺着我的胳膊肘流了一身，衬衣裤子全染红了。

许逊紧紧抱着我，高洋抱着高晋，方方劈腕夺下我手里的酒瓶子，其他人全插在我和高晋之间两边解劝。

我白着脸咬牙切齿地只说一句话："我非叉了你！我非叉了你！"

高晋昂着头双目怒睁，可以看到他肩以下的身体在高洋的环抱下奋力挣扎。他一动不动向前伸着头颅很像人民英雄纪念碑浮雕上的一个起义士兵。

有一秒钟，我们两张脸近得几乎可以互相咬着对方了。

……

现在我的头脑像皎洁的月亮一样清醒，我发现我又在虚构了。开篇时我曾发誓要老实地述说这个故事，还其以真相。我一直以为我是遵循记忆点滴如实地描述，甚至舍弃了一些不可靠的印象，不管它们对情节的连贯和事件的转折有多么大的作用。

可我还是步入了编织和合理推导的惯性运行。我有意无意地忽略了一些细节，同时又夸大、粉饰了另一些情由。我像一个有洁癖的女人情不自禁地把一切擦得锃亮，当我依赖小说这种形式想说点真话时，我便犯了一个根本性的错误：我想说真话的愿望有多强烈，我所受到文字干扰便有多大。我悲哀地发现，从技术上我就无法还原真实。我所使用的每一个词语涵义都超过我想表述的具体感受，即便是最准确的一个形容词，在为我所用时也保留了它对其他事物的涵盖，就像一个帽子，就算是按照你头的尺寸订制的，也总在你头上留下微小的缝隙。这些缝隙累积起来，便产生了一个巨大的空间，把我和事实本身远远隔开，自成一家天地。我从来没见过像文字这么喜爱自我表现和撒谎成性的东西！

再有一个背叛我的就是我的记忆。它像一个佞臣或女奴一样善于曲意奉承。当我试图追求第一个戏剧效果时，它就把憨厚纯朴的事实打入黑牢，向我贡献了一个美丽妖娆的替身。现在我想起来了，我和米兰第一次认识就是伪造的，我根本就没在马路上遇见过她。实际上，真实的情况是：那天我满怀羞愧地从派出所出来后回了家,而高晋出来后并没有立即离开。他在拘留室里也看到了米兰,也知道米兰认识于北蓓,便在"大水车胡同"口邀了于北蓓一起等米兰出来,当下就彼此认识了,那天晚上米兰就去了我们院。我后来的印象中米兰站在我们院门口的传达室打电话,正是第二天上午我所目睹的情景。

这个事实的出现,彻底动摇了我的全部故事情节的真实性。也就是说高晋根本不是通过我才见到了他梦寐以求的意中人,而是相反。我与米兰也并没有先于他人的仅止我们二者之间的那段缠绵,这一切纯粹出乎我的想象。惟有一点还没弄清的是:究竟是写作时的即兴想象还是书画界常遇到的那种"古人仿古"?

那个中午,我和卫宁正是受高晋委派,在院门口等米兰的。那才是我们的第一次认识。这也说明了我为什么后来和许逊、方方到另一个亭子去打弹弓仗而没加入谈话,当时我和米兰根本不熟。

我和米兰从来就没熟过!

她总是和高晋在一起,也只有高晋在场我才有机会和她坐在一起聊上几句。她对我当然很友好,我是高晋的小哥们儿嘛。还有于北蓓,我在故事的中间把她遗忘了,而她始终是存在于事实过程之中的。在高晋弃她转而钟情米兰后,她便逐一和我们其他人相好,最后我也沾了一手。那次游廊上的翻脸,实际上是我看到她在我之后又与汪若海摽在一起,冲她而发的。斯时米兰正在高晋家睡午觉,我还未离开时她便在大家的聊天声中躺在一旁睡着了。

那天在"老莫"过生日吃西餐时,没有发生任何不快。我们喝得很好,聊得很愉快。我和高晋两个寿星轮流和米兰碰杯。如果说米兰对我格外垂青,那大概是惟一的一次,她用那种锥子似的目光频频凝视我。我吃了很多炸猪排、奶油烤杂拌儿和黄油果酱面包,席间妙语连珠,雅谑横生,后来出了餐厅门便吐在栅栏旁的草地上。栅栏那边的动物园象房内,班达拉奈克夫人送的小象"米杜拉"正在几头高大的非洲公象身后摇着尾巴吃草呢……

高晋醉得比我厉害,又吐不出,憋在心里十分难受。下了电车往院里走的那段胡同道是我搀扶的他。他东倒西歪一路语无伦次地说米兰,说他们的关系。那时我才知道他们并不像我以为的那样已经睡了觉。他可怜巴巴地说他好几次已经把米兰脱了,可就是不知道接下来该干什么。他问我,我也没法为他当参谋,我对此也所知甚少,认为那已经很黄色了,不生小孩就是万幸了。

再往下想,我不寒而栗。米兰是我在那栋楼里见到的那张照片上的姑娘么?现在我已失去了任何足资证明她们是同一人的证据。她给我的印象的确不同于那张照片。可那照片是真实的么?难道在这点上我能相信我的记忆么?为什么我写出的感觉和现在贴在我家门后的那张"三洋"挂历上的少女那么相似?

我何曾有一个字是老实的？

也许那个夏天什么事也没发生。我看到了一个少女，产生了一些惊心动魄的想象。我在这里死去活来，她在那厢一无所知。后来她循着自己轨迹消失了，我为自己增添了一段不堪回首的经历。

怎么办？

这个以真诚的愿望开始述说的故事，经过我巨大、坚韧不拔的努力已变成满纸谎言。我不再敢肯定哪些是真的、确曾发生过的，哪些又是假的、经过偷梁换柱或干脆是凭空捏造的。

要么就此放弃，权当白干，不给你们看了，要么……我可以给你们描述一下我现在的样子（我保证这是真实的，因为我对面墙上就有一面镜子——请相信我）：我坐在北京西郊金钩河畔一栋借来的房子里，外面是阴天，刚下过一场小雨，所以我在大白天也开着灯。楼上正有一些工人在包封阳台，焊枪的火花像熔岩一样从阳台上纷纷落下，他们手中的工具震动着我头顶的楼板。现在是中午十二点，收音机里播着"霞飞"金曲。我一天没吃饭，晚上六点前也没任何希望可以吃上。为写这部小说，我已经在这儿如此熬了两个星期了——你忍心叫我放弃么？

除非我就此脱离文学这个骗人的行当，否则我还要骗下去，诚实这么一次有何价值？这也等于自毁前程。砸了这个饭碗你叫我怎么过活？我有老婆孩子，还有八十高龄的老父。我把我一生最富有开拓精神和创造力的青春年华都献给文学了，重新做人也晚了。我还能有几年？

我现在非常理解那些坚持谎言的人的处境。做个诚实的人真难呵！

好了，就这么决定了，忘掉真实吧。我将尽我所能把谎撒圆，撒得好看，要是再有点启迪和教育意义就更好了。

我惟一能为你们做到的诚实就是通知你们：我又要撒谎了。

不需要什么勘误表了吧？

我神情惨然，紧紧攥着搁在裤兜里的刮刀刀把，我的大腿隔着裤子都能感到刀尖的锋利。

当时是在花园里，正午强烈的阳光像一连串重磅炸弹持续不断地当空爆炸发出灼目的炽光。我记得周围的梨树、桃树和海棠繁花似锦，绮丽绚烂，而常识告诉我，在那个季节，这些花都已谢尽。可是我喜欢那种在鲜艳的花丛中流血死去、辗转挣扎的美丽效果。既然我们已经在大的方面不真实了，这些小的细节也就不必追究了。

我浑身发冷，即便在烤人的阳光下仍禁不住地哆嗦。我那样子一点不像雄赳赳的斗士，倒像是战战兢兢地去挨宰。我早就从狂怒中冷静了下来，心里一阵阵后悔。我干吗非说"叉了他"，说"花了他"同样解恨而且到底安全些。我对朋友们充满怨恨：如果他们多劝会儿，我也就找个台阶自己下来了。可他们见我决心实在很大，便采取了袖手旁观的态度。真不仗义！

我满心不情愿地向站在对面的高晋走去。他比我要镇定些，可同样脸色苍白，紧张地盯着我向他走近，我第一次觉得他的眼睛大得骇人。

我打量着他的身体，犹豫着不知这一刀扎在哪儿。在我最狂乱的时候，我也没真想杀死他。"叉了他"的意思就是在他身上用刀扎出一点血，出血就完了。除非他不给我扎，搏斗，这样只怕下刀的深浅和部位就没法掌握了。

他为什么不转过身把他的屁股给我？

"快点快点，一会儿就有大人来了。"方方在一旁催促。

让他先动手！我忽然冒出了这么个骑士式的念头，由此找到了不出刀和鼓舞勇气的借口。

我站住了。

"你叉我吧，我不会动手的。"高晋鼓励我。他把手从兜里拿出来，垂在腿两旁。

我便哭了，眼泪一下夺眶而出。

他也哭了，朝我叫道："你叉我呀，叉呀！"

我抬手狠狠抹眼泪，可眼泪总也抹不完，倔强地站在那儿一动不动。

他也狠狠抹眼泪，哭得很凶。

"算了，你们俩和了吧。"大家围上来相劝。

高洋泪汪汪地抱着我肩头连声说："和了吧和了吧。都是哥们儿，何必呢？"

我和高晋泪眼相对，然后各自伸出手握在一起，大家一拥而上，像女排队员拿了世界冠军后头抵头、互相搭着肩头围成一圈一样喜极而泣。

我从这种亲热的、使人透不过气来的集体拥抱中抬头朝圈外吐了口痰，又埋头回去抽泣。当时我想：一定要和高晋和在这儿哭的所有人永远做哥们儿！

我和高晋边哭边互诉衷肠，争着抢着表白自己其实多重感情，多讲义气，对朋友之间闹得动了刀子多么痛心。说完哭，哭完说，边哭边说，泣不成声，哭得一塌糊涂，脸都哭脏了。

最后，哭累了，收泪揩脸，肩搂着肩往荫凉地方走。

一个小孩从花园跑过，看到我们一群人个个眼睛红红的、悲怆地肩并肩走，好奇地停下，张大嘴怔怔地呆望。

"看什么看！"我怒吼一声，朝小孩踢了一脚，他连滚带爬地跑了。

我很满意这件事的解决方式，既没有流血又保持双方的体面还增进了友谊，我对高晋还有点感激涕零呢。

只有于北蓓曾经调侃过我,"真雏儿,又人都不敢。"

"你懂鸟,我们是哥们儿!"我轻蔑地斥道。

我和高晋又成了好朋友自不待说,对米兰我也没再继续无礼,见面挺客气,只是但凡我们正聊天时她来了,我便稍待片刻就走,以此表现我的自尊。

大家理解我的心情,也不勉强我。

我开始和于北蓓混在一起。我们常到卫宁家去玩。他也对于北蓓很感兴趣。他父亲三年前就死了,母亲是个中学校长,平时很忙,放假也要组织教师学习,有时忙得晚上连家都不回。卫宁的哥哥姐姐都当兵去了,家里只剩他一人,我们便在他家折腾。渐渐地,我、卫宁、汪若海和于北蓓脱离了以高晋家为中心的那伙人,另成了一个小圈子。

我和于北蓓熟到互相可以动手动脚,但从没来过真格的。我很想,于北蓓老是撩拨我,可总下不了决心坚决果敢地扑上去。常常是什么下流话都说了,最后还是道貌岸然地走了。

连其貌不扬、胆小怯懦的卫宁都把她动了,跑来动员我下手,我再也不能用觉得她"盘儿不靓"、"没兴趣"来搪塞了。

那天晚上,我们半夜一点去东四的"青海餐厅"吃包子。回来走了一身汗,又去澡堂翻窗户进去洗凉水澡。于北蓓非要进去和我们一起洗,当然她不在乎我们也没理由害羞,于是便一起跳了进去。

大家说好了不开手电,黑灯瞎火地在更衣室的隔断两边脱衣服。

我们脱得快,先钻进了浴室,打开淋浴洗起来。一会儿,她也进来了,在外间浴室水声"噼啪"坠地地冲起来。

卫宁隔着墙和她开玩笑,"我们过去了?"

她在那边回答:"过来吧。"

"我们真的过去了?"

"你们就真的过来吧。"

"汪若海,你别偷看呀。"卫宁故意大声叫。

于北蓓也大声说:"要看过来看,看得清楚。"

后来,我们洗完了,鱼贯而出穿过外间浴室去更衣房。她站在黑洞洞的浴室里边的一个正喷着水的龙头下喊:

"谁过来,我就喊抓流氓。"

我们笑着头也不回地走出浴室。我在行进间偷偷觑了一眼,只看到一个苍白的影子,但这已经足以使我心惊肉跳了。

从澡堂出来，卫宁和汪若海走在前面，我和于北蓓走在后面，我对浑身散发着清凉气息的她小声说：

"晚上我去找你。"

她捏了捏我的手，容光焕发地看我一眼。

那天夜里，我一直坐在卫宁家和他们聊天，于北蓓已经进里屋先睡了。熬到四点多，天都快蒙蒙亮了，我才把汪若海熬回家，卫宁也躺在沙发上昏昏欲睡，困得睁不开眼睛。我对他说我也不回家敲门了，就在他这儿忍到天亮。

我关了外屋灯，躺在一张竹躺椅上假寐，直到确信卫宁已经睡着了，才悄悄起身，摸进里屋。

里屋光线昏暗，于北蓓躺在床上的身影很模糊。她也睡着了，微微发出鼾息。

我站在床前看着她一动不动的平静睡相，伸手捅捅她。她翻了个身，睁开眼看了我一眼，"谁呀你是？"

"小点声。"我俯身上前把脸凑近她。

她认出了我，闭上眼往里翻身给我让出个地方，"你怎么才来？聊什么呢那么半天光听到外屋叽叽呱呱地笑。"

我上床，扳她的身体，她闭着眼睛翻过身，对我嘟哝，"我困死了，你先让我睡会儿。"

"再睡天就亮了。"我贴着她耳朵小声说。

"那你随便吧，我真是困得睁不开眼。"

她闭着眼睛睡了。

我稍稍懊恼了片刻，又振作起来，上去亲亲她的嘴，她微微一笑。

我动手深入，总不得要领。

"真笨。"她说了一句，伸手到背后解开搭扣，又继续睡去。

我捣鼓半天，终于把她捣鼓得睡不成了，睁眼翻身对我说："你真烦人。"

我要做进一步努力，她正色道："这可不行，你才多大就想干这个。"

她傍着我小声教育我："我要让你呢，你一时痛快，可将来就会恨我一辈子，就该说当初是我腐蚀了你。你还小，还不懂得感情。你将来要结婚，要对得起你将来的妻子——你就摸摸我吧。"她抓起我按在心口的一只手掌。

那真是我上过的最生动的一堂思想政治工作课。

后来我睡着了，醒来天已大亮，于北蓓悄无声息地靠墙睡着，毛巾被裹在身上。

我下床悄悄溜走，卫宁还没醒，在外屋的沙发上打着呼噜。

我觉得我亏了！每当看到米兰和高晋高洋他们说说笑笑从假山、游廊和花园走过去盯我一眼或淡淡笑笑，我这吃亏的感觉就格外强烈。

我干吗把和她的关系搞得那么纯洁？我完全有机会在她身上打下我的烙印，可我都干了什么？连手都没拉一下。从和于北蓓共度那一夜起，我便用看待畜生的眼光看待女人。

那时我读了手抄本《曼娜回忆录》，我对人类所有的美好感情充满了蔑视和憎恨。我特别对肉感、美丽的米兰起了勃勃杀机。在我看来她的妖娆充满了邪恶。她是一个可怕的诱惑；一朵盛开的罪恶之花；她的存在就是对道德、秩序的挑衅；是对所有情操高尚的正派公民的一个威胁！

那天我一直跟踪着她。她在高晋家闲坐，我就站在楼上的栏杆柱旁监视着院落的出口。他们一行去"六条"的小饭铺吃饭，我就隐身在饭铺隔壁的副食店里。她和他们在里面吃了很长时间饭，出来又站在街边自行车铺门口说了会儿话，然后看到一辆24路公共汽车驶来，她便和他们告别，上了公共汽车走了。

等高晋他们进了胡同，我便从副食店出来，骑上搁在居委会门口的自行车沿着北小街奋力骑去。

在"演乐胡同"口我追上了那辆公共汽车，然后一直隐在骑车的人群中尾随。

过了"禄米仓"站，我看到她在公共汽车的后排座上坐下。

她和很多人一起在北京站口下了车，然后上了长安街，上了一辆1路公共汽车。

我跟着这辆1路车经过东单、王府井、天安门和西单，看到北京饭店新楼前扒在铁栅栏上看自动门开合的外地人，广场上飘扬的国旗和照相的人群，那时姚锦云还没有驾车冲撞人群，广场上没有设置任何围栏和隔离墩。我经过电报大楼时，大楼上的自鸣钟正敲12响；"庆丰包子铺"门前有很多人在排队买包子；"长安戏院"刚散了一场电影，人群拥挤着占了半条马路，人们谈论着西哈努克亲王的风采。那天晴空万里，我一路骑行心旷神怡。

她在"工会大楼"站下了车，沿着林荫道往前走，我放慢骑速，在大街上与她遥遥平行。

她拐进了楼区，我径直骑向木樨地大桥，拐上了三里河路，经过玉渊潭公园门口，从中国科学院大楼下骑过"二机部"，经财政部和中国人民银行总行楼前骑到她家楼前捏闸停住。她正好刚从另一条路到达，进了楼门。

我抽了一支烟，把自行车锁在一家礼堂门口，上了楼，楼内走廊空无一人。

我用万能钥匙捅开了她家的门。经过她父母房间时撩门帘看了一眼，里边没人。

她刚脱了裙子，穿着内衣坐在床边换拖鞋，见到我突然闯进来，吃了一惊，都没想起做任何遮掩动作。

我热血沸腾地向她走去，表情异常庄严。

她只来得及短促地叫了一声，就被我一个纵身扑倒在床上。

她使足全身力气和我搏斗，我扭不住她便挥拳向她脸上猛击。她的胸罩带子被我扯断了，半裸着身子，后来她忽然停止了挣扎，忍受着问我：

"你觉得这样有劲么？"

我没理她，办完了我要干的事站在地上对她说："你活该！"

然后转身摔门而去。

我带着满足的狞笑在日光强烈的大街上缓缓地骑着车，两只脚像鸭子似地往外撇着，用脚后跟一下下蹬着链条松弛的轮子。

我眼前晃动着她被我打肿的眼睛和嘴唇以及她蓬乱、像刺猬似的根根竖起的头发。

路上的人都看我。

我回家照镜子，发现脖子上、脸颊上有被她的指甲挠出的血道子，摸上去火烧火燎的疼。

就让她恨我吧，我一边往伤口上涂着红药水一边想，但她会永远记住我的！

那个夏天我还能记住的一件事就是在工人体育场游泳池跳水。

我从来没从高台往下跳过水。我上了十米跳台，往下一看，立刻感到头晕目眩。我顺着梯子下到七米跳台，仍感到下面泳池的如渊深邃和狭小。

我站在五米跳台上，看着一碧如洗的晴空，真想与它融为一体，在它的无垠中消逝，让任何人都无处去觅我的形踪，就像我从来没来过这个世界。会有人为我伤心么？我伤心地想。

我闭着眼睛往前一跃，两脚猛地悬空，身体无可挽回地坠向水面"呼"的一声便失重了，在一片鸦雀无声和万念俱寂中我"砰"地溅落在水面。水浪以有力的冲击扑打着我，在我全身一朵朵炸开，一股股刀子般锋利的水柱刺入我的鼻腔、耳廓和柔软的腹部，如遭凌迟，顷刻彻底吞没了我，用刺骨的冰凉和无边的柔情接纳了我，拥抱了我。我在清澈透明的池底翻滚、爬行，惊恐地挥臂蹬腿，想摸着、踩着什么坚硬结实的东西，可手足所到之处，皆是一片温情脉脉的空虚。能感到它们沉甸甸、柔韧的存在，可聚散无形，一把抓去，又眼睁睁地看着它们从指缝中泻出、溜走。

阳光投在水底的光环，明晃晃地耀人眼目。

我麻木迟钝地游向岸边。当我撑着池边准备爬上岸时,我看到那个曾挨过我们痛殴的同学穿着游泳裤站在我面前。他抬起一个脚丫踩在我脸上,用力往下一踹,我便摔回池中。

他和几个同伴在岸上来回逡巡,只要我在某处露头,他们便把我踹下去。看得出来,这游戏使他很开心,很兴奋。每当我狼狈地掉回水里,他们便哈哈大笑,只有我那个同学始终咬牙切齿地盯着我,不断地发出一连串凶狠的咒骂。

他们使的力量越来越猛,我的脸、肩头都被踢红了。我筋疲力尽地在池中游着,接二连三从跳台上跳下来的人不断在我身后左右溅起高高的水花,"扑通"、"扑通"的落水声此伏彼起。

我开始不停地喝水,屡次沉到水下又挣扎着浮出。他们没有一点罢手的样子,看到我总不靠岸,便咋呼着要下水灌我,有几个人已经把腿伸进了池中。

我抽抽嗒嗒地哭了,边游边绝望地无声饮泣。

(节选自《收获》,1999 年第 6 期)

活着（节选）

余 华

那天傍晚收工前，邻村的一个孩子，是有庆的同学，急冲冲跑过来，他一跑到我们跟前就扯着嗓子喊：

"哪个是徐有庆的爹？"

我一听心就乱跳，正担心着有庆会不会出事，那孩子又喊：

"哪个是她娘？"

我赶紧说："我是有庆的爹。"

孩子看看我，擦着鼻子说：

"对，是你，你到我们教室里来过。"

我心都要跳出来了，他这才说：

"徐有庆快死啦，在医院里。"

我眼前立刻黑了一下，我问那孩子：

"你说什么？"

他说："你快去医院，徐有庆快死啦。"

我扔下锄头就往城里跑，心里乱成一团。想想中午上学时有庆还好好的，现在说他快要死了。我脑袋里嗡嗡乱叫着跑到城里医院，见到第一个医生我就拦住他，问他：

"我儿子呢？"

医生看看我，笑着说：

"我怎么知道你儿子？"

我听后一怔，心想是不是弄错了，要是弄错可就太好了。

我说：

"他们说我儿子快死了，要我到医院。"

准备走开的医生站住脚看着我问：

"你儿子叫什么名字？"

我说："叫有庆。"

他伸手指指走道尽头的房间说：

"你到那里去问问。"

我跑到那间屋子，一个医生坐在里面正写些什么，我心里咚咚跳着走过去问：

"医生，我儿子还活着吗？"

医生抬起头来看了我很久，才问：

"你是说徐有庆？"

我急忙点点头，医生又问：

"你有几个儿子？"

我的腿马上就软了，站在那里哆嗦起来，我说：

"我只有一个儿子，求你行行好，救活他吧。"

医生点点头，表示知道了，可他又说：

"你为什么只生一个儿子？"

这叫我怎么回答呢？我急了，问他：

"我儿子还活着吗？"

他摇摇头说："死了。"

我一下子就看不见医生了，脑袋里黑乎乎一片，只有眼泪哗哗地掉出来，半晌我才问医生：

"我儿子在哪里？"

有庆一个人躺在一间小屋子里，那张床是用砖头搭成的。

我进去时天还没黑，看到有庆的小身体躺在上面，又瘦又小，身上穿的是家珍最后给他做的衣服。我儿子闭着眼睛，嘴巴也闭得很紧。我有庆有庆叫了好几声，有庆一动不动，我就知道他真死了，一把抱住了儿子，有庆的身体都硬了。中午上学时他还活生生的，到了晚上他就硬了。我怎么想都想不通，这怎么也应该是两个人，我看看有庆，摸摸他的瘦肩膀，又真是我的儿子。我哭了又哭，都不知道有庆的体育教师也来了。他看到有庆也哭了，一遍遍对我说：

"想不到，想不到。"

体育老师在我边上坐下，我们两个人对着哭，我摸摸有庆的脸，他也摸摸。过了很久，我突然想起来，自己还不知道儿子是怎么死的。我问体育老师，这才知道有庆是抽血被抽死的。当时我想杀人了，我把儿子一放就冲了出去。冲到病房看到一个医生就抓就住他，也不管他是谁，对准他的脸就是一拳，医生摔到地上乱叫起来，我朝他吼道：

"你杀了我儿子。"

吼完抬脚去踢他，有人抱住了我，回头一看是体育老师，我就说：

"你放开我。"

体育老师说："你不要乱来。"

我说："我要杀了他。"

体育老师抱住我，我脱不开身，就哭着求他：

"我知道你对有庆好，你就放开我吧。"

体育老师还是死死抱住我，我只好用胳膊肘拼命撞他，他也不松开。让那个医生爬起来跑走了，很多的人围了过来，我看到里面有两个是医生，我对体育老师说：

"求你放开我。"

体育老师力气大，抱住我我就动不了，我用胳膊肘撞他，他也不怕疼，一遍遍地说：

"你不要乱来。"

这时有个穿中山服的男人走了过来，他让体育老师放开我，问我：

"你是徐有庆同学的父亲？"

我没理他，体育老师一放开我，我就朝一个医生扑过去，那医生转身就逃。我听到有人叫穿中山服的男人县长，我一想原来他就是县长，就是他女人夺了我儿子的命，我抬腿就朝县长肚子上蹬了一脚，县长哼了一声坐到了地上。体育老师又抱住了我，对我喊：

"那是刘县长。"

我说："我要杀的就是县长。"

抬起腿再去蹬，县长突然问我：

"你是不是福贵？"

我说："我今天非宰了你。"

县长站起来，对我叫道：

"福贵，我是春生。"

他这么一叫，我就傻了。我朝他看了半晌，越看越像，就说：

"你真是春生。"

春生走上前来也把我看了又看，他说：

"你是福贵。"

看到春生我怒气消了很多，我哭着对他说：

"春生你长高长胖了。"

春生眼睛也红了，说道：

"福贵，我还以为你死了。"

我摇摇头说："没死。"

春生又说："我还以为你和老全一样死了。"

一说到老全，我们两个都呜呜地哭上了。哭了一阵我问春生：

"你找到大饼了吗？"

春生擦擦眼睛说："没有，你还记得？ 我走过去就被俘虏了。"

我问他："你吃到馒头了吗？"

他说："吃到的。"

我说："我也吃到了。"

说着我们两个人都笑了，笑着笑着我想起了死去的儿子，我抹着眼睛又哭了，春生的手放到我肩上，我说：

"春生，我儿子死了，我只有一个儿子。"

春生叹口气说："怎么会是你的儿子？"

我想到有庆还一个人躺在那间小屋里，心里疼得受不了，我对春生说：

"我要去看儿子了。"

我也不想再杀什么人了，谁料到春生会突然冒出来，我走了几步回过头去对春生说：

"春生，你欠了我一条命，你下辈子再还给我吧。"

那天晚上我抱着有庆往家走，走走停停，停停走走，抱累了就把儿子放到背脊上，一放到背脊上心里就发慌，又把他重新抱到了前面，我不能不看着儿子。眼看着走到了村口，我就越走越难，想想怎么去对家珍说呢？ 有庆一死，家珍也活不长，家珍已经病成这样了。我在村口的田埂上坐下来，把有庆放在腿上，一看儿子我就忍不住哭，哭了一阵又想家珍怎么办？ 想来想去还是先瞒着家珍好。我把有庆放在田埂上，回到家里偷偷拿了把锄头，再抱起有庆走到我娘和我爹的坟前，挖了一个坑。

要埋有庆了，我又舍不得。我坐在爹娘的坟前，把儿子抱着不肯松手，我让他的脸贴在我脖子上，有庆的脸像是冻坏了，冷冰冰地压在我脖子上。夜里的风把头顶的树叶吹得哗啦哗啦响，有庆的身体也被露水打湿了。我一遍遍想着他中午上学时跑去的情形，书包在他背后一甩一甩的。想到有庆再不会说话，再不会拿着鞋子跑去，我心里是一阵阵酸疼，疼得我都哭不出来。我那么坐着，眼看着天要亮，不埋不行了，我就脱下衣服，把袖管撕下来蒙住他的眼睛，用衣服把他包上，放到了坑里。我对爹娘的坟说：

"有庆要来了，你们待他好一点，他活着时我对他不好，你们就替我多疼疼他。"

有庆躺在坑里，越看越小，不像是活了十三年，倒像是家珍才把他生出来。我用手把土盖上去，把小石子都捡出来，我怕石子硌得他身体疼。埋掉了有庆，天蒙蒙亮了，我慢慢往家里走，走几步就要回头看看，走到家门口一想到再也看不到儿子，忍不住哭出了声音，又怕家珍听到，就捂住嘴巴蹲下来，蹲了很久，都听到出工的吆喝声了,才站起来走进屋去。凤霞站在门旁睁圆了眼睛看我,她还不知道弟弟死了。

邻村的那个孩子来报信时,她也在,可她听不到。家珍在床上叫了我一声,我走过去对她说:

"有庆出事了,在医院里躺着。"

家珍像是信了我的话,她问我:

"出了什么事?"

我说:"我也说不清楚,有庆上课时突然昏倒了,被送到医院,医生说这种病治起来要有些日子。"

家珍的脸伤心起来,泪水从眼角淌出,她说:

"是累的,是我拖累有庆的。"

我说:"不是,累也不会累成这样。"

家珍看了看我又说:

"你眼睛都肿了。"

我点点头:"是啊,一夜没睡。"

说完我赶紧走出门去,有庆才被埋到土里,尸骨未寒啊,再和家珍说下去我就稳不住自己了。

接下去的日子,白天我在田里干活,到了晚上我对家珍说进城去看看有庆好些了没有。

我慢慢往城里走,走到天黑了,再走回来,到有庆坟前坐下。夜里黑乎乎的,风吹在我脸上,我和死去的儿子说说话,声音飘来飘去都不像是我的。

坐到半夜我才回到家中,起先的几天,家珍都是睁着眼睛等我回来,问我有庆好些了吗?我就随便编些话去骗她。过了几天我回去时,家珍已经睡着了,她闭着眼睛躺在那里。

我也知道老这么骗下去不是办法,可我只能这样,骗一天是一天,只要家珍觉得有庆还活着就好。

有天晚上我离开有庆的坟,回到家里在家珍身旁躺下后,睡着的家珍突然说:

"福贵,我的日子不长了。"

我心里一沉,去摸她的脸,脸上都是泪,家珍又说:

"你要照看好凤霞,我最不放心的就是她。"

家珍都没提有庆,我当时心里马上乱了,想说些宽慰她的话也说不出来。

第二天傍晚,我还和往常一样对家珍说进城去看有庆,家珍让我别去了,她要我背着她去村里走走。我让凤霞把她娘抱起来，抱到我背脊上。家珍的身体越来越轻了，瘦得身上全是骨头。一出家门，家珍就说：

"我想到村西去看看。"

那地里埋着有庆，我嘴里说好，腿脚怎么也不肯往村那地方去，走着走着走到了东边村口，家珍这时轻声说：

"福贵，你别骗我了，我知道有庆死了。"

她这么一说，我站在那里动不了，腿也开始发软。我的脖子上越来越湿，我知道那是家珍的眼泪，家珍说：

"让我去看看有庆吧。"

我知道骗不下去了，就背着家珍往村西走，家珍低声告诉我：

"我夜夜听着你从村西走过来，我就知道有庆死了。"

走到了有庆坟前，家珍要我把她放下去，她扑在了有庆坟上，眼泪哗哗地流，两只手在坟上像是要摸有庆，可她一点力气都没有，只有几根指头稍稍动着。我看着家珍这付样子，心里难受得要被堵住了，我真不该把有庆偷偷埋掉，让家珍最后一眼都没见着。

家珍一直扑到天黑，我怕夜露伤着她，硬把她背到身后，家珍让我再背她到村口去看看，到了村口，我的衣领都湿透了，家珍哭着说：

"有庆不会在这条路上跑来了。"

我看着那条弯曲着通向城里的小路，听不到我儿子赤脚跑来的声音，月光照在路上，像是撒满了盐。

过了两天，家珍也死了。家珍死去的那个晚上，说要侧身躺着，要看着我。我把她身体侧过来，让她脸对着我，家珍叫我别熄灯。我女人那晚上把我看了又看，对我说：

"福贵，你对我真是好。"

说完她笑了笑，闭上了眼睛。过了一会儿，家珍又睁开眼睛问我：

"凤霞睡得好吗？"

我起身看看凤霞，对她说：

"凤霞睡着了。"

家珍又闭上了眼睛，我捏着她的手，以为她睡着了。没过多久，家珍的手慢慢凉了，我赶紧去摸她的身体，身体也凉了。

家珍死后，我打了两桶井水烧热了给她洗身子，凤霞就坐在一旁，把脸贴在家珍身上哭，我几次把她扶开，她马上又过来了，我想就让她多贴一会吧，以后她再也见不着家珍了。家珍瘦得身上只剩下一张皮，她的样子比有庆还可怜。

家珍死后，家里只剩下我和凤霞了。凤霞那时才知道他弟弟也死了，最初的几天,凤霞活也不干,饭也不吃,就是呆呆地站在家珍和有庆坟前,我把她拉回到家里,没多久她又去了。直到我病倒后,凤霞才回到了原先的样子,她忙里忙外服侍我。过了几天我看看凤霞实在是太累,就拖着个病身体下田去干活,村里人见了我都吃了一惊,说:

"福贵,你头发全白了。"

我笑笑说:"以前就白了。"

他们说:"以前还有一半是黑的呢,就这么几天你的头发全白了。"

就那么几天,我老了许多,我以前的力气再也没有回来,干活时腰也酸了背也疼了,干得猛一些身上到处淌虚汗。有时想想自己也快去了,我一点也不难受,人到了那一步都得去,不过是早几天晚几天。可一看到凤霞,我实在是放心不下,凤霞又聋又哑,她一个人在这世上怎么办呢?

家珍和有庆死后,春生来过两次。春生不叫春生了,他叫刘解放。别人见了春生都叫他刘县长,我还是叫他春生。春生第一次来时还带来他两岁的儿子,春生的儿子吃的白白胖胖,春生让他叫我一声大伯,那小家伙看了我半天就是不肯开口,我就对春生说:

"算啦,别让他叫了。"

春生告诉我,他被俘虏后就当上了解放军,一直打到福建,后来又到朝鲜去打仗。春生命大,打来打去都没被打死。朝鲜的仗打完了,他转业到邻近一个县,有庆死的那年他才来到我们县。春生走的时候,我送他到村口,我对春生说:

"你以后别来了,别带这孩子来,一见到他,我心里就难受,就想起我的有庆。"

春生后来还是来了一次,那时候城里在闹文化革命,春生来时都深更半夜,我和凤霞已经睡了,敲门把我敲醒,我打开门借着月光一看是春生,春生的脸都被打肿了,春生说:

"福贵,你出来一下。"

春生的模样让我吓了一跳,赶紧披上衣服走出去,春生走在前面,我在后面问他:

"到底出了什么事?"

春生也不答话,他一直走到这口池塘旁边,站在了这里,才回过头来说:

"福贵,我是来和你告别的。"

我问:"你要去哪里?"

他咬着牙齿狠狠地说:

"我不想活了。"

我吃了一惊,急忙拉住春生的胳膊说:

"春生，你别糊涂，你还有女人和儿子呢。"

一听这话，春生哭了，他说：

"福贵，我每天都被他们吊起来打。"

说着他把手伸过来：

"你摸摸我的手。"

我一摸，那手像是煮熟了一样，烫得吓人，我问他：

"疼不疼？"

他摇摇头："不觉得了。"

我把他的肩膀往下按，说道：

"春生，你先坐下。"

我对他说："你千万别糊涂，死人都想活过来，你一个大活人可不能去死。"

我又说："你的命是爹娘给的，你不要命了也得先去问问他们。"

春生摸了摸眼泪说：

"我爹娘早死了。"

我说："那你更该好好活着，你想想，你走南闯北打了那么多仗，你活下来容易吗？"

那天我和春生说了很多话，到天快亮了，春生像是有些想通，他站起来说要走了，我送他到村口，他说：

"福贵，你站住吧。"

我就站住了，看着春生走去，春生都被打瘸了，他低着头走得很吃力。我又放心不下，对他喊：

"春生，你要答应我别死。"

春生走了几步回过头来说：

"我答应你。"

春生后来还是没有答应我，一个多月后，我听说城里刘县长投井死了。一个人命再大，要是自己想死，那就怎么也活不了。

春生死后又是好几年凤霞还是守在我身边，一转眼她都到三十五岁了。我觉得身体是越来越累，一辈子也算是经历了不少事，人也该熟了，就跟梨那样熟透了该从树上掉下来。可我放心不下凤霞，她和别人不一样，她老了谁会管她？

凤霞说起来又聋又哑，她也是女人，不会不知道男婚女嫁的事。村里每年都有嫁出去娶进来的，敲锣打鼓热闹一阵，到那时候凤霞握着锄头总要看得发呆，村里几个年轻人就对凤霞指指点点，笑话她。

村里王家三儿子娶亲时，都说新娘漂亮。那天新娘被迎进村里来时，穿着大红的棉袄，痴痴笑个不停。我在田里看去，新娘整个儿是个红人了，那脸蛋红扑扑特别顺眼。旁边的一群年轻人嘻嘻哈哈肯定说了些难听的话,新娘低头笑着。女人到了出嫁的时候,是什么都看着舒服,什么都听着高兴。

在田里干活的凤霞,一看到这种场景,又看呆了,两只眼睛连眨都没眨,锄头抱在怀里,一动不动。我站在一旁看得心里难受,心想她要看就让她多看看吧。凤霞命苦,她只有这么一点看看别人出嫁的福份。谁知道凤霞看着看着竟然走了上去,走到新娘旁边,痴痴笑着和她一起走过去。这下可把那几个年轻人笑坏了,我的凤霞赤脚穿着满是补丁的衣服,和新娘走在一起,新娘穿得又整齐又鲜艳,长得也好,和我凤霞一比,凤霞寒碜得实在是可怜。凤霞脸上没有脂粉,也红扑扑和新娘一样,她一直扭头看着新娘。

村里几个年轻人又笑又叫,说:

"凤霞想男人啦。"

这么说说我也就听进去了,谁知没一会儿工夫难听的话就出来了,有个人对新娘说:

"凤霞看中你的床了。"

凤霞在旁边一走,新娘笑不出来了,她是嫌弃凤霞。这时有人对新郎说:

"你小子太合算了,一娶娶一双,下面铺一个,上面盖一个。"

新郎听后嘿嘿地笑,新娘受不住了,也不管自己新出嫁该害羞一些,脖子一直就对新郎喊:

"你笑个屁。"

我实在是看不下去,走上田埂对他们说:

"做人不能这样,要欺负人也不能欺负凤霞,你们就欺负我吧。"

说完我拉住凤霞就往家里走,凤霞是聪明人,一看到我的脸色,就知道刚才出了什么事,她低着头跟我往家走,走到家门口眼泪掉了下来。

后来我怎么想都要给他找个男人,我要是死在她前面了,我死后有凤霞收作,凤霞老这样下去,死后连个收作的人都没有。可是又有谁愿意娶她呢?村里一些人还觉得我是想霸着凤霞,好让她服侍我一辈子,说是家珍要还活着的话,凤霞早就嫁出去了。我想想他们说的也不是不对,凤霞三十五岁了还没找到婆家。我挨家挨户去求村里人,请他们四处去打听打听,有没有要凤霞的人家,他们问我:

"你舍得凤霞走?"

我说:"哪怕是缺胳膊断腿的男人,只要他想娶凤霞,我都给。"

说完这话我自己心里先疼上了,凤霞哪点比不上别人,就是不会说话。事到如今我也只好这样了。

出去打听的人回来说,城里有个叫万二喜的男人要凤霞,那人说:

"万二喜比凤霞还小两岁，又是城里人，是搬运工，挣钱很多。"

我一听条件这么好，不相信，觉得他是在和我闹着玩，我说：

"你别哄我这个老头了。"

那人说："没哄你，万二喜是个偏头，脑袋靠着肩膀，怎么也起不来。"

他这样说我就信了，赶紧说：

"你快让他来看看凤霞吧。"

没出三天，万二喜来了，真是个偏头，他看我时把左边肩膀翘起来，又把肩膀向凤霞翘翘，凤霞一看到他这副模样，咧着嘴笑了。

（节选自《收获》，1992 年第 6 期）

废 都（节选）

贾平凹

　　一千九百八十年间，西京城里出了桩异事，两个关系是死死的朋友，一日活得泼烦，去了唐贵妃杨玉环的墓地凭吊，见许多游人都抓了一包坟丘的土携在怀里，甚感疑惑，询问了，才知贵妃是绝代佳人，这土拿回去撒入花盆，花就十分鲜艳。这二人遂也刨了许多，用衣包回，装在一只收藏了多年的黑陶盆里，只待有了好的花籽来种。没想，数天之后，盆里兀自生出绿芽，月内长大，竟蓬蓬勃勃了一丛。但这草木特别，无人能识得品类。抱了去城中孕璜寺的老花工请教，花工也是不识。恰有智祥大师经过，又请教大师，大师还是摇头。其中一人却说："常闻大师能卜卦预测，不妨占这花将来能开几枝？"大师命另一人取一个字来，那人适持花工的剪刀在手，随口说出个"耳"字。大师说："花是奇花，当开四枝，但其景不久，必为尔所残也。"后花开果然如数，但形状类似牡丹，又类似玫瑰。且一枝蕊为红色，一枝蕊为黄色，一枝蕊为白色，一枝蕊为紫色，极尽娇美。一时消息传开，每日欣赏者不绝，莫不叹为观止。两个朋友自然得意，尤其一个更是珍惜，供养案头，亲自浇水施肥，殷勤务弄。不料某日醉酒，夜半醒来忽觉得该去浇灌，竟误把厨房炉子上的热水壶提去，结果花被浇死。此人悔恨不已，索性也摔了陶盆，生病睡倒一月不起。

　　此事虽异，毕竟为一盆花而已，知道之人还并不广大，过后也便罢了。没想到了夏天，西京城却又发生了一桩更大的人人都经历的异事。是这古历六月初七的晌午，先是太阳还红堂堂地照着，太阳的好处是太阳照着而人却忘记了还有太阳在照着，所以这个城里的人谁也没有往天上去看。街面的形势依旧是往日形势。有级别坐卧车的坐着卧车。没级别的，但有的是钱，便不愿挤那公共车了，抖着票子去搭出租车。偏偏有了什么重要的人物亲临到这里，数辆的警车护卫开道，尖锐的警笛就长声儿价地吼，所有的卧车、出租车、公共车只得靠边慢行，扰乱了自行车长河的节奏。只有徒步的人只管徒步，你踩着我的影子，我踩着他的影子，影子是不痛不痒的。突然。影子的颜色由深而浅，愈浅愈短，一瞬间全然消失。人没有了阴影拖着，似乎人不是了人，用手在屁股后摸摸，摸得一脸的疑惑。有人就偶尔往天上一瞅，立即欢呼："天上有四个太阳了！"人们全举了头往天上看，天上果然出现了四个太阳。四个太阳大小一般，分不清了新旧雌雄，是聚在一起的，组成个丁字形。过去的经验里，天上是有过月亏和日蚀的，但同时有四个太阳却没有遇过，以为是眼睛看错了；再往天上看，那太阳就不再发红,是白的,白得像电焊光一样的白。白得还像什么?什么就也看不见了。完全的黑暗人是看不见了什么的,完全的光明人竟也是看不见了什么吗?大小的车辆再不敢发动了,只鸣喇叭,人却胡扑乱踏,恍惚里甚或就感觉身已不在街上了,是在看电影吧?放映机突然发生故障,银幕上的图像消失了,而音响还在进行着。一个人这么感觉了,所有的人差不多也都这么感觉了,于是寂静下来,竟静得死气沉沉,唯有城墙头上有人吹动的埙音还最后要再吹一声,但没有吹起,是力气用完,像风撞在墙角,拐了一下,消失了。人们似乎看不起吹埙的人,笑了一下,猛地惊醒身处的现实,同时被寂静所恐惧,哇哇惊叫,各处便疯倒了许多。

这样的怪异持续了近半个小时,天上的太阳又恢复成了一个。待人们的眼睛逐渐看见地上有了自己的影子,皆面面相觑,随之倒为人的狼狈有了羞愧,就慌不择路地四散。一时又是人乱如蚁,却不见了指挥交通的警察。安全岛上,悠然独坐的竟是一个老头。老头蓬首垢面,却有一双极长的眉眼,冷冷地看着人的忙忙。这眼神使大家有些受不得,终就愤怒了,遂喊警察呢?警察在哪儿,姓苏的警察就一边跑一边戴头上的硬壳帽子,骂着老叫花子:"pi!""pi"是西京城里骂"滚"的最粗俗的土话。老头听了,拿手指在安全岛上写,写出来却是一个极文雅的上古词:避。就慢慢地笑了。随着笑起来的是一大片,因为老头走下安全岛的时候,暴露了身上的衣服原是孕璜寺香客敬奉的锦旗所制。前心印着"有求"两字,那双腿岔开,裤裆处是粗糙的大针脚一直到了后腰,屁股蛋上左边就是个"必",右边就是个"应"。老头并不知耻,却出口成章,说出了一段谣儿来。

这谣儿后来流传全城,其辞是:

> 一类人是公仆,高高在上享清福。二类人做"官倒",投机倒把有人保。三类人搞承包,吃喝嫖赌全报销。四类人来租赁,坐在家里拿利润。五类人大盖帽,吃了原告吃被告。六类人手术刀,腰里揣满红纸包。七类人当演员,扭扭屁股就赚钱。八类人搞宣传,隔三岔五解个馋。九类人为教员,山珍海味认不全。十类人主人翁,老老实实学雷锋。

此谣儿流传开来后,有人分析老头并不是个乞丐,或者说他起码是个教师,因为只有教师才能编出这样的谣辞,且谣辞中对前几类人都横加指责,唯独为教师一类人喊苦叫屈。但到底老头是什么人,无人再作追究。这一年里,恰是西京城里新任了一位市长,这市长原籍上海,夫人却是西京土著。十数春秋,西京的每任市长都有心在这座古城建功立业,但却差不多全是几经折腾,起色甚微,便铁打的衙门流水的官去了。新的市长虽不悦意在岳父门前任职,苦于身在仕途,全然由不得自己,到任后就犯难该从何处举纲张目。夫人属于贤内助,便召集了许多亲朋好友为其夫顾问参谋,就有了一个年轻人叫黄德复的,说出了一段建议来：西京是十二朝古都，文化积淀深厚是资本也是负担，各层干部和群众思维趋于保守，故长期以来经济发展比沿海省市远远落后，若如前几任的市长那样面面俱抓，常因企业老化，城建欠账大多，用尽十分力，往往只有三分效果，且当今任职总是三年或五载就得调动，长远规划难以完成便又人事更新；与其这样，倒不如抓别人不抓之业，如发展文化和旅游，短期内倒有政绩出现。市长大受启发，不耻下问，竟邀这年轻人谈了三天三夜，又将其调离原来任职的学校来市府做了身边秘书。一时间，上京索要拨款，在下四处集资，干了一宗千古不朽之宏业，即修复了西京城墙，疏通了城河，沿城河边建成极富地方特色的娱乐场。又改建了三条大街：一条为仿唐建筑街，专售书画、瓷器；一条为仿宋建筑街，专营全市乃至全省民间小吃；一条仿明、清建筑街，集中了所有民间工艺品、土特产。但是，城市文化旅游业的大力发展，使城市的流动人员骤然增多，就出现了许多治安方面的弊病，一时西京城被外地人称做贼城、烟城、暗娼城。市民也开始滋生另一种的不满情绪。当那位因首垢面的老头又在街头说他的谣儿，身后总是斯跟了一帮闲汉，嚷道："来一段，再来一段！"老头就说了两句：

　　　　说你行，你就行，不行也行。说不行，就不行，行也不行。

　　闲汉们听了，一齐鼓掌。老头并没说这谣儿所指何人，闲汉们却对号入座，将这谣儿传得风快，自然黄德复不久也听到了，便给公安局拨了电话，说老头散布市长的谣言，应予制止。公安局收留了老头，一查，原是一位十多年上访痞子。为何是上访痞子？因是此人十多年前任民办教师，转公办教师时受到上司陷害未能转成，就上访省府，仍未能成功，于是长住西京，隔三间五去省府门口提意见，递状书，静坐要赖，慢慢地欲进没有门路，欲退又无台阶，精神变态，后来也索性不再上访，亦不返乡，就在街头流浪起来。公安局收审了十天，查无大罪，又放出来，用车一气拉出城三百里地放下。没想这老头几天后又出现在街头，却拉动了一辆破架子车，沿街穿巷收拾破烂了。一帮闲汉自然拥他，唆使再说谣儿，老头却吝啬了口舌，只吼很高很长的"破烂喽——承包破烂——喽！"这叫声每日早晚在街巷吼叫，常也有人在城墙头上吹埙，一个如狼嚎，一个呜咽如鬼，两厢呼应，钟楼鼓楼上的成百上千只鸟类就聒噪一片了。

　　这日，老头拉着没有轮胎的铁壳轮架子车，游转了半天未收到破烂，立于孕璜寺墙外的土场上贪看了几个气功大师教人导引吐纳之术，又见一簇一簇人集在矮墙下卜卦算命，就趄近去，也要一位卦师推自己的流年运气。围着的人就说："老头，这里不测小命，大师是峨嵋山的高人，搞天下大事预测！"自将他推操老远。老头无故受了奚落，便把一张脸涨得通红。正好天上落雨，噼噼啪啪如铜钱砸下，地上立即一片尘雾，转眼又水汪汪一片，无数水泡彼此明灭。众人皆走散了，老头说声"及时雨"，丢下车子不顾，也跑到孕璜寺山门的旗杆下躲雨，因为待得无聊，也或许是喉咙发痒，于哗哗的雨声里又高声念说了一段谣儿。

没想山门里正枯坐了孕璜寺的智祥大师，偏偏把这谣儿听在耳里。孕璜寺山门内有一奇石，平日毫无色彩，凡遇阴雨，石上就清晰显出一条龙的纹路来，惟妙惟肖。智祥大师瞧见下雨，便来山门处查看龙石，听得外边唱说："……阔了当官的，发了摆摊的，穷了靠边的……"若有所思，忽嘎喇喇一声巨响，似炸雷就在山门瓦脊上滚动。仰头看去，西边天上，却七条彩虹交错射在半空，联想那日天上出现四个太阳，知道西京又要有了异样之事。果然第二日收听广播，距西京二百里的法门寺，发现了释迦牟尼的舍利子。佛骨在西京出现，天下为之震惊，智祥大师这夜里静坐禅房忽有觉悟，自言道如今世上狼虫虎豹少，是狼虫虎豹都化变了人而上世，所以丑恶之人多了。同时西京城里近年来云集了那么多的气功师、特异功能者，莫非是上天派了这种人来拯救人类？孕璜寺自有强盛功法，与其这么多的一般功法的气功师、特异人纷纷出山，何不自己也尽一份功德呢？于是张贴海报，广而告之，就在寺内开办了初级练功学习班，揽收学员，传授通天贯地圆智功法。

……

庄之蝶说这句话时是心里这么想着，原不想说出声来却说出了声。没料牛月清也说了一句，他现在就希望牛月清赶快地瞌睡。但是，女人却在被窝里窸窸窣窣动起来，并且碰了一下他，要把他的手拉过去。庄之蝶担心会这样，果然真就这样来了，他厌恶地背了身去，装做全然地不理会。这么静躺了一会，又觉得对不起女人，转过身来，要行使自己的责任。女人却说："你身子不好，给我摸摸，讲些故事来听。"庄之蝶自然是讲已经多少次重复过的故事。女人不行，要求讲真故事，庄之蝶说："哪里有真实的？"女人说："就讲你发生过的。"庄之蝶说："我有什么？家里的猪都饿得吭吭，哪有枭的糠?!"女人说："我倒怀疑你怎么就不行了？八成是在外边全给了别人!"庄之蝶说："你管得那么严，我敢接触谁？"女人说："没人？那景雪荫不是相好了这么多年吗？"庄之蝶说："这我起咒，人家一根头发都没动过。"女人说："你好可怜，我以后给你介绍一个，你说，你看上谁了？"庄之蝶说："谁也看不上。"女人说："我不知道你的秉性？你只是没个贼胆罢了。刚才说汪希眠给他娘过寿，你一口应允了要去的，瞧你那眼神，你多高兴，我知道你看上了汪希眠的老婆!"庄之蝶说："看上也是白看上。"女人不言语了。庄之蝶以为她已睡着，没想牛月清却说："汪希眠老婆爱打扮，那么些年纪了倒收拾得是姑娘一般。"庄之蝶说："人家能收拾嘛!"牛月清说："收拾着给谁看呀？我听龚靖元老婆说，她年轻时花着哩！当年是商场售货员，和一个男人下班后还在柜台内干，口里大呼小叫地喊，别人听见了往商场里一看，她两条腿举得高高的。别人就打门,他们竟什么也听不见,一直等来人砸门进来了,还要把事情干完了才分开!"女人说着,突然手在庄之蝶的下边摸去,一柄尘根竟挺了起来,便拉男人上去……(此处作者有删节)不觉叫了一声,身子缩成一团。庄之蝶说:"原来你也没能耐的?"女人说:"我没说你,你倒反嫌了我。你总说你不行,一说起汪希眠老婆,你就兴成那样了?!我哪里比得上你好劲头,你是老爷的命,衣来伸手,饭来张口,这两处的家,什么事我不操心?"庄之蝶说:"快别胡说!你才多大年纪,周敏那媳妇虽比你小六七岁,可她受的什么苦,脸上却没一条皱纹的。"牛月清就恼了,说:"一个汪希眠老婆你还不够,还要提说唐宛儿,她受什么苦的?听夏捷来说,她是同周敏私奔出来的?"庄之蝶说:"嗯。"女人说:"能私奔出来,在家肯定是什么活儿也不干的姑奶奶身子!说女人贱也就贱在这里,男人对她越是含在口里捧在手里,她越是温饱了思淫,要生外心的。"庄之蝶说:"夏捷几时来的?"女人说:"半后晌来的,来了给我带了一只菊花玉石镯儿,说是唐宛儿让她捎给我的,说那日请客我没能去,心里过不去。"庄之蝶说:"你瞧瞧,人家对你这么好的,你倒背后还说人家不是。玉镯儿呢?让我瞧瞧什么成色?"女人说:"我这么胖的胳膊,根本戴不进去,装在箱子里了。我哪儿是说了人家的不是?我是嫌你在外见着一个女的了,就回来拿人家的长处比我的短。别说人比人比死人,如果这个家我百事不操,我也不会这么些皱纹!"庄之蝶赶紧不再提唐宛儿,说:"你也是辛苦,赶几时请一个保姆来,前几日赵京五说他帮咱物色一个的,到时候你就也不干,动口不动手地当清闲主儿。"牛月清气消下来,说:"那你看吧。我也会保养得细皮嫩肉哩。"两人说了一阵话,女人偎在丈夫的怀里猫一般睡了,庄之蝶却没有睡意,待女人发了鼾声,悄悄坐起来,从枕下取了一本杂志来看,看了几页又看不下去,吸着烟指望城墙头上的埙声吹动。但这一晚没有埙声,连收破烂的老头的吆喝也没听着。

翌日,牛月清去老关庙商场的糕点坊去定购寿糕,又特意让师傅用奶油浇制了恭贺汪老太太七十大寿的字样,又买了一丈好几的苏州细绸、一瓶双沟老窖、一包腊汁羊肉、二斤红糖、半斤龙井回来。庄之蝶却不想去。牛月清说:"这可是你不去呀,汪希眠的老婆要问起我怎么说?"庄之蝶说:"今日那里一定人多,乱七八糟的,我也懒得去见他们说话。汪希眠问起,就说市长约我去开个会,实在走不开身。"牛月清说:"人家要你去,是让你给汪家壮脸的,汪希眠见你不去生气了,我向人家提出借钱,若慷慨就罢了,若有个难色,我怎么受得了?你是真的不去,还是嫌我去了丢显你,那我就不去了。"庄之蝶说:"你这女人就是事多!我写幅字你带上,老太太一定会高兴的。"说毕展纸写了"夕阳无限好,人间重晚情"。督促女人去了。

牛月清一走,庄之蝶就思谋着去周敏家,琢磨该拿些什么送唐宛儿。在卧房的柜里翻了好大一会儿，只是些点心、糖果一类，就到老太太房里，于壁橱里要找出一块花色丝绸来。老太太却要给他说话，唠叨你爹天麻麻亮就来说泼烦了，我问大清早的生哪里的气，你爹说了，"我管不住他们，你们也不来管他们！"庄之蝶问："他们是谁？"老太太说："我也问他们是谁。我们的女婿这么大的人物，和市长都平起平坐吃饭的，谁敢来欺负了你？你爹说，还不是隔壁新的小两口，一天到晚吵嘴打架，苦得他睡也睡不稳，吃也吃不香。我想了，你爹不会说谎的，你今日既然不去做客吃宴席，就一定要去你爹那儿看看，真有那烦人的隔壁，你用桃楔钉在那里！"老太太说罢就去院里用刀在一株桃树上削桃节儿。庄之蝶又气又笑，忙扶她回来，削了三四节桃木棍，答应去看看的。

　　……

　　清晨起得很早，庄之蝶骑车就去了芦荡巷副字八号周敏家。唐宛儿已经起来化了妆，在镜前收拾头发。周敏蹲在葡萄藤下满口白沫地刷牙，见庄之蝶进了院子，喜欢得如念了佛。妇人听见了，双手在头上忙着迎出来，脸倒红了一下，问过一声却走到一边还继续盘发髻。周敏说："头还没收拾停当？怎么不给庄老师倒茶的？"妇人方自然了，忙不迭地就去沏茶；茶水太烫，双手倒换着捧过来，一放下杯子吸吸溜溜甩手地叫，又不好意思，就给庄之蝶绽个笑。庄之蝶说："厉害吗？"妇人说："不疼的。"手指却吮在口里。

　　妇人一夜睡得满足，起来又精心打扮了，更显得脸庞白净滋润，穿一件粉红色圆领无袖紧身小衫，下边一个超短窄裙，直箍得腰身亭亭，腿端长如锥。庄之蝶说："今日要出门吗？"妇人说："不到哪儿去呀！"庄之蝶说："那打扮得这么精神？"妇人说："我有什么衣服呀，只是化了妆。我每天在家也是这样，化化妆，自己也精神，就是来了人，见人也是对别人的尊重嘛！庄老师该笑话我们的俗气了？！"庄之蝶说："哪里能笑话，这才像女人哩。这衣服够帅的嘛！"庄之蝶说着，心里咯噔一下，妇人脚上穿着的正是那日他送的皮鞋。妇人也看了出来，就大声说："庄老师，这一身衣服都是五年前的旧衣服了，只有这鞋是新的，你瞧，我这双鞋好吗？"庄之蝶心放下来，知道妇人这么说，一是给周敏听的，二是给他暗示：她并没有说出送鞋的事来。庄之蝶也就说："不错的。其实衣服鞋袜不存在好与不好，就看谁穿的。"周敏从院子里摘了一串葡萄，回来说："她就是衣服架子！鞋这么多的，偏就又买了这双，有了新的就又不下脚了！"庄之蝶心中大悦。妇人为什么没有告诉周敏鞋的来源，且当了周敏的面谎说得自自然然，那么，她是对自己有那一层意思了吗？就说："周敏，今日我这么早来找你，是请你们中午到我那儿吃顿饭的，你们有天大的事也得放下，是非去不可的了！请的还有画家汪希眠的母亲和夫人，再就是孟云房夫妇。我在这里不能多待，还要去通知老孟，通知了上街急着采买的。"妇人说："请我们呀，这受得了呀？"庄之蝶说："我上次不也来吃请过吗?”妇人说:“这实在过意不去了,我们巴不得去认认门的,也该是见见师母了。可请那么多人,我们是什么嘴脸,给你丢人了!”庄之蝶说:“已经是朋友了,就别说两样话。宛儿,是你托夏捷把一只玉镯儿给了我的那口子了?”妇人说:“怎么,师母不肯赏我的脸儿吗?”庄之蝶说:“她哪里是不肯收,只是觉得连面儿都没见的,倒白收的什么礼?!”唐宛儿说:“哟,什么值钱的东西!周敏念及孟老师给我们介绍了你,给夏姐儿送了一个镯儿,我寻思给夏姐儿一个了,也一定要送师母一个的,就托她送了去的。”庄之蝶就从怀里掏出一个布包儿,说:“你师母让我回送一件东西的,倒不知你们喜欢不喜欢的?”妇人便先拿了过去,一边绽,一边说:“师母有这般心意,送个土疙瘩来我也喜欢!”绽开了,却是一枚古铜镜儿,呀地就叫了:“周敏,你快来看的!”周敏也便看了,说:“庄老师,这你让我为难了,这可是没价儿的稀罕物!”庄之蝶说:“什么价儿不价的,玩玩嘛!”妇人却已拿着照自己,说以前听人说过铜镜,倒想铜镜怎么个照呀,谁知竟和玻璃一样光亮的,就把桌上摆着的一个画盘取掉,把铜镜放在那支架上,又是照个不停。周敏说:“瞧你臭美!”妇人说:“我是想这铜镜儿该是古时哪个女人的,她怎么个对镜贴花黄的?”说罢了,却噘了嘴,说:“周敏,以前我收拢的那几个瓦当,你全不把它当事儿,这儿塞一个,那儿塞一个的,把一个还给我摔破了,这镜儿可是我的宝贝,放在这里你不能动啊!”周敏说:“我哪里不晓得轻重贵贱?”看着庄之蝶,倒有些不好意思。妇人就说:“周敏,那你就替庄老师跑跑腿,去通知孟老师,回来了买些礼品,说不定今日是庄老师的生日还是师母的生日哩。”庄之蝶说:“谁的生日都不是,吃饭事小,主要是朋友聚聚。”周敏便随着要走,庄之蝶也要走,周敏说:“有我去通知,你就不急了,让唐宛儿去街上买些甑糕和豆腐脑回来,你一定没吃早点的。”庄之蝶也就坐下来,说那便歇口气再走吧。

周敏一走,唐宛儿便把院门关了,回来却说:“庄老师,我给你买甑糕去吧。”庄之蝶一时竟不自然起来,站起了,又坐下,说:“我早上不习惯吃东西,你要吃就给你买吧。”妇人笑着说:“你不吃,我也不吃了。”拿一对毛眼盯着庄之蝶。庄之蝶浑身燥热了,鼻梁上沁了汗珠,却也勇敢地看了妇人。妇人就坐在了他的对面,凳子很小,一只腿伸在后边,一只腿斜着软软下来,脚尖点着地,鞋就半穿半脱露出半个脚后跟,平衡着凳子。庄之蝶就又一次注视着那一双小巧精美的皮鞋。妇人说:“这鞋子真合脚,穿上走路人也精神哩!”庄之蝶手伸出来,却在半空划了一半圆,手又托住了自己的下巴,有些坐不住了。妇人停了半会儿,头低下去,将脚收了,说:“庄老师。”庄之蝶说:“嗯。”抬起头来,妇人也抬了头看他,两人又一时没了活。庄之蝶吃了一惊,说:“不要叫我老师。”妇人说:“那我叫你什么?”庄之蝶说:“直呼名字吧,叫老师就生分了。”妇人说句:“那怎么叫出口?”站起来,茫然无措,便又去桌上抚弄了铜镜儿,说:“听孟老师说,你爱好收集古董的,倒舍得把这么好的一枚铜镜送我们?"庄之蝶说:"只要你觉得它好,我也就高兴了!你姓唐,这也是唐开元年间的东西,你保存着更合适哩,你刚才只看那镜面光亮,还没细看那背面饰纹吧?"妇人就把铜镜翻了来看,才看清镜背的纽下饰一鸳鸯立于荷花上;纽两侧再各饰一口衔绥带、足踏莲花的鸳鸯;纽上方是一对展翅仙鹤,垂颈又口衔绥带同心结。而栉齿纹凸起的窄棱处有铭带纹一周,文为:"昭仁承德,益寿延年,至理贞壹,鉴优长全,窥妆起态,辨皂坤妍,开花散影,净月澄圆。"妇人看了,眼里充溢光彩,说:"这镜叫什么名儿?"庄之蝶说:"双鹤衔绥鸳鸯铭带纹铜镜。"妇人说:"那师母怎肯把这镜送我?"庄之蝶一时语噎,说不出话来。妇人却脸粉红,额头上有了细细的汗珠沁出,倒说:"你热吧?"自个起身用木棍撑窗子扇。窗子是老式窗子,下半截固定,上半截可以推开。木棍撑了几次撑不稳,跂了脚双手往上举,妇人的腰身就拉细拉长,明明白白显出上身短衫下的一截裸露的后腰。庄之蝶忙过去帮她,把棍儿刚撑好,不想当的一声棍儿又掉下来,推开的窗扇砰地合起,妇人吓得一个小叫,庄之蝶才一扶了她要倒下的身子,那身子却下边安了轴儿似的倒在了庄之蝶的怀里。庄之蝶一反腕儿搂了,两只口不容分说地粘合在一起,长长久久地只有鼻子喘动粗气。

……庄之蝶空出口来,哺哺地说:"唐宛儿,我终于抱了你了,我太喜欢你了,真的,唐宛儿。"妇人说:"我也是,我也是。"竟扑扑簌簌掉下泪来。庄之蝶瞧着她哭,越发心里爱怜不已,用手替她擦了,又用口去吻那泪眼,妇人就哧哧笑起来,挣扎了不让吻,两只口就又碰在一起,一切力气都用在了吸吮,不知不觉间,四只手同时在对方的身上搓动。庄之蝶的手就蛇一样地下去了,裙子太紧,手急得只在裙腰上抓,妇人就把裙扣在后边解了,于是那手就钻进去,摸到了湿淋淋的一片……(此处作者有删节)庄之蝶说:"那天送给你鞋,我真想摸了你的脚的。"妇人说:"我看得出来,真希望你来摸,可你手却停住了。"庄之蝶说:"那你为什么不表示呢?"女人说:"我不敢的。"庄之蝶说:"我也是没出息的,自见了你就心上爱你,觉得有缘分的,可你是我接待的第一个女人,心里又怯,只是想,只要你有一分的表示,我就有十分的勇敢的。"女人说:"你是名人,我以为你看不上我哩。"庄之蝶把软得如一根面条的妇人放在了床上,开始把短裙剥去,连筒丝袜就一下子脱到了膝盖弯。庄之蝶的感觉里,那是幼时在潼关的黄河畔剥春柳的嫩皮儿,是厨房里剥一根老葱,白生生的肉腿就赤裸在面前。妇人要脱下鞋去,彻底褪掉袜子,庄之蝶说他最爱这样穿着高跟鞋,便把两条腿举起来,立于床边行起好事。妇人沾着动着就大呼小叫,这是庄之蝶从未经历过的,顿时男人的征服欲大起,竟数百下没有早泄,连自己都吃惊了。唐宛儿早满脸润红,乌发纷乱,却坐起来说:"我给你变个姿势吧!"下床来趴在床沿。庄之蝶仍未早泄,眼盯着那屁股左侧的一颗蓝痣,没有言语,只是气喘不止。妇人歇下来,干脆把鞋子丝袜全然脱去……(此处作者有删节)庄之蝶醉眼看妇人如虫一样跃动,嘴唇抽搐,双目翻白,猛地一声惊叫……

　　庄之蝶穿好了衣服,妇人却还窝在那里如死了一般,他把她放平了,坐在床对面的沙发上吸烟,一眼一眼欣赏那玉人睡态。妇人睁眼看看他,似乎有些羞,无声地笑一下,还是没有力气爬起来,庄之蝶就想起唐诗里关于描写贵妃出浴后无力的诗句,体会那不是在写出浴,完全是描述了行房事后的情景了。妇人说:"你真行的!"庄蝶说:"我行吗?!"妇人说:"我真还没有这么舒服过的,你玩女人玩得真好!"庄之蝶好不自豪,却认真他说:"除过牛月清,你可是我第一个接触的女人,今天简直有些奇怪了,我从没有这么能行过。真的,我和牛月清在一块总是早泄。我只说我完了,不是男人家了呢。"唐宛儿说:"男人家没有不行的,要不行,那都是女人家的事。"庄之蝶听了,忍不住又扑过去,他抱住了妇人,突然头埋在她的怀里哭了,说道:"我谢谢你,唐宛儿,今生今世我是不会忘记你了!"妇人把庄之蝶扶起来,轻声地叫了:"庄哥。"庄之蝶说:"嗯。"妇人说:"我还是叫你老师的好。"庄之蝶说:"是你笑我太可怜了?"妇人说:"一直叫你老师,突然不叫就不好了。人面前我叫你老师,人后了就叫你庄哥吧!"两人又搂了亲了一回,妇人开始穿衣,收拾头发,重新画眼线,涂口红,说:"庄哥,我现在是你的人了,你今日请汪希眠的老婆,那一定是天仙一般的人物,我去真不会丢脸儿吧?"庄之蝶说:"让你去,你就知道你的自信心了!"妇人说:"但我怕的。"庄之蝶说:"怕什么?"妇人说:"师母能欢迎我吗?"庄之蝶说:"这就看你怎么个应酬法了。"妇人说:"我相信我会应酬了的,但心里总是虚。还有,这一身衣服该让她笑话了。"庄之蝶说:"这衣服也漂亮的,现在是来不及了,要不我给你钱,你去买一身高档时装穿了。"妇人说:"我不花你的钱,我只要你在这里看看我穿哪一件的好。"就打开柜子,把所有衣服一件一件穿了试,庄之蝶倒心急起来,待选定了一条黑色连衣裙,就抱着又亲了一回,匆匆出门先回去了。

(节选自《废都》,作家出版社 2009 年版)

酒　国（节选）

莫　言

　　细雨霏霏，编织着软绵绵的稠密罗网，笼罩楼房、树木、一切。他感到她伸出一只手挽住了自己的胳膊，还听到一声脆响，一把粉红色的折叠伞在她的另一只手里弹开，举起来，罩住了头。他很自然地伸手揽住了她的腰，还抢过了那把伞，像个尽职尽责、体贴温存的丈夫一样。他想不出来这把雨伞的来处，满腹狐疑。但这狐疑立即就被幸福的感觉挤出去了。

　　天阴沉沉的，分不清是上午还是下午。他的手表早被那小妖精偷走，时间丧失。细雨打在柔软的伞布上，发出细微的声音。这声音甜蜜而忧伤，像著名的艺甘姆堡白葡萄酒，缠绵悱恻，牵肠挂肚。他把搂着她腰的胳膊更紧了些，隔着薄薄的丝绸睡衣，他的手感觉到她的皮肤凉森森的，她的胃在温暖地蠕动着。他们依偎着走在酿造大学狭窄的水泥路上，路边的冬青树叶亮晶晶的，像美女的指甲涂了橙色的指甲油。煤场上高大的煤堆蒸腾着乳白色的热气，散出一缕缕燃煤的焦香。高大的烟囱冒出的狰狞黑烟被空气压下来，化成一条条乌龙，在低空盘旋、纠缠。

　　就这样他们走出了酿造大学，沿着那条蒸腾着白汽、散发着酒香的小河边上的柳阴路漫步。下垂的柳条不时拂动着伞上的尼龙绸面，伞棱上的大雨珠落下。路上铺着一层湿漉漉的金黄枯叶。侦察员突然收了伞，看着那些青黑的柳条，问：

　　"我来到酒国多长时间了？"

　　女司机说：

　　"你问我，我问谁？"

　　侦察员道：

　　"不行，我要立即开始工作。"

　　她抽动着嘴角，嘲讽道：

　　"没有我，你什么也调查不到！"

　　"你叫什么名字？"

　　"你这家伙，"她说，"真不是东西，觉都跟我睡了，还不知我的名字。"

　　"抱歉，"他说，"我问过你，你不告诉我。"

　　"你没问过我。"

　　"我问过。"

"没问，"她踢他一脚，说，"没问。"

"没问，没问，现在问，怎么样？"

"甭问了，"她说，"你是亨特，我是麦考尔，咱俩是搭档，怎么样？"

"好搭档，"他拍拍她的腰，说，"你说我们该去哪儿？"

"你想调查什么？"

"以你丈夫为首的一伙败类杀食婴儿的罪行。"

"我带你去找一个人，酒国市的事情他全知道。"

"谁？"

"你亲我才说……"

他轻描淡写地吻了一下她的腮。

"我带你去找一尺酒店的老板余一尺。"

他们搂搂抱抱地走到驴街上时，天色已经很暗，凭着生物的特有感觉，侦察员知道太阳已经落山，不，正在落山。他努力想象着日暮黄昏的瑰丽景象：一轮巨大的红太阳无可奈何地往地上坠落，放射出万道光芒，房屋上、树木上、行人的脸上、驴街光滑的青石上，都表现出一种英雄末路、英勇悲壮的色彩。楚霸王项羽拄着长枪，牵着骏马，站在乌江边上发呆，江水滔滔，不舍昼夜。但现在驴街上没有太阳。侦察员沉浸在濛濛细雨中，沉浸在惆怅、忧伤的情绪里。一瞬间他感到自己的酒国之行无聊透顶，荒唐至极，滑稽可笑。驴街旁边的污水沟里，狼藉着一棵腐烂的大白菜，半截蒜瓣子，一根光秃秃的驴尾巴，它们静静地挤在一起，在昏暗的街灯照耀下发着青色、褐色和灰蓝色的光芒。侦察员悲痛地想到，这三件死气沉沉的静物，应该变成某一个衰败王朝国旗的徽记，或者干脆刻到自己的墓碑上。天很低，细雨出现在黄色的灯光里，宛若纷飞的蚕丝片断。粉红色的雨伞像株鲜艳的毒菌。他感到又饥又冷，这感觉是在他看了路沟里的脏物之后突然产生的。同时他还感到自己臀部和裤管早已被雨水打湿，皮鞋上沾满污泥，鞋旮旯子里积存着雨水，一走路唧唧地叫，好像淤泥里的泥鳅，脚。紧接着这一连串奇异的感觉，他的手臂被女司机冰凉的身体冻僵了，他的手掌试到了她肠胃的狼狈不堪的鸣叫。她只穿着一件粉红色的睡袍，脚上套着一双长毛绒面的布底拖鞋。踢踢沓沓，拖泥带水，不像是她在走路倒像两只癞猫驮着她走路。他想起男人和女人漫长的历史实际上就是类似阶级斗争的历史，有时男人胜利，有时女人胜利，但胜利者也就是失败者。他想自己和这女司机的关系有时是猫与鼠的关系，有时又是狼与狈的关系。他们一边做爱一边厮杀，温存和残暴重量相同，维持着天平的平衡。他想这个东西一定冻僵了而且他也感觉到她冻僵了。他摸了摸她的一只乳房，感到那原先暄腾腾的富有弹性的东西，变成了一只冰凉的铁秤砣，一个半熟的青香蕉苹果在冰柜里存放了很久。

"你冷吗?"他说了一句不折不扣的废话,但他紧接着说,"要不我们暂时回你的家,等暖和的日子到来,再去调查。"

她的牙齿"的的"地颤抖着,僵硬地说:

"不!"

"我怕冻坏了你。"

"不!"

神探亨特携着他的亲密战友麦考尔的手,在一个阴雨绵绵的寒冷秋夜在驴街上悄悄行走……侦察员的脑海里闪过了这样的话语,字变清晰,像"卡拉OK"录像带上的字幕,他孔武神勇,她桀骜不驯,但有时也温柔多情。驴街上空空荡荡,坑洼里的积水像毛玻璃一样,闪烁着模模糊糊的光芒。来到酒国不知多少日子之后,他一直在城市的外围转圈子,城市神秘,夜晚的城市更神秘,他终于在夜晚踏入了神秘的城市。这条古老的驴街令他联想到女司机的双腿之间的神圣管道。他批评自己的怪诞联想。他像一个患了强迫症的苍白的青春期少年一样,无法克制那触目惊心的喻指在脑海里盘旋。美妙的回忆翩翩而来。他模模糊糊地意识到,女司机是他的命运中注定了要遇到的冤家,他与她的身体已经被一条沉重的钢链拴在一起。他感到自己已经糊糊涂涂地产生了一种对于她的感情,有时恨有时怜有时怕,这就是爱情。

街灯稀疏,街两边的店铺大多已关门。但店铺后边的院子里,却灯火升腾。一阵阵扑扑腾腾的声音不在这个院子里响就在那个院子里响,他猜不到人们在干什么。女司机及时地提醒他:

"他们趁夜杀驴。"

路面仿佛在一秒钟内变得滑溜溜了,女司机摔了一个屁股墩儿。他去拉女司机时自己也滑倒了。他们共同砸折了雨伞的龙骨。她把雨伞扔到路沟里。细小的雨点变成了半凝固的冰霰,空气又潮又冷。他的牙缝里有冰凉的小风儿钻动。他催促她快些走。狭窄的驴街阴森可怖,是犯罪分子的巢穴。侦察员携着他的情人深入虎穴,字迹清晰。迎面来了一群黑油油的毛驴,挡住了他们的去路,恰好在他们看到了驴街一侧的霓虹灯照亮了一尺酒店的大招牌的时候。

毛驴的队伍拥挤不堪。他粗略地数了一下,驴群由二十四或者二十五头毛驴组成。它们一律黑色,一根杂毛也没有。雨水打湿了它们的身体。它们的身体都油光闪闪。它们都肌肉丰满,面孔俊秀,似乎都很年轻。它们似乎怕冷,更可能是驴街上的气息造成的巨大恐怖驱赶着它们拥挤在一起。它们都拼命往里挤,当后边的挤进去时,中间必定有驴被挤出来。驴皮相互摩擦的声音,像一根根芒刺,扎进了他的肌肤。他看到它们有的垂着头,有的昂着头。晃动着夸张的大耳朵,这一点是一致的。它们就这样拥拥挤挤地前进着。驴蹄在石板上敲击着、滑动着，发出群众鼓掌般的声响。驴群像一个移动的山丘，从他们面前滑过去。他看到，有一个黑色少年跟在驴群后边，蹦蹦跳跳。他感到这黑色少年与偷窃自己财物的鱼鳞少年有几分相似。他张开嘴巴，刚要喊出一句什么话时，就看到那少年把一根食指噙在嘴里，打了一个响亮的呼哨。这一声呼哨像锋利的刀片一样拉破了厚重的夜幕，并且引起了群驴的昂扬鸣叫。在侦察员的经验里，驴鸣叫时总是驻足扬头，专心致志，这群驴却在奔跑中鸣叫。怪异的现象使他的心脏紧缩起来。他松开攥住女司机手腕的手，奋勇地往前扑去。他的目的是想抓住赶驴的黑色少年，但他的身体却沉重地摔在地上。坚硬的青石与他的后脑勺猛烈碰撞，"嗡"，一声怪响在双耳里膨胀，眼前还有两大团黄光闪动。

等到侦察员恢复了视觉后，驴群和赶驴少年已经无影无踪，只剩下一条寂寞、清冷的驴街在面前横着。女司机紧紧地抓着他的手，关切地问：

"跌得严重吗？"

"不严重。"

"不，跌得非常严重，"她呜咽着说，"你的大脑肯定受了严重的挫伤……"

经过她的提醒，侦察员也感到头痛欲裂，眼前的景物都像照相的底片一样。他看到女司机的头发、眼睛、嘴巴像水银一样苍白。

"我怕你死……"

"我不会死，"他说，"我的调查刚刚开始，你为什么要咒我死呢？"

"我什么时候咒你死过？"她愤怒地反驳着，"我是说我怕你死。"

剧烈的头痛使他失去了说话的兴趣，他伸出手，摸摸她的脸，表示和解。然后他把胳膊搭在她的肩上。她像一名战地护士，搀扶着他横过驴街。一辆身体修长的高级轿车突然睁开眼睛，从路边鬼鬼祟祟地蹿出来，车灯的强烈光芒罩住了他们。他感到谋杀即将产生。他用力推搡女司机，她却更紧地搂住了他的身体。但事实上根本没有什么谋杀，轿车拐上马路后，飞也似的溜过去，车尾的红灯照耀着车底废气管里喷出的白色热气，显得十分美丽。

一尺酒店就在眼前。店堂里灯火通明，仿佛里边正在举行什么盛大的庆典。

摆满花朵的大门两侧站着两个身高不足一米的女侍者。她们穿着同样鲜红的制服，梳着同样高耸的发型，生着同样的面孔，脸上挂着同样的微笑。极端地相似便显出了虚假，侦察员认为她们是两个用塑料、石膏之类物质做成的假人。她们身后的鲜花也因为过分美丽显得虚假，美丽过度便失去了生命感觉。

她们说：

"欢迎光顾。"

茶色的玻璃门在他们面前闪开了。他在大厅的一根镶嵌着方玻璃的柱子上看到了一个苍老、丑陋的男人被一个肮脏的女人支撑着。当他明白了那是自己与女司机的影子时，顿时感到万念俱灰。他想退出大厅，一个身穿红衣的小男孩，看起来步态蹒跚、但其实速度极快地滑过来，他听到小男孩用尖细的嗓音说：

"先生，太太，是用饭还是喝茶？是跳舞还是卡拉OK？"

小家伙的脑袋刚好与侦察员的膝盖平齐，所以在谈话时他们一个仰着脸一个则弯着腰俯着脸。一大一小两张脸相对着，使侦察员的精神居高临下，暂时克服掉一部分灰暗情绪。他看到那小男孩的脸上有一种令人脊梁发凉的邪恶表情，尽管他像所有的训练有素的旅店服务生一样脸上挂着不卑不亢的微笑，但那些邪恶的东西还是洇了出来。像墨水洇透了劣质的草纸一样。

女司机抢先回答：

"我们要喝酒、吃饭，我是你们经理余一尺先生的好朋友。"

小家伙鞠了一躬，道：

"我认识您，太太，楼上有雅座。"

他在前边引路。侦察员感到这小东西跟《西游记》里那些小妖一模一样。他甚至觉得他那条肥大的灯笼裤裆里窝着一条狐狸的或者是狼的尾巴。他们的鞋被光洁的大理石地板反映得愈加肮脏。侦察员自惭形秽。大厅里有一些花枝招展的女人搂着一些红光满面的男人跳舞。一个穿黑衣扎白蝴蝶结的小家伙蹲在一张高凳上弹钢琴。

他们跟随着小家伙盘旋着上升，走进了一间雅致的小屋。两个矮小的女孩端着菜谱跑上来。女司机说：

"请你们余经理来，就说九号到了。"

在等待余一尺的过程中，女司机放肆地脱掉拖鞋，在柔软的地毯上擦着脚上的泥。可能是屋子里暖洋洋的气息刺激了她的鼻腔，她响亮地、连续地打着喷嚏。当某个喷嚏被阻碍时，她便仰起脸来，眯缝着眼，咧着嘴，寻求灯光的刺激。她这副模样侦察员不喜欢，因为她这副模样与发情的公驴闻到母驴的尿臊味时的模样极其相似。

在她的喷嚏的间隙里，他见缝插针地问：

"你打过篮球？"

"啊啾——什么？"

"为什么是九号？"

"我是他的第九个情妇，啊啾——！"

二

莫言老师：

您好！

我已经把您的意思转达给余一尺先生，他得意洋洋地说："怎么样？我说他会为我作传，他就果然要为我作传。"他还说一尺酒店的大门随时对您敞开着。不久前市政府拨了一大笔款装修了一尺酒店，那里一天二十四小时营业，珠光宝气，美轮美奂，谦虚点说也达到了三星半级水平。他们最近接待了一批日本人，打发得小鬼子们十分满意，他们的团长还写了一篇文章发表在《旅游家》杂志上，对一尺餐厅作了高度评价。所以，您来酒国，住在一尺酒店，分文不掏，即可享尽人间至福。

关于我寄给您的纪实小说《一尺英豪》，里边游戏之笔很多。我在给您的信上也说明了，此文是我献给您的礼物，供您撰写他的传记时参考。但老师对我的批评我还是极为虚心地考虑了，我的毛病就是想象力过于丰富，所以常常随意发挥，旁生枝杈，背离了小说的基本原则。我今后一定要牢记您的批评，为能写出符合规范的小说卧薪尝胆、呕心沥血。

老师，我十二万分地盼望着您早日启程来酒国，生在地球上，不来酒国，简直等于白活一场。十月份，首届猿酒节隆重开幕，这是空前绝后的酒国盛会，要整整热闹一个月，您千万不要错过这个机会。当然，明年还会举办第二届猿酒节，但那就没有首届的隆重和开辟鸿蒙的意思了。我老岳父为研制猿酒，已经在城南白猿岭上与猴子一起生活了三年，到了走火入魔的程度，但非如此造不出猿酒，就与非如此写不出好小说同理。

您所要的《酒国奇事录》我前几年在我岳父那儿看过，后来又找不到了。我已给市委宣传部的朋友打了电话，让他们无论如何为您搞一本。这本小册子里有很多恶毒影射的文章，无疑是现在的人所作，但是否余一尺所作则有疑。正如您所说，余一尺是个半神半鬼的家伙。他在酒国也是毁誉参半，但由于他是个侏儒，一般人也不跟他真刀真枪争斗，所以，他几乎是无所顾忌、为所欲为，他把人的善和人的恶大概都发挥得淋漓尽致了吧！学生我才疏学浅，把握不了这个人物的内心世界，此地有黄金，就等着老师前来采掘了。

我的那几篇小说，给《国民文学》已有很久了吧，敢请老师去催问一下。也请您告诉他们，欢迎来参加首届猿酒节，食宿问题，自然有我尽力安排，我相信慷慨的酒国人会使他们满意的。

随信寄出小说一篇，题名《烹饪课》。老师，这篇小说我是认真阅读了时下流行的"新写实主义"小说家的几乎全部作品,吸收了他们的精华,又有所改造而成。老师,我还是希望您帮我把这篇小说转给《国民文学》编辑部,我坚信这样不间断地寄下去,就能够感动这些居住在琼楼玉阁里,每日看着嫦娥梳头的上帝们。

　　敬颂

撰安!

学生:李一斗

三
《烹饪课》

　　我的岳母在没发疯之前,是个风度翩翩的美人——半老徐娘。在某个时期里,我感到她比她的女儿还要年轻、漂亮、富有性感。她的女儿就是我的老婆,这是废话,但不得不说。我的老婆在《酒国日报》专题部工作,曾写过好几篇反响强烈的专访,在酒国这个小地方,也算是个有头有脸的人物。我的老婆又黑又瘦,头发焦黄,满脸铁锈,嘴巴里有一股臭鱼的味道。我的岳母则肌肉丰满,皮肤白嫩,头发黑得流油,嘴巴里整天往外释放着烤肉的香气。我的老婆与我的岳母站在一起所形成的反差让人十分自然地想起了阶级和阶级斗争。我岳母像一个保养良好的大地主的小老婆,我老婆像一个饥寒交迫的老贫农的大女儿。为此我老婆和我岳母结下了深深的冤恨,母女俩三年没说一句话。我老婆宁愿在报社院子里露宿也不愿回家。我每次去看我岳母都会引发我老婆的歇斯底里,她用难以写到纸上的肮脏语言骂我,好像我去拜见的不是她的亲娘而是一个娼妓。

　　坦率地说,在那些日子里,我确实对我岳母的美色产生过一些朦朦胧胧的企羡,但这种罪恶的念头被一千条粗大的铁链捆绑着,绝对没有发展、成长的可能。我老婆的詈骂却像烈火一样烧着那些锁链。所以我愤怒地说:

　　"假如有一天我跟你妈睡了觉,你要负全部责任。"

　　"什么?!"我老婆气汹汹地问。

　　"如果不是你的提醒,我还想不到,闺女女婿还可以跟岳母做爱,"我恶毒地说,"我跟你妈妈只有年龄上的差异而没有血缘上的联系,而且,最近你们日报上登载过一条趣闻,美国纽约州的男青年杰克跟老婆离婚后旋即与岳母结婚。"

　　我老婆怪叫了一声,翻着白眼跌倒,昏过去了。我慌忙往她的身上泼了一桶凉水,又用一根生锈的铁钉子扎她的人中,扎她的虎口,折腾了足有半点钟,她才懒洋洋地活过来。她睁着大眼躺在泥水中,像一根僵直的枯木头。她的眼睛里闪烁着破碎的光芒、绝望的光芒,使我感到不寒而栗。泪水从她的眼睛里涌出,顺着眼角,流向双耳。我想此刻唯有一件事情可做,那就是真诚地向她道歉。

443

我亲切地呼唤着她的名字，并强忍着厌恶，吻了一下她那张腥臭逼人的嘴巴。吻她的嘴巴时我想到了她妈妈那张永远散发着烤肉气味的嘴巴，应该喝一口白兰地吻一下那张嘴巴，那是人间最美的佐肴，就像喝一口白兰地咬一口烤肉一样。奇怪的是岁月竟然无法侵蚀那嘴唇上的青春魅力，不涂口红也鲜艳欲滴，里边饱含甜蜜的山葡萄汁液。而她女儿的嘴唇连山葡萄皮儿都不如。她用细长的声音说：

"你不要骗我了，我知道你爱我妈妈不爱我，因为你爱上了我妈妈所以你才同我结婚，我只是我妈妈的一个替代物，你吻我的嘴唇时，想着我妈妈的嘴唇，你同我做爱时，想着我妈妈的肉体。"

她的话尖利无比，像剥皮刀一样，剥掉了我的皮。但我却恼怒地说——我用巴掌轻轻地拍了一下她的脸绷着自己的脸说：

"我打你！不许你胡说八道。你这是想入非非，你是癔想狂，别人知道了会笑死你。你妈妈知道了会气死。我酒博士是个堂堂正正的男子汉，再无耻也不会去干那种禽兽不如的勾当。"

她说：

"是的，你没有干，但是你想干！也许你一辈子都不会干，但你一辈子都想干。白天不想干你夜里想干，醒着不想干你梦里想干，活着你不想干，死了你也想干！"

我站起来，说：

"你这是侮辱我，侮辱你妈妈，也侮辱你自己！"

她说：

"你甭发火。即便你身上有一百张嘴，即便你的一百张嘴里同时吐出甜言蜜语，也蒙蔽不了我。哎，我这样的人，还活着干什么？活着充当挡脚石？活着惹人讨厌？活着找罪受？死了算了死了算了，死了就利索了……"

"我死了你们就可以随心所欲了。"她挥舞着那两只驴蹄子一样结实的小拳头，擂着自己那两只乳头，是的，当她仰着的时候，她那干瘪的胸脯上只有两颗黑枣般的乳头，而我的岳母那两只乳房竟像少妇般丰满，丝毫没有疲软、滑坡的迹象，即便她穿着粗线厚毛衣，它们也挺成勇敢的山峰。岳母和妻子肉体上的颠倒，把一个女婿推到了罪恶深渊的边缘上。这能怨我吗？我忍无可忍地吼叫起来。我没有怨你，我怨我自己。她松开拳头，用鸡爪样的双手撕扯衣服，撕崩了纽扣，露出了乳罩，天，就像一个没有脚的人还要穿鞋一样，她竟然还戴着乳罩！她瘦骨棱棱的胸膛逼歪了我的头。我说：

"够了，不要折腾了，你死了还有你爹呢！"

她双手按地坐起来，双眼放着凶光，说：

"我爹不过是你们的挡箭牌，他只知道酒，酒酒酒！酒就是他的女人。如果我爹正常，我何必这样担心？"

"真没见过你这样的女儿。"我无奈地说。

"所以，我请求你杀了我，"她双膝跪地，用那颗坚硬的头颅连连撞击着水泥地板，说，"我跪着求你，我磕着头求你，杀了我吧。博士，厨房里有一把从没用过的不锈钢刀，快得像风一样，你去拿了它来，杀了我，求求你杀了我。"

她昂起头，仰着脖子，那脖子细长像拔光了毛羽的鸡脖子，颜色青紫，肌肤粗糙，有三颗黑痦子，蓝色的血管子鼓胀起来，迅速地跳动着。她半翻着白眼，嘴唇松弛地耷拉着，额头上沾满灰尘，渗出一些细小的血珠子，头发凌乱，像一只喜鹊的巢穴。这女人哪里是个女人？这女人竟是我的老婆，说实话我老婆的行为令我感到恐惧，恐惧过后是厌恶，同志们，怎么办？她嘻嘻地冷笑着，她的嘴像一个胶皮轮胎上的切口，我担心她发了疯，我说好老婆常言道一日夫妻百日恩，百日夫妻比海洋深，咱俩夫妻了好几年，我怎么忍心下手杀死你？杀你我还不如去杀只鸡，杀只鸡咱可以熬锅鸡汤喝，杀了你我要吃枪子，我还没傻到那种程度哩！

她摸着脖子，轻声细语地说：

"你真的不杀我？"

"不杀，不杀！"

"我劝你还是杀了我吧，"她用手比画着，好像她的手里已握住了那把锋利的、风一样快的钢刀，说，"嗤——只要这么轻轻地一拉，我脖子上的动脉血管就会断开，鲜红的血就会像喷泉一样涌出来，半个小时后，我就变成了一张透明的人皮，那时候，"她阴险地笑着说，"你就可以跟那个吃婴儿的老妖精睡到一个被窝里去了。"

"放你妈的狗臭屁！"我粗野地骂道。同志们，让我这样一个文质彬彬的书生骂出这样的脏话不容易，我是被我老婆气疯了。我惭愧。我骂她："放你妈的……凭什么要我杀你？我为什么要杀你？好事情你不找我，这样的事情偏来找我！谁愿意杀你谁杀你，反正我不杀你。"

我愤怒地走到一边去。我想惹不起你难道还躲不起你吗？我拿起一瓶"红鬃烈马"，咕咕嘟嘟往嘴里灌。往嘴里灌酒时我没忘记用双眼的余光观察着她的动静。我看到她懒洋洋地爬起来，微笑着向厨房走去。我心里一怔，听到自来水管子哗哗的流水声。我悄悄地跟过去，看到她把脑袋放在强硬的水柱下冲激着。她双手扶着油腻腻的洗碗槽边缘，身体折成一个直角，撅起的屁股干巴巴的，我老婆的屁股像两片风干了三十年的腊肉，我不敢拿这两片腊肉去与我岳母那两扇皮球屁股比较，但脑子里晃动着她的皮球屁股的影子。我终于明白了我老婆的嫉妒并不是纯粹的无理取闹。雪白也一定是冰凉的水柱滋到她的后脑勺上，粉碎成一簇簇白浪花,发出很响的声音。她的头发变成一片片棕树皮,泛起白色的泡沫。她在水里哽咽着,发出的声音,像急食被噎的老母鸡。我很怕她感冒。一瞬间我心中洋溢着对她的怜悯之情。我觉得我把一个瘦弱的女人折磨成这模样是犯了深重的罪孽。我走上前去用手掌抚摸她的脊梁,她的脊梁冰凉。我说行了,别折腾了,我们不要干这种让亲者痛让仇者快的蠢事。她猛地直起腰来,火红的眼睛直盯着我,没说话,三秒钟,我胆寒,倒退走。忽见她从刀架上唰啦一声抽出那柄新从五金店买来的白色钢刀,在胸前划了半个圆,对准自己的脖子割了下去。

我奋不顾身地冲上来攥住了她的手脖子,把刀夺出来。我对她这种行为厌恶极了。混蛋,你这是要我的命嘛!我把刀死劲劈在菜墩子上,刀刃吃进木头,足有二指深,想拔出来要费很大的劲。我用拳头砸墙壁,墙壁回响,邻居大喊:干什么?!我愤怒得像一只金钱豹子,在铁笼子里转圈。我说,过不下去了,这日子没法他妈的过下去了。我转了几十圈后想了想这日子还得跟她过下去,跟她闹离婚等于去火葬场报到。我说:

"咱今天非把事情搞清楚不可!走吧,去找你的爹和娘,让他们评评理。你也可以当面问问你妈,我和她究竟是怎么回事。"

她用毛巾擦了一把脸,说:

"去就去,你们乱伦都不怕,我还怕什么!"

"谁不去谁是乌龟王八蛋。"我说。

她说:

"对,谁不去谁是乌龟王八蛋。"

我们拉拉扯扯往酿造大学走,路上碰到了市政府迎接外宾的车队,头前开路的摩托车上端坐着两个簇新的警察,都戴着墨晶眼镜,手上的手套雪白。我们暂时停止了争吵,像树木一样立在路边的槐树旁。阴沟里泛上来浓郁的腐烂牲畜尸体的臭气。她的冰凉的手胆怯地抓紧了我的胳膊,我蔑视着外宾的车队,心里对她的冰冷的爪子感到厌恶。我看到她的拇指长得不成比例,坚硬的指甲缝里隐藏着青色的污垢。但我不忍心甩开她的手,她抓住我是寻求保护,完全出于下意识,就像溺水的人抓住稻草一样。狗娘养的!我骂了一声。躲避威风车队的人群中有一位秃头的老女人歪过头来看我一眼。她穿着一件肥大的对襟毛衣,胸前缀着一排白色的塑料扣子,很大的扣子。我对很大的白色塑料扣子充满了生理上的厌恶,这种厌恶产生于我生腮腺炎的童年,有一个胸前缀有很大的白色塑料扣子的臭鼻子医生用章鱼腕足一样的黏腻手指摸过我的腮,我随即呕吐了。她肥胖的头蹲在双肩上,面孔浮肿,一嘴黄铜的牙齿。她歪头一看使我周身的筋都抽搐起来。我转身要走了她却小跑步地逼上来。原来她是我老婆的一个熟人。她亲热地抓住我老婆的手,使劲地摇晃着,她一边摇晃我老婆的手一边往上耸动着那肥胖的身体,两个人就差点拥抱亲嘴了。她简直就像我老婆的亲娘。于是我非常自然地想起我的岳母,竟然生出这样一位女儿我岳母简直是胡闹。我独自一人向酒国酿造大学走去,我想立刻去问问我岳母,她的女儿是不是从孤儿院抱养的弃儿,或者是在妇产科医院生产时被护士们给调了包。如果真是那样我该怎么办?

我老婆追了上来,她嘻嘻地笑着——似乎把适才拿脖子抹刀的事忘了——说:

"哎,博士,知道这个老太太是谁吗?"

我说不知道。

"她是市委组织部胡部长的丈母娘!"

我故作清高地哼了一声。

"你哼什么?"她说,"你不要瞧不起人,不要以为天下只有你聪明,告诉你,我马上就要当报社的文化生活部主任。"

我说祝贺你,文化生活部主任,希望你能写文章介绍一下撒泼的体会。

她惊愕地站住,说:

"你说我撒泼?我是天底下最善良的女人,换了别人,看到自己的丈夫跟丈母娘勾搭连环,早把天戳穿了!"

我说快走吧,让你爹和你妈来评判吧!

"我真傻,"她站住,如梦初醒般地说,"我凭什么要跟你一起去?去看你跟那个老风流眉目传情?你们可以不顾羞耻但我还要脸皮。天下男人像牛毛一样多,数也数不清,我就那么稀罕你?你愿跟谁去睡就跟谁去睡吧,我撒手不管了。"

说完话她很潇洒地走了。秋天的风摇晃着树冠,金黄的树叶飘飘摇摇地落下来,无声无息地落下来。我的老婆穿行在秋天的诗歌里,黑色的身影与清秀建立起某种联系。她的大撒手竟使我产生了一丝丝怅然若失的感觉。我老婆芳名袁美丽,袁美丽与秋天的落叶构成一首忧伤的抒情诗,味道像烟台张裕葡萄酒厂生产的"雷司令"。我注目着她,她却始终没有回头,这就叫义无反顾。其实,也许我希望她能回头看我一眼,但即将上任的《酒国日报》文化生活部主任没有回头。她上任去了。袁美丽主任。袁主任。主任。

主任的背影消逝在海鲜巷的白墙青瓦建筑群里。一群杂色的鸽子从那里直冲到蓝天上去。天上飘着三只杏黄色的大气球,气球拖着鲜红的飘带,飘带上绣着白色的大字。一个男人痴痴地站着,那是我,酒博士,李一斗。李一斗你总不至于跳到冒着气泡、洋溢着酒香的醴泉河里去寻短见吧?怎么会呢?我的神经像用火碱和芒硝鞣过的牛皮一样坚韧，是撕不烂、扯不断的。李一斗，李一斗，昂首挺胸往前走，转眼进了酿造大学，站在丈母娘家的门口。

（节选自《酒国》，上海文艺出版社 2012 年版）

丰乳肥臀（节选）

莫 言

第一章

一

在光滑整洁的宇宙中，数不清的天体穿梭般运行着。它们闪烁着温馨的粉红色光芒，有的呈乳房状，有的是屁股形。它们好像是随意运动，其实却遵循着各自的轨迹。吱吱哇哇，各唱各的调，横冲直闯，各走各的道。目睹着这伟大的和谐，马洛亚牧师热泪盈眶地高呼着："至高无上的上帝，只有你，唯有你！"他被自己的喊叫声惊醒了。

马洛亚牧师静静地躺在炕上，看到一道明亮的红光照耀在圣母玛利亚粉红色的乳房上和她怀抱着的光腚圣子肉嘟嘟的脸上。因为去年夏季房屋漏雨，这张挂在土墙上的油画留下了一团团焦黄的水渍，圣母和圣子的脸上，都呈现出侏儒般痴呆凶狠的表情。一只牵着银色的细丝蟢蛛，悬挂在明亮的窗户前，被清新的微风吹得悠来荡去。"早报喜，晚报财"，那个美丽苍白的女人面对着蟢蛛时曾经这样说过。我会有什么喜呢？我会有什么喜？他的脑子里闪烁着那些乳形臀状的天体，伸出肿胀的手指，抠了抠眼睛上的眵。他听到街上响起辘辘辘的车轮声，听到从遥远的沼泽地那边传来仙鹤的鸣叫声，还有那只奶山羊恼恨的"咩咩"声。麻雀把窗户纸碰得扑扑楞楞响。喜鹊在院子外那棵白杨树上噪叫。看来今天真是有喜了。他的脑子陡然清醒了，那个挺着大得惊人的肚子的美丽女人猛烈地出现在一片光明里，焦燥的嘴唇抖动着，仿佛要说什么话。她已经怀孕十一个月，今天一定要生了。马洛亚牧师瞬间便明白了蟢蛛悬挂和喜鹊鸣叫的意义。他一骨碌爬起来，下了炕。

马洛亚提着一只黑色的瓦罐上了教堂后边的大街，一眼便看到，铁匠上官福禄的妻子上官吕氏弯着腰，手执一把扫炕笤帚，在大街上扫土。他的心急剧地跳起来，嘴唇哆嗦着，低语道："上帝，万能的主上帝……"他用僵硬的手指在胸前划了个"十"字，便慢慢地退到墙角，默默地观察着高大肥胖的上官吕氏。她悄悄地、专注地把被夜露潮湿了的浮土扫起来，并仔细地把浮土中的杂物拣出扔掉。这个肥大的妇人动作笨拙，但异常有力，那把金黄色的、用黍子穗扎成的笤帚在她的手中像个玩具。她把土盛到簸箕里，用大手按结实，然后她端着簸箕站起来。

上官吕氏端着尘土刚刚拐进自家的胡同口儿，就听到身后一阵喧闹。她回头看到，本镇首富"福生堂"的黑漆大门洞开，一群女人涌出来。她们都穿着特意换上的破衣烂衫、脸上都涂抹着锅底灰。往常里穿绸披缎、涂脂抹粉的"福生堂"女眷，为何打扮成这副模样？从对面的套院里，外号"老山雀"的车夫赶出来一辆崭新的、罩着青布幔子的胶皮轱辘大车。车还没停稳，女人们便争先恐后地往上挤。车夫蹲在被露水打湿的石狮子前，默默地抽着烟。"福生堂"大掌柜司马亭提着一杆长苗子鸟枪，从大门口一跃而出。他的动作矫健、轻捷，像个小伙子似的。车夫慌忙站起，望着大掌柜。司马亭从车夫手中夺过烟斗，很响地抽了几口，然后他仰望着黎明时分玫瑰色的天空打了一个呵欠，说："老山雀，发车，停在墨水河桥头等着，我随后就到。"

车夫一手抓着缰绳，一手摇晃着鞭子，拢着马，调转了车头。女眷们挤在车上，叽叽喳喳地嚷叫着。车夫打了一个响鞭，马便小跑起来。马脖子上悬着的铜铃叮当脆响，车轮滚滚，卷起一路灰尘。

司马亭在当街上大咧咧地洒了一泡尿，对着远去的马车吼了一嗓子，然后，抱着鸟枪，爬上了望塔。塔高三丈，用了九十九根粗大圆木搭成。塔顶是个小小的平台，台上插着一面红旗。清晨无风，湿漉漉的旗帜垂头丧气。上官吕氏看到司马亭站在平台上，探着头往西北方向张望。脖子长长，嘴巴翘翘，仿佛一只正在喝水的鹅。一团毛茸茸的白雾滚过来，吞没了司马亭，吐出了司马亭。血红的霞光染红了司马亭的脸。上官吕氏感到司马亭脸上蒙了一层糖稀，亮晶晶，粘腻腻。耀眼。他双手举枪，高高地过头顶，脸红得像鸡冠子。上官吕氏听到一声细微的响，那是枪机撞击引火帽的声音。他举着枪，庄严地等待着，良久，良久。上官吕氏也在等待，尽管沉重的土簸箕坠得双手酸麻，尽管歪着脖子十分别扭。司马亭落下枪，嘴唇撅着，好像一个赌气的男孩。她听到他骂了一声、骂枪。这孙子！敢不响！然后他又举起枪，击发，啪嗒一声细响后，一道火光蹿出枪口，黯淡了霞光，照白了他的红脸。一声尖利的响，撕破了村庄的宁静，顿时霞光满天，五彩缤纷，仙女站在云端，让鲜艳的花瓣纷纷扬扬。上官吕氏心情激动。她是铁匠的妻子，但实际上她打铁的技术比丈夫强许多，只要是看到铁与火，就血热。热血沸腾，冲涮血管子。肌肉暴凸，一根根，宛如出鞘的牛鞭，黑铁砸红铁，花朵四射，汗透浃背，大奶沟里流成溪，铁血腥味弥漫在天地之间。她看到司马亭在高高的塔台上蹦了一下。清晨的潮湿空气里，弥漫着硝烟和硝烟的味道。司马亭拖着长腔唱着高调转着圈儿对整个高密东北乡发出警告：

"父老乡亲们，日本鬼子就要来了！"

二

上官吕氏把簸箕里的尘土倒在揭了席、卷了草的土炕上，忧心忡忡地扫了一眼手扶着炕沿低声呻吟的儿媳上官鲁氏。她伸出双手，把尘土摊平，然后，轻声对儿媳说："上去吧。"

在她的温柔目光注视下，丰乳肥臀的上官鲁氏浑身颤抖。她可怜巴巴地偷看着婆婆慈祥的面孔，苍白的嘴唇哆嗦着，好像要说什么话。

上官吕氏大声道："司马老大又犯了魔症！"

上官鲁氏道："娘……"

上官吕氏拍打着手上的尘土，轻声嘟哝着："你呀，我的好儿媳妇，争口气吧！要是再生个女孩，我也没脸护着你了！"

两行清泪，从上官鲁氏眼窝里涌出。她紧咬着下唇，使出全身的力气，提起沉重的肚腹，爬到土坯裸露的炕上。

"轻车熟路，自己慢慢生吧，"上官吕氏把一卷白布、一把剪刀放在炕上，蹙着眉头，不耐烦地说，"你公公和来弟她爹在西厢房里给黑驴接生，它是初生头养，我得去照应着。"

上官鲁氏点了点头。她听到高高的空中又传来一声枪响，几条狗怯怯地叫着，司马亭的喊叫断断续续传来："乡亲们，快跑吧，跑晚了就没命啦……"好像是呼应司马亭的喊叫，她感到腹中一阵拳打脚踢，剧烈的痛楚碌碡般滚动，汗水从每一个毛孔里渗出，散发着淡淡的鱼腥。她紧咬牙关，为了不使那号叫冲口而出。透过朦胧的泪水，她看到满头黑发的婆婆跪在堂屋的神龛前，在慈悲观音的香炉里，插上了三炷紫红色的檀香，香烟袅袅上升，香气弥漫全室。

大慈大悲、救苦救难的观音菩萨，保佑我吧，可怜我吧，送给我个男孩吧……上官鲁氏双手按着高高隆起的、凉森森的肚皮，望着端坐在神龛中的瓷观音那神秘的光滑面容，默默地祝祷着，泪水又一次溢出眼眶。她脱下湿了一片的裤子，将褂子尽量地卷上去，袒露出腹部和乳房。她手撑土炕，把身体端正地放在婆婆扫来的浮土里。在阵痛的间隙里，她把凌乱的头发用手指梳理了一下，将腰背倚在卷起的炕席和麦秸上。

窗棂上镶着一块水银斑驳的破镜子，映出脸的侧面：被汗水濡湿的鬓发，细长的、黯淡无光的眼睛、高耸的白鼻梁、不停地抖动着的皮肤枯燥的阔嘴。一缕潮漉漉的阳光透过窗棂，斜射在她的肚皮上。那上边暴露着弯弯曲曲的蓝色血管和一大片凹凸不平的白色花纹，显得狰狞而恐怖。她注视着自己的肚子，心中交替出现灰暗和明亮，宛若盛夏季节里高密东北乡时而乌云翻滚时而湛蓝透明的天空。她几乎不敢俯视大得出奇、坚硬得出奇的肚皮。有一次她梦到自己怀了一块冷冰冰的铁。有一次她梦到自己怀了一只遍体斑点的癞蛤蟆。铁的形象还让她勉强可以忍受，但那癞蛤蟆的形象每一次在脑海里闪现，她都要浑身爆起鸡皮疙瘩。菩萨保佑……祖宗保佑……所有的神、所有的鬼，你们都保佑我、饶恕我吧，让我生个全毛全翅的男孩吧……我的亲亲的儿子，你出来吧……天公地母、黄仙狐精，帮助我吧……就这样祝祷着，祈求着，迎接来一阵又一阵撕肝裂胆般的剧痛。她的双手抓住身后的炕席，身上的每一块肌肉都在震颤、抽搐。她双目圆睁，眼前红光一片，红光中有一些白炽的网络在迅速地卷曲和收缩，好像银丝在炉火中熔化。一声终于忍不住的号叫从她的嘴巴里冲出来，飞出窗棂，起起伏伏地逍遥在大街小巷，与司马亭的喊叫交织在一起，拧成一股绳，宛若一条蛇，钻进那个身材高大、哈着腰、垂着红毛大脑袋、耳朵眼里生出两撮白毛的瑞典籍牧师马洛亚的耳朵。在通往钟楼的腐朽的木板楼梯上，他怔了一下，湛兰色的、迷途羔羊一般的永远是泪汪汪的、永远是令人动心的和蔼眼睛里跳跃着似乎是惊喜的光芒。他伸出一根通红的粗大手指，在胸脯上划了一个十字，嘴里吐出一句完全高密东北乡化了的土腔洋词："万能的主啊……"他继续往上爬，爬到顶端，撞响了那口原先悬挂在寺院里的绿锈斑斑的铜钟。苍凉的钟声扩散在雾气缭绕的玫瑰色清晨。伴随着第一声钟鸣，伴随着日本鬼子即将进村的警告，一股汹涌的羊水，从上官鲁氏的双腿间流出来。她嗅到了一股奶山羊的膻味，还嗅到了时而浓烈时而淡雅的槐花的香味，去年与马洛亚在槐树林中欢爱的情景突然异常清晰地再现眼前，但不容她回到那情景中留连，婆婆上官吕氏高举着两只血迹斑斑的手，跑进了房间。她恐怖地看到，婆婆的血手上，闪烁着绿色的火星儿。

"生了吗？"她听到婆婆大声地问。

她有些羞愧地摇摇头。

婆婆的头颅在阳光中辉煌地颤抖着，她惊奇地发现，婆婆头发突然花白了。

"我还以为生出来了呢。"婆婆说。

婆婆的双手对着自己的肚皮伸过来。那双手骨节粗大，指甲坚硬，连手背上都布满胼胝般的硬皮。她感到恐惧，想躲避这个打铁女人沾满驴血的双手，但她没有力量。婆婆的双手毫不客气地按在她的肚皮上，她感到自己的心跳都要停了，冰凉的感觉透彻了五脏六腑。她不可遏止地发出了连串的嚎叫，不是因为痛疼，而是因为恐怖。婆婆的手粗鲁地摸索着，挤压着她的肚皮，最后，像测试西瓜的成熟程度一样"啪啪"地拍打了几下，仿佛买了一个生瓜，表现出烦恼和懊丧。那双手终于离去，垂在阳光里，沉甸甸的，萎靡不振。在她的眼里，婆婆是个轻飘飘的大影子，只有那两只手是真实的，是威严的，是随心所欲，为所欲为的。她听到婆婆的声音从很远的地方传来，从很深的水塘里、伴随着淤泥的味道和螃蟹的泡沫传来："……瓜熟自落……到了时辰，拦也拦不住……忍着点，咋咋呼呼……不怕别人笑话，难道不怕你那七个宝贝女儿笑话……"她看到那两只手中的一只，又一次软弱无力地落下来，厌烦地敲着肚皮，像敲着一面受潮的羊皮鼓，发出沉闷的声响。"现如今的女人，越变越娇气，我生她爹那阵子，一边生，一边纳鞋底子……"那只手总算停止了敲击,缩回,潜藏到暗影里,恍惚如野兽的脚爪。婆婆的声音在黑暗中闪烁着,槐花的香气阵阵袭来:"看你这肚子,大得出奇,花纹也特别,像个男胎。这是你的福气,我的福气,上官家的福气。菩萨显灵,天主保佑,没有儿子,你一辈子都是奴;有了儿子,你立马就是主。我说的话你信不信?信不信由你,其实也由不得你……""娘啊,我信,我信啊!"上官鲁氏虔诚地念叨着,她的眼睛看到对面墙壁上那片暗褐色的污迹,心里涌起无限酸楚。那是三年前,生完第七个女儿上官求弟后,丈夫上官寿喜怒火万丈,扔过一根木棒槌,打破她的头,血溅墙壁。婆婆端过一个筥箩,放在她身侧。婆婆的声音像火焰在暗夜里燃烧,放射着美丽的光芒:"你跟着我说,'我肚里的孩子是千金贵子',快说!"筥箩里盛着带壳的花生。婆婆慈祥的脸,庄严的声音,一半是天神,一半是亲娘,上官鲁氏感动万分,哭着说:"我肚里怀着千金贵子,我肚里怀着贵子……我的儿子……"婆婆把几颗花生塞到她手里,教她说:"花生花生花花生,有男有女阴阳平。"她接过花生,感激地重复着婆婆的话:"花生花生花花生,有男有女阴阳平。"

上官吕氏探过头来,泪眼婆娑地说:"菩萨显灵,天主保佑,上官家双喜临门!来弟她娘,你剥着花生等时辰吧,咱家的黑驴要生小骡子,它是头胎生养,我顾不上你了。"

上官鲁氏感动地说:"娘,您快去吧。天主保佑咱家的黑驴头胎顺产……"

上官吕氏叹息一声,摇摇晃晃地走出屋子。

三

西厢房的石磨台上,点着一盏遍体污垢的豆油灯,昏黄的灯火不安地抖动着,尖尖的火苗上,挑着一缕盘旋上升的黑烟。燃烧豆油的香气与驴粪驴尿的气味混合在一起。厢房里空气污浊。石磨的一侧,紧靠着青石驴槽。上官家临产的黑驴,侧卧在石磨与驴槽之间。

上官吕氏走进厢房,眼睛只能看到豆油灯火。黑暗中传来上官福禄焦灼的问话:"他娘,生了个啥?"

上官吕氏对着丈夫的方向撇了撇嘴,没回答。她越过地上的黑驴和跪在黑驴身侧按摩驴肚皮的上官寿喜,走到窗户前,赌气般地把那张糊窗的黑纸摘了下来。十几条长方形的金色阳光突然间照亮了半边墙壁。她转身至石磨前,吹熄了磨台上的油灯。燃烧豆油的香气迅速弥漫,压住了厢房里的腥膻气。上官寿喜黑油油的小脸被一道阳光照耀得金光闪闪,两只漆黑的小眼睛闪烁着,宛若两粒炭火。他怯生生地望着母亲,低声道:"娘,咱也跑吧,'福生堂'家的人都跑了,日本人就要来了……"

上官吕氏用恨铁不成钢的目光直盯着儿子,逼使他的目光躲躲闪闪,沁满汗珠的小脸低垂下去。

"谁告诉你日本人要来？"上官吕氏恶狠狠地质问儿子。

"'福生堂'大掌柜的又放枪又吆喝……"上官寿喜抬起一条胳膊，用沾满驴毛的手背揩着脸上的汗水，低声嘟哝着。与上官吕氏粗大肥厚的手掌相比较，上官寿喜的手显得又小又单薄。他的嘴唇突然停止了吃奶般的翕动，昂起头，竖起那两只精巧玲珑的小耳朵，谛听着，他说，"娘，爹，你们听！"

司马亭沙哑的嗓音悠悠地飘进厢房："大爷大娘们——大叔大婶们——大哥大嫂子们——大兄弟大姊妹们——快跑吧，逃难吧，到东南荒地里庄稼棵子里避避风头吧——日本人就要来了——我有可靠情报，并非虚谎，乡亲们，别犹豫了，跑吧，别舍不得那几间破屋啊，人在青山在呐，有人有世界呐——乡亲们，跑吧，晚了可就来不及了……"

上官寿喜跳起来，惊恐地说："娘，听到了吧？咱家也跑吧……"

"跑，跑到哪里去？！"上官吕氏不满地说，"'福生堂'家当然要跑，我们跑什么？上官家打铁种地为生，一不欠皇粮，二不欠国税，谁当官，咱都为民。日本人不也是人吗？日本人占了东北乡，还不是要依靠咱老百姓给他们种地交租子？他爹，你是一家之主，我说的对不对？"

上官福禄咧着嘴，龇出两排结实的黄牙齿，脸上的表情哭笑难分。

上官吕氏怒道："我问你呐，龇牙咧嘴地干什么？碌碡压不出个屁来！"

上官福禄哭丧着脸说："我知道个啥？你说跑咱就跑，你说不跑咱就不跑呗！"

上官吕氏叹息一声，道："是福不是祸，是祸躲不过。还愣着干什么？快给它按肚皮！"

上官寿喜翕动着嘴唇，鼓足了勇气，用底气不足的高声问道："她生了没有？"

"男子汉大丈夫，一心不可二用，你只管驴，女人的事，不用你操心。"上官吕氏说。

"她是我老婆嘛……"上官寿喜喃喃着。

"没人说她不是你的老婆。"上官吕氏说。

"我猜她这一次怀的是男孩，"上官寿喜按着驴肚子，道，"她肚子大得吓人。"

"你呀，无能的东西……"上官吕氏沮丧地说，"菩萨保佑吧。"

上官寿喜还想说话，但被母亲哀怨的目光封住了嘴。

上官福禄道："你们在这忙着，我上街探看探看动静。"

"你给我回来！"上官吕氏一把抓住丈夫的肩头，把他拖到驴前，怒道："街上有什么动静你看？按摩驴肚皮，帮它快点生！菩萨啊，天主啊，上官家的老祖宗都是咬铁嚼钢的汉子，怎么养出了这样一些窝囊子孙？！"

上官福禄在驴前弯下腰，伸出那两只与他儿子同样秀气的小手，按在黑驴抽搐的肚皮上。他的身体与儿子的身体隔驴相对。父子二人对面相觑，都咧嘴，都龇牙，活脱脱一对难兄难弟。他们父起子伏，父伏子起，像踩在一条翘翘板的两端。随着身体的起伏，他们的手在驴肚皮上浮皮潦草地揉动着。父子俩都没有力气，轻飘飘，软绵绵，灯心草，败棉絮，俩出了屁的玩艺儿，漫不经心，偷工减料。站在他们身后的上官吕氏懊丧地摇摇头，伸出铁钳般的大手，捏住丈夫的脖子，拎起来，咜几声："去去，到一边去！"然后，轻轻一推，欺世盗名的打铁匠上官福禄便踉踉跄跄地扑向墙角，趴在一麻袋草料上。"起来！"上官吕氏喝斥儿子，"别在这碍手碍脚，饭不少吃，水不少喝，干活稀松！天老爷，我好苦的命哟！"上官寿喜如同大赦般跳起来，到墙角上与父亲会合。父子二人黑色的眼睛油滑地眨动着，脸上的表情既像狡诈又像木讷。这时，司马亭的喊叫声又一次涌进厢房，父子二人的身体都不安地绞动起来，仿佛屎逼，好像尿急。

上官吕氏双膝跪在驴腹前，全然不避地上的污秽。庄严的表情笼罩着她的脸。她挽起袖子，搓搓大手。她搓手的声音粗糙刺耳，宛若搓着两只鞋底。她把半边脸贴在驴的肚皮上，眯着眼睛谛听着。继而，她抚摸着驴脸，动情地说："驴啊、驴，豁出来吧，咱们做女子的，都脱不了这一难！"然后，她跨着驴脖子，弓着腰，双手平放在驴腹上，像推刨子一样，用力往前推去。驴发出哀鸣，四条蜷曲着的腿猛地弹开，四只蹄子哆嗦着，好像在迅速地敲击着四面无形的大鼓，杂乱无章的鼓声在上官家的厢房里回响。驴的脖子弯曲着扬起来，滞留在空中，然后沉重地甩下去，发出潮湿而粘腻的肉响，"驴啊，忍着点吧，谁让咱做了女的呢？咬紧牙关，使劲儿……使劲儿啊，驴……"她低声念叨着，把双手收到胸前，蓄积起力量，屏住呼吸，缓缓地、坚决地向前推压。驴挣扎着，鼻孔里喷出黄色的液体，驴头甩得呱呱唧唧，后边，羊水和粪便稀里胡涂迸溅而出。上官父子惊恐地捂住了眼睛。"乡亲们，日本鬼子的马队已经从县城出发了，我有确切情报，不是胡吹海谤，跑吧，再不跑就来不及了……"司马亭忠诚的喊叫声格外清晰地传入他们的耳朵。

上官父子睁开眼睛，看到上官吕氏坐在驴头边，低着头呼呼哧哧喘息。汗水溻湿了她的白布褂子，显出了她的僵硬、凸出的肩胛骨形状。而在黑驴臀后，汪着一摊殷红的血，一条细弱纤巧的骡腿，从驴的产道里直伸出来。这条骡腿显得格外虚假，好像是人恶作剧，故意戳到里边去的。

上官吕氏把剧烈抽搐着的半边脸再次贴到驴腹上，久久地谛听着。上官寿喜看到母亲的脸色像熟透了的杏子一样，呈现出安详的金黄颜色。司马亭孜孜不倦的吼叫飘来飘去，宛若追腥逐臭的苍蝇，粘在墙壁上，又飞到驴身上。他感到一阵阵心惊肉跳，好像大祸要临头。他想逃离厢房，但没有胆量。他朦胧地感觉到，只要一出家门，即将落到那些据说是个头矮小、四肢粗短、蒜头鼻子、铃铛眼睛、吃人心肝喝人鲜血的日本小鬼子手中，被他们吃掉，连骨头渣子也不剩。而现在，他们一定在胡同里成群结队地奔跑着，追逐着妇女和儿童，还像撒欢的马驹一样尥蹶子、喷响鼻。为了寻求安慰和信心，他侧目寻找父亲。他看到伪冒假劣的打铁匠上官福禄满脸土色，双手抓着膝盖坐在墙角的麻袋上，身体前仰后合，脊背和后脑持续不断地撞击着墙壁形成的夹角。上官寿喜的鼻子一阵莫名其妙地酸楚，两行浊泪，咕嘟嘟冒了出来。

上官吕氏咳嗽着，慢慢地把头抬起来。她抚摸着驴脸，叹道：“驴啊驴，你这是咋啦？怎么能先往外生腿呢？你好糊涂，生孩子，应该先生出头来……”驴失去了光彩的眼睛里涌出泪水。她用手擦去驴眼睑上的泪，响亮地擤了擤鼻涕，然后转过身，对儿子说：“去叫你樊三大爷吧。我原想省下这两瓶酒一个猪头，咳，该的省不下，叫去吧！”

上官寿喜往墙角上退缩着，双眼惊恐地望着通向胡同的大门，咧着嘴，嗫嚅着：“胡同里尽是日本人，尽是日本人……”

上官吕氏怒冲冲地站起来，走过穿堂，拉开大门，带着成熟小麦焦香的初夏的西南风猛地灌了进来。胡同里静悄悄的。一群蝴蝶蹑手蹑脚地滑过去，在上官寿喜的心中留下了一团彩色的关于蝴蝶的印象。

四

兽医兼“弓子手”樊三大爷的家座落在村子东头，紧挨着那片向东南方向一直延伸到墨水河边的荒草甸子。在他家院子的后边，是蜿蜒百里的蛟龙河高高的河堤。上官寿喜在母亲的逼迫下，软着腿走出家门。他看到超越了林梢的太阳已变成灼目白球，教堂钟楼上那十几片花玻璃光彩夺目，与钟楼同高的了望塔上，上蹿下跳着“福生堂”的大掌柜司马亭。他还在吼叫，传播着日本人即将进村的消息。他的声音已变得嘶哑。街上，有一些抱着膀子的闲人仰着脸望他。上官寿喜站在胡同中央，为选择去樊三家的路线犹豫。去樊三家有两条路，一条走大街，一条走河堤。走河堤他怕惊动了孙家那一群黑狗。孙家的破旧院落座落在胡同北头。院墙低矮，墙头上有几个光溜溜的豁口。没豁口的地方，经常蹲着一群鸡。孙家的家长是孙大姑，率领着五个哑巴孙子，哑巴们的父母好像从来就没存在过。五个哑巴在墙头上爬来爬去，爬出五个豁口，呈马鞍形状。他们一个挨一个骑在豁口上，好像骑着骏马。他们手持棍棒、弹弓，或是木棍刮削成的刀枪，瞪着眼白很多的眼睛，阴沉沉地盯着每一个经过胡同的人，或是动物。他们对人比较客气，对动物绝不客气，不论是牛犊还是狸猫，是鹅鸭还是鸡犬，只要发现，便穷追不舍，率着他们的狗，把偌大的村镇变成猎场。去年，他们合伙追杀了

"福生堂"家一匹脱缰的大骡子，在喧闹的大街上剥皮剜肉。人人都等着看好戏："福生堂"家大业大，有在外当团长的叔伯，家里养着短枪队，公然屠杀他家的骡子，无疑是找死。但"福生堂"的二掌柜司马库——他枪法奇准，脸上有一块巴掌大的红痣——非但没有掏枪，而是掏出五块大洋钱，赏给了哑巴五兄弟。从此哑巴们更是恣意妄为，牲畜们见了他们，都只恨爷娘少生了两只翅膀。当他们骑墙时，那五条像从墨池里捞上来一样遍体没有一根杂毛的黑狗，总是慵懒地卧在墙根，眯缝着眼睛，仿佛在做梦。孙家的哑巴们和哑巴们的狗对同住一条胡同的上官寿喜抱着深深的成见，他想不清楚何时何地如何得罪了这十个可怕的精灵。只要他碰到人骑墙头、狗卧墙根的阵势，坏运气便要临头。尽管他每次都对着哑巴们微笑，但依然难以避免五条箭一般扑上来的黑狗们的袭击。虽然这袭击仅仅是恫吓，并不咬破他的皮肉，但还是令他心惊胆战，想起来便不寒而栗。他欲往南，经由横贯村镇的车马大道去樊三家，但走大街必走教堂门前，身高体胖红头发蓝眼睛的马洛亚牧师在这个时辰，必定是蹲在大门外的那株遍体硬刺、散发着辛辣气息的花椒树下，弯着腰，用通红的、生着细软黄毛的大手，挤着那只下巴上生有三绺胡须的老山羊的红肿的奶头，让白得发蓝的奶汁，响亮地射进那个已露出锈铁的搪瓷盆子里。成群结队的红头绿苍蝇，围绕着马洛亚和他的奶山羊，嗡嗡地飞舞着。花椒树的辣味、奶山羊的膻气、马洛亚的臊味，混成恶浊的气团膨胀在艳阳天下，污染了半条街。上官寿喜最难忍受的是马洛亚那从奶山羊腔后抬起头来、浊臭逼人、含混暧昧的一瞥，尽管他的脸上是表示友好的、悲天悯人的微笑。因为微笑，马洛亚嘴唇上搐，露出马一样的洁白牙齿。粗大的脏手指画着毛茸茸的胸脯，阿门！上官寿喜每逢此时便翻肠搅胃，百感交集，狗一样夹着尾巴逃跑。躲避哑巴家的恶狗，是因为恐惧；躲避马洛亚和他的奶羊，则是因为厌恶。更令他厌恶的，是自己的妻子上官鲁氏，竟对这个红毛鬼子有着一种特别亲近的感情，她是他虔诚的信徒，他是她的上帝。

经过反复斟酌，上官寿喜决定北上东行去请樊三爷，尽管了望塔上的司马亭和了望塔下的热闹对他极有诱惑。除了塔上多一个要猴一样的"福生堂"大掌柜，村里一切正常，于是，对于小日本鬼子的恐怖消失了，他佩服母亲的判断力。为了防身，他拣了两块砖头握在手里。他听到大街上有高亢嘹亮的驴叫声，还有女人呼唤孩子的叫声。

路经孙家的院墙时，他庆幸地看到，孙家光秃秃的墙头上空前寂寞，既没有哑巴骑在豁口上，也没有鸡蹲在墙头上，狗也没卧在墙边做梦。孙家的院墙本来很矮，空出豁口后更矮，他的目光轻松地看到孙家的院子里，正在进行着一场大屠杀。被屠杀者是孙家那群孤独高傲的鸡，屠杀者是孙家的老奶奶，一个极有功夫的女人，人称孙大姑。传说孙大姑年轻时能飞檐走壁，是江湖上有名的女响马，只因犯了大案，才下嫁给孙小炉匠。他看到院子里已躺着七只鸡的尸首。光滑的、发白的地面上，涂抹着一圈圈的鸡血，那是鸡垂死挣扎时留下的痕迹。又一只被割断了喉管的鸡从孙大姑手里掷出来。鸡跌在地上，窝着脖子，扑楞着翅膀，蹬跋着腿，团团地旋转。五个哑巴，都赤着臂膊，蹲在屋檐下，瞪着直呆呆的眼睛，时而看看挣扎着转圈的鸡，时而看看他们手持利刃的奶奶。他们的神情、动作都惊人的一致，连眼神的转移，都仿佛遵循着统一的号令。在乡里享有盛名的孙大姑，其实是个瘦骨伶仃、面容清癯的老人。她的面孔、神情、身段、做派，传递着往昔的信息，让人去猜想她的当年英姿。那五条黑狗，团簇在一起，昂着头坐着，狗眼里流露出茫然无边的神秘又荒凉的情绪，谁也猜不透它们在思想什么。孙家院内的情景，像一台魅力无边的好戏，吸引住了上官寿喜，留住了他的目光和脚步，使他忘掉了千头万绪的烦恼，更忘掉了母亲的命令。这个42岁的小个子男人，俯在孙家的墙头上，专注地观看。他感到孙大姑的目光横扫过来，冷冰冰的，宛若一柄柔软如水、锋利如风的宝刀，几乎削掉了自己的头颅。哑巴们和他们的狗也转过脸转过眼睛。哑巴们眼里放射着几近邪恶的、兴奋不安的光彩。狗们歪着头，龇出锐利的白牙，喉咙里滚动着低沉的咆哮，脖子上的硬毛根根直立起来。五条狗，犹如五支弦上的箭，随时都会射过来。他正要逃跑，就听到孙大姑威严地咳嗽了一声，哑巴们兴奋膨胀的头颅猝然萎靡不振地垂了下去，五条狗也恭顺地伸平前爪，趴了下去。他听到孙大姑悠然地问：

"上官大侄子，你娘在家忙什么呢？"

他一时不知应该如何回答孙大姑的询问，仿佛有千言万语涌到口边，却连一句话也说不出口。他满脸窘态，支支吾吾，像被人当场捏住手脖子的小偷。

孙大姑平淡地笑笑，没说什么。她一把拽住那只生着黑红尾羽的大公鸡，轻轻地抚摸着它绸缎般光滑的羽毛。公鸡惊恐不安地咯咯着。她撕下公鸡尾巴上富有弹性的翎毛，塞到一个蒲草编成的袋子里。公鸡疯狂地挣扎着，坚硬的趾爪刨起了一团团泥土。孙大姑道：

"你家的闺女们会不会踢毽子？从活公鸡身上拔下的羽毛做成的毽子才好踢，咳，想当年……"

她盯了上官寿喜一眼，突然煞住了话头，陷入一种痴迷的沉思状态。她的眼睛仿佛盯着土墙，又仿佛穿透了土墙。上官寿喜不错眼珠地看着她，大气不敢出一口。终于，孙大姑皮球般泄了气、精光灼灼的眼神变得温柔悲凉。她踩住大公鸡的双腿，左手虎口卡住公鸡的翅根，食指和拇指捏住了公鸡的脖子。公鸡一动不动，失去了挣扎的能力。她伸出右手的食指和拇指，撕掉了公鸡绷紧的脖子上的细毛羽，裸露出一段紫棠色的鸡皮。她曲起右手中指，弹了弹鸡的喉咙。然后，她捏起那把耀眼的柳叶般的小刀，轻轻地一抹，鸡的喉咙便豁然浙沥出一股黑色的血,大珠追小珠地跳出来……孙大姑提着滴血的公鸡,慢腾腾地站起来。她四处张望着,仿佛在寻找什么东西。明亮的阳光使她眯着眼睛。上官寿喜头昏目眩。槐花香气浓郁。去吧！他听到孙大姑说。那只黑乎乎的大公鸡在空中翻着筋斗飞行,最后,沉重地跌在院子中央。他长长地舒了一口气,猛然想起请樊三给黑驴接生的事。就在他抽身欲去的瞬间,奇迹般地,那只公鸡竟用两只翅膀支撑着身体,宁死不屈地站了起来。它失去了高扬的尾羽,翘着光秃秃的尾巴根子,丑陋古怪,令上官寿喜内心惊骇。鸡脖子皮开肉绽,鲜血淋漓,支持不住生着原先血红现在变苍白了的大冠子的头。但它在努力昂头。努力啊！它的头昂起昂起猛然垂下,沉甸甸地悬挂着。它的头昂起昂起落下落下终于昂起。公鸡昂着摇摇晃晃的头,屁股后坐在地上,血和泡沫从它坚硬的嘴巴和脖子上的刀口里咕噜噜冒出来。它的金黄的眼珠子宛如两颗金色的星星。孙大姑有些惶惶不安,用一把乱草擦着双手,嘴巴咀嚼着什么似的其实什么也没有咀嚼。突然,她吐出一口唾沫,对着五条狗吼了一声:"去!"

上官寿喜一屁股坐在地上。

当他手扶着墙壁立起时,孙家院内已是黑羽翻飞,那只骄傲的公鸡已被撕扯得四分五裂,血肉涂地。狗像狼一样,争夺着公鸡的肚肠。哑巴们拍着巴掌,嗬嗬地傻笑。孙大姑坐在门槛上,端着长杆烟锅子,若有所思地抽烟。

（节选自《大家》,1995 年第 5 期）

长恨歌(节选)

王安忆

第一部

上海小姐

　　菜上来了,导演客气了几声,便埋头吃起来。一旦吃起,就好像把要说的事给忘了,只是一股劲地吃。这时,王琦瑶看见他西装袖口已经磨破,一层变两层,指甲也长了没剪,心里有些作呕,便放下筷子。等几个盘子的菜都去了大半,导演才从容起来,渐渐地放下筷子,脸上也有了光彩似的。他请王琦瑶抽烟,重新对待的方式,王琦瑶不抽,却帮导演点了烟,这动作使导演受了感动,就有些推心置腹的。他说瑶瑶,你还是求学的年龄,应当认真地读书,何必去竞选"上海小姐"? 王琦瑶说我并不是有心想去竞争,不过是顺水推舟,水到渠就成,水不到就不成的。导演说:瑶瑶你是受过教育的,应当懂得女性解放的道理,抱有理想,竞选"上海小姐"其实不过是达官贵人玩弄女性,怎能顺水推舟? 王琦瑶说:这我倒有不同的看法,竞选"上海小姐"恰巧是女性解放的标志,是给女性社会地位,要说达官贵人玩弄女性,就更不通了,因为也有大亨的女儿参加竞选,难道他们还会亏待自己的女儿不成? 导演说:那就对了,其实为的就是这些大亨的女儿,"上海小姐"是大亨送给他们女儿和情人的生日礼物,别人都是作的陪衬,是玩弄里的玩弄。听了这话,王琦瑶却变了脸,冷笑说:我倒不这么想,在家全是女儿,出外都是小姐,有什么她是我不是的,倘若真是你说的那样,我就是想退也不能退了,偏倒奉陪到底,一争高低。见她这样动气,还这样有道理,导演不由乱了方寸,不知说什么好。他支吾了些男女平等、女性独立的老生常谈,听起来像是电影里的台词,文艺腔的;他还说了些青年的希望和理想,应当以国家兴亡为己任,当今的中国还是前途莫测,受美国人欺侮,内战又将起来,也是文艺腔的,是左派电影的台词。王琦瑶便不再发言,只由着他去说。等他说了有一个段落,便站起来要告辞。导演措手不及地也站起,想再说些什么,王琦瑶却先开了口,她说:导演,其实我竞选"上海小姐"也有你的一份,如不是当初你让程先生替我拍照登在《上海生活》,也不会有后来的事情,说实在,去竞选还是程先生的建议呢。说罢一笑,是有些嘲弄的口气。这笑容刺激了导演,他突然来了灵感,对王琦瑶说出一番话,他说:瑶瑶,不,王小姐,"上海小姐"这顶桂冠是一片浮云,它看上去夺人眼目,可是转瞬即逝,它其实是过眼的烟云,留不住的风景,竹篮打水一场空的,它迷住你的眼,可等你睁开眼睛,却什么都没有,我在片厂这多年的经历,见过的光荣,作云是倾盆的大雨,作风是十二级的,到头来只是一张透明的黑白颠倒的胶片纸,要多虚无有多虚无,这就叫作虚荣! 王琦瑶没听他说完就转身走了,留下他在身后朗诵。楼下有新人的喜宴,鞭炮声声,将他的话全盖没了。

导演是负了历史使命来说服王琦瑶退出复选圈,给竞选"上海小姐"以批判和打击。电影圈是一九四六年的上海的一个进步圈,革命的力量已有纵深的趋势。关于妇女解放青年进步消灭腐朽的说教是导演书上读来的理论,后一番话则来自他的亲闻历见,含有人生的体验,这体验是至痛至爱的代价,可说是正直的肺腑之言。他看着王琦瑶走远,头也不回,她越是坚定,他越觉得她前途茫茫,可想帮也帮不上忙的。喜庆的鞭炮声是一连串的,窗玻璃上的灯光赤橙青蓝。这城市的夜晚真是有声有色啊!

三小姐

决赛是载歌载舞的,小姐的三次出场被歌唱,舞蹈和京剧的节目隔开来,每一次出场都有声色作引子。在歌,舞,剧的热闹中间,她们的出场有偃旗息鼓,敛声屏息的意思,是要全盘抓住注意力,打不得马虎眼的。在歌,舞,剧的各自谢幕之后,便也产生了舞后,歌后和京剧皇后,每一个皇后都是为她们出场开道的,她们便是皇后的皇后。是何等的光荣在等着她们,天大地大的光荣将在此刻决定,这又是何样的时刻呢? 台前的花篮渐渐地有了花,一朵两朵,三朵四朵,是真心真意,也是悉心悉意。篮里的花无意间为王琦瑶作了点缀。康乃馨的红和白,是专为衬托她的粉红和苹果绿来的,要不,这两种艳是有些分量不足,有些要飘起来,散开去的,这红和白全为它们压了底。王琦瑶在红白两色的康乃馨中间,就像是花的蕊,真是娇媚无比。她不是舞台上的焦点那样将目光收拢,她不是强取豪夺式地,而是一点一滴,收割过的麦地里拾麦穗的,是好言好语有商量的,她像是和你谈心似地,争取着你的同情。她的花篮里也有了花,这花不是如雨如瀑的,却一朵一朵没有间断,细水长流的,竟也聚起了一篮。王琦瑶不是台上最美最耀目的一个,却是最有人缘的一个,三次出场像是专为她着想,给她时间让人认识,记进心里。她一次比一次有轰动,最后一次则已收揽了夺魁的希望。

白色的婚服终于出场了,康乃馨里白色的一种退进底色,红色的一种跃然而出,跳上了她的白纱裙。王琦瑶没有做上海小姐的皇后,就先做了康乃馨的皇后。她的婚服是最简单最普通的一种,是其他婚服的争奇斗艳中一个退让。别人都是婚礼的表演,婚服的模特儿,只有她是新娘。这一次出场,是满台的堆纱叠绉,只一个有血有肉的,那就是王琦瑶。她有娇有羞,连出阁的一份怨也有的。这是最后的出场.所有的争取都到了头,希望也到了头,所有所有的用心和努力,都到了终了。这一刻的辉煌是有着伤逝之痛，能见明日的落花流水。王琦瑶穿上这婚纱真是有体己的心情，婚服和她都是带有最后的意思，有点喜，有点悲，还有点委屈。这套出场的服装，也是专为王琦瑶规定的，好像知道王琦瑶的心。穿婚服的王琦瑶有着悲剧感，低回慢转都在作着告别，这不是单纯的美人，而是情景中人。投向王琦瑶篮里的花朵带着点小雨的意思了，王琦瑶都来不及去看，她眼前一片缭乱，心里也一片缭乱，她是孤立无援，又束手待毙，想使劲也不知往何处使的，只有身上的婚服，与她相依为命。她简直是要流泪的，为不可知的命运。她想起那一次在片厂，开麦拉前的一瞬，也是这样的境地，甚至连装束也是一样，都是婚服，那天一身红，今天一身白，这预兆着什么呢？也许穿上婚服就是一场空，婚服其实是丧服！王琦瑶的心已经灰了一半，泪水蒙住眼睛。在这最后的时刻，剧场里好像下了一场康乃馨的雨，看不清谁投谁，也有投错花篮的。这是顶点，接下去便胜负有别，悲喜参半了。所有的小姐都伫立着，飞扬的沉落下来，康乃馨的雨也停了，音乐也止了，连心都是止的，是梦的将醒未醒时分。

　　这一刻是何等的静啊，甚至听见小街上卖桂花糖粥的敲梆声，是这奇境中的一丝人间烟火。人的心都有些往下掉，还有些沉渣泛起。有些细丝般的花的碎片在灯光里舞着，无所归向的样子，令人感伤。有隐隐的钟声，更是命运感的，良宵有尽的含义。这一刻静得没法再静了，能听见裙裾的窸窣，是压抑着的那点心声。这是这个不夜城的最静默时和最静默处，所有的静都凝聚在一点，是用力收住的那个休止，万物禁声。厅里和篮里的康乃馨都开到了最顶点，盛开得不能再盛开，也止了声息。灯是在头顶上很远的地方，笼罩全局的样子；台下是黑压压的一片，没底的深渊似的。这城市的激荡是到最极处，静止也是到最极处。好了，这静眼看也到头了，有新的骚动要起来了。心都跳到口边了，弦也要崩断了。有如雷的掌声响起，灯光又亮了一成，连台下都照亮了。皇后推了出来，有灿烂的金冠戴在了头上，令人目眩。那是压倒群芳的华贵，头发丝上都缀着金银片，天生的皇后，毋庸置疑，不可一世的美。金冠是为她定做的，非她莫属，她那个花篮也分外大似的，预先就想到的，花枝披挂在篮边，兜不住的情势。亚后却是有藏不住的妖冶，银冠也正对她合适。花篮里的花又白的多红的少，专配银冠似的。她的眼睛是有波光的，闪闪熠熠，煽动着情欲，是集万种风情为一身，是人间尤物。掌声连成了一片，灯光再亮了一成，连场子的角落都看得见，眼看就要曲终人散，然后，今夜是人家的今夜，明晨也是人家的明晨。这时，王琦瑶感觉有一只手，领她到了舞台中间，一顶花冠戴在了她的头顶。她耳边嗡嗡的，全是掌声，听不见说什么。皇后的金冠和亚后的银冠把她的眼眩花了，也看不见什么。她茫然地站着，又被领到皇后的身边。她定了定神，看见了她的花篮，篮里的康乃馨是红白各一半，也是堆起欲坠的样子，这就是她春华秋实的收获。

王琦瑶得的是第三名,俗称三小姐。这也是专为王琦瑶起的称呼。她的艳和风情都是轻描淡写的,不足以称后,却是给自家人享用,正合了三小姐这称呼。这三小姐也是少不了的,她是专为对内,后方一般的。是辉煌的外表里面,绝对不逊色的内心。可说她是真正代表大多数的,这大多数虽是默默无闻,却是这风流城市的艳情的最基本元素。马路上走着的都是三小姐。大小姐和二小姐是应酬场面的,是负责小姐们的外交事务,我们往往是见不着她们的,除非在特殊的盛大场合。她们是盛大场合的一部分。而三小姐则是日常的图景,是我们眼熟心熟的画面,她们的旗袍料看上去都是暖心的。三小姐其实最体现民意。大小姐二小姐是偶像,是我们的理想和信仰,三小姐却与我们的日常起居有关,是使我们想到婚姻,生活,家庭这类概念的人物。

程先生

两个人由着气氛的驱策,说到哪算哪,天马行空似的。这真是令人忘掉时间,也忘掉责任,只顾一时痛快的。程先生接下去叙述了第一次看见王琦瑶的印象,这话就带有表白的意思,可两人都没这么看,一个坦然地说,一个坦然地听,还有些调侃的。程先生说:倘若他有个妹妹,由他挑的话,就该是王琦瑶的样。王琦瑶则说倘若他父亲有兄弟的话,也就是程先生的样,这话是有推托的意思,两个人同样都没往心里去,一个随便说,一个随便听。然后,两人站起身来,眼睛都是亮亮的,离得很近地,四目相对了一时,然后分开。程先生拉开窗幔,阳光进来了,携裹了尘埃,星星点点,纷纷扬扬在光柱里舞蹈,都有些睁不开眼。望了窗下的江边,有靠岸的外国轮船,飘扬着五色旗。下边的人是如蚁的,活动和聚散,却也是有因有果,有始有终。那条黄浦江,茫茫地来,又茫茫地去,两头都断在天涯,仅是一个路过而已。两个倚在窗前,海关大钟传来的钟声是两下,已到了午后,这是个两心相印的时刻,这种时刻,没有功利的目的,往往一事无成。在繁忙的人世里,这似是有些奢侈,是一生辛劳奔波中的一点闲情,会贻误我们的事业,可它却终身难忘也难得。

李主任

李主任并不问王琦瑶爱吃什么,可点的菜全是王琦瑶的喜爱,是精通女人口味的。等待上菜时,他则随便问王琦瑶芳龄多少,读过什么书,父亲在哪里谋事。王琦瑶一一回答,心想这倒像查户口,就也反问他同样的问题。本也不指望他回答,只是和他淘气,不料他却也认真回答了一二,还问王琦瑶有什么感想。王琦瑶倒不知所措了,低下头去喝茶。李主任注意她片刻,然后问:愿不愿继续读书?王琦瑶抬头说:无所谓,我不想做女博士,蒋丽莉那样的。李主任就问蒋丽莉是谁？王琦瑶说是个同学，你不认识的。李主任说：不认识才要问呢。王琦瑶不得已说了一些，全是琐琐碎碎，东一句西一句的，自己也说不下去，就说：和你说你也不懂的。李主任却握住了她的手，说：如要天天说，我不就懂了？王琦瑶的心跳到了喉咙口，脸红极了，眼睛里都有了泪，是窘出来的。李主任松开手，轻轻说了句：真是个孩子。王琦瑶不由抬起了眼睛，李主任正看窗外，窗外是有雾的夜空，这是这城市的至高点了。后来，菜来了，王琦瑶渐渐平静下来，回想方才的一幕，有些笑自己大惊小怪，想她毕竟是有过阅历，还有程先生事情的锻炼，怎么也不至于是这样。便重整旗鼓似的，找些话与李主任说。她那故作的老练，其实也是孩子气的。李主任也不揭穿，一句句地回答。她问他每天看多少公文，还写多少公文，后又想起，那公文都该是秘书写的，他只签个字便可，便问他一天签署多少公文。李主任拿过她的手提包，打开来取出口红，在她手背上打个印，说，这就是他签署的一份重要公文。

　　第三天，李主任又约王琦瑶吃饭，不过约的是午饭。饭后带她去老凤祥银楼买了一枚戒指，是实践前日的承诺。买完戒指就送她回了家。望了一溜烟而去的汽车，王琦瑶是有点怅惘的。李主任说来就来，说去就去，来去都不由己，只由他的。明知这样，还要去期待什么，且又是没有信心的期待，彻底的被动。以后的几天里，李主任都没有消息，此人就像没有过似的。可那枚嵌宝石戒指却是千真万确，天天在手上的。王琦瑶不是想他，他也不是由人想的，王琦瑶却是被他攥住了，他说怎么就怎么，他说不怎么就不怎么。这些日子里，王琦瑶成天的不出门，程先生也拒绝见的。倒不是有心回避，只是想一个人清净。清净的时候，是有李主任的面影浮起，是模糊的面影，低着头用眼里的余光看过去的。王琦瑶也不是爱他，李主任本不是接受人的爱，他接受人的命运。他将人的命运拿过去，一一给予不同的负责。王琦瑶要的就是这个负责。这几日，家里人待王琦瑶都是有几分小心的，想问又不好问。李主任的汽车牌号在上海滩都是有名的，几次进出弄堂，早已引起议论纷纷。王琦瑶的闭门不出也是为了这个。上海弄堂里的父母都是开明的父母，尤其是像王琦瑶这样的女儿，是由不得也由她，虽没出阁，也是半个客了。每天总是好菜好饭地招待，还得受些气的。做母亲的从早就站到窗口，望那汽车，又是盼又是怕，电话铃也是又盼又怕。全家人都是数着天数度日的，只是谁也不对谁说。王琦瑶有几日赌气想给程先生打电话，可拿起电话又放下了，觉得这气没法赌。赌气这种小孩子家家的事，怎么能拿来去对李主任呢？和李主任赌气，输的一定是自己。王琦瑶晓得自己除了听命，没有任何可做的。于是也就平静下来，是无奈，也是迎接挑战。她除了相信顺其自然，还相信船到桥头自会直，却是要有耐心。这是茫然加茫然的等待。等到等不到是一个茫然，等到的是什么又是一个茫然。可除了等，还能做什么？

李主任又一次出现,是一个月之后。王琦瑶已经心灰意懒,不存此念。李主任让司机来接王琦瑶,司机在楼下客堂等着,王琦瑶在亭子间里匆匆理妆,换了件旗袍就下来了。旗袍是新做的一件,略大了一些,也来不及讲究了。前一日刚剪了头发,也没烫,只用火剪卷了一下梢。人是瘦了一轮,眼睛显大了,陷进去,有些怨恨的。就这么来到四川路上的酒楼,也是雅座,里面坐了李主任。李主任握了王琦瑶的手,王琦瑶的泪便下来了,有说不出的委屈。李主任将她拉到身边坐下,拥着她,两人都不说话,彼此却有一些了解的。李主任此一番去了又来,似也受了些折磨,鬓边的白发也有了些。不过,这折磨不是那折磨,那只是一颗心里磨来擦去,这却是千斤顶似的重压在上,每一周转都会导致粉身碎骨的险和凶。两人都是要求安慰的,王琦瑶求的是一古脑儿,终身受益的安慰;李主任则只求一点。各人的要求不一样,能量也不一样,李主任要的那一点,正好是王琦瑶的全部;王琦瑶的一古脑儿,也恰巧是李主任的一点。因此,也是天契地合。

第二部

邬 桥

邬桥这种地方,是专门供作避乱的。六月的栀子花一开,铺天盖地的香,是起雾一般的。水是长流水,不停地分出岔去,又不停地接上头,是在人家檐下过的。檐上是黑的瓦棱,排得很齐,线描出来似的。水上是桥,一弯又一弯,也是线描的。这种小镇在江南不计其数,也是供怀旧用的。动乱过去,旧事也缅怀尽了,整顿整顿,再出发去开天辟地。这类小镇,全是图画中的水墨画,只两种颜色,一是白,无色之色;一是黑,万色之总。是隐,也是概括。是将万事万物包揽起来,给一个名称;或是将万物万事偃息下来,做一个休止。它是有些佛理的,讲的是空和净,但这空和净却是用最细密的笔触去描画的,这就像西画的原理了。这些细密笔触就是那些最最日常的景致:柴米油盐,吃饭穿衣。所以这空又是用实来作底,净则是以繁琐作底。它是用操劳作成的悠闲。对那些闹市中沉浮、心怀创伤的人,无疑是个疗治和修养。这类地方还好像通灵,混沌中生出觉悟,无知达到有知。人都是道人,无悲无喜,无怨无艾,顺了天地自然作循环往复,讲的是无为而为。这地方都是哲学书,没有字句的,叫域外人去填的。早上,晨曦从四面八方照进邬桥,像光的雨似的,却是纵横交错,炊烟也来凑风景,把晨曦的光线打乱。那树上叶上的露水此时也化了烟,湿腾腾地起来。邬桥被光和烟烘托着,云雾缠绕,就好像有音乐之声起来。

桥这东西是这地方最多见也最富涵义的,它有佛里面彼岸和引渡的意思,所以是江南水乡的大德,是这地方的灵魂。邬桥真是有德行的。桥下的水每日价地流,浊去清来;天上的云,也是每日价地行,呼风唤雨。那桥是弯弯的拱门,桥下走船,桥上走人。屋里长长的檐,路人躲雨又遮太阳。邬桥吃的米,是一颗颗碾去壳,筛去糠,淘水箩里淘干净。邬桥用的柴,也是一根根斫细斫碎,晒干晒透,一根根烧净;烧不净的留作木炭,冬天烧脚炉和手炉。邬桥的石板路上,印着成串的赤脚板;邬桥的水边上,杵衣声此起彼伏,连成一片。邬桥的岁月,是点点滴滴,仔仔细细度着的,不偷懒,不浪费,也不贪求,挣一点花一点,再攒一点留给后人。邬桥的路,桥,房舍,舍里的腌菜坛,地下的酒钵,都是这么一日一日、一代一代攒起的。邬桥的炊烟是这柴米生涯的明证,它们在同一时刻升起,饭香和干菜香,还有米酒香便弥漫开来。这是种瓜得瓜,种豆得豆的良辰美景,是人生中的大善之景。邬桥的破晓鸡啼也是柴米生涯的明证,由一只公鸡起首,然后同声合唱,春华秋实的一天又开始了。这都是带有永恒意味的明证,任凭流水三千,世道变化,它自岿然不动,几乎是人和岁月的真理。邬桥的一切都是最初意味的,所有的繁华似锦,万花筒似的景象都是从这里引发伸延出去,再是抽身退步,一落千丈,最终也还是落到邬桥的生计里,是万物万事的底,这就是它的大德所在。邬桥可说是大千宇宙的核,什么都灭了,它也灭不了,因它是时间的本质,一切物质的最原初。它是那种计时的沙漏,沙料像细烟一样流下,这就是时间的肉眼可见的形态,其中也隐含着岸和渡的意思。

所以有邬桥这类地方,全是水做成的缘。江南的水道简直就像树上的枝,枝上的杈,杈上的叶,叶上的经络,一生十,十生百,数也数不过来,水道交错,围起来的那地方,就叫做邬桥。它不是大海上的岛,岛是与世隔绝,天生没有尘缘,它却是尘缘里的净地。海是苍茫无岸,混沌成一体,水道却是为人作引导的。海是个无望,是个宿命,高高在上。水道则是无望里的出路,宿命里的一个眼前道理,是平易近人。邬桥这类水乡要比海岛来得明达通透一些,俗一些,苟且一些,因此,便现世一些。它是我们可作用于人生的宗教,讲究些俗世的快乐,这快乐是俗世里最最底处的快乐,离奢华远着呢!这快乐不是用歌舞管弦渲染的,而是从生生息息里迸发出来。由于水道的隔离和引导,邬桥这类地方便可与尘世和佛境保持着若即若离的关系,有反有正的,以反作正,或者以正作反。这是一个奇迹,专为了抑制这世界的虚荣,也为了减轻这世界的绝望。它是中介一样的,维系世界的平衡。这奇迹在我们的人生中,会定期或不定期地出现一两回,为了调整我们。它有着偃旗息鼓的表面,心里却有一股热闹劲的。就好比在那烟雾缭绕的幕帐底下,是鸡鸣狗吠,种瓜种豆。邬桥多么解人心意啊!它解开人们心中各种各样的疙瘩,行动和不行动都有理由,幸和不幸,都有解释。它其实就是两个字:活着。

外　婆

　　王琦瑶望着蒙了烟雾的外婆的脸，想她多么衰老，又陌生，想亲也亲不起来。她想"老"这东西真是可怕，逃也逃不了，逼着你来的。走在九曲十八绕的水道中，她万念俱灰里只有这一个"老"字刺激着她。这天是老，水是老，石头上的绿苔也是年纪，昆山籍的船老大看不出年纪，是时间的化石。她的心掉在了时间的深渊里，无底地坠落，没有可以攀附的地方。外婆的手炉是陈年八古，外婆鞋上的花样是陈年八古，外婆喝的是陈年的善酿，茶叶蛋豆腐干都是百年老汤熬出来的。这船是行千里路，那车是走万里道，都是时间垒起的铜墙铁壁，打也打不破的。水鸟唱的是几百年一个调，地里是几百度的春种秋收。什么叫地老天荒？这就是。它是叫人从心底里起畏的，没几个人能顶得住。它叫人想起萤火虫一类的短命鬼，一霎即灭的。这是以百年为计数单位，人是论代的，鱼撒子一样弥漫开来。乘在这船上，人就更成了过客，终其一生也是暂时。船真是个老东西，打开天辟地就开始了航行，专门载送过客。外婆说的那邬桥，也是个老东西，外婆生前就在的，你说是个什么年纪了？

　　桥一顶一顶地从船上过去，好像进了一扇一扇的门。门里还是个地老天荒，却是锁住的。要不是王琦瑶的心木着，她就要哭了，一半是悲哀一半是感动。这一日，邬桥的画面是铅灰色的线描，树叶都掉光了，枝条是细密的，水面也有细密的波纹。绿苔是用笔尖点出来，点了有上百上千年。房屋的板壁，旧纹理加新纹理，乱成一团，有着几千年的纠葛。那炊烟和木杵声，是上古时代的笔触，年经月久，已有些不起眼。洗衣女人的围兜和包头上，土法印染着鱼和莲的花样，图案形的，是铅灰色画面中一个最醒目，虽也是年经月久，却是有点不灭的新意，哪个岁月都用得着似的，不像别的，都是活着的化石。它是那种修成正果的不老的东西，穿过时间的隧道，永远是个现在。是扶摇在时间的河流里，所有的东西都沉底了，而它却不会。什么是仙，它们就是。有了它们，这世界就更老了，像是几万年的炼丹炉一样。

上　海

　　上海的心是被阿二勾起的，那不夜的夜晚就又出现在王琦瑶的眼前，却是多么久远的景象了啊！早晨，她对着镜子梳头，从镜子里看见了上海，不过，那上海已是有些憔悴，眼角有了细纹的。她走在河边，也从河里看见了上海的倒影，这上海是褪了色的。她撕去一张日历，就觉着上海又长了年纪。上海真是不能想，想起就是心痛。那里的日日夜夜，都是情义无限。邬桥天上的云，都是上海的形状，变化无端，晴雨无定，且美轮美奂。上海真是不可思议，它的辉煌叫人一生难忘，什么都过去了，化泥化灰，化成爬墙虎，那辉煌的光却在照耀。这照耀辐射广大，穿透一切。从来没有它，倒也无所谓，曾经有过，便再也放不下了。

王琦瑶眼前还出现阿二乘船去上海的景象，是乘风而去的。她想，阿二真是勇敢啊，竟把戏言当真了。可那戏言果真是戏言吗？难道不能说是预言？她想：连邬桥的阿二都去得上海，她上海生上海长的王琦瑶，又何故非要远离着，将一颗心劈成两半，长相思不能忘呢？上海真是叫人相思，怎么样的折腾和打击都灭不了，稍一和缓便又抬头。它简直像情人对情人，化成石头也是一座望夫石，望断天涯路的。阿二一走便音信全无，送豆腐的伙计也说没有信来。王琦瑶更断定阿二是去了上海。茫茫人海中，哪里是阿二的立足之地呢？她不由感叹阿二的鲁莽，可是阿二的传奇毕竟是开了头。什么时候才能见到阿二呢？王琦瑶有些怅惘。她推开窗户，看水边的月亮地，看到的也是上海的影子，却是浅淡了许多，在很遥远的折射的光之下。

邬桥并不是完全与上海隔绝，也是有一点消息的。那龙虎牌万金油的广告画是从上海来的，美人图的月份牌也是上海的产物，百货铺里有上海的双妹牌花露水、老刀牌香烟，上海的申曲，邬桥人也会哼唱。无心还好，一旦有意，这些零碎物件便都成了撩拨。王琦瑶的心，哪经得起撩拨啊！她如今走到哪里都听见了上海的呼唤和回应。她这一颗上海的心，其实是有仇有怨，受了伤的。因此，这撩拨也是揭创口，刀绞一般地痛。可那仇和怨是有光有色，痛是甘愿受的。震动和惊吓过去，如今回想，什么都是应该，合情合理。这恩怨苦乐都是洗礼。她已经感觉到了上海的气息，与阿二感觉的不同，阿二感觉的都是不明就里，王琦瑶却是有名有实。栀子花传播的是上海的夹竹桃的气味，水鸟飞舞也是上海楼顶鸽群的身姿，邬桥的星是上海的灯，邬桥的水波是上海夜市的流光溢彩。她听着周璇的《四季调》，一季一季地吟叹，分明是要她回家的意思。别人口口声声地称她上海嬢嬢，也是把她当外乡人，催促，也是把她当外乡人，催促她还乡的。她的旗袍穿旧了，要换新的。她的鞋走了样，也要换新。她的手脚裂口，羊毛衫蛀了洞，她这人有些千疮百孔的，不想回家也得回家了。

阿二还是没有信，传奇的开头总是偃声屏息，无声无闻。王琦瑶再不怀疑阿二是去了上海。有个阿二在上海，上海似乎暖心了些，还有些不甘心。现在，王琦瑶还没走，邬桥却已在向她挥手告别，一草一木，一砖一石，虽在眼前，却已成了记忆，雾蒙蒙，水蒙蒙的。邬桥的柳丝也是梦中情景，日婆婆，月婆婆。王琦瑶也注意到船了。船在桥洞下走过，很欢快的样子，穿过一个桥洞又一个桥洞，老大也是唱昆山调的。转眼间一冬一春过去，莲蓬又要结籽了。王琦瑶乘上回苏州的船，两岸的房屋化成石壁，上面有千年万年的水迹和苔藓，邬桥变成长卷画一般的，渐渐拉开。碾米的水碓声凌空而起，是万声之首。邬桥的真实和虚空，邬桥的情和理，灵和肉，全在这水碓声中，它是恒古的声音。昆山调也是恒古的声音，老大是恒古的人。

王琦瑶从邬桥走出来了，那画卷收在水岸之间，视野开阔了，水鸟高飞起来，变成一个个黑点。岸上传来轰麻雀的铜锣声，铿铿锵锵，敲着得胜令的点子。红日高照，水面亮得像镜子，照的不是人，而是天。天上没有云，也是个大镜子，照着碧水荡漾。有无数船只乘风行驶，万舸争流的情景，你说心能不鼓荡吗！

没见苏州，已嗅到白兰花的香。苏州是上海的回忆，上海要就是不忆，一忆就忆到苏州。上海人要是梦回，就是回苏州。甜糯的苏州话，是给上海诉说爱的，连恨都能说成爱，点石成金似的。上海的园子，是从苏州搬过来的，藏一点闲情逸致。苏州是上海的旧情难忘。船到苏州，回上海的路便只剩一半了。

从苏州到上海的一段，王琦瑶是坐火车，船是嫌慢了，风也不顺帆的。车是夜车，窗外漆漆黑，有零星的灯掠过，萤火虫似的。王琦瑶的心此刻是静止了的，什么声音也没有，风声都息了。窗外的黑，就像厚帷幕一般，上海就在那幕后，等待开幕的一刻。窗外的黑还是隧道，尽头就是上海。当上海最初的灯光，闸北污水厂的灯光，出现在黑夜里头，王琦瑶忽然间热泪盈眶。灯光越来越稠密，就像扑灯的蛾子，扑向窗口。火车自是不理，还是朝前，轰隆声响盖满天地。往事像化了冻的春水，漫过了河堤，说不想它，它还是来了，可毕竟大河东去，再不复返。车窗上映出的全是旧人影，一个叠一个。王琦瑶不由地泪流满面。这时，汽笛响了，如裂帛一般。一排雪亮的灯照射窗前，那旧的映象刹那间消遁，火车进站了。

康明逊

康明逊知道，王琦瑶再美丽，再迎合他的旧情，再拾回他遗落的心，到头来，终究是个泡影。他有多少沉醉，就有多少清醒。有些事是绝对不行的，不行就是不行，可他又舍不得放下，是想在这"行"里走到头，然后收场。难度在于要在"行"里拓开疆场，多走几步，他能做些什么呢？王琦瑶是比他二妈聪敏一百倍，也坚定一百倍，使他处处遇到难题。可王琦瑶的聪敏和坚定却更激起他的怜惜，他深知聪敏和坚定全来自孤立无援的处境，是自我的保护和争取，其实是更绝望的。康明逊自己不会承认，他同弱者有一种息息相通，这最表现在他的善解上。那一种委曲求全，迂回战术，是他不懂都懂的。他和王琦瑶其实都是挤在犄角里求人生的人，都是有着周转不过来的苦处，本是可以携起手来，无奈利益是相背的，想帮忙也帮不上。但那同情的力量却又很大，引动的是康明逊最隐秘的心思，这心思有些是在童年那个阴霾下午里种下的。康明逊已经看见痛苦的影子了，不过眼前还有着没过时的快乐，等他去攫取。康明逊再是个有远见的人，到底是活在现时现地。又是这样一个现时现地，没多少快乐和希望。因没有希望，便也不举目前瞻，于是那痛苦的影子也忽略掉了，剩下的全是眼前的快乐。

……

康明逊终于出口的一句话是：我没有办法。王琦瑶笑了一下，问：什么事情没有办法？康明逊说：我什么事情也没有办法。王琦瑶又笑了一下，到底什么事情没有办法？王琦瑶的笑其实是哭，她坚持这样久等来的却是这么一句话。这时她倒平静下来，心里安宁，无风无浪。她是有些恶作剧的，非要他把那件事情的名目说出来，虽然这名目已与她无关，但无关也要是有名有目的无关。看他受窘，她便想：她等了这么久，总要有一点补偿吧！她笑着说：你没办法做，也没办法说吗？康明逊不敢回头，只将耳后对着王琦瑶。这回是轮到王琦瑶看他的脖颈一点点地红出来。她又追了一句：其实你说出来也无妨，我又不会要你如何的。说到此处，王琦瑶的声音就有些哽咽，她含着泪，却还笑着，催问道：你说啊！你怎么不说！康明逊转过脸，求饶似的看着她，说：你让我说什么呢？王琦瑶倒叫他说怔了，一时想不起问他的究竟是什么，气更不打一处来，一急，眼泪就流了下来。康明逊心软了，多年前的那个阴霾午后又回到眼前，二妈背着他的身影就好像朝他转了过来，让他看见了泪脸。他说：王琦瑶，我会对你好的。这话虽是难有什么保证，却是肺腑之言，可再是肺腑之言，也无甚前景可望。康明逊也流下了眼泪，王琦瑶虽是哭着，也看在眼里，晓得他是真难过，心中就平和了一些，渐渐地收了泪。抬眼望望四周，一盏电灯在屋里似乎不是投下亮，而是投下暗，影比光多。她以往一个人时不觉得，今晚有了两个人却觉出了凄凉和孤独。她带着满脸泪痕地笑着：其实有什么说不出口的呢？像我这样的女人，太平就是福，哪里还敢心存奢望？可你当老天能帮你蒙混过关，混得了今天能混过明天吗？跑了和尚还跑不了庙呢！康明逊说：照你的话，我又算怎样的男人呢？自己亲生母亲都得叫二妈，夹缝中求生存，样样要靠自己，就更不敢有奢望了。听了这话，王琦瑶不觉长叹一声道：不是我说，你们男人，人生一世所求太多，倘若丢了芝麻拾西瓜，还说得过去，只怕是丢了西瓜拾芝麻。康明迹也叹了一声：男人的有所求，还不是因为女人对男人有所求？这女人光晓得求男人，男人却不知该去求谁，说起来男人其实是最不由己的。王琦瑶便说：谁求你什么了？康明逊说：你当然没求什么了。说罢便沉默下来。停了一会儿，王琦瑶说：我也有求你的，我求的是你的心。康明逊垂头道：我怕我是心有余而力不足。他这话是交底的，有言在先，划地为界。王琦瑶不由冷笑一声道：你放心！

这是揭开帷幕的晚上，帷幕后头的景象虽不尽如人意，毕竟是新天地。它是进一步，又是退而求其次；是说好再做，也是做了再说；是目标明确，也是走到哪算哪！他们俩都有些自欺欺人，避难就易，因为坚持不下去，彼此便达成妥协。他们这两个男女，一样的孤独，无聊，没前途，相互间不乏吸引，还有着一些真实的同情，是为着长远的利益而隔开，其实不妨抓住眼前的欢爱。虚无就虚无，过眼就过眼，人生本就是攒在手里的水似的，总是流逝，没什么千秋万载的一说。想开了，什么不能呢？王琦瑶的希望扑空了，反倒有一阵轻松，万事皆休之中，康明逊的那点爱，则成了一个劫后余生。康明逊从王琦瑶处出来，在静夜的马路上骑着自行车，平白地得了王琦瑶的爱，是负了债似的，心头重得很。这一个晚上的到来，虽是经过长久准备的，却还是猝不及防，有许多事先没想好的情形，可如今再怎么说也晚了，该发生的都发生了。

还有一个程先生

王琦瑶有一时的恍惚，觉着岁月倒流，是程先生鬓上的白发唤醒了她。她说：程先生，怎么会是你？程先生也说：王琦瑶，我以为是在做梦呢！两人眼睛里都有些泪光，许多事情涌上心头，且来不及整理，乱麻似的一团。王琦瑶见他们正是站在照相器材的柜台边，不由笑了，说：程先生还照相吗？程先生也笑了。想到照相，那乱麻一团的往昔，就好像抽出了一个头似的。王琦瑶又问那照相间是否依然如故。程先生说：原来你还记得。这时他看见了王琦瑶怀着身孕，脸是有些浮肿，那旧日的身影就好像隔了一层膜。他想刚才喊她的时候，觉着她一丝未变，宛如旧景重现，如今面对面的，却仿佛依稀了。时间这东西啊，真是不能定睛看的。他不由问王琦瑶：有多少年没见面了？掐指一算，竟有十二年了。再想到那分手的源头，都有些缄默。时近中午，旧货行拥挤起来，推来搡去的，站也站不稳，王琦瑶就说出去说话吧。两人出了旧货行，站在马路上，人群更是熙攘，他们一直让到一根电线杆子底下，才算站定，却不知该说什么，一起昂头看电线杆子上张贴的各种启事。太阳已是春天的气息，他俩都还穿着棉袄，背上像顶着盆火似的。站了一时，程先生就提出送王琦瑶回家，说她先生要等她吃饭。王琦瑶说，她才没人等呢！回去倒是该回去了，程太太一定要等急的。程先生脸红了，说程太太纯属子虚乌有，他孑然一身，这辈子大约不会有程太太了。王琦瑶便说：那就可惜了，女人犯了什么错，何至于没福分到这一步？两人都有些活跃，你一言我一语的，眼看着太阳就到了头顶，彼此都听见饥肠辘辘的。程先生说去吃饭，两人走了几个饭馆，都是客满，第二轮的客人都等齐了，肚子倒更觉着饿，刻不容缓的样子。最后，王琦瑶说还是到她那里下面吃罢了，程先生却说那就不如去他那里，昨天杭州有人来，带给他腊肉和鸡蛋。于是就去乘电车。中午时分，电车很空，两人并排坐着，看那街景从窗前拉洋片似地拉过，阳光一闪一闪，心里没什么牵挂的，由那电车开到哪是哪。

分　娩

又过了一天，康明逊果然来了。王琦瑶虽是有准备，也是意外。两人一见面，都是怔怔的，说不出话来。她母亲是个明眼人，见这情形便走开去，关门时却重重地一摔，不甘心似的。这两人则是什么也听不见了，自从分手后，这是第一次见，中间相隔有十万八千年似的。彼此的梦里都做过无数回，那梦里的人都不大像了，还不如不梦见。其实都已经决定不去想了，也真不再想了，可人一到了面前，却发觉从没放下过的。两人怔了一时，康明逊就绕到床边要看孩子。王琦瑶不让看，康明逊问为什么，王琦瑶说，不让看就是不让看。康明逊还问为什么，王琦瑶就说因为不是他的孩子。两人又沉默了一会儿，康明逊问：不是我的是谁的？王琦瑶说：是萨沙的。说罢，两人都哭了。许多辛酸当时并不觉得，这时都涌上心头，心想，他们是怎样才熬过来的呀！康明逊连连说道：对不起，对不起。自己知道说上一万遍也是无从补过，可不说对不起又说什么呢？王琦瑶只是摇头，心里也知道不要这个对不起，就什么也没了。哭了一会儿，王琦瑶先止住了，擦干眼泪说道：确是萨沙的孩子。听她这一说，康明逊的眼泪也干了，在椅子上坐下，两人就此不再提孩子的话，也像没这个人似的。王琦瑶让他自己泡茶，问他这些日子做什么，打不打桥牌，有没有分配工作的消息。他说这几个月来好像只在做一件事，就是排队。上午九点半到中餐馆排队等吃饭，下午四点钟再到西餐社排队等吃饭，有时是排队喝咖啡，有时是排队吃咸肉菜饭。总是他一个人排着，然后家里老老少少的来到。说是闹饥荒，却好像从早到晚都在吃。王琦瑶看着他说：头上都吃出白头发来了。他就说：这怎么是吃出来的呢？分明是想一个人想出来的。王琦瑶白他一眼，说：谁同你唱"楼台会"！过去的时光似乎又回来了，只是多了床上那个小人。麻雀在窗台上啄着什么碎屑，有人拍打晒透的被子，啪啪地响。

程先生回来时，正好康明逊走，两人在楼梯上擦肩而过，互相看了一眼，也没留下什么印象。进房间才听王琦瑶说是弄堂底严师母的表弟，过去常在一起玩的。就说怎么临吃晚饭了还让人走。王琦瑶说没什么菜好留客的。王琦瑶的母亲并不说什么，脸色很不好看，但对程先生倒比往日更殷勤。程先生知道这不高兴不是对自己，却不知是对谁。吃过饭后，照例逗那婴儿玩一会儿，看王琦瑶给她喂了奶，将小拳头塞进嘴巴，很满足地睡熟，便告辞出来。其时是八点钟左右，马路上人来车往，华灯照耀，有些流光溢彩。程先生也不去搭电车，臂上搭着秋大衣，信步走着。他在这夜晚里嗅到了他所熟悉的气息。灯光令他亲切。是驻进他身心里的那种。程先生现在的心情是闲适的，多日来的重负终于卸下，王琦瑶母女平安，他又不像担心的那样，对那婴儿生厌。程先生甚至有一种奇怪的兴奋心情,好像新生的不是那婴儿,而是他自己。电影院正将开映第四场电影,这给夜晚带来了活跃的空气。这城市还是睡得晚,精力不减当年。理发店门前的三色灯柱旋转着,也是夜景不熄的内心。老大昌的门里传出浓郁的巴西咖啡的香气,更是时光倒转。多么热闹的夜晚啊! 四处是活跳跳的欲望和满足,虽说有些得过且过,却也是认真努力,不虚此生。程先生的眼睛几乎湿润了,心里有一种美妙的悸动,是他长久没体验过的。

康明逊再一次来的时候,王琦瑶的母亲没有避进厨房,她坐在沙发上看一本连环画的《红楼梦》。这两个人难免尴尬,说着些天气什么的闲话。孩子睡醒哭了,王琦瑶让康明逊将干净尿布递一块给她,不料她母亲站了起来,拿过康明逊手中的尿布,说:怎么好叫先生给你做这样的事情呢。康明逊说不要紧,反正他也没事,王琦瑶也说让他拿好了。她母亲便将脸一沉,说:你懂不懂规矩,他是一位先生,怎么能碰这些屎尿的东西,人家是对你客气,把你当个人来看望你,你就以为是福气,要爬上脸去,这才是不识相呢! 王琦瑶被她母亲劈头盖脸一顿说,话里且句句有所指,心里委屈,脸上又挂不住,就哭了起来。她这一哭,她母亲更火了,将手里的尿布往她脸上摔去,接着骂道:给你脸你不要脸,所以才说自作自践,这"践"都是自己"作"出来的。自己要往低处走,别人就怎么扶也扶不起了! 说着,自己也流泪了。康明逊蒙了,不知是怎么会引起来这一个局面,又不好不说话,只得劝解道:"伯母不要生气,王琦瑶是个老实人……她母亲一听这话倒笑了,转过脸对了他道:先生你算是明白人,知道王琦瑶老实,她确实是老实,她也只好老实,她倘若要不老实呢? 又怎么样? 康明逊这才听出这一句句原来都是冲着他来的,不由后退了几步,嘴里嗫嚅着。这时,孩子见久久没人管她,便大哭起来。房间里四个人有三个人在哭,真是乱得可以。康明逊忍不住说:王琦瑶还在月子里,不能伤心的。她母亲便连连冷笑道:王琦瑶原来是在坐月子,我倒不知道,她男人都没有,怎么就坐月子,你倒给我说说这个道理! 话说到这样,王琦瑶的眼泪倒干了,她给孩子换好尿布,又喂给她奶吃,然后说:妈,你说我不懂规矩,可你自己不也是不懂规矩? 你当了客人的面,说这些揭底的话,就好像与人家有什么干系似的,你这才是作践我呢! 也是作践你自己,好歹我总是你的女儿。她这一席话把她母亲说怔了,待要开口,王琦瑶又说道:人家先生确是看得起我才来看我,我不会有非分之想,你也不要有非分之想,我这一辈子别的不敢说,但总是靠自己,这一次累你老人家侍候我坐月子,我会知恩图报的。她这话,既是说给母亲听,也是说给康明逊听,两人一时都沉默着。她母亲擦干眼泪,怆然一笑,说:看来我是多操了心,反正你也快出月子了,我在这里倒是多余的。说罢就去收拾东西要走,这两人都不敢劝她,怔怔地看她收拾好东西,再将一个红纸包放在婴儿胸前,出了门去,然后下楼,便听后门一声响,走了。再看那红纸包里,是装了二百块钱,还有一个金锁片。

……

蒋丽莉沉默了一会儿,回头看他还在流泪,嘲笑道:怎么,失恋了? 程先生的泪渐渐止了,坐在那里不做声。蒋丽莉还想刺他。又看他可怜,就换了口气道:世上东西,大多是越想越不得,不想倒得了。程先生轻声说:要不想也不得怎么办呢? 蒋丽莉一听这话就火了,大了声说:天下女人都死光了吗? 可不还有个蒋丽莉活着吗? 这蒋丽莉是专供听你哭她活着的吗? 程先生自知有错,低头不语,蒋丽莉也不说了。两人僵持了一会儿,程先生说:我本是有事托你,可不知道怎么就哭了起来,真是不好意思。听他这话,蒋丽莉也平和下来,说有什么事尽管说好了。程先生说:这件事我想来想去只能托你,其实也许是最不妥的,可却再无他人了。蒋丽莉说:有什么妥不妥的,有话快说。程先生就说托她今后多多照顾王琦瑶,她那地方,他从此是不会再去了。蒋丽莉听他说出的这件事情,心里不知是气还是怨,憋了半天才说出一句:天下女人原来真就死光了,连我一同都死光的。程先生忍着她奚落,可蒋丽莉就此打住,并没再往下说什么。

“昔人已乘黄鹤去”

王琦瑶走进房间,第一眼是觉着蒋丽莉要比前一回好些了。她头发梳得又齐又平,顺在耳后,新换一件白衬衣,脸颊上有一些红晕,靠在摞起来的枕头上。看见王琦瑶,没有招呼,反把头扭向一边,背着她。王琦瑶在床边坐下,一时也不知说什么好。蒋丽莉背着脸的侧影,好像在饮泣。窗帘拉开了半幅,有将近黄昏的阳光流泻进来,镀在她的头发和衣被上,看上去有一股难言的忧伤。停了一会儿,蒋丽莉却笑了一声,说:你看我们三个人滑稽不滑稽? 王琦瑶不知该怎么回答,只得赔笑一声。听见她笑,蒋丽莉便转过脸来,望了她说:他刚才又来,我就不让他进来。王琦瑶说:他心里很难过。蒋丽莉绷紧脸,怒声说:他难过关我屁事! 王琦瑶不敢说话了,她发现蒋丽莉其实是在发烧,脸越涨越红,倒是少见的鲜艳。她伸手去摸蒋丽莉的额头,被她猛地推开了,手心却是滚烫的。蒋丽莉坐起来,欠着身子拉开床边写字台的抽屉,拿出一本活页夹,扔给王琦瑶。王琦瑶打开一看,见是手写的诗行。她立刻认出是蒋丽莉的作品,就好像回到了十多年前的女学生时代。那些矫情的文字是烧成灰也写着蒋丽莉的名字的。它们再是矫情,也因着天真而流露出几分诚心。这些风月派的诗句总是有一种令人难过的肉麻,真实和夸张交织在一起,叫人哭不是,笑不是。王琦瑶本是最不能读这些的,也是因为这她反不敢与蒋丽莉亲近。可这时候,王琦瑶读着这些,却觉着眼泪都冒上来了。她想,就算是演戏,把性命都赔了进去,这戏也成真了。她看出那诗句底下,行行都写着一个名字,就是程先生的名字,不论是好句子,还是坏句子。蒋丽莉从王琦瑶手中夺过活页簿,哗哗地翻着,挑选那些最可笑的念着,没念完自己就笑开了。她的笑声是那么响,惹得老太太将门推开一条缝,朝里望了望。蒋丽莉伏在被子上,笑得直不起腰,说:王琦瑶,你说,这算什么?她的眼睛闪烁着锐利的光芒,声音变了腔调,也是尖锐的。王琦瑶不禁有些害怕,去夺她手里的本子,不让她再念。她不松手,两人争夺着,她竟在王琦瑶的手背上抓出一道血痕。王琦瑶还是不松手,坚决地把本子抢了过来,并且按她躺下。蒋丽莉挣扎着,笑声渐渐变成了哭声,眼泪从她镜片后面滚滚而下,她说:你们穿一条裤子,你们合起来害我,说是来看我,其实是来气我!王琦瑶急了,忘了她是个病人,大声说:你放心,我不会和他结婚的!蒋丽莉也急了,大声说:你和他结婚好了,我怕你们结婚吗?你把我当什么人了!王琦瑶流着泪说:蒋丽莉,你多么不值得,为了一个男人,就不好好做人了,你简直太傻了!蒋丽莉泪如泉涌地说道:王琦瑶,我告诉你,我这一辈子都是你们害的,你们害死我了!王琦瑶忍不住抱住她,说:蒋丽莉,你以为我不知道?你以为他不知道?蒋丽莉先是将她推开,后又一把拉进怀里,两人紧紧抱住,哭得喘不过气来。蒋丽莉说:王琦瑶,我真是太倒霉太倒霉了!王琦瑶说:蒋丽莉,说你倒霉,我就更倒霉了。多少不如意都是压抑着,此时翻肠倒肚地涌上来,涌上来也是白搭,任凭怎么都挽回不了的。

　　她们不知抱着哭了多久,肠子都揉断了似的。后来是蒋丽莉口腔里的味道提醒了王琦瑶,那味道夹着甜和腥,缓缓地散发着腐烂的气息。王琦瑶想起她是一个病人,强忍着伤心,把眼泪咽了下去。她松开蒋丽莉,将她按在枕上,又去绞来热毛巾给她擦脸。蒋丽莉的眼泪就像是长流水,流也流不断。这时候,天也暗了下来。那边酒馆里的程先生,喝酒喝到一个段落,已伏在桌上起不来了。他耳畔有汽笛的声音,恍惚间自己也登上了轮船,慢慢地离了岸。四周是浩渺的大水,不见边际的。一九六五年的歌哭就是这样渺小的伟大,带着些杯水风波的味道,却也是有头有尾的,终其人的一生。这些歌哭是从些小肚鸡肠里发出,鼓足劲也鸣不高亢的声音,怎么听来都有些嗡嗡营营,是敛住声气才可听见的,可是每一点嗡营里都是终其一生。这些歌哭是以其数量而铸成体积,它们聚集在这城市的上空,形成一种称之为"静声"的声音,是在喧嚣的市声之上。所以称为"静声",是因为它们密度极大,体积也极大。它们的大和密,几乎是要超过"静"的,至少也是并列。它们也是国画中叫做"皴"的手法。所以,"静声"其实是最大的声音,它是万声之首。

"此处空余黄鹤楼"

　　这一晚的月光照进许多没有窗幔遮挡的房间,在房间的地板上移动它的光影。这些房间无论有人无人,都是一个空房间。角落里堆着旧物,都是陈年八辈子，自己都忘了的，这使它看上去像废墟。房间是空房间，人是空皮囊，东西都被掏尽。其实几十年的磨砺本已磨得差不多，还在乎这一掏吗？今天的月亮，是可在许多空房子和空皮囊里穿行，地板缝里都是它的亮。然后，风也进来了，先是贴着墙根溜着，接着便鼓荡起来，还发出嗖嗖的声响。偶尔地，有一扇没关严的门窗"噼啪"地击打一声，就好像在为风鼓掌。房间里的一些碎纸碎布被风吹动了，在地板上滑来滑去。这些旧物的碎屑，眼见得就要扫进垃圾箱，在做着最后的舞蹈。

这样的夜晚真是很凄凉，无思无想，也没有梦，就像死了一样。等天亮了，倒还好些。可以去看，去听。可现在，看也没什么看，听也没什么听。街上多出许多野猫，成群结队地游荡。它们的眼睛就像人眼，似乎是被放逐的灵魂在做梦游。它们躲在暗处，望着那些空房间，呜呜地哀叫。它们无论从多么高的地方跳下，都是落地无声。它们一旦潜入黑暗，便无影无踪，它们实实在在就是那些不幸的灵魂，从躯壳中被赶出。还有一样东西也可能是被驱出皮囊的灵魂，那就是下水道里的水老鼠。它们日游夜游，在这城市地下的街巷里穿行，奔赴黄浦江的水道。它们往往到不了目的地便死了。可终有一天，它们的尸体也会被冲进江水。它们是一种少有人看见的生物，偶尔地，千年难得见上一面，便会惊奇得了不得。在今天这个月夜里，下水道里几乎是熙熙攘攘，正举行着水老鼠的大游行。这个夜晚啊，唯独我们是最可怜的，行动最不自由，本是最自由的那颗心，却被放逐，离我们而去。幸亏我们都睡着，陷于无知无觉的境地，等到醒来，又是一个闹哄哄的白天，有看有听又有做。

程先生是睁着眼睛睡的，月光和风从他眼睑里过去，他以为是过往的梦境。他甚至没有注意到他的周围，他的家已经变成这副样子。可是江边传来的第一声汽笛唤醒了他，月光逝去又唤醒了他，最初的晨曦再唤醒了他。他抬头看看，一个声音对他说：要走快走，已经够晚了。他没有推敲这句话的意思，就站起身跨出了窗台。窗户本来就开着，好像在等候程先生。有风声从他耳边急促地掠过，他身轻如一片树叶，似乎还在空中回旋了一周。这时候，连鸽子都没有醒，第一部牛奶车也未起程，轮船倒是有一艘离岸，向着吴淞口的方向。没有一个人看见程先生在空中飞行的情景，他这一具空皮囊也是落地无声。他在空中度过的时间很长，足够他思考一些重要的事情。他一离开窗台，思绪便又回到他的身上。他想，其实，一切早已经结束，走的是最后的尾声，可这个尾拖得实在太长了。身体触地的一刹那，他终于听见了落幕的声音。

第三部

薇薇的男朋友

转眼间,面前摆满了大盘小碟,白瓷在灯光下闪着柔和的光泽,有一些稀薄的热汽弥漫着,哈着人的眼睛,眼里就有些湿润。窗外的天全黑了,路灯像星星一样亮起来,有车和人无声地过去。树在晚风中摆着,把一些影一阵阵地投来,梦牵魂萦的样子。这街角可说是这城市的罗曼蒂克之最,把那罗曼蒂克打碎了,残片也积在这里。王琦瑶有一时不说话,看着窗外,像要去找一些熟识的人和事,却在窗玻璃上看见他们三人的映像,默片电影似的在活动。等她回过脸来,一切就都有了声色。眼前这两人真可说得天生地配,却是浑然不觉。王琦瑶静静地坐着,几乎没动刀叉,她禁不住有些纳闷:她的世界似乎回来了,可她却成了个旁观者。

圣诞节

王琦瑶不再理薇薇,转过头来问张永红,同她那男朋友关系如何了?张永红很不愿提的表情,说已经断了。王琦瑶晓得是这结果,还是怔了怔,想说什么,又想什么都说过了。张永红却又开口,数出那男朋友的一堆坏处,都是要不得的。王琦瑶听罢后不觉笑道:张永红你的眼睛真是锻炼出来了,看人入木三分。张永红没听出她话里的刺,有些忧郁地说:是呀,我大约是有毛病了,十分钟的热情一过去,样样都看不入眼了。王琦瑶说:你是经的太多,就像吃药,吃多了就会有抗药性,不起作用;交人交多了,反交不到底了。张永红说:我反正是弄僵掉了!话是这么说,骨子里还是透着得意,毕竟是她挑人家,不是人家挑她,僵也是人家僵,她是有余地的。王琦瑶看出她的心思,在心里说:会有掉过头来的一口。她看张永红缺乏血色几近透明的脸上,已有了憔悴的阴影,那都是经历的烙印。一次次恋爱说是过去,其实都留在了脸上。人是怎么老的?就是这么老的!胭脂粉都是白搭,描画的恰是沧桑,是风尘中的美,每一笔都是欲盖弥彰。王琦瑶看着张永红替她整理毛线的纤纤十指,指甲油发出贝类的润泽的光,皮肤下映出来浅蓝色的脉络,有一股撑足劲的表情,王琦瑶有些为她难过。张永红开始说一些马路传闻,无非是偷情和杀人两个题目。薇薇从被窝里又伸出头来,眼睛睁得溜圆地听,王琦瑶就斥责道:你过了一个圣诞夜,倒像是值了个夜班,还要我们来服侍你吗?薇薇听了并不回嘴,王琦瑶不觉有些诧异,就看她一眼。她懒洋洋的,一动也不动。

老克腊

老克腊就是在此情此景下见到王琦瑶的,他想:这就是人们说的"上海小姐"吗? 他要走开时,见王琦瑶抬起了眼睛,扫了一下又低下了。这一眼带了些惊恐失措,并没有对谁的一种茫茫然的哀恳,要求原谅的表情。老克腊这才意识到他的不公平,他想,"上海小姐"已是近四十年的事情了。再看王琦瑶,眼前便有些发虚,焦点没对准似的,恍惚间,他看见了三十多年前的那个影。然后,那影又一点一点清晰,凸现,有了些细节。但这些细节终不那么真实,浮在面上的,它们刺痛了老克腊的心。他觉出了一个残酷的事实,那就是时间的腐蚀力。在他二十六岁的年纪里,本是不该知道时间的深浅,时间还没把道理教给他,所以他才敢怀旧呢,他才敢说时间好呢! 老爵士乐里头的时间,确是个好东西,它将东西打磨得又结实又细腻,把东西浮浅的表面光泽磨去,呈现出细密的纹路,烈火见真金的意思。可他今天看见的,不是老爵士乐那样的旧物,而是个人,他真不知说什么好了。事情竟是有些惨烈,他这才真触及到旧时光的核了,以前他都是在旧时光的皮肉里穿行。老克腊没走开,有什么拖住了他的脚步。他就端着一杯酒,倚在门框上,眼睛看着电视。后来,王琦瑶从屋角走出来想是要去洗手间。走过他身边时.他微笑了一下。她立即将这微笑接了过去,流露出感激的神情,回了一笑。等她回来,他便对她说,要不要替她去倒杯饮料? 她指了屋角,说那里有她的一杯茶,不必了。他又请她跳舞,她略迟疑一下,接受了。

……

从王琦瑶的往事中抬起头,面对眼前的现实,他是电影散场时的阑珊的心情。那一幕虽不是他经历的,可因是这样全神贯注地观看,他甚至比当事人更触动。当事人是要分出心来应付变故,撑持精神。他再躺到老虎天窗外的屋顶上,看那天空,就有画面呈现。一幅幅的,在暗沉沉,鳞次栉比的屋顶上拉过。哦,这城市,简直像艘沉船,电线杆子是那沉船的桅,看那桅的上面还挂着一片帆的碎片,原来是孩子放飞的风筝。他几乎难过得要流出眼泪。沉船上方的浮云是托住幻觉,海市蜃楼。耳边是一声一声传来的打桩声,在天宇下激起回声,那打桩声好像也是要将这城市砸到地底下去的。他感觉到屋顶的颤动,瓦在身下咯吱咯吱地叫。现在,连老爵士乐都安慰不了他了,唱片上蒙起了灰尘,唱针也钝了,声音都是沙哑的,只能增添伤感。他不知什么时候睡着的。天上有了星辰,驱散了幻觉,打桩声却更欢快激越,并且此起彼伏,像一支大合唱。这合唱是这城市夜晚的新起的大节目,通宵达旦的。天亮时,它们才渐渐收了尾音,露水下来了。他不由一哆嗦,睁开眼睛,有一群鸽子从他眼前掠过,扑啦啦的一阵。他想:这是什么时候了? 他迷蒙地望着鸽子在天空中变成斑点,自己也成了其中的一个。

太阳也出来了,照在瓦棱上,一层一层地闪过去,他要起来了。

他问王琦瑶说,有没有觉着这城市变旧了。王琦瑶笑了,说:什么东西能长新不旧?停了一下,又说:像我,自己就是个旧人,又有什么资格去挑剔别的?他有些辛酸,看那王琦瑶,再是显年轻也遮不住浮肿的眼睑,细密的皱纹。他想:时间怎么这般无情?怜惜之情油然生起。他抬起手摸摸王琦瑶的头发,像个年长的朋友似的。王琦瑶又笑了,轻轻掸开他的手,他却不依了,反握住她的手,说:你总是看不起我。她用另一只手理理他的头发,说:我没有看不起你。他坚持说:你就看不起我。王琦瑶也坚持:我就没有看不起你。他又说:其实,年龄是无所谓的。王琦瑶想了想说:那要看什么样的事情。他就问:什么样的事情?王琦瑶不回答,他便追问,问紧了,王琦瑶才说:和时间有关系的事情。这一句话说得很滑头,两人都笑了,手还握在他手里。这情形有些滑稽,还有些无聊,可在这滑稽与无聊下面,还是有一点严肃的东西。这点东西是不堪推敲的,推敲起来会是惨痛的。有谁见过这样的调情?相距有四分之一个世纪的,完全错了时辰,错了节拍。倘若不是那背后的一点东西,便有些肉麻了。他们手拉着手,又是停着了。好在两人都是有耐心,再说又是个没目的,急又能急什么?因此,便渐渐地松了手,一切还按老样子进行。就算有时会插进几句唐突的话,应付过去,还是老样子。

长　脚

长脚要对人好的心是那么迫切,无论是近是远,只要是个外人,都是他爱的人。是这些人,组成了他爱的这一个上海。上海的美丽的街道上,就是他们在当家做主,他和他的家人,却都是难以企目的外乡人。现在,他终于凭了自己的努力,跻身进去了。他走在这马路上,真是有家的感觉,街上的行人,都是他的家人,心里想的都是他的所想。那马路两边的橱窗,虽不是他所有,可在那里和不在那里就是不一样。一万个从街上走过的人中间,只可能有一个怀有这样至亲至近的心情,这万分之一的人是上海马路的脊梁,是马路的精神。这些轻佻佻的,不须多深的理由便可律动起来的生命力,倒是别无代替,你说它盲动也可以,可它是那样的天真,天真到回归真理的境界。

在有些日子里,长脚从事的工作是炒汇。可别小看炒汇这一行当,这也是正经的行当,他们还印有名片呢!他们都是有正义感的人,你可去调查一下,骗人的把戏从来不是出自他们的手,那全是些客串的小角色搅的浑水。哪个行当里都有鱼目混珠的现象。他们一般都有一些老主顾,这些老主顾就可证明他们的品行。这种生意是有风险的生意,好时坏时都有。坏的时候,他们蛰伏着,等待好时候一跃而起。长脚做起生意来也是友谊为上的,只要人家找上门,赔本他也抛，倒是给人实力雄厚的印象。他的名片满天飞，谁手里都有一张的。有人说，长脚，你应当去做大买卖。长脚便不置可否地笑笑，也给人实力雄厚的印象。张永红认识他的时候，正是炒汇这一买卖比较顺手的当口，长脚挥金如土，叫人看了发呆。花钱本就有成就感，何况为女人花钱。长脚天性友善，又难得经验女性的温存，花钱花到后来，竟花出了真情。这一段日子里，他把对人对事的一腔热诚全放在张永红身上，把朋友淡了，把生意也淡了。他看上去是那么和蔼，忠实，眼睛里全是温柔，谁见都要感动。他实在是一个忘我的人，一心全在别人的身上。他给张永红买了一堆时装，自己别提有多邋遢了。他眼里都是张永红的好，自己则一无是处。他恨不能把一整个自己兜底献给张永红，又打心底自以为浑身上下没一点儿值钱的。他有上千句上万句的真心话要对张永红说，说出的却是实打实的假话。

长脚到王琦瑶家来，开始是为了张永红，后来就不全是了。他觉得这地方挺不错，王琦瑶这个人也挺不错。虽然是长了一辈的人，可是和他们在一起，并没什么隔阂的。虽然是旧时代的人，可是对这新时代的精神也是没有隔阂的。长脚和老克腊不同，他对旧人旧事没什么认识，也没什么感情，他是朝前看的，越前面的事情越好。因他不是像老克腊那么有思想，做什么都不是有选择，而是被推着走，是随波逐流，那浪头既是朝前赶，便也朝前看了。就是这样的不由自主，他也还是有着一些直觉的，这些直觉有时甚至能比思想更为敏捷地，长驱直入事物的本质。他在王琦瑶这里也能获得心灵的某种平静，这平静是要他不必忙着朝前赶，有点定心丸的意思。好像冥冥之中发现了循环往复的真理，还有万变不离其宗的真理。上海马路上的虚荣和浮华，在这里都像找着了自己的家。王琦瑶饭桌上的荤素菜是饭店酒楼里盛宴的心；王琦瑶身上的衣服，是橱窗里的时装的心；王琦瑶的简朴是阔绰的心。总之，是一个踏实。在这里，长脚是能见着一些类似这城市真谛一样的东西。在爱这城市这一点上，他和老克腊是共同的。一个是爱它的旧，一个是爱它的新，其实，这只是名称不同，爱的都是它的光华和锦绣。一个是清醒的爱，一个是懵懵懂懂的爱，爱的程度却是同等，都是全身相许，全心相许。王琦瑶是他们的先导和老师，有了她的引领，那一切虚幻如梦的情境，都会变得切肤可感。这就是王琦瑶的魅力。

碧落黄泉

王琦瑶眼睑里最后的景象，是那盏摇曳不止的电灯，长脚的长胳膊挥动了它，它就摇曳起来。这情景好像很熟悉，她极力想着。在那最后的一秒钟里，思绪迅速穿越时间隧道，眼前出现了四十年前的片厂。对了，就是片厂，一间三面墙的房间里，有一张大床，一个女人横陈床上，头顶上也是一盏电灯，摇曳不停，在三面墙壁上投下水波般的光影。她这才明白，这床上的女人就是她自己，死于他杀。然后灭了，堕入黑暗。再有两三个钟点，鸽群就要起飞了。鸽子从它们的巢里弹射上天空时，在她的窗帘上掠过矫健的身影。对面盆里的夹竹桃开花，花草的又一季枯荣拉开了帷幕。

（节选自《王安忆自选集·第六卷：长恨歌》，作家出版社 1996 年版，小标题为编者所加）

新世纪文学

小　说

一句顶一万句（节选）

刘震云

三

杨百顺十岁到十五岁,在镇上老汪的私塾读过五年《论语》。老汪大号汪梦溪,字子美。老汪他爹是县城一个箍盆箍桶的箍桶匠,外加焊洋铁壶。汪家箍桶铺子西边,挨着一个当铺叫"天和号"。"天和号"的掌柜姓熊。老熊他爷是山西人,五十年前,一路要饭来到延津。一开始在县城卖菜,后来在街头钉鞋,顾住家小之后,仍改不了要饭的习惯;过年时,家里包饺子,仍打发几个孩子出去要饭。节俭自有节俭的好处,到了老熊他爹,开了一家当铺,这时就不要饭了。一开始当个衣衫帽子、灯台瓦罐,但山西人会做生意,到老熊手上,大多是当房子、当地的主顾。每天能有几十两银子的流水。老熊想扩大门面,老汪的箍桶铺子,正好在老熊家前后院的东北角,使老熊家的院落成了刀把型,前窄后阔;老熊便去与老汪他爹商量,如老汪他爹把箍桶的铺面让出来,他情愿另买一处地方,给老汪他爹新盖个铺面。原来的门面有三间,他情愿盖五间。门面大了,可以接着箍桶,也可以做别的生意。这事对于老汪家也合算,但老汪他爹却打死不愿意,宁肯在现有的三间屋里箍桶,不愿去新盖的五间屋里做别的生意。不让铺面不是跟老熊家有啥过节,而是老汪他爹处事与人不同,同样一件事情,对自己有利没利他不管,看到对别人有利,他就觉得吃了亏。老熊见老汪他爹一句话封了口,没个商量处,也就作罢。

老汪的箍桶铺面的东边,是一家粮栈"隆昌号","隆昌号"的掌柜叫老廉。这年秋天,汪家修屋顶,房檐出得长些;下雨时,雨顺着房檐,滴洒在廉家的西墙上;但廉家的房檐也不短,已滴洒了汪家东墙十几年。但世上西北风多,东南风少,廉家就觉得吃了亏。为房檐滴雨，两家吵了一架。"隆昌号"的掌柜老廉，不同于"天和号"的掌柜老熊。老熊性子温和，遇事可商可量，老廉性子躁，遇事吃不得亏。两家吵架的当天晚上，他指使自己的伙计，爬到汪家房顶，不但拆了汪家的房檐，还揭了汪家半间瓦。两家从此打起了官司。老汪他爹不知打官司的深浅，也是与老廉赌着一口气；官司一打两年，老汪他爹也顾不上箍桶。老廉上下使钱，老汪他爹也跟着上下使钱。但汪家的家底，哪里随得上廉家？廉家的粮栈"隆昌号"，每天有几十石粮食的进出。延津的县官老胡又是个糊涂人，两年官司打下来，也没打出个所以然，老汪他爹已经把三间铺子折了进去。"天和号"的掌柜老熊，又花钱从别人手上把三间铺子买了过来。老汪他爹在县城东关另租一间小屋，重新箍桶。这时他不恨跟自己打官司的"隆昌号"的掌柜老廉，单恨买自己铺子的"天和号"的掌柜老熊。他认为表面上是与廉家打官司，廉家背后，肯定有熊家的指使。但这时再与老熊家理论，也无理论处，老汪他爹另做主张。那年老汪十二岁，便把老汪送到开封读书，希冀老汪十年寒窗能做官，一放官放到延津，那时再与熊家和廉家理论。也是君子报仇，十年不晚的意思。但种一缕麦子，从撒种到收割，也得经秋、冬、春、夏四个季节，待老汪长大成人，又成才做官，更得耐得住性子。性子老汪他爹倒耐得住，但一个箍桶匠，每天箍几个盆桶，哪里供得起一个学生在学府的花销？硬撑了七年，终于把老汪他爹累吐了血，桶也箍不成了。在病床上躺了三个月，眼看快不行了，正准备打发人去开封叫老汪，老汪自己背着铺盖卷从开封回来了。老汪回来不是听说爹病了，而是他在开封被人打了。而且打得不轻，回到延津还鼻青脸肿，拖着半条腿。问谁打了他，为啥打他，他也不说。只说宁肯在家里箍桶，再也不去开封上学了。老汪他爹见老汪这个样子，连病带气，三天就没了。临死时叹了一口气：

"事情从根上起就坏了。"

老汪知道他爹说的不是他挨打的事，而是和熊家廉家的事，问：

"当初不该打官司？"

老汪他爹看着鼻青脸肿的老汪：

"当初不该让你上学，该让你去当杀人放火的强盗，一来你也不挨打了，二来家里的仇早报了。"

说这话已经晚了。但老汪能在开封上七年学，在延津也算有学问了。在县衙门口写诉状的老曹，也只上过六年学。老汪他爹死后，老汪倒没有箍盆箍桶，开始流落乡间，以教书为生。这一教就是十几年。老汪瘦，留个分头，穿上长衫，像个读书人；但老汪嘴笨，又有些结巴，并不适合教书。也许他肚子里有东西，但像茶壶里煮饺子一样，倒不出来。头几年教私塾，每到一家，教不到三个月，就被人辞退了。人问：

"老汪,你有学问吗?"

老汪红着脸:

"拿纸笔来,我给你做一篇述论。"

人:

"有,咋说不出来呢?"

老汪叹息:

"我跟你说不清楚,躁人之辞多,吉人之辞寡。"

但不管辞之多寡,在学堂上,《论语》中"四海困穷,天禄永终"一句,哪有翻来覆去讲十天还讲不清楚的道理? 自己讲不清楚,动不动还跟学生急:

"啥叫朽木不可雕呢? 圣人指的就是你们。"

四处流落七八年,老汪终于在镇上东家老范家落下了脚。这时老汪已经娶妻生子,人也发胖了。东家老范请老汪时,人皆说他请错了先生;除了老汪,别的流落乡间的识字人也有,如乐家庄的老乐、陈家庄的老陈,嘴都比老汪利落。但老范不请老乐和老陈,单请老汪。大家认为老范犯了迷糊,其实老范不迷糊,因为他有个小儿子叫范钦臣,脑子有些慢,说傻也不傻,说灵光也不灵光;吃饭时有人说一笑话,别人笑了,他没笑;饭吃完了,他突然笑了。老汪嘴笨,范钦臣脑子慢,脑与嘴恰好能跟上,于是请了老汪。

老汪的私塾,设在东家老范的牛屋。学堂过去是牛屋,放几张桌子进去,就成了学堂。老汪亲题了一块匾,叫"种桃书屋",挂在牛屋的门楣上。匾很厚,拆了马槽一块槽帮。范钦臣虽然脑子慢,但喜欢热闹,一个学生对一个先生,他觉得寂寞,死活不读这书。老范又想出一个办法,自家设私塾,允许别家的孩子来随听。随听的人不用交束脩,单自带干粮就行了。十里八乡,便有许多孩子来随听。杨家庄卖豆腐的老杨,本不打算让儿子们识字,但听说去范家的私塾不用出学费,只带干粮,觉得是个便宜,便一口气送来两个儿子:二儿子杨百顺,三儿子杨百利。本来想将大儿子杨百业也送来,只是因为他年龄太大了,十五岁了,又要帮着自己磨豆腐,这才作罢。由于老汪讲文讲不清楚,徒儿们十有八个与他作对。何况随听的人,十有八个本也没想听学,只是借此躲开家中活计,图个安逸罢了。如杨百顺和李占奇,身在学堂,整天想着哪里死人,好去听罗长礼喊丧。但老汪是个认真的人。他对《论语》理解之深,与徒儿们对《论语》理解之浅形成对比,使老汪又平添了许多烦恼。往往讲着讲着就不讲了,说:

"我讲你们也不懂。"

如讲到"有朋自远方来,不亦乐乎",徒儿们以为远道来了朋友,孔子高兴,而老汪说高兴个啥呀,恰恰是圣人伤了心,如果身边有朋友,心里的话都说完了,远道来个人,不是添堵吗? 恰恰是身边没朋友,才把这个远道来的人当朋友呢;这个远道来的人,是不是朋友,还两说着呢;只不过借着这话儿,拐着弯骂人罢了。徒儿们都说孔子不是东西,老汪一个人伤心地流下了眼泪。由于双方互不懂,学生们的流失和变换非常频繁。退学是因为不懂,又来上学的人还是因为不懂。由于学生变换频繁,十里八乡,各个村庄都有老汪的学生。或叔侄同窗,或兄弟数人,几年下来,倒显得老汪桃李满天下。

老汪教学之余,有一个癖好,每个月两次,阴历十五和阴历三十,中午时分,爱一个人四处乱走。拽开大步,一路走去,见人也不打招呼。有时顺着大路,有时在野地里。野地里本来没路,也让他走出来一条路。夏天走出一头汗,冬天也走出一头汗。大家一开始觉得他是乱走,但月月如此,年年如此,也就不是乱走了。十五或三十,偶尔刮大风下大雨不能走了,老汪会被憋得满头青筋。东家老范初看他乱走没在意,几年下来就有些在意了。一天中午,老范从各村起租子回来,老汪身披褂子正要出门,两人在门口碰上了;老范从马上跳下来,想起今天是阴历十五,老汪又要乱走,便拦住老汪问:

"老汪,这一年一年的,到底走个啥呢?"

老汪:

"东家,没法给你说,说也说不清。"

没法说老范也就不再问。这年端午节,老范招待老汪吃饭,吃着吃着,旧事重提,又说到走上,老汪喝多了,趴到桌角上哭着说:

"总想一个人。半个月积得憋得慌,走走散散,也就好了。"

这下老范明白了,问:

"活人还是死人?怕不是你爹吧,当年供你上学不容易。"

老汪哭着摇头:

"不会是他。是他我也不走了。"

老范:

"如果是活着的人,想谁,找谁一趟不就完了?"

老汪摇头:

"找不得,找不得,当年就是因为个找,我差点儿丢了命。"

老范心里一惊,不再问了,只是说:

"我只是担心,大中午的,野地里不干净,别碰着无常。"

老汪摇头:

"缘溪行,忘路之远近。"

又说:

"碰到无常我也不怕,他要让我走,我就跟他走了。"

明显是喝醉了,老范摇摇头,不再说话。但老汪走也不是白走,走过的路全记得,还查着步数。如问从镇上到小铺多少里,他答一千八百五十二步;从镇上到胡家庄多少里,他答一万六千三十六步;从镇上到冯班枣多少里,他答十二万四千二十二步……

老汪的老婆叫银瓶。银瓶不识字,但跟老汪一起张罗着私塾,每天查查学生的人头,发发笔墨纸砚。老汪嘴笨,银瓶嘴却能说。但她说的不是学堂的事,尽是些东邻西舍的闲话。她在学堂也存不住身,老汪一上讲堂,她就出去串门,见到人,嘴像刮风似的,想起什么说什么。来镇上两个月,镇上的人被她说了个遍;来镇上三个月,镇上一多半人被她得罪了。人劝老汪:

"老汪,你是个有学问的人,你老婆那个嘴,你也劝劝她。"

老汪一声叹息:

"一个人说正经话,说得不对可以劝他;一个人在胡言乱语,何劝之有?"

老汪对银瓶不管不问,任她说去。平日在家里,银瓶说什么,老汪不听,也不答。两人各干各的,倒也相安无事。银瓶除了嘴能说,与人共事,还爱占人便宜。占了便宜正好,不占便宜就觉得吃亏。逛一趟集市,买人几棵葱,非拿人两头蒜;买人二尺布,非搭两绺线。夏秋两季,还爱到地里拾庄稼。拾庄稼应到收过庄稼的地亩,但她碰到谁家还没收的庄稼,也顺手牵羊择上两把,塞到裤裆里。从学堂出南门离东家老范的地亩最近。所以择拿老范的庄稼最多。一次老范到后院新盖的牲口棚看牲口,管家老季跟了过来,在驴马之间说:

"东家,把老汪辞了吧。"

老范:

"为啥?"

老季:

"老汪教书,娃儿们都听不懂。"

老范:

"不懂才教,懂还教个啥?"

老季:

"不为老汪。"

老范:

"为啥?"

老季:

"为他老婆,爱偷庄稼,是个贼。"

老范挥挥手:

"娘们儿家,有啥正性。"

又说:

"贼就贼吧，我五十顷地，还养不起一个贼？"

这话被喂牲口的老宋听到了。喂牲口的老宋也有一个娃跟着老汪学《论语》，老宋便把这话又学给了老汪。没想到老汪潸然泪下：

"啥叫有朋自远方来呢？这就叫有朋自远方来。"

但杨百顺学《论语》到十五岁，老汪离开了老范家，私塾也停了。老汪离开私塾并不是老范辞了他，或是徒儿们一批批不懂，老汪烦了，或是老汪的老婆偷东西败坏了他的名声，待不下去了，而是因为老汪的孩子出了事。老汪和银瓶共生了四个孩子，三个男孩，一个女孩。老汪有学问，但给孩子起的都是俗名，大儿子叫大货，二儿子叫二货，三儿子叫三货，一个小女儿叫灯盏。大货二货三货都生性老实，唯一个灯盏调皮过人。别的孩子调皮是扒房上树，灯盏不扒房，也不上树，一个女娃家，爱玩畜牲。而且不玩小猫小狗，一上手就是大牲口；一个六岁的孩子，爱跟骡子马打交道。喂牲口的老宋不怕别人，就怕这个灯盏。晚上他正铡草或淘草，突然回头，发现灯盏骑在牲口圈里的马背上，边骑边打牲口：

"驾哟，带你去姥姥家找你妈！"

马在圈里嘶叫着踢蹬，她也不怕。大货二货三货没让老汪费什么心，大不了跟别人一样，课堂上听不懂《论语》，一个女娃却让老汪大伤脑筋。为灯盏玩牲口，老宋三天两头向老汪告状，老汪：

"老宋，不说了，你就当她也是头小牲口。"

这年阴历八月。喂牲口的老宋淘草时不小心，挑钢叉用力过猛，将淘草缸给打破了。这个淘草缸用了十五年，也该破了。老宋如实向东家讲了，老范也没埋怨老宋，又让他买了一口新缸。范家新添了几头牲口，这淘草缸便买得大，一丈见圆。新缸买回来，灯盏看到缸新缸大，又来玩缸。溜边溜沿的水，她踩着缸沿支叉着双手在转圈。老宋被她气惯了，摇头叹息，不再理她，套上牲口到地里耙地。等他傍晚收工，发现灯盏掉进水缸里，水缸里的水溜边溜沿，灯盏在上边漂着。等把灯盏捞出来，她肚子已经撑圆，死了。老宋抄起钢叉，又将新缸打破，坐到驴墩上哭了。老汪银瓶闻讯赶来，银瓶看了看孩子，没说别的，抄起叉子就要扎老宋。老汪拉住老婆，看着地上的死孩子，说了句公平话：

"不怪老宋，怪孩子。"

又说：

"家里数她淘，烦死了，死了正好。"

杨百顺十五岁的时候，各家孩子都多，死个孩子不算什么。银瓶又跟老宋闹了两天，老宋赔了她两斗米，这件事也就过去了。一个月过去，赶上天下雨，老汪有二十多个学生，这天只来了五六个，老汪打住新课，让徒儿们自己作文章开篇，题目是"不患人之不己知，患不知人也"，自己对着窗外的雨丝发呆。又想着下午不能让徒儿们再开篇了，也不能开新课，应该描红；出去找银瓶，银瓶不在，不知又跑到哪里说闲话去了，便自己回家去拿红模子。红模子找着了，在银瓶的针线筐下压着；拿到红模子，又去窗台上拿自己的砚台，想趁徒儿们描红的时候，自己默写一段司马长卿的《长门赋》。老汪喜欢《长门赋》中的两句话："日黄昏而望绝兮，怅独托于空堂。"去窗台上拿砚台时，突然发现窗台上有一块剩下的月饼，还是一个月前，阴历八月十五，死去的灯盏吃剩的。月饼上，留着她小口的牙痕。这月饼是老汪去县城进课本，捎带买来的；同样的价钱，县城的月饼，比镇上的月饼青红丝多；当时刚买回，灯盏就来偷吃，被老汪逮住，打了一顿。灯盏死时老汪没有伤心，现在看到这一牙月饼，不禁悲从中来，心里像刀剜一样疼。放下砚台，信步走向牲口棚。喂牲口的老宋，戴着斗笠在雨中铡草。一个月过去，老宋也把灯盏给忘了，以为老汪是来说他孩子在学堂捣蛋的事。老宋的孩子叫狗剩，在学堂也属不可雕的朽木。谁知老汪没说狗剩，来到再一次新换的水缸前，突然大放悲声。一哭起来没收住，整整哭了三个时辰，把所有的伙计和东家老范都惊动了。

哭过之后，老汪又像往常一样，该在学堂讲《论语》，还在学堂讲《论语》；该回家吃饭，还回家吃饭；该默写《长门赋》，还默写《长门赋》；只是从此话更少了。徒儿们读书时，他一个人望着窗外，眼睛容易发直。三个月后，天下雪了。雪停这天晚上，老汪去找东家老范。老范正在屋里洗脚，看老汪进来，神色有些不对。忙问：

"老汪，咋了？"

老汪：

"东家，想走。"

老范吃了一惊，忙将洗了一半的脚从盆里拔出来：

"要走？啥不合适？"

老汪：

"啥都合适，就是我不合适，想灯盏。"

老范明白了，劝他：

"算了，都过去小半年了。"

老汪：

"东家，我也想算了，可心不由人呀。娃在时我也烦她，打她，现在她不在了，天天想她，光想见她。白天见不着，夜里天天梦她。梦里娃不淘了，站在床前，老说：'爹，天冷了，我给你披披被窝。'"

老范明白了，又劝：

"老汪，再忍忍。"

老汪：

"我也想忍，可不行啊东家，心里像火燎一样，再忍就疯了。"

老范：

"再到牲口棚哭一场。"

老汪：

"我偷偷试过了，哭不出来。"

老范突然想起什么：

"到野地里走走。走走散散，也就好了。"

老汪：

"走过。过去半个月走一次，现在天天走，没用。"

老范点头明白，又叹息一声：

"可你去哪儿呢？早年你爹打官司。也没给你留个房屋，这里就是你的家呀。这么多年，我没拿你当外人。"

老汪：

"东家，我也拿这当家。可三个月了，我老想死。"

老范吃了一惊，不再拦老汪：

"走也行啊，可我替你发愁，拖家带口的，你去哪儿呀？"

老汪：

"梦里娃告诉我，让我往西。"

老范：

"往西你也找不到娃呀。"

老汪：

"不为找娃，走到哪儿不想娃，就在哪儿落脚。"

第二天一早，老汪带着银瓶和三个孩子，离开了老范家。三个月没哭了，走时看到东家老范家门口有两株榆树，六年前来时，还是两棵小苗，现在已经碗口粗了，看着这树，老汪哭了。

杨百顺听人说，老汪离开老范家，带着妻小，一直往西走。走走停停，到了一个地方，感到伤心，再走。从延津到新乡，从新乡到焦作，从焦作到洛阳，从洛阳到三门峡，还是伤心。三个月后，出了河南界，沿着陇海线到了陕西宝鸡，突然心情开朗，不伤心了，便在宝鸡落下脚。在宝鸡不再教书，也没人让他教书；老汪也没有拾起他爹的手艺给人箍盆箍碗，而在街上给人吹糖人。老汪教书嘴笨，吹糖人嘴不笨，糖人吹得惟妙惟肖。吹公鸡像公鸡，吹老鼠像老鼠，有时天好，没风没火，还拉开架势，能吹出个花果山。花果山上都是猴子，有张臂上树够果子的，有挥拳打架的，有扳过别人的头捉虱子的，还有伸手向人讨吃的。如果哪天老汪喝

醉了,还会吹人。一口气下去,能吹出一个花容月貌的女孩。这女孩十八九岁,瘦身,大胸,但没笑,似低头在哭。人逗老汪:

"老汪,这人是个姑娘吧?"

老汪摇头:

"不,是个小媳妇。"

人逗老汪:

"哪儿的小媳妇?"

老汪:

"开封。"

人:

"这人咋不笑呢,好像在哭,有点晦气。"

老汪:

"她是得哭呀,不哭也憋死了。"

明显是醉了。老汪这时身胖不说,头也开始秃顶。不过老汪不常喝酒,一辈子没吹几次人。但满宝鸡的人,皆知骡马市朱雀门的河南老汪,会吹"开封小媳妇"。

老汪走后,"种桃书屋"的徒儿们作鸟兽散。杨百顺、杨百利也离开老范家的学堂,回到了杨家庄。杨百顺跟老汪学了五年《论语》,入学时十岁,现在已经十五岁了。原想着还要跟老汪待好久,《论语》还读得半生不熟,没想到老汪说走就走了。在学堂天天跟老汪捣蛋,十二岁那年冬天,和李占奇一起,偷偷跑到老汪的茅房,拎起老汪的夜壶,在底上钻了个眼;夜里老汪撒尿,漏了一床。现在老汪一走,倒想起老汪许多好处。其中最大的好处,有老汪在,他可以天天到学堂胡混;老汪一走,就得回家跟卖豆腐的老杨做豆腐。但杨百顺不喜欢做豆腐。不喜欢做豆腐不是跟豆腐有仇,而是跟做豆腐的老杨合不来。与老杨合不来不是老杨用皮带抽过他,因为一只羊,害得他睡在打谷场上,记恨老杨;而是像赶大车的老马一样,从心底看不上老杨。他看上和佩服的,是罗家庄喊丧的罗长礼。他想脱离老杨,投奔罗长礼。但麻烦在于,杨百顺对罗长礼也不是全喜欢。他只喜欢罗长礼的喊丧,不喜欢罗长礼的做醋。罗长礼的醋,十天就泛了白毛。但做醋是罗长礼的生计,喊丧是罗长礼的嗜好;为了喊丧,还离不开做醋。醋大家一天三顿要吃,啥时候会一天三顿死人呢? 弄得杨百顺也是左右为难。

杨百顺的弟弟杨百利,和杨百顺一样,也不喜欢做豆腐的老杨,他喜欢贾家庄弹三弦的瞎老贾。瞎老贾并不是实瞎,一只眼瞎,另一只眼不瞎。瞎老贾除了弹三弦,还会用一只眼睛给人看相。几十年下来,阅人无数。人命各有不同,老贾一说,大家就是一听,并无在意,瞎老贾阅人多了,倒把自个儿阅伤了心。因为在他看来，所有人都生错了年头；所有人每天干的，都不是命里该有的，奔也是白奔；所有人的命，都和他这个人别着劲和岔着道。杨百利和杨百顺不同的是，杨百顺单喜欢罗长礼的喊丧，不喜欢罗长礼的做醋，杨百利对瞎老贾弹三弦和看相全喜欢。杨百利瞒着卖豆腐的老杨，偷偷跑到贾家庄，要拜瞎老贾为师。瞎老贾闭着眼睛，摸了摸杨百利的手：

"指头太粗，吃不下弹三弦这碗饭。"

杨百利：

"我跟你学算命。"

瞎老贾睁开一只眼，看了看杨百利：

"自个儿的命还不知在哪儿呢，算啥别人。"

杨百利：

"那我是啥命呢？"

瞎老贾又闭上了眼睛：

"远了说，是个劳碌命，为了一张嘴，天天要跑几百里；就近说，人从你脸前天天过，十个有九个半，在肚子里骂你。"

师没拜成，落了一身晦气。杨百利在肚子里骂瞎老贾，一天要跑几百里，不把人累死了？一边骂瞎老贾算命不准，一边又跑回了杨家庄。

（节选自《一句顶一万句》，长江文艺出版社 2009 年版）

扎　根（节选）

韩　东

　　小陶发表《小莲放鸭记》之前，老陶亦发表了他的那篇渔民栽草养鱼的小说。这篇小说，与《小莲放鸭记》相比，尽管情境人物各异，但我怎么都觉得结构十分雷同。一个赤胆忠诚的贫下中渔，坚信"人冷披袄，鱼冷钻草"，坚持为集体栽草，以获鱼。一个又刁又滑私心很重的富裕中渔从中作梗。最后，在支部书记和社员群众的支持下，栽草终于成功。富裕中渔惨遭失败，同时也从中获得了教育，并得以转变。我试着写出如下等式：

　　《小莲放鸭记》中的小莲＝老陶小说中的贫下中渔。

　　《小莲放鸭记》中的富裕中农＝老陶小说中的富裕中渔。

　　《小莲放鸭记》中的社员群众＝老陶小说中的社员群众。

　　小说围绕某一特定事件（在《小莲放鸭记》中是鸭子生蛋，在老陶的小说中是栽草获鱼）展开。最后的结局都是"正面人物"（在《小莲放鸭记》中是小莲，在老陶的小说中是贫下中渔）获胜，而"中间人物"（在《小莲放鸭记》中是富裕中农，在老陶的小说中是富裕中渔）必败，但一概深受教育，并得以转变。

　　当然，如果是"反面人物"，则不会出现以上的情况。他们是不可能得以转变的。他们的逻辑是："捣乱——失败，再捣乱——再失败，直至灭亡。"那么，什么样的人物才是反面人物呢？ 自然是天生的，像地主、富农或者渔霸，由成份所决定。而中间人物则一定是富裕中农或者富裕中渔，也由成份所决定。这些人，没有私心是不可能的。经过事实的教育和社员群众以及党员干部的帮助，不转变也是不可能的。当然这中间会有曲折、波澜，这正是小说情节得以展开的天地。

　　老陶的这篇小说，是他在水上公社生活数月，广泛搜集素材的成果。两万来字的小说，笔记加上草稿写了二十万字。他将草稿留下，送给"倚马千言的才子"小陶。因为，作文屡屡获得表扬使后者不免有些轻狂。除此原因外，我也不能排除老陶很看中这篇小说。这毕竟是他辍笔十年后第一次发表小说啊。且不论小陶的轻狂或老陶的沾沾自喜，通读《陶培毅作品集》后，不知为什么，我总是为这篇小说感到难过。老陶的沾沾自喜就更加剧了这种难言的心情。

　　老陶的这篇小说，与《小莲放鸭记》有明显的雷同，与这一时期的其他小说也颇为相似（小陶的语文课本中，就有两篇与自私自利的中农作斗争的故事），惟一不同的，这是老陶自己的小说。

　　我说过，读老陶的小说犹如读共和国的编年史。老陶写土改，写互助组，写农村基层普选,写粮食统购统销,写合作社。尽管如此,老陶的小说还是尽量地别出心裁,并也能做到面貌各异。为政治服务和深入生活的创作原则老陶须臾不忘,但毕竟没有简化到公式的地步。从原则到公式是老陶的堕落吗?抑或是时代的作家们的必由之路?

当然,二者是有稍许不同的。原则即是指在规定的区域内活动,不得越雷池一步。而公式,直接导出结果,并且是确定无疑的结果。当原则规定的区域进一步缩减,乃至彻底取消活动的余地,公式便是惟一可行的了。所以说,它们又是一回事,至少存在着严格的逻辑关系。相反的例子也有。

在那本《陶培毅作品集》中有一篇小说(我不想提它的名字,就像我不提老陶其他小说的名字一样),是那样的与众不同。我猜想,老陶写它时一定喝醉了,醉得忘乎所以,将原则抛在了一边。

那篇小说里,有"政治",但没有"服务",有"生活",但不"深入","源于生活",但绝不"高于生活"。请原谅我用这些并非形容词的词来形容这篇小说,而不涉及它的内容。

老陶一定是喝醉了,或者他真的喝了酒,或者被自己所写的故事所陶醉。总之,我感到了其中的醉意,感到了老陶写作时的快乐。我甚至听见了老陶那"嘎嘎嘎"不甚优雅的笑声。

这篇小说和那篇写栽草养鱼的小说一样,在老陶的作品中是一个例外。它从未给老陶赢得任何声誉,分析老陶作品的评论家们也从没有提及。即使是在编入《陶培毅作品集》的时候,似乎也很羞涩,是被作为一篇"人物素描"而悄悄地插入其间的。正是这篇混进来充数的东西,又让我开始难过了。

我为那篇栽草养鱼的故事感到难过,是因为老陶终于意识到他那个行当的现实。他清醒过来,不再为自己青年时代的抱负烦忧。老陶将写作定义为生存和吃饭,这就对了。所以,我在难过之余也为老陶感到高兴。从此他便可以一心一意,不会再吃苦遭罪了。

我为老陶那篇发出嘎嘎嘎笑声的小说感到难过,是因为他生不逢时、英雄末路以及诸如此类的感慨。我在难过之余只是难过,并无任何高兴之意。

老陶的其它小说皆在这两篇小说之间的区域展开,即公式和忘乎所以之间。从中我既可以看见来自原则的重压或支撑,也能瞥见些许轻盈飞翔的东西。在字里行间,某一段落、某一句式。他那特有的"嘎嘎嘎"的笑声被抑制为"嘎",便戛然而止了。

老陶重获写作的权利后,发表的第二篇小说(科学工作者遭"四人帮"迫害)中完全没有笑声,有的只是愤怒。第三篇小说(受迫害的民主人士得以平反昭雪)中,老陶又开始笑了,"嘎嘎嘎",但不是"嘎嘎嘎嘎嘎嘎嘎……",级别是三个

"嘎"。老陶总算笑了三笑。正当我期待老陶忘情地笑下去的时候（在下一篇小说中），他却沉默了。因为，死人是不会发笑的，也不会愤怒，更不会写小说。

老陶经常去水上公社深入生活，一去就是一两个月。回来的时候，只待一两天。稍事休息，拿上一些换洗衣服又走。

老陶家不是已经进城了吗？老陶怎么还要往下面的公社跑？这说明了老陶的职业特点（作家）。如今，他可不是去扎根的。再说，浩淼起伏的洪泽湖面上也扎不了根，最多能种点捕鱼的水草。老陶就此泛舟湖上，四处漂泊，洪泽湖水面上于是响起了那嘎嘎嘎的笑声，呼应着野鸭子的鸣叫。

老陶家仍保留着夏天在屋外吃饭的习惯。饭桌仍然是那张旧竹床。一家人绕桌（竹床）而坐，由于高瘦笔直的陶文江缺席，看上去更加的和谐了（竹床很矮，吃饭时需要坐在比竹床还高的椅子上）。身后，自然已不再是那栋泥墙瓦顶的房子，而是真正的青砖大瓦房。房子也并非老陶家私有，而是食品公司的宿舍。老陶家住在其中靠西的两间房子里。所以吃饭的时候，分属各家的小桌子会在门前一字排开，有三四张之多。每家人每天吃些什么，彼此看得清清楚楚。

老陶家的饭菜一如在三余时那么丰富。自然，蔬菜变少了，或者不那么新鲜了（不比从自家园子里拔的）。但肉类却异常丰盛，尤其是猪肉。家住食品公司，岂能食无肉？不同的是，老陶家的饭桌上常有野味。什么野鸭子、獐鸡子，甚至还有大雁，都是老陶从湖上带回来的。他每次回家，总是提着一只麻袋，口朝下一抖，一些水禽怪鸟的尸体便落在了地上。于是苏群烧开水（陶文江的这项工作由她继承了），之后，小陶开始捋毛。老陶不断地提醒小陶，注意清洗野味体内的铁砂。这些野味并非是小陶亲手宰杀的，乃是被铁砂击中毙命，因此来不及放血。煮出来的野鸭汤就像洪泽湖水一样的浑浊，但味道还算鲜美。

绕着竹床，喝着野鸭汤，老陶开始讲述湖区的生活、水上公社的见闻。

渔民们站在齐腰深的水里，将小船悄悄地推出芦苇荡。船头架着霰弹枪，俗称喷砂枪。那喷砂枪可不是拿在手上的那种，既大又沉，犹如一门小炮，其威力也和一门炮差不多。一枪（炮）下去，射杀野鸭子无数。往往是好几条船，从不同的方向齐射。如此一来，一群野鸭子就都在劫难逃了。

老陶还说到海东青，一种湖上特有的猛禽，个头虽然不大，连老鹰都怕它。海东青的颜色自然是青色的，煞是悦目好看。老陶说："我们的陶陶要学习海东青！"

于是继岳飞、方志敏、侯叔叔之后，小陶又有了一个榜样。不过这回不是人，而是一种鸟，小陶也从未见过，学习起来就更不好办了。

老陶对小陶说："嘎嘎叫的是公鸭，嘎嘎叫的是母鸭。猪游——猪游——，是猪游子叫。黄脚三就像不会拉二胡的拉明子，最不好听了。"

说起湖上的景色，老陶更是眉飞色舞。他告诉小陶，冬夏两季是不同的。秋风一过，湖水就如竹叶般的青绿，细浪密波，洪泽湖的脾气也变得温柔可爱。且蟹黄藕白，芦苇飞缨。沿岸的滩涂上，条柳落叶了，芦苇放花了，芦苇棵里没准能捡到一窝花白青幽的野鸭蛋。夏天则完全不同。黄水拍击着两岸，芦苇和条柳被围在湖水中央，只露出一点点的梢头。风高浪急，小汽艇和拖帮船队都得靠岸行驶。

说着老陶转向苏群，对她说："你不知道，住在小船上，清晨黄昏，湖上的景色有多美，你是根本想像不出来的。有一天，我睡在舱里，清晨醒来向外一看，夜雾还弥漫在草滩上，像梦一般的轻柔。远远传来了欸乃声，接着出现了一只船头，是渔民下湖去拿簖。船头轻轻地滑过，几乎是无声地驶入梦境。后来鸟雀醒来了，在芦苇里叽叽喳喳地叫起来。"

这样的描写，从未在老陶的小说里出现过，在他的那些笔记中更是无迹可寻。如果我不在此记录下来，就将永远地不为人知。

是啊，老陶一趟趟地往湖上跑，就是为了写他的那些小说吗？就是为了写栽草养鱼以及和富裕中渔斗争的故事吗？倘若这样，那真是没有必要。也许，深入生活不过是一个借口。他一趟趟地往湖上跑，吃住在小渔船上，就是为了追寻这难得一见的良辰美景。这一问题，恐怕连老陶本人也回答不了。

由于老陶声色俱佳的描绘，苏群和小陶对湖上的生活很是向往。老陶许愿，一定要把他们带到湖上去，体验一番。但因为苏群上班，小陶上学，始终也没有合适的机会。况且，就算他们有了时间，家里也不能脱人啊。搬来洪泽以后，陶冯氏衰老得更快了，生活已基本上不能自理。她整天靠在床上，嘟囔着那些陈年往事。

"唉，要是爸爸活着就好了。"老陶说。他的意思当然不是率领全家去湖上，居住在小渔船上，那不就又成下放了？老陶的意思，是说如果陶文江健在，就可以照顾陶冯氏。那样的话，苏群和小陶就可以跟他一起去湖上住上一阵。他要让他们见识一些从没有见识过的东西。可惜，这一愿望最终也没有实现。

老陶越来越频繁地回到食品公司。倒不是他觉得水上公社的生活已经深入够了，或者湖上的美景看厌了，而是因为生病。老陶的气管炎越来越经常地发作，湖区缺医少药，只好回县城治疗。

现在，老陶回来时，再也不提着麻袋。一个人摇摇晃晃地步入家门，脸色苍白得让人害怕。归来时的欢声笑语已不复存在，代之以骚扰四邻的通夜猛咳。听见这咳嗽声，邻居们就知道老陶回来了。

归来期间，老陶卧病床上，很少下地。床前，竖立着一根悬挂盐水瓶的吊杆。一般几十万单位的青霉素挂下去，老陶的面色就会好转，哮喘声也逐渐减弱了。

他仍然不下地,在床上静养一两天后就又动身去了湖上。

开始的时候,老陶还能一个人回家。后来,就不行了,必须有人搀扶着。先是一个人,后来是两个人,一边一个地架着老陶。老陶几乎是脚不沾地地被人抬了回来。最后,担架进了门。抬他的人仍然是两个,没有增加。他们从县城的码头上岸,一路小跑地直奔老陶家。居然能够跑得起来,因为现在的老陶实在是太轻了。同时也说明情况危急,他们担心老陶没准会死在半路上。

老陶被他的渔民朋友抬进家门。说来也怪,看上去奄奄一息的他,几瓶盐水挂下去,立马药到病除,活转过来,精神甚至比去湖上以前还要好。当然,现在的用药量已不比当初。以前几十万单位的青霉素达到的效果,现在需要上百万单位。有时盐水瓶里还注射了链霉素。青链霉素混合使用,双管齐下,老陶的病岂有不好之理?

医疗方案是县医院的医生制定的,苏群只是执行而已,老陶被获准在家里挂水。当青霉素增加到八百万单位时,苏群不禁有些害怕了。县医院的医生说:"不碍事的,出了意外我负责。青霉素是很难得的药,一般人想用还没有呢!"

医治的结果证明医生的话是正确的。看着看着,老陶的脸色就红润起来了。他自然站在医生一边。按老陶的话说,八百万单位的青霉素挂下去,就像夏天喝凉水那么的舒坦。他恨不得再多挂一些。医生说:"下次吧,下次还有机会。"

至于这青霉素的难得,老陶家人还是略知一二的。当年他们家下放三余,村上的人对青霉素就很迷信。当然,他们需要它不是为了人(人舍不得),而是为了猪。据说一针下去猪马上活蹦乱跳,说是能起死回生也不为过。老陶当真命贱,就像三余的猪一样,几百万单位的青霉素下去马上就活了过来。当初,老陶家人还嘲笑三余人愚昧呢,现在他们对青霉素的崇拜比起三余人来有过之而无不及。那可是老陶的性命所系啊。

这期间老陶瘦得很厉害,体重大约只有九十来斤。脸上还不大看得出来。老陶的脸一贯消瘦,颧骨高耸,嘴巴前突,鼻梁上有一个突出的骨节。他光突的额头也很富于骨感。总之,老陶的脸给人以骨骼嶙峋的印象。

老陶的头发一向很黑,向后梳起。两道浓眉,眉心有一道长年不解的皱纹。他的这副尊容,家里人见惯了,因此也不以为然。突然有一天,他们发现老陶光洁的两腮深陷下去,眼窝发黑,远远看去就像一个骷髅,不禁吓了一跳。老陶家的人不由地想起了侯继民。不同的是,侯继民的脸色苍白,而老陶面皮青黄。

老陶个子不高,但以前身体很结实。在三余的时候,夏天他每天都要游泳。老陶赤着膊,肩膀上搭一块毛巾,能清楚地看见他胸前的两块饱满的胸大肌。小陶一路跟在后面,看见老陶的小腿肚子随着行走的节奏一鼓一鼓的,很是羡慕。老陶的体重,那时大约有一百四十斤。考虑到老陶的身高(一米六七),可谓是五短身材。这样的身板儿特别适合于干农活。

现在,老陶的腰也弯了,背也驼了,这大概和他成天咳嗽有关。老陶手捧一只硕大的玻璃瓶子,里面盛了半瓶清水,清水上浮着寸把厚的浓痰。他猛咳一阵之后,就会把玻璃瓶盖拧开,咯痰,然后再把瓶盖子旋上。这只用于吐痰的玻璃瓶后来成了老陶的必备之物,就像以前的保温杯一样,老陶总是把它捧在手上,去湖上时也带着。

现在的老陶,佝偻着腰,手捧一只巨大的玻璃瓶(与他瘦小的身材相比),整天咳个不停。即使是五月天里,他仍然穿着一件丝棉袄。别人早就换上毛衣或者单衣了。在棉袄的掩护下,老陶家人一时还无法瞥见里面可怕的现实。夏天又来的时候,老陶终于脱下棉袄,当真把他们吓了一跳。如今,他再也不会搭着毛巾去水渠里游泳了。即使是在辽阔无际的洪泽湖上,老陶也从来没有下去游过。

变化虽然剧烈,但有一个过程。由于朝夕相处,老陶家人的感觉未免迟钝。两三年的工夫,老陶就由一个壮实的中年人变成了一个驼背病弱的老汉了,不能不说太快了一点。但老陶家人却以为此事正常,没有感觉到很大的意外。只是由于老陶长期待在湖上,偶尔回来一次,相隔的时间长了,他们才觉出了某些变化。因此,当奄奄一息的老陶被抬进家门的时候,他们总是很震惊。一两天以后,也就适应了。那时,在青霉素的帮助下,老陶已经转危为安。所以他们始终认为,老陶不过是病了,气管炎发作,导致哮喘。有病治病,这很正常。后来老陶被诊断为肺气肿,那也是气管炎顺理成章的发展,没有什么值得大惊小怪的。

我的意思不是说老陶家人对老陶的病不重视。恰恰相反,他们过于重视了,以致于忽略了老陶的身体变化和衰老。他们的注意力完全被老陶的咳嗽以及对症下药所吸引,而对他的急遽消瘦(体重减轻了五十斤)没有深究。

他们总认为湖上的生活艰苦,风高浪急,老陶受了风寒。随着老陶病情的加剧,苏群和小陶对湖上生活的向往之情已经减退,甚至,有了某种程度的恐惧。因为,每次老陶总是身轻体健地出门,然后,奄奄一息地回来。他们不得不把老陶生病和湖上的生活联系起来加以考虑。但如果劝说老陶不去湖上,则几乎是不可能的。老陶之所以愿意回来疗养,其目的就是为了返回湖上,然后,再把自己折腾得只剩一口气。这件事,的确令人费解。

那湖上到底有什么呢?除了野鸭、獐鸡、清晨的日出,不就是破旧的小渔船和一望无际渺无人迹的水面吗?

(节选自《扎根》,人民文学出版社2003年版)

万寿寺（节选）

王小波

第八章

千年之前的长安城是一座美丽的城市。在它的城外，蜿蜒着低矮精致的城墙。在它的城内，纵横着低矮精致的城墙；整个城市是一座城墙分割成的迷宫。这些城墙是用磨过的灰砖砌成，用石膏勾缝，与其说是城墙，不如说是装饰品。在城墙的外面，爬着常青的藤萝，在隆冬季节也不凋零。

冬天，长安城里经常下雪。这是真正的鹅毛大雪，雪片大如松鼠尾巴，散发着茉莉花的香气。雪下得越久，花香也就越浓。那些松散、潮湿的雪片从天上软软地坠落，落到城墙上，落到精致的楼阁上，落到随处可见的亭榭上，也落到纵横的河渠里，成为多孔的浮冰。不管雪落了多久，地上总是只有薄薄的一层。有人走过时留下积满水的脚印——好像一些小巧的池塘。积雪好像漂浮在水上。满天满地弥散着白雾……整座长安城里，除城墙之外，全是小巧精致的建筑和交织的水路。有人说，长安城存在的理由，就是等待冬天的雪……

长安城是一座真正的园林：它用碎石铺成的小径，架在水道上的石拱桥，以及桥下清澈的流水——这些水因为清澈，所以是黑色的。水好像正不停地从地下冒出来。水下的鹅卵石因此也变成黄色的了。每一座小桥上都有一座水榭，水榭上装有黄杨木的窗棂。除此之外，还有渠边的果树，在枝头上不分节令地长着黄色的枇杷，和着绿叶低垂下来。划一叶独木舟可以游遍全城，但你必须熟悉长安复杂的水道；还要有在湍急的水流中操舟的技巧，才能穿过桥洞下翻滚的涡流。一年四季，城里的大河上都有弄潮儿。尤其是黑白两色的冬季，更是弄潮的最佳季节；此时河上佳丽如云……那些长发披肩的美人在画舫上，脱下白色的裹袍，轻巧地跃入水中。此后，黑色的水面下映出她们白色的身体。然后她们就在水下无声无息地滑动着，就如梦里天空中的云……这座城市是属于我的，散发着冷冽的香气。在这座城中，一切人名、地名都不重要。重要的是实质。

在长安城里，所有的街道都铺着镜面似的石板，石质是黑色的，但带有一些金色的条纹。降过雪以后，四方皆白，只有街道保持了黑色；并和路边的龙爪槐相映成趣。那些槐树俯下身来，在雪片的掩盖下伸展开它们的叶子，叶心还是碧绿色，叶缘却变成红色的了。受到雪中花香的激励，龙爪槐也在树冠下挂出了零零散散的花序，贡献出一些甜里透苦的香气，能走在这样的街道上真是幸运。她就这样走进画面，走上镜面似的街道，在四面八方留下白色的影子。

我在一切时间,一切地点追随白衣女人。她走在长安城黑色的街道上,留着短短的头发,发际修剪得十分整齐,只在正后方留了一络长发,像个小辫子的样子。肩上有一块白色的、四四方方的披肩,这东西的式样就像南美洲人套在脖子上的毯子。准确地说,它不是白色,而是米色,质地坚挺,四角分别垂在双肩上、身后和身前。在披肩的下面,是米色的衣裙。在黑色的街道上,米色比白色更赏心悦目。在凛冽的花香中,我从身后打量着她,那身米色的衣服好像是丝制的,又好像是细羊毛——她赤足穿着一双木屐,有无数细皮带把木鞋底拴在脚腕上。她向前走去,鞋底的铁掌在石板上留下了一串火花……我写到这些,仿佛在和没有记忆的生活告别。

我来上班,站在万寿寺门口,久久地看着镂在砖上的寺名。这个名称使我震惊。如你所知,我失掉了记忆,从医院里出来以后,所见到的第一个名称,就是"万寿寺";这好像是千秋不变的命运。我看着它,心情惨然,白衣女人从我身边走过,说道:犯什么傻,快进去吧。于是,我就进去了。

早上,万寿寺里一片沉寂,阳光飘浮在白皮松的顶端,飘浮在大雄宝殿的琉璃瓦上。阳光本身的黄色和松树的花粉、琉璃瓦的金色混为一体;整座寺院好像泡在溶了铁锈的水里。就在这时,她到我房间里来坐,搬过四方的木头凳子,倚着门坐着,把裙角仔细压在身下;在阳光中,镇定如常地看着我。就是这个姿势使我起了要使她震惊的冲动……在沉思中,我咬起手来。她站了起来,对我说:别咬手,就走出去了,仪态万方……她就这样走在一切年代里。

我追随那位白衣女人。更准确他说,我在追随她的小腿。从后面看,小腿修长而匀称,肌肉发达。后来,我走到她面前,告诉她此事;她因此微笑道:是吗,你这样评价我——这种口气不像是在唐代,不在这个世界里;但是她呵出的白气如烟,马上就混入了漫天的雪雾,带来了真实感。我穿着一套黑粗呢的衣服,上面还带 点轻微的牲畜味。雪花飘到这衣服上就散开,变成很多细碎的水点;而且我还穿了一双黑色的皮靴。但她身上很单薄……这使我感到不好意思,想到:要找个暖和的地方。但是她微笑着说:没关系,我不冷。这些微笑浮在满是红晕的脸上,让人感觉到她真的不冷。再后来,我就和她并肩行去,她把一只手伸了过来,一只冰冷的小手。它从我右手的握持中挣脱出来,滑进宽大的衣袖,然后穿入衣襟的后面,贴在我胸前。与此同时,黑色的街道湿滑如镜。是时候了,我把她拉进怀里,用斗篷罩住。她的短发上带有一层香气,既不同于微酸的茉莉,也不同于苦味的夹竹桃,而是近乎于新米的芳香;与此同时,带来了裸体的滑腻。

在漫天的雪雾之中,我追随着一件米色的衣裙和一股新米的香气。除了黑色的街道和漫天的白色,在视野中还有在密密麻麻雪片后面隐约可见的屋檐;我们正向那里走去,然后,爬上曲折的楼梯,推开厚厚的板门,看到了这间平整的房子，这里除了打磨得平滑的木头地板之外，再没有别的东西了。与平滑的木头相比，我更喜欢两边的板墙，因为它们是用带树皮的板材钉成的，带有乡野的情调。而在房子的正面，是纸糊的拉门，透进惨白的雪光。我想外面是带扶栏的凉台，但她把门拉开之后，我才发现没有凉台，下面原来是浩浩的黑色江水——那种黑得透明的水，和人的瞳孔相似；从高处看下去，黑色的水像一锅滚汤在翻腾着，水下黄色的卵石清晰可见。那位白衣女人迅速地脱去了衣服，露出我已经见过的身体……她一只手抓住拴在檐下的白色绳子，另一只手抓住我的领子，把修长、紧凑的身体贴在我身上——换言之，贴在黑色的毛毡上。顺便说一句，那条白色的绳子是棉线打成的，虽然粗，却柔软；隔上一段就有个结，所以，这是一条绳梯，一直垂到水里。又过了一会儿，她放开了我，在那条绳子上荡来荡去，分开飞旋的雪片，飘飘摇摇地降到江里去。此时既无声息，又无人迹；只有黑白两色的景色。我不知道这意味着什么。但是，它绝不会毫无意义。

……

在长安城里，我和白衣女人分手，走过黑白两色的街道。现在飘落的雪片像松鼠的尾巴，雪幕因此而稀疏。这样的雪片像落叶一样在街道两侧堆积着。在我身后，留着残缺不全的脚印。也许我的下一篇论文该考一考长安城里的雪？它又要把领导气得要死。在他狭隘的内心里，容不下一点诗意。

在我自己的故事里，早已经过了午夜，但我还没按大姨子的告诫行事。她终于看完了那本克里斯蒂，并给它两个字的评价：瞎编；把它丢开。然后，她朝我皱起了眉头，说道：咱们要干什么来的？ 我摇摇头说：我也不记得。看来，我失去记忆不是头一次了……后来，还是她先想了起来：噢！今天咱们结婚！当然，这不是认真忘了又想起来，是卖弄她的镇定从容。我那次也不是认真失去了记忆，而是要和她比赛健忘。无怪乎本章开始的时候，我告诉她自己失去了记忆时，她笑得那么厉害——她以为我在拾新婚之夜的牙慧——但我觉得自己还不至于那么没出息……

后来，她朝我张开双臂，说道：来吧，袋鼠妈妈……必须承认，这个称呼使我怦然心动。那根大蘑菇硬得像擀面杖一样。我说的不仅是过去，还有现在——用当时的口吻来说，那就是：不仅是现在，还有将来。但我还是沉得住气，冷静地答道：别着急嘛。我一点都不急——我看你也不急。她说道：谁说我不急？就把旗袍脱掉，并且说：把你的大蘑菇拿出来！好像在野餐会上的口气。在旗袍下面，她什么都没有穿，只有光洁、白亮的肉体——难怪她白天苗条得那么厉害——于是我就把大蘑菇拿了出来。那东西滚烫滚烫，发着三十九度的高烧。请相信，底下的事我一点都记不得了。只记得她说了一句：你真讨厌哪，你……因为想不起来，所以那个关节还在，我的过去还是一个故事，可以和现在分开。

现在，我除了长安城已经无处可去。所以我独自穿过雪幕，走过曲折的小桥，回到自己家里。在池塘的中央，有一道孤零零的水榭；它是雪光中一道黑影，是一艘方舟，漂浮在无穷无尽的雪花之上……那道雪白的小桥变得甚胖。这片池塘必定有水道与大江大河连接，因为涌浪正从远处涌来，掀起那厚厚的雪层。在我看来，不是池水、层积在上面的雪在波动，而是整个大地在变形，水榭、小桥、黑暗中的树影，还有灰色、朦胧、几不可辨的天空都在错动。实际上，真正错动变形的不是别的，而是我。这是我的内心世界。所以就不能说，我在写的是不存在的风景。我在错动之中咬紧牙关，让"格支格支"的声音在我头后响起。好像被夹在挪动的冰缝里，我感觉到压迫、疼痛。这片错动中的、黑白两色的世界不是别的，就是"性"。

我在痛苦中支持了很久，而她不仅说我讨厌，还用拳头打我。等到一切都结束，我已经松弛下来，她还不肯甘休，追过来在我胸前咬了一口，把一块皮四面全咬破了，但没有咬下来。据说有一种香猪皮薄肉嫩，烤熟之后十分可口。尤其是外皮，是绝顶美味。这件事开始之前我是袋鼠妈妈，在结束时变成了烤乳猪。那天晚上，我被咬了不止一口——她很凶暴地扑上来，在我肩头、胸部、腹部到处乱咬，给我一种被端上了餐桌的感觉……但是，她的食欲迅速地减退，我们又和好如初了。

当一切都无可挽回地沦为真实，我的故事就要结束了。在玫瑰色的晨光里，我终于找到了我们的户口本，第一页上写着她的名字，在另一栏上写着：户主。我的名字在第二页上，另一栏上写着：户主之夫。我终于知道了她的名字，但现在不敢说；恐怕她会跳到我身上来，叫道：连我的名字你都知道了！这怎么得了啊！现在不是举行庆祝活动的适当时节，不过，我迟早会说的。

你已经看到这个故事是怎么结束的：我和过去的我融汇贯通，变成了一个人。白衣女人和过去的女孩融汇贯通，变成了一个人，我又和她融汇贯通，这样就越变越少了。所谓真实，就是这样令人无可奈何的庸俗。

虽然记忆已经恢复，我有了一个属于自己的故事，但我还想回到长安城里——这已经成为一种积习。一个人只拥有此生此世是不够的，他还应该拥有诗意的世界。对我来说，这个世界在长安城里。我最终走进了自己的屋子——那座湖心的水榭，在四面微白的纸壁间，黑沉沉的一片睁大红色的眼睛——火盆在屋子里散发着酸溜溜的炭味儿。而房外，则是一片沉重的涛声，这种声音带着湿透了的雪花的重量——水在搅着雪，雪又在搅着水，最后搅成了一锅粥。我在黑暗里坐下，揭开火盆的盖子，乌黑的炭块之间伸长了红蓝两色的火焰。在腿下的毡子上，满是打了捆的纸张，有坚韧的羊皮纸，也有柔软的高丽纸。纸张中间是我的铺盖卷。我没有点灯，也没有打开铺盖，就在杂乱之中躺下，眼睛绝望地看着黑暗。这是因为，明天早上，我就要走上前往湘西凤凰寨的不归路。薛嵩要到那里和红线汇合，我要回到万寿寺和白衣女人汇合。长安城里的一切已经结束。一切都在无可挽回地走向庸俗。

（节选自《青铜时代》，花城出版社 1997 年版）

斯巴达

——一个南方的生活样本（节选）

康　赫

一袭黑衣的十地阎罗王殿下的胡判官从地府升上来，自语道：有一倩女怨魂今日自地府消失。想来明日是害她性命的仇人执行枪决的日子，估计她会前来人间向那凶手寻事。噢，原来她在这里，正与大卵泡疯子包中团成了肉片儿。看来她复仇是假，在地府闷得心慌，想让包中的大卵泡来抽她一抽通通气倒是真的。既然如此，我就将计就计，假意成全这骚鬼，把包中许配给她，待我把她骗入地府，再把包中送回人间便是了。（大声宣布）这一对人狼既已当众茹毛饮血交欢媾合，便算彻底荡涤了人性进化为真兽，故尔再无需留在人间，与下贱可怜的人类为伴，现判其双双上调地府，作阎罗殿前一左一右看门狗，永相厮守。

胡判官又把那些刚才拼命企图钻进地府的动物们一一踢回人间，宣布：这些非人非畜，企图钻进地缝躲藏起来，但地府乃是我们阴间的辖区，这些东西不能证明自己没有移民倾向，申请死亡签证受拒，不得入境。它们仍需在阳间一如继往地做它们非人非畜的勾当。好好看管它们，是你们愚昧无知的人间不可推卸的职责。我们阴间将视它们此后的表现，定其入地狱后的相应刑罚，和下辈子作何种轮回。请接着尽情欢闹，去发掘你们人性中的兽性和兽性中的人性吧。

胡判官说完，牵着两只嬉嬉哈哈的野狼重新沉入地下。

公狼和母狼的人类眷们在它们后面掩面恸哭，把一堆堆纸画的"垫屁股"牌枕头，"寒风挡不住"牌被子，"顶通"牌帽子，"露底"牌皮鞋，"亮膝"牌牛仔，"羊羊羊"牌狗毛衫，"黑得快"牌牙膏，"牛粪"牌杳皂，"刮则断"牌剃胡刀，"滴血不剩"牌卫生巾，"通不用"牌地狱钞，"喝不醉"牌葡萄酒，"未嚼先碎"牌饼干，"如糠"牌咖啡，"苦涩"牌冰糖，"点不亮"牌应急灯，"推不倒"牌麻将，"懒得看"牌百科全书，"拐脚"牌桌子，"瘸腿"牌椅子，"离"牌胶水，"睡不够"牌保姆，"保死"牌医生，"自习"牌教师，"薄膜"牌草坪，"沙漠"牌沃土，"无蓝"牌天空，"二氧化碳"牌臭氧（火焰已经升起，不知还有何物赠送，再也看不清楚），通通点上烈火，烧成灰烬，以便它俩在阴间守门时尽情受用。

郁利：哈哈，这种热闹的场面可是难得看到，刚才幸亏双腿发软站不起来，无法回饭店休息，不然错过了这样大好的时光才叫遗憾。

麦弓眼中茫然，若有所思，在痛哭流涕的观众间来回走动。他突然转过身来，大声地：你们的尊严是什么？

沉痛的观众:就是我们脸上的胡子,在我们相对洁净的梦中时分,它从安静的心灵吸收养份,并悄悄生长。可是我们每天清晨起来,总是要把它毫不犹豫地刮掉,以免有人嘲笑我们过于肮脏。

麦弓:你们的理想是什么?

沉痛的观众:就是那女人的卫生带,永远保护着她们石榴裙的体面,让别人忘记那底下流淌不已的可耻的毒汁,可一旦能有机会将它抛弃,谁也不会回头再瞧上一眼。

麦弓:你们的信仰是什么?

沉痛的观众:就是我们的臭气熏天的鞋子,我们让它套住我们的双脚,是因为精神之路上总有防不胜防的钉子玻璃和碎石,但它必须按照季节、时令、天气、场合的不同而做出相应的变化,关键还得看它是不是合脚,以免给我们的行动带来不便和麻烦。

麦弓:你们的良知是什么?

沉痛的观众:就是我们直肠里的废物,一旦有所滞留,我们就坚决把它排出,并从这种对秽物的彻底抛弃中享受清白的快乐。

麦弓:一块荒凉的土地一个凄惨的城邦,一群可怜的虫子一张昏君的温床。一切都已萎缩,已枯竭,已老朽,一切都已崩塌,已蛀空,已成风。

看台上所有观众泪流满面齐声高唱:让惊雷唤醒它的沉睡,让闪电照亮它幻梦,让暴雨冲涮它的耻辱,让飓风扯碎它的虚荣,让岩浆烤炙它的轻浮,让火焰点燃它的希望。

郭碳陷在沉思之中:我可有斯巴达克斯的膂力,让敌手的鲜血染红我复仇的尖刀?我可有刘敖的放荡,让绝色的妻子轻捷的玉肢成为众人竞相啜饮的破壶?我可有悲剧之翁的词藻,让我枯竭的爱情之树重新开满迷人的花朵?我可有理念皇帝的顽固,让思辨的蛛丝封住欲望的门户在纯净的心灵之殿织出灿烂的锦绣?甚矣,吾衰也。拉撒路出来吧。

乌市长的脑袋上蹲着一只狒猴,脑袋里蹲着一条响尾蛇,左肩上站着一只苍鹰,右肩上站着一只猫头鹰,脖子上盘着一条巨蟒,鼻孔里挂着两条蚯蚓,耳朵里住着两只飞蛾,脸上停满了蝎子,手臂上叮满了蚊蝇,经络上有毛虫在拔河,血管岸边一头大象在踱步,肚皮上一群蚂蚁在游荡,肚子里一群鱼儿在嬉戏,屁股上养了一条杨子鳄,裤裆里一只雌狐狸在穿梭,鞋子里有两只黄鼠狼在捉迷藏。他与其寄生动物一齐诵唱:人类与动物站到了一起。他们和它们再也不分彼此。

那些一直在东躲西藏,由人退化而成的四不像,听到这里再也沉不住气,纷纷从各个角落冒了出来,同时更多的飞禽走兽从四面八方大摇大摆地唱着鸟语,吼着兽言走向主席台,最后都在麻球脑袋左倾肩膀鸡胸驼背的乌市长四周服服贴贴地蹲下来。

乌市长:人类从禽兽凶恶的双眼中看到了自己的虚弱。

禽兽们:禽兽从人类温和的双眼中看到了自己的残暴。

乌市长:人类从禽兽机敏的双眼中看到了自己的笨拙。

禽兽们:禽兽从人类悠闲的双眼中看到了自己的粗鄙。

乌市长:人类从禽兽直率的双眼中看到了自己的奸诈。

禽兽们:禽兽从人类机智的双眼中看到了自己的蒙昧。

乌市长:虚弱的人类,从凶恶的禽兽中的自己温和的双眼中,看到了人类对于禽兽野性的羡慕和恐惧。

禽兽们:残暴的禽兽,从温和的人类眼中的自己凶恶的双眼中,看到了禽兽对于人类人性的渴望和担忧。

乌市长:笨拙的人类,从机敏的禽兽眼中的自己悠闲的双眼中,看到了人类对于禽兽低贱的无奈和不屑。

禽兽们:粗鄙的禽兽,从悠闲的人类眼中的自己机敏的双眼中,看到了禽兽对于人类趣味的困惑和讥嘲。

乌市长:奸诈的人类,从直率的禽兽眼中的自己机智的双眼中,看到了人类对于禽兽愚痴的爱怜和鄙视。

禽兽们:蒙昧的禽兽,从机智的人类眼中的自己直率的双眼中,看到了禽兽对于人类狡诈的迷恋和憎恨。

乌市长与动物们:他们更加清楚地看到了对方的过去现在和未来,也因此更加清楚地了解了自己的过去现在和未来。于是人与动物的一般的、种类的友情消失了,只留下了特殊的、个体的友情。人与动物的一般的敌意消失了,只留下了特殊的、个体的敌意。他们从各自对峙的阵营中走出来,从可耻的压迫和屈辱的反抗中走出来,从可笑的丑角似的互相嬉戏和胡闹中走出来,走向公平公正健康的对抗。他们之间从此并不一定和睦但必定友好,并不一定谦让但必定平等,并不一定团结但必定公正。他们之间再也不存在一般的距离,只存在具体的距离。来吧,我们走在一起,或者亲吻或者争吵,或者拥抱或者争斗,或者互相爱抚或者互相残杀。我们没有成见只有分歧,我们没有界线只有距离,我们没有好坏之分,只有认同或是反对,我们没有复杂的情感,只有简单的关系。

所有市民观众和所有在场动物们:如此精辟的论述,使我们眼前豁然开朗。

他们和它们之间的目光互相交叉碰撞,都在急切地寻找自己最合适的敌人、对手和朋友。一个胖子走向了野猪,一个瘦子走向了长颈鹿,一个瘸腿走向了板鸭,一个光头走向了秃鹫,一个近视眼走向了眼镜蛇,一个机灵鬼走向了长臂猿,一个骗子走向了花蝴蝶,一个失眠者走向了猫头鹰,一个腋臭者走向了骚狐狸,一个小偷走向了老鼠，一个诗人走向了八哥，一个银行家走向了花脚蚊子，一个歌手走向了甲壳虫，一个拳手走向了袋鼠，一个柔姿舞者走向了水蛇，一个麻脸走向了鳄鱼。

（节选自《斯巴达——一个南方的生活样本》，海峡文艺出版社 2003 年版）

你以为你能走多远？

陈　卫

1　姚奢

　　疯子不可能装清醒，但清醒的人却可以装疯，因此，谁要是想以装疯卖傻瞒吓众人并获取利益的话，我愿意陪他玩到底。

　　停留，不是我的习惯。这样的当口，也许王绾会停留，也许胡毋会停留，但是，我不会。所以我一直说：尽管你在成功的路上曾经得益于许多外力，但到最终你只能发现：所有最大的功劳，还是全在于你自己。我甚至在心里常常祈祷老天，求他多给我几个这种不正常的时刻，让那些愿意停留的人继续假装手忙脚乱、满脸惊讶，以为那样就更能表示他们的忠贞和忧患；让他们继续混乱下去吧；而我的计划稠密而精当；我禁不起浪费。

　　我说：备马。但是没有人知道我要到哪儿去。在黑幕遮挡的暗处，我看不见别人，看不见向我露出询问眼神的人，也看不见帮我拉住缰绳的人，我只看见赵高。我转眼的瞬间，他向我露出了笑颜。笑一笑，不难。老哥的提醒只是因为老哥的软弱，也许他并不能明白：我正是赵高的克星。这很无奈：人与人不一样；即便是同胞兄弟，不能懂的人，手把手地教他，也还是没用。是的，我可以和大家一样，相信现在是一个伟大时代，但它还是改变不了庸人之所以成为庸人。况且，在一个有伟大政府或权力，甚至是伟大的感觉和情感的地方，错误也是大的，庸人也最多。

　　有些事，要等到最后。耐心，冷静，这些话说起来真容易，但是没有几个人在最关键的时候还能够把它们给记住。这真是大多数人的可悲，也恰正是我这样的少数人的幸运。没有对比，就没有优劣，因此姚奢，我提醒你，我们所反对的人，是有必要存在的。

　　东郊的风沙果真名不虚传，一瞬间我确实为李斯老头而感动。无论你怎样猜度他的用心，但你到这种地方连住几个月试试！黄尘翻滚，不辨西东，满耳都是争分夺秒大兴土木的声音，在我听来，这声音实在能够减人的寿。民工很懂规矩，在我发问之前，就有人给我指明了指挥部的方向。当一个侍卫从工地上把左丞相找来，第一眼就把我给镇住：厉害人的厉害，也许确实是庸人永远无法明白的。左丞相待人和蔼到了让你感不到他"还是个有心计的人"；好在一路上我的衣服上也落满了沙尘，否则我挺着一身干净的仪表站在全是黄泥的他面前，真会尴尬得不知所措。他一件事接着一件事,每句话处理的事都不同,但是他没有一点急急忙忙的样子。他说话,翻简,刺符;他不看人,他只看手上的东西,说话也不看对方,只微微地低下眼睛,看着一个虚幻的点,嘴里的声音不急不徐,右手的食指在胸前点点戳戳,仿佛那些声音不是从他嘴里而是从那只食指里发出的;声音虽然不高,但同样让人感到掷地有声。我不由得在心里默默叫道:李老头啊,我不得不佩服你! 要想站到嬴政老爹面前不发憷,确实必先过你这一关。

"把大门关上!"在最后一个人走掉之后,李斯命令侍卫;然后脸色突然阴沉下来,但并不立即问话,他皱着眉头对着桌面看了很久,时不时地还抬起眼睛,看一看高高的墙面,抬眼时顺便看我一眼;我想我的神态会引起他内心深处的喜欢,我坦然自若,宠辱不惊,心事重重但胸有成竹。

"究竟出了什么大事?"他问得相当突然,并且特别用力地强调了"大事"二字,这说明他已经知道事情的严重。

"没有,没有……"我在考虑怎么说。

他走到垛口站定,眯着眼看外面;外面的光把他的脸照得白里透青,脸皮发亮。

"快点说吧——我这边真的很忙。"

这种情况下我无法不开门见山,但我必须控制好我的声音:"左丞相千万不要着急,没什么大事,只是……"我凑近了他:"陛下整个上午没有亲政,而且全宫上下,竟没人知道陛下的行踪!"

我看见他的眉头慢慢地、微妙地凝聚,目光逐渐犀利,眼珠虽然不动,但胜过骨碌碌直转。我想他心里应该在翻江倒海,但他站在那里,安静得很,双手仍别在身后,头也没有向我转过来。他一言不发,站了很久,才慢慢地转过身,在离我很远的地方轻轻地踩着步。

"你是什么时候进宫的?"

"就是来骊山陵之前。本来我今天进宫只是为了一件小事:上个月我去原任地琅琊郡视察,顺便采办了三十六个琅琊本地绝色女子,预备今早呈给陛下,让陛下辛劳之余遣除疲劳,不想一进宫,只见右丞相、太尉、典客等数位大人都在候厅团团直转。"

"优旃呢?"

"听太尉说,优旃一早就陪着太子在东苑戏耍,他也不曾见过陛下。"

他重新在垛口站定;从我这里看,能够看到他面对的连绵的远山。

他突然转过身,几乎把我微微地吓了一跳,只见他大手一挥:"这样,你既然匆匆赶来,请就在这边吃了午饭再走。我马上回咸阳宫。"

"我当然要同丞相一道……"

"不，"他慢慢地说，但声音显然不再允许我争辩，"这事由我独自先去探个究竟，才对众臣有利。你听我的意思，下午再回咸阳，回去之后也不必再进宫，过个二日，你再来宫中提琅琊女子之事，你觉得怎么样？"

侍卫给他换衣服，他不停地交代着事情，突然又抬起眼睛看我，伸出一个指头低低地问道："你，有没有对别人提琅琊女子的事？"

"没有没有，当然没有。"

他连连点头："好，好。"侍卫打开大门，门口站着七八个人，侍卫对他们说，让他们有事去找隗宗正，人群立即慌乱地散开，露出了庭前广场上一辆早已备好的驷马车。

2　田广

我们感到自己还是小孩，另一批小孩已经起来，成为大人。

左丞相走进西花园的一瞬间，我顿时有点不知所措：我不知道该不该拦他；而他大踏步向前、毫无顾虑的样子，似乎根本用不着顾及我的态度，我只能转身看他向前走。站在水庭门口的阎章看见了左丞相，立即面露喜色，转身朝背对着我们、站在水庭尽头看着阳山的陛下走去。直到现在我还无法说清楚这件事：我的目光也许在那一刻又回到了左丞相的身上，等我听到声音，抬眼一看，阎章已经倒在陛下的剑下。同时我看见左丞相也站住，无疑也受到了惊吓。

"陛下，是我！"左丞相叫道。左丞相的声音就是入耳、声声进人心，他在现在这样的情况下呼唤陛下，声音凝重、热切得让周围所有的下人终于得到了一丝安慰。

陛下还握着剑，抬起眼睛看左丞相，看的时间不算短，看得人都发蒙，好像不大认得左丞相。还好，我终于看见他朝左丞相点了一下头，然后丢了剑，并没有一直面对着左丞相，等他走近而重又转过身，扶住栏杆，抬头看阳山。

左丞相走近了他，一直不说话。当左丞相在陛下面前都如此谨慎的时候，我们就最紧张。我缩头躬腰，唯恐自己目不转睛的注视会擦到树叶，发出声音。左丞相在陛下的侧面看他。可能是看他的脖子，也可能是看他的肩膀，或者是头发。然后左丞相又低下眼睛看地上的阎章。我真不知道这样让人难以忍受的沉默要持续到几时。

"阳山，"陛下突然低声说话，我保证身边的树叶都抖了一下，"确实是块不错的地方啊。"

左丞相没有接话，也抬起头看阳山的最高峰蜜融顶，慢慢地点头。

"不过，最好的地方是不能用来造寿陵的——骊山那边一切都还好吧？"

"那边一切都好。"左丞相强调了"那边"，意思似乎是他急着赶回来，是因为

"这边不是太好"。

"见过扶苏了吗？"

"前天他一回来，就见着了。"左丞相停了一停，才接着说，"非常明显的，太子在上郡蒙将军身边的这两年，得到了很好的锻炼。陛下应该宽心：太子又成熟了很多。他应该能够成为像陛下一样的大帝。"

陛下笑了一下，转身面对左丞相，手随意地在半空中一舞："最近，这里头朕又住不下去了。"

"陛下想去哪儿？"

"往北。"陛下微微地点头，"朕喜欢北——辽西郡应该不错吧？"

左丞相点头："那儿很好……"

"昨天夜里，有一个人告诉朕一件事，他说，"陛下停下来，但也没停得太久，"扶苏这孩子很难做成二世帝。"

"谁？谁说的？"

陛下笑起来："谁说的并不重要。问题是，那人在说这话的时候，还说得相当的自信呢！"

"陛下相信他的话？"

陛下重新转过来，看着左丞相："你说，朕愿意相信吗？"

"所以嘛……"

"你看看你看看，"陛下打断了左丞相，眼睛看着池水，"扶苏偏偏喜欢这天水姑娘……"

陛下说完这话之后，他们都沉默不语。过了很久，左丞相说："陛下，我想问一件事，盼望陛下不要生气……"

陛下微微转过头看着左丞相，不说话，一直看着他；我在这里看不见他的眼神，但那意思应该是要左丞相说。

"陛下是不是还在为太子反对焚书坑儒而怒气在心？"

陛下一听他这话，又转过头去，不看他了。

"我常常想，我们这些老人们应该理解孩子们的个性。依我的观察来看，太子的个性对他将来的帝业未必不是一件好事。陛下想一想：在你以震撼天地的方式一统天下并巩固了政权之后，到了太子登基时，确实需要一个温顺的皇帝抚慰天下了。"

陛下一直没有任何表示，面朝着阳池，过了很久，才微微地点了点头，说的话却是："这天水姑娘……"没说完，头却一直慢慢地点个不停，随后，转过身来，也没对左丞相说什么，就往庭外走。

陛下一边走一边说："你准备一下，后天去辽西郡。"左丞相在后面应着。

我忍不住地抖。陛下出门之后,我看见左丞相和蔼地看了我一眼,但是没有用,我还是抖。

在门口,他们又停下来。我听见陛下说:"要好好锻造他。朕不相信他就不能成才。"

左丞相说:"陛下放心,我也会不失时机地提醒太子。"

陛下往前走,左丞相在后面问:"陛下,昨天晚上对你说那话的人究竟是谁?"

陛下没有回头地说:"梦里的仙人。"

3 蓝允

因为贫穷而不能出门踏青、看春的人是最不幸的。

进了没有门的门洞,我轻轻拽了拽缰绳,马蹄没有立即停下来,它在原地踏了几步,才稳住腿脚。我回头看了一眼太子:我不得不立即转身跑过去,同时低叫一声,伸手握住太子悬在镫上的脚。我仰头看他,他面朝着前面摇了摇头,但我没有立即松手。过了很久,他低下头,下巴因为抵在颈脖上而肥厚,而看着地上的我的眼珠子也像要滴落下来。他半张着嘴唇,向我木讷地摇了一下头,我才慢慢地松开了手,同时我看见他的身体左右摇晃了一下,我立即轻轻地唤:"太子……"便伸手去扶他的腰。他把缰绳握得紧紧的,握得手上青筋直暴。他又晃了一下,我只好伸出另一只手,扶住他的另一侧,想抱住他。但是他低下头,用力地骂道:"干吗呢!"我缩了手,但手指仍张开着框在他的身体前后。我鼻子酸得难受:"太子!……"我看见他深吸一口气,又缓缓地吐完,然后说:"走吧。"我没动;他也没有拉缰绳。停了一会,他又说:"就在这里先呆着吧。"我继续抬眼朝他看了很久,才点点头,重新走到了前面。我走了两步,回头指着满地的紫花大叫:"蝴蝶花! 太子,你看见了吗?"

下马之后,太子立即把上衣脱了个精光。劝阻根本就是没用的:我急得都想哭!"我要打滚,我要打滚! 你看这草! 我就是想在地上打滚!"我和他一起顺着一座小土丘滚,不过我没有脱衣服:我最怕在春天伤风。厚厚的青草像地毯一样,在上面滚的时候,软得胜过被褥。我们从上面往下滚,滚得停下来之后,再起来走到丘顶,重新滚。然后我们一起躺在丘下的平地上,看天和云。

"小允,为什么我不能像你一样的自由呢?"

我不敢说话。我不知道他为什么一直会有这种奇怪的想法。看来分别两年,他还是没有什么变化。

"小允,你长大之后,再长得更大一点之后,你想做什么?"

我移了移肩膀,美美地说:"我最想做的就是能一生一世跟太子在一起。不过太子做了皇帝之后就用不着我了,到那时,太子就只要天水姐姐了。"

他立即伸手来挠我的痒痒："不许你瞎说！"然后我们都看着天，不说话。

"你知道我想做什么吗？——你不要害怕噢：其实呀，我最想做一个女的。我自己也不知道为什么，我真的很喜欢女的，不仅自己喜欢女孩子，也希望自己是个女孩子。我一点都不喜欢自己是个男人。"

我不敢说话。

"还有，我也不想留在咸阳。我想去东方，我想看海。你知道哪儿有海吗？"

"不知道。"

"会稽，还有鄣郡，都在东方。"

有一次在厨房，我听侯生说起过鄣郡，他说他爷爷在那里负责一个盐场。不过那实在太远了，据说要坐两个月的船才能到。我心里想着这些，嘴里却说："太子，你不要忘记，陛下是要让你做皇帝的。"

太子从鼻子里发出"哼"的一声，没有应答。我没来得及转头看他哼的表情，我不知道他是无所谓呢，还是不以为然的冷笑。太子这张脸啊，就是从正面看也是这样，他这张脸上有两件东西非常奇怪：一是颧骨，一是嘴。整个地看他的脸，除了俊秀，没什么特别；但一旦单独地看他的颧骨和嘴，就会觉得奇怪。他的嘴，仔细看了之后，你就会发现：他的俊秀，就像女孩子一样的俊秀主要因为他一直闭着却似乎总在说话的嘴；但是他的颧骨，你看他的颧骨，特别是颧骨下面的曲线。天呐，我怕他的颧骨。

我不知道他现在想什么，但我更不希望他长时间的沉默："太子，如果你去了鄣郡，天水姐姐呢？"

"傻瓜！也跟我们一起去呀——你愿不愿意去？"

会稽、鄣郡远得我心里发毛，而且我觉得太子这些话要是让陛下知道了，说不定陛下会把我们都杀了。不知道该怎么回答他："我……只想跟太子在一起，但是我还是盼望太子将来做皇帝……"

"咳！"他叹了一声，又不说话了。

暖和的阳光把风也烘得暖暖的，身边的青草就像麦苗，柔软地摇着它们的小叶子，它们也像我们一样，在暖烘烘的阳光下，都很听话地挤在一起，挤得很舒服。在草叶甜甜的味道里，我们都睡着了。

4　乐起

> 站在你的下面，接受你目光的检验。

下午，左丞相请咸阳令喝茶。他没有同咸阳令坐在大厅，而搬进了左密室，并且只留我一个人服侍。

左丞相说："这件事实际上包含了两件事：一，让扶苏杀人；二，让扶苏杀蒙天水。"

这么大的事，咸阳令却不急不忙："左丞相，只要去努力，就没有什么难事。不过这件事委实让我有点不明白：为什么一定要让太子去杀蒙大将军的女儿呢？而且据我所知，他们两人爱得挺好啊。"

"唉，姚奢啊姚奢。"左丞相停了很久，才接着说，"你发现太子和蒙天水这两个人，有一个怎样的共性吗？——他们都太纯洁了！姑娘纯洁，是她的事，太子纯洁，也是他一个人的事，麻烦的是，这两个人，还要走到一起。两个平凡的纯洁人走到一起，也没问题，让陛下急的是，扶苏记不住他是太子！——太爱幻想。而且还是第一层的爱幻想，没有经过现实的磨砺。陛下的意思：一个不能硬起来的人的软，是危险的。你明白了吗？如果太子能让我们亲眼看着他杀一个人尤其是杀他最爱的姑娘，那么，问题就解决了大半。"

咸阳令眼珠子骨碌碌转了几圈，深深地点头："太对了，太对了。"

"没有人喜欢残暴，"左丞相接着说，"没有哪个皇帝不想留给天下一个和蔼可亲的形象。但是，当残暴和锤打成为现实的必需时，个人的喜欢与否是没有用的。这正是陛下英明之所在。我总是想，也许到太子登基之日，天下确实不再需要以锤打和硬朗的方式加以统治，而更需要一个能够抚慰百姓的皇帝，但这一切都不能说明今天的太子就已经完全能够胜任皇位……"

"我完全明白了：好好锻炼太子，也是对陛下效忠的重要表现。我完全明白了。左丞相放心：这件事我有能力做好。"

"很好。"左丞相虽然神情依然严肃，但我听得出来他对咸阳令的话感到满意，"明天，我跟陛下就要去辽西郡出巡，你虽然身为咸阳令，到咸阳的时间也不长，但是我暗中嘱托你：我们不在时，宫中之事，你多留几份心。令兄忠厚，你正好能与他一起，暗暗辅佐右丞相。记住：无论出了什么事，团结第一，大局第一，千万不要喳喳呼呼，小事变大。"

"下官谨记，多谢左丞相器重。"

咸阳令一走，左丞相就让我叫来右丞相，左丞相也在密室跟他说话。左丞相反复提醒他一件事：要谨防姚奢。我心里纳闷：刚刚左丞相还嘱托咸阳令重任，现在又要右丞相提防他！右丞相一个明白接着一个明白，但是左丞相还是显得心事重重。他反复在房间里慢慢地踱着步，眼睛盯着自己的脚尖，走了又走，走得我心焦。最后，左丞相终于站定，头微微地低着，眼睛却使劲地翻上来，看着窗外；很久之后，他点起了头，不停地点，然后，终于转向了右丞相："老尉啊，我们都已经老啦。"

5　赵高

他的身体在呼吸，却由别人发出声音。

平斧旷野上野草茂盛，春天甜暖的地气使得草茎柔韧，怎么踩都踩不出足迹。没有一声虫鸣，但是安湖经常会突然发出一声怪异的"扑通"，弄不明白到底是岸上的东西落水还是湖底的东西往上泛涌。我虽然不至于因为这些水声而惊惧，但也免不了朝黑黝黝的湖面多望几眼。夜光蓝得透明，从苍穹的隙缝洒落下来，映照了远山的轮廓。我走几步，听脚与草叶摩擦的沙沙声。每次停脚的瞬间恐惧最大：隐约总担心沙沙的步伐遮住了危险的迫近。这是最让人烦躁的处境：满怀兴致地来平斧，以为漫步能平缓心绪，到头来却因为漫步本身使得心绪更乱：现在，我拿不准是要继续往前走，还是就此返回？就此返回的话，似乎今夜踌躇了很久才决定的漫步丝毫没有达到目的；而继续往前走：你看前面，甚至你再看后面，我到了一个中间地带，前后均等的距离形成了均等的力，挤得我前不得后不能，似乎唯一能做的就是停下来，在地上坐一坐。但是我又不太敢坐。

那，我就先站一站吧。

春天，春天其实从来没变过：白日明艳的阳光照在盛开的花瓣上，他自己一点都不知道，他充裕的照耀正害得花瓣们迅速地凋敝。这是下午在院子里我最深有感触的事。当时莹儿还在哭。不，不提这件事，现在我不想想起这件事。让这件事过去。现在，我还是想看一看夜里的延山；当然……

事情就在这一刻发生的：我几乎分不清我到底是先被那道光击中，还是先看见了斜顶上向我投射这道光的扁圆形飞行物；按事后的分析，我只能是先看见飞行物，因为自从那道光罩住我之后，我就什么也看不见了，而且我没有听见那飞行物发出任何声音；这是我从未遭遇过的腿脚发软：仿佛那光迅疾地将我推倒在地；我跌倒之后慌乱地起身狂奔的时候，由于那道强光把四周一切都照得煞白乃至空无，我一直担心自己会一脚踹进安湖。我一点声音都没发出，我的意思是我的嗓子绝没有发出任何声音，自己的脚步声我没听见，要说声音，是有一个，那就是我的心跳：这也可能与我奔跑时紧紧捂着心口有关。说实话，那一刻，我感到自己的生命有很大的危险，我感到，赵高，可能就在今天结束了。我在心里甚至一直在念：结束了，结束了。因为我在跑起来的时候，在很长一段时间里，那道光还一直紧紧地追着我，你想可怕不可怕?! 我想我是在那道光离开我很久之后才重新庆幸自己每一脚都踩到了实物：我想我真是幸运。逐渐地，在我终于有能力感到那光确实已经离开了我的时候，我也开始听见了自己的脚步声；一听到自己的脚步声，心里顿时有点踏实：安全了。我立即停住，起伏着整个身体喘息着，反身遥望：什么都没有，星光灿烂，远山凝重，夜色湛蓝。我不信也得信：虽然毫无证据,然而刺激实在深刻,这一切就像突然从空中落下无数钉子,蜇得我满身锥痛,然而事后却毫无伤痕。后怕驱使我重新狂奔起来:要思他个所以然,回到屋里再思不晚。我已经很久不练跑了,我不知道这一夜哪来那么多力气把自己这发福的身体跑着送回家的。前庭灯火通明,曹阳已等我多时。毫不管我发生了什么事,他保持着传旨员的一贯作风凑近了我:"中车府令,陛下让你明天随他一同出巡辽西郡。"

6　扶苏

黑夜里的女性,我赞颂你!

我翅膀坏了。是一种不方便与人说的暗疾,羽毛表面看不出来;它在皮骨上的淤肿,只有我自己明白。只有我自己明白的时候,就最麻烦,急也没用。甚至无法指望有那么一个机会,能让我耐心地对天水说清楚这事。难道昨天跟我在一起的不是你?你现在说出这些疯话是什么意思呢?是的,很难解释。不,我不急。我在半空中突然变形然后双脚落在地上之后,正好落在一座通向市场的小石桥上。我落脚轻盈,几乎是踮着脚尖落地的,但桥板还是发出了断裂的响声。这不能怪我,我想我已经够小心的了。我顾不上看人,我先站着不动,等桥的反应。肘部既疼又痒的感觉并不好受,但是春天了,所有人的白衫都被汗水腌黄,皮肤油光发亮,而迎着夕阳的市场一片金黄,人声鼎沸,快乐而匆忙。事情就是这么简单:虽然我无法匆忙,但一瞬间我也变得非常快乐。着陆把我抽空了,我无法明白自己究竟可以做些什么;或者,究竟有些什么在等着必须由我去做的。我不清楚。我甩着膀子,只嫌膀子太长,长得就像两条空空的袖管。走走停停;我的高大非常奇特:我看所有人,都是俯视,但没有一个人看我一眼。我从迎面走来的老人和小女孩之间窄窄的缝隙中挤进去,可是他们毫不意外,只当是正常的拥挤。人声悦耳;我睡里梦里盼听这样的声音,现在它们就在身边,我真想伸出手,捋两把在掌中,仔细揉捏。他们说:咸阳,咸阳。他们又说:苋菜,苋菜。这就是我梦里的声音:再高的吆喝都是呢喃。我在菜摊之间金黄的夹道中行走,没有人理我。我心里说:让两边所有菜农的钵子里都增加五十枚条币吧;随后我听见我的手指轻轻拍打大腿外侧,还好,羽毛今天很争气,纷纷而落。我听着他们的声音走啊,走啊,我第一次发现用双脚走动的感觉也不差,同样可以有飞翔的感觉。我点头晃脑,但是放心,我不过分。青青的碎石路面水渍斑斑,闪亮的弧面正好是夕阳的金黄:它们真是早就安排好了。在空中,在空中也许永远感觉不到西落的阳光竟有这么黄。是的,在街市的这一边,我看见了对面人群中的你。我感觉到了你。虽然我从没见过你,但我知道,我已经看见你了。或者说,我总坚信,我一定会见到你,对此,我不害怕随时可能来临的死亡和降落,我坚信它们或者任何其他不会来抢走我看你一次的机会。它们会等我。你和你的女伴像两只受宠的小鸟摇头晃脑、大眼扑闪，披肩的长发甩来甩去；我的孩子，你甚至不知道你的头发在甩来甩去，你甚至不知道你面对街市的繁华露出来的新奇表情。我估摸你七岁，贝贝。然而在市场尽头的荒野，你黑黑的身影孤单地立在汪洋的黄花之中，虽然我们相隔遥远，但我已经看见了你被黄花熏得泪水汪汪的眼睛，我看见，黄花还熏软了你的腿脚，你摸着比你更软的黄花，但是眼睑一直没有垂下。我看见你被嗡嗡的小蜜蜂团团地围着，使你身体的边缘散发着抖动的晕芒。热浪在我的喉咙里往上涌，我上身前倾，脚掌重新着陆：我爱，我来了，虽然你并不能看见我。

7　优旖

　　只有锦上添花，没有雪中送炭。

　　送给王绾：只有蔑视，你才会拥有；你若索求，将失去更多。

　　送给蒙天水：空寂的圣殿，处女的子宫。

　　送给蒙天水：春水不知为谁暖，梨花却是为春开。

　　送给嬴政：仆本恨人。

　　送给优旖：疯得不够的人，他们的问题是疯疯疯、再疯一些，可是对于我这个疯得已经够可以的人，我的问题是不仅要继续疯，还要疯得漂亮。

　　送给嬴政：没有抛弃，没有被弃，也没有追逐和被追逐。

　　送给淳于越：精神饱满，自信地露出我的马脚。

　　送给赵高：黑胡子刁，黄胡子骚。

　　送给无忌：获救意味着已受诱惑。

　　送给嬴政：青春是一顿美餐，足以引起我们大肆饕餮的欲望。

　　送给嬴政：空气太过清新，就会让人窒息。

　　送给嬴政：除了美女，我厌恶女人。

　　送给嬴政：比起信仰来，我更相信监督。

　　送给冯劫：醒着怕痒或怕疼的部位，睡着了也敏感；触碰它们人容易醒。

　　送给嬴政：啊！这是第二个青春期，第一个更年期。这是一个凶年。

　　送给姚奢：人们总是错误地认为：首先得有生存，才能谈及尊严。

　　送给蒙天水：每一个未眠的夜晚都萎皱着她脸上的皮肤。

　　送给扶苏：从今开始，你要热爱虚假。

　　有人问了：我每天都好吃懒做一心瞌睡，怎么办？优旖说：很简单，晚睡一小时，早起一小时。

　　送给扶苏：你本身过于光洁，不折腾不行。

　　送给李斯：庸人总是那么善于团结，就像他们的人数也总是那么多一样。

送给冯颖：伤心总是一件时髦的事。

送给冯颖：等你再长大一点，你会明白：做爱胜于谈爱。

送给嬴政：人不爱人。

送给蒙天水：没有人可以融化，并可以走到这里。

送给嬴政：你的过去吓坏了多少少女，你的现在残害着多少少女。

送给赵高：痛打即将来临，就在午夜之后。

送给子哀：没有弟兄，只有师生。

送给子哀：无关命之言，发之伤命。

送给尉缭：撑裂嘴巴，把一个呵欠打到灵魂深处。

送给茅闰：秋日干燥，但水果也熟了，正能降我们的内火，使我们滋润。

送给冯劫：总是根据昨天的饮食效果决定今天的菜单。

送给嬴政：可怕的额头。

送给尉缭：旁若无人的滔滔不绝是愤怒的，也唤起别人的愤怒。

送给将间：最初的低头需要日后三倍的强硬方能扳回。

送给嬴政：有一片山就有一片谷，有一个问题就有这个问题的解决方法。

送给韩众：弄姿从搔首开始。

送给胡亥：饕餮者所食乃是不洁之物。

送给嬴政：受到敌人的赞扬乃是无上的光荣。

送给扶苏：这是一场看不见的战争，没有一种武器占着绝对的优势。

送给扶苏：人格分裂，雌雄同体。

送给优旃：世界之大，无奇不有；现实所至，想像不及。

送给淳于越：没有褒贬，只有深浅。

有一天嬴政说：没有什么问题解决不了；优旃说：这才令人烦恼。

8　尉缭

　　　她的跑动跳跃着她的胸脯。

　　我看见高高的玄色幕布静静垂挂如同冷穆的冰柱，我看见沉重的脚步缓缓移动无声无息，我看见肥瘦的肉体忽黑忽白，我看见有人曾经想向我走来；我看见透明闪亮的蓝泡在宫梁上窃窃私语，我也曾在暗心向他们探询结局；我看见门外明亮的阳光在门前的石板上蹦蹦跳跳，门楣的边缘也被光线烫破了轮廓；我看见一个人影趔过之后是他飘摇的帽带，我看见我自己，在厅前广场上腿脚发软，瞬间跌倒；我看见那原是一柄剑，在石缝间趑待出鞘，我看见我稳稳地在候厅座椅上坐了下来，我看见我端起了茶盅。我可以不说话，但我确实看见了我张开了双唇。我转头，但不再是为了看见。我终于能够平静下来的时候，却发现空空的大厅只剩下了我一人。我看见一路延展过去的灯火扭曲升腾，黏稠的火苗给我安慰。我终于能够重新告诉自己：我并不只是我，我同样有一些小血活在别人体内。我点头；本想起身就此走掉，但转念一想：不如这样吧；于是我重又坐下。

9 天水

刚刚从梦中归来，因为梦很遥远。

我知道，这件事从一开始起就是一个错误；太子，我是知道的，我只不过从来没有告诉过你。这些年来，我日日夜夜担心的就是这个结局，现在，它果真来临。也正因为如此，我不责怪任何别人。即便你不再爱我，我甚至都不会怪你；当然，我也不怪自己，因为我们都没错。

晚上，我正跟太子在蜜融顶看月亮，小允急急忙忙奔上来，一把抱住太子就哭："快！快，太子！你们快跑吧！是真的，我听到确切的消息：陛下果然在沙丘的路上驾崩了！腾子君说，遗诏里继任皇位的不是你，而是小皇子！遗诏还命你自杀！……你快走吧，太子！！"

太子僵硬地垂着头，不说话，也不伸手去扶小允。我不能自禁地把手伸进太子松缓的手掌，在碰到我手的一瞬间，他紧紧地捏住我的手，同时重重地点了一下头："很好！这么说传了几天的流言确实不假！那——正好！天水，我们走，我们走得远远的，再也不回来！"

我想起前天我们一起商讨的结果，虽然现在我自己毫无主张，但我更知道我的迟疑将会贻害太子，因此在他说的同时我就连连点头。

我们从蜜融顶西侧的小路下山，小允回去帮我们拿盘缠，我们在凉楼汇合。

我们在夜市换了衣服，换得又土又脏，然后我们坐进了马车。

"三位到哪儿呐？"

"远途：汉中。"

"好嘞！"随即一声清脆的鞭器，马车飞奔向前。

黑暗中，坐在中间的太子一手抱我一手搂住小允，吻吻我又亲亲他："到了汉中，我们再换水路，一路向会稽进发。"

我和小允都不住地点头。我说："我也喜欢海。"

（选自《你是野兽》，广西师范大学出版社 2005 年版）

诗　歌

新　年

胡续东

我怀念那些戴套袖的人，
深蓝色或者藏青色的袖套上，沾满了
鸵鸟牌蓝黑墨水、粉笔灰、缝纫机油和富强粉；
我怀念那些穿军装不戴帽徽和领章的人，
他们在院子里修飞鸽自行车、摆弄裎亮的
剃头推子、做煤球、铺牛毛毡，偶尔会给身后
歪系红领巾的儿子一计响亮的耳光，但很快
就会给他买一支两分钱的、加了有色香精的冰棒；
我怀念那些在家里自己发豆芽的人，
不管纱布里包的是黄豆还是绿豆，一旦嫩芽
顶开了压在上面的砖块，生铁锅里
菜籽油就会兴奋地发出花环队的欢呼；
我怀念那些用老陈醋洗头的人，
在有麻雀筑巢的屋檐下，在两盆
凤仙花或者绣球花之间，散发着醋香的
热乎乎的头发的气息可以让雨声消失；
我怀念那些用锯末熏腊肉的人，用钩针
织白色长围巾的人，用粮票换鸡蛋的人，用铁夹子
夹住小票然后"啪"地一声让它沿着铁丝滑到收款台去的人；
我怀念蜡梗火柴、双圈牌打字蜡纸、
清凉油、算盘、蚊香、浏阳鞭炮、假领、
红茶菌、"军属光荣"的门牌、收音机里
"我们的生活充满阳光"的甜美歌声……
现在是 2003 年了。我怀念我的父母。
他们已经老了。我也已不算年轻。

（选自《明天》第一卷，湖南文艺出版社 2003 年版）

绝句（三首）

王　敖

很遗憾，我正在失去
记忆，我梳头，失去记忆，我闭上眼睛
这朵花正在衰老，我深呼吸，仍记不住，这笑声
我侧身躺下，帽子忘了摘，我想到一个新名字，比玫瑰都要美

我坐在摇椅上赞美酒精
它们深埋于空中的某处
我就像空瓶呼吸着
我所知道的地下水，我希望时光迅速矿化，重现往日的葡萄

在我的两次，轻轻的崩溃之间
有一扇窗，一捧啤酒花，还有一位千变万化的朋友
用宝石色的眼睛，染着我身上的各种光，我不停地爱上
从我身体中扯出的，一丝丝向前飘移的血，它们在窗外
仿佛雨后的樱桃树，我可不可以变回我自己呢，不需要告诉任何人

（选自《绝句与传奇诗》，作家出版社 2007 年版）

雪山短歌（选章）

马 骅

春 眠

夜里,今年的新雪化成山泉,叩打木门。
噼里啪啦,比白天牛马的喧哗
更让人昏聩。我做了个梦
梦见破烂的木门就是我自己
被透明的积雪和新月来回敲打。

乡村教师

上个月那块鱼鳞云从雪山的背面
回来了,带来桃花需要的粉红,青稞需要的绿,
却没带来我需要的爱情,只有吵闹的学生跟着。
十二张黑红的脸,熟悉得就像今后的日子:
有点鲜艳,有点脏。

我最喜爱的

"我最喜爱的颜色是白上再加上一点白
仿佛积雪的岩石上落着一只纯白的雏鹰;
我最喜爱的颜色是绿上再加上一点绿
好比野核桃树林里飞来一只翠绿的鹦鹉。"
我最喜爱的不是白,也不是绿,是山顶上被云脚所掩盖的透明和空无。

山 雨

从雨水里撑出一把纸伞,外面涂了松油,内面画了故事:
一个男人和一个女人,在通往云里的山路上。
梦游的人走了二十里路,还没醒。
坐在碉楼里的人看着,也没替他醒,
索性回屋拿出另一把伞,在虚无里冒雨赶路。

风

风从栎树叶与栎树叶之间的缝隙中穿过。

风从村庄与村庄之间的开阔地上穿过。

风从星与星之间的波浪下穿过。

我从风与风之间穿过，打着手电

找着黑暗里的黑。

（选自《雪山短歌》，作家出版社 2007 年版）

冬天的信

——给马骅

马　雁

那盏灯入夜就没有熄过。半夜里
父亲隔墙问我，怎么还不睡？
我哽咽着："睡不着。"有时候，
我看见他坐在屋子中间，眼泪
顺着鼻子边滚下来。前天，
他尚记得理了发。我们的生活
总会好一点吧，胡萝卜已经上市。
她瞪着眼睛喘息，也不再生气，
你给我写信正是她去世的前一天。
这一阵我上班勤快了些，考评
好一些了，也许能加点工资，
等你来的时候，我带你去河边。
夏天晚上，我常一人在那里
走路，夜色里也并不能想起你。
"明月出天山，苍茫云海间"，
这让人安详，有力气对着虚空
伸开手臂。你、我之间隔着
空漠漫长的冬天。我不在时，
你就劈柴、浇菜地，整理
一个月前的日记。你不在时，
我一遍一遍读纪德，指尖冰凉，
对着蒙了灰尘的书桌发呆。
那些陡峭的山在寒冷干燥的空气里
也像我们这样，平静而不痛苦吗？

（选自《马雁诗集》，新星出版社 2012 年版）

儿童文学

幼稚园上学歌

黄遵宪

　　春风来花满枝，儿手牵娘衣。儿今断乳儿不啼。娘去买枣梨，待儿读书归。上学去，莫迟迟！

　　儿口脱娘乳，牙牙教儿语。儿眼照娘面，娘又教字母。黑者龙，白者虎，红者羊，黄者鼠。一一图，一一谱；某某某某儿能数。去上学，上学去。

　　天上星，参又商。地中水，海又江。人种如何不尽黄？地球如何不成方？昨归问我娘，娘不肯语说商量。上学去，莫徜徉。

　　大鱼语小鱼："世间有江湖。"小鱼不肯信，自偕同队鱼，三三两两俱。可怜一尺水，一生困沟渠，大鱼化鹏鸟，小鱼饱鹈胡。上学去，莫踟蹰。

　　摇钱树，乞儿婆，打鼖鼓，货郎哥。人不学，不如他。上学去，莫蹉跎。

　　邻儿饥，菜羹稀；邻儿饱，食肉糜——饱饥我不知。邻儿寒，衣裤单；邻儿暖，袍重襺——寒暖我不管。阿爷昨教儿，不要图饱暖。上学去，莫贪懒。

　　阿师抚我，抚我又怒我；阿师詈我，詈我又媚我。怒詈犹可，弃我无奈！上学去，莫游惰。

　　打栗凿，痛呼䦪；痛呼䦪，要逃学。而今先生不鞭扑，乐莫乐兮读书乐！上学去，去上学。

　　儿上学，娘莫愁；春风吹花开，娘好花下游。白花好礧面，红花好插头，嘱娘摘花为儿留。上学去，娘莫愁。

　　上学去，莫停留。明日联袂同嬉游：姊骑羊，弟跨牛；此拍板，彼藏钩。邻儿昨懒受师罚，不许同队羞羞羞！上学去，莫停留。

（选自《新小说》第一卷第三号，1902 年 1 月 13 日）

无猫国

郑振铎缩写

　　某村有一童子，名叫大男，父母早死，家中贫穷。因为在本乡没有饭吃，就上京城，在一个富人家里做工。他工作极勤，但还常受老仆妇的打骂。他住的房子，老鼠又多，夜间总成群成阵地跑出来打扰他。新年时，主人的女儿给他一百个钱，当压岁钱。他拿这钱，买了一只猫来，养在房中。从此老鼠不敢再来。

　　主人有几只船，常到外国做生意。仆人们也常买些土货，托船主带去，趁些钱回来。有一次，主人问大男有什么东西要带去卖没有。大男只有这只猫，又舍不得卖。主人说，猫也可以卖。大男便把猫托了船主带去。

　　船到了一国，船主把带来的货物都卖完了，独有大男的猫忘了卖去。恰好国王请船主入宫赴宴。宫中老鼠极多。客人还没有吃。所有的酒菜已尽被老鼠吃净了。宫人尽力驱逐老鼠，而逐了又来，总是驱逐不尽。国王甚是忧愁。船主说："不要紧！我有猫可以制服这些老鼠。"他便回船把猫带来。果然，猫一来，鼠便不敢放肆了。国王大喜，拿出许多金珠宝石，把猫换了去。

　　船回家了。主人家里的人都欢欢喜喜的来领取卖货的钱。大男的猫独独卖得了许多的金珠宝石。从此大男成富翁了。他不做苦工了。他入学读书，十分用功，后来成了一个很有学问的人。

　　（选自《郑振铎全集第十三卷·儿童文学》，花山文艺出版社 1998 年版）

童年时代的朋友·芦鸡

任大霖

有一年春末,梅花溇(流过我们村子的河)涨大水,从上游漂下来一窠小芦鸡,一共三只。

长发看见了它们,跑来叫我们一起去捉。我们在岸上跟着它们,用长晾竿捞,用石块赶,一直跟到周家桥边,幸亏金奎叔划着船在那里捉鱼,才围住了小芦鸡,用网把它们裹了上来。分配的结果,我一只,长发一只,灿金和王康合一只。

那小芦鸡的样子就跟普通的小鸡差不多,只是浑身是黑的,连嘴和脚爪也是黑的,而腿特别长,所以跑起来特别快。为了防它逃跑,我用细绳缚住它的脚,把它吊在椅子脚上,喂米给它吃。小芦鸡吃得很少,却时时刻刻想逃走,它总是向外面跑,可是绳子拉住了它的脚,它就绕着椅子脚转,跑着跑着,跑了几圈以后,绳子绕住在椅子脚上了,它还是跑,直到一只脚被吊了起来,不能动弹时,才"叽呀叽呀"地叫了起来。我以为它是在叫痛了,就去帮它松开绳,可是不一会儿,它又绕紧了绳子,吊起一只脚来,而且叫得更响了,我才知道它不是为了痛在叫,而是为了不能逃跑,才张大了黑嘴在叫唤的。——这样几次以后,小芦鸡完全发怒了,它根本不吃米,却一个劲地啄那椅子脚,好像要把这可恶的棍棒啄断才会安静下来似的。

那时候,燕子在我们的檐下做了一个窠,飞进飞出地忙着。只有当燕子在檐下"吉居吉居"地叫着的时候,小芦鸡才比较的安静,它往往循着这叫声,侧着头,停住脚,仔细听着。燕子叫过一阵飞出去了,小芦鸡却还呆呆地停在那儿好一会。——它是在回想那广阔河边的芦苇丛,回想在浅滩草窠中的妈妈吗?

长发的那只并不比我的好些。它一粒米也不吃,只是一刻不停的跑,转,到完全累了之后,就倒在地上不起来了。让它喝水,它倒喝一点点。第三天,长发的小芦鸡死了。长发把它葬在园里,还做了一个小坟。

我知道要是老把它吊在椅子脚上,我的小芦鸡也活不长,就把它解开了,让它在天井里活动活动。不过门是关好了的。小芦鸡开始在天井里到处跑,跑了一会儿以后,忽然钻到天井角落上的水缸旁边去了,好久没出来。这时我突然想起:水缸旁边的墙上有个小小的洞,那是从前的猫洞,现在已经堵住了,它会不会钻进洞里去? 急忙移开水缸,已经晚了! 小芦鸡已经钻进了那个墙洞,塞住在里面了。要想从这洞里钻出去是不可能的,可是要退回来,也已经不行。我们想各种办法帮助它出来,最后我甚至要妈妈把墙壁敲掉,可是即使真的敲掉墙壁也没有用，小芦鸡已经活活地塞死在洞里了。

为这事我哭了一场，不是为的我失掉了小芦鸡，而是为的小芦鸡要自由却失掉了性命。我觉得这是一件极悲惨的事，而我要对它负责的。

只有灿金和王康合养的那只小芦鸡，命运比较好些。他们不光给它吃米，还到芦苇丛里去捉蚱蜢来喂它。有时候，灿金还牵着它到河边去走走，让它游游水，再牵回来，就像放牛似的。所以它活下来了。

王康家里养着一群小鸡，他们就让芦鸡跟小鸡在一起。过了半个月，就算解开了绳子，小芦鸡也不逃了；它混在家鸡群里，前前后后地跑着，和别的鸡争食小虫，它比家鸡长得快些，不多久就开始换绒毛，稍稍有点赤膊了。可是，它终究是不快乐的，常常离开家鸡群，独自在一旁呆呆地站立着；而它的骨头突出在肉外，显得那么瘦。

大家都说，灿金和王康合养的小芦鸡"养熟"了，说它将会长得很大，很肥的。

可是有一天，小芦鸡终于逃走了。那时鸡群在河边的草地找虫吃，小芦鸡径直走到河边，走到河里，游过河去；对面是一带密密的芦苇，它钻进芦苇丛，就这样不见了。

第二年夏天，天旱。梅花溇的水完全干了，河底可以走人。有一天，金奎叔来敲门，告诉我说，从河对面走来了两只小芦鸡，他问我要不要去捉。我跑去一看，果然，两只小芦鸡在河旁走着，好像周围没有什么危险似的，坦然地走着。它们的样子完全跟去年我们捉到的那三只一样。

我看了看，就对金奎叔说："不捉它们了吧，反正是养不牢的。"

金奎叔点点头说："是啊，反正是养不牢的。有些小东西，它们生来就是自由自在的，你要把它们养在家里，它们宁愿死。芦鸡就是这样的东西。"

（选自《人民文学》，1956 年 12 月号）

城南旧事·冬阳·童年·骆驼队

林海音

《城南旧事》出版后记

骆驼队来了,停在我家的门前。

它们排列成一长串,沉默地站着,等候人们的安排。天气又干又冷。拉骆驼的摘下了他的毡帽,秃瓢儿上冒着热气,是一股白色的烟,融入干冷的大气中。

爸爸和他讲价钱。双峰的驼背上,每匹都驮着两麻袋煤。我在想,麻袋里面是"南山高末"呢,还是"乌金墨玉"呢?我常常看见顺城街煤栈的白墙上,写着这样几个大黑字。但是拉骆驼的说,他们从门头沟来,他们和骆驼,是一步一步走来的。

另外一个拉骆驼的,在招呼骆驼们吃草料。它们把前脚一屈,屁股一撅,就跪了下来。

爸爸已经和他们讲好价钱了。人在卸煤,骆驼在吃草。

我站在骆驼的面前,看它们吃草料咀嚼的样子:那样丑的脸,那样长的牙,那样安静的态度。它们咀嚼的时候,上牙和下牙交错地磨来磨去,大鼻孔里冒着热气,白沫子沾满在胡须上。我看得呆了,自己的牙齿也动起来。

老师教给我,要学骆驼,沉得住气的动物。看它从不着急,慢慢地走,慢慢地嚼,总会走到的,总会吃饱的。也许它天生是该慢慢的,偶然躲避车子跑两步,姿势很难看。

骆驼队伍过来时,你会知道,打头儿的那一匹,长脖子底下总会系着一个铃铛,走起来"铛、铛、铛"地响。

"为什么要一个铃铛?"我不懂的事就要问一问。

爸爸告诉我,骆驼很怕狼,因为狼会咬它们,所以人类给它们戴上了铃铛,狼听见铃铛的声音,知道那是有人类在保护着,就不敢侵犯了。

我的幼稚心灵中却充满了和大人不同的想法,我对爸爸说:

"不是的,爸!它们软软的脚掌走在软软的沙漠上,没有一点点声音,你不是说,它们走上三天三夜都不喝一口水,只是不声不响地咀嚼着从胃里倒出来的食物吗?一定是拉骆驼的人们,耐不住那长途寂寞的旅程,所以才给骆驼戴上了铃铛,增加一些行路的情趣。"

爸爸想了想,笑笑说:

"也许，你的想法更美些。"

冬天快过完了，春天就要来，太阳特别的暖和，暖得让人想把棉袄脱下来。可不是么？骆驼也脱掉它的旧驼绒袍子啦！它的毛皮一大块一大块地从身上掉下来，垂在肚皮底下。我真想拿把剪刀替它们剪一剪，因为太不整齐了。拉骆驼的人也一样，他们身上那件反穿大羊皮，也都脱下来了，搭在骆驼背的小峰上。麻袋空了，"乌金墨玉"都卖了，铃铛在轻松的步伐里响得更清脆。

夏天来了，再不见骆驼的影子，我又问妈：

"夏天它们到哪里去？"

"谁？"

"骆驼呀！"

妈妈回答不上来了，她说：

"总是问，总是问，你这孩子！"

夏天过去，秋天过去，冬天又来了，骆驼队又来了，但是童年却一去不还。冬阳底下学骆驼咀嚼的傻事，我也不会再做了。

可是，我是多么想念童年住在北京城南的那些景色和人物啊！我对自己说，把它们写下来吧，让实际的童年过去，心灵的童年永存下来。

就这样，我写了一本《城南旧事》。

我默默地想，慢慢地写。看见冬阳下的骆驼队走过来，听见缓慢悦耳的铃声，童年重临于我的心头。

（选自《城南旧事》，北京出版社 1984 年版）

草房子（节选）

曹文轩

　　春天到了。一切都在成长，露出生机勃勃的样子。但桑桑却瘦成了骨架。桑桑终于开始懵懵懂懂地想到一个他这么小年纪上的孩子很少有机会遇到的问题：突然就不能够再看到太阳了！他居然在一天之中，能有几次想到这一点。因为他从所有的人眼中与行为上看出了这一点：大家都已经预感到这不可避免的一天，在怜悯着他，在加速加倍地为他做着一些事情。他常常去温幼菊那儿。他觉得那个小屋对他来说，是一个最温馨的地方。他要听温幼菊那首无词歌，默默地听。他弄不明白他为什么那样喜欢听那首歌。

　　他居然有点思念大家都不愿意看到的那一天。那时，他竟然一点也不感到害怕。因为在想着这一天的情景时，他的耳畔总是飘荡着温幼菊的那首无词歌。于是，在他脑海里浮现的情景，就变得一点也不可怕了。

　　桑乔从内心深处无限感激温幼菊。因为是她给了他的桑桑以平静，以勇气，使儿子在最后的一段时光里，依然那样美好地去看一切，去想明天。

　　桑桑对谁都比以往任何时候显得更加善良。他每做一件事，哪怕是帮别人从地上捡起一块橡皮，心里都为自己而感动。

　　桑桑愿意为人做任何一件事情：帮细马看羊，端上一碗水送给一个饥渴的过路人……他甚至愿意为羊，为牛，为鸽子，为麻雀们做任何一件事情。

　　这一天，桑桑坐到河边，想让自己好好想一些事情——他必须抓紧时间好好想一些事情。

　　一只黄雀站在一根刚刚露了绿芽的柳枝上。那柳枝太细弱了，不能让黄雀站立，几次弯曲下来。黄雀不时地拍着翅膀，以减轻对柳枝的压力。

　　柳柳走来了。

　　自从桑桑被宣布有病之后，柳柳变得异常乖巧，并总是不时地望着或跟着桑桑。

　　她蹲在桑桑身边，歪着脸看着桑桑的脸，想知道桑桑在想些什么。

　　柳柳从家里出来时，又看见母亲正在向邱二妈落泪，于是问桑桑："妈妈为什么总哭？"

　　桑桑说："因为我要到一个很远很远的地方去。"

　　"就你一个人去吗？"

　　"就我一个人。"

"我和你一起去,你带我吗?"

"那个地方,只有我能去。"

"那你能把你的鸽子带去吗?"

"我带不走它们。"

"那你给细马哥哥了?"

"我已经和他说好了。"

"那我能去看你吗?"

"不能。"

"长大了,也不能吗?"

"长大了,也不能。"

"那个地方好吗?"

"我不知道。"

"那个地方也有城吗?"

"可能有的。"

"城是什么样子?"

"城……城也是一个地方,这地方密密麻麻的有很多很多房子,有一条一条的街,没有田野,只有房子和街……"

柳柳想象着城的样子,说:"我想看到城。"

桑桑突然想起,一次他要从柳柳手里拿走一根烧熟了的玉米,对她说:"你把玉米给我,过几天,我带你进城去玩。"柳柳望望手中的玉米,有点舍不得。他就向柳柳好好地描绘了一通城里的好玩与热闹。柳柳就把玉米给了他。他拿过玉米就啃,还没等把柳柳的玉米啃掉一半,就忘记了自己的诺言。

桑桑的脸一下子红了……

第二天,桑桑给家中留了一张纸条,带着柳柳离开了家。他要让柳柳立即看到城。

到达县城时,已是下午三点。那时,桑桑又开始发烧了。他觉得浑身发冷,四肢无力。但,他坚持着拉着柳柳的手,慢慢地走在大街上。

被春风吹拂着的县城,似乎比以往任何时候都要迷人。城市的上空,一片纯净的蓝,太阳把城市照得十分明亮。街两旁的垂柳,比乡村的垂柳绿得早,仿佛飘着一街绿烟。一些细长的枝条飘到街的上空,不时拂着街上行人。满街的自行车,车铃声响成密密的一片。

柳柳有点恐慌,紧紧抓住桑桑的手。

桑桑将父亲和其他人给他的那些买东西吃的钱,全都拿了出来,给柳柳买了各式各样的食品。还给她买了一个小布娃娃。他一定要让柳柳看城看得很开心。

桑桑的最后一个节目，是带柳柳去看城墙。

这是一座老城。在东南面，还保存着一堵高高的城墙。

桑桑带着柳柳来到城墙下时，已近黄昏。桑桑仰望着这堵高得似乎要碰到天的城墙，心里很激动。他要带着柳柳沿着台阶登到城墙顶上，但柳柳走不动了。他让柳柳坐在了台阶上，然后脱掉柳柳脚上的鞋。他看到柳柳的脚板底打了两个豆粒大的血泡。他轻轻地揉了揉她的脚，给她穿上鞋，蹲下来，对她说："哥哥背你上去。"

柳柳不肯。因为母亲几次对她说，哥哥病了，不能让哥哥用力气。

但桑桑硬把柳柳拉到背上。他吃力地背起柳柳，沿着台阶，一级一级地爬上去。不一会儿，冷汗就大滴大滴地从他的额上滚了下来。

柳柳用胳膊搂着哥哥的脖子，她觉得哥哥的脖子里尽是汗水，就挣扎着要下来，但桑桑紧紧地搂着她的腿不让她下来。

那首无词歌的旋律在他脑海里回旋着，嘴一张，就流了出来：

> 咿呀……呀，
>
> 咿呀……呀，
>
> 咿呀……哟，
>
> 哟……
>
> 哟哟，哟哟……
>
> 咿呀咿呀哟……

登完一百多级台阶，桑桑终于将柳柳背到城墙上了。

往外看，是大河，是无边无际的田野；往里看，是无穷无尽的房屋，是大大小小的街。

城墙上有那么大的风，却吹不干桑桑的汗。他把脑袋伏在城墙的空隙里，一边让自己休息，一边望着远方：太阳正在遥远的天边一点一点地往下落……

柳柳往里看看，往外看看，看得很欢喜，可总不敢离开桑桑。

太阳终于落尽。

当桑乔和蒋一轮等老师终于在城墙顶上找到桑桑和柳柳时，桑桑几乎无力再从地上站起来了……

（节选自《草房子》，江苏少年儿童出版社 1997 年版）

笨狼的故事·坐到屋顶上

汤素兰

笨狼有一张漂亮的小板凳，板凳长着四条结实的小腿，站在地板上显得很神气。

这小板凳是小猪送给他的。

笨狼高兴地坐在小板凳上，但是，小板凳太矮，腿伸不直，笨狼觉得很不舒服。

笨狼见沙发比地板高出一截，心想把小板凳搬到沙发上，腿就可以伸直了。

笨狼把小板凳搬上沙发，自己跟着往沙发上爬。

坐到小板凳上，长长地吁口气，笨狼心里很得意，觉得自己想出了一个好办法。

哎？怎么回事？腿还是伸不直，坐着还是不舒服！

餐桌比沙发高出一截儿，把小板凳搬到餐桌上，该能伸直腿了吧？

笨狼就踮起脚尖，把小板凳搬到餐桌上去。笨狼先爬上沙发，再踩着沙发扶手爬上餐桌。笨狼还算灵巧，爬起来没费多少工夫。

笨狼满心以为这次该坐得舒服了，可是，他想错了，小板凳还是太矮了！

笨狼大吃一惊，他没想到自己的个子会有这么高。

除了屋顶之外，这小房子里再没有什么东西比餐桌还高出一截了。

笨狼从大黄牛家借了一架长梯子，从聪明兔家借来了一只大口袋。他把小板凳装进大口袋，把大口袋背在背上，一步一步地爬梯子。

爬到屋顶上，笨狼累极了，只想快点坐到小板凳上歇一会儿。

咦？怎么搞的？腿还是伸不直，坐着还是不舒服！

"我借了梯子和口袋，好不容易才爬到屋顶上，难道还要我爬到天上去吗？就算我能爬上天去，每天这么背着你爬上爬下，也太麻烦了呀！"笨狼生气地对小板凳说。

这时候，小猪和聪明兔正好来看笨狼。小猪打老远就看见笨狼坐在屋顶上，惊奇地问："你在干什么呀？"

"你送给我的小板凳太矮了，我坐到沙发上，伸不直腿儿；坐到餐桌上，也伸不直腿儿；坐到屋顶上，还是伸不直腿儿。"笨狼说。

"怎么会这样呢？我在家里试过的呀，坐着挺舒服。"小猪皱皱眉头，感到很奇怪。

"不信,你来试试吧。"笨狼说。

小猪爬到屋顶上,往小板凳上一坐,不高不矮,正合适。

"伸直腿了吗?"笨狼问。

"伸直了。"

"舒服吗?"

"舒服极了。"

"我再试试。"笨狼说。

笨狼又坐到了小板凳上。

小猪问:"伸直腿了吗?"

"弯着呢。"

"舒服吗?"

"难受。"

这是怎么回事呢? 小猪和笨狼围着小板凳转了一圈又一圈,实在弄不明白。聪明兔站在一旁,看着这一切,笑得差点背过气去。

"你笑什么呢?"小猪问。

"你没看见你比笨狼矮一截吗?"聪明兔笑着说,"对你刚合适的小板凳,笨狼坐起来,当然嫌矮喽!"

"我坐的凳子,要比屋顶还高吗? 那我吃饭怎么办呢? 餐桌比屋顶矮得多呀!"笨狼发起愁来。但他马上又眉开眼笑地说,"我可以像钓鱼一样,把餐桌上的东西钓上来呀,这真是个好主意!"

有聪明兔在,笨狼当然用不着坐在比屋顶还高的凳子上。聪明兔拿起小猪做的小板凳,在那四条结实的小腿上钉了四块小木片,问题就解决了。

现在,笨狼坐在小板凳上,能把腿儿伸得直直的,真舒服。

过了一会儿,聪明兔和小猪走了。笨狼坐在地板上,把小板凳翻过来,仔细看那四块小木片。

小木片比沙发、餐桌、屋顶矮了许多许多呀,它有什么魔法呢? 笨狼真是弄不明白。

(选自《笨狼的故事》,浙江少年儿童出版社 1998 年版)

春雨乳牙

王立春

春雨刚长出乳牙
就在夜里来了
他把所有的东西
都尝了一遍

尝尝房檐瓦
舔舔窗上玻璃
咬墙皮　蹭了一鼻子灰
吃石头　出了一身汗
嚼马路的时候
把脚印和车辙一起
咽到了肚子里
吸溜吸溜
青枝条被春雨吮出了一排嫩牙
咕叽咕叽
花骨朵被春雨磕开了瓣儿
大口大口啃青草时
草地被春雨流出的口水
弄湿了
一大片
又一大片

（选自《贪吃的月光》，湖南少年儿童出版社 2012 年版）

蛐蛐风

王立春

夏天的夜里
风从来不敢叫

傍晚
蛐蛐们在地上跳来跳去
到处抓风
就是不露痕迹的小风
被蛐蛐发现了
也会跳过去一把薅住
风的胳膊都被捆上了
风的嘴都被堵上了
胆敢反抗的风
被蛐蛐 揍得扁扁的
扔到树上 或是
塞到了草根下
（有时你能看到树叶轻轻摇
那是风在扭动
草尖偶尔动一下
那是风在挣扎）

天黑了
再也找不到一丝风
蛐蛐们把自己装成风
在草丛里扯着嗓子
一缕一缕
大声叫

（选自《贪吃的月光》，湖南少年儿童出版社2012年版）

到你心里躲一躲

汤　汤

那时候木零七岁。

到了被大人们派往傻路路山包取宝贝的年龄。

那一年,从年初开始,大人们就教他说四句话:

"我很冷,我全身都在发抖,我的胳膊好像都要抖下来了,我可以在你家的衣柜里躲一躲吗?"

"我很冷,我的牙齿一直在打颤,我可以在你家的火炉前待一会儿吗?"

"我还是冷,我可以钻进你的被窝里吗?"

"我还是冷,我可以到你的心里躲一躲吗?"

就这四句话,木零从春天背到夏天,从夏天背到秋天,从秋天背到冬天,终于背会了。

在这个叫做底底的村庄里,木零一直是一个很不出众的孩子。

离底底村不远,有个小小的山包,那就是傻路路山包。

傻路路是什么呢? 是一些很傻很傻的鬼。

傻到怎么样的程度呢? 其实谁也说不清楚。

大人们有时候嫌自己小孩不够聪明,就会这样骂:"简直就是傻路路一个!"

可是傻路路们那么傻,大人们却谁也不敢靠近那个小小的山包。因为,傻路路不喜欢任何一个大人,听说他们见到大人的时候,会发怒,会做出一些可怕的事情。

傻路路们只喜欢孩子,任何一个孩子!

那最神秘最珍贵的宝贝就在傻路路们的心上,大人们说,每一个傻路路的心上,都有一颗圆溜溜、亮晶晶的珠子。

那珠子,很值钱哦。

冬天里,木零要被大人们派往傻路路山包去了。临去前的头一个晚上,他显得很害怕:"傻路路会吃人吗?"

"当然不会,他们只吃大萝卜。"大人们笑着说。

"可是,为什么你们自己不去呢?"

"因为,傻路路们讨厌所有的大人,喜欢所有的孩子。"大人们尽量耐心地回答。

"为什么讨厌大人，喜欢孩子呢？"

"哪有这么多为什么，讨厌就是讨厌了，喜欢就是喜欢了。"大人们有些不耐烦了。

天明了，木零还是磨磨蹭蹭地不肯走："如果，我取不回来宝贝怎么办呢？"

"哦，绝对不会发生这样的事情。所有的孩子，都能取回来的，年年如此。"

"可是，如果我取不回来呢？"

"如果取不回来，那就只能证明，你很没用。我们会很失望。也许，会把你送到一个很远很远的地方。"

冬天，太阳总是很懒的，迟迟不肯露面。木零在浓浓的雾气里向傻路路们的山包走去。他浑身颤抖得厉害，按照大人们的意思，他只穿了一身单衣，而且还光着脚。

木零很冷。因为哆嗦得过于厉害，骨头似乎都要散架了。

木零很怕。会被抓住吗？会被吃掉吗？

木零也很好奇。傻路路们，长什么样子呢？

他哆嗦着爬上山包，哆嗦着走进傻路路的村庄，就像冬天的风一样，穿行在房屋和房屋的间隙里。

村庄里很安静，傻路路们都还在暖烘烘的被窝里吗？

他不知道应该敲响哪扇门，犹犹豫豫地在这扇门前停一停，在那扇门前顿一顿。终于，一对金色的门环吸引了他，他不由自主地走过去，伸出手摸了摸，又拍了拍。

门环发出"当当"的脆响，门"咯吱"便开了。

站在木零面前的是傻路路吗？

他长得和人差不多，比自己的爸爸还高，穿长长的灰袍子，那袍子看起来塞着满满的棉花，整个人鼓鼓囊囊的，显出几分滑稽。

啊，一点儿都不可怕！

并且，木零立即喜欢上了这个傻路路的眼睛。他从来没有见到过这样光芒四射的眼睛，好像远远城市里的霓虹灯一样璀璨。很明亮，含着愉快而温和的笑。

哦，光芒。木零在心里给他取了名字。

"你这个孩子，怎么穿这么少呢？呀，还光着脚，会冻坏的呀。"光芒一把抱起木零，扯开灰袍子，裹进自己的怀里。他的怀里好温暖，木零真愿意一直这样被他搂着。

可是他想起了爸爸教过的话。

"我很冷，我全身都在发抖，我的胳膊好像都要抖下来了，我可以在你家的衣柜里躲一躲吗？"

光芒笑着说："当然可以，为什么不可以呢？"

他一把把木零送进衣柜里，衣柜里很多厚实的衣服，裹住木零冰凉的身子。木零在衣柜里过了半天。

中午，光芒给木零送来了中餐，是一个小萝卜。

"你叫什么名字？"

"木零。"

"哦，木零，吃中饭了。"

吃了中饭以后，木零说："我很冷，我的牙齿一直在打颤，我可以在你家的火炉前待一会儿吗？"

"当然可以，为什么不可以呢？"他伸出长长的手臂，一把将木零从衣柜抱到火炉前。木零的脸一下子被烤暖了。

这个下午，他们都在火炉前坐着。他们一起在火炉前吃萝卜，光芒吃大萝卜，木零吃小萝卜，光芒发出很大的"咂吧"声，木零发出很小的"咂吧"声。

晚上，光芒困了，他离开火炉，躺到床上。木零说："我还是冷，我可以钻进你的被窝里吗？"

"当然可以，为什么不可以呢？"光芒笑着下了床，一下把他抱到床上，塞进热烘烘的被窝里。他们睡得很香，光芒流了好大一摊口水在枕头上，木零也是。

吃了早餐以后，木零说了大人们教的第四句话：我还是冷，我可以到你的心里躲一躲吗？"

这句话，木零说得很轻。

光芒略略犹豫了一下，眯一眯眼睛说："当然可以，为什么不可以呢？"

他一把把木零抱到胸前，那是他心脏的位置。

"底码米拉去心里，你就进去了；底码米拉快出来，你就出来了。"他温和地对木零说。

"底码米拉去心里。"木零轻轻念道，其实这句咒语他早就知道。一瞬间，铺天盖地的柔软和温暖把他包围了。木零真的到了光芒的心里，他看到了一颗圆溜溜、亮晶晶的像鸡蛋那么大的珠子。他用双手捧起它，说道："底码米拉回家里。"

木零回家了，手心里捧着圆溜溜、亮晶晶的像鸡蛋那么大的珠子。

爸爸妈妈大喜过望。他们说："好大啊！我们小时候从来没有采到过这样大的珠子呢。木零，你真是太棒了！"

木零的心里，本来有一种说不出的闷闷的感觉，立即被骄傲替代了。

然后，爸爸妈妈拿上珠子，迫不及待、马不停蹄地去很远的地方。

那个冬天木零一个人在家里，很冷，很冷。

春天差不多来到的时候，爸爸妈妈回家了，带回很大一箱子的钱。

底底村的孩子，从七岁开始一直到十一岁，都要去傻路路山包取宝贝的。

转眼又是一个冬天，八岁的木零又被爸爸妈妈派去取傻路路心里的珠子。

木零刚走进傻路路山包的时候，就遇到了光芒。

怎么办呢？木零一下子着了慌，他想逃跑，但是被光芒一把搂进了怀里。

"这么冷的天，你怎么穿这么少呢？哎，还光着脚丫，会冻坏的呀。"光芒的怀里好温暖，木零真愿意一直被他抱着。

"你叫什么名字？"光芒问。

"木零。"

"哦，木零。"他说。

原来，他不认得了，压根儿不认得这个去年冬天偷了他珠子的孩子了，木零暗暗松了口气。他忍不住去看光芒的眼睛，他发现，那双眼睛里的光芒，好像减少了很多很多。

"我很冷，我全身都在发抖，我的胳膊好像都要抖下来了，我可以在你家的衣柜里躲一躲吗？"

"当然可以，为什么不可以呢？"

光芒把木零一把抱进衣柜里。

"我很冷，我的牙齿一直在打颤，我可以在你家的火炉前待一会儿吗？"

"当然可以，为什么不可以呢？"

他一把将他从衣柜抱到火炉前。

"我还是冷，我可以钻进你的被窝里吗？"

当然可以，为什么不可以呢？"

他把他一下抱进被窝里。

"我还是冷，我可以到你的心里躲一躲吗？"

光芒犹豫了一下说："这话听起来有几分耳熟。哦，当然可以，为什么不可以呢？"

"底码米拉去心里。"木零进去了，拿走他心上的珠子，然后"底码米拉回家里"了。

九岁的冬天，十岁的冬天，十一岁的冬天，木零遇见的都是他。大人们说过，不要找同一个傻路路。可是木零转来转去,每一次遇见的都是他。

每一次,光芒都不认得木零。

"你叫什么名字?"

"木零。"

"哦,木零。"

每一次,他都给他吃小萝卜。

他穿着灰灰的长袍,眼睛里的光芒一年比一年少。

他心里的珠子也越来越小。

木零记得,他最后一次去他的心里,采下的珠子只有芝麻那么大了。那时,木零突然打了个寒噤,然后有一颗泪水,从他的脸上滑落下来。他想,傻路路真的很傻啊。可是为什么这么傻呢?

十一岁之后,木零就不能再去傻路路那里了,这是底底村的规矩。当然会有更多的孩子去取宝贝,祖祖辈辈,一代一代地继续着。

从那一年开始,木零的心总是冰凉冰凉的,有的时候,非得用个暖手袋焐着才舒服。

虽然一颗心总是冰凉的,但木零还是一天一天地长大了,成年了。

木零也有了自己的孩子,那孩子转眼到了七岁。

很快地,木零将派他去傻路路的山包了。从年初开始,他就教他的孩子怎样和傻路路说话。

"我很冷,我全身都在发抖,我的胳膊好像都要抖下来了,我可以在你家的衣柜里躲一躲吗?"

"我很冷,我的牙齿一直在打颤,我可以在你家的火炉前待一会儿吗?"

"我还是冷,我可以钻进你的被窝里吗?"

"我还是冷,我可以到你的心里躲一躲吗?"

就这四句话,他的孩子从春天背到夏天,从夏天背到秋天,从秋天背到冬天,终于背会了。

当然还有那句"底码米拉回家里"的咒语。

就在木零要送孩子去傻路路山包的前一个晚上,有人敲门。

一开门,木零就看见了光芒——他小时候,去过他的心上,怎么会忘记呢?

霎时间木零被深深的不安包围了。傻路路从来不会来的,是的,从来没有发生过这样的事情。他们讨厌所有的大人,怎么可能来到人住的村庄呢?

但在这个呵口气就结成冰碴子的深夜,光芒竟然来了。他来干什么?

木零和光芒差不多高，一个在门里，一个在门外，愣愣地站了好一会儿。

光芒穿着灰灰的袍子，睁着一双很大的眼睛，眼神空洞，一点光泽都没有！好像两口已经干涸了许久的深潭，绝望而茫然。

木零想起第一次见到光芒的时候，那曾是一双多么璀璨的眼睛啊。有一两秒的时间，他的心仿佛从很尖利的东西上划过。

"你⋯⋯你来干什么？"

光芒说："我很冷，我全身都在发抖，我的胳膊好像都要抖下来了，我可以先在你家的衣柜里躲一躲吗？"

就好像小时候木零对他说的那样，几乎一字不差，这话听起来多像一个阴谋啊。

木零稍稍犹豫了一下，点了点头。他想知道，光芒到底要干什么。

光芒进了木零的衣柜，他太大个儿了，把衣柜里好多衣服都挤了出来。

很快地，衣柜里传出他的声音："我很冷，我的牙齿一直在打颤，我可以在你家的火炉前待一会儿吗？"

木零说："当然可以，为什么不可以？"他有点想发笑了。

他们坐在火炉前，木零家里没有萝卜，他找到一个地瓜递给光芒，光芒摆摆手。

光芒抖得不像刚才那么厉害了。他说，今天晚上，他敲了很多户人家的门，那些门，"咯吱"开了，马上"咯吱"便关了。谁都没有让他进去。

他说，外面的风好大啊。吹得鼻涕都吸溜吸溜的，吸溜得不快，就成了冰柱子。

他说，傻路路们要搬家了。因为，小山包上的日子，不知道为什么，越过越不幸福，越来越糟糕。他们要搬到一个很远的地方去，翻过山头，越过大河，还要穿过沙漠、草原和戈壁。

木零想，傻路路们搬家了，底底村的生活会发生怎样的变化？

他说，他的心里留着一样东西，十几年了，不知道是谁留在那里的，在搬家之前，想要还给他⋯⋯

夜那么深了，木零钻进了被窝。

"我还是冷，我可以钻进你的被窝里吗？"光芒说。

木零忍不住笑起来："当然可以，为什么不可以呢？"他又说，"接下来，你会这样说吧——我还是冷，我可以到你的心里躲一躲吗？"

"是呀，你怎么知道的？我还是冷，我可以到你的心里躲一躲吗？"光芒说。

这真的越来越像一场阴谋了，和底底村的人们所擅长的一模一样！

我能让他进到我的心里吗？木零想，当然不能。可是为什么不能呢？

"我的心冰凉冰凉的，并不是取暖的好地方。"木零说。

"其实，其实我是想到你的心里去看看，可以吗？"光芒微微笑着请求。

"我的心里能躲进去一个人吗？"

"能的，我是鬼啊。"

木零想，那就躲进去看一看吧，我的心里，除了冰凉，难道还有什么宝贝吗？

"底码米拉去心里。"他念道。话音刚落，他不见了。他真的进入木零的心了吗？木零的心，顿时沉甸甸的。

木零坐在火炉前，等他出来。

他等了很多天，也没有等到。

光芒不出来了吗？

更有可能的是，他也像木零小时候那样，从他心里取走某种东西，不说一声再见便悄悄溜走了。

可是木零的心里，到底有什么呢？

大概过了七八天吧。木零听到一声"底码米拉快出来"，光芒站在了他面前。一双眼睛很亮很亮，像远远城市里的霓虹灯那样璀璨。

"你在我心里呆了这么久啊？"看到光芒，木零抑制不住地高兴，"我的心里有什么呢？你的眼睛看起来，光芒四射。"

"有一颗珠子，圆溜溜，亮晶晶的，有鸡蛋那么大。"

啊？木零不由得惊诧了。

"那颗珠子上，充满着你的记忆，从小到大。"

"记忆？"木零依旧张着嘴巴，有些傻傻的样子。

"在你心里的珠子上，看到了我。"

木零的脸腾地红起来。

"你叫木零吧。

"你曾经到我家里去过吧。

"你拿走了我心里的五颗珠子。一颗比一颗小，对吧。

"我抱过你，对吧。

"我还给你吃过小萝卜吧。

......

这些都在我心里存着吗？木零想，确实的，这些事情，他从来没有忘记过。他不由得埋低了他的脑袋。

"每一个鬼的心上，都有一颗珠子，你们人也是的。每一颗珠子，凝着快乐的、悲伤的、平常的、不平常的记忆。你小的时候，拿走的，就是我的记忆啊。难怪我的心里总是那么空洞，总是那么茫然。"

木零把脑袋埋得更低了。

"我看到你在心里把我叫做光芒，对吧。我喜欢这个名字，谢谢你！"

因为这一声"谢谢"，木零把脑袋略微抬起了一些："你恨我吗？"

"恨过，是你偷走我的记忆，怎么会不恨呢？"光芒说，"但是，现在，我很高兴，因为我找回了它们。更重要的是，我知道，我心里留着的东西是什么了。"

"是什么？"

"是一颗眼泪。"

"眼泪？"

"而且我知道是谁留的了。"

"谁？"

"你！你最后一次到我心里，流下过一颗眼泪。留在我心里的，就是它——你的眼泪啊。"

木零的眼里，呼地又涌出泪来。

"我决定不还给你了，这颗眼泪，我很喜欢。我可以带走它吗？"光芒眨着熠熠发亮的眼睛恳求道。

"可以的，"木零愉快起来，"当然可以，为什么不可以呢？"。

天亮的时候，光芒走了，傻路路们的搬家行动从这个早上开始。

木零，再见！

光芒，再见！

也许，永不能再见了。

但是就在那个很冷的夜晚，木零的心找回了温暖的感觉。

（选自《到你心里躲一躲》，中国少年儿童出版社 2010 年版）

图书在版编目(CIP)数据

中国现当代文学作品选:全2册 / 高玉主编. —2版. —杭州:浙江大学出版社,2018.6(2022.3重印)
ISBN 978-7-308-18244-7

Ⅰ.①中… Ⅱ.①高… Ⅲ.①中国文学－现代文学－作品综合集－高等学校－教材②中国文学－当代文学－作品综合集－高等学校－教材 Ⅳ.①Ⅰ216.1

中国版本图书馆 CIP 数据核字(2018)第 105479 号

中国现当代文学作品选(第二版)

高　玉　主　编

责任编辑	傅百荣
责任校对	牟杨茜　杨利军
封面设计	续设计
出版发行	浙江大学出版社
	(杭州市天目山路 148 号　邮政编码 310007)
	(网址:http://www.zjupress.com)
排　　版	浙江时代出版服务有限公司
印　　刷	杭州杭新印务有限公司
开　　本	710mm×1000mm　1/16
印　　张	63
字　　数	1165 千
版 印 次	2018 年 6 月第 2 版　2022 年 3 月第 4 次印刷
书　　号	ISBN 978-7-308-18244-7
定　　价	146.00 元(全 2 册)